MW01675625

MAX GALLO
de l'Académie française

Agrégé d'histoire, docteur ès lettres, longtemps enseignant, Max Gallo a toujours mené de front une œuvre d'historien, d'essayiste et de romancier, s'attachant à restituer les grands moments de l'Histoire et l'esprit d'une époque. Il est aussi l'auteur de biographies abondamment documentées sur de grands personnages (Napoléon, de Gaulle, César, Victor Hugo, Louis XIV, Jésus). Avec *1940, de l'abîme à l'espérance* (XO Éditions, 2010), il a initié une grande histoire de la Deuxième Guerre mondiale, achevée en 2012 avec *1944-1945, le triomphe de la liberté*. Les cinq volumes ont paru chez XO. Chez le même éditeur, Max Gallo a publié ses mémoires, *L'oubli est la ruse du diable* (2012), avant de débuter en 2013 une histoire de la Première Guerre mondiale avec *1914, le destin du monde*.
Max Gallo a été élu le 31 mai 2007 à l'Académie française, au fauteuil du philosophe Jean-François Revel.

BLEU BLANC ROUGE

DU MÊME AUTEUR
CHEZ POCKET

CESAR IMPERATOR

LA BAIE DES ANGES
1. LA BAIE DES ANGES
2. LE PALAIS DES FÊTES
3. LA PROMENADE DES ANGLAIS

NAPOLÉON
1. LE CHANT DU DÉPART
2. LE SOLEIL D'AUSTERLITZ
3. L'EMPEREUR DES ROIS
4. L'IMMORTEL DE SAINTE-HÉLÈNE

DE GAULLE
1. L'APPEL DU DESTIN
2. LA SOLITUDE DU COMBATTANT
3. LE PREMIER DES FRANÇAIS
4. LA STATUE DU COMMANDEUR

LOUIS XIV
1. LE ROI-SOLEIL
2. L'HIVER DU GRAND ROI

RÉVOLUTION FRANÇAISE
1. LE PEUPLE ET LE ROI
2. AUX ARMES, CITOYENS !

UNE HISTOIRE DE LA 2e GUERRE MONDIALE
1940, DE L'ABÎME À L'ESPÉRANCE
1941, LE MONDE PREND FEU
1942, LE JOUR SE LÈVE
1943, LE SOUFFLE DE LA VICTOIRE
1944-1945, LE TRIOMPHE DE LA LIBERTÉ

BLEU BLANC ROUGE
(en 1 volume)
1. MARIELLA
2. MATHILDE
3. SARAH

PETIT DICTIONNAIRE AMOUREUX DE L'HISTOIRE DE FRANCE

MAX GALLO

BLEU BLANC ROUGE

MARIELLA

MATHILDE

SARAH

XO ÉDITIONS

MIXTE
Papier issu de sources responsables
FSC® C003309

FSC www.fsc.org

Pocket, une marque d'Univers Poche,
est un éditeur qui s'engage pour la préservation
de son environnement et qui utilise du papier fabriqué
à partir de bois provenant de forêts gérées
de manière responsable.

Le Code de la propriété intellectuelle n'autorisant, aux termes de l'article L. 122-5, 2° et 3° a, d'une part, que les « copies ou reproductions strictement réservées à l'usage privé du copiste et non destinées à une utilisation collective » et, d'autre part, que les analyses et les courtes citations dans un but d'exemple et d'illustration, « toute représentation ou reproduction intégrale ou partielle faite sans le consentement de l'auteur ou de ses ayants droit ou ayants cause est illicite » (art. L. 122-4).
Cette représentation ou reproduction, par quelque procédé que ce soit, constituerait donc une contrefaçon, sanctionnée par les articles L. 335-2 et suivants du Code de la propriété intellectuelle.

Mariella, Mathilde, Sarah :
© XO Éditions, 2000
© 2013, Pocket, un département d'Univers Poche
pour la présente édition.
ISBN : 978-2-266-23493-1

SOMMAIRE

MARIELLA

À ceux qui continuent notre histoire...

Nous porterons la France de village en village,
saluez donc bien bas sa robe déchirée,
voici le tour de France et puis tournez la page,
les cloches de l'histoire sonnent à toutes volées.

Jean Cayrol, *Et Nunc*,
in *Miroir de la Rédemption,* 1944.

Prologue

« Sur cette place,
il y a si longtemps,
on avait dressé la guillotine.
C'était il y a plus
de deux cents ans,
mais c'était hier
si l'on prenait la mesure
de l'histoire des hommes
et plus encore des choses. »

C'était une nuit de septembre, au Palais-Royal, à Paris, à quelques mois de la fin du deuxième millénaire. Il faisait froid, déjà, comme en hiver.

Dans le foyer du théâtre de la Comédie-Française, au premier étage de ce bâtiment au pied duquel commencent les galeries du Palais-Royal où, en 1789, se frôlaient putains, joueurs, aristocrates et révolutionnaires, les lumières brillaient. Elles éclairaient par les hautes fenêtres le côté est de la place André-Malraux, la rue de Richelieu et la rue Montpensier, où les voitures officielles stationnaient sur deux files. Il avait fallu dévier la circulation vers l'avenue de l'Opéra. Les chauffeurs, qui attendaient depuis vingt heures trente, s'impatientaient, arrêtant puis relançant leurs moteurs, regardant vers ces fenêtres du foyer devant lesquelles passaient et repassaient, s'agglutinaient parfois, les invités de cette soirée, leurs patrons. On eût dit autrefois leurs maîtres.

Il y avait là, allant et venant entre les sièges recouverts de velours rouge, dans l'éclat des miroirs et des dorures, des lustres à pendeloques de cristal, tous ceux qui croient ordonner les choses et gouverner les hommes, leurs pensées et leurs rêves.

Jean Chrétien de Taurignan, le directeur de *Média 1*, la chaîne de télévision organisatrice de la soirée, saluait les uns, les autres, serrant entre ses paumes les mains des hommes et effleurant des lèvres celles des femmes. Il se tenait un peu penché, déférent parfois. Des hommes politiques, comme Julien de Boissier, l'ancien ministre, étaient présents, et naturellement Xavier Dussert, le banquier, propriétaire de la majorité des actions de la chaîne, un octogénaire au regard brillant et aux cheveux noirs.

Le comte Jean de Taurignan n'était jamais obséquieux. Il réussissait même, tout en affichant un enthousiasme souriant, en multipliant les prévenances, à garder un quant-à-soi qui, selon son interlocuteur, pouvait se nuancer de mépris ou d'ironie.

Il chuchotait toujours les mêmes mots : « Je suis si heureux de vous voir parmi nous. Qu'avez-vous pensé de ce premier épisode ? *Média 1* a, je crois, fait preuve de panache, le sujet est difficile, ce n'est pas habituel pour un feuilleton, mais nous voulons être populaires sans concession, sans démagogie. Xavier Dussert est très attentif à ce que nos programmes renouvellent l'expression et la création télévisuelles. »

Quand le ton changeait, on pouvait parfois croire que Taurignan tournait Xavier Dussert en dérision. Mais auprès des journalistes, les propos étaient martelés avec conviction, comme s'il était persuadé intimement de ce qu'il disait. Il ajoutait lorsqu'il s'adressait à une femme, à peine avait-il terminé son baisemain : « L'amour est le ressort de toutes les œuvres qui comptent. L'émotion, voilà le secret du succès. Je suis sûr que vous avez été touchée. Il passe dans ces images une sensibilité rare à la télévision. Qu'en pensez-vous ? »

Il n'écoutait pas la réponse. Il se haussait un peu sur la pointe des pieds, paraissait s'inquiéter, interrogeait :

« Vous n'avez pas vu Marianne Forestier ? Elle est admirable dans ce rôle. Elle personnifie la pudeur, mais son regard exprime des sentiments intenses. C'est une découverte ! Quelle actrice ! Vingt ans à peine… C'est la mission d'une grande chaîne comme *Média 1* de faire surgir et d'imposer de nouveaux visages, de nouveaux talents. »

Parfois, comme s'il se parlait à lui-même, il murmurait, mais la voix était assez forte pour qu'on l'entende : « Marianne a bouleversé Xavier Dussert. Il a eu raison de l'imposer. C'est entre eux une amitié singulière, romanesque, sans aucune ambiguïté. L'homme d'expérience, le banquier, l'homme de pouvoir, quatre-vingts ans, admire le jeune talent, la vie qui se cherche encore mais dont les promesses sont extraordinaires. Plus d'un demi-siècle de différence entre eux. Elle est née en 1980, et lui en 20. On dit qu'ils ne se quittent pas. »

Il s'éloignait, le menton levé, remerciant d'un signe quand Yves Machecoul, l'éditeur, lançait : « Bravo, Jean, quelle idée fabuleuse ! Avoir réussi cette soirée de télévision ici, à la Comédie-Française, quel symbole ! Vous étiez le seul à pouvoir inventer cela, comme une affirmation de la continuité du spectacle et des bouleversements qu'il subit. Vous êtes surprenant, Jean ! Il fallait un aristocrate comme vous pour donner du sens à cette révolution. Une soirée parfaite, un feuilleton qui va être un triomphe ! »

Jean de Taurignan baissait la tête, une expression un peu lasse marquant son visage, comme si ces mots d'*aristocrate*, de *révolution*, lui rappelaient tout à coup qu'il était au Palais-Royal, en ce lieu où, un peu plus de deux siècles auparavant, son ancêtre le comte Philippe Chrétien de Taurignan avait fréquenté le café de Chartres ou celui de Conti, s'était assis aux tables de jeu, avait sans doute donné deux cents livres pour passer quelques heures avec la Bacchante et la Vénus, ces jeunes rouées qui prêtaient leurs corps pour toutes les fantaisies.

Il revenait sur ses pas, apercevait, au milieu du cercle noir des hommes, la silhouette de Marianne Forestier, blanche comme une statue entourée d'adorateurs.

Elle avait jeté sur ses épaules nues un voile qui ne cachait ni la carnation de sa peau, ni la naissance de ses seins. Ses cheveux relevés en chignon faisaient ressortir la perfection classique de ses traits, leur finesse, la grâce qui se dégageait de ce cou long et fin. Mais le corps démentait cette fragilité et cette impression de pureté. La poitrine était forte, les hanches larges, les épaules rondes, les bras charnus, les poignets et les chevilles épais. On devinait sous la robe des cuisses fermes, des fesses musclées et rebondies. Du corps de Marianne rayonnait une sensualité que certains jours Jean de Taurignan qualifiait d'une voix bienveillante de « primitive ». Mais parfois, lorsqu'il était choqué par la vulgarité de François Mercœur, le patron des programmes de *Média 1*, ou la brutalité de Dussert, il disait avec une moue méprisante que Marianne avait la séduction « un peu poissarde ».

Il se sentait alors lointain, si différent de ces roturiers, de cette petite catin de Forestier à laquelle on avait donné ce prénom de Marianne. Elle incarnait bien la République ! Lui était le descendant de Geoffroy Chrétien de Taurignan qui, en 1099, était entré dans Jérusalem le glaive au poing. Mais qui se souvenait des Croisés ? Ou des aristocrates qui, ici même, s'offraient les jolies poissardes ? Il n'était plus que le salarié de Xavier Dussert. Il organisait la projection du premier épisode du grand feuilleton de *Média 1*. Et Marianne n'était pas une catin, mais une jeune femme qui commençait sa carrière avec habileté, et pour qui Dussert n'avait que des attentions d'arrière-grand-père.

Enfin, c'était cela qu'il fallait croire et dire.

Marianne lui avait souri, levant le bras, faisant ainsi glisser son voile qui avait découvert son épaule droite et laissé apparaître le haut d'un sein. Les hommes s'étaient pressés autour d'elle et elle avait ri, la tête un peu rejetée en arrière, replaçant le voile. Dussert s'était avancé, l'avait prise par le bras, et les invités s'étaient écartés afin qu'ils puissent gagner l'escalier.

Xavier Dussert, petit et corpulent, Marianne le dépassant de la tête.

Taurignan avait continué d'aller d'un groupe à l'autre, ne cherchant pas à se mêler à eux. Il surprenait un éclat de voix, une imprécation. Il était question de baisse des taux, de cette tourmente qui avait saisi toutes les Bourses et qui engloutissait actions, obligations, fonds de pension, comme s'il s'était agi de navires soulevés puis brisés par les cyclones qui, ces temps-ci, ravageaient les Caraïbes et les côtes américaines.

Plus loin, au centre du foyer, un secrétaire d'État pérorait, évoquait la future élection présidentielle, les chances du Premier ministre à cette première joute du XXIe siècle. Le secrétaire d'État passait familièrement le bras sur l'épaule d'un des chefs de l'opposition. « Vous n'êtes plus en phase avec les nouvelles manières de sentir, de vivre, disait-il. Vous êtes le passé, cher ami, changez d'opinion, de parti. » On riait.

Taurignan avait interdit l'entrée du foyer aux caméras de *Média 1*. Elles avaient filmé l'arrivée des invités, la salle debout acclamant Marianne quand, à la fin de la projection de l'épisode, elle s'était présentée sur la scène, avec son visage et son cou de vierge, et son corps de paysanne. Les invités étaient satisfaits, ils apparaîtraient sur l'écran. On expliquerait qu'ils avaient payé, personnellement – « N'oubliez pas d'insister sur ce point », avait répété l'un des ministres à Taurignan –, deux mille cinq cents francs pour assister à cette soirée donnée au profit des victimes des mines antipersonnel.

Taurignan avait imposé, en dépit des réserves de

Mercœur, que l'on projette quelques images d'enfants mutilés, et un silence coupé de soupirs avait écrasé la salle et s'était prolongé plusieurs minutes après la fin du reportage. Taurignan avait observé les visages des invités. Tous étaient émus, révoltés, et cependant il les sentait rassurés de savoir que cela se passait loin, dans des pays perdus au fond des atlas.

On l'avait félicité comme s'il avait été un parent des victimes puis, d'un pas lent, on avait gagné le foyer du théâtre. Et tout à coup, ç'avait été la bousculade, la cohue devant le buffet, autour de Marianne, des ministres et de Xavier Dussert. On riait, on parlait fort dans la pièce illuminée.

Belle soirée de fin de millénaire.

Jean de Taurignan quitta le dernier le foyer du théâtre de la Comédie-Française. Il renvoya son chauffeur malgré la pluie fine qui avait commencé à tomber. Il longea la rue de Rivoli jusqu'à la place de la Concorde.

La chaussée brillait. Il s'arrêta.

Sur cette place, il y a si longtemps, on avait dressé la guillotine. C'était il y a plus de deux cents ans, mais c'était hier si l'on prenait la mesure de l'histoire des hommes et plus encore des choses. Et l'un des siens, dont le portrait ornait son bureau, chez lui, boulevard Saint-Germain, avait eu la tête tranchée, là, un jour de septembre 1792. Une autre fin de siècle.

Mais qui se souvenait de Philippe Chrétien de Taurignan ?

PREMIÈRE PARTIE

1.

“Si l’un de nous devait mourir, ce devait être moi...”

Moi, Philippe Chrétien de Taurignan, ce 19 septembre 1792, j’en appelle au jugement de Dieu,

Je connais celui des hommes,

Ils sont venus, il y a moins d’une heure, lire la liste de ceux que leur tribunal a condamnés à mort et qui seront exécutés demain,

J’ai été, Dieu en soit remercié, nommé le premier.

Il me reste donc une nuit à vivre avant qu’on vienne couper mes cheveux, déchirer le col de ma chemise pour que ma nuque soit nue et blanche sous le tranchant du couperet.

Après, on me liera les mains dans le dos et je serai ainsi le premier comte de Taurignan à mourir sans que mes doigts se soient joints sur ma poitrine pour l’ultime prière, ou serrés sur le pommeau d’une épée pour le dernier combat.

Voilà ma souffrance, le calvaire que vous avez voulu que je gravisse, Seigneur. Il me faudra donc suivre, comme un vaincu, ces hommes armés de piques et de sabres qui font claquer leurs sabots dans les couloirs de la prison. Je devrai monter sans pouvoir me défendre dans la charrette des condamnés qu'on destine à la guillotine et me laisser mener, au milieu des insultes et des cris, par ces rues proches du Palais-Royal que j'ai si souvent parcourues dans la cohue joyeuse des fins d'après-midi, jusqu'à la place qui fut celle de Louis XV et qui est devenue place de la Révolution.

C'est là qu'on décapite.

Je sais que je gravirai les marches de l'échafaud la tête droite et que je ne laisserai pas le bourreau peser de ses mains sur mes épaules pour me forcer à glisser mon cou dans la lucarne.

Je m'allongerai seul sur la planche. J'attendrai les yeux ouverts et j'écouterai jusqu'au bout tous les bruits de la vie, même s'ils ne sont plus que voix de populace, cris de haine et roulements de tambour.

Mais, mon Dieu, qu'avons-nous fait pour mourir ainsi, impuissants et humiliés ? Quelle est notre faute ?

Les miens, depuis qu'il y a une mémoire, ont servi Dieu, l'Église et le roi. Le premier de notre lignée, Geoffroy Chrétien de Taurignan, est mort en Terre sainte. Mon frère cadet, Pierre-Marie, a été ordonné prêtre. J'ai pris femme devant Dieu. J'ai fait baptiser mes enfants Louis et Jeanne. J'ai distribué des aumônes, rendu, quand je le devais, la justice avec équité. J'ai combattu pour notre roi. Et j'aurais voulu, le 10 août aux Tuileries, quand l'assaut a été donné par le peuple devenu furieux, mourir sur les marches du château comme tant de gentilshommes et de valeureux gardes suisses.

J'ai été épargné, arraché par des Fédérés venus de Marseille aux couteaux des massacreurs, jeté ici, dans cette prison de l'Abbaye où les murs sont couverts de salpêtre. Mais les marques que je vois, à hauteur de mes yeux, comme des îles brunes sur une mer verdâtre, sont des taches de sang.

Dans le coin éloigné des grilles qui ferment cette salle, là où la voûte s'abaisse tant que je la touche du front, on a, il y a deux semaines, égorgé, tailladé les corps, arraché le cœur et le foie, profané, émasculé, et la plupart des prisonniers avec qui j'ai vécu dans cette prison depuis le 10 août ont péri ainsi.

Mais j'ai encore survécu. La mort, en ces premiers jours de septembre, m'a frôlé une nouvelle fois sans m'atteindre.

Alors que j'attendais immobile, sans même lever le bras pour me protéger le visage et le cou des piques, des sabres, des coutelas et des hachoirs que ces hommes et ces femmes brandissaient en hurlant, un homme s'est placé devant moi, repoussant les égorgeurs. Il a dit :

— Celui-là, il est à moi, je le connais. J'ai un laissez-passer de la Commune.

Il a agité devant eux un papier couvert de signatures.

— J'ai ordre de le conduire jusqu'au citoyen Danton.

Il y a eu des murmures, des grognements, des protestations et même des menaces. Ils étaient autour de moi comme des chiens auxquels on arrache le gibier. Mais l'homme a lancé d'une voix forte :

— Je suis un sans-culotte de la section du Théâtre-Français. J'ai combattu à la Bastille, et le 10 août j'ai pris ma part du châtiment des Suisses. Qui veut se dresser contre la Commune insurrectionnelle ?

Il s'est tourné vers moi.

— Le citoyen Taurignan, ci-devant comte, a rendu des services aux patriotes, j'en fais le serment.

Je n'ai pas eu le temps de dire que je préférais mourir sans masque, dans la fierté de ma fidélité au roi, plutôt que de survivre dans le mensonge et dans la honte de ce que je suis.

L'homme m'a poussé hors de la salle, dans les couloirs qu'éclairaient des torches.

J'ai eu l'impression d'avancer contre le flot tumultueux d'un égout. Ils venaient à notre rencontre, ces groupes d'assassins armés de haches et de piques. Ils hurlaient : « À mort les suspects ! Justice ! Justice pour le peuple ! Tuons ceux qui veulent égorger les patriotes ! »

Un orateur accroché aux grilles expliquait qu'il fallait mettre fin, dans le sang, au « complot des prisons et à la conspiration des poignards ». Qu'ici, à l'Abbaye, les prisonniers préparaient un soulèvement des « Amis du Roi » qui devaient se rendre maîtres de Paris et ouvrir les portes de la capitale aux soldats du général prussien Brunswick.

Les grilles des cellules cédaient sous la poussée des furieux, et l'on tirait par les cheveux les femmes qui se débattaient.

J'aurais voulu mourir là. Mais l'homme m'avait saisi par le poignet et me guidait d'une main sûre.

Au moment où nous quittions l'Abbaye, j'ai entendu les cris et les plaintes des victimes. Et, peu après, les chants des égorgeurs.

J'ai vu, jetés sur la chaussée, devant la porte de la prison, des corps aux membres brisés, éventrés, vidés de leur sang. Des poissardes s'en disputaient les entrailles.

Qui saura, si je ne l'écris pas cette nuit d'avant ma mort, que j'ai vu l'une d'elles mordre à pleines dents dans un cœur qu'on venait d'arracher à la poitrine d'une femme, dont la robe était bleue mais dont tout le corsage était devenu pourpre ? Qui se souviendra de cette autre criminelle qui brandissait le sexe d'un homme comme un trophée alors que le sang coulait sur ses avant-bras nus ?

Nous nous sommes éloignés, l'homme marchait à grands pas. Il portait une redingote noire aux larges revers comme aiment à s'en revêtir les avocats, les notaires et autres gens de robe. Mais il était coiffé d'un bonnet phrygien et ses pantalons rayés de larges bandes rouges étaient ceux d'un sans-culotte.

— Je vous ai sauvé, a-t-il dit sans se retourner. Mon nom est Guillaume Dussert, citoyen secrétaire de la section du Théâtre-Français. Je suis clerc à la banque Mallet.

Il me jeta un coup d'œil.

— Pourquoi moi ? ai-je demandé, je suis un ami du roi, je n'ai jamais aidé les patriotes. J'étais prêt à mourir.

Il haussa les épaules.

— Il est toujours temps.

Tout à coup, il s'arrêta, me fit face.

— Pourquoi vous ? Je sauve ceux qui peuvent payer pour leur vie. Je sais que vous avez du bien. C'est moi qui tenais le registre de la banque Mallet. Je n'en ai pas oublié une seule ligne.

Il s'est remis à marcher et je l'ai suivi.

Les traits de son visage disaient l'avidité et l'âpreté. Ses actes révélaient l'esprit de décision et même une forme de courage. Ses yeux, petits, enfoncés, rapprochés, étaient vifs et mobiles. Dussert était un renard ou un loup, un vautour ou un faucon, flairant le danger avant même que je ne l'identifie. Il me faisait presser le pas ou me contraignait à me cacher dans une encoignure. Et je voyais apparaître une patrouille de sectionnaires armés de leurs piques et de leurs sabres.

Dès qu'elle s'était éloignée, nous reprenions notre marche, longeant la Seine, vers le faubourg Saint-Germain. Il m'assura que ma demeure n'avait pas été pillée.

— On tue, mais on protège les biens. Il ne faut pas détruire les richesses, ni les principes sur lesquels se fonde la fortune.

Il s'arrêta de nouveau.

— La mort seule est pour l'égalité. Mais on ne partage pas les richesses. Elles vont seulement changer de mains.

Il me montra les siennes.

— J'ai trop compté vos pièces d'or, monsieur le comte. Ces mains-là veulent leur part du grand transbordement des fortunes qui commence. Ces pauvres gens, ajouta-t-il en montrant la foule, n'imaginent pas ce qui va se produire.

Le peuple en armes occupait les ponts, une grande partie des rues du faubourg Saint-Honoré. Il acclamait les volontaires qui partaient pour les frontières. On criait « Vive la Nation ! ». On scandait *« Aux armes, citoyens ! »*. Le bataillon des Marseillais défilait, soulevant l'enthousiasme.

Je regardais ces jeunes gens qui se prenaient par la main en chantant *« Dansons la carmagnole, vive le son du canon »*. On criait : *« Mourir pour la patrie est le sort le plus beau, le plus digne d'envie ! »*

Certaines femmes étaient belles comme des héroïnes romaines et les volontaires les embrassaient avec l'élan de leur âge.

Je venais d'un lieu où l'on tuait les hommes et les femmes comme des animaux de boucherie, et je découvrais cette insouciance et cette résolution de la foule, cette gaieté aussi. Et cette jeunesse.

Comment aurais-je pu vouloir survivre dans ce monde-là dont je mesurais qu'il n'était plus le mien ?

Je me suis arrêté au milieu de la foule, laissant Guillaume Dussert s'éloigner seul. Et aussitôt j'ai senti les regards hostiles. J'ai deviné les soupçons. Les chants avaient cessé. On se concertait. Les voix devenaient aiguës et tranchantes. Il était si facile de reconnaître en moi un aristocrate, donc un suspect, donc un espion de l'étranger, un ennemi des patriotes.

J'ai vu Dussert écarter la foule, briser le cercle qui m'entourait.

— Ce citoyen est sous ma protection, je suis de la section du Théâtre-Français, j'ai un laissez-passer.

Il m'a pris aux épaules, m'a poussé en avant, hurlant « Vive la Nation ! ». Nous nous sommes éloignés et les chants ont repris.

— Une vie comme la vôtre, a dit Dussert en entrant sous le porche de ma demeure, elle ne vaut pas cher aujourd'hui.

Il s'est mis à rire.

— Mais pour vous, et donc pour moi, elle n'a pas de prix.

Son assurance, cette manière qu'il avait de me faire

comprendre que j'étais son otage et qu'il exigeait une rançon en échange de ma vie m'ont souffleté et j'ai eu le désir de le tuer là, au milieu de mes voitures dont les timons reposaient sur le sol.

Je l'ai pris par les revers de sa redingote, je l'ai secoué, puis soudain ma colère est retombée. On ne se bat pas avec un Dussert quand on porte le nom de Chrétien de Taurignan. On ordonne à ses domestiques de lui administrer une volée de coups de bâton.

Mais je n'avais plus ni valets, ni cochers, ni palefreniers. Peut-être avaient-ils rejoint cette foule dont les cris et les chants venaient mourir ici, contre la façade sombre de ma maison. Elle était comme un navire échoué, abandonné. Pas une lumière ne brillait derrière les vitres grises.

— Vous avez besoin de moi, a dit Dussert d'une voix posée. Vous êtes riche. Je ne le suis pas encore. M. Mallet vous tenait en haute estime. Sa banque ne vous refusait rien. Je vous ai apporté plusieurs fois ici des sacs remplis de pièces.

Il a penché la tête, souri.

— Le grand transbordement, monsieur le comte !

Je ne me suis même pas étonné qu'il possédât la clé de la porte-fenêtre qui ouvre sur le grand salon.

— L'un de vos valets me l'a vendue, murmura-t-il. Rien ici-bas qui n'ait un prix, monsieur le comte. Vous savez ce qu'on a trouvé dans l'armoire de fer des Tuileries ?

La nouvelle avait même pénétré les prisons. On avait découvert, dans le coffre du roi, la preuve de la corruption de Mirabeau et de bien d'autres, achetés par les agents de Louis XVI.

— Tous les hommes, même les plus glorieux, sont à vendre, dit Dussert en entrant dans le salon.

Je l'ai suivi.

C'était la maison des fantômes, et je suis allé d'une pièce à l'autre. Là, il me semblait entendre le clavecin et voir mon épouse Thérèse penchée sur le clavier, dans cette robe blanche qui la rajeunissait. J'avais chaque fois honte, quand je la découvrais ainsi, ses mains glissant sur les touches, de m'en aller, le soir, arpenter les galeries du Palais-Royal.

Est-ce pour cela que je suis puni, condamné ? Est-ce parce que nous, qui étions la noblesse de ce pays, avons oublié nos serments et sommes tous devenus des libertins ?

C'est vrai que, dans l'ombre propice de ces galeries, je me suis laissé prendre le bras par les filles au corsage dénoué, celles qu'on nommait les barboteuses, les Marie-Trois-Tours, et celles si jeunes et si piquantes que j'en garde encore, je l'avoue, en cette nuit qui précède ma mort, le souvenir vivant et le regret. On les nommait la Bacchante et la Vénus. Elles avaient une façon si mutine de vous chuchoter des mots poivrés qu'il semblait qu'elles vous mordillaient l'oreille. Elles étaient menues et gracieuses, enjouées, et j'ai caressé leurs corps, et je me suis abandonné dans leurs bras.

Je n'ai qu'à fermer les yeux pour imaginer la douceur de leurs caresses, l'humidité et la saveur de leurs lèvres.

Cette infidélité à laquelle je n'ai pu renoncer, ce libertinage qui m'enchantait, sont-ils la cause de cette damnation qui touche tout un royaume ?

Certains d'entre nous sont allés si loin qu'ils ont pactisé avec le mal au nom de la liberté et du plaisir. J'en ai connu, des marquis qui se voulaient divins et qui n'étaient que débauchés ! Ils fouettaient les filles et jouissaient de leurs cris et de leurs souffrances. Ils s'imaginaient innocents parce qu'ils payaient. Et maintenant ceux-là, tel le marquis de Sade, sont les plus ardents à réclamer la République dans les sections des sans-culottes.

Moi, je n'ai jamais trouvé le plaisir dans la douleur d'une femme. Je voulais qu'elles me remercient d'une dernière étreinte, puis je quittais leur chambre et m'en allais boire du vin frais dans les salons de l'hôtel d'Orléans, ou bien du chocolat des Îles au café de Chartres ou au café de Conti.

Je faisais le serment, en retrouvant mon épouse dans sa robe blanche, de renoncer à ces plaisirs. Puis, je me damnais de nouveau.

Et maintenant, j'erre dans ma maison, et il me semble que ma fille va sortir de sa chambre et courir vers moi.

Illusions. Mes pas résonnent dans la maison déserte. Je suis seul. Je l'ai voulu ainsi. Dès le lendemain de l'arrestation du roi à Varennes alors qu'il tentait de gagner la frontière, le 21 juin 1791, j'ai demandé à mon fils de conduire sa mère et sa jeune sœur en Allemagne, et je lui ai fait jurer de ne pas les quitter, de ne pas rentrer en France pour y combattre et défendre le roi comme il le désirait. Plus tard, je lui ai écrit pour exiger qu'il ne s'engage pas dans l'armée des Princes.

Peut-être, dès ce temps-là, alors que notre roi semblait encore maîtriser le jeu, ai-je pressenti que j'allais être écrasé par cette avalanche qui avait commencé de rouler au printemps de 1789. Et je voulais qu'un comte Chrétien de Taurignan, mon fils, survive au cataclysme et puisse continuer notre lignée.

Si l'un de nous devait mourir, ce devait être moi.

Je suis retourné dans le salon, je me suis assis en face de Dussert et je lui ai demandé des nouvelles de la guerre.

Dussert a secoué la tête et je n'ai pas aimé son sourire où se mêlaient la compassion et l'ironie.

— Les troupes austro-prussiennes de Brunswick avancent, me dit-il. On attend une grande bataille. Les généraux Dumouriez et Kellermann ont pris la tête de l'armée. Mais – son sourire était plein maintenant de commisération – Brunswick n'entrera jamais dans Paris. Vous avez entendu le peuple ? Chacun veut courir aux frontières pour défendre la patrie en danger et, si cela ne suffit pas, on dit que Danton est prêt à payer Brunswick. Même un duc, cela s'achète !

Il se leva, commença à aller et venir.

— Et qui vous dit, mon cher comte, que les Prussiens, les Autrichiens, les Anglais désirent que le royaume de France retrouve la paix ? Si la France se déchire, ils grandissent.

Son ton m'humiliait, et plus encore le fait qu'il disait vrai. Tous ceux qui, à la Cour, autour de la reine, avaient cru trouver le salut dans l'intervention étrangère ou les propos de Brunswick qui avait menacé Paris dans un *Manifeste* d'une « exécution militaire » n'avaient fait qu'attiser la Révolution. Et le peuple avait pris les Tuileries le 10 août et destitué le roi.

— Vous ne partez pas aux frontières ? ai-je demandé.

Dussert a haussé les épaules.

— Je révolutionne à ma façon, fit-il en riant. Je me préoccupe du transbordement des fortunes, au profit des patriotes, faut-il le dire…

Il s'est approché, a posé familièrement sa main sur mon épaule :

— Mon cher comte, quittez Paris au plus vite, émigrez, vous reviendrez quand la tempête sera calmée.

Puis il a placé les mains dans les poches de sa redingote et j'ai deviné les pistolets qu'il y cachait.

— Maintenant, il faut me payer, ajouta-t-il d'une voix rauque. Vous aimez ce mot, transbordement ? Il vient de naître, on l'emploie peu encore. Je l'adore.

Je l'observai. Il était prêt à me tuer, à maquiller mon assassinat en acte patriotique. On lui délivrerait un certificat de civisme.

— Faisons un marché, ai-je dit.

Il a poussé vers moi la petite table de jeu sur laquelle si souvent j'avais défié mon fils, qui réussissait toujours – mais peut-être voulais-je être vaincu par lui – à me mettre échec et mat.

— Voyons, fit Dussert.

J'ai commencé à rédiger un texte par lequel je le chargeais d'administrer tous mes biens, cette maison et notre château de Crest. Il encaisserait tous les revenus de ces propriétés, pourrait disposer de l'argent et des bijoux, mais il s'engageait à les remettre – lui ou ses descendants – à mes héritiers dès que cela serait possible, et lorsque ma femme, mon fils ou ma fille le réclameraient.

Je le devinais hésitant.

J'ai ajouté une ligne.

À défaut d'héritiers, le citoyen Guillaume Dussert et sa descendance deviendraient propriétaires de tout ce qui appartenait au comte de Taurignan.

Il s'est emparé de la feuille d'un geste avide, l'a relue.

— Je n'ai plus qu'à souhaiter votre mort et celle des vôtres !

— J'ai un frère, une épouse, un fils, une fille…

Il a levé la main, m'a interrompu.

— Je laisserai le destin décider, a-t-il dit en se levant. En ce moment, il ne vous est pas très favorable.

Ils sont venus m'arrêter deux jours plus tard. Dussert m'a-t-il dénoncé ou bien les sans-culottes des sections visitaient-ils toutes les maisons des aristocrates ? Ils ont enfoncé les portes, fouillé les meubles, sondé les murs, persuadés que je possédais moi aussi une « armoire de fer ». Ils étaient une dizaine, arrogants, haineux.

Ils m'ont décrété d'arrestation et le soir même j'étais jugé et condamné.

J'étais accusé d'être l'un des organisateurs du complot du 10 août. J'avais aussi voulu soulever les prisonniers de l'Abbaye. J'étais le complice de Louis Capet, ci-devant roi de France. J'étais coupable d'avoir commandé aux Tuileries les gardes suisses dont le feu de roulement avait causé la mort de centaines de patriotes.

On m'a condamné à mort aux cris de « Vive la Nation ! » et j'ai retrouvé la prison de l'Abbaye et les quelques survivants des massacres du début du mois de septembre.

Je n'ai voulu parler à aucun d'entre eux, refusant

de mêler ma voix aux lamentations et aux malédictions. Tous espéraient la victoire prochaine du duc de Brunswick et ils rêvaient du châtiment qu'on infligerait à la populace.

J'ai préféré me retirer dans ce coin qu'éclaire, ce soir, la bougie que j'ai obtenue d'un geôlier en échange de deux bagues.

Que ferai-je de ces anneaux dans la fosse commune où l'on va me jeter demain matin ? Que deviendront mes doigts quand on aura répandu sur mon corps de la chaux vive ?

J'écris donc, et je veux le faire toute la nuit pour retenir la vie par les cheveux, ne pas laisser vide une seule seconde, pour tenter de comprendre ce qui m'arrive et détruit le monde qui était le mien. Je veux dire ce que je ressens, ce dont je me souviens, ce que je prévois.

Ils vont tuer le roi et la reine, et peut-être leurs enfants, comme on nous tue. Et je m'interroge une nouvelle fois : qu'avons-nous fait pour être livrés à cette sauvagerie ? Nos souverains n'ont-ils pas toujours voulu le bien de leurs sujets et la grandeur du royaume ? N'ont-ils pas convoqué les États Généraux ?

Mais à quoi bon ressasser ces événements et leurs conséquences ? Les chroniqueurs les jugeront.

Moi, dès le printemps de 1789, j'ai senti monter la haine, la rage même, contre nous, contre tous ceux qui possédaient des biens et dont les familles, depuis des siècles, constituaient les piliers du royaume.

Parfois, on lançait des pierres contre ma voiture et les mendiants tendaient la main comme on montre le poing. Leurs remerciements, quand je leur faisais l'aumône, ressemblaient à des insultes.

Je me souviens de ces attroupements et de ces cris dans la rue de Montreuil et tout au long du faubourg Saint-Antoine, le 28 avril 1789. J'étais dans la voiture du duc Louis-Philippe d'Orléans. Nous allions à Vincennes. La troupe barrait les rues. La foule des ouvriers assiégeait la manufacture du fabricant de papiers peints Reveillon. J'ai entendu hurler : « Tirez vos couteaux ! Tuez-le ! Tuez-le ! »

Notre voiture avait été arrêtée et des femmes s'approchèrent. « Vive notre père d'Orléans ! Vive le seul et véritable ami du peuple ! » lancèrent-elles.

Leurs acclamations me gênèrent. J'étais un familier du duc, je fréquentais son hôtel, sa table de jeu, je buvais son vin, je faisais comme il se doit des compliments à la duchesse et je n'avais jamais cru que ce cousin du roi pût jouer sa partie contre le souverain.

Le duc s'est penché à la portière, il a dit :

— Allons mes amis, du calme, de la paix, nous touchons au bonheur.

Cette phrase a achevé de me mettre mal à l'aise. Les accusations de complot dont la Cour bruissait, assurant que le duc rêvait de s'asseoir sur le trône de France à la place de Louis XVI, me parurent tout à coup fondées.

Louis-Philippe d'Orléans ne comprenait-il pas que son ambition était une torche qu'il jetait dans un pays où tant de gens, avocats, parlementaires, miséreux, écrivains, manouvriers sans terre, paysans sans récolte, attendaient l'incendie ?

Un homme qui marchait près de la voiture qui avait recommencé à avancer, roulant au pas, se frayant difficilement un chemin dans la foule où continuaient de retentir les cris de mort contre Reveillon, interpella le duc :

— Monseigneur, c'est si long d'attendre ! Il y a des années qu'on nous promet le bonheur. Cependant nous crevons de faim et des jean-foutre de patrons parlent de réduire notre salaire à quinze sous par jour !

Le duc ne répondit pas, se bornant à faire un geste de la main, comme s'il bénissait l'émeute qui grondait.

Il se tourna vers moi, me fixant, le visage sans expression :

— Dieu sait où nous allons, dit-il. Mais j'ai aussi mon opinion. Restez près de moi et vous n'aurez qu'à vous en louer. Je suis l'avenir de ce royaume.

Je me suis contenté de baisser la tête.

Quel pouvait être le destin d'un royaume qui était divisé à son sommet, alors que de toutes parts montaient les récriminations et que contre la noblesse et le clergé se dressaient le Tiers État et la rue ?

J'appris le soir de ce 28 avril que la maison Reveillon avait été saccagée, incendiée, que les troupes avaient dû ouvrir le feu et que l'on dénombrait plusieurs centaines de tués et plus d'un millier de blessés parmi les insurgés. Les émeutiers avaient affronté avec des bâtons ou les mains nues les baïonnettes et les fusils des soldats.

Ce jour-là, je compris que nous allions connaître la tempête.

Elle s'est déchaînée et elle m'a emporté.

2.

> “J’ai remercié Dieu et j’ai marché avec assurance…”

C’est le milieu de la nuit. J’ai donné ma tabatière d’or et d’argent, mon dernier bien, à l’un de nos geôliers.

— Je veux écrire à ma femme et à mes enfants, lui ai-je dit.

Il a semblé ému et m’a apporté une nouvelle bougie, de l’encre et du papier.

Au moment où il refermait les grilles, je l’ai retenu, saisissant l’un de ses poignets. Il me fallait être humble et cela m’a coûté. Je l’ai supplié de recueillir mes feuillets et de les conserver. Un jour, quelqu’un des miens peut-être pourrait ainsi les lire.

— Je suis le comte Philippe Chrétien de Taurignan, ai-je ajouté. Ma famille sera généreuse avec vous.

Il a hoché la tête.

— Je me nomme Nicolas Mercœur, citoyen de la section des Piques. Je suis volontaire pour l’armée des frontières.

Tout à coup, comme s’il prenait conscience du lien qui s’était noué entre nous, il m’a repoussé avec le bout de sa pique.

— Allons, ci-devant, sinon je vous embroche !

Je me suis reculé et, comme je le dévisageais, il a baissé les yeux, puis il a lancé à la cantonade :

— Vous vouliez faire une Saint-Barthélemy des patriotes, le peuple ne l'a pas permis !

J'ai regagné mon coin, fixé ma bougie au tonneau qui me servait d'écritoire, j'ai recommencé à écrire. Mais plus je me rapproche de la rive obscure et plus les mots se dérobent. Tout se dissout en moi de ce que je croyais important, le service du roi, le destin du royaume, ces joutes qui m'avaient opposé aux représentants du Tiers État.

Il semble qu'il ne me reste de ma vie que l'intime, que j'ai si souvent négligé, ou bien les plaisirs que je me suis offerts, en dépit des liens sacrés du mariage.

J'ai envie de retrouver les noms et les visages des femmes que j'ai rencontrées. Et puis je murmure « Thérèse, Thérèse », et c'est son souvenir qui m'envahit.

Ai-je pris le temps de la connaître ? Qu'a-t-elle vécu au cours de cette année, il y a plus de dix ans, que j'ai passée en Amérique pour combattre aux côtés des Insurgés ces tuniques rouges d'Anglais ?

Quand je suis revenu, en 1782, Thérèse m'a paru changée, toujours souriante et attentive, mais distante, songeuse, se souciant peu de Jeanne, notre fille de deux ans alors, indifférente au destin de Louis qui, à douze ans, rêvait déjà du métier des armes. Mais je ne me suis pas attardé, je ne l'ai pas questionnée, trop préoccupé par mes retrouvailles avec cette ville bruyante où s'offrent tant de corps de femmes. Et j'ai recommencé avec plus de frénésie encore à fréquenter le Palais-Royal, ses jardins et ses galeries que le duc d'Orléans avait ouverts au public.

Voilà de quoi je me souviens et non du vote par tête ou par ordre aux États Généraux. Je dis à mi-voix « Thérèse, Jeanne, Louis », comme si les nommer et entendre leurs noms me les rendaient présents. Et je regrette à cet instant de ne pas avoir pris le parti de l'exil. Je serais avec eux.

Ai-je été dupé ? Les propres frères du roi, les comtes de Provence et d'Artois, ont émigré, comme des milliers de nobles. Ils survivront. Ils côtoieront mes enfants et ma femme, et moi, ma tête aura roulé dans le panier de son.

Est-il d'autre victoire que de survivre ?

Peut-être aurais-je hurlé de colère et de regret, et de terreur aussi, si un groupe d'hommes ne s'était approché des grilles. Je ne distinguais pas leurs visages. Leurs armes s'entrechoquaient. Ils portaient des lanternes dont les faisceaux éclairaient les corps recroquevillés des prisonniers, couchés à même le sol.

C'était comme un champ de bataille et je me souvins tout à coup des soldats étendus dans cette plaine vallonnée d'Amérique, devant Yorktown. J'avais crié alors avec les Insurgés « Vive la liberté ! ».

Comment aurais-je pu imaginer que ce mot, dix ans plus tard, serait inscrit sur le drapeau de ceux qui me condamneraient à mort ? Quel était donc le sens de ma vie ? Pourquoi ces combats pour la liberté des Américains, cette victoire à leurs côtés, si tout cela devait conduire ici à notre défaite ? La Fayette, avec qui si souvent, aux Amériques, j'ai parlé de la liberté de notre royaume, vient, dit la rumeur, d'être accusé de trahison et a émigré, lui qui le 14 juillet 1790 était le héros de la fête de la Fédération, le héros d'Amérique.

Qui pouvait prévoir, quand nous combattions côte à côte devant Yorktown, notre fin en cette année 1792 ? Et qu'en sera-t-il dans dix ans ?

J'ai calculé aussi maladroitement qu'un enfant l'âge des miens s'ils survivaient à cette tourmente. J'ai tenté d'imaginer Thérèse à cinquante-deux ans, Jeanne à vingt-deux, Louis à trente-deux. Moi, à quoi bon ? Le boulier qu'est toute vie n'a plus que quelques heures à compter. Je suis un vieil homme déjà, j'ai franchi le demi-siècle. Je peux mourir.

À peine ai-je pensé cela que mon corps se couvre de sueur, que la vie s'accroche à chaque parcelle de ma peau, comme un chiendent tenace et rugueux.

J'ai sursauté, arraché à mes souvenirs et à ma peur par ce bruit de clé, ce grincement des grilles qu'on pousse.

Les hommes étaient entrés dans notre cellule. Ils enjambaient les corps et les repoussaient brutalement du pied. Pour eux, nous étions aussi morts que les soldats tombés devant Yorktown et qu'on jetait dans une charrette avant de les enfouir.

Que cherchaient-ils, ces hommes qui baissaient leur lanterne pour voir les visages ? On n'exécutait jamais à cette heure de la nuit.

Ils m'ont éclairé. Ils ont dit, en me tirant par les bras vers le couloir : « C'est celui-là. » « Citoyen Taurignan, ci-devant comte ? » a interrogé l'un d'eux.

Il m'a semblé qu'il y avait dans sa voix du respect. Et tout à coup, une joie irrépressible m'a envahi, comme si l'un de ces vins pétillants que nous faisait servir le duc d'Orléans m'avait grisé.

Je n'allais pas mourir. Je ne traverserais pas le fleuve qui sépare la vie de la mort. Je resterais sur la rive claire.

J'ai remercié Dieu et j'ai marché avec assurance entre ces hommes qui ne me traitaient pas comme un condamné qu'on va décapiter.

3.

« Les dés roulent encore…
Une voiture attelée attend dans la cour… »

C’est l’aube maintenant et sa lueur grise s’infiltre par les soupiraux. Je la vois s’avancer, envahir peu à peu la cellule, réveiller les quelques prisonniers qui se sont assoupis.

J’ai froid. Ma vie s’achève en même temps que la nuit.

À cette heure, si j’avais accepté le marché que l’on m’a offert, je roulerais dans la campagne, les chevaux déchirant le brouillard, et je me pencherais à la portière pour m’emplir des odeurs de la vie.

Mais j’ai choisi de rentrer dans cette cellule qui sent la sueur. Et je n’en sortirai que pour respirer sur l’échafaud le parfum douceâtre du sang.

Ai-je été fou ou héroïque d’avoir refusé le sauf-conduit que m’offrait Guillaume Dussert ?

Les hommes qui m’escortaient m’ont laissé seul avec lui dans une grande pièce sombre. Il m’a observé de ses petits yeux de rapace, et il s’est mis à parler vite, d’une voix coupante.

À peine avait-il prononcé quelques mots que déjà je secouais la tête.

Il me dit que le duc Louis-Philippe d’Orléans

venait d'être élu député à la nouvelle assemblée, la Convention. Que son fils, le duc de Chartres, se trouvait dans l'état-major de Dumouriez quelque part en Argonne. Qu'ainsi le duc, qui avait pris le nom de Philippe Égalité, préparait l'avenir de sa famille. Il était la seule chance de la monarchie. La nation voulait changer de têtes et c'est pourquoi elle en coupait tant. Louis Capet et son Autrichienne, leur fils, avaient perdu la partie. Je devais à l'instant, grâce à un sauf-conduit qu'il me montrait, gagner l'Allemagne, convaincre les frères de Louis XVI de l'inutilité de leur lutte, les inviter à se rallier à Philippe Égalité, à la branche cadette de la dynastie. Il fallait ce grand transbordement de souverains pour rétablir la paix en France. Et, selon Dussert, j'étais l'un des rares qui avaient la confiance du duc : « Il vous aime », a-t-il répété plusieurs fois. Mais je ne pouvais être suspecté par les comtes d'Artois et de Provence de modérantisme à l'égard de la Révolution. J'étais un ami du roi. J'avais combattu pour lui aux Tuileries. Ma famille avait émigré et j'avais été condamné à mort. Les frères de Louis XVI pouvaient m'entendre… Sinon les révolutionnaires exagérés, les Enragés, allaient détruire la nation. Et qui pouvait désirer cela ? Pas lui, Dussert. Voilà pourquoi il s'était mis au service de Louis-Philippe d'Orléans. Il venait de fonder une banque, qui recueillait les fonds de tous les honnêtes patriotes afin de trouver une issue raisonnable à la Révolution.

J'ai répondu, sans avoir réfléchi aux mots que je prononçais :

— Dites à Monseigneur le duc Louis-Philippe d'Orléans que je ne connais pas le citoyen Philippe

Égalité, député à la Convention, et que je ne peux donc servir cet homme-là.

Pourquoi ai-je parlé ainsi ? Par fidélité à mon roi ? Pour faire sentir à Dussert qu'il n'était pas de ma race ?

J'ai su à la manière dont il me regardait, méprisant et rageur, que je venais de placer mon cou dans la lucarne de la guillotine.

Il a dit que la vie était comme une montgolfière, qu'il fallait savoir pour échapper à la mort se délester d'un titre de duc, de comte, et de la vanité. Mais que chacun disposait de sa vie comme il l'entendait.

Il s'est approché de moi.

— Le transbordement des rois et des fortunes se fera, a-t-il ajouté, les dents serrées.

Je pouvais, à l'en croire, aider à ce que ce changement ne tarde pas, à ce qu'il ne se paie pas de trop de destructions et de victimes.

Il avait mis la main sur le loquet de la porte.

— Les dés, citoyen Taurignan, roulent encore. Une voiture attelée attend dans la cour. Mais si vous refusez, la vie continuera sans vous.

À cet instant, je me suis souvenu d'une partie d'enfer qui s'était prolongée jusqu'à l'aube dans le salon de l'hôtel du duc d'Orléans, au Palais-Royal.

C'était peu après mon retour d'Amérique. Paris me rendait ivre. Je jouais, je buvais, j'aimais.

Peut-être, j'en prends conscience aujourd'hui, agissais-je ainsi pour ne pas m'interroger sur ce qu'avait été la vie de Thérèse pendant mon absence en Amérique.

J'avais donc, cette nuit-là, perdu beaucoup d'argent. J'hésitais à engager les quelques louis qui me restaient.

— Jouez votre femme, Taurignan ! lança une voix.

J'aurais dû demander raison à cet impudent et le tuer.

— Allons, allons, avait dit le duc, la partie continue, chacun ne peut engager que ce qu'il possède.

Il m'avait humilié. Et peut-être, tant l'homme est un labyrinthe, ai-je refusé le marché que me proposait Dussert cette nuit du 19 septembre en souvenir de la honte que j'avais ressentie dans le salon du duc d'Orléans.

Je retrouvais mon honneur au prix de ma vie.

— Que décidez-vous ? m'a demandé Dussert.

— Je sors du jeu, ai-je répondu.

4.

“Qu’on
se souvienne
qu’il voulut vivre
droit et qu’il est
mort ainsi...”

Il ne me reste que peu de temps.

La prison est déjà pleine de bruits, de sanglots et de prières. On appelle les premiers condamnés et leurs noms sont aussitôt recouverts par les cris de « Vive la Nation ! » ou par ce chant qui monte de la cour et fait trembler les murs tant il est scandé avec force :

Aux armes, citoyens !
Formez vos bataillons !
Marchons, marchons,
Qu'un sang impur
Abreuve nos sillons !

Il me glace. Ce sang impur, c’est le mien et celui de mes compagnons de cellule, que je vois s’étreindre avant qu’on les entraîne.

Bientôt ce sera mon tour et j’ai tant à dire encore. Comme la nuit, comme la vie ont été courtes ! Il me semble qu’un mistral plus vif, plus violent que celui qui souffle sur notre château de Crest, faisant lever des tourbillons dans la cour, pliant les arbres, a emporté mes années, ne me laissant que cette poignée de minutes qu'un gardien, prononçant mon nom de sa voix implacable, m'obligera à lâcher.

Et je ne pourrai pas vous dire, à vous mes enfants, ma femme, mon frère, combien je m'inquiète, non de moi, mais de vous.

Toi, Pierre-Marie mon frère, dont je ne sais plus rien, es-tu l'un de ces prêtres que l'on a traqués, condamnés, tués, ou bien as-tu réussi à survivre ?

Vous, ma femme à laquelle il me faut demander pardon, je vous ai négligée, puis je n'ai pas eu le courage de vous questionner et je vous ai fuie dans les plaisirs, dans l'ivresse du jeu. Je vous ai laissée si souvent seule devant votre clavecin, et si vous avez cédé à la séduction de l'un de ces hommes de l'entourage du duc d'Orléans, peut-être à Monseigneur lui-même, j'en prends sur moi la faute et la honte.

Je vous vois pure, belle comme cette lumière bleutée qui tombe du soupirail.

Car il fait beau ce 20 septembre 1792, jour de ma mort !

Ainsi est la vie, ainsi sont les choses. Certains chantent, et j'entends leurs pas joyeux et martiaux marteler les pavés de la cour. J'imagine qu'ils se sont mis en marche, avançant de chaque côté de la charrette où sont assis les condamnés, cheveux coupés, chemises échancrées, mains liées. Ceux-là sont une coquille qu'on brise pour que d'autres naissent.

Il vous faudra comprendre cette loi de la vie, mes enfants, et renoncer à la haine et au désir de vengeance.

Car ce n'est pas seulement moi, comte Philippe

Chrétien de Taurignan, que l'on tue, mais le monde dont je faisais partie. C'est lui qu'on a détruit et je suis englouti avec lui.

Il ne renaîtra pas, j'en ai la certitude.

Peut-être est-ce la proximité de la mort qui suscite en moi une telle pensée. Peut-être celui qui va disparaître veut-il toujours se persuader que tout ce qu'il a connu meurt avec lui.

J'ai eu le temps dans cette nuit si brève de me demander si ma certitude n'était pas, en effet, la vanité d'un agonisant qui veut que cesse le festin auquel il ne peut plus prendre part.

Je n'en crois rien. Je me sens humble mais je sais que plus aucun souverain, dans ce pays, ne sera respecté, aimé et craint comme le fut celui que j'ai servi et qui fut contraint, un jour de septembre 1789, de rentrer de Versailles à Paris entouré des femmes de la halle, et qui fut obligé, le 20 juin 1792, de coiffer le bonnet phrygien et de boire, à la santé du peuple, un vin rouge comme le sang.

Souviens-toi de cela, mon fils, que je sais impétueux. Sois fier de ce que nous fûmes, mais ne rêve pas. Ce qui naît et que notre sang abreuve ne pourra pas être arraché. Cet arbre-là, qu'on dit être celui de la Liberté, a planté ses racines dans la terre de ce pays. Elles sont déjà profondes. Elles s'enfonceront encore et les branches croîtront. Puis un jour viendra, ainsi est la nature, où cet arbre, nouveau aujourd'hui, dépérira. Alors approcheront les bûcherons qui, à grands coups de hache, abattront ce tronc agonisant, et ce sera souffrance pour les branches où coule encore la sève, mais le fer est plus dur que le bois.

Ce matin, alors que le soleil illumine la cellule,

le couperet va trancher mon cou. Je suis l'une des branches du vieil arbre.

Vous, mes enfants, souvenez-vous de moi, mais vivez avec votre temps. Que sera notre pays ? Sa terre est fertile, ses hommes sont courageux et fiers. Il survivra donc. Qui le gouvernera ? Un duc d'Orléans qui a choisi de s'appeler Philippe Égalité et qui s'imagine pouvoir greffer son ambition sur les pousses nouvelles ? Ou bien celles-ci deviendront-elles République ? J'entends certains de nos gardiens l'appeler de leurs vœux. Mais que se cachera-t-il derrière ce mot ? Une nouvelle Rome, avec des sénateurs et bientôt un César et un Brutus ?

Il n'est plus temps pour moi de m'interroger sur les choses générales. Je l'ai fait à longueur de vie, et vous seriez en droit, vous mon épouse, vous mes enfants, de me reprocher d'avoir été plus soucieux du sort du royaume, du service du roi ou de la liberté des Américains, que de vous et de mes biens.

Si vous avez lu ces lignes, vous savez que j'ai confié notre hôtel du faubourg Saint-Germain et notre château de Crest au sieur Guillaume Dussert. Il se dit banquier, proche du duc d'Orléans. Je le connais peu, mais c'est un homme déterminé, habile, impitoyable, comme peuvent l'être les oiseaux de proie.

Si vous le retrouvez, méfiez-vous de lui. Il devra vous rendre ce qui vous appartient et dont je ne lui ai donné que la jouissance, mais on s'habitue vite à posséder, et cet homme-là a grand faim de tout.

Je lui dois de ne pas avoir été égorgé lors des massacres du début du mois de septembre. Il m'a sauvé la vie par intérêt, mais il est de ceux qui ne cachent pas leurs intentions, et de cela je lui sais gré.

Il m'a offert une seconde fois la possibilité de survivre. J'ai refusé son marché. Je ne le regrette pas, même si les raisons de mon refus me sont encore obscures et confuses.

J'ai essayé dans ces pages de m'expliquer, mais peut-être ai-je renoncé à vivre parce que j'étais las, et qu'il m'était plus facile d'être fidèle à un monde qui disparaît que de continuer ma route dans une forêt inconnue.

Il est un temps pour marcher, un autre pour s'étendre. Et je vais m'allonger sur la planche à bascule, les yeux ouverts.

Adieu, vous qui fûtes ma chair.

Je vais confier ces quelques feuillets au sieur Nicolas Mercœur. Il m'a permis de les écrire en me fournissant bougie et papier. Je lui ai donné la tabatière en or que vous m'offrîtes, Thérèse, à mon départ pour l'Amérique.

Nicolas Mercœur pourra vous conter mes dernières heures dans cette prison dont il fut l'honnête geôlier. Il n'a pas été, que je sache, l'un de ces buveurs de sang que je vis, tels des chiens enragés, se précipiter pour nous massacrer. Mais il est de ce monde nouveau, un citoyen, un patriote, un sans-culotte, comme il dit.

Il mérite d'être récompensé et j'aimerais que vous soyez généreux avec lui.

Si vous réussissez à obtenir de Guillaume Dussert la restitution de nos biens, vous le pourrez.

C'est mon vœu le plus cher. Il m'est doux de penser qu'un jour il vous sera possible, à vous et à nos descendants, d'habiter les lieux où les Taurignan vécurent.

N'arrachez aucun arbre du parc de notre château de Crest. Laissez-les vieillir et mourir de la foudre, ou sécher lentement jusqu'à ce que les branches tombent de leur propre poids.

Et si la tentation vous prend de les abattre, pensez à moi et, par fidélité à mon souvenir, renoncez à la hache. Imaginez que ce bois, même sec, est ma chair et que le fer me meurtrirait.

À cet instant, je pense aux cyprès, aux chênes et aux figuiers. Je vois le bleu du ciel qu'a balayé le mistral.

Adieu, vous qui vivrez, le visage fouetté par ce grand vent.

Si celui qui lit ces lignes n'est pas un Taurignan ou un apparenté à cette lignée, qu'il songe que le destin l'a chargé de les transmettre à ma descendance, qu'il sera, s'il y parvient, l'instrument de la Providence et que, d'une manière ou d'une autre, il en sera remercié.

Mais peut-être ces papiers resteront-ils enfouis des générations durant et surgiront-ils dans un monde où l'on aura oublié le nom des Taurignan et où ne survivra plus aucun des arbres de nos propriétés de Crest. Mon cœur souffre plus de cette pensée que d'entendre la voix qui vient de me nommer et qui annonce ma mort imminente.

S'il en est ainsi, que celui qui lira sache que l'auteur de ces lignes fut un homme qui crut agir selon la justice, et pour le bien des hommes dont il avait la charge.

Mais il fut aussi, comme chaque homme, égoïste, aveugle et sourd.

Cela méritait-il la mort qu'on lui inflige ?

Qu'on se souvienne qu'il voulut vivre droit et qu'il est mort ainsi.

Adieu !

Comte Philippe Chrétien de Taurignan

En la prison de l'Abbaye, ce 20 septembre 1792.
Remis entre les mains de Nicolas Mercœur
et selon sa conscience.

DEUXIÈME PARTIE

5.

“Ils avaient juré
sur les armes
de ne revenir
qu’après avoir
triomphé de tous
les ennemis
de la liberté
et de l’égalité…”

Nicolas Mercœur ne pouvait plus penser à rien d’autre qu’aux yeux de cet homme, ce ci-devant, ce jean-foutre d’aristocrate, cette sangsue du peuple qui, tout au long du faubourg Saint-Honoré et place de la Révolution, et encore en montant les marches de l’échafaud, n’avait cessé de le fixer.

Cet ennemi des patriotes avait été le dernier à subir le châtiment.

Il s’était tenu debout, raide, attendant son tour, embrassant chacun des cinq autres condamnés au fur et à mesure qu’ils étaient entraînés par le bourreau.

Il n’avait pu les étreindre puisqu’il avait les mains liées, mais il était resté contre eux jusqu’au dernier moment. Les deux premiers sanglotaient, les trois autres priaient à haute et forte voix, le visage blême.

Et lui, ce comte de Taurignan, avait lancé, tourné vers la foule : « Je pardonne à mes assassins. »

Les tambours avaient roulé plus fort. Le bourreau avait empoigné Taurignan aux épaules mais il s'était dégagé, et on l'avait laissé s'approcher seul de la planche. Il y avait eu brusquement un silence. Tout le monde, les soldats et les gens qui entouraient l'échafaud, avait été saisi par le maintien de cet homme qui levait haut la tête, comme s'il avait voulu étirer son cou pour mieux que le couperet tranche. Dans ce mouvement, il avait rejeté ses épaules en arrière, faisant apparaître une poitrine large et osseuse. Il avait les jambes écartées et on eût dit ainsi une figure de proue.

Le silence s'était prolongé quelques secondes et on avait entendu sa voix crier :

— Ne baptisez pas l'avenir avec du sang innocent. Il retombera sur vous !

Mercœur avait eu à peine le temps de reprendre souffle et il avait entendu les hurlements, les tambours et le claquement sec du couperet.

À ce moment, il avait ressenti une douleur tellement vive, comme si une pique s'était enfoncée au bas de sa poitrine, qu'il s'était retenu au manche de son arme pour ne pas s'agenouiller. Il s'était repris, un peu hagard et endolori, avec des nausées et des éblouissements comme en donne parfois le vertige.

Il aurait voulu rester là, appuyé aux poutres de l'échafaud, mais les aides du bourreau avaient déjà fini de jeter les corps dans le tombereau et d'entasser les têtes dans deux grands paniers.

Il avait donc fallu marcher en ligne, au pas lent des lourds chevaux. Mercœur était l'un des derniers de l'escorte et il n'avait pu, tout au long de la rue

Saint-Honoré, puis du faubourg Saint-Antoine, détacher ses yeux des jambes des décapités qui dépassaient du tombereau. Les cahots leur faisaient danser la gigue et du sang coulait entre les planches, laissant sur les pavés du faubourg une traînée sombre.

Plus un cri pour saluer ce cortège, plus un roulement de tambour pour accompagner ces morts à la fosse commune, simplement le grincement des essieux et le bruit des sabots glissant parfois sur des pavés disjoints.

Les chevaux peinaient et le charretier lançait des jurons, faisant claquer au-dessus d'eux son fouet long et fin.

Tout à coup, Mercœur s'était élancé, courant le long du tombereau, et arrivé à la hauteur du charretier, il avait dirigé la pointe de sa pique vers la gorge de l'homme. Il avait hurlé : « Si tu les touches, je te tue ! »

On l'avait entouré, calmé. Le charretier gesticulait, disait qu'il allait saisir sa section de cet acte contre-révolutionnaire, de cette menace proférée contre un patriote qui faisait son devoir.

Le temps était lourd. La matinée qui avait été belle, d'un bleu limpide, laissait peu à peu la place à un ciel d'averse.

On avait entravé les chevaux et on était allé boire dans un estaminet du faubourg, à la santé et à l'union des patriotes. Le vin de Loire était léger et frais, d'un rouge vif.

Mercœur avait embrassé le charretier. Il avait annoncé qu'il partait à l'armée des frontières le 22 septembre. On l'avait fêté, puis on avait crié « Vive la Nation ! ». Et on s'était remis en marche vers la fosse.

Le sang ne gouttait plus du tombereau, mais les

jambes continuaient de tressauter et Mercœur, qui avait repris sa place, avait remarqué après quelques minutes que les pieds étaient nus.

Quelqu'un avait profité de la halte pour voler les chaussures des morts.

Une voix lança :

— Les talons de ces Messieurs sont blancs, c'est la première fois qu'ils vont pieds nus !

Il y eut un grand éclat de rire puis, avec entrain, on entonna :

Ah ! ça ira, ça ira, ça ira,
Les aristocrates à la lanterne !
Ah ! ça ira, ça ira, ça ira,
Les aristocrates on les pendra !

Mercœur n'avait pas chanté, la poitrine percée par la même douleur que celle qu'il avait ressentie au pied de l'échafaud, quand la tête de Taurignan était tombée dans le panier. Et le souvenir de cet homme, de ce maudit ci-devant, de ce suppôt des princes avait commencé à le hanter. Il n'avait oublié aucun des mots qu'ils avaient échangés dans la prison, et il entendait sa voix s'adressant à la foule du haut de l'échafaud. Il sentait son regard, comme si le comte avait été là, devant lui.

Mercœur s'était arrêté, laissant le tombereau et son escorte s'éloigner. On l'avait appelé mais il avait secoué la tête, mis la main sur sa poitrine, fait comprendre qu'il était malade et, quand il avait vu disparaître le dernier des gardiens, il avait rebroussé chemin.

Il avait marché lentement, sa pique sur l'épaule, la main droite enfoncée dans la poche de sa carmagnole et, sous ses doigts, il sentait cette liasse de papiers que l'homme lui avait remise. Il avait eu la tentation de les déchirer, de les jeter dans la Seine quand il traverserait le Pont-Neuf. Il s'était reproché d'avoir parlé avec ce ci-devant et d'avoir accepté cette tabatière. Il l'avait cachée au fond du tiroir de la table qui occupait le centre de la petite pièce où il vivait, depuis trois ans déjà, avec Madeleine Cotençon, une vendeuse à la sauvette qui dressait son étal sur le Pont-Neuf.

Il ne devait pas lire ces papiers. Écouter un ci-devant, un ennemi, c'est déjà devenir son complice, avait dit Machecoul, le secrétaire de la section de l'Odéon. Et Machecoul avait martelé qu'il fallait les dénoncer, les débusquer, les enfumer, les écorcher, puisque c'est ce qu'ils avaient fait depuis des siècles et c'était ce qu'ils feraient demain si le duc de Brunswick entrait dans Paris.

Mais Taurignan n'avait cessé de le regarder et ses yeux brillaient encore, là, dans la grisaille de cette fin de journée, alors que la pluie s'était mise à tomber.

Mercœur s'était abrité sous un porche. Il s'était assis sur une borne, le dos appuyé au mur. D'une fenêtre du rez-de-chaussée tombait la lueur vacillante d'une lampe. Il avait posé sa pique et sorti les feuillets, les plaçant sur ses genoux, et il avait commencé à lire.

Ce Taurignan, ce ci-devant comte, ce père et cet époux d'émigrés, cet ami du roi, c'était justice qu'on l'ait raccourci…

Mais à peine avait-il pensé cela qu'il s'était senti ému, bouleversé même par cette voix qui venait d'avant la mort. Et il s'était souvenu de l'homme, assis au fond de la cellule, écrivant à la lumière de la bougie. Mercœur ne regrettait plus de lui avoir permis de parler une dernière fois.

Il avait plié les feuillets, les avait remis dans la poche de sa carmagnole, puis il avait repris sa marche.

La foule, au fur et à mesure qu'il s'approchait de la Seine, se faisait plus dense. Elle avançait sans se soucier de la pluie qui tombait dru, occupant la chaussée, empêchant les véhicules d'avancer, et la garde nationale tentait d'ouvrir un passage aux citoyens députés qui se rendaient à la première séance de la Convention.

Mercœur s'était laissé porter par le flot jusqu'aux Tuileries où la nouvelle assemblée se réunissait. Puis, brusquement, il avait remonté le courant, tête basse, ne répondant pas quand on l'interpellait joyeusement, ou qu'on l'entourait au cri de « Vive la Nation ! » parce qu'on voulait saluer en lui l'un de ces volontaires qui allaient défendre les frontières. Des crieurs de journaux annonçaient d'une voix aiguë que la bataille avait commencé dans la forêt d'Argonne, et que les troupes de Dumouriez et de Kellermann avaient fait reculer les armées de Brunswick.

Ici et là, de petits groupes lançaient : « Vive Philippe Égalité ! Vive les patriotes ! » Et l'on assurait que le fils de Philippe Égalité avait combattu vaillamment aux côtés des volontaires nationaux.

Mercœur s'étonnait de la fatigue qui l'avait saisi, de cette tristesse qui l'empoignait au milieu de l'exaltation de la foule. Il se souvenait de la joie qui l'avait transporté, le 14 juillet 1790, quand il avait dansé sur le Champ-de-Mars avec Madeleine pour la fête de la Fédération. Il pensait alors que la fraternité allait régner entre tous les sujets du royaume. Et ils avaient tourné, tard dans la nuit, avant de rentrer rue Guénégaud.

Le jeune frère de Madeleine, Sylvestre Cotençon, logeait avec eux. Ils avaient bu tous trois la seule bouteille de vin qu'ils possédaient, trinquant à la devise sainte : *Liberté, Égalité, Fraternité.*

Mais les jours suivants, il avait bien fallu trouver l'argent pour acheter du pain, et c'était pire qu'avant la démolition de la Bastille pierre par pierre, pire qu'avant la fête de la Fédération, pire qu'avant la célébration de la Constitution et du roi citoyen.

Madeleine n'avait plus rien à vendre sur le Pont-Neuf. Elle s'était mise à coudre des uniformes pour quelques sous par jour. Et Nicolas, parce qu'il était bon patriote, vainqueur de la Bastille, et que Machecoul l'avait appuyé, lui trouvant l'âme vertueuse des sans-culottes, était devenu gardien à la prison de l'Abbaye.

Est-ce que c'était là une vie pour un honnête homme ? interrogeait Madeleine. Pour un citoyen qui a du cœur ? Elle disait chaque jour que même les ci-devant avaient des fils et des mères et que les tuer était sacrilège.

Peut-être était-ce à cause d'elle que Mercœur, au début du mois de septembre, n'avait pas aidé les égorgeurs. Il s'était enfermé dans une pièce de la prison.

Il n'avait voulu ni voir ni entendre. S'il fallait purger la nation des conspirateurs aux poignards, de ceux qui attendaient les soldats de Brunswick afin de réduire Paris en esclavage, qu'on le fasse, mais sans lui. Il n'avait pas l'esprit à ça. Il n'était pas un boucher. Que d'autres « nettoient », comme ils prétendaient, les prisons.

Lui, ce jour-là, il s'était porté volontaire pour

l'armée des frontières. Et le 21 septembre, Sylvestre Cotençon avait prêté serment avec lui, à la barre de la Convention. Ils avaient juré sur les armes de ne revenir qu'après avoir triomphé de tous les ennemis de la liberté et de l'égalité.

Ils avaient écouté, dans l'enceinte de l'assemblée, l'abbé Grégoire, député à la Convention, déclarer à la tribune qu'il fallait abolir la royauté et proclamer la République. « Les rois sont dans l'ordre moral ce que les monstres sont dans l'ordre physique. Les Cours sont l'atelier du crime, le foyer de la corruption et la tanière des tyrans. L'histoire des rois est le martyrologe des nations. » Ils avaient crié avec les députés « Vive la Nation ! » et chanté le *Ça ira.*

Pendant ces instants, Mercœur n'avait plus pensé à Taurignan, à la liasse de feuillets. Il l'avait confiée à Madeleine. Qu'elle la cache avec la tabatière sous une latte du parquet. Après, quand la République vivrait en paix, que le sang aurait séché, on pourrait transmettre aux descendants du ci-devant ses derniers écrits. Puis Nicolas Mercœur et Sylvestre Cotençon étaient partis, sous une pluie battante, marchant pieds nus dans la terre boueuse.

Ils avaient atteint les forêts de l'Argonne, et ils avaient été incorporés dans un bataillon de ligne. Le sergent Maximilien Forestier, à peine plus vieux qu'eux, leur avait raconté comment, sur la butte de Valmy, Kellermann avait crié « Vive la Nation ! » et comment les milliers de volontaires et les vieux soldats de la monarchie avaient repris le cri si fort que, prétendait-il, les ailes du moulin qui se dressait sur la butte avaient commencé à tourner, tant le souffle de toutes ces poitrines était puissant.

Et les Prussiens comme les Autrichiens, et ces jean-foutre d'émigrés, avaient reculé après des heures de canonnade.

« L'ennemi nous faisait présent de beaucoup d'obus qui éclataient devant nous, avait expliqué Forestier. Les boulets nous passaient par-dessus la tête. Ils ne ricochaient pas car ils s'enfonçaient dans le sol détrempé. »

C'était dans les premiers jours qui avaient suivi leur arrivée dans le camp de l'armée de Dumouriez, au milieu des forêts de l'Argonne. Le soir, autour de la marmite dans laquelle on avait jeté un peu de riz et quelques morceaux de viande, Maximilien Forestier parlait, puis il chantait d'une voix de stentor :

Savez-vous pourquoi, mes amis,
Nous sommes réjouis ?
C'est qu'un repas n'est bon
Qu'apprêté sans façon.
Mangeons à la gamelle,
Vive le son, vive le son,
Mangeons à la gamelle,
Vive le son du canon !

Et maintenant, des semaines plus tard, Mercœur grelottait, recroquevillé dans un trou creusé profond dans la glaise humide à quelques dizaines de pas de la rive de la Sambre. De l'autre côté du fleuve se trouvaient les bivouacs de l'ennemi. Et quand Mercœur se hissait, ses mains glissant sur le rebord du trou, il apercevait de loin les feux qui brillaient.

Alors le souvenir de Taurignan lui revenait, les mots que le ci-devant avait lancés comme un avertissement et une malédiction l'obsédaient. Mercœur les répétait :

« Ne baptisez pas l'avenir avec du sang innocent. Il retombera sur vous. »

Sylvestre Cotençon était mort, deux jours auparavant, dans ce même trou destiné à celui qu'on appelait « la sentinelle perdue » parce qu'il était bien plus loin que les avant-postes, seul devant l'ennemi.

On l'avait retrouvé, avait raconté Maximilien Forestier, la gorge si proprement tranchée que la tête ne tenait plus au corps que par quelques lambeaux de chair sur la nuque. Cotençon avait dû être surpris pendant son sommeil et ne pas souffrir. La lame de la baïonnette ou du coutelas avait été soigneusement affûtée, et l'égorgeur était aussi expérimenté qu'un bourreau.

— Il est là, en face, avait murmuré le sergent en tendant le bras vers la Sambre. Il connaît notre trou, mais il ne doit pas imaginer que nous avons le courage et la vertu de l'occuper de nouveau.

Il avait tapoté sur l'épaule de Nicolas.

— Ne te montre pas. Ne t'endors pas. Et s'il revient, venge notre frère !

Mercœur avait commencé à claquer des dents.

— C'est le froid…

Forestier avait hoché la tête.

— La peur est la fiancée du soldat, avait-il dit. Mais un homme n'écoute pas les femmes.

Puis Forestier s'était éloigné du trou en rampant dans cette herbe haute dont les bords de chaque feuille coupent comme une lame effilée. Il s'était enfoncé dans les bruyères et avait disparu dans la pénombre qui enveloppait déjà la campagne.

La nuit est longue quand la peur vous tient au ventre, avait pensé Mercœur.

6.

“Ils avaient tué le roi, et il n’y aurait pas de pitié… ”

Dès que Madeleine avait vu le roi, debout dans la voiture, sa camisole blanche largement ouverte sur son cou, la silhouette noire d’un prêtre se découpant sur le ciel d’un gris bleuté de cette matinée du 21 janvier 1793, elle avait eu peur pour Nicolas et Sylvestre. Elle s’était mise à prier, en remuant à peine les lèvres, parce qu’il ne fallait pas qu’autour d’elle les gens qui se soulevaient sur la pointe des pieds pour voir passer Louis Capet, ci-devant Louis XVI, devinent qu’elle murmurait « Dieu nous pardonne, Dieu nous protège ». Mais elle était sûre qu’il se vengerait, qu’on allait trop loin, et que ce serait les petits, comme Nicolas et Sylvestre, les moins coupables qui paieraient alors que ceux qui avaient versé le sang, ceux qui avaient voté la mort du souverain, ceux qui s’étaient installés dans les hôtels des émigrés et avaient volé leurs meubles, ceux qui avaient épousé les comtesses et les duchesses pour les sauver de la guillotine, ceux qui se livraient à l’agiotage des monnaies – si bien que les assignats qu’on donnait à Madeleine le matin, pour les uniformes qu’elle cousait, ne valaient plus rien le soir et qu'elle devait choisir entre le pain et le bois, crever de faim ou de froid –, que tous ceux, ces messieurs qui se faisaient appeler citoyens, les gros et les gras, les poudrés et les emperruqués, tous ces avocats et ces discoureurs de la Convention, du club des Jacobins, et ces citoyennes qui tenaient salon, tous ceux-là, ils sauveraient comme toujours leurs têtes et leurs biens.

Et elle maudissait ce Joseph Machecoul, l'ancien secrétaire de la section des Piques, aujourd'hui représentant du peuple, élu de Paris à la Convention, qu'elle avait essayé de voir pour obtenir de lui des nouvelles de Nicolas et de son frère, partis volontaires aux armées. Elle ne savait plus s'ils vivaient ou bien s'ils étaient déjà couchés morts dans la neige de ces pays du Nord, d'au-delà de la Sambre, de la Meuse et du Rhin. Mais Machecoul ne l'avait jamais reçue.

Elle s'était, elle aussi, hissée sur la pointe des pieds. Elle avait vu les baïonnettes des fusils si proches les unes des autres qu'elles formaient, devant la foule, comme une haute grille aux extrémités acérées. Et au-delà, il y avait encore les croupes des chevaux, comme un mur mouvant. Les dragons caracolaient et les naseaux de leurs montures étaient enveloppés de buée.

Pendant quelques instants, elle n'avait pas aperçu le roi, et soudain il était apparu sur l'échafaud, petite tache blanche accompagnée de cette silhouette noire alors que le crucifix que tenait le prêtre était un point brillant. Le soleil qui peu à peu perçait faisait scintiller la plaque du couperet entre les montants sombres.

Dieu, les puissants du monde, allaient venger ce sacrilège !

Madeleine avait fermé les yeux. Et elle les avait vus, son compagnon et son frère, leurs corps nus et percés comme celui de saint Sébastien. Puis elle avait entendu une voix, lointaine, crier : « Français, je meurs innocent. Je pardonne à mes ennemis. Je souhaite que ma mort soit utile au peuple. »

Et les tambours avaient commencé de rouler. Elle avait prié, demandé un miracle pour sauver le roi et Nicolas et Sylvestre. Mais elle avait entendu le canon, et tout à coup ce silence.

Elle avait regardé.

Le bourreau, là-bas, si loin, montrait quelque chose qu'il tenait à bout de bras. Il y avait eu un murmure, puis les cris « Vive la Nation ! Vive la République ! » et des bousculades. Les soldats avaient agité leurs chapeaux à la pointe des baïonnettes, les dragons s'étaient avancés vers la foule, et les poitrails des chevaux l'avaient fait reculer.

Madeleine s'était mise à courir. Ils avaient tué le roi, et il n'y aurait pas de pitié. Si Nicolas et Sylvestre vivaient encore, on les tuerait. Le sang se répandrait dans toutes les villes.

Elle avait traversé le Pont-Neuf qu'un vent glacial balayait de brèves bourrasques et le froid avait bleui ses joues et ses mains.

Peu de gens dans les rues, comme s'ils s'étaient cachés.

Elle avait remonté la rue Guénégaud et elle était rentrée chez elle, dans cette petite pièce qui occupait le rez-de-chaussée, au fond d'une cour pavée. Elle était restée sur le seuil, contemplant ces uniformes bleus qu'elle devait coudre et qui s'entassaient sur le parquet, les manches des vestes tombant de part et d'autre comme les bras des tués.

Elle s'était agenouillée. Elle avait vu à nouveau les corps de Nicolas et de Sylvestre, nus parce qu'on dépouillait les morts, que les vivants avaient besoin de vêtements et qu'on ne fabriquait pas assez d'uniformes.

Elle avait murmuré, parce qu'il ne faut jamais désespérer de Dieu : « Protégez-les. Ils sont honnêtes et bons. Ils n'ont péché que par volonté de plus de justice. Ils n'ont jamais fait ou voulu le mal. »

Tout à coup, elle s'était redressée, écartant les uniformes posés sur le plancher. Elle avait soulevé deux lattes et, appuyée sur les mains, toujours à genoux, elle avait regardé cette tabatière en or incrustée d'argent et cette liasse de papiers qu'avant de partir pour les frontières Nicolas lui avait demandé de cacher là.

Elle avait pris la tabatière, l'avait ouverte, avait vu le blason gravé, une tour surmontée d'une croix, appuyée sur trois lettres, CdT, qui représentaient par leur enchevêtrement des rochers accumulés. Et elle s'était souvenu de ce nom que Nicolas avait prononcé plusieurs fois, Chrétien de Taurignan. Elle ne pouvait croire qu'il eût volé cette tabatière, ces papiers, à l'un des condamnés à mort de l'Abbaye.

Elle avait feuilleté la liasse, mais elle avait toujours eu de la peine à lire, elle n'avait pu que reconnaître des lettres ici et là, et au bas de la dernière page le nom de *Nicolas Mercœur*.

Elle avait enfoui la tabatière et la liasse dans la cavité, replacé les lattes, et elle était restée longtemps pensive. On n'avait pas le droit de garder ce qui avait appartenu à un mort. Cela portait malheur. Elle devait se débarrasser de ces choses-là.

Elle avait noué un châle autour de ses épaules et, par les petites rues où le vent ne soufflait pas, elle avait gagné la rue Saint-André-des-Arts. Là habitait, dans un immeuble de l'extrémité de la rue, Joseph Machecoul.

Elle était venue si souvent, et toujours on l'avait rejetée. Le citoyen représentant était en mission, ou bien il siégeait à la Convention, ou encore il travaillait, préparant les discours qu'il devait prononcer en séance. Qu'elle laisse son nom, lui avait-on dit vingt fois !

Elle était entrée dans la cour, Joseph Machecoul était là, debout sur les marches du perron, haranguant une petite foule. Il disait : « Tout roi est un rebelle et un usurpateur. Louis était un étranger parmi nous. Il a été l'âme de toutes les corruptions et de tous les complots. En prononçant la mort du tyran des Français, la Convention nationale s'est montrée bien grande, mais c'était le vœu de la nation. Le supplice de Louis XVI est un des événements mémorables qui font époque dans l'histoire des nations. Il aura une influence prodigieuse sur le sort des despotes de l'Europe et sur celui des peuples qui n'ont pas encore rompu leurs fers. »

Madeleine s'était frayé un chemin jusqu'au premier rang. Elle avait regardé Machecoul cependant qu'il pérorait, qu'il disait que la République était partout victorieuse, que le drapeau tricolore, après les victoires de Valmy et Jemmapes, était arboré à Bruxelles, à

Mons, à Anvers, que Nice et la Savoie, Bâle, s'étaient réunis à la République, et que le supplice de Louis Capet allait provoquer de nouvelles victoires.

C'était un monsieur, avec son manteau noir de bonne laine, ses lunettes posées sur le front, les branches s'enfonçant dans la perruque poudrée. Il avait entrouvert son manteau pour chercher, dans la poche de son habit de nankin rayé de fines lignes marron, sa tabatière, et d'un geste lent il avait remis en place les plis de sa cravate blanche, en dentelle, qui retombait sur son gilet vert.

Il avait reboutonné son manteau, puis il avait lancé :

— Citoyens, nous venons enfin, aujourd'hui, d'aborder dans l'île de la Liberté et nous avons brûlé le vaisseau qui nous y a conduits.

Une voix avait lancé : « La liberté ou la mort ! »

Il avait ouvert la porte. Madeleine était montée sur la première marche du perron.

— Monsieur ! avait-elle crié.

Il y avait eu aussitôt des murmures hostiles. Machecoul s'était retourné.

— Citoyen, citoyen ! Je ne suis que cela. Citoyen, avait-il répondu sur un ton méprisant. En ce jour où la liberté triomphe, faut-il qu'ici on ressuscite les privilèges ?

Madeleine avait bredouillé des excuses, dit qu'elle n'avait plus de nouvelles des volontaires nationaux, de son compagnon Nicolas Mercœur et de son propre frère Sylvestre Cotençon. Ils étaient partis pour les frontières à la fin du mois de septembre précédent. Elle suppliait le citoyen représentant de chercher à savoir s'ils étaient morts ou vifs.

Machecoul était revenu vers elle, descendant les

marches. Il lui avait mis la main sur l'épaule. Elle n'avait pas à le supplier, avait-il dit. Il se souvenait du citoyen Nicolas Mercœur, un patriote valeureux.

— Viens me voir dans dix jours, citoyenne. Je te rassurerai.

Elle avait traversé la cour, sentant sur elle tous ces regards. Dans la rue, elle avait marmonné que ça ne servait à rien d'appeler ces messieurs « citoyens ». C'était comme si l'on mettait un masque de comédie pour cacher leur vrai visage. Mais elle savait qu'ils étaient les nouveaux maîtres. Elle les reniflait, elle les devinait. Il suffisait de voir et de toucher leur linge.

Parfois, pour gagner quelques assignats de plus, elle se rendait dans les hôtels proches des Tuileries, là où logeaient les députés à la Convention. Elle emportait des paniers de linge sale qu'elle lavait et repassait chez elle.

Ça, des citoyens, avec leurs chemises de batiste brodées à leurs initiales ?

Ils étaient des messieurs. Et elle lavait leur merde, comme sa mère l'avait fait pour les ci-devant !

Qu'est-ce qui avait changé pour les petits ? Des mots !

Madeleine s'était engagée dans la rue Guénégaud et, rentrée chez elle, s'était assise devant la table, reprenant la veste d'uniforme qu'elle devait terminer.

Ce qui avait changé, c'est qu'avant il fallait des rabatteurs et des sergents recruteurs pour trouver des hommes prêts à mourir à la guerre. On les faisait boire jusqu'à ce qu'ils soient ivres et signent leur lettre d'engagement, et alors on les jetait dans une charrette et roule pour les camps militaires !

Maintenant, il avait suffi de quelques chansons et de beaux rêves pour que Nicolas et Sylvestre soient volontaires.

Elle avait planté l'aiguille dans le tissu léger, de mauvaise laine. Elle ne pouvait plus coudre, ses doigts tremblaient et ses yeux se brouillaient.

7.

“Il faut
pour gouverner
les peuples
d’abord de l’or,
puis de l’or,
et pour finir
encore
de l’or…”

— C’est un phénomène bien mystérieux que notre Révolution, avait murmuré Joseph Machecoul.

Il avait d’un geste à peine esquissé, le coude posé sur le bureau, les doigts fins frôlant la dentelle blanche rayée de rouge serrée autour de son cou comme une ample cravate, montré les fenêtres de cette grande pièce située au premier étage, d’où l’on surplombait la cour de l’immeuble et, au-delà du porche, la rue Saint-André-des-Arts.

Une rumeur sourde, comme celle que font les tambours quand ils battent au loin, montait de la cour et de la rue.

— Ils sont là, avait ajouté Machecoul.

Guillaume Dussert, assis en face de lui, les mains croisées devant ses lèvres, les avant-bras appuyés sur ses genoux, penché en avant, avait tourné la tête vers les fenêtres.

— Le peuple, avait-il dit en se redressant et en s'adossant au fauteuil, est depuis 1789 comme une rivière en crue, dont le flot ne cesse de monter.

À cet instant, des mots scandés par des voix stridentes de femmes avaient heurté les vitres comme des pierres lancées avec rage.

« À mort l'Autrichienne ! À mort la putain du despote ! »

Puis, après un silence, une clameur puissante et grave avait déferlé : « Vive la République ! L'égalité ou la mort ! »

Machecoul s'était levé et s'était lentement dirigé vers les fenêtres. Les cris avaient cessé mais on entendait le piétinement de la foule, pareil à un ressac qui ne cesserait jamais.

— Ils veulent que nous fassions tous le saut de carpe, les mains liées dans le dos, avait dit Dussert.

Il avait rejoint Machecoul, et avait jeté un coup d'œil dans la cour tout en veillant à rester dissimulé par les rideaux couleur bleu roi qui tombaient de part et d'autre de la fenêtre.

— Ce sont les femmes les plus enragées, avait-il ajouté.

Machecoul était déjà retourné s'asseoir. Il examinait ses ongles, puis les mordillait nerveusement.

Il avait secoué la tête.

— Nous sommes entraînés par une force qui nous échappe, Dussert. C'est un système de gravitation dont nous ignorons les lois. Il nous faudrait un Kepler de la Révolution, un Laplace… Mais il est plus facile de comprendre la chute des objets ou le mouvement des planètes que d'expliquer le comportement des citoyens. Souvenez-vous de cette femme qui m'appelait Monsieur comme si elle s'adressait à l'un de ses anciens maîtres, comme si rien n'avait changé, et pourtant elle est la compagne d'un volontaire national, son frère est lui aussi aux frontières. Et vous l'avez entendue me supplier. Il semble n'y avoir aucune révolte en elle.

Il s'était rejeté en arrière et avait commencé à se balancer sur sa chaise, les mains appuyées à son bureau.

— Quel est le principe qui nous régit ? avait-il repris. Où est la vérité du peuple ? Dans ces cris, cette impatience – il montrait de nouveau la fenêtre –, ou bien dans cette habituelle, éternelle soumission ?

Dussert avait plissé les yeux. Son visage ainsi paraissait encore plus chafouin qu'à l'habitude. Avec ses lèvres minces, ses pommettes saillantes, ce menton aigu et ce nez osseux, ses traits n'exprimaient que l'obstination et l'habileté, la ruse et la dissimulation.

— Je me souviens, dit-il. Cette femme habite rue Guénégaud. Elle coud des uniformes. Elle se nomme Madeleine Cotençon.

Machecoul siffla.

— Vous avez votre police, vos mouches, vos espions. En quoi cette pauvre fille vous intéresse-t-elle ?

Dussert pencha la tête.

— J'aime le peuple, dit-il.

Il revint s'installer dans le fauteuil.

— Ou plus exactement les femmes du peuple. Ce sont les seules qui ont du suc, de la saveur. Et celle-là avait une tournure, ma foi, plaisante. J'ai voulu savoir qui elle était, mais – il leva la main ouverte – je n'ai pas été au-delà. Je n'ai pas goûté, pas encore.

— Méfiez-vous, Dussert, le peuple est vertueux. Il croit aux principes, fit Machecoul à voix basse.

Dussert haussa les épaules.

— Je propose, je n'impose rien. Je crois à la liberté : celle d'acheter, mais aussi celle de vendre, de se vendre ou de se louer.

— Je crains, reprit Machecoul d'un ton las, que vous n'ayez oublié ce que ces femmes criaient : « L'égalité ou la mort ! » Il y a quelques mois, elles auraient réclamé la liberté. Ce mot a été emporté par cette gravitation sur laquelle personne ne peut agir. Maintenant, ce que veut le peuple, c'est l'égalité des jouissances et cela, vous ne pouvez pas l'accepter, Dussert, et…

Machecoul écarta les bras.

— … moi non plus, ajouta-t-il.

Dussert, la tête un peu penchée, observait son interlocuteur. Il avança la lèvre inférieure, creusant ainsi des rides de part et d'autre de sa bouche. Il avait une expression ennuyée et méprisante.

— Croyez-vous que j'ignore le mouvement des planètes dans notre univers ? Mais ce ne sont pas les lois de l'astronomie qui gouvernent la politique. Les choses sont plus simples, Machecoul. Il s'agit de bon sens. Vous êtes avocat, vous vous piquez de droit et de philosophie, soyez davantage financier ou paysan. Vous parviendrez, alors que le fleuve est en crue, à laisser passer le flot. Si vous dressez un mur, une digue, ils sont aussitôt emportés. Mais l'eau coule à travers les grilles sans les arracher. Et puis, au bout d'un certain temps, le fleuve rentre dans son lit. Les femmes retrouvent le leur. Elles se soumettent à nouveau. J'attends ce moment. Et je vous conseille de faire comme moi.

Il fouilla dans les poches de sa redingote, y trouva un journal qu'il déplia.

— Mais vous écrivez dans les gazettes, Machecoul. Vous siégez en haut des gradins de la Convention, avec la Montagne. Vous fréquentez le club des Jacobins, vous enflammez les Enragés par vos propos. Pourquoi diable vous placez-vous dans la lumière, si près du volcan ? Qu'espérez-vous à jouer les héros ? On les célèbre aujourd'hui, et demain on les raccourcira. C'est cela, le principe que vous cherchez. Vous tireriez grand avantage à vous éloigner de Robespierre, de Saint-Just, de Marat, de tous ces amis du peuple. Soyez discret, descendez dans la Plaine, survivez dans le Marais ! Et votre heure viendra, quand le fleuve sera apaisé. Pourquoi écrivez-vous – il déplia le journal, commença à lire – « le peuple est devenu le souverain, il juge, il exige, et la Convention doit lui obéir… » ?

Il glissa le journal dans sa poche.

— Le peuple ne gouvernera jamais, Machecoul, même s'il le veut, même s'il le croit, et même si certains – je vous en prie, ne soyez pas l'un d'eux ou vous compromettriez votre avenir – lui font espérer qu'il en sera ainsi bientôt.

— Vous n'êtes pas représentant du peuple ! s'exclama Machecoul. Il ne vient pas crier sous vos fenêtres afin de vous dicter vos actes !

— Laissez-le faire, devenez gris, invisible, attendez, murmura Dussert.

Tout à coup, Machecoul se dressa, tapa du plat de la main sur le bureau.

— Mais attendre quoi ? Qu'on me traîne devant le

Tribunal révolutionnaire, qu'on m'accuse de comploter contre la sainte Égalité, qu'on crie que je suis une jambe cassée en révolution, et que Robespierre me dénonce de la tribune des Jacobins pour corruption ? La dénonciation, l'anathème, il n'a pas de plus grand plaisir. L'avez-vous déjà vu, écouté ? Quand il parle, on entend le sifflement que fait le couperet en tombant. Cet homme me glace. Il sait tout. Il vit en se regardant dans un miroir, pour être sûr de ressembler à l'idée qu'il se fait de lui-même, une idée pure. Il est incorruptible, n'est-ce pas ?

Machecoul fit le tour du bureau, s'appuya à l'accoudoir du fauteuil qu'occupait Dussert.

— S'il savait que nous nous voyons, il commencerait à préparer son acte d'accusation. Pour lui, et pour ceux qui l'entourent, des fanatiques, des convulsionnaires, des vertueux, vous êtes le corrupteur, le suspect. Un banquier proche de Philippe Égalité, ci-devant duc d'Orléans. Ils jouissent déjà. Et que Philippe Égalité ait voté la mort de son cousin ne change rien à la suspicion, au contraire ! On prétend qu'il s'est fait régicide pour s'approcher du trône. Il y a des libelles qui circulent contre lui et il n'a pas de défenseur. Ce qui reste d'aristocrates se souvient de sa haine de Marie-Antoinette, peut-être tout simplement parce qu'elle lui a refusé son lit. Et vous vous occupez de la fortune de cet homme-là ! Vous allez faire le saut de carpe, Dussert. On vous poussera sur la planche, avant moi !

Machecoul se redressa, se mit à aller et venir dans la pièce.

— Vous vouliez que je me cache dans le Marais, reprit-il, que je descende de la Montagne et m'installe au bas de la Convention, mais on serait déjà venu m'y chercher ! Ma seule chance de survie, c'est de parler comme les Enragés, de réclamer moi aussi plus d'égalité, et même la fixation d'un maximum pour les prix des denrées. Je fais du peuple mon bouclier, ma sauvegarde. Vous…

Il tendit le bras vers Dussert.

— On vous accuse non seulement de préparer le rétablissement de la monarchie au bénéfice de Philippe Égalité, mais d'avoir empêché la mise en vente comme bien national des propriétés d'un ci-devant, le comte de Taurignan…

Dussert tapota la main de Machecoul.

— Allons, allons, citoyen, dit-il, ne vous souciez pas de moi. Je suis, très légalement, l'administrateur des biens des Taurignan. Je me suis même installé dans leur hôtel. N'est-ce pas là un transbordement patriotique ? Je suis un citoyen exemplaire. J'étais à la Bastille, et le 10 août aux Tuileries. J'ai quelques amis parmi les Montagnards, croyez-moi. Quant à Philippe Égalité, s'il tombe, ma tête ne roulera pas avec la sienne.

— Saint-Just, coupa Machecoul d'une voix aiguë, vous accuse d'être lié à l'étranger. Vous jouez sur le cours de l'assignat, avec la complicité des banques anglaises. Vous seriez un agent de Pitt. Et il n'est pire ennemi de la France que le chef du gouvernement anglais !

Machecoul soupira, ajouta sur un ton accablé :

— Voilà ce que l'on dit de vous, Dussert, et l'on ajoute que le fils de ce Taurignan, dont vous occupez le domicile et donc protégez les biens, sert dans l'armée des Princes, contre nous. On perd sa tête pour moins que ça, Dussert. Vous voyez quel risque je prends en vous recevant ici, chez moi, alors que je suis sous la surveillance des comités et que leurs espions sont là, dans la cour, parmi la foule !

Dussert se leva et, d'un geste, invita Machecoul à s'installer derrière son bureau.

Machecoul hésita puis, chaussant ses lunettes, il dévisagea Dussert et s'exécuta.

— Si nous écoutions notre raison, citoyen représentant, commença Dussert.

Il se mit à aller d'un bout à l'autre de la pièce, ne regardant pas Machecoul, parlant comme s'il dictait à un secrétaire. Parfois, quand la rumeur qui venait de la cour était trop forte, il s'interrompait, attendait que la vague bruyante se retire. Il reprenait alors sur le même ton égal. Depuis plus de quatre ans qu'avait commencé la Révolution, disait-il, il avait observé les hommes qui s'étaient succédé au pouvoir et il avait aussi médité sur le comportement du peuple. Il avait ainsi, à la manière de Buffon, composé, mais pour lui seul, une sorte d'Histoire naturelle de la Révolution.

— Et d'abord, vous le constatez vous-même, Machecoul, le peuple ne se réduit pas à cette foule qui crie dans la cour, qui applaudit quand on coupe une tête. Et qui veut chaque jour abreuver l'égalité par des flots de sang. Ceux-là ne sont que quelques milliers. Les autres, les millions d'autres – nous sommes vingt-six millions de Français, Machecoul – veulent seulement du pain et la paix. Ils cherchent à jouir, oui, aussi, mais l'égalité des jouissances, ils ne la rêvent même pas ! Ce sont les avocats, les prêtres qui ont jeté leur robe, qui la réclament au nom du peuple. Pour l'instant, ce sont ces envieux-là qui déclament et qui écrivent. Mais qu'en sera-t-il demain ? Ils vont se dévorer entre eux. Ils lasseront le peuple, alors sonnera l'heure de ceux qui ont su attendre.

Dussert s'était immobilisé devant la fenêtre. La lumière dorée du crépuscule d'hiver entrait à grands flots, illuminant la fresque bleutée du haut plafond.

— Soyez de ceux-là, Machecoul, reprit Dussert. Laissez passer le flot. Quand le terrain sera sec à nouveau, il faudra être présent. Il faut donc survivre jusque-là.

Il revint vers Machecoul.

— Quels seront les hommes autour de qui on se rassemblera ? Aucun de ceux qui occupent aujourd'hui les premières places. Les uns auront été poignardés comme ce pauvre Le Peletier de Saint-Fargeau parce qu'il a voté la mort du roi, les autres décapités. Certains auront pris la fuite, et les derniers seront épuisés et honnis. Ils se terreront pour faire oublier ce qu'ils ont fait et dit. Je vais vous faire une confidence, Machecoul : je suis l'allié de Philippe Égalité, mais s'il échappe à la guillotine, à vos amis de la Montagne, à votre Robespierre, le peuple ne lui pardonnera pas d'avoir été régicide. On ne vote pas la mort de son cousin, ci-devant roi de France, quand on rêve de régner sur le pays. Mais – Dussert leva les yeux, parut découvrir la fresque qui représentait un ciel nuageux que traversait le char de Jupiter – il y a son fils, le duc de Chartres, un Louis-Philippe aussi ! Le duc a combattu à Valmy et à Jemmapes. Il pourra être un jour l'homme de la réconciliation. Je veux le rencontrer et lui proposer mes services. On dit que l'armée est entrée en Hollande. J'irai jusque-là s'il le faut.

Machecoul secoua la tête.

— Votre homme est déjà suspect, et le général Dumouriez aussi.

— Tout le monde est suspect en ce moment, Machecoul. Il suffit pour échapper au tribunal d'être, pour les puissants du jour, plus utile vivant que mort !

Dussert plissa son visage, sa manière de sourire.

— Je suis dans ce cas, Machecoul. Je me rends nécessaire. Je paie les uns et les autres. Personne ne veut vraiment savoir d'où vient l'argent… Parce qu'il faut de l'or pour fabriquer des fusils, des canons, des baïonnettes, des munitions, pour acheter le pain, le riz, le vin, les uniformes que réclament les généraux. Vos Jacobins veulent la victoire ? Il leur faut de l'or. Et je suis là. Je prête, je finance. Qui peut se passer de moi ? Alors, que j'habite l'hôtel du ci-devant comte de Taurignan, ou que j'aime trouver chaque soir une fille du peuple dans mon lit, compte peu. Je ne suis pas Danton ou Marat. Je ne cherche à prendre la place de personne. Je suis utile, même à votre incorruptible de Robespierre.

Il s'approcha de Machecoul.

— Voyez-vous, citoyen représentant, il faut pour gouverner les peuples d'abord de l'or, puis de l'or, et pour finir encore de l'or. Ajoutez-y les armes. Celui qui les détient peut aussi avoir l'or, mais c'est l'or qui les lui procure en fin de compte.

Il tendit la main à Machecoul.

— Après, il y a les phraseurs, vous les Conventionnels, les membres des clubs, des comités. La parole n'est pas inutile, elle fait rêver le peuple. Elle peut l'endormir ou le faire sortir de son lit – le fleuve, Machecoul, le fleuve en crue ! – mais n'oubliez pas, l'or et les armes, voilà le principe de gravitation que vous cherchez.

Il chantonna, les lèvres serrées, puis ajouta :

— Et pour soi, le plaisir.

Il ouvrit la porte. Le brouhaha venu de la cour et de la rue déferla.

— Ne vous inquiétez pas, Machecoul, je vais traverser la foule mais personne ne me remarquera, le peuple ne me connaît pas, et je ne veux pas qu'il me connaisse. Plus tard, peut-être plus tard, aurai-je aussi ce désir-là, comme un plaisir de vieillard.

Il s'arrêta sur le palier, revint dans la pièce.

— Cette fille de la rue Guénégaud, Madeleine Cotençon, vous…

Machecoul fit non de la tête.

— C'est que, citoyen représentant, je ne veux pas être un accapareur, dit Dussert.

8.

“Voulaient-ils changer le monde parce qu’ils ignoraient le plaisir ?”

Dussert éprouvait à se mêler à la foule une excitation intense. Il se faufilait au milieu des attroupements, les mains enfoncées dans les poches de sa redingote noire, les doigts serrés sur les crosses de ses pistolets. Il écoutait quelques phrases de ces orateurs de carrefour qui, montés sur une chaise ou une borne, dénonçaient « la faction abominable des hommes d’État corrompus, le serpent Brissot, le coquin Barbaroux, le sucré Pétion, et le chien et l’hypocrite Roland ». Et la foule criait déjà « À mort » contre ces hommes-là qu’on appelait Girondins, qui étaient encore ministres, membres de la Convention nationale ou du Comité de défense nationale.

C’est là que Dussert les avait connus, dans cette petite pièce située dans les bâtiments du Louvre, non loin du Manège où siégeait la Convention. Ils avaient joué les importants, ils avaient été méprisants. Ils étaient, suggéraient-ils, les représentants du peuple et lui, le citoyen Dussert, qu'était-il ? Un banquier, un agioteur, un fournisseur, un munitionnaire. Ils avaient besoin de lui, mais ils lui avaient fait sentir qu'il n'était que le serviteur du pouvoir, et qu'on pouvait l'utiliser en l'humiliant. Eux, ils étaient acclamés par le peuple, élus par lui, ils faisaient la politique, ils parlaient de la Nation avec emphase, de la République avec émotion, de la Révolution avec enthousiasme, et chaque fois ils concluaient : « C'est la volonté du peuple. »

Et maintenant ! Dussert regardait ces visages tournés vers l'orateur, l'un de ces curés défroqués, tel Jacques Roux, ou l'un de ces journalistes galeux, comme Marat dont on disait qu'il devait chaque jour macérer dans sa baignoire tant la peau lui démangeait. Un Enragé qui réclamait la tête de tous les Girondins. Dussert s'éloignait. C'était cela le peuple. Il fallait ne pas dépendre de lui, l'utiliser sans qu'il le sache, demeurer un inconnu. La notoriété, dès lors que le peuple sortait dans la rue, devenait dangereuse. Pour survivre, quand le peuple vous connaissait, il fallait le suivre, c'est ce que faisait Machecoul.

Drôle d'homme, ce Machecoul, sans doute un enfant du séminaire, avec ses manières de fille, son jabot de dentelle, pas assez courageux pour occuper les premières places, comme un Robespierre, un Marat, un Danton ou un Brissot, mais pas assez habile pour demeurer dans l'ombre, hésitant entre les Girondins et les Montagnards, tenté par le Marais et rêvant pourtant de la gloire des cimes, une girouette, patriote enragé aujourd'hui, modéré demain. L'un de ces hommes qui étaient utiles parce qu'on pouvait, avec un peu de dextérité, les faire danser comme l'on fait avec les marionnettes.

À imaginer cela, Dussert sentait une salive salée remplir sa bouche.

C'était ça qu'il aimait dans la vie, cette jouissance solitaire, cette sensation d'être celui qui sait et qui domine, et dont on ne connaît pas le visage. Il marchait d'un pas plus rapide, traversait le Pont-Neuf, s'arrêtait au milieu de la foule qui piétinait devant le Tribunal révolutionnaire. Qui jugeait-on ? Ces aboyeurs ne le savaient même pas ! Qu'importe, ils voulaient des têtes ! Qu'auraient-ils fait s'ils avaient su que chaque soir, dans le petit salon de l'hôtel de Taurignan, avec une excitation aussi vive que celle qu'il ressentait à se trouver là, au milieu du peuple, inconnu et puissant, il inscrivait sur un registre, dans un code secret qu'il avait élaboré, le montant des sommes qu'il faisait passer en Angleterre pour qu'elles soient déposées dans les banques de Londres ? Les banquiers de la City prenaient les mêmes précautions. Ils lui prêtaient de l'argent pour qu'il puisse acheter ces fournitures que la guerre dévorait. En moins de temps qu'il n'en fallait pour les acheminer jusqu'au front. Si ce peuple braillard l'avait découvert, on l'aurait mis en pièces, là, sur le Pont-Neuf, écartelé comme on faisait autrefois pour les régicides.

Mais le peuple et ses représentants étaient devenus régicides ! Alors, il suffisait de rester dans l'ombre et, comme il l'avait conseillé à Machecoul, d'attendre.

Dussert remonta les quais de la Seine, et gagna le Palais-Royal. C'était comme toujours la foire aux corps de femmes. Il fit quelques pas dans la pénombre des galeries, flaira ces catins appuyées aux grilles.

Puis il s'éloigna vite, retrouvant le peuple devant le club des Jacobins. Il se laissait bousculer, presser. Il utilisait les flux et les reflux des badauds pour frôler les femmes. Il aimait cette odeur de sueur. Les chairs molles et les formes lourdes qui s'étalaient sous les blouses et les jupes amples l'attiraient. Mais il ne dédaignait pas les tendrons, aux joues rouges et aux cuisses nerveuses.

Est-ce que Machecoul avait jamais eu dans la bouche cette saveur âcre que donnent le désir et la certitude de posséder une puissance cachée ? Peut-être ceux qui paradaient, une écharpe tricolore nouée à leur taille, ceux qui péroraient aux tribunes des clubs, ne recherchaient-ils la gloire que parce qu'ils ne savaient pas jouir, et qu'ils espéraient conquérir les citoyennes en parlant de la Révolution.

Voulaient-ils changer le monde parce qu'ils ignoraient le plaisir ?

Il n'était pas comme eux. Il lui fallait une fille, une de celles qui s'affolent quand on les traque, quand on tend les mains vers leurs seins et leur cou, et qu'on les force.

Alors elles poussent de petits cris plaintifs, comme des oiseaux pris au piège.

9.

“ Depuis
qu’on proclamait
la vertu du haut
des tribunes,
jamais peut-être
on ne s’était autant
vautré dans
la débauche… ”

Dussert était entré dans la petite cour. Elle se cachait là, la belle caille, au fond de ces boyaux dont il avait aperçu, l’autre jour, quand il l’avait suivie depuis la rue Saint-André-des-Arts après qu’elle avait parlé à Machecoul, les murs écaillés suintant l’humidité et le sol aux pavés disjoints.

Il s’était avancé en tâtonnant, sa main droite ouverte, glissant sur le mur, la gauche enfoncée dans la poche de la redingote, serrée sur le pistolet. Des rats avaient couiné, frôlant ses jambes, et il avait donné des coups de pied dans le vide, frissonnant, maudissant cette petite salope à qui il allait faire payer ça.

Il avait découvert, après un coude du boyau, un soupirail éclairé que fermait une vitre fêlée. Elle était bien là, dans son trou, le menton dans les paumes, ses cheveux noirs défaits tombant sur ses épaules, et il pouvait imaginer ses seins ronds sous le châle. Il avait été surpris par son immobilité. Sur le plancher de la pièce, il avait aperçu des vestes d'uniformes, entassées les unes sur les autres. Il y en avait deux sur la table, que la fille devait être en train de coudre. Mais elle les avait repoussées et, dans l'espace laissé libre, Dussert avait vu une petite boîte dorée, sans doute une tabatière, et une liasse de papiers.

Voleuse, la belle caille ?

Il avait hésité. Une imprudence en ces temps de révolution et de guerre coûtait la tête. Il avait donc, depuis les premiers jours de juin 1789, appris à agir de manière précautionneuse, afin que rien d'imprévu ne le surprenne. Paris était plein de pièges que chaque faction tendait à l'autre. On parlait de fraternité, et on lisait la haine sur le visage de Robespierre quand il s'adressait à Brissot, sur celui de Marat qui condamnait tout le monde. On invoquait l'amour de la patrie et la vertu pour mieux cacher les ambitions et les jalousies. Dussert en avait conclu qu'il fallait se méfier de tout et de tous. Il avait donc voulu, avant de poser ses pattes sur cette fille, savoir qui elle était, qui elle voyait. Après tout, elle pouvait être un appât disposé par un clan, par un ennemi de Machecoul, pour le compromettre et bâtir contre lui un acte d'accusation. Cette tabatière, c'était peut-être le prix de la trahison, et la liasse de papiers les preuves qui allaient servir à confondre Machecoul. Dussert, dès qu'il s'était senti attiré par cette fille dont la démarche lasse et souple l'avait conduit jusqu'ici, l'autre jour, s'était donc rendu au Comité de sûreté générale. Là, on nouait les machinations, on dressait les listes des suspects, on accumulait les dénonciations et les pièces afin de faire tomber quelqu'un qui se croyait encore un héros invulnérable et qu'on allait décréter d'arrestation. Dussert éprouvait à entrer dans ces bureaux du Comité de sûreté générale un plaisir trouble. Il lui semblait que là, dans ces coulisses où l'on grimait les uns pour démasquer les autres, il découvrait la vérité de l'époque, le ressort des événements. Il était bien accueilli. Il donnait des renseignements obtenus par ses correspondants de Londres. On ne lui demandait pas de révéler l'origine des secrets qu'il livrait.

Il s'était ainsi acquis parmi les membres du Comité des complicités précieuses. On l'avait averti, il y a quelques mois, que certains Montagnards s'apprêtaient à le dénoncer comme agent de l'Angleterre. Il avait pu arrêter la manœuvre en « dénonçant » – les Anglais lui avaient fabriqué des pièces authentiques – certains de ses accusateurs comme agents des émigrés. C'était de bonne guerre ! On se servait de l'ennemi pour vaincre ses rivaux qu'on avait célébrés comme des patriotes avérés à la tribune des Jacobins.

Il avait aussi offert une contribution généreuse et fraternelle à certains membres du Comité. C'était ainsi qu'on disait « acheter » les hommes. Mais dès lors, on ne pouvait rien lui refuser, ni sauf-conduit, ni attestation de civisme et de patriotisme, ni renseignements sur cette fille qui habitait rue Guénégaud.

Elle vivait seule, lui avait-on dit, ouvrière payée à la pièce, quelques assignats par jour. Aucun homme dans son grabat. Elle avait été arrêtée quelques jours, à la fin du mois d'avril 1789, lors des émeutes du faubourg Saint-Antoine quand la foule avait saccagé la maison Reveillon. Depuis c'était une bonne citoyenne, son compagnon Nicolas Mercœur, après avoir été gardien à la prison de l'Abbaye, s'était enrôlé dans l'armée des frontières en compagnie du frère de cette fille, Sylvestre Cotençon. On ne pouvait donc la suspecter de rien, cette citoyenne.

Dussert avait eu un mouvement instinctif des épaules, se voûtant un peu, la tête enfoncée comme s'il se préparait à bondir, tendant ses muscles comme s'il voulait rassembler toute son énergie et sa volonté. Il avait plissé ses yeux fixés sur la fille.

Pas suspecte, Madeleine Cotençon ? Et ces papiers, et cette tabatière ? Qu'est-ce qu'elle cachait ?

Il s'en était voulu d'être là, dans ce boyau où couraient les rats. Il aurait pu, d'un geste, au Palais-Royal, louer pour la nuit autant de catins qu'il aurait voulu. Il aurait pu obtenir d'elles la plus perverse des soumissions. Depuis qu'on proclamait la vertu du haut des tribunes, jamais peut-être on ne s'était autant vautré dans la débauche. Les filles se vendaient pour vivre, et ceux qui invoquaient l'égalité les payaient pour jouir parce qu'ils savaient que la mort rôdait autour d'eux. Et puis, n'était-on pas libre ?

Dussert n'avait pas bougé, continuant d'observer la fille qui paraissait ensorcelée comme si de cette boîte, de ces papiers, émanait une force qui la paralysait.

Qui avait-elle dépouillé, cette putain ? Qui l'avait payée ?

Dans le quartier, jusqu'à ces derniers jours, avait erré le ci-devant marquis de Sade, un temps – avant que Machecoul ne le remplaçât – secrétaire, puis président de la section des Piques. On l'honorait ainsi parce qu'il avait été emprisonné à la Bastille, oubliant qu'il y avait été conduit parce qu'il était accusé d'empoisonner des femmes ou de les fouetter jusqu'au sang, puis de les torturer pour son plus grand et libre plaisir. On l'avait à nouveau ferré, non pour vice mais pour modérantisme !

Qui sait si cette fille n'était pas entre les mains d'un de ces libertins qui s'étaient coiffés du bonnet phrygien ?

Dussert s'était appuyé de l'épaule au mur. Il avait armé son pistolet. Que risquait-il ? Voleuse, la belle caille ? Peut-être tout simplement une fille qui maraudait et qu'il allait pouvoir, grâce à cela, prendre au collet.

Il frappa la porte de la pointe de son pied.

Il recommença, faisant trembler les planches mal assemblées. Maintenant, il était impatient. Il fallait qu'elle ouvre. Elle se croyait à l'abri, l'oiselle ! Elle allait voir.

Il dit d'une voix impérieuse et sèche : « Comité de sûreté générale, ouvre ta porte, citoyenne Cotençon. »

Il y eut des bruits de pas, et il donna deux nouveaux coups. Elle tira enfin la porte. La fille était plus ronde qu'il ne l'avait vue en la suivant, la peau plus rose et les cheveux plus longs encore, et puis ces yeux affolés, ces mains tenant les coins du châle, ces bras croisés sur la poitrine…

Il repoussa la porte. Elle balbutiait des questions, elle tremblait. Où avait-elle donc caché les feuillets, la tabatière ? Sur la table, il ne vit que les vestes d'uniformes.

Il s'avança, elle heurta la table en reculant.

Elle avait une respiration saccadée, haletante, qui soulevait ses seins. Il les imagina laiteux, lourds. Il les sentit déjà sous sa paume, sous ses lèvres.

Elle devait avoir à peine plus d'une vingtaine d'années et il y avait dans son attitude de la servilité, de la soumission, et dans son regard de la peur, presque de la panique. Cela valait mille fois les roueries et les pratiques des plus expertes des catins du Palais-Royal !

Dussert eut envie de la renverser sur la table, contre les uniformes, de la forcer ici, dans son trou, dans son nid.

Il tendit la main. Elle se pencha en arrière, la bouche entrouverte.

— Il n'y a pas de feu chez toi, citoyenne ? dit-il en lançant un regard vers la cheminée.

Il la sentit désorientée.

— Tu as froid, reprit-il.

Il lui toucha l'épaule, elle tenta d'éviter sa main, mais il l'agrippa.

— Qu'est-ce que tu caches chez toi ? dit-il brutalement.

Elle secoua la tête, ses cheveux allant et venant.

— Je vais te conduire au Comité de sûreté. Tu es suspecte, citoyenne !

Elle baissa la tête comme une coupable. Il resta un moment silencieux, laissant glisser son regard sur elle. Les hanches étaient fortes, et sous la jupe grise à larges plis il imagina les jambes.

— Tu sais quel est le sort des suspects, citoyenne ?

Elle se mit à geindre. Il lui caressa les cheveux. Elle se redressa un peu, étonnée.

— Qu'est-ce que vous voulez ? demanda-t-elle.

— T'aider, citoyenne.

Il jouait avec elle, un coup de patte par-ci, un coup de patte par-là. Il ne fallait pas frapper trop fort, risquer de lui briser les reins ou le cou. Que deviendrait le plaisir si elle ne se débattait pas un peu, si elle ne tremblait pas d'angoisse !

— Montre-moi ce que tu as volé, dit-il.

Elle fit non, les yeux fermés, les mains sur sa bouche.

— Je te conduis au Comité, ils décideront.

Elle le regarda et fit un pas en avant, si bien qu'elle se trouva contre lui, si chaude, si faible qu'il eut un mouvement de compassion, à peine un geste, aussitôt arrêté par un flot de mépris, un sentiment de supériorité, un ricanement.

— Allez, dit-il, sors ce que tu caches.

Elle se mit à parler vite. Elle n'était pas coupable, disait-elle, Nicolas Mercœur, un bon sans-culotte, un volontaire national, non plus, c'est lui qui lui avait confié ça.

Elle s'était agenouillée, lui tournant le dos, et ses cheveux tombaient de part et d'autre de sa nuque. Elle était comme ces servantes qu'il avait souvent forcées quand ainsi elles lavaient le sol, les manches de leurs blouses retroussées, laissant voir leurs avant-bras nus rougis par l'eau froide. Elles s'abandonnaient dans un coin de la pièce puis, faisant retomber leurs jupes, elles recommençaient à frotter.

Quelle révolution empêcherait que certaines soient toujours gibier pour les chiens de leurs maîtres ?

Il avait été le chien du banquier Mallet, maintenant il était devenu le banquier Guillaume Dussert, et il continuait de chasser les lèvres humides.

Elle avait soulevé deux lattes, elle se redressait en tendant une tabatière en or incrustée d'argent, et des feuillets noués ensemble.

Il les prit, les posa sur la table, puis sans l'ouvrir regarda la tabatière.

— Tu aurais mérité, autrefois, qu'on te marque là.

Il lui donna une tape sur l'épaule.

— Qu'on te donne le fouet.

Elle se mit à sangloter. Elle répétait qu'elle ne savait pas, que Nicolas lui avait demandé de cacher ça, ici. C'était son compagnon, il était honnête.

— Tu sais bien que ça ne lui appartient pas.

Elle murmura un oui qui était comme une plainte. Il la regarda. C'était si facile de soumettre les gens. On les accusait, et ils avouaient parce qu'ils se sentaient tous suspects, coupables. Ils attendaient qu'on les châtie parce qu'ils espéraient le pardon. Qui sait si le roi n'avait pas perdu son pouvoir parce qu'il l'avait oublié, hésitant à accuser et à condamner, à frapper, le décidant quand il était trop tard, quand on lui avait déjà volé l'habit du maître. Et les nouveaux souverains, les gens des comités, eux, avaient dressé l'échafaud.

C'était le signe du transbordement du pouvoir.

Avant, on écartelait les régicides, maintenant on décapitait le roi. Et puis, bientôt, il y aurait un nouveau changement, d'autres rois, mais toujours un bourreau et des victimes.

Il fallait être chaque fois du côté des maîtres.

— Demande pardon, citoyenne, dit-il.

Il pesa sur les épaules de Madeleine Cotençon, la forçant à s'agenouiller.

10.

“Il n’avait éprouvé aucun remords…”

Dussert, assis sur le marchepied de sa berline, les yeux mi-clos, les mains enfoncées dans les poches de sa redingote, les talons posés sur le talus qui bordait la route, s’efforçait de ne pas bouger et de faire croire aux soldats qui le surveillaient qu’il somnolait, paisible, attendant sans inquiétude l’arrivée de ce capitaine Forestier qu’on avait été chercher et qui déciderait de son sort.

Mais depuis que ces soldats dépenaillés, les mains et le visage noircis par la crasse et la poudre, avaient arrêté la berline sur la route d’Amiens et Bruxelles, mis le cocher en joue puis ouvert les portes, Dussert était hanté par l’idée que la chance avait peut-être tourné, que la série des bonnes cartes dont il avait bénéficié jusqu’alors était terminée, et qu’il allait mourir là, d’un coup de baïonnette.

Les soldats l’avaient tiré par les épaules, jeté à terre, et il avait senti les pointes d’acier sur sa poitrine.

— Embrochez-le, c’est un ci-devant ! avait hurlé l’un de ces hommes.

On l’avait accusé de vouloir émigrer, et quand il avait pu enfin montrer son ordre de mission, signé par trois membres du Comité de défense générale et autorisant « le citoyen Guillaume Dussert, patriote prononcé, à se rendre à l'état-major du général Dumouriez afin d'y arrêter toutes les mesures utiles pour favoriser l'approvisionnement des armées de la République », les soldats s'étaient faits plus menaçants encore.

Ils avaient brandi leurs sabres, en passant le tranchant de la lame sur sa gorge. Ils lui avaient donné des coups de crosse. Puis ils s'étaient éloignés de quelques pas, et il en avait profité pour tenter de se camper dans cette attitude calme, presque indifférente.

Ils étaient revenus, lui disant qu'on n'allait pas attendre l'arrivée du capitaine Forestier, qu'ils étaient des soldats citoyens, qu'ils allaient donc le juger sur-le-champ. Il suffisait de le regarder pour savoir qu'il n'était que l'un de ces parasites qui s'engraissent en détroussant la République. Un protégé de ces serpents de Girondins, de ces modérés et de ces Indulgents qui avaient déclaré la guerre comme on ouvre une trappe pour y faire tomber la nation et qui, ne voulant pas la faire, étaient prêts à se vendre à l'étranger.

Est-ce qu'il savait lui, l'accapareur, que le général Dumouriez chez qui on l'envoyait avait livré la Belgique au prince de Saxe-Cobourg ? Qui sait combien Dumouriez avait été payé pour les faire battre à Neerwinden le 18 mars 1793 ? Puis le général s'était enfui avec le fils de Philippe Égalité, il y avait seulement quelques jours, le 5 avril. Maintenant, il ne restait plus pour arrêter les Autrichiens sur la route de Paris que ces poitrines-là, les leurs.

Ils étaient prêts à mourir pour la patrie et la République, avaient-ils dit, mais avant il fallait châtier tous les traîtres et lui, le fournisseur, l'accapareur, l'agent des Girondins et donc le complice de Dumouriez, il était l'un d'eux.

Ils avaient armé leurs fusils et Dussert avait cru que c'en était fini de sa vie.

Le rideau allait donc tomber sur le dernier acte et, à cet instant, il avait jugé toute la pièce avec une sorte de détachement, se souvenant des femmes dont il avait joui, et de la dernière, cette Cotençon qu'il avait prise dans le lit du comte de Taurignan, ne pouvant s'en séparer durant deux jours, tant la belle caille était dodue, plaintive, apeurée, et c'était tout cela qu'il aimait chez les femmes. Elle avait battu des bras et des jambes comme si elle avait voulu s'envoler, et à la fin, elle s'était endormie.

C'est alors seulement qu'il avait lu la liasse de feuillets et il avait, assis devant la cheminée, ri silencieusement, comme un joueur que le sort insolent favorise. Et cela lui avait donné une jouissance plus forte encore que celle qu'il venait d'éprouver. Le destin lui était favorable. Le Grand Architecte, celui qui ordonnait les choses, ou bien simplement le hasard, avait immobilisé pour lui le dé sur le six. Et Dussert, avec des gestes lents, tenant chaque feuillet par le coin, du bout des doigts, avait brûlé toute la liasse, fasciné par le papier qui se recroquevillait, restait un instant rougeoyant avant de se réduire à une poignée de cendres. Ainsi avaient disparu les traces des conversations qu'il avait eues avec Philippe Chrétien de Taurignan, des engagements qu'il avait pris. Qui pourrait prouver dans quelques années qu'il n'avait pas acheté au comte son château de Crest, ses propriétés des bords de la Drôme et cet hôtel de Taurignan où la fille, maintenant réveillée, avait regardé autour d'elle, comme une bête soumise ?

Et qu'est-ce qu'elle était de plus ?

Il l'avait interrogée, s'était assuré qu'elle n'était pas capable de déchiffrer une seule ligne, donc qu'elle n'avait pas lu ces papiers, qu'elle se souvenait seulement du nom de Taurignan. Et elle avait répété, avec son premier mouvement de fierté, que Nicolas Mercœur, lui, il lisait comme un prêtre ! Il fallait donc retrouver ce Mercœur qui, selon elle, servait à l'armée de Dumouriez.

Il avait dit à la fille de se rhabiller et il avait commencé à écrire, s'interrompant souvent pour la regarder alors qu'elle passait sa jupe, nouait ses cheveux, avec de petits gestes maladroits. Et il lui avait ordonné de lever les bras, parce qu'il avait voulu voir ses seins. Elle avait obéi, lui lançant des coups d'œil apeurés, et il avait eu un moment la tentation de froisser la lettre qu'il écrivait au Comité de sûreté générale et de la jeter au feu. Car il aurait pu dresser facilement cette fille, la tenir à merci, comme un animal qui a si peur qu'il craint même de réclamer sa pitance. Cette Madeleine Cotençon, il l'avait imaginée de cette espèce-là.

Mais il avait continué la lettre, cependant qu'elle restait les bras en l'air. Il lui avait, d'un mouvement du menton, permis de les baisser, et il avait écrit plus vite sa dénonciation, en accusant la citoyenne Cotençon d'être l'une de ces femmes qui conspiraient contre la République, attisant les passions du peuple afin qu'il exige la taxation et la réquisition des denrées. Elle avait cherché, avait-il prétendu, à le poignarder, lui, Guillaume Dussert, fournisseur des armées, patriote reconnu, et sans doute agissait-elle de concert avec l'étranger, avec les agents des princes émigrés. Et peut-être faisait-elle partie d'un complot plus dangereux encore. Il avait appris qu'elle était liée à un soldat de l'armée de Dumouriez, le citoyen Nicolas Mercœur, qui avait entretenu des liens avec le ci-devant comte Philippe Chrétien de Taurignan, décapité place de la Révolution le 20 septembre 1792, mais dont le fils Louis servait à l'armée des Princes. La fille possédait d'ailleurs une pièce d'orfèvrerie marquée au blason des Taurignan.

Il fallait se saisir d'elle au plus tôt. Il y allait de la sûreté de la République.

Les argousins s'étaient présentés le lendemain et il leur avait montré la fille, assise à même le parquet, dans l'angle de la chambre où il l'avait enfermée.

Elle ne s'était pas débattue, se laissant entraîner, disant qu'elle n'avait rien volé, que son compagnon Nicolas était un volontaire, un patriote.

Puis, une fois dans la cour, elle avait commencé à crier d'une voix aiguë, de plus en plus forte, disant que c'était lui, Dussert, le voleur, qu'il avait brûlé les papiers, qu'elle l'avait vu faire dans la nuit.

Les argousins avaient tenté de la ceinturer, prenant plaisir à la saisir aux épaules, à lui presser les seins.

Mais elle était devenue comme une bête furieuse, donnant des coups de pied et de tête comme si elle avait enfin compris que de s'être montrée soumise presque toute sa vie n'avait servi à rien, et qu'il eût mieux valu se révolter.

Il était trop tard. Les argousins lui avaient martelé le visage, tordu les bras, et ils l'avaient poussée dans un fiacre. Sans doute la conduiraient-ils à la prison des Carmes, d'où on ne la tirerait que pour la juger et lui trancher la tête.

Dussert avait entendu longtemps encore ses cris, puis ils avaient été recouverts par les chants d'une troupe en marche. Les voix étaient fortes et claires :

Aux armes, citoyens !
Formez vos bataillons...

scandaient-elles.

Il était resté devant la fenêtre jusqu'à ce que la chanson s'efface.

Il avait alors regagné la chambre et découvert, sur le lit, le châle de Madeleine.

C'était un carré d'étoffe noire qui avait dû, autrefois, être bordé de franges. La plupart avaient disparu, et le tissu s'effilochait. Dussert avait fait du châle une grosse boule qu'il avait jetée dans la cheminée, tisonnant pour que les flammes s'élèvent, consumant peu à peu, dans un grésillement accompagné d'une fumée grise, ce qui restait du passage de cette fille.

Il s'était appuyé au manteau de la cheminée, les bras tendus, suivant des yeux le travail du feu. Il n'avait éprouvé aucun remords.

Les temps, quoi qu'on proclamât dans les clubs, à la Convention, n'étaient pas à l'égalité et à la fraternité. Les dés continuaient de rouler furieusement, décidant du sort de chaque vie. La règle du jeu demeurait la même : les uns ne pouvaient gagner qu'à la condition que les autres perdent. Non pas vaincre ou mourir, comme le disait la chanson, mais tuer pour vaincre !

Telle était toujours la grande, la seule loi.

11.

“ Je suis
le capitaine
Maximilien
Forestier…
C’est moi
qui ai fait tirer
sur Dumouriez
quand il s’est
enfui. ”

Dussert s’était levé en s’appuyant des deux mains au marchepied de la berline. Il avait croisé les bras face aux fusils et, les yeux grands ouverts, le menton en avant, son expression ainsi changée, il avait commencé à parler d’une voix hargneuse, méprisante, et il avait senti, dès les premiers mots, que les soldats étaient surpris et que la partie n’était pas perdue. Le rideau n’était pas encore tombé sur sa vie.

— Ça, un jugement de citoyens ? avait-il commencé. Un assassinat plutôt, comme en ont commis tous les mercenaires ! Ça, la justice de la République ? Où est l’avocat qui me défend ? Où sont les juges ? Je ne vois que des bourreaux ! Voulez-vous me nouer les brodequins pour me briser les os afin que j’avoue que je suis un ci-devant, un espion à la solde des princes et des Anglais, et le complice du traître Dumouriez ?

Il avait eu l'impression que les canons des fusils s'abaissaient un peu. Il avait fait un pas.

— Dites-moi ce dont vous voulez que je m'accuse.

Il s'était adressé à chacun des soldats, les fixant l'un après l'autre, gagné par la certitude qu'il allait sauver sa vie, que la chance à nouveau était dans son jeu.

— Toi, que sais-tu de moi ? avait-il dit en tendant le doigt vers l'un des plus jeunes soldats. Étais-tu à la Bastille ? J'y étais ! J'ai vu la tête tranchée du gouverneur de Launay au bout d'une pique, comme je te vois. Et toi – il avait désigné le soldat voisin –, as-tu combattu les gardes suisses dans la cour des Tuileries le 10 août ? J'y étais aussi !

— Tu parles comme un avocat, avait lancé un soldat, et il avait relevé son fusil, visé la tête. On en a écouté des belles phrases ! Même Dumouriez criait « Vive la Nation ! » et le fils de Philippe Égalité, nous tous, nous l'avons entendu chanter *« Aux armes, citoyens »*. Et sais-tu où ils sont, ces phraseurs, ces perfides ? Sous la tente du prince de Saxe-Cobourg. Ceux qui parlent bien trahissent. Nous n'aimons pas ici les langues agiles, les langues de serpent.

Le destin comme le dé qui hésite était en équilibre. Les soldats avaient approuvé leur camarade.

— Finissons-en ! avait crié l'un d'eux.

— Savez-vous pourquoi je suis ici ? avait demandé Dussert, la gorge serrée.

C'étaient les derniers mots qu'il pouvait jouer. Ou bien il gagnait, ou bien ces hommes lui faisaient éclater la tête et il serait un mort de plus, jeté dans cette grande forge où l'on frappait les corps à coups redoublés depuis le printemps de 1789. Cette forge était une fosse et un volcan.

— La partie saine de la Convention, avait-il repris, s'approchant encore des fusils, ceux qui n'ont dans le cœur que le salut de la patrie, soupçonnaient Dumouriez. Ils voulaient l'empêcher de passer à l'ennemi. Il fallait un prétexte pour l'approcher, endormir sa vigilance, le tromper en lui faisant croire que personne, dans le Comité de salut public, ne pensait à le décréter d'arrestation. Alors on m'a choisi parce que je suis fournisseur des armées, et je suis venu, sachant ce que je risquais, mais la patrie est en danger, comment aurais-je pu refuser ? Peu m'importe que vous me tuiez, soldats, ma conscience est pure, et c'est vous, qui allez me fusiller, qui me vengerez par votre victoire sur les ennemis de la nation !

Il avait repris son souffle et regardé l'horizon gris qui se confondait avec ces plaines du Nord que la neige recouvrait encore par endroits.

Tout à coup, venant de derrière la berline, il avait entendu des éclats de voix et un homme avait surgi. Il était grand, vigoureux, les épaules et le torse larges. Il portait un calot de hussard. Il avançait à longues enjambées, enfonçant les talons de ses cuissardes dans la boue de la route.

— Où est-il, ce citoyen Dussert ? avait crié l'homme en écartant d'un grand geste des bras les soldats qui baissaient leurs fusils.

Il s'était arrêté devant Dussert, la main gauche sur le pommeau de son sabre. Il avait, tout en lissant ses moustaches du bout des doigts de sa main droite, dévisagé Dussert. Son visage rond était encadré de cheveux mi-longs, noirs, bouclés. Ses yeux paraissaient d'autant plus clairs que sa peau était brune et tannée.

— Je suis le citoyen Maximilien Forestier, capitaine depuis trois jours. C'est moi qui ai fait tirer sur Dumouriez quand il s'est enfui. Qu'est-ce que tu es venu renifler ici ? On ne voit guère les citoyens de ton espèce là où tombent les boulets !

Il avait déplié l'ordre de mission de Dussert, l'avait relu, avait ricané et, tourné vers les soldats, avait, en agitant le papier, déclamé : « Tu serais donc un patriote prononcé, tu devais te rendre à l'état-major du général Dumouriez pour y arrêter toutes les mesures utiles pour favoriser l'approvisionnement des armées. »

— On se moque de nous, dans les comités ! avait-il rugi. Tu nous vois ?

Il avait tapé du plat de la main sur ses cuisses.

— Ces bottes-là, j'ai eu bien du mal à les retirer à un officier autrichien qui dormait pour toujours dans la neige. Sinon, regarde…

Il avait tendu le bras, montré les pieds nus de certains soldats.

— Nous attendons toujours les chaussures, et quand elles arrivent, c'est du carton, citoyen. Après deux jours, il nous reste nos pieds. Les armées de la République, ce sont des bataillons de gueux. Touche la laine de nos uniformes.

Il avait pris le poignet de Dussert, le forçait à s'avancer, à poser ses doigts sur la veste déchirée de l'un des soldats.

— On nous habille avec des chiffons !

D'un geste, il avait ordonné aux soldats de s'éloigner, de s'installer là, sur cette butte d'où l'on pouvait surveiller toute la plaine, de former les faisceaux après avoir installé des postes de garde, puis il s'était assis sur le talus en face de Dussert qui s'était appuyé à la berline.

— Racontez-moi, citoyen Dussert, avait-il demandé.

Dussert avait repris son explication, d'une voix basse et résolue, gardant les yeux à demi fermés, choisissant chaque mot, citant les noms qui lui paraissaient les plus convaincants. Il avait vu, avait-il dit, Carnot, Saint-Just et Robespierre, qui tous prévoyaient la trahison de Dumouriez, le soupçonnant d'être l'âme d'un complot dont le but était le rétablissement de la monarchie, avec pour souverain Philippe Égalité ou le fils de celui-ci. Et les modérés de la Convention, les Girondins, avaient appuyé la conspiration.

Il avait dit les mots propres à convaincre, sans cependant être sûr d'y réussir. Forestier l'avait écouté sans l'interrompre, puis il s'était levé et, comme s'il se parlait à lui-même, il avait murmuré :

— Il y a des moisissures sur la République, de la pourriture dans son âme et de la gangrène dans ses membres. Si nous n'étions pas là – il avait montré les colonnes de soldats qui marchaient de part et d'autre de la route – nous, qu'est-ce qu'il resterait de la République ? C'est nous qui l'avons faite, à Valmy, à Jemmapes, et maintenant les généraux passent à l'ennemi.

Il avait secoué la tête, avait souri en haussant les épaules.

— Mais c'est trop tard pour nous vaincre ou nous achever, trop tard pour nous tuer.

Dussert avait regardé ces soldats qui avançaient. Ils avaient des uniformes dépareillés, on eût dit à la décrire une armée de va-nu-pieds, de gueux, comme avait dit Forestier, et pourtant Dussert avait senti qu'il émanait de ces hommes une impression de force et de résolution.

Certains chantaient, se redressaient en apercevant leur chef, levaient leur fusil, saluaient en criant « Vive la République » ou en entonnant *« Aux armes, citoyens ! »*. Ce n'était pas là une armée vaincue, mais au contraire une troupe à l'énergie puissante. Dumouriez avait été fou de croire que ces soldats-là auraient à son appel marché contre la Convention, contre la République.

Dussert avait frissonné. Cette armée représentait une force implacable, comme une nuée ardente, et il faudrait du temps, beaucoup dc temps, et donc bien des manœuvres, des méandres et beaucoup de morts, pour que son énergie se tarisse, que sa puissance torrentielle s'épuise. Il n'avait pas regretté d'être venu là au péril de sa vie pour découvrir cela, qu'on n'imaginait pas à Paris. Il avait même pensé qu'une fois l'éruption interrompue, il resterait encore assez d'hommes en armes qui auraient pris goût à la guerre et au commandement pour que rien ne puisse se faire sans eux.

— Je vous invite à partager ma marmite, citoyen Dussert, avait proposé Forestier.

C'était comme si la vue de ses soldats l'avait apaisé. Il avait saisi le bras de Dussert et avait marché d'un pas rapide vers la butte où les hommes avaient mis les canons en batterie. Des feux de bivouac brûlaient ici et là, malgré la pluie fine mêlée de neige qui avait commencé à tomber et que le vent parfois transformait en tourbillons glacés.

Maximilien Forestier s'était assis sur un tambour, piquant avec une baïonnette des morceaux de viande dans le chaudron suspendu par son anse au-dessus des flammes.

— Servez-vous, citoyen, ce doit être du cheval. On mange ce qu'on trouve, parce que si l'on comptait sur les munitionnaires pour nous nourrir, ceux d'entre nous que les boulets n'ont pas fracassés seraient morts de faim !

Il avait tendu la baïonnette à Dussert.

— Prenez, citoyen, c'est de bon cœur.

Fouillant dans les larges poches de sa vareuse, il avait sorti une pipe, l'avait bourrée.

— Je fais l'amalgame, des brins de tabac, de l'herbe séchée, ça chauffe la bouche et la poitrine.

Il avait soupiré puis, après un long silence, il avait, sans regarder Dussert, parlé d'une voix calme.

— Voulez-vous que je vous dise ce que nous sommes, citoyen Dussert – il avait montré la cocarde tricolore accrochée à son calot –, regardez notre cocarde, les armées de la République sont bleues, puisque c'est l'une des couleurs de la Révolution, mais aussi, pour moi, bleues comme le ciel de mon pays. Quand le vent souffle sur le Rhône, rien ne lui résiste. Valence, c'est la ville du vent, et quand on marche dans la campagne, on respire le parfum de la lavande. Les montagnes au loin, on les appelle des dentelles. Elles sont d'un bleu sombre. Mais nous sommes aussi rouges, parce que nous ne sommes pas économes de notre sang, et blancs, non pas de la couleur du despotisme, mais du blanc de la vertu ou – il avait touché son sabre – de l'arme blanche. Bleu, blanc, rouge, les couleurs de la nation !

Il avait tapoté sa pipe sur le talon de sa botte.

— Que personne n'essaye, citoyen Dussert, de nous arracher une couleur.

Il s'était levé et, d'un coup de la pointe de sa botte dans le foyer, il avait fait jaillir une myriade d'étincelles.

12.

“ Qui a le loisir
de penser
quand il tue
et qu’il court,
poitrine nue,
vers ceux qui
le mitraillent ? ”

Maximilien Forestier avait marché à la tête de la colonne, le sabre à la main. Le brouillard glacé de l’aube lui collait à la peau comme un suaire. Soudain, les premières maisons du village étaient apparues. Il s’était arrêté et il avait entendu les voix des sentinelles autrichiennes qui s’interpellaient.

Il s’était retourné. Au premier rang des soldats, il avait reconnu Nicolas Mercœur, l’un des plus grands de la colonne, avec sa petite tête entourée de cheveux roux tombant sur ses oreilles, ses épaules étroites d’où surgissait ce cou long et maigre.

C’était donc celui-là dont le citoyen Dussert, hier soir, avant de remonter dans sa berline, avait assuré que le Comité de sûreté générale le suspectait d’être un espion, un agent des princes, et sans doute un homme de Dumouriez. Les preuves de sa trahison avaient été fournies, avait précisé Dussert, par le Conventionnel

Joseph Machecoul, un Montagnard, un Jacobin, qui avait eu à le connaître à la section des Piques et qui déjà avait remarqué son modérantisme, ses liens avec des ci-devant, des « Amis du Roi ». L'homme ne s'était porté volontaire que pour échapper à la vengeance des patriotes. Mais, avait conclu Dussert : « Ce sont vos affaires, citoyen capitaine, ce Mercœur est sous vos ordres, vous déciderez de son sort. »

Forestier n'avait aimé ni le ton ni le regard de Dussert. Cet homme était comme les anguilles ou les couleuvres qu'on trouve dans les hautes herbes et sous les pierres des bords de rivière. Il glissait entre les doigts. Il était pire encore, gluant comme un crapaud. Dussert avait ajouté : « Il est vrai, capitaine, que la Convention et le Comité de sûreté générale ne comprendraient pas que vous ne condamniez pas ce Mercœur. »

Puis il avait sorti de la poche de sa redingote une bourse noire. Il l'avait soupesée.

— Pour vos soldats, citoyen Forestier, et pour le dîner. La viande de cheval était savoureuse.

Comme Forestier était resté immobile, Dussert avait posé la bourse sur le talus et dit, en se penchant depuis la berline qui commençait à rouler :

— C'est ma contribution personnelle à la guerre.

Forestier avait eu l'impression qu'on le souffletait, qu'on le couvrait de fange, et il s'en était voulu toute la nuit de ne pas avoir tranché la gorge de ce corrupteur.

Pourtant, il avait mis la bourse dans la poche de sa vareuse et, au milieu de la nuit, à la lumière du feu du bivouac, il avait compté les pièces : vingt-cinq louis d'or. Une fortune ! Et il n'avait plus réussi à dormir, allant à pas lents d'une sentinelle à l'autre, s'arrêtant souvent auprès des foyers où ne rougeoyaient plus que quelques braises. Il avait regardé les hommes endormis, recroquevillés et qui, d'un geste instinctif, essayaient de se protéger du froid et de l'humidité en tirant sur leurs épaules les branches et les feuillages dont ils s'étaient recouverts.

Pauvres hommes ! La faim, le froid, les guenilles et un boulet pour leur briser les jambes, une balle pour leur fracasser l'épaule, un coup de sabre pour taillader leur joue. Et ils criaient : « Vive la Nation ! Vive la République ! »

Il avait éprouvé pour eux de la fierté et de la compassion. Ceux-là n'auraient rien gagné d'autre à la Révolution que l'enthousiasme et l'espoir. Leurs descendants, plus tard, peut-être, connaîtraient le bonheur de vivre dans la liberté, l'égalité et la fraternité. Mais ceux-là n'auraient eu en partage qu'un peu de gloire et l'honneur de mourir pour la patrie.

À cette idée, il avait éprouvé un sentiment de dégoût pour ceux qui, comme Dussert, se nourrissaient du sang des autres.

Unc sangsue ! Voilà ce qu'il était, le citoyen Dussert ! Et comment croire ce qu'un homme tel que lui pouvait dire d'un volontaire comme Mercœur ?

Forestier s'était penché sur quelques-uns de ces soldats qui dormaient en geignant. Mais dans l'obscurité, il était impossible de reconnaître lcurs traits.

Demain, après la bataille, il serait toujours temps, s'ils étaient encore vivants l'un et l'autre, d'interroger Nicolas Mercœur.

Il était là, au premier rang de la colonne, sa longue baïonnette emmanchée au canon du fusil. Maximilien Forestier l'avait appelé d'un geste.

— Tu restes près de moi, avait-il dit.

Puis il avait levé son sabre et il n'avait pas eu le temps de terminer de crier « Vive la Nation ! » que toute la colonne s'élançait, hurlant avec lui.

Qui a le loisir de penser quand il tue et qu'il court, poitrine nue, vers ceux qui le mitraillent ?

Forestier avait frappé à pleine lame et la colonne s'était, dès l'entrée du village, déployée en ligne, surprenant les Autrichiens dans leur sommeil, égorgeant ici, embrochant là, fusillant à bout portant.

Après, les hommes s'étaient retrouvés sur la place, devant l'église. Des morts et des blessés étaient affalés sur les marches.

Forestier avait cherché des yeux Mercœur. Il était assis au milieu des morts, les mains accrochées à son fusil, la lame de la baïonnette rouge de sang.

Forestier lui avait touché l'épaule, Mercœur avait levé la tête. Il avait les yeux fixes, qui semblaient blancs tant le regard était vide.

— Où étais-tu ? avait demandé Forestier.

À plusieurs reprises, pendant l'attaque, il s'était retourné sans le voir.

Nicolas se redressa lentement en s'appuyant à son fusil.

— Je me suis battu, citoyen capitaine.

D'un mouvement de tête, il avait montré sa baïonnette ensanglantée.

— Viens avec moi, lui avait dit Forestier.

Tout en marchant dans la rue principale du village wallon, Forestier avait lancé des ordres aux sergents : qu'on installe des postes de garde, qu'on dresse des barricades aux entrées du village, qu'on mette les canons en batterie de chaque côté de la place. Puis il avait montré, au bout de la rue, une maison basse : « Je suis là », avait-il dit à Mercœur.

Il s'était dépêché de parcourir la centaine de mètres qui le séparait de son logement. Il ne voulait pas voir ce qui allait se produire. Mais, après seulement quelques pas, il avait entendu les premiers cris des femmes, le choc lourd des crosses qui brisaient les portes des caves et des greniers, le bêlement des moutons qu'on égorgeait, lc grognement des cochons qu'on saignait, et les hurlements des hommes qu'on frappait, qu'on tuait, pour qu'ils donnent leur magot, ou qu'ils laissent violer leurs épouses, leurs filles ou leurs mères.

— La guerre change les hommes, avait murmuré Forestier en s'arrêtant sur le seuil de la maison qu'il avait choisie, et en frappant la porte de la pointe du pied.

Il se retourna pour voir si Nicolas le suivait.

Mercœur était au milieu de la rue, dodelinant, et c'était une impression étrange que de voir ce grand corps maigre osciller comme s'il allait s'abattre. Tout à coup, il s'était immobilisé, avait levé son fusil, tiré en l'air, et dans le silence qui avait suivi, il avait crié : « Nous sommes des soldats de la République, tous les hommes ont des droits, tous les hommes sont frères ! »

Sa voix s'était perdue au milieu des cris, des hurlements, des beuglements. Et Mercœur avait recommencé à osciller. Forestier l'avait rejoint, pris par le bras, tiré plus que conduit vers la maison. Il l'avait entendu répéter à voix basse : « Soldats de la République, respectez les hommes, respectez les pauvres… »

On avait ouvert la porte.

Dans la pénombre de la pièce au plafond bas strié par des poutres noircies par la fumée, Forestier avait aperçu deux femmes, sans doute la mère et la fille, qui se tenaient enlacées, tentant de se cacher sous l'escalier qui devait monter au grenier.

Un homme s'était avancé, courbé, la tête enfoncée dans les épaules comme pour éviter déjà les coups. Forestier l'avait forcé à se redresser.

— Tu es béni de Dieu puisque je suis là, avait-il dit. On ne te volera rien.

Il avait montré la table, fait comprendre qu'il voulait qu'on lui prépare un repas pour lui et le soldat, qu'on mette des bûches dans le feu, qu'on chauffe les lits. Ils avaient eu froid depuis des semaines qu'ils couchaient sur la dure, avec leur sac pour oreiller. Il voulait aussi du vin.

Puis, fouillant dans sa poche, il avait pris un louis d'or dans la bourse et l'avait lancé sur la table.

L'homme avait regardé Forestier avec des yeux effarés, et il avait d'une voix angoissée donné des ordres aux femmes qui avaient commencé à s'affairer.

Forestier avait invité Nicolas à s'asseoir en face de lui. Le jeune homme s'était installé à table avec des gestes d'automate, et Forestier l'avait observé. Il avait reconnu, à la pâleur du visage, à la fixité du regard, à cette manière de baisser la tête, de s'affaisser même, les signes de cette maladie de nostalgie qui frappait certains soldats. On les retrouvait allongés dans les fossés, refusant d'avancer, indifférents aux ordres, aux insultes et aux menaces, prêts à mourir là, accablés de mélancolie. On en découvrait d'autres, une fleur rouge au milieu de la poitrine, le fusil serré entre leurs mains. Forestier, quelquefois, quand il rêvait aux horizons bleus, à la blancheur éblouissante du calcaire quand le soleil le prend pour miroir, avait craint de succomber lui aussi à cette nostalgie qui entraînait les hommes au fond de leur mémoire comme les tourbillons d'eaux sombres aspirent les corps au milieu du Rhône.

Il avait poussé vers Nicolas un verre rempli de vin blanc.

— Bois, avait-il ordonné.

Celui-ci avait paru ne pas entendre.

— Bois, avait répété d'une voix forte Forestier.

Nicolas avait porté le verre à ses lèvres, mais il paraissait avoir du mal à avaler. Les femmes avaient servi des écuelles de soupe, plaçant au milieu de la table des pommes de terre et des morceaux de lard. Puis elles avaient attendu, debout de part et d'autre de la table.

Après un long moment, Nicolas avait paru les voir, les regardant d'un air étonné, ses yeux allant de l'une à l'autre. Et brusquement il avait baissé la tête et s'était mis à sangloter, avec des hoquets d'enfant désespéré.

Forestier s'était arrêté de manger, rêvant à une époque où un grand vent salubre aurait changé l'âme et la vie des hommes.

13.

“ Je ne tue pas quelqu’un seulement parce qu’il porte un autre uniforme… ”

Maximilien Forestier ouvrit la porte et regarda la rue. C’était à peine le commencement de l’aube.

Il fit quelques pas. Des soldats s’avançaient en titubant. Ils braillaient. L’un d’eux portait un mouton mort sur les épaules. Les autres étaient chargés de sacs remplis de bouteilles. Ils étaient vêtus de vêtements dépareillés, gilets de laine, pantalons de paysans et même blouses de femmes. Ils s’arrêtèrent devant Forestier.

— C’est le pays de la bombance éternelle, commença l’un. Vive la Belgique ! On a bien bouffé, on a bien bu son vin, capitaine !

Celui qui portait le mouton dit en se dandinant :

— On a tous baisé sa particulière.

Forestier eut envie de vomir. Peut-être était-ce seulement la fatigue, la rage de n’avoir pu, cette nuit, profiter du lit, des draps qu’on avait bassinés pour lui, et d’avoir dû écouter la confession de Nicolas qui, brusquement, au milieu d’une phrase, avait fermé les yeux et avait commencé à ronfler, s'affaissant peu à peu, le front bientôt appuyé à la table.

Qu'est-ce qu'il fallait faire de cet homme-là ?

— Sergents ! hurla tout à coup Forestier.

Les soldats inquiets se lançaient des coups d'œil.

Deux sergents sortirent de la maison qui faisait face à celle qu'occupait Forestier.

— Dans deux heures, rassemblement sur la place, leur cria-t-il. Je tue de ma main ceux qui ne se présenteront pas comme des soldats de la République. Les soudards, je les saigne comme des porcs.

Il rentra dans la maison, claqua la porte.

Nicolas ne bougea pas. Ses bras tombaient de part et d'autre de son corps, comme ceux d'un pantin dont on a coupé les fils.

Forestier s'assit en face de lui.

Qu'est-ce que je vais faire de cet homme-là ?

Nicolas pour sûr avait pleuré longtemps, s'essuyant de temps à autre le visage avec sa manche, et Forestier, d'un geste, comme on balaie des mouches, avait ordonné au paysan et aux deux femmes de quitter la pièce. Comme ils tardaient à le faire, il s'était levé, avait pris l'homme par les épaules et l'avait poussé vers l'escalier, si vivement qu'il avait trébuché, s'était étalé, puis avait commencé à monter les marches en s'appuyant sur les mains, et les femmes s'étaient précipitées pour l'aider.

Ç'avait été la première colère de Forestier contre lui-même, contre Mercœur, contre ces gens, contre la guerre qui l'avait changé.

Il y a moins d'un an, il avait ordonné qu'on fusille un soldat qui avait volé une poule et cinq œufs dans une ferme proche de Valmy. Et aujourd'hui, il s'enfermait dans une maison, laissant les soldats de la République mettre à sac un village, desserrer les jambes des femmes, les écartelant à plusieurs, deux pour leur tenir les bras, deux encore pour leur immobiliser les jambes, et un cinquième pour s'enfoncer en elles pendant qu'un autre regardait, tenant sa baïonnette appuyée sur la gorge du paysan.

Voilà ce que la guerre avait fait des hommes, et de lui, Maximilien Forestier, qui gardait dans sa poche vingt-quatre louis d'or. Le prix de quoi ? Dussert n'était pas homme à payer pour rien ! Ce que la guerre avait fait de lui encore, le citoyen Forestier, qui avait autrefois, le jour de la fête de la Fédération, chanté, acclamé la Déclaration des droits de l'homme et du citoyen, et qui maintenant brutalisait un vieil homme terrorisé.

Foutue guerre ! Foutue Révolution ! Peut-être qu'il ne fallait jamais rien toucher, ni aux choses ni aux hommes. Un pays, c'était peut-être comme un de ces blessés, si gravement atteints qu'ils retiennent avec leurs mains leurs entrailles, qu'il faut surtout ne pas bouger, ne même pas chercher à soigner. Seulement verser un peu de marc entre leurs dents pour qu'ils meurent ivres, en oubliant leur ventre ouvert.

Et ce n'était pourtant pas cela qu'il voulait ! Il croyait au contraire qu'il fallait changer le monde, justement parce qu'il crevait ainsi, comme un agonisant sur une paillasse, et qu'il fallait en faire naître un autre, jeune, vigoureux, juste et libre !

Forestier avait frappé des deux poings sur la table.

— Alors, Mercœur, on me dit que tu es à la solde des princes, on me dit que tu es un complice de Dumouriez, qu'à la section des Piques on voulait te juger, te raccourcir, pour tes liens avec les « Amis du Roi ». On a dit que tu t'es enrôlé pour t'éviter d'avoir à saluer de trop près la machine du docteur Guillotin.

Il avait espéré que Nicolas crierait son indignation, se dirait prêt à confondre ses accusateurs, tendrait le bras pour prêter serment, dirait : « Vous m'avez vu combattre, capitaine. Vous m'avez laissé seul comme une sentinelle perdue sur la rive de la Sambre, dans le trou où les Autrichiens avaient égorgé mon compagnon Sylvestre, presque mon frère. Ma baïonnette, la voici, rouge du sang des despotes. » Et il l'aurait posée sur la table.

Mais Nicolas avait baissé la tête :

— Ça me fait du bien, capitaine, que vous sachiez, avait-il commencé.

Et il avait semblé à Forestier que le visage de Mercœur rosissait, comme si le sang et la vie l'irriguaient à nouveau.

— Qu'est-ce que tu dis ? avait-il murmuré en le regardant.

— Je ne pouvais pas le tuer, capitaine, avait repris Mercœur sur un ton suppliant. Il était à moins de vingt pas, mon fusil était chargé, j'aurais pu tirer et m'enfuir. J'étais couché sous les buissons, à la lisière de la forêt. Ils ne m'auraient pas retrouvé et j'aurais pu rejoindre la patrouille du bataillon

Forestier avait secoué la tête. Il n'avait rien compris à ce que l'autre lui racontait. Il avait hurlé :

— Explique-toi ou je te fais éclater la tête !

Il avait sorti son revolver, avait gardé sa crosse serrée entre ses doigts. Mais Nicolas n'avait même pas paru entendre sa menace, ni remarquer son geste.

— J'ai vu son père monter à l'échafaud, vous

comprenez, capitaine. Ce qu'il a dit juste avant qu'on fasse tomber le couperet, je me le répète à chaque pas que je fais.

Il s'était redressé, les yeux brillants de détermination.

— Je marche avec les autres. Je combats avec les autres. Je chante même, mais toujours j'entends sa voix. Il a dit, capitaine : « Ne baptisez pas l'avenir avec du sang innocent, il retombera sur vous. »

Nicolas s'était arrêté un long moment, puis avait répété la phrase, détachant chaque mot.

— Je tue, capitaine, il faut bien, mais ceux qui nous menacent, ceux qui nous attaquent. Je ne tue pas quelqu'un seulement parce qu'il porte un autre uniforme. Je ne tue pas comme un assassin, mais comme un soldat, et cet homme-là, si je lui avais tiré dessus, j'aurais été quoi, capitaine ?

Ç'avait été la deuxième colère de Maximilien Forestier.

Il s'était levé, il avait saisi le rebord de la lourde table à deux mains. Il l'avait soulevée haut comme pour la renverser, puis il l'avait laissée retomber. Et il avait recommencé, parce qu'il avait besoin de faire cet effort de tous ses muscles pour se calmer. Et il ne s'était même pas rendu compte que son pistolet avait glissé. Quand il s'était rassis, il avait vu que Nicolas tenait l'arme à la main. Et il aurait aimé qu'il essaye de le tuer, ils se seraient battus, homme contre homme.

Mais Nicolas lui avait tendu le pistolet, et Forestier avait dit d'une voix lasse :

— Explique-toi.

— À la prison de l'Abbaye, un homme, un ci-devant, s'est confié à moi. Il m'a donné ses dernières volontés et il a écrit que je devais agir « selon ma conscience ». C'est lui que j'ai vu mourir, citoyen capitaine, et j'ai marché derrière le corps de cet homme, qui avait eu tant de courage.

— Le courage, avait marmonné Forestier, ce n'est pas seulement au moment de mourir qu'il faut le montrer, mais d'abord pendant la vie. Le courage, c'est d'être juste.

Forestier avait haussé la voix, frappé à nouveau du poing.

— Est-ce qu'ils l'ont été, les aristocrates ? Tu la connais, l'histoire des siècles, Mercœur, tu sais ce qu'ils faisaient de leurs serfs, de tous ceux qui n'obéissaient pas ? Le fer rouge, la tenaille pour arracher la langue, le bûcher, la roue, le gibet…

Il s'était interrompu. Tout à coup, des vers qu'il avait appris avec ce prêtre qui vivait en ermite sur les bords du Rhône et qui enseignait à lire à tous les enfants de paysans qui le voulaient bien lui étaient revenus sur les lèvres.

Frères humains qui après nous vivez,
N'ayez les cœurs contre nous endurcis,
Car, si pitié de nous pauvres avez,
Dieu en aura plutôt de vous merci.
Vous nous voyez ci attachés, cinq, six :
Quand de la chair, que trop avons nourrie,
Elle est pieça dévorée et pourrie,
Et nous, les os, devenons cendre et poudre.
De notre mal, personne ne s'en rie ;
Mais priez Dieu que tous nous veuille absoudre !

Il avait en les récitant à voix basse fermé les yeux, oublié le jeune Nicolas, et quand il les avait rouverts, il lui avait fallu quelques secondes pour se souvenir qu'il était là et que ces cris venus de la rue, c'étaient ceux des hommes du bataillon qui faisaient ripaille, pillant et violant, comme des reîtres dans n'importe quelle guerre. Et celle-ci pourtant était celle de la liberté !

— Je ne comprends toujours rien à ce que tu dis, Mercœur, avait-il murmuré.

— J'étais dans la forêt de Neerwinden…

Son visage était animé. Il mimait, baissant et penchant la tête, racontant qu'il était en avant-garde d'une patrouille, seul, au lendemain de la fuite de Dumouriez et du fils de Philippe Égalité. À vingt pas, tout à coup, il avait vu deux cavaliers dans une clairière, l'un était un officier autrichien, l'autre un homme jeune, portait un uniforme qui rappelait ceux des gardes du roi de France. Un émigré sûrement. Son cheval avait dû se blesser, car ce ci-devant en examinait l'un des sabots. Nicolas l'avait visé.

C'était la première fois depuis son arrivée à l'armée du Nord qu'il tenait ainsi un homme au bout de son fusil. Même quand il avait été sentinelle perdue, il n'avait jamais pu mettre quelqu'un en joue. Et dans les combats, on tirait sans savoir qui on visait, droit devant soi, et puis l'on chargeait à l'arme blanche. Mais cet homme était là, un aristocrate qui servait dans l'armée des Princes, un traître à la nation, un ennemi de la Révolution, un homme qui se battait contre la patrie.

— J'étais en droit de le tuer, avait-il ajouté d'une voix hésitante, peut-être l'aurais-je fait, puis l'Autrichien l'a appelé, et j'ai entendu ce nom de Taurignan.

Il avait hoché la tête.

— Ce ne pouvait être que le fils du comte Philippe Chrétien de Taurignan, l'homme qui m'avait confié ses pensées.

Ç'avait été la troisième colère de Maximilien Forestier.

Ces comtes de Taurignan, bien sûr qu'il les connaissait. Qui pouvait ne pas avoir entendu leur nom en Provence ?

Ils possédaient le château de Crest et ils étaient les propriétaires des vignes, des pacages, des forêts, des champs de lavande et même des rivières. Maintenant, il retrouvait ce nom dans la mémoire de son enfance. Il avait répété « Taurignan, Chrétien de Taurignan, comte ».

Et il s'était souvenu de ces longues courses dans les sous-bois, avec son père, pour poser les collets puis les relever, quand certaines nuits souffle le mistral et que ceux qui ont de quoi jeter du bois dans leur cheminée restent chez eux à entendre siffler le vent qui fait danser les flammes, car les cheminées tirent fort quand il y a ce grand vent. Il fait tant de bruit en secouant les branches qu'on peut marcher dans la forêt sans être entendu, et saisir les lièvres piégés sans être vu. Mais si l'on était pris, c'était le bâton ou la corde.

— Ils en ont pendu des braconniers et des paysans, les Taurignan, aux branches de leurs chênes, avait dit Forestier. Et toi…

Il avait claqué des mains sur la table.

— Et toi, tu t'agenouilles, il suffit qu'on te parle de « sang innocent » pour que ton âme tremble.

Forestier s'était levé, avait tisonné le feu comme

s'il enfonçait une pointe de fer non pas dans du bois friable mais dans la chair d'un ennemi.

— Il n'y a pas de prince, de roi, qui ait vécu innocemment. Sais-tu ce qu'a dit Robespierre à la Convention ? « La clémence qui compose avec la tyrannie est barbare. » Et Saint-Just, au procès de Louis XVI ? « On ne peut pas régner innocemment. » Taurignan, il a régné comme un roi, voilà les mots qu'il t'aurait fallu avoir en tête.

Il était revenu s'asseoir et il avait murmuré :

— On cherche à remuer la pitié, on achètera bientôt des larmes.

Puis il avait haussé les épaules.

— Tu as déjà pleuré, Mercœur, sans même savoir ce qu'avait dit Saint-Just. Tu ne me fais pas pitié. Moi, je cherche à vaincre, et est-ce que la République peut l'emporter avec des hommes comme toi, qui se soucient des sentiments des aristocrates et protègent la descendance de ces ci-devant ? Si tu laisses en vie la progéniture d'un carnassier, elle te dévorera.

— Ceux qui dévorent, citoyen capitaine, je les ai vus, avait martelé Nicolas tout à coup énergique, je connais leur nom. Ils sont là, comme des vautours, comme des charognards, comme ces buveurs de sang que j'ai vus à la prison de l'Abbaye en septembre 1792. Est-ce que vous êtes de leur faction, capitaine ? Moi, je n'en suis pas. Voulez-vous que je vous parle de l'un d'eux, un détrousseur de cadavres, le citoyen Dussert ?

Ç'avait été la dernière colère de Forestier, contre lui-même celle-là aussi, parce qu'il avait laissé fuir

Dussert et qu'il avait dans sa poche la bourse pleine d'or.

Alors, condamner Mercœur pour ne pas avoir tiré sur un Taurignan, mais aussi se condamner soi-même pour avoir accepté les louis du citoyen Dussert, accapareur, vautour, voleur, banquier de Philippe Égalité selon ce qu'avait lu, dans les papiers laissés par le père, ce même Mercœur ?

Et tout à coup, Nicolas s'était endormi.

Que fallait-il faire de cet homme-là ?

Forestier se leva, ouvrit la porte une nouvelle fois. Le clocher du village se découpait maintenant sur une traînée plus claire du ciel encore noir au-dessus des toits.

Les soldats silencieux se dirigeaient en petits groupes vers la place.

Forestier rentra dans la maison. D'un coup de pied violent, il renversa le banc sur lequel Nicolas était assis. Celui-ci tomba, se réveillant en sursaut.

— Debout, soldat ! cria Forestier.

Il le poussa dans la rue et le regarda rejoindre ses camarades.

La guerre, qui tuait bien mieux, bien plus, que la guillotine ou que les bourreaux des princes, déciderait si cet homme-là devait vivre ou mourir.

Elle choisirait en souveraine implacable et secrète.

Et personne, pensa Forestier en voyant le bataillon rassemblé en colonne sur la place, n'échapperait à son verdict, car elle régnerait encore longtemps sur le troupeau des hommes.

14.

“Il n’avait pas combattu pour la Révolution afin que des freluquets se l’accaparent...”

Maximilien Forestier s’était penché en avant, posant ses deux poings fermés sur la table derrière laquelle était assis le garde national.

— Cela fait plus de deux heures que j’attends, citoyen, avait-il commencé d’une voix sourde.

Le garde national avait regardé Forestier d’un air à la fois ironique et méprisant puis, tout en continuant à mâchonner sa grosse pipe au tuyau recourbé, il avait montré la cinquantaine d’hommes et de femmes qui déambulaient par groupes de deux ou trois, lançant des regards angoissés vers la grande porte derrière laquelle siégeaient les comités.

— Sais-tu, citoyen, ce qui peut se passer en deux heures à l’armée du Nord ? avait repris Forestier.

Il s’était encore avancé, jusqu’à ce que son front touchât presque celui du garde national.

— On prend d’assaut une ville ou bien on la perd, on tue une centaine d’Autrichiens ou bien on se fait décimer, tu imagines ça, toi ?

Tout à coup il avait tendu les bras et avant que le garde national ait pu reculer, il l'avait saisi par les revers de sa carmagnole, le soulevant du tabouret, se mettant tout à coup à hurler :

— Je suis le capitaine Maximilien Forestier, de l'armée du général Custine. On m'a ordonné de quitter mon bataillon pour répondre sans délai à une convocation des membres des comités, aujourd'hui, ce 17 septembre 1793, à neuf heures. Il est plus de onze heures, et personne ne se soucie de moi !

Il avait lâché le garde national, s'était retourné.

Les gens s'étaient éloignés de lui. Il était seul devant la table, au centre d'un cercle vide. Il avait dévisagé ces hommes et ces femmes qui s'étaient réfugiés dans l'embrasure des quatre grandes fenêtres qui donnaient sur la Seine.

— On n'a pas coupé la tête au roi pour rester des sujets, avait-il poursuivi.

Il y avait eu un bruit de course dans l'escalier et une dizaine de gardes nationaux brandissant leurs piques s'étaient précipités. Maximilien avait aussitôt tiré son sabre, prenant son pistolet dans sa main gauche.

— Il a tâté de l'Autrichien, avait-il lancé en brandissant la lame. Qui veut que je l'aiguise sur son dos ou sur son nez, allons, gardes nationaux, combattants des antichambres, approchez !

Un officier, le bicorne empanaché de tricolore, avait fait un pas.

— Citoyen capitaine..., avait-il commencé.

Mais il s'était aussitôt interrompu. On avait ouvert les portes et, dans un brouhaha de voix, les membres des comités étaient sortis de la salle de réunion, entourés de secrétaires, et plus personne n'avait prêté attention à Forestier.

Les gens qui attendaient s'étaient précipités, essayant d'approcher Robespierre ou Saint-Just, entourant Couthon que l'on poussait dans sa chaise d'invalide, ou bien ces autres, peut-être Barère ou Lindet, dont Forestier ne connaissait pas les visages.

Il avait rengainé son sabre, et s'était dirigé vers l'une des fenêtres.

C'était donc de ces gens-là que dépendait le sort de la patrie ! C'étaient eux qui décidaient de la vie et de la mort, eux qui avaient fait exécuter les députés girondins, eux qui avaient décrété la levée en masse et tentaient de réprimer la révolte des Vendéens, eux qui avaient ordonné l'emprisonnement de tous les suspects, eux qui proclamaient : « Il n'est plus temps de délibérer, il faut agir ! »

Et ils palabraient.

Forestier les avait observés, avec leurs visages blanchâtres à force de veille et de discussions. Ils écoutaient les doléances, les suppliques, les demandes de grâce de ces citoyens qui tentaient de leur saisir la main, d'attirer leur attention. Sans doute ceux qui avaient eu ainsi le bonheur de les approcher, d'entrer dans cette antichambre, avaient-ils dû avant faire leur cour aux secrétaires, aux présidents de section, aux membres de la Convention.

L'on avait assuré Forestier, hier soir à son arrivée à Paris, dans le petit hôtel de la rue Fromenteau proche du Palais-Royal où il s'était installé, qu'il était un privilégié d'avoir ainsi accès au cœur du cœur de la République. Et l'hôtelier lui avait murmuré qu'il connaissait une femme, une ci-devant, mais ralliée aux principes de la Révolution, qui était prête à donner plusieurs milliers de livres à celui qui ferait passer à l'un des membres du Comité de sûreté générale une demande de grâce pour son frère, condamné à tort, affirmait-elle. Puisque le capitaine voyait des membres du Comité, l'hôtelier pouvait organiser un rendez-vous entre cette femme honnête et lui. Il le faisait par humanité, par fraternité, avait-il répété.

Forestier lui avait tourné le dos, et il avait marché longuement sur les quais de la Seine.

Le fleuve était recouvert par une sorte de gaze blanche qui s'effilochait, formait des volutes, se nouait et se dénouait. Forestier s'était accoudé, regardant l'eau couler lentement.

Il s'était une fois de plus interrogé sur les raisons qu'on avait eues de le convoquer devant les comités. Pour le décréter d'arrestation ? Il suffisait d'une dénonciation pour être destitué, traduit devant le Tribunal révolutionnaire. Pouvait-il croire le général Custine qui l'avait assuré que Saint-Just et Carnot étaient bien disposés à son égard ? L'un et l'autre, membres du Comité de salut public, savaient à quelles batailles il avait participé depuis Valmy et Jemmapes, et comment il avait, de sa propre initiative, fait ouvrir le feu sur Dumouriez au moment où le général s'enfuyait avec le fils de Philippe Égalité. « Vous êtes un officier patriote, un pur sans-culotte, avait répété Custine. Vous n'avez rien à craindre. Il faut que vous alliez à Paris. » Mais de qui pouvait-on être sûr ? Il avait peut-être suffi d'un mot de Dussert affirmant que le capitaine s'était vendu pour sauver un agent de l'ennemi, Nicolas Mercœur, pour que l'on décide de l'emprisonner ? Que valait la parole d'un capitaine opposée à celle d'un accapareur, d'un banquier qui devait payer les juges, les jurés, certains membres des comités ? Et pourtant, Forestier avait décidé de regagner Paris.

Mais c'était la première fois, en regardant la brume qui glissait le long des eaux du fleuve, qu'il échappait à ce sentiment de désespoir et de colère qui l'avait saisi dès qu'il avait fait quelques pas dans les rues de la capitale.

La peur et la haine étaient partout. Il l'avait senti aux regards qu'on lui lançait ou bien en suivant ces groupes armés de piques qui arrêtaient et interrogeaient les passants. Parfois un homme ou une femme était entraîné. On criait : « Guerre aux tyrans, guerre aux aristocrates, guerre aux accapareurs ! »

Et Forestier avait vu passer, devant une foule de badauds indifférents, une charrette que quelqu'un avait appelée la « bière des vivants ». Il n'avait pu détacher ses yeux de ces neuf visages, cinq femmes et quatre hommes dont on avait lié les mains à une hampe de bois placée dans leur dos, surmontée d'une pancarte sur laquelle on avait inscrit le nom du prisonnier et le motif de la condamnation à mort : « Trahison », « Conspiration contre l'égalité ».

Une voix avait lancé depuis la foule : « Il faut tout sacrifier au bonheur du peuple », et un homme debout sur un tabouret avait clamé : « Écrasons les aristocrates et les modérés dans la fureur de la guerre ! »

Forestier s'était éloigné, las.

Ça, la guerre ?

Il s'était souvenu des propos de Nicolas Mercœur. Ici, on ne faisait pas la guerre, on assassinait.

Il s'était félicité de n'être qu'un soldat, plutôt que l'un de ces hommes qui prononçaient des discours sur l'égalité et vivaient comme des privilégiés, étrangers au peuple, même s'ils parlaient en son nom et prétendaient le servir !

L'égalité ? Lui la vivait quand il partait à la tête de sa colonne à l'assaut d'un village, ou lorsqu'il dormait sur la dure comme chacun de ses soldats, ou restait droit parmi eux quand tombaient les boulets autrichiens.

Il avait mal dormi dans cet hôtel surpeuplé, et il était arrivé aux Tuileries, là où siégeaient les comités, bien avant l'heure de sa convocation.

Pourtant une petite foule se pressait déjà devant le bâtiment, attendant qu'on ouvre les portes.

Il avait regardé ces femmes et ces hommes aux visages creusés par l'inquiétude.

Ils ne parlaient pas, se contentant quelquefois d'un chuchotement. Certaines femmes tenaient un jeune enfant dans leurs bras, peut-être pour émouvoir celui dont elles espéraient une mesure de grâce, une faveur, un certificat de civisme, la restitution d'un bien.

Ça, des citoyens ? Ça, une République ?

Il s'était senti humilié. N'en aurait-on donc jamais fini avec la servitude que les maîtres, même quand ils portaient le bonnet phrygien ou qu'ils accrochaient comme ces gardes nationaux une cocarde tricolore à leur bicorne, imposaient aux autres, à tous ceux qui dépendaient d'eux, pour leur vie, pour leur pain, pour leur liberté ?

Puis on avait ouvert les portes et ç'avait été la ruée des quémandeurs dans l'antichambre, vers la table, vers ces gardes nationaux qui parlaient comme jadis sans doute le comte de Taurignan avec ses manouvriers !

Mais la Révolution avait été faite, prétendait-on ? Faudrait-il sans fin la recommencer ?

L'indignation lui avait serré la gorge.

Il avait tendu son ordre de mission à un garde national qui l'avait parcouru d'un œil soupçonneux, s'arrêtant à sa signature, répétant : « Custine, c'est un ci-devant ce général, le marquis de Custine. » Puis il avait dévisagé Maximilien Forestier, consultant un registre, disant : « Le citoyen Saint-Just veut te voir. Mais ici tout le monde attend son tour, et le citoyen Saint-Just ne reçoit jamais personne avant midi. »

Comme Forestier restait immobile, le garde national avait eu un geste d'impatience.

— Écarte-toi, citoyen, avait-il ajouté. Ici, tout le monde a les mêmes droits, tu attends comme les autres.

Puis le garde national avait étendu ses jambes, et incliné sa chaise jusqu'à ce que le dossier vienne appuyer sur le mur. Il avait allumé sa pipe et fermé à demi les yeux.

Forestier s'était installé dans l'embrasure de l'une des fenêtres. De temps à autre, on entendait des éclats de voix provenant de la salle où se réunissaient les membres des comités.

Les gens dans l'antichambre s'immobilisaient, ne chuchotant même plus.

Forestier avait détourné la tête, se demandant s'il

n'allait pas quitter la salle, regagner l'armée du Nord sans même voir Saint-Just.

Qu'avait-il à attendre de ces gens-là ?

Il avait regardé à nouveau le fleuve et s'était souvenu des rivières de son enfance, le long desquelles il marchait. Il avait eu alors la sensation que jamais, depuis un certain dimanche d'automne – il devait avoir dix ans –, il n'avait éprouvé une aussi grande déception qu'aujourd'hui.

Après la messe ce jour-là, tous les détails étaient présents dans sa mémoire, il était entré dans la sacristie et il avait vu le prêtre en soutane, dépouillé de son surplis, de son aube, de son étole. Ce n'était plus l'officiant levant l'hostie d'un geste lent, mais un homme à la bouche luisante, qui mordait à pleines dents une cuisse de poulet, parlait la bouche pleine, riait avec sa servante qui lui servait un verre de vin.

Maximilien avait fui, comme s'il avait assisté à un sacrilège ou découvert un grand mensonge.

Et c'était dans cette antichambre les mêmes mots qui lui montaient aux lèvres, la même tristesse qui l'étreignait, la même colère qui l'habitait.

Mais il n'était plus un enfant, mais il n'avait plus envie de se jeter dans le fleuve par crainte de voir le monde tel qu'il était ! Il avait combattu à Valmy, à Jemmapes, crié « Vive la Nation ! ». Il avait vu tomber plus d'hommes près de lui qu'il ne tombe en été de gouttes de pluie sur Valence.

Alors, il ne pouvait plus se soumettre ! Il avait écarté les gens qui attendaient dans l'antichambre, avait marché à grands pas vers la table et serré ses poings.

Il n'avait pas combattu pour la Révolution afin que des freluquets se l'accaparent…

S'il fallait la refaire, on la referait.

Il avait posé ses deux poings fermés sur la table. Il avait hurlé. Et maintenant il était à nouveau devant une fenêtre, observant cette cohue de solliciteurs entourant les puissants du jour.

Un garde national s'était avancé. Saint-Just attendait le citoyen Maximilien Forestier, capitaine à l'armée du Nord, avait-il dit.

— C'est moi qui l'attends, foutre !

15.

« Le soupçon, la calomnie, tout se mêle, citoyen... »

— On vous accuse..., citoyen Forestier.

Tels avaient été les premiers mots de Saint-Just, et Maximilien s'était immobilisé au milieu de la pièce. Il avait essayé de saisir le regard de Saint-Just, mais celui-ci s'était penché sur la longue table encombrée de dossiers qui occupait tout un côté de la pièce.

— On vous dénonce, citoyen capitaine, avait repris Saint-Just.

Il s'était enfin redressé, montrant à Forestier une dizaine de feuillets attachés ensemble, puis il s'était appuyé à la table, avait fait signe à Forestier d'avancer et de s'asseoir. Mais Forestier n'avait pas bougé, et il avait soutenu le regard de Saint-Just.

— Qu'on me juge, avait-il lancé, puis il avait fait un pas, comme pour quitter la pièce.

— Allons, allons, avait murmuré Saint-Just en s'avançant.

C'était un homme plutôt petit, au corps svelte serré dans une redingote élégante, aux larges et hauts revers qui cachaient son cou. Le visage se détachait ainsi sur le tissu de couleur sombre et paraissait d'une blancheur presque anormale, les cernes n'en semblant que plus prononcés. Les traits étaient réguliers et fins, les cheveux noirs, bouclés, couvraient les oreilles et la plus grande partie du front. Le visage exprimait la détermination et la sensibilité. Les yeux étaient même d'une douceur presque féminine.

Forestier s'était senti désarmé devant cet homme de son âge, dont l'autorité paraissait naturelle. Il avait accepté de s'asseoir et Saint-Just avait pris place en face de lui, le visage éclairé par la lumière voilée qui tombait des deux hautes fenêtres donnant sur la Seine.

— On ne vous jugera pas, avait commencé Saint-Just.

Il avait levé la main pour empêcher par avance Forestier de répondre.

— Mais dans une révolution, les amis d'un traître sont légitimement suspects.

Et tout à coup, il s'était mis à parler vite, parcourant les feuillets, expliquant que des dénonciations étaient parvenues aux comités. Elles faisaient état des liens qui unissaient le capitaine Forestier à un soldat, Nicolas Mercœur, notoirement au service de l'armée des Princes. Mercœur, assurait-on, avait déjà tenté de favoriser l'évasion d'un ci-devant, le comte Philippe Chrétien de Taurignan, dont le fils, Louis, était à l'état-major de Saxe-Cobourg. Mais cela n'était rien encore. Mercœur était le complice d'un banquier concussionnaire, Guillaume Dussert, et du Conventionnel Joseph Machecoul, tous deux en fuite. L'un et l'autre, associés aux députés girondins qui avaient échappé à la guillotine, tentaient de soulever les départements. Ils s'étaient réfugiés, affirmaient les agents du Comité de sûreté générale, dans la région de Valence, cherchant à organiser les bandes contre-révolutionnaires, notamment celle des Compagnons du Soleil, qui assassinait les patriotes dans toute la vallée du Rhône et dont on pensait que ses affidés s'étaient réunis un temps à Crest, au château des Taurignan, en présence de Dussert et de Machecoul. Une femme, Madeleine Cotençon, avait fait des aveux. Elle était emprisonnée aux Carmes, c'est elle qui avait révélé au Comité de sûreté générale l'importance de la conspiration.

— Dussert s'est rendu auprès de vous, capitaine, peu après la fuite de Dumouriez, avait poursuivi Saint-Just. Il a été le banquier de Philippe Égalité. Il est l'ami de Machecoul. Vous l'avez rencontré, nous le savons. Il vous a remis de l'argent. Nous le savons aussi.

Saint-Just s'était levé, avait commencé à marcher de long en large.

— Citoyen Forestier, je ne cherche que la vérité, et je ne suis d'aucune faction. Je les combats toutes. J'abats, s'il est juste et nécessaire de le faire, les têtes les plus célèbres.

Il s'était arrêté.

— Nous allons épurer partout, citoyen Forestier.

Il avait fermé les poings, les avait élevés à la hauteur de son visage.

— Nous allons épurer l'armée, nous allons discipliner les chefs, ils en ont plus besoin que les soldats.

Il s'était approché de Forestier, s'était arrêté devant lui.

— J'ai lu attentivement votre dossier. Vous êtes

la victime d'une machination ténébreuse, mais nous épurerons, Forestier.

Il lui avait tourné le dos, regardant la fenêtre.

— Rien ne doit nous arrêter. J'ai voulu que la veuve Capet soit condamnée, sa tête va tomber. Les mœurs gagneront à cet acte de justice nationale.

La voix de Saint-Just s'était faite plus aiguë. Il avait de nouveau fait face à Forestier, continuant de parler avec une exaltation croissante.

C'était la révolution ou la mort, avait-il dit. Il fallait écraser les ennemis de la liberté, quels que soient leurs masques, leurs actions passées. Il y avait des endormeurs, des jouisseurs, des corrompus, qui prêchaient l'indulgence pour se sauver eux-mêmes. Qu'ils se nomment Danton, Desmoulins ou Fabre d'Églantine, qu'ils soient plus populaires encore, n'arrêterait pas la main de la justice révolutionnaire. L'heure n'était pas à la clémence, mais à sonner le tocsin, à organiser la levée en masse, à réduire les départements insurgés – « Soixante, Forestier, soixante ! » –, à étouffer la Vendée royaliste, à reconquérir les villes rebelles, Lyon, Toulon.

Il s'était interrompu quelques instants, semblant oublier Forestier, disant à voix basse :

— Un peuple n'a qu'un ennemi dangereux, son gouvernement. C'est là qu'apparaissent toujours les premières faiblesses, là qu'on trahit par lâcheté.

Il avait tendu le bras à Forestier.

— Par goût de la jouissance aussi, parce qu'on se laisse acheter pour acheter du plaisir, des biens, des femmes, et ce sont les hommes comme Dussert qui paient, qui corrompent. Mais nous allons frapper fort.

Il était retourné s'asseoir à la table, avait pris une plume et avait commencé à écrire.

— Citoyen Forestier, je demande à Carnot de vous nommer à l'armée du Midi. Elle doit reprendre Toulon. Il ne faut pas laisser les Anglais disposer de ce point d'appui et les royalistes leur ont ouvert la rade, livré les forts. Il y a auprès de cette armée des représentants en mission qui vous soutiendront. Le frère de Robespierre, Augustin, vient d'y arriver. Voyez-le, Forestier, c'est un patriote de bon conseil.

Il s'était levé.

— Vous ne pouvez plus rester à l'armée de Custine.

Forestier avait voulu répondre, mais Saint-Just, d'un geste de la main, l'en avait empêché.

— Le soupçon, la calomnie, tout se mêle, citoyen. Dussert, en se rendant auprès de vous, vous a compromis aux yeux de certains. Il faut effacer cela, empêcher les révolutionnaires enragés, les terroristes de proie, ceux qui veulent le sang pour le sang, de trouver des prétextes pour frapper de vrais patriotes. Mais les autres, les ennemis…

Son visage s'était figé. Il semblait de nouveau avoir oublié Forestier, se parlant à lui-même.

— Tous les hommes suspects seront employés à creuser des canaux et à rétablir les chemins. Les accusés pourront être placés hors des débats, il faut que la justice révolutionnaire ne soit pas entravée par les déclamations et les mensonges des faux innocents.

Forestier en l'écoutant avait eu l'impression d'être emporté par un cheval fou, galopant droit devant lui sans se soucier de l'abîme qui s'ouvre au bout de sa course. Il s'était levé.

Saint-Just s'était approché, avait saisi son bras.

— Il faut vaincre, citoyen, il faut que le tocsin sonne, que le peuple se lève. Fasse la destinée que nous ayons vu les derniers orages de la liberté !

Il avait secoué la tête.

— Mais le bonheur est une idée neuve en Europe, avait-il murmuré.

Il avait raccompagné Forestier jusqu'à la porte à double battant.

— Allez vers le soleil, Forestier. Moi, je suis un homme des pays de brouillard. Pas vous. Survivez, citoyen capitaine. Il faut voir les aurores à venir, elles seront nos filles.

Maximilien Forestier avait eu la sensation que cet homme jeune était déjà au terme de son destin, que ses propos sonnaient comme un glas, et il avait eu hâte de quitter ces lieux de puissance et d'autorité où le temps s'effritait si vite, et que la vie avait désertés.

Saint-Just l'avait regardé avec insistance comme s'il devinait ses pensées.

— Je vous envie, citoyen, de combattre les armes à la main, avait-il dit d'une voix basse, presque lasse.

Il avait ouvert la porte.

— Le soleil, la bataille, la victoire, vivez tout cela, capitaine.

Il avait hoché la tête et il avait murmuré, sans regarder Forestier, comme s'il s'adressait à lui-même :

— Je méprise la poussière qui me compose et qui vous parle.

Redressant la tête, il avait ajouté d'une voix résolue :

— On pourra la persécuter et faire mourir cette poussière ! Mais je défie qu'on m'arrache cette vie indépendante que je me suis donnée dans les siècles et les cieux.

Forestier avait reculé d'un pas. Ces mots, cette voix, cette pâleur du visage parlaient de la mort.

Il avait évité l'accolade que semblait vouloir lui donner Saint-Just et s'était éloigné à grands pas, traversant l'antichambre vide maintenant.

Puis il avait descendu en sautant les marches deux à deux l'escalier qui permettait d'accéder aux quais de la Seine.

Il s'était retourné et, tout en marchant vite, il avait regardé ce bâtiment austère où siégeait le pouvoir, comme la mort en son tombeau.

16.

“Elle n’était rien qu’une mouche qu’on écrase…”

Trois jours étaient passés depuis sa rencontre avec Saint-Just et il n’avait pu encore quitter Paris.

Il regardait cette femme assise sur le lit de la petite chambre qu’il occupait au premier étage de l’hôtel de la rue Fromenteau.

La pièce était sombre et la lampe à huile n’éclairait qu’une partie de la table sur laquelle était posé le certificat qu’on lui avait délivré dans les bureaux du ministère de la Guerre, l’autorisant, d’ordre du Comité de salut public et du Comité de sûreté générale, à séjourner à Paris dans l’attente de sa feuille de route et de son affectation définitive à l’armée du Midi, sous les murs de Toulon.

Plus d’une dizaine de fois déjà, Forestier s’était rendu dans les bureaux du ministère. Il avait harcelé les secrétaires, ces jeunes hommes qui prenaient de grands airs et auxquels on aurait dû donner un fusil en les poussant à coups de pique vers les frontières. Ils se contentaient de consulter les registres, de répéter que la feuille de route attendait toujours la signature de Carnot, et qu’il était impossible de savoir à quel moment il l’apposerait. Et ils faisaient comprendre à

Forestier que le citoyen Carnot, que le ministère de la Guerre, avaient bien d'autres questions plus urgentes à régler. Et ils suggéraient d'un sourire, d'un clin d'œil, que le citoyen capitaine avait choisi la bonne adresse pour loger, et que le temps ne devait pas lui paraître long rue Fromenteau.

C'était la rue des filles, et chaque fois qu'il l'avait empruntée pour regagner l'hôtel, l'une d'elles s'était approchée. Il avait fait un pas plus grand pour s'éloigner vite de la tentation, pour essayer d'échapper à ce marécage dans lequel il avait l'impression de s'enfoncer.

Ce n'était ni la fille, dont les rires et les sarcasmes l'accompagnaient, ni l'hôtel aux couloirs humides, qui lui donnaient ce sentiment. C'était Paris, ces bureaux des comités et du ministère, ce tocsin qui sonnait comme un glas, ces roulements de tambour assourdis, parce que la pluie tombait sans discontinuer depuis trois jours et que les bruits en étaient étouffés comme si un bâillon humide et glacé avait été noué autour de la ville.

On ne parlait plus, on chuchotait.

L'hôtelier, dès qu'il apercevait Forestier, le prenait par le bras. C'était un homme d'une cinquantaine d'années, le visage rond, les manières trop doucereuses, la voix trop humble, presque suppliante :

— Vous êtes un honnête jeune homme, capitaine, commençait-il. (Il attirait Forestier dans la pièce qu'il occupait à la droite de l'entrée.) Vous savez ce qu'on dit, continuait-il.

Ses phrases se glissaient comme des serpents dans les herbes.

— Au Tribunal révolutionnaire, reprenait-il sans

même attendre que Forestier eût manifesté le moindre intérêt pour ses propos, le fils de la veuve Capet, un enfant de huit ans, vous vous rendez compte, a accusé sa mère de l'avoir perverti, et cela a fait scandale. On dit que Saint-Just en a fait le reproche à l'accusateur public, Fouquier-Tinville, et la reine – il s'excusait, baissant les yeux –, la veuve Capet a dit après avoir entendu son fils : « Si je n'ai pas répondu, c'est que la nature se refuse à une pareille inculpation faite à une mère. J'en appelle à toutes celles qui peuvent se trouver ici. »

Forestier avait encore tenté d'éviter l'hôtelier, mais l'homme était aux aguets.

Saint-Just autrefois, murmurait-il, avait habité cet hôtel. Le capitaine savait-il que Saint-Just avait écrit un livre licencieux, peut-être ici, dans la chambre qu'il occupait ?

— On risque sa tête à dire cela aujourd'hui, mais vous êtes un jeune homme droit, capitaine. Vous n'êtes pas corrompu, comme les gens d'ici. Savez-vous que ce Saint-Just a débauché une femme, et qu'on dit…

Il s'interrompait, ajoutait :

— On murmure tant de calomnies sur les hommes qui gouvernent… Autrefois, c'était le roi, la reine, maintenant ce sont ceux des comités, Saint-Just, Robespierre.

Il avait suivi Maximilien Forestier dans l'escalier.

— Il y a cette femme, avait-il murmuré, j'ai pensé… Elle a tant insisté, c'est une honnête femme. Elle est comme une naufragée.

Forestier n'avait pas ouvert aussitôt la porte, attendant que l'hôtelier disparaisse dans l'escalier étroit, puis il avait mis la main sur le loquet. Il s'était souvenu de ce coche d'eau qui descendait le Rhône, un jour de grand vent, quand les eaux du fleuve bouillonnent. Depuis la berge, il avait entendu le hennissement des chevaux entravés sur le pont. Et puis ç'avait été les premiers cris des voyageuses que l'on voyait courir de la proue à la poupe, se tordant les mains, cependant que les mariniers munis de gaffes tentaient de freiner la course de l'embarcation. Mais la berline qu'elle transportait avait brisé les cordes qui la retenaient et, allant d'un bord à l'autre, elle avait déséquilibré l'embarcation, qui s'était renversée.

L'on avait vu durant plusieurs minutes les voyageurs qui s'accrochaient aux débris que le courant entraînait, puis ils avaient disparu.

Plus tard, on avait retrouvé, mortes sur la berge, des naufragées, leurs cheveux dénoués.

Et Forestier pensait maintenant à toutes ces femmes que le vent de la Révolution avait jetées dans les flots, noyées, à celle qu'on appelait la reine salope, Marie-Antoinette, la putain du despote dont un cardinal avait pu croire obtenir les faveurs, comme on le fait avec une catin du Palais-Royal en la payant d'un collier. On venait de la voir passer, l'Autrichienne, mains liées, cheveux défaits, vieille femme grise, assise dans la « bière des vivants ».

Est-ce cette vision-là qui avait conduit Forestier à se rendre, cet après-midi même, rue d'Assas, dans l'ancien couvent des Carmes devenu prison ?

Il était sorti des bureaux du ministère de la Guerre, et il devait y retourner à la fin de la journée. Tout en longeant la Seine une nouvelle fois, il avait tenté d'imaginer les hommes de son bataillon résistant à la cavalerie autrichienne, restant en colonne sous les boulets, et il s'était dit que si ces soldats avaient imaginé Paris tel qu'il était, avec ce grouillement d'intrigues, ces bureaux où l'on décidait de la guerre tout en évitant de la faire, ils auraient renoncé à se battre, ou peut-être auraient-ils décidé de rentrer dans Paris, pour y mettre de l'ordre.

Et il s'était demandé si Mercœur était toujours vivant, ou si des agents du Comité de sûreté générale étaient venus l'arrêter. Saint-Just avait bien dit que ce Mercœur était un agent des princes !

Forestier avait donc traversé le Pont-Neuf, gagné la rue d'Assas et la prison des Carmes. Les gardes nationaux, au vu du certificat des bureaux de la Guerre, l'avaient laissé entrer dans les jardins de l'ancien couvent. Il voulait voir, avait-il dit, une prisonnière, Madeleine Cotençon, l'épouse innocente de l'un de ses soldats, afin de lui dire que son mari se battait comme un pur patriote.

Il avait répété cela, dans la petite pièce où l'on recevait les requêtes.

— Innocente, innocente…, avait répété le responsable des geôliers.

Et lui aussi avait feuilleté des registres.

— Elle est là, avait-il dit.

— Elle n'a pas été jugée ?

— Tous les suspects sont coupables, avait dit l'homme, tu le sais bien, citoyen. La Révolution n'a pas le temps de les juger !

— C'est l'épouse d'un volontaire, avait dit Forestier.

— Ils ont tous des parents, des amis patriotes, mais

ils ne disent rien de ceux qui sont avec les princes, en Allemagne, et de ceux qui assassinent les sans-culottes. Ta Madeleine Cotençon, c'est peut-être une autre Charlotte Corday. Elles sont devenues folles de haine, et toi, tu prétends que celle-là est innocente.

— Innocente, avait murmuré Forestier, et il avait posé sur la table, devant l'homme, deux louis d'or.

L'homme les avait aussitôt pris en hochant la tête.

— Tant qu'elle n'est pas jugée…, avait-il dit.

Il avait invité Forestier à le suivre.

Cette longue enfilade de couloirs voûtés, ces visages aperçus au fond des cellules, Forestier avait su qu'il ne les oublierait plus, qu'ils prenaient place dans sa mémoire au côté des femmes noyées du Rhône.

Il avait attendu dans une pièce vide, et il avait vu entrer Madeleine Cotençon, cheveux noirs tombant sur sa poitrine, et des yeux si vides qu'ils semblaient ne pas voir.

Il avait dit :

— Nicolas Mercœur…

Et elle s'était redressée tout à coup, le visage empourpré, des larmes coulant sur ses joues.

Il lui avait parlé de Nicolas, et il lui avait demandé de se battre afin de survivre pour lui. Elle avait secoué la tête. Elle n'était rien qu'une mouche qu'on écrase et les doigts de l'homme, ce Guillaume Dussert, s'étaient refermés sur elle. Elle avait eu une expression de dégoût, et Maximilien avait deviné ce que Dussert avait pu faire d'elle.

Il l'avait longuement regardée. Qui pouvait imaginer qu'elle était de la trempe d'une Charlotte Corday ou d'une Manon Roland, qu'elle rêvait de poignarder un second Marat ou de conduire la faction des Girondins contre la Montagne, ainsi que l'avait fait Mme Roland ?

Madeleine Cotençon n'était même pas une de ces femmes du peuple qui lancent des pierres contre les boulangeries pour réclamer du pain. C'était une naufragée.

Il avait répété :

— Sauve ta vie, trouve des forces. Tiens…

Et il lui avait tendu une dizaine de louis d'or, ceux de Dussert. Avec une dextérité qui l'avait surpris, elle les avait glissés dans son corsage. Peut-être réussirait-elle à racheter sa vie.

Il l'avait regardée s'éloigner, marchant au côté d'un geôlier, s'enfonçant peu à peu dans l'ombre, mais il lui avait semblé qu'elle se tenait plus droite et il en avait éprouvé de la joie.

Il s'était arrêté dans la petite pièce, et l'homme qui l'avait reçu à son arrivée l'avait dévisagé d'un air goguenard.

— Alors, citoyen capitaine, vous l'avez vue, l'épouse de votre héros ?

Cet homme avait dû imaginer que Forestier avait eu une liaison avec la prisonnière.

— Si tu l'aides à sortir, avait répondu Forestier sur un ton de commandement, elle te paiera cher… Mais si tu la laisses partir pour le tribunal ou monter dans la charrette, je reviendrai te tuer.

Puis il avait quitté la pièce, traversé les jardins d'un pas joyeux, et il avait marché jusqu'aux bureaux de la Guerre sans même se soucier de la pluie qui tombait plus dru.

Alors on lui avait dit que la feuille de route pour Toulon n'était pas signée, qu'elle le serait peut-être demain, ou seulement un jour prochain, et il s'était senti une nouvelle fois englouti par le marécage, par cette ville sangsue dont il avait craint de ne pouvoir se dégager.

Il était donc rentré à l'hôtel.

Il avait fui les filles de la rue Fromenteau, dû écouter les confidences de l'hôtelier, puis il avait enfin tourné le loquet de la porte de la chambre, découvrant cette femme inconnue assise sur le lit, la lampe à huile n'éclairant que le bas de sa robe.

17.

“Comme
si tout
le mouvement
de la nation
ne se réduisait
finalement
qu’à une
addition
de petites
revanches
personnelles… ”

Elle avait dit, sans même lever la tête, sans attendre que Maximilien eût fermé la porte :

— Je suis Julie de Boissier, comtesse de Mirmande.

Il s’était immobilisé et, ses yeux s’habituant à la pénombre, il avait deviné le profil de cette femme, son nez droit, le front étroit et bombé, un menton volontaire, et des cheveux sans doute très noirs dont les boucles s’échappaient d’un foulard noué.

Elle portait une ample cape dont elle tenait les bords, les mains posées sur ses cuisses.

Forestier avait imaginé qu’elle serrait les jambes parce que, malgré le ton hautain qu’elle avait employé, elle devait avoir peur et honte de se conduire comme une catin qui attend dans la chambre d'un homme, assise sur le lit, et qui espère de lui une faveur en échange de ce qu'elle peut lui donner.

Il avait du talon repoussé le battant de la porte, le faisant claquer. Elle avait sursauté, sans tourner la tête. Pourtant, continuant de parler, expliquant qu'elle connaissait Dumas, l'hôtelier, qu'il avait autrefois servi dans sa famille, qu'il l'avait assurée que le capitaine Maximilien Forestier était humain, qu'il comprendrait. Il avait ajouté que le capitaine était natif de Valence, c'est cela qui l'avait décidée, elle, à tenter cette démarche, puisqu'ils étaient du même pays. Elle avait répété :

— Je suis Julie de Boissier, comtesse de Mirmande.

Mais le ton avait changé, tout à coup plus incertain, comme si elle avait pris conscience que le fleuve avait coulé vite depuis quatre années, et qu'elle ne pouvait plus demander à ses valets d'écarter la foule dans les petites rues de Valence pour permettre à sa voiture d'avancer. Et souvent Maximilien – il s'en souvenait si bien, comme s'il n'avait eu qu'à regarder par-dessus son épaule – avait été rudoyé, bousculé, insulté par ces hommes en livrée bleue à parement orange qui savaient manier le bâton en avant des chevaux de la voiture. Et derrière les vitres, Forestier avait aperçu l'une de ces femmes, filles, nièces, cousines, sœurs, épouses du comte de Boissier ou du comte de Taurignan, dont les familles étaient apparentées par les femmes. Elles venaient à Valence une fois par mois, pour rencontrer l'évêque, visiter un couvent ou toucher l'impôt que le peuple ou l'Église leur devait, depuis des siècles.

Forestier avait pris la lampe, l'avait soulevée, la plaçant à hauteur du visage de cette femme.

Elle n'avait pas plus d'une vingtaine d'années, les cheveux en effet noirs, avec de grandes boucles couvrant ses joues, serrées par le foulard. Elle n'avait pas baissé les yeux, et il y avait dans son regard du défi, de la provocation, du mépris aussi, avec peut-être au-delà, plus profond, une panique qu'elle voulait cacher – c'est pour cela qu'elle battait des paupières, le seul signe qu'elle donnât de son inquiétude, de sa nervosité.

À la fin, comme Forestier avait maintenu la lampe immobile, sans doute éblouie ou gênée par la chaleur, elle s'était reculée et les pans de sa cape s'étaient entrouverts, laissant voir une robe bleu ciel dont le corsage était brodé.

Il avait regardé avec insistance cette poitrine qu'il devinait, et elle avait d'un mouvement trop brusque rabattu les pans de sa cape, disant d'une voix altérée qu'elle voulait sauver son frère Jérôme, le dernier des Boissier vivants, les autres – sa voix s'était raffermie comme si elle était fière de ce que sa famille avait subi –, son père, sa mère, ses oncles « ayant été… » – elle avait hésité, puis en se redressant elle avait repris – « ayant été martyrisés », son père et sa mère décapités place Louis-XV, ses oncles tués à Valence, à Crest et à Mirmande.

— Jérôme doit survivre, avait-elle ajouté.

Elle s'était avancée et elle avait dégrafé sa cape, dégageant ainsi ses épaules, s'appuyant des deux mains au matelas du lit, les bras tendus, les seins gonflant le corsage brodé.

— Je suis prête à payer, avait-elle lancé, le menton levé, les yeux fixant Maximilien.

Elle avait dit qu'elle possédait des bijoux et quelques milliers de livres puis elle s'était tue, la bouche méprisante, la lèvre inférieure boudeuse, et Forestier avait d'abord eu envie de laisser éclater ce rire qui montait en lui, comme une expression du désir qu'il ressentait pour cette jeune femme qu'il avait la tentation de saisir aux épaules, de renverser, de chevaucher et de serrer entre ses cuisses comme un cheval enfin dompté, qu'on fait plier, qu'on force à prendre le pas ou le galop, et dont on effleure les flancs avec les éperons pour lui rappeler qu'on est le maître.

Puis il avait eu envie de crier « Vive la Nation, vive la République », tant il lui avait semblé qu'il avait vaincu l'ennemi et qu'il allait pouvoir enfin profiter de cette victoire.

Mais brusquement, alors même qu'il se tournait pour poser la lampe sur la table afin d'avoir les mains libres, un sentiment de honte et d'humiliation l'avait envahi, comme s'il avait découvert tout à coup qu'il n'avait voulu la Révolution, combattu à Valmy, que pour prendre une femme, que pour devenir semblable à ses soldats qui forçaient les maisons et les paysannes, comme si tout le mouvement de la nation ne se réduisait finalement qu'à une addition de petites revanches personnelles et à l'assouvissement des désirs longtemps étouffés.

C'était bien là le piège que cette jeune femme lui tendait.

Elle voulait qu'il ne soit que cela, un homme dont il est facile de réduire les principes en charpie et qu'on peut corrompre.

Il n'avait pas posé la lampe sur la table. Il s'était retourné.

Julie de Boissier n'avait pas bougé, ne le quittant pas des yeux.

S'il s'était couché sur elle, ouvrant sa robe, mordillant ses seins, s'imaginant la posséder et la vaincre, c'est elle qui l'aurait dominé, traité comme un valet auquel on accorde une aumône.

Il s'était dirigé vers la fenêtre, et il l'avait ouverte. La pluie l'avait aussitôt frappé au visage, martelant le parquet, et le vent était entré en rafales, soufflant la flamme de la lampe.

— Sortez, avait-il dit.

Au grincement du lit, il avait su qu'elle se redressait, et il avait eu envie de la voir debout.

Il n'avait vu d'elle, dans la pénombre, que cette silhouette immobile. Elle était grande et avait refermé sa cape, il avait deviné ses doigts qui s'y accrochaient.

— C'est mon frère, avait-elle murmuré.

Puis elle avait fait un pas vers lui, son visage était ainsi entré dans la faible lueur qui venait de la rue. Il avait aimé sa bouche et le désarroi qui faisait trembler ses lèvres.

— Il ne doit pas mourir…

Elle s'était encore avancée, elle était si proche que Maximilien avait eu l'impression de sentir la chaleur qui émanait de son corps.

— Nous sommes tous morts, avait-elle ajouté.

Il l'avait prise aux épaules, l'avait reconduite jusqu'à la porte qu'il avait ouverte. La fenêtre avait aussitôt battu violemment.

— Je peux…, avait-elle commencé.

Il l'avait poussée dehors, puis il était retourné se placer devant la fenêtre afin que la pluie lave son visage.

18.

“ Il avait pensé : ‘ Je vais mourir les yeux ouverts… ’ ”

« Ils vont me tuer », avait aussitôt pensé Maximilien Forestier quand ces hommes avaient bondi sur les marchepieds de la voiture de poste et, sans qu'il ait pu se défendre, avaient ouvert les portes et s'étaient précipités sur lui.

Il avait eu le temps, avant qu'on lui bande les yeux, de voir le ciel, le jour qui se levait au-dessus des collines qui dominaient le défilé du Rhône. Le bleu de l'aube était si intense qu'il avait murmuré au moment où on le bâillonnait : « Je meurs chez moi. »

Il avait éprouvé, alors qu'on lui liait les poignets et les chevilles, qu'on le soulevait comme un sanglier mort, qu'on passait entre les liens un long bâton et qu'on commençait à le porter ainsi le long de ces sentiers de crête que balaie le mistral, un sentiment de plénitude.

Il allait donc terminer sa vie là où elle avait commencé… Il avait respiré ce vent, ces parfums de lavande et de thym, de pin et de menthe, qui avaient enveloppé son enfance, et il avait eu de la reconnaissance pour le Grand Architecte – Dieu, aurait dit jadis le prêtre qui le préparait au séminaire –, le Grand Horloger qui décidait de l'ordre et du mouvement des choses, de ne pas l'avoir fait mourir comme tant de soldats, le visage enfoui dans la terre boueuse du Nord avec pour tout paysage le brouillard et le rideau si rarement entrouvert de la pluie.

Et tout à coup il avait eu mal, une douleur diffuse qui s'était répandue dans tout son corps, lui avait serré la gorge, brûlé les yeux comme si des larmes étaient prêtes à jaillir. Il avait essayé de se persuader qu'il souffrait parce que la peau des poignets et celle des chevilles commençaient à se déchirer. Mais la souffrance avait gagné les épaules et les hanches, plus vive à chaque balancement de son corps suspendu à ce bâton que les hommes souvent portaient d'un côté puis de l'autre, marchant vite, grommelant en langue de Provence – c'était malgré tout un plaisir de l'entendre… – qu'il était lourd, le maudit Jacobin, et qu'on aurait dû le saigner dans la voiture !

Mais la douleur, il l'avait su dès qu'il l'avait ressentie, ne venait pas de son corps.

C'était le regret qui la répandait, c'était lui qui le faisait geindre sous le bâillon. C'était comme s'il avait eu la révélation que toute sa vie avait tendu vers un but et qu'elle l'avait manqué. Qu'il était désormais trop tard pour tendre les mains puisqu'on allait le tuer. Le désespoir s'était mêlé à l'amertume de n'avoir pas osé poser ses mains sur le corsage brodé de cette robe bleue, bleue comme le ciel d'ici. Il ne saurait rien de cette femme, Julie de Boissier, sinon qu'elle s'était offerte et qu'il n'avait pas voulu la prendre, qu'il l'avait refusée non par vertu mais par lâcheté, timidité, servilité. Il s'était comporté comme un roturier qui a toujours peur de ses maîtres.

Et cette pensée l'avait humilié.

Il avait commencé à se débattre, et les hommes l'avaient laissé tomber à terre, l'avaient frappé de la pointe du pied, menacé de lui briser la tête à coups de pierre, d'abandonner son corps pour que les vautours et les loups viennent lui dévorer les entrailles.

Il n'avait plus bougé, alors les hommes avaient hissé de nouveau sur leurs épaules le bâton auquel son corps était accroché.

Il s'était peu à peu calmé, revivant les derniers jours, les attentes quotidiennes dans les bureaux de la Guerre, et puis cette visite qu'il avait faite à la prison de la Force, cédant ainsi à un mouvement d'instinct. Il avait exigé avec autorité, et presque de la violence, qu'on libérât aussitôt Jérôme de Boissier, ci-devant comte de Mirmande. Il avait montré une lettre de Saint-Just, refusant de la faire lire, se contentant de l'agiter, puis il avait donné ce qui lui restait des louis d'or de Dussert, et on lui avait fait noter dans un registre qu'il s'engageait sous serment à ce que le ci-devant comte de Mirmande s'enrôlât dans les armées de la République sous les ordres du capitaine Maximilien Forestier.

Il avait été heureux de faire quelques pas au côté de ce jeune homme qui ressemblait à Julie. Mais le jeune homme, qui n'avait pas vingt ans, s'était arrêté, obligeant Forestier à lui faire face :

— C'est ma sœur Julie qui vous a sollicité ? avait-il demandé d'une voix anxieuse. Je préfère mourir, rester en prison, si…

— Allons, citoyen, avez-vous si peu d'estime pour votre sœur que vous puissiez imaginer…, avait commencé Forestier.

Avant d'ajouter avec emphase :

— Je suis un ami de votre sœur, elle m'est chère, et je respecte sa personne. J'agis selon ma conscience, elle fait de même.

Et durant quelques instants, il avait cru à cette fable.

Mais maintenant qu'on le jetait sur un sol de terre battue, sans doute dans une cave qui sentait le raisin foulé, l'entêtante odeur de moût, il étouffait de regret, couché sur le ventre, ayant du mal à se retourner, se souvenant de cette robe bleutée, de Julie de Boissier, cette aristocrate dont il ne toucherait jamais la peau. Il ressentait cela comme une capitulation, comme si au moment ultime il n'avait pas osé aller au bout de la Révolution, comme si la Convention n'avait pas osé décider la mort de Louis XVI.

Il avait essayé de bouger, de faire glisser, en frottant son visage sur le sol, le bâillon et le bandeau, puis de dégager ses poignets et ses chevilles de leurs liens.

Après combien de temps, quelques minutes ou quelques heures, avait-il renoncé ? Il l'ignorait. Il s'était persuadé que ceux qui l'avaient attaché, ces paysans au parler d'ici, savaient entraver les bêtes avec des nœuds savants qu'eux seuls pouvaient défaire. Il s'était endormi, peut-être parce que l'air lui manquait, ce bâillon comprimant ses lèvres, et la terre, chaque fois qu'il inspirait, entrant dans ses narines.

On l'avait soulevé par les épaules, traîné, ses pieds avaient heurté une dizaine de marches, puis glissé sur des dalles et enfin sur des lattes de parquet.

Il avait reconnu le bruit que fait le vent dans la cheminée, et distingué le crépitement du feu quand le souffle l'avive et couche les flammes.

Et cette voix qui avait ordonné qu'on le détache et qui avait répété, parce que les hommes devaient hésiter, « pieds, poignets, bâillon, bandeau » !

Le ton était à la fois ironique et impérieux.

Forestier avait d'abord vu le bleu du ciel, brillant comme si le soleil s'était reflété dans un miroir teinté.

Il avait pensé « je vais mourir les yeux ouverts ». Il avait alors regardé autour de lui. Les flammes surgissaient, elles aussi bleutées, des bûches dont la sève grésillait, et il avait vu ces quatre hommes, des paysans, qui tenaient encore dans leurs mains les cordes et les foulards qu'ils venaient de dénouer. Derrière, assis devant la cheminée, leurs bottes posées sur les chenets, Guillaume Dussert et un homme que Dussert nommait en souriant Joseph Machecoul, membre de la Convention.

Dussert avait d'un geste rudoyé les paysans et dit en se penchant vers Forestier qui s'était assis :

— On m'a apporté les papiers saisis sur vous.

Il montra la feuille de route et la nomination.

— Ils voulaient vous tuer, vous égorger comme ils le font des cochons.

Il avait ricané, secoué la tête.

— Ici, tout le monde ne chante pas le *Chant de guerre pour l'armée du Rhin* ou *La Carmagnole*. Les paysans sont royalistes, suivent les prêtres réfractaires ou bien des hommes comme nous – il avait montré Machecoul – qui ne veulent plus du rasoir national, de ces Robespierre, Saint-Just, Couthon, et même Danton et autres Indulgents. Ils veulent l'ordre et la paix !

Dussert s'était levé, appuyé au manteau de la cheminée.

— Laissons les Jacobins se dévorer entre eux, ils s'épureront comme ils disent les uns les autres.

Puis il était allé jusqu'à la fenêtre.

— Savez-vous où vous êtes ? Dans le château des Taurignan – il s'était retourné, avait encore souri. Je suis devenu en quelque sorte le propriétaire des biens de cette famille. Et j'attends ici que la scène se vide, que le rideau tombe. Mais il faut bien permettre aux hommes qui nous protègent de jouir de quelques plaisirs. Ils arrêtent la voiture de poste, ils braconnent pour ainsi dire, mais les nobles, les ci-devant si vous voulez, sont pour une fois fort heureux de cela.

Dussert et Machecoul avaient parlé longuement, comme s'ils avaient eu besoin de se justifier, d'expliquer qu'ils ne souhaitaient pas le retour des princes, ni la défaite de la nation, qu'ils voulaient seulement que la France jouisse de la liberté, qu'elle retrouve l'ordre, que cesse cette guerre intérieure que ces quelques hommes qui s'étaient déclarés maîtres du Salut public livraient à des milliers d'autres, en Vendée, dans cette vallée du Rhône où l'on massacrait aussi. Un représentant en mission, Joseph Fouché, régnait à Lyon, pourchassant un jour les Girondins, un autre les Enragés ou le moyen clergé, mais ne cessant jamais d'ordonner la mort.

Forestier avait eu le sentiment que Dussert et Machecoul avaient gardé en eux l'empreinte de la Révolution, la nostalgie des espoirs qu'elle avait soulevés en ces jours du printemps 1789, et que, quoi qu'il soit advenu, ils lui restaient presque malgré eux fidèles.

— Je ne suis pas un Girondin, avait répété Machecoul, mais je suis un partisan de l'indulgence, du retour à l'ordre, je me suis levé pour combattre les sanguinaires. Je ne demande qu'un peu de raison, mais on vous coupe la tête pour moins que cela.

Forestier les avait écoutés, tournant la tête vers l'un puis vers l'autre, et peu à peu il avait senti sourdre en lui le désir de vivre.

— Vous m'avez sauvé la vie en Belgique, capitaine, avait dit en se levant Dussert.

Il était allé jusqu'à la fenêtre.

— Je ne l'oublie pas. Je vous ai dédommagé. Mais une vie vaut bien plus qu'une poignée de pièces d'or, n'est-ce pas ?

Il avait fait un signe à Forestier et celui-ci s'était approché. Il avait été ébloui par la lumière ardente qui embrasait la campagne. Elle faisait naître en lui une émotion si forte qu'il lui avait été impossible de répondre.

— Pourquoi ne pas laisser vivre les hommes ? avait repris Dussert. Et surtout ceux dont on peut penser qu'un jour ils ne seront pas des ingrats. Moi, je me souviens de ce que vous avez fait, et je fais de même.

Il avait écarté les bras devant la fenêtre comme s'il avait voulu offrir ce paysage ensoleillé et ordonné.

— Poursuivez votre voyage jusqu'à Toulon, avait ajouté Dussert en tendant le bras vers les reliefs qui se découpaient sur l'horizon, formant une masse bleu sombre.

Il avait tendu à Forestier sa feuille de route et son ordre de mission.

— Ne vous laissez plus prendre. Le sort est rarement deux fois favorable.

Il avait entouré les épaules de Forestier de son bras.

— Ni vous ni moi n'avons intérêt à ce que les privilégiés d'hier rétablissent leur loi. Elle est morte. Elle est d'un autre temps. Il nous faut un prince républicain. J'ai cru en Philippe Égalité, on lui a coupé la tête. Soit. Attendons. Ne vous trompez pas, Forestier, je suis, à ma façon, un révolutionnaire décidé, presque un Enragé, non pas de l'égalité certes, mais du transbordement. Vous ai-je déjà expliqué le sens de ce mot nouveau que j'affectionne ?

Il avait ouvert la porte.

— Nous n'avons pas le temps aujourd'hui. Il y a dans le pays quelques vieux royalistes qui doivent déjà savoir que je vous tiens ici, et sous peu ils viendront me réclamer votre tête. Je veux qu'elle reste sur vos épaules. La nation a besoin de gens comme vous et moi.

Il avait lancé des ordres en se penchant au-dessus de la balustrade qu'ornaient de grandes jarres où poussaient des lauriers.

— On va vous donner un cheval, capitaine. Ne prenez pas la route du Rhône, les royalistes sont maîtres de la région. Passez par les chemins de montagne. Les paysans du haut pays ont le cœur tricolore.

Il avait accompagné Forestier dans la cour. Le vent commençait à faiblir et il semblait plus parfumé, comme si chaque souffle avait eu le temps de s'imprégner des sucs des plantes et des arbres.

— Chassez les Anglais et les Espagnols de Toulon !

avait lancé Dussert au moment où Forestier mettait le pied à l'étrier. Ce sont les ennemis de notre marine, donc de notre commerce, et donc de notre banque. Ce sont donc mes ennemis. Il y a des lois, capitaine, qui survivent à la monarchie et à la République.

Maximilien Forestier avait senti entre ses cuisses les flancs du cheval qui vibraient comme si l'animal avait été impatient de bondir. Il avait donné deux violents coups d'éperon.

Vivre, survivre, avait-il pensé, est la première des lois.

19.

“ Bonaparte
était à quelques pas,
jambes écartées,
les mains derrière
le dos,
fixant lui aussi
l’horizon… ”

Tous les hommes s’étaient levés autour des quatre tables assemblées qui formaient un grand carré au centre de cette salle au plafond voûté et dont les murs percés de meurtrières portaient encore les traces de la bataille.

— Vive la République une et indivisible ! avait crié Augustin Robespierre.

Maximilien Forestier, placé au bout de la table principale, celle qu’occupaient les représentants en mission, les généraux, les chefs de bataillon, s’était un peu penché en avant tout en reprenant avec les autres le cri d’Augustin Robespierre. Et ce faisant, il avait aperçu sur les murs ces longues traînées noires laissées par la poudre, et dont certaines ressemblaient à des silhouettes d’hommes, comme si les soldats morts dans la défense ou la conquête de ce fort de l’Éguillette qui commandait les deux rades de Toulon avaient laissé ici leur ombre afin qu’on se souvienne d’eux.

Et la rage l'avait saisi. Il avait eu envie de hurler, de se précipiter contre certains de ces hommes qui chantaient maintenant *La Carmagnole*, une main passée sous l'écharpe tricolore qui serrait leur ventre.

Il avait regardé Barras et Fréron, avec dégoût. Ces représentants-là, il ne les avait jamais vus parmi les soldats, montant à l'assaut de ce fort le 17 décembre 1793 sous la mitraille anglaise. Tout le monde à l'armée savait que ces deux représentants en mission ne songeaient qu'à la rapine et au pouvoir, que Barras, à l'armée d'Italie, avait constitué un trésor personnel, au nom de la République !

Ils n'étaient apparus qu'après la victoire, sur la place du Champ-de-Mars, dans Toulon en ruine, pour ordonner les exécutions et banqueter, comme ce soir, dernier jour de l'année 1793.

Forestier s'était demandé qui, à cet instant, partageait ses pensées. Les autres représentants, Augustin Robespierre, Saliceti, Ricord ou Gasparin, avaient fait preuve de courage, venant passer quelques heures sous les obus que tiraient les forts alors aux mains des Anglais ou les navires espagnols ancrés dans la rade. Mais ces hommes braves ne risquaient leur vie qu'un moment et repartaient vite vers leurs conciliabules, soucieux de renforcer la faction à laquelle ils appartenaient. Augustin Robespierre cherchait à étendre l'influence de son frère dans l'armée et les départements, et les autres veillaient à ne pas se compromettre imprudemment, car qui pouvait assurer que Maximilien, l'Incorruptible, ne serait pas un jour renversé lui aussi, par la coterie des Barras, Fréron, Tallien, des Fouché, de tous ceux qui avaient hâte de jouir de cette Révolution qu'ils avaient faite et dont ils voulaient arrêter la course maintenant qu'elle leur avait donné pouvoir et richesse ?

C'était cela, les lendemains de victoire : l'alcool de l'enthousiasme et du danger bu, ne restait au fond de la bouteille qu'un dépôt noirâtre.

Forestier s'était écarté de la table. Il avait marché jusqu'à l'une des meurtrières. Dans la nuit que la lune illuminait d'une clarté glacée, il avait contemplé le goulet, ce passage entre les deux rades de Toulon dont le contrôle avait décidé du sort de la bataille.

Il s'était souvenu de la première nuit qu'il avait passée à l'état-major de l'armée. Il arrivait de la vallée du Rhône, après trois jours de chevauchées sous des pluies d'averse, ayant échappé plusieurs fois aux royalistes qui, quoi qu'en ait dit Dussert, écumaient aussi les chemins de montagne et le département du Var.

Parmi les hommes qu'il avait découverts alors penchés autour des cartes – et il y avait là Augustin Robespierre, Saliceti, Barras, Fréron et le général Dugommier –, aucun qui sût comment prendre Toulon, vaincre les escadres anglaise et espagnole, les troupes qu'elles avaient débarquées, l'artillerie dont elles disposaient dans les forts.

La ville s'était donnée à eux, après avoir enfermé les Jacobins au fond des cales d'un navire, le *Thémistocle,* dont on apercevait les mâts depuis les positions des soldats de la République.

Et puis Forestier avait entendu une voix vibrante qui martelait : « C'est l'artillerie qui prend les places, l'infanterie y prête son aide ! »

C'était celle d'un chef de bataillon, maigre, le teint bistre, les revers de sa redingote cachant à demi un visage émacié. Il était si petit que ses bottes paraissaient démesurées, mais il possédait une énergie qui avait fait voler chaque mot qu'il avait prononcé et chacun de ses gestes.

Il avait posé son doigt sur le fort de l'Éguillette, dit : « C'est celui-là qui commande tout. Quand nous l'aurons pris, Toulon tombera comme un fruit pourri. »

Puis il s'était redressé.

« Toute opération doit être faite par un système, avait-il poursuivi, parce que le hasard ne fait rien réussir. »

Forestier s'était alors approché d'Augustin Robespierre. Il voulait, avait-il dit, servir aux côtés de cet officier-là.

— Bonaparte ? avait murmuré le représentant en mission.

Il avait longuement dévisagé Forestier, lu et relu son ordre de mission.

— Bonaparte est un Jacobin déclaré. D'après ce que je sais de votre passé de patriote, cela peut vous convenir, citoyen capitaine.

Mais au moment où Forestier s'apprêtait à se présenter à Bonaparte, Augustin l'avait retenu.

— Si vous échouez, nous échouerons tous, et nous en paierons tous le prix !

Le fort de l'Éguillette était tombé et Forestier se souvenait de l'assaut auquel il avait participé aux côtés de Bonaparte, de l'averse qui frappait avec la mitraille. Bonaparte s'était montré intrépide, s'élançant à la tête de ses hommes, sautant les parapets, découvrant une fois la place conquise qu'il avait été blessé.

Et Toulon avait été pris, les rades illuminées par les

dépôts de munitions que les Anglais, avant d'abandonner les autres forts, faisaient sauter. Dans les lueurs jaunes et rouges, Forestier avait vu les embarcations des Toulonnais qui tentaient de gagner les navires anglais et espagnols. Souvent les chaloupes chaviraient, et il lui avait semblé plus d'une fois entendre des cris de femmes.

Puis il était entré dans la ville au côté de Bonaparte, dédaigneux et méprisant, ne jetant pas un regard vers Barras ou Fréron qui arpentaient les rues, suivaient les Jacobins qu'on venait de délivrer des cales du *Thémistocle* et qui désignaient les maisons de leurs dénonciateurs, qu'ils dénonçaient à leur tour.

— Pour l'instant, pour quelques années encore sans doute, avait dit Bonaparte se tournant vers Forestier mais ne paraissant pas le voir, il n'y a de place honorable que parmi les soldats, en se battant à leur tête. En laissant les autres – et il avait d'un mouvement de son menton aigu désigné les représentants en mission – gouverner tant qu'ils le pourront. Qu'irions-nous faire dans cette galère, n'est-ce pas, Forestier ?

Il n'avait attendu aucune réponse, à nouveau enfermé en lui-même, mais l'œil si vif, le geste si brusque qu'il avait semblé à Forestier que cet homme-là ne serait jamais pris par surprise.

Il l'avait observé, le 22 décembre, quand Saliceti lui avait annoncé que les représentants en mission avaient décidé de le nommer général, « à cause du zèle et de l'intelligence dont le chef de bataillon Bonaparte a donné les preuves en contribuant à la reddition de la ville rebelle ».

Bonaparte avait paru indifférent, demeurant silencieux, disant seulement à Forestier qui venait d'être élevé au grade de chef de bataillon :

— Restez avec moi, Forestier, j'ai deux aides de camp, Marmont et Muiron, il m'en faut maintenant un troisième. J'ai besoin d'un homme comme vous. Je vous ai vu à l'œuvre.

Et Forestier n'avait pu maîtriser l'émotion qui le faisait, il en était sûr, rougir. Il avait balbutié qu'il acceptait cet honneur.

En ce soir du 31 décembre, adossé au mur, il regardait la mer et, au-delà, cette masse sombre, la ville dont la Convention avait effacé le nom de Toulon pour la baptiser Port-la-Montagne.

Et Forestier avait senti une présence. Il s'était retourné. Bonaparte était à quelques pas, jambes écartées, les mains derrière le dos, fixant lui aussi l'horizon. Il s'était approché.

— Nous l'avons emporté parce que nous avons d'abord attaqué un seul fort, avait-il dit. Il faut toujours concentrer l'énergie sur un but unique, réunir ses feux contre un seul point. Quand la brèche est faite, l'équilibre est rompu, tout le reste devient inutile et la place tombe.

Bonaparte s'était penché au-dehors, et après quelques minutes avait de nouveau fait face à Forestier.

— Cela ne vaut pas qu'à la guerre, Forestier, avait-il murmuré.

Il avait fait un pas.

— Mais peut-être pensez-vous comme moi que la vie n'est qu'une succession de batailles ?

Il avait souri.

— Il faut les gagner toutes, Forestier, avait-il ajouté en s'éloignant.

Forestier l'avait suivi des yeux.

Bonaparte avait traversé la salle d'un pas rapide. Et sa silhouette, au moment où il passait devant l'un des murs, avait paru se confondre avec les traces noires de la poudre, ces ombres de soldats morts.

TROISIÈME PARTIE

20.

“ Était-ce donc
pour cela
que des dizaines
et des dizaines
de milliers
d’hommes étaient
morts ? ”

Maximilien Forestier s’était immobilisé à l’entrée du salon qu’éclairaient d’une lumière vive cinq lustres de cristal et des chandeliers placés sur des socles cannelés comme des fûts de colonnes antiques.

Il avait hésité à avancer mais on l’avait bousculé, poussé en avant parce que les invités avaient hâte de se mêler à la foule qui se pressait dans cette immense pièce, décorée afin qu’elle ressemblât à un temple grec.

Forestier avait d’abord senti le parfum des femmes, puis il les avait vues, à peine vêtues, provocantes, leurs amples tuniques en mousseline agrafées sur l’épaule par des camées, ne cachant ni leurs seins ni leurs hanches, ni leur dos. Elles riaient, cambrant les reins, fixant longuement les hommes qui les entouraient.

Ils étaient tous là, les nouveaux maîtres et les nouveaux courtisans, les rescapés de la guillotine et les anciens bourreaux, ces représentants en mission que Forestier avait vus à l'œuvre à Toulon, sanguinaires, terroristes, avides, remplissant leurs coffres, achetant les propriétés des ci-devant et volant leurs meubles, tableaux et vases, vaisselles et statues. Et parfois épousant leurs femmes… Forestier se souvenait de sa colère, dans les heures qui avaient suivi la chute de Toulon, à les voir ordonner les exécutions et les pillages. Mais quelques mois plus tard, ils avaient lavé leurs mains souillées en les trempant dans le sang de Robespierre et de Saint-Just. Ils s'étaient convertis à l'indulgence parce qu'ils avaient eu peur que l'Incorruptible, dans son aveugle et fanatique vertu, ne les condamne.

Alors, eux, ils l'avaient abattu le 9 thermidor et ils avaient crié : « Assez de sang ! »

Et maintenant, ils se retrouvaient, festoyant, affichant leur fortune, ils ne s'appelaient plus « citoyen », mais « Monsieur », comme autrefois.

Ils étaient les puissants, pires peut-être que les ci-devant.

Forestier, les bras croisés, les poings serrés, avait fait quelques pas, se frayant difficilement un chemin parmi la foule.

Était-ce donc pour cela que des dizaines et des dizaines de milliers d'hommes étaient morts, depuis ceux qu'il avait vus tomber alors qu'ils grimpaient aux chaînes du pont-levis de la Bastille, le 14 juillet, jusqu'à ceux qu'il avait donné l'ordre de mitrailler, il y avait à peine quelques semaines, au début d'octobre 1795, sur les marches de l'église Saint-Roch, rue Saint-Honoré ? Vendange sanglante de vendémiaire, pour le profit de qui ?

Tous étaient morts pour que le pouvoir reste entre les mains de ces hommes-là, qui s'étaient servis du peuple comme d'un bélier pour fracasser les portes des châteaux et en chasser les propriétaires. La chose était faite. On pouvait refermer les portes et commencer à danser, à partager entre vainqueurs. Quant au peuple, qu'il se tienne à sa place, comme autrefois, et passe les plats, tels ces domestiques en livrée qui officiaient derrière les tables du buffet.

Forestier s'était retourné, sentant qu'on l'observait. Il avait reconnu Guillaume Dussert. L'homme, en près de deux ans, avait grossi, la redingote entrouverte sur un ventre rebondi, mais le visage n'était pas changé, chafouin, avec peut-être quelque chose de plus assuré, de plus hautain.

Il s'était approché et, avant que Forestier ait pu se dérober, il lui avait pris le bras, l'entraînant un peu à l'écart.

— On ne parle que de vous, avait-il commencé.

Forestier avait tenté de dégager son bras, mais l'autre l'avait retenu.

— Allons, ne soyez pas modeste ! Vous et votre général Bonaparte dont on me dit que vous êtes si proche, vous avez sauvé le régime. Sans vos canons, sans votre mitraille, ces imbéciles de monarchistes se seraient emparés du pouvoir…

Il avait haussé les épaules, s'était écarté de Forestier.

— Oh, pour quelques jours, tout au plus pour quelques semaines, et nous aurions eu, par un effet de pendule aussi inéluctable que la loi de la gravité, un retour des chevaliers de la guillotine, de cette queue de Robespierre qui n'est jamais définitivement détruite. Voyez-vous, Forestier – Dussert avait montré, en soulevant à peine sa main, la foule qui maintenant s'agglutinait devant les buffets –, tous ceux qui sont ici veulent en finir avec les oscillations. La paix et l'ordre, voilà l'aspiration de tous. Et s'il y a des gens qui veulent se battre – il avait tapoté l'avant-bras de Forestier –, ma foi, les royaumes, les villes, les principautés ne manquent pas en Europe.

Dussert avait de nouveau saisi le bras de Forestier, l'avait entraîné loin des buffets, au bout de la pièce.

— Vous n'avez pas faim, n'est-ce pas ? Soif, peut-être ? Mais de quoi ? avait-il interrogé tout en l'invitant à s'asseoir. Depuis que nous nous sommes croisés, vous vous souvenez, que d'événements, n'est-ce pas ? Durant des siècles, rien ne change en apparence. Le sol est immobile. Et puis tout à coup la terre s'ouvre, la lave jaillit, le paysage se transforme. C'est la République ! Les plaines deviennent des golfes, les fleuves des mers, les cimes des abîmes. Gare à ceux qui sont pris dans le cataclysme – il avait écarté les bras. Et puis, après les fureurs, tout se calme… Sommes-nous parvenus à ce moment ? Il est encore bien tôt, je crois. Mais l'espoir est là. Heureux ceux qui ont survécu !

Dussert s'était penché :

— J'ai su que vous aviez été emprisonné, avec Bonaparte, à la chute de Robespierre. Mais vous avez sauvé votre tête. Ce n'est que justice ! Après tout, vous n'êtes pas plus jacobin que moi ! Je suis banquier, fournisseur des armées, vous êtes militaire, nous sommes faits, vous et moi, pour nous comprendre puisque nous ne sommes pas des gens de tribune, des bavards et des rhéteurs. Tenez…

D'un mouvement de tête, il avait montré un groupe d'hommes qui discutaient avec animation, un peu à l'écart de la foule.

Forestier avait reconnu Machecoul. Le Conventionnel avait lui aussi grossi en ces quelques mois. Il se tenait les mains derrière le dos, le ventre serré par l'écharpe tricolore aux franges dorées. Un énorme chapeau, décoré de plumes bleu blanc rouge, lui cachait les yeux.

— Notre ami Machecoul, avait repris Dussert, ne vit que lorsqu'il parle, lorsqu'il peut enflammer une assemblée ou monter quelque intrigue. Il veut avoir le sentiment qu'il est le maître des événements, une illusion qu'il poursuit, mais c'est de cela qu'il a besoin. Aujourd'hui, il est aux pieds de Barras. Voilà le vrai maître du moment. Notre roi d'aujourd'hui, Forestier, avec ses favorites.

Barras passait, ses mains virevoltant devant son visage comme les pattes d'un gros chat qui se lave le museau. Deux femmes étaient accrochées à ses bras, penchées sur lui, d'autres suivaient, riant, tentant d'attirer son attention.

— La citoyenne Hamelin, la citoyenne de Beauharnais, avait murmuré Dussert. On dit que votre ami Bonaparte…

Il s'était interrompu, retenant Forestier qui avait semblé vouloir se lever.

— Croyez-moi, Forestier, je ne critique pas Bonaparte. Ne vous enflammez donc pas. Bonaparte aime les femmes créoles, les peaux brunes, les corps voluptueux. Moi aussi, Forestier. Et vous, de quoi avez-vous soif ?

Forestier n'avait pas répondu. Il avait eu l'impression

que s'il avait ouvert la bouche, il aurait hurlé. Était-ce la chaleur, le parfum, les verres de vin qu'il venait d'engloutir ? Il s'était emparé d'un plateau qu'un serveur lui avait présenté, le plaçant sur ses genoux, et il avait commencé à vider les verres, mais il avait la nausée en écoutant Dussert qui continuait de parler.

— Thérésa Tallien, oui, celle-là, Forestier, une très belle monture, n'est-ce pas, est la maîtresse officielle de Barras. Mais il y a aussi la citoyenne Krüdener, cette femme blonde à la peau laiteuse, elle vient de Livonie. Presque toutes d'ailleurs sont des veuves, la guillotine les a débarrassées de leurs maris. Il faut bien qu'elles vivent, et elles sont trop rouées pour se contenter d'arpenter les galeries du Palais-Royal. Là où il y a le pouvoir et l'argent, il y a les femmes. Elles sont redoutables, Forestier, en six mois, elles vous déshabillent le plus riche des hommes.

Dussert avait ri, les mains croisées sur le ventre.

— C'est un transbordement que je n'avais pas prévu. Les fortunes glissent des hommes vers les femmes. Et ce sont elles dès lors qui détiennent le vrai pouvoir.

Forestier avait à demi fermé les yeux, la tête lourde. En face de lui, sur l'un des murs, on avait peint un paysage méditerranéen. Un voilage recouvrait en partie cette fresque, comme aurait pu le faire une brume légère, blanche, semblable à celle qui, à l'aube, flottait au-dessus de la mer.

Et Forestier s'était souvenu d'avoir souvent, alors qu'il parcourait les routes en corniche qui, à l'est de Nice, conduisent vers l'Italie, mis pied à terre au sommet d'une côte pour découvrir les rochers déchiquetés qui s'enfonçaient dans une eau si transparente qu'elle en paraissait verte.

À l'horizon, parfois, des silhouettes de navires se dessinaient. La flotte anglaise surveillait les mouvements de l'armée d'Italie. On échangeait quelques coups de canon. Bonaparte, qui commandait l'artillerie, avait fait construire des fours autour des batteries afin de chauffer au rouge les boulets qui, lorsqu'ils atteignaient la mâture, l'incendiaient.

Temps anciens, temps heureux des combats, de l'air vivifiant venu de la mer ou descendu des hautes vallées, vent salé chargé d'embruns, ou vent glacé portant les senteurs des forêts. Et puis, la chute de Robespierre, les cellules du fort Carré à Antibes où l'on avait enfermé Forestier en compagnie de Bonaparte, les officiers suspects de jacobinisme et de robespierrisme rayés des cadres, et ce mois passé à Paris, dans l'inaction, à croiser sur les boulevards des jeunes gens aux tenues extravagantes, aux redingotes jaunes et vertes, aux jabots de dentelles, *Incroyables*, *Merveilleuses*, *Muscadins*, rossant à grands coups de canne le sans-culotte et le Jacobin. Et avoir dû parfois se cacher sous un porche, pour éviter d'être roué de coups, d'avoir comme tant d'autres le crâne fracassé ou le cou tranché.

Il n'avait pas fait bon, durant ces mois, être un officier qui avait combattu à Valmy, à Jemmapes, à Toulon. Et il avait fallu, encore, patienter dans les bureaux, solliciter une affectation, un supplément de solde puisque les assignats se dépréciaient et qu'on pouvait à peine avec ce dont on disposait acheter un peu de pain et du fil pour recoudre l'uniforme élimé.

Alors, quand Bonaparte avait obtenu le commandement, ce soir du 5 octobre 1795 – ce mois qu'on appelait vendémiaire –, pour faire tirer à mitraille sur les monarchistes qui voulaient marcher sur la Convention, il n'avait pas eu un instant d'hésitation pour servir à ses côtés.

Et il avait avancé, sabre à la main, vers cette église Saint-Roch autour de laquelle les monarchistes s'étaient rassemblés.

Roule tambour, feu à volonté, que les corps tombent sur les marches de l'église et que le bruit de la fusillade étouffe les gémissements des blessés.

Le lendemain, les secrétaires des bureaux s'étaient montrés prévenants, dévoués, et le Comité militaire de la Convention avait nommé Bonaparte général de division, commandant de l'armée de l'Intérieur, et Maximilien Forestier général de brigade, avec solde doublée.

De quoi acheter un uniforme de bonne laine et y faire coudre ses nouveaux galons. De quoi être assis là, dans ce salon de la villa de Mme Thérésa Tallien, située au coin de l'allée des Veuves et des Champs-Élysées.

— La Chaumière, avait murmuré Forestier en ricanant.

C'est ainsi que Thérésa Tallien, Notre-Dame de Thermidor, avait appelé sa demeure.

Pourquoi pas ?

Quels mots avaient encore un sens, après tout ce qu'on avait clamé, rêvé, vécu ?

Forestier s'était levé, renversant le plateau.

Il avait titubé, faisant crisser sous ses bottes les verres brisés.

— Vous avez très soif, général, avait dit Dussert en le soutenant.

D'un geste violent, il l'avait repoussé et s'était redressé.

— Pour ne pas vomir, il faut boire ! avait-il lancé d'une voix si forte que l'on s'était retourné et que, durant quelques instants, le silence s'était établi.

— Vive l'ivresse ! avait alors crié Forestier en faisant un grand pas.

Il avait entendu les rires, puis il avait eu l'impression qu'il courait vers la mer et y plongeait.

21.

“Mon seul
alcool est
le rêve,
mon seul vin
la guerre,
et mon ivresse
la victoire…”

Julie de Boissier avait entendu cette voix forte qui avait soudain dominé le brouhaha. Elle avait été si surprise qu'elle n'était pas sûre d'avoir compris ce que l'homme avait lancé d'un ton de commandement. Avait-il dit : « Pour ne pas vomir, il faut boire ! » ?

Julie avait regardé autour d'elle dans le silence qui s'était brusquement établi.

Joséphine de Beauharnais chuchotait quelques mots, penchée sur le général Bonaparte. Elle avait parlé assez haut afin que Julie devine qu'elle avait pris prétexte de cet incident pour effleurer de ses lèvres la joue de ce général trop maigre, au teint olivâtre, et qui parlait d'une voix saccadée, marquée par un accent déplaisant, presque ridicule, comme celui d'un personnage de la Comédie-Italienne. Il avait aussi des manières brusques, celles d'un homme que tout le monde flattait depuis qu'il avait brisé l'insurrection des sections royalistes.

Et naturellement, Joséphine lui avait murmuré un compliment : « Sûrement un de vos officiers, général ! Dieu soit loué, je ne vous ai pas vu boire ! N'avez-vous que des qualités ? »

Et ce prétentieux de Bonaparte avait répondu, comme s'il rimait : « Mon seul alcool est le rêve, mon seul vin la guerre, et mon ivresse la victoire. » Julie l'avait trouvé ridicule, insupportable de vanité.

À cet instant précis, et alors que le silence commençait à être recouvert par les conversations et les rires, l'homme avait hurlé : « Vive l'ivresse ! »

Julie avait été bouleversée. Elle avait frissonné. Cette voix aiguë, un peu éraillée, lui avait semblé désespérée. Et alors que depuis des mois, peut-être depuis que son frère Jérôme avait été libéré de la prison de la Force, et sûrement depuis que Robespierre avait été décapité et que les sans-culottes étaient rossés, égorgés, châtiés à leur tour, qu'on avait abrogé la loi des suspects, elle était presque insouciante, elle s'était sentie accablée, affolée même, comme aux pires jours de 1793 et du printemps de 1794.

Elle s'était haussée sur la pointe des pieds et avait regardé vers le coin du salon d'où le cri avait jailli. Elle n'avait aperçu qu'un dos massif, les épaulettes dorées d'un uniforme et des cheveux bouclés, très noirs, couvrant le col de la redingote. Puis la silhouette s'était affaissée dans un bruit sourd, il y avait eu des bousculades, des éclats de voix. Et elle avait deviné qu'on portait l'homme hors du grand salon.

Elle s'était alors rapprochée de Joséphine, lui avait

pris le bras, s'était appuyée à elle, qui ne quittait pas des yeux Bonaparte.

Il se tenait, les jambes écartées, les bras croisés, écoutant un capitaine qui, après lui avoir murmuré quelques mots, s'éloignait.

— C'est le général Forestier, avait dit Bonaparte en souriant.

Il avait de petites dents jaunes, mais le sourire éclairait le visage, le transformait presque, lui donnant une humanité, révélant une sensibilité que la maigreur et le teint bistre masquaient habituellement.

— Ce n'est pas dans ses habitudes, avait-il continué. Il est à mes côtés depuis le siège de Toulon. Il est courageux, sobre, et d'un laconisme qui me plaît. Il est brave et il a de la chance.

Julie avait retiré son bras, s'était reculée sans cesser d'écouter Bonaparte.

— Forestier a dû fêter ses épaulettes de général de brigade. Il est un de ceux qui ont nettoyé Paris le 13 vendémiaire. Il a chargé les sections royalistes dans la rue Saint-Honoré.

Bonaparte avait hoché la tête :

— C'est grâce à des hommes comme lui que vous pouvez, mesdames, être ici ce soir. Les rues sont sûres et cependant, n'en doutez pas – Bonaparte avait ri –, nous vous raccompagnerons. Mais peut-être, avait-il poursuivi en montrant le coin du salon, Forestier s'est-il enivré pour oublier une femme – il avait dévisagé celles qui l'entouraient et Julie avait baissé les yeux –, Paris est le seul lieu de la terre où les femmes ont le pouvoir de rendre fou le meilleur des soldats ! J'en témoigne.

Il avait fixement regardé Joséphine.

— Vous êtes nos souveraines. Nous rêvons tous de capituler devant vous. Et nous n'avons qu'un seul moyen d'échapper à vos charmes, la fuite, loin, très loin. Si je quitte Paris pour l'armée d'Italie, soyez rassurées, mesdames, Maximilien Forestier fera partie de mon état-major. Et lui aussi se grisera de batailles.

Julie n'avait plus bougé, laissant Joséphine de Beauharnais et Thérésa Tallien s'éloigner en compagnie de Bonaparte et Barras.

Elle avait d'un regard méprisant rejeté les hommes qui s'étaient approchés d'elle, murmurant un compliment, une invitation. Elle s'était elle-même étonnée du dégoût que tout à coup elle éprouvait pour ces jeunes élégants, dont la perruque blonde voulait évoquer les cheveux des décapités.

Elle s'était dirigée lentement, sans tourner la tête vers ces invités qui l'interpellaient joyeusement – « Venez avec nous, Julie, mais où allez-vous ainsi, comme une automate, le bal va commencer » –, vers le coin du salon maintenant vide où Maximilien s'était effondré, ivre.

Elle s'était souvenue de la chambre de l'hôtel de la rue Fromenteau où Dumas l'hôtelier l'avait fait entrer, lui assurant que ce capitaine Forestier, natif de Valence, jeune homme à la mine honnête, ferait tout ce qui était en son pouvoir pour obtenir la libération de Jérôme. « Je vous assure, il faut essayer », avait-il répété.

Elle n'avait rien oublié des mots échangés, de la manière dont Maximilien l'avait regardée puis s'était détourné, la rejetant alors qu'elle s'offrait. Et ç'avait été pour elle une humiliation plus grande peut-être que s'il l'avait prise. Elle avait eu, en vain, les mots et les attitudes d'une catin. Et ce Maximilien Forestier, ce fils de va-nu-pieds, ce Jacobin, ce soudard, cet ennemi, cet assassin l'avait jugée, traitée comme une domestique fautive qu'un homme bien né méprise, congédie, renonçant à la toucher même du bout des doigts pour la gifler tant elle lui paraît sale, indigne.

Près de deux ans étaient passés, mais au souvenir de cette nuit, Julie avait eu la sensation qu'elle s'empourprait. Ce n'étaient pas seulement ses joues, mais tout son corps qui rougissait de honte.

Et cet homme-là, qui était intervenu à la prison de la Force pour qu'on libérât Jérôme, elle lui devait gratitude et reconnaissance.

Elle avait accueilli son frère avec une joie mêlée de dépit, comme s'ils avaient bénéficié d'une aumône, eux les comtes de Mirmande. Elle avait refusé de répondre à Jérôme qui l'avait harcelée, soupçonneux, imaginant qu'elle s'était, comme tant d'autres femmes, donnée pour obtenir la libération d'un proche. Elle l'avait même provoqué, criant : « J'aurais voulu, pour le plaisir, mais comprends qu'aujourd'hui nous ne sommes plus rien, nous ne valons plus rien, ni toi qui n'es même pas digne de la guillotine, ni moi qu'un paysan en uniforme ne veut même pas coucher dans son lit ! Voilà ce que sont devenus les comtes de Mirmande. »

Elle avait eu alors le sentiment qu'elle était souillée et qu'il ne lui restait plus qu'un seul bien à sauver, sa vie – tout le reste, l'honneur, le nom, la dignité et la vertu à jamais maculés.

Elle s'était cachée à l'hôtel de Dumas puis, sur son conseil, elle avait rencontré l'un des juges du Tribunal révolutionnaire, proche de Fouquier-Tinville. Ç'avait été son premier amant, et il avait obtenu qu'on levât le séquestre sur l'hôtel de Mirmande situé dans l'île de la Cité, quai de l'Horloge, non loin du Pont-Neuf. Elle avait retrouvé les grandes pièces glacées, vidées de tous leurs meubles puisque l'hôtel avait été pillé.

Mais elle avait vécu là, se terrant certains jours, imaginant qu'elle entendait le grincement des roues de la « bière des vivants » qui passait avec son chargement de condamnés. Jérôme avait disparu. Peut-être avait-il émigré ? Puis elle avait entendu crier « Mort au tyran ! », et c'était Robespierre et les siens que l'on décapitait. Elle avait osé sortir. Paris semblait changé. Dans les rues, certains, dans l'ombre des galeries du Palais-Royal, lançaient « Vive le roi ! ». Elle avait eu la certitude que la tourmente s'était éloignée.

Alors, elle avait été prise d'une frénésie de vivre. Elle avait fréquenté les nouveaux salons, ceux des Barras, des Tallien, des Fréron, des Fouché. Elle s'était liée avec ces jeunes femmes, veuves ou orphelines, qui passaient d'un amant à l'autre, et riaient en se racontant à voix basse les désirs et les impuissances, les vices et les générosités de ces nouveaux princes.

Barras, le ci-devant vicomte de Barras, de Fox-Amphoux, l'avait d'abord comblée, puisant à pleines mains dans les caisses de la République pour lui permettre de remeubler l'hôtel de Mirmande.

Lorsqu'il s'était détourné d'elle, pour Joséphine de Beauharnais ou Thérésa Tallien, ou peut-être pour l'un de ces jeunes gens qui le suivaient partout, il lui avait présenté le banquier Guillaume Dussert, l'une des nouvelles fortunes les mieux établies de Paris.

Julie avait vécu quelques mois avec lui, dans l'hôtel de Taurignan, au faubourg Saint-Germain.

Et lorsqu'elle avait dit un matin que sa famille, celle des comtes de Mirmande, était apparentée, par les femmes, à celle des Taurignan, Dussert avait souri.

« Il faudra que je t'épouse », avait-il murmuré.

Il avait marché dans la chambre, sa longue chemise blanche tombant à mi-jambe. Il paraissait ainsi plus petit et plus trapu encore, la tête dans les épaules, comme s'il n'avait pas eu de cou. Et Julie avait pensé qu'il était une sorte de sanglier et que cet homme, l'un des plus riches et des plus puissants du moment, avait dû être capable de tuer de ses mains, ou plutôt d'ordonner l'assassinat de tous ceux qui le gênaient. Il avait dû utiliser le bourreau de la République comme exécuteur de ses hautes œuvres personnelles.

Dussert s'était arrêté devant le lit, et elle avait eu peur de ces yeux mi-clos, de ce regard qu'elle ne pouvait qu'imaginer. Il avait murmuré :

— Tout ce qui était aux Taurignan est à moi. Le château de Crest, les propriétés ici.

Il avait frappé légèrement le parquet.

— Si je t'épousais, j'entrerais dans leur peau, leur sang coulerait en moi.

Elle s'était levée d'un bond, elle avait crié : « Mais je ne veux pas, je ne veux pas me marier ! »

Il s'était rassis et il l'avait regardée s'habiller en hâte, sans faire un geste ou prononcer un mot pour la retenir, et au moment où elle s'apprêtait à quitter la chambre, il lui avait dit d'une voix égale :

— Ce qui compte, ce n'est pas la volonté et le désir des autres, mais ce que l'on veut soi. Et si je te veux pour épouse, je t'aurai.

Il s'était levé, approché d'elle.

— Mais je ne l'ai pas encore décidé. Il y a peut-être mieux que toi…

Elle avait fui le faubourg Saint-Germain. Elle avait couru d'une soirée à l'autre, du salon de la Chaumière, la demeure de Thérésa Tallien, à celui de Joséphine de Beauharnais, dans l'hôtel qu'elle occupait à la Chaussée-d'Antin.

Elle avait changé d'amants, ignoré Guillaume Dussert lorsqu'il l'avait croisée, la dévisageant avec insistance, la saluant d'une inclination de tête et d'un sourire narquois.

Et elle le voyait ce soir, debout près du canapé sur lequel était assis Maximilien.

Julie s'était arrêtée sur le seuil de ce petit salon, hésitant à entrer, regardant cet homme qui paraissait dormir, les bras tombant le long du corps, le menton sur la poitrine, la redingote d'uniforme déboutonnée, la chemise ouverte, laissant apparaître un torse brun couvert d'un duvet noir.

Entre ses jambes écartées, il y avait plusieurs bouteilles.

— Tiens, avait dit Dussert en se retournant, la belle comtesse de Mirmande. Vous êtes rouge comme une pivoine, la chaleur, l'alcool, ou bien – il avait jeté un coup d'œil rapide à Forestier – les sentiments ? Vous le connaissez, cet ivrogne ?

Il s'était avancé vers elle.

— J'ignorais que vous vous intéressiez vous aussi à nos récents généraux. Votre amie Joséphine, sur les conseils de Barras bien sûr, qui assure toujours l'avenir de ses anciennes amies, a jeté son dévolu sur Bonaparte. Cela se murmure partout. Et vous, ma chère, après que vous m'avez quitté, que vous a conseillé Barras ? Ce Forestier ? Bonaparte a plus d'avenir ! Et moi aussi. Vous valez mieux, ma chère comtesse, qu'un général qui a des principes ! Où voulez-vous qu'il puisse aller avec de tels boulets au pied ! Il boit et boira pour les autres jusqu'à ce que la mitraille lui remplisse la bouche de sang ou de terre.

Il avait saisi le bras de Julie, et elle n'avait pu le retirer tant il le serrait.

— Amusez-vous avec lui, si vous le voulez, ma chère Julie, avait-il dit d'une voix sourde, mais pas d'épousailles ! J'ai encore des vues sur vous.

Elle avait eu un mouvement si violent de tout le corps qu'elle avait enfin réussi à se dégager.

— D'ailleurs, avait repris Dussert d'un ton à nouveau goguenard, notre Barras me dit que Bonaparte va être nommé à la tête de l'armée d'Italie, et Forestier le suivra. Que feriez-vous d'un mari absent ? Vous n'avez pas encore l'âge et la sagesse de notre Joséphine. Elle veut épouser Bonaparte, vous le savez, tout le monde le sait, sauf peut-être Bonaparte. C'est précisément parce qu'il va quitter Paris, et qu'elle pourra ainsi continuer à caresser son caniche et ses jeunes gens.

Il avait ri.

— Jouissez avec Forestier, avait-il ajouté d'une voix dure. Mais je ne vous permets pas d'aller au-delà. Je peux provoquer bien des choses à Paris. Et vous l'imaginez.

Il lui avait frôlé la joue du bout des doigts et elle avait reculé pour éviter ce contact.

Il avait plissé son visage, les lèvres serrées, les paupières presque closes, le menton en avant. C'était comme un museau aigu, menaçant.

— Je vous ai connue – il avait hésité, inclinant la tête – moins nerveuse, plus obéissante.

Il s'était éloigné.

— Vous retrouverez le chemin de la raison, chère Julie. Et de l'intérêt.

Elle était restée seule avec Maximilien qui grognait, cherchant à saisir l'une des bouteilles, relevant la tête, apercevant Julie, murmurant « Qui êtes-vous ? » puis s'affaissant de nouveau.

Elle avait quitté le petit salon, traversé la foule, requis deux des soldats en faction à l'entrée de la demeure – Barras n'était-il pas général ? –, retenu un fiacre, puis elle avait fait porter Forestier par les soldats jusqu'à la voiture.

— Chez moi, avait-elle lancé, hôtel de Mirmande, quai de l'Horloge.

Forestier, que les soldats avaient couché sur l'une des banquettes, s'était redressé.

— Julie de Boissier, comtesse de Mirmande, avait-il murmuré avant de fermer les yeux.

22.

“ C’est Bonaparte
qui est tout.
Dépêchez-vous
de le nommer
à la tête de
l’armée d’Italie.
Il a trop d’énergie,
trop de talent
pour qu’on le
laisse s’ennuyer
à Paris… ”

Guillaume Dussert avait lu lentement les deux feuillets du rapport que venait de lui remettre Machecoul. Il les avait pliés sans lever la tête, silencieux, sachant que celui-ci l’observait, attendait un commentaire, un signe de colère ou d’inquiétude, un soupir de regret ou de lassitude.

Dussert s’était donc tu. Il avait glissé avec indifférence les feuillets dans la poche intérieure de sa redingote, puis il avait croisé les mains sur son ventre, les jambes allongées, les yeux mi-clos, prenant cette pose qui lui était familière.

Un chat guettant un oiseau devait éprouver ce qu’il ressentait. Une sorte de rage, une tension si forte qu’il avait la conviction qu'il aurait pu, s'il l'avait laissée jaillir, bondir sur Machecoul, le saisir à la gorge avant que l'autre ait eu le temps de faire un geste. Et il lui aurait martelé le visage, puis heurté la tête contre le bureau, criant qu'en effet il ne supportait pas que Maximilien Forestier, comme l'assurait ce rapport d'une mouche de police, vive avec Julie de Boissier, en son hôtel de Mirmande, quai de l'Horloge.

Le mouchard au service de Barras donnait des détails : Julie et Maximilien sortaient de l'hôtel en fin de matinée, ils se rendaient en fiacre au Palais-Royal ou bien dans le quartier de l'Odéon, déjeunant chez un traiteur, souvent au café Procope, puis Forestier reconduisait la comtesse chez elle et se rendait à l'état-major du général Bonaparte, commandant en chef de l'armée de l'Intérieur. Le couple avait été invité à plusieurs réceptions chez Joséphine de Beauharnais, dans son hôtel de la Chaussée-d'Antin.

— Vous avez lu ? avait demandé Machecoul.

Il s'était levé, était venu s'appuyer au rebord du bureau en face de Dussert.

Dussert s'était contenté de hocher la tête.

— Je croyais que vous aviez pour la comtesse de Mirmande..., avait commencé Machecoul.

— Nous vivons, mon cher Machecoul, une époque où il ne faut rien croire, avait coupé Dussert.

— Ce rapport est digne de foi ! s'était exclamé Machecoul.

Il avait commencé à marcher dans le bureau, s'arrêtant parfois devant la fenêtre. Barras, avait-il expliqué, a toute confiance dans son informateur. Cet homme est chargé de surveiller les généraux qui exercent un commandement à Paris et peuvent ainsi mettre en péril le nouveau pouvoir.

— Le Directoire est encore fragile, avait-il poursuivi. Cette femme, vous la connaissez. Croyez-vous qu'elle ait oublié ? Son frère…

Machecoul était retourné à son bureau, avait fouillé dans les papiers entassés, retiré plusieurs feuillets qu'il avait montrés à Dussert.

— Son frère a été libéré de la prison de la Force, sur l'intervention personnelle de Maximilien Forestier. Curieux, vous ne trouvez pas ? Et savez-vous où est allé se réfugier Jérôme de Boissier ? À Altona, une petite ville où, selon le rapport du représentant de la République à Hambourg, vivent plusieurs émigrés, le duc d'Aiguillon, les frères Charles et Alexandre de Lameth, et votre ami, le général Dumouriez. Tout ce beau monde conspire, pousse en avant le nouveau duc d'Orléans, ce Louis-Philippe qui était à Valmy avec Dumouriez. Vous aussi, Dussert, vous avez en 92, 93, parié sur Philippe Égalité et son fils.

— Le père a été décapité et Louis-Philippe a vingt-trois ans, il songe plutôt à voyager, on dit qu'il veut se rendre aux États-Unis, murmura Dussert.

— Parlons des États-Unis ! s'exclama Machecoul. Talleyrand, l'ancien évêque d'Autun, vient de les quitter avec l'intention de rentrer en France, naturellement pour y jouer un rôle. Voilà une conspiration qui se noue, et c'est pour cela que les cinq directeurs ont décidé de faire surveiller les généraux.

— Je pensais que Barras voulait les éloigner, qu'il avait offert à Bonaparte le commandement de l'armée d'Italie.

Machecoul avait haussé les épaules.

— Certes, la nomination doit être signée bientôt, mais il peut se passer beaucoup de choses en quelques semaines… Nous avons vécu cela depuis 89. Et ces liens entre Julie de Boissier et Forestier nous inquiètent. Le Directoire est fragile, Dussert, nous le savons et ils le savent.

Dussert s'était levé. Il avait envie de souffleter ce Machecoul, cette girouette, cet habile qui avait réussi à être l'un des membres de la Convention – les deux tiers de l'Assemblée, il est vrai – reconduits dans l'une des assemblées du Directoire, le Conseil des Cinq-Cents.

— Vous serez toujours un régime faible, mon cher Machecoul, avait commencé Dussert.

Il ne pouvait pas le frapper, mais il pouvait le blesser plus durement encore, car l'homme était lâche, et la peur était sa maladie.

— Les rapports de police doivent vous signaler combien le peuple est mécontent. Croyez-vous qu'il soit dupe de cette loi qui, sans consulter les électeurs, prolonge le mandat des Conventionnels en faisant d'eux des représentants du Directoire ? Vous êtes de ceux-là, Machecoul, satisfait, n'est-ce pas ? Mais vous avez raison d'être inquiet. Savez-vous ce que dit le peuple de votre Barras, ce qu'il chante ?

Il n'a pas quarante ans, mais aux
Âmes damnées,
Le crime n'attend pas le nombre
D'années.

— Le peuple, le peuple, avait murmuré Machecoul en secouant la tête, est-ce que le peuple est capable de connaître une mauvaise imitation du *Cid* de Corneille ? Ce sont les Jacobins qui s'agitent, la queue de Robespierre, celle des tenants de l'égalité. Avez-vous lu ça ?

Il avait feuilleté un journal puis l'avait lancé sur le bureau vers Dussert, qui ne l'avait pas regardé.

— *Le Tribun du peuple*, avait repris Machecoul, d'un certain Gracchus Babeuf. Gracchus, vous entendez ! Il y a aussi ce Buonarroti, un Italien, dont on dit qu'il fut en relation avec Bonaparte et Forestier lorsqu'ils servaient en 1794 à l'armée d'Italie. Toute cette engeance se réunit au club du Panthéon, ils sont chaque fois plus d'un millier.

Dussert s'était à nouveau installé dans le fauteuil. Il avait approuvé d'un léger mouvement de tête, puis d'une voix basse, comme s'il craignait d'être entendu, il avait ajouté qu'en effet les Jacobins se regroupaient, et que le peuple commençait à murmurer contre ce Directoire à peine né.

— Je me promène beaucoup, avait-il dit. Personne ne me connaît, j'aime la foule de la rue. J'apprends à l'écouter bien plus qu'à lire les gazettes ou à fréquenter le palais du Luxembourg, votre assemblée des Cinq-Cents ou celle des Anciens. Vous autres députés, vous vivez dans un monde particulier, entre vous. Moi, je vais au milieu de la foule sans que l'on me remarque. Je suis mon propre mouchard. Savez-vous ce que l'on dit ?

Il avait levé la tête. Il voulait voir la peur creuser encore davantage le visage de Machecoul. C'était cela, sa vengeance d'avoir dû apprendre sous le regard de ce pleutre que Forestier vivait chez Julie, en l'hôtel de Mirmande.

— On dit, avait-il repris en baissant encore la voix, que les députés – vous, mon cher Machecoul – étouffent les enfants dans le ventre de leur mère et les font mourir de faim. Il y a deux jours, je me suis arrêté sur le Pont-Neuf. Il y avait un attroupement. Une femme venait de se jeter dans la Seine avec ses deux nouveau-nés pour échapper, disait-on, à la famine. Et la foule assurait que, chaque jour, on repêchait des cadavres de malheureux qui avaient préféré mourir. Vous savez combien le peuple croit aux fables et qu'il est prompt à s'indigner. Ces gens ajoutaient qu'il fallait que le sang coule encore, le sang des directeurs, des députés, des riches, des accapareurs…

Dussert s'était mis à rire, silencieusement.

— À ces derniers mots, j'ai préféré m'éloigner.

— Vous croyez à une conspiration, à un danger de coup d'État ? avait murmuré Machecoul. Forestier a peut-être partie liée avec les Jacobins et il peut exploiter la misère du peuple.

Dussert n'avait pas répondu. Il s'était contenté de pencher la tête, de soulever les sourcils pour exprimer son incertitude, et il avait fixé Machecoul d'un regard plein de compassion, comme celui qu'on accorde à un condamné.

— Vous savez toujours tout, avait poursuivi Machecoul en s'approchant à nouveau de Dussert. Que disent vos correspondants anglais, allemands ? Je ne suis pas naïf ! Quand on joue sur la rente, comme vous Dussert, on n'avance pas au hasard, en aveugle, vous avez vos agents, vous prévoyez…

Dussert avait écarté les mains, en signe d'humilité et d'impuissance.

— On nous prête beaucoup, Machecoul. C'est vous

qui détenez le pouvoir, vous êtes l'ami de Barras, c'est le roi du Directoire. Les autres directeurs comptent si peu… Sieyès peut-être, mais c'est un ancien abbé, on le dit profond parce qu'il a écrit en 1789 sur le Tiers État et qu'il a paru annoncer l'avenir. Ce libelle a fait quelque bruit, mais depuis ce temps-là ? Il a vécu, survécu, c'est un trembleur. Je ne le crois pas profond mais creux.

— Peu m'importe Sieyès. Vous savez quelque chose, avait insisté Machecoul. Le rapport que je vous ai remis n'a pas paru vous surprendre. Ce général Forestier, vous n'ignoriez pas qu'il vivait chez la comtesse Mirmande ?

Dussert avait souri.

— Forestier n'est rien, c'est Bonaparte qui est tout. Dépêchez-vous de le nommer à la tête de l'armée d'Italie. Il a trop d'énergie, trop de talent pour qu'on le laisse s'ennuyer à Paris.

Machecoul avait hoché la tête, répété plusieurs fois : « Oui, je l'ai dit à Barras, oui. »

— Vous avez raison, Machecoul, votre régime…, avait commencé Dussert.

— Le vôtre, le vôtre aussi, Dussert, avait crié Machecoul, vous serez noyé avec nous si le bateau coule !

— Je ne suis rien, Machecoul. Un banquier. Je vis dans votre ombre. Le régime, c'est vous, les cinq directeurs, le séduisant Barras, les deux assemblées, vous Machecoul, le plus brillant des députés, vice-président du Conseil des Cinq-Cents, vous êtes l'un des hommes puissants du Directoire !

Dussert avait joui de l'expression douloureuse qu'avait prise le visage de Machecoul.

— Donc, avait-il ajouté, votre Directoire est fragile. Le peuple ne vous aime pas. Les généraux dépendent de vous pour leur solde, sont à vos ordres mais ils vous méprisent.

Dussert avait croisé ses doigts derrière la nuque, s'était renversé en arrière, regardant vers le plafond.

— Lequel d'entre eux… Forestier, Bonaparte, Hoche, Marceau, Kléber, Jourdan, nous avons le choix, mais je parierais sur Bonaparte, c'est le plus déterminé, le plus fou. Lequel de ces héros, que vous avez promus, flattés, décidera de pointer ses canons sur votre Directoire ? Vous serez dans votre palais du Luxembourg comme les oiseaux d'une volière, et lorsque le général en fracassera la porte, vous vous disperserez, et le régime n'existera plus.

Dussert s'était redressé.

— Envoyez Bonaparte en Italie ! Croyez-moi, le danger ce n'est plus le peuple, il murmure, mais ce n'est qu'une écume. La houle est apaisée. Il n'y a plus de tempête de ce côté-là. Il assiste au spectacle, il siffle, il applaudit. Il cherche du pain. Il ne dit plus comme autrefois : *« Du fer pour travailler, du plomb pour se venger et du pain pour nos frères. »* Il tend la main. Le peuple est à nouveau courbé, Machecoul ! Vous avez, nous avons, réussi cela. On me dit que Barras a donné l'ordre à Bonaparte de disperser les Jacobins du club du Panthéon. S'il le veut, si cela le rassure, pourquoi pas ? Mais le peuple dangereux, c'est celui qui porte l'uniforme, l'armée, Machecoul, l'armée.

Dussert s'était levé.

— Mais c'est aussi le salut pour nous. Il faut de la

poigne pour tenir la barre d'un pays qui a coupé toutes ses amarres. Et les généraux savent se faire obéir.

Il avait traversé la pièce. Sur le seuil, il s'était retourné, regardant Machecoul qui avait croisé les bras et s'était recroquevillé, le menton sur ses poignets.

— On me dit que le comte Louis de Taurignan a sollicité du Directoire la radiation de sa famille de la liste des émigrés, et qu'il cherche donc à regagner la France, comme tant d'autres, comme Talleyrand, Montesquiou et demain, pourquoi pas, Jérôme de Boissier. Et après-demain, le duc d'Orléans.

Machecoul avait relevé la tête.

— Vous avez racheté les biens des Taurignan, n'est-ce pas ? avait-il demandé d'une voix sifflante.

Dussert avait haussé les épaules.

— Cela ne serait pas très raisonnable de radier tous les ci-devant de la liste, avait-il repris sans répondre à Machecoul. Le Directoire a déjà tant d'ennemis…

Il avait prononcé ces derniers mots sur un tel ton qu'il semblait avoir proféré un avertissement et une menace.

23. “Du pain, du pain, du pain ou du sang !”

— Je veux tout savoir, avait dit Maximilien Forestier.

Mais Julie, couchée sur le lit, la tête enfoncée dans un oreiller bleu, avait paru ne pas entendre.

Maximilien s’était penché. Il avait eu envie de la retourner, de l’obliger à le regarder, à répondre, à lui raconter tout ce qu’elle avait vécu avec Dussert, peut-être avec Barras, avec combien d’autres depuis qu’il l’avait rencontrée dans cette chambre qui sentait l’humidité au premier étage de l’hôtel de la rue Fromenteau, quand il avait eu la force, l’instinct, de ne pas vouloir d’elle.

Il avait posé ses deux mains sur les épaules nues de Julie, mais au lieu de la saisir, de la soulever, de la basculer, il l’avait caressée, passant sa main dans ses cheveux, et il avait eu la tentation de se coucher là, près d’elle, alors qu’il venait à peine de sortir du lit et de revêtir son uniforme.

Il avait commencé à déboutonner sa vareuse, mais il y avait eu des cris, venant du quai : « Du pain, du pain, du pain ou du sang ! » Et ç’avait été comme si les temps anciens tout à coup revenaient, temps de violence et d'injustice, quand les prisons étaient pleines de suspects, mais temps d'enthousiasme et de vertu, quand on marchait à la frontière en criant « Vive la Nation, vive la République ! ». C'étaient les mots et les chants qui rendaient ivre et non le vin.

Maximilien s'était approché de la fenêtre de la chambre. Il avait d'abord vu ces femmes qui gesticulaient. Elles avaient le corps enveloppé de chiffons noirs, et il avait soudain pensé à cette femme, Madeleine Cotençon, la compagne de Nicolas Mercœur. Il s'était rendu autrefois à la prison des Carmes. Il avait voulu la sauver de la guillotine. Y avait-il réussi ? Ou bien avait-elle eu la tête tranchée, victime de la machination montée par Dussert, ou tout simplement de l'injustice, de ce destin qui frappait d'abord les plus pauvres – que ce soit le roi Louis XVI qui règne ou le directeur, ci-devant vicomte de Barras ? Si cette fille avait échappé au rasoir national, elle devait avoir faim, comme ces femmes, et peut-être regretter de ne pas être morte.

Il était resté debout devant la fenêtre, regardant les hommes qui s'affairaient sur des chalands amarrés au quai de l'Horloge, devant l'hôtel de Mirmande. Ils déchargeaient des sacs de grain. Une petite foule s'était agglutinée sur le quai, contenue par des soldats. Les sacs passaient d'un homme à l'autre, du bord de la Seine jusqu'à des charrettes gardées par quelques hussards, qui repoussaient la foule avec le poitrail de leurs chevaux.

Parfois des grains s'échappaient d'un sac troué et c'étaient aussitôt des cris, la ruée d'enfants en haillons qui surgissaient de la foule, se faufilaient entre les soldats et les chevaux, ramassaient des poignées de blé qu'ils enfouissaient sous leur chemise, puis qui s'enfuyaient comme des rats, cependant que les soldats les menaçaient, levant leurs fusils. Un officier avait même sorti son sabre. Et les femmes avaient encore hurlé : « Du pain, du pain ou du sang ! »

L'une d'elles s'était avancée, montrant l'officier aux épaulettes d'or, tapant des deux poings sur son ventre, criant : « Encore un de ces épauletiers qui mangent à s'en faire éclater la panse pendant qu'on crève, et ils veulent tuer nos enfants ! »

La voix était si aiguë que Maximilien avait eu l'impression que chaque mot s'était enfoncé en lui comme un éclat.

Il avait levé les yeux pour ne plus voir. Le ciel au-dessus du Pont-Neuf et de la rive droite était rongé par une gangrène noire, gros nuages bas que le vent poussait.

Maximilien s'était retourné.

Julie était allongée, nue, sur le flanc, au bord du lit à baldaquin. Elle l'observait, la joue droite appuyée sur sa paume, son bras replié, son coude s'enfonçant dans l'oreiller bleu.

Il s'était approché.

— Je veux tout savoir, avait-il répété d'une voix dure.

Il avait tiré sur le drap afin d'en recouvrir le corps de Julie.

— Que t'a-t-elle dit ? avait-il demandé encore.

Mais à quoi bon interroger ? Il avait lu la lettre de Dussert, portée le matin même, quelques mots : « Je renouvelle ma demande, j'ai parlé de tout cela avec notre très chère amie. Elle m'approuve. Elle forme des vœux pour que vous acceptiez ce que je vous propose. Elle vous en parlera. »

Ç'avait été si simple d'imaginer, et Julie n'avait rien démenti de ces hypothèses. Dussert souhaitait l'épouser. Il avait sollicité l'appui de Joséphine de Beauharnais, « notre amie ». Que pouvait-elle lui refuser, cette catin créole que Dussert comblait de cadeaux, à laquelle il accordait des prêts sans intérêt afin qu'elle pût, parée de bijoux et de voiles, ensorceler ce général corse que Barras souhaitait qu'elle épouse. Elle aurait préféré un banquier, mais Barras avait promis que, le mariage conclu avec Bonaparte, il la débarrasserait de son général en l'envoyant en Italie. Et Forestier l'accompagnerait. Si Dussert devenait le mari de Julie de Boissier, quelle vie de fête on pourrait mener ici, en oubliant les traîneurs de sabre !

Et Julie, alors que Maximilien parlait, s'était contentée de sourire.

Debout près du lit, Maximilien l'avait longuement regardée, et comme chaque fois la joie, l'exaltation même qu'il éprouvait à la voir, s'aigrissait en colère et en dépit.

Elle était l'une de ces petites demoiselles en longue robe blanche qui descendaient de leurs calèches, devant l'église de Valence, et il n'était que l'un de ces va-nu-pieds, garnements que les valets en livrée écartaient à coups de bâton.

Elle était l'une de ces statues de marbre dressées dans les parcs des châteaux de Mirmande ou de Crest, ceux des comtes de Boissier ou de Taurignan.

Elle était insensible, même quand on pétrissait son

corps, quand on serrait son cou, quand on tirait sur ses cheveux pour qu'elle crie, les lèvres entrouvertes. Elle restait muette et glacée.

Maximilien s'était souvenu de ces statues décapitées dans les églises et les châteaux par une foule enragée qui martelait le marbre à coups de maillet, qui mutilait les visages de pierre, comme pour enfin meurtrir ce qui paraissait inaccessible.

Peut-être était-ce aussi pour tenter d'en finir avec ce sentiment d'impuissance qu'on avait tant massacré dans les prisons en 1792, et tant coupé de têtes, comme pour se convaincre que ces gens-là saignaient comme n'importe qui, comme les pauvres et les porcs.

Maximilien s'était finalement écarté du lit.

Il avait eu peur de ce qu'il ressentait, de ce qu'il avait pensé, de ce désir de violence et de crime qui montait en lui, de cette Révolution qu'il avait vue tout à coup comme une affaire d'instinct et de vengeance, plus que de grands principes.

Il fallait qu'il s'éloigne pour ne plus se perdre ainsi dans ce labyrinthe où il ne savait ce qu'il cherchait, ce qui le poussait, où il allait.

Il ne voulait pas devenir l'un de ces fous dont on disait qu'ils avaient en septembre 1792 fouaillé dans les entrailles des princesses égorgées.

Il fallait qu'il retrouve vite le roulement du tambour et du canon, et l'âpre saveur de l'alcool.

— Vous voulez tout savoir ? avait alors dit Julie en se levant.

Elle était restée un instant nue devant lui. Et Maximilien avait senti monter un flot de sang brûlant.

Julie l'avait regardé, avec une expression de défi et d'ironie.

— Un banquier établi, m'a dit Joséphine, vaut mieux qu'un général de brigade. Qu'en pensez-vous ?

Elle avait passé une tunique de mousseline rose. Son corps, sous les voiles, avait semblé plus doré.

— Je veux tout savoir moi aussi, avait-elle ajouté.

Maximilien avait fait un pas en arrière. Et tout à coup des mots avaient explosé dans sa tête : « La force, la force, prends ce que tu n'as pas ! »

Il s'était jeté en avant, lui saisissant les poignets. Elle ne s'était pas débattue, ployant au contraire, collée à lui, les reins appuyés au bord du lit. Il avait de la main gauche relevé les deux bras de Julie au-dessus de sa tête, ses seins ainsi, sur son corps cambré, s'étaient gonflés.

Il les avait mordus sans qu'elle crie.

Il l'avait prise comme on donne de grands coups de maillet, ses hanches martelant les siennes, comme font les soldats avec les femmes dans les villages conquis.

Il s'était enfin éloigné d'elle, qui était restée les bras écartés, les yeux fermés, un sourire méprisant sur les lèvres.

— Dussert paiera pour moi, avait-il lancé en quittant la chambre.

Et pour la première fois depuis qu'il habitait l'hôtel de Mirmande, il s'était mis à chanter, d'abord à voix basse puis de plus en plus fort.

Quand il était sorti sur le quai de l'Horloge, il hurlait à tue-tête :

Ah ! ça ira, ça ira, ça ira,
Les aristocrates à la lanterne !
Ah ! ça ira, ça ira, ça ira,
Les aristocrates on les pendra !

La foule s'était écartée, le regardant passer, puis comme si elle avait eu peur de ce qu'il chantait, elle s'était égaillée.

Et Maximilien s'était retrouvé seul, traversant le Pont-Neuf alors que la pluie commençait à tomber.

24.

“Qu’est-ce que tu crois ? Il couche dans la soie, celui-là, avec les comtesses…”

Était-ce cet homme-là, s’était demandé Madeleine Cotençon en voyant ce grand épauletier, au bicorne enfoncé jusqu’aux sourcils, sortir en chantant de l’hôtel de Mirmande ?

Elle avait hésité à s’approcher de lui, le dévisageant pourtant, sûre bientôt qu’il s’agissait de l’officier qui était venu la voir à la prison des Carmes, qui lui avait parlé de Nicolas et lui avait remis douze louis d’or.

C’était plus qu’elle n’en avait jamais vu, plus qu’elle n’en posséderait jamais. Elle les avait cachés avec soin, soulevant l’une des lattes du parquet, et ç’avait été une douleur chaque fois qu’elle avait dû en donner un aux geôliers. Elle aurait voulu pouvoir les briser pour n’en offrir qu’une miette, afin de payer sa cruche d’eau, sa livre de pain. Mais elle avait dû en glisser trois dans la paume de celui qui tenait le registre noir, là où l’on inscrivait les noms des suspects appelés à comparaître devant le Tribunal révolutionnaire. Et l'homme l'avait rayée de la liste, tournant plusieurs pages blanches avant de la réinscrire au bas de l'une d'elles.

« Tu as un peu de temps comme ça », avait-il dit. Avant de la quitter, il avait murmuré : « Ça sert, tu vois, d'être mignonne. »

Elle s'était laissé caresser les seins.

En ces semaines-là, où l'on passait du juge au bourreau sans avoir le temps de dire adieu, gagner quelques jours, c'était racheter sa vie.

Elle avait ainsi, louis d'or après louis d'or, regardé partir jour après jour les charrettes, essayant d'imaginer combien de pages du registre il restait à tourner avant celle où son nom était inscrit. Elle n'avait plus d'or à donner, mais on avait tranché le cou de Robespierre et un matin, on avait ouvert les portes de la prison.

Et c'était à cet officier-là, qui avançait à grandes enjambées, ne regardant pas autour de lui, qu'elle devait d'avoir survécu.

Elle aurait pu lui prendre le bras, elle aurait dû lui embrasser la main. Une vie, on n'en a qu'une. Il n'avait rien demandé pour la lui sauver.

Et pourtant Madeleine s'était reculée avec les autres femmes, celles qu'elle retrouvait chaque matin, quai de l'Horloge ou quai de Grève, cherchant toutes ensemble, la plupart avec des enfants dans les jambes, à grappiller un peu de farine ou un peu de grain pour le brouet du jour, pour ne pas aussi crever de faim puisqu'on crevait déjà de froid. Ça n'aurait servi à rien de s'attrouper devant les boulangeries à respirer l'odeur du pain cuit puisqu'il fallait une montagne d'assignats pour en acheter une miche et que, comme toutes les autres, ces glaneuses de poussière, elle ne possédait pas un liard.

Alors entendre ce pendard d'officier, fier comme un étalon nourri d'herbe grasse, beugler *« Ah ! ça ira, ça ira »*, et même si elle se souvenait qu'elle lui devait d'être encore vivante et que c'était sûrement meilleur d'être mordue par la faim que d'avoir dans le ventre la chaux vive de la fosse commune, elle avait murmuré des injures avec les autres femmes, et elle avait eu envie de lui jeter des pierres plutôt que de le remercier.

Est-ce qu'il n'aurait pas dû savoir, lui, qu'on avait pendu les aristocrates mais que rien n'avait changé, sinon en pire ! Avant, pendant les premiers mois, et même deux ou trois ans, on s'était nourri de belles phrases. On avait dit : « Avec du fer et du plomb, on aura le pain et l'égalité. »

Madeleine s'était souvenue de ce jour d'octobre, plus de six ans auparavant, quand elle avait marché avec d'autres femmes jusqu'à Versailles et qu'elles avaient forcé la boulangère, le boulanger et le petit mitron à rentrer à Paris. On allait manger du pain à s'en étouffer et on aurait peut-être en sus de la brioche, puisque la reine, le roi et le dauphin étaient aux Tuileries. Et qu'est-ce qu'on avait eu ? Le bourreau montrant la tête du boulanger, puis de la boulangère, et petit Capet, pauvre petit, mort le dernier. Madeleine s'était persuadée qu'elle aurait toujours cette douleur au ventre, qui vient quand il est trop creux.

Elle avait vu l'officier, tenant de sa main gauche

son bicorne, s'engager sur le Pont-Neuf, ses épaulettes et les pans de sa redingote soulevés par le vent.

Il marchait d'un bon pas de soldat bien nourri, le bougre ! Et elle avait eu, un instant, l'idée qu'elle pourrait lui plaire, se faire payer pour ça, comme tant de femmes le faisaient, attendant le crépuscule pour cacher leur honte et offrir leur corps.

Elles le lui avaient dit, à Madeleine, les autres grappilleuses des quais. « Toi, tu es encore plaisante, et tant que les marmots ne t'ont pas mangé le corps, profite petite, après… – elles avaient haussé les épaules – après tu reviendras ici. »

Parfois même, il lui avait semblé que les autres femmes lui reprochaient d'être avec elles, comme si elle avait possédé une richesse et que, n'en tirant pas profit, elle leur volait les grains et la farine qu'elle ramassait.

Un soir, elle s'était appuyée au porche, rue Saint-André-des-Arts, à l'entrée de la cour au fond de laquelle habitait Joseph Machecoul, cet important du Directoire que l'on voyait passer tout empanaché de tricolore.

À ce point-là de la rue, il y avait foule. Des hommes à redingote de bonne laine et à canne torsadée entraient et sortaient de la cour, descendaient de leur fiacre devant le porche. Ils ne pouvaient pas ne pas la voir. Et pourtant ils l'avaient à peine effleurée d'un regard.

Elle était revenue le lendemain, dénudant un peu le haut de sa poitrine malgré le froid de l'automne, mais seul un soldat s'était approché d'elle, sentant l'alcool et la sueur, et elle l'avait repoussé si violemment qu'il avait trébuché et s'était éloigné en lui lançant des injures, « salope », « traînée ». Elle s'était sentie salie par ces mots qui emplissaient la rue, comme une eau boueuse.

Elle avait baissé la tête et quand elle l'avait relevée, le silence revenu, elle avait vu cet homme qui l'observait, immobile devant le porche, les mains derrière le dos, la tête enfoncée dans les épaules, le menton et le nez proéminents, le visage comme un museau de rat, et elle avait aussitôt reconnu Guillaume Dussert, avec ses petits yeux, ses lèvres minces. Elle avait deviné qu'il cherchait un souvenir, mais tant de femmes avaient dû en plus de deux ans partager son lit – et il devait la croire morte – qu'il ne l'avait pas reconnue. Pourtant, elle avait fait tressaillir sa mémoire.

Il avait hésité, et elle avait senti son regard qui s'attardait sur elle, cherchant à imaginer, sous la blouse et la large jupe noires, les formes du corps. Puis il avait détourné la tête et il s'était engagé sous le porche, se retournant une dernière fois avant d'entrer dans la cour, se dirigeant vers la demeure de Machecoul.

Elle avait regagné sa chambre de la rue Guénégaud, et quand elle avait ouvert la porte, elle avait revécu toute la scène, la visite de Dussert, sa dureté, ses menaces, puis comment il l'avait livrée aux agents de la Sûreté générale, pour qu'on la tue.

Et elle avait regretté qu'il ne soit pas venu vers elle, sous le porche, qu'il ne lui ait pas proposé de la suivre, car elle aurait pu alors lui faire payer ce qu'elle avait subi.

Elle s'était agenouillée. Elle avait soulevé les morceaux de tissu qui restaient du temps où les manufacturiers d'uniformes lui donnaient encore de l'ouvrage, mais cela aussi c'était fini, et ces bandelettes bleues lui servaient à envelopper ses chevilles et ses pieds. Elle avait enfin trouvé les ciseaux. Elle les avait empoignés, elle avait un instant pensé qu'elle se rendrait rue Saint-André-des-Arts chaque soir, jusqu'à ce qu'elle le voie à nouveau. Elle se jetterait alors sur lui, lui plantant les ciseaux dans la gorge, la bouche, les yeux, jusqu'à ce qu'il pisse le sang de partout.

Puis elle avait jeté les ciseaux, s'était mise à grelotter, et le lendemain matin elle était retournée attendre le déchargement des farines, quai de l'Horloge, devant l'hôtel de Mirmande.

Tout à coup, elle s'était mise à courir. L'officier avait disparu au-delà de la pointe de l'île, et elle avait été affolée de ne plus voir cet homme, le seul qui, avec Nicolas, lui avait fait du bien.

Elle n'avait pas répondu aux cris des autres femmes qui l'interpellaient, se moquaient. « Qu'est-ce que tu crois ? Il couche dans la soie, celui-là, avec les comtesses ! » Et les rires l'avaient longtemps poursuivie. Elle les avait encore entendus, imaginés plutôt, quand elle avait atteint la rive droite et qu'elle avait enfin aperçu l'officier qui se dirigeait vers les Tuileries.

Elle s'était rapprochée jusqu'à avoir l'impression qu'elle marchait dans ses pas, que le bruit des talons de ses bottes sur le sol se confondait avec le claquement de ses galoches. Alors, pour la première fois depuis des mois, elle s'était sentie rassurée.

L'officier ne chantait plus mais sifflait, et c'étaient tous les chants du commencement qui revenaient en mémoire, ceux que Madeleine avait entonnés avec

Nicolas et son frère Sylvestre, dans ces rues ou sur ces places où la foule qui chantait tenait chaud.

Après, les cris de mort avaient remplacé les refrains. Sylvestre était mort. Il avait fait un froid de glace et Madeleine n'avait plus cessé de frissonner.

Elle avait marché plus vite afin d'être plus proche encore de cet homme dont les épaules étaient si larges et dont elle voyait boucler les cheveux noirs sur le col de la redingote.

Elle avait à un moment regardé le fleuve. L'eau était de la couleur du ciel, d'un gris de plomb. Elle charriait des branches qui parfois disparaissaient, entraînées par un tourbillon.

Et Madeleine avait pensé que si cet homme qui avançait, à quelques mètres devant elle, ne l'aidait pas, elle ferait comme ces branches, comme ces femmes qu'on avait retrouvées un matin sur les berges de la Seine, noyées avec leurs enfants dans les bras.

Peut-être aurait-elle plus chaud morte que seule dans la chambre de la rue Guénégaud, et au moins elle cesserait d'avoir faim.

Elle avait fait plusieurs grands pas, et s'était ainsi retrouvée à la hauteur de l'officier qui, regardant droit devant lui, avait semblé ne pas la voir.

Elle s'était agrippée à sa manche et elle avait murmuré :

— Pitié, monsieur, pitié.

25.

“ Il faut
leur mettre
un peu d’or
dans la bouche
pour les faire
taire… ”

Pitié !

Qu’est-ce qu’elle disait cette femme-là ? Qu’est-ce qu’elle voulait ?

Maximilien Forestier avait secoué son bras d’un mouvement brutal, instinctif, comme si un rat avait grimpé le long de sa manche.

Mais la femme s’était accrochée, continuant de marcher près de lui, de marmonner « Pitié, pitié ! », et il avait éprouvé de la colère et de la honte. Il avait eu envie de lui donner un coup de coude pour qu’elle le lâche, qu’elle le laisse avancer. Il n’avait plus voulu entendre ce mot de mendiant, ce mot de lâcheté, de servitude, ce mot qu’on prononçait à genoux.

C’était un mot de son passé, celui que sa mère avait murmuré toute sa vie, à chaque heure du jour : « Pitié, mon Dieu », « Pitié, Seigneur », « Ayez pitié de nous ».

Et cela avait servi à quoi ?

La sœur et le frère étaient morts à peine nés,

des fièvres qui viennent à la fin de l'hiver. Le père avait quitté la maison avec une femme de Bourg-les-Valence, une fille de marinier. « Pitié mon Dieu, arrachez-le aux mains de cette sorcière ! » Mais le père s'en était allé sur un bateau du Rhône jusqu'à Marseille, et il avait embarqué pour l'Orient, Constantinople, d'après ce qu'avait rapporté un voyageur.

« Pitié, Seigneur, ayez pitié de lui. »

Cette mère, elle n'avait même pas été capable de le maudire, ce fuyard qui l'avait laissée seule avec un fils et les huissiers, parce qu'elle ne payait pas ce qu'elle devait aux propriétaires de la bâtisse, peut-être les comtes de Mirmande ou les comtes de Taurignan.

Un jour du printemps 1784, Maximilien Forestier s'en était allé aussi.

« Pitié, mon Dieu, aie pitié de moi, de mon fils », avait répété sa mère pour l'émouvoir. Il se souvenait de ces mots qui sont comme les griffes des noyés, la poigne des blessés qui s'accrochent à vos jambes quand on charge sous la mitraille et que la cavalerie autrichienne dévale. Et les blessés sont là, à vous empêcher de courir, à tenter de vous retenir : « Pitié, sergent », « Ayez pitié, capitaine », « Pitié… »

Ce mot, Forestier avait juré qu'il ne le prononcerait jamais, et il ne voulait plus l'entendre.

Alors il avait fouillé dans la poche de sa redingote, cherchant des pièces, des assignats, pour faire taire cette femme, mais il avait bien fallu qu'il la regarde, qu'il découvre sous la crasse qui maculait le front et les joues le visage d'une femme encore jeune dont les cheveux noirs en désordre s'échappaient en mèches rebelles du foulard déchiré, noué sous le menton.

Il connaissait ce regard-là, celui des blessés qui se tiennent le ventre à deux mains.

— Prends, citoyenne.

Et il lui avait tendu une poignée d'assignats puis il avait voulu s'éloigner, mais elle avait secoué la tête, laissant les billets glisser sur les pavés, et il n'avait pas supporté ce regard suppliant qui le fixait.

Qu'est-ce qu'elle croyait ? Qu'il allait la prendre par la taille, la faire danser ? L'épouser, cette pauvresse ?

Alors Madeleine Cotençon s'était mise à parler de Sylvestre son frère, de Nicolas Mercœur et de la prison des Carmes, de sa chambre de la rue Guénégaud, de Guillaume Dussert, et de la faim qui était comme un poignard, enfoncé là, sous les seins.

Et elle avait croisé ses mains sur sa poitrine.

— Viens, citoyenne, avait dit Forestier brusquement.

Il l'avait saisie par le bras et il l'avait forcée à marcher vite jusqu'à la rue Neuve-Capucine.

Il s'était demandé plus tard si Madeleine avait senti qu'à chaque pas il avait eu la tentation de l'abandonner, de la chasser à coups de botte, de lui crier « Fous le camp », et de s'éloigner d'elle. Et elle aurait pu implorer encore pitié, il ne se serait pas retourné.

Chacun pour soi quand on charge, et que Dieu décide de celui qui doit survivre et de celui qui doit tomber.

Elle était à terre, Madeleine Cotençon, elle se tenait le ventre avec cette sale blessure de la misère et de la faim, qu'elle meure donc ! Il l'avait sauvée une fois. Il n'était pas Dieu ! Il ne lui devait rien à cette femme. Et le mot de pitié, il l'avait jeté dans le Rhône, ce jour de 1784 à même pas dix-sept ans, quand il s'était présenté au poste de garde des casernes du régiment de La Fère, situées en bordure de la route qui va de

Lyon à Marseille, et qu'il avait dit à l'officier qu'il voulait prendre l'uniforme.

Il avait laissé sa mère alors qu'elle le suppliait, qu'elle priait à genoux : « Pitié, mon Dieu. »

Pas de pitié ! La vie est un champ de bataille et on n'a pas le temps si l'on veut vaincre et survivre de se pencher sur les blessés.

Mais il avait fait entrer Madeleine dans l'hôtel de la rue Neuve-Capucine, et toisé d'un air de défi le factionnaire et les sous-officiers de garde au quartier général de Bonaparte, commandant en chef de l'armée de l'Intérieur, nommé, il y avait à peine deux jours, à la tête de l'armée d'Italie.

Il avait traversé les salons et, jetant un regard vers les miroirs aux cadres dorés qui ornaient les murs, il avait aperçu le drôle de couple qu'ils formaient, lui, grand, le bicorne sous le bras, les bottes hautes, la redingote ouverte, l'épée au côté, elle, le corps enveloppé de hardes, la tête enfoncée dans les épaules, comme si elle avait voulu ainsi faire oublier sa présence.

Il l'avait fait asseoir dans l'antichambre, au milieu des solliciteurs qui espéraient être reçus par le général en chef. Et il avait dit à voix haute et provocante :

— Attends-moi, citoyenne !

Il avait ouvert la porte. Bonaparte était assis à son bureau, placé dans l'angle de l'immense salon qu'éclairaient six hautes fenêtres. Au milieu de la pièce, des cartes étaient étalées sur une grande table autour de laquelle allaient et venaient Junot et Marmont, les aides de camp. Ils lisaient des notes griffonnées et Forestier avait reconnu l'écriture de Bonaparte, puis ils marquaient des points sur les cartes et traçaient des lignes.

— Vous êtes en retard, Forestier, avait dit Bonaparte sans lever la tête.

Il lui avait tendu quelques feuillets.

— Le Directoire veut que l'armée d'Italie se nourrisse sur le pays, qu'on lève de fortes contributions, qu'on en verse la moitié dans les caisses destinées à payer en numéraire les prêts et la solde de l'armée. Si nous ne remportons pas la victoire, nous n'aurons rien à donner aux hommes, ni pain, ni argent. Ils n'obéiront plus, ils deviendront une bande de brigands ou de mendiants. C'est une autre raison de vaincre, Forestier.

Bonaparte s'était levé, avait marché d'un pas rapide vers la grande table.

— Départ dans trois jours. Vous voyagerez avec moi, Junot et Marmont. Passez au bureau des Opérations militaires. Obtenez quelque chose. Battez-vous. Exigez, Forestier ! Il nous faut quelques milliers de louis d'or. D'abord pour payer les généraux et les officiers. Vous les imaginez, les Masséna, Augereau, Sérurier, Laharpe, Scherer, les capitaines de quarante ans, ils vont nous voir arriver à la tête de leur armée comme des usurpateurs – il avait ricané, secoué la tête. Il faut leur mettre un peu d'or dans la bouche pour les faire taire. Et si certains se rebellent, on les fusillera. Il faut aussi pouvoir acheter du pain pour les soldats. Il faut qu'ils acceptent de marcher jusqu'aux basses-cours et aux étables de Lombardie ! Après, ils deviendront gras ! Débrouillez-vous, Forestier, avec les bureaux de la Guerre. Voici mes ordres de mission. Secouez-les, prenez-les à la gorge. Revenez avec de l'or, Forestier.

Des semaines plus tard, alors qu'il cheminait, non loin de Bonaparte, à la tête des bataillons qui avançaient sur la route en corniche qui conduit aux villes côtières d'Italie, celles d'avant Gênes, et de là par le col de Cadibone vers le Piémont, Forestier s'était demandé comment il avait osé, durant les trois jours qui avaient précédé son départ de Paris, agir comme il l'avait fait, avec cette détermination, cette violence même, cette passion, si bien qu'à aucun moment il n'avait ni hésité ni douté, ne s'interrogeant jamais sur la légitimité de ses actes et sur leurs conséquences.

Il avait agi comme quelqu'un sûr de son bon droit.

Au Comité des opérations militaires, il avait frappé du poing sur la table, il avait menacé, montré les ordres que lui avait remis Bonaparte, exigé. Après l'avoir fait attendre plusieurs heures, l'officier d'ordonnance de Carnot avait déposé devant lui deux sacoches pleines de deux mille louis d'or. Forestier avait signé les reçus, et accepté la berline et la garde de hussards qu'on lui proposait pour le reconduire à l'hôtel de la rue Neuve-Capucine.

Il avait fait monter Madeleine dans la voiture, sans se soucier de l'étonnement des officiers de l'escorte.

Et dans la voiture qui roulait lentement, se frayant un chemin sur les quais, il avait ouvert l'une des sacoches et pris des louis à poignées, les enfonçant dans les poches de sa redingote, cependant que Madeleine le regardait avec des yeux effarés.

Cette époque, avait-il pensé en voyant des soldats arracher dans les églises des villages piémontais tout ce qui ressemblait à de l'or, était celle du pillage, de la bonne prise. Elle avait commencé avec des idées de justice, de partage et de fraternité, et comme personne n'avait voulu donner un peu de ce qu'il possédait, ni pouvoir, ni fortune, alors il avait bien fallu prendre, puis défendre ce qu'on avait ainsi arraché. Chacun peu à peu avait oublié les autres pour ne penser qu'à soi. Le soldat saignait le cochon du paysan, violait sa femme et dérobait ses couverts, et le général remplissait sa calèche de tableaux décrochés dans les palais.

Forestier, sous la pluie de printemps qui avait commencé à s'abattre sur les collines du Piémont, avait regardé devant lui la silhouette de Bonaparte, courbée sous l'averse. Chaque jour qui passait, il avait plus d'admiration et d'attachement pour cet homme audacieux qui risquait sa vie en chargeant avec ses soldats, et qui avait osé leur dire sans détour, à Nice, place de la République : « Je veux vous conduire dans les plus fertiles plaines du monde. De riches provinces, de grandes villes seront en votre pouvoir. Vous y trouverez honneur, gloire et richesse. »

À chacun sa part.

Il était donc rentré dans le bureau de Bonaparte, à son quartier général de la rue Neuve-Capucine. Il avait posé les deux sacoches sur la table.

— Voilà, avait-il dit.

Bonaparte, qui lisait, avait à peine jeté un coup d'œil, murmurant « C'est bien, Forestier, c'est bien », puis il avait repris sa lecture, à mi-voix. « Le gouvernement attend de l'armée d'Italie de grandes choses, il faut les réaliser et tirer la patrie de la crise où elle se trouve. »

Puis il s'était interrompu, avait marché vers la grande table, avait ouvert les sacoches.

— Une aumône, avait-il lancé. On laisse l'armée sans argent, à la merci des fripons qui nous administrent, les Dussert, les Ouvrard, les munitionnaires corrompus, les banquiers qui sont comme des vampires. Et pourtant – il s'était tourné vers Forestier – nos soldats sont des citoyens, ils ont un courage infatigable, ils sont patients, mais ils meurent de faim et de maladie, ils sont dépenaillés, leurs chaussures sont trouées, à peine s'ils ont un morceau de pain et des munitions.

Il s'était approché de lui.

— Nous allons faire de cette armée d'Italie une force invincible, Forestier. N'oubliez pas : Il ne faut jamais faire pitié !

Il était retourné s'asseoir : « Pitié, jamais. »

En quittant le bureau de Bonaparte, Forestier avait enfoncé les mains dans ses poches. Ces louis d'or, c'était ce qu'on lui devait, pour ce mot de pitié que sa mère avait murmuré tout au long de sa vie.

C'était, puisque le temps était venu où chacun se payait de ce qu'il avait conquis, le prix de ses campagnes, depuis 1789, le prix de Valmy, de Jemmapes, de Neerwinden et de Toulon.

Il avait fait un signe à Madeleine dont toute l'attitude exprimait l'effroi et la panique. Lui, jamais comme à cet instant-là, ne s'était senti si sûr de lui.

Était-ce l'or qui pesait dans ses poches qui lui avait donné cette assurance ? L'or, même volé, mieux et plus que les principes, faisait-il jaillir l'énergie ? La confiance en soi ? Ou peut-être était-ce le sentiment qu'il avait pris ce qui était dû aux siens, à ceux qui avaient vécu toute leur vie dans la crainte, en s'adressant à Dieu qu'ils appelaient Seigneur, comme les sujets de Louis Capet, ci-devant roi de France, ou les serfs des comtes de Mirmande ou de Taurignan.

Cet or était dû à Nicolas Mercœur, qu'il allait

essayer de faire incorporer à l'armée d'Italie s'il était encore vivant, et dû à cette Madeleine qui lui jetait des regards apeurés pendant qu'ils quittaient l'hôtel de la rue Neuve-Capucine.

Forestier avait couru Paris durant ces jours qui précédaient le départ pour Nice et l'armée d'Italie. Il avait déposé les louis chez un prêteur, Lucien Bernard, qui en quelques heures lui avait fait visiter trois maisons à vendre qui avaient appartenu à des ci-devant. Les uns avaient été décapités, les autres avaient émigré.

Il avait avancé tout au long de ces heures comme un automate, mû par des forces dont il ignorait l'origine et qu'il ne contrôlait pas.

De temps à autre, il s'était étonné de parler au prêteur usurier avec tant d'aplomb. Il voulait acheter vite l'une de ces maisons, avait-il dit. Il compléterait la somme et l'intérêt dus avec ce qu'il allait rapporter de sa campagne d'Italie. Et le prêteur avait aussitôt dit qu'il consentait à avancer tout l'argent nécessaire. Que chaque village d'Italie, chaque maison, était un musée et qu'il était acheteur au meilleur prix de tableaux, de bijoux, de meubles et de statues.

— Venez, j'ai ce qu'il vous faut, avait ajouté Bernard, le « prêteur » usurier.

C'était, rue de l'Estrapade, un hôtel particulier aux murs crépis de couleur ocre, avec de hautes grilles pour fermer une cour au centre de laquelle l'eau jaillissait d'une fontaine en forme de château fort.

À quelques numéros de là, dans la même rue, Lucien Bernard avait désigné la maison où Diderot avait conçu l'*Encyclopédie* et vécu plusieurs années.

— L'*Encyclopédie*, vous savez comment je l'appelle ?

avait-il dit, c'est l'Ancien Testament de la Révolution. Vous êtes dans une rue sacrée, général.

Forestier avait poussé les fenêtres du deuxième étage. Il avait aperçu, au-dessus des toits, la coupole du Panthéon.

— Je suis sûr, avait-il murmuré sans regarder Bernard, qu'il y a autant de différence entre ce qu'a rêvé et écrit votre Diderot et ce qui est advenu qu'entre les Écritures saintes et ce qu'on vit.

Puis il avait tapoté l'épaule de cet homme voûté et gris, mais aux yeux brillants.

— J'achète, avait-il dit.

Lucien Bernard avait longuement évoqué les conditions du prêt, l'effort qu'il consentait parce qu'il avait confiance dans le général Forestier et dans son chef Bonaparte.

— Nous voulons tous la victoire, citoyen, avait ajouté Forestier. Les généraux sont couverts de dettes et les caisses du Directoire sont vides. Nous devons donc vaincre.

Forestier avait signé les actes, puis il était retourné avec Madeleine rue de l'Estrapade. « Chez moi », avait-il répété.

Il avait frappé du talon sur les parquets, crié, chanté dans les pièces vides où sa voix avait résonné. Il avait lancé à Madeleine :

— Toi, tu vis ici, tu es à mon service. Tu veilleras sur la maison. Je veux à mon retour du feu dans les cheminées, du vin dans les caves, et la table mise.

Il avait déposé devant elle les louis qui lui restaient.

26.

“ Un banquier
doit toujours
savoir qui partage
la couche
de ses clients... ”

Guillaume Dussert, en donnant un coup de canne sur le siège du cocher, avait fait arrêter le fiacre rue de l’Estrapade, devant l’hôtel particulier qu’avait donc acheté Maximilien Forestier, il y avait quelques mois déjà, avant de rejoindre l’armée d’Italie.

Dussert avait entrouvert la portière et aussitôt l’humidité glacée de ce mois de décembre 1796 l’avait saisi. Il s’était penché, avait regardé rapidement les grilles noires aux pointes dorées, la petite cour pavée et la fontaine enveloppée d’un bloc d’eau gelée, puis il avait tapoté avec sa canne le marchepied de la voiture et le cocher avait fait claquer son fouet. Le fiacre s’était ébranlé, cahotant dans la rue étroite.

Dussert s’était retourné vers Lucien Bernard qui se tenait assis en face de lui, les jambes enveloppées dans une couverture.

— Vous ne m’aviez rien dit, avait-il commencé.

Bernard avait hoché la tête, écarté les mains comme pour s’excuser.

— Nous n’étions pas encore associés, avait-il

murmuré. Je ne savais pas que vous vous intéressiez particulièrement à ces créances sur le général Forestier.

Dussert avait posé sa main sur le genou de Bernard.

— Un banquier aujourd'hui, et vous le savez, Bernard, a toujours l'œil fixé sur les généraux. Si on ne les surveille pas, si on ne les dompte pas, ils s'emballent et qui sait jusqu'où ils vont nous entraîner. Nous devons être – il avait levé la main, montré le cocher – comme lui, tenir les rênes, donner un coup de fouet si nécessaire, faire prendre le galop ou le trot.

Bernard avait ri.

— Vous croyez qu'on peut mener des hommes qui commandent à des dizaines de milliers de soldats comme s'il s'agissait de chevaux de manège ? Essayez donc de retenir Bonaparte, de lui dicter sa conduite. Le Directoire n'y réussit pas, et vous les connaissez, messieurs les directeurs, messieurs les ministres, Barras, Sieyès, Talleyrand, ce sont des gens d'expérience ! Et Bonaparte les mène où il veut. Il gagne les batailles, et donc il agit à sa guise, traite avec les Autrichiens, veut créer une république en Italie.

— Et moi, avait coupé Dussert en s'appuyant au dossier de son siège, je le gouverne parce que j'ai de bonnes hypothèques sur les propriétés qu'achète madame la générale Bonaparte. Son nouveau domicile, rue Chantereine, elle n'a pu l'acquérir qu'avec les prêts que je lui ai accordés, et je la tiens, comme elle tient Bonaparte.

Il s'était interrompu.

— Le lit, Bernard, les batailles du lit sont tout aussi importantes que celles qu'on livre contre les armées ennemies ! Et Joséphine remporte chaque nuit qu'elle passe avec Bonaparte sa victoire de Lodi ou d'Arcole. Et nous gagnons avec elle.

Il avait de nouveau posé sa main sur le genou de Bernard.

— Ce que je veux savoir, avait-il repris, c'est avec quelle femme se bat Forestier dans son lit.

Bernard avait haussé les épaules. Il l'ignorait, avait-il dit. Une femme encore jeune, plaisante, vivait rue de l'Estrapade, mais c'était une domestique, une sorte de gouvernante. « Il y avait eu autrefois… » Il s'était interrompu, avait lancé un coup d'œil à Dussert.

— Je sais, Bernard, je sais mieux que tout le monde, mais Julie de Boissier n'a plus aucune relation avec Forestier, je vous l'assure. Puis-je vous faire une confidence ? Je l'épouse dans moins de dix jours, et vous serez bien sûr convié à la fête.

Il avait fermé les yeux et s'était laissé bercer par le balancement de la voiture, écoutant Lucien Bernard le féliciter, dresser l'état des dernières affaires qu'il avait traitées au nom de la banque Dussert et Associés. Il y avait ces bijoux, ces tableaux, ces pièces d'or qui étaient arrivés d'Italie, et qu'il fallait vendre.

— Forestier m'a expédié sept tableaux de maîtres italiens, avait-il ajouté, d'une force et d'une invention admirables. L'un d'eux me bouleverse, un paysage des temps bibliques, peut-être l'Égypte…

Dussert avait tourné la tête, observé Bernard. C'était un petit homme voûté, au visage le plus souvent inexpressif, mais par instants ses yeux brillaient comme deux diamants. Il avait établi dans toute l'Europe un réseau de correspondants qui depuis des décennies prêtaient aux familles aristocratiques, à des taux usuraires. Puis, la République proclamée, il avait été l'un des fournisseurs des armées, l'un des banquiers du Comité de salut public. Il avait été arrêté au printemps de 1794, mais la chute de Robespierre l'avait sauvé de la guillotine et il avait repris ses activités, offrant ses services aux directeurs, aux membres des assemblées, aux généraux, sans abandonner pour autant les ci-devant. Achetant avec l'aide de prête-noms les biens des émigrés mis en vente, et promettant de les leur restituer quand la paix serait revenue et que ces familles nobles seraient de retour en France.

Il avait ainsi, pour la comtesse Thérèse Chrétien de Taurignan et ses enfants Louis et Jeanne, rencontré Dussert, et les deux hommes, au lieu de se combattre, avaient décidé de s'associer, constituant l'une des banques les plus puissantes de Paris et d'Europe.

— Vous allez garder ces tableaux ? avait demandé Dussert.

— Le Directoire les réclame. Je ne sais qui a averti les directeurs de cet envoi, mais j'ai reçu une sommation d'avoir à les remettre.

Dussert avait fait non d'un mouvement lent de la tête :

— Savez-vous combien Bonaparte a mis à la disposition du Directoire ? Deux millions de bijoux et d'argent en lingots, près de trente tableaux, et il a promis une dizaine de millions de plus. Nous allons faire comprendre à ces Messieurs que cela suffit, et que chacun, vous, moi et même Forestier, doit avoir sa part du butin. Barras décidément a trop d'appétit.

Dussert s'était penché vers Bernard.

— Ces créances sur Forestier, les hypothèques sur son hôtel de la rue de l'Estrapade…

— Levées, levées, dit Bernard en agitant les mains.

Il a payé dès le printemps, dès l'entrée de l'armée à Milan. On dit qu'il a noué en Lombardie des amitiés précieuses, que Bonaparte a trop d'estime pour son courage sur le champ de bataille pour le brider. À Arcole, Forestier s'est élancé sur le pont pour protéger Bonaparte, il a été blessé, un autre aide de camp, Muiron, a été tué en se plaçant devant Bonaparte. Non seulement Forestier a survécu, mais il est allé chercher Bonaparte dans les marais et a empêché des grenadiers croates de le faire prisonnier. Cela ne s'oublie pas.

— Donc Forestier ne vous doit plus rien, et nous ne savons pas quelle femme le tient.

Dussert avait levé la main, dressé et secoué l'index.

— Je n'aime pas cela, Bernard. Un puissant qui n'a pas de dettes est un homme dangereux, surtout s'il est général. Imaginez que Forestier pense qu'il est libre d'agir à sa guise. Je l'ai connu jacobin…

— Acquérir des biens, vous le savez, avait dit Bernard en détachant chaque mot, c'est prendre du ventre. On devient raisonnable quand on a la panse bien pleine. Et puis, on n'est jamais rassasié quand on a goûté aux plaisirs de la table.

Bernard avait eu un petit rire, caressé du bout des doigts le large portefeuille de cuir noir qui dépassait de la couverture enveloppant ses genoux.

— Forestier s'est mis en tête d'acheter une demeure, dans son pays, avait-il repris. Les Jacobins rêvent tous de revenir chez eux, de prendre la place de ceux qui furent leurs maîtres. J'ai pensé que vous seriez d'accord pour que nous lui avancions les fonds nécessaires à l'achat d'un château. Le petit château de Mazenc, entre Grignan et Valence. Il appartenait à l'un des oncles de Julie de Boissier. Il a été vendu comme bien national et son propriétaire actuel veut le céder. Je voulais vous en parler, étant donné vos liens avec madame la comtesse de Mirmande – il avait incliné la tête cérémonieusement –, bientôt Mme Dussert.

Dussert avait fait la moue, veillant à ne rien laisser paraître de ce qu'il ressentait. Une satisfaction presque joyeuse de découvrir que personne n'échappait au désir de posséder, de se plier à la loi commune qui voulait qu'on pense à soi, qu'on désire être riche, propriétaire d'un hôtel particulier rue de l'Estrapade, et qu'on rêve d'acheter le château d'un ci-devant. Comme les principes s'effritaient vite et comme cela était rassurant ! Mais en même temps, cette ambition de Forestier l'avait irrité, comme si la jalousie qu'il avait éprouvée quand il avait appris que Forestier vivait avec Julie resurgissait, et comme si la réussite de Forestier l'avait menacé, comme s'il avait découvert qu'il aurait voulu être seul à connaître le succès. Et il avait eu envie de s'opposer à Forestier, de le vaincre, comme un rival qu'il faut terrasser. Mais il s'était maîtrisé. La sagesse était au contraire, il en était certain, de tenir Forestier en lui prêtant les sommes nécessaires à l'achat de ce château.

Il avait chuchoté :

— Il faudra qu'il paie très cher. Serrez-lui la gorge, Bernard, tenez-le bien en laisse, qu'il ne nous échappe plus. Il peut nous être utile un jour.

Le fiacre s'était arrêté devant l'hôtel des Taurignan. Le cocher avait sauté de son siège et ouvert la portière, mais Dussert était resté immobile.

— Julie de Boissier ne veut pas quitter le quai

de l'Horloge. Nous ne vivrons donc pas ici, mais à l'hôtel de Mirmande.

— Une belle et noble enseigne, avait murmuré Bernard d'un ton teinté d'ironie que Dussert n'avait pas aimé.

Il avait failli répondre sèchement mais, après un silence, il s'était contenté de dire :

— J'ai pensé que nous pourrions installer notre banque ici.

Il avait montré d'une inclination de tête l'hôtel des Taurignan.

— Si les Taurignan rentrent un jour à Paris…

Il s'était interrompu, était descendu du fiacre, avait attendu Bernard.

— Il n'est pas fréquent que les gouvernements s'en prennent aux banques. Nous avons même survécu à Robespierre, alors nous nous arrangerions d'un roi, vous ne pensez pas ?

Ils étaient entrés dans la cour. Dussert s'était arrêté, avait montré la façade aux grandes fenêtres.

— Cette demeure inspire confiance, avait-il dit.

Il avait monté lentement les marches du perron.

— Ce Forestier, avait-il murmuré, je voudrais connaître la femme qu'il met dans son lit. Un banquier, Bernard, doit toujours savoir qui partage la couche de ses clients.

27.

“Forestier,
je vous livre
à la marquise
Mariella di
Clarvalle. Elle est
plus dangereuse
que les grenadiers
croates de l’Alpone…”

Maximilien Forestier s’était appuyé de l’épaule droite à la fenêtre du boudoir, et il avait commencé à murmurer *incantato*, *incantato*, ce mot qu’il avait appris, depuis plusieurs mois déjà, lors de cette soirée donnée par Bonaparte au palazzo Serbelloni, non loin de la porta Romana à Milan.

Il avait été accueilli par Bonaparte à l’entrée des salons. Il était encore grelottant de la fièvre des marais, le bras gauche paralysé par cette blessure reçue sur le pont d’Arcole en tentant de le protéger, mais déjà le capitaine Muiron s’était précipité, faisant au général en chef un bouclier de son corps, et le sang de l’aide de camp avait jailli, se répandant sur Bonaparte qui avait basculé, tombant dans les marais de l’Alpone. Et Forestier avait sauté, ne sentant pas encore sa blessure, le tirant hors de l'eau, le protégeant des baïonnettes des grenadiers croates qui s'étaient précipités depuis l'autre rive pour capturer ces deux généraux. Heureusement, des fantassins et des hussards étaient venus à la rescousse. Forestier s'était évanoui, ne rouvrant les yeux que sur la berge, Bonaparte allongé près de lui, l'uniforme ensanglanté.

Depuis, Forestier avait eu l'impression qu'il ne réussirait jamais à échapper à ce brouillard glacé qui l'avait enveloppé sur les chemins de terre qui quadrillaient les marais de l'Alpone, sur ce pont d'Arcole balayé par la mitraille où tant de corps s'étaient abattus.

Sa fièvre, c'était ce brouillard en lui qui ne s'était pas dissipé, qui le faisait claquer des dents, et voir les lustres de cristal, les marbres, les tapis, les meubles d'acajou, les grands tableaux aux cadres dorés du palais Serbelloni, derrière un linceul gris qui rendait flous les contours des objets et les profils des visages.

Mais Bonaparte lui avait donné l'accolade, veillant à ne pas toucher son épaule gauche encore serrée par de larges bandages, puis le général en chef l'avait entraîné dans les salons, s'arrêtant au milieu de la foule des invités, lançant : « Voici le général Forestier qui m'a tiré des griffes des Croates dans les marais de l'Alpone, et qui s'était élancé avec moi sur le pont d'Arcole. Lui et moi sommes vivants, mais pensons aux braves, pensons à Muiron, à ceux qui sont morts à nos côtés. »

Il y avait eu un instant de silence, puis Bonaparte avait ajouté d'une voix aiguë :

— Qu'on boive, qu'on danse, qu'on vive !

C'est à ce moment-là que le voile s'était déchiré, que Forestier avait aperçu cette jeune femme, un peu pensive, qui se tenait adossée au mur, entre deux tableaux qui, à côté d'elle, lui étaient apparus comme des taches sombres.

Il avait cessé de grelotter, de ressentir cette douleur à l'épaule qui l'avait tenaillé jusqu'alors. Il s'était laissé guider par Bonaparte, sans entendre ce que le général en chef lui disait, sans voir les invités qui s'écartaient.

Il avait fallu que Bonaparte lui touche l'épaule, l'interroge, s'inquiète, lui demande s'il voulait s'asseoir, pour que Forestier refuse d'un simple mouvement de tête sans quitter des yeux cette jeune femme qui ne devait pas avoir vingt ans, tant elle paraissait gracile encore, le visage encadré par de longues boucles noires.

Il avait pensé, et cela lui avait paru si étonnant qu'il en avait secoué la tête, que cette jeune femme ressemblait à la pousse naissante d'un olivier, quand le tronc est encore lisse, droit, sans aucun des nœuds et des torsades du temps, mais que déjà apparaissent des fruits noirs, à l'ovale parfait, souvent cachés dans le feuillage d'un vert tendre, presque blanc.

Et il avait eu le sentiment que jusqu'alors il avait été maladroit, grossier, rustre, boueux, fougueux mais désordonné, un homme qui n'avait su ni vivre, ni voir, simplement une force, comme celle de ces torrents qui dévalent, dévastent, saccagent, et il avait eu envie de hurler qu'il allait changer, devenir un large fleuve, puissant et sage, qu'il allait commencer à vivre. Et sans doute ce qu'il avait ressenti était-il si apparent que Bonaparte avait éclaté de rire, lui avait pincé l'oreille droite en disant :

— Forestier, général Forestier, vous êtes – il s'était interrompu, paraissant chercher un mot, puis il avait repris –, vous êtes *incantato*, enchanté, Forestier. On vous a jeté un sort, emporté, allez-vous revenir parmi nous ?

Forestier l'avait vu s'éloigner, se diriger vers la jeune femme, s'incliner devant elle, lui prendre la main. Et elle s'était approchée avec lui, les yeux fixes, noirs, les lèvres entrouvertes par un sourire qui contredisait la gravité du regard.

— Voilà le général Maximilien Forestier, avait dit Bonaparte, il est brave et glorieux. Il est à votre merci, *incantato, marchesa.*

Il avait saisi le bras de Forestier.

— Forestier, je vous livre à la marquise Mariella di Clarvalle. Elle est plus dangereuse que les grenadiers croates de l'Alpone.

Plusieurs mois s'étaient écoulés depuis cette rencontre dans les salons illuminés du palazzo Serbelloni. La blessure de Maximilien avait cicatrisé, mais le 14 janvier, sur le plateau de Rivoli, le sabre d'un Autrichien de l'armée du général Alvinczy lui avait à nouveau fendu, plus profondément encore, l'épaule gauche.

Forestier était resté couché plusieurs heures parmi les morts dans cette nuit glaciale et claire, les yeux grands ouverts, et les étoiles lui avaient semblé dessiner le visage de Mariella di Clarvalle. Peut-être s'était-il accroché à la rive de la vie pour pouvoir se souvenir des fins d'après-midi passées à Milan, sur le

Corso. Cette promenade, qui longeait le bastion de la porte Orientale, dominait la plaine lombarde.

Il avait cette nuit-là, claquant des dents de froid et de fièvre sur le plateau venté, parcouru plusieurs fois le Corso, marchant au côté de la *basterdalla*, la voiture basse dans laquelle Mariella di Clarvalle avait pris place avec deux amies, la princesse Visconti, dont on disait que le général Berthier, le chef d'état-major de Bonaparte, était amoureux fou, et la comtesse d'Arezzo, la plus vieille des trois, qui lançait des œillades à tous ces jeunes officiers qui paradaient sur le Corso.

Il avait eu le temps de se souvenir du moment où, pour la première fois, il s'était trouvé seul avec Mariella dans cette chambre du palazzo di Clarvalle, immense mais vide car, comme toutes les autres pièces du palais, elle avait été pillée, en dépit des ordres de Bonaparte. Et Forestier lui-même les avait transgressés, faisant charger dans une berline sept tableaux destinés à Lucien Bernard, ce prêteur, ce banquier qui disait maintenant qu'il avait découvert, non loin de Valence, le château de Mazenc qui conviendrait admirablement à un général glorieux, soucieux de revenir dans son pays natal afin d'y jouer un rôle à la mesure de ses exploits sur les champs de bataille.

Et Forestier, regardant le soleil se lever sur le plateau de Rivoli et les collines au loin commencer à se découper sur un horizon bleuté, s'était redressé, appelant ces hommes qui allaient parmi les corps, pour détrousser les morts et secourir les blessés.

Il avait éprouvé en les voyant une joie irrépressible et il s'était mis à rire aux éclats, continuant de claquer des dents. Il avait compris en dévisageant ces soldats qui se penchaient sur lui, puis le soulevaient, qu'ils imaginaient qu'il était l'un de ces hommes qu'une blessure rend fous. Il n'avait pas cherché à les détromper, continuant de rire, de marmonner *incantato*, *incantato*.

Oui, elle l'avait enchanté, la *marchesina*, cette petite marquise Mariella di Clarvalle, et il allait, puisqu'il était vivant, une deuxième fois arraché au fleuve noir où tant d'autres avaient disparu, donner l'ordre à Lucien Bernard d'acheter ce château. Et il avait imaginé les voyages en compagnie de Mariella, entre l'hôtel particulier de la rue de l'Estrapade et le château de Mazenc, entre Paris et son pays de Valence, comme jadis faisaient les aristocrates, les comtes de Taurignan et de Mirmande.

On l'avait déposé sur une table, dans une ferme située au sommet d'une colline. Un chirurgien avait écarté les lèvres de la plaie.

— Mordez, général, mordez comme un chien enragé, avait dit le chirurgien, en plaçant dans la bouche de Forestier un morceau de bois.

Forestier avait serré les dents à les briser. Puis, l'opération terminée, il avait somnolé, le corps couvert de sueur, des vagues de nausée montant dans sa gorge. Et il avait mêlé les images de sa vie passée à ces scènes qu'il avait imaginées avec Mariella. Il avait mesuré quel chemin il avait parcouru en peu d'années, quelle révolution il avait accomplie dans sa vie, jusqu'à vouloir être le châtelain de Mazenc, époux d'une *marchesina* italienne.

Et qui pouvait savoir où le conduirait encore cette

époque de tempête, qui poussait chaque vie vers des rives inattendues !

Aurait-il jamais rêvé, quand il s'était présenté en 1784 au poste de garde des casernes du régiment de La Fère à Valence, lui le fils de la mère qui implorait la pitié, être ce général blessé auquel on apportait un message du général en chef ?

Bonaparte l'invitait à se rendre, pour se reposer, à la villa Clarvalle, sur les bords du lac de Côme où l'attendait la marquise en compagnie de la princesse Visconti. Et lui-même, Bonaparte, y séjournerait pour quelques jours en compagnie de Joséphine de Beauharnais et du général Berthier. « Soyez vite *ingamba*, Forestier, j'ai besoin de vous. »

Forestier avait fait quelques pas dans le boudoir, la tête baissée, hésitant à observer Mariella qui, assise devant son miroir, se coiffait.

Il était retourné à la fenêtre, ébloui par la lumière rouge et dorée du crépuscule qui se réfléchissait sur les eaux du lac de Côme. Il avait longuement observé les pêcheurs qui tiraient leur barque sur la rive puis disparaissaient entre les massifs de lauriers et les palmiers. C'était la paix.

Il l'avait enfin regardée, et d'une voix de plus en plus forte il avait répété *incantato*, *incantato*. Puis il avait chanté ce mot avec allégresse et s'était approché de celle qu'il appelait *mia Marchesina*, *Mariella mia*.

28.

« Un fils
de paysan qui
devient général,
avant ça
ne se pouvait pas.
Ce ne sont pas
les mêmes
maîtres… »

Madeleine Cotençon avait écarté le rideau de tulle et s'était penchée. Elle avait appuyé son front à la vitre de la dernière fenêtre du grand salon, celle qu'on ne pouvait voir parce que l'ombre du mur mitoyen, à la fin de l'après-midi, masquait tout le premier étage de l'hôtel.

Mais de là, sans être aperçue, Madeleine dominait la cour pavée entre la fontaine et les grilles. Elle voyait la voiture arrêtée, rue de l'Estrapade, devant le portail.

Elle avait attendu. Et c'était chaque fois la même chose. Dès que Maximilien Forestier apparaissait, donnant le bras à son Italienne, à sa générale Forestier, à Madame, celle qu'il appelait avec une voix d'agneau, les yeux écarquillés, la tête un peu levée, les lèvres en avant, comme s'il priait et voyait un ange : *mia Marchesina*, *Mariella mia*, Madeleine ne pouvait pas se retenir de bougonner.

Il était devenu un pantin, ce Forestier. À quoi ça servait, les sabres, les uniformes, les blessures – parce qu'il souffrait encore de son épaule gauche, Madeleine le savait bien, puisqu'elle voyait qu'il avait du mal à enfiler sa manche. À quoi bon la bravoure si on se laissait mener par le licol ?

Et elle savait y faire, ce tendron d'Italienne qui passait plus de temps devant son miroir, dans son bain, ou bien à se faire pomponner par cette suivante qu'elle avait amenée avec elle de Milan, Mafalda. Celle-là, Madeleine avait envie de lui arracher les yeux ! Il fallait la voir, cette servante qui se donnait des airs de grande dame. Qu'est-ce qu'elle était, cette Mafalda ? La domestique de la marquise, celle qui lui fourrait de la poudre sur les joues et peut-être sur les fesses ! Mais elle se pavanait, enveloppée de fanfreluches, de parfum, et lançant des œillades aux uns et aux autres. Elle caquetait avec sa *marchesina*. Et c'était une langue de poulailler, leur italien, tout en roucoulements et en éclats aigus, en « ou », en « i », en « a ».

Madeleine claquait les portes, descendait à la cuisine, commençait à houspiller les servantes, les deux valets, les trois cuisinières, et si par malheur Mafalda, en se dandinant, se présentait sur le seuil en disant que sa maîtresse voulait du café, pour elle et le général, dans la chambre, Madeleine se précipitait, la repoussait. Que le général Forestier nous sonne, qu'il nous donne lui-même ses ordres. Non mais, quoi ! Qu'est-ce qu'elles se croyaient, ces Italiennes ? C'étaient les armées de la République qui les avaient conquises, et pas le contraire !

Mais allez savoir comment vont les choses ? Madeleine montait dans le petit appartement dont elle disposait sous les combles, deux pièces au plafond si bas qu'elle devait avancer la tête baissée. Et Nicolas Mercœur, lui, il fallait qu'il se casse en deux pour ne pas heurter les poutres du front.

Elle avait en le voyant, allongé sur le lit, les mains croisées sous la nuque, la chemise blanche ouverte, ses pantalons d'uniforme serrant ses cuisses, un moment de joie. Elle était tentée de se jeter sur lui et de le mordre.

C'était toujours comme ça depuis qu'elle l'avait retrouvé, il y avait plus de six mois, quand il s'était présenté devant le portail et, que de cette fenêtre du premier étage, elle l'avait reconnu à sa silhouette.

Elle était descendue en courant mais elle avait traversé la cour à pas lents, se tenant dans l'ombre, pour le voir sans être vue.

Lui ne l'avait pas reconnue, disant en l'apercevant, alors qu'elle était encore près de la fontaine :

— Je cherche le général Maximilien Forestier.

Il avait agité une feuille.

— Je suis attaché à son service. Je viens de l'armée de Sambre-et-Meuse. J'ai ma feuille de route. Je dois me présenter ici.

Elle s'était immobilisée. C'était donc cela, la surprise dont lui avait parlé Maximilien Forestier lorsqu'il était rentré d'Italie avec sa jeune épousée, cette *marchesina* qui semblait ne rien voir autour d'elle et n'avoir des yeux que pour se contempler dans un miroir.

— Tu es toujours amoureuse de ton Nicolas, tu ne l'as pas remplacé ? avait interrogé Forestier.

Madeleine ne lui avait pas répondu, se contentant

de dire qu'elle avait mis l'hôtel en ordre, qu'elle avait « veillé sur tout ».

— Tu ne l'as pas remplacé, ton Mercœur ? avait répété Forestier.

Alors elle s'était éloignée, disant qu'elle ne changeait pas, elle.

Et elle avait lancé cette phrase trop fort, sans doute comme un cri de colère, parce que ça voulait dire quoi, tous ces soldats de la République qui avaient tant beuglé qu'ils voulaient pendre les aristocrates à la lanterne et qui s'en revenaient avec des marquises ! Et l'on disait à la cuisine que c'était la même chose pour le général Berthier, qui avait sa chambre pleine des portraits de la princesse Visconti. Et c'était le général en chef qui avait donné l'exemple, en épousant cette Joséphine Tascher de La Pagerie, veuve Beauharnais. Les comtesses, les marquises, les princesses, toutes ces ci-devant qu'on n'avait pas tuées, elles se vengeaient bien en épousant des Jacobins.

Alors Madeleine avait pensé pendant plusieurs semaines que peut-être Nicolas avait trouvé une Allemande, une fille de gros fermier ou bien d'aubergiste, ou même, pourquoi pas s'il avait pris du galon, une ci-devant pas trop titrée mais qu'un Français valait bien !

Et puis il avait été là, avec son uniforme couvert de boue, ses moustaches en croc, son sac et sa feuille de route et de rattachement qui faisait de lui, en l'hôtel de l'Estrapade, un sergent d'ordonnance du général Forestier, de l'état-major du général Bonaparte.

— Tu l'as, ton Nicolas, avait dit Forestier en riant, se penchant vers son Italienne en lui chuchotant quelques phrases, et elle avait jeté sur eux un regard amusé.

Celle-là, la marquise, quelques années plus tôt, du temps de la prison des Carmes, elle n'aurait pas gardé longtemps la tête sur son cou. Et l'autre non plus, la coquette, cette Mafalda parfumée qui s'habillait comme une princesse alors qu'elle n'était rien qu'un trou du cul de domestique, comme elles l'étaient toutes ici, et elle pas moins que les autres… Et ce n'était pas parce qu'elle était italienne et que sa Mariella avait épousé ce benêt de général Forestier qu'elle allait pouvoir se payer le sergent Mercœur !

— Si tu la regardes, si tu la touches, avait dit Madeleine à Nicolas dès les premières heures de leurs retrouvailles, après qu'ils s'étaient aimés, je te tue. Et si elle t'approche, je lui arrache les yeux.

Il avait ri, Nicolas. Il se rengorgeait comme si cette jalousie, cette colère le chatouillaient. Et au lieu de se coucher près de lui, Madeleine restait debout au pied du lit, puis allait d'un bout à l'autre des deux pièces en enfilade, oubliant parfois que le plafond était bas, se cognant la tête contre le cadre de la petite porte. Et elle jurait parce qu'elle avait mal, qu'elle sentait qu'une bosse allait déformer son front, qu'elle serait laide avec cette tache bleu-noir qu'elle tenterait en vain de cacher avec ses cheveux. Peut-être que l'une des cuisinières dirait en la voyant : « Il te bat, maintenant, ton Nicolas, ton sergent ? Il regarde ailleurs ? »

Et Madeleine hurlerait.

En imaginant ça, en trempant un mouchoir dans la bassine d'eau pour s'humecter le front, Madeleine commençait à pleurer en secouant la tête.

Elle ne comprenait même pas cet excès de douleur.

Elle avait plus qu'elle n'aurait pu espérer. Le général Forestier lui donnait de bons gages, la traitait en citoyenne. Il lui avait sauvé la vie. Il l'avait tirée de la misère, et le temps de la rue Guénégaud paraissait à Madeleine aussi éloigné que l'époque d'avant la prise de la Bastille, ces jours du printemps 1789 quand elle avait couru dans le faubourg Saint-Antoine et que les émeutiers avaient mis le feu à la maison Reveillon.

Elle ne risquait plus d'être arrêtée, condamnée. Guillaume Dussert était venu ici, dans l'hôtel de la rue de l'Estrapade. Il l'avait croisée sans la voir, trop occupé à boire, à parler avec les autres invités, Joseph Machecoul et même le général Bonaparte. Ils fêtaient le mariage du général Forestier et de la marquise.

Et puis Nicolas était venu. Il l'avait épousée. Il couchait près d'elle chaque nuit. Tout cela était bel et bon. Alors pourquoi pleurnicher ? Qu'est-ce qu'elle aurait voulu de plus ?

Quand elle était comme ça, avec sa bosse qui gonflait au milieu du front, Nicolas se levait, venait près d'elle, lui enveloppait les épaules du bras, puis prenait le mouchoir et lui tapotait le front. À la fin, Madeleine riait, s'abandonnait.

— C'est ma corne qui pousse, disait-elle.

Et elle se dégageait, serrait le cou de Nicolas.

— Si tu la regardes, si je te vois, si je sais que cette Mafalda…

Il haussait les épaules. Il la calmait, et elle se laissait porter jusqu'au lit.

Il avait des rudesses qui étaient des douceurs, puis après, quand ils reposaient côte à côte, elle la tête glissée sous l'aisselle de Nicolas comme si elle avait trouvé là sa maison, ils parlaient à voix basse dans l'obscurité de la chambre, avec seulement le bruit de la fontaine et parfois le roulement d'une voiture qui passait rue de l'Estrapade.

Elle disait :

— Qu'est-ce qu'ils ont tous à épouser des aristocrates ? À quoi ça a servi que mon frère meure, à quoi ça a servi de tuer tant de gens, de courir aux frontières, pour que ça recommence comme avant, avec des marquises, et nous, on est toujours des domestiques.

— On n'a plus faim, murmurait Nicolas.

— Tu n'es pas allé, le matin, quai de l'Horloge ou quai de Grève pour ramasser une poignée de grains ou de farine. Les femmes elles y sont, et j'y étais.

— Tu n'y es plus. Forestier, il nous a pris, toi et moi, par les cheveux pour nous sortir de l'eau, et il nous a mis là au sec, au chaud.

Nicolas la serrait contre lui.

— Il y a plein de femmes, dehors, je les connais, elles y sont encore. Descends la rue, jusqu'à Maubert, tu les verras, les malheureuses, disait-elle.

Nicolas se taisait.

— On a changé de maître, ajoutait Madeleine, et on a quelques miettes pour nous.

— Non, non, commençait Nicolas. Forestier, Bonaparte, je les vois, je les entends, ils ne sont pas comme ceux d'avant.

Madeleine haussait les épaules.

— Tu les connais de près, c'est pour cela que tu les vois différents. Mais ceux qui servaient le roi, ils le voyaient autrement que la foule qui regardait sa tête tranchée. Ils ont pleuré quand on l'a tué. Et moi aussi, et j'ai encore froid quand j'y pense. Et son petit Capet, tu crois que c'est juste de l'avoir laissé mourir ?

— Ils ne sont pas comme ceux d'avant, avait répété Nicolas. Si tu avais été sur les frontières, tu saurais. Ceux d'avant, ils sont de l'autre côté. Ils nous embrochent quand ils peuvent.

Il murmurait qu'il avait vu, l'autre matin, l'entaille dans l'épaule gauche de Forestier. Un sillon profond et rouge, et ça semblait un miracle que le bras n'ait pas été coupé et qu'il puisse encore le remuer.

— Ce sont ceux d'avant qui lui ont fait ça. Comment veux-tu qu'il oublie qui il est ? Il ne sera jamais comme eux, et Bonaparte non plus.

Il les avait vus, Bonaparte et Forestier, racontait Nicolas, au grand banquet de huit cents couverts donné au palais du Luxembourg en l'honneur du général en chef de l'armée d'Italie, qui avait conclu une paix victorieuse avec le pape, avec les Autrichiens. Il s'était tenu derrière Forestier, la main droite sur la crosse du pistolet, la gauche sur la garde du sabre. Et l'ordonnance de Bonaparte avait pris la même attitude.

— Bonaparte, avait murmuré Nicolas, n'a rien mangé de ce qu'on lui servait. Un soldat lui a apporté ses propres couverts, et des œufs à la coque. Il avait peur d'être empoisonné… Je l'ai entendu dire à Forestier : « Ils ont peur de nous, de moi. Vous, vous pouvez encore boire du vin de Tokay et manger leurs carpes du Rhin. C'est moi qu'ils craignent. Mais si je disparais, Forestier, gare à toi. Ne prends plus que des œufs et veille à ce qu'on n'ait pas percé leur coquille ! »

En disant cela, Bonaparte avait regardé avec soin l'œuf à la coque, puis en avait sectionné l'extrémité et l'avait gobé d'un seul trait.

— Ils se disputent entre eux pour savoir qui sera le maître, avait dit Madeleine. C'est tout, Nicolas, c'est tout.

Il s'était redressé sur le coude.

— Un fils de paysan qui devient général, avant ça ne se pouvait pas. Ce ne sont pas les mêmes maîtres.

— Et l'Italienne, la *marchesina* ?

Madeleine avait repoussé Nicolas. Elle s'était levée d'un mouvement si rapide qu'elle avait encore une fois heurté une poutre. Et elle avait crié, juré, pleuré.

— Si je te surprends avec cette Mafalda, je te déchire avec mes dents, avait-elle marmonné en se débattant pendant que Nicolas essayait de l'entraîner à nouveau vers le lit.

Et puis elle s'était effondrée, commençant à sangloter, disant :

— Tu pars, tu pars ! Mais à quoi ça sert ? Qu'est-ce que c'est que cette Égypte dont Forestier parlait, l'autre soir à dîner ? Je l'ai entendu. Il y avait là Dussert, Machecoul et cet autre, ce vieux qui cherche toujours à caresser les servantes, m'ont-elles dit, Lucien Bernard, avec sa tête d'usurier. L'Égypte, qu'est-ce que c'est que ce pays ? Qu'est-ce que vous allez ramener de là-bas ? Et moi, je vais rester ici, avec l'Italienne, à la voir, j'en suis sûre, se faire courtiser, comme l'a fait Joséphine quand Bonaparte était en Italie.

— Et toi, quel homme tu inviteras ici, dans notre lit ? avait dit Nicolas en l'immobilisant, pesant des deux mains sur les épaules de Madeleine.

Mais elle avait roulé la tête de gauche à droite.

— Je ne veux pas que tu partes, avait-elle pleurniché. Pour quoi faire, puisque c'est comme avant, que c'est des guerres pour quoi ? Pour acheter un hôtel rue de l'Estrapade, un château…

— C'est chez lui, c'est là-bas qu'il est né. Il n'était rien, maintenant il possède le château de Mazenc. Si tu étais venue…

— Et on fait la guerre pour ça ? On a coupé des têtes pour ça, pour que monsieur Forestier épouse une marquise italienne et achète un château !

Nicolas lui avait posé la main sur la bouche.

— Qu'est-ce qu'on peut comprendre, nous, avait-il murmuré. On est fidèle, c'est tout. Si Bonaparte s'en va en Égypte, Forestier ira, et moi j'irai avec lui. C'est simple.

Madeleine avait geint, elle avait tenté de dire « tu m'étouffes », mais il l'avait embrassée, il l'avait aimée, et elle s'était endormie.

Quand Madeleine s'était réveillée, elle était seule dans le lit. La veste d'uniforme de Nicolas, avec sur les manches les arabesques des galons de sergent-major, n'était plus accrochée au dossier de la chaise.

C'était la fin d'un après-midi de printemps, avec de longs espaces bleus et blancs dans le ciel. Elle avait entendu des bruits de voix qui montaient du vestibule.

Elle s'était penchée au-dessus de la rampe, dans la cage d'escalier. Elle avait aperçu les silhouettes de Forestier, des deux Italiennes, la marquise et cette garce de Mafalda, et elle avait deviné la présence de Nicolas à quelques pas de Forestier.

Alors elle était descendue rapidement jusqu'au premier étage, se glissant dans le grand salon plongé dans la pénombre. Elle s'était approchée de la dernière fenêtre, et elle avait écarté le rideau de tulle.

Elle avait vu Forestier donnant le bras droit à la marquise. Et marchant derrière eux, Nicolas dans son uniforme neuf, avec son bonnet de hussard enfoncé jusqu'aux sourcils. Heureusement, l'autre Italienne, la parfumée, avait dû rester sur le seuil de l'hôtel.

Forestier avait embrassé la marquise, puis il était monté dans la voiture et Nicolas s'était installé près du cocher.

La marquise avait attendu que la voiture disparaisse dans la rue de l'Estrapade, puis elle avait traversé la cour à pas lents. Elle s'était arrêtée près de la fontaine, plaçant le bout de ses doigts sous le jet.

Il avait semblé à Madeleine que l'Italienne, la garce, souriait.

Et ces pauvres fous qui partaient en Égypte, mais pourquoi ? Puisque, elle en avait été sûre à cet instant, si peu de choses changeaient, même quand on coupait la tête d'un roi et faisait couler des fleuves de sang !

29.

“Il nous placera
la pointe
de son glaive
sur la gorge
et le Directoire
n’existera plus.
La République
aura trouvé
son César…”

— Nos héros sont en Égypte, avait murmuré Guillaume Dussert.

Il s’était tourné, avait tendu à Joseph Machecoul qui était assis à sa droite la lettre que venait de lui remettre Talleyrand.

Ce dernier se tenait debout, appuyé au manteau de la monumentale cheminée de marbre qui décorait le salon de l’hôtel de Galliffet.

C’était la première fois que Dussert pénétrait dans cette demeure de la rue du Bac où Talleyrand, depuis qu’il était devenu, si peu de temps après son retour d’émigration, ministre des Relations extérieures du Directoire, résidait.

Dussert ne s’était jamais rendu jusque-là aux invitations du ministre, ne les refusant pas mais se dérobant, prétextant un voyage en compagnie de la comtesse de Mirmande dans leurs propriétés de Crest et de Taurignan, ou bien une mauvaise fièvre ou un voyage à Milan, en République cisalpine, en compagnie de son associé Lucien Bernard.

Dussert avait jugé qu'il était trop tôt pour s'afficher avec lui. L'ancien évêque d'Autun, Charles Maurice de Talleyrand-Périgord, avait certes des alliés puisqu'il avait obtenu sa radiation de la liste des émigrés, condition nécessaire de son retour en France. Mais il avait surtout des ennemis. Dussert avait pu mesurer la jalousie, le mépris et même la haine que suscitait « le Boiteux ». On l'accusait d'avoir conspiré contre la République lors de son séjour aux États-Unis où il avait émigré, et durant les quelques semaines qu'il avait passées à Altona, près de Hambourg.

Dès son retour à Paris, il avait multiplié les réceptions fastueuses, prononcé des discours brillants à l'Institut et promené partout sa grande taille, ses cheveux poudrés à l'ancienne mode, son visage imberbe et son nez retroussé. Et naturellement, sa superbe et sa réputation détestable.

Dussert avait eu en main l'un de ces petits libelles où l'on fustigeait Talleyrand :

Gorgé de honte et d'or un impudent Maurice,
Du pouvoir quel qu'il soit adore le caprice,
De tout parti vaincu mercenaire apostat,
Peut vendre ses amis comme il vendit l'État.

Dussert avait donc décidé d'attendre avant de le rencontrer, écoutant ceux qui disaient : « Talleyrand est au service de l'étranger. Il n'a jamais existé un être plus pervers, plus dangereux et qui méritât davantage de ne jamais rentrer en France… C'est un homme fait pour perdre tout ce qui le laisse approcher. »

Mais Talleyrand était devenu ministre, sans doute avec l'appui de Barras et de Sieyès. Et Dussert l'avait vu une première fois à l'hôtel de Salm où se réunissaient quelques personnalités politiques, Tallien, Sieyès, Machecoul, décidés à former un « cercle constitutionnel » pour réfléchir, disaient-ils, à l'avenir de la République. Dussert, à les écouter, avait songé qu'ils pensaient surtout à se maintenir au pouvoir.

Talleyrand l'avait salué avec une courtoisie élégante non dénuée d'ironie, qui sentait son ci-devant.

— On me répète partout, avait-il dit, que vous êtes au mieux avec la générale Bonaparte, et que vous connaissez bien le général Forestier. Vous êtes un homme précieux, monsieur Dussert, et puis…

Talleyrand lui avait pris le bras, l'avait entraîné à l'écart, et ç'avait été une curieuse sensation que de sentir le déhanchement de cet homme grand qui, à chaque pas, corrigeait par un mouvement du torse sa claudication.

— … vous êtes l'heureux époux de la comtesse de Mirmande, avait continué Talleyrand. Savez-vous que j'ai bien connu à Altona son frère, Jérôme de Boissier ? Le jeune homme est brillant, mais à mon grand regret il a hésité à rentrer. Cela pourtant ne saurait tarder. Les années qui viennent vont permettre de combler les abîmes qui se sont ouverts entre les Français depuis 1792. Vous vous rappelez, c'est moi qui ai célébré la messe pour la fête de la Fédération en 1790, qui fut celle de la paix civile, de l'unité, de la fraternité. Il faut retrouver cela. Voilà à quoi, vous comme nous tous devons œuvrer.

Talleyrand était retourné s'asseoir entre Machecoul

et Sieyès, interrogeant encore Dussert sur l'évolution de la rente après cette liquidation, une banqueroute, avait-il murmuré, des deux tiers des dettes de l'État.

— La banque Dussert et Associés ne prête qu'aux particuliers, avait répondu Dussert. Elle n'accorde son crédit qu'aux hommes d'ambition. Nous n'achetons pas de la rente, ou pas encore. Nous attendons que le Directoire soit un régime stable.

— Dussert ne nous fait guère confiance, avait ajouté Machecoul. Il craint les généraux, Bonaparte, Forestier, Pichegru, qui encore…

— Pichegru, un homme fini, avait dit Talleyrand. Bonaparte est d'une autre trempe – il avait souri –, je lui ai remis un rapport sur le talon d'Achille de l'Angleterre qu'est l'Égypte. Il m'a dit que depuis des années il rêvait de l'Orient, qu'il avait même sollicité et obtenu, jadis, d'être nommé à la tête d'une mission diplomatique et militaire qui devait partir à Constantinople. Et puis Barras en a fait le chef de l'armée de l'Intérieur et le mari de la gracieuse Joséphine.

Il s'était penché vers Dussert.

— On m'assure que Forestier a épousé une marquise italienne, belle et fortunée.

— Belle, avait répondu Dussert.

Talleyrand avait encore souri.

Après cette première entrevue, Dussert avait conclu qu'il n'était plus imprudent de rencontrer Talleyrand, qu'il pouvait même être fructueux de le faire puisque, murmurait-on partout, le ministre des Relations extérieures avait gardé des liens avec Londres, Vienne, avec l'entourage de Louis-Philippe d'Orléans, et aussi avec les frères de Louis XVI, les comtes d'Artois et de Provence, ce dernier se faisant déjà appeler Louis XVIII.

Il avait donc accepté de se rendre à l'hôtel de Galliffet afin, selon l'invitation de Talleyrand, « d'échanger quelques vues générales ». Talleyrand précisait qu'il avait convié également Joseph Machecoul.

Dussert avait retrouvé le vice-président du Conseil des Cinq-Cents dans l'antichambre.

Machecoul avait paru préoccupé, inquiet comme à son habitude. Il avait aussitôt, en quelques phrases, fait part de ses soucis. Les caisses du Directoire étaient vides, l'agitation royaliste avait repris avec force sous la direction du général Pichegru, avait-il répété.

Les directeurs étaient divisés. Certains membres des Cinq-Cents, sensibles à la propagande jacobine, étaient comme attirés par ces vieilles braises qu'étaient les idées d'égalité et de pouvoir du peuple. Et il y avait cette incertitude sur le sort de l'armée de Bonaparte, qui avait quitté Toulon en mai. Machecoul avait baissé la voix, chuchoté : « Vous vous en souvenez, c'est une idée de Talleyrand. Les directeurs ont trouvé là l'occasion de se débarrasser de Bonaparte, mais le jeu est risqué. Si Bonaparte est défait par les Turcs ou si son armée est noyée par la flotte anglaise de Nelson, qui rôde en Méditerranée, Londres gagne, les royalistes et les émigrés en profitent, et le Directoire n'est pas capable de leur résister. Et si Bonaparte revient d'Égypte couronné de lauriers, plus glorieux encore qu'à son retour d'Italie, il nous placera la pointe de son glaive sur la gorge et le Directoire n'existera plus. La République aura trouvé son César. »

Talleyrand était entré dans le salon avant que Dussert ait eu le temps de répondre.

— La finance et le pouvoir, avait-il dit en prenant

Dussert et Machecoul par le bras et en les entraînant vers le salon.

— Lorsqu'ils sont alliés, avait-il ajouté en montrant les fauteuils et en restant debout lui-même, accoudé au manteau de la cheminée de marbre, c'est un gage de paix et de prospérité.

Talleyrand avait souri.

— En fait, ils ne peuvent être séparés l'un de l'autre. Ce pourrait être une fable mythologique, où la mère devient le fils et celui-ci le père de sa mère. La finance est mère et fille du pouvoir.

Il avait soupiré, sorti une lettre de sa poche.

— J'ai reçu ce matin ces nouvelles en provenance de Constantinople.

Il avait tendu la lettre à Dussert.

— Je n'en ai pas encore donné lecture aux directeurs, mais puisque je vous reçois, comment ne pas vous en faire part ? Attendez, je vous prie, avant de répandre la nouvelle, que je la communique au gouvernement cet après-midi.

Dussert avait lu rapidement. Bonaparte avait échappé à la flotte anglaise, conquis Malte, débarqué dans la baie du Marabout, à l'ouest d'Alexandrie, et les troupes de la division Kléber avaient conquis cette ville. Puis l'armée avait défait les Mamelouks au pied des pyramides.

— Nos héros sont donc en Égypte, avait repris Dussert pendant que Machecoul lisait, et ils sont victorieux.

Il avait jeté un coup d'œil à Machecoul.

— Jules César approche, mon cher.

Talleyrand avait fait quelques pas puis, comme s'il ne pouvait aller au-delà, il s'était appuyé au dossier de l'un des fauteuils.

— Vous craignez Bonaparte, monsieur le vice-président ? Pour l'instant – il avait tendu la main, repris la lettre – il est de l'autre côté de la Méditerranée. Remportera-t-il d'autres victoires, pourra-t-il rentrer ? Nelson l'a manqué une fois, glissera-t-il entre les mailles du filet une deuxième ? Et s'il revient en France, que se produira-t-il ? Paris, vous le savez, est un champ de bataille autrement périlleux que ceux d'Italie ou d'Égypte. Saura-t-il manœuvrer ? Ou bien sera-t-il aussitôt pris dans une embuscade ?

Talleyrand s'était retourné vers la cheminée, puis il avait dit, regardant tour à tour Machecoul et Dussert :

— Cela dépend un peu de gens comme nous.

Il avait incliné la tête vers Dussert, puis vers Machecoul.

— La banque, le pouvoir. Sans vous il ne peut rien, ou bien peu. Avec vous, il ne peut pas tout, mais beaucoup.

— Et vous ? avait dit Dussert en se levant.

Talleyrand s'était lentement caressé le revers de la main droite avec le bout des doigts de la main gauche.

— On m'accorde quelques talents pour la diplomatie, ils peuvent être utiles, avait-il murmuré.

Dussert s'était alors souvenu de ces vers hostiles au ministre, et qu'on chuchotait parfois sur son passage :

Dans le parti qui lui paie un salaire,
Furtivement il glisse un pied douteux,
L'autre est fixé dans le parti contraire,
Mais c'est le pied dont Maurice est boiteux.

— Laissons nos héros revenir d'Égypte, avait dit Dussert.

Et il avait quitté le salon de l'hôtel de Galliffet.

30.

“ Tout s’use ici.
Je n’ai déjà plus
de gloire, cette
petite Europe
n’en fournit pas
assez. Il faut aller
en Orient,
Forestier… ”

Mariella di Clarvalle s’était immobilisée sur le perron de l’hôtel de Galliffet.

Elle avait aperçu, au fond d’une immense salle décorée de drapeaux bleu blanc rouge, un orchestre placé sur une estrade couverte de tricolore. Mais la musique était étouffée par le brouhaha de la foule des invités qui avait envahi l’hôtel en ce 21 septembre 1798, jour anniversaire de la proclamation de la République.

Un majordome en livrée bleu et rouge s’était incliné devant elle et, se redressant, avait lancé d’une voix forte : « Madame la générale Maximilien Forestier, marquise de Clarvalle. »

Et aussitôt elle avait vu un homme grand, vêtu de noir, la perruque poudrée presque blanche accusant la pâleur du visage, se diriger vers elle. Elle avait remarqué ce mouvement des épaules, cette étrange rotation du torse qu'il semblait effectuer à chaque pas. Il boitait.

C'était donc là ce Charles Maurice de Talleyrand-Périgord dont on lui avait rebattu les oreilles depuis des mois.

Maximilien n'avait pas cessé, durant les semaines qui avaient précédé son départ pour l'Égypte, de l'accuser.

« Il veut nous envoyer mourir sur le Nil, s'était-il exclamé à plusieurs reprises. Plus nous serons loin et plus ces messieurs seront libres d'agir à leur guise ici, d'appeler le nouveau Louis Capet si bon leur semble. Et je me demande parfois s'ils ne souhaitent pas nous voir envoyés au fond par Nelson, ou retenus là-bas, au milieu des sables. »

Mariella s'était étonnée. Pourquoi se laissaient-ils tous ainsi pousser hors de France si les intentions de Talleyrand et du Directoire étaient aussi perfides ? Pourquoi Bonaparte acceptait-il ?

Elle se souvenait du geste d'impuissance de Forestier, de ce qu'il avait répondu : « Bonaparte croit que, quel que soit le chemin qu'il suive, la bonne fortune veille sur lui. »

Quelques jours avant de rejoindre la flotte à Toulon, elle avait même entendu Bonaparte, qui les recevait dans sa demeure de la rue Chantereine en compagnie de Joséphine, dire d'une voix nerveuse : « Je ne veux pas rester ici. Il n'y a rien à faire. Je vois que si je reste, je suis coulé dans peu. Tout s'use ici. Je n'ai déjà plus de gloire, cette petite Europe n'en fournit pas assez. Il faut aller en Orient, Forestier, toutes les grandes gloires viennent de là, et puisque Talleyrand croit habile de nous envoyer en Égypte, prenons-le au mot, et revenons avec un surcroît de gloire. » Forestier et Bonaparte partis, les femmes avaient à leur tour parlé de Talleyrand, mais à voix basse, expliquant qu'il était un séducteur froid.

« Vous verrez, Mariella, quand vous le rencontrerez. Vous oublierez son infirmité, son teint blafard, ses yeux morts. Il vous enveloppera de belles phrases, il vous grisera, c'est un sorcier. »

Était-ce Joséphine ou Thérésa Tallien qui avait ajouté « Tous les boiteux le sont » ?

La rumeur avait couru que Julie de Boissier avait été durant quelques semaines sa maîtresse, avec le consentement de son mari. Car Talleyrand, disait-on, savait acheter la complicité des époux ou des amants. Et on avait remarqué que la banque Dussert et Associés avait obtenu des privilèges exorbitants en République cisalpine. Lucien Bernard et Dussert s'étaient rendus plusieurs fois à Milan, revenant avec des tableaux, des meubles, des livres anciens et de l'or. Pendant leurs voyages, le ministre des Relations extérieures avait été assidu aux réceptions qu'avait données Julie en l'hôtel de Mirmande. On murmurait aussi qu'il avait poussé dans le lit de Joséphine plusieurs jeunes officiers afin de nouer avec la générale Bonaparte des liens obscurs et équivoques, qui pourraient lui être utiles, plus tard, dans ses rapports avec Bonaparte.

— S'il revient d'Égypte, avait ajouté Julie après avoir fait cette confidence à l'oreille de Mariella di Clarvalle.

— Avez-vous des nouvelles du général Forestier ? avait-elle ajouté.

Mariella avait expliqué que depuis le départ de

l'expédition, le 19 mai, elle n'avait reçu qu'une seule lettre, dans laquelle Forestier décrivait avec enthousiasme sa remontée du Nil en compagnie de Bonaparte. Elle aurait pu réciter la conclusion de sa lettre : « Je me suis arraché à tes bras mais tous mes rêves m'emportent vers toi, *Mariella mia.* Nous marchons dans les pas des pharaons, mais si le jour est voué à la gloire et aux combats, mes nuits sont à toi, *mia Marchesina.* Et je ne songe qu'à mon retour. »

Mais pourquoi aurait-elle confié ces mots à Julie de Boissier ?

Elle avait découvert, depuis qu'elle vivait à l'hôtel de l'Estrapade, qu'on ne se souciait à Paris, dans les salons, que de pouvoir et d'argent, de gloire et d'intrigues politiques, bien plus que de stratégie amoureuse, et que les hommes et les femmes semblaient ignorer ce qu'était la passion. On ne faisait la conquête des femmes et on n'acceptait de céder à un homme que pour montrer ses maîtresses ou ses amants comme autant de titres, de preuves du pouvoir qu'on exerçait, de l'argent qu'on possédait, ou de la gloire dont on était auréolé.

Lorsque Mariella pensait à cela, l'Italie lui manquait et Paris lui paraissait gris, ennuyeux et glacé.

Elle n'avait donc pas parlé de ses sentiments et de ceux de Maximilien, et Julie, un peu déçue, l'avait regardée puis avait chuchoté :

— Mon mari a appris aujourd'hui, par les correspondants de sa banque à Amsterdam et Anvers, que Nelson a détruit tous les navires de la flotte de Bonaparte à Aboukir, le 1er août. La nouvelle est parvenue à Londres le 24 de ce mois, et à Amsterdam six jours plus tard. Guillaume en a informé le Directoire aujourd'hui.

On était le 5 septembre. C'était une nuit étonnamment douce et la Seine reflétait la clarté du ciel.

Mariella avait longuement fixé Julie, et elle avait vu de la joie dans le regard de cette jeune femme dont on lui avait chuchoté – parce qu'il fallait bien qu'on essaie de la blesser, cette marquise italienne ! – qu'elle avait été autrefois, avant d'épouser Dussert, la maîtresse de Maximilien.

— Ils reviendront, avait dit Mariella en tournant le dos à Julie.

Elle était rentrée peu après à son hôtel, s'enfermant avec Mafalda dans sa chambre, s'abandonnant à une tristesse mêlée de colère et de nostalgie.

Elle s'était souvenue des promenades sur le Corso, à Milan, Maximilien marchant près de la *basterdalla*, puis des réceptions au palazzo Serbelloni, et plus tard, après la seconde blessure de Maximilien, de leur séjour à la villa Clarvalle sur les bords du lac de Côme.

Cela avait été, malgré la souffrance de Maximilien et malgré la guerre qui continuait, des temps de gaieté, d'enthousiasme. Mariella avait encore en mémoire la voix saccadée, tranchante, de Bonaparte, et l'énergie dont sa personne rayonnait. Elle avait en l'écoutant, alors qu'il parlait dans les jardins de la villa Clarvalle, regretté de ne pas être un homme, pour le suivre et combattre près de lui.

Elle avait repris la lettre, l'unique lettre de Forestier. Il racontait comment il avait empêché, sur les bords du Nil, qu'on massacrât des Mamelouks prisonniers qui avaient mis en pièces, sans pitié, des soldats égarés dans le désert :

« Je leur ai dit : J'ai vu comme vous ce qu'ils ont fait aux nôtres, mais je sais que nous sommes français et qu'en nous battant pour la gloire, l'indépendance et la liberté de notre nation, nous devons nous distinguer. Nous ne devons pas imiter des esclaves qui ne deviennent barbares et cruels que pour obéir à leurs maîtres et à leurs tyrans. »

Étrange peuple que ces Français, qu'elle avait vus à Milan, généreux, pleins de fougue et de joie – et c'est ce qui l'avait séduite chez Maximilien – et qu'elle ne reconnaissait pas à Paris, où ils lui étaient apparus calculateurs, égoïstes, compassés. Était-ce le même peuple ?

Elle avait demandé à Mafalda de faire monter dans la chambre Madeleine, l'épouse de l'ordonnance de Maximilien dont elle avait oublié le nom.

Madeleine était entrée pleine d'arrogance, se tenant les bras croisés :

— Madame veut quoi ? Madame a besoin de moi ?

Mariella lui avait fait signe de s'asseoir, mais Madeleine avait semblé ne pas voir son geste. Elle avait attendu, figée.

— Les Anglais ont coulé tous les bateaux du général Bonaparte, avait murmuré Mariella.

Madeleine avait secoué la tête, prenant un air buté, murmurant :

— Vous êtes contente !

Mariella avait bondi, et toute sa colère contre Julie de Boissier, contre ceux qui avaient envoyé l'armée au-delà de la mer, si loin, contre Maximilien et Bonaparte qui avaient accepté de partir, avait jailli. Elle avait giflé Madeleine, l'avait insultée en italien puis, quand elle s'était aperçue que celle-ci pleurait, elle s'était calmée.

— Écoute-moi, avait-elle dit, ton mari et le mien sont là-bas. Ils sont vivants. Bonaparte est vivant. Crois-tu qu'ils vont se laisser enfermer dans ce pays ? Je suis sûre qu'ils reviendront.

Elle l'avait prise par les épaules, et comme Madeleine gardait la tête baissée, elle lui avait soulevé le menton, la forçant ainsi à la regarder.

— Si nous n'avons pas confiance, toi et moi, qui l'aura ?

Elle avait passé sa main sur la joue de Madeleine, encore rouge de la claque qu'elle avait reçue.

— Pardonne-moi, avait-elle murmuré.

— Vous croyez…, avait commencé Madeleine d'une voix hésitante.

— Ils reviendront, je te le jure.

Et d'avoir prononcé ces mots l'avait rassurée.

Elle avait accepté toutes les invitations, affichant dans les salons une gaieté insolente, évoquant le retour prochain et triomphal de l'armée d'Égypte, empêchant ainsi les pleureurs hypocrites d'exprimer leur compassion, les obligeant à dire qu'ils étaient, comme elle, sûrs de la victoire de Bonaparte.

Et elle était maintenant face à Talleyrand, qui lui offrait son bras et la conduisait dans la salle de bal, chuchotant que cet hôtel de Galliffet était un écrin modeste pour elle qui était habituée à la magnificence des palais italiens.

— Nous ne sommes ici que de mauvais imitateurs

de l'Italie, avait-il dit, le visage figé par un sourire qui ressemblait, avait pensé Mariella, à une grimace.

Il s'était arrêté, appuyé au bord de l'estrade sur laquelle les musiciens se tenaient debout, ayant cessé de jouer, attendant peut-être un ordre.

— Nous sommes restés des barbares, avait poursuivi Talleyrand, nous sommes les héritiers des Gaulois de Brennus qui ont mis Rome à sac.

Il avait souri, montré les tableaux qui de part et d'autre de l'estrade étaient éclairés par des candélabres. L'un d'eux représentait un paysage biblique.

— Pouvons-nous être pardonnés de vous avoir pillés ? avait-il dit.

Puis, baissant la voix et se rapprochant de Mariella, il avait ajouté :

— Ce tableau, je tiens à l'avoir constamment sous les yeux. Il a toute une histoire… J'ai dû le payer un trésor à un banquier, Bernard, l'associé de Dussert, qui ne voulait s'en séparer à aucun prix, et qui a prétendu que le général Forestier le lui avait fait parvenir de Milan. Voyez, marquise, comme le destin des objets et des hommes est imprévisible. Chaque fois que je regarde ce paysage, je pense à l'Égypte, à notre armée, à nos généraux, à votre mari.

Il s'était incliné, chuchotant qu'il pourrait, demain, si elle l'y autorisait, faire porter ce tableau qui était comme un présage, chez elle, rue de l'Estrapade. « N'est-ce pas ? »

— L'Italie retrouvera ce qui lui appartient. Et moi, j'honorerai le plus beau des diamants de cette soirée, vous, marquise.

Mariella s'était écartée de lui, le toisant comme si elle le découvrait et qu'il la gênait.

Elle avait regardé la foule des invités, vu ces officiers élégants, ceux que Maximilien appelait la « race des freluquets et des blondins ». Elle avait reconnu ce Guillaume Dussert et ce Lucien Bernard qui faisaient leur cour à quelques femmes aux épaules et aux seins nus, parmi lesquelles Joséphine de Beauharnais, un diadème de camées dans les cheveux.

Mariella s'était tout à coup souvenue du nom du mari de Madeleine, ce sergent Nicolas Mercœur, et elle les avait imaginés, Maximilien et Nicolas, tous deux errant dans un désert semblable à celui que représentait le tableau.

Elle avait tourné le dos à la foule, et elle avait lancé le plus fort qu'elle avait pu, sa voix faisant vibrer tout son corps :

— Vive l'armée de Bonaparte !

L'un des musiciens s'était penché vers elle, avait commencé à jouer sur son violon les premières notes du *Chant du départ*.

Que bientôt tout l'orchestre avait repris.

31.

« Nous débarquerons dans cinq heures en France. Dans moins d'une semaine, nous serons à Paris... »

Maximilien Forestier s'était penché au-dessus du bastingage. La nuit était d'une clarté dangereuse. Les voiles des deux avisos, qui ouvraient la route à quelques encablures, brillaient comme des miroirs dans la lumière froide et bleutée de la lune.

Forestier s'était tourné et il avait pu distinguer, au-delà de la deuxième frégate, la côte corse comme une ligne noire qui soulignait la luminosité du ciel et de la mer.

Il avait scruté l'horizon et s'était souvenu de l'exaltation qu'il avait éprouvée, seize mois auparavant, à voir cette forêt de mâts qui striaient le ciel de leurs haubans, de leurs drisses et de leurs pavillons, cent quatre-vingts navires quittant la France pour l'Égypte, passant au large de cette côte.

Ce soir du 8 octobre 1799, ils n'étaient plus que quatre, deux avisos, deux frégates, et quelques centaines d'hommes au lieu des dizaines de milliers, trois mille sur le seul *Orient*, le navire amiral. Quand l'escadre avait gagné la haute mer, les fanfares rassemblées sur le pont avaient joué le *Chant du départ*, et tous les hommes, soldats et équipages, dans les coursives ou sur les vergues, passant leur tête dans les sabords, avaient repris le refrain :

La République nous appelle,
Sachons vaincre, ou sachons périr !
Un Français doit vivre pour elle,
Pour elle un Français doit mourir !

Combien avaient survécu ? Combien de ceux qu'il avait fallu abandonner en Égypte, toute une armée et ce valeureux Kléber à sa tête, réussiraient-ils à regagner la France ?

Et même ces quatre navires, qui avaient échappé aux croisières anglaises entre l'Égypte et la Corse, réussiraient-ils à atteindre la France, alors que ces dernières heures de mer seraient les plus périlleuses, Nelson ayant sûrement appris que Bonaparte avait quitté l'Égypte, à la fin du mois d'août, et qu'il était donc en mer ? L'amiral anglais avait dû jeter son filet tout au long de la côte française, en resserrant les mailles au fur et à mesure que les jours passaient, sachant qu'il faudrait bien que ce petit convoi, quatre malheureux navires, se jette dans la nasse.

Forestier s'était assis sur un caisson.

Il n'avait ressenti aucune inquiétude. Peut-être de l'impatience. Qu'on en finisse ! Qu'on débarque en France, qu'on coure vers Paris, qu'on se couche enfin dans un lit, qu'on puisse sentir contre soi cette peau si lisse, si parfumée, comme une eau douce et fraîche en plein désert de Palestine, les seins de Mariella, *Mariella mia*, ou bien qu'on nous envoie par le fond, vite, pour que le chapitre de la vie se ferme.

Il y avait pensé au moment où, dans l'embarcation qui les conduisait vers la frégate ancrée au large de la côte égyptienne, dans une nuit d'encre, Bonaparte lui avait confié :

« Cette frégate, j'ai voulu qu'elle se nomme *Muiron*. Tu te souviens, Forestier, au pont d'Arcole, quand Muiron s'est placé devant moi et qu'il a reçu toute la mitraille. J'ai été couvert de son sang, comme par l'eau d'un baptême guerrier. Toi, tu m'as tiré des marais de l'Alpone. Et nous allons nous en remettre une nouvelle fois au destin. Mais Muiron est un bon auspice, son sang m'a protégé. Et mon heure n'est pas venue, Forestier. Et puis, qui a peur pour sa vie est sûr de la perdre. Il faut savoir à la fois oser et calculer, et s'en remettre du reste à la fortune. »

Ils avaient enfin atteint la *Muiron*, et lorsqu'ils s'étaient rassemblés sur le pont autour de l'amiral Ganteaume, celui-ci avait dit en fixant Bonaparte : « Je gouverne sous votre étoile. »

Ce dernier s'était contenté de répondre d'un hochement de tête, puis il avait entraîné Maximilien vers la poupe, marchant les mains derrière le dos, s'arrêtant souvent, disant : « Nous ne pouvons rien contre la nature des choses », puis « Qu'est-ce qu'une vie humaine ? La courbe d'un projectile. »

Et quand, après plus d'un mois de mer, ils étaient enfin entrés dans le port d'Ajaccio le 1er octobre, et que des dizaines d'embarcations avaient entouré la frégate, les gens criant « Vive Bonaparte ! », il était resté impassible, murmurant :

« Ce qui nous reste à franchir est le plus périlleux. Mais pourquoi la fortune m'aurait-elle conduit jusqu'ici, pour nous abandonner sur le seuil ? »

Il avait serré le bras de Forestier.

« Si j'arrive à Paris, malheur au bavardage de tribune, au tripotage des coteries. Ma voix sera aussi forte que le son du canon. »

Forestier s'était penché, les avant-bras appuyés sur ses cuisses.

Il avait relevé le col de sa redingote d'uniforme tant cette nuit d'octobre était froide, et il avait en vain essayé de s'assoupir, regardant Nicolas Mercœur qui, enveloppé dans son manteau, couché sur le pont entre deux caissons pour se protéger du vent, paraissait dormir.

Et il avait éprouvé, à voir cet homme qui s'était abandonné au sommeil, un moment de sérénité, peut-être le premier depuis des mois.

Comment être serein quand il faut voir ses camarades décapités par les damas des Mamelouks ? Ou bien savoir qu'à Saint-Jean-d'Acre, Djezzar le boucher, gouverneur de la ville, a fait enfouir des centaines de chrétiens dans les murs de la citadelle, laissant seulement leur tête hors du mortier pour jouir de leurs souffrances ?

Comment être serein dans ces nuits du Caire, déchirées par les aboiements de milliers de chiens errants, puis par les cris de la révolte des habitants, quand il faut tirer sur la foule armée de bâtons et de coutelas et surveiller l'exécution de près de deux mille insurgés ?

Forestier avait fermé les yeux, revoyant ce bourreau turc qui, dans la cour de la citadelle, envoyait une poignée de sable dans les yeux des condamnés qui se baissaient, portant les mains à leur visage, offrant leur nuque au damas que le bourreau avait caché sous sa robe. Les aides du bourreau avaient creusé de petits canaux par où s'écoulait le sang. Ils emportaient le corps, couvraient le sol de sable, et le condamné suivant s'avançait, n'imaginant pas que la mort l'attendait là, ne comprenant pas pourquoi cet homme lui jetait du sable au visage. Et ainsi deux mille fois.

Et puis il y avait eu les prisonniers de Jaffa, conduits sur la plage et fusillés en grappe, au point que la mer était devenue rouge. Il avait bien fallu venger les parlementaires égorgés par le gouverneur de la ville, et les soldats massacrés, torturés.

Forestier s'était retiré sous sa tente, demandant à Nicolas de lui dresser la table, et il l'avait fait asseoir en face de lui.

Mais comment dîner quand le camp est plein de cris, que les hommes se battent entre eux et se disputent les femmes et le butin pris dans la ville de Jaffa enfin tombée ?

Il faut boire, mais le vin est âpre, et la chaleur devient plus intense. Et l'on entend quand même les feux de salve, les pelotons qui tirent sur les femmes rassemblées sur l'ordre du général en chef, parce que leur présence dans le camp crée le désordre, met l'armée en péril.

On est loin, au bout du désert, et il faudra bientôt parcourir à nouveau ces étendues de sable et de cailloux brûlants, sachant que l'on devra abandonner sur le bord de la route les pestiférés. On entendra les détonations de ceux qui préfèrent se tuer plutôt que d'agoniser en surveillant les charognards qui battent de leurs larges ailes noires au-dessus des malades et des blessés.

Et toutes les nuits, après le retour au Caire où l'on s'interroge, malgré soi, chaque fois qu'on voit une femme entraînée par un soldat, sur les épouses laissées à la merci de cette race de freluquets et de blondins qui valsent si bien dans les salons de Paris, sur les Dussert, Barras, Machecoul, Talleyrand ou Julie de Boissier qui doivent rêver d'entraîner dans leurs débauches une jeune beauté italienne qui s'ennuie, si seule.

C'était comme si la jalousie rouvrait la plaie de l'épaule gauche, tenaillait les chairs à nouveau sanglantes.

On disait que Bonaparte était lui-même fou de fureur parce qu'on lui avait enfin appris que Joséphine, dès qu'elle était seule à Paris, roulait d'un amant à l'autre. Il avait hurlé : « Je les exterminerai ! Quant à elle, le divorce, oui, un divorce public, éclatant. Je ne veux pas être la risée de tous les inutiles de Paris ! »

Forestier s'était senti si proche de Bonaparte, à jamais lié à lui par ces souffrances et ces tourments communs, même si parfois il aurait pu, comme Murat ou Kléber, lui crier sous les murs de Saint-Jean-d'Acre : « Vous êtes le bourreau de vos soldats ! »

Mais Bonaparte était comme le courant du Rhône, qui entraîne tout, bois morts et navires, jusqu'à la mer. Et quand on était porté par lui, rien ne servait de lutter, de tenter de remonter le fleuve. Il fallait avancer avec lui.

La nuit était passée. Des voiles avaient surgi à

l'horizon, peut-être anglaises, mais le soleil qui se levait avait dû éblouir les guetteurs dans leur vigie et elles avaient disparu. Bientôt ç'avait été la ligne rouge, la côte de France, avec ces rochers couleur sanguine que Forestier avait contemplés quand il avait parcouru ces routes entre Toulon et Nice, il y avait près de six ans. Tant de choses étaient survenues depuis…

Nicolas chantonnait.

— Nous allons les revoir, général, avait-il dit.

Forestier n'avait pas répondu. Tout, le pire, pouvait survenir encore, et l'on pouvait mourir de la dernière balle d'une dernière bataille.

Il avait rejoint Bonaparte qui se tenait à la proue de la frégate, regardant l'étrave fendre la mer.

Il était resté derrière lui, n'osant pas s'approcher davantage. Puis Bonaparte s'était retourné.

— Nous débarquerons dans cinq heures en France, avait-il dit. Dans moins d'une semaine, nous serons à Paris. Après…

Il s'était interrompu, faisant quelques pas, et Forestier avait marché près de lui.

— Une puissance supérieure me pousse vers un but que j'ignore, avait-il continué. Tant qu'il ne sera pas atteint, je serai invulnérable, inébranlable.

Il avait fixé Forestier d'un regard intense.

À ce même instant, Forestier avait aperçu au-dessus des rochers rouges, dans le bleu profond du ciel, une boule blanche, comme un nuage inattendu, et presque aussitôt le bruit d'une détonation avait paru rouler à la surface de la mer. Une gerbe avait jailli, loin en arrière de la poupe de la frégate.

Bonaparte s'était appuyé avec nonchalance au bastingage.

— La citadelle de Fréjus, avait-il murmuré. Ils ignorent qui nous sommes.

Il avait marché lentement vers la passerelle. Et peu après, alors que d'autres explosions retentissaient, Forestier avait vu monter au mât principal le drapeau bleu blanc rouge que le vent avait aussitôt fait claquer, cependant que de la côte, toute proche maintenant, parvenaient des acclamations et des chants.

32.

“ Bonaparte
nous a envoyé
Forestier.
L’homme est
rude. Il pose
le sabre
sur ses genoux,
et puis
il parle… ”

Guillaume Dussert s’était avancé et Talleyrand, assis en face de lui, s’était appuyé au dossier du fauteuil, faisant légèrement glisser son siège en arrière, levant un peu la tête comme pour échapper à son regard et montrer qu’il refusait toute familiarité.

— J’ai vu Bonaparte, chez lui rue de la Victoire, avait commencé Dussert. Il ne se contentera pas de vos sourires, de vos bonnes manières, monsieur le ministre. Il se sent porté par l’opinion. Il a été acclamé tout au long de la route, m’a-t-il dit, en Avignon, à Lyon, dans le Bourbonnais. Et le général Forestier a été encore plus brutal. Savez-vous ce qu’il m’a dit ?

Le calme de Talleyrand, cette expression ironique et méprisante, cette attitude distante qu’il affichait depuis qu’il avait passé le seuil de l’hôtel de Taurignan, avaient été, tout à coup, insupportables à Dussert. Ce boiteux l'irritait, avec ses manières de grand seigneur, ses hypocrisies d'évêque, sa morgue de ci-devant. Se croyait-il encore prélat sous l'Ancien Régime ?

Dussert s'était levé.

— Forestier, avait-il repris, marchant dans le salon, passant derrière les fauteuils où étaient assis, silencieux et attentifs, Lucien Bernard et Joseph Machecoul, le général Forestier a répété qu'au tribunal de l'opinion – c'est l'expression de Bonaparte ! – le Directoire était condamné, que dans toutes les villes qu'ils avaient traversées, de Fréjus à Paris, on s'était plaint d'être dévalisé, il a insisté sur ce mot, par les directeurs, les ministres, les membres des assemblées. « Tous des brigands ! » voilà ce que l'on crie en France. Et Bonaparte a approuvé. Il a même ajouté : « Je suis national, il ne faut plus de faction, d'intrigues privées. D'ailleurs, je n'en souffrirai aucune. » Comptez-vous, cher ministre, rallier Bonaparte, ou bien vous ranger aux côtés de quelques vieux Jacobins, et naturellement de tous ceux qui sont trop corrompus pour pouvoir retrouver une place dans le régime nouveau, car Bonaparte veut balayer l'ancien ?

— Il ne suffit pas de vouloir, avait murmuré Talleyrand.

Machecoul avait toussoté, dit qu'il avait appris que Lucien Bonaparte s'était rendu au-devant de son frère. Ils avaient eu de longs conciliabules à Lyon.

— Il est président du Conseil des Cinq-Cents, avait ajouté Machecoul, vous imaginez, il est au cœur du Directoire.

— Lucien Bonaparte, monsieur le vice-président,

avait répondu Talleyrand en se tournant vers Machecoul, est suffisant et insuffisant.

Il s'était levé à son tour, avait fait le tour du salon, s'arrêtant devant les grands tableaux qui représentaient la succession des comtes de Taurignan, le plus souvent à cheval, au premier plan d'une scène de bataille.

— J'ai bien connu Philippe Chrétien de Taurignan et sa femme Thérèse, née comtesse de Boissier, n'est-ce pas ? avait-il dit en regardant Dussert. Une tante de Mme la comtesse de Mirmande, votre épouse. En somme, les Taurignan et vous, cher Dussert, êtes apparentés ?

Il avait, d'un geste ample de la main, décrit un cercle, comme s'il voulait montrer le salon et au-delà toute la demeure.

— Vous avez eu raison de faire de l'hôtel de Taurignan le siège de la banque Dussert et Associés, avait-il repris. Les temps changent. La vieille noblesse cède le pas à la nouvelle aristocratie, la vôtre, messieurs, celle de la banque et du pouvoir républicain. En somme, même si le comte Louis de Taurignan, sa sœur Jeanne et leur mère rentraient de l'étranger, vous auriez toutes les raisons de rester ici, vos liens familiaux, vos activités, votre – il avait incliné la tête – fortune…

— Vous savez que trois des cinq directeurs ont déjà rencontré Bonaparte, avait rétorqué Dussert d'une voix rauque, Sieyès hésite encore, mais il se ralliera. Et Bonaparte tient à laisser Barras hors du jeu.

— Compromettant, Barras, avait dit Talleyrand d'une voix douce. Il a beaucoup offert à notre héros, le commandement de l'armée de l'Intérieur, l'épouse, l'armée d'Italie. Il pourrait dire « Qui t'a fait roi ? ». Aucun homme ambitieux n'aime entendre ces mots-là.

Il s'était rassis, avait fixé tour à tour Machecoul, Bernard, puis Dussert.

— Donc vous avez choisi d'appuyer Bonaparte, avait-il murmuré.

Lucien Bernard avait écarté les mains.

— Croyez-vous que nous ayons eu le choix ? Bonaparte, dès le jour de son arrivée, nous a envoyé Forestier. L'homme est rude. Il pose le sabre sur ses genoux, et puis il parle.

— Nous avons versé sept millions de francs, dit Dussert. Et ce n'est qu'une première contribution.

— C'est donc une entreprise sérieuse, avait commenté Talleyrand.

Il avait hoché la tête.

— Vous jouez gros, Messieurs. Le tribunal de l'opinion peut changer de verdict. Il suffirait que Bonaparte divorce de Joséphine, on dit qu'il en a l'intention, pour qu'on le juge avec sévérité. Les Français sont ainsi.

— Bonaparte ne divorcera pas, avait dit Dussert.

Il s'était avancé, se plaçant devant le fauteuil de Talleyrand. Cet homme l'avait exaspéré. Les propos qu'il avait tenus sur les Taurignan l'avaient blessé.

— J'ai dit à Bonaparte, en posant sur la table mes lettres de crédit, sept millions de francs, Talleyrand, sept millions, cela donne droit de parler clair : « Si vous divorciez, votre grandeur disparaîtrait. Vous n'êtes plus aux yeux de la France un mari de Molière. » Il a empoché mes lettres, les sept millions, et quelques minutes plus tard, Forestier est venu me dire que Bonaparte n'avait jamais eu l'intention de quitter Joséphine de Beauharnais. Elle est de vos amis proches, monsieur le ministre…

— Je suis l'ami de toutes les belles femmes, mon cher Dussert, avait répondu Talleyrand en s'inclinant. Et donc aussi de la comtesse de Mirmande.

Dussert avait donné un coup de poing violent sur la table où il avait entassé les registres de compte.

— Nous ne sommes pas là pour parler des femmes mais de ce que vous allez faire, et Bonaparte n'aime pas qu'on lui glisse entre les mains comme une anguille. Je vous le dis, il veut une réponse. Et je suis chargé de l'obtenir. Mes amis – il avait désigné Bernard et Machecoul – en porteront témoignage.

— C'est une sorte de guet-apens amical que vous m'avez tendu, mon cher Dussert !

Dussert avait souri, pour la première fois. Talleyrand avait semblé hésitant, presque inquiet, bien que son expression n'ait pas changé.

Puis tout à coup il avait ri, la tête rejetée en arrière.

— Bonaparte est décidément un fin joueur d'échecs !

Il s'était levé, avait fait quelques pas avant de s'arrêter à nouveau devant le portrait de Philippe de Taurignan.

— Le comte de Taurignan aimait aussi pousser le bois chez Philippe d'Orléans au Palais-Royal. Vous n'avez pas connu cela, Dussert… Vous êtes né avec la guillotine !

Il avait levé la main, comme pour empêcher Dussert de répondre.

— Mais les amis de la famille d'Orléans, ceux du fils de ce malheureux Philippe Égalité, me disent que vous avez été généreux avec eux. Vous aussi, vous êtes un bon joueur d'échecs. Il faut toujours couvrir plusieurs fois les pièces que l'on avance, n'est-ce pas ? Et Bonaparte est un maître. Hier, j'ai eu la visite de Joséphine, elle désirait savoir quelle serait mon attitude si Bonaparte s'avançait. Comment aurais-je pu résister à une si jolie messagère ! Je l'ai assurée de mon soutien. On me dit qu'elle a vu Fouché, et notre bon ministre de la Police lui a proposé un million de francs sur la caisse du Directoire pour favoriser l'entreprise. Ce matin…

Il s'était interrompu, martelant le parquet de son pas bancal.

— Vous n'avez jamais rencontré Louis de Taurignan ? avait-il demandé d'un ton joyeux, sans regarder Dussert. Il a toutes les qualités de Philippe de Taurignan mais avec cette violence de la jeunesse, et, m'a-t-on dit, un désir, une folie même de vengeance. Il n'a pas encore accepté la mort de son père sur l'échafaud. Il est de ces aristocrates qui ne pardonneront pas, mais pourquoi vous inquiéter ? Avec le temps, les esprits s'apaisent, peut-être un jour recevrez-vous ici, chez vous, Louis de Taurignan, sa sœur Jeanne et leur mère, la comtesse Thérèse…

Dussert avait serré les poings.

— Vous disiez donc que ce matin…

— J'ai eu la visite du général Forestier qui m'invitait à me rendre chez vous pour m'assurer que la banque Dussert et Associés et M. Joseph Machecoul, vice-président du Conseil des Cinq-Cents, étaient bien décidés à soutenir son chef.

— Sept millions, avait marmonné Dussert.

— Bonaparte et Forestier ont peut-être imaginé

qu'il ne s'agissait que d'un leurre, et que vous étiez toujours, comme autrefois, lié aux Orléans !

Talleyrand s'était lentement dirigé vers la porte.

— Quel grand joueur d'échecs, n'est-ce pas, ce Bonaparte ? Il vous charge de me rabattre vers lui alors qu'il me sait acquis à sa cause depuis hier, et il me confie ce matin le soin de vérifier que vous l'êtes aussi, bien que vous vous soyez déjà engagés – sept millions de francs – à ses côtés ! Il couvre chacune de ses pièces plusieurs fois. C'est ainsi qu'on obtient le mat. Voilà une belle leçon de stratégie !

— Foutre ! n'avait pu s'empêcher de s'exclamer Dussert.

33.

“ Forestier s’était avancé : ‘ Foutez-moi tout ce monde-là dehors ! ’ ”

Maximilien Forestier s’était arrêté au milieu de la cour, près de la fontaine. Il avait entendu les pas de Nicolas qui remontait la rue de l’Estrapade après avoir conduit les chevaux aux écuries, de l’autre côté des bâtiments de ce que, dans le quartier, on appelait, surtout depuis le retour d’Égypte, l’hôtel Forestier.

Il y avait tant eu, ces dernières trois semaines, de voitures égarées, tournant sur la place du Panthéon ou se perdant rue des Fossés-Saint-Jacques, les cochers criant qu’ils recherchaient la rue de l’Estrapade et l’hôtel du général Forestier, qu’à la fin on avait su que l’un des héros de l’armée d’Égypte, le général le plus dévoué à Bonaparte, habitait là, derrière ces murs crépis de couleur ocre.

À plusieurs reprises, une petite foule s’était rassemblée devant les grilles, criant « Vive la République, vive Bonaparte ! », et même « Vive Forestier ! », ou bien les badauds avaient lancé des lazzi quand ils avaient vu descendre des voitures ces députés de l’assemblée des Cinq-Cents en toge blanche, ceinture bleue et toque rouge : « Dehors les avocats ! Dehors les profiteurs ! »

Joseph Machecoul avait même été accueilli par des cris, « Les gros ventres à la perce ! », et il s'était précipité, le visage en sueur, dans le petit salon à droite du vestibule où Forestier recevait ses visiteurs, criant qu'il lui fallait au moment où il quitterait l'hôtel une escorte, qu'il était temps que le général Bonaparte rétablisse la paix civile parce que ces cris annonçaient le désordre. « C'est, avait dit Machecoul s'épongeant avec des gestes lents comme s'il était épuisé, les premiers aboiements des Enragés et il faut les faire cesser avant que ces bêtes féroces ne recommencent à égorger ! »

Forestier n'avait pas donné d'escorte à Machecoul, à Dussert ni à Lucien Bonaparte, ni à aucun de ceux qui, après s'être rendus rue des Victoires, chez Bonaparte, venaient ici sur l'ordre du général en chef prendre les consignes précises pour les journées des 18 et 19 brumaire.

Il avait souhaité que ces girouettes, ces banquiers, ces officiers de salon, ce brelan de prêtres – Fouché, Talleyrand, Sieyès – sentent passer le vent du boulet, et qu'ils se souviennent, en traversant ces attroupements hostiles ou goguenards qui barraient la rue de l'Estrapade, des foules qui criaient à mort quand passaient les charrettes de condamnés.

Et Forestier lui-même, hier, le 19 brumaire, assis à côté de Bonaparte dans la voiture qui les conduisait au château de Saint-Cloud où devait se tenir la réunion du Conseil des Cinq-Cents, avait murmuré à ce dernier au moment où ils s'engageaient sur la place de la Concorde, celle où on avait autrefois dressé l'échafaud : « Nous coucherons demain au palais du Luxembourg ou nous finirons ici. »

C'était demain, 20 brumaire, an VIII.

Ils l'avaient emporté. Forestier avait ordonné aux grenadiers de disperser les députés des Cinq-Cents qui s'opposaient à Bonaparte. Et, d'un signe de tête, il avait autorisé Mercœur à s'élancer le premier, brisant d'un coup de talon une porte, dégainant, frappant du plat du sabre les députés cependant que les tambours roulaient et que ces oiseaux de tribune, ces phraseurs, sautaient par les fenêtres, s'égaillaient dans le parc du château, soulevant leur toge blanche comme font les femmes avec leurs jupes, perdant leur ceinture bleue et leur toque rouge. Puis il avait fallu aller les rechercher, tout ébouriffés qu'ils étaient, dans les guinguettes, les cafés, les jardins et les auberges de Saint-Cloud, parce qu'il fallait bien qu'ils désignent Sieyès, Ducos et Bonaparte comme consuls de la République, et qu'ils les écoutent prêter serment.

Forestier avait été au côté de Bonaparte quand celui-ci avait tendu le bras, dit d'une voix claire mais sèche, comme s'il devait cracher chaque mot de sa gorge serrée : « Je prête serment à la souveraineté du peuple, à la République une et indivisible, à l'égalité, à la liberté et au système représentatif. »

Il avait avec lui traversé les salons du château, recueilli lui aussi les félicitations de Machecoul, de Dussert, de Talleyrand, tous là maintenant que la victoire était acquise, et il avait entendu les soldats chanter, sur la route de Paris : *« Ah ! ça ira, ça ira, ça ira, les aristocrates à la lanterne... »*

Il avait eu envie de rire, et il avait donné deux coups d'éperon pour que son cheval s'élance et que le vent de la course chasse les souvenirs d'autres journées où l'on avait entonné le même refrain, c'était dans la cour des Tuileries le 10 août 1792, ou bien sur la colline de Valmy, en septembre de la même année.

Temps anciens. Temps révolus… Il était général, avait épousé une marquise. Et il rentrait chez lui, rue de l'Estrapade, en son hôtel particulier.

Lorsqu'il était entré dans la cour de sa demeure, il s'était tourné vers Nicolas qui se trouvait à un pas derrière lui alors que la pénombre de l'aube du 20 brumaire s'accrochait aux pavés, à la façade de l'hôtel. Seule la coupole du Panthéon commençait à surgir, comme une proue fendant la nuit.

Il n'avait pu voir les traits de Nicolas. Mais quand on a dormi côte à côte entre les blessés et les pestiférés, qu'on a marché de Jaffa au Caire dans le sable et la chaleur de braise, qu'on a vu à Aboukir, lors de la dernière bataille, victorieuse, la mer devenir rouge du sang des Turcs, on n'a pas besoin de voir pour deviner.

Il avait imaginé sa grimace, cette façon qu'avait le sergent-major de mordiller sa moustache, la bouche un peu tordue. Nicolas devait passer sa main sur ses lèvres, comme pour essuyer la moue qui s'y dessinait.

— Qu'est-ce que tu croyais, avait dit Forestier, qu'elles allaient nous attendre avec des candélabres pour nous conduire jusqu'à leurs lits, qu'elles allaient se jeter à notre cou parce que nous avons sauvé la République de ces avocassiers et de ces prêtres défroqués ?

Car il l'avait espéré, lui aussi, rêvant que la façade illuminée de l'hôtel aurait éclairé la rue de l'Estrapade, que Mariella aurait traversé la cour à sa rencontre. Voilà deux jours qu'il avait quitté sa chambre, dormant chez Bonaparte, et le 18 brumaire courant aux Tuileries puis le 19 à Saint-Cloud, écoutant Bonaparte lancer : « Rien dans l'Histoire ne ressemble à la fin du XVIIIe siècle. Rien dans la fin du XVIIIe siècle ne ressemble au moment actuel. »

Mais les députés des Cinq-Cents s'étaient précipités sur lui, malgré Lucien Bonaparte. Ils avaient écarté Machecoul qui avait tenté de les retenir. Ils avaient crié : « Ah, le scélérat, ah, le gredin ! », « Hors la loi, le dictateur, à bas le dictateur, hors la loi ! Hors la loi ! » Et Forestier avait vu des députés brandir des poignards. Il avait fallu qu'il entraîne Bonaparte, qu'il le porte.

C'était comme au pont d'Arcole, mais sans la gloire et avec la boue.

Pourtant il fallait vaincre aussi, passer sur l'autre rive. « Quand le vin est tiré, il faut le boire », avait dit Bonaparte.

Forestier avait crié « Vive Bonaparte ! ». Il avait fait taire les tambours un instant pour que Bonaparte puisse dire aux soldats : « Depuis assez longtemps, la patrie est tourmentée, pillée, saccagée, depuis assez longtemps ses défenseurs sont avilis, immolés. »

Forestier s'était avancé, avait montré la salle où s'étaient réunis les députés des Cinq-Cents : « Foutez-moi tout ce monde-là dehors ! »

Il ne cessait de revivre cette scène, et il aurait aimé la raconter à Mariella. Mais la façade de l'hôtel était une falaise noire.

— Elles dorment, Mercœur, ta Madeleine et ma marquise.

Il avait poussé la porte du vestibule. Deux lampes à huile éclairaient, au fond, l'escalier.

Forestier s'était immobilisé. La courbe des rampes lui avait tout à coup fait penser à un corps de femme, alangui, celui de Mariella couché, nue sous le tulle, bras allongés, formant avec le dos et les jambes une ligne semblable à cette courbe. Et il avait eu envie de se précipiter, de monter jusqu'à la chambre.

Il avait hésité, regardé Nicolas, puis d'un signe il l'avait invité à entrer dans le petit salon.

Il s'était laissé tomber sur le canapé pendant que Mercœur allait allumer les bougies aux lampes du vestibule.

Il avait cherché en tâtonnant la bouteille de marc et les verres qu'il gardait sur une petite table, placée à droite du canapé.

— On va boire, avait-il lancé à Nicolas qui revenait avec deux chandeliers.

Il avait commencé à remplir les verres.

— C'est nous qui allons commander, avait-il ajouté.

Nicolas avait posé les chandeliers sur la table, il avait pris son verre, l'avait levé.

— C'est lui, avait-il dit.

Forestier avait haussé les épaules. « Lui, nous », avait-il murmuré.

Et tout à coup il avait aperçu, suspendu entre les deux fenêtres, ce grand tableau représentant un paysage biblique, avec ses palmiers, un fleuve qui pouvait être le Nil. Il se souvenait avoir pris ce tableau en Italie, peut-être à Mantoue, l'avoir expédié à Bernard. Et celui-ci l'avait, disait-on, vendu à Talleyrand.

Il était donc revenu là, sans doute offert par le ministre ces dernières heures, pour faire allégeance, ou acheter et compromettre. Forestier avait eu un mouvement de colère, secouant les épaules, marmonnant :

« Qu'est-ce que ça fout là, qu'est-ce qu'il veut, celui-là ? »

Puis il avait bu une longue rasade d'alcool.

QUATRIÈME PARTIE

34.

« Mais il est
des amants dont
un mari s'honore,
et Bonaparte,
Premier consul,
était de ceux-là… »

Dussert s'était approché du berceau. Il avait hésité à soulever le tulle bleuté qui retombait comme un ample voile et recouvrait la petite nef d'osier posée sur des arceaux de bois d'acajou bordés de cuivre.

Il s'était retourné. Julie de Boissier était ensevelie sous des coussins dans le grand lit à baldaquin placé entre les deux fenêtres qui donnaient sur le quai de l'Horloge.

Il avait eu la sensation qu'elle feignait de dormir pour mieux l'observer, et à cet instant il avait été sûr qu'elle l'avait joué, ce 24 décembre 1800, quand elle s'était laissée tomber sur ce même lit. Elle avait écarté les bras et, dans la lumière dorée des bougies, il avait été saisi par la beauté de ses épaules nues, la naissance de ses seins. Elle avait geint, elle avait haleté, elle avait sous la longue robe écarté les cuisses. Elle l'avait ainsi attiré, sans pourtant faire un geste afin de l'inciter à venir se coucher sur elle et lui faire l'amour, pour la première fois depuis des mois, peut-être même des années. Ils faisaient chambre à part, ne se rencontrant qu'aux dîners, ou bien dans ces soirées des Tuileries ou de Malmaison, ces bals, ces spectacles qui se multipliaient depuis Brumaire, depuis que Bonaparte, devenu Premier consul, se comportait en souverain.

Mais même dans les salons ou dans les loges, à l'Opéra ou au Théâtre-Français, ils se tenaient loin l'un de l'autre, Dussert jetant parfois un regard pour tenter de savoir si la rumeur, qui venait jusqu'à lui, d'une liaison – parmi tant d'autres – entre Bonaparte et Julie était fondée.

Et il était vrai que le Premier consul, saluant les femmes qui se pressaient dans le salon de Malmaison ou bien dans le foyer de l'Opéra, s'attardait devant Julie, et qu'elle le regardait d'une manière insistante, audacieuse, provocante même.

Il y avait aussi cette façon que Bonaparte avait de lui parler, en s'approchant comme pour chuchoter, indifférent bien sûr aux regards de toute l'assistance. Et puis, comme pour démentir, ou au contraire pour confirmer, il venait vers Dussert et lui prenait le bras.

Cette familiarité, Dussert se souvenait de sa première manifestation au lendemain de Brumaire, dans les salons du palais du Luxembourg lors de la réception offerte par le Premier consul, après l'adoption de la nouvelle Constitution.

— Votre femme ? avait dit Bonaparte d'un ton étonné, en s'inclinant devant Julie.

Julie avait aussitôt, de sa voix la plus hautaine, précisé :

— Julie de Boissier, comtesse de Mirmande.

Bonaparte avait ri.

— Je sais, je sais. J'ai examiné il y a quelques jours une demande de radiation de la liste des émigrés que m'a soumise votre frère. Il veut donc rentrer en France. Pourquoi pas ? Pitt peut bien dire que je suis le fils et le champion de toutes les atrocités de la Révolution, c'est un Anglais, notre ennemi. Il ne comprend pas que je ne suis que national, madame la comtesse, ni bonnet rouge, ni talons rouges. Demandez à monsieur votre mari s'il est mécontent du cours de la rente et du tiers consolidé. En deux mois, depuis novembre, ils ont augmenté de plus de dix francs. Alors, on peut jaser, n'est-ce pas, dire que j'inaugure un régime de servitude et de silence, comme le prétendent quelques idéologues, quelques rêveurs, je veux seulement la paix civile et la prospérité. J'examinerai la requête de votre frère, venez m'en parler si vous le jugez utile, et si M. Dussert vous y autorise.

Ç'avait bien été la première fois que Bonaparte avait pris Dussert par le bras, l'entraînant à l'écart, lui parlant des prêts que les banquiers avaient consentis à l'État et de l'intention qu'il avait de créer une Banque de France, avec un Conseil des régents gouvernant l'institution, pour remplacer la Caisse des comptes courants. Naturellement, il souhaitait que Guillaume Dussert et son associé Lucien Bernard en soient membres.

— Vous êtes parmi les banquiers les plus importants de Paris, avait-il ajouté, et je n'oublie pas la confiance que vous m'avez manifestée. Vous avez pris des risques, Dussert. Il faut encore aider le gouvernement, m'aider, mais cette fois-ci nous sommes dans la place, nous manœuvrons en terrain conquis. Je sais pouvoir compter sur vous.

Il avait chuchoté :

— Je ne connais rien et ne veux rien connaître de vos affaires privées, mais si le retour du frère de Mme la comtesse de Mirmande vous gêne en quoi que ce soit, voyez le général Forestier, expliquez-lui, et j'essaierai de rendre un jugement aussi sûr que celui de Salomon.

Dussert n'avait pas vu Forestier. Il ne craignait pas le retour en France de Jérôme de Boissier qui bien sûr deviendrait, comme la plupart des ci-devant admis à regagner le pays, un admirateur et un courtisan zélé du Premier consul.

Mais Jérôme n'avait pas été radié. Et peut-être Bonaparte se servait-il du frère pour obtenir de la sœur ce qu'il désirait.

Julie avait dû succomber, comme toutes ces actrices – Giuseppina Grassini, Mlle Bourgoing, Mlle Duchenois, Mme Branchu –, ces cantatrices, ces jeunes comtesses, ces épouses de généraux que Joséphine de Beauharnais, qu'on appelait déjà « la stérile », « la vieillissante », présentait à Bonaparte. Et l'on disait, la bouche pincée par le ragot, que le marquis de Sade, ce vieux fou de libertin, ce prisonnier de la Bastille, cet ancien président de la section des Piques, ce fouetteur, ce « tortureur » de catins avait été emprisonné sur ordre du Premier consul pour avoir dans un libelle décrit la vie dissolue d'une certaine Zoloé en laquelle tout le monde avait reconnu Joséphine, maquerelle livrant à son consul de mari les filles qu'il désirait, et même la sienne, la petite Hortense de Beauharnais, lui procurant les plaisirs qu'elle ne pouvait plus lui donner, et pourtant Dieu savait qu'elle était rouée, la putain de Barras !

Voilà ce qu'on murmurait. Et l'on disait aussi que le général Forestier tenait sa femme recluse en son hôtel de la rue de l'Estrapade pour éviter qu'elle aussi ne soit proposée à l'Ogre.

Alors, que Julie se soit donnée ou laissé prendre, Dussert l'avait accepté.

Elle avait déjà été la maîtresse de Forestier, de Talleyrand, et avant eux de combien d'autres, dans ces années de sang où les jeunes noblettes n'avaient que leur cul à offrir pour sauver leur tête.

Et puis cela ne nuisait pas aux affaires de la banque Dussert et Associés.

Être régents de la Banque de France permettrait d'acheter et de vendre de la rente en connaissant le dessous des cartes et les atouts de tous les joueurs. On était sur la scène et dans les coulisses. Machecoul, devenu sénateur, avait ainsi annoncé avant que la nouvelle se répande et que les cours de la Bourse ne baissent, le départ du Premier consul pour l'armée d'Italie, car Bonaparte voulait reconquérir Milan, perdu alors qu'il était en Égypte, chasser définitivement les Autrichiens de Lombardie, contraindre Vienne à la paix et, vainqueur sur le continent, obliger Londres à traiter.

Ç'avait été des jours d'incertitude que ceux de ce printemps et de cet été 1800.

Les bruits les plus fous avaient couru dans la deuxième quinzaine de juin.

On disait Bonaparte vaincu, on annonçait sa mort sur le champ de bataille, du côté de Marengo, une ville dont jusqu'alors on avait ignoré l'existence et dont chacun tout à coup chuchotait le nom avec angoisse ou espoir.

Durant quelques heures, Dussert avait hésité. Machecoul, affolé, assurait que des émigrés avaient débarqué sur la côte de Bretagne, qu'ils s'étaient infiltrés dans Paris, que Louis de Taurignan était parmi eux, que l'armée d'Italie avait capitulé. La rente s'était effondrée, et les banquiers avaient commencé à vendre, accentuant le mouvement.

Dussert avait rendu visite à Talleyrand dans son hôtel de Galliffet, mais le ministre s'était contenté de sourire, le visage peut-être un peu plus blafard qu'à l'habitude. Mais au moment où Dussert quittait le salon, il avait dit, restant appuyé à la grande cheminée de marbre :

— Vous vous êtes sûrement couvert de tous côtés, Dussert. S'il est mort ou vaincu, vous jouerez votre cavalier, et s'il est victorieux, vous pousserez la reine. Je me trompe ?

Dussert n'avait pas répondu. Il avait quitté l'hôtel de Galliffet, pensif, renvoyant sa voiture, remontant à pied vers le Panthéon.

Avait-il plusieurs pièces dans son jeu ?

Il avait conservé des liens avec la famille d'Orléans, noué quelques amitiés avec des écrivains qui se disaient opposants et libéraux, tel ce Benjamin Constant qui avait prononcé quelques discours dont Bonaparte avait été fort irrité.

Dussert avait même fait proposer par Lucien Bernard des prêts à des généraux jaloux de Bonaparte, tels Moreau ou Bernadotte, pourtant le beau-frère de Joseph Bonaparte. Naturellement ces héros avaient accepté sans scrupules qu'on leur offrît quelques facilités.

Selon le sénateur Machecoul, averti de toutes les

intrigues, les assemblées, le Tribunat et le Corps législatif, et même le Conseil d'État se tourneraient, dans le cas d'une disparition de Bonaparte, vers un général. Lequel ? Telle était la question.

Marceau était victorieux mais on le soupçonnait d'être l'ami du général Pichegru, monarchiste, peut-être revenu clandestinement en France, et conspirant avec des chouans, tel ce taureau furieux de Cadoudal qui avait juré d'encorner Bonaparte.

Bernadotte était un esprit pondéré, mais peut-être trop prudent pour risquer sa carrière dans ce qui resterait une aventure.

Dussert s'était engagé dans la rue de l'Estrapade et s'était présenté à l'hôtel Forestier. Mariella di Clarvalle l'avait aussitôt reçu, et la hâte et l'anxiété de la jeune femme avaient montré à Dussert qu'elle ignorait tout du sort de la bataille.

Il n'avait pas regretté sa visite. Il avait joui de cette beauté ternie par l'inquiétude et l'absence de nouvelles. Mariella avait les cheveux dénoués, tombant en grandes boucles brunes sur les épaules. Elle se serrait les mains nerveusement.

Dussert avait rapproché son fauteuil du canapé où elle se tenait. Il lui avait pris les mains en murmurant qu'elle pouvait compter sur lui, qu'il avait autrefois aidé le général Maximilien Forestier, qu'il se considérait comme l'ami de son épouse, et qu'elle devait faire appel à lui, qu'il l'en pressait.

La guerre, avait-il chuchoté, était une maîtresse exigeante qui occupait tout l'esprit de ceux qui la faisaient, des héros, mais la vie n'était pas une succession de batailles, de canonnades, de charges de cavalerie. Il fallait aussi prendre le temps du plaisir, de l'insouciance, et faire à la beauté les offrandes qu'elle méritait. Lui n'était pas un héros, mais un banquier, un homme qui savait offrir.

Elle l'avait regardé, les yeux exorbités, et tout à coup elle avait retiré ses mains qu'il avait gardées dans les siennes. Elle s'était levée, elle avait hurlé : « Mafalda ! Madeleine ! »

Les deux femmes s'étaient précipitées dans le salon. Dussert avait eu l'impression qu'il reconnaissait le visage de l'une d'elles, celle qui avait dit assez fort pour qu'il l'entende : « C'est un vautour, cet homme-là, c'est la mort, c'est la charogne qu'il cherche. Il faut le mettre dehors, madame, dehors ! »

Il avait lentement regagné le quai de l'Horloge, s'étonnant d'être tout à coup insouciant, comme si d'avoir vu cette jolie femme éplorée, rebelle pourtant, entourée de ses deux gardiennes, l'avait revigoré.

Après tout, Talleyrand avait raison. Il s'était couvert autant qu'on le pouvait, auprès des Orléans, des généraux, des libéraux, et naturellement il avait conservé toutes les autres pièces dans le camp de Bonaparte. Est-ce qu'un homme qui avait traversé la flotte anglaise à deux reprises sans être vu, un homme qui avait renversé le Directoire en deux jours, qui avait franchi le Grand-Saint-Bernard avec son artillerie, pouvait comme n'importe quelle recrue mourir sur le champ d'une bataille perdue ?

Il avait eu un moment d'euphorie, heureux de ne pas avoir vendu comme les autres de la rente.

Puis l'inquiétude était revenue. Il n'était pas couvert du côté des royalistes et de ces fanatiques de chouans. Peut-être faudrait-il voir aussi de ce côté-là, car les dix années que l'on venait de vivre montraient que le plus inattendu pouvait survenir. Est-ce qu'un Philippe Chrétien de Taurignan aurait jamais imaginé qu'on lui trancherait la tête, sur l'ancienne place Louis-XV ! Et Louis XVI, quelle surprise ç'avait dû être que de s'entendre appeler Louis Capet, que d'être accusé d'avoir agi en roi et de finir par se coucher sur la planche de la guillotine, les mains liées !

Il serait donc sage de demander à Bernard de jeter quelques miettes du côté des partisans du comte d'Artois ou de son frère, ce Louis XVIII. Ils devaient être si affamés, si désireux de trouver des complices qu'il ne serait pas difficile de les appâter à peu de frais. Cela pouvait être fort utile si ces princes remontaient sur le trône. Et si Bonaparte l'emportait, on livrerait quelques noms à Fouché, ainsi on se couvrirait d'une autre manière de ce côté-là.

Ce jour-là donc, le 21 juin 1800, Dussert s'était arrêté devant le porche de l'hôtel de Mirmande et, au lieu de rentrer, parce qu'il sentait revenir en lui l'humeur tranquille et presque joyeuse, il avait traversé le Pont-Neuf.

Il s'était dirigé vers les petites rues qui entourent Saint-Germain-l'Auxerrois. Là, il avait ses habitudes dans une maison un peu délabrée où une maquerelle lui réservait ses meilleures oiselles, venues souvent de la campagne, ou bien au contraire les plus expertes de ces jeunes désargentées qui avaient rêvé d'être cantatrices ou de jouer la comédie, et qui n'espéraient plus que dans les libéralités et la protection d'un Monsieur, bon prince comme elles disaient. Et elles se racontaient entre elles que Bonaparte avait distingué, l'autre soir au foyer du théâtre, l'une de ces jeunes femmes et qu'elle avait passé la nuit aux Tuileries, et obtenu dès le lendemain un rôle…

Dussert aimait ce babil, cette soumission, cette gaieté d'esclave, cette jeunesse perverse.

Il avait sa chambre, son fauteuil. Et la maquerelle, Mme de Bonchamps, lui avait murmuré, avant qu'il ne monte, qu'elle avait bien pensé qu'il passerait malgré les rumeurs qui enflammaient tout Paris, et qu'elle lui suggérait une jeune fille arrivée le matin même de Troyes. La coquine sentait l'herbe, avait-elle ajouté en riant, elle en avait peut-être encore des brins accrochés ici ou là. À lui de voir.

Va pour la paysanne.

Il s'était assis jambes écartées dans son fauteuil, et avait attendu.

Lorsqu'il était rentré le lendemain, non pas à l'hôtel de Mirmande mais à l'hôtel de Taurignan, tard dans la matinée, le corps moulu d'avoir dompté toute la nuit cette paysanne effrayée comme une truie qu'on va saigner et à laquelle il avait fallu tout apprendre, Machecoul s'était précipité vers lui, criant :

— Victoire, Bonaparte a tout balayé ! Les Autrichiens se sont rendus par milliers, le général Desaix est tué, mais – il avait ri – ce n'est pas ça qui va faire baisser la rente, ceux qui ont vendu se sont tellement mordu les doigts depuis cette nuit qu'ils en sont aux coudes ! Nous allons aujourd'hui voter une déclaration pour saluer la victoire de Bonaparte à Marengo !

— Vous devriez en faire un roi, l'élire souverain, avait répondu Dussert en s'asseyant.

Il avait regardé Machecoul qui n'avait pas paru surpris.

— Certains d'entre nous y pensent… Naturellement,

il y a déjà des oppositions, on voit resurgir les vieux Jacobins, Fouché et quelques autres, mais ces rumeurs, cette peur durant deux jours, comment les éviter sinon en renforçant les pouvoirs du Premier consul ?

— Une nouvelle dynastie héréditaire alors, avait dit Dussert. On coupe la tête aux Capet, et on couronne les Bonaparte !

— Trop tôt, trop tôt, peut-être dans quelques années. Vous me donnez le vertige avec vos visions.

— Les banquiers sont ainsi, mon cher, mais…

Machecoul avait secoué la tête comme s'il avait voulu ne pas en entendre davantage. Il avait d'un mouvement de mains devant son visage supplié Dussert de ne pas poursuivre.

— Mais, avait repris Dussert, commencez par lui trouver un descendant, et surtout une femme capable d'en faire un. Vous savez ce qu'on dit de Joséphine…

— Assez, assez, avait répété Machecoul, un pas après l'autre. Et Bonaparte est fort satisfait d'être Premier consul.

— Vous croyez ?

Machecoul n'avait pas répondu, s'éloignant à grandes enjambées.

Le retour de Bonaparte avait été marqué par une succession de fêtes, au château de Neuilly, aux Tuileries, à Malmaison, les unes données par Talleyrand, les autres par Joséphine et Bonaparte. Julie de Boissier n'avait voulu en manquer aucune.

Dussert l'attendait dans la cour de l'hôtel de Mirmande.

Il n'éprouvait plus aucun désir pour elle. D'ailleurs, ce qui l'avait attiré en elle, il le savait, c'était bien davantage ce titre qu'elle portait, cette lignée alliée à celle des Taurignan dont elle était issue, que son corps. Mais il avait été sensible à l'élégance de sa silhouette.

Ses cheveux étaient relevés en chignon et retenus par un diadème, une frange barrant son front, donnant du piquant, presque de la perversité, aux traits réguliers et à la distinction de son visage.

Et il avait aimé, comme chaque fois qu'ils pénétraient côte à côte dans les salles de bal, dans les grands salons des Tuileries ou du château de Neuilly, que tous les regards se tournent vers Julie. Elle était son bien, elle avait accepté de porter son nom de roturier, et c'est comme s'il lui avait arraché son blason pour se l'approprier. Il vivait à l'hôtel de Mirmande, il possédait l'hôtel de Taurignan et les châteaux et les propriétés des Taurignan et des Boissier.

Alors il pouvait bien abandonner la laisse sur son cou, et après tout si Bonaparte exprimait sa reconnaissance en chargeant la banque Dussert et Associés de lever des fonds pour l'achat de fournitures destinées aux armées du Consulat, autorisant la banque à prendre des participations accrues au capital de la Banque de France, ou lui offrant des droits de souscription privilégiés pour la rente, pourquoi aurait-il fallu s'en plaindre ? Dussert n'avait jamais admis que Julie ait mis autrefois ce Forestier dans son lit et qu'elle l'ait installé quai de l'Horloge ! Mais il est des amants dont un mari s'honore, et Bonaparte, Premier consul, était de ceux-là. Et généreux avec Julie ! Ce diadème qu'elle portait, d'un million de francs, qui donc pouvait l'avoir payé, sinon lui ?

À plusieurs reprises, quand ils rentraient de l'une de ces soirées et qu'ils étaient assis dans la calèche, loin l'un de l'autre, Dussert avait tenté de l'interroger. Il avait parlé sur un ton qu'il voulait indifférent, presque joyeux, ironique en tout cas, espérant que Julie allait l'interrompre, répondre. Mais elle l'avait laissé dire : « Notre Premier consul, ma chère, vous fait un siège digne de celui de Toulon ! Résistez-vous mieux que les Anglais ? Il n'a pas fait tomber Saint-Jean-d'Acre, serez-vous aussi cruelle que le gouverneur de la ville qui avait emmuré les chrétiens ? Je ne peux pas le croire ! »

Il s'était approché d'elle.

« Racontez-moi, ce sera notre secret. Vous savez que j'ai aidé Bonaparte, votre Premier consul, et cru en lui alors que vous étiez plus sensible au charme de Maximilien Forestier ! »

Peut-être avait-il été maladroit de rappeler ce souvenir, mais Julie s'était contentée de le toiser avec mépris, et il n'avait jamais pu obtenir d'elle la moindre confidence.

Le 24 décembre 1800, elle portait une nouvelle toilette qui lui laissait sous la gaze les épaules nues. Un collier fait de chaînons d'or entrelacés effleurait la naissance de ses seins. Les bords de son corsage et de sa robe blanche, en tissu moiré, étaient de velours bleu vif.

Dussert l'avait trouvée belle, les yeux brillants comme si elle partait à une bataille.

Ils étaient invités ce soir-là dans la loge du Premier consul, à l'Opéra où l'on donnait un oratorio de Haydn, *La Création*. Au regard qu'avaient lancé à Julie Joséphine et Hortense de Beauharnais, assises côte à côte sur le devant de la loge, Dussert avait pensé que Julie avait remporté la victoire. Il avait attendu avec curiosité l'arrivée du Premier consul.

Et tout à coup ç'avait été le bruit sourd d'une explosion proche, le parquet de la loge se mettant à trembler, de la poussière tombant du plafond et des parois tendues de tissu rouge.

Il y avait eu des cris, les invités avaient quitté leur place, s'étaient retrouvés au foyer puis, malgré le froid vif, étaient sortis. Brusquement la voiture de Bonaparte était arrivée, des officiers, des généraux s'étaient précipités. Un attentat avait été perpétré contre le Premier consul, rue Saint-Nicaise, une charrette chargée de barils de poudre avait explosé, défonçant la rue, tuant plusieurs personnes. Dussert avait entendu Forestier qui criait qu'une femme avait eu les deux seins arrachés par un morceau de fonte, et qu'on avait découvert les restes épars d'une fillette.

Puis Dussert avait été entraîné par Julie qui suivait Bonaparte, que l'on avait guidé vers sa loge cependant que les spectateurs l'acclamaient, scandant « Vive le Premier consul ! ».

Il avait vu Bonaparte se pencher vers Julie, lui murmurer quelques mots avant de dire à haute voix qu'il allait regagner les Tuileries, interroger le ministre de la Police. « Monsieur Fouché », avait-il ajouté avec mépris.

Dussert avait été surpris que Julie, dans la voiture qui les reconduisait à l'hôtel de Mirmande, se soit appuyée contre lui, qu'elle lui ait pris la main dans un geste inattendu de tendresse et que, quelques instants plus tard dans la chambre, elle se soit abandonnée, offerte, tout son corps l'appelant, l'invitant à l'aimer.

Ce qu'il avait fait avec furie, l'insultant, il s'en

souvenait, lui disant qu'elle était comme toutes ces ci-devant qui, sous de grands airs, se donnaient au plus offrant pour un peu de gloire, ce collier. Et il l'avait arraché, criant qu'il n'était ni général ni Premier consul, mais un petit clerc que la comtesse de Mirmande avait bien dû épouser parce qu'il était devenu l'un des plus importants banquiers de Paris. Julie de Boissier avait fermé les yeux. Elle s'était laissé aimer. Puis elle l'avait repoussé avec mépris.

— Quittez ma chambre, avait-elle dit, regagnez votre couche.

Il avait eu envie de la tuer, ayant tout à coup craint qu'elle ne lui ait tendu un piège.

Quelques semaines plus tard, sans même lui jeter un regard, Julie lui avait annoncé qu'elle attendait un enfant puis, avant qu'il ait pu parler, elle lui avait tourné le dos.

Si cet enfant était celui conçu le 24 décembre 1800 dans le grand lit à baldaquin, il aurait dû naître en septembre 1801. L'on était le 3 juillet, et l'enfant était là, couché dans son berceau d'osier sous les voiles de tulle bleuté.

Dussert s'était approché du berceau. Il avait enfoncé ses poings fermés dans ses poches. Il avait la certitude que Julie l'avait berné, qu'elle lui avait ouvert les bras pour l'emprisonner dans un piège, lui faire endosser ce fils qui ne pouvait être le sien.

Celui du Premier consul ? Ou d'un officier de passage, semblable à ce lieutenant Charles qui avait été durant toute la campagne d'Égypte l'amant, le caniche de Joséphine de Beauharnais, et qu'elle avait comblé de cadeaux, payés avec les prêts que lui avait consentis la banque Dussert et Associés…

Il était resté debout près du berceau. Et le docteur Corvart s'était approché, murmurant que l'enfant était « un fils, monsieur Dussert, un magnifique garçon, vigoureux et sain ».

— Né avant terme, avait ajouté Dussert à mi-voix.

Corvart avait secoué la tête, souri.

— Mais non, mais non, rien ne le laisse penser.

Dussert l'avait dévisagé avec insistance. Corvart était le médecin du Premier consul, celui qu'il avait choisi pour veiller sur la santé de ses femmes, disait-on dans Paris.

Et c'était Julie qui avait voulu qu'il soit là pour l'accouchement.

— J'imaginais, avait dit Dussert.

— Mais non, mais non…, avait répété Corvart.

Puis il avait rougi, balbutié :

— Enfin, il me semble, rien ne l'indique de prime abord, mais la nature est pleine de mystères, il faudrait que j'examine de plus près l'enfant, je…

Dussert n'avait pu s'empêcher de le repousser d'un geste brusque.

— Faites-vous payer.

Il y avait eu du bruit. Dussert s'était retourné. Julie était maintenant assise, calée entre les coussins.

— Il se prénommera Victor-Marie, avait-elle dit.

Dussert avait sorti les mains de ses poches, fait un geste comme s'il allait soulever le voile de tulle afin de voir l'enfant, puis il avait laissé retomber son bras et il avait quitté la chambre.

35.

“ Faut-il
qu’on sorte
le poignard
et qu’on le plante
dans mon dos
pour que
je punisse ? ”

Dussert avait ouvert la fenêtre. Le quai de l’Horloge, la Seine, les ponts, la rive droite étaient illuminés par les fusées du feu d’artifice que l’on tirait de l’Hôtel de Ville en cette nuit glacée et ventée du 16 décembre 1804.

C’était ainsi presque chaque jour depuis le sacre du 2 décembre. Fêtes, parades en fanfare, défilés, bals, réceptions, spectacles, s’étaient succédé, et ce soir la ville de Paris offrait l’apothéose, ces explosions colorées qui dessinaient dans le ciel une sorte de volcan d’où jaillissaient des gerbes d’étincelles multicolores.

Dussert avait commencé à pousser la croisée, et dans les vitres éclairées il avait aperçu son profil et sa silhouette. En même temps, il avait entendu, entre les détonations, les exclamations de Victor-Marie.

L’enfant, chaque fois qu’une fusée s’élevait puis explosait, criait. Il devait être sur le balcon du troisième étage en compagnie de sa gouvernante, cette Élisabeth de Viéville, une baronne ruinée, une jeune femme que le couperet de la guillotine avait laissée orpheline et à qui Julie avait confié Victor-Marie, dès le lendemain de sa naissance. Depuis, Julie avait-elle jamais vu son fils plus de quelques minutes ?

Elle avait été, plus encore que dans les années précédentes, de toutes les fêtes données par le Premier consul. Elle avait même disparu plusieurs jours, durant l'été 1802, au lendemain du plébiscite qui conférait à Bonaparte le titre de consul à vie.

Où avait-elle été avec lui ? Dans quel château, Compiègne, Rambouillet, Saint-Cloud ? Avait-elle chassé, puisque, disait la chronique, le consul Napoléon Bonaparte chevauchait chaque jour plusieurs heures dans les forêts, courant le chevreuil, le cerf ou le sanglier ?

Dussert s'était souvenu des libelles qu'il avait reçus ou qu'on avait collés sur la porte de l'hôtel de Mirmande ou sur les murs de la cour de l'hôtel de Taurignan, qui décrivaient Napoleone Buonaparte, l'étranger, poursuivant non du gibier mais des femmes, et laissant derrière lui des bâtards dont des dessins soulignaient la ressemblance avec le consul. Dussert avait éprouvé en froissant ces feuillets une rage silencieuse et, comme il ne se rendait jamais au troisième étage, celui où logeaient Victor-Marie et Élisabeth de Viéville, il lui était arrivé de guetter l'enfant avec angoisse, craignant qu'il ne soit, comme dans les libelles, qu'une sorte de Bonaparte nain, au teint jaune.

Mais Victor-Marie ressemblait à Julie, dont il avait les cheveux noirs, le front bosselé, le menton rond. Et Dussert avait dû plusieurs fois réprimer le désir qu'il avait de s'approcher de l'enfant, de l'observer, de lui parler, d'en faire ainsi vraiment son fils à lui. Après tout, avait-il même pensé, c'était à Bonaparte de se sentir volé. Lui qui rêvait d'une descendance.

Et ç'avait pour Dussert sa vengeance que de rappeler à tous ces courtisans, à ceux qui avaient tant désiré que Bonaparte devienne Napoléon, qui comme Machecoul avaient écrit des dizaines d'articles pour suggérer, pour supplier que le Consulat se transforme en Empire, que la question de la succession se poserait alors.

Parfois, avec une satisfaction amère, d'une voix goguenarde il ajoutait : « Aurait-il dix, vingt, même cent bâtards que cela ne remplacerait pas, et vous le savez bien, Machecoul, un fils légitime – et il s'efforçait de sourire. Il peut déposer sa semence ici ou là, mais une épouse stérile, à quoi cela lui sert-il, l'oiseau portera un autre nom. »

Il n'avait jamais osé avouer : « Il porte le mien », mais de parler ainsi l'empêchait d'aller vers Victor-Marie, et cette incapacité où il était de l'oublier ajoutait à son amertume. Il en voulait à Julie pour cela aussi, et pour le fait qu'elle se soit désintéressée de cet enfant qu'elle avait abandonné à Élisabeth de Viéville. Les rares fois où Dussert avait aperçu Victor-Marie, l'enfant lui avait paru trop silencieux, comme replié sur lui-même, petit animal frileux que cette gouvernante aux seins de matrone et à la croupe de jument morigénait d'une voix dure.

Aussi Dussert avait-il été surpris, heureux même, d'entendre Victor-Marie crier joyeusement alors que dans cette nuit neigeuse les fusées du feu d'artifice avaient dessiné dans le ciel une silhouette de cavalier semblant gravir les pentes d'une montagne, sans doute une évocation fugitive de Bonaparte franchissant le col du Grand-Saint-Bernard.

Mais il avait aussitôt pensé que Julie avait quitté au début de la soirée l'hôtel de Mirmande pour se rendre à la réception de l'Hôtel de Ville, et peut-être finir la nuit dans l'appartement privé de l'empereur Napoléon – il fallait donc l'appeler ainsi, avait-il maugréé – aux Tuileries.

Alors cette petite pousse de joie que les exclamations de Victor-Marie avaient fait surgir en lui s'était aussitôt rabougrie.

Les lueurs d'une cascade ininterrompue d'explosions avaient répandu sur les deux rives du fleuve une clarté intense que les vitres reflétaient. Et Dussert s'était vu avec encore plus de netteté, comme dans un miroir un peu sombre. Il s'était figé, saisi par le froid qui n'était pas celui de cette nuit hivernale ponctuée de bourrasques de neige, mais celui du temps qui avait passé sur lui, l'avait enseveli sans qu'il s'en rendît compte.

Peut-être avait-il surtout vieilli depuis la naissance de Victor-Marie, peut-être avait-il eu tort de ne pas rompre avec Julie, de ne pas s'installer au faubourg Saint-Germain dans son hôtel de Taurignan. Peut-être était-ce la présence de cet enfant au-dessus de lui, de cet enfant qu'il entendait marcher et auquel il ne parlait pas, qui l'avait peu à peu transformé.

Chaque fusée avait fait surgir de la nuit un aspect nouveau de son corps, de son visage, comme si durant ces dernières années il avait été aveugle à ce qui lui arrivait. Et il avait observé soudain son crâne presque chauve entouré d'une couronne de cheveux gris, les favoris touffus, descendant bas sur les joues, étaient blancs. Il avait vu ce cou qui avait avalé le menton et semblait aspirer le visage, le coller aux épaules. Et le torse, le ventre faisaient bâiller les pans de la redingote et du gilet. Il avait eu envie d'arracher ces replis épais qui l'avaient enveloppé, de les envoyer loin, et de jeter aussi cette croix, épinglée à son revers, que Bonaparte lui avait remise il y avait plus de deux ans déjà, le lendemain de la création de l'ordre de la Légion d'honneur. Il s'était retrouvé, dans les salons des Tuileries, entre Machecoul et Forestier, décorés eux aussi.

Il avait eu la nostalgie du temps où il se glissait, maigre, avide, ambitieux, dans les couloirs de la prison de l'Abbaye, parvenant à arracher aux massacreurs de septembre Philippe Chrétien de Taurignan.

Il ne possédait rien en ce temps-là, ni château, ni l'hôtel du quai de l'Horloge ni celui de Taurignan, ni cette croix d'honneur, ni ce titre de baron que l'Empereur avait également décidé de lui attribuer. Mais il avait, quand Napoléon avait évoqué son intention, tressailli d'orgueil, se répétant qu'il était le « Baron Guillaume Dussert, régent de la Banque de France ».

Alors pourquoi cette amertume et même ce regret des jours difficiles de la Révolution ?

Ils étaient redevenus présents quand Lucien Bernard lui avait soumis une requête inattendue. L'abbé de Saint-Germain-l'Auxerrois, Pierre-Marie de Taurignan, sollicitait une rencontre. Il était, précisait-il, le frère cadet de Philippe Chrétien de Taurignan. Le ton de la lettre était humble. Lucien Bernard avait précisé que le prêtre, qu'il avait rencontré plusieurs fois à sa demande, souhaitait présenter au baron Dussert le cas de son neveu Louis.

Dussert avait accepté de le recevoir dans cet hôtel de Taurignan qu'il comptait bien désormais appeler hôtel Dussert.

Il avait vu entrer, dans le salon bureau du premier étage, un homme voûté qui marchait à petits pas, refusait de s'asseoir, paraissait ne pas reconnaître les lieux alors qu'il avait dû autrefois y vivre. Cette attitude avait irrité Dussert.

— Je suis banquier, avait-il dit d'un ton hostile.

Pierre-Marie de Taurignan avait hoché la tête. Il ne l'ignorait pas, mais il savait aussi que le baron Dussert voyait souvent l'Empereur, qu'il était l'ami du sénateur Machecoul et qu'il était introduit auprès de Talleyrand, Fouché, Cambacérès, tous ceux qui comptaient dans l'Empire, qu'il pouvait donc évoquer avec eux le sort fait à Louis de Taurignan.

— Il a été condamné à mort, avait expliqué le prêtre. C'est le dernier des comtes de Taurignan, le seul qui puisse continuer notre lignée.

Dussert était resté impassible. Il s'était senti puissant. D'un geste, il avait demandé à Pierre-Marie de Taurignan de s'expliquer.

— Il a commis une faute, avait commencé le prêtre.

Louis de Taurignan s'était introduit illégalement en France, peu après l'exécution du duc d'Enghien.

— Je ne juge pas, avait-il murmuré, la décision de Napoléon Bonaparte de faire enlever hors des frontières le duc, puis de le faire condamner à mort. Je parle seulement de mon neveu, du fils d'un homme qui a été guillotiné.

— Je l'ai connu, je l'ai aidé, avait dit Dussert.

— Sauvez Louis, son fils.

Et le prêtre avait poursuivi, racontant que son neveu avait voulu venger le duc d'Enghien, qu'il avait été mêlé au complot de Cadoudal bien qu'il n'ait en rien participé aux attentats perpétrés par le chef chouan.

— Il a donc échappé à la police et au jugement, avait murmuré Dussert.

— On l'a pris, il y a quelques jours. Il est enfermé au fort de Vincennes, comme l'a été le duc d'Enghien. Il peut être jugé d'une heure à l'autre. J'ai vu Joséphine de Beauharnais. Je vois tous ceux qui ont l'oreille de l'Empereur.

— Je suis banquier, je vous l'ai dit déjà, avait répété Dussert d'une voix méprisante, l'Empereur ne me consulte que lorsqu'il crée le franc, ou bien lorsqu'il veut obtenir un prêt des banques ou l'émission par la Banque de France de billets. Pour le reste, je ne peux rien. Si je parlais, il serait sourd.

Pierre-Marie de Taurignan s'était redressé. Il avait pour la première fois regardé autour de lui.

— On ignore, avait-il dit, quelles sont les intentions de la providence. Mais il se peut qu'un jour Dieu décide que la France doit retrouver un roi.

Il avait tendu la main vers Dussert.

— Je ne formule aucun souhait, quelles que soient mes pensées. Je dis seulement ce qui peut être si Dieu le veut. Mais si un souverain légitime retrouve le trône de ce royaume, il voudra rendre à ceux qui ont souffert pour lui ce qui leur a appartenu.

Dussert s'était à demi dressé, en s'appuyant des

avant-bras à son bureau. Il allait jeter ce prêtre dehors, le faire arrêter.

— Il y a un souverain légitime, avait-il dit en martelant son bureau du poing, un seul et c'est l'Empereur ! Vous savez ce qu'il a écrit à votre Louis XVIII : « Vous ne devez pas souhaiter votre retour en France car il vous faudrait marcher sur cent mille cadavres. »

Pierre-Marie de Taurignan avait souri.

— Nous avons vécu tant d'événements étranges, avait-il répondu d'une voix calme. Notre souverain pontife est venu ici signer un Concordat, mettant fin aux persécutions, restituant à la Sainte Église tous ses droits, et je suis sorti de la nuit pour célébrer, en pleine lumière, la messe comme autrefois.

— Vous me proposez quoi ? avait coupé Dussert.

— Si vous obtenez la grâce de Louis, personne de notre famille ne réclamera au roi ce que vous nous avez pris.

Il avait fait quelques pas dans le salon.

— Je suis très attaché à cette demeure, les miens y ont vécu, mais ni la comtesse de Taurignan, ni sa fille Jeanne ne pensent qu'elle vaut plus que la vie de Louis.

Dussert s'était levé, et s'était approché de Pierre-Marie de Taurignan.

— Où est mon intérêt ? Si c'était cela seulement qui me guidait, je vous dénoncerais à Fouché comme complice de cette bande du grand Georges Cadoudal, dont les têtes ont roulé après la sienne sur l'échafaud, place de Grève. Je laisserais pourrir Louis de Taurignan dans sa prison de Vincennes, avant qu'on ne l'attache à un poteau dans les fossés du fort. Puis je trouverais quelques assassins, il en existe toujours dans les temps troublés, qui ont appris à tuer à la guerre, qui cherchent un gain facile. Or quoi de plus aisé que d'égorger deux femmes, la comtesse Thérèse et sa fille, sûrement perdues, isolées, dans une ville étrangère ? Et qui viendrait, même si un Louis Capet s'assied à nouveau sur le trône de France, réclamer ce qui m'appartient de par la loi, de par l'achat. Je suis le baron Dussert, régent de la Banque de France, décoré de la croix d'honneur, je suis l'époux de Julie de Boissier, comtesse de Mirmande, et vous savez, monsieur l'abbé de Taurignan, que la comtesse Thérèse est une Boissier. Que voulez-vous que j'en aie à foutre de tirer des griffes de notre aigle ce Louis de Taurignan venu ici pour assassiner ?

Il avait croisé les bras, fixé le prêtre.

— Pourquoi voulez-vous que j'essaie de le sauver ?

Le prêtre avait baissé la tête, puis s'était dirigé vers la porte du salon, s'arrêtant sur le seuil sans se retourner vers Dussert.

— Vous avez lu et entendu ma requête, avait-il dit. Il me semble que vous devriez tenter de sauver Louis, afin de vous sauver vous-même.

Ces derniers mots prononcés d'une voix douce, si faible que Dussert les avait à peine entendus, devinés plutôt, l'avaient irrité.

— Je me suis sauvé seul, avait-il lancé, cependant que le prêtre descendait l'escalier, précédé par un valet.

Et c'est cette phrase-là qui l'avait tourmenté, dont il s'était souvenu. Elle était revenue au moment le plus inattendu, alors qu'il ouvrait les yeux dans cette vaste salle sans fenêtre, sombre, où il découvrait les colonnes d'un temple, les murs décorés de compas et de fils à plomb, d'équerres. Devant lui, une tête de mort et ces épées dressées formant une voûte d'acier sous laquelle il passait, marchant ainsi entre les frères de l'ordre du Grand Orient où il venait d'être initié. Joseph Machecoul lui avait donné l'accolade, avant les autres frères. Et presque malgré lui, Dussert avait chuchoté qu'il fallait sauver Louis de Taurignan, que Napoléon n'avait pas besoin d'une mort de plus après celle du duc d'Enghien.

— Pourquoi ne plaideriez-vous pas auprès de notre Grand Maître Joseph Bonaparte ? On dit que, parfois, son frère l'écoute.

Dussert avait donc demandé à être reçu par Joseph Bonaparte, mais comment se faire écouter d'un homme qui semblait n'entendre que lui-même et qui ne réussissait pas à cacher qu'il était tenaillé par la jalousie à l'égard de ce frère cadet devenu Empereur ?

Dussert avait essayé d'oublier Louis de Taurignan.

Jamais, autant que dans ces dernières semaines de l'année 1804, il n'avait mieux placé ses pions dans le grand jeu de l'argent.

Il avait versé au Trésor près de trente-deux millions qui étaient comme un énorme appât, lui permettant d'obtenir le droit de conclure un accord avec le roi d'Espagne. Il vendait du blé dans la péninsule, recevait en échange des traites sur l'argent qui devait arriver de Mexico, et il échangeait ses traites incertaines contre de bonnes obligations sur le Trésor français, ce qui le remboursait, et bien au-delà, des trente-deux millions d'appât.

Mais la manœuvre était trop parfaite et surtout trop fructueuse pour qu'elle ne déclenchât pas des jalousies féroces. Elles faisaient partie du plaisir du jeu et, lors des réunions du Conseil de régence de la Banque de France, Dussert avait savouré les grimaces des régents, leurs allusions et leurs compliments. Ils étaient comme des chiens qui montrent leurs crocs mais n'osent pas mordre.

Lucien Bernard s'était pourtant inquiété. Il rôdait dans Paris à l'affût des intrigues et des ragots. Certains banquiers suggéraient, avait-il rapporté à Dussert, que Napoléon avait toléré l'opération bancaire pour des raisons personnelles, « privées », avait murmuré Bernard. « Napoléon devait, disait-on, vous dédommager. » Mais dans l'entourage de l'Empereur, on l'invitait à sévir pour montrer qu'il n'était en rien mêlé à cette affaire.

— Qui, on ? avait demandé Dussert.

— Maximilien Forestier, qui ne le quitte jamais ces derniers temps.

Vieilles rancunes que rien n'effaçait. Forestier avait pourtant été promu, le jour du sacre, à la dignité de maréchal. Il menait grand train entre son château de Mazenc et son hôtel de la rue de l'Estrapade. On disait qu'il était heureux, ayant eu un enfant, et que dès qu'il le pouvait il gagnait l'Italie avec la marquise et leur fils, s'installant dans la villa Clarvalle au bord du lac de Côme. Mais il était en ce moment à Paris, pour préparer cette invasion de l'Angleterre dont toute la capitale bruissait.

Il fallait donc se méfier de lui, et en se rendant aux Tuileries où il venait d'être convoqué, Dussert avait essayé d'imaginer ce qu'allait être l'attitude de l'Empereur. Que faudrait-il lui concéder s'il s'emportait, menaçait ?

On l'avait introduit dans le bureau de Napoléon, où se trouvait Forestier, avec cet uniforme chamarré qui lui donnait l'allure d'un grand Turc vaniteux. Des cartes étaient posées à même le sol, et Dussert avait reconnu les côtes du nord de la France et de l'Angleterre.

Forestier lui avait lancé un regard hostile et avait commencé à les rouler puis, dédaigneux, il était passé devant Dussert, le bousculant presque.

— Maintenant, vous m'espionnez, Dussert ! avait lancé Napoléon.

Le ton était ironique, mais souvent les colères de l'Empereur commençaient ainsi, par ce qui pouvait sembler un badinage, une plaisanterie.

— Vous m'espionnez, avait-il repris, et la voix s'était durcie. Et vous me volez – il avait crié – ces traites sur Mexico ! Vous croyez que je ne lis pas dans votre jeu espagnol ? Vous êtes un fieffé coquin, monsieur le banquier, monsieur le régent, monsieur le baron !

Chaque titre était jeté comme une insulte, avec mépris.

Dussert s'était contenté de nier d'un mouvement de tête, qu'il avait voulu respectueux et plein d'humilité.

— Volez-moi, Dussert, mais gare à vous. Ne me compromettez pas et surtout – Napoléon avait saisi Dussert par le bras et il le secouait – donnez-moi l'argent nécessaire pour nourrir mon armée. La guerre est là. Je n'en veux pas mais elle s'impose à moi, à la France. L'Angleterre et ces rois couards ne nous accepteront qu'à genoux, ayant fait repentance comme les bourgeois de Calais, comme un autre empereur à Canossa. Ils vont voir ! Les têtes couronnées n'y entendent rien, je ne crains pas la vieille Europe. Payez, Dussert, et vite.

Il avait reconduit Dussert jusqu'à la porte.

— Trouvez-moi les dix millions nécessaires, voyez les autres banquiers. Ils sont avec vous au Conseil de régence de la Banque de France. Ils vous jalousent. Ils vous haïssent. Ils me disent sur vous toutes les diableries possibles. Je ne veux pas de ces divisions, payez ensemble. Mais je sais que vous êtes le plus habile, monsieur le baron Dussert. Je vous connais mieux que vous ne l'imaginez. Je n'oublie jamais ceux qui m'ont aidé. Vous êtes de ceux-là.

Dussert s'était incliné, et tout à coup il s'était mis à parler de Louis de Taurignan malgré les signes d'impatience qu'avait donnés Napoléon.

— Bien, bien, que voulez-vous ? Que je gracie un homme qui a voulu me tuer ?

— Il n'a rien tenté, sire.

Napoléon avait hurlé :

— Faut-il qu'on sorte le poignard et qu'on le plante dans mon dos pour que je punisse ? Je ne ferai rien pour ce conspirateur, cet agent anglais.

Le valet avait ouvert la porte.

— Ma femme, avait dit Dussert, m'a prié de vous présenter cette requête. Sa famille est alliée aux Taurignan. Notre fils Victor-Marie est de cette manière le cousin de Louis de Taurignan.

Napoléon avait eu un mouvement brusque, instinctif de l'épaule gauche, puis il avait fixé Dussert qui avait soutenu son regard et ç'avait été un affrontement silencieux de plusieurs secondes.

Napoléon tout à coup était retourné vers son bureau, il avait lancé :

— Appelez-moi le maréchal Forestier !

Il s'était promené les mains derrière le dos, la tête baissée, faisant la moue, se redressant quand Forestier était entré.

— Taurignan, Forestier, Louis de Taurignan, il est emprisonné à Vincennes. Dites à Fouché de l'envoyer en résidence forcée, et qu'on ne touche pas un de ses cheveux. Forestier – il avait pris le maréchal par l'épaule –, madame la comtesse de Mirmande semble le trouver à son goût et c'est, n'est-ce pas monsieur le baron, une femme de goût, et fort belle de surcroît. Embrassez-la pour moi et rassurez-la.

Au moment où Dussert quittait le bureau, Napoléon avait ajouté :

— Vous êtes un homme heureux, Dussert. Une femme, un fils, que faut-il de plus à un homme ?

Dussert avait ressassé ces derniers mots alors que s'achevait le feu d'artifice au-dessus de la Seine et que, brutalement, la nuit recouvrait les rives.

Il était resté un instant face à l'obscurité. Il avait écouté, Victor-Marie ne criait plus. Puis il avait fermé la fenêtre. Il était retourné s'asseoir à son bureau et avait commencé à feuilleter les registres de comptes que Lucien Bernard lui avait apportés à la fin de cet après-midi du 16 décembre 1804.

Il grelottait. Dans la cheminée, le feu s'était éteint.

CINQUIÈME PARTIE

36.

“ Si l’Empereur
vous avait
vraiment vue
une seule fois,
il irait vous
dénicher là-bas,
ma chère
marquise… ”

Mariella di Clarvalle s’était engagée sur la passerelle qui, à l’extrémité du parc, s’enfonçait dans le lac.

À peine avait-elle fait quelques pas, imaginant que le bois des lattes était vermoulu, qu’il allait se briser et qu’elle serait précipitée dans les eaux assoupies et sombres d’où s’élevait le soupir léger du flux et du reflux, qu’elle avait entendu la voix de Maximilien.

Mariella s’était immobilisée, retournée, et elle l’avait vu, tenant un candélabre, debout, jambes écartées, sur le perron de la villa. Maximilien l’avait appelée plusieurs fois et le ton était devenu impérieux : « Mariella, revenez ! Voyons, où êtes-vous, Mariella ? »

Il avait lancé des ordres et aussitôt des domestiques portant des torches, des chandeliers, s’étaient répandus dans le parc.

Mariella s’était souvenue de cette nuit, il y avait

exactement vingt ans, au mois de décembre 1787, quand on avait cherché sa mère, disparue au milieu d'une réception donnée à la villa. Les salons étaient remplis d'invités, officiers autrichiens, familles venues de Mantoue, de Milan et de Côme, pour célébrer sur les rives du lac la fin de l'année. Ce n'est qu'au matin, quand le brouillard s'était dissipé, qu'on avait retrouvé la marquise Margherita dans le lac, le corps caché par la grande corolle blanche de sa robe qui flottait sur l'eau comme une fleur arrachée, morte. Et personne n'avait su comment elle s'était noyée.

On l'avait enterrée au cimetière de Bellagio, à la pointe du cap qui sépare en deux le lac de Côme. Et lorsqu'en remontant vers la villa Mariella avait interrogé son père, il avait seulement secoué la tête, puis d'une voix lasse il avait dit, posant la main sur son épaule : « On ne dérange jamais les morts. »

Le silence avait ainsi recouvert Margherita di Clarvalle comme l'eau du lac.

Mariella avait fait quelques pas de plus sur la passerelle, et elle avait eu l'impression, alors qu'elle ne se trouvait qu'à une dizaine de mètres de la berge, d'avoir déjà quitté le monde des lumières, des bruits et des éclats de voix, des regards qui blessaient tant ils étaient insistants.

C'était peut-être cela qu'avait voulu fuir sa mère et c'était pour cela que vingt ans plus tard, en ce 22 décembre 1807, Mariella avait quitté la salle de bal, profitant de ce que l'Empereur avait été entouré par des officiers arrivés de Milan. Il avait été contraint ainsi de ne plus la poursuivre, comme il l'avait fait depuis le début de l'après-midi en éloignant Forestier.

« Maréchal, avait-il dit, je veux que vous partiez pour Côme, que vous y prépariez notre venue, ce soir, avec une parade au bord du lac. » Napoléon avait alors entraîné Mariella dans le parc, ne cessant de la harceler. Et elle avait pensé qu'elle ne pourrait que céder, comme tant d'autres l'avaient fait avant elle. Et la liste était si longue !

Julie de Boissier elle-même, lorsqu'elle l'avait rencontrée en Provence, au château de Mazenc où elle était arrivée impromptu, lui avait confié :

— On vous cache à l'Empereur, madame la maréchale… Ainsi c'est vous que Maximilien garde comme son bien secret. Et voilà votre fils !

Elle s'était approchée de Romain, l'avait regardé sans tendresse, comme s'il s'agissait d'un objet qu'elle évaluait.

— Vous savez que j'ai un fils aussi, Victor-Marie, avait-elle repris. Mais je ne le vois guère. Les Françaises ne sont pas comme les Italiennes ou les Corses, qui lèchent leurs enfants toute la journée comme des chattes leurs petits. L'Empereur me disait en confidence – elle avait lancé un regard à Mariella pour saisir l'effet de ses propos –, car je le vois souvent, vous le savez ? Il me disait qu'il doit tout à sa mère. Mon fils ne pourra m'être reconnaissant que de lui avoir donné la vie et un père…

Elle avait ri.

— Romain ? Quel curieux prénom ! Ma foi, c'est le portrait de Maximilien. Voilà un père qui a signé son œuvre !

Au moment de partir, Julie avait lancé :

— Je parlerai de vous à l'Empereur, mais vous ne

le croiriez pas, c'est un homme qui s'ennuie. Il lui faut toujours une bataille, une ville à conquérir, des femmes. Et il a du temps pour elles. Je comprends que le maréchal Forestier vous cache dans ce château, en plein mistral, ou bien qu'il vous emmène en Italie. Vous vivez sur les bords du lac de Côme, n'est-ce pas ? Si l'Empereur vous avait vraiment vue une seule fois, il irait vous dénicher là-bas, ma chère marquise.

Mariella n'avait jamais oublié cette visite, ces propos, et lorsqu'elle avait été invitée à Malmaison, aux Tuileries ou au château de Fontainebleau le lendemain du sacre, ou bien lors de ces soirées au Théâtre-Français ou à l'Opéra, elle avait essayé de se tenir à l'écart malgré l'étiquette qui exigeait qu'elle se plaçât au premier rang, parmi les épouses des grands dignitaires et des maréchaux.

Mais à deux reprises, il y avait près de deux ans, elle s'était trouvée face à l'Empereur.

C'était à la fin du mois de janvier 1806, après ces mois de solitude, Maximilien chevauchant au côté de Napoléon sur les routes d'Europe, de Bologne à Ulm, de Vienne à Austerlitz. Mariella avait lu et relu les quelques lettres que Maximilien lui adressait.

Elle avait vécu au château de Mazenc, puis à la villa Clarvalle, mais elle s'était sentie encore plus seule loin de Paris, parce que au moins dans l'hôtel de la rue de l'Estrapade elle pouvait se souvenir, chaque fois qu'elle entrait dans la chambre ou dans les salons, d'une scène vécue avec lui. Et puis il lui avait semblé que son devoir exigeait qu'elle soit à Paris pendant que Maximilien se battait. C'est à Paris qu'elle pouvait être le mieux informée de ce qui survenait. Les nouvelles ne parvenaient au château de Mazenc ou à la villa Clarvalle que longtemps après Paris. Et Mariella n'avait pas supporté cette idée. Elle s'était rendue souvent à Malmaison ou aux Tuileries, parce que Joséphine de Beauharnais était la personne la mieux informée de Paris. L'Empereur lui écrivait parfois plusieurs fois dans la même journée. Et Joséphine lisait ses lettres à ses dames de compagnie, à ses invités, toute heureuse de montrer que Napoléon ne l'oubliait pas, ne se rendant même pas compte qu'il lui écrivait précisément pour qu'elle répète ce qu'il disait :

« Tout mon soin est d'obtenir la victoire avec le moins possible d'effusion de sang, mes soldats sont mes enfants… » Et dans une autre lettre, il avait écrit : « Je suis content de mon armée. Je n'ai perdu que mille cinq cents hommes… »

En entendant ces mots, Mariella avait eu envie de quitter le salon, de rentrer aussitôt rue de l'Estrapade, de serrer son fils contre elle en essayant d'oublier ainsi son angoisse à la pensée que Maximilien pouvait être l'un de ces morts, si peu nombreux selon Napoléon.

Elle savait que Madeleine avait la même inquiétude et qu'elle aussi cajolait son fils, Georges, parce qu'elle voulait essayer de se rassurer, de ne pas penser au sort de Nicolas. Mais Maximilien et Nicolas étaient restés vivants, ils étaient rentrés à Paris en vainqueurs.

Et le mercredi 29 janvier 1806, ç'avait été au Théâtre-Français la première apparition de Napoléon, déchaînant l'enthousiasme des spectateurs.

Mariella, debout près de Maximilien, avait elle aussi applaudi, incapable pourtant de crier « Vive l'Empereur ! », se contentant de remuer les lèvres sans qu'aucun son ne sorte de sa gorge.

Tout au long de cet hiver 1806, elle avait participé à des réceptions, à des spectacles à l'Opéra, au Théâtre-Français encore, ou bien au théâtre de la cour de l'impératrice.

Et Mariella avait essayé de ne jamais être sur le passage de l'Empereur. Deux fois pourtant, elle n'avait pas pu l'éviter. Elle avait baissé les yeux, vite, pour qu'il ne l'interroge pas, qu'il imagine qu'elle n'était qu'une épouse timide. Il ne s'était pas attardé, mais elle avait vu son visage rond, un peu empâté, son corps devenu lourd déjà.

Ils étaient rentrés avec Maximilien rue de l'Estrapade et Mariella, avant de rejoindre leur chambre, s'était rendue auprès de Romain. Mafalda somnolait près de l'enfant que sa mère avait regardé dormir. Elle avait caressé son front, puis elle l'avait embrassé, et lorsqu'elle était sortie de la chambre, Mafalda l'avait rejointe.

— Alors, vous l'avez vu, l'Empereur ?

— Son teint est un peu jaune, avait répondu Mariella en faisant la moue. Il est devenu gras. Ce n'est plus l'homme d'avant.

Mafalda s'était signée, comme si elle avait pu ainsi protéger cet Empereur qu'elle vénérait.

— Que Dieu veille sur lui, avait-elle murmuré.

— C'est peut-être le diable qu'il faut prier, avait dit Mariella en entrant dans sa chambre.

Maximilien était torse nu devant le miroir, regardant cette boursouflure de chair rose qui avait grossi sur son épaule gauche, là où jadis se trouvait l'entaille de la blessure.

Mariella s'était approchée de lui, l'avait pris par la taille.

— Allons-nous-en, avait-elle dit.

Il s'était retourné, il avait ri.

— Je ne veux pas qu'on te blesse à nouveau, avait continué Mariella en passant ses doigts puis ses lèvres sur cette cicatrice.

En frissonnant au contact de cette peau plus douce, mais comme froissée.

Elle l'avait forcé à se coucher et elle s'était pelotonnée contre lui. Elle avait chuchoté qu'elle rêvait de quitter Paris avec lui, de vivre à la fois au bord du lac de Côme, à la villa, et au château de Mazenc. Ils retrouveraient ainsi l'un et l'autre leur pays d'origine, la Provence et l'Italie, et Romain ne serait pas l'un de ces fils de soldat dont le père n'est qu'un nom, une silhouette aperçue entre deux guerres, puis un tombeau devant lequel, une fois l'an, on va se recueillir.

Maximilien avait dit, en secouant la tête :

— Bonaparte…

Il s'était repris.

— L'Empereur n'acceptera pas. Il a de grands projets. Il faut imposer la paix à l'Europe, contraindre la Russie à cesser de se mêler de nos affaires et de soutenir nos ennemis – l'Angleterre –, et il faut faire plier le genou à la Prusse.

Elle s'était écartée de lui.

— Ça ne finira jamais, avait-elle dit.

Il avait voulu la rassurer. L'armée française, la Grande Armée, pouvait dicter la loi impériale à l'ensemble des nations pour le bien des peuples. Elle était invincible.

— Il m'a distingué, honoré, avait-il ajouté d'une voix plus grave. Je suis maréchal. J'ai des devoirs. Voilà près de quinze ans que je combats près de lui, je ne peux pas être lâche, même pour toi, même pour notre fils. Et puis il m'a promis…

Il s'était levé, avait commencé à marcher dans la chambre.

— Il a demandé au vice-roi d'Italie, Eugène de Beauharnais, de me décerner le titre de comte de Bellagio.

Il avait écarté les bras, gonflé le torse, répété :

— Comte de Bellagio, avec deux cent mille livres de rente, que dis-tu de cela ? Romain Forestier sera le fils de la marquise de Clarvalle et du comte de Bellagio, maréchal de la Grande Armée !

Il s'était assis sur le bord du lit, avait commencé à lui caresser le visage, puis il s'était penché, l'avait embrassée, et elle avait noué ses mains sur sa nuque, se suspendant à Maximilien, l'attirant vers elle cependant qu'il répétait : « *Mia Mariella*, petite fille… »

Elle n'avait donc pas, comme elle l'avait souhaité, vécu cet hiver de 1806 au bord du lac de Côme ou dans le château de Mazenc. Elle y avait fait de longs séjours, comme les mois précédents, mais l'angoisse de ne pas apprendre vite ce que l'on savait à Paris l'avait, après un mois ou deux, ramenée dans la capitale. C'était comme chaque fois un long voyage en berline en compagnie de Mafalda et de Romain, de Madeleine, devenue Madeleine Mercœur, et de son fils Georges.

Les enfants avaient somnolé tout le temps de ce trajet interminable, avec ces cols des Alpes que l'on franchissait au pas, parfois sous des bourrasques de neige et dans le brouillard.

Mariella relisait, à la faible lumière de la lampe à huile accrochée à la paroi de la voiture, les lettres que lui avait adressées Maximilien, et qui avaient mis plusieurs semaines pour lui parvenir.

Elle aurait pu les réciter, mais elle avait envie de sentir le papier sous ses doigts, de déchiffrer l'écriture, d'imaginer ces salles d'auberge, ces tentes où il les avait écrites, alors que quelques-unes avaient été terminées en plein vent, sous une pluie fine, Maximilien appuyé à un affût de canon ou bien ayant choisi un tambour comme écritoire.

Elle regardait par la vitre de la berline ce paysage enveloppé de brouillard, et elle pensait à celui qui avait recouvert les collines enneigées qui entouraient Eylau, là-bas, si loin, aux frontières de l'Empire russe. Pour que Maximilien écrivît, des jours après les combats, que jamais il n'avait vu tel massacre d'hommes, entendu tant de plaintes, il fallait que la bataille ait été la plus sanglante des boucheries.

Dans la marge de la dernière page de sa lettre, il avait ajouté : « Nicolas Mercœur embrasse son fils et sa femme. » Lorsque Mariella avait prononcé le nom de Nicolas, Madeleine s'était caché le visage dans les paumes, commençant à pleurer, murmurant qu'il était sûrement mort, il avait fallu que Mariella la prenne contre elle, pour la rassurer.

Le voyage avait passé ainsi, les cahots de la route jetant les femmes les unes contre les autres, les enfants continuant heureusement de dormir.

Mariella n'avait même pas pu somnoler, tiraillée

entre la révolte et l'inquiétude. Quel était ce temps où il fallait vivre séparé de ceux que l'on aimait, craignant pour leur vie ? Elle avait senti monter en elle, en arrivant à Paris, découvrant des arcs de triomphe décorés de drapeaux pour célébrer les victoires de la Grande Armée, la rencontre sur le Niémen, à Tilsit, des deux empereurs, le russe et le français, décidés enfin à conclure la paix et à s'allier, presque de la haine pour ces hommes qui décidaient de la vie et de la mort, du malheur de centaines de milliers d'autres.

Mais elle avait voulu savoir, et elle s'était présentée dès le lendemain aux Tuileries.

C'était la mi-juillet 1807, il faisait chaud. Joséphine et ses dames de compagnie se promenaient dans les jardins, entourées de quelques officiers, et Mariella avait été aussitôt saisie par l'expression amère qui déformait le visage de l'impératrice. Les traits étaient tirés, les rides aux commissures des lèvres profondes, et le teint gris. Joséphine s'était arrêtée devant Mariella, l'avait dévisagée, murmurant, les lèvres à peine entrouvertes : « Vous nous revenez, vous nous annoncez le retour de nos oiseaux volages ? »

Il avait suffi de quelques heures pour que Mariella apprenne que l'Empereur vivait avec une noble polonaise dont on vantait la jeunesse, la beauté, et d'une voix plus basse « la fécondité ». Napoléon l'avait, ajoutait-on, forcée comme un soudard dans une chambre d'un palais de Varsovie, mais la jeune Marie Walewska s'était soumise bien vite, et l'Empereur y était d'autant plus attaché qu'elle lui avait donné un fils.

« Un bâtard de plus », commentait-on. Et l'on énumérait tous ceux qu'il avait laissés, Victor-Marie, le fils de Julie de Boissier et du comte Dussert, maintenant cet Alexandre Waleswski, là une fille, ici un autre garçon que l'on avait baptisé le comte Léon.

Mariella était rentrée rue de l'Estrapade, désemparée.

Il y avait cette lettre de Maximilien, arrivée le jour même, des mois après la bataille d'Eylau, parce qu'elle avait été adressée à la villa Clarvalle, puis de là au château de Mazenc, ne parvenant à l'hôtel de l'Estrapade qu'au moment où l'on célébrait la paix, la rencontre des deux Empereurs à Tilsit, et où Joséphine, la bouche pincée, ne réussissait pas à cacher sa jalousie et son inquiétude. Et le contraste était si fort entre ce qui préoccupait l'impératrice et sa cour et ce cauchemar qui surgissait, celui qu'avait vécu Maximilien, que Mariella avait éprouvé comme une nausée, lorsqu'elle avait lu : « Imagine, *Mariella mia*, sur un espace d'une lieue carrée, neuf ou dix mille cadavres, quatre ou cinq mille chevaux tués, des lignes de sacs russes, des débris de fusils et de sabres, la terre couverte de boulets d'obus, de munitions, de vingt-quatre pièces de canon auprès desquelles on voyait les cadavres des conducteurs tués au moment où ils faisaient des efforts pour les enlever. Tout cela, *Mariella mia*, fait plus de relief sur un fond de neige : ce spectacle est fait pour inspirer aux princes l'amour de la paix et l'horreur de la guerre. »

Ces derniers mots lui avaient fait espérer que Maximilien s'était enfin décidé à abandonner sa charge auprès de l'Empereur et que, las des batailles, il avait décidé de se contenter d'être le comte de Bellagio et le châtelain de Mazenc. Mais après son retour à Paris, il avait suffi de quelques heures pour qu'elle découvre qu'il était plus que jamais avide d'honneur et de pouvoir.

Il lui avait même semblé que Maximilien avait changé, comme si d'avoir vu ces carnages d'Eylau, puis de Friedland, l'avait rendu indifférent à tout ce qui n'était pas la puissance et la force.

Elle avait été blessée qu'il n'adresse que quelques mots à son fils, qu'il ignore Mafalda et Madeleine, qu'il ne regarde pas le fils de celle-ci qui parfois jouait autour de la fontaine dans la cour pavée.

Était-il devenu insensible ? Il était trop préoccupé par les intrigues, les rivalités autour de l'Empereur, la guerre qui se préparait à nouveau et les commandements que les maréchaux s'apprêtaient à exercer pour distraire un peu de son temps pour Romain ou les femmes de sa maison.

Il ne s'était pas inquiété de ce que Mariella pensait, de ce qu'elle ressentait, de ses désirs, mais il parlait avec une fureur retenue de l'influence du baron Dussert sur le ministre des Finances, de cette catin de Julie de Boissier qui laissait dire partout qu'elle était la mère d'un fils dont Napoléon était le père, des intrigues du sénateur Machecoul qui voulait être anobli, de la jalousie de Fouché vis-à-vis de Talleyrand, des liens qu'entretenait celui-ci avec les ennemis de l'Empereur. Et ce dernier qui ne songeait qu'à trouver un « ventre » princier pour l'engrosser de sa semence, pour avoir un fils et assurer ainsi la survie de sa dynastie.

Mariella avait écouté. Elle disait qu'il faudrait d'abord que Napoléon divorçât d'avec Joséphine, car si celle-ci était devenue une vieille intrigante, amère, elle avait été une alliée de jeunesse, et il n'était pas digne de la rejeter maintenant.

C'était l'intérêt de la dynastie, de la France, avait répondu Forestier. Puis, avait-il ajouté, pour sécher les larmes de Joséphine, il suffirait de lui donner Malmaison, un million et peut-être en sus un château.

— Vous verrez son visage s'éclairer.

Elle avait regardé fixement Maximilien. Était-il possible que la guerre et le pouvoir l'aient à ce point changé, fermé à la peine des autres, les réduisant à leurs mauvais côtés ? Elle ne lui avait fait aucun reproche, elle n'avait pas essayé de lui dire qu'elle regrettait le Maximilien Forestier d'avant toutes ces victoires, tous ces titres, maréchal, comte. Mais elle s'était installée dans une pièce proche de celle où dormaient Romain et Mafalda. Et elle l'avait entendu tenter d'en ouvrir la porte, la secouant, donnant des coups de pied qui faisaient trembler le panneau de bois, puis le matin la dévisageant d'un regard où se mêlaient la hargne et la surprise.

Elle n'avait pas cédé.

Un soir, il l'avait saisie par la taille dans un couloir et l'avait serrée contre lui.

— Qu'est-ce que vous avez ? Qu'est-ce que cette comédie ? avait-il interrogé d'une voix rauque.

Elle était restée immobile. Elle s'était transformée en une matière inerte, et au bout de quelques minutes Maximilien l'avait repoussée, la dévisageant avec colère et désarroi.

— Prenez garde, avait-il dit, je commande à des milliers d'hommes que j'envoie mourir, je…

Il s'était interrompu, tout à coup décontenancé, murmurant : « *Mariella mia*, qu'est-ce que tu as ? »

Elle s'était contentée de dire qu'elle était lasse, qu'elle n'en pouvait plus, qu'elle voulait regagner l'Italie, la villa Clarvalle, et qu'elle l'y attendrait. Elle avait ajouté : « Je vous suis fidèle, je le jure sur la tête de notre fils. »

L'automne au bord du lac de Côme a les douceurs d'un printemps mélancolique. Le ciel, le soir, au-dessus des massifs qui font face à Bellagio et à la villa, avait les couleurs d'un voile doré, légèrement fané.

Mariella s'était promenée dans le parc avec Madeleine et Mafalda, les enfants couraient, se cachaient dans les massifs de fleurs, derrière les haies de lauriers-roses. Il faisait doux, l'hiver s'avançait mais d'une manière si feutrée que seules les teintes des feuillages et de l'horizon l'annonçaient. Parfois le vent se levait, drossant contre les berges et la passerelle située à l'extrémité du parc de courtes vagues. Les orages bientôt fréquents changeaient l'harmonie des couleurs, le gris et le noir l'emportaient. Les eaux du lac étaient devenues sombres, et les allées étaient couvertes de feuilles mortes.

Puis il avait fait froid, humide plutôt, les domestiques avaient allumé de grands feux dans les cheminées et amoncelé les feuilles en meules au milieu des pelouses du parc. Lorsqu'ils les enflammaient, la fumée se confondait avec la brume qui, chaque soir, s'étendait sur le lac et les collines.

Ce fut le 27 décembre 1807, et tout à coup cet escadron de hussards qui dévalaient la route qui de Côme conduit à Bellagio, ces voitures qui entraient dans le parc de la villa Clarvalle, et Maximilien qui montait en courant les marches, se précipitant sur Mariella.

— Nous arrivons de Venise et de Mantoue, expliquait-il, l'Empereur a passé en revue les garnisons de ses villes italiennes. Ce soir, nous devons coucher à Côme, demain, nous serons à Milan. Il sera là dans quelques minutes. Il se souvenait de la villa Clarvalle. Il a voulu vous voir, voir notre fils. Où est Romain ?

Mais déjà l'Empereur descendait de sa berline de voyage, suivi de ses aides de camp, d'une foule d'officiers qui entraient dans la villa, faisaient sonner leurs éperons sur les dalles de marbre.

Et Napoléon avait pris la main de Mariella et l'embrassait, disant : « Nous sommes en horde, madame, excusez-moi. »

Il s'était incliné, l'avait prise par le bras comme si elle avait été l'une quelconque de ces dames de compagnie de Joséphine, de ces actrices ou de ces demoiselles dont il avait imposé la présence auprès de l'impératrice, qu'il entraînait dans les jardins de Malmaison, se promenant avec elles sous les yeux de toute la Cour, souvent partant en leur compagnie, laissant Joséphine humiliée.

Mariella n'avait pu dégager son bras, lançant un regard à Maximilien qui s'était avancé : « Sire, que pouvons-nous, chez nous, dans notre demeure, pour vous servir ? »

Et Mariella avait aimé qu'il mette la main sur son épaule pour marquer qu'elle était son épouse. Elle avait su qu'elle lui pardonnait pour ce geste tout ce dont elle l'avait accusé.

Napoléon avait ri. Elle l'avait observé. Il avait

encore grossi, et sa tête sous la calvitie était ronde, les yeux mobiles et immenses.

— Je suis enchanté par la comtesse de Bellagio, je veux qu'elle me fasse les honneurs de sa villa, puis du parc. Je veux qu'elle me dise qui elle est. Nous dînons chez vous, Forestier, prévenez mes cuisiniers.

Il avait commencé à l'entraîner, puis il s'était tourné vers Maximilien, lui donnant l'ordre de se rendre à Côme pour préparer la halte de la nuit.

Mariella avait espéré que Maximilien refuserait mais il s'était contenté de faire un geste d'impuissance, levant la main en signe de reddition, et il avait lancé tout en s'éloignant dans le vestibule « Je reviens, je reviens » d'une voix tremblante.

Elle avait eu peur. Elle avait voulu se dégager, mais Napoléon lui tenait le bras serré.

— Cette villa Clarvalle, avait-il commencé, en montrant la façade de la demeure, est royale, madame, racontez-moi l'histoire de votre famille.

Elle n'avait pas dit un mot, il avait semblé ne pas le remarquer, lui chuchotant qu'elle était la plus belle femme d'Italie. On lui avait vanté les Vénitiennes, il les avait trouvées plantureuses. À Mantoue, il n'avait vu que des paysannes, lourdes elles aussi, même si elles s'étaient déguisées avec des robes de bal. Il connaissait déjà les Milanaises, espiègles et piquantes, mais elles n'étaient que de pâles copies des Parisiennes. Enfin, il l'avait découverte, elle, au bord de ce lac dont elle incarnait le charme et le mystère.

— Pourquoi vous cachez-vous ici, madame ? Expliquez-moi pourquoi je ne vous vois jamais aux Tuileries, à Malmaison ? Pourquoi me privez-vous de vous ? Croyez-vous que cela soit humain, croyez-vous que je puisse l'accepter, moi qui gouverne le monde ?

Il l'avait entraînée dans les allées que bordaient les arbres nus, et il s'était fait pressant, tentant de lui prendre la taille.

— Vous êtes cruelle. Je ne vais plus pouvoir vous oublier. Pourquoi voulez-vous que je vous laisse ici ? Pourquoi accepterais-je de souffrir ?

Elle avait enfin réussi à dégager son bras, et elle s'était enfuie en courant, rentrant dans la villa, se heurtant aux officiers qui attendaient l'Empereur et dont certains venaient d'arriver de Milan, porteurs de messages venant de Paris.

Elle avait entendu la voix irritée de Napoléon qui criait : « Mais où est-elle ? »

Elle s'était dissimulée derrière une tenture, ne sortant que lorsqu'elle avait vu Napoléon entouré d'officiers. Elle avait alors traversé rapidement la salle de bal et elle avait gagné le parc.

L'ombre des massifs de la rive opposée s'étendait déjà, comme une préface à la nuit qui tombait.

Elle s'était blottie derrière les lauriers, observant le mouvement des berlines devant la villa, écoutant les ordres que lançaient les officiers, voyant dans la lueur des candélabres Napoléon sur le perron qui échangeait quelques mots avec Maximilien. Elle ne l'avait pas vu revenir de Côme, mais il était là et saluait l'Empereur qui montait dans sa berline.

Et tout à coup, le silence s'était établi.

L'obscurité désormais s'était étendue, seules quelques lumières apparaissaient, scintillant au loin sur l'autre rive que la nuit et la brume estompaient.

Mariella s'était engagée sur la passerelle qui se trouvait à l'extrémité du parc. Presque aussitôt, elle avait entendu les appels et remarqué les torches des domestiques qui la cherchaient.

Alors elle s'était souvenue de la nuit de décembre, vingt années auparavant, quand sa mère avait disparu et que l'on avait retrouvé au matin une grande fleur blanche flottant sur le lac.

37.

“ Pour qui vous prenez-vous ? L’Empereur m’a dit : ‘ Votre femme est une mijaurée ! ’ ”

Lorsque, près de trois années plus tard, le 16 novembre 1810, Mariella était descendue de la berline devant le perron de la villa et qu’elle avait aperçu la passerelle, dont une partie commençait à disparaître dans le brouillard qui montait du lac, elle avait fait quelques pas dans l’allée vers la berge, vers cette extrémité du parc où elle avait resurgi au milieu de la nuit du 22 décembre 1807.

Elle s’était souvenue de l’étonnement des domestiques qui l’avaient cherchée pendant des heures, et qui l’avaient vue soudain s’avancer comme si elle avait marché sur les eaux du lac que le brouillard dissimulait.

Ils s’étaient rassemblés autour d’elle et l’avaient suivie, tenant haut leurs torches et leurs candélabres, certains avaient crié pour avertir le maréchal Forestier qu’on avait retrouvé la marquise.

Maximilien était alors apparu, silhouette imprécise d’abord qui marchait à leur rencontre dans le brouillard, puis brusquement présent devant elle, furibond, hurlant : « Où étiez-vous ? Vous êtes folle ! »

Il lui avait saisi le bras, l'avait entraînée, et au fur et à mesure qu'ils s'étaient approchés de la villa le brouillard s'était effiloché.

Maximilien s'était arrêté dans le vestibule, il l'avait secouée avec violence.

— Pour qui vous prenez-vous ? L'Empereur m'a fait les reproches les plus vifs. Vous ne le connaissez pas ! Il n'oubliera jamais cet affront. Il m'a dit : « Votre femme est une mijaurée ! »

Mariella, écartant Forestier d'une violente poussée de sa main droite, avait dégagé son bras.

— Je ne connais pas ce mot, avait-elle répondu en s'éloignant.

Forestier l'avait rejointe.

— Mijaurée, avait-il répété, si fort que la voix avait résonné dans le vestibule, prétentieuse, et savez-vous ce qu'il m'a conseillé ? Une femme comme la vôtre, a-t-il dit, on lui donne la fessée.

Mariella s'était arrêtée, retournée, puis elle avait fait un pas, heurtant Maximilien qui avait tenté de la prendre aux épaules, mais elle avait crié, et d'un mouvement de tout le torse l'avait repoussé.

— Touchez-moi et je vous tue ! avait-elle lancé d'une voix aiguë.

Elle s'était dirigée vers l'escalier, avait gravi les premières marches qui conduisaient à sa chambre, mais elle s'était brusquement immobilisée, redescendant, les poings levés à hauteur de son visage, ajoutant la bouche à demi fermée, la voix étranglée :

— Dites-lui que s'il s'approche à nouveau, s'il

me touche, je le tue ! Vous entendez, Forestier, votre Empereur, je le tue !

Il avait paru stupéfait, avait balbutié :

— Mariella, Mariella, mais vous êtes folle, qu'est-ce qu'il y a ?

Aurait-elle été capable, à ce moment-là, de dire ce qui grondait en elle, ce désespoir qui s'était mué en colère ? Cette peur qui l'habitait pour Romain, que rien pourtant ne menaçait. L'inquiétude qu'elle éprouvait chaque fois que Maximilien la quittait, cet aveugle et ce sourd ne l'avait ni vue ni entendue. Tant pis pour lui si cette angoisse s'était transformée en ressentiment, voire en mépris.

Est-ce qu'on pouvait à ce point être soumis à un autre homme, fût-il empereur ? Craindre ses reproches, quémander ses louanges et être transfiguré quand il vous les accordait ! Que Maximilien vive avec Napoléon, puisque cet homme occupait toutes ses pensées !

Elle s'était, ce 22 décembre, précipitée dans la chambre de son fils. Elle s'était agenouillée près de son lit, elle l'avait recouvert de son corps en l'embrassant.

Si on laissait l'Ogre continuer de régner, de mener ses guerres comme il l'entendait, un jour, le temps passe si vite, Romain revêtirait l'uniforme et elle ne pourrait pas supporter qu'il soit ce corps offert aux baïonnettes, aux sabres, aux éclats, aux balles.

Elle avait imaginé tout cela. Elle avait vécu, cette nuit-là, le départ de son fils avec l'armée, l'attente des lettres, la peur de savoir, et la nouvelle de sa mort.

Et elle l'avait vu couché entre des tombes, comme

ces soldats tombés dans le cimetière d'Eylau et que la neige avait ensevelis si bien qu'on ne les distinguait plus des cadavres dont les boulets avaient brisé les cercueils.

Elle s'était endormie ainsi, et le matin elle avait été surprise par le bleu étincelant du ciel, le miroitement du lac, la douceur de l'air, comme si l'hiver s'était enfui en une nuit.

Maximilien avait quitté la villa Clarvalle dans la nuit pour rejoindre l'Empereur à Côme, le suivre à Milan, puis à Paris.

Il avait laissé une lettre, l'appelant *Mariella mia*, et lui demandant de veiller sur ce « trésor », leur fils.

Elle s'était promenée dans le parc avec Romain, Madeleine et Georges, Mafalda.

Elles avaient ri ensemble des jeux des enfants, puis elles étaient descendues jusqu'à Bellagio.

Elle n'avait pas oublié son désespoir et sa colère de la veille mais elle les avait enfouis, et durant des semaines ils étaient restés ainsi au fond du cratère, si bien qu'elle avait décidé de regagner Paris quand Maximilien le lui avait demandé.

D'abord, tout avait été paisible. Elle n'avait pas quitté l'hôtel Forestier, essayant de ne pas accorder d'importance à ce que Maximilien, certains soirs, assis devant la cheminée, sa bouteille de marc posée près de lui, racontait. Ces bruits qui se répandaient sur le divorce imminent de Napoléon, sur le refus et les exigences de l'impératrice, les manœuvres de Fouché et de Talleyrand, de la famille impériale, chacun jouant sa carte, les uns favorables à un mariage avec une princesse russe, les autres avec une « Autrichienne », une Habsbourg. Et certains, comme Fouché et même le baron Dussert, craignant qu'elle ne devienne une nouvelle Marie-Antoinette, haïe par le peuple.

— Et vous ? avait demandé Mariella.

Maximilien s'était contenté de hocher la tête, de se servir à boire, d'étendre ses jambes, de raconter d'une voix un peu lasse que personne ne pouvait plus influencer l'Empereur, qu'il était donc inutile d'avoir un avis différent du sien, qu'il fallait servir fidèlement Napoléon et – il lui avait lancé un regard – c'était ce à quoi lui, Forestier, était résolu. C'était aussi la sagesse. On ne pouvait pas s'opposer à l'Empereur.

Il avait baissé la voix. « Les espions de Fouché nous surveillent, moi, tous les autres maréchaux, les correspondances sont ouvertes », avait-il ajouté.

Il s'était levé, en titubant un peu et en se retenant au manteau de la cheminée.

— Savez-vous ce qu'il m'a dit ? « Je ne voudrais faire de mal à personne, mais quand mon char politique est lancé, il faut qu'il passe. Malheur à qui se trouve sous les roues. »

Maximilien s'était dirigé en vacillant vers la porte du salon.

— Laissons-le passer, *Mariella mia*, suivons le char, d'ailleurs je ne peux pas, je ne veux pas faire autre chose.

C'est ce soir-là, à la fin de l'hiver 1809, que le volcan en elle s'était remis à gronder, parce qu'elle méprisait cette soumission, ce fatalisme un peu lâche qu'il appelait fidélité.

Quelle fidélité ? Napoléon divorçait d'avec Joséphine,

il allait épouser une Habsbourg, devenir ainsi l'arrière-neveu de Louis XVI !

Pourtant ce n'était pas cela qui faisait bouillonner la lave, mais ces guerres qui avaient recommencé.

Elle ne voulait pas l'entendre quand il accusait Talleyrand de trahir Napoléon, de se faire payer par les Anglais, par le tsar Alexandre, de pousser l'Empereur dans le guêpier espagnol. Elle savait seulement que Maximilien était à Madrid quand, les 2 et 3 mai, on avait égorgé les Français, qu'il était à Essling et à Wagram.

Dans les blés enflammés par les explosions, des dizaines de milliers d'hommes avaient péri, pris dans les flammes, la poudre de leurs cartouches prenant feu, les transformant en torches hurlantes, et des centaines de canons avaient tiré à bout portant sur les rangs des fantassins qui avançaient épaule contre épaule.

Maximilien et son sergent-major Mercœur étaient revenus vivants de ces batailles. Mais Mariella avait deviné à leurs yeux vitreux, à la manière dont ils buvaient, ensemble, qu'ils n'oublieraient pas cette moisson sanglante, cette victoire rouge où ils avaient perdu tant de leurs camarades.

Maximilien avait parlé longtemps et elle l'avait écouté, parce qu'elle avait senti qu'il avait besoin de se confier : il avait raconté la mort lente du maréchal Lannes qui, les jambes broyées, avait agonisé plusieurs jours dans la chaleur accablante de ce mois de mai 1809.

— L'odeur, avait répété Forestier, la puanteur de la gangrène, et l'Empereur qui ne voulait pas s'éloigner, qui restait à côté de lui malgré les risques de contagion. Mercœur et moi avons dû le tirer hors de la pièce où Lannes agonisait.

Forestier s'était frotté les yeux du revers de la main.

— L'Empereur pleurait, avait-il dit.

Puis d'une voix plus basse, il avait ajouté :

— Nous avons tous pleuré à Essling, à Wagram.

Mariella s'était levée en disant :

— C'est lui qui aurait dû mourir.

La lave avait commencé de jaillir et il l'avait regardée comme si elle avait perdu la raison.

— Lui, lui..., avait-il balbutié.

— Napoléon, l'Empereur, lui ! C'est lui le mal, c'est lui la gangrène, il vous tuera tous !

Et elle avait une nouvelle fois imaginé que s'il régnait encore dans dix ans, Romain aurait l'âge de mourir.

— Tous, avait-elle répété.

Dans les jours qui avaient suivi le retour de Maximilien Forestier, elle avait essayé de retrouver son calme, de raisonner.

Qui pouvait savoir ce qu'il en serait dans dix ans ?

Elle avait accepté de l'accompagner aux réceptions qui se donnaient à Trianon, au château de Fontainebleau. Elle était restée éloignée de l'Empereur, ignorant l'étiquette, mais elle avait été vite rassurée. Napoléon ne lui avait même pas jeté un regard. Il avançait le menton levé, bedonnant et chauve, semblant ne voir que son image reflétée par les miroirs, dédaigneux à l'égard de tous.

Le soir, dans le fiacre qui les ramenait rue de l'Estrapade, Maximilien avait murmuré que l'Empereur répondait à ceux qui lui parlaient de la peine qu'il avait infligée à Joséphine : « Mon maître n'a pas d'entrailles, et ce maître, c'est la nature des choses. »

Et la lave s'était à nouveau répandue, emportant toutes les prudences de Mariella di Clarvalle.

Un matin, elle avait entendu des éclats de voix, elle avait reconnu le rire de Romain.

Elle était descendue dans le salon et elle avait découvert son fils, revêtu d'un uniforme de dragon, maniant un sabre de bois, et son père le faisant marcher en cadence, lui apprenant à chanter :

R'lan tan plan,
Tire lire en plan,
On va leur percer le flanc,
Ah ! que nous allons rire !

Elle s'était précipitée sur Romain, bousculant Maximilien, hurlant : « Laissez mon fils ! »

— Il grandit dans les jupes des femmes, avait crié Maximilien, il faut qu'il apprenne le métier d'homme !

Elle s'était enfermée avec Romain, elle l'avait cajolé alors qu'il pleurnichait, qu'il réclamait son sabre, et qu'il répétait la chanson, tapant du talon. Et Mariella n'avait pu supporter qu'il fredonne d'une voix joyeuse d'enfant : *« On va leur percer le flanc. »*

Napoléon était un Ogre !

Maintenant, Mariella était heureuse quand Maximilien quittait Paris. Elle n'était plus contrainte de se mêler à ces fêtes où il lui semblait, sous les parfums, sentir l'odeur de chair brûlée qui avait flotté sur les champs de blé de Wagram.

Elle restait seule avec Romain, lui apprenait l'italien, récitant de longs passages de la *Divina Comedia*, et quand Mafalda murmurait qu'il était bien jeune encore pour qu'on lui parlât de l'enfer, de la *« Città dolente »*, Mariella répondait que cela valait mieux que l'apprentissage des armes.

Mais Maximilien était rentré, et s'était exclamé en voyant Romain que Mariella en avait fait en quelques mois, comme il le craignait, une fille, et qu'il allait, puisque l'enfant avait sept ans, le faire admettre dans une classe qui préparait aux écoles militaires. L'Empereur avait connu cela à Brienne, et il en avait acquis des qualités qui lui avaient permis de devenir ce qu'il était.

— Il faudra me tuer, avait dit Mariella.

Maximilien avait claqué les portes à les briser. Il avait menacé. C'est alors que tout à coup elle s'était souvenue de ce que, quelques mois plus tôt, il lui avait raconté, lui faisant promettre de ne pas révéler ce secret dont seul Fouché, à Paris, avait été informé parce qu'il était le ministre de la Police.

— Au château de Schönbrunn, à Vienne, avait-il commencé, le 12 octobre 1809 et alors que l'Empereur traversait la cour d'honneur pour assister à la parade, les gendarmes de la garde ont arrêté un jeune homme qui dissimulait sous sa redingote un couteau. Je l'ai tenu entre mes mains. C'était une lame d'un pied et demi de long, tranchante sur ses deux côtés et d'une pointe acérée.

Ce jeune homme voulait tuer l'Empereur et il avait refusé de demander grâce ou de se repentir. On l'avait exécuté, et il était mort avec courage.

— L'Empereur a été frappé, avait ajouté Maximilien, par la détermination, la haine calme de cet assassin, un fils de pasteur.

Il avait regardé longuement Mariella, puis il avait conclu :

— Un fou, un malade, un illuminé.

Mariella s'était levée, ne disant rien, imaginant ce jeune homme dont il avait, d'un haussement d'épaules, refusé de lui révéler le nom.

Et maintenant, allant et venant dans sa chambre, sursautant dès que Maximilien faisait claquer une porte, elle murmurait « Il faut le tuer ». C'était comme si les flancs du volcan s'étaient ouverts, et que la lave en fusion avait commencé de couler dans ses veines.

Elle avait été incapable de penser à ce qui s'ensuivrait, mais elle était habitée par le désir de cet acte, une délivrance. Elle avait serré son fils contre elle. Elle lui avait expliqué qu'elle voulait qu'il aille quelques mois en Italie, que c'était un secret entre elle et lui, qu'il ne fallait donc pas en parler à son père, qu'elle allait ordonner à Mafalda et à Madeleine, qui partaient avec lui, de veiller à ce que le régisseur de la villa lui fasse donner des leçons d'équitation. Et Romain pouvait imaginer la surprise de son père quand, dans quelques mois, il découvrirait que son fils était devenu un bon cavalier.

Elle avait menti sans remords, elle avait dissimulé avec une sorte d'enthousiasme. Et lorsque enfin elle s'était trouvée seule dans la maison, elle avait éprouvé une joie si grande qu'elle ne se souvenait pas d'en avoir connue de semblable. Elle avait, dans le salon qui s'ouvrait à droite du vestibule et que Maximilien avait transformé en bureau, trouvé une paire de pistolets.

Elle les avait sortis de leur boîte en bois d'ébène, les avait chargés, puis les avait emportés dans sa chambre.

Elle s'était parée comme pour une cérémonie, veillant à chaque détail, choisissant une robe qui laissait voir ses épaules et la naissance de ses seins, prenant un manteau de fourrure et un manchon dans lequel elle avait glissé l'un des pistolets, plaçant l'autre dans une large ceinture de soie qu'elle avait nouée autour de sa taille.

Puis elle s'était fait conduire jusqu'à Fontainebleau, où l'Empereur résidait depuis un mois et où logeait également Maximilien, comme tous les aides de camp et la plupart des dignitaires de la Cour.

Elle s'était laissé bercer par le balancement de la voiture, et à plusieurs reprises elle avait baissé la vitre pour aspirer l'air froid qui sentait le bois et les feuilles mouillées. La route traversait une futaie où les troncs nus et noirs ressemblaient à des soldats morts restés debout.

Dans la cour du château, elle s'était présentée à la garde, disant qu'elle était la marquise de Clarvalle, l'épouse du maréchal Forestier, et qu'elle devait voir l'Empereur.

On l'avait accompagnée dans une longue galerie puis on l'avait fait attendre dans un salon, elle avait refusé de donner son manteau, d'enlever son manchon. Soudain, elle avait vu entrer Maximilien qui, étonné, l'avait dévisagée. Elle avait soutenu son regard.

— Que voulez-vous ? avait-il demandé.

Elle n'avait pas pu répondre, et lorsqu'il s'était

approché d'elle, elle avait sorti le pistolet et l'avait braqué sur lui.

— Le tuer, avait-elle dit.

Il lui avait saisi le poignet et le coup était parti, brisant les vitres, résonnant dans les hauts plafonds, roulant comme une vague le long des galeries. De toutes parts, des officiers et des valets étaient accourus, s'arrêtant à la vue de Forestier. D'un geste, il les avait renvoyés.

Il avait tordu le bras de Mariella, dit qu'il allait la faire interner comme folle. Puis il avait ouvert de force son manteau. Il l'avait fouillée, découvrant le second pistolet.

« C'était une folle », avait-il répété.

Il avait appelé des officiers, écrit des ordres de mission pour qu'on la conduise ce jour en Italie, à la villa, et qu'on veille à ne pas la laisser quitter cette demeure. Qu'elle soit, chaque fois qu'elle sortait, fût-ce pour se promener dans le parc, surveillée, suivie de près. Et qu'on lui interdise de recevoir qui que ce soit sans l'autorisation du maréchal Forestier. Qu'on saisisse tout le courrier qui lui était adressé, et qu'elle remette aux officiers les lettres qu'elle écrivait. Ces consignes valaient pour les femmes de sa suite.

— J'imagine qu'elles sont déjà là-bas, avait-il murmuré. Avec mon fils…

Elle n'avait pas répondu.

— Qu'on ramène mon fils ici, avait-il lancé.

Elle avait murmuré :

— Je le tuerai plutôt.

Il avait fait quelques pas dans le salon, puis il avait lancé :

— Qu'on laisse mon fils avec sa mère, à Clarvalle !

Il était revenu vers elle. Il avait posé le bout du canon du pistolet sur la tempe de Mariella.

— Et si je vous tuais ?

Elle l'avait défié :

— Vous avez l'habitude de tuer, plus que moi !

Il avait baissé le canon de l'arme, l'avait giflée si violemment qu'elle en avait chancelé. Elle lui avait tourné le dos, et les officiers s'étaient approchés d'elle.

Ils l'avaient saisie, chacun par un bras, mais elle les avait repoussés et elle avait marché entre eux, d'un pas altier et si rapide qu'ils avaient semblé la suivre.

SIXIÈME PARTIE

38.

“ Vidocq a été
admirable. Il est
impitoyable. Il a
la cruauté du crime
et la force de la loi.
Il a déposé
des œufs partout.
Ils ont éclos.
Et ses mouches
volettent autour
des personnes
les plus honorables… ”

— Qui a-t-elle voulu tuer, notre marquise de Clarvalle ? avait demandé Dussert à mi-voix, comme s'il se parlait à lui-même. Puis il avait tourné la tête vers Joseph Machecoul assis non loin de lui, entre Talleyrand et Lucien Bernard.

Il avait souri.

— Mais peut-être ceux qui ont entendu le coup de feu, ceux qui ont vu Forestier désarmer et gifler son Italienne ont-ils rêvé ou menti ?

— En effet, il ne s'est rien passé, mon cher baron, avait murmuré Talleyrand en se levant.

Il était allé lentement – marchant plus difficilement encore qu'à l'habitude, avait pensé Dussert – jusqu'aux portes du salon qu'il avait ouvertes d'un geste vif. Il s'était penché, regardant dans l'antichambre puis dans la cage d'escalier et, refermant les portes, il était revenu s'asseoir.

— J'admire notre police, avait-il repris. Notre Fouché est un homme plein d'inventions. J'ai appris qu'il a fait libérer, il y a peu, le prince des criminels, un certain M. Vidocq, afin d'en faire une sorte de roi des espions. Vidocq a été admirable. Il est impitoyable. Il a la cruauté du crime et la force de la loi. Il a déposé des œufs partout. Ils ont éclos. Et ses mouches volettent autour des personnes les plus honorables. J'en ai quelques-unes chez moi, à l'hôtel de Galliffet. Il doit s'en trouver chez vous. La banque Dussert et Associés a dû les attirer. Et l'hôtel de Mirmande en est sûrement infesté. Vidocq est comme son maître Fouché, ils surveillent tout particulièrement les jolies femmes… On ne peut plus faire un pas dans un salon ou dans une chambre sans qu'une de ces mouches ne tourbillonne autour de nous.

— Le climat orageux les irrite, avait dit Bernard.

Il avait croisé les doigts, puis avait frotté ses mains.

— La récolte est mauvaise, les manufactures de Lyon et de Mulhouse ont renvoyé la plupart de leurs ouvriers, et la Bourse, la Bourse est au plus bas.

— Vous êtes en difficulté ? avait interrogé Talleyrand.

Dussert avait secoué la tête.

— Vous n'avouerez jamais, avait repris Talleyrand.

— Un banquier digne de ce nom prévoit. Il dispose

toujours plusieurs ancres pour ne pas dériver. Si une chaîne casse, l'autre tient. Et nous faisons de même avec nos voiles. Quand il y a un risque de tempête, nous réduisons la toile. Et Bernard voit juste, l'orage approche.

Dussert s'était levé, était allé jusqu'à une table sur laquelle des registres et des feuillets étaient entassés. Il les avait montrés à Talleyrand.

— Bernard parlait des manufactures de textile, mais savez-vous que la banque Pierlot, celle d'un régent de la Banque de France, un homme estimable que je voyais jusqu'à ces jours derniers au Conseil de régence, est en faillite ?

Dussert avait écarté les bras.

— Je pourrais me féliciter de la disparition d'un rival mais je crains l'avalanche qui nous emportera tous, même si nous sommes solidement amarrés et si nous avons baissé les voiles. On me dit qu'il y a eu des émeutes ici et là, à Lyon, à Caen…

— L'orage, l'orage, avait répété Machecoul. L'Empereur est un homme avisé. Hier, après avoir convié les sénateurs à admirer son fils…

Machecoul avait hoché la tête. Il avait observé quelques minutes ses interlocuteurs, devinant que chacun revivait ces mois difficiles, les supplications et les larmes de Joséphine, le divorce de l'Empereur puis la recherche d'un « ventre » dans les familles régnantes d'Europe pour qu'un héritier de Napoléon naisse, enfin l'arrivée et le mariage avec Marie-Louise, vierge des Habsbourg.

— Un enfant vigoureux, avait repris Machecoul, et l'Empereur était à la fois fier et attendri.

— C'est un jeune père, un jeune époux, avait commenté Talleyrand. Il passe plus de temps dans le lit de Marie-Louise que dans son bureau des Tuileries. Il se lève plus tard, il se couche plus tôt. Cette jeune Habsbourg lui a échauffé les sangs. Il a dit à Forestier, qui en était tout ébahi et un peu humilié : « Mon cher, vous avez eu tort d'épouser une Italienne, les Allemandes sont les meilleures femmes du monde, douces, bonnes, naïves et fraîches comme des roses. » Et toute la Cour a vu notre Empereur se transformer en lieutenant amoureux, découvrant une femme jeune, belle, soumise et à laquelle, ma foi, il semble avoir tout appris.

Talleyrand avait soupiré.

— Mettez une jeune pucelle dans le lit d'un homme de quarante ans, et il s'imagine être l'empereur du monde.

— Il n'avait guère l'habitude des pucelles, avait ricané Dussert.

Talleyrand avait penché la tête, dit avec indulgence :

— Les catins ont leur charme.

Machecoul avait tapoté l'accoudoir de son fauteuil.

— L'Empereur, croyez-moi, n'a rien perdu de son énergie et de sa clairvoyance. Il nous a donc montré son fils comme s'il s'agissait d'un phénomène. « Voilà le roi de Rome, a-t-il dit, mon fils vivra pour le bonheur et la gloire de la France. Les grandes destinées de mon fils s'accompliront… »

— Le croyez-vous vraiment ? avait coupé Talleyrand.

Il y avait eu un long silence, puis Dussert avait traversé la pièce, ouvert à son tour les portes du salon.

— J'ai cru entendre une mouche de Vidocq, avait-il dit en revenant.

Il avait soupiré en se laissant tomber dans le fauteuil.

— Les grandes destinées, cela dépend de tant de choses, Machecoul. J'ai appris que dans toute l'Europe, en Italie, en Allemagne, en Hollande et même en Pologne, il prend en main l'administration de la guerre, son ministre Lacuée de Cessac a l'ordre d'acheter des chevaux par milliers et des divisions d'infanterie de ligne se sont mises en marche vers le Niémen, la Russie donc.

— Le tsar Alexandre n'est plus aux yeux de l'Empereur, avait repris Talleyrand, ce jeune homme de tous les talents dont il disait, au moment de leurs premières rencontres, être tombé amoureux. Aujourd'hui, il juge Alexandre faux et faible. Il aurait le caractère grec, serait un ambitieux et voudrait la guerre.

— Il faudra beaucoup de chevaux, beaucoup d'hommes, beaucoup d'argent, pour conquérir la Russie, avait murmuré Bernard, et si le peuple a faim…

— L'Empereur sait tout cela, avait dit Machecoul d'un ton irrité. Savez-vous ce qu'il répète au Sénat ? « Ce que je veux, c'est que le peuple ait du pain, c'est-à-dire qu'il en ait beaucoup, et du bon et à bon marché. »

— Il se souvient de la boulangère, du boulanger et du petit mitron que les femmes de la halle sont allées chercher à Versailles, en octobre de cette bonne année 89, avait précisé Talleyrand.

— Le peuple aussi se souvient.

Dussert, tourné vers Machecoul, avait haussé le ton.

— On lui a promis plusieurs fois la paix. On a élevé l'arc de triomphe du Carrousel pour célébrer les victoires. Il y a eu Austerlitz et Wagram, et voilà qu'après les malheurs espagnols, on s'apprête à recommencer. L'Empereur se préoccupe de l'approvisionnement en pain ? À Caen, il y a quelques jours, des émeutiers ont saccagé la ville, et un écorcheur a pris la tête de la populace. Il criait : « Passez-moi le préfet que je l'écorche comme un vieux cheval. » On a fait donner la garde, on a arrêté l'écorcheur et quelques autres enragés. On les a fusillés. Il y avait parmi eux une femme.

Talleyrand s'était étiré, puis il avait posé les mains sur ses genoux.

— Les femmes sont les plus passionnées. Souvenez-vous de Charlotte Corday, ou de cette pauvre Mme Roland. Et nous ne savons toujours pas qui la marquise de Clarvalle voulait tuer…

— Forestier ? avait interrogé Machecoul.

— Qui peut penser qu'aujourd'hui une épouse veuille occire son mari ? avait lancé Talleyrand.

Ils avaient tous baissé la tête, comme s'ils n'avaient pas osé se regarder.

— Nous avons vécu bien des événements depuis une vingtaine d'années, avait repris Talleyrand. Les peuples sont étranges. Ils adorent, ils haïssent, ils vénèrent, puis ils lapident. On acclame un roi, et on lui tranche la tête. Le même peuple applaudit son souverain, puis le bourreau du monarque. Curieux, n'est-ce pas ? Napoléon était – il avait baissé la voix – l'âme du monde, selon un philosophe allemand, Hegel, il me semble. Il est aujourd'hui, si j'en crois Mme de Staël qui l'a écrit un peu partout, l'ennemi du genre humain. Est-ce déjà le temps des régicides et des bourreaux ? J'ai appris de la bouche même de Fouché qu'à Schönbrunn, un jeune homme, le fils d'un pasteur, a voulu tuer l'Empereur avec un coutelas. C'est Forestier qui l'a désarmé. L'affaire a beaucoup inquiété Sa Majesté. Nous connaissons notre Sire, c'est un homme d'intuition. Il a voulu interroger lui-même ce Frédéric Staps, « un petit misérable », a-t-il conclu. Mais le jeune homme s'est obstiné à nier toute conjuration. Il agissait seul, avec l'intention de libérer l'Autriche et l'Europe d'un tyran. Quel vilain mot, n'est-ce pas ? Que de souvenirs il réveille ! Et savez-vous quelle a été la consigne de Napoléon à Fouché ? Ne jamais parler de cette affaire. Naturellement, Fouché s'est confié à moi, et je vous la raconte. Nous devons savoir ce qu'il advient. Nous avons des devoirs. Nous devons essayer de prévoir pour éviter le pire, que nous avons déjà vécu.

Talleyrand s'était interrompu, il avait ri.

— J'avais prévu le pire jadis, et je me suis éloigné de France quelques années, le temps que cela passe. Mais je n'ai plus du tout envie de voyager. Les États-Unis ne me tentent plus. Je les ai visités en 1793, cela me suffit. Et comme ma tête me paraît à sa place sur mes épaules, je veux éviter le pire à la France. Il ne faut pas que revienne le temps des régicides. Nous devons empêcher cela.

Il avait toussoté.

— L'Empereur a souhaité qu'on fasse passer ce Frédéric Staps pour fou. Un malade mental, c'est moins contagieux qu'un assassin politique. Personne ne veut imiter un fou, mais on transforme vite un régicide en héros, en martyr. Alors, disons…

Il avait levé la main.

— … disons que la marquise Mariella di Clarvalle est seulement une épouse jalouse et irascible.

39.

“On avait vu des soldats
mutiler un cheval encore
vivant pour mâchonner
le morceau arraché
à sa croupe, et même
certains d’entre eux, que
le froid et la faim avaient
transformés en bêtes
sauvages, dépecer
des cadavres d’hommes,
dont la chair, disaient-ils,
les yeux fiévreux,
avait un goût sucré... ”

Maximilien Forestier avait fait arrêter la berline à la sortie de Bellagio.

Il avait commencé à marcher le long de la route qui borde le lac de Côme, puis s’élève vers le sommet des collines. Après quelques dizaines de mètres seulement, le souffle lui avait manqué. Il avait eu l’impression qu’il allait s’affaisser, ses jambes se dérobant, et il s’était appuyé au muret qui dominait la rive. Il avait fermé les yeux.

Était-ce la lumière de cette fin de matinée de

janvier 1813 qui était trop vive, ou bien ses souvenirs qui l'éblouissaient ?

Il avait rouvert les yeux. Il avait aperçu, derrière les arbres du parc, la villa Clarvalle, et il lui avait semblé entendre des voix d'enfants, peut-être celles de Romain et de Georges, le fils de Nicolas.

Et aussitôt il avait revu la scène, ces soldats accroupis autour d'un feu sur la rive est de la Berezina. Près d'eux, des cadavres de chevaux qu'ils avaient éventrés et dont les entrailles fumaient. Certains soldats avaient leurs bras, leur tête enfoncés dans ces ventres, fouillant parmi les viscères, cherchant le foie, arrachant les poumons, les jetant dans le feu. D'autres saignaient l'animal, recueillant le sang chaud dans un seau qu'ils se passaient, buvant à grandes lampées ce liquide rouge sombre et gluant.

Nicolas était assis parmi les « rôtisseurs » qui ne cherchaient même plus à fuir, à traverser le pont pourtant vide, à rejoindre la rive ouest du fleuve et ce qui restait de l'armée après ces semaines de retraite, au cours desquelles on avait vu des soldats mutiler un cheval encore vivant pour mâchonner le morceau arraché à sa croupe, et même certains d'entre eux, que le froid et la faim avaient transformés en bêtes sauvages, dépecer des cadavres d'hommes, dont la chair, disaient-ils, les yeux fiévreux, avait un goût sucré.

Avant, il y avait eu des mois de marche dans la chaleur accablante, avec les chevaux qui se couchaient sur le flanc, mourant le ventre gonflé d'avoir brouté de l'herbe trop verte, tandis que des myriades de mouches formaient autour d'eux des tourbillons noirs.

Avant, il y avait eu Smolensk, les villages incendiés par leurs habitants, et l'Empereur avançant dans la fumée des brasiers, s'écriant : « Qu'est-ce que ces gens qui brûlent leurs maisons pour nous empêcher d'y coucher une nuit ? »

Et au bout de la route, après les champs, les vallons de Borodino et de la Moskova remplis des morts de la bataille, il y avait eu Moscou en feu, les bonnets à poil de la Garde s'embrasant dans l'air brûlant, chargé d'étincelles.

« Ce sont des Scythes », avait lancé Napoléon.

Mais il avait fallu quitter Moscou, et voir cette cohue de quarante mille voitures, de dizaines de milliers d'hommes, tous charriant ce qu'ils avaient pillé, livres et statues, tapis et tableaux, rideaux et couverts, avançant, se traînant, abandonnant leur butin, et bientôt s'effondrant, se dévorant entre eux, la neige ensevelissant les blessés et les morts cependant que les lances des cosaques surgissaient de la bourrasque comme des éclairs d'acier.

Et puis il y avait eu Nicolas, que Maximilien avait perdu, retrouvé, secoué, tentant de l'arracher à cette torpeur, à ce groupe de « rôtisseurs » hébétés par le sang bu et repus d'entrailles et de viande mal cuites.

Nicolas avait montré ses pieds enveloppés de chiffons, dit qu'ils étaient gelés, qu'ils avaient commencé à pourrir, qu'il ne pourrait plus marcher, et qu'il préférait crever la panse pleine, près d'un feu. Et si les cosaques venaient, on se ferait sauter le caisson, en s'aidant l'un l'autre si besoin était.

Ils avaient tous approuvé, grognant, leurs barbes pleines de débris de viande et de sang coagulé.

Les obus russes avaient commencé à tomber près

du fleuve. Et Forestier avait voulu tirer Mercœur par les épaules, mais les autres soldats avaient pointé leurs fusils sur lui.

— Laisse-le, avaient-ils dit. Laisse le camarade et fiche le camp avant qu'on t'étripe !

Nicolas avait dit d'une voix sourde :

— Ne racontez pas ça à Madeleine. Dites-leur, à elle, à Georges, que je suis mort en chargeant les cosaques, en défendant l'Empereur le sabre à la main.

Il s'était mis à rire.

— Racontez-leur n'importe quoi, mais pas la vérité, jamais la vérité, ni pour moi, ni pour tout ça…

Il avait montré les soldats recroquevillés sur la berge autour de leur foyer, certains déjà couchés près des carcasses de chevaux que la neige blanchissait.

— Rien de tout ça, sergent Forestier.

Il avait ricané.

— Sergent, comme avant ! Vous vous souvenez, sur les bords de la Sambre ? Maintenant, on est ici, moi je crève, et cette rivière-là…

Il avait regardé la Berezina.

— Elle est noire comme du sang de cheval.

Il avait pris le seau rempli de sang, l'avait tendu à Forestier.

— Une rasade, monsieur le citoyen maréchal Forestier ?

Forestier lui avait tourné le dos et avait traversé le pont avec la Garde qui était restée en rang.

Il avait retrouvé l'Empereur, engoncé dans une pelisse doublée, un bonnet couvrant ses oreilles, dictant à son aide de camp, Jérôme de Boissier, ce jeune ci-devant rallié comme tant d'autres radiés de la liste des émigrés, le *Bulletin de la Grande Armée*.

Maximilien s'était placé devant la cheminée, dans ce réduit, l'unique pièce d'une maison basse du bourg de Sedlicz.

Il tendait ses mains devant les flammes, et quand l'Empereur avait dicté : « Des hommes, que la nature n'a pas trempés assez fortement pour être au-dessus des chances du sort et de la fortune, parurent ébranlés, perdirent leur gaieté et leur bonne humeur et ne rêvèrent que de malheurs et de catastrophes… », il s'était retourné.

Il avait fixé l'Empereur, ayant tout à coup envie de crier : « Venez voir, Majesté, les "rôtisseurs" sur l'autre rive, ces traînards qui ont renoncé à vivre, qui se gavent d'entrailles et de sang ! Venez voir Mercœur, bon soldat sur la Sambre, à Neerwinden, sergent-major fidèle, venez voir ses pieds dévorés par la gangrène ! »

Mais il s'était tu.

Il avait entendu Napoléon conclure : « La santé de Sa Majesté n'a jamais été meilleure. »

Puis l'Empereur avait dit à Jérôme de Boissier : « Partez immédiatement, vous annoncerez partout l'arrivée de dix mille prisonniers russes, et la victoire remportée sur la Berezina dans laquelle on a fait six mille prisonniers, huit drapeaux et douze pièces de canon. »

Forestier avait baissé la tête.

Rien n'était faux dans ce que disait Napoléon, et pourtant la Berezina charriait des centaines de cadavres. Des six cent mille hommes de la Grande Armée, de ceux que Forestier avait vus sur les bords du Niémen, en juin, cachés dans les forêts, attendant de franchir le fleuve, combien restaient vivants ? Trente, quarante mille ?

— Quand vous serez à Paris, Boissier, saluez votre sœur de ma part et conseillez au baron Dussert de ne pas trop se compromettre avec les quelques misérables fous qui continuent d'imaginer qu'ils vont installer un roi sur mon trône. Un Bourbon ou un Orléans, peu leur importe ! Louis-Philippe d'Orléans serait plutôt du goût de la banque Dussert et Associés et de ces messieurs les régents de la Banque de France ! Le Bourbon est le favori de Talleyrand et de Machecoul. Répétez à ces messieurs que « la santé de Sa Majesté n'a jamais été meilleure » !

Forestier était sorti. Les ruelles de ce bourg – mais pouvait-on appeler ruelles ces fossés boueux entre des masures ? – étaient envahies par la cohue.

Les hommes roulaient comme des flots fangeux vers l'ouest, vers Vilna.

Forestier avait remonté cette colonne noire pour tenter d'apercevoir la Berezina, les ponts, l'autre rive. Mais le brouillard glacé avait déjà tout enveloppé, et seules quelques lueurs rougeâtres le déchiraient sans que l'on entende le bruit des explosions, étouffé par cette poix noirâtre.

Forestier avait eu les plus grandes peines à rejoindre l'Empereur.

Des soldats se battaient, d'autres tentaient de fuir. On criait que les cosaques avaient traversé le fleuve, des obus tombaient autour du bourg.

Il avait vu les maréchaux sortir les uns après les autres du réduit.

Berthier était en larmes, murmurant qu'il n'avait jamais quitté l'Empereur et qu'il voulait partir avec lui.

— Pourquoi vous, Forestier, et pas moi, son chef d'état-major ?

Forestier avait ainsi appris qu'il accompagnerait l'Empereur et le grand écuyer Caulaincourt.

Il s'était adossé à la masure, au milieu des soldats de la Garde dont certains escorteraient la voiture.

Il n'avait pas pu cesser de penser à Nicolas.

Il avait imaginé le moment où, retrouvant Mariella et Romain, il faudrait qu'il annonce à Madeleine et à Georges que Nicolas Mercœur était resté de l'autre côté du fleuve et que lui l'avait franchi, qu'il avait quitté l'armée avec l'Empereur.

Napoléon avait voulu regagner Paris au plus vite afin d'empêcher que les hommes d'intrigues, comme Talleyrand, Dussert ou Machecoul, et les hommes de Fouché, ne perpètrent un coup d'État. Quelques impatients, des officiers comme le général Malet, avaient déjà il y a quelques semaines fait courir le bruit que l'Empereur était mort… Cela avait suffi pour que le gouvernement tremble, que tout le monde oublie le roi de Rome et l'impératrice. C'était miracle que les fidèles aient pu déjouer le complot. Mais il pouvait renaître, et Talleyrand ou Dussert, Fouché ou Machecoul étaient bien plus dangereux qu'un général Malet. Ils avaient leur fortune et leur place à sauver, et ils étaient prêts à livrer le trône à ceux, les Anglais, les Russes, les Orléans ou les Bourbons, qui leur garantiraient l'avenir.

Forestier avait compris cela, avait jugé que l'Empereur avait raison, et cependant il avait eu le sentiment de trahir Mercœur, et tous ces pauvres morts couchés dans la neige.

C'était maintenant le terme du voyage.

Forestier était là, à Bellagio, au bord de ce lac paisible, dans le soleil d'hiver, brillant et doux, dans la sérénité d'un paysage mesuré où chaque partie semblait avoir été conçue pour souligner l'harmonie de l'ensemble, composer un tableau aux plans multiples, guidant le regard, touche après touche, dans une gradation savante de courbes et de couleurs depuis la rive claire jusqu'aux sommets bleu sombre.

Il avait fait quelques pas et s'était de nouveau arrêté avec la sensation d'être ivre, comme s'il avait été victime d'une hallucination, tant il paraissait incroyable qu'il puisse exister une nature apaisée après celle qu'il avait traversée depuis six mois. Il avait subi la touffeur de la plaine russe, puis la neige et le froid. Et pour finir, il avait dû effectuer ce trajet jusqu'à Paris, avec l'Empereur et Caulaincourt.

L'escorte n'avait pu suivre les voitures à cause du blizzard. Les chevaux et les hommes avaient gelé. L'Empereur, enfoncé dans un sac en peau d'ours, avait exigé qu'on chevauche malgré ce vent glacé qui brûlait les visages. Il voulait atteindre Paris avant que les intrigants, les lâches, les habiles n'agissent comme l'avait fait un Bernadotte, presque un membre de la famille impériale, marié à la sœur de l'épouse de Joseph Bonaparte et qui, devenu roi de Suède, avait trahi l'Empereur en s'alliant aux Russes.

Ils étaient arrivés aux Tuileries le vendredi 18 décembre 1812, un peu avant minuit, cela faisait treize jours qu'ils avaient quitté la Russie, treize jours que Forestier avait la certitude qu'il ne pourrait jamais retirer de son corps ce bloc de glace aux arêtes vives qui le déchiraient depuis qu'il avait traversé la Berezina.

Il était enfin parvenu à l'entrée du parc.

Il s'était retourné pour voir, du sommet de cette colline sur laquelle était bâtie la villa Clarvalle, le lac, les toits de tuile de Bellagio, la pointe du cap et les façades des maisons qui, sur la rive opposée, formaient des taches de couleur ocre, rose et blanc.

Il avait peut-être espéré que cette vision pleine de quiétude le rassérénerait. Mais elle avait au contraire creusé son désespoir.

Qu'allait-il dire à Madeleine et à Georges ?

Et Mariella et Romain, qu'étaient-ils devenus depuis des mois qu'il ne les avait vus ? Qu'il avait donné l'ordre de les surveiller comme s'ils n'étaient pas sa famille, mais des ennemis ?

Elle avait voulu tuer l'Empereur… Et combien de malédictions contre le fou, le tyran, l'Ogre, avait-il entendues, lancées par les soldats, quand ils marchaient dans la poussière, la boue ou la neige !

Forestier s'était dirigé vers le perron.

Il avait vu ces deux garçons qui se poursuivaient entre les buissons. Puis il avait découvert les trois femmes, Mafalda d'abord, qui était tournée vers lui et qui avait aussitôt porté les mains à sa bouche, Madeleine et Mariella qui s'éloignaient dans l'allée,

Madeleine tenant une boîte à ouvrage et marchant à quelques pas derrière.

Et il y avait eu le cri étouffé de Mafalda.

Mariella et Madeleine s'étaient arrêtées, Madeleine la première l'avait aperçu, puis Mariella.

Elles étaient restées figées quelques secondes, et enfin, enfin, Mariella s'était avancée. Elle ne courait pas, pourtant Maximilien avait ressenti l'élan qui la poussait vers lui, les bras à demi levés.

Mais Maximilien n'avait pu bouger. Madeleine le fixait. Elle avait laissé tomber la boîte à ouvrage qui s'était ouverte, répandant brusquement sur le gravier blanc de l'allée les pelotes de fils de couleur qui avaient commencé à rouler.

40.

« Il a été le maître de l'Europe, nous sommes allés avec lui de Madrid à Moscou, nous sommes rentrés en vainqueurs dans Vienne et dans Berlin. Il a été l'Empereur des rois et on lui donne une île, dix, vingt, trente fois plus petite que la Corse ! »

Julie de Boissier avait ouvert la fenêtre et s'était penchée, regardant vers le Pont-Neuf.

D'abord elle n'avait rien vu, rien entendu, puis elle avait aperçu entre les arbres de la rive droite, sur les quais du Louvre, une foule en marche. Et elle avait deviné que ces taches blanches, mouvantes au-dessus du cortège, comme de grands oiseaux migrateurs, étaient des drapeaux à fleurs de lys, brandis à bout de bras et claquant dans le vent aigrelet de ce printemps 1814.

Au même instant, elle avait distingué dans cette rumeur, que les bourrasques de vent portaient jusqu'au quai de l'Horloge, les mots que la foule criait : « Vive le Roi ! Vive le tsar Alexandre ! Vive Louis XVIII ! »

Elle les avait répétés, d'abord à voix basse, puis elle s'était tournée.

Elle avait vu Jérôme assis, ou plutôt vautré devant la cheminée. Il semblait prêt à glisser du fauteuil, les jambes allongées, les bras tombant de part et d'autre des accoudoirs, les mains frôlant le parquet, le dolman ouvert, la tête baissée, le menton sur la poitrine.

Julie avait crié « Vive le Roi ! Vive le Roi ! ». Son frère n'avait même pas sursauté, levant seulement un peu la tête, la regardant avec une expression si désespérée et si lasse que Julie s'était retournée, avait violemment fermé la fenêtre.

Ainsi la plus grande partie de sa vie, celle qui aurait dû être la plus belle, celle vers laquelle elle croyait se diriger, à dix-neuf ans, en 1789, venait de se terminer. On scandait sur les quais de la Seine « Vive le Roi ! », comme avant, avant qu'on ne dresse la guillotine, avant que Julie n'attende dans une petite chambre d'hôtel, rue Fromenteau, ce Maximilien Forestier auquel elle voulait demander de sauver Jérôme détenu à la prison de la Force.

Vive le Roi ! Les drapeaux blancs à fleurs de lys, revenus de leur long exil, se posaient sur les monuments de Paris, comme avant !

Mais ce n'était plus « avant » pour elle.

Vingt-cinq ans étaient passés, elle était dans sa quarante-cinquième année. Quand elle entrait dans les salles de bal, dans les salons, on ne la désirait plus, mais on murmurait qu'elle était la comtesse de Mirmande, l'épouse du baron Dussert, oui, le banquier, l'un des hommes les plus riches et les plus influents de Paris, et on ajoutait qu'elle avait été la maîtresse de l'Empereur et que le fils qu'elle avait eu, Victor-Marie, pouvait bien s'appeler Dussert, il suffisait de le voir pour comprendre qui était son père.

Vie passée ! Et elle ne pouvait même pas se plaindre !

D'autres, ses amies d'avant, avaient perdu leur tête, on avait dévoré leur cœur puis jeté leur corps dans une fosse remplie de chaux vive. Celles qui avaient survécu et qui allaient maintenant revenir, vieillies elles aussi, avaient traîné leur misère et leurs rancunes dans de petites villes d'Allemagne et jusqu'en Courlande.

Elle, elle avait vécu dans la soie, dans son hôtel de Mirmande, elle avait valsé à Malmaison et monté le petit escalier qui conduisait à l'appartement privé de l'Empereur, aux Tuileries.

Alors, pourquoi cette amertume, ce désespoir même ? Elle n'avait rien à craindre de ce retour du roi.

Elle avait assisté, ici, dans ce salon, à tous les conciliabules entre son époux et Machecoul, Talleyrand, Fouché, Lucien Bernard, et les maréchaux Marmont, Soult, Augereau. Elle les avait entendus découvrir brusquement, comme Machecoul le répétait souvent, qu'« une guerre barbare et sans but engloutit périodiquement une jeunesse arrachée à l'éducation, à l'agriculture, au commerce et aux arts ».

Il fallait donc empêcher l'Empereur de persévérer dans sa folie. Après la Russie, la guerre en Allemagne, la France seule contre toutes les nations d'Europe, puis la campagne de France, il fallait signer la paix. Mais Napoléon s'obstinait, soulevant le peuple, appelant les paysans à égorger dans les campagnes les Prussiens, les Russes, les Autrichiens.

« Bientôt, avait dit un jour Talleyrand, si nous le laissons faire, il fera chanter au peuple le *Ça ira !* »

Et Guillaume Dussert, au nom de ceux qu'il appelait les « raisonnables », les gens de bien, ceux qui avaient des fortunes à préserver, ceux qui, instruits du passé qu'ils avaient connu, voulaient éviter un nouveau saccage des propriétés, avait dit : « Il faut en appeler à la générosité des hautes puissances alliées. »

Talleyrand avait approuvé, ajoutant qu'il n'avait jamais cessé de penser qu'un jour, pour sauver les intérêts de la France et des citoyens respectables, il faudrait écarter du trône celui qui, après avoir soulevé tant d'espoirs, avait été emporté par son délire. D'ailleurs Napoléon Bonaparte était seul. Les maréchaux, même les plus fidèles, n'aspiraient plus qu'à jouir du repos et de leurs biens.

— Il y a la populace, avait ajouté Lucien Bernard. Le faubourg Saint-Antoine réclame des armes, le peuple veut défendre Paris, crie à la trahison.

— Il faut la paix, vite, tout de suite, avait conclu Guillaume Dussert. Quant à l'Empereur…

Il avait haussé les épaules.

Julie serait donc reçue à la cour de Louis XVIII, et elle y retrouverait Talleyrand, Machecoul et Fouché.

La banque Dussert et Associés prêterait aux Bourbons en attendant de se faire rembourser par le Trésor du royaume de quoi payer les dettes qu'ils avaient contractées dans toute l'Europe durant un quart de siècle. « Trente millions de francs », avaient déjà calculé Dussert et Bernard. La banque Dussert et Associés obtiendrait du ministère des Finances un taux d'intérêt de onze à quinze pour cent !

Qui pouvait être hostile à une telle restauration ?

Dussert avait déjà écrit à Louis de Taurignan, qu'on disait l'un des conseillers les plus proches de Louis XVIII, sans doute l'un de ses futurs ministres.

Il lui avait rappelé comment, à la demande de son oncle, Pierre-Marie – dont le roi allait faire un évêque, peut-être même un archevêque de Paris –, il avait demandé à l'Empereur et obtenu qu'on le sortît de ce cul-de-basse-fosse de Vincennes où il était promis au même destin que le duc d'Enghien.

Et Louis avait répondu qu'il n'était pas dans les habitudes des comtes Chrétien de Taurignan d'oublier les services rendus. D'ailleurs, Sa Majesté Louis XVIII savait elle aussi tout ce que des hommes comme le baron Dussert avaient fait pour que la France, même tombée entre les mains d'un usurpateur, ne sombrât pas dans l'anarchie. Le roi saurait s'en souvenir.

Jamais Julie n'avait vu Dussert aussi serein qu'en ce début d'année 1814, comme s'il avait été sûr, malgré les péripéties de la guerre en Allemagne puis de la campagne de France, de l'issue des événements.

Et lorsqu'un soir, alors qu'il semblait que l'Empereur avait repris le dessus, bousculant les Russes et les Prussiens à Montereau, puis à Méry, elle l'avait interrogé, se demandant si l'Empereur n'allait pas une fois de plus l'emporter, vaincre avec l'aide de cette populace que parfois l'on voyait défiler quai de l'Horloge, chantant *La Marseillaise* et agitant des drapeaux tricolores, Dussert avait secoué la tête, dit d'une voix ironique :

— Je ne sais si vous allez en être désespérée ou satisfaite, mais votre Napoléon ne nous reviendra pas. Il est perdu de toute façon. Ce ne sont que des soubresauts. On laisse encore mourir quelques milliers d'hommes, mais il est seul, ou entouré de quelques fous comme lui, votre Forestier qui semble ne pas avoir assez souffert en Russie, et même votre frère Jérôme, que j'aurais cru plus sage, plus avisé. Mais enfin je suis là, vous êtes là, et vous êtes les Boissier de Mirmande, on ne vous reprochera pas vos infidélités aux Bourbons. Vous êtes de bonne race, et l'on dira que Jérôme de Boissier a fait cela par goût des armes, qu'il est resté jusqu'au bout auprès de l'Empereur par esprit chevaleresque. Quant à vous, ma chère Julie, on pardonne tout aux femmes. On murmurera que vous avez succombé au charme de Napoléon, comme tant d'autres, n'est-ce pas ? Ou bien vous pourrez dire, excusez-moi de la vulgarité du propos, qu'il vous a forcée, comme bien d'autres aussi. Quant à votre fils, il porte heureusement mon nom, et ma foi s'il ressemble à Bonaparte, c'est tout au plus une coïncidence.

Julie avait eu envie de le souffleter mais il ne méritait même pas un geste de colère, seulement un regard de mépris.

Julie s'était assise en face de Jérôme et l'avait longuement regardé.

Pour lui également, la jeunesse était passée. Chaque trait de son visage, les cernes, les rides autour de la bouche disaient la lassitude, le désenchantement.

Et cependant, à son retour de Russie, porteur des sinistres nouvelles, de ce *Bulletin de la Grande Armée* que l'Empereur avait dicté au bord de la Berezina, il était encore plein d'enthousiasme.

Mais une année de plus, les batailles en Allemagne, les trahisons, la conspiration des maréchaux décidés à contraindre l'Empereur à l'abdication, l'avaient transformé comme si, d'un seul coup, toutes les fatigues retenues avaient rompu les digues, envahissant tout le corps.

Julie s'était penchée vers lui avec compassion, et avec une sincère admiration. Jérôme n'était pas de ces habiles comme Dussert et Machecoul, ou pire Talleyrand et Fouché, ou ce rat de Lucien Bernard, l'associé, le rabatteur, l'usurier, le spadassin de Dussert, son exécuteur des basses œuvres.

Il était bien supérieur à elle, ce jeune frère, celui dans lequel leurs parents avaient vu le continuateur de la lignée. Et c'est aussi en pensant à eux, assassinés parmi les premiers, dès 1789, qu'elle avait voulu le sauver, dût-elle se perdre.

Et elle s'était perdue, mais ils étaient tous deux vivants. Pourtant il avait chevauché sur tous les champs de bataille, fidèle à cet Empereur dont il ne lui avait jamais parlé, comme s'il avait craint qu'elle ne lui confie qu'en effet, comme on le murmurait, elle avait été sa maîtresse.

— Que va-t-il devenir ? avait-elle dit.

Jérôme s'était redressé.

— Il a voulu mourir…

La tête levée, son regard se perdait dans le ciel changeant. Semblant se parler à lui-même, il avait poursuivi, ignorant sa sœur :

— À Fontainebleau, nous étions près de lui, Forestier et moi.

Il s'était interrompu, baissant la tête, parlant d'une voix plus sourde.

— Il nous a suppliés de le laisser mourir, de ne pas appeler un médecin puis, quand il a vomi le poison, de lui donner un pistolet. Ni Forestier ni moi n'avons eu ce courage.

Il avait eu une moue de dégoût.

— Nous aurions dû mourir ensemble.

— Non, non, avait répété plusieurs fois Julie.

— Après, il y a eu l'adieu à la Garde dans la cour du château. Nous avons tous sangloté. Il a embrassé le drapeau.

— Ce royaume, cette île en Méditerranée…

Jérôme avait repoussé le fauteuil et avait marché de long en large dans le salon.

— Il a été le maître de l'Europe, nous sommes allés avec lui de Madrid à Moscou, nous sommes entrés en vainqueurs dans Vienne et Berlin. Il a été l'Empereur des rois et on lui donne une île, dix, vingt, trente fois plus petite que la Corse !

— Il a accepté.

— Puisque Dieu n'a pas voulu qu'il meure d'un boulet ou d'un coup de lance cosaque, qu'il n'a pas réussi à s'empoisonner, quelle autre décision prendre, dites-moi ? Mais – Jérôme avait fermé et brandi le poing – qui pourra le retenir là-bas ? Si on ne le fait pas étrangler ou poignarder, car j'en suis sûr – il avait jeté un coup d'œil rapide à sa sœur – vos Talleyrand, vos Fouché, vos Machecoul et bien sûr monsieur votre mari doivent y penser, inciter le comte d'Artois à payer des assassins. Mais si on le laisse vivre, il ne pourra pas longtemps rester sur ce rocher.

— Revenir pour quoi ? Pour recommencer la guerre, seul contre tous ? Les choses ont une fin, Jérôme.

— Ce n'est pas une vraie fin, elle n'est pas digne de son destin. Ne sentez-vous pas cela ? Tout est petit, la conspiration qui le trahit ici, ce royaume de l'île d'Elbe qu'on lui donne.

Jérôme s'était arrêté devant la cheminée, avait tisonné le feu :

— Il faut une vraie fin…

— Des morts, encore ? Pour rien ! Je voudrais que vous viviez, Jérôme. Il faut un descendant aux comtes de Mirmande.

— Vous avez un fils, ma chère sœur.

Elle l'avait regardé, s'était approché de lui.

— C'est un fils qui porte notre nom qui doit naître.

— On dit que Victor-Marie Dussert…

Elle l'avait interrompu.

— N'écoutez pas.

Jérôme s'était approché de la fenêtre, appuyant son front contre la vitre.

— J'irai le rejoindre là-bas. Forestier l'a accompagné, avec quelques centaines de grenadiers de la Garde.

— Vous êtes fou !

Mais Julie n'avait pu s'empêcher de s'élancer vers son frère et de le serrer contre elle.

41.

“ Ils ont égorgé
des centaines
de bonapartistes,
à Marseille,
en Avignon,
à Nîmes…
Nous n’aurions
pas dû survivre… ”

Maximilien Forestier s’était appuyé au parapet de la tour et, face à ce paysage qui s’étendait des toits du village de Mazenc jusqu’aux Dentelles de Montmirail, du mont Ventoux aux contreforts de l’Ardèche, il avait éprouvé un sentiment de paix.

C’était la première fois depuis si longtemps que son corps, enfin, se détendait, qu’il en avait été surpris et presque honteux.

Il s’était penché au-dessus du parapet, s’efforçant de penser à tout ce qu’il avait vécu depuis ce 20 avril 1814 quand, dans la cour du château de Fontainebleau, il avait sangloté en écoutant l’Empereur dire d’une voix étranglée : « Soldats de ma Vieille Garde, je vous fais mes adieux. Depuis vingt ans, je vous ai trouvés constamment sur le chemin de l’honneur et de la gloire… »

Puis ç'avait été les jours de l'humiliation.

Il s'était souvenu de l'instant où Napoléon avait dû revêtir, non loin d'ici, dans la vallée du Rhône, peu avant Avignon, un uniforme autrichien pour échapper aux bandes d'assassins royalistes qui le guettaient. Puis il avait fallu découvrir, pour empire, au terme du voyage, cette île d'Elbe où les villes étaient des villages qui sentaient le purin, où les cochons et les chèvres envahissaient les ruelles boueuses, pleines de détritus.

Et pour quelques jours de gloire et d'enthousiasme, le temps de fuir l'île d'Elbe, de débarquer à Golfe-Juan et de gagner Paris, il avait fallu subir la défaite, la trahison et la mort de presque toutes les « vieilles moustaches », celles qui avaient combattu de Toulon à Arcole, des Pyramides à Austerlitz, de Wagram à la Moskova, de Leipzig à Montereau, qui se faisaient fusiller par les Anglais à Waterloo ou par les pelotons d'exécution de Louis XVIII, revenu dans les fourgons des armées étrangères.

Les Russes campaient aux Champs-Élysées, et les royalistes de la vallée du Rhône – ceux qu'on appelait les Trestaillons –, quand ils avaient appris que le maréchal Forestier s'était installé dans son château de Mazenc, étaient venus l'assiéger, hurler qu'ils voulaient le juger, l'écarteler, comme ils l'avaient fait dans un hôtel d'Avignon au malheureux général Brune dont on avait retrouvé le corps flottant sur les eaux du Rhône.

Forestier s'était défendu avec l'aide de quelques dizaines de paysans qui avaient servi, qui à Valmy, qui à Neerwinden, à Rivoli ou à Essling. Les royalistes avaient tenté d'incendier le château. Ils avaient pillé le village, pendu trois paysans soupçonnés d'être des Jacobins, puis la gendarmerie, qu'on appelait désormais royale et qui portait la cocarde blanche, les avait dispersés avec beaucoup d'égards. Et les royalistes avaient une dernière fois hurlé qu'ils reviendraient, qu'ils détruiraient le château et qu'ils promèneraient la tête de Maximilien Forestier au bout d'une fourche, comme les sans-culottes l'avaient fait avec tant de leurs victimes. Certains avaient crié qu'ils voulaient venger le comte et la comtesse Chrétien de Taurignan mis en pièces par ces bêtes sauvages qui avaient dévasté les campagnes durant l'été de 1789.

C'était si loin. Si proche !

Les obus tombaient autour de lui, à Valmy, Jemmapes, à Toulon, et c'étaient déjà ceux des Prussiens qui couchaient les rangs des soldats de la Garde à Waterloo. Napoléon était au centre du carré, poussant son cheval vers les boulets, cherchant la mort, et Forestier l'avait entraîné.

En compagnie de Jérôme de Boissier, ils avaient regagné Paris.

Ils avaient entendu les cris du peuple, comme venus d'un autre temps : « Vive l'Empereur ! »

Ils avaient vu les visages crispés des traîtres, Talleyrand, Fouché, Dussert, Machecoul, tous, maréchaux, ministres, banquiers, allant au-devant des étrangers, du roi, pour en finir définitivement, après cent jours, avec cet empereur que le peuple continuait d'acclamer.

Forestier s'était redressé.

Il était étonné de pouvoir revivre tout cela sans avoir la tentation de se jeter dans le vide, comme l'avait fait le maréchal Berthier lorsqu'il avait appris, lui qui avait trahi après avoir été le plus fidèle, que Napoléon avait quitté l'île d'Elbe et volait, tel un aigle, vers Paris.

Mais c'en était fini des retours. On était au bout du destin.

L'Empereur avait dû, au cours de ce mois d'octobre 1815, débarquer dans un îlot du bout du monde dont il ne reviendrait plus.

Et Forestier s'était souvenu de ses derniers mots, sur le pont du *Northumberland* qui allait lever l'ancre et le conduire à Sainte-Hélène :

— Forestier, puisqu'on nous sépare, que ces Messieurs d'Angleterre ne veulent pas que vous m'accompagniez, et c'est peut-être mieux ainsi, pour vous, pour la France, Forestier, soyez fidèle à notre mémoire, ne la laissez pas trahir. Et ils seront nombreux ceux qui voudront déchirer nos drapeaux. Protégez-les, Forestier.

Forestier s'était souvenu aussi de cette accolade, cependant que retentissaient les sifflets aigus des gabiers anglais et que le capitaine du *Northumberland* invitait les visiteurs à descendre dans l'embarcation qui devait les reconduire à terre.

Mais Napoléon s'était avancé, avait lancé quelques mots, comme un adieu.

— Soyez heureux, Forestier. Nous ne nous reverrons plus.

Et alors que Forestier s'était éloigné, se dirigeant vers la coupée, il avait ajouté, plus haut :

— Ma pensée ne vous quittera pas, Forestier, ni vous, ni ceux qui m'ont servi. Dites à la France que je fais des vœux pour elle.

C'était il y a trois mois, le 7 août 1815.

Talleyrand avait gouverné au nom de Louis XVIII,

Fouché le régicide avait été nommé ministre de la Police, effaçant le sang de Louis XVI et celui des aristocrates qu'il avait fait couler avec le sang des soldats de l'Empereur, qu'il laissait assassiner.

Mais ces deux aigrefins de la politique avaient trahi pour rien. L'un et l'autre venaient d'être disgraciés par Louis XVIII et, dans l'entourage du comte d'Artois, le frère du roi, certains « ultras » réclamaient leur tête, ou exigeaient qu'ils soient exilés.

C'était Jérôme de Boissier qui avait, quelques jours plus tôt, rapporté ces rumeurs. Il était arrivé au milieu de la nuit devant le château de Mazenc, criant pour qu'on lui ouvre.

Forestier l'avait à peine reconnu tant son visage était tuméfié. Des royalistes l'avaient poursuivi alors qu'il avait quitté Valence pour gagner l'une des propriétés familiales, proche de Crest.

— Ils ont égorgé des centaines de bonapartistes, à Marseille, en Avignon, à Nîmes, avait murmuré Jérôme. Nous n'aurions pas dû survivre…

Il était resté quelques jours au château puis, déguisé en paysan, il avait regagné Paris.

Forestier s'était assis à même le sol, à l'angle de la tour. Le muret était si bas qu'il ne cachait pas le paysage.

La campagne était comme figée. Le mistral qui avait soufflé durant trois jours, ne faiblissant que la nuit, était tombé voilà à peine deux heures. Il avait laissé derrière lui ce ciel de crépuscule, rouge et violet, entaillé par les Dentelles de Montmirail, creusé par l'encoche du mont Ventoux et cisaillé par les cimes de l'Ardèche. L'horizon était, après ces jours de vent, sans mensonge. Aucune brume, aucune illusion ne le masquait. Il n'y avait plus d'empereur, mais un roi. Le drapeau qu'on avait brandi dans la cour des Tuileries et à Valmy, qui avait défilé dans les rues du Caire où – tout à coup Forestier s'était souvenu de cette scène – on avait célébré l'anniversaire de la République le 22 septembre 1798, il y avait dix-sept ans ! Ce drapeau-là, dans lequel on avait enveloppé le corps du maréchal Lannes, à Essling, avait été remplacé par le drapeau des émigrés. Et il faudrait vivre avec cela ! Et c'est ce drapeau-là qu'il faudrait honorer !

Pourtant Forestier était sans amertume, le corps apaisé comme après une blessure qu'on a cru mortelle et qui peu à peu se cicatrise, lorsque l'on sent la vie qui revient.

Il avait pensé à ces jours de convalescence, jours d'amour, jours de renaissance, passés à la villa Clarvalle alors que son épaule gauche était ouverte par cette large entaille qui, les jours de pluie, le faisait encore souffrir.

Peut-être était-il en paix simplement parce qu'il était resté fidèle et éprouvait le plaisir d'être en vie, de savoir que, dans la villa, un fils de douze ans portait son nom, et qu'il pourrait lui raconter ce qu'ils avaient vécu, eux qui tant de fois – il avait commencé à fredonner le refrain du chant du régiment de Sambre-et-Meuse – *« avaient dormi sur la dure, avec leur sac pour oreiller »*.

Forestier s'était levé et accoudé à nouveau au parapet.

La nuit tombait. Les Dentelles de Montmirail étaient devenues ces formes bleues, comme des silhouettes de soldats marchant au seuil de la nuit.

SEPTIÈME PARTIE

42.

“ Malheur à ceux
qui ont acclamé
le second règne
de Napoléon.
Louis XVIII
ne pardonne pas
l’humiliation
qu’il a subie et l’effroi
qu’il a éprouvé.
Il en tremble encore.
Ces Cent-Jours
ne passent pas… ”

— Tout a changé, avait murmuré Guillaume Dussert.

Il s’était levé, était allé jusqu’à la fenêtre du salon, et d’un mouvement du menton il avait désigné deux hommes en redingote noire qui allaient et venaient sur le quai de l’Horloge. Ils marchaient lentement, balançant haut leurs cannes torsadées et lourdes. Ils s’arrêtaient au bout du quai, observaient la façade de l’hôtel de Mirmande, puis revenaient sur leurs pas, se dirigeant vers le Pont-Neuf. Ils échangeaient quelques mots avec deux autres hommes qui se tenaient là, à l’entrée du pont, accoudés au parapet, semblant suivre des yeux les remous noirâtres de la Seine.

— Tout a changé, avait répété Dussert en venant se rasseoir en face de Jérôme de Boissier. Ce sont les gens comme vous, les héros d'hier, qu'on traque, qu'on emprisonne, qu'on tue.

Mais il avait eu un geste de la main, comme pour marquer le peu d'importance qu'il attachait à ce qui survenait et l'indifférence dans laquelle cela le laissait.

— Napoléon est redevenu Bonaparte, comme au temps de ma jeunesse. Voyez ce qu'on écrit sur votre Empereur, devant lequel les rois s'agenouillaient. Même le Habsbourg a livré sa fille à l'Ogre !

Dussert avait montré quelques livres posés sur un guéridon, placé à gauche de la cheminée où le feu, de temps à autre, crépitait avant de s'assoupir en braises rouges, puis des flammes bleutées jaillissaient.

— On dit qu'il était lâche, voleur, fou surtout, avait continué Dussert, et naturellement cruel, voué au mal, n'ayant qu'une seule intention, avilir, humilier. C'était une créature démoniaque, atteinte des pires et des plus sordides maladies, de mœurs ignobles et, comme il se doit, n'est-ce pas – il avait ricané – impuissant.

— Ils sont méprisables, avait dit Jérôme.

Il avait la tête baissée, les mains jointes sur la poitrine comme s'il avait voulu prier.

— La nation leur fera rendre gorge, plus tôt qu'ils ne pensent…

— Allons, allons, avait interrompu Dussert. Votre Empereur ne reviendra pas de Sainte-Hélène. Et si vous passez le porche de l'hôtel de Mirmande, ces hommes se jetteront sur vous comme des chiens. Vous le savez ! Malheur à ceux qui ont acclamé le second règne de Napoléon. Louis XVIII ne pardonne pas l'humiliation qu'il a subie et l'effroi qu'il a éprouvé. Il en tremble encore. Ces Cent-Jours ne passent pas. Et vous étiez là, mon cher Jérôme, fidèle à Napoléon. A-t-on idée ! Je ne sais quelle folie vous a tous pris, vous, Forestier, et cette brave bête de maréchal Ney ! On va le fusiller. On a condamné à mort le général Mouton-Duvernet. Le général La Bédoyère a déjà été exécuté, et Forestier a heureusement compris qu'il devait fuir. Il est chez sa femme, me dit-on, sur les bords du lac de Côme. Les Autrichiens vont s'accrocher à ses basques, aboyer, mais il est comte de Bellagio, sa femme est une marquise de Clarvalle, on le surveillera, on l'enfermera quelques semaines dans une forteresse, à Mantoue ou à Parme, puis on le renverra chez la marquise. Alors que vous – Dussert avait tendu le bras vers Jérôme – ici, en ce moment, on vous lapidera si vous vous montrez.

Jérôme avait murmuré :

— Nous n'aurions pas dû survivre.

— Vous répétez cela depuis que vous êtes ici ! s'était exclamé Dussert. Je ne vous comprends pas, mon cher. Vous réussissez à échapper aux assassins, par miracle parce que la vallée du Rhône est pour des gens comme vous le passage le plus dangereux, votre sœur vous accueille, je ne vous dénonce pas, et vous ne cessez de pleurer après la mort qui a refusé de vous prendre par la main. Ne l'implorez pas trop, elle risque de vous entendre !

Dussert avait pris sur le guéridon *Le Journal des débats*, l'avait déplié, agitant les pages, les montrant à Jérôme de Boissier.

— M. de La Bourdonnaye, député, celui que notre grand prophète Chateaubriand appelle le « premier grenadier des royalistes » dit ceci : « Il faut des fers, des bourreaux, des supplices. » Tout cela pour vous, mon cher Jérôme, vous, Forestier et vos semblables. Un autre de ces messieurs, un aristocrate comme vous, de grande lignée, et qui vous est apparenté, Louis Chrétien de Taurignan, que j'ai arraché au fort de Vincennes et qui, en sa qualité de pair de France, est plus précis encore…

Dussert avait chaussé ses lunettes puis commencé à lire : « La guillotine est un instrument compliqué, d'un volume énorme et difficile à transporter. »

Il avait souri.

— Moins qu'il ne croit, mais enfin il est vrai que la machine du docteur Guillotin est un peu encombrante. Alors notre bon Louis de Taurignan estime qu'il faut tuer selon l'ancien mode. Il ne parle pas de la hache, mais écrit ceci : « Où ne trouve-t-on pas un morceau de ficelle, chacun en porte dans sa poche, et partout il existe un clou, une poutre et une branche d'orme où on peut l'attacher. » Voilà donc le retour du gibet ! Et tout cela pour vous, mon cher.

Jérôme s'était dressé, si violemment qu'il avait renversé son fauteuil.

— Je ne veux pas vous compromettre, avait-il dit sur un ton méprisant. Je pars à l'instant.

Il s'était dirigé vers la fenêtre, avait regardé quelques secondes le quai de l'Horloge et le Pont-Neuf.

— Croyez-vous que je puisse craindre ces argousins ?

Il avait haussé les épaules.

— La mort, nous l'avons vue s'avancer tous les jours, durant des années. C'étaient les escadrons autrichiens, les égorgeurs espagnols, les cosaques ou les Anglais de Wellington, cachés dans les haies de Waterloo. Nous l'avons méprisée, nous avons vu mourir nos amis les plus proches. Croyez-vous que je veuille vivre dans ce royaume tombé aux mains des lâches, de ceux qui ont trahi la patrie et leur Empereur, livré Paris, comme le maréchal Marmont, à l'ennemi ? Je vous laisse, monsieur le baron Dussert.

— Asseyez-vous donc, avait répondu Dussert d'une voix calme.

Jérôme avait fait quelques pas dans le salon.

— On a toujours le temps de mourir, avait ajouté Dussert.

Jérôme l'avait dévisagé, puis avait relevé le fauteuil et s'y était laissé tomber avec une expression de lassitude et même de désespoir.

— Tout a changé, en effet, avait répété Dussert. On nous promet le gibet, et je vois même s'avancer l'Inquisition.

Jérôme de Boissier avait relevé la tête.

— Mais oui, avait repris Dussert. Savez-vous qu'autour du comte d'Artois on conspire contre Louis XVIII, qu'on ne trouve pas assez ultra ! Il y a là quelques « Enragés » comme nous disions en 1794, mais ce sont des gens de l'autre bord, tout aussi dangereux que les disciples de Marat. Le comte de Polignac, le comte de Villèle et votre cousin Louis Chrétien de Taurignan. C'est l'un des plus actifs. Il est à l'origine de la création des Chevaliers de la foi, il est l'un des maîtres de la Congrégation.

Dussert s'était caressé le menton du bout des doigts, avait soupiré.

— Ce sont des franc-maçonneries noires et,

sachez-le, je n'y appartiens pas. Je suis un fils de Voltaire, et vos cousins aristocrates des élèves des jésuites. Ce sont ces gens-là qui règnent, avec l'appui de quelques-uns de vos compagnons d'armes, Marmont, dont vous parliez.

— Un traître, avait commencé Boissier.

— Vous savez ce qu'avait l'habitude de dire Talleyrand : « La trahison est une affaire de date. » Mais Talleyrand n'est plus en grâce. Il est grand chambellan, une manière de le remercier pour les services rendus, et Fouché a été exilé. Je crois qu'il est à Dresde, consul ou ambassadeur. Tout a changé, vous le voyez, mais…

Souriant, il s'était levé, approché de Jérôme, lui mettant la main sur l'épaule.

— Tout a changé, et rien n'a changé ! C'est pour cela que commettre l'un de ces actes irréfléchis qui vous prive de l'essentiel, la liberté et la vie, est stupide.

Il s'était approché de la fenêtre.

— Fouché n'est plus ministre de la Police, mais Vidocq est demeuré en place et ses argousins lui obéissent. J'entretiens des relations courtoises, presque amicales avec lui, et je ne suis pas sûr que ces mouches qui bourdonnent sur le quai de l'Horloge et le Pont-Neuf ne soient pas là pour nous protéger, vous et moi, de quelques fanatiques, de quelques Chevaliers de la foi ou membres de la Congrégation décidés à venger les leurs, Cadoudal ou Louis XVI. Il y en a quelques-uns de ce bois-là qui conspirent dans les sociétés secrètes. Je fais pourtant le pari que Louis Chrétien de Taurignan saura les retenir. Je l'ai arraché du fort de Vincennes ! Il hurlera avec les loups, ne me manifestera jamais sa reconnaissance, mais il veillera de loin à ce que l'on me laisse en paix, et vous aussi. Vous êtes un comte de Mirmande, un parent.

Jérôme de Boissier avait fait un geste de dénégation.

— Mais si, et rien n'a changé à cela. Dans quelques années, il faut vous laisser un peu de temps, vous vous retrouverez, vous et les Taurignan. Quant à moi…

Dussert était venu s'asseoir face à Jérôme.

— Les rois ont toujours besoin de numéraire. La banque Dussert et Associés prête à Louis XVIII, au comte d'Artois, et j'ai ouvert un crédit illimité à Louis de Taurignan. Pourquoi voulez-vous que ces gens-là m'étranglent ? On ne serre pas les cordons d'une bourse où on peut puiser.

Il avait croisé les mains, fermé à demi les yeux.

— Je n'ai qu'une seule inquiétude, avait-il poursuivi, mais elle est profonde, c'est que le peuple, celui que nous avons vu brandir des têtes au bout des piques, celui que vous avez entraîné jusqu'à Moscou et qui a continué de crier sur ce quai après Waterloo « Vive l'Empereur ! » en réclamant des armes pour défendre Paris, ne se révolte, qu'il ne supporte pas le duc de Richelieu, le marquis de Villèle, le comte de Taurignan, Louis XVIII et Monsieur son frère, le drapeau blanc et le parti des prêtres. Un peuple qui coupe la tête à son roi s'en souvient. Et je crains que nos braves émigrés aient, eux, oublié cela et qu'ils veuillent régner, recommencer comme si la Bastille était encore debout.

Boissier s'était penché vers Dussert.

— Il y a le roi de Rome. Croyez-vous que le peuple ne garde pas le souvenir de la gloire impériale ?

— Je ne veux ni de la peste, ni du choléra, avait murmuré Dussert.

— Je vous interdis…

— Calmez-vous, Jérôme. Jamais l'empereur d'Autriche ne laissera le duc de Reichstag quitter Vienne et regagner la France. L'Europe a subi le père, elle ne voudra jamais du fils. Mais vous étiez, Talleyrand m'avait rapporté cela, à Altona l'un des familiers du duc d'Orléans. J'ai pour ma part, aussi longtemps que j'ai pu, soutenu Philippe Égalité et pensé que le fils…

Dussert s'était levé.

— Laissons le fleuve aller vers la mer, mais vous et moi sommes sur la même rive.

Il l'avait pris par le bras, se dirigeant vers les portes du salon.

— Comment êtes-vous installé dans votre mansarde ?

Jérôme avait haussé les épaules.

— Évitez de vous montrer dans la journée. Vidocq mais aussi la Congrégation doivent avoir leurs espions ici, peut-être sont-ce les mêmes ? Ne les bravons pas.

Il s'était arrêté.

— Tout a changé, Jérôme, mais les policiers, les prêtres – il avait encore souri – et les banquiers sont restés les mêmes.

43.

« Qui pouvait interdire à un fils de dix-huit ans de partir ? »

Mon fils !

Maximilien Forestier avait étouffé ce cri, cet appel qui montait en lui.

Il s'était avancé dans le vestibule de la villa Clarvalle et, après quelques pas, il s'était immobilisé. Il avait vu Romain embrassant sa mère cependant que les domestiques chargeaient les malles dans la berline.

Maximilien avait eu la tentation de se précipiter, de retenir Romain, d'envelopper Mariella et son fils dans ses bras.

Mais il n'avait pas bougé, serrant ses mains derrière son dos, comme pour s'empêcher de faire un seul mouvement.

Qui pouvait interdire à un fils de dix-huit ans de partir ? À l'âge de Romain, Maximilien en 1786 était déjà soldat au régiment de La Fère à Valence. Il avait laissé sa mère, détourné la tête pour ne pas voir ses larmes, et il s'était éloigné aussi vite qu'il avait pu pour ne pas entendre ses plaintes, ses « pitié mon Dieu », ses sanglots.

Maintenant, c'était son tour de subir.

Il avait attendu dans la pénombre, regardant Romain sauter d'un seul bond les marches du perron, lancer des ordres, appeler Georges Mercœur qui partait avec lui. Il y avait tant de joie et d'impatience qui faisaient trembler cette voix juvénile que Maximilien en avait été bouleversé, presque affolé.

Enfin, Romain l'avait aperçu, était revenu vers lui.

Romain ressemblait à sa mère. Le front et les tempes couverts de boucles de cheveux noirs, il avait le visage fin et la peau mate.

Brusquement, Maximilien avait pensé à ces jeunes hommes dont le corps avait été percé, déchiré, mutilé, brûlé, gelé, et qu'on n'avait même pas eu le temps d'enfouir dans les terres de France, d'Italie, d'Égypte, d'Allemagne, d'Espagne ou de Russie, qu'on avait ainsi livrés aux détrousseurs de cadavres, puis aux chiens errants qui ressemblent à des loups.

Et Maximilien avait eu peur que Dieu ou les forces qui gouvernaient le destin ne se vengent sur Romain de toutes ces vies interrompues, de tous ces soldats auxquels, lui, sergent, capitaine, chef de bataillon, général, maréchal, avait donné l'ordre d'avancer sous la mitraille, de charger, de former le carré. Il lui était arrivé de pousser avec la pointe de son sabre ceux du deuxième rang afin qu'ils remplacent les hommes de la première ligne, qui ne formaient plus qu'un amas de corps dont parfois des cris de douleur s'élevaient.

Il avait prié pour qu'il soit le seul à subir cette vengeance. Qu'on lui prenne la vie, tout de suite, et qu'on laisse Romain parcourir la sienne ! Et tout en voyant Romain s'approcher, il avait eu la certitude que si l'Empereur avait été privé de son fils, s'il était mort, le 5 mai 1821, sur cet îlot des antipodes sans revoir le roi de Rome, c'était pour qu'il paie le prix de la souffrance de tant de pères, des centaines de milliers, qui avaient perdu leur enfant dans les batailles de la Grande Armée.

Il s'était dit : « Je déraisonne. » Il avait cherché en vain les mots de la prière. Mais il avait eu froid et s'était mis à trembler.

— Père, nous partons, avait déclaré Romain.

D'un geste ample, il avait montré la berline, le fils Mercœur qui se tenait debout sur le marchepied échangeant quelques mots avec sa mère. Madeleine sanglotait, comme Mafalda.

Seule Mariella souriait, droite et fière. Pourtant Maximilien avait vu ses doigts crispés qui tordaient un mouchoir.

Lentement Forestier s'était approché, avait posé les mains sur les épaules de son fils, puis brutalement il l'avait serré contre lui.

— L'Empereur est mort, avait-il murmuré, il ne sert plus à rien de mourir pour lui.

À cet instant, il s'était reproché d'avoir durant toutes ces années passées ici parlé chaque jour de l'Empereur, des victoires, des chants et des drapeaux, et jamais de ces morts qu'on confondait le soir, dans la pénombre, avec des amoncellements de terre, de sable ou de neige.

Il avait eu envie de hurler, mais il était trop tard pour avouer à Romain que sa vie n'avait été qu'une longue traînée sanglante et qu'il aurait dû ne jamais quitter son pays, sa mère, n'être qu'un paysan, pas un soldat.

— Père, ne me demandez pas d'être lâche, avait dit Romain en s'écartant, en le repoussant, le tenant à son tour par les épaules. Je porte votre nom. Il est glorieux, avait-il murmuré.

— Vis, mon fils, vis !

Maximilien avait de nouveau serré Romain contre lui puis, le prenant par le bras, l'avait conduit jusqu'à la berline.

Ensuite, il avait marché seul dans le parc jusqu'à ce tertre au milieu des lauriers d'où l'on apercevait Bellagio et la route que devait suivre la voiture, après avoir traversé le village, pour gagner les Alpes.

C'était une matinée de juin étincelante, d'une lumière presque blanche, légère comme un parfum.

Maximilien avait tenté autant qu'il avait pu, se haussant sur la pointe des pieds, de ne pas perdre de vue cette tache noire qui disparaissait entre les collines, réapparaissant soudain au bord du lac avant de n'être bientôt plus qu'un point noir que l'éclat du soleil effaçait.

Dans quelques heures, la berline atteindrait les cols et s'engagerait sur les chemins qui conduisent en France.

Alors, s'asseyant sur la terre, Maximilien avait imaginé les soldats à cocarde blanche qui, à la frontière, faisaient ouvrir les malles.

Puis les espions de Vidocq s'approcheraient, venant flairer ces deux jeunes gens dont les Autrichiens devaient, depuis Belinzona, leur avoir annoncé le passage. Les policiers feuilletteraient les livres, les secoueraient afin de faire tomber les feuillets qu'ils pouvaient contenir. Ils en recopieraient les titres. Et qui sait si Romain n'avait pas emporté l'un de ces ouvrages défendus, ou bien l'un des pamphlets qu'il avait écrits pour dire son mépris et sa haine des Bourbons ?

C'était folie que de ne pas l'avoir averti, de ne pas en avoir fait l'un de ces prudents qui pensent toujours comme leurs maîtres ! Comment avait-il pu lui inoculer ce poison de la liberté ? Alors que dans toute l'Europe on emprisonnait, on persécutait, on espionnait, on condamnait !

Maximilien s'était levé, avait parcouru les allées du parc.

Il avait péché par vanité. Il avait voulu que son fils l'admire. Il n'ignorait rien pourtant de ce qui se passait en France.

Guillaume Dussert avait séjourné quelques heures à Bellagio, en route vers Gênes, désireux d'embarquer discrètement vers l'Angleterre et d'échapper à la surveillance des espions de la Congrégation. Les Chevaliers de la foi, le parti prêtre, avaient leur police, qui doublait celle de Vidocq. Le comte d'Artois, qui attendait la mort de Louis XVIII pour lui succéder, voulait régner comme Louis XIV… Et les ultras de son entourage, Polignac, Villèle et Louis Chrétien de Taurignan, le confortaient dans ce projet fou.

Forestier avait d'abord écouté Dussert sans lui répondre, l'observant avec méfiance, cherchant à comprendre quel piège cet homme au visage vieilli, au corps lourd, voulait lui tendre. Mais Dussert l'avait peu à peu désarmé.

— J'aurais pu prendre une autre route, avait-il dit,

mais j'ai choisi de vous voir. On vous respecte, on vous écoute, Forestier. Vous n'avez jamais trahi. Vous n'étiez pas un courtisan, mais vous étiez auprès de l'Empereur chaque fois qu'il était en danger. Voilà ce que disent les bonapartistes, les « vieilles moustaches ». Et j'ai besoin d'eux, donc j'ai besoin de vous.

Dussert avait hoché la tête.

— Notre alliance ne sera jamais une amitié. D'ailleurs, est-ce nécessaire ?

Il avait haussé les épaules.

— Qu'est-ce que l'amitié ? Je ne crois qu'aux unions intéressées. Venons-en au fait. Je vais à Londres pour expliquer à Wellington et au Cabinet anglais qu'ils doivent aider ceux qui veulent chasser les ultras parce que Monsieur le comte d'Artois, bientôt roi de France, conduit une nouvelle fois le pays à la révolution.

Il avait levé la main.

— Vous et moi, nous savons ce que c'est que la populace dans la rue. L'Empereur lui-même n'en a pas voulu et pourtant, au retour de Waterloo, on réclamait des armes au faubourg Saint-Antoine. Donc, Forestier, je vais expliquer au Cabinet de Londres quelle est la situation. J'ai quelque crédit là-bas… On y respecte les banquiers. Je vais rencontrer le duc d'Orléans, oui, Louis-Philippe, vous l'avez connu. Il était à Valmy, à Jemmapes, aux côtés de Dumouriez. Croyez-moi, Forestier, le duc d'Orléans est notre solution. S'il monte sur le trône, il rendra tous leurs droits aux soldats de l'Empereur qu'on a chassés de l'armée, qui crèvent de misère avec leur demi-solde. Il abandonnera le drapeau blanc. Son père – Dussert avait ricané –, avant d'être guillotiné, a voté la mort de Louis XVI, c'est un gage, vous ne croyez pas ? Sinon…

Dussert s'était dirigé vers sa voiture.

— … sinon, avait-il repris, ce sera la guerre partout, entre le parti prêtre et les républicains, les bonapartistes. Cela a commencé. On conspire, on assassine, on emprisonne, on exécute sur les places de village, dans les cours de caserne. Et cela ne servira à rien. Je ne m'en mêlerai pas ! Mais voyez-vous, Forestier, avec l'âge je me découvre d'esprit citoyen. Je continue à croire à la rente, mais je me soucie aussi du sort de la nation. Que voulez-vous, j'ai un fils, enfin, un descendant qui porte mon nom. Vous aussi, Forestier. Comment pourrions-nous ne pas essayer de leur éviter le pire de ce que nous avons vécu ?

Après le départ de Dussert, Maximilien n'avait d'abord rien changé à ses habitudes, faisant en compagnie de son fils et de Georges Mercœur de longues chevauchées dans les collines qui bordent le lac de Côme. Il avait remarqué que, depuis la mort de l'Empereur, les espions autrichiens avaient disparu. Mais d'autres silhouettes, sans doute des policiers de Vidocq, avaient commencé à rôder autour de la villa Clarvalle, et c'est peut-être pour cette raison qu'il avait décidé d'agir.

Il s'était rendu à Côme, affrétant un bateau à Bellagio, sûr ainsi de pouvoir échapper à toute surveillance. Il avait vu les hommes en redingote noire courir le long du port, cherchant en vain une embarcation. Comme le vent était vif, l'embarcation avait gagné le milieu du lac avant qu'ils aient pu décrocher leurs amarres.

Forestier avait donc à Côme disposé de plusieurs heures. Il avait écrit à Jérôme de Boissier, l'invitant à séjourner à la villa, « loin des puanteurs de la ville », et parce que depuis « les sommets qui surplombent le lac, la vue est dégagée et permet de voir un large horizon »... « Venez, cher comte, nous parlerons. »

Il avait confié sa lettre à un courrier sûr, puis il avait regagné Bellagio alors que la nuit commençait à tomber.

Boissier était arrivé à la villa Clarvalle quelques semaines plus tard. En s'avançant vers la berline dont les chevaux couverts de sueur hennissaient, Maximilien s'était senti plein de gaieté à l'idée de retrouver l'aide de camp et tant de souvenirs. Il s'était apprêté à crier un « Vive l'Empereur ! » imprudent mais joyeux, que Romain et Georges Mercœur auraient repris. Les voix se seraient perdues dans le parc, auraient roulé jusqu'au lac, et tant pis pour les espions de Vidocq !

Mais à peine Jérôme avait-il ouvert la porte de la berline que, d'un geste, d'une expression sévère du visage, il avait fait comprendre à Maximilien qu'il fallait se taire...

Jérôme s'était effacé, et il avait présenté cette femme qui descendait lourdement de la berline, son épouse, la baronne Élisabeth de Viéville.

Celle-ci avait regardé autour d'elle, dit que la campagne de France était plus belle que celle d'Italie, mais qu'elle avait été défigurée par la Révolution et le règne de cet usurpateur, ce Napoleone Buonaparte, un Corse, un Italien, un étranger, qui l'avait entaillée de routes inutiles.

Elle s'était montrée arrogante, et sa laideur pleine de morgue devenait une expression de son mépris.

Mariella l'avait accompagnée à sa chambre, sans même la regarder, comme si entre les deux femmes, d'emblée, la haine s'était installée.

— Expliquez-moi, avait demandé Maximilien en entraînant Jérôme dans le parc.

— L'occasion, l'herbe même quand elle n'est pas tendre, attire les chevaux affamés, avait-il répondu, esquissant un sourire las, la tête un peu penchée.

Il était resté caché plusieurs mois à l'hôtel de Mirmande, avait-il poursuivi, et Élisabeth de Viéville logeait au troisième étage, celui de Victor-Marie dont elle s'occupait.

Jérôme s'était interrompu, avait changé de ton.

— Dussert s'est enfin décidé à voir son fils. Il l'a nommé au Conseil de la banque pour remplacer Lucien Bernard, mort il y a quelques mois. Victor-Marie Dussert…

Boissier s'était arrêté, avait hoché la tête, jeté un regard à Forestier.

— … a une ressemblance étonnante avec…

Il avait ri.

— Voici Guillaume Dussert prêt à s'allier avec les bonapartistes et à mettre sa banque, rebaptisée Dussert et Fils, au service d'une grande ambition politique, celle de pousser le duc d'Orléans sur le trône, pour éviter que la France ne connaisse une nouvelle tragédie. Il est donc sincèrement, autant qu'il peut l'être, hostile aux Bourbons, même si, comme il se doit, sa banque prête de l'argent aux évêques, aux jésuites, à Louis XVIII, au comte d'Artois, à Louis Chrétien de Taurignan, mais aussi aux constitutionnels, aux partisans du duc d'Orléans. Dussert vient même de fonder un journal, *Le Courrier français*. Il s'est fait imprimeur. Il publie de jeunes talents. Il veut, au soir de sa vie, jouer un rôle national. C'est ainsi ! Mon beau-frère devient audacieux, mais toujours avec prudence ! Les coffres de sa banque le protègent et il est fort des dettes des têtes couronnées d'Europe. Et puis ainsi il s'amuse. Quel plaisir trouver encore à la vie quand on ne peut plus satisfaire une femme ? L'argent ! Il est plus que jamais banquier, et avec quel talent… Il y a aussi le pouvoir secret. Il est franc-maçon, et on dit qu'il a atteint les plus hauts grades du Grand Orient.

Il avait hésité puis, d'une voix plus basse, avait interrogé.

— La Charbonnerie, vous connaissez ?

— J'ai quelques amis à Côme, avait murmuré Forestier. Des Français sont passés, mais je me suis méfié. J'étais très surveillé. On m'a dit qu'ils ont été fort intéressés par l'organisation de cette société en petites sections, ces « ventes » de dix membres, qui ne connaissent, à l'exception de l'un d'eux, leur chef, aucune autre section.

Jérôme avait entouré de son bras les épaules de Forestier.

— Ces sections, ces ventes, ont essaimé un peu partout en France. Dussert a donné l'argent nécessaire. Combien sommes-nous ? Peut-être quatre mille à Paris, disposant chacun d'un fusil et de vingt-cinq cartouches, peut-être soixante mille en France. Je fais partie de la Haute Vente, la vente suprême. Forestier, voulez-vous en être ? Le secret de notre société, jusqu'à aujourd'hui, n'a pas été percé.

— Dussert ?

— Il est trop engagé pour nous livrer.

— Et…

Forestier s'était tourné vers la villa. Sur le perron, Élisabeth de Viéville venait d'apparaître, se protégeant le visage à l'aide d'une ombrelle.

— Dussert et ma sœur trouvent ce mariage utile et plaisant. Je suis désormais lié au parti prêtre et regardé avec sympathie par tout ce que Paris compte d'habits noirs, avait ajouté Jérôme d'un ton amer. Mais que pouvais-je faire ? Je l'ai maladroitement engrossée, et elle m'a menacé, si je ne l'épousais pas, de me dénoncer comme complice de Louvel… Vous savez, cet ouvrier sellier qui a servi l'Empereur à l'île d'Elbe et qui, un soir de février 1820, a poignardé le fils du comte d'Artois sur les marches de l'Opéra. Les hommes de Vidocq sont devenus comme fous. Ils ont arrêté, battu, relâché des dizaines de suspects. Les journalistes à gages ont dénoncé les « libéraux », coupables d'être les inspirateurs du crime. Un écrivain ultra, l'un de ces mauvais imitateurs de Chateaubriand, Charles Nodier, a écrit dans *Le Journal des débats* : « J'ai vu le poignard de Louvel, c'était une idée libérale. » Dussert lui-même a été quelques heures inquiet. On ne parlait que de venger le duc de Berry en châtiant les résidus du bonapartisme, les républicains, les orléanistes. Comment vouliez-vous que je refuse d'épouser la baronne de Viéville ? Elle avait déjà mis sa capeline pour courir chez Vidocq ! Et comme vous le savez, l'hôtel de Mirmande n'est situé qu'à quelques pas de l'hôtel de police… Me voici, cher maréchal, acoquiné à une baronne noire et fort laide, et heureusement père d'une petite Charlotte qui ne lui ressemble pas ! Telle est la France de Louis XVIII, et si son frère le comte d'Artois monte sur le trône ce sera pire, un Marat royal, couronné et sacré à Reims !

Boissier avait commencé à marcher lentement vers la villa à la rencontre de la baronne qui avançait dans l'allée.

— Croyez-moi, Forestier, tout vaut mieux que les Bourbons, que le parti noir, avait-il murmuré.

Et c'est dans ce cloaque qu'allaient être plongés Romain et ce brave Georges Mercœur !

Maximilien s'était arrêté, regardant Mariella venir vers lui. Elle avançait à grands pas, tirant sur le mouchoir qu'elle avait dû, depuis le départ de la berline, lacérer.

Il allait lui dire…

Mais il n'avait pas eu le temps de parler, Mariella lui avait lancé :

— Je rentre à Paris. Nous n'allons pas laisser notre fils seul, là-bas, au milieu de ces loups !

Maximilien l'avait serrée contre lui et elle s'était abandonnée comme elle ne l'avait pas fait depuis des années.

44.

“ Dors, nous
t’irons chercher !
Ce jour viendra
peut-être !
Car nous t’avons
pour dieu
sans t’avoir eu
pour maître ! ”

Louis Chrétien de Taurignan s’était levé. Aussitôt, l’un des deux chambellans qui se tenaient à l’entrée du grand salon des Tuileries, où Sa Majesté le roi Charles X recevait ses conseillers et ses ministres, s’était avancé, un peu courbé, le regard interrogatif.

Taurignan avait toisé cet homme d’une soixantaine d’années.

Que ce faquin retourne à sa place ! Il avait dû servir tous les souverains qui s’étaient succédé dans ce palais, et peu lui importait qu’ils fussent légitimes ou usurpateurs ! Sacrés dans la basilique de Reims ou dans le lit d’une catin des îles ! Peut-être même était-il déjà présent dans cette antichambre en 1792, quand les Tuileries avaient été envahies par la populace ! Et pouvait-on être sûr qu’elle ne recommencerait pas ?

On avait cette nuit même du 24 août 1829 dressé des barricades dans le quartier de la porte Saint-Martin, rue aux Ours. On avait lapidé les maisons qui appartenaient aux partisans du nouveau ministère ultra ! C'était le péché impardonnable ! Sa Majesté Charles X, pour tous les opposants, républicains ou partisans de Louis-Philippe d'Orléans, était restée le comte d'Artois, un émigré, le frère de Louis XVI et de Louis XVIII, le plus intransigeant des Bourbons. On le haïssait... Qu'il ait choisi de se faire sacrer à Reims avait été considéré comme un défi, la preuve qu'il voulait tout effacer de la Révolution et de l'Empire. Et naturellement, la tourbe des gazettes avait, ces derniers jours, excité la foule ! Sa Majesté savait-elle ce qu'écrivait ce Romain Forestier, le fils d'un maréchal d'Empire, dans *Le Courrier français* ? Que le gouvernement de Jules Polignac, de La Bourdonnaye, de Bourmont et de Louis Chrétien de Taurignan, c'était « Koblenz, Waterloo, 1815 : voilà les personnages du ministère. Tournez-le de quelque côté que vous voudrez, il effraie ; de tous les côtés, il irrite. Pressez, tordez ce ministère, il ne dégoutte qu'humiliation ».

Et il fallait tolérer de tels écrits alors que l'on soupçonnait Romain Forestier d'être membre de la Charbonnerie, peut-être l'un des chefs de cette société secrète ? Et qui sait s'il n'y côtoyait pas ce vieil habile, ce corrompu, cet agent du duc d'Orléans, ce banquier propriétaire du *Courrier français*, le baron Dussert, qui avait fait mine sa vie durant de ne pas savoir que son épouse avait enfanté un bâtard de l'usurpateur !

La voilà, la conspiration contre la monarchie légitime : bonapartistes, républicains, orléanistes, ceux-là mêmes qui étaient à l'origine de la Révolution, puis qui avaient rallié l'usurpateur, comme ce Boissier, soupçonné lui aussi d'être affilié à la Charbonnerie et de faire partie du cercle ultime des initiés qu'on appelait la « Vente suprême ». Et autour d'eux, tous ces gazetiers dont le plus perfide, Romain Forestier, qui chaque jour attaquait le trône et l'autel, et pour qui les prêtres, les jésuites, n'étaient que des « hommes noirs, sortant de dessous la terre, moitié renards et moitié loups ».

Comment ne pas s'indigner, ne pas craindre qu'une nouvelle fois cette coalition de la banque, de la plume et de l'aristocratie dévoyée ne renverse le souverain légitime, comme elle l'avait fait en 1789 ? On retrouvait aujourd'hui les mêmes hommes, La Fayette, toujours désireux de jouer un grand rôle, le duc Louis-Philippe d'Orléans, ce fils de régicide, d'un prince qui avait osé se faire appeler Philippe Égalité et qui avait pour toujours trempé son nom dans le sang du roi !

Taurignan s'était éloigné dans la galerie. Il faudrait qu'il parle une nouvelle fois à Sa Majesté qui s'imaginait, parce qu'elle avait été sacrée à Reims comme Clovis, qu'elle serait respectée, que la populace allait rester tapie dans ses bouges ! Alors que les gazetiers l'incitaient chaque jour à en sortir… Les boutiquiers, les artisans, ceux du faubourg Saint-Antoine, lisaient les journaux, répétaient – les mouches de police l'attestaient – ce qu'un Romain Forestier, un Béranger, un Paul-Louis Courier écrivaient : « Koblenz, Waterloo, 1815 ! », voilà le poison qu'on versait dans leur tête !

Il l'avait dit, dans son dernier discours à la Chambre des pairs : « Messieurs, le fléau de l'imprimerie est la seule plaie dont Moïse oublia de frapper l'Égypte. »

Et Dieu sait qu'elle s'était abattue sur la France !

Taurignan s'était arrêté devant la fenêtre de la galerie qui donnait sur la cour d'honneur des Tuileries.

Le soleil, en cette journée d'août 1829, avait séché les flaques des pluies qui, toute la nuit, s'étaient abattues sur Paris, l'orage grondant jusqu'à l'aube, comme si cent pièces d'artillerie avaient bombardé la capitale.

Peut-être faudrait-il un jour ouvrir le feu sur cette ville toujours prête à vomir une meute, un cortège ! Il suffisait que le député libéral Manuel ou le général bonapartiste Foy disparaissent pour que leurs enterrements se transforment en manifestations et que cent mille personnes déferlent sur les boulevards !

Mais n'avait-il donc rien appris, ce peuple oublieux ? Il se gavait de souvenirs de l'Empire. Il s'attroupait autour de lecteurs ambulants qui déclamaient des passages du *Mémorial de Sainte-Hélène* ou chantaient des refrains à la gloire de l'usurpateur ! L'Ogre les avait dévorés par centaines de milliers, et ils le pleuraient, ils imploraient :

Parlez-nous de lui, Grand-mère,
Parlez-nous de lui.

Et même cet Hugo qui se présentait partout comme un royaliste et qui dédiait une ode à Bonaparte :

Dors, nous t'irons chercher ! Ce jour viendra [peut-être !
Car nous t'avons pour dieu sans t'avoir eu pour [maître !

L'amertume avait envahi Taurignan. C'était une sensation physique, comme si sa salive était peu à peu devenue acide, irritant le palais, les gencives et la langue.

Il avait regardé la section de la garde royale qui, dans la cour d'honneur, relevait les sentinelles. Les demi-tours, le claquement des talons, la présentation des armes, le salut, étaient aussi parfaits que les gestes d'un automate.

Mais qui pouvait avoir confiance dans ces soldats ! Les gardes-françaises en 1789 et 1792 étaient passés du côté de la foule des émeutiers ! Il n'y avait eu que les Suisses et une poignée d'aristocrates pour se faire massacrer ici, dans cette cour des Tuileries, le 10 août, et plus tard en Vendée quelques milliers de chouans !

Et lorsque Jules de Polignac, qui avait été aux côtés de Cadoudal, formait un ministère, Romain Forestier le dénonçait comme un émigré ! Qui lui savait gré d'avoir voulu en 1800, avant les grands massacres de Wagram ou de Russie, arrêter ce fou cruel de Buonaparte ?

Il était « Koblenz » pour le gazetier !

Les soldats d'aujourd'hui ne valaient pas mieux que ceux d'il y avait quarante ans ! L'ordre dans les casernes n'avait pas régné plus de cinq ou six ans après Waterloo ! Et les têtes coupées, celle d'un maréchal Ney, d'un général Brune, de quelques milliers d'autres – un ruisselet de sang, si l'on pensait au torrent rouge qu'avait fait couler la Révolution – avaient vite repoussé.

Et l'hydre était là, à nouveau, avec toutes ses

gueules ! Pas un mois, depuis 1822, qu'on ne découvre une société secrète, bonapartiste, républicaine, celles des Amis de la Vérité, des Citoyens de 93, et pour finir cette Charbonnerie dont, si l'on en croyait ces messieurs de Vidocq, bien des officiers faisaient partie.

Mais quand on avait pris sur le fait quatre sergents qui, à La Rochelle, tentaient de soulever leur régiment de ligne, les bougres s'étaient tus et étaient montés à l'échafaud, dressé en place de Grève, en clamant : « On meurt toujours bien quand on meurt innocent. La postérité nous jugera, et nous l'espérons justice sera rendue. »

Louis Chrétien de Taurignan avait serré les dents, revenant vers l'antichambre.

Est-ce que la justice avait été rendue pour son père ? Pour tous ceux dont on avait tranché le cou, arraché les entrailles, simplement parce qu'ils appartenaient à la race noble ?

Et Romain Forestier et ses semblables osaient s'indigner parce que le ministère avait décidé d'accorder vingt-six millions de rente à trois pour cent, près d'un milliard, aux descendants des victimes, non seulement massacrées, mais spoliées de leurs biens !

Un milliard ! Comme si le sang de Philippe Chrétien de Taurignan, son père, avait un prix ! Comme si le baron Dussert n'avait pas installé sa banque Dussert et Fils dans l'hôtel de Taurignan, comme s'il n'était pas devenu légalement possesseur des propriétés et des châteaux des Taurignan !

C'était cela, l'époque !

Taurignan s'était à nouveau assis dans l'antichambre.

Qu'en serait-il de la France, de sa famille, dans quarante ans ? Sa mère, sa sœur Jeanne et lui-même seraient morts !

On ne pourrait même pas placer leurs cadavres au côté de Philippe, dont on avait enfoui les restes dans ce cimetière de Picpus où avaient été rassemblés les ossements des victimes de la Terreur. Car l'endroit était trop exigu pour accueillir les descendants !

Alors les Taurignan iraient au Père-Lachaise, auprès de Pierre-Marie disparu cette année, n'ayant jamais abandonné sa foi ni trahi ses vœux de prêtrise, mort fidèle.

C'était cela qu'il fallait enseigner à Joseph, son fils qui venait de naître, issu de deux familles, celle des Chrétien de Taurignan et celle des Bergue. Les deux lignées avaient vécu toutes ces années sans céder aux tentations du ralliement à l'Empire comme tant d'autres, les Montesquiou, Caulaincourt, Boissier, l'avaient fait.

Quand la race noble renonçait à ses obligations, le royaume chancelait. Sully l'avait écrit, Mme de Staël l'avait redit : « Les révolutions qui arrivent dans les grands États ne sont point un effet du hasard ni du caprice des peuples. » Elles surgissent quand ceux que Dieu a choisis comme les gardiens de l'ordre, ceux qui doivent se tenir à l'entrée de la caverne pour empêcher l'hydre de s'échapper, oublient leur devoir, abandonnent leur poste et trahissent leur mission.

Le chambellan s'était approché après avoir ouvert les portes du grand salon, et il avait lancé d'une voix forte :

— Comte Louis Chrétien de Taurignan.

Taurignan s'était avancé vers Sa Majesté.

Charles X, le visage rose, les cheveux grisonnants soigneusement tirés en arrière, plaqués sur les tempes, lui avait souri.

— Alors, cher comte, donnez-moi des nouvelles de votre jeune fils, et de madame la comtesse Émilie de Bergue. J'espère que la mère et l'enfant se portent à ravir. Comme vous, il me semble, cher Taurignan !

Louis s'était incliné.

— Nous irions mieux, Sire, si le royaume allait bien, avait-il murmuré.

Charles X avait fait une moue ennuyée, puis il avait eu un geste d'impatience et d'irritation.

— Si de coupables manœuvres..., avait-il commencé. Je veux le dire aux pairs de France et aux députés, si l'on suscite des obstacles à ce gouvernement...

Il avait levé la main, était resté quelques secondes silencieux.

— Malgré les prophètes de mauvais augure, dont vous faites toujours partie, Taurignan, donc s'il y a des obstacles, je trouverai la force de les surmonter. Nous maintiendrons la paix publique, Taurignan ! Et je le disais au comte de Polignac, nous utiliserons les moyens nécessaires.

Il avait souri.

— Notre pauvre frère Louis XVI, Dieu l'ait en sa garde, a payé de sa tête son imprévoyance et sa bonté. Je ne commettrai pas les mêmes fautes, Taurignan. Je sais quel a été le sort de votre père, je connais sa fidélité à son roi, et je suis sûr de la vôtre. Sachez qu'un Bourbon, un roi de France, n'acceptera pas une deuxième fois la révolution, cette victoire du Mal.

Taurignan avait ouvert le portefeuille dans lequel il avait placé quelques feuillets.

— Sire, précisément, on vante partout la Révolution. Un François Mignet, un Alphonse Thiers, font paraître leur *Histoire de la Révolution française* en trois ou dix volumes, et des folliculaires célèbrent leurs œuvres. Chaque jour, dans *Le Courrier français*, ce Romain Forestier qui est devenu le journaliste que lisent les étudiants et qu'ils acclament comme leur maître publie un article où il raconte un épisode de la Révolution ou de l'Empire, à la gloire des soldats de Valmy ou de la Moskova.

— Qu'on le censure, qu'on l'arrête ! avait lancé Charles X.

— Il est habile, il prétend célébrer le patriotisme, la liberté, les vertus guerrières des Français. Tout cela l'a rendu populaire. Si on l'emprisonne, on dressera des barricades. Comme le dit M. de Chateaubriand, ces historiens, ces journalistes forment une petite secte de théoristes de la Terreur. Ils sont une école fataliste qui prétend que la Révolution était inéluctable, et donc qu'elle l'est encore ! Les entend-on dénoncer les équarrisseurs de chair humaine que furent ces apôtres des droits de l'homme et du citoyen ? Jamais, Sire.

— Allons, allons, avait murmuré Charles X, nous ferons voter les lois nécessaires pour que ces empoisonneurs de l'opinion ne puissent plus accomplir leur œuvre néfaste.

Le roi s'était levé.

— Mais voyez-vous, Taurignan, il ne faut pas confondre le peuple français avec ces écrivassiers. Le Tiers État, ces gens de la boutique et de l'écritoire, ces affidés des sociétés secrètes, de la Charbonnerie, de la franc-maçonnerie, ne sont pas le peuple mais ses parasites. Le peuple aime son roi, Taurignan !

— Dieu vous entende, Sire, avait murmuré Louis en se retirant.

Le chambellan avait fermé derrière lui les portes du grand salon.

Comme il avait dû le faire tant de fois depuis quarante ans, après les audiences accordées par Louis XVI, Barras ou Cambacérès, Buonaparte, Louis XVIII, et maintenant Sa Majesté Charles X !

Comment pouvait-on faire confiance à cet homme ? À ce peuple-là ?

45.

> “ Romain Forestier
> avait imaginé
> cette foule,
> ces hommes
> en redingote
> et en chapeau
> brandissant
> leur fusil,
> ces femmes
> dépenaillées,
> jambes nues,
> corsage ouvert… ”

Dans le couloir qui conduisait à la chambre où reposait Georges Mercœur, Romain Forestier avait vu Madeleine s'avancer vers lui. Mais en l'apercevant, elle s'était immobilisée.

Romain n'avait pas pu distinguer les traits du visage de Madeleine, elle n'était qu'une silhouette noire découpée dans le rectangle blanc de la fenêtre ouverte au bout du corridor. Puis elle s'était remise à marcher, comme poussée par la lumière dorée de cette fin d'après-midi du 31 juillet 1830.

Romain avait baissé la tête et brusquement, montant

de la rue de l'Estrapade ou des ruelles qui entouraient le Panthéon, il avait entendu ces rumeurs de cortège, ces cris : « Vive le duc d'Orléans, vive le roi Louis-Philippe ! », « À bas les jésuites, vive la liberté ! » et, venu de plus loin, peut-être de la rive droite, des abords de l'Hôtel de Ville, ce chant de *La Marseillaise* que le vent du crépuscule parfois déchirait, ou au contraire amplifiait.

Romain Forestier avait oublié où il se trouvait, et n'avait plus pensé à Madeleine qui s'approchait. Il avait imaginé cette foule, ces hommes en redingote et en chapeau brandissant leur fusil, ces femmes dépenaillées, jambes nues, corsage ouvert parce que depuis trois jours il faisait une chaleur étouffante, un temps immuable et serein, un ciel d'un bleu de drapeau, ces ouvriers en blouse, les pieds nus dans leurs sabots, et tout ce peuple armé dont les voix se mêlaient, les unes criant « Vive la République ! » les autres « Vive Napoléon II ! » et se réunissant en une seule clameur quand le duc d'Orléans était apparu sur le balcon de l'Hôtel de Ville et qu'il avait embrassé le vieux La Fayette.

Un immense drapeau tricolore les avait enveloppés l'un et l'autre, et on avait crié « Vive le roi Louis-Philippe ! ».

C'est alors que Romain avait quitté le balcon de l'Hôtel de Ville où il se trouvait avec des dizaines d'autres personnes.

Il avait croisé Guillaume Dussert dans l'escalier. L'homme était rayonnant.

— Je suis du ministère, avait-il dit. Le roi Louis-Philippe veut voir votre père, il veut dès ce premier jour montrer qu'il honore les soldats de la Grande Armée. Il veut effacer ces années de Restauration, de Terreur blanche et de gouvernement des hommes en noir. Dites au maréchal Forestier de se présenter au roi.

Romain était sorti de l'Hôtel de Ville. Il avait fendu la foule qui dansait et d'où parfois s'élevait encore le cri de « Vive la République ! ». Il s'était demandé à quel moment les hommes comme Dussert, comme l'autre grand banquier Laffitte, ou bien les journalistes habiles comme Thiers, ou encore ce vieux roué de La Fayette, avaient réussi à l'emporter, à faire acclamer par le peuple le duc d'Orléans. Il avait pensé à ces prestidigitateurs qui, sur les boulevards, font glisser des cartes entre leurs doigts et demandent aux badauds de choisir l'une d'elles, de placer un sou là où ils imaginent qu'elle se trouve. Mais la bonne carte est toujours dans l'autre main, et les parieurs bernés s'éloignent.

Romain s'était lentement dirigé vers la rue de l'Estrapade. Tout au long du trajet, dans ces rues qui gravissent la montagne Sainte-Geneviève, il avait croisé des cortèges d'étudiants qui agitaient des drapeaux tricolores, s'arrêtant là pour briser une enseigne décorée de fleurs de lys, ici pour arracher une plaque sur laquelle on célébrait Louis XVIII, Charles X ou Louis XVI. Et des vieux mêlés à cette foule juvénile entonnaient *« Ah ! ça ira, ça ira, ça ira ! Les aristocrates à la lanterne... »*. Mais il suffisait de quelques rues pour qu'on entende crier « Vive le roi Louis-Philippe ! ».

La carte était passée d'une main à l'autre.

À quel moment ?

Le premier jour de la révolte, c'est Romain Forestier qui avait rédigé le *Manifeste* qu'avaient signé quarante-trois journalistes, protestant contre les ordonnances royales qui dissolvaient la Chambre des députés, rétablissaient la censure.

« Dans la situation où nous sommes placés, avait-il écrit sur un coin de table dans l'imprimerie où l'on s'apprêtait à tirer *Le Courrier français* – interdit pourtant comme les autres journaux –, l'obéissance cesse d'être un devoir. Aujourd'hui donc, le gouvernement a violé la légalité. Nous sommes dispensés d'obéir. Nous essaierons de publier nos feuilles sans demander l'autorisation qui nous est imposée. C'est à la France de juger jusqu'où doit aller sa propre résistance. »

C'était le 26 juillet, et cette nuit-là, avec Georges Mercœur, ils avaient parcouru le quartier de la porte Saint-Martin et de la porte Saint-Denis.

Ils étaient montés sur des bornes, au coin des rues, sur des tables dans les estaminets, sur des établis dans les ateliers.

Ils avaient répété la dernière phrase du *Manifeste* : « C'est à la France de juger jusqu'où doit aller sa propre résistance. »

Et les cris avaient retenti : « À bas 1815, à mort les traîtres ! Vive la liberté, vive la République ! »

Georges Mercœur s'en était allé, au matin du 27, rassembler les adhérents de la Charbonnerie, courant de vente en vente, revenant en fin de journée à l'imprimerie, disant que Paris s'était couvert de barricades. Les insurgés avaient rempli de pierres des diligences pour en faire des obstacles infranchissables par les dragons, les gendarmes et les cuirassiers. Les troupes de Marmont – ils avaient choisi le maréchal Marmont, le traître qui en 1814 avait livré Paris aux Prussiens ! – étaient bombardées de pavés. On vidait les greniers sur leurs têtes, on jetait des bouteilles, des casseroles, des chenets, des tabourets, des armoires, des pots de fleurs, des morceaux de marbre, de l'urine ou de la merde.

Les troupes avaient reculé vers la place Vendôme, le Louvre, la place Louis-XV, et déjà les soldats des 5e et 53e régiments de ligne avaient déserté. Romain avait écrit rapidement le texte d'une affichette qu'il fallait placarder dans les rues où passaient les troupes, ou leur lire depuis les barricades : *« Soldats, pourquoi tireriez-vous sur le peuple ? N'êtes-vous pas le peuple aussi, vous les soldats de la France ? »*

Puis il avait suivi Mercœur dans les ruelles qui forment un labyrinthe entre la Seine et la place Royale, entre l'Hôtel de Ville et l'ancien emplacement de la Bastille. Pas une qui n'ait eu sa barricade !

Romain avait découvert ces hommes en blouse, demi-nus, ces hommes sans bas et sans veste, ces ouvriers, ces gens de la dernière classe. Et lorsque, au milieu de la nuit, il avait rencontré Guillaume Dussert accompagné de ce revenant, Joseph Machecoul, qui s'était terré à quelques lieues de Paris, fondant une famille, attendant que l'on oublie qu'il avait été régicide et membre des comités, il avait été surpris par l'inquiétude qu'il avait lue sur le visage des deux hommes.

— Les ouvriers sont lâchés, avait murmuré le premier.

— Ils ont un courage de Vendéen ! avait dit le second.

— La populace ne tient guère à la vie…, avait ajouté Dussert.

Puis, prenant Romain par le revers de sa redingote, avec une énergie qu'il dévoilait rarement, il avait déclaré :

— Jeune homme, je paie pour votre journal. Je vous laisse écrire tout ce qui vous semble juste. Mais vous n'avez connu aucune journée rouge, ni le 14 Juillet ni le 10 Août, ni ces jours de septembre où l'on a massacré, ni le 13 Vendémiaire quand Bonaparte a fait tirer le canon sur les royalistes, ici, à Paris. Et vous ne savez pas que quand le peuple bouillonne, la canaille sort de ses trous et qu'elle pille, qu'elle éventre les honnêtes gens, fussent-ils patriotes. Et, jeune homme, nous qui avons vécu ça, nous ne voulons plus le voir. Alors, cessez de remuer la vase avec vos articles ! Sinon, demain, il n'y aura plus de *Courrier français*, parce que je ne paierai ni l'imprimeur, ni le papier !

Quelques heures plus tard, un autre manifeste avait été publié, que Romain n'avait découvert qu'au moment de le distribuer dans les rues, où on le collait aux carrefours. Il était signé de Thiers, des journalistes du *National*, et de Machecoul, « ancien membre de la Convention nationale ».

De belles envolées pour dire que « le duc d'Orléans est un prince dévoué à la cause de la Révolution, qui tiendra sa couronne du peuple français. Il sera, lui, le combattant de Jemmapes, le roi des Français et non le roi de France. Vive Louis-Philippe Ier, roi des Français, chassons Charles X et les Bourbons ».

Il avait suffi ensuite que le combattant de Jemmapes embrasse dans les plis du drapeau tricolore, sur le balcon de l'Hôtel de Ville, La Fayette, « héros des deux mondes », pour que les cris de « Vive la République ! » ou « Vive Napoléon II ! » s'éteignent peu à peu.

Était-ce cela, le peuple ? Un cyclope maladroit qu'on pouvait tromper, conduire là où on voulait en agitant devant lui des cartes truquées, en lui promettant mille gains… Ensuite, lorsqu'il tendait le doigt pour désigner la carte, on ouvrait la paume, et elle était vide !

Ce 30 juillet, Romain s'était retrouvé seul. Mercœur avait disparu, le visage crispé par l'amertume, disant qu'on avait volé sa victoire au peuple, que les Dussert, les Machecoul étaient de la même espèce que les Polignac et les Taurignan. Romain avait tenté en vain de le raisonner. Mieux valait le drapeau tricolore, La Fayette et le fils de Philippe Égalité, que les fleurs de lys, Marmont, La Bourdonnaye et Charles X !

Mais Mercœur n'avait rien voulu entendre, il s'était éloigné dans les petites rues où s'élevaient toujours les barricades.

On tirait encore. Le pont suspendu qui conduit de la place de Grève à la Cité était sous le feu des troupes de Marmont qui n'avaient pas encore cessé le combat.

Romain avait vu un garçon d'à peine quinze ans, pieds nus, chemise déchirée ouverte sur un torse maigre, s'élancer sur le pont balayé par la mitraille, en criant : « Si je meurs, souvenez-vous que je m'appelle d'Arcole ! »

Il avait franchi quelques mètres en courant puis il s'était ployé, tenant son ventre. Et c'était comme si Romain avait été blessé, le corps percé. Il s'était souvenu des récits de son père racontant comment Bonaparte s'était avancé sur le pont d'Arcole, son aide de camp Muiron le couvrant de son corps, et comment lui, Maximilien Forestier, avait sauté dans les marais de l'Alpone. « J'ai arraché Bonaparte aux grenadiers croates », avait-il tant de fois répété.

Romain avait eu envie de le voir, de lui dire que le nouveau souverain et que Dussert l'attendaient à l'Hôtel de Ville. Mais quand il était entré dans la cour de l'hôtel Forestier, le silence tout à coup l'avait écrasé.

Il avait vu, dans le petit salon à droite du vestibule, sa mère et Mafalda assises l'une près de l'autre. Elles avaient les yeux fixes, mais quand elles l'avaient aperçu, elles s'étaient précipitées vers lui. Le serrant contre elle, Mariella avait répété « mon fils, mon fils », et Mafalda avait murmuré de la même voix « mon petit ».

Il s'était dégagé, gêné, disant qu'il voulait voir son père, et Mafalda avait expliqué qu'on était venu chercher le maréchal Forestier pour le conduire aux Tuileries où le roi Louis-Philippe voulait le rencontrer.

— Georges est dans la chambre, au troisième étage, avait ajouté Mafalda. Il vivra, Madeleine est avec lui.

Et Mariella avait raconté qu'on avait ramené Georges au début de la matinée. Il avait reçu une balle en pleine poitrine, un peu au-dessus du cœur, et c'était miracle qu'il ait survécu. La balle, tirée sans doute à bout portant, avait lacéré les chairs, percé le corps de part en part, sans toucher une artère.

Mais le poumon était déchiré et le médecin qui avait bandé Georges avait confié que la souffrance, à chaque respiration, devait être extrême et que la convalescence serait longue. Dans le couloir, Romain avait relevé la tête, et il avait vu Madeleine, les poings serrés, brandis.

Elle avait commencé à lui marteler la poitrine.

Comme elle était petite, et comme elle était vieille ! Romain s'était souvenu de toutes les fois où il s'était précipité contre elle, enfouissant son visage dans les plis de ses jupes grises, la suppliant de ne pas rapporter à Mafalda ou à sa mère ce qu'il avait fait, lui avouant qu'il avait entraîné Georges au sommet d'un arbre, ou bien qu'ils avaient volé une barque et avaient ramé jusqu'au milieu du lac, ou bien encore qu'ils avaient détaché les chevaux et que ceux-ci s'étaient enfuis, Dieu seul savait où !

Elle l'avait écouté tant de fois à la villa Clarvalle, dans le parc. Elle appelait Georges, elle les serrait tous deux contre elle, elle les sermonnait. Romain disait « c'est moi » et Madeleine l'empêchait de poursuivre.

« C'est toi, c'est lui. Mais toi, tu es le fils de la marquise, le fils du maréchal Forestier, et lui, mon pauvre petit Georges, qui est-il ? Rien, seulement mon fils et celui d'un mort dont on ne sait même pas ce qu'est devenu le corps. Vous n'êtes pas pareils toi et lui, le coupable ce sera toujours lui, tu n'y peux rien, même si tu es bon. »

Et elle posait à ces moments-là sa main sur la tête de Romain.

Mais elle était devenue si petite et si vieille que les coups qu'elle avait portés sur sa poitrine étaient sans force. Elle avait répété :

— Mais pourquoi vous voulez me le tuer lui aussi ? Qu'est-ce qu'il me reste de la vie ? Vous m'avez pris

Nicolas, et maintenant c'est mon fils ! Je lui avais dit : méfie-toi, c'est toujours les mêmes qui meurent, c'est comme ça, c'est l'injustice, c'est la loi.

Puis elle s'était arrêtée de frapper Romain, elle l'avait poussé vers le bout du couloir, vers la lumière et les rumeurs, vers la porte de la chambre.

— Va le voir, va entendre comme il souffre, et dis-moi, Romain, pourquoi ?

Les voix de la rue de l'Estrapade criaient :

« Vive Louis-Philippe, vive le roi ! »

Romain avait fermé doucement la fenêtre.

HUITIÈME PARTIE

46.

“ Le peuple,
répétait-il, doit
se soulever.
Il faut lui dire :
‘ Dieu ne vous a
pas faits pour être
le troupeau
de quelques
autres hommes ! ’ ”

Quand ce 24 décembre 1848, j’ai vu mon père mort revêtu de son grand uniforme de maréchal d’Empire, le visage d’une blancheur de marbre, tel un gisant, je n’ai pas d’abord ressenti de la peine. Je me suis immobilisé sur le seuil de cette grande salle, située au rez-de-chaussée de la tour de notre château de Mazenc.

La pièce était plongée dans la pénombre, mais les quatre cierges placés aux extrémités de la table couverte d’un drap noir sur laquelle mon père était étendu éclairaient son visage et ses mains posées sur le pommeau de son sabre.

J’ai eu tout à coup plus froid que sur la route.

Aucun feu ne brûlait dans la cheminée. Les flammes des cierges vacillaient car le vent glacé sifflait et s’infiltrait dans la pièce, tourbillonnait avec un souffle rauque entre les chenets, soulevant une poussière de cendres.

Je me suis approché, j'ai distingué la barbe qui commençait à couvrir ses joues. Il était mort. Il m'attendait, depuis quatre jours.

J'avais quitté l'hôtel de la rue de l'Estrapade dès que j'avais appris la nouvelle de sa chute dans l'escalier de la tour et sa perte de conscience.

« Monsieur le Maréchal, je vous l'ai dit lors de votre séjour, ne voulait pas renoncer à monter chaque jour au sommet, m'avait écrit le régisseur. À quatre-vingts ans, c'était un exploit et le médecin l'avait mis en garde. J'ai tenté plusieurs fois, Monsieur le comte, de l'avertir des dangers de son entreprise. Il n'a jamais voulu m'écouter. Il est à l'agonie. J'attends vos instructions, et j'espère, Monsieur le comte, votre venue. »

J'avais voyagé durant deux jours et deux nuits, empruntant l'une des diligences qui font le service quotidien entre Paris et Lyon, puis j'avais loué un cheval au relais de poste de cette ville et j'avais atteint Mazenc après plus d'un jour et demi de chevauchée, la neige et le vent me faisant cortège.

Je m'étais souvenu tout au long de la route de ces récits de la campagne de Russie, que mon père recommençait sans fin. Il ajoutait chaque fois un nouveau détail, ces bras qui surgissaient de la terre, ces corps que les loups avaient à demi dévorés et que mon père avait aperçus, en repassant après avoir quitté Moscou sur le champ de bataille de la Moskova.

Plusieurs mois s'étaient écoulés depuis les combats,

mais les cadavres n'avaient pas été ensevelis et la neige ne réussissait pas à les dissimuler.

Un homme, amputé des deux jambes, avait même survécu dans une carcasse de cheval, et il s'était avancé au-devant de l'armée, vivant et fou. On l'avait chargé sur une voiture que des traînards, plus tard, après avoir tué le cheval afin de le dévorer, avaient incendiée pour se chauffer, et l'homme avait péri dans le brasier.

« À quoi cela lui avait-il servi de survivre ? avait murmuré mon père. Il faut mourir à son heure. »

J'avais si froid en me dirigeant vers Mazenc qu'il m'avait semblé impossible qu'il existât un vent plus violent et glacé.

Et pourtant, mon père m'avait dit que peu avant la traversée de la Berezina, la température avait été si basse que les hommes qui s'arrêtaient de marcher gelaient en quelques minutes.

Mais c'était seulement le 31 juillet 1830, alors qu'il venait de rentrer des Tuileries où le roi Louis-Philippe l'avait reçu, que mon père, après avoir rendu visite à Georges Mercœur blessé lors des combats, m'avait pour la première fois raconté comment il avait dû abandonner, sur la berge de la Berezina, le père de Georges.

Et il avait paru apaisé d'avoir pu enfin se confier.

Il avait ajouté que, lorsque Georges serait rétabli, il lui ferait ce récit sans rien travestir parce que, quelles qu'aient pu être les volontés de Nicolas de cacher les conditions de sa mort, il fallait dire la vérité.

Mais avait-il jamais osé parler à Georges, en avait-il eu l'occasion ?

Georges, après sa guérison, n'avait plus guère donné signe de vie, comme si ces trois journées de juillet, la révolution des Trois Glorieuses, comme l'avaient écrit certains, ces combats qui avaient contraint Charles X à l'exil, avaient tranché dans notre amitié.

Mercœur était, disait-on, devenu l'un de ces « républicains montagnards » qui souhaitaient le retour de 1793, dressaient des barricades et faisaient le coup de feu dès que l'occasion s'en présentait, espérant chasser cette fois Louis-Philippe.

Il avait fait partie de ces sociétés qu'on disait secrètes, mais que la police connaissait et qu'elle peuplait d'espions et de provocateurs. Il avait été aux côtés de Raspail et Blanqui, de la société « Aide-toi le ciel t'aidera », puis de la « Société des saisons » et de celle des « Amis du peuple ». Il avait participé à plusieurs tentatives de complot contre le roi.

On l'avait arrêté, relâché, condamné à mort puis gracié, tout cela en quelques mois.

Sa mère Madeleine était morte rue de l'Estrapade et Georges s'était présenté le jour de l'enterrement, vêtu comme un bourgeois, avec jabot de soie, chapeau haut de forme, canne à pommeau doré.

Il s'était contenté de dire qu'il allait bien, qu'il avait un fils prénommé Auguste, pour honorer Auguste Blanqui.

— Vous connaissez Blanqui le révolutionnaire, monsieur le comte ? m'avait-il demandé, me parlant comme si j'étais devenu un étranger, un ennemi, alors que nous avions passé presque toute notre vie côte à côte.

J'avais balbutié, atterré par cette froideur, cette

animosité, presque cette haine. J'avais murmuré que j'avais un fils aussi, Jules.

Il avait souri, le visage pour quelques secondes attendri, puis il s'était durci à nouveau.

— Jules Forestier, comte de Bellagio, avec pour aïeux le maréchal Forestier et la marquise di Clarvalle…

Il avait lentement sorti de l'une des poches de sa redingote un exemplaire du *Journal des débats* où j'avais publié de courts récits sur les guerres de l'Empire, des poèmes, et même un début de roman.

— Votre journal, n'est-ce pas ? m'avait demandé Georges.

J'avais nié, essayant d'expliquer qu'un écrivain se souciait d'abord de faire connaître ses œuvres, et lorsqu'un journal les acceptait, il les lui confiait. Mes relations avec *Le Journal des débats* n'allaient pas au-delà.

— Sais-tu, Romain…, avait-il dit.

J'avais été heureux du tutoiement revenu, mais Georges s'était repris.

— Savez-vous, monsieur le comte, ce que M. Victor-Marie Dussert, le fils de M. Guillaume Dussert, ministre des Finances de votre Louis-Philippe, et par ailleurs régent de la Banque de France, président de la banque Dussert et Fils, écrit dans le journal où vous publiez vos récits historiques ?… J'imagine que votre père vous a conté tout cela. Le mien n'a rien pu me dire.

Georges avait eu un haussement d'épaules.

— Mais laissons ces souvenirs d'enfance, avait-il continué. Écoutez plutôt la prose de Victor-Marie Dussert : « Les barbares qui menacent la société ne sont point dans le Caucase ni dans les steppes de la Tartarie, ils sont dans les faubourgs de nos villes manufacturières… Il y a au-dessous de la classe moyenne une population de prolétaires qui s'agite et frémit sans savoir ce qu'elle veut, sans savoir où elle ira. Que lui importe ? Elle est mal. Elle veut tout changer. C'est là où est le danger de la société moderne, c'est de là que peuvent partir les barbares qui la détruiront. Il ne s'agit ici ni de République, ni de monarchie, il s'agit du salut de la société. »

Georges avait replié le journal, l'avait glissé dans la poche de sa redingote.

— Moi, je veux détruire, monsieur le comte. Pas vous…

Il avait montré la cour de l'hôtel Forestier.

— La police me traque. Je fais l'acteur, je me grime. Je suis un bon bourgeois. Mais je me méfie. Savez-vous ce qu'a dit le général Bugeaud lors des dernières émeutes, dont j'étais ? Je suis de toutes. « Il faut tout tuer ! » Connaissez-vous la rue Transnonain ? Les soldats de ce général ont fait aussi bien dans cette rue qu'en Algérie, un massacre ! Mais j'ai glissé entre les jambes de leurs chevaux. Comprenez que je ne m'attarde pas ici. La police est fort bien faite. J'embrasse ma mère, avait-il conclu sur un ton désinvolte.

Il s'était penché sur le cercueil.

— Sainte femme, toute sa vie soumise, donc toute sa vie servante !

Il avait sans doute deviné que je voulais protester, lui rappeler que dans la villa Clarvalle ou à l'hôtel de la rue de l'Estrapade, ma mère traitait Madeleine comme si elle avait été une proche parente.

— Oh, je sais, vous avez été bons pour elle, si bons que j'en ai la nausée, comme si vous m'aviez gavé de lait trop sucré, avait-il dit. Maintenant je bois de l'alcool.

Il était parti sans même vouloir saluer ma mère et mon père, et je n'avais pas eu le courage de leur dire que Georges Mercœur, qu'ils avaient aimé comme leur propre fils, lui donnant tout ce qu'on me donnait, nous haïssait.

J'avais donc pensé à tout cela en chevauchant vers Mazenc, tenant les rênes tendues pour guider le cheval dont les sabots glissaient sur le sol gelé du chemin.

Souvent je m'allongeais sur l'encolure pour tenter de me protéger du vent, et à plusieurs reprises j'avais dû m'abriter dans des granges pour me réchauffer et frictionner ma monture qui tremblait de fatigue et de froid.

J'allais vers mon père mort, et ce n'est pas à lui que je pensais d'abord mais à moi, à ma vie depuis ces jours de juillet 1830, et c'était comme si le décès de mon père avait fait resurgir tous les morts qui avaient jalonné ces dix-huit années.

Était-ce encore la vie qui remplissait mon corps et mon âme, ou au contraire la mort s'était-elle glissée en moi, jour après jour, deuil après deuil ?

Il m'avait semblé la découvrir, immense et noire, occupant tous les recoins de mon être.

Il y avait donc eu d'abord Madeleine, la mère de Georges, la première morte.

Et puis ces centaines de cadavres que j'avais vus dans les rues du centre de Paris, en 1832, en 1834, en février 1848, les uns couchés sur les pavés, encombrant les escaliers de leurs taudis, les autres chargés dans des tombereaux comme des animaux qu'on mène à l'équarrissage avant de les enfouir dans la fosse.

Ceux-là étaient tombés sur des barricades, parce que Louis-Philippe, ses ministres et ses généraux avaient dit : « Il faut tout tuer ! » Et il y a quelques mois, en février, ils avaient tant tué que Paris tout entier s'était soulevé, chassant le roi, proclamant la République. J'avais moi aussi pris un fusil, je m'étais mêlé à la foule des jeunes gens, et plusieurs fois j'avais cru reconnaître mon fils parmi les polytechniciens et les étudiants qui combattaient aux côtés de ces hommes aux bras nus, ouvriers misérables venus des quartiers proches des barrières. Ils avaient cru, dans les trois derniers jours de juillet 1830, ce que Victor Hugo, naïf comme à l'habitude, leur avait dit :

Juillet vous a donné, pour sauver vos familles,
Trois de ces beaux soleils qui brûlent les bastilles...

Mais au fil des mois ils avaient découvert, et sans doute Georges avait-il été l'un de ceux qui les avaient aidés à comprendre, qu'on leur avait joué une farce, qu'on les avait poussés sur une scène où ils n'étaient que des figurants. Les acteurs se nommaient Guillaume Dussert et son bâtard de fils, Victor-Marie, dont on disait qu'en prenant de l'âge il ressemblait de plus en plus à l'Ogre.

Alors les dupés avaient, dans la rue Montmartre, la rue Montorgueil, la place des Innocents et la rue du Cadran, presque chaque année entre 1830 et 1848, planté au sommet de leurs barricades de grands drapeaux noirs et rouges sur lesquels on pouvait lire en lettres blanches : « La liberté ou la mort ! », « Du pain ou des balles ! », « La mort plutôt que la faim ! »

Comme la mort avait été présente tout au long de ces dix-huit années !

Et il y avait quelques mois encore, en juin 1848, elle avait engrangé sa plus belle moisson, fauchant des milliers d'hommes dans Paris insurgé.

J'avais erré dans les rues que parcouraient les régiments de ligne et les escadrons de cuirassiers, ceux que le peuple à voix basse nommait les bouchers bleus de Cavaignac. On disait ce général républicain, mais selon lui il fallait bien que la République se défende contre ces barbares qui voulaient du travail ou la mort !

J'avais erré, retournant les corps. J'avais visité les hôpitaux où les policiers venaient chercher les insurgés blessés. J'avais marché au même pas que ces prisonniers enchaînés qui, en rangs compacts, encadrés par des soldats, traversaient Paris pour gagner Nantes où on les embarquerait vers les bagnes d'Algérie.

Journées de juin 1848, journées lugubres. Mon fils avait disparu, mes amis se divisaient.

L'un disait : « Je suis navré, je ne crois plus à l'existence d'une République qui commence par tuer ses prolétaires. »

Mais un autre se félicitait que les « barbares » n'aient pas détruit la civilisation et qu'on n'ait pas vu renaître les temps de 1793.

Mon fils, lui, enfin revenu, amaigri, les yeux brillants, racontait la mort de ses plus proches camarades.

Il me parlait de l'espoir qu'avaient soulevé la Révolution de février, la fuite de Louis-Philippe, la naissance de la IIe République qui reconnaissait le droit au travail, créait des ateliers nationaux pour les prolétaires misérables et sans ouvrage.

Et puis, ces républicains d'ordre fermaient les ateliers nationaux. Que pouvaient faire les prolétaires, sinon crier « Du travail ou la mort » ?

Jules voulait être avec eux. Un chrétien ne pouvait ignorer la misère. La révolte contre l'injustice était dans l'Évangile. Il me faisait lire *Paroles d'un croyant*, d'un prêtre, Lamennais, qu'il admirait.

Jules mêlait l'imprécation à la prière. Il s'exaltait, évoquant le progrès, ces machines, ces locomotives qui allaient changer la vie de l'homme. Il disait : il faut le « socialisme », et il me faisait découvrir ce mot nouveau. Le peuple, répétait-il, doit se soulever. Il faut lui dire : « Dieu ne vous a pas faits pour être le troupeau de quelques autres hommes ! »

Je l'écoutais, je tentais de l'assagir. J'avais en cet été 1848 quarante-cinq ans déjà ! Et marchant près de moi, ce cortège de morts qui, depuis 1830, m'accompagnait.

Il y avait eu les morts des barricades, et aussi la mort de ma mère et de Marie ma femme, qui n'avait même pas pu voir notre fils grandir. Le choléra les avait emportées l'une et l'autre au printemps de 1832, mois d'émeutes mais également d'épidémie.

À peine avais-je eu le temps d'aimer Marie, de la regarder bercer Jules, qu'elle était devenue ce corps jeune et exsangue couché à côté de celui de ma mère, et qu'il nous fallait abandonner, parce que pour sauver Jules – il avait à peine quelques mois – nous devions comme des milliers d'autres fuir Paris le temps que cette malédiction qui s'était abattue sur le pays cesse. Et certains pensaient, peut-être Mercœur était-il de ceux-là, que des empoisonneurs avaient souillé l'eau des fontaines pour que la mort s'avance, saccage, nettoie la capitale de son trop-plein de pauvres !

Ni ma mère ni ma femme, ni Casimir Perier, n'étaient des prolétaires, des barbares, mais ils étaient morts, eux aussi victimes de cette épidémie.

Nous nous étions installés à Mazenc, et la campagne ne m'avait jamais paru, malgré les épreuves du deuil, aussi majestueuse.

J'avais marché dans les champs de lavande avec mon père.

Il n'avait alors, en cette année 1832, que soixante-quatre ans. Il avançait d'un pas si rapide que j'avais peine à le suivre. Il parlait, évoquait cette entrevue qu'il avait eue, le 31 juillet 1830, à la fin de l'après-midi, avec le nouveau roi Louis-Philippe. Le souverain l'avait accueilli, bras ouverts, dans le salon des Tuileries, et avait commencé à lui raconter ses batailles avec l'armée des Volontaires, en 1792, à Valmy, à Jemmapes.

— Je lui ai dit… – mon père s'était arrêté – « Mais Sire, vous avez déserté avec Dumouriez. Vous êtes passé à l'ennemi, et j'ai fait ouvrir le feu sur vous quand vous vous éloigniez de nos lignes ! »

Mon père avait repris sa marche. Il avait ri.

— L'Orléans n'a pas aimé ce souvenir. Il s'est tourné vers Dussert comme pour l'interroger, lui demander ce qu'il devait faire de ce maréchal insolent. Et Dussert, patelin, m'a proposé de devenir ministre de la Guerre pour bien montrer que le nouveau souverain voulait continuer la République et l'Empire. Sais-tu ce que j'ai répondu, Romain ?

Il s'était à nouveau arrêté.

— « Pourquoi alors avoir choisi d'être roi, vous, duc d'Orléans ? Pourquoi ne pas appeler le fils de Napoléon Ier, ou refaire la République ? »

Mon père avait ri encore au souvenir de cette provocation. Comme il se doit, on ne l'avait plus jamais convié aux Tuileries. Mais le duc de Reichstag, celui que mon père parfois appelait Napoléon II, était mort à Vienne.

C'était un autre mort de l'année 1832. Et j'avais vu mon père s'enfermer dans sa chambre le jour où il avait appris la nouvelle de la disparition du fils de l'Empereur.

Nous étions à Mazenc. L'automne était chaud et sec, comme si l'été s'accrochait au mont Ventoux, aux Dentelles de Montmirail, et de l'autre côté du Rhône à l'Ardèche, pour rendre la terre dure et jaunir les feuilles de vigne. Le vin serait épais et corsé.

Je m'étais inquiété de la longue absence de mon père, et au moment où je m'apprêtais à frapper à la porte de sa chambre, il était apparu, revêtu de son grand uniforme, les yeux un peu vagues. J'avais un instant pensé qu'il avait perdu la raison. Mais il avait la démarche assurée, descendant lentement l'escalier, puis allant et venant dans le parc qui entourait le château et que les vignes cernaient.

Il s'était arrêté devant moi.

— J'ai voulu une dernière fois, pour saluer la mémoire de l'Empereur et de son fils, leur offrir cette parade.

Il s'était interrompu.

— Mon épouse est morte… De Valmy à aujourd'hui, quarante années. Que demander de plus ? Je suis vivant, j'ai un fils, tu as un fils. La chaîne continue.

Il avait fait quelques pas.

— Je n'avais rien, il y a quarante ans. Seulement grand faim et grand soif. Nous voulions la liberté, la justice, l'égalité. Nous avons connu quelques années la fraternité de ceux qui combattent ensemble. Et puis tout cela s'est brisé comme du pain durci qui s'émiette. Chacun a eu sa part. Les uns sont morts, les autres ont trahi. Moi j'ai un fils et un petit-fils, et ceci – il avait d'un mouvement du bras montré le château et les vignes –, mais je suis mort aussi.

J'avais secoué la tête.

— Mort dedans, avait-il dit, même si la vie se prolonge.

Il était rentré dans le château.

— Aujourd'hui est ma cérémonie funèbre. Je ne porterai plus jamais cet uniforme de mon vivant. Mais je veux qu'on m'en revête quand mon corps sera froid. Et qu'on me dépose ainsi en grande tenue dans la caisse. Gardez les médailles. Les enfants aiment jouer avec ces colifichets.

Il avait ri.

— Ainsi, dit-on, parlait le général Napoléon Bonaparte devenu empereur, lorsqu'il créa la Légion d'honneur.

— Père, tu vas vivre, ai-je dit.

— Longtemps peut-être, trop longtemps, avait-il murmuré. Il faut savoir ne pas survivre à son temps.

Il avait passé ses dernières années à aller de l'une de ses résidences à l'autre, de la villa Clarvalle au château de Mazenc, de celui-ci à l'hôtel de la rue de l'Estrapade.

Il continuait de me raconter des épisodes de ses guerres, mais d'une voix détachée et lasse, et peu à peu sa mémoire a paru se tarir, ses yeux s'assombrir.

J'ai essayé de le retenir alors qu'il me paraissait glisser dans ce gouffre sombre. Je lui parlais de ce Louis Napoléon Bonaparte, ce fils de Louis, frère de Napoléon, et d'Hortense de Beauharnais, à moins qu'il ne fût, la rumeur en courait, un bâtard qui tentait de soulever la garnison de Strasbourg, qui débarquait à Boulogne, qu'on emprisonnait, qui s'évadait, qui se faisait élire député et, ce 10 décembre 1848, président de la République, avec plus de cinq millions de voix. Raspail le républicain, que mon fils admirait et qui était un saint homme, dévoué à la cause du peuple, n'avait recueilli que trente-six mille voix.

Et Lamartine, qui m'honorait de son amitié, à peine dix-sept mille ! Quant au général Cavaignac dont les troupes avaient massacré les insurgés de juin, pour sauver, disait-il, la République des barbares, il n'avait obtenu qu'un million sept cent mille voix.

Mais mon père avait paru ne même pas comprendre ce que je lui rapportais.

J'avais essayé de lui dire, pour éveiller son intérêt, que Victor-Marie Dussert, qui avait succédé à son père, mort en 1840, avait joué un rôle majeur dans l'élection de Louis Napoléon, rassemblant autour de lui tout ce que la France comptait de banquiers et de manufacturiers. Dussert avait mis à la disposition du candidat des sommes considérables, en échange, écrivait-on, de promesses concernant le développement des lignes de chemin de fer. Victor-Marie était en effet le propriétaire des compagnies qui, dans le Nord, la région d'Orléans, le Centre, autour de Saint-Étienne, avaient commencé à étendre leurs réseaux.

Avait-il même entendu ? Le nom de Dussert évoquait-il encore quelque chose pour lui ?

Nous étions à la mi-décembre.

Je m'apprêtais à regagner Paris, me promettant de revenir à Mazenc à la fin du mois, et peut-être d'y résider en permanence car j'avais perdu le goût d'écrire pour un peuple versatile. J'espérais bien que mon fils m'accompagnerait, même si mon père paraissait indifférent à sa présence.

Au moment où je quittais la tour, traversant la cour du château, lui que j'avais cru enfermé dans sa chambre m'avait crié du haut de la tour :

— À ton retour, fils, tu me verras en uniforme.

La voix était forte et assurée, non pas celle d'un vieillard, mais d'un homme allègre à l'idée qu'il allait enfin mourir.

47.

“Je ne veux
plus rien.
Je veux
rester seul...”

Je me suis agenouillé, le front posé contre le rebord de la table sur laquelle mon père était étendu.

Le régisseur s'est approché. Il a placé sur mes épaules une couverture, puis il s'est penché, murmurant qu'il pouvait m'apporter un bol de bouillon chaud, et tout en chuchotant il remontait la couverture sur ma nuque, bordait mes jambes afin de me protéger de ce vent glacé qui glissait sur les dalles gelées du sol.

J'ai pensé tout à coup : C'est mon abri, c'est ma crèche, et cette nuit est celle de la Nativité.

Est-ce mon père mort que je veille, ou un nouveau-né qui est entré dans une autre vie ?

J'ai joint les mains. J'ai dit au régisseur :

— Je ne veux plus rien. Je veux rester seul.

C'étaient les mots que mon père avait prononcés presque chaque jour, ces dernières années.

Était-ce la mort de ma mère qui l'avait à ce point blessé, séparé de la plupart des choses et même de ceux qui s'avançaient vers lui, les mains tendues ?

J'avais essuyé ses refus. Il avait même paru oublier

qu'il avait un petit-fils. Il ne répondait pas à Mafalda, la survivante qui lui parlait de Jules, et à la fin elle avait été si peinée de son attitude qu'elle avait regagné l'Italie. Nous avions appris qu'elle était morte à la villa Clarvalle, au début de l'année 1840.

Cette année-là fut pour mon père l'année des dernières tentations, et j'ai espéré qu'il succomberait aux propositions que Joseph Machecoul, Victor Hugo ou Jérôme de Boissier étaient venus avec solennité ou affection lui présenter.

Je me souviens de Machecoul, pair de France, arrivant rue de l'Estrapade avec deux de ses collègues.

Il avait péroré. Le maréchal Forestier, avait-il dit, était l'un des derniers héros des guerres nationales, de Valmy à Montereau, de 1792 à 1814, et encore à Waterloo. Il avait défendu la nation. Sa place était à la Chambre des pairs… Sa Majesté Louis-Philippe et tous les pairs de France insistaient pour qu'il accepte ce titre auquel les services rendus à la France lui donnaient droit.

Machecoul, les mains croisées sur le ventre, la tête un peu rejetée en arrière comme pour mieux respirer, échapper à la pesanteur de son estomac barré de chaînes d'or, avait ajouté que, personnellement, comme président de cette Chambre haute, il aurait été ému d'accueillir un homme qu'il connaissait depuis ces temps terribles mais fondateurs de la Révolution.

— Je vous en prie, Maximilien Forestier, monsieur le maréchal, venez parmi nous !

Mon père avait fait la moue.

— Je ne veux plus rien, avait-il murmuré, je veux rester seul.

J'avais reconduit Machecoul et les deux pairs de France, et à leurs regards, à leur silence, j'avais deviné qu'ils me rendaient responsable de l'attitude de mon père. N'étais-je pas l'un de ces écrivains qui, dans les journaux, sur les scènes des théâtres, dans leurs romans, caricaturaient le roi citoyen en roi bourgeois, et attisaient les jalousies de toutes les classes barbares qui par le désordre voulaient le gain sans le travail, l'aisance sans l'épargne ?

Et il était vrai que souvent je défendais mon ami Daumier quand ses dessins étaient censurés, quand les tribunaux le condamnaient à six mille francs d'amende, et qu'il représentait Louis-Philippe en poire trop mûre.

Mais Machecoul n'avait pas compris que je souhaitais que mon père restât amarré à la vie. J'aurais désiré qu'il acceptât tout ce qui pouvait l'y raccrocher, un titre de pair de France, une décoration, la participation à une cérémonie. Or 1840 fut une année de célébrations auxquelles on avait voulu l'associer.

Victor Hugo nous rendit visite rue de l'Estrapade. Il avait, dit-il, de l'admiration pour le maréchal Forestier. Il était lui-même fils de général d'Empire. Et il souhaitait que mon père participât à l'inauguration, place de la Bastille, de la colonne de Juillet au sommet de laquelle se dresserait le génie de la Liberté. C'était un hommage à tous ceux, volontaires de 92, soldats de la Grande Armée, qui avaient chanté *La Marseillaise* et le refrain de *Sambre-et-Meuse*.

J'ai cru quelques instants que mon père allait se

laisser convaincre par la ferveur de Hugo, son enthousiasme quand il récitait :

Ceux qui pieusement sont morts pour la patrie
Ont droit qu'à leur cercueil la foule vienne
[et prie.
Entre les plus beaux noms leur nom est le plus
[beau
Toute gloire près d'eux passe...

Mais mon père avait levé la main.
— Je ne veux plus rien. Je veux rester seul.

Il avait prononcé les mêmes mots quelques jours plus tard, mais d'une voix plus basse, presque désespérée, pour répondre à Jérôme de Boissier.

Ils s'étaient pourtant donné l'accolade, ces deux vieux hommes. Ils avaient marché dans la cour en se tenant par le bras, veillant à rester du côté du soleil. Et j'étais ému de les voir côte à côte, eux qui avaient servi l'Empereur avec fidélité et que tant de liens unissaient.

Boissier avait voulu autrefois que mon père fût le parrain de sa fille Charlotte, mais il avait dû retirer sa proposition devant les réticences d'Élisabeth, son épouse.

En 1840, c'étaient là de vieilles histoires d'il y avait vingt ans déjà...

Boissier venait maintenant au nom de Sa Majesté Louis-Philippe demander au maréchal Forestier de présider avec le roi, aux côtés de tous les anciens généraux et maréchaux de la Grande Armée, aux cérémonies du retour des cendres de Napoléon Ier en France.

— Votre place est parmi nous, au premier rang, avait-il dit. C'est un hommage rendu à tous les morts glorieux. Songez à nos camarades !

Mon père était resté de longues minutes silencieux. Il avait entraîné Boissier dans le salon et là, devant moi, il avait prononcé les mots rituels de son refus. Il ne voulait plus rien. Il voulait rester seul.

Quelques semaines plus tard, Machecoul et Boissier allaient rejoindre le cortège des morts.

Et peu après, mon père avait décidé qu'il passerait la plus grande partie de l'année au château de Mazenc.

Sans doute ai-je somnolé, mais le battement des cloches et la lointaine mélopée des chants de Noël m'ont réveillé. Le vent les portait, les rapprochait, les éloignait.

J'ai écouté, guetté. Les cierges s'étaient éteints, l'obscurité avait noyé la pièce sous une épaisseur noire et froide. Le souffle du vent était comme la respiration rauque, haletante, irrégulière, sifflante d'un immense corps qui enveloppait le monde et qui parfois chantait, et les cloches battaient à toute volée dans la nuit.

Ce devait être celles de la petite église de Mazenc ou bien des chapelles des châteaux de Crest et de Taurignan, ou même de Grignan, car le vent qui tourbillonnait entre les massifs mêlait les bruits et les portait loin.

Puis ce fut à nouveau le silence. La messe de minuit était terminée. L'enfant reposait dans la crèche, vivant.

C'est alors que les mots de la prière sont venus, ceux qu'avaient chuchotés et que m'avaient appris les femmes qui m'avaient serré contre elles, ma mère,

Mafalda, Madeleine, Marie mon épouse, mère de mon fils, si vite partie.

Avec elles, je m'étais agenouillé dans l'église Saint-Étienne-du-Mont proche de la rue de l'Estrapade, et dans celle de Bellagio où nous descendions par des sentiers abrupts qui paraissaient plonger dans le lac.

J'avais cru que ces mots s'étaient effacés. Les églises n'avaient plus été pour moi que les repaires du parti noir, des tanières de jésuites. C'est là que grouillaient les ennemis de la liberté, les Chevaliers de la foi, les ultras de la Congrégation, et quand nous nous réunissions à quelques-uns pour conspirer contre Charles X, nous maudissions le parti prêtre, le poison qu'il inoculait dans l'âme du peuple pour le tenir en esclavage.

J'avais écrit cela dans *Le Courrier français,* et Dussert m'avait alors approuvé. Il était voltairien, répétait-il.

Puis j'avais découvert, en écoutant mon fils, que l'absence de foi en Dieu peut aussi conduire à la sécheresse du cœur, et qu'au nom de la raison on peut laisser mourir de faim les pauvres.

J'avais lu *Paroles d'un croyant* de Lamennais.

J'étais devenu un peu le fils de mon fils. Ainsi vont les pensées.

J'ai donc, les mains jointes, blotti dans cette couverture comme dans un lange serré, retrouvé les mots de l'enfance, le nom de ma femme.

> *Je vous salue, Marie pleine de grâces*
> *Le Seigneur est avec vous...*

Puis, comme si je m'adressais à ce corps couché là, dont le vent me semblait parfois être la voix, j'ai récité :

Notre père, qui êtes aux cieux
Que votre nom soit sanctifié
Que votre règne arrive
Que votre volonté soit faite sur la terre
Comme au ciel...

Au fur et à mesure que je priais, tous les morts se rapprochaient, se confondaient en ce seul corps, et bientôt tous les vivants, ceux auxquels je pensais, étreint par l'inquiétude, et d'abord mon fils Jules, mais aussi Georges Mercœur et son fils Auguste que je ne connaissais pas, tous ceux-là, morts et vivants pour qui je priais, et qui m'entouraient de leur présence, se sont rejoints et je me suis dissous en eux.

Le jour s'est enfin levé, d'un bleu d'acier. Le soleil a envahi d'un coup toute la pièce. Je me suis éloigné de la table, j'ai ouvert la porte, aussitôt ébloui par l'insolente et impassible lumière qui paraissait jaillir des pavés de la cour, couverts de gelée blanche.

Et j'ai pris mon père dans mes bras.

Il était si léger qu'un instant j'ai eu la sensation qu'on avait bourré de paille cet uniforme aux parements dorés pour faire croire que mon père l'habitait encore, alors qu'il s'était enfui ailleurs, au cours de cette nuit.

J'ai détourné les yeux quand on a cloué la planche de chêne.

Puis nous avons suivi, le régisseur et moi, cette charrette qui portait le cercueil jusqu'au cimetière.

La fosse était ouverte.

La terre gelée, de part et d'autre de la cavité, qui me parut un abîme sans fond, était un amoncellement de gros grumeaux rouge sombre. Les fossoyeurs ont déposé la caisse dans le trou, et ils ont commencé à la couvrir de terre.

Au début, il y a eu comme un bruit de mitraille, une grêle de chocs sourds, un dernier écho de vie, vite étouffé par le glissement de la terre qui s'entassait, comblant la fosse.

Noël n'est pas un jour pour la mort.

J'ai donné à chaque fossoyeur un louis d'or. Ils sont partis joyeux, leurs doigts serrés sur cette pièce.

J'ai renvoyé le régisseur. Et j'ai marché seul dans la campagne.

Le soleil était déjà haut. Rien ne ternissait le bleu du ciel, et le vent qui avait soufflé si fort était à peine un souvenir.

MATHILDE

Pour Marielle

Singulier peuple toute eau leur est une source vive.
Toute eau qui tombe leur devient une eau courante.
Par le ministère de l'Espérance.

Charles Péguy,
Le Porche du mystère de la deuxième vertu.

Prologue

“Là, ils entendaient siffler ce vent qui avait emporté au loin les chansons de leur enfance…”

Cet homme qui, à la fin de la matinée du 31 janvier 1920, marchait à grands pas sur le chemin de terre conduisant à travers les vignes au cimetière du village de Mazenc se nommait Antoine Forestier.

Sa haute silhouette, engoncée dans une pelisse de drap noir au col de fourrure, se détachait sur l’enchevêtrement des ceps dénudés. Il portait un chapeau melon et frappait le sol d’une canne qu’il levait à chaque pas à l’horizontale, ce qui donnait à sa démarche quelque chose de raide et de martial. Elle s’accordait à ce paysage d’hiver découpé à vif par le vent qui soufflait chaque jour depuis plus d’une semaine.

— Depuis que Forestier est revenu au château, avait dit quelqu’un du village.

Et c’était comme si on avait accusé Antoine Forestier d’avoir ramené avec lui de Paris, du Nord, ces bourrasques et ces longues traînées glacées qui s'infiltraient partout et couchaient les flammes dans les cheminées.

— Maintenant, avait répondu une voix dans la petite salle du Cercle républicain où les vignerons se réunissaient l'hiver quand il fallait attendre que les jours rallongent pour commencer à préparer la terre, maintenant, Forestier, il va rester au château. Qu'est-ce qu'il irait faire à Paris ? Vous avez vu comment ils ont renvoyé Clemenceau chez lui ? Ce qu'ils ont fait au patron, pourquoi ils se gêneraient pour le faire à son commis ?

On savait à Mazenc qu'Antoine Forestier était le collaborateur, l'ami, de Georges Clemenceau, le vieux Tigre, qu'on était allé chercher à soixante-seize ans, en 1917, pour diriger le gouvernement, mais qu'on avait poussé dehors, la guerre finie, la victoire acquise, le traité signé, parce que l'ingratitude occupe le cœur des hommes bien plus que la reconnaissance.

— Ces vieux, je les plains pas, qu'ils rentrent chez eux, avait marmonné une voix. Ils en ont fait tuer assez, de jeunes, pendant quatre ans ! Qu'est-ce qu'ils risquaient, eux ? Il a combien, Forestier ? Soixante ans ?

On avait entendu dans le silence le bruit que fait le goulot de la bouteille quand il heurte le rebord des verres.

— Forestier, avait lancé une autre voix, c'est un homme qui aime ses morts…

— Il y va chaque matin depuis une semaine, avait ajouté quelqu'un.

Antoine Forestier était arrivé au château de Mazenc le 20 janvier, le jour même où les journaux annonçaient que Clemenceau avait quitté Paris, refusant de recevoir le président de la République, un certain Deschanel qu'on avait élu contre lui, le 17.

« Dites à ce monsieur que je ne suis pas là ! », s'était exclamé le Tigre.

Il avait commencé à rassembler ses dossiers dans le bureau du ministère de la Guerre où il s'était installé en novembre 1917 quand il était devenu président du Conseil et, disait-on, il avait embrassé Antoine Forestier, son plus proche collaborateur. Puis il était parti pour sa propriété de Bernouville, et Forestier dans son château de Mazenc.

Le matin même de son arrivée, Antoine s'était dirigé vers le cimetière.

Il était onze heures. C'était le moment où le vent se calmait et où le soleil, ayant un peu chauffé la terre, faisait fondre la gelée blanche qui vieillissait les ceps. Chaque jour depuis, on l'avait vu prendre le chemin des vignes.

Lorsqu'il arrivait devant le portail en fer forgé, il marquait un léger temps d'arrêt, poussant le battant avec le bout de sa canne. Et le grincement des gonds rouillés s'entendait loin, comme un pépiement inattendu d'oiseau perdu en plein hiver. Les allées du cimetière étaient couvertes de gravier blanc qui crissait sous les pas. C'était le seul bruit entre ces vieilles dalles disjointes, grises, couvertes de mousse, et la dizaine de pierres tombales claires sur lesquelles souvent gisaient des fleurs mortes.

À l'extrémité du cimetière, là où il surplombe le vignoble, se dressait le tombeau des Forestier, un grand bloc de granit au bout duquel s'élevait un obélisque noir de près de deux mètres de haut. Des noms étaient inscrits sur l'une de ses faces.

Antoine Forestier s'immobilisait, s'appuyant des deux mains au pommeau de sa canne, et ceux qui l'avaient aperçu à cet instant-là avaient pensé : « Il fait peine... », puis répété : « C'est un homme qui aime ses morts. » Ils étaient tous là, depuis Maximilien Forestier, ce fils de paysan engagé volontaire dans le régiment de La Fère à Valence en 1784, et qui avait acheté le château de Mazenc en 1797 ou 1798, sans doute avec de l'argent et des tableaux volés dans les palais milanais ou dans les coffres de l'armée d'Italie. Il avait épousé une marquise italienne, et Napoléon Bonaparte l'avait fait maréchal d'Empire et comte de Bellagio, la patrie de la *marchesina*, Mariella di Clarvalle.

Mais il était probable qu'Antoine venait se recueillir sur cette tombe pour le dernier, celui que l'on appelait à Mazenc le « petit Charles », le fils cadet qu'il avait eu avec Marguerite Novera, la fille d'une famille de vignerons d'ici.

On les avait enviés, les Novera, de pouvoir entrer au château de Mazenc autrement que par les communs ou les caves quand, au moment des vendanges, les petits propriétaires apportaient leur tombereau rempli de grappes et qu'on leur donnait en échange une poignée de pièces, et plus tard quelques tonneaux de vin.

Maintenant on les plaignait, parce que Charles avait eu vingt ans en 1913, autant dire qu'il avait été promis à l'abattoir comme des centaines de milliers d'autres, et sept de Mazenc. Mais ces sept-là – Davert, Rigout, Pallanchard, Gallet, Berthommieu, Chabert, Fougeyrol –, on avait pu rapatrier leurs corps qui reposaient sous des pierres neuves, presque blanches, et dans la terre de leur village, face au Ventoux et aux Dentelles de Montmirail. Là, ils entendaient siffler ce vent qui avait emporté au loin les chansons de leur enfance.

Charles Forestier, on ne l'avait jamais retrouvé. Peut-être sa mère était-elle morte de ne pas savoir où gisaient « les restes de son fils ».

Elle était revenue de la préfecture en répétant ces quelques mots, qui lui avaient rappelé ce qu'elle lisait dans les journaux sur la force explosive des obus de mortier, sur les shrapnells qui lacèrent les corps, et sur les rafales de mitrailleuses qui coupent les hommes en deux.

« Les restes de son fils », qu'est-ce qu'ils étaient devenus ? De la boue ? De la chair pour les rats qui se gavaient de viande dans les tranchées ?

Elle s'était couchée et ne s'était plus relevée.

Antoine était alors à Paris, aux côtés de Clemenceau qui martelait, tenant son lorgnon de sa main gauche, l'autre accrochée à la tribune : « Ma politique étrangère et ma politique intérieure, c'est tout un. Politique intérieure : je fais la guerre. Politique extérieure : je fais la guerre. Je fais toujours la guerre. »

Il n'était même pas revenu à Mazenc pour porter sa femme en terre. Il avait mieux à faire à Paris, et certains avaient murmuré qu'il était juste qu'il paye un peu lui aussi. Mais est-ce que ces gens-là, qui décident de la vie et de la mort des autres, souffrent encore ?

Maintenant, on le croyait. On se demandait comment il faisait pour se rendre chaque jour depuis une semaine devant ce tombeau, et demeurer là une heure et plus, même quand le vent se levait, balayant les fleurs mortes et les poussant de tombe en tombe jusqu'à l'extrémité du cimetière où il se tenait devant ses vieux morts, Maximilien et Mariella, Romain, leur fils, Jules, le fils de Romain, et toutes les épouses, Marie, Aurélie, et déjà Marguerite, morte en 1917, quelques semaines après la disparition de Charles dont il ne restait aucune trace, sinon son nom sur cette stèle, avant celui de sa mère.

Charles Forestier
1893-1917

— Peut-être qu'il leur parle, à tous ses morts, avait dit l'un des vignerons en poussant la table au milieu de la salle du Cercle républicain afin qu'elle soit mieux éclairée.

Il s'était assis, avait sorti de sa poche un paquet de cartes. Tourné vers le comptoir, il l'avait montré aux hommes qui y étaient accoudés. Aucun n'avait bougé.

Puis l'un d'eux, dont le visage était caché par la pénombre – mais on avait reconnu la voix de Joseph Rigout, le père de l'un des soldats tombés au cours de ce que l'on commençait d'appeler la Grande Guerre –, avait rétorqué qu'il n'y avait rien à dire aux morts. Qu'est-ce qu'on aurait pu leur raconter, puisque ça n'allait pas mieux que du temps de leur vivant ?

Rigout était sorti de l'ombre. Il avait posé sur la table le journal auquel le Cercle républicain était abonné. Il l'avait repoussé du bout des doigts dans un geste lent qui exprimait le mépris et l'amertume.

— La guerre est finie ici, avait-il repris, mais elle continue du côté d'Odessa et de Varsovie. En Russie, en Pologne, les gens sont tellement affamés qu'ils mangent de la chair humaine !

Il avait traversé la petite salle et ouvert la porte du Cercle, faisant entrer un souffle glacé.

La façade de la mairie qui se trouvait de l'autre côté de la place du village était encore éclairée par le soleil.

Rigout s'était retourné :

— Allez leur dire, à nos fils, qu'ils sont morts pour ça !

Puis il avait refermé la porte.

Trois hommes s'étaient assis autour de la table, et l'un d'eux avait commencé à battre les cartes. Tout à coup, Rigout avait rouvert la porte et, penché en avant, il avait lancé :

— Ce sont nos morts qu'il faut écouter !

Il avait suffi de ces quelques minutes pour que la mairie soit déjà plongée dans l'ombre des journées si courtes de l'hiver.

PREMIÈRE PARTIE

1.

“ Ils nous ont confié
cette guerre,
ce pays, ce
gouvernement,
parce qu’ils ont
pensé que tout
était perdu… ”

Ce matin, alors que je marchais vers le cimetière au milieu des terres rouges du vignoble, quelqu’un a crié d’une voix forte :

— Attendez-moi, monsieur Forestier, attendez-moi !

Je me suis arrêté.

J’ai vu surgir du milieu des vignes un homme trapu, la casquette enfoncée jusqu’aux yeux, une longue écharpe de laine enroulée plusieurs fois autour de son cou. Il portait une veste de toile bleue délavée, aux boutons de métal, comme en ont souvent ici les paysans. Son pantalon de velours noir, taché de terre, un peu court, ne couvrait pas le haut des brodequins.

L’homme s’est placé devant moi, les mains dans les poches de sa veste, les jambes un peu écartées, comme s’il avait voulu m’interdire d’avancer.

— Je suis Rigout Joseph.

Il s'est tourné vers les vignes, les montrant d'un mouvement de la tête.

— Elles sont à moi, a-t-il ajouté après un silence. Mais qu'est-ce que j'en fais maintenant ? Mon fils…

Il a tendu le bras, montré le cimetière au bout de la ligne blanche du chemin.

— Il est là-bas.

Je crois qu'à cet instant seulement je l'ai salué d'un coup de chapeau. Il a haussé les épaules.

— Il vous reste un fils, monsieur Forestier. Priez pour qu'il ne meure pas.

Il avait de nouveau les deux mains dans les poches, et il parlait sans me regarder, la tête tournée vers le vignoble, cette armée noire de sarments dénudés et tordus.

— Quand vous êtes sans rien, a-t-il repris, sans plus personne ni derrière ni devant, c'est comme si on vous avait coupé les jambes et les bras. On vous a laissé la tête, le cœur et les yeux, juste ce qu'il faut…

Il avait reniflé, sortant une main pour se frotter le nez.

— Mes vignes, j'ai envie de vous les vendre !

J'ai dû dire qu'il ne fallait pas renoncer, que la vie, et caetera…

Soudain il a fait un pas, m'a saisi par les bras et a commencé à me secouer.

— Le maire de Mazenc, quand il m'a apporté le télégramme, il m'a dit que votre fils Charles, il était mort aussi, disparu le même jour que le mien, le 16 décembre 1917. Il a voulu me consoler, alors il m'a expliqué, c'est ça la République, c'est l'égalité de tous dans le malheur. Non ! Non, monsieur Forestier !

Rigout m'a lâché, il a commencé à marcher vers le cimetière et je l'ai suivi.

— Vous, monsieur le comte, vous étiez avec Clemenceau ! Là-haut, c'est vous qui les avez décidées, les choses… Vous qui l'avez voulue, cette guerre ! Votre fils…

Il s'est interrompu, m'a regardé, puis il a eu un geste de la main, comme pour dire que tout cela n'avait pas d'importance.

Il a touché sa casquette du bout des doigts et il a quitté le chemin, s'enfonçant dans les terres. Au bout d'un moment, il n'était plus qu'une silhouette à peine plus haute que les ceps de vigne.

J'ai continué vers le cimetière. Je savais ce que Rigout n'avait pas osé me dire. À ses yeux, j'étais l'un de ces hommes responsables de la mort de millions d'autres, donc de mon fils, et du sien.

Peut-être pensait-il que la mort de Charles n'était que justice.

Je me suis souvenu de ce jour de décembre, le 17, quand le colonel Robert de Taurignan, chef du cabinet militaire de Clemenceau, m'a tendu, les yeux baissés, le télégramme qui m'annonçait que le lieutenant Charles Forestier avait été porté disparu alors qu'il s'élançait à la tête de sa compagnie, quelque part en Argonne.

Clemenceau était penché sur des cartes et, comme à son habitude, il ronchonnait. À plusieurs reprises, sans lever la tête, il m'avait interpellé :

— Forestier, qu'est-ce qu'il voulait, Taurignan ?

Puis il m'avait regardé, j'avais vu son visage se

crisper, la ride qui séparait le milieu du front se creuser, comme si les yeux, les traits avaient voulu se dissimuler sous les longs sourcils blancs et broussailleux, sous la moustache dont les extrémités couvraient les coins de sa bouche.

Il était venu vers moi. Il m'avait pris le bras :

— Votre fils ? avait-il demandé. Lequel ?

Je n'avais pas répondu.

— Le plus jeune, Charles, n'est-ce pas ? avait-il ajouté d'une voix sourde, en me serrant contre lui.

Il était retourné à son bureau, s'était laissé tomber dans le fauteuil, avait repoussé les cartes d'un mouvement las du bras droit.

— Ils nous ont confié cette guerre, ce pays, ce gouvernement, parce qu'ils ont pensé que tout était perdu. Ils étaient prêts à enfouir dans la fosse d'une défaite, d'une capitulation, comme en 1871, nos centaines de milliers de morts ! Cela fait plus de trois ans qu'on tue… Alors ils m'ont appelé, pour que je plonge les mains dans la boue, dans le sang. Ils se sont dit : Clemenceau, il a soixante-seize ans, autant que ce soit lui qui paye à notre place, qui envoie les jeunes hommes mourir !

Il s'était levé. Il avait commencé à marcher, ses mains gantées de gris derrière le dos, sa tête ronde baissée comme si elle était trop lourde pour ce corps de vieillard enveloppé dans un costume noir froissé et défraîchi.

— L'histoire n'est que mensonge, Forestier ! Si l'on connaissait la vérité, ce serait incohérent. Plus tard, après, les historiens ont l'art de rendre cohérentes les plus grandes incohérences. Tout s'enchaîne logiquement, semble possible.

Il était retourné s'asseoir, avait tiré les cartes vers lui.

— Il y a un avantage à ce système. Après avoir lu les historiens, on a une opinion. Si l'on ne connaissait que la vérité, on ne pourrait pas en avoir…

Il avait poussé une sorte de grognement, venu du fond de la gorge, et serrant les poings, il avait poursuivi :

— Abandonner maintenant, Forestier, cela ne se peut pas, ce serait criminel !

Il m'était apparu à cet instant comme une vieille souche, rabougrie mais imputrescible.

— Forestier, avait-il continué d'une voix qui tremblait un peu, votre fils restera vivant si vous le laissez vous habiter. Il faut garder les morts à l'intérieur de soi, ne jamais les chasser, vivre avec eux. C'est notre chair…

D'un coup de crayon, il avait cntouré d'un cercle rouge un secteur de la carte.

— Combien sont-ils là, à se demander si ceux d'en haut qui les commandent, moi, vous, vont décider de les envoyer, poitrine nue, contre les mitrailleuses ? Et pourquoi eux, à cet instant-là, dans le grand mouvement du cosmos ?

Il avait levé la tête.

— Où est votre fils aîné ? Henri, si je me souviens…

Au moment de la naissance d'Henri, il y avait vingt-sept ans déjà, Clemenceau, apprenant que j'étais père depuis quelques heures, m'avait dit :

— Allez voir ce petit bout de chair, Forestier, prenez-le entre vos mains, respirez-le. Vous verrez, la peau d'un nouveau-né, c'est de la soie. Ça a une odeur particulière, ça sent le lait, c'est doux comme un pétale de rose, velouté. Quand on a senti cela, on sait qu'il n'existe rien de plus grand que la naissance et que la vie. C'est le médecin qui vous parle. Allez, filez chez vous, et respirez, respirez cette odeur. Il faut en avoir les poumons pleins pour pouvoir vivre ici, au milieu des fauves !

— Henri, où est-il ? avait-il demandé de nouveau.

— Blessé, évacué…

— Faites-le envoyer à Mazenc auprès de sa mère. Dites ça au colonel de Taurignan, qu'il s'en occupe aujourd'hui.

J'avais trop tardé. Henri était arrivé à Mazenc après la mort de sa mère.

J'ai lu une nouvelle fois son nom sur la stèle, cet obélisque qui semble défier le ciel.

Marguerite Forestier, née Novera

1863-1917

C'était le dernier gravé, loin du premier :

Maximilien Forestier, maréchal d'Empire

1768-1848

Et tant de corps entre eux qui avaient ensemencé la terre.

2.

« L'argent, c'est comme du vin frais, il grise sans même qu'on ait eu l'impression d'en boire trop. Je n'ai pas goûté à cet alcool-là... »

Je suis né le jour des Rois, le 6 janvier 1860, dans la pièce au plafond voûté qui occupe le rez-de-chaussée de la tour du château de Mazenc.

On avait allongé ma mère Aurélie, née Méran, sur la grande table qu'on avait recouverte d'un matelas et d'un drap de lin blanc.

C'est mon grand-père, Romain Forestier, qui m'a raconté les circonstances de ma naissance et comment, le matin, à la mairie de Mazenc, il avait choisi, seul, de me déclarer sous les prénoms d'Antoine, Maximilien, Nicolas. C'était un homme de cinquante-sept ans, qui vivait là depuis une dizaine d'années, ayant quitté Paris après le coup d'État de Louis Napoléon Bonaparte.

On l'avait pourtant pressé de rendre visite au nouvel empereur. Il était fils d'un maréchal d'Empire,

Maximilien Forestier, comte de Bellagio, dont Napoléon Ier fait l'éloge dans le *Mémorial de Sainte-Hélène*, rappelant qu'il avait été, du siège de Toulon à Waterloo, l'un des rares à lui être restés fidèles.

Louis Napoléon voulait, avait-on assuré à mon grand-père, prouver sa reconnaissance à la famille du maréchal.

C'était le temps où l'on se partageait avec avidité les dépouilles de la République. On avait besoin d'argent, on voulait des fêtes, des bals, des parures, des femmes, le pouvoir ! On avait fait le coup d'État pour ça, et l'on s'était répété, entre soi, en préparant l'assassinat de la IIe république, qu'on était couvert de dettes et qu'on préférerait « tomber dans le sang plutôt que dans la merde ».

Les Tuileries avaient donc multiplié les démarches auprès de Romain Forestier. L'empereur lui avait écrit quelques lignes, pour regretter de ne pas avoir pu se faire représenter ou même assister aux obsèques du maréchal Forestier.

— Obsèques, funérailles ! avait-il ricané.

Il avait veillé seul son père, le 24 décembre 1848, dans cette même salle du château de Mazenc. Le maréchal était étendu, en grand uniforme, sur la table où j'allais naître et sur laquelle ma mère, dans la nuit du 6 janvier 1860, haletait.

Mon grand-père avait bourré la cheminée de branches de chêne et de trois souches d'olivier, grosses comme des demi-tonneaux. Il faisait si chaud dans la pièce que les dalles étaient tièdes. Mais dehors, c'était la tourmente de neige.

Je ne me suis jamais lassé de l'entendre recommencer le récit épique de ma venue au monde.

Le vent, disait-il, avait dressé des barricades blanches sur tous les chemins. Le médecin qui habitait Valence avait dû renoncer à atteindre Mazenc tant la neige tombait dru.

— Des femmes sont montées du village et je les ai laissées avec ta mère.

Il avait attendu ma naissance dans les caves du château, en goûtant son vin. Car depuis qu'il s'était installé à Mazenc, il avait développé son vignoble, le plus étendu de cette région de la Drôme située à la frontière entre le froid et le chaud, l'humide et le sec. Cela donnait un vin aussi vif que le mistral.

Romain était devenu viticulteur négociant et on vendait du château-mazenc, à Paris bien sûr, mais aussi à Londres, à Berlin et à Saint-Pétersbourg.

Il ne regrettait donc pas d'avoir ignoré les propositions de Napoléon III.

On lui avait promis une ambassade, un siège au Corps législatif, et naturellement de l'argent. L'or ruisselait sur les serviteurs, les courtisans, les laudateurs, les lèche-bottes. Pour un Hugo, un Rochefort, un Lamennais, un Michelet, que de plumes serviles s'étaient vendues ! On ne lésinait pas sur les prix.

Romain avait ainsi eu la visite, peu de temps après le coup d'État, de Victor-Marie Dussert, l'un des gérants de la Banque de France et le successeur de son père, Guillaume Dussert, à la tête de la banque Dussert et Fils.

C'était maintenant un privilège pour Victor-Marie que l'on murmurât qu'il était un bâtard de l'empereur Napoléon Ier. Et sa mère, Julie de Boissier, avait eu la joie, à quatre-vingt-deux ans, d'être reçue aux Tuileries avec tous les égards. Honneur et gloire à celle qui avait partagé la couche du grand Empereur !

On s'était incliné devant la vieille dame que le fils avait guidée à pas lents au milieu des salons.

Mais Dussert avait d'autres atouts que son ascendance probable. Il était l'ami du duc de Morny et du général de Saint-Arnaud, les proches de Louis Napoléon, qui préparaient le coup d'État avec une minutie d'horlogers. Il n'était pas dans la confidence, mais on lui avait répété qu'il ne courrait aucun risque à engager quelques millions dans l'aventure, lui qui ne pouvait être, par son sang, qu'un bonapartiste.

La banque Dussert avait donc ouvert des lignes de crédit, dès le mois de janvier 1849, à Morny et à Saint-Arnaud. Et en novembre 1851, à quelques semaines seulement du coup d'État, il avait été au Conseil de régence de la Banque de France l'avocat de Louis Napoléon qui sollicitait un prêt de vingt-sept millions de francs. Il s'était montré éloquent, et la somme avait été directement versée sur le compte personnel de celui qui n'était encore que le président de la République, l'homme qui avait prêté le serment de ne jamais violer la Constitution !

Ce texte fondateur précisait en son article 45 que le président était élu au suffrage universel pour une durée de quatre années et n'était pas rééligible.

Dussert souvent, quand il quittait l'Élysée, qu'il s'éloignait des salles de bal, s'était demandé s'il n'avait pas eu tort d'avancer des sommes considérables à des hommes qui, selon la loi, devaient inéluctablement perdre le pouvoir. Avait-il été dupe ? Ces hommes, qui valsaient avec insouciance dans le Palais et dont les vingt-sept millions suffisaient à peine à payer les intérêts de leurs dettes, allaient-ils « tomber dans la merde et lui avec eux » ?

Il savait qu'on le pensait, qu'on l'espérait dans les salles de rédaction des petits journaux républicains, et ses informateurs lui répétaient les propos des gazetiers.

« Quelle bête que ce Louis Napoléon ! disait l'un. Il n'y a vraiment rien à faire avec un aventurier de cet acabit ! Il se laisse manœuvrer par des intrigants retors qui lui font croire qu'il va pouvoir réaliser son 18-Brumaire ! Mais il n'est pas Bonaparte ! C'est un rêveur, un maladroit qui flanquera par terre de la façon la plus idiote tout ce qu'il a réussi à faire ! »

Et sous les fenêtres mêmes du siège de sa banque, l'hôtel de Taurignan, faubourg Saint-Germain, Victor-Marie entendait parfois les voix avinées de quelques étudiants rouges qui chantaient à tue-tête :

C'est dans un mois, un mois à peine
Que le coq chantera
Tendez l'oreille dans la plaine
Entendez-vous ce qu'il dira ?
Il dit aux enfants de la terre
Qui sont courbés sous le fardeau
Voici la fin de la misère
Mangeurs de pain noir, buveurs d'eau !

De quoi donner des insomnies ! Dussert, plus d'une fois, avait interrogé avec insistance sur leurs projets Morny et le général de Saint-Arnaud. Le général s'était contenté de murmurer :

— J'ai ce qu'il faut à Paris…

On disait en effet que chaque jour de nouvelles troupes prenaient garnison dans les casernes de la capitale.

Quant à Morny, il riait et montrait les salons illuminés :

— Croyez-vous que nous acceptions de quitter tout cela ?

Ajoutez quatre ans à 1848, l'année de l'élection à la présidence de Louis Napoléon, on arrive à 1852 !

Le coup d'État eut donc lieu le 2 décembre 1851.

La veille, il y avait eu comme d'habitude réception à l'Élysée et l'on y avait dansé joyeusement.

Dans la nuit, les troupes avaient cerné l'Imprimerie nationale et les ouvriers avaient été contraints d'imprimer bout à bout, afin d'en rendre le texte complet inintelligible, les affiches annonçant le coup de force de Louis Napoléon. De son côté, le préfet de police Maupas avait convoqué quarante commissaires auxquels il avait communiqué la liste des soixante-huit personnes à arrêter avant l'aube.

Quelques heures plus tard, les premiers placards étaient collés dans Paris. Un officier, de la part du cabinet du président de la République, en avait apporté le texte à Dussert, à son domicile, l'hôtel de Boissier, quai de l'Horloge.

Le président Louis Napoléon Bonaparte dissolvait l'Assemblée nationale, rétablissait le suffrage universel et s'adressait aux soldats : « Je veux que l'armée fasse entendre sa voix… Vous voterez librement, comme citoyens ! »

Victor-Marie avait rejoint dans son lit sa jeune

épouse Germaine, laide mais fille du banquier Speicher, qui mourrait bien un jour. À ce moment-là, il faudrait associer les deux banques, créer un établissement qui serait peut-être aussi puissant que la banque Rothschild et qui s'appellerait – il en avait la bouche pleine de salive – banque Dussert-Speicher et Fils. Car cette bonne Germaine était ronde et pleine comme un œuf. Mais cette nuit-là, tout enceinte qu'elle fût, il la fit se coucher sur le flanc et la pénétra.

Ce n'est pas toutes les nuits qu'il y a un coup d'État et que l'on sait que les sommes prêtées vont rapporter de ce fait dix fois, mille fois plus qu'on n'espérait !

— Le sang a coulé en décembre, avait conclu mon grand-père.

Il y avait eu, dès le mardi 2, une poignée de courageux, des ouvriers en blouse, qui parcouraient les boulevards en chantant *La Marseillaise*. Et quelques personnalités, Victor Hugo, Schoelcher, Carnot, Jules Favre, avaient protesté.

Romain Forestier s'était interrompu, avait haussé les épaules, racontant une nouvelle fois comment le député Baudin, au carrefour de la rue Saint-Antoine et des rues Sainte-Marguerite et Cotte, était monté sur une barricade inachevée et, pour répondre aux ouvriers qui lui reprochaient d'avoir touché une indemnité parlementaire de vingt-cinq francs par jour, avait lancé, défiant les troupes qui avançaient :

— Vous allez voir comment on meurt pour vingt-cinq francs !

Un feu de salve l'avait abattu aussitôt.

Deux jours plus tard, le jeudi 4 décembre, trente mille soldats avaient nettoyé les boulevards, ajustant sans sommation, un genou à terre, les républicains qui protestaient en criant « Vive la République ! À bas la dictature ! ».

On avait dénombré treize cents morts, sans compter les prisonniers qu'on avait fusillés par centaines au Champ-de-Mars.

— Le sang, avait répété mon grand-père, la stupeur ! Elle avait glacé Paris. Ils avaient les fusils et l'argent. Cela fait oublier la merde !

Romain Forestier n'avait donc pas répondu aux lettres de Louis Napoléon et aux propositions de Victor-Marie Dussert, bien qu'elles fussent alléchantes et assorties de fortes indemnités.

— L'argent, c'est comme du vin frais, disait-il, il grise sans même qu'on ait eu l'impression d'en boire trop. Je n'ai pas goûté à cet alcool-là. J'ai quitté Paris. Je me suis installé ici. J'ai fait du vin, mon vin. Déguste-le, Antoine.

J'ai passé mon enfance à remplir ma bouche de vin, à le faire tournoyer avec ma langue entre les joues, à en avaler à peine quelques gouttes et à recracher le reste sur le sol de terre battue des caves du château. Mon grand-père projetait loin son jet de salive rouge, puis il marmonnait :

— Ce nouveau régime, cet empire, ridicules ! Comme si l'on pouvait recommencer ce qui a été fait ! Il n'y a jamais deux cuvées identiques.

Il s'appuyait à un tonneau, il remplissait lentement son verre.

— Mon père, Maximilien, m'a raconté comment cent fois des hommes se sont placés devant l'Empereur, pour le protéger de leurs corps, à Arcole, à

Wagram, à la Moskova, à Waterloo encore. Mais cet empereur-ci, qui veut se faire tuer pour lui ? D'ailleurs, il n'a pas besoin de dévouement, d'enthousiasme ou d'élan, il exige seulement l'obéissance, la face dans la boue. Il faut étendre le bras et signer un papier que ses sbires nous tendent. Si quelqu'un bouge ou parle, on lui montre la gueule d'un pistolet. Et on nous dit en plus : « Vous êtes libre » !

Il portait le verre à ses lèvres. Il faisait claquer sa langue.

— Il y avait eu toute la nuit, recommençait-il, des patrouilles de soldats qui fusillaient les suspects, qui s'interpellaient en lançant des « Qui vive ? ». Et il fallait répondre « France ! », c'était le mot de passe.

Il buvait, il s'apprêtait à poursuivre son récit.

Mais chaque fois, je l'interrompais. Il y avait dans ses propos comme une fondrière, ou bien l'un de ces trous que la neige cache et dans lequel on tombe quand on s'avance sur la mince couche blanche à peine durcie.

Ce vide, cet abîme glacé, cet absent, c'était mon père. Jules Forestier.

3.

“Je découvrais enfin, par cette brûlure, ce que j’avais toujours pressenti : que je ne connaîtrais jamais l’homme qui m’avait donné la vie...”

Mon père est né en 1832. Je ne l’ai su qu’après avoir lu sur l’une des faces de l’obélisque noir qui surmontait le tombeau des Forestier dans le cimetière de Mazenc ces deux lignes nouvelles :

Jules Forestier
1832-1871

C’était à la fin du mois d’août de l’année de sa mort, peut-être dans les premiers jours de septembre, à ce moment où l’été commence à se déchirer et laisse passer une averse violente, un coup de vent froid, un ciel tout à coup bas, d’un gris de plomb.

J’avais lu et relu les lettres et les chiffres. Ils venaient à peine d’être creusés dans le marbre et aucune poussière n'avait encore terni ces sillons dorés. J'avais eu l'impression qu'on les inscrivait en moi comme au fer rouge, et que je découvrais enfin, par cette brûlure, ce que j'avais toujours pressenti : Que je ne connaîtrais jamais l'homme qui m'avait donné la vie.

J'avais onze ans. Ce que je savais de lui, je l'avais volé.

Un jour, ç'avait été une question de ma mère qui ne m'avait pas vu entrer dans la grande pièce du rez-de-chaussée de la tour. Elle interrogeait mon grand-père.

— Mais pourquoi Jules n'écrit-il jamais ? Est-ce qu'il se souvient qu'il a un fils ? disait-elle.

Mon grand-père, d'un mouvement de tête, avait averti ma mère. Aussitôt, elle avait changé de voix et de visage, me prenant par la main, m'entraînant vers les écuries, disant qu'elle allait me confier les rênes, que j'allais la conduire en calèche jusqu'à Grignan et Saint-Paul Trois-Châteaux.

Mais il y avait ces autres mots que j'avais aussi dérobés, tapi dans l'escalier, retenant mon souffle, étonné de la voix sourde de mon grand-père alors qu'à l'habitude elle résonnait claire sous les voûtes. Et là, j'avais peine à entendre, à comprendre… Il murmurait « prison », « bagne », « amnistie », « exil », et plusieurs fois « Sainte-Pélagie ». Cela m'avait intrigué, obsédé.

Je l'avais questionné quand nous marchions tous les deux sur cette route départementale que l'on venait d'élargir et de goudronner.

— Qu'est-ce que c'est, Sainte-Pélagie ?

Il s'était arrêté, m'avait dévisagé puis, baissant la tête, il avait marmonné :

— Une sainte.

C'est Jean Revest, mon précepteur, qui m'a dit en détournant les yeux que Sainte-Pélagie était l'une des prisons de Paris où l'on enfermait les républicains. Mais qu'il en existait beaucoup d'autres, Mazas par exemple, et on avait également ouvert des bagnes à Belle-Île, à Corte, en Algérie, en Nouvelle-Calédonie et en Guyane.

Il avait parlé de plus en plus fort, sa voix tremblait pendant qu'il marchait dans ma chambre, une pièce immense qui occupait un angle de la tour du château, au premier étage. Et tout à coup, il s'était interrompu, comme s'il s'était rendu compte de son exaltation. Il s'était approché.

— Pourquoi me demandez-vous cela, Antoine ?

J'avais haussé les épaules et une phrase m'était venue, faite des mots volés ici et là. Une phrase qui s'était nouée dans ma gorge en m'étouffant presque :

— Mon père est en prison à Sainte-Pélagie ? Ou bien il est au bagne ?

Jean Revest avait secoué la tête, puis il avait paru vouloir me répondre… Mais brusquement il avait quitté la pièce, me lançant d'une voix dure qu'il voulait que j'apprenne mes déclinaisons au lieu de rêver, qu'il était chargé par M. Forestier de m'apprendre le latin, le grec, le français, l'histoire et les mathématiques, et qu'il s'y emploierait. Coûte que coûte.

En avais-je jamais douté ?

J'avais donc amassé mes larcins en silence. Je les avais enfouis au fond de moi, et parfois quand je montais au sommet de la tour, que je m'asseyais contre le muret à l'abri du vent, que je laissais mes yeux errer sur le vignoble puis gravir les cimes, atteindre le sommet du Ventoux ou s'accrocher aux Dentelles de Montmirail, j'évaluais mon butin.

Il y avait eu ces gendarmes qui étaient venus à la fin du mois de juillet 1870. Ils avaient fait tinter leurs éperons sur les pavés de la cour, puis sur les dalles de la grande salle.

Avant que mon grand-père ne me chasse, appelant Revest d'un ton irrité et lui reprochant de ne pas me surveiller, j'avais entendu le brigadier dire qu'il voulait s'assurer que Jules Forestier, « votre fils, monsieur le comte », ne se trouvait pas au château, « car avec la guerre, nous sommes requis pour nous saisir de lui ».

Le gendarme avait baissé la tête, comme pour s'excuser. Et mon grand-père lui avait lancé, avant de m'apercevoir et de crier le nom de Revest :

— Fouillez le château, brigadier ! Fouillez le château du maréchal Maximilien Forestier, aide de camp de l'empereur Napoléon Ier. Voyez si vous n'y trouvez pas son petit-fils… Fouillez, fouillez !

Puis Jean m'avait entraîné.

— Au lieu de s'en prendre aux Prussiens, c'est nous qu'ils pourchassent, avait-il dit en me tirant dans l'escalier.

« Nous » ? Quel était le sens de ce « nous » ?

Je n'ai eu que quelques semaines à attendre pour comprendre, en entendant Jean Revest crier en gesticulant dans la cour :

— La République ! La République ! Ils ont proclamé

la République ! Ça a été un désastre à Sedan, l'empereur est prisonnier des Prussiens !

Il courait en tous sens, poussait la porte des écuries, disparaissait dans les caves. Il appelait : « Monsieur Forestier ! »

Mon grand-père avait surgi, tenant une bouteille.

J'avais éprouvé en le voyant un mouvement d'affection et de respect. J'avais compris à cet instant ce que signifiait le mot amour.

J'avais dévalé l'escalier. Je m'étais précipité contre lui.

Il portait toujours des costumes de velours noir, la veste déboutonnée ouverte sur un gilet barré de deux chaînes d'or, l'une pour sa montre, l'autre pour la clé d'un coffre qui était placé à droite de la cheminée, dans la pièce du rez-de-chaussée. Il ouvrait le coffre lentement, et je m'approchais avec respect, découvrant une nouvelle fois ce petit coussin de tissu rouge auquel étaient accrochées les décorations de son père, ces paquets de lettres liés par des rubans de soie, et ce sabre à pommeau d'argent, d'or et de rubis dont le fourreau brillant occupait toute la longueur du coffre.

— La République, avait répété mon grand-père, ce sera donc la troisième ! Peut-être la bonne !

On avait apporté des verres. Il avait d'abord rempli celui de Revest, puis le mien.

— Aujourd'hui, tu peux boire, Antoine ! s'était-il exclamé.

Au moment où il allait verser le vin dans le sien, ma mère était apparue sur le seuil. Il l'avait invitée à venir boire avec nous pour la République, pour la fin sans gloire de Napoléon-le-Petit, mais elle avait refusé.

— Jules va venir, avait-il dit.

Et il avait levé son verre.

Ma mère avait secoué la tête.

— Je ne crois pas, avait-elle murmuré. Il doit être comme fou. Qu'est-ce que nous sommes pour lui ? Rien. Il a trop d'idées en tête, trop de passion, pour qu'il reste de la place pour nous…

Elle s'était approchée de la table d'un pas rapide. Elle avait saisi mon bras.

— À ton âge, on ne boit pas un grand verre comme celui-là !

Et d'un geste violent, comme jamais je ne lui en avais vu commettre, elle avait jeté le vin dans la cheminée. Les flammes un instant étouffées avaient rejailli, plus vives.

Puis ils s'étaient tus durant des semaines, se méfiant de moi. Ils s'interrompaient dès que j'entrais dans une pièce. Mais je surprenais des bribes de phrases :

« Il est sûrement à Paris. »

« Il est avec Blanqui, emprisonné, j'en suis sûr, sinon il écrirait, il serait venu. »

Ce « Il », c'était « lui », Jules Forestier, mon père inconnu.

Maintenant, l'hiver gouvernait le paysage. Les ceps étaient nus. Des bourrasques de vent glacé soulevaient les feuilles mortes qui envahissaient les chemins et, après l'orage, le ciel étincelait au-dessus du Ventoux et des Dentelles de Montmirail.

À la fin du mois de janvier, j'avais entendu Jean qui criait d'une voix éraillée, entrecoupée de sanglots :

— Ils ont signé, ils ont livré Paris aux Prussiens ! Il faut se battre, se battre quand même ! Votre fils…

Mon grand-père, en me voyant, a fait taire Revest, et quand plus tard je l'avais interrogé, il avait paru ne pas comprendre que je voulais qu'il me parle de mon père, de celui qu'il avait appelé « votre fils », de celui dont mon grand-père avait dit qu'il était peut-être emprisonné avec Blanqui.

Il m'avait confié d'une voix exaltée :

— Blanqui, ils le tiennent enfermé... Ils ne veulent pas qu'il s'adresse au peuple, aux Parisiens. Avec Blanqui, la Révolution peut vaincre ! Vous comprenez, Antoine, si la Révolution éclate, on peut instaurer la vraie République, démocratique et sociale.

J'entendais ces mots pour la première fois, et il m'a semblé qu'ils dessinaient peu à peu le visage de mon père.

J'avais posé de nouvelles questions, mais Revest ne m'a pas écouté, me confiant qu'il aurait voulu être à Paris, aux côtés de ceux qui se battaient contre les Prussiens, contre les hommes de la capitulation, Thiers, le pire de tous. Mais il était contraint de demeurer ici.

Depuis le début de la guerre, et bien que la République ait été proclamée en novembre, les gendarmes passaient chez lui, deux fois par semaine, pour s'assurer de sa présence. Et le maire de Mazenc était un mouchard bonapartiste qui l'espionnait.

— Je pourrais fuir, vous comprenez, avait-il ajouté, mais ils arrêteraient votre grand-père, même si c'est le fils d'un maréchal d'Empire. Il s'est porté garant pour moi. Sans lui, je pourrirais dans un bagne, en Algérie.

Puis les ceps noirs avaient peu à peu disparu sous le vert léger des premières pousses, et le vent, même s'il était encore glacé, portait des chants d'oiseaux et des parfums de fleurs. On était à la fin mai. Quelques jours plus tard, j'entendais de nouveau la voix de Revest sous le porche, ses cris d'indignation :

— Ils les ont massacrés par milliers, par milliers, monsieur Forestier !

Ma mère s'était précipitée, et mon grand-père avait entraîné Jean sur le chemin.

Ma mère avait tenté de me retenir mais je les avais suivis, ne cherchant pas à les rejoindre, me tenant à distance, comme s'ils avaient porté le cercueil du père que je n'avais pas connu.

Ma mère, quand je suis rentré au château, était en noir.

Et elle n'a plus quitté cette couleur, ce drapeau de la douleur dont elle s'était enveloppée à la fin de ce mois de mai 1871.

Ils ne m'ont rien dit. Peut-être avaient-ils honte de ne jamais m'avoir parlé de lui lorsqu'il était en vie.

C'est Jean qui, à la fin du mois d'août, m'a conduit jusqu'au cimetière devant l'obélisque noir. J'ai lu ces deux lignes gravées :

Jules Forestier
1832-1871

Il a mis la main sur mon épaule. J'ai levé la tête vers lui.

C'était un homme d'une trentaine d'années, au regard un peu fixe, les yeux assombris par de larges cernes, le visage entouré d'une barbe drue qu'il peignait avec soin. Il portait presque toujours un col dur blanc qui dépassait de ses vêtements noirs.

— Votre père, m'a-t-il dit, était un homme de grand courage dont on n'oubliera pas le nom. Vous pouvez être fier de lui.

Il m'a serré l'épaule.

— Maximilien Forestier – il a tendu son bras gauche, montré ce premier nom inscrit sur la stèle – a combattu à Valmy et à Jemmapes. Il a été maréchal d'Empire. Votre père, Antoine, si l'époque était juste et l'Histoire le sera, méritait le titre de héros de la République, mais d'une République démocratique et sociale. Il faut que vous connaissiez sa vie aussi bien que celle de votre arrière-grand-père. Il y a des batailles qui sont plus cruelles, plus difficiles que celles d'Austerlitz ou de Wagram. Ce sont les batailles sociales, contre l'indifférence, la lâcheté, la peur… Et ces combats, votre père et des milliers d'autres les ont livrés, les mains nues en face des fusils. Cela a commencé en 1848, il avait seize ans, si jeune, seize ans…

DEUXIÈME PARTIE

4.

« Prisonniers,
si vous
recommencez,
si vous troublez
l'ordre
de la prison,
je vous abats
comme
des rats ! »

Jules Forestier s'était accroupi, les bras noués autour de ses jambes repliées contre sa poitrine. Puis il avait posé le front sur ses genoux et fermé les yeux. Mais les bruits de voix, de pas, les cris, les ordres des gardiens, les commandements des officiers, les portes des cellules qui claquaient, le choc des crosses des fusils sur les barreaux des grilles qui fermaient ces cages où on avait entassé les prisonniers dans cette prison sombre et humide de Sainte-Pélagie, toute cette rumeur d'humanité enchaînée, et les odeurs de pisse et de merde, d'ordure, tout était amplifié par l'immobilité à laquelle pourtant il s'était contraint, enchaînant ses jambes avec ses bras, serrant ses doigts pour retenir ses mains, pesant de tout le poids de sa tête sur ses genoux pour ne pas bondir, crier, aller vers les grilles,

les secouer, hurler « Je veux sortir ! » et recevoir des coups de crosse sur les phalanges.

Brusquement, un chant s'était élevé sous les voûtes de la prison et il résonnait, se répandant dans toutes les cellules et les cages, revenant par les soupiraux :

Dansons la Carmagnole,
Vive le son, vive le son,
Dansons la Carmagnole
Vive le son du canon !

Et un cri immense avait roulé :

— À bas Napoléon !

Jules Forestier s'était redressé, regardant ces grappes d'hommes, la plupart portant la redingote noire des étudiants, des gazetiers, des professeurs, des bourgeois, tenant leurs chapeaux levés à bout de bras, et parmi eux seulement quelques blouses, quelques casquettes. Les ouvriers n'avaient guère combattu le coup d'État mais plutôt salué le retour d'un Napoléon qui, avaient-ils imaginé, allait les débarrasser des aigrefins de la grande finance et de la banque qui leur avaient volé leur Constitution de 1848 après celle de 1830, et les quelques pièces qu'ils possédaient dans leur gousset avant de leur prendre le droit de suffrage. Louis Napoléon le leur avait rendu ! Alors le député Baudin, les républicains pouvaient bien grimper sur les barricades et crier : « Vous allez voir comment on meurt pour vingt-cinq francs par jour ! » Eh bien, qu'il meure, ce monsieur !

Il était mort et quelques milliers d'autres avec lui. Et ceux qu'on n'avait pas tués, ils étaient là, dans les cages de Sainte-Pélagie, à attendre.

Tout à coup, le pas d'une troupe en marche dans les couloirs, le frottement des semelles ferrées sur les dalles, et ce commandement :

— En joue !

Et dans la pénombre, l'éclat du canon des fusils, la voix de l'officier qui hurle :

— Prisonniers, si vous recommencez, si vous troublez l'ordre de la prison, je vous abats comme des rats ! Et ceux qui n'auront pas été tués, ils laveront le sol avec le sang des autres !

Il y avait eu un murmure, des poings brandis, une voix isolée qui avait crié :

— Assassins !

Et l'officier avait levé son sabre dont la lame brillait devant les grilles :

— Un mot encore et j'ordonne le feu !

Puis le silence, comme si tous étaient bâillonnés.

Les prisonniers s'étaient écartés des grilles pour s'en aller, épaules voûtées, vers les coins les plus sombres de cette grande cage éclairée par trois soupiraux. Affalés contre les murs, ils avaient commencé à chuchoter entre eux, racontant, s'interrogeant.

Jules Forestier avait vu deux hommes se diriger vers lui. L'un devait avoir plus de quarante ans, des cheveux mi-longs couvraient en partie sa barbe. Il était difficile de savoir à quel milieu il appartenait. Il était habillé comme un bourgeois, mais il y avait dans la manière dont il se tenait, les mains passées sous sa ceinture, dans la façon dont il se laissait glisser le long du mur, une spontanéité sans contrainte qui était celle d'un homme du peuple.

D'un signe, il avait demandé à son compagnon,

un homme d'à peine vingt ans qui lui ressemblait, de prendre place de l'autre côté de Jules, qui les avait regardés l'un et l'autre, essayant de comprendre pourquoi ils s'installaient là, l'encadraient, le dévisageaient. Lui-même cherchait dans sa mémoire des souvenirs, car ces physionomies ne lui étaient pas étrangères.

— Tu es Jules Forestier, avait dit à voix basse le plus âgé, tu es le fils de Romain Forestier.

Tout en parlant, l'homme avait souri, avait eu un geste d'affection, passant son bras sur les épaules de Jules.

— Ton grand-père, le maréchal – il avait hoché la tête avec un mouvement lent qui exprimait la tendresse et l'admiration –, Maximilien Forestier – il avait ri – m'a élevé comme son fils. Ton père et moi, nous avons été comme des frères pendant près de vingt ans. Je connais mieux tes demeures que toi, villa Clarvalle, château de Mazenc, hôtel Forestier, rue de l'Estrapade… Tout ça, c'était chez moi, comme si c'était à moi !

Il s'était interrompu, se penchant pour mieux voir le visage de Jules.

— Quel âge as-tu ?

Jules s'était dégagé du bras de l'homme, se reculant, heurtant ainsi de l'épaule le second prisonnier qui s'était assis près de lui.

— Tu as l'âge de mon fils, avait repris l'homme en montrant son compagnon. Vous avez tous les deux dix-neuf ans. Auguste est né quelques semaines après toi, en 1832, l'année des premières barricades après ces journées des dupes de juillet 1830. 1832, c'est aussi l'année où ta mère est morte, l'année du choléra.

Il avait posé de nouveau son bras sur les épaules de Jules.

— J'en sais des choses, tu vois ! Quand, à l'appel, j'ai entendu ton nom, cela m'a fait plaisir. J'ai dit à Auguste : le sang des Forestier, il est resté pur puisque Jules est là !

Il avait avancé la tête.

— Tu sais qui je suis ?

À cet instant précis, Jules s'était souvenu de ce compagnon de batailles dont Maximilien évoquait la mémoire dans chacun de ses récits, Nicolas Mercœur, qui était mort en 1812 sur la berge de la Berezina, un homme brave. Son fils Georges avait grandi avec Romain.

— Georges Mercœur !

Il s'était tourné vers l'autre prisonnier.

— Votre fils Auguste…

Il avait éprouvé une violente émotion, comme si brusquement sa solitude était enfin brisée et qu'il avait retrouvé les siens, mais en même temps le désespoir qui l'habitait depuis son arrestation, chez lui, rue de l'Estrapade, lui avait paru plus profond encore.

Il avait souffert de voir ce père et ce fils, côte à côte dans la même prison, comme des frères. Lui était seul. Romain Forestier avait quitté Paris et s'était installé à Mazenc pour fuir, disait-il, les solliciteurs qui venaient au nom de Louis Napoléon Bonaparte rendre visite au fils d'un vieux maréchal d'Empire. Mais Jules avait toujours soupçonné son père de ne plus désirer s'occuper que de soi, de son vignoble, comme si la mort de Maximilien, en décembre 1848, juste quelques jours après l'élection de Louis Napoléon à la présidence de la République, avait clos un chapitre de sa vie.

Romain Forestier avait pourtant été dans sa jeunesse, au *Courrier français,* l'un des journalistes les plus actifs de l'opposition au gouvernement de Charles X. On l'avait vu sur les barricades lors des journées de 1830, et encore parmi les républicains lors des émeutes de 1832. Mais, avec le temps, il avait cessé de participer à la vie publique, se contentant de publier des récits, des romans, des évocations des guerres de l'Empire tirées des souvenirs de Maximilien. Peut-être aussi la mort de sa mère et de sa femme en 1832, à cause du choléra, l'avait-elle brisé… Il s'était peu à peu replié sur lui-même, passant des périodes de plus en plus longues à Mazenc en compagnie du vieux maréchal.

Jules avait écrit, pensant à ce père, ces quatre vers qui le déchiraient et l'humiliaient :

Pour mon compte je n'ai plus le cœur à l'ouvrage
Je n'aiguiserai plus le glaive des héros
J'entends de mon orgueil mourir la voix sauvage
Comme un mugissement dans le cou des taureaux.

Il était resté à Paris, seul avec une domestique, dans ce trop grand hôtel de la rue de l'Estrapade. Il avait eu cent fois envie d'interroger son père : « Et moi, ton fils, pourquoi ne t'en soucies-tu pas ? Pourquoi es-tu tourné vers le passé ? Est-ce le souvenir de Maximilien qui t'empêche de continuer à écrire contre ces hommes avides qui ne rêvent que de conserver le pouvoir, de violer la Constitution, de perpétrer un coup d'État qui sera la caricature grimaçante, sanglante, sordide et mesquine du 18-Brumaire ? »

Il n'avait jamais osé terminer cette lettre si souvent commencée.

Et il avait mal vécu ces trois années de solitude, entre 1848 et ces premiers jours de décembre 1851, entre ses seize et ses dix-neuf ans. Son père se contentait de lui faire parvenir de l'argent, de payer la domestique, de veiller à ce que rien ne manquât au confort de son fils qui, chaque jour, s'était un peu plus engagé dans la lutte contre le Prince-Président.

Jules avait assisté chaque jeudi au cours de Michelet, au Collège de France. Il avait insulté les « espions » qui, dissimulés dans la foule des auditeurs, relevaient les propos séditieux, identifiant les étudiants. Il avait crié contre les jésuites : « Rats d'église, punaises de sacristie, mange bon Dieu, têtes de cierge, cafards, calotins ! »

Il avait manifesté vers Vavin et Montparnasse, malgré les sergents de ville et la gendarmerie mobile qui coupaient les rues, se jetant sur un étudiant désigné par un officier : « Pilez-moi cet homme-là ! » Il avait vu plusieurs de ses camarades, la tête ensanglantée, portés jusqu'aux berlines de la police et, de là, conduits aux prisons de Sainte-Pélagie ou de Mazas.

Il avait rêvé dans les estaminets du Quartier latin, tout en buvant des *Gloria*, ces cafés coupés d'eau-de-vie, d'enlever Louis Napoléon avant qu'il ait pu préparer son coup d'État. Et si celui-ci se produisait, alors il aurait appelé aux armes, et Paris se serait couvert de barricades !

Mais il lui avait suffi de quelques heures, le 2 décembre, pour comprendre que le peuple ne se battrait pas, qu'il regardait avec mépris ces bourgeois encostumés, certains portant leur écharpe tricolore, crier « Vive la République ! ». Et les blouses répondaient :

« Quelle République ? Celle qui nous a fusillés en juin 1848, qui nous a déportés ? On préfère Napoléon aux autres ! »

Il avait couru de carrefour en carrefour durant ces quelques jours, du 2 au 5 décembre, se dirigeant vers les rues, les boulevards où retentissaient les feux de salve.

Il avait eu la tentation de mourir, comme ce député Baudin, mais il n'y avait plus de barricade, seulement des patrouilles, et l'une d'elles l'attendait, le 5 décembre, rue de l'Estrapade, dans la cour de l'hôtel Forestier dont il avait aperçu, en franchissant le portail, que les fenêtres et les portes avaient été forcées, les meubles brisés, jetés dans la cour.

Avant qu'il ait pu pénétrer dans l'hôtel, un lieutenant l'avait saisi par le bras, avait commencé à l'insulter :

« Vous êtes Jules Forestier, vous fricotez avec les républicains, avec les rouges, vous, le petit-fils d'un héros de l'Empire, du maréchal Forestier, l'une des gloires de l'armée ! Au mur, il faudrait vous coller au mur, pour trahison, triple trahison : de la France, du souvenir de l'Empereur et de votre famille ! »

Jules s'était débattu. Le lieutenant l'avait frappé du plat de la lame de son sabre. Il avait reçu des coups de crosse sur les genoux et les épaules, et il s'était retrouvé dans cette cage de la prison de Sainte-Pélagie, avec ces centaines d'autres prisonniers serrés les uns contre les autres et qui, parfois, jusqu'à ce qu'on les menace de les fusiller là, d'un feu de peloton, se mettaient à chanter *La Marseillaise* ou *La Carmagnole*, et à crier « À bas Napoléon ! ».

— Toi, on te libérera dans quelques jours ou quelques semaines, tu t'appelles Forestier, petit-fils de maréchal ! avait dit Georges Mercœur en lui tapotant l'épaule. Tu veux un conseil ? Quand tu sortiras d'ici, va retrouver ton père à Mazenc, ou mieux, installe-toi sur les bords du lac de Côme, dans la villa Clarvalle. Car ça va être long, très long.

— Et vous ? avait murmuré Jules.

Georges Mercœur s'était levé, avait tendu la main à son fils, puis haussé les épaules. Il avait frappé sa poitrine de son poing fermé.

— On a la République là, avait-il dit. Mais pas n'importe laquelle ! Lis Pierre Leroux, lis Proudhon, on la veut juste, démocratique et sociale…

Il avait eu un geste d'insouciance :

— À quoi ça sert de prévoir ? L'indiscipline est l'âme des combats du peuple. Un jour, tout s'embrasera, mais d'ici là, ce sera Sainte-Pélagie, l'Algérie ou le bagne de Guyane. Ici, tu deviens un rat parmi les rats, en Algérie, tu sèches et tu te brises comme du bois mort, en Guyane, ton bois, l'eau le pourrit, tu t'en vas fibre après fibre.

Il avait pris le bras de son fils.

— Mais ça ne change rien, la République et la Révolution sont comme la marée… On croit la mer retirée, elle l'est ! Il reste sur le sable ces coquillages vides ou morts qu'on ramasse, et puis tout à coup, tu entends le grondement, c'est la vague qui s'avance.

Il s'était éloigné de quelques pas avec Auguste puis, laissant son fils, il était revenu vers Jules.

— Si tu vois ton père, salue-le pour moi. Dis-lui que je continue, moi, à crier « Vive la République ! », et puisqu'on me dit qu'il fait du vin, qu'il m'en fasse porter quelques bouteilles, rue de la Pierre Levée, au numéro 7. Si tu veux venir trinquer, tu es le bienvenu !

Il avait levé les bras.

— Mais il faut d'abord qu'on nous laisse sortir d'ici, et qu'on ne nous jette pas à fond de cale pour un long voyage, les chaînes aux pieds.

Jules s'était de nouveau replié, la tête posée sur les genoux comme s'il avait voulu dissimuler son visage, ne plus voir cette cage pleine d'hommes courageux, et il avait pensé à son père, qui avait déserté le champ de bataille, qui faisait son vin à Mazenc, qui dans chacune de ses lettres depuis trois ans invitait son fils à le rejoindre.

« Tu comprendras un jour, avait écrit Romain Forestier, quelques semaines plus tôt seulement, que le vin vaut mieux que le sang. Je ne veux plus m'approcher de ces pressoirs d'hommes que sont le pouvoir, la révolution, la politique. Mon père a vu mourir, et fait mourir, des grappes d'hommes et mis la vie en perce ! Je ne presse que du raisin. Et le vin fait rêver. Viens, mon fils, viens me rejoindre et ma vie sera heureuse, viens avant qu'on ne te pile au pied. »

Jules avait déchiré cette lettre. Il avait eu honte. Son père parlait comme les sergents de ville lorsqu'ils désignaient à leurs agents un manifestant.

« Pilez-moi cet homme-là ! » criaient-ils.

Son père qui avait connu le temps des argousins

et des mouchards, son père qui avait combattu sur les barricades avec Georges Mercœur, lui conseillait maintenant d'oublier les visages tuméfiés des camarades et les prisonniers qui s'accrochaient aux grilles et dont les sentinelles écrasaient les ongles, brisaient les doigts avec leurs crosses.

Son propre père paraissait ne plus se souvenir qu'à l'origine de la gloire et de la fortune des Forestier, il y avait un combattant de Valmy et de Jemmapes, un homme qui – Jules voulait s'en persuader – était resté toute sa vie un soldat de la Révolution. Un maréchal d'Empire qui avait refusé les honneurs sous Louis-Philippe et n'avait pas soutenu la candidature de Louis Napoléon à la présidence de la République, en 1848. Et qui était mort le lendemain de cette élection, en décembre, comme pour ne pas être complice de ce qui allait advenir.

Et il fallait se contenter de faire du vin au château de Mazenc alors qu'on avait ce grand-père-là ! Il fallait accepter la dictature, le crime du 2-Décembre, et faire partie de ce « bétail rustique » – ainsi que Georges Mercœur appelait ces paysans que les préfets poussaient vers les urnes à chaque plébiscite pour qu'ils approuvent le coup d'État – puis la transformation de la République en Empire, et de Louis Napoléon en Napoléon III !

Ça, la sagesse ? Ou bien la lâcheté, la fatigue d'un père vaincu qui désertait par lassitude et par peur les rangs clairsemés des derniers républicains ?

Jules, le jour même où on lui avait annoncé qu'il serait libéré de Sainte-Pélagie avant la fin de la semaine, en ce début d'année 1852, avait écrit avec de l'amertume plein la bouche et de la révolte dans ses poings serrés :

Par les champs où germait notre foi plébéienne
Les soldats ont semé les entrailles des forts
Le courage et le droit font voile vers Cayenne
Les esclaves sont nés et les hommes sont morts.

Lui, Jules Forestier, en faisait le serment, il se battrait avant de mourir !

5.

“ Il n’avait ressenti ni regret ni crainte. Il avait prévu cette fin-là depuis que la nuit avait étendu son ombre sur Paris… ”

Longue histoire que celle de la marche de Jules Forestier vers la mort, à trente-neuf ans, le dimanche 28 mai 1871, fusillé contre un mur du cimetière du Père-Lachaise par un peloton du 57e régiment de ligne qui s’était battu la veille et toute la nuit pour enlever les dernières barricades, rue d’Angoulême et rue de Paris, pour conquérir maison après maison le quartier de Belleville et emporter enfin l’ultime barricade, celle de la rue Ramponneau !

Georges Mercœur avait couru avec Jules parmi les tombes du Père-Lachaise, sautant de dalle en dalle, cependant que retentissaient les cris des lignards : « Il y en a qui se cachent par là ! », et qu’une voix de commandement répondait : « Pas de quartier ! » Mercœur avait lancé, haletant :

— Oui, oui, nous allons être dépecés vivants !

Morts, nous serons traînés dans la boue. On a tué les combattants, on va nous tuer, mais on tuera aussi les prisonniers, on achèvera les blessés. Ceux qu'on épargnera, s'il en reste, iront pourrir au bagne.

Il s'était arrêté, avait empoigné Jules et l'avait serré contre lui.

— Oui, avait-il ajouté, mais l'Histoire finira par voir clair, et dira que nous avons sauvé la République.

Puis il avait repoussé Jules, clamé : « Il faut vivre ! »

Et pourtant c'était lui, depuis le premier jour de l'insurrection, le 18 mars 1871, qu'on appelait le Vieux, parce qu'il avait soixante-sept ans, qu'il avait été un combattant de 1830, de 1832, de février et de juin 1848, qu'il avait connu la prison de Sainte-Pélagie, celle de Mazas, cette nouvelle construction boulevard Diderot où, durant tout le règne du criminel du 2-Décembre, Napoléon III, on avait enfermé les prisonniers politiques. Il y avait passé des années aux côtés de Blanqui.

Jules l'avait vu s'agripper au faîte d'un mur qui bordait le cimetière, rester un moment à califourchon, lui criant :

— Viens, viens !

Puis il y avait eu des coups de feu, et Georges Mercœur avait basculé de l'autre côté, blessé, mort, ou peut-être – et Jules l'avait voulu de toutes ses forces – courant encore, se glissant dans les cours des immeubles du quartier, s'y cachant, échappant aux patrouilles.

Mais Jules n'avait pas eu le temps de le suivre.

Il avait senti une douleur brûlante à la cuisse et avait reçu un coup de crosse dans le visage. Le soldat qui venait de lui enfoncer la baïonnette dans la jambe, puis de la retirer avant de le frapper, s'apprêtait à faire feu quand un officier s'était avancé, un commandant qu'il lui avait semblé reconnaître – peut-être ce témoin de la partie adverse lors de ce fameux duel qui avait eu lieu à Sceaux il y avait quelques années ? L'officier tenait son pistolet de la main gauche, la droite brandissant le sabre. D'un geste il avait arrêté le soldat, fait signe qu'on pousse contre le mur tous les prisonniers.

Jules, ayant reçu un nouveau coup de crosse, avait reculé en sautillant, sa jambe gauche paralysée, douloureuse. Il s'était appuyé au mur. Il avait regardé les hommes qu'on alignait près de lui.

Ils avaient le visage maculé, ils étaient hirsutes, leurs vêtements déchirés. Plusieurs étaient blessés. Ils avaient tenté de redresser la tête, mais la douleur avait été souvent la plus forte et ils avaient appuyé le menton contre leur poitrine, certains même s'étaient laissés glisser le long du mur. Mais ceux qui étaient restés debout les avaient soulevés, les tenant par les aisselles. Et tous, ils avaient finalement regardé le commandant qui avait rassemblé une vingtaine d'hommes, l'arme au pied.

Jules avait dévisagé ces fantassins qui allaient le tuer. Ils avaient des traits rudes et serraient de leurs mains épaisses les canons de leurs fusils, comme s'il s'était agi d'un manche de bêche, de pioche ou de pelle. Ils étaient ces paysans, bretons ou champenois, que le gouvernement de Thiers avait envoyés à la reconquête de Paris, tombé aux mains de ceux qu'on avait appelés les « brigands », dont Pierre Machecoul, le critique littéraire le plus redouté du *Temps*, l'écrivain, le libéral rallié à l'Empire, avait écrit dans *Le Gaulois* qu'ils avaient des « faces patibulaires et bestiales, et que l'âme jamais ne les avait éclairés de son rayon ».

Alors, qu'on les embroche, ces communards ! Qu'on fracasse à coups de crosse le crâne de ceux qui sont blessés, de ces Fédérés prisonniers et de tous ceux dont la mine, l'accoutrement, la couleur des mains, ou une marque rouge à l'épaule droite, pouvaient faire penser qu'ils avaient fait le coup de feu contre les troupes du gouvernement installé à Versailles !

Jules avait pensé qu'il était juste que les uns se nomment Fédérés et les autres Versaillais... Ainsi il était clair que c'était, quatre-vingts ans plus tard, la lutte de la Révolution qui continuait, même si, à Versailles, le gouvernement se disait républicain.

Mais de quelle République s'agissait-il ?

L'officier avait fait un pas en avant. Il avait dit :

— Je suis le commandant Joseph Chrétien de Taurignan. Vous êtes condamnés à mort pour les crimes que vous avez commis. En vertu des pouvoirs que m'a délégués le général Galliffet, au nom du gouvernement, vous allez être exécutés, sur-le-champ et sur mes ordres.

Jules s'était appuyé au mur.

Il n'avait ressenti ni regret ni crainte. Il avait prévu cette fin-là depuis que la nuit avait étendu son ombre sur Paris.

Il s'était souvenu de ce qu'il avait vécu les jours précédents, ces suspects, ces otages que les communards avaient fusillés, et parmi eux Mgr Darboy.

Il s'en était indigné, il avait tenté de s'interposer, avait fait appel à la raison :

— On criera que c'est une lâcheté !, avait-il dit.

On l'avait entouré, insulté :

— Une lâcheté ? Dites donc, le lettré, et les massacres de Septembre ? C'était donc une blague quand vous nous disiez de faire comme en 93 ?

Un Fédéré s'était approché du corps de l'archevêque. Il l'avait touché du bout de sa crosse.

— On saura que si la Commune faisait des décrets pour rire, le peuple les exécutait pour de bon…

L'homme avait ri, montré la poitrine criblée de balles, et il avait ajouté :

— J'ai tout de même fait un trou dans le ciel !

Et puis il y avait eu, quelques heures plus tard ce vendredi 26 mai, rue Haxo, les hommes que les Fédérés avaient alignés contre les façades et qu'ils mettaient en joue.

Jules s'était placé devant les fusils. Il avait essayé avec quelques autres d'empêcher qu'on exécutât ces cinquante-deux prêtres, ces gendarmes, et ceux dont on disait qu'ils étaient des mouchards de la police impériale ou du gouvernement versaillais. Il s'était efforcé de convaincre. Il avait entendu derrière lui les prières des prêtres dont la plupart s'étaient agenouillés.

Et puis la foule avait commencé à hurler « À mort ! ».

On l'avait bousculé. On l'avait insulté.

— Foutez-nous la paix ou on vous tire dessus ! lui avait-on crié.

La nuit commençait à tomber. On avait poussé Jules loin des fusils, et les feux de salve avaient éclairé à plusieurs reprises de lueurs jaunes la rue Haxo.

« Je me suis revanché », avait dit un vieil homme en montrant les corps tombés les uns sur les autres, formant un amoncellement sombre sur le trottoir. Des corps comme des sacs troués.

Et des femmes étaient venues entourer Jules, lui dire en brandissant le poing qu'elles avaient subi les mouchards, les curés, les gendarmes, les « bourreaux à épaulettes », qu'elles s'étaient vengées et qu'elles en étaient heureuses.

Tout à coup, des obus tirés par l'artillerie versaillaise s'étaient abattus sur les maisons voisines. Des Fédérés étaient passés en courant, criant que les barricades étaient prises, que les Versaillais arrivaient. La foule s'était dispersée, laissant les corps sans vie des otages. Jules, avant de s'enfoncer dans les ruelles, avait imaginé ces photographies, ces articles, qui dénonceraient les assassins. Et il était devenu l'un d'eux.

Jules avait longuement regardé le commandant, sûr d'avoir vu cet homme des années auparavant. Il avait peu changé, à peine s'était-il tassé, mais il était de grande taille, le visage entouré par une barbe courte et blonde. Il se tenait appuyé au pommeau de son sabre et parfois, de la main gauche serrée sur la crosse de son revolver, il ordonnait à ses soldats de conduire vers le mur de nouveaux prisonniers que des patrouilles de lignards poussaient devant elles à coups de baïonnette.

Il donnait à la fois une impression de calme et de lassitude. Aucune haine n'émanait de sa personne. Il devait imaginer qu'il incarnait le droit et la justice, et qu'il agissait pour le bien du pays. Soudain, Jules s'était souvenu. Il avait souvent entendu Maximilien, ou son père Romain, évoquer cette famille des Taurignan qui, comme celle des Boissier, était originaire de la région de Valence. Elles possédaient avant 1789 des propriétés et des châteaux à Grignan, à Crest, le long de la Drôme.

Elles en avaient perdu une bonne part. Et Maximilien Forestier avait acheté le château de Mazenc. Pourtant, c'était un Taurignan qui, comme ses ancêtres l'avaient fait depuis des siècles, allait châtier un Forestier.

Jules avait eu envie de crier à cet officier qui ne l'avait pas reconnu – mais regardait-il le visage des hommes qu'il allait ordonner de fusiller ?

— Sachez qui vous tuez ! Je suis Jules Forestier, le petit-fils du maréchal Maximilien Forestier…

Mais il avait eu peur que le commandant ne l'éloigne du mur, ne le gracie. Et il avait tourné la tête, observé ses camarades.

Il avait aperçu derrière leurs épaules, entre les pierres disjointes, de petites fleurs blanches et jaunes. Il avait eu un instant la tentation de tendre la main, de saisir l'une de ces fleurs.

Il s'était souvenu alors de celles qu'il avait achetées, peu après sa sortie de la prison de Sainte-Pélagie, à une bouquetière toute menue qui passait entre les tables du café Voltaire, au Palais-Royal.

Il y avait plus de quinze ans. Longue histoire, courte vie.

6.

> “ Si la société
> est une machine,
> une horlogerie,
> il suffit
> d’un grain
> de sable
> pour qu’elle
> s’arrête… ”

Jules Forestier avait regardé la bouquetière s’éloigner.

Elle portait, accroché à son cou par une sangle de cuir, un large panier d’osier rempli de fleurs. Elle paraissait glisser plutôt que marcher, petite et maigre, se faufilant entre les tables, s’arrêtant quelques minutes devant chacune d’elles, présentant sans dire un mot un bouquet, attendant qu’on la chasse d’un geste irrité. Le plus souvent, on l’ignorait. Elle se penchait alors, tendait le bras avec cette poignée de fleurs jaunes et blanches que parfois elle posait sur la table, délicatement, faisait quelques pas, puis revenant, attendait encore, ne reprenant le bouquet qu’après plusieurs minutes ou bien ramassant la pièce qu’on avait déposée pour elle.

C’est ce que Jules avait fait, et il avait vu cette

main longue, maigre, dont la peau était si blanche qu'elle en semblait transparente.

— Les pauvres ne doivent plus exister. Il ne faut pas qu'ils se montrent, avait dit Georges Mercœur.

Il était assis à la droite de Jules et se tenait les bras croisés, le dos droit, les traits creusés par l'amertume, une expression de dégoût.

— Vous savez tous ce que ce Napoléon a écrit, autrefois… avait-il repris.

Il avait baissé la voix.

— *L'Extinction du paupérisme*.

Il avait invité Jules, Lentin, Raynal, Biaggi, assis autour de la table, à se rapprocher de lui, puis il avait chuchoté, les dents à peine desserrées.

— L'empereur en somme veut le socialisme.

Il s'était rejeté en arrière, s'était esclaffé comme s'il venait de raconter une gaudriole, et tous avaient ri bruyamment. Les consommateurs s'étaient tournés vers eux, ce petit groupe d'hommes facétieux qui étonnaient par leur comportement sur cette terrasse où les bourgeois se chauffaient au soleil léger du mois de mai.

Raynal avait posé ses deux mains sur la table, entre les verres.

Il avait les doigts longs et fins, chaque pli des phalanges comme le tour des ongles noircis par l'encre d'imprimerie. La peau de ses mains, et même de son visage, était grise comme si passer chaque jour plus de douze heures devant les presses, et choisir les caractères, les recouvrir d'encre, lui avait donné la couleur du plomb. Il avait plissé les paupières, comme il devait le faire dans la pénombre de l'imprimerie Raynal, rue de la Croix-Nivert. « Imprimerie de labeur », comme il disait avec orgueil puisqu'il y composait et tirait des livres, des romans ou des recueils de poèmes.

— Le socialisme du mouchard et de la censure, avait-il murmuré. Au coup d'État, la police avait une épée et tuait en plein jour !

Il avait regardé autour de lui.

— Maintenant, c'est autre chose. On ne peut rien imprimer sans autorisation. On ne peut pas parler. On ne peut pas se taire. Les mots sont saisis au vol. Les gestes et même le silence sont mouchardés. Tu parles trop, Mercœur. Tu parles toujours trop fort. Et même si tu te contentais de penser, ce serait déjà interdit !

Ils étaient tous restés silencieux, puis Raynal avait repris :

— Souvenez-vous de Hugo, il l'avait pressenti, bien avant le coup d'État, quand l'Autre jouait encore au président de la République.

Raynal s'était interrompu, puis il avait, la voix un peu tremblante, récité comme une prière qu'on chuchote :

— Tout ce qui a été trouvé, déduit, illuminé, imaginé, inventé par les génies, le trésor de la civilisation, l'héritage séculaire des générations, le patrimoine commun des intelligences, vous le rejetez !...

Il avait repris sa respiration, continué :

— Si le cerveau de l'humanité était là, devant vos yeux, à votre discrétion, comme la page d'un livre, vous y feriez des ratures.

— Hugo s'est exilé, avait dit Jules. Plus d'esprit, plus de pauvres !

D'un mouvement du menton, il avait désigné la bouquetière qui continuait d'aller entre les tables.

— Aujourd'hui, un homme ne doit avoir qu'un seul

but, celui de devenir très riche. La Bourse, c'est notre panthéon, notre cathédrale !

On avait entendu des coups sourds au loin, et le sol avait résonné.

— Ils creusent..., avait dit Lentin.

C'était un homme d'une trentaine d'années, maigre, les cheveux plats, vêtu avec recherche d'une redingote noire fermée sur un gilet blanc. Une cravate blanche à pois rouges, très large, serrait son cou.

— Ils éventrent, avait-il ajouté. On n'imagine pas ce que cela rapporte de détruire une ville pour en construire une autre. Ouvrir des boulevards, cela vaut mieux que de creuser une mine d'or !

— Le canon, avait murmuré Georges Mercœur. Quand le préfet Haussmann aura achevé de percer les vieux quartiers, on ne pourra plus dresser une seule barricade. Il suffira de deux pièces d'artillerie, en batterie à une porte de Paris, pour prendre tout le boulevard en enfilade, pour balayer tous les obstacles, et après la cavalerie chargera. Il n'y aura que les fous...

— Sommes-nous fous ? avait murmuré Jules.

— Je veux être fou ! avait affirmé Mercœur en frappant du poing sur la table.

Les verres avaient tinté.

— On ne résiste pas à l'avenir, avait dit Lentin. N'oubliez jamais cela.

On l'appelait l'Ingénieur et, malgré son apparence stricte, le Poète, le Rêveur. Il disait que le monde futur serait un monde ordonné comme une machine, que tout y serait rouage, que la société fonctionnerait avec la précision d'une horlogerie, que le monde serait parcouru de voies ferrées. On creuserait les isthmes, on dessécherait les mers inutiles, on dompterait les tempêtes.

— Tout cela se met en place maintenant, avait-il poursuivi. Seuls les fous peuvent s'y opposer. On ne résiste ni à l'argent, ni aux machines, ni au progrès. Qui peut empêcher les voies ferrées de s'étendre ?

— Au profit de qui ? avait lancé Mercœur.

Il s'était à nouveau penché, invitant les autres à l'écouter.

— Ils s'empiffrent…, avait-il commencé.

Il était loin le temps où le pauvre Baudin se faisait tuer sur une barricade pour son indemnité parlementaire de vingt-cinq francs par jour !

« Une aumône », s'était-il exclamé.

Les sénateurs touchaient maintenant trente mille francs, les ministres cent mille, et ce n'était là que leur traitement officiel. Savait-on que Victor-Marie Dussert, le président de la banque Dussert et Speicher, avait obtenu, en échange des prêts qu'il avait consentis à la veille du coup d'État, le privilège d'ouvrir des lignes de chemins de fer dans l'ouest et l'est du pays ? Que les sociétés qu'il avait créées rapportaient un dividende de deux cents francs par action, qu'il avait passé un pacte avec le Crédit Immobilier du banquier Mirès, créateur de la Caisse Générale des Chemins de Fer, qu'il avait pris des participations dans toutes les nouvelles banques qui se créaient, le Crédit Lyonnais, la Société Générale, qu'il avait ouvert les hostilités contre la banque Rothschild, mais que cette guerre pour le contrôle des réseaux ferrés allait se conclure par un armistice ?

— Les banquiers encaissent, les ministres touchent leur part, avait-il ajouté. Morny, le demi-frère de l'empereur, et même Persigny, le ministre de l'Intérieur, tous, ils se gavent !

— *L'Extinction du paupérisme*..., avait répété Jules.

Lentin avait écarté les bras.

— On interne les fous, avait-il dit. Regardez autour de vous, mes bons camarades.

Il avait montré la terrasse où toutes les tables étaient occupées, plus loin la rue qu'on apercevait derrière les colonnades des galeries et dont on devinait qu'elle était encombrée par les fiacres et les calèches, une circulation qui chaque jour augmentait, empruntant ces voies nouvelles et larges qui peu à peu dessinaient une nouvelle géographie de Paris.

— Les gens normaux sont à la fête, la fête impériale, et nous, nous sommes ici, avait-il poursuivi, parmi eux. Nous sirotons notre absinthe comme eux, mais nous voulons nous distinguer, nous opposer, alors nous pensons, nous parlons comme des fous. Mieux vaudrait suivre le mouvement du progrès. Avez-vous lu le dernier livre de Proudhon, *Le Manuel du spéculateur à la Bourse* ? Et celui que Vallès a écrit pour le banquier Mirès, *L'Argent* ? Ces deux-là que l'on croyait à l'abri de la contagion se laissent tenter, même s'ils avalent la liqueur avec des grimaces. Si nous sommes fous, on nous internera, Messieurs, et personne ne viendra nous tirer de l'asile.

Lentin s'était levé.

— Après tout, les prisons sont les asiles de fous en politique.

— Je reste fou, avait dit Jules Forestier en se renversant en arrière, en regardant le ciel.

— Moi aussi, avait murmuré Georges Mercœur. Je suis fou de père en fils.

Biaggi, qui n'avait pas parlé jusqu'alors, avait attendu que Lentin s'éloigne, puis il avait dévisagé les uns après les autres, Forestier, Mercœur, Raynal. C'était un homme à la peau très brune, au visage rond, aux bras qui paraissaient d'autant plus courts que le torse était vigoureux, large.

— Lentin a parlé de machine tout à l'heure..., avait-il commencé.

Il avait un peu l'accent italien, et il hésitait avant de prononcer un mot, d'une voix basse et grave.

— Une machine, une horlogerie, il suffit d'un grain de sable pour qu'elle s'arrête. Si la société est une machine, même si nous ne sommes que quelques-uns, cela suffit pour la détruire, après nous verrons ce qu'il faudra bâtir, mais d'abord détruisons ce que nous haïssons.

Il avait secoué la tête.

— Ce sont les autres – il avait montré les consommateurs – qui sont fous, et même si je restais seul, je ne changerais pas d'avis. Le nombre n'a jamais été une preuve de vérité. Jamais. Il faut être le grain dans la machine. Au début – il avait commencé à parler plus vite –, le Christ était seul, puis il y eut les disciples, contre les prêtres, contre l'empereur. Ils ont livré le Christ, ils l'ont crucifié, les disciples ont été jetés aux fauves. On les a crus fous, et à la fin l'Empire s'est converti au christianisme !

Biaggi s'était rejeté en arrière.

— Nous sommes bien plus que douze. Nous étions des centaines dans les caves et les cellules de

Sainte-Pélagie et de Mazas. Et nous ne pourrions pas vaincre ?

Il avait secoué la tête.

— C'est si fragile, une machine, il suffirait…

Il avait baissé la tête.

— Il suffirait, avait-il répété.

Il avait fait un mouvement rapide de la main droite ouverte, comme on fauche et tranche d'un coup sec.

Les autres l'avaient regardé.

— On ne peut pas le guillotiner, comme vous l'avez fait avec Louis XVI, mais on peut le tuer autrement – il rit –, la pièce principale de la machine, on l'enlève, et la machine est détruite !

— Tu es fou, Biaggi, avait murmuré Raynal.

— Comme Saint-Just ou Robespierre, avait répondu Biaggi. Il n'y a pas de prince innocent. Et celui-là, nous savons ce qu'ont fait ses soldats le 2 décembre…

Il y avait eu un cri aigu, puis un bruit de chaises renversées. Jules avait sursauté, et tournant la tête il avait vu deux sergents de ville empoigner la bouquetière, l'entraîner en la tirant par les bras cependant qu'elle se débattait, poussant des cris de plus en plus faibles.

— *L'Extinction du paupérisme*, encore ! avait remarqué Mercœur.

Jules s'était levé. Il avait laissé des pièces sur la table, pris le bouquet qu'il avait acheté, puis il avait lancé :

— Chez moi, rue de l'Estrapade, on parlera de la machine et de sa pièce principale.

Et à grands pas, il avait commencé à suivre les sergents de ville qui encadraient la bouquetière.

7.

> “ Paris avait besoin d’hommes, portant les sacs de sable et les pierres de taille sur leur nuque… ”

Le sergent de ville qui marchait à sa gauche lui serrait si fort le bras au-dessus du coude qu’Aurélie Méran avait eu la sensation que sa main était glacée, morte, les doigts raidis et douloureux. Elle avait geint. Elle avait secoué son bras pour tenter de se dégager, mais l’agent, un homme trapu, le visage encadré de favoris broussailleux qui dépassaient du bicorne, avait dit d’une voix rude :

— Ferme-la !

Et il l’avait tenue plus durement.

Elle avait baissé la tête. Elle avait vu son panier vide, les bouquets étaient tombés à terre dans la bousculade au milieu des tables de la terrasse du café Voltaire, et elle avait eu le sentiment d’être maudite. Elle avait craché par terre, comme si elle avait ainsi pu exprimer sa rage, sa révolte, son désespoir, et sa haine pour ces hommes qui la tenaient, pour cette vie qui ne lui donnait rien depuis des mois sinon de la souffrance, du froid, de la faim, de la misère, des humiliations et du mépris. De la honte aussi, quand l'un de ces vieux salauds qui traînaient leurs bedaines barrées de chaînes d'or proposait une pièce pour qu'on passe un moment avec lui, qu'on soit gentille – et il se montrerait, comme il disait, généreux.

Elle n'avait jamais accepté. Mais pourquoi c'était pas ceux-là, ces cochons, qu'on arrêtait ?

Elle avait craché une nouvelle fois, plus violemment, comme si elle avait projeté hors d'elle son dégoût pour ces deux agents qui la conduisaient vers l'une des cages où elle avait déjà été jetée plusieurs fois, au milieu des filles qui se moquaient d'elle, la petite vierge, la prétentieuse qui refusait de donner son cul et qui croyait qu'on pouvait survivre en vendant des fleurs.

« Vends ton cul, pécore ! »

Et ces filles se laissaient prendre par les agents, sur une table, dans la pénombre de la pièce, pour deux verres d'absinthe.

« Ça coupe la faim, tu verras, ça chauffe dedans, et le froid avec ça tu l'emmerdes. »

Aurélie Méran avait senti que l'agent de droite marchait plus lentement, à peine s'il lui tenait le bras. Elle avait tourné la tête vers lui et elle avait croisé son regard. Elle avait aussitôt eu envie de pleurer, elle s'était mordu les lèvres. Elle ne devait pas se laisser émouvoir par cette compréhension, cette douceur même qu'elle avait découvertes, en un instant, dans les yeux de cet homme.

Un sergent de ville, comme l'autre, et elle avait de nouveau craché.

L'autre l'avait secouée :

— Tu sors quoi ? Tes poumons ? Tes microbes ? On va te foutre à Saint-Lazare. Ils verront bien ce que tu craches !

Il avait eu un mouvement de tout le corps.

— Vous empoisonnez la ville, vous êtes pires que les rats.

Puis il avait bougonné, contraint de s'immobiliser.

La ruelle était obstruée par des calèches, des fiacres, des charrettes et des tombereaux. Aurélie Méran avait aperçu une énorme boule de fonte suspendue à des chaînes accrochées au sommet d'un trépied fait de grosses poutres. Des hommes avaient poussé la sphère noire vers la façade de l'une des maisons, et peu à peu la boule avait pris du ballant, heurtant l'immeuble à la hauteur du premier étage.

C'était un battement sourd qu'Aurélie Méran avait eu l'impression de ressentir à l'intérieur de sa poitrine. L'agent avait desserré son étreinte, presque lâché son bras, fasciné par le mouvement de cette boule et, au-delà, par cet enchevêtrement d'échafaudages, de poutrelles métalliques au milieu desquels on apercevait un grand cylindre de fonte qui montait et descendait, frappant le sol, soulevant des nuages de poussière. Puis il y avait eu des bruits d'engrenages, des cris d'ouvriers, les protestations des cochers qui ne pouvaient avancer.

Aurélie s'était mise à trembler, comme l'air secoué

par l'effondrement de la maison, l'avalanche de gravats. Et par la peur qui l'avait saisie à l'idée de ce qu'elle allait faire, qu'elle devait faire, pour obéir à son instinct, à cette exaltation qui frappait en elle.

Elle avait donné un coup d'épaule à l'agent qui, penché en avant, ne la tenait presque plus, observant les débris de cette maison détruite pour laisser place à une avenue. Le second agent avait ouvert ses doigts, sans même essayer de l'agripper.

Elle avait bousculé les badauds, s'était glissée entre les chevaux. Elle avait couru, son panier serré contre elle. Elle avait sauté des tranchées. Elle avait vu le visage des ouvriers.

Et elle avait eu tout à coup, en courant, un sanglot qui l'avait étouffée, obligée à ralentir, en pensant à son père qu'on avait ramené un jour, les jambes brisées, le dos ouvert, les bras raides. Il ne pouvait plus bouger que les paupières et à peine entrouvrir la bouche, parce qu'il était tombé non loin d'ici, sur le chantier des Halles, du haut d'un échafaudage sur des cornières qui lui avaient cassé les os.

On lui avait à peine donné le temps de mourir chez lui, dans cette pièce sous les combles, rue de la Bastille, puis son corps emporté, on avait dit à Aurélie :

— Tu paies ou tu pars.

Elle avait le premier jour imaginé qu'elle pourrait rentrer chez eux, là où l'eau ruisselle entre les rochers de granit, dans cette ferme sur le plateau à quelques kilomètres de Brive qu'ils avaient quittée trois ans plus tôt, parce qu'il fallait bien que l'un des fils s'en aille pour laisser la terre aux autres. C'est le père d'Aurélie qui avait pris la route avec sa femme et sa fille.

Paris avait besoin d'hommes portant des sacs de

sable et des pierres de taille sur la nuque, oscillant à travers les étroites passerelles de planches jusqu'au sommet de ces immeubles qu'on construisait le long des nouvelles avenues de la capitale.

La mère d'Aurélie était morte de ce qu'on appelait une maladie de poitrine. Et parce que leur vie était maudite, le père était parti à son tour.

Aurélie Méran n'avait pu rentrer au pays. Pour y faire quoi ? La domestique ? La fille d'étable ?

Elle avait donc commencé à vendre des fleurs, évitant les sergents de ville, fuyant les rues sombres où des hommes avaient tenté de la pousser sous un porche, de la coucher sous un escalier. Elle leur avait toujours échappé, mais elle s'était fait prendre plusieurs fois par les agents, qui exigeaient qu'elle leur montre son « livret d'ouvrière », qui ricanaient lorsqu'ils entendaient les putains se moquer d'elle, et pour finir la conduisaient à Saint-Lazare afin qu'on l'examine, qu'on sache si elle était déjà l'une de ces femmes rongées par la vérole qui pourrissaient le monde et dont il fallait débarrasser la ville.

Mais elle était saine.

Les sœurs se signaient.

— Remercie le bon Dieu !

Les médecins, après l'examen, lui donnaient une claque sur les fesses : « Si tu veux… »

Elle s'était chaque fois dérobée, se faufilant dans les grands couloirs de Saint-Lazare et retrouvant la rue, les logis de fortune, une cave, une soupente, un chantier, la chambre d'une autre errante. Et il fallait dégringoler en hâte les escaliers pour éviter les mains du concierge, ses grosses pattes qui tentaient de la saisir.

Vivre, était-ce donc fuir ?

Aurélie venait d'entrer dans une cour que le soleil peu à peu désertait, laissant l'ombre gagner. Essoufflée, elle s'était assise dans le coin le plus sombre, à même les pavés, posant son coude sur une borne, si lasse tout à coup qu'elle n'avait plus la force de surveiller le porche, le bout de la rue qu'elle apercevait, et où peut-être les sergents de ville allaient apparaître.

Elle avait même un instant regretté de leur avoir échappé, d'avoir cédé à son instinct. À quoi bon ? En cage, on donnait une écuelle et parfois de « saintes dames » s'approchaient des grilles et offraient du pain, ou bien des vêtements. Elles tenaient leur mouchoir parfumé sur leur visage, elles ne retiraient jamais leurs gants, parlaient entre elles à voix basse. Elles échangeaient des coups d'œil scandalisés quand une fille hurlait qu'elle n'avait pas besoin de vêtements, que les hommes la préféraient nue ! Est-ce qu'elles savaient ça, les baronnes et les comtesses ? Est-ce qu'on les avait jamais déshabillées ?

Et les sœurs qui accompagnaient ces dames rougissaient, s'excusaient auprès d'Élisabeth de Viéville, comtesse de Boissier, ou d'Émilie de Bergues, comtesse de Taurignan.

Ces dames repartaient vite, laissant à leurs domestiques le soin de distribuer les ballots de linge et les restes de repas.

Aurélie Méran s'était-elle endormie ?

Elle avait sûrement fermé les paupières mais elle

avait eu la sensation qu'on l'observait et s'était redressée d'un bond, avant de voir ce jeune homme en paletot sombre, une canne glissée sous son aisselle gauche, un chapeau de bourgeois enfoncé jusqu'aux yeux. Sa barbe épaisse cachait ses traits, ne laissant voir que son regard sous des sourcils noirs et un front étroit.

Il avait levé le bras, montré le bouquet de fleurs jaunes et blanches qu'il tenait dans sa main droite. Et elle avait remarqué ses gants de cuir fauve. Puis elle s'était souvenue de la table au café Voltaire, de ce groupe de gens bruyants, de cette grosse pièce que l'un d'entre eux lui avait donnée.

Elle avait fouillé dans la poche de sa jupe. Elle l'avait sentie, ronde et froide. Peut-être de quoi manger et coucher deux jours, et même racheter quelques fleurs ?

— Je peux vous aider, avait dit le jeune homme.

Aurélie Méran avait reculé d'un pas.

— Vous voulez quoi de moi ? avait-elle demandé.

— Rien, avait dit Jules en secouant la tête.

Elle avait ri aux éclats, si fort, si longtemps qu'elle en avait eu les larmes aux yeux.

8.

“ Dieu sait que ma famille n’a jamais été du côté de Buonaparte mais, je le dis, Louis Napoléon nous a tous sauvés de cette lie… ”

— Ces filles, ces dévoyées que nous avons vues…, avait commencé Élisabeth de Viéville.

Elle avait soupiré, hoché la tête, puis s’était tournée vers Émilie de Bergues qui était assise à sa droite dans le grand salon de la demeure des Boissier.

C’était une maison grise et austère de trois étages qui ouvrait sur un vaste jardin s’étendant de la rue du Bac jusqu’au boulevard Saint-Germain. Elle avait fait partie d’un des couvents, nombreux dans le quartier, dont les bâtiments avaient été vendus en 1792 comme bien national. Jérôme de Boissier, lorsqu’il était rentré d’émigration et s’était rallié à Napoléon, devenant l’un de ses aides de camp, l’avait achetée, et après sa mort, son épouse Élisabeth de Viéville, qui appartenait au Parti noir de la Restauration et était proche de Charles X, n'avait eu aucune peine à la conserver. Les jardins de la demeure jouxtaient ceux de l'ancien hôtel de Taurignan, devenu, depuis le temps de la Révolution, le siège de la banque Dussert-Speicher et Fils.

— Ces filles, avait repris Élisabeth de Boissier, sont des malheureuses qu'il faut aider. Tout être, je crois, même le plus vil, a droit à notre compassion, mais ces filles sont d'une insolence, n'est-ce pas, comtesse ?

Émilie de Bergues, comtesse de Taurignan, avait approuvé.

Élisabeth de Viéville avait pincé les lèvres comme pour marquer son dégoût.

C'était une femme âgée, aux cheveux blancs relevés en chignon, à la tête lourde, masculine. Elle avait dû être très laide mais ses traits s'étaient un peu dissous avec l'âge, et on ne retenait d'elle que la bouche petite au milieu des joues flasques. La comtesse de Taurignan avait une cinquantaine d'années, son visage était resté fin, et seules les rides du cou révélaient qu'elle était, elle aussi, sur le versant sombre de la vie. Autant le corps d'Élisabeth de Viéville était difforme, autant celui de la comtesse de Taurignan restait élancé, avec quelque chose de gracile et d'inachevé.

— Vous êtes bien généreuses, Mesdames, avait dit Victor-Marie Dussert.

Il était assis au côté de sa femme Germaine Speicher, les pouces dans les poches de son gilet, avec l'assurance du banquier. Il avait une tête ronde et chauve, et semblait vouloir, par ses mimiques, accuser sa ressemblance avec Napoléon Ier dont on disait qu'il était le bâtard, sa mère ayant entretenu au vu et au su de tout Paris une longue liaison avec l'Empereur.

— C'est une tradition chez les Viéville, depuis toujours ! avait rétorqué sur un ton cassant Élisabeth de Viéville. Nous devons aider les plus humbles, même s'ils sont pervertis. C'est pour cela que nous sommes nobles.

Elle avait penché la tête, fixé longuement, avec ironie, Victor-Marie Dussert puis, sur un ton badin, elle avait murmuré, assez haut cependant pour que tout le monde l'entende :

— J'appartiens à cette noblesse-là, celle des Taurignan, des Boissier.

Germaine Speicher avait jeté un coup d'œil à son mari dont chacun savait ici qu'il était baron d'Empire.

— Voyons, madame la comtesse, avait demandé Joseph Chrétien de Taurignan, qu'ont-elles de si particulier, de si terrible, ces filles, et où les rencontrez-vous, mon Dieu ?

Le comte de Taurignan était appuyé au fauteuil de sa mère, Émilie de Bergues.

Il avait une trentaine d'années, le visage régulier orné d'une courte barbe blonde, il portait un uniforme de lieutenant d'infanterie et deux décorations ornaient sa poitrine.

— Mais, mon cher comte, avait répondu la comtesse en haussant les épaules, dans les prisons, à la Petite Roquette, à Sainte-Pélagie, dans les asiles qu'on a ouverts pour ces femmes, et même à Saint-Lazare. Oui, nous allons dans les bas-fonds. Parfois je me demande si ces êtres-là ont une âme, ou si Dieu ne les a pas abandonnés. Il y a chez elles tant d'impudeur…

Elle avait secoué la tête comme si elle hésitait à

prononcer un mot. Elle avait regardé ses invités, tendu la main vers Pierre Machecoul, assis à gauche de Dussert.

— Vous qui êtes journaliste, un critique, un écrivain, sachez qu'il existe dans ces prisons, ces asiles, cet hôpital, des êtres effrayants dont on n'imagine pas ce que l'on peut faire d'eux. Nous les aidons, nous prions pour elles, et nous ne trouvons en face de nous que – elle avait de nouveau hésité – la bestialité… Voilà le mot, la bestialité, chers amis !

Elle s'était levée, s'appuyant sur sa canne à pommeau d'ivoire.

— Dieu sait que ma famille n'a jamais été du côté de Buonaparte mais, je le dis, Louis Napoléon nous a tous sauvés de cette lie qui aurait tout submergé après les journées de juin 48, et sans le 2-Décembre ! Mais cette tourbe est encore là. Visitez ces lieux, voyez ces visages, ces femmes sont effrayantes de bassesse et, oui, de bestialité.

— Vous êtes généreuses et courageuses, avait décrété Victor-Marie Dussert en se levant à son tour pour suivre Élisabeth de Viéville qui se dirigeait vers la salle à manger.

— Il y a dans toute société, avait continué Joseph de Taurignan en s'asseyant, une boue qui habituellement demeure au fond et ne trouble pas les mœurs. Et puis parfois, c'est cela une révolution, la société se met à bouillonner, et une écume noirâtre apparaît, venue du fond précisément. On croise des visages dont on n'imaginait pas qu'ils pouvaient exister, des figures patibulaires. C'est toute la sauvagerie, madame la comtesse a raison, la bestialité qui vient à la surface. Si l'on n'agit pas vite, elle submerge tout. C'est ce qui s'est produit en 1789… Reconnaissons-le, nous dont les familles lui ont été fidèles, Louis XVI a manqué de poigne ! Notre empereur a su nous débarrasser de cette menace, le canon a purgé nos villes des barbares.

Dussert avait fait la moue en chipotant :

— Cher comte, je ne crois pas au seul mérite du canon. Avez-vous lu l'ouvrage qu'avait écrit, lorsqu'il était, je crois, emprisonné au fort de Ham, Napoléon III ? Un beau titre, *L'Extinction du paupérisme*.

Joseph de Taurignan avait eu une moue de dédain :

— Ouvrage de jeunesse… Vous savez à quoi travaille l'empereur aujourd'hui ? À une *Vie de César*. C'est mieux ! On dit qu'il y consacre plusieurs heures par jour.

— Est-ce bien raisonnable ? avait dit Machecoul. Tout est calme, il est vrai, mais je ne peux m'empêcher de penser à ce bon Louis XVI dont on dit, si j'ai bien lu M. Thiers, qu'il excellait dans les travaux de serrurerie. Un monarque doit rester un monarque, et laisser faire les livres ou les clés à ceux dont c'est le métier.

On avait ri.

— Vous restez libéral, Machecoul ! avait lancé Dussert. Je vais vous dénoncer à M. de Persigny. Notre bon ministre de l'Intérieur vous enverra rejoindre Hugo en exil.

— Hugo, Hugo, avait grondé Machecoul, ce n'est pas un poète, c'est une cloche qui résonne, le bourdon de Notre-Dame si l'on veut, mais une cloche quand même !

Durant plusieurs minutes, on avait échangé des propos sur les vertus et les mérites des poètes. Élisabeth de Viéville avait tout à coup, de sa voix un peu chevrotante, dit que sa propre fille Charlotte se piquait de littérature, qu'elle s'apprêtait à publier un roman dont le héros serait le peuple.

— Le peuple, mais oui, le peuple, m'a-t-elle dit.

La comtesse avait fermé à demi les yeux, soupiré.

— Ces idées nouvelles, ce progrès, ces chemins de fer, vos banques, monsieur Dussert, tout cela nous mène au socialisme, à cette Association internationale des Travailleurs. Est-il vrai, comme on me l'a dit, que l'empereur n'est pas hostile à ces idées ? D'une main il nous sauve et de l'autre il nous étranglerait ? Peut-être n'y peut-il rien. Il se voudrait raisonnable, mais il y a du Buonaparte en lui.

Elle avait incliné la tête vers Victor-Marie Dussert, et murmuré.

— Je m'emporte. Je vous prie de m'excuser, cher monsieur. Je ne vous vise en rien, mais les Viéville, les Boissier – vous le savez par feu votre mère –, les Taurignan ont payé cher les folies de ce peuple. Alors, quand j'apprends que ma propre fille, une Charlotte de Boissier, s'installe à l'écritoire et raconte les malheurs du peuple…

— Vous allez bien porter des vêtements à vos diablesses de Sainte-Pélagie et Saint-Lazare ! avait dit Dussert en riant. Vous avez compris vous aussi qu'on ne peut pas faire disparaître les barbares en les tuant à coups de canon ou en les enfermant derrière les grilles !

— Par quels moyens voulez-vous les contenir ? avait demandé le comte de Taurignan.

— L'argent, mon cher ! avait répondu Dussert. Le progrès par l'argent. Remplissez les ventres et vous aurez des mœurs civilisées. L'empereur a compris cela. Il vaut mieux un bon traité de commerce avec l'Angleterre, des voies ferrées, des forges, que des canons ou une guerre. L'aisance, l'instruction, voilà le moyen d'assagir les barbares, de réussir l'extinction du paupérisme.

On était passé au salon.

— On me citait un mot de l'empereur, avait repris Victor-Marie Dussert : « Quand on porte un nom comme le mien et qu'on est à la tête du gouvernement, il y a deux choses à faire : satisfaire les intérêts des classes les plus nombreuses, se rattacher les classes les plus élevées. »

— C'est du Buonaparte, s'était exclamée Élisabeth de Viéville, n'est-ce pas, Taurignan ? D'ailleurs, je lisais dans *L'Univers* que l'empereur songe à nous acoquiner avec le Piémont et la Pologne, au nom du principe des nationalités. Mais, mon Dieu, que veut-il ? Refaire la campagne d'Italie, et celle de Russie ? Nous avons déjà eu la guerre de Crimée...

Elle avait montré les décorations de Taurignan.

— Vous vous y êtes glorieusement conduit, monsieur le comte !

Taurignan s'était incliné, avait raconté un peu distraitement le siège de Sébastopol, puis il s'était tourné vers Dussert.

— Je ne crois guère à vos théories, monsieur, l'aisance n'est pas permise à tous. C'est ainsi. Je ne crois toujours pas aux billevesées de 89, Liberté, Égalité, Fraternité... Allons donc ! Et notre empereur pèche par là. Comme le dit la comtesse, il a un côté Buonaparte qui m'inquiète. Quant à l'instruction, je ne puis consentir à laisser mettre du feu sous une marmite sans eau. À la fin, elle se fend. On appelle cela une émeute ou une révolution. Savez-vous que l'on dit, dans l'entourage de Persigny, qu'il y a un complot pour assassiner l'empereur ?

— Allons, allons, avait répondu Dussert, le propre d'un ministre de l'Intérieur, c'est de démasquer des conspirations, et si besoin est de les créer pour mieux les maîtriser.

— Si l'on tue l'empereur, la nation se brisera, avait murmuré Taurignan.

Dussert lui avait pris le bras, Machecoul s'était approché.

— Il faut que je vous rapporte, moi aussi, un autre mot de Louis Napoléon, et il va loin, croyez-moi ! L'empereur, en lisant un rapport de police sur les intrigues qui agitent le petit monde de la cour et du gouvernement, aurait dit : « Quel gouvernement que le mien ! L'Impératrice est légitimiste, mon cousin Napoléon-Jérôme est républicain, mon demi-frère Morny est orléaniste. Je suis moi-même socialiste, il n'y a de bonapartiste que le ministre de l'Intérieur Persigny, mais il est fou ! »

Tous avaient encore ri.

— Autant dire, avait ajouté Taurignan, que l'empereur est un homme seul et que, s'il disparaissait, le régime tomberait en morceaux. Comment ceux qui ne rêvent que de révolution ne parviendraient-ils pas à cette conclusion ? Et dès lors, pourquoi ne chercheraient-ils pas, ne voudraient-ils pas tuer l'empereur ? Nous aurons à ce moment-là besoin de fusils et de canons, mon cher Dussert.

Dussert avait souri.

— Et de banque aussi…

Il s'était tourné pour saluer Élisabeth de Viéville qui s'était avancée dans le vestibule.

Tout à coup, la porte donnant sur la rue du Bac s'était ouverte violemment, et une jeune femme essoufflée, les cheveux noirs en désordre, s'était précipitée, criant :

— Ici, je suis chez moi !

Deux hommes avaient voulu pénétrer à sa suite dans la maison, mais les valets les avaient retenus. Les hommes s'étaient débattus, affirmant qu'ils étaient policiers et qu'ils voulaient appréhender cette femme. Elle avait à plusieurs reprises proféré des menaces à l'encontre de l'empereur !

Élisabeth de Viéville s'était interposée :

— Ma fille, messieurs, la comtesse Charlotte de Boissier. Voici le comte de Taurignan, le baron Dussert, et M. Pierre Machecoul, du *Gaulois*. Cela vous suffit-il ?

Les deux hommes avaient paru décontenancés. Ils s'étaient regardés.

— Nous ferons un rapport, madame, avait répliqué le plus âgé. Il y aura plainte. Elle risque le procès et la prison.

— Faites, faites ! avait crié Charlotte.

Elle était sur le palier du premier étage, ses longues boucles noires tombant sur ses épaules, les mains serrant la rampe, les bras tendus, cambrée, le buste en avant, la taille serrée par une large ceinture de cuir rouge.

Elle s'était haussée sur la pointe des pieds, et elle avait lancé d'une voix joyeuse et claire :

— Vive Victor Hugo !

9.

> “Vous ne pouvez pas vous mettre à la place de nous autres, vous êtes né en redingote et en bottines, nous autres en blouse et en sabots...”

— J'ai vu Hugo à Guernesey, chez lui, avait commencé Charlotte de Boissier tout en allant et venant dans l'imprimerie Raynal. C'est plus qu'un poète, c'est un prophète, il communique avec d'autres mondes.

Jules Forestier, assis sur un tabouret dans la partie sombre de l'atelier, avait senti la colère le gagner.

Qu'est-ce que c'était que cette femme-là qui parlait d'une voix exaltée et prenait des poses ?

Jules s'en était voulu d'avoir accepté de la rencontrer, mais Raynal avait insisté. Il imprimait les premières épreuves du roman de Charlotte, un livre qui ferait date, avait-il dit, qui montrait la misère, la révolte, l'esclavage auxquels étaient soumis les plus humbles pendant que les gros, les banquiers et les princes, l'empereur et sa cour se gobergeaient. Elle l'avait intitulé *Histoire d'une fille du peuple*. Et déjà ce titre avait irrité Jules.

Comment pouvait-elle, cette comtesse de Boissier qui vivait, selon Raynal, dans une immense demeure rue du Bac, avec un parc qui occupait la moitié du quartier, écrire l'histoire d'une fille du peuple ? Sa mère était Élisabeth de Viéville, une légitimiste qui, dans son salon, recevait tout ce que Paris comptait de monarchistes, d'hommes d'argent, de journalistes à gages, les Taurignan, les Dussert, Pierre Machecoul, et le ministre de l'Intérieur, et Rouher et Morny. Charlotte de Boissier voulait parler du peuple ! De qui se moquait-elle ?

Mais Raynal avait insisté. Charlotte, avait-il dit, précisément parce qu'elle côtoyait les milieux proches de la cour impériale, pouvait être utile. C'était une républicaine malgré ses titres de noblesse, sa famille. Elle avait fait scandale aux Tuileries en refusant de s'incliner devant l'empereur. Elle était poursuivie pour injure publique envers Sa Majesté, Raynal avait été témoin de la scène. Elle était montée sur une table dans l'un des cafés de la place de la Bastille et avait déclamé quelques phrases de Victor Hugo, le Hugo de *Napoléon-le-Petit* et des *Châtiments*. Raynal les avait récitées à son tour, avec sa voix grave, étonnante parce qu'il avait un corps malingre, une poitrine creuse, un teint de la couleur du plomb des caractères d'imprimerie.

Jules se souvenait-il de l'apostrophe de Hugo à Napoléon III :

Ah ! le malheureux. Il prend tout. Il use tout. Il salit tout. Il déshonore tout. Il choisit pour son guet-apens le mois, le jour d'Austerlitz... Il fait sortir du

2-Décembre je ne sais quel oiseau de nuit, et il le perche sur le drapeau de la France et il dit : Soldats, voilà l'aigle. Il emprunte à Napoléon le chapeau et à Murat le plumet. Il a son 18-Brumaire à lui. Il se compare... Ah, Français ! Regardez le pourceau couvert de fange, qui se vautre sur cette peau de lion !

Jules avait éclaté de rire. Il avait tant de fois, lui aussi, devant Raynal, Lentin, Mercœur, évoqué ce texte. Il avait même imaginé que, comme l'acide, les mots allaient percer la statue de Napoléon-le-Petit, la dissoudre, décomposer le régime.

Mais les années avaient passé. Des millions de Français avaient voté et revoté pour l'Empire, pour les candidats de l'Empire, et un Pierre Machecoul avait pu écrire – combien avait-il été payé pour cela ? – que Hugo « n'était qu'un glorieux chiffon qui avait reçu de Dieu le talent, des rois les honneurs, du peuple la popularité, mais rien n'a profité dans ses mains, il a tout perdu ».

D'autres avaient même écrit que Hugo était devenu fou.

— Elle met Hugo au-dessus de tout, avait repris Raynal. Elle est sincère, et puis c'est une très jolie femme, libre, Forestier, libre !

Jules Forestier avait donc accepté de rencontrer Charlotte de Boissier, mais dès qu'il l'avait vue entrer dans l'imprimerie, poussant la porte violemment, puis la laissant ouverte si bien que tous les bruits de la rue de la Croix-Nivert avaient envahi l'atelier, il avait ressenti de l'irritation.

Elle avait eu des manières audacieuses, lui secouant la main, disant :

— Raynal m'a beaucoup parlé de vous. J'ai lu ce que vous avez écrit. Je sais qui était votre père. J'ai lu ses livres, et naturellement je connais le maréchal Maximilien Forestier. C'était un ami de mon père, Jérôme de Boissier. Ils sont tous deux restés fidèles au grand Napoléon.

Elle l'avait longuement fixé.

— Tout nous rapproche !, avait-elle ajouté.

Puis elle avait demandé sur un ton autoritaire à voir les épreuves de son livre. Raynal en achevait le tirage. Elle devait attendre, peut-être un peu plus d'une heure, mais puisque Jules était là, ils pourraient bavarder.

Elle s'était appuyée à la grande table sur laquelle étaient entassés des exemplaires brochés. D'un petit bond, elle s'était assise parmi les volumes, croisant les jambes, laissant voir ses chevilles et un bout de ses bas noirs.

— Le père de Hugo était un général de Napoléon, comme nos pères…

Jules, la tête un peu baissée, l'avait observée. Elle portait une sorte de justaucorps ajouré à la partie supérieure et décoré de petites perles qui, dans la pénombre de l'atelier, faisaient penser à des gouttes d'eau glissant sur le corsage, entre les seins qu'elle avait lourds. La taille était serrée dans une ceinture de cuir rouge.

— Vous devez imaginer Hugo dans cette grande maison blanche, face à la mer, avait-elle repris. Il travaille dans ce qu'il appelle son *look out*, une verrière au-dessus du toit, c'est presque une serre. Il y fait froid ou étouffant selon les saisons, m'a-t-il confié.

Il sort de là à midi, toujours inondé de sueur. Il a écrit des centaines de vers.

Elle avait glissé de la table, dit que le poète avait acheté cette maison de Hauteville-House avec les droits d'auteur des *Contemplations*.

— Un succès foudroyant, avait murmuré Raynal.

Les bras nus, maculés d'encre, la blouse elle aussi noircie, il retirait de la presse l'une après l'autre de grandes feuilles qu'il déposait sur de larges tables afin qu'elles sèchent, pour ensuite les plier, les rogner, avant de les relier.

Il s'était interrompu un instant.

— Je souhaite à votre *Histoire d'une fille du peuple* le même succès. Les éditeurs ont écoulé jusqu'à mille exemplaires par jour des *Contemplations*. Ils ont fait appel à toutes les imprimeries de labeur pour répondre à la demande. J'ai – il avait écarté les bras – imprimé Hugo ici, comme je vous imprime.

— Il a lu mon manuscrit, avait affirmé Charlotte.

Elle s'était retournée vers Jules et, haussant un peu le menton, d'un air de défi, elle avait ajouté :

— Il l'a aimé. Il voulait écrire une préface, mais nous avons pensé que le livre pouvait être interdit. Je m'avance donc seule.

Elle avait hésité puis, faisant un pas vers Jules, elle avait dit :

— Toute nue.

Il lui avait tourné le dos. Il n'aimait pas cette femme-là, prétentieuse, arrogante, provocante. Il avait croisé les bras, et sans la regarder il avait commencé à parler.

— Hugo, Hugo, ce n'est plus celui de *Napoléon-le-Petit* ! Il n'y a pas un mot contre l'Empire dans

Les Contemplations... Les éditeurs n'ont accepté de publier le livre qu'après avoir eu l'assurance qu'il n'y parlait de rien de ce qui dérange. Monsieur Hugo s'est rangé, voilà tout. Libre à lui, mais il a pu ainsi s'acheter cette maison qui vous enthousiasme tant.

Elle avait rugi.

— J'ai honte pour vous !

— On dit même, avait poursuivi Jules en se retournant vers elle, que l'empereur s'est exclamé, après avoir lu le livre, « Quel talent ! », et qu'il prépare une loi d'amnistie afin de lui permettre de rentrer gentiment à la niche.

— Vous êtes fou !

Charlotte de Boissier s'était précipitée sur lui, l'avait saisi par les épaules.

— Est-ce que vous vous souvenez ? avait-elle martelé :

J'accepte l'âpre exil, n'eût-il ni fin ni terme ;
Sans chercher à savoir et sans considérer
Si quelqu'un a plié qu'on aurait cru plus ferme,
Et si plusieurs s'en vont qui devraient demeurer.
Si l'on n'est plus que mille, eh bien, j'en suis !
Si même
Ils ne sont plus que cent, je brave encore Sylla ;
S'il en demeure dix, je serai le dixième ;
Et s'il n'en reste qu'un, je serai celui-là !

Pouvez-vous oublier, monsieur, ces vers qui sont un serment Ultima verba ?

Il avait haussé les épaules.

— Des mots de littérateur... Il a écrit *Napoléon-le-Petit* et *Les Châtiments*, soit. Mais *Les Contempla-*

tions, des sanglots, des larmes, du Lamartine, madame, des facilités !

Seul, inconnu, le dos courbé, les mains croisées,
Triste et le jour pour moi sera comme la nuit.

Nous sommes dix mille capables d'écrire cela, mais nous avons été enfermés à Sainte-Pélagie et à Mazas, et certains sont encore au bagne, à Belle-Île, à Cayenne…

Raynal s'était avancé, se plaçant entre eux, pendant que Charlotte tapait du talon, répétant :

— C'est indigne !

Alors Jules s'était précipité vers la table où étaient posées les épreuves. Il avait pris une grande page entre le pouce et l'index.

— *Histoire d'une fille du peuple*, avait-il lu, mais que savez-vous du peuple ? Vous êtes sans doute comme Hugo, qui fait sa pêche de petites bonnes normandes, tous les ans ! Il les déshabille bien poliment, on dit qu'il aime leurs pieds nus, leurs corps odorants, et il leur donne le gîte et le couvert, et même une pièce, en échange de leur consentement à se laisser honorer par le grand poète, celui que vous appelez « le prophète » et qui communique en faisant tourner les tables, puisqu'on raconte cela aussi, avec les puissances des ténèbres ! Croyez-vous, madame, que ce soit là un comportement républicain ? Croyez-vous que nous ayons besoin dans les années qui viennent de ce genre d'écrivain-là, ou bien d'hommes capables de prendre le fusil, d'arracher des pavés et de faire sauter des barils de poudre quand passent les cortèges officiels ?

Jules s'était laissé tomber sur le tabouret, les avant-bras posés sur les cuisses.

— Je connais une fille du peuple, elle habite chez moi. Je lui apprends à lire, madame, c'est tout. Et savez-vous dans quel livre ? *Les Châtiments !* C'est dire que j'ai de l'estime pour un certain Hugo, celui de l'*Histoire d'un crime*, de *Napoléon-le-Petit*. Mais ni vous, ni lui, ni moi ne connaissons rien au peuple. Peut-être – il s'était tourné vers Raynal – notre imprimeur, parce qu'il travaille avec ses mains... Savez-vous ce que m'a dit cette fille, cette jeune fille, Aurélie Méran ? « Vous ne pouvez pas vous mettre à la place de nous autres, vous êtes né en redingote et en bottines, nous autres en blouse et en sabots. » Elle est venue avec les siens de sa campagne, la Corrèze. Mère morte, père tombé d'un échafaudage, mort lui aussi. Ce qu'elle résume ainsi : « Au bout de la vie en blouse, c'est la vie en guenilles, tous les ouvriers finissent à la charité ! » Puis, quand elle a eu un peu plus confiance en moi, qu'elle a compris que je ne tenais pas, comme monsieur Hugo, à caresser ses pieds nus, elle a ajouté : « Restez parmi les vôtres, au milieu des redingotes, comme un défenseur de la blouse, si vous voulez. Ils ne sont pas nombreux ceux qui nous défendent. Il y a des places à prendre. »

Charlotte de Boissier avait secoué la tête, puis elle avait placé ses mains derrière sa nuque, soulevant ses longues boucles noires.

— Quelle passion, monsieur Forestier ! Quel orateur ! Mais votre fille du peuple, vous l'aimez...

Il avait haussé les épaules, montré une expression de mépris.

— Voilà bien la comtesse de Boissier, voilà bien

l'admiratrice de l'amateur de petites bonnes normandes !

Jules avait fait quelques pas dans l'atelier, pris un volume, l'avait feuilleté distraitement.

— On dit que notre poète invoque pour justifier son attitude les poètes latins :

> … *Plaute était fou*
> *De sa servante alors qu'il vivait à Corfou…*

Ces bonheurs et ces malheurs domestiques nous éloignent de la République, ne trouvez-vous pas ?

Charlotte s'était rapprochée de Jules. Elle était plus petite que lui, et il avait eu l'impression qu'il eût suffi qu'il se penche un peu pour lui embrasser les cheveux. Elle avait levé la tête.

— Il y a le moment des mots, monsieur, le temps des balles et de la poudre, et l'instant de l'amour…

Elle avait fait une pirouette.

— Je pourrais vous apprendre comment concilier tout cela.

Jules avait jeté le volume sur l'une des tables et avait quitté l'imprimerie.

10.

“ Dans ce pays, nous avons tous un passé un peu tourmenté, nous avons tous été un peu des girouettes, parce que le vent a soufflé en tempête… ”

— Cette Charlotte de Boissier, je me demande…

Le ministre de l’Intérieur Persigny s’était interrompu, avait lissé avec le pouce et l’index de sa main gauche les pointes de sa moustache tout en interrogeant du regard Pierre Machecoul, assis en face de lui. Mais le journaliste, la tête un peu penchée, avait baissé les yeux, semblant absorbé par la contemplation des deux tasses à café, petites îles blanches bordées d’un liseré d’or sur le plateau de marbre noir de la table ronde.

— Elle a vu Hugo à Guernesey, avait repris Persigny.

Machecoul avait eu un geste d’indifférence, haussant les épaules. Il avait fait la moue.

— Hugo fait tourner les tables, parle avec les morts, avait-il dit d'un ton méprisant. Il est fou.

Persigny s'était levé, avait marché jusqu'à la fenêtre du salon.

Dans la cour du ministère de l'Intérieur, les sergents de ville en faction devant le perron échangeaient quelques mots.

— Fou, fou… avait murmuré Persigny, les fous peuvent être dangereux, mon cher ! Si j'en crois le rapport de nos agents, Charlotte de Boissier raconte que Hugo a rédigé un procès-verbal de sa conversation avec l'au-delà. Il aurait eu un dialogue avec celui qu'il appelle le Scélérat, un criminel qui règne, mais doit mourir dans deux années, pour être remplacé par, vous imaginez quoi ? La République universelle ! Vous comprenez qui est ce Scélérat ?

— C'est un homme qui délire ! s'était exclamé Machecoul. Son éditeur Hetzel l'a vu aussi à Guernesey et a rapporté partout que Hugo bavarde, en faisant frapper les pieds de table, avec l'Ombre, l'Inconnu, qu'il appelle le « vide plein », et puis – Machecoul avait secoué la tête – avec Chateaubriand qui naturellement l'approuve ! Un fou, mon cher ministre ! Alors, laissons-le dire que le règne de Napoléon III ne va plus durer que deux ans. Il écrivait déjà cela en 1852, dans *Les Châtiments*. Et des années ont passé… Maintenant, il préfère vendre les alexandrins pleureurs des *Contemplations*.

Persigny était revenu s'asseoir.

— Cette Charlotte de Boissier, je me demande cependant si elle n'est pas dangereuse.

— Hugo l'a mise dans son lit, voilà tout ! C'est comme cela qu'il fait des disciples.

Persigny avait souri.

— Décidément, les littérateurs sont entre eux d'une jalousie féroce ! Mais laissons ces enfantillages, placez-vous du point de vue de l'État. Cette femme est-elle une menace, oui ou non ?

— Voyons, voyons, monsieur le ministre ! Elle est tout simplement hystérique. Demandez à la comtesse de Viéville de la faire interner à Sainte-Anne ! C'est sa mère, elle en a le droit.

Persigny avait fait la moue, pris un volume sur le bureau.

— Ce livre, *Histoire d'une fille du peuple*, on se l'arrache, plusieurs centaines d'exemplaires vendus chaque jour. Le directeur de la Sûreté générale me dit qu'il ne contient rien qui puisse tomber sous le coup de la loi.

Machecoul avait eu un grognement en secouant ses épaules et sa poitrine, comme s'il voulait se débarrasser d'un poids qui le gênait.

— Un roman ridicule, avait-il maugréé. Toutes les recettes à la mode qui font se pâmer les critiques de *La Presse* ou du *Nain jaune.* M. Barbey d'Aurevilly, naturellement ! Mais cela ne vaut rien. Ce texte est à la littérature ce qu'une catin, une lorette dépoitraillée est à une jeune fille. D'ailleurs, Charlotte de Boissier est à qui veut la prendre. Elle est aussi ivrogne que son héroïne et, comme elle, fréquente tous les assommoirs du quartier de la Bastille. Elle veut des émotions. On ne la paie pas, elle paie ceux qui montent avec elle !

Il parlait de plus en plus fort, le visage tordu, exprimant par les rides qui creusaient sa bouche l'amertume et le mépris.

— Quant à notre directeur de la Sûreté, M. Collet,

savez-vous qu'il a collaboré jadis à *L'Événement*, le journal des fils de Victor Hugo ? Comment voulez-vous qu'il censure ses amis !

— Je ne vous permets pas, Machecoul, avait répondu Persigny d'un ton brutal. J'ai été moi-même chassé de l'armée en 1831 pour mes idées républicaines, et je suis là ! Dans ce pays, nous avons tous un passé un peu tourmenté, nous avons tous été un peu des girouettes, parce que le vent a soufflé en tempête. C'est ainsi. Le père de Charlotte, Jérôme de Boissier, a été aide de camp de l'empereur Napoléon Ier, et le père de Hugo, général d'Empire. Laissons donc les ancêtres là où ils sont, et voyons les faits d'aujourd'hui.

Il s'était levé et, d'un signe, avait demandé à Machecoul de le suivre dans le bureau ministériel attenant au salon.

La pièce, en ce milieu d'après-midi, était déjà plongée dans la pénombre. Deux huissiers avaient cérémonieusement allumé les lampes à gaz qui donnaient une lumière vive, mais un peu rousse.

Persigny s'était assis derrière son bureau et Machecoul avait été un instant distrait par l'immense tableau qui représentait un sapeur de la garde impériale, debout, seul sur une plaine enneigée, hache sur l'épaule, le tablier de cuir blanc tranchant sur l'uniforme bleu.

Persigny, en levant les yeux du dossier qu'il avait ouvert, avait surpris le regard de Machecoul.

— Des héros, avait-il murmuré. Notre empereur a toujours un peu d'indulgence, il le reconnaît, pour ceux dont les ancêtres ont connu ces moments-là. Votre père, Machecoul, si les dossiers de Fouché que j'ai consultés ici sont exacts et, connaissant l'homme, nous avons tout lieu de le croire, n'a jamais servi dans la Grande Armée, n'est-ce pas ? Conventionnel, c'est bien cela ? Il semble avoir été l'un des artisans du 18-Brumaire. Bravo, mais vous devez connaître l'histoire de votre famille mieux que Fouché.

Il avait longuement regardé Machecoul.

— Vous n'imaginez pas, Machecoul, comme Fouché, Vidocq, tous ceux qui se sont succédé dans ce ministère ont accumulé une gigantesque mémoire… Tout s'y trouve, les vices les plus cachés, la plus petite des malversations. Un ministre de l'Intérieur sait tout sur tous ! Il connaît les vies beaucoup mieux qu'un confesseur. Si je vous disais que, vous, Machecoul, chaque jeudi, au café de Madrid, vous rencontrez… Elle s'appelle Mathilde, non ?

Il avait ri.

— Cette… lorette, catin – comment avez-vous dit pour Charlotte de Boissier ? – semble fort experte !

Le ministre avait levé la main pour empêcher Machecoul de répondre, avait parcouru plusieurs feuillets posés devant lui.

— Revenons au présent. Notre Charlotte de Boissier, dont vous dites qu'elle est hystérique, je vois ici qu'elle a depuis quelques semaines les relations les plus intimes avec Jules Forestier. Ils se voient chez lui, rue de l'Estrapade.

Il avait levé les mains dans un geste qui voulait marquer son indulgence.

— Chacun est libre de sa vie privée, mais quand mes agents m'assurent que Forestier – un superbe amant, me disent-ils par ailleurs, elle miaule comme une chatte quand elle est dans son lit ! – est le chef d'un petit groupe de conjurés, d'une société qu'ils imaginent secrète et qu'ils ont intitulée la *Marianne*, je m'inquiète.

Il avait brandi un feuillet.

— Le millier d'ouvriers des carrières qui, sous prétexte de protester contre le prix du pain, se sont emparés de la gendarmerie de Trélazé, puis ont marché vers Angers, et que la troupe attendait parce que nous sommes bien renseignés, Machecoul, qu'elle a dispersés à coups de fusil, avaient pour meneur un certain Georges Mercœur. Il a réussi à fuir. Or, nous connaissons bien ce quidam, un rouge, fils d'un sergent-major de la Grande Armée disparu en Russie – Dieu ait son âme ! –, ordonnance du maréchal Maximilien Forestier, grand-père de Jules. Les fils se voient toujours. Ce Georges Mercœur a fait le coup de feu en 1830, en 1832, en 1848, soit. Mais il était contre nous le 2-Décembre et il a passé plusieurs mois à Sainte-Pélagie, puis au bagne de Belle-Île. Il s'est évadé de celui de Corte, et nous le retrouvons à la tête des ouvriers des carrières qui attaquent nos gendarmes ! Et même sûrement de la *Marianne*, aux côtés de Jules Forestier. Voyez-vous, Machecoul…

Persigny avait commencé à marcher, les mains derrière le dos. C'était un homme de taille moyenne, replet. Avec sa longue veste noire et son gilet, son large nœud de soie masquant presque entièrement le col cassé blanc, il avait l'allure d'un notaire. Mais le visage était sévère, les yeux enfoncés, et il émanait de ses traits une impression de force, de volonté et aussi le sentiment que cet homme cachait sous des dehors quelconques une personnalité affirmée, des capacités de dissimulation et une habileté obstinée.

Il avait soupiré.

— Je ne veux pas attirer l'attention de l'opinion sur l'existence d'une opposition. L'étranger s'en réjouirait, même nos amis anglais se frotteraient les mains. Donc, je veux étouffer *Marianne* et non pas la décapiter. Vous saisissez la nuance ?

Il s'était approché de Machecoul, lui avait posé la main sur l'épaule.

— L'empereur manifeste toujours sa reconnaissance à ceux qui l'aident à maintenir l'ordre dans le pays. Vous connaissez ces littérateurs, Mlle de Boissier, Forestier, Lentin…

Il s'était interrompu.

— Celui-là est étrange. Il est polytechnicien, et l'un des maîtres d'œuvre auprès du baron Haussmann des grands travaux parisiens. Il a conçu les plans des gares du Nord et de l'Est. Il ne tarit pas d'éloges sur notre volonté de faire de Paris une grande capitale, de faire entrer les trains jusqu'au cœur de la ville, et pourtant cet homme est, nous en sommes sûrs, l'un des rouages de *Marianne*. Il est capable de fabriquer toutes les machines infernales qu'on peut imaginer ! Comment ne pas s'inquiéter ? Et puis il y a Raynal, vous devez le connaître, un imprimeur, rue de la Croix-Nivert. C'est lui qui a imprimé le livre de Charlotte de Boissier et les petits pamphlets de Jules Forestier. C'est un ami de Jules Vallès, de cette jeune clique d'avocats républicains, peut-être les connaissez-vous ? Ils fréquentent eux aussi le café de Madrid. Il y a un Gambetta, un Jules Ferry…

Persigny était retourné s'asseoir à son bureau.

— Et cet Italien, Biaggi, une anguille. Il se rend fréquemment en Angleterre, il y rencontre des Piémontais, des Lombards proches de Mazzini, ce révolutionnaire. Tous des hommes décidés à « faire l'Italie » comme ils disent, et ils veulent par un acte spectaculaire nous pousser à la guerre contre l'Autriche, de manière à permettre au Piémont de libérer toute la Lombardie de la tutelle autrichienne.

Il avait frappé plusieurs fois la table du plat de la main.

— Ces gens-là sont dangereux ! Ce sont des têtes brûlées. Ils peuvent attenter à la vie de l'empereur.

Pierre Machecoul avait secoué la tête, avancé la lèvre inférieure, prenant une expression boudeuse et dubitative.

— Mais si, Machecoul ! Voyez Auguste Mercœur, le fils de ce Georges, il est très proche de Forestier. Ils ont le même âge. Il a, à plusieurs reprises, parlé de la nécessité de tuer Sa Majesté.

— Bavardages, avait coupé Machecoul, avec irritation. Ils parlent aux terrasses des cafés, et c'est tout. C'est comme Charlotte de Boissier qui complote en récitant du Victor Hugo, debout sur une table de cabaret au milieu des ivrognes. Vous appelez cela une conspiration, une société secrète ?

— Je suis ministre de l'Intérieur, monsieur, je ne néglige rien !

Il s'était levé à nouveau, s'était placé devant le journaliste.

— Je voudrais que vous m'aidiez. Vous fréquentez les mêmes cafés que ces Messieurs, vous écrivez parfois dans les mêmes journaux. Faites-les parler, écoutez-les. Mes agents sont de bons espions, mais ce ne sont pas des lettrés – il avait souri – et je ne le leur demande pas. Mais vous, Machecoul, vous pouvez approcher cette Charlotte, vous êtes reçu chez sa mère. Vous connaissez Jules Forestier, Raynal, vous pourriez nous être d'une aide précieuse. Et je vous l'ai dit, l'empereur sait être généreux.

— Ce que vous me demandez…, avait murmuré Machecoul la tête baissée.

— Je ne vous demande rien, cher ami. Je vous explique ce que vous pourriez faire pour l'empereur, pour nous, si vous avez le désir de nous aider à maintenir l'ordre.

— Mais on connaît mes écrits, avait lancé Machecoul en se levant. On sait qui je suis, quelles sont mes idées. Il ne se passe pas de jour que je ne m'élève contre toutes ces utopies funestes et fumeuses, l'Internationale ouvrière, la République universelle, ou démocratique et sociale, le retour à la révolution de 93, et vous voudriez que…

— Je ne veux rien, Machecoul, mais les écrivains changent si souvent d'opinions. Voyez Hugo chantant un jour la Monarchie, un autre jour l'Empire, et embrassant enfin la République universelle !

Il avait enveloppé de son bras l'épaule de Machecoul tout en le reconduisant vers la porte du bureau.

— Je ne vous dis pas de l'imiter, mais vraiment, si vous le vouliez, je crois que vous pourriez savoir ce que trame cette petite secte.

Les huissiers avaient ouvert les deux battants de la porte.

— Voyez cela, Machecoul, et si vous obtenez… – il s'était interrompu, avait baissé la voix – … je vous recevrai aussitôt. Nous déjeunerons ici quand vous le voudrez.

Puis, comme s'il s'était ravisé, il avait ramené

Machecoul à l'intérieur du bureau, invitant d'un signe les huissiers à ne pas refermer les portes.

— Pourquoi n'envisageriez-vous pas de vous présenter aux élections ? Votre place est au Corps législatif, Machecoul ! Dites-moi vos intentions et je vous trouverai un département, proche de Paris, où vous pourrez être candidat. Le préfet vous organisera ça. Vous aurez deux ou trois réunions à tenir, vous promettrez des foires aux maires, des églises, des chemins et des secours pour les inondés de l'année passée, et vous serez élu sans difficulté ! Mais il faut y penser maintenant. Réfléchissez-y. Le Corps législatif demain, pourquoi pas le gouvernement après-demain ? L'empereur veut des hommes nouveaux pour donner un visage neuf à sa politique. Méditez tout cela, Machecoul. Vous connaissez le mot de notre grand Bonaparte : « On avance et puis on voit. » Avancez, Machecoul avancez !

Il lui avait longuement serré la main.

11.

“Il faut aujourd’hui de l’or, beaucoup d’or, pour jouir du droit de parler ; nous ne sommes pas assez riches. Silence au pauvre.”

Jules Forestier avait poussé de l’épaule et presque de tout son flanc le battant vitré de la porte du café de Madrid. Il avait donné l’impression, tant il s’était avancé brutalement, de vouloir la défoncer, et comme il s’était immobilisé sur le seuil, ébloui par les dizaines de lampes à gaz qui éclairaient le café, il avait reçu la porte, qui revenait avec l’élan, dans son dos.

Il avait juré si fort qu’un serveur s’était retourné, puis le reconnaissant l’avait salué d’une inclinaison de tête, l’invitant à le suivre dans la salle de restaurant du fond, celle des habitués où il avait sa table retenue.

Jules avait fait quelques pas derrière le serveur, mais il s’était arrêté.

Charlotte de Boissier était bien là, souriante, animée,

assise en face de Pierre Machecoul qui l'écoutait avec attention, un cigare serré entre ses dents, la tête un peu levée, les yeux mi-clos, les pouces enfoncés dans les poches de son gilet vert de dandy. Il était installé sur la banquette comme un goujat, les jambes allongées, serrées dans un pantalon clair, à la mode anglaise, étroit aux chevilles, tendu sur les bottines auxquelles il était accroché par une fine sangle passant sous la semelle.

Charlotte de Boissier s'était retournée, et elle avait souri à Jules, l'invitant à venir s'asseoir à la table, entre elle et Machecoul. Qu'est-ce qu'elle imaginait, cette garce, qu'il allait répondre à son invitation, venir faire des politesses à ce journaliste à gages, à ce larbin du pouvoir impérial ?

Jules n'avait pas bougé. Il avait fixé Charlotte pour lui faire sentir tout ce qu'il éprouvait de colère et de mépris. Mais elle avait paru se moquer, insistant, lui faisant de la main signe d'approcher. Machecoul avait incliné la tête, comme pour appuyer la demande.

Elle savait pourtant ce que Jules pensait de cet homme.

Il le lui avait hurlé, il y avait à peine quelques heures, dans la chambre du deuxième étage où ils se retrouvaient deux ou trois fois par semaine, à l'hôtel Forestier.

Charlotte avait, tout en se déshabillant, dit que Machecoul avait consacré à son roman un article extraordinaire dans *La Presse*. Il avait comparé *Histoire d'une fille du peuple* à *Notre-Dame de Paris* !

— Vous vous rendez compte, Jules, avait-elle répété plusieurs fois.

Elle avait posé son pied sur l'un des fauteuils, et

commencé à dénouer sa bottine. Déjà nue jusqu'à la taille, elle avait enlevé sa jupe, et ses hanches, et ses jambes moulées par les bas noirs, en paraissaient encore plus puissantes, comme si elles avaient appartenu à un corps d'une autre espèce que la poitrine aux seins lourds et blancs.

Jules l'avait interrompue.

— Vous êtes un centaure, une croupe et des jambes de jument, et un torse de femme. Un centaure féminin…

Charlotte avait souri, s'était cambrée, gardant toujours la jambe droite repliée, le pied sur le bord du siège, croisant ses doigts sur sa nuque, écartant les bras, faisant gonfler ses seins, dévoilant les touffes noires de ses aisselles. Et Jules, assis dans un fauteuil de l'autre côté du lit, avait éprouvé à la voir ainsi la sensation qu'elle exprimait la force de la nature. Il s'était retenu pour ne pas bondir, la saisir par la taille, mordre ses seins, enfouir son visage dans tous les plis de son corps, sachant pourtant qu'il ne réussirait pas à la dompter, et qu'à la fin elle le renverserait sur le lit, le chevaucherait, lui donnant l'impression qu'elle était la cavalière, et lui la conquête.

À cet instant, il avait pensé à Aurélie Méran, si grise, si frêle, si fière cependant mais toute repliée à l'intérieur de son maigre corps, comme une longue tige menacée, alors que Charlotte déployait ses bras comme des ramures fortes.

Il n'avait jamais eu la moindre relation amoureuse avec Aurélie, le moindre désir pour elle. Elle vivait dans une chambre du troisième étage, discrète, aidant Françoise, la domestique, faisant de la couture et des travaux ménagers, obéissante, prenant les livres que Jules lui avait donnés à lire avec une sorte d'humilité et de soumission.

À peine l'avait-il considérée comme une femme, et cependant il avait l'impression de la trahir avec cette Charlotte de Boissier. Il aurait dû aller vers la plus faible au lieu d'aimer la plus glorieuse, qui pourtant se moquait de lui, le traitait comme l'un quelconque de ses amants.

Elle disait :

— J'ai des hommes comme les hommes ont des femmes, c'est ainsi, vous l'acceptez, mon cher Jules, ou vous le refusez. Je suis libre comme vous l'êtes. Je suis républicaine, citoyenne. Je dispose de mon esprit et de mon corps comme je l'entends. Si cela vous convient, j'en suis heureuse, mais si vous me jugez inconvenante, cessons d'être amants, et restons des complices. Je peux vous aider, vous le savez, pour votre *Marianne*. Je connais les gens de la cour, leurs habitudes. Avec moi, vous avez une espionne dans la place, chez l'ennemi. C'est utile, ne croyez-vous pas ? »

Souvent, Jules lui fermait la bouche en lui mordant les lèvres. Il l'étouffait en écrasant ses seins, la faisait basculer en lui emprisonnant la taille entre ses jambes. Mais cela ne durait qu'un temps, elle prenait le dessus, avait un rire qui montait de son ventre et la secouait tout entière, il avait alors l'impression qu'elle était trop dans la vie, dans le bonheur d'exister, pour pouvoir vraiment se dévouer à une cause, prendre le risque de mourir en combattant pour les autres, pour un but lointain, peut-être inaccessible, où il n'y aurait d'abord que des martyrs. Elle, elle voulait le triomphe, le plaisir, la lumière. Et l'époque était pour les républicains celle de l'échec, de la peine et de l'ombre. La fête était impériale, et la République obscure, pleine seulement de rêves qui n'étaient peut-être que des illusions.

Charlotte ne se contentait pas des songes d'avenir, des souffrances ou des privations. Cela, Aurélie Méran aurait pu l'accepter. Mais à Charlotte, il fallait jouir, rugir, dévorer, chevaucher, libre, heureuse, solaire.

À ces moments-là, Jules regrettait de l'avoir initiée à ses secrets, de lui avoir révélé quels étaient les affidés de *Marianne*, Lentin, Raynal, Georges Mercœur et son fils Auguste, Biaggi, et ce jeune homme exalté, Jean Revest, qui venait d'être reçu à l'École normale supérieure, qui pouvait réciter en grec ou en latin de longs extraits d'Eschyle ou de Plutarque, de Thucydide ou de Cicéron, qui connaissait par cœur les discours de Robespierre et ceux de Saint-Just, qui admirait Blanqui et vénérait Hugo.

Charlotte lui avait, en prenant ses mains, raconté comment Hugo vivait, comment il déchiffrait les messages venus de l'au-delà, puis elle était partie en sa compagnie, et à la réunion suivante, Revest n'avait pas osé regardé Jules en face.

— Vous le savez, Jules, avait repris Charlotte, un article de Pierre Machecoul donne le ton à toute la critique, aux Goncourt comme à Prévost-Paradol, ou même à Sainte-Beuve. Machecoul dit de mon roman que « c'est une eau-forte », que mon héroïne « rappelle Esmeralda, en plus émouvant ».

Elle avait recommencé à délacer ses bottines, mais

elle s'était arrêtée plusieurs fois pour citer d'autres extraits du fameux article…

— Il écrit que je suis la première disciple de Hugo, que mon roman est aussi fort que ses meilleures œuvres.

Elle avait ri.

— Il exagère peut-être, mais il est vrai que mon livre se vend aussi bien, aussi vite, que *Les Contemplations*, et mon sujet est social. Savez-vous comment il conclut ? « Ce roman qui décrit le destin d'une rebelle a été écrit par une réfractaire. » J'adore cette formule. Machecoul a le sens des mots, ne trouvez-vous pas ?

Jules s'était écrié :

— Machecoul est un larbin, une girouette, un journaliste qui se vend comme à la Bourse, dont chaque mot est pesé à l'aune de son intérêt ! Qu'attend-il de vous ? C'est la seule question que je me pose. Peut-être estime-t-il qu'avec un article il peut prétendre à…

— Vous êtes méprisable, Jules, avait coupé Charlotte.

Elle était maintenant pieds nus, elle avait contourné le lit.

— Mais je vous pardonne parce que vous êtes jaloux, comme auteur et comme amant !

Il avait tenté de la repousser, mais elle s'était assise à califourchon sur ses genoux et l'avait étouffé avec ses seins, ses cheveux, ses cuisses.

C'est en se rhabillant qu'elle avait dit :

— Je dîne avec lui ce soir, au café de Madrid. Si vous passez par là…

Ç'avait été comme une gifle.

Voilà bien ce que voulait Machecoul, l'humilier, lui

voler cette femme, la mettre à son tableau de chasse. Jules s'était juré de rester chez lui, d'inviter Aurélie à le rejoindre au salon.

Il l'avait fait quelquefois, lui demandant avec insistance de s'asseoir dans un des fauteuils en face du canapé, mais elle était restée obstinément debout, la tête baissée, sans doute intimidée par cette pièce un peu sombre où l'un des murs était tout entier occupé par un tableau représentant un paysage biblique, des dunes, les ruines d'un temple, peut-être à l'horizon les Rois mages.

Jules avait surpris le regard d'Aurélie sur cette toile, et il avait raconté comment, selon ce qu'il savait, son grand-père le maréchal l'avait achetée, ou plutôt volée, dans un palais milanais, puis vendue à Paris. Et c'était Talleyrand qui l'avait offerte à Mariella di Clarvalle, sa grand-mère.

Mais Jules s'était vite interrompu, découvrant le trouble d'Aurélie, une sorte de désespoir, comme s'il la plaçait face à un univers dont elle était totalement et à jamais exclue.

Alors, lui prenant le poignet, il lui avait dit :

— Mon grand-père était pauvre, un fils de paysan, comme votre père. Il s'est engagé dans l'armée pour fuir la misère. Puis il y a eu la Grande Révolution, il a été entraîné, et comme il a survécu, qu'il était brave, nous sommes là. Je suis un héritier. Mais je ne suis pas devenu un aristocrate, même si je suis comte de Bellagio, et si mon père possède – et donc je possède aussi – un château. Il faut une autre révolution, Aurélie, celle de la vraie égalité, entre vous et moi. Voilà ce que je veux, ce que vous devez vouloir aussi.

Elle avait retiré son poignet lentement, mais résolument. Et levant la tête, elle l'avait regardé.

— Vous voulez vraiment cela, je le sais, je le sens, mais ça n'arrivera jamais. Jamais, Monsieur.

Elle avait marché jusqu'à la porte du salon, puis elle s'était retournée.

— Je ne serai jamais comme cette dame, la comtesse…, jamais. Vous le savez bien.

Elle avait secoué la tête et il avait entendu ses pas, légers, dans l'escalier.

Jules était resté longtemps immobile, puis sans hésiter, comme si soudain un souvenir lui revenait, il s'était précipité dehors, courant vers la rue Saint-Jacques encombrée par les charrois, car les travaux d'ouverture d'une autre voie nord-sud, plus large, parallèle à la rue Saint-Jacques, se poursuivaient même la nuit, à la lumière des becs de gaz.

Il avait arrêté un fiacre et demandé qu'on le conduise au café de Madrid, faubourg Montmartre.

Au fur et à mesure qu'on s'était rapproché de ce quartier que commençaient à délimiter les nouvelles places, les grandes avenues, toutes encore bordées de palissades, d'échafaudages et barrées de tranchées, l'atmosphère de la ville, à partir de la place du Châtelet, avait changé.

Les bruits sourds du chantier des Halles formaient comme un roulement lointain qui venait couvrir le grincement des roues, les cris des cochers qui s'interpellaient, les trompes des omnibus tirés par quatre chevaux. Les voitures hautes, avec leur escalier en colimaçon qui montait de la passerelle au niveau supérieur, dominaient les calèches et les fiacres.

Dans le faubourg Montmartre, les becs de gaz étaient si nombreux et si rapprochés les uns des autres que la lumière formait un fleuve continu au milieu duquel allait et venait la cohue joyeuse des dandys, des viveurs, des flâneurs, des putains et des femmes qui, trop maquillées, cherchaient à dîner. Jules avait suivi des yeux ces pauvres lorettes, aux pommettes rouges, aux lèvres incarnat, et parfois leur démarche hésitante disait qu'elles s'étaient réchauffées avec quelques verres d'absinthe dans l'un de ces assommoirs aux lumières scintillantes où des ouvriers en blouses et casquettes formaient des grappes denses dont les éclats de voix parvenaient jusqu'au boulevard.

Jules s'était tout à coup souvenu de ces cortèges d'ouvriers qui, montant du faubourg Saint-Antoine jusqu'au Père-Lachaise il y avait déjà plusieurs années, avaient porté en terre Lamennais, ce prédicateur qu'il avait tant lu, apprenant de longs passages de *Paroles d'un croyant*, se persuadant que la foi chrétienne ne pouvait accepter l'injustice et l'inégalité, que le socialisme était la réalisation des Évangiles.

Mais on l'avait fait taire, on avait saisi son journal, *Le Peuple constituant*. Alors Lamennais s'était exclamé :

« Il faut aujourd'hui de l'or, beaucoup d'or, pour jouir du droit de parler ; nous ne sommes pas assez riches. Silence au pauvre. »

La police avait chargé le cortège funèbre et les ouvriers avaient crié :

— Vive la République ! À bas les voleurs de cadavres !

Qu'étaient-ils devenus, les ouvriers, après quelques années d'Empire, de mouchardage, d'emprisonnement, de déportation, de cette gangrène de la fête impériale ?

Lorsque Georges Mercœur, qui s'était évadé du bagne de Corte, avait passé quelques jours à Paris, caché dans les caves de l'hôtel Forestier, il était revenu chaque jour, au terme de ses promenades dans les quartiers ouvriers où il avait combattu, dont il connaissait chaque recoin, plus accablé.

— C'est la corruption partout, des mœurs, des principes, avait-il dit à Jules. On ne pense, même chez les plus pauvres, qu'à l'agiotage, qu'au gain facile. Mes compagnons, mes camarades sont devenus cupides, égoïstes. C'est le culte des intérêts grossiers et des appétits. Ils noient ce qui leur reste de souvenir et de conscience, ils oublient leur misère en s'abreuvant d'absinthe.

Georges Mercœur était chaque fois resté de longues minutes silencieux puis, le jour de son départ pour Angers où il voulait organiser la révolte des ouvriers des carrières d'ardoise, il avait dit :

— Je n'ai pas perdu l'espérance. Il faut galvaniser ces cadavres s'ils ne veulent pas marcher vivants !

Peut-être serait-ce une tâche impossible, mais il fallait agir comme si en effet les blouses pouvaient se dresser à nouveau, s'arracher à la misère, à la peur, à l'ivresse, pour renverser ce vieux monde pourrissant.

Jules avait sauté du fiacre faubourg Montmartre et s'était jeté sur la porte du café de Madrid comme pour la briser.

12.

“Si être
révolutionnaire,
c’est être borgne
ou craindre
le mouvement
naturel des
choses, je n’en
suis pas…”

Jules avait hésité quelques secondes.

Debout au milieu des tables du café de Madrid, il avait vu Machecoul se pencher vers Charlotte de Boissier qui avait éclaté de rire, rejetant la tête en arrière, et il lui avait semblé que le journaliste le défiait, son cigare entre les lèvres, avec une expression de dédain et d’ironie. Mais son attitude dénotait aussi la prétention et l’assurance de l’homme qui se sait protégé, adossé au pouvoir, qui a derrière lui l’armée des mouchards et des procureurs, la puissance des directeurs de journaux. Cet homme-là s’imaginait qu’il avait du talent alors qu’il n’était qu’une marionnette que les ventriloques de la cour et de la police impériale faisaient parler à leur gré. Et Charlotte s’était laissé prendre par un article de commande.

Elle s’était retournée, avait à nouveau fait un geste

vers lui, et il avait eu envie de bousculer les serveurs, de se précipiter vers Machecoul, de le souffleter, de l'inviter à se battre, demain, poitrine nue. On aurait alors su ce que valait cet homme.

Jules avait fait un pas, mais quelqu'un lui avait saisi le bras. Il s'était dégagé nerveusement, avant de reconnaître Raynal.

L'imprimeur avait troqué sa blouse contre une redingote élimée dont le tissu brillait sous la lumière des lampes. Il avait entraîné Jules, lui chuchotant qu'il ne fallait jamais céder à un mouvement d'humeur.

— Pensez à *Marianne* ! avait-il ajouté.

Il l'avait guidé vers un salon attenant à la grande salle de restaurant. Il n'y avait là que quelques couples qui se serraient dans la pénombre et une table ronde autour de laquelle étaient assis Lentin, Auguste Mercœur et Revest.

Jules s'était laissé tomber dans un fauteuil avec un sentiment de malaise, comme s'il avait commis une lâcheté. Il en avait voulu à Raynal qui l'avait empêché de chercher querelle à Machecoul, mais ce dernier lui avait de nouveau saisi le bras.

— Biaggi va revenir de Londres, avait-il murmuré en regardant autour de lui. Les Italiens sont décidés à agir. Ils veulent frapper un grand coup.

Jules s'était redressé. De la place où il se trouvait, il pouvait apercevoir Machecoul et Charlotte. Maintenant, c'était elle qui se penchait vers son compagnon.

— Nous n'allons pas parler de cela ici ! avait-il protesté.

— Je voulais seulement vous prévenir, avait

répondu Raynal. Quand il y a de tels enjeux, on laisse à la porte ses petits sentiments personnels.

Jules avait haussé les épaules, il n'avait jamais aimé les donneurs de leçons.

— Avez-vous lu l'article de Machecoul ? avait-il lancé d'une voix forte. Ce n'est pas une affaire personnelle, mais un acte politique.

— Étonnant, en effet, avait renchéri Revest. Machecoul ne fait aucune réserve, ni sur le sujet, ni sur le style, au contraire. Il parle de verve sombre, de mordant, de regard acéré. À l'entendre, Charlotte de Boissier est à la fois Hugo et Vallès, la vieille génération et la nouvelle… Pour un courtisan servile comme lui, quelle révolution ! Pourquoi ? Qu'est-ce que cela nous prépare ? Un Empire socialiste ?

— Une commande pour semer le trouble, une diversion, avait décrété Mercœur. Machecoul est un homme aux ordres. Il a assassiné Hugo quand on le lui a ordonné, et maintenant il flatte Charlotte de Boissier et ce même Hugo. C'est un piège que l'empereur nous tend.

Lentin était intervenu, l'air ennuyé :

— Les temps changent, les hommes aussi, il faut le savoir ! Pensez à ce que Haussmann construit, ces gares, ces boulevards. Allez voir ce que font mes camarades polytechniciens aux forges de Saint-Étienne et du Creusot. Comment voulez-vous que face à de telles transformations les idées des hommes restent identiques ? Prenez le train ! Vous roulez à cent kilomètres à l'heure. Il faut cinq heures pour rejoindre Lyon ! L'époque des malles de poste est finie, chers amis. Nous sommes à l'ère de la machine à vapeur.

Je voudrais que vous ayez cela en tête, et non pas le Comité de salut public ou la Commune de 1793.

Revest avait frappé du poing sur la table :

— En somme, vous vous ralliez ! Vous reniez Saint-Just, Robespierre, Blanqui !

Lentin avait haussé les épaules.

— Mon jeune camarade, vous ne comprenez rien. Je dis simplement que votre Machecoul a peut-être sincèrement changé d'opinion parce que le monde a changé. Ce qu'il faut comprendre, c'est qu'en développant l'industrie partout, en éventrant Paris, Haussmann et Napoléon III font surgir une société nouvelle et font naître une autre ville, et donc des hommes différents. Évidemment…

Il s'était rejeté en arrière, regardant vers le plafond.

— … évidemment, l'accouchement est douloureux. C'est, si vous me permettez la comparaison, une naissance par césarienne. Il y a des cris, du sang, on tranche avec un scalpel, cela fait très mal, mais l'enfant naît !

— Et la mère meurt…, avait dit d'une voix sombre Auguste Mercœur.

— Pas toujours, avait répondu Lentin.

— Et que fait-on de l'accoucheur, de ce chirurgien aux mains pleines de sang ? avait interrogé Jules.

— On le tue, avait répliqué Lentin, mais après qu'il a fini son travail. Il est la main cruelle du devenir social.

— Bavardages ! avait rugi Raynal.

Il avait commencé à parler sur un ton exalté qu'il tentait de contenir. Il avait décrit les soupentes des maisons du quartier de la Bastille, où les ouvriers venus du Massif central ou de Bretagne s'entassaient à une dizaine par mansarde. Il avait parlé de ces assommoirs où ils se battaient à coups de couteau, ivres de fatigue et d'absinthe, des gamines qui se vendaient pour une écuelle de soupe et que leurs mères poussaient vers les hommes afin qu'elles rapportent quelques sous.

— Est-ce cela que vous appelez le devenir social, Lentin ? Vous êtes pris dans le tourbillon de vos chantiers, de vos calculs. Vous bâtissez, vous éventrez, mais vous ne vous rendez même pas compte qu'il y a désormais deux Paris, celui d'ici…

Raynal avait montré la salle du restaurant.

— Et l'autre, la fourmilière. Si vous acceptez cette division-là, vous n'êtes plus des nôtres, Lentin !

— Lentin, nous le savons, avait repris Jules, voit la société comme une machine. Mais il est avec nous…

Il avait baissé la voix tout en serrant le bras de l'Ingénieur.

— Nous avons prêté serment à *Marianne*, tous. Vous y êtes fidèle, n'est-ce pas ?

— Assurément, avait murmuré Lentin. Mais je n'aime pas ceux qui ne regardent le monde que d'un seul œil. Si être révolutionnaire, c'est être borgne ou craindre le mouvement naturel des choses, je n'en suis pas. C'est la science qui doit décider de la politique. Je crois à l'ingénieur bien plus qu'à l'avocat.

Tous s'étaient tus durant quelques minutes, buvant lentement leur verre de fine.

— Biaggi rentre donc de Londres, avait enfin rappelé Jules.

Raynal avait répondu d'un hochement de tête.

— Que son grand projet réussisse ou échoue, les semaines qui viennent vont être orageuses.

— Enfin un peu de vent, avait grommelé Auguste Mercœur.

Tout à coup, dans l'encadrement de la porte du salon, Jules Forestier avait vu Charlotte. Elle était légèrement appuyée au bras de Machecoul.

— Vous voyez, je ne me trompais pas, avait-elle dit en riant, ils sont tous là. Ils complotent, comme c'est leur habitude.

Jules s'était levé, dégageant son bras de la poigne de Raynal qui tentait de le retenir. Il s'était avancé vers elle.

— Que faites-vous avec ce gandin ? avait-il demandé d'une voix forte.

Machecoul avait fait un pas en avant. Jules l'avait violemment repoussé, criant qu'il parlait à Charlotte de Boissier, n'avait pas l'habitude d'adresser la parole aux ganaches et aux agioteurs de mots.

Des serveurs s'étaient interposés. Un homme jeune, au visage large entouré d'une barbe drue, s'était approché de Jules, lui glissant qu'il était avocat au barreau, qu'il pouvait…

Jules s'était vivement retourné vers lui.

— Je n'ai pas besoin de plaidoirie, mais de témoin…

Puis, du revers de la main, il avait effleuré le menton de Machecoul.

— J'attends les vôtres ! avait-il lancé.

Puis, méprisant, il avait ajouté :

— Madame vous communiquera mon adresse. Elle s'est rendue quelquefois chez moi. Et cet après-midi même.

13.

“ Il avait eu conscience qu’il partait avec une femme qu’il ne connaissait pas… ”

Jules Forestier avait essayé de ne pas regarder Aurélie Méran, assise en face de lui dans le compartiment de ce train qui roulait vers Lyon et qui traversait déjà, moins de deux heures après avoir quitté Paris, les vallées évasées et les collines molles qui annonçaient le Morvan.

Le temps était clair et Jules s’était obstiné à suivre des yeux cette traînée de volutes noires qui s’effilochaient le long du train et qui semblaient porter ce halètement, ce martèlement sourd et saccadé comme un tonnerre assourdi, émietté, que tout à coup une courbe, un tunnel rendaient proche et menaçant. Puis, après la nuit bruyante, ce fut de nouveau le bleu immense, au-dessus des prairies piquetées de milliers de points blancs et jaunes, ces fleurs avec lesquelles Aurélie avait, autrefois, composé ce bouquet qu’il lui avait acheté à la terrasse du café Voltaire et qu’il lui avait présenté quand il l’avait suivie dans la cour où elle s’était cachée, après avoir fui les sergents de ville.

Comment, se souvenant de cette première rencontre,

aurait-il pu ne pas la regarder alors que leurs genoux se touchaient, que leurs mains parfois se frôlaient sur le rebord froid de la fenêtre. Et aussitôt l'un et l'autre repliaient leurs jambes, retiraient leurs mains. Mais il avait suffi de ces quelques effleurements pour que Jules soit ému, et inquiet, pour qu'il ait l'impression qu'il avançait dans sa vie en tâtonnant, poussé par les circonstances, soumis à son instinct plutôt qu'à sa raison, agissant dans un mouvement spontané et non au terme d'une décision réfléchie et méditée. Il avait eu le sentiment que depuis trois jours sa vie lui avait échappé, qu'elle filait comme ce paysage, ces peupliers, ces vignes, ces villages, ce château au loin sur un sommet, cette ferme fortifiée, ces charrettes sur une route, et là, dans cette prairie, au milieu de ces fleurs blanches et jaunes, des jeunes paysannes qui riaient, agitant des foulards rouges.

Il avait jeté un regard vers Aurélie, mais elle paraissait dormir, la tempe appuyée contre le coussin du siège, le visage à demi dissimulé par les plis du rideau. Il avait eu conscience qu'il partait avec une femme qu'il ne connaissait pas.

Alors pourquoi, hier soir, quand Lentin était venu rue de l'Estrapade lui annoncer qu'il avait appris, par le directeur de la Sûreté générale, Collet, un homme honnête, que le ministre de l'Intérieur avait demandé qu'on préparât un ordre d'arrestation et de relégation contre lui, au motif qu'en se battant en duel contre Pierre Machecoul, il avait troublé l'ordre public et violé les lois en vigueur, et que, par ailleurs, ses écrits constituaient des délits d'atteinte à l'autorité de l'État et à la dignité impériale, avait-il décidé de fuir avec cette jeune fille ?

Lentin avait assuré que l'ordre ne serait signé par Persigny que dans deux jours, qu'il faudrait quelques heures encore pour qu'il soit communiqué par le ministère de l'Intérieur aux autorités de police, et que Jules avait donc le temps de quitter Paris, de passer la frontière. Lentin lui avait suggéré de se rendre à Bruxelles et, de là, à Londres où Biaggi et Raynal avaient de nombreux amis parmi les exilés italiens et français. Lentin en avait dressé la liste, une petite feuille de papier qu'il avait tendue à Jules. Celui-ci l'avait prise, pliée sans la lire, et il avait dit, étonné par les mots qu'il s'était entendu prononcer, qu'il allait se rendre à la villa Clarvalle, sur les bords du lac de Côme, dans la propriété de la famille de sa grand-mère. Il savait, son père le lui avait souvent répété, que la villa avait été concédée à la ville de Côme et au village de Bellagio pour en faire un musée, mais toute une aile du bâtiment était restée à la disposition des Forestier, comtes de Bellagio.

Lentin avait paru étonné, rappelant qu'en Italie un exilé était à la fois menacé par la police autrichienne et les agents piémontais puisque le roi, Victor-Emmanuel II, ne voulait rien refuser à Napoléon III dont il sollicitait l'aide pour lutter contre Vienne et ainsi faire l'unité de l'Italie au profit de Turin.

— Je vais à Bellagio, avait répété Jules et, levant la tête, il avait vu la silhouette d'Aurélie, immobile dans le vestibule.

Depuis le salon où il se trouvait, il n'avait pu distinguer son visage, mais il avait été envahi par l'émotion.

Il se souvenait de cette aube, quand il avait marché dans la prairie proche de Sceaux.

Une brume d'un gris bleuté s'accrochait au sol, cachait l'herbe, et à mesure qu'il avait avancé, accompagné de ses témoins, vers Pierre Machecoul qui l'attendait au bout de la prairie en compagnie de deux hommes, cette étoupe s'était dissipée, et des fleurs blanches et jaunes étaient apparues, piquetant la prairie.

Il avait aussitôt pensé à Aurélie, aux circonstances dans lesquelles il l'avait connue, à la manière dont un soir, des semaines plus tard, elle s'était présentée rue de l'Estrapade. Françoise, la domestique, était entrée dans le salon, affolée, afin de lui dire, les deux mains sur sa bouche comme pour étouffer un cri, qu'une malheureuse, une pauvresse, une mendiante, une pauvre petite qui faisait pitié, demandait à le voir. Elle s'appelait Aurélie Méran, avait une carte au nom de Monsieur… Elle avait dit que monsieur Forestier lui avait proposé de l'aider, et qu'elle était donc là.

— Si vous voyiez sa figure, avait murmuré Françoise.

Aurélie avait le visage tuméfié, le corsage déchiré, ses mains tremblaient. Elle avait murmuré :

— Vous m'aviez dit…

Puis elle avait baissé la tête.

— Je ne veux pas mourir dans la rue, ou à la Petite Roquette ou à Saint-Lazare. On raconte…

Elle l'avait regardé.

— … qu'ils donnent les corps pour les médecins, qu'on les montre, qu'on les découpe devant ceux qui étudient.

Elle avait secoué la tête.

— Je ne veux pas ! Je veux rester en terre, mon corps est à moi ! Je ne suis pas une bête.

Jules avait eu du mal à étouffer un sanglot. Ses yeux s'étaient remplis de larmes et il s'en était voulu de cette émotivité.

Il savait bien ce qu'était ce monde. Pourquoi n'aurait-on pas fait aux morts sans fortune ce qu'on faisait aux vivants misérables ? On les mutilait, on les laissait crever quand ils s'étaient blessés à la tâche, qu'ils étaient usés, élimés. Les quelques mots qu'il avait échangés avec Lamennais, alors qu'il n'était qu'un étudiant enflammé par *Paroles d'un croyant*, lui étaient revenus :

« Si tu ne sais pas aider une personne, avait dit Lamennais, tendre la main à ton semblable dans la misère, alors tu ne peux rien faire de bon et de juste pour la collectivité des hommes. Ne crois jamais, ne suis jamais ceux qui sont généreux pour le peuple et détournent leur regard d'un pauvre qu'ils croisent ou qui meurt devant leur porte. »

Jules avait dit à Françoise de préparer pour Aurélie la chambre du troisième étage. Il fallait la soigner, la nourrir, l'habiller, plus tard elle aiderait au ménage. Voilà.

Il s'était enfermé dans le bureau. Il avait regardé ce tableau d'un paysage biblique où la caravane, au fond sur les dunes, avançant vers les colonnes brisées du temple, était peut-être celle des Rois mages. Et il avait prié.

Aurélie avait donc vécu rue de l'Estrapade, ne sortant en compagnie de Françoise que dans le quartier, pour se rendre rue Saint-Jacques, rue de la Montagne

Sainte-Geneviève ou rue Mouffetard. Elle avait semblé vouloir se rendre invisible dans la maison, silencieuse le plus souvent, apprenant vite à lire, et remettant avec solennité et même de la fierté à Jules les livres qu'il lui avait confiés et qu'elle avait terminés.

Il lui disait :

— Vous dévorez !

Elle baissait la tête, comme s'il s'était agi d'un reproche, puis elle répondait doucement :

— Vous ne savez pas ce que c'est que d'avoir eu faim.

Cette réponse et nombre de ses attitudes l'avaient souvent gêné.

Aurélie passait dans le vestibule, droite et grise, alors que Charlotte de Boissier riait aux éclats, étendue sur le canapé du salon, demandant qu'il lui verse une autre coupe de champagne.

Aurélie avait été comme un remords, et parfois il s'était emporté contre elle, claquant une porte, maugréant, lui reprochant ses mines de vierge alors qu'elle avait traîné dans les rues, vécu dans des bouges, et qu'elle devait bien savoir ce qu'on fait aux filles ! Mais elle qui avait été à la Petite Roquette et à Saint-Lazare, on eût dit à la voir qu'elle n'avait vécu qu'au couvent, en sainteté, et que c'étaient les autres, lui, qui se conduisaient et vivaient comme des mécréants.

Et souvent, il avait pensé qu'elle avait raison, et que la pauvreté et l'humiliation seules rapprochaient du Christ.

Il pensait à tout cela pendant que les témoins se présentaient au bout de la prairie maintenant couverte par la couche dorée du soleil, constellée par les myriades de gouttelettes de rosée.

Ayant choisi pour l'accompagner cet avocat d'à peine vingt ans, Léon Gambetta, qui avait offert ses services l'avant-veille au café de Madrid, il avait une fois de plus agi par instinct en désignant cet homme au corps déjà lourd, à la voix forte, colorée par un accent du Sud-Ouest.

À Raynal qui s'étonnait de sa décision, il avait répondu qu'il voulait des témoins dont l'arrestation éventuelle n'aurait pas compromis l'organisation de *Marianne* et la mise en œuvre du projet de Biaggi. Il avait donc désigné, aux côtés de Gambetta, Jean Revest, qui avait à peine vingt ans lui aussi.

Raynal avait hoché la tête, puis d'une voix irritée il avait dit que si le souci de Jules avait été de préserver *Marianne*, il eût fallu éviter de souffleter Machecoul, ne pas laisser les sentiments privés entraver l'action politique. On attendait Biaggi d'un jour à l'autre, et voilà qu'il provoquait en duel un journaliste proche du pouvoir pour une affaire de femme et de jalousie, une querelle de littérateurs, risquant ainsi d'attirer l'attention des sbires de Persigny !

— Et vous voudriez, avait conclu Raynal, que les blouses vous fassent confiance et suivent vos redingotes ? Il faut un fou comme moi, à demi-redingote, pour continuer avec vous ! Mais les ouvriers, si vous les voulez à vos côtés, il faudra leur donner des gages de probité et de sérieux, et pas seulement de grands mots !

Jules n'avait rien pu répondre. Il avait cédé à un mouvement d'instinct, une fois de plus…

Et il était là, à dévisager le capitaine Joseph Chrétien

de Taurignan qui se tenait raide, présentant la boîte de pistolets, cependant que le second témoin de Machecoul, le banquier Victor-Marie Dussert, restait en retrait, appuyé sur sa canne, avec une expression ennuyée.

Puis on les avait placés au milieu de la prairie, et Jules avait senti contre ses épaules, avant de commencer à marcher, le dos de Machecoul. Il avait compté vingt pas, regardant devant lui ces petites fleurs jaunes et blanches, le bras tendu par le poids du pistolet.

Il s'était retourné, avait levé le bras sans même viser cette forme noire dans le soleil. Il avait entendu un sifflement, comme si l'air se déchirait près de son visage, puis la détonation. Il avait alors appuyé sur la détente et le cri avait jailli avant même qu'il entendît son coup de feu. Mais Machecoul était toujours debout, entouré par ses témoins.

Gambetta s'était avancé vers lui :

— Il faut partir, avait-il dit. Vous avez blessé votre adversaire au bras, c'est sans gravité.

Revest avait couru vers eux, rayonnant d'enthousiasme.

— Bravo, bravo ! Voilà comment chaque républicain devrait traiter les laquais du scélérat…

Jules, tout au long du trajet de retour en calèche, s'était senti las et nauséeux. Qu'est-ce qui valait la mort d'un homme ?

Rue de l'Estrapade, Gambetta et Revest lui avaient donné l'accolade. L'avocat avait parlé de courage républicain, qui devait retrouver l'héroïsme de la Grande Révolution, l'énergie et le patriotisme des combattants de Valmy et de Jemmapes, et même ceux de l'armée de Napoléon lorsqu'elle avait défendu, en 1814, le territoire national.

Il avait voulu que l'on fête cette victoire au café Tabourey, à l'angle de la rue Molière et de la rue de Vaugirard, sur la rive gauche, loin des dandys du café de Madrid. On y retrouverait des peintres, des photographes, Courbet, Nadar, des écrivains, Murger, Daudet, et parfois passait Baudelaire. Mais, Gambetta avait ri, peu de valets du pouvoir, et sûrement pas Machecoul !

— Il soigne son bras..., avait enchaîné Revest.

Et brusquement, Jules avait entendu la voix de Charlotte. La jeune femme descendait d'une calèche, riait, gesticulait.

— Aucun de vous n'est mort ! avait-elle crié. Tout cela était ridicule et superbe !

Elle s'était pendue à son cou :

— Vous avez marché vers la mort, comme Napoléon à Arcole ! Taurignan m'a raconté que vous aviez laissé Machecoul tirer d'abord, que vous aviez eu le sang-froid d'un soldat, d'un officier. Savez-vous ce qu'il m'a dit ? Que vous étiez digne, tout républicain que vous soyez, de votre grand-père, le maréchal Maximilien Forestier. J'ai été très fière de vous !

Jules avait dénoué, malaisément, les mains de Charlotte qui lui entouraient la nuque, murmurant :

— Je vous en prie, je vous en prie, j'ai besoin d'être seul.

Elle avait fait une pirouette et lancé :

— Comme vous voulez, Jules !

Il avait traversé lentement la cour pavée et avait aperçu, derrière l'une des vitres du premier étage, la silhouette d'Aurélie. Et il s'était souvenu des fleurs jaunes et blanches dans la prairie.

Peut-être, peut-être était-ce elle qui l'avait protégé, qui avait permis qu'il ne tue pas un homme, et ne soit pas tué.

Peut-être lui avait-on ainsi rendu ce qu'il lui avait donné…

Le lendemain soir, quand il avait annoncé à Lentin qu'il allait fuir en Italie et qu'il avait aperçu la silhouette d'Aurélie dans le vestibule, il avait ajouté, et c'était encore des paroles qui surgissaient sans qu'il les ait pensées :

— Aurélie part avec moi.

Elle était là, assise en face de lui, dans ce train qui roulait aussi vite que la vie.

14.

> “ Ils étaient
> de part et d’autre
> d’un fossé,
> des ennemis si
> proches qu’on eût
> dit des frères
> et que pourtant
> un abîme séparait… ”

Le commandant Joseph Chrétien de Taurignan, avant de quitter l’hôtel Forestier, avait voulu une nouvelle fois entrer dans le petit salon à droite du vestibule. Cette pièce, malgré les deux fenêtres qui donnaient sur la cour pavée et la rue de l’Estrapade, était sombre. Il avait demandé au lieutenant qui l’avait accompagné dans la perquisition d’allumer les deux lampes à gaz, puis d’un simple mouvement de la tête il lui avait donné l’ordre d’aller rejoindre les soldats qui attendaient dans la cour.

Joseph de Taurignan s’était immobilisé devant le tableau qui occupait toute une cloison en face du canapé.

Il n’avait pas imaginé qu’un Jules Forestier pût vivre, méditer, écrire dans ce décor, avec ce paysage biblique sous les yeux – cette caravane, ressemblant à celle des Rois mages, que l'on apercevait au sommet des dunes, s'avançant vers un temple à demi enfoui dans les sables situé au premier plan de la toile.

Il s'était approché de la cheminée qu'encadraient les rayonnages d'une bibliothèque. Il avait passé la main sur les reliures, lisant les titres, les noms des auteurs : Pierre Leroux, Proudhon, Hugo, Karl Marx, Michelet, Charlotte de Boissier… Il avait pris cette *Histoire d'une fille du peuple* avec une expression de dédain, presque de dégoût. Il avait eu la tentation de lire la dédicace que sans aucun doute l'auteur avait écrite sur la page de garde, puisqu'elle avait eu aussi Jules Forestier pour amant. Mais il avait replacé le livre sans l'ouvrir, découvrant avec étonnement Pascal et saint Augustin, l'Ancien et le Nouveau Testament, puis ces *Paroles d'un croyant* de Lamennais, et un peu plus loin *Le Génie du christianisme*. Chateaubriand suivait la littérature chrétienne et précédait des livres consacrés à l'Empire et à la Révolution, *Le Mémorial de Sainte-Hélène*, puis trois volumes de Romain Forestier, le père de Jules, intitulés *Récits d'un maréchal d'Empire*.

Joseph de Taurignan s'était assis sur le canapé. Il avait aperçu dans une petite niche tapissée de velours noir à droite de l'entrée un Christ sur la croix, le corps doré, les côtes saillantes comme autant de traits de lumière car les lampes à gaz faisaient briller le métal.

Taurignan avait pensé, et cela l'avait troublé, qu'il aurait pu vivre dans cette pièce, qu'il s'y sentait bien, qu'elle lui était familière. Et pourtant ce Jules Forestier était un conspirateur, sans doute l'inspirateur de cette société secrète, *Marianne*, dont plusieurs membres étaient soupçonnés d'avoir participé à l'attentat contre

Leurs Majestés, trois bombes explosives jetées sur la voiture de Napoléon III et de l'impératrice Eugénie qui étaient sortis indemnes de l'explosion, terrifiante ! La rue Montpensier où les assassins avaient organisé le guet-apens alors que le couple impérial se rendait à l'Opéra avait été jonchée de débris et de corps, plusieurs morts et près de cent cinquante lanciers de l'escorte blessés.

L'empereur avait nommé un nouveau ministre de l'Intérieur, le général Espinasse et, dans les heures qui avaient suivi, celui-ci avait convoqué le commandant Joseph de Taurignan qui avait servi à son état-major en 1856, durant la guerre de Crimée, puis en Algérie.

Taurignan avait étendu les jambes, les yeux perdus dans ce tableau qui était comme une tache solaire entre les deux fenêtres par lesquelles on apercevait le ciel gris et les uniformes bleu sombre des soldats.

C'était la première fois depuis cinq jours, depuis sa rencontre avec le général Espinasse au ministère de l'Intérieur, que Taurignan pouvait un peu penser, et non pas seulement agir.

Il avait su, dès les premiers mots du général, que la mission que le ministre allait lui confier, une traque à l'homme dans Paris, lui serait difficile à accomplir.

— Taurignan, mon cher comte, vous n'êtes pas ce que j'appelle un bonapartiste de souche, avait commencé Espinasse. Votre famille – et vous avez d'ailleurs, toujours avec orgueil, eu la fierté légitime de la fidélité et rappelé l'histoire des vôtres –, votre famille donc a combattu l'empereur Napoléon Ier, l'usurpateur. C'est ainsi, n'est-ce pas, que vous appeliez Buonaparte ?

Espinasse avait frappé du poing sur son bureau.

— Vieilles histoires ! Vous êtes un soldat. Vous avez montré votre courage et votre valeur en face des Russes, à Sébastopol et sur l'Alma. Vous êtes un homme de devoir et un homme d'ordre, un patriote. Or l'ennemi est parmi nous.

Il avait de nouveau heurté la table.

— L'empereur transforme le pays, avait-il repris. Regardez Paris, les gares, les boulevards. Tout va bien. Le peuple vote pour l'empereur au suffrage universel. L'Europe nous envie. L'Angleterre est notre alliée. Nous pesons sur les affaires du monde, en Afrique, en Asie, comme jamais depuis Napoléon Ier, mais cette fois dans la paix. « L'Empire, c'est la paix », a dit Louis Napoléon. Eh bien, les anarchistes continuent de nous faire la guerre ! Car cent cinquante lanciers couchés sur le pavé de la rue Montpensier, des dizaines de morts, trois bombes explosives, c'est la guerre, mais celle des lâches, Taurignan !

Espinasse s'était levé. L'homme, grand, de forte carrure, avait le corps sanglé dans son uniforme, les cheveux en bataille, la barbe un peu grise. Il avait commencé à marcher dans le bureau, les mains derrière le dos.

— L'empereur nous a donné la mission de préserver l'ordre. Il m'a dit : « C'est à l'armée de jouer un rôle politique dans les moments de crise. »

Il avait tendu le bras vers Taurignan.

— L'armée, ce sont des officiers comme vous, commandant !

Il était retourné à son bureau, avait tout en feuilletant des dossiers annoncé d'une voix saccadée que, par décret, la France était découpée en cinq grandes régions militaires ayant chacune à leur tête un général. Il se réservait celle de Paris, et il désignait le commandant de Taurignan pour commencer la chasse aux assassins, immédiatement. Une loi allait être votée par le Corps législatif pour permettre l'arrestation, la déportation, la relégation, l'exil de tous ceux qui avaient été condamnés ou emprisonnés depuis 1848.

Le général Espinasse avait martelé son bureau.

— Et cela sans procès, commandant ! L'empereur nous donne les moyens d'agir, mettons-les en œuvre.

Il avait tendu un dossier à Taurignan.

— Il est temps que les bons se rassurent et que les méchants tremblent ! Voici le dossier que Persigny avait établi sur cette société secrète, *Marianne*, dont tout laisse à penser qu'elle a aidé les assassins à préparer l'attentat contre l'empereur.

Il s'était levé, raccompagnant Taurignan vers la porte.

— Vous verrez, il y a là un Italien, Biaggi, arrivé récemment de Londres. Or, nous sommes sûrs que les bombes lancées rue Montpensier ont été fabriquées en Angleterre.

Il avait ricané.

— L'Angleterre est notre alliée, mais elle reste un repaire d'assassins. La tête du complot serait un Romagnol, Felice Orsini, un disciple de Mazzini, la police le traque. Biaggi est à l'évidence son complice…

Il avait tendu la main pour que Taurignan lui rende le dossier qu'il avait ouvert, parcourant les feuillets.

— Je veux que vous perquisitionniez chez la comtesse Charlotte de Boissier – il avait eu un grognement. J'aime autant que ce soit vous… Je vous ai aussi choisi pour cela, il faut du doigté. Sa mère Élisabeth de Viéville est de votre monde, Taurignan, et elle est par ailleurs alliée et amie de Victor-Marie Dussert. Vous connaissez le poids de la banque Dussert-Speicher et Fils ! Soyez prudent mais intraitable. Frappez quand il le faut. Voyez aussi ce Lentin, en qui notre baron Haussmann a toute confiance. Un polytechnicien de génie, mathématicien, architecte, visionnaire, me dit-on. Peut-être, mais sans doute aussi anarchiste, comme les autres, cet imprimeur Raynal, et le menu fretin Mercœur, Revest, avec une belle pièce, délicate à saisir, Jules Forestier, le petit-fils du maréchal. On me dit qu'il vit en Italie, sur les bords du lac de Côme, qu'il s'est marié et calmé. J'en doute ! Son père, Romain Forestier, est un intraitable butor. L'empereur l'a sollicité dix fois, nous lui avons tout offert pour qu'il se rapproche de lui, mais il a préféré faire du vin dans son château de Mazenc !

Il avait remis le dossier à Taurignan.

— Commandant, vous avez cinq jours pour me décapiter tout ce beau monde. Bonne chasse !

C'était le cinquième jour et Taurignan se sentait las, comme après une battue décevante, quand le sol est détrempé, les chiens hargneux, et que le gibier a été tué salement, sans qu'on lui donne sa chance.

Ç'avait été ainsi pour Biaggi, surpris au moment où il quittait l'imprimerie Raynal rue de la Croix-Nivert et qu'un sous-officier avait abattu sans sommation, au moment où il semblait vouloir se rendre après avoir crié :

— Je suis sans arme, je suis Biaggi, le patriote italien !

Taurignan avait dû subir le regard méprisant de Raynal cependant que les soldats fouillaient l'atelier. Et le malaise de Taurignan s'était transformé en gêne. Les soldats avaient renversé les casiers de lettres, dispersé les papiers, brisé à coups de crosse certaines des machines. Taurignan les avait laissés faire, parce qu'ils étaient bien comme des chiens au moment de l'hallali, qu'ils voulaient venger leurs camarades morts et blessés rue Montpensier et qu'ils se méfiaient de tous les faiseurs de livres. Taurignan avait détourné les yeux, sortant même dans la rue pour ne pas entendre le bruit du saccage de l'imprimerie.

Quelques heures plus tard, on avait arrêté Lentin qui avait paru indifférent, demandant simplement à emporter un livre et un cahier rempli de formules mathématiques.

Il l'avait agité devant Chrétien de Taurignan.

— Voilà la vraie force ! Et vous n'êtes pas de ce côté-là, mon commandant. Vous êtes à peine différent d'un centurion. D'ailleurs vous servez un empereur qui écrit une vie de César…

Il avait secoué la tête.

— Réfléchissez à ça, nous sommes dans la deuxième moitié du XIXe siècle, et celui qui prétend nous gouverner rêve à l'Empire romain ! Et en même temps, il favorise l'industrie…

Il avait montré, au moment de monter dans la voiture de police encadré par les soldats, les palissades qui se dressaient autour du chantier de l'Opéra.

— Il tire en même temps à hue et à dia, évidemment ça se déchire ! Et certains veulent résoudre cette contradiction chirurgicalement, avec des bombes et

– il s'était incliné vers Taurignan – avec des arrestations, des condamnations et des exécutions.

— Vous êtes du côté des bombes, monsieur l'ingénieur, avait murmuré Taurignan.

Lentin s'était dressé.

— Je suis républicain, commandant ! La République est le régime qui est le plus en harmonie avec la science et le progrès. Voilà tout. L'Empire, c'est une architecture du passé.

Taurignan s'était détourné. Il avait eu le sentiment que cette mission, confiée par le général Espinasse, non seulement ne lui convenait pas mais n'était pas digne d'un officier portant son nom. Elle le troublait. Heureusement, il n'avait pas eu le temps de réfléchir, perquisitionnant, après l'imprimerie Raynal, chez Jean Revest, rue d'Ulm. Des livres… En vrac, les *Fragments des institutions républicaines* de Saint-Just, les discours de Robespierre, l'*Histoire du Consulat et de l'Empire* de Thiers, des ouvrages d'Edgar Quinet et de Michelet, les œuvres de Rousseau et de Voltaire et puis les tragiques grecs, les poètes latins, la *Guerre des Gaules* et les *Sermons* de Bossuet.

Ces anarchistes, ces rouges, avaient d'étranges curiosités.

Mais le directeur de l'École normale supérieure avait confirmé à Taurignan que Revest avait quitté l'École depuis plusieurs jours.

En fouillant sa chambre, l'un des soldats avait trouvé une photographie où l'on voyait deux jeunes gens côte à côte. Taurignan avait reconnu les deux témoins de Forestier lors du duel avec Machecoul, Revest et Gambetta.

Joseph de Taurignan s'était alors souvenu de cette aube passée dans la prairie près de Sceaux, quand Jules Forestier avait laissé Machecoul tirer le premier. Courage, défi, inattention ou tactique ?

Il lui avait semblé que Forestier avait cette grâce qu'est l'indifférence face à la mort et qu'on appelle le courage. Et il avait eu bien plus d'estime pour lui que pour ce Machecoul dont il avait été le témoin, ou Charlotte de Boissier qui avait été à l'origine du duel.

Elle avait toisé Taurignan lorsqu'il était entré, suivi d'un lieutenant et de deux soldats, dans le grand salon de la demeure des Boissier, rue du Bac.

— Comte, comte, quel appareil pour se saisir d'une simple femme ! avait-elle dit en riant. Imaginiez-vous que j'allais résister ? Je suis trop fière de connaître les prisons ou même les bagnes de Napoléon-le-Petit. Vous n'avez sans doute pas lu ce passage de Hugo : « Louis-Bonaparte, entouré de valets et de filles, accommode pour les besoins de sa table et de son alcôve le couronnement, le sacre, la Légion d'honneur, le camp de Boulogne, la colonne Vendôme, Lodi, Arcole, Saint-Jean-d'Acre, Eylau, Friedland, Champaubert… » Quelle envolée n'est-ce pas ! Quel châtiment !

Taurignan avait donné l'ordre de se saisir de Charlotte de Boissier. Mais elle avait écarté les bras, repoussant les soldats intimidés.

— Il est vrai, monsieur de Taurignan, que les vôtres étaient de l'autre côté, dans l'armée des Princes, avec les Anglais. Vous êtes à votre place, auprès de Napoléon-le-Petit !

Il avait eu envie de la gifler. Il avait seulement

évité de la regarder, et c'était sans doute pour elle plus difficile à supporter qu'un soufflet.

Ensuite, il s'était rendu passage d'Enfer, au numéro 55, dans ce quartier bouleversé par les chantiers qui s'étendait entre l'hôpital Saint-Vincent-de-Paul et le cimetière Montparnasse. Dans ces deux pièces sombres, au rez-de-chaussée, habitait Auguste Mercœur. Il avait sans surprise trouvé également des livres, Proudhon, Vallès… et un tablier maçonnique, ainsi qu'une attestation d'affiliation au Grand Orient de France, loge Marat. Mercœur avait abandonné sa tanière à la hâte, et Taurignan avait fait saisir des documents qui proclamaient « la gloire du Grand Architecte de l'univers ».

Et le cinquième jour, il était entré dans l'hôtel Forestier, rue de l'Estrapade. La domestique Françoise avait dit d'une voix tremblante que Monsieur était parti avec la jeune fille.

— Qui ?

— Aurélie Méran, une pauvre petite que monsieur Forestier a accueillie – Françoise avait levé les yeux – et qu'il n'a jamais touchée, je le jure devant Dieu. C'est un saint, monsieur Forestier, un saint.

Taurignan avait parcouru les trois étages de l'hôtel. Il s'était attardé dans ce qui avait dû être la chambre du maréchal Maximilien Forestier. Deux sabres étaient accrochés au mur, de part et d'autre d'un drapeau tricolore dont la plupart des franges dorées avaient été arrachées. Le blanc avait jauni, mais le bleu et le rouge étaient restés vifs.

Il était sorti de la chambre à reculons, demandant aux soldats de quitter la maison, de former des faisceaux dans la cour, puis il avait descendu lentement l'escalier, suivi par le lieutenant qu'à la fin, une fois dans le petit salon, il avait renvoyé aussi.

Et il avait médité, assis sur ce canapé sur lequel avaient dû prendre place souvent le maréchal Forestier, son fils Romain, cet homme de lettres républicain, et Jules, républicain lui aussi, sans doute chrétien, et qui savait attendre la mort, immobile, laissant son adversaire tirer le premier, s'en remettant au destin ou à Dieu.

Taurignan avait eu la certitude que peu de chose, et tout en même temps, le séparait de cette famille-là, à laquelle pourtant il avait l'impression que la sienne ressemblait. Ils étaient face à face comme, dans un miroir, l'image pour celui qui se regarde est identique et inversée. Ils étaient de part et d'autre d'un fossé, des ennemis si proches qu'on eût dit des frères et que pourtant un abîme séparait.

Il s'était levé, avait été jusqu'au bureau. Il avait ouvert les tiroirs et découvert une lettre écrite par Jules à son père Romain, au château de Mazenc, sans doute à la veille du duel contre Machecoul.

« Père, Si vous recevez cette lettre, c'est que Dieu, par la main d'un homme, aura décidé de me retirer de la vie.

« Je dois vous le dire, je vous en ai voulu ces dernières années d'avoir abandonné le champ de bataille de la République, où vous aviez été un fier combattant, un courageux précurseur, et où vous manquez encore.

« Je comprends maintenant votre décision et, si je

ne l'approuve toujours pas, je vous rends toute mon estime, que de manière sacrilège il m'était arrivé de vous retirer, vous accusant de lâcheté et d'égoïsme.

« Les hommes en politique sont des loups, et à faire partie de leurs meutes, on devient leur semblable. J'essaie, me souvenant de vous, et des temps héroïques qu'a vécu mon grand-père et que vous avez aussi connus, quand les hommes étaient grands, que l'Empereur se nommait Napoléon Ier et les républicains Robespierre et Saint-Just, de rester un homme, même si je dois parfois hurler avec les loups.

« J'ai une grâce à vous demander, père.

« J'ai recueilli dans notre hôtel une jeune fille, Aurélie Méran. Elle a subi la faim et l'humiliation. Elle est restée droite. J'ai de l'estime pour elle et du respect, sans doute aussi de l'affection. Mais rien d'autre ne me lie à elle, que l'obligation de la compassion et de la charité.

« Je vous demande, père, de continuer à l'aider, et si vous le pouvez, de la faire entrer dans notre famille, et d'en faire mon héritière puisque je n'ai ni épouse, ni enfant.

« Je prie pour que vous accédiez à ma demande.

« Je vous embrasse. Votre fils qui vous doit ce qui en lui est bon et généreux.

« Jules Forestier. »

Chrétien de Taurignan avait replié la lettre, l'avait replacée dans le tiroir qu'il avait repoussé.

Dieu avait donc voulu que la vie soit laissée à Jules Forestier. Et Joseph Chrétien de Taurignan, en traversant la cour, s'en était félicité et l'en avait remercié.

Tout en commandant d'une voix distraite aux soldats de se rassembler, il s'était souvenu que, selon les informations du général Espinasse, Jules Forestier avait épousé, à Bellagio, Aurélie Méran. Et il avait souhaité qu'elle donne un fils à Forestier.

Le soir, Joseph de Taurignan avait annoncé à sa mère, la comtesse Émilie de Bergues, qu'il était résolu à se marier afin de continuer la lignée des Taurignan.

Et Émilie de Bergues avait rendu grâce au Seigneur pour la décision si inattendue, si heureuse, de son fils.

15.

“Et elle avait crié que l’enfant en elle avait bougé, qu’il était lourd, remuant et que ce serait donc un fils…”

Jules Forestier s’était assis à même la terre, le dos appuyé à une brouette remplie d’outils que les vignerons avaient entreposés là, dans cette cabane de bois qui s’élevait au milieu des vignes.

Ce matin, Jules l’avait tout de suite repérée. Elle se trouvait à quelques centaines de mètres en contrebas du château de Mazenc.

— On va attendre ici, avait-il dit.

Et il avait pris sa femme par les aisselles, la soulevant et la guidant au milieu des ceps dénudés entre lesquels le vent sifflait.

Il avait poussé la porte d’un coup de pied. Il avait vu le sol de terre battue, les pioches et les pelles, les râteaux, les paniers, ces brouettes, et il avait surtout entendu le vent qui s’infiltrait entre les madriers, glacé, rageur, mordant la peau.

Il s’était tourné vers Aurélie.

Elle s’était adossée à la porte, les mains ouvertes,

si blanches, si fines, soutenant son ventre, les yeux fermés, le visage exsangue. Elle était encore plus pâle qu'au premier jour de leur rencontre, la peau du visage tendue, prise dans un rayon de lumière que laissait passer cette petite fenêtre dont les quatre carreaux étaient couverts de terre rougeâtre que le vent lors des bourrasques avait dû projeter là, et que le soleil avait séchée.

— Il va venir cette nuit, avait murmuré Aurélie sans ouvrir les yeux.

Puis, en secouant la tête, elle avait ajouté :

— Ici, je ne veux pas…

Sa petite voix résolue ne portait aucun reproche, mais Jules s'était senti coupable, indigne.

Qu'avait-il fait, au fond, pour Aurélie ?

Il l'avait recueillie, sauvée de la rue, de la misère, et même – sans doute était-ce de cela dont il était le plus fier – de l'ignorance. Elle avait acquis le goût des livres. Avant de s'exprimer, elle serrait les lèvres, plissait les yeux comme si elle avait cherché avec obstination les mots précis qu'elle allait employer. Et il avait été frappé par la sûreté de son jugement.

À la villa Clarvalle, il l'avait vue naître, comme si jour après jour elle s'était dégagée de sa gangue. Elle avait ri, s'était pendue à son cou, elle avait dénoué ses cheveux, et dans la petite église de Bellagio, elle avait pleuré silencieusement quand le prêtre les avait unis. Elle n'avait eu, après, aucune des audaces de Charlotte de Boissier. Mais sa réserve l'avait ému. Un jour, elle avait couru vers lui, vers cette jetée où il se trouvait à l'extrémité du parc. Et elle avait crié que l'enfant en elle avait bougé, qu'il était lourd, remuant et que ce serait donc un fils.

Il avait été stupéfait, partagé entre la joie et la panique, parce que c'était le moment où il avait prévu qu'il fallait quitter Bellagio.

Ce qu'ils avaient fait. Et c'était comme si tout ce qu'il avait cru apporter à Aurélie avait été repris, comme dans un conte cruel !

Elle était là, à nouveau comme une pauvresse, grelottant de froid, soutenant son ventre et regardant cette terre rouge, tout ce que Jules lui avait offert pour mettre son fils au monde.

Elle avait répété :

— Ici, je ne veux pas.

Il avait ouvert la porte.

Le vent s'était fait plus aigu. Jules avait eu l'impression qu'un immense chien hurlant s'était précipité sur lui, avait posé sur ses épaules ses pattes griffues, qu'il avait ouvert sa gueule et avait tenté de l'égorger. C'était le froid, le vent qui coupait la respiration, l'angoisse aussi, le remords. Pourquoi avait-il accepté que Aurélie l'accompagne au lieu de demeurer à la villa Clarvalle jusqu'à la naissance de l'enfant ?

Mais elle avait dit :

— Ne nous abandonnez pas.

Il avait d'abord, pour ne pas l'exposer, décidé de ne pas partir.

Les temps depuis l'attentat contre l'empereur avaient changé.

On avait abattu Biaggi et condamné à mort Orsini. La plupart des membres de *Marianne*, Lentin, Raynal et Revest avaient été arrêtés dans les heures et les jours qui avaient suivi l'explosion des bombes de la rue Montpensier. Auguste Mercœur seul était en fuite. Quant à Charlotte de Boissier, elle avait, disait-on, rejoint Hugo à Guernesey, et elle écrivait dans les journaux anglais.

Mais elle avait, quelques mois plus tard, félicité l'empereur lorsqu'il avait envoyé ses troupes en Italie. Et elle avait flétri Victor Hugo parce qu'il ne ralliait pas la foule de ceux qui avaient applaudi les troupes et Napoléon III caracolant à leur tête, se dirigeant vers la gare de Lyon dans un immense défilé le long des Tuileries, cependant que l'assistance chantait *La Marseillaise*.

Parodie ! avait pensé Jules à l'époque.

Il avait fallu quitter une première fois la villa Clarvalle, se réfugier à Côme parce que des agents français étaient venus rôder à Bellagio. Et qu'il fallait craindre, alors que des milliers d'hommes se faisaient tuer dans les vignes, à Magenta, à Solferino, que le ministre de l'Intérieur ne profitât de ces flots de sang pour en finir avec un opposant dont la vie se serait perdue dans le grand fleuve rouge des batailles.

Puis ç'avait été la paix, la rage des Italiens qui s'estimaient abandonnés, trahis par Napoléon III. Ils venaient dire à Jules combien il avait eu raison de s'opposer à ce souverain sans volonté, qui aurait dû au lieu de régner, de tenter d'imiter le Grand Napoléon, passer ses journées à Plombières ou à Vichy à suivre des cures pour essayer de dissoudre les calculs qui lui encombraient les reins et la vessie, et lui donnaient ce teint terreux et cette expression douloureuse qui avaient fait croire qu'il était préoccupé du sort du monde, alors qu'il ne souffrait que de son bas-ventre.

Jules avait ri de ces diatribes.

Ç'avait été quelques mois paisibles, le temps des fleurs, des parfums de lauriers, des promenades en barque, Aurélie laissant traîner ses bras le long de la coque et ses doigts effleurant la surface de l'eau. Il y avait eu cette lettre de Lentin, qui assurait que l'Empire devenait libéral.

Lentin se rengorgeait. Ce qu'il avait prévu depuis les premières années du règne de Louis Napoléon se réalisait. La science, le progrès, l'industrie enfantaient inéluctablement la République.

« Il n'y a plus de place pour César à l'âge du marteau-pilon, de la locomotive et de la photographie, écrivait-il, ou bien César devient une figure de théâtre, un motif de décoration. Et c'est ce qui advient, mon cher Jules. Vous pouvez, avec votre femme, rentrer à Paris. Raynal et Revest ont été libérés, Charlotte de Boissier tient salon rue du Bac depuis la mort de sa mère, et j'y suis invité ! Elle m'a parlé de vous, s'est félicitée de votre mariage. On dit qu'elle a donné naissance à un fils que le père – un peintre ou un poète, bref, ce qu'on appelle un artiste – n'a pas reconnu. Mais elle ne s'en porte pas plus mal et personne n'a déserté sa maison. On y voit les Dussert et les Taurignan. C'est dire le changement de climat, même dans ces milieux. Revenez, Forestier, la révolution des mœurs est celle de notre temps ! Nous avons construit des barricades, tiré des coups de fusil, et certains d'entre nous ont jeté des bombes. C'était peut-être héroïque, mais vain. Les sociétés sont pareilles aux océans. Personne ne peut ni empêcher, ni amplifier le mouvement des marées qui changent les contours des rivages. Ceux qui s'opposent au flux et au reflux sont emportés. Il y a une heure pour avancer et une autre pour se retirer. Malheur à ceux qui anticipent ou s'attardent ! Ne soyez pas l'un de ceux-là, cher Forestier. Nous vous attendons, vous et Mme Forestier. »

Lentin avait joint à sa lettre le texte du décret impérial accordant une « amnistie pleine et entière à tous les individus qui ont été condamnés pour crimes et délits politiques et qui ont été l'objet de mesures de sûreté générale ».

Jules avait hésité. Il avait marché longuement dans le parc de la villa Clarvalle, le long des rives du lac. Il avait rêvé, immobile, sur la jetée, à une vie d'étude, rue de l'Estrapade, Aurélie – Aurélie Forestier ! – élevant des enfants, l'histoire s'apaisant enfin, laissant à chacun le libre choix de sa vie.

Cela avait duré quelques semaines, puis le curé de Bellagio était venu à la nuit annoncer que trois Français étaient arrivés, qu'ils avaient pris pension dans l'une des auberges, que la servante avait vu leurs armes, les avait entendus parler de la villa et de Forestier.

Venait-on l'enlever, le tuer, comme il l'avait déjà craint ? Pouvait-on faire confiance à la police d'un homme qui avait violé son serment de respecter la Constitution et fait ouvrir le feu, un 4 décembre, sur les badauds qui se promenaient sur les grands boulevards ?

Jules s'était souvenu des vers de Hugo qui l'avaient tant ému, jusqu'à lui faire serrer les poings, se mordre les lèvres pour ne pas crier d'indignation. Une grand-mère questionnait, devant le cadavre de son petit-fils tué par les soldats :

Pourquoi l'a-t-on tué ? je veux qu'on me l'explique.
L'enfant n'a pas crié Vive la République...
Monsieur Napoléon, c'est son nom authentique...
Il lui convient d'avoir des chevaux, des valets,
De l'argent pour son jeu, sa table, son alcôve,
Ses chasses ; par la même occasion, il sauve
La famille, l'église et la société ;
Il veut voir Saint-Cloud, plein de roses l'été,
Où viendront l'adorer les préfets et les maires ;
C'est pour cela qu'il faut que les vieilles grand'mères,
De leurs pauvres doigts gris que fait trembler le temps,
Cousent dans le linceul des enfants de sept ans.

Ces mots l'avaient de nouveau bouleversé. Il ne pouvait admettre ce que pensait Lentin, accepter que le sang sèche si vite, que toute trace des crimes commis soit effacée. Il devait continuer à s'opposer même si, en effet, Lentin l'avait sur ce point convaincu, on ne pouvait forcer le rythme du mouvement des choses.

Mais on peut se dresser, crier, pour dire qu'elles doivent changer, et plus vite. Et sans doute la présence à Bellagio de ces trois Français armés prouvait-elle que la police de l'empereur savait quelle décision il avait prise. Jules Forestier était pour les complices du criminel du 2-Décembre toujours un ennemi. Jules en avait éprouvé de la fierté.

Aurélie avait donc dit, quand Jules lui avait annoncé qu'il comptait partir :

— Ne nous abandonnez pas.

Il avait une nouvelle fois hésité, puis il avait appris qu'Auguste Mercœur venait d'être emprisonné et que la censure, si elle était maintenant plus hypocrite, n'en continuait pas moins d'étrangler ceux qui contestaient la politique impériale. L'imprimerie Raynal venait d'être fermée, Revest avait été chassé de l'Université, Jules Vallès traînait sa colère et sa hargne de café de Madrid en café Tabourey.

Et pendant ce temps-là, on annonçait que la banque Dussert-Speicher et Fils avait doublé son capital et que le jeune Olivier Dussert, à peine âgé de dix ans, fils de Victor-Marie Dussert et de Germaine Speicher, avait été présenté à Sa Majesté au cours d'une grande fête offerte par la banque aux personnalités politiques et aux industriels, à l'occasion de la signature du traité de commerce avec l'Angleterre. La banque Dussert-Speicher et Fils s'était à cette occasion associée à des banques londoniennes et, comme l'avait dit l'empereur : « Nous préférons la suppression des frontières au blocus, la paix à la guerre. Nous gagnerons les batailles du commerce. »

Ils avaient donc quitté la villa Clarvalle.

Ils avaient emprunté le navire à vapeur dont deux énormes roues à aubes brassaient l'eau noire. Ils avaient traversé le lac de Côme, de Bellagio à Cadenabbia. Et de là, par les routes que commençait à recouvrir la neige, ils avaient gagné Lugano, puis franchi les cols des Alpes afin d'atteindre le sud de la France. Dans ces berlines qui avançaient en cahotant, les roues mordant sur les bas-côtés de la route, la voiture semblant à chaque instant menacée de verser dans le ravin, Jules avait eu mal pour Aurélie qui se mordait les lèvres pour ne pas vomir.

Pour certaines parties du trajet, ils avaient dû emprunter le train, et Aurélie s'était un peu détendue, mais souvent elle haletait comme si le poids de l'enfant l'avait étouffée.

Jules avait été envahi par un sentiment de culpabilité, de remords, puis de panique. Il n'aurait jamais dû, avait-il pensé, lier sa vie à une femme, désirer et accepter un fils.

Il avait été prisonnier. On le surveillait encore. Il pouvait demain être à nouveau arrêté, déporté, peut-être tué. C'était son affaire personnelle, mais il avait entraîné une femme, et bientôt un enfant, dans cette tourmente obscure et incertaine.

Parler à Aurélie lui était devenu impossible, il n'avait répondu que quelques mots aux questions qu'elle lui posait : « Où allait-on ? Rentrait-on à Paris ? »

Le paysage avait changé, les vignes maintenant s'étendaient à perte de vue sous un ciel bas, lourd de neige. C'était le début du mois de janvier. Ils avaient pris une berline jusqu'à Avignon, puis un train pour Valence et, de là, à nouveau la malle-poste, et enfin ils avaient parcouru ce chemin à pied, avançant au milieu des ceps vers le château de Mazenc.

Peu avant d'arriver, Jules avait aperçu deux gendarmes qui entraient dans le château, droits sur leurs chevaux noirs, côte à côte sous le porche.

Il avait pensé qu'on le recherchait et, lorsqu'il avait

vu la cabane, au milieu des vignes, il l'avait montrée à Aurélie puis l'avait aidée à marcher jusque-là.

Le vent glacial s'était levé, faisant tourbillonner les premiers flocons.

Il ne faisait guère moins froid à l'intérieur. Jules avait sur la terre battue, cassant des manches d'outil, ramassant des brindilles, réussi à allumer un feu.

Mais lorsque Aurélie avait dit : « Il va venir cette nuit », et répété « Ici, je ne veux pas », il avait ouvert la porte, regardé le château, et il avait écrit quelques mots à la lueur des flammes en appuyant une feuille de papier sur son genou.

— Mon père t'accueillera, il te protégera, toi et l'enfant, avait-il dit à Aurélie.

Devant son désarroi, il l'avait prise aux épaules, répétant les mots qu'elle avait prononcés :

— Ici, tu ne peux pas…

Il l'avait guidée sur le chemin, jusqu'à quelques dizaines de mètres du château, lui expliquant qu'on devait le rechercher, que les gendarmes étaient passés, qu'elle ne devait confier à personne qu'il l'avait accompagnée, qu'il allait rester caché dans la cabane et attendre la naissance de l'enfant.

— Et après ? avait-elle murmuré.

Il n'avait pas répondu. Elle avait commencé à marcher seule vers le porche, dans la tourmente blanche. Elle ne s'était pas retournée.

Il avait regagné la cabane et, assis sur la terre rouge, les mains ouvertes au-dessus des braises, il avait attendu, songé aux quelques mots qu'il avait adressés à son père, espérant qu'ils suffiraient pour qu'il accueille chez lui Aurélie et leur enfant.

« Père,

« Voici mon épouse. Elle porte notre enfant.

« Je vous les confie. Je voudrais qu'ils vivent avec vous, ici au château. Vous les protégerez et leur donnerez ce que vous m'avez transmis.

« Vous découvrirez la noblesse d'Aurélie.

« Pour de nombreuses raisons qui tiennent aux circonstance – vous venez de recevoir la visite des gendarmes – et à mon caractère, je ne peux prendre soin d'eux.

« Je vous embrasse. Votre fils Jules. »

En guettant derrière les vitres de la petite fenêtre qu'il avait nettoyée, Jules avait vu, malgré la nuit neigeuse, des femmes arriver au château, tenant serrés à deux mains leurs châles qui enveloppaient les tête et leurs épaules.

Il était alors sorti de la cabane, avançant courbé contre le vent, se glissant dans la cour qu'éclairait la lumière de la grande salle du rez-de-chaussée de la tour.

Il s'était approché.

Il avait vu les femmes penchées au-dessus de la grande table sur laquelle on avait étendu un matelas et un drap de lin blanc.

Dans la cheminée, il avait vu les trois énormes souches d'olivier enveloppées de flammes bleutées.

Il avait entendu un pas, un battement de porte, et il avait vu surgir des caves du château son père, un peu titubant, hésitant à s'engager dans la traversée de la cour battue par le vent et la neige.

Jules avait reculé, restant dans l'ombre, craignant que son père ne le voie. Mais celui-ci avait déjà disparu dans la tour et il avait entendu un cri, des voix qui lançaient « C'est un fils, monsieur Forestier, un fils ! ».

Les portes avaient claqué, étouffant les voix.

Jules avait failli entrer. Mais il avait finalement quitté la cour et marché dans la nuit que lacérait le vent.

16.

“Il est toujours vil d’abandonner sa femme au moment le plus important de sa vie, quand elle met au monde l’enfant qu’on lui a donné…”

« Jules,

« Ton fils est né hier 6 janvier.

« Puisque tu n’étais pas présent et que sa mère a approuvé mon choix, je l’ai prénommé Antoine, Maximilien, Nicolas, et l’ai déclaré à la mairie de Mazenc en ton nom.

« Il est donc légalement ton fils et celui d’Aurélie.

« Sache que j’ai dû insister et user de l’autorité dont je dispose ici, comme fils du maréchal Maximilien Forestier, pour qu’il en soit ainsi.

« Ton absence pouvait faire de cet enfant un bâtard. Mais tu ne t’en es même pas soucié.

« J’ai choisi Antoine parce que ce prénom évoque pour moi la fidélité. Et que je place haut cette vertu.

« Maximilien rappellera à Antoine l’héroïsme de son arrière-grand-père, et je tenais aussi à Nicolas en souvenir de Mercœur, le compagnon d'armes de mon père. Mon père se reprocha jusqu'à la fin de sa vie d'avoir dû abandonner Nicolas sur les berges de la Berezina. Tu as connu Georges, son fils, mon compagnon de jeux et de combats. On me dit que tu es proche d'Auguste, son petit-fils. Ce prénom ne devrait donc pas te déplaire. Mais peut-être tout cela te laisse-t-il indifférent ?

« Comment expliquer autrement ton absence ?

« Aurélie, dont j'ai appris à connaître, en quelques heures à peine, la fierté, le courage, la limpide franchise, ne m'a rien dit de toi ni des raisons de ta décision.

« Tu évoques toi-même, dans les quelques lignes qu'Aurélie m'a remises et qui devaient, dans ton esprit, suffire à me faire accepter ta femme et ton enfant – sur ce point tu ne t'es pas trompé, tu m'as donné en me les confiant une joie inattendue et immense, ternie pourtant, noircie même par ton absence –, les circonstances et ton caractère.

« Il est vrai que les gendarmes que tu as aperçus entrant au château étaient porteurs d'un mandat d'arrêt contre toi. Tu es accusé par le procureur impérial de conspiration et de trahison.

« Que tu veuilles échapper à la prison ou au bagne est légitime. Mais il est toujours vil d'abandonner sa femme au moment le plus important de sa vie, quand elle met au monde l'enfant qu'on lui a donné.

« J'ai eu honte pour toi de ta décision.

« Elle relève, j'en conviens avec toi, de ton caractère. Ta seule excuse est que ce travers te vient peut-être de nous.

« Mon père a, malgré l'amour qu'il portait à ta

grand-mère Mariella, toujours choisi le champ de bataille et le service de l'Empereur plutôt que la paix, comme son épouse l'aurait souhaité. Je n'ai pas tout connu de leur vie. Quel fils a pénétré les secrets de ses parents, de leurs émotions, de leurs querelles ? Mais j'ai senti qu'elle a souffert de cela. Et après, j'ai fait de même avec ta mère, je n'ai sans doute pas veillé sur toi comme je l'aurais dû, emporté moi aussi par le désir de changer le cours des choses, de faire entendre ma voix, d'être un citoyen cherchant à faire triompher la République. Tu vois ce qu'il en est.

« Je me suis donc retiré ici, à Mazenc, parce qu'il m'a semblé que j'avais dispersé ma vie en actes bruyants et pour la plupart vains. Il fallait que je retrouve, loin de Paris, cette ville où bat sans trêve le tambour de la notoriété, de l'événement, le silence qui permet de savourer chaque instant d'une journée.

« Et j'imagine, tu me l'as fait comprendre plusieurs fois, que tu as considéré cette attitude comme une désertion.

« Mais voilà que par un retournement du destin, tu me confies ce qui devrait être pour toi le plus précieux et que tu sembles considérer comme une charge qui entrave ta marche.

« Vers quoi ?

« N'oublie jamais de te poser cette question.

« Si ta réponse, un jour, te reconduit ici, à Mazenc, tu seras accueilli comme doit l'être un fils.

« Je sais déjà qu'Aurélie t'attendra toute sa vie s'il le faut.

« Quant à Antoine, je ne lui parlerai jamais de toi,

cela m'évitera de te condamner ou de mentir. Ton fils te découvrira si tu reviens.

« Mais ne reviens que si tu as décidé de ne pas repartir.

« Ton père,

« Romain Forestier. »

TROISIÈME PARTIE

17.

“Nos corps,
Antoine, le corps
de ton père, celui
de mon fils, ont
servi de marches
à Thiers,
à Gambetta,
à Ferry !”

— Il faut l'avoir vécu pour le croire, avait murmuré Georges Mercœur, puis il s'était interrompu.

Il avait pris appui de la main gauche sur l'épaule d'Antoine Forestier, assis près de lui sur le canapé dans ce salon qui se trouvait à droite du vestibule de l'hôtel Forestier. Il avait pu ainsi se relever sans trop de peine, s'accrochant de sa main droite au bras de Jean Revest qui se tenait debout, devant le grand tableau qui occupait toute une cloison.

— Je suis vieux, avait marmonné Mercœur. Ton grand-père et moi, à un an près, avait-il ajouté en se tournant vers Antoine, nous avons le même âge. Mais lui – il avait souri –, il s'est mis au frais entre ses bouteilles de vin.

Tout en boitillant jusqu'à l'une des fenêtres, il avait lancé :

— Comment est-il, Romain ?

— Il vous attend à Mazenc, avait répondu Antoine en se levant à son tour, faisant un geste pour soutenir Mercœur.

Mais celui-ci l'avait rabroué d'un mouvement de l'épaule.

— Il peut m'attendre ! avait-il dit. On trouve tout le vin qu'on veut à Paris.

Il avait ri, ouvert la fenêtre, regardé droit devant lui en tenant la balustrade.

Cette journée du 23 mai 1880 était radieuse. Le ciel si transparent que le bleu en paraissait presque blanc. La rue de l'Estrapade, au-delà des grilles de la cour pavée, était déserte comme celle d'un village au milieu de l'après-midi. On entendait seulement, de temps à autre, des éclats de voix qui venaient du bout de la rue, sans doute des cafés de la place de la Contrescarpe.

— Qu'est-ce qu'il fait, Romain, qu'est-ce qu'il pense ? avait-il repris, le haut du corps penché hors de la fenêtre. Il doit être satisfait, la fête nationale est fixée au 14 juillet. Il va pouvoir hisser un drapeau tricolore au sommet de la tour du château ! Il va chanter *La Marseillaise*. Il n'aura pas de remords. On va voter la loi d'amnistie pour les communards et, comme dit Gambetta : « Il faut fermer le livre de ces dix années, mettre la pierre tumulaire de l'oubli sur les crimes et les vestiges de la Commune… Il n'y a qu'une France et qu'une République ! »

Il s'était retourné.

— Je le connais bien, Romain ! Je partage avec lui tous mes souvenirs d'enfance. Est-ce qu'il t'a parlé de moi ?

— Vous avez été blessé pendant la révolution de 1830..., avait dit Antoine. À la poitrine. Vous avez été soigné ici.

Georges Mercœur avait fait la moue. Il s'était appuyé à la balustrade de la fenêtre.

— C'est tout ce dont il se souvient ? Il ne t'a rien dit de nos affrontements ? Vous autres, les Forestier, vous n'avez jamais vraiment été loin du pouvoir. Ton arrière-grand-père Maximilien, un héros c'est vrai, était maréchal d'Empire, et mon père était son ordonnance, sergent-major. Et ma mère, Madeleine, servait ici comme domestique. Tu vois, Antoine, nos familles, elles appartiennent à deux mondes, même si elles ont les mêmes ennemis. À ton grand-père, la République suffit. Il doit applaudir Gambetta ou Jules Ferry. Moi, je veux la Sociale !

— Romain Forestier est conscient..., avait commencé Revest.

— Conscient, conscient, qu'est-ce que cela veut dire ? s'était exclamé Mercœur.

Il s'était avancé, avait pesé des deux mains sur les épaules d'Antoine.

— Je suis sûr qu'il ne t'a pas parlé de ton père ! Moi, je peux t'en parler, et Revest aussi. Mais moi, je l'ai vu, le dernier jour, tu entends, quelques minutes avant qu'on le tue. Tu as vingt ans, tu dois entendre ça. On s'était battu toute une semaine, et il y a neuf ans jour pour jour, le 23 mai 1871, ici, dans ce quartier. J'entends encore le bruit des explosions.

Mercœur s'était à nouveau dirigé vers la fenêtre.

— Nous avons passé la nuit du mardi 23 mai, ici, dans ce salon. Dans la cour, les Fédérés avaient formé les faisceaux. Aucun n'avait voulu entrer dans la maison de Jules Forestier. C'était comme ça. Ces hommes-là, ils pouvaient piller, brûler, fusiller des otages, mais ils avaient aussi pour ceux qu'ils aimaient le sens du respect. Et pourtant, ton père ne les ménageait pas ! Cette nuit-là, il les a empêchés de faire sauter le Panthéon – il avait ri –, c'est ce qu'ils voulaient faire… C'était des jours de folie ! La poudrière du Luxembourg avait explosé. Les obus des Versaillais tombaient dans le quartier. On savait qu'à Passy, le général de Galliffet avait fait fusiller des centaines de prisonniers. Alors chacun avait accepté de mourir. Et les Fédérés avaient sans doute pensé qu'il fallait laisser une nuit de paix, chez lui, à Jules Forestier, et ne pas saccager si peu que ce fût sa demeure. Les mêmes avaient mis le feu aux Tuileries, à l'Hôtel de Ville, à des maisons de la rue Vavin, mais ils s'essuyaient les pieds avant d'entrer ici…

Mercœur avait regagné le canapé où il s'était laissé tomber.

— Il faut l'avoir vécu pour le croire, avait-il murmuré de nouveau.

Il avait longuement regardé Antoine et Revest en hochant la tête. Entre lui et ces deux-là, il y avait un trou béant dans lequel avaient disparu Jules Forestier, qui aurait pu être son fils, et Auguste, qui l'était. Deux enfants du même âge, l'âge maudit, seize ans en 1848, et toute une vie avec le bâillon de la censure sur la bouche, la police et les mouchards aux trousses, la République en tête et l'Empire comme un mur devant soi, contre lequel le front se brise.

Et quand le mur s'effondre, en septembre 1870, que Napoléon-le-Petit est fait prisonnier à Sedan, que la République enfin est proclamée, le 4 septembre, ce sont ces messieurs Thiers, Simon, Favre, Trochu qui capitulent devant les Prussiens ! Et lorsque les communards se révoltent, le 18 mars 1871, on retire toutes les troupes, on abandonne Paris pour quelques semaines, comme on ouvre une trappe, comme on creuse une fosse. Et Jules Forestier et Auguste Mercœur y sont enfouis.

— Quelques minutes avant qu'on le tue…, avait repris Antoine.

— La barricade de la rue Ramponneau, la dernière, venait de tomber, avait murmuré Mercœur. Nous fuyions entre les tombes du Père-Lachaise. On entendait les voix des lignards. J'ai dit à ton père, je me souviens : « Nous avons sauvé la République ! »

Il s'était interrompu.

— Romain Forestier ne peut pas comprendre ça. En nous massacrant, nous les barbares, la racaille, les rouges, les communeux, les communards, ces messieurs Thiers et Favre, et Simon, et le général Trochu, devenaient des républicains respectables. Nos corps, Antoine, le corps de ton père, celui de mon fils, ont servi de marches à Thiers, à Gambetta, à Ferry !

Mercœur avait serré le poing, l'avait brandi :

— Et ton grand-père voudrait que j'aille boire du vin dans son château de Mazenc ? Tu crois que je peux me contenter de cette République-là ? C'est la Sociale qu'on veut. Ou alors – il avait tendu le doigt vers Antoine – ton père, mon fils et les trente mille autres qu'on a tués sont morts pour un mot qui n'est qu'un décor ! La République, mais laquelle ?…

— Avant qu'on le tue… avait une nouvelle fois dit Antoine.

Mercœur s'était levé, refusant l'aide de Revest.

— Je lui ai crié « Il faut vivre ! ». J'ai réussi à me hisser au sommet du mur qui fermait le cimetière. Chaque respiration compte à ces moments-là. On se dit que c'est la dernière… J'ai aperçu les lignards qui avançaient entre les tombes. J'ai entendu la voix d'un officier qui commandait : « Pas de quartier ! Pas de quartier ! » J'ai lancé à Jules : « Viens, viens ! » Et puis il y a eu une salve. Les lignards m'avaient vu. Une balle m'a touché à l'avant-bras. Ça a été comme si on m'avait poussé. Je suis tombé de l'autre côté du mur, la main couverte de sang. Je le sentais couler le long de mon poignet, de mes doigts. Si des lignards m'avaient trouvé, j'étais bon pour la baïonnette.

Il avait baissé la tête et il était resté ainsi silencieux, puis d'une voix sourde il avait dit :

— J'ai vu, en m'appuyant contre une porte, une fillette de dix ans qu'un coup de baïonnette avait saignée comme un cochon, sans couper un petit ruban rose qui retenait sa médaille de cuivre.

Il avait soupiré, s'était redressé.

— Ton père, ils l'ont pris dans le cimetière et l'ont collé au mur, avec des dizaines d'autres. J'ai entendu les feux du peloton d'exécution.

Il avait secoué la tête.

— C'était beau ce matin, la cérémonie, quand nous nous sommes retrouvés, nous les survivants, devant ce mur. Il a fallu neuf ans pour qu'on puisse simplement déposer des fleurs, là, sur cette fosse, contre ce mur, notre mur, le mur des Fédérés.

Il s'était approché d'Antoine, lui avait pris le bras.

— Pense ce que tu veux de ton père. Tu as sûrement des comptes à régler avec lui.

Il avait fait une grimace tout en secouant la tête.

— Il ne m'a jamais parlé de toi, mais il était devenu différent. Il était un peu comme un automate, il marchait parce qu'il le devait, mais est-ce qu'il le voulait encore ? Peut-être, s'il ne m'a pas rejoint au sommet du mur, le dernier jour, c'est parce qu'il t'avait laissé là-bas. Voilà ce que je crois. Il s'est condamné. Appelle cela du remords, si tu veux.

Mercœur avait haussé les épaules.

— Tu peux dire qu'il a été un mauvais père. Et même pire. Il ne t'a donné que son nom. Mais une famille, une tradition, c'est beaucoup déjà. Tu n'as jamais manqué de rien. Tu as des ancêtres. Et puis, ton père…

Il avait tendu le bras vers Antoine.

— … c'est un homme qui est mort debout, tu entends, debout ! Il a combattu jusqu'au dernier moment. Et ça, tu peux en être fier !

Il avait pris Antoine par la nuque, l'avait attiré contre lui, et tout à coup s'était mis à sangloter.

— Auguste aussi est mort debout. Ils nous ont fusillés debout.

Puis il s'était essuyé le nez et les yeux du revers de la main.

— Je suis vieux, avait-il murmuré. Et ça aussi – soudain il avait ri – il faut l'avoir vécu pour le croire. On devient vieux comme ça, sans même s'en rendre compte…

Puis il s'était appuyé à la fenêtre et, d'une voix grave, il avait commencé à chanter :

J'aimerai toujours le temps des cerises,
C'est de ce temps-là que je garde au cœur

Une plaie ouverte.
Et dame fortune en m'étant offerte
Ne saurait jamais calmer ma douleur.
J'aimerai toujours le temps des cerises
Et le souvenir que je garde au cœur.

18.

“ Il avait découvert, dans l’un des tiroirs de la petite table placée à gauche de la cheminée dans le salon, une photo de femme… ”

Antoine Forestier était resté un long moment à la fenêtre du salon, regardant s’éloigner Georges Mercœur qui, en claudiquant, avait traversé la cour.

C’était un vieil homme, voûté. Et lorsqu’il s’était retourné, le visage dans le soleil, Antoine avait été si ému qu’il avait fermé à demi les yeux pour ne plus voir cette barbe grise, ces quelques cheveux blancs, trop longs, entourant le crâne chauve. Et tout à coup, une voix forte et claire avait retenti, emplissant la cour et la rue. Mercœur avait recommencé à chanter.

Quand vous en serez au temps des cerises,
Si vous avez peur des chagrins d’amour,
Évitez les belles…

Antoine avait rouvert les yeux. Mais Mercœur avait disparu, sans doute marchait-il vers la place de la

Contrescarpe, et alors la chanson avait continué de retentir, à peine plus faible.

Moi qui ne crains pas les peines cruelles,
Je ne vivrai point sans souffrir un jour...

Antoine avait poussé la fenêtre, bouleversé.

Il avait imaginé son père entonnant ainsi, en ces jours du printemps 1871, un refrain, et la pensée qu'il n'avait jamais entendu la voix de cet homme lui avait été insoutenable. Il ne savait de Jules Forestier que les circonstances de sa mort, mais rien de sa façon de vivre, de marcher, de parler, d'aimer.

Il avait découvert, dans l'un des tiroirs de la petite table placée à gauche de la cheminée dans le salon, une photo de femme.

Elle avait les cheveux noirs dénoués, couvrant ses épaules nues. Un corsage serrait sa poitrine. Elle était allongée dans une pose alanguie, la tête appuyée sur sa main droite. Antoine avait été gêné de découvrir ses hanches, ses jambes, les larges rubans de ses jarretières. Elle avait signé d'une grosse écriture, au coin droit de la photo : « Mathilde, pour J.F. »

Jules Forestier n'avait pas « évité les belles ».

Antoine avait rouvert la fenêtre. C'était à nouveau le silence. Il s'était dirigé vers la petite table, avait sorti la photo et, sans la regarder, il l'avait tendue à Jean Revest.

— Cette femme, avait-il dit, Mathilde…

Revest n'avait pas bougé, tenant la photo par l'un

des coins, comme s'il avait craint de se compromettre, de se salir en la touchant.

— Je ne connais vraiment de mon père que ce que vous et Georges Mercœur m'en avez dit, avait ajouté Antoine. Rien ou presque, sinon cette journée du 28 mai.

Il avait commencé à marcher dans le salon, peu à peu saisi par la colère.

Il eût mieux aimé en fin de compte ne rien savoir du tout plutôt que d'entrevoir quelques scènes héroïques d'un homme debout que l'on fusille, de sa lutte contre l'Empire, de ses combats durant la Commune, de ses séjours en prison, à Sainte-Pélagie, comme avait raconté Revest.

Maintenant, Antoine savait que l'on appelait cette prison Pelago, que les journalistes, les écrivains, les conspirateurs qu'on y enfermait bénéficiaient d'un traitement confortable. Revest, qui y avait séjourné, avait décrit cette pièce située au premier étage, éclairée par une large fenêtre ayant vue sur la rue de la Clef. Parfois on y dressait la table pour banqueter à vingt-cinq prisonniers, qui buvaient du chablis en criant « Vive la République ! » et en chantant. Le gardien, en échange d'un verre d'eau-de-vie, devait participer à la fête et se déclarer lui aussi républicain.

Voilà comment il avait vécu, Jules Forestier, laissant sa femme et son fils au château de Mazenc, ne se souciant pas de savoir s'ils vivaient encore.

Revest s'était dressé en agitant la photo.

Ces accusations étaient injustes, avait-il protesté. À chaque seconde, chaque jour, Jules s'était soucié des siens.

Antoine s'était-il demandé pourquoi lui, Revest, avait quitté Paris, pour s'installer à Mazenc ?

Parce qu'on l'avait chassé de la faculté, sans doute, parce que dans la capitale les mouchards relevaient et rapportaient ses moindres propos pour le faire tomber dans la trappe, non plus de la prison mais du bagne. Mais c'est Jules qui avait insisté, ordonné que Revest gagne Mazenc, qu'il demande à Romain Forestier de se porter garant pour lui, et qu'il devienne précepteur du petit Antoine.

Jules avait presque supplié, et ce n'était pas dans ses habitudes, demandant à Revest de lui prêter serment, de s'engager à transmettre à Antoine, « mon fils, Revest, mon fils que je ne verrai pas », le savoir sans lequel un homme n'est rien.

— J'ai juré, avait poursuivi Revest. Je devais cela à Jules Forestier. Mais cela m'a coûté de quitter Paris, de paraître me retirer pour assurer ma sauvegarde.

Il avait tapoté l'épaule d'Antoine.

— Je ne regrette pas ces années, vous avez été un bon élève. J'écrivais à votre père chaque mois pour rendre compte de votre travail. Il ne me répondait que par quelques mots, toujours les mêmes, « merci », « gratitude ». Moi, je le sentais fier, un peu rassuré, consolé.

Revest s'était touché le menton, se caressant la barbe, drue, taillée en pointe, dans laquelle apparaissait ici et là le gris de la quarantaine.

— Au fond, avait repris Revest, votre père n'attachait d'importance qu'à la pensée, aux livres, et s'il n'a pas écrit, ou si peu, c'est comme pour se punir, faire le sacrifice de ce à quoi il tenait le plus. Et puis, il n'avait ni assez d'orgueil ou de vanité, ni assez d'égoïsme pour s'enfermer dans une pièce pendant que les autres souffraient. C'était un luxe qu'il ne s'était pas autorisé. Il reprochait à Hugo, à Zola, aux frères Goncourt surtout, et naturellement à tous ces écrivains qui fréquentaient les salons de la cour impériale, ceux de l'Impératrice ou d'une princesse Bonaparte, de vouloir faire une œuvre alors que s'allongeaient des queues devant les marmites où les bonnes âmes puisaient à pleines louches de la soupe pour remplir les bols des miséreux. Il m'a dit une fois : « Plus tard, quand il n'y aura plus un ventre creux, j'écrirai. Mais comment voulez-vous que j'aie la tête à raconter des histoires quand je sais que tous les jours un mineur de charbon est estropié ou tué ? Et que tous les six mois, un coup de grisou en écrase une dizaine ou une centaine ? »

— Un saint, mon père ! avait ricané Antoine, un franciscain de la Révolution et de la République sociale. Et quand il couchait avec Charlotte de Boissier, qu'il se battait en duel pour elle avec Machecoul, qu'est-ce qu'il était ? Vous oubliez que vous m'avez raconté cela, hier !

Revest avait haussé les épaules.

— Autrefois, quand on était comme vous l'êtes élève de l'École normale, avait-il lancé sur un ton méprisant, on savait que l'homme n'est pas tout d'une pièce, qu'il se déchire, qu'il se bat avec lui-même, avec ses rêves, ses croyances et ses doutes ! Votre père, mon cher Antoine, était un homme plein de questions et de souffrances, de désirs et de désespoirs. Il voulait soulever le peuple, et je l'ai entendu cent fois me dire que les esprits étaient tombés trop bas, qu'ils ne se relèveraient plus, que le peuple était avachi, que ceux qu'il appelait « les trembleurs et les vendus » faisaient la loi, corrompaient les âmes. À chaque plébiscite, il se désespérait devant la ruée des électeurs à la servitude :

La cuisine du plébiscite,
Reprit le maître, a du succès,
Faisons donc bouillir la marmite
Avec les bons « oui » des Français !

Voilà ce que votre père chantait, d'une voix éraillée, quand il avait bu. Parce qu'il buvait. Nous buvions tous, pour ne plus voir ce qui nous entourait, pour continuer de croire que l'Empire allait s'effondrer alors qu'il paraissait chaque jour triompher !

— L'Empire s'est aplati comme un château de cartes…

— Vous croyez ça ! avait rugi Revest.

Il marchait à grands pas furieux dans le salon :

— Nous avons vécu autre chose : le prince Pierre Bonaparte, qui avait assassiné un journaliste, Victor Noir – vous aviez dix ans, Antoine ! – et qu'un tribunal acquittait… Les républicains d'un temps, les Émile Ollivier, les Thiers, les Favre qui se ralliaient, qui voulaient faire à l'empereur une vieillesse heureuse… L'enthousiasme patriotique en juillet 1870, le jour de la déclaration de guerre à la Prusse… Et la Commune, que je n'ai pas vécue – j'étais avec vous à Mazenc – qui n'est que le cri pathétique de quelques-uns qu'on étouffe ! J'ai trouvé cela – il avait sorti une feuille de sa poche –, ce sont des vers un peu faciles de Jules Vallès qui était proche des amis de votre père. Mais dès que je les ai lus, j'ai pensé que Jules avait dû vivre quelque chose de semblable.

Vingt-huit mai. La bataille allait être finie.
Les canons fatigués hurlaient notre agonie
Mais il restait encore quelque part, là-bas,
Un drapeau qui saignait sur des pierres en tas.
J'allai de ce côté, chancelant et comme ivre,
Les autres étaient morts, personne pour me suivre.
J'étais seul, épuisé, par ces huit jours d'horreur
Noir de crasse et de poudre, et saoulé de douleur.
[…] *Je vis sur un balcon accoudée et coquette,*
Comme si ce jour-là c'était la fête-Dieu,
Une femme aux cheveux tout blonds, au grand œil bleu.
Elle avait un peignoir avec des nœuds groseille
Et portait en cocarde un œillet sur l'oreille.
[…] *Et je mêle toujours quand je deviens songeur*
Le parfum de la poudre et l'odeur de la fleur…

Revest avait replié la feuille, l'avait glissée dans sa poche.

— Ne jugez pas, avait-il conclu. Mercœur l'a dit, il a parlé de génération maudite. Jules Forestier a eu seize ans en 1848. Il a cru en la naissance, en février, d'une République juste et sociale, puis il a vu les milliers de morts des journées de juin. Les hommes ont dû, pour ne pas s'agenouiller devant l'Empire, avoir chaque jour du courage, une volonté comme en ont seulement les fous. Ils n'étaient qu'une poignée… Et leur Commune est un acte de désespoir, un moment d'illusion. Je suis sûr que votre père n'a jamais imaginé qu'ils allaient l'emporter. Que pouvaient quelques milliers contre deux armées, la versaillaise et celle des Prussiens ? On ne leur a laissé le choix qu'entre mourir debout ou à genoux. Ils ont tenu une semaine ! Ils ont incendié, ils ont tué, comme le font les désespérés. Votre père a essayé d'empêcher les exécutions d'otages, les destructions, Mercœur me l'a dit. Et puis, on les a massacrés. Voilà.

Revest s'était assis sur le canapé.

— Mais la République est là ! Vous êtes normalien. Vous avez vingt ans. À vous de battre les cartes !

Antoine était demeuré silencieux. Puis il avait tendu le bras, pris la photo de cette femme que Revest avait posée sur la table, comme s'il avait voulu ne pas la voir et l'oublier.

— Et cette femme, avait-il murmuré, cette Mathilde ?…

19.

“ Monsieur,
ce soir,
mademoiselle
est avec moi,
et si vous le
contestez, nous
réglerons cela
demain… ”

Jules Forestier, dès qu'il avait vu cette femme entrer au café Tortoni, boulevard des Italiens, avait été frappé par sa beauté et sa désinvolture.

Elle s'était avancée au milieu des tables comme une souveraine méprisante, laissant sa jupe plissée très large frôler les jambes des hommes, la ramenant contre elle parfois d'un mouvement de tout le corps, brusque, et Jules avait imaginé ses hanches, ses cuisses nerveuses.

Un murmure avait suivi cette femme à mesure qu'elle s'était avancée, le menton levé, une moue dédaigneuse donnant à son visage mince et pâle, aux cernes sombres, un air d'ennui.

Des dîneurs l'avaient appelée d'une voix pressante, voire suppliante, souvent faussement enjouée : « Mademoiselle Mathilde, voulez-vous… »

Elle avait d'un geste de la main refusé ces invitations à s'asseoir, à dîner.

Elle s'était arrêtée auprès de la table de Jules Forestier. Elle l'avait regardé avec insistance et de l'étonnement dans les yeux, comme si elle avait été surprise de le trouver là, au milieu de ces viveurs, de ces dandys en habit, alors qu'il portait comme à son habitude un paletot sombre qu'il avait refusé de laisser au vestiaire.

Au bout de quelques minutes, des hommes avaient entouré cette femme, et Jules avait saisi des bribes de phrases.

Serait-elle de la soirée que donnait Victor-Marie Dussert, chez lui, en son hôtel du quai de l'Horloge ?

Puis il y avait eu des chuchotements, et il avait deviné qu'on parlait du baron Haussmann. Jules s'était retourné et avait vu le préfet de la Seine qui suivait une jeune femme, Mlle Sellier, de l'Opéra, avait-il compris.

Le baron avait la stature puissante, le port arrogant, le visage massif encadré de gros favoris, mais son attitude était celle d'un caniche. Il portait l'éventail et le châle de son actrice, à la fois fier et contrit.

Et c'était là l'un des hommes les plus influents de l'Empire, celui qui avait décidé d'éventrer Paris, qui avait fait surgir ce quartier qui s'étendait entre la porte Saint-Denis et la place de la Madeleine, tracé ces boulevards où chaque soir, devant le café de Madrid ou le café Tortoni, s'arrêtaient les voitures de tout ce que la capitale comptait d'hommes puissants.

Les cochers assis à l'arrière des *cabs* attendaient

que leurs maîtres trouvent la femme avec laquelle ils allaient passer la nuit.

Jules avait aussi découvert, en surprenant les caquetages des hommes qui entouraient cette Mlle Mathilde, que la femme d'âge déjà mûr dont ils se moquaient, persiflant son visage trop maquillé, assise à une table et entourée de jeunes gens, était l'épouse de l'ancien ministre de l'Intérieur. Ils avaient dit qu'elle couchait en même temps avec tous ces « cocodès ». Et ç'avait été un grand éclat de rire ! Mme de Persigny et ses « cocodès », Mme de Persigny et ses « darlings », serviles et capricieux comme de petits chiens enrubannés, toilettés !

Jules avait éprouvé du dégoût pour cette société rutilante, qui pataugeait dans le plaisir, se vautrait dans la débauche, était prête à toutes les violences pour conserver ce qu'elle possédait afin de pouvoir continuer d'en jouir. Il avait eu le sentiment qu'entre lui et ce monde-là, entre les plus pauvres dont il voulait être le défenseur et ces corrompus, une lutte à mort était engagée.

Il s'était souvenu de ces échoppes, de ces ateliers, ces fabriques, de ces taudis ouvriers où il se rendait souvent, rue Mouffetard, rue de la Clef, rue de la Glacière, le long de cette rivière, la Bièvre, qui avant de se joindre à la Seine traversait ces quartiers de Paris.

Là, il avait pris ses repas dans des gargotes tenues par d'anciens insurgés de 1848. On avait jeté en son honneur un morceau de lard dans la marmite, et il avait été heureux de se trouver parmi ces « débris d'insurrection », décidés à reprendre les armes.

Et il avait pensé que ce serait le dernier combat,

la lutte finale. Alors il avait, malgré les mouchards, les arrestations, redonné vie à *Marianne.*

Pour tenter d'échapper à la surveillance de la police aux aguets, Lentin avait eu l'idée de se retrouver ici, au café Tortoni, dans ce que Raynal appelait les « entrailles, les viscères du cadavre ».

Deux ou trois fois par mois, on soupait donc boulevard des Italiens, Lentin ou Jules régalait. Raynal et Auguste Mercœur essayaient de prendre des airs de gandins. On parlait de la Révolution, on regardait ces filles, ces « chairs à plaisir », si jeunes, à peine dix-sept ans, qu'on appelait parfois des « monstres verts », comme des fruits trop tôt cueillis mais dont on devinait, au regard, aux attitudes, qu'elles étaient rouées, déjà gorgées d'absinthe, la liqueur verte précisément.

Comme le faisait remarquer Lentin, les narines un peu frémissantes, « il ne leur manque pas une note, elles jouent de tout le clavier, de toute la lyre ».

Il fermait à demi les yeux.

Et tous, un instant, se laissaient porter par le désir, respiraient ces parfums, ces fumées de cigare, oubliaient qu'ils étaient là pour préparer la révolte, dénombrer les hommes organisés en « colonnes armées » dans chaque quartier de Paris, prêts, le jour où les circonstances le permettraient, à se lancer à l'assaut des mairies, des casernes, de l'Hôtel de Ville. Le vieux Blanqui, de son exil de Bruxelles ou de ses planques parisiennes, et Georges Mercœur, caché lui aussi, étaient prêts à prendre la tête de l'insurrection future. Parce qu'il fallait le feu de la guerre de rues, de la révolution, pour que naisse, sur les ruines de ce monde dont la corruption annonçait la fin proche, la République sociale qui établirait le règne de l'égalité.

Ils avaient conspiré ainsi, au milieu de ces filles, de ces dandys, dans le brouhaha des soirées du café Tortoni. Puis ils avaient marché sur les boulevards vers la place de la Madeleine, ou dans le sens opposé vers la porte Saint-Denis, se faufilant dans la foule des promeneurs, des femmes descendues de Montmartre.

Certains soirs, Lentin avait pris le bras de Jules, l'avait entraîné dans ces petites rues sombres qui étaient comme les coulisses obscures, dissimulées, des grands boulevards. Là des femmes adossées aux façades, la jambe repliée, interpellaient d'une voix goguenarde les viveurs titubants qui, échappant à la lumière des becs de gaz, monnayaient une nuit de plaisir.

Lentin avait ainsi poussé les portes de maisons dont la façade n'était éclairée que par une lanterne rouge, et dont tous les volets étaient clos.

Mais le vestibule franchi, derrière Lentin, Jules s'était retrouvé dans un grand salon rouge, cossu, décoré de tableaux représentant des scènes de débauche. Des femmes dévêtues allaient d'un client à l'autre.

Une fois, Lentin avait serré son bras.

L'un des deux clients en habit, à demi allongé sur un sofa, était – Jules l'avait aussitôt reconnu – Machecoul, son adversaire de duel, et l'autre, qui enlaçait une jeune femme, était le président de la sixième chambre correctionnelle, Delesvaux. Celui-ci, chaque jour, au nom de la morale et de la vertu, enveloppé dans son hermine de juge, condamnait les écrivains, les journalistes, les imprimeurs accusés de corrompre les âmes. Il avait ainsi frappé Raynal d'une nouvelle peine de prison. Et il était là, au bordel, lutinant une putain avant de l'entraîner dans l'une des chambres de la maison !

Lentin et Jules avaient bu, mais n'avaient pas choisi de femmes comme ils l'avaient fait d'autres nuits. Ils étaient rapidement ressortis, retrouvant Auguste Mercœur, rassemblant quelques camarades et faisant le guet toute la nuit, dissimulés dans les porches de la rue. Quand, à l'aube, le président Delesvaux et Pierre Machecoul avaient quitté le bordel, ils s'étaient précipités sur eux, les rouant de coups, les laissant inanimés dans le caniveau, sûrs que ni l'un ni l'autre ne porteraient plainte…

Et l'après-midi même, en effet, le président Delesvaux, le visage tuméfié, siégeait, rendait la justice. Quant à Machecoul, Jules l'avait vu attablé le soir même au café Tortoni, les joues barrées d'ecchymoses.

Il avait repensé à cette correction un peu lâche, à cette vengeance sans risque, en écoutant les quelques hommes qui continuaient de cancaner autour de Mathilde. Il avait respiré son parfum de musc en buvant de l'absinthe, verre après verre, peu à peu grisé.

À un moment donné, peut-être parce qu'elle avait été bousculée, Mathilde s'était appuyée à sa table de la main, et il l'avait instinctivement recouverte, appuyant sa paume sur ces doigts fins.

Mathilde n'avait pas cherché à retirer sa main. Lorsque Jules avait levé la tête, elle l'avait regardé, avec les mêmes yeux surpris que lorsqu'elle l'avait dévisagé la première fois.

Combien de temps cela avait-il duré ?

Quelques secondes, une ou deux minutes ?

Il avait entendu quelqu'un lancer : « Me voilà, ma chère ! » Il y avait eu des protestations, des voix qui répondaient : « Quelle malédiction, le maître réclame son bien ! » « Elle est à vous, Pierre, mais prêtez-la-nous, un peu, quelques heures, le temps d'un souper ! Seulement d'un souper ! D'une nuit ! »

Mathilde avait lentement fait glisser sa main, et Jules avait vu Machecoul la prendre par le bras, l'entraîner vers la porte.

Jules les avait suivis des yeux et, brusquement, il s'était levé, jetant plusieurs pièces sur la table, sachant que Lentin, Raynal, Auguste Mercœur et Revest allaient s'étonner de son absence, imaginant qu'on l'avait arrêté.

Mais il avait eu le sentiment que tout cela n'avait plus grande importance, même s'il savait déjà qu'il ne serait pas fier de ce qu'il faisait, qu'il commettait une petite trahison, qu'il choisissait son désir contre la fraternité des camarades.

Pourtant, il avait été incapable de se retenir devant le défi que, sans le vouloir, lui avait lancé une nouvelle fois Machecoul. Trop jeune, trop belle, trop musquée, cette Mathilde !

Il avait marché derrière eux. Et il lui avait semblé que Mathilde se retournait plusieurs fois avec une expression provocante, comme si elle lui avait susurré « vous n'oserez pas ».

Ils avaient remonté le boulevard des Italiens, se faufilant parmi les *cabs* qui stationnaient le long du trottoir, non loin de la place de l'Opéra. Au moment où Machecoul s'était effacé pour laisser Mathilde monter dans l'un de ces cabriolets, Jules s'était avancé, posant ses deux mains sur sa poitrine, le repoussant puis prenant le poignet de Mathilde en disant :

— Monsieur, ce soir, mademoiselle est avec moi, et si vous le contestez, nous réglerons cela demain. Mais cette fois-ci, je tirerai le premier, et je viserai la tête.

Machecoul avait-il répondu ?

Jules avait montré à Mathilde une voiture de place. Elle avait hésité un instant, mais sans jamais le quitter des yeux.

Soulevant sa robe, montrant ses jupons brodés, elle avait mis le pied sur le marchepied, tendant la main à Jules pour l'aider à s'asseoir près d'elle. La tête rejetée en arrière, elle avait éclaté de rire. Il ne se souvenait pas d'avoir rencontré une telle gaieté depuis des années, peut-être même n'avait-il jamais entendu une femme rire ainsi.

Elle lui avait donné un coup de coude, à peine appuyé, sur le flanc, et tout à coup, en lui le rire avait déferlé aussi, comme une vague emportant les tristesses, les culpabilités, les remords, le souvenir même de Lentin, Raynal, Mercœur et Revest, qui devaient attendre au café Tortoni. Submergeant également le château de Mazenc, Aurélie, et ce fils abandonné dont il ne connaissait que le prénom, Antoine.

20.

“ Il avait posé
ses mains
sur ses seins,
et la jeunesse était
montée en lui
comme une
source perdue
enfin retrouvée… ”

Mathilde n’avait pas vingt ans, le soir où Jules Forestier avait fait arrêter le fiacre rue de l’Estrapade.

Boulevard des Italiens, près de l’Opéra, il avait lancé au cocher :

— Rive gauche, place du Panthéon !

Puis il n’avait plus cessé de rire ou de perdre son souffle, parce que Mathilde lui mordillait les lèvres, l’embrassait à pleine bouche, s’interrompant tout à coup pour dire :

— La tête de ce porc de Machecoul, sa tête de cochon !

Elle s’était renversée en arrière. Il avait posé ses mains sur ses seins, et la jeunesse était montée en lui comme une source perdue enfin retrouvée.

Mathilde avait murmuré :

— Vous alors, vous n’en avez pas la tête, mais…

Elle avait souri :

— … vous en avez les mains, les manières.

Et elle avait gloussé.

— Vous êtes aussi cochon que les autres, malgré vos airs de docteur !

Il avait oublié où il se trouvait. Et cette perte de la mémoire, ç'avait été comme si on avait ouvert les portes de la prison où on le tenait enfermé depuis des années, depuis qu'il avait rompu avec Charlotte de Boissier.

Il n'avait repris conscience qu'au moment où il avait entendu la voix du cocher demander :

— On y est, au Panthéon. On va où maintenant ? Vous descendez ?

Il avait indiqué au cocher la rue à prendre, au bout de la place. La rue de l'Estrapade, comme tout le quartier, était à peine éclairée. C'était le silence, si loin des lueurs bruyantes du boulevard des Italiens.

— Une autre ville, ici, avait dit Mathilde en sautant de la voiture.

Puis, d'une voix où se mêlaient le dépit et l'inquiétude, elle avait lancé :

— Il faudra me ramener chez moi, j'ai rien à foutre ici, moi, c'est le désert !

Jules avait failli rappeler le fiacre, mais la voiture devait déjà avoir atteint la rue Saint-Jacques, et le bruit de ses roues sur les pavés s'était rapidement estompé.

— Vous habitez là ? avait interrogé Mathilde en montrant la façade de l'hôtel Forestier qu'une lanterne placée à la hauteur du premier étage éclairait faiblement.

— Pas gai…, avait-elle murmuré.

Elle avait hésité à s'engager dans la cour, dit d'un ton soupçonneux :

— Vous êtes qui ? Vous m'avez enlevée, comme ça ! C'était amusant de voir ce cochon un peu traité par quelqu'un comme il le mérite… Vous m'aviez déjà vue ? Je vous connais ?

Jules lui avait pris le bras mais elle s'était dégagée, reculant d'un pas.

— C'est un cochon, Machecoul, mais il paie autant que je veux !

Elle l'avait observé avec une expression butée, perdant d'un coup toute sa jeunesse, remplacée par la dureté, l'avidité même.

— Les vieux cochons, il faut qu'ils casquent ! Et qu'est-ce que vous êtes, vous vous croyez différent ?

Jules avait eu du mal à répondre :

— Je vous paierai, ne vous inquiétez pas.

Il avait été étonné par la rapidité avec laquelle à nouveau elle avait changé d'expression, douce maintenant, le visage lisse d'une jeune fille.

Elle avait traversé la cour, curieuse semble-t-il de ce qu'elle allait trouver derrière la porte, ajoutant que ça la changeait d'aller chez quelqu'un. Parce que les autres, et Machecoul le pire de tous, ils étaient fiers de s'afficher avec elle au café Tortoni ou au Madrid, sur les boulevards ou bien à Montmartre, mais jamais ils ne la faisaient entrer dans leur demeure, là où ils couchaient avec leurs saintes épouses, celles qui de leur côté s'envoyaient en l'air, comme Mme Persigny avec ses « darlings » à deux sous.

Il l'avait fait entrer dans le salon, et lorsque les deux lampes à gaz avaient éclairé le tableau, le Christ crucifié dans sa niche tapissée de noir, les livres sur les rayonnages entourant la cheminée, Mathilde avait paru intimidée.

Jules avait pensé que la dureté de ses propos, de ses traits changeants, n'étaient qu'un mince masque que la société avait posé sur elle.

Il avait eu des gestes dont il ne s'était pas imaginé capable.

Il s'était agenouillé, avait posé son visage contre son ventre. Il s'était senti porté par un désir intense et, en même temps, il lui avait semblé qu'il communiait, qu'il adorait une créature de Dieu. Il avait été prêt à lui donner tout ce qu'elle aurait pu demander, mais quand elle avait posé sa main sur ses cheveux et qu'elle avait commencé à le caresser, ses ongles démêlant les mèches, griffant sa peau, il avait su qu'il pouvait être pour elle autre chose que l'un de ses habitués du café Tortoni.

Elle avait chuchoté :

— Vous êtes doux.

Jules Forestier n'avait retrouvé ses esprits qu'au matin, lorsqu'il avait dans le salon croisé Françoise.

— Vous en avez ramené une autre, avait marmonné la domestique. Celle-là – elle avait montré les jupons qui s'étalaient sur le canapé –, c'est pas une pauvresse comme Mademoiselle Aurélie. On voit ce que c'est !

Elle avait secoué la tête, dit qu'elle ne toucherait pas ces vêtements-là, qu'on ne savait pas ce que ces femmes avaient comme maladie.

Elle était sortie, claquant la porte, et Jules avait

pensé à Aurélie, à l'enfant, et aussi à Lentin, à Raynal, à Revest, à Mercœur…

S'il avait aussi facilement oublié, ne fût-ce qu'une nuit, ce qu'il avait cru essentiel à sa vie, qu'est-ce qui était vraiment important pour lui ?

Mathilde avait-elle le pouvoir de dissoudre le souvenir de sa femme et de son fils, et même sa volonté de détruire cette société injuste et débauchée, afin que chacun dans un monde nouveau s'avance dans la bonté et la beauté des origines ?

Mais est-ce qu'il n'avait pas lui aussi participé à la fête impériale ? N'avait-il pas fréquenté les mêmes bordels que Machecoul et Victor-Marie Dussert, ou que le président Delesvaux ? Ne venait-il pas de partager une femme avec ce même Machecoul ? Autrefois, il s'était battu avec lui pour Charlotte de Boissier. Aujourd'hui il lui avait simplement arraché, pour une nuit, sa putain favorite. Voilà ce que les années avaient fait de lui !

Il y avait eu un frôlement. Il avait levé la tête et vu Mathilde en jarretière, la taille serrée dans un corset, les cheveux noirs dénoués, les épaules nues. Elle avait montré ses jupons, et sur la pointe des pieds elle avait traversé le salon, s'arrêtant devant les rayonnages, regardant les livres.

— Vous êtes journaliste, comme…

Il avait fait non.

— Tous ces livres, avait-elle murmuré. Écrivain, alors ?

Il n'avait pas répondu.

— J'en ai connu, avait-elle dit en passant ses jupons.

Elle avait semblé intimidée. Sans maquillage, elle lui avait paru encore plus jeune.

— Je m'en vais. Si vous voulez…

Il était sorti avec elle, descendant la rue Soufflot à la recherche d'un fiacre.

— Je suis chaque soir au café Tortoni, avait-elle ajouté au moment de monter dans la voiture.

Il lui avait glissé plusieurs pièces d'or qu'elle avait prises d'un geste vif, les enfouissant dans une petite bourse.

— Machecoul, c'est le jeudi, avait-elle chuchoté avec une expression mutine. Les autres nuits, c'est – elle avait souri – à qui les veut, à qui les paie.

Elle avait hésité, puis elle avait passé sa main dans les cheveux de Jules.

— J'habite rue des Martyrs, au 75, avait-elle dit très vite. Juste au-dessus de la brasserie. Je sais lire, si vous voulez m'écrire pour me voir… On n'est pas obligé de se montrer chez Tortoni, non ?

Il l'avait aidée à monter dans la voiture en la soulevant par la taille, et tenir ainsi le corps de Mathilde, léger, souple, chaud, l'avait ému. Il l'avait serrée contre lui, était resté debout sur le marchepied, attendant qu'elle s'asseye, que le fiacre s'ébranle.

Il avait alors sauté à terre, regardant la voiture s'éloigner. Mais au moment où elle s'engageait dans le boulevard Saint-Michel, il s'était mis à courir pour la rattraper, et d'un bond avait regrimpé sur le marchepied.

Il avait rassuré le cocher, ouvert la porte et, en le voyant, Mathilde avait recommencé à rire.

21.

“ Dès lors qu’on pouvait vendre son corps, on était dans l’air du temps, tout se mesurait en or, la vertu, le vrai, le beau ! ”

— Au début, on s’est méfié de cette femme, avait dit Revest. C’était une putain.

Il s’était interrompu et, s’appuyant à la cheminée, il avait repris après avoir jeté un regard à Antoine Forestier :

— Les dernières années de l’Empire, c’est le temps des putains. Les parents choisissent ce métier-là pour leur fille. Finie la honte… Au contraire, c’est la gloire ! Chacun de ces messieurs, ministres, banquiers, journalistes, procureurs, écrivains à la mode, voulait avoir la sienne et s’affichait avec elle au café Tortoni, à l’Opéra, dans les bals, aux Bouffes-Parisiens, chez Offenbach.

Revest avait fait quelques pas dans le salon.

— Il faut avoir connu ces années-là ! Les pauvresses comme les décrivait Hugo, moquées, battues, méprisées, ça n’existait plus. Dès lors qu’on pouvait vendre son corps, on était dans l'air du temps, tout se mesurait en or, la vertu, le vrai, le beau !

Il avait soupiré.

— Tout est encore ainsi, mais avec quelque chose de moins cynique, de moins tapageur. Nos Ferry, nos Gambetta n'ont pas la débauche ostentatoire des hommes de l'Empire – il avait souri – et de leurs femmes. La République, officiellement tout au moins, se conjugue avec vertu. L'Empire, c'était la loi au service des plaisirs et des vices. Au fond, qu'est-ce qu'un empereur, mon cher Antoine ? Quelqu'un qui peut dire « Je suis la loi ». Même si la République est imparfaite, si elle n'est pas sociale, tant s'en faut, personne n'est au-dessus des lois. Gambetta a eu le mot juste quand il a lancé au maréchal de Mac-Mahon et aux monarchistes : « Il faut se soumettre ou se démettre. » Le peuple est le seul roi. Voilà le principe républicain.

— Vous me parliez de Mathilde, avait murmuré Antoine.

Il avait posé sa photo sur ses genoux et ne la quittait pas des yeux.

— Mathilde, avait soupiré Revest, Mathilde Clamecy. À peine vingt ans. Lentin, qui avait quelques amis au ministère de l'Intérieur, nous a fait part de ce qu'il avait appris sur elle. Elle était née à Montmartre, d'un père vitrier. Il arpentait les rues, avec sur le dos ses outils et ses vitres, toute son échoppe. Des pauvres. Mais Mathilde ne ressemblait ni à Fantine ni à Cosette. Elle avait été arrêtée plusieurs fois pour vagabondage, prostitution, et cela dès l'âge de treize ans. Elle se vendait, sans doute avec l'accord de ses parents. D'ailleurs, le père s'était présenté au bureau des Mœurs, lorsqu'elle a eu seize ans, pour donner son consentement, elle était mineure, à son embauche aux Bouffes-Parisiens comme artiste. Les mouchards dans leur rapport assuraient qu'elle était la protégée de Rodolphe Speicher, beau-père du banquier Victor-Marie Dussert et banquier lui-même. Un homme de soixante-quinze ans ! Elle a donc vite abandonné les Bouffes pour passer de bras en bras. Elle est devenue l'une de ces putains triomphantes, de vraies amazones. Baudelaire a parfaitement décrit ces femmes, avides, souveraines, fières de se louer au meilleur prix à des hommes illustres et fortunés.

Revest s'était immobilisé, la tête baissée, silencieux d'abord, puis il avait lancé :

— Voilà, j'ai retrouvé ce que dit de l'une d'elles Baudelaire : *« Elle s'avance, glisse, danse avec son poids de jupons brodés qui lui sert à la fois de piédestal et de balancier. »* C'était cela, Mathilde ! Vous comprenez que nous nous soyons inquiétés pour votre père… Car ces femmes sont toujours d'une manière ou d'une autre entourées de mouchards du ministère de l'Intérieur. La police les protège. Elles sont des appâts. On se confie dans leurs bras. Et nous, nous étions, avec les amis de Blanqui, en train de préparer une insurrection ! Les premiers temps, nous avons même pensé à écarter votre père de l'organisation de nos colonnes armées, qui se constituaient dans chaque quartier.

Revest avait haussé les épaules.

— Mais nous nous étions trompés sur Mathilde, avait-il dit en souriant, Mathilde Clamecy.

Antoine avait levé la tête.

— Je ne sais pas si elle a aimé votre père…

Peut-être le mot « amour » n'avait-il pas pour elle le même sens que pour nous. Mais elle avait l'intuition de ce qu'est l'honneur. Elle a beaucoup appris avec Jules. Et lui l'aimait. Elle aurait pu tout obtenir de lui, elle ne lui a rien demandé. Peut-être au début, les premiers jours, l'a-t-elle traité comme l'un quelconque de ces messieurs qui la couvraient d'or et de flatteries. Elle était réellement belle, mais sa beauté était aussi celle de l'intelligence et du caractère. Je crois qu'elle avait lucidement choisi d'être une putain pour être libre. Je me souviens d'une soirée, ici. Nous la regardions tous, fascinés, et elle a dû sentir que nous ne la respections pas. À l'exception de votre père qui paraissait la vénérer. Alors elle s'est tout à coup dressée. Elle s'est plantée là, devant le canapé, elle nous a regardés les uns après les autres. Il y avait là Raynal, Lentin, Mercœur.

« Vous auriez voulu quoi ? nous a-t-elle crié. Que je vide les pots de chambre chez un bourgeois qui m'aurait engrossée ? Ou bien que j'épouse un homme pour qu'il me batte et me paie une assiette de soupe afin que je trime à son service toute la journée et qu'il me baise à sa guise ? C'est ça, vos principes républicains d'égalité ? Moi, j'ai ça – elle avait mis les mains sous ses seins, les avait soulevés – qui est à moi, et j'en dispose, et j'en fais commerce... Je choisis mes clients, je leur fixe mes prix, et ils se pressent. Ils sont trop nombreux, je ne peux pas les satisfaire tous. Alors j'ai augmenté mes prix, je deviens plus difficile ! On me traite comme une princesse, je connais tous ceux dont on parle, Offenbach et le vieux Rodolphe Speicher, son gendre Dussert, Pierre Machecoul, tant d'autres si je voulais. Et même

– elle avait regardé votre père, puis s'était approchée de nous – les républicains, les vertueux s'intéressent à moi, non ? Je ne suis la servante de personne ! Et si une maladie me pourrit, je ne crèverai pas à Saint-Lazare mais chez moi, dans des draps de lin. Et je suis heureuse et fière comme ça. »

— Elle nous a tourné le dos, et savez-vous, Antoine…

Revest avait éclaté de rire.

— … elle a soulevé sa jupe et ses jupons, et nous a montré son cul, ici !

— Et mon père ? avait demandé Antoine d'une voix sombre.

— Je crois qu'il n'a pas apprécié cette saynète ! Cette tirade l'a même désespéré. J'ai quitté Paris peu après, à sa demande, je vous l'ai raconté. Mais Lentin m'a écrit à Mazenc pour me dire qu'il craignait beaucoup que votre père ne commette un acte suicidaire, oh, non pas qu'il ait eu l'intention d'attenter directement à sa vie, mais il y a mille façons de se faire tuer. On peut même imaginer qu'ainsi on se rend utile, qu'on sert la cause, les idées auxquelles on croit. J'ai eu peur moi aussi, sachant combien Jules pouvait être déterminé, courageux. Je suis sûr que le 18 mars 1871, quand les Fédérés ont fusillé les deux généraux Clément et Thomas, et que Thiers a retiré ses troupes pour laisser la Commune s'étendre et pouvoir plus tard la noyer dans le sang, il a été heureux, soulagé. Il a dû se jeter dans la Commune comme on se précipite dans un brasier parce qu'on a froid.

— Et Mathilde Clamecy ?

Revest avait eu un geste de la main.

— Elle s'est bien conduite. Elle a caché Georges

Mercœur chez elle, pendant plus d'un mois. Et elle aurait pu être fusillée pour cela. La troupe a voulu à plusieurs reprises perquisitionner chez elle. Elle a toujours réussi à les en empêcher. Il fallait de la bravoure et de l'intelligence ! Et sa beauté… Lorsque vous parlez de Mathilde à Georges, il est transfiguré. Il nous a dit une fois, il est excessif, mais il avait l'air de le penser : « Mathilde, c'est une femme qui a les vertus de l'avenir. » Nous avons ri, et Georges s'est précipité sur nous en nous insultant.

Revest avait hoché la tête.

— Ce qui est sûr, c'est qu'elle lui a sauvé la vie. Elle l'a caché, lui a donné des vêtements, de l'argent, un passeport, et il a pu gagner Bruxelles, puis Londres. Elle l'aurait fait pour votre père. Et croyez-moi, ils ont été peu nombreux ceux qui ont aidé les vaincus de la Semaine sanglante. Savez-vous, Antoine, que dans les semaines qui ont suivi, la police et l'armée ont reçu des centaines de milliers de lettres de dénonciation ?

— Qu'est-elle devenue ? avait ajouté Antoine en rangeant la photo dans le tiroir de la petite table.

Revest n'avait pas répondu à la question. Peut-être ne l'avait-il pas entendue.

QUATRIÈME PARTIE

22.

“ La peau d’un nouveau-né, c’est de la soie. Ça a une odeur particulière, ça sent le lait, c’est doux comme un pétale de rose, velouté… ”

Dix années plus tard, à quelques jours près puisqu’on était le 17 mai 1890, Antoine Forestier avait pensé que ces heures passées en compagnie de Georges Mercœur et de Jean Revest, dans le salon de l’hôtel Forestier, avaient peut-être décidé du cours de sa vie.

Et au château de Mazenc, dans cette grande salle du rez-de-chaussée de la tour alors que l’aube se levait, Antoine avait eu froid, comme si un vent glacial venu de cet abîme de dix années l’avait enveloppé.

Il s’était accroupi devant la cheminée où toute la nuit, bien qu’on fût au printemps, il avait entretenu le feu, incapable de dormir.

Il était monté plusieurs fois dans la chambre où reposaient Marguerite et le nouveau-né, s’allongeant même auprès d’elle. Mais saisi aussitôt par l’angoisse, il était chaque fois redescendu après quelques minutes, jetant une nouvelle bûche dans la cheminée, regardant les flammes, se répétant qu'il était né dans ce château, dans cette pièce, sur cette table, et que son fils, vieux de quelques heures seulement, était né dans la même tour, trente ans après lui.

Il avait donc ouvert les mains au-dessus des braises, mais le froid ne l'avait pas quitté et il avait éprouvé la sensation de tomber en avant, dans le foyer, comme s'il avait été pris de vertige. Il s'était redressé en s'accrochant au manteau de la cheminée, et s'était rassuré, pensant que l'émotion, et la fatigue surtout, étaient la cause de ce malaise, de ce trouble.

Il n'avait pas dormi depuis près de deux jours.

On lui avait apporté le télégramme lui annonçant que Marguerite avait accouché d'un fils.

« Henri est né, ce 15 mai, à 17 heures. Marguerite et Henri t'attendent. Ton grand-père, Romain Forestier. »

Il était dans la salle de rédaction, composant la première page du journal, relisant l'éditorial de Clemenceau qui souffletait une fois de plus les « opportunistes, ces républicains sans âme, ces valets de Jules Ferry », et Clemenceau terminait son article par l'une de ses formules martelées : « Nous sommes des fils de la Révolution, nous ne sommes pas des bâtards. »

Brusquement, il avait eu la gorge serrée. Ce télégramme-là, petit rectangle de papier bleu, couvrait les lettres noires de *La Justice*, le titre du journal.

Antoine avait eu la certitude que la naissance de ce fils allait le contraindre à vivre à Mazenc avec Marguerite. C'en était donc terminé des ambitions politiques, de la rédaction en chef de *La Justice*. Il avait fait glisser le télégramme. Il avait regardé le titre du journal, et avait pensé que ce changement de vie n'était que justice, en effet.

Il avait tant de fois condamné son propre père de les avoir abandonnés au château, lui et sa mère, qu'il devait maintenant prendre le parti inverse.

Et ç'avait été un déchirement, si bien qu'il avait hésité plusieurs dizaines de minutes, le télégramme à la main, se dirigeant vers le petit bureau où se tenait Clemenceau, enfoncé dans son fauteuil, en habit noir, se préparant sans doute à aller dîner, ou à courir au foyer de l'Opéra-Comique où l'on murmurait qu'il retrouvait une jeune cantatrice.

Clemenceau était sorti du bureau, avait plissé le visage, montrant par sa grimace qu'il avait remarqué le télégramme qu'Antoine tenait entre ses doigts. Et il avait bien fallu lui avouer qu'un fils était né au château de Mazenc, et que…

Clemenceau avait ri en l'interrompant, puis l'avait poussé vers la salle de rédaction :

— Foutez le camp, mon cher ! Foutez le camp immédiatement, allez voir ce petit bout de chair, Forestier, prenez-le entre vos mains, respirez-le. Vous verrez, la peau d'un nouveau-né, c'est de la soie. Ça a une odeur particulière, ça sent le lait, c'est doux comme un pétale de rose, velouté… Prenez une semaine, Forestier, *La Justice* continuera à paraître. Croyez-moi, tout continue sans nous, les cimetières, Forestier, sont pleins de gens irremplaçables.

Le train de nuit, le vent aigrelet de l'aube et le soleil éclairant de sa pâleur bleutée les terres rouges du vignoble, les feuilles fragiles, pas plus larges parfois que l'ongle d'un pouce, et d'autres au contraire vigoureuses, cachant déjà le bois noir des ceps, toutes mêlées, tissant entre les villages autour du château de Mazenc une trame verte que la brise matinale faisait onduler telle une étoffe légère. Antoine avait sauté de la calèche, qui avait roulé si lentement depuis Valence.

Il avait couru vers la tour, bousculé ces femmes qui descendaient en riant l'escalier et qui lui criaient : « Allez, il est beau, votre fils ! Il vous ressemble. Celui-là, on sait qui est le père ! »

À ce mot de père, Antoine avait eu les larmes aux yeux, comme si tout cet amour dont il avait été privé l'envahissait. Il avait eu envie de tomber à genoux pour se faire pardonner de ne pas avoir été là, auprès de Marguerite, au moment de l'accouchement.

Il avait vu d'abord dans la pénombre la silhouette tassée de son grand-père.

Romain Forestier avait les deux mains accrochées au pommeau d'argent de sa canne, et la lumière qui filtrait à travers les volets éclairait les grosses veines, des nervures à fleur de peau, et les doigts noueux et déformés. Puis Antoine avait aperçu le berceau, placé à droite du lit. La tête de l'enfant était une boule noire sur l'oreiller bleu.

C'était son fils.

Et à nouveau Antoine avait eu un sanglot, comme s'il s'était imaginé, lui, la nuit de sa naissance, au cœur de l'hiver, sa mère Aurélie allongée sur la table dans la salle du rez-de-chaussée. Sa pauvre mère qui, après 1871, n'avait plus porté que des vêtements noirs, comme si elle avait voulu proclamer que sa vie avait été un long deuil, celui du mari Jules Forestier, parti, fusillé, deuil du fils, parti lui aussi, étudiant à Lyon, à Paris, journaliste – tous ces mots qui avaient dévoré ceux qu'elle aimait.

Alors Aurélie était morte, un jour de 1885 en septembre, attendant que les vendanges soient terminées pour ne pas gêner Romain qu'elle n'avait jamais appelé Père bien qu'il le lui eût demandé, sans doute pour montrer qu'on ne l'avait pas vraiment admise dans la famille Forestier, puisque son mari l'avait abandonnée, elle et leur fils.

Antoine avait caressé le front de Marguerite. Sa femme avait ouvert les yeux, lui avait pris la main. Elle avait murmuré :

— Il est sain, un garçon.

Puis elle avait interrogé :

— Tu restes combien de jours ?

Il n'avait pas répondu, et elle avait ajouté avant de tourner la tête.

— Comme tu veux, comme tu veux...

Elle avait semblé s'endormir et il avait quitté la chambre, sans s'apercevoir que Romain Forestier était déjà sorti de la pièce, qu'il se tenait debout sur le palier, vieil homme voûté, ayant de plus en plus de mal à redresser la tête, comme si quelqu'un, le Maître impitoyable du Temps, avait pesé sur lui, l'écrasant, le forçant à se courber, à entrer dans la terre.

Antoine l'avait embrassé, et son grand-père avait commencé à marmonner, les mots se brisant sur ces chicots noirs qu'on apercevait parfois derrière la moustache blanche, mal taillée.

— Toi, ton fils, je suis toujours là pour voir naître

un Forestier ! Mais – il avait secoué la tête – ce sont les pères qui devraient être là.

Il avait repoussé Antoine, dit qu'il allait se coucher, mais qu'à son âge on ne dormait plus. On attendait pour ne pas être surpris. On essayait de tenir la dernière barricade, mais – il avait toussé, et c'était comme si on avait déchiré la poitrine d'Antoine – les barricades ne résistaient jamais longtemps.

Romain s'était redressé.

— Ton père est mort il y a dix-neuf ans. Maintenant, on dit qu'il a combattu jusqu'à la dernière minute, qu'on l'a fusillé contre ce mur au Père-Lachaise. Georges Mercœur m'a écrit tout cela. Son fils est mort aussi cette semaine-là. Qui sait ? Jules et Auguste se sont peut-être vus, juste avant !

Il avait commencé à descendre l'escalier, s'arrêtant à chaque marche.

— Est-ce que tu sais, toi, pourquoi Georges s'est tué ?

C'était en 1885, à la fin du mois de juin, et quelques mois plus tard Aurélie mourait.

Tous avaient été surpris quand on avait découvert le corps de Georges Mercœur dans son petit appartement, au numéro 7 de la rue de la Pierre Levée. Il avait laissé un mot sur la table de la cuisine :

« Je décide de partir. En conscience, je ne crois plus être utile ici. Adieu, camarades. Vive la République sociale ! »

Il avait semblé pourtant, tout au long de ces années, depuis l'amnistie de 1880, déborder de projets et d'énergie. Il avait été élu député du XXe arrondissement de Paris et, deux jours avant de se fracasser la tête d'un coup de fusil, on l'avait vu présider les cérémonies du quatorzième anniversaire de la Commune, marchant en tête du cortège des survivants dans les allées du Père-Lachaise, la poitrine barrée par l'écharpe tricolore et portant, lui l'ancien, le drapeau rouge. Il avait chanté à pleine voix :

C'est la lutte finale,
Groupons-nous et demain,
L'Internationale
Sera le genre humain.

Devant le mur des Fédérés, il avait tenu par la main son petit-fils Vincent, né en 1871, six mois après la mort de son père Auguste, avait-il raconté à Antoine.

Ceux – une dizaine – qui, le 1er juillet, avaient assisté à son inhumation, avaient murmuré que cette année 1885 était l'année de la mort. Vallès avait été porté en terre, et l'on s'était battu boulevard Saint-Michel autour de son cercueil.

Victor Hugo était mort lui aussi. Comme l'insurgé, le proscrit s'en allait au mois de mai de cette même année, et des centaines de milliers d'hommes et de femmes avaient salué sa dépouille, sous l'Arc de Triomphe, où l'on avait répété les vers écrits pour Vallès :

Le Paris des Grandes Journées
Avec la parole de feu
Qui sort des foules spontanées
Fait la conduite à l'Insurgé.

Georges Mercœur avait-il été poussé vers la fosse par cette succession de deuils ? On l'avait vu à chacun de ces cortège funèbres, vieil homme marchant droit, et maintenant, ce 1er juillet, c'était sur sa caisse qu'on jetait des poignées de terre.

Antoine avait vu ces quelques hommes baisser la tête, pleurer comme des enfants, puis lever le poing de la révolte contre l'injustice et contre la mort. L'un d'eux s'était détaché du groupe. Antoine avait reconnu Raynal, l'imprimeur, si vieil homme lui aussi. Il avait récité les quelques vers qui avaient célébré la mémoire de Blanqui et de Vallès et qui s'ajustaient si bien à celle de Mercœur.

Le candidat de la misère
Le député des fusillés
D'idéal n'ayant pas changé
[…] *Contre une classe sans entrailles*
Luttant pour le peuple sans pain
Il eut, vivant, quatre murailles
Mort, quatre planches de sapin.

Antoine ce jour-là, dans la chaleur de juillet, avait pensé que Georges s'était tué parce qu'une époque, commencée en 1848, venait de s'achever. À d'autres de rêver, de marcher vers ce qu'il avait appelé ces derniers mois « le Grand Soir ». Pour lui, c'était la fin du chemin. Son petit-fils Vincent avait l'âge de Gavroche, quatorze ans. Alors, en homme libre, Georges Mercœur avait pris de vitesse la Camarde.

— Pourquoi il s'est tué, Georges ? avait répété Romain Forestier.

Mais il n'avait pas attendu qu'Antoine lui réponde, continuant de descendre lentement l'escalier, secouant la tête comme s'il se parlait à lui-même. Sans doute cette question l'avait-elle hanté durant ces cinq années qui séparaient le suicide de Georges Mercœur de ce mois de mai 1890.

Antoine avait été soulagé de ne pas avoir à donner de raisons, se souvenant de son propre désarroi quand il avait appris la mort de Mercœur, et de sa peine, quand il avait vu, autour de la fosse, ces hommes vieux découvrir que l'un des leurs, celui dont ils étaient si fiers, peut-être le plus énergique et le plus gai d'entre eux, venait de décider de les abandonner pour toujours.

— Ton Henri aussi, c'est moi qui l'ai déclaré à la mairie de Mazenc, comme je l'avais fait pour toi, avait ajouté son grand-père, qui s'était arrêté sur le seuil de la grande pièce du rez-de-chaussée.

— Maintenant… maintenant moi aussi je peux mourir, comme Georges.

Et traînant les pieds, Romain Forestier avait disparu dans la pénombre de cette cage d'escalier que seules éclairaient d'étroites meurtrières.

Antoine s'était retrouvé seul, grelottant malgré le feu qu'il alimentait, enfournant dans la cheminée de grosses branches d'olivier, dures et lentes à brûler. Et alors que l'aube se levait, il avait compris que la fatigue et l'émotion n'étaient pas à l'origine de ce qu'il ressentait, de cette angoisse, comme lorsque l'on se retrouve au bord d'une falaise et que, voyant l'abîme, on craint d'y basculer.

Il avait devant lui ces dix années de sa vie, et il voyait au fond, loin, le jeune normalien de vingt ans qu'il avait été, obsédé par le souvenir de ce père qu'il n'avait pas connu, interrogeant dès qu'il le pouvait ceux qui avaient été ses camarades.

Lentin était devenu maintenant un personnage officiel, inspecteur général des constructions et des bâtiments auprès du président du Conseil. Raynal, l'imprimeur, avait été désigné par Georges Mercœur pour être le tuteur de son petit-fils Vincent. Jean Revest enseignait à l'École normale supérieure, il était aussi journaliste et membre de l'un de ces partis qui tous s'appelaient socialistes et s'opposaient les uns aux autres. Antoine s'était souvent moqué de ces querelles entre gens qui se prétendaient amis et paraissaient se haïr, s'excommuniant malgré les appels à l'unité, s'accusant d'être des « capucins marxistes » et invoquant tous, avec emphase, le « prolétariat » et le « socialisme ».

Il s'était souvenu de la colère de Revest lorsqu'il avait lu cet article du vieux Pierre Machecoul qui, dans *Le Figaro*, s'était moqué de ces « sectes » et de la mode du socialisme. « Le pape est socialiste, avait-il écrit, Guillaume II est socialiste, Maurice Barrès est socialiste, Mimi-pattes-en-l'air est socialiste. Plus on a de rentes, plus on ne fait rien, plus on joue au poker, plus on five o'clock, plus on s'habille chez Redferm, plus on se coiffe chez Lenthéric, plus on est socialiste ! »

Antoine avait ajouté, d'une voix goguenarde :

— Et je ne le suis pas.

Qu'était-il alors ? avait lancé Revest sur un ton où se mêlaient le défi et l'indignation.

Antoine avait-il oublié que son père s'était battu en duel contre Pierre Machecoul ? Que ce dernier, aux yeux de Jules Forestier, avait incarné durant tout l'Empire la corruption, la servilité, la haine de la République ? Qu'il avait été dans les années qui avaient suivi la Commune un adversaire de l'amnistie des communards, un partisan du rétablissement de la monarchie ? On l'avait vu soutenir le comte de Chambord, le maréchal de Mac-Mahon, calomnier Gambetta, et maintenant il s'en prenait aux socialistes parce que, avait martelé Revest, le socialisme était la pointe avancée de la République ! Revest avait cité Jules Guesde, l'un de ces jeunes hommes qui se réclamaient de Marx : « Nous ne sommes ni des pillards, ni des émeutiers, nous voulons établir la République dans l'économie. »

Parce qu'il n'obtenait pas de réponse, Revest avait encore une fois parlé de ce père, fusillé un 28 mai 1871 sous l'étendard rouge de la Commune.

Antoine avait eu, il s'en souvenait, une réaction de colère.

Ce père inconnu l'écrasait. Quand donc en aurait-il fini avec lui ? Il lui était arrivé à deux ou trois reprises, dans le salon de l'hôtel Forestier, d'avoir la tentation de lacérer le grand tableau, de déchirer cette photo de Mathilde que, de temps à autre, presque malgré lui, il ressortait du tiroir et regardait. Peut-être sans cette femme-là son père serait-il revenu à Mazenc ?

Puis il se calmait, et dès qu'il rencontrait l'un de ses proches, il le harcelait de questions.

Lentin s'était montré le moins loquace, avec quelque chose de brusque, d'irrité même dans les réponses.

— Le passé, le passé…, avait-il dit, les souvenirs, ce sont des sables mouvants.

Il était assis, très droit, dans le petit bureau qu'il occupait rue de Varennes, non loin de la présidence du Conseil.

— Nous n'allons pas sans fin ressasser, commémorer, avait-il repris. Vous avez vingt ans, vous êtes normalien, agrégé d'histoire. D'après Revest, vous avez l'esprit agile, et je fais confiance à son jugement. Jetez-vous dans l'avenir ! Moi, j'ai construit, et quand je regarde le Paris d'aujourd'hui et que je me souviens de ces ruelles que nous avons détruites, de ce passé que nous avons enfoui, je suis fier de moi. Qu'aurait-il fallu faire, conserver la rue Transnonain parce qu'il y avait eu là une barricade, je ne sais plus quand, en 1832 ou 1834 ? Et parce que les cuirassiers de Louis-Philippe avaient tué des gens dans leur lit ? Non, nous avons détruit la rue, ouvert le boulevard Sébastopol, créé la place du Châtelet. Laissons les souvenirs dans les livres.

Lentin s'était levé. Il était maigre, la poitrine serrée dans un veston noir, le col blanc cassé. Il avait croisé les bras en face d'Antoine.

— La Commune, on la célèbre mais c'est le passé, un passé héroïque. J'y ai participé, votre père aussi, mais il savait comme moi que ce n'était que le dernier épisode d'une longue chaîne de révolutions, commencée en 1789. Et il y avait quelque chose de tragique à entendre, à voir ces communards s'imaginer qu'ils recommençaient 1793. J'ai entendu votre père s'emporter contre ceux qui voulaient singer Robespierre ou Marat. Savez-vous comment il avait appelé ce dernier, devant moi ? J'ai encore les mots dans l'oreille : « Le galérien du soupçon, l'hystérique de la terreur, le névrosé d'une époque sanguinaire ! »

Lentin s'était remis à marcher.

— Nous traînons le passé comme un boulet. Alors quand je lis ce Karl Marx qui nous raconte que les communards annoncent l'avenir, je ris et je m'indigne ! Je regrette que cet Allemand n'ait pas vécu avec nous ces semaines sanglantes. La Commune était la pierre tombale de l'époque des révolutions. Ne vous enfermez pas là-dedans, Antoine, c'est un tombeau. Organisons la République, faisons de bonnes lois pour l'école, et je le répète, essayons de ne pas rester prisonniers du passé.

Il avait soupiré.

— Les hommes ont tant de mal à inventer, avec les matériaux immuables dont ils disposent, des formes nouvelles !

— Mon père…

— Laissez votre père ! s'était exclamé Lentin. Il n'a rien voulu vous léguer. Rien. Et j'aimerais vous faire sortir de ce milieu où vous êtes confiné. Venez avec moi. Vous connaissez le baron Salomon de Wiener ? Il reçoit avec sa femme tous les dimanches. On rencontre dans leur salon tous les républicains qui comptent, Clemenceau, Freycinet, et même quelques jeunes socialistes comme Millerand, et naturellement les écrivains à la mode, France, Dumas. Il y a là des gens qui peuvent vous ouvrir des portes. Pourquoi n'écririez-vous pas dans le journal de Clemenceau, *La Justice* ? La République a besoin de jeunes talents. Ne vous enterrez pas dans le passé, Antoine, je vous en prie.

Mais qui peut jamais savoir où le destin a creusé sa fosse ?

23.

“ Le passé nous engloutit parce que nous refusons de le voir pour ce qu’il était. Nous le reconstruisons, il devient imaginaire… ”

Antoine Forestier se souvenait de l’ivresse qui l’avait saisi quand il avait quitté l’hôtel particulier du baron Salomon de Wiener.

Il avait hésité, restant un instant sous l’auvent, découvrant l’avenue de la Reine-Hortense couverte d’une mince couche de neige. Au fond de cette vallée blanche se dressait le massif sombre de l’Arc de Triomphe.

Il avait fait quelques pas, glissant, chancelant, marchant vers le monument auquel parfois la lumière des becs de gaz donnait des reflets jaunes.

Il s’était retourné.

La chaussée était déserte. Un fiacre passait au loin, au bas de l’avenue.

Il avait regardé la façade massive de l’hôtel particulier, décorée de petites statues de marbre enfoncées dans des niches, et il avait eu le sentiment que l'immeuble se mettait à osciller.

Il avait eu envie de vomir, comme s'il avait voulu rejeter ces quelques heures passées dans ces salons en enfilade tapissés de velours rouge.

Des tableaux étaient accrochés cadre contre cadre, tant ils étaient nombreux, formant une décoration baroque qui, déjà, lui avait fait tourner la tête.

Peut-être avait-il craint aussi cette foule en habits, ces femmes aux épaules nues, ces rires, ces voix aux éclats aigus.

On l'avait bousculé, dévisagé. On lui avait souri ou bien on avait détourné le regard avec une expression de dédain.

Il s'était approché d'un groupe de quelques invités qui commentaient un tableau. La toile l'avait étonné. Des touches de couleurs composaient un paysage inattendu, un pont de chemin de fer pris dans les fumées et la lumière du soir.

Il avait écouté un homme petit, chauve, qui parlait avec un accent allemand, toussotait, reprenait, disant qu'il admirait ce peintre, Claude Monet, que la critique avait voulu assassiner. L'homme hochait la tête, avait répété « assassiner ». Mais lui, avait-il repris, brandissant le poing, avait acheté cette toile, parce que les critiques n'avaient rien compris à l'émotion et à l'intuition d'un artiste comme Monet, un inventeur, un révolutionnaire de l'art. On avait écrit que c'était de l'impressionnisme, et pourquoi pas ! Il trouvait le mot juste, beau, et ceux qui l'avaient employé comme une insulte étaient des idiots. Et tout à coup la voix du baron de Wiener s'était faite dure, méprisante, « *idioten, idioten* », avait-il répété.

Un homme s'était avancé, s'approchant du bar. Lui aussi était chauve, avec une tête ronde, une moustache broussailleuse qui couvrait les coins des lèvres.

— Idiot, vous avez raison, monsieur ! Monet est mon ami. Vous et moi, nous devons essayer – il s'était interrompu – de le « démisanthropiser ». Il se sent seul, mal aimé, incompris. C'est un être d'une sensibilité à vif, qui se décourage, un scrupuleux qui travaille comme un forçat.

On avait saisi le bras d'Antoine qui s'était retourné, reconnaissant Lentin qu'il avait perdu dans la foule des invités depuis qu'ils étaient arrivés dans les salons.

— C'est Clemenceau, avait-il dit. Venez, je vous présente.

Mais Antoine avait retiré son bras. Il avait secoué la tête :

— Plus tard, plus tard…

Et il s'était éloigné de Lentin dont l'expression inquiète et soupçonneuse l'avait étonné.

Il s'était dirigé vers le buffet, avait pris une flûte de champagne et s'était appuyé à l'une des colonnes de porphyre qui, placées le long du vestibule, s'élevaient jusqu'à une verrière. Les salons se trouvaient au premier étage, en arrière d'une loggia qui donnait ainsi sur le hall d'entrée.

Antoine avait bu à petites gorgées, légèrement penché au-dessus de la balustrade, fasciné par la statue de Vénus qui se trouvait au centre du vestibule.

Elle l'avait frappé, dès qu'il avait franchi avec Lentin le seuil de l'hôtel particulier.

— Je vous l'ai dit, avait murmuré Lentin, Salomon de Wiener a trois obsessions, les femmes, la peinture, l'argent. Et il veut qu'on le sache.

La statue était impudique, avec ses cuisses écartées, ses bras ouverts, ses cheveux dénoués et ses formes lascives, le marbre suggérant, à ses pieds, les plis d'une tunique qu'elle venait de laisser glisser le long de son dos cambré.

Vue de la loggia, elle était apparue à Antoine encore plus provocante. Et il avait plusieurs fois détourné la tête, comme s'il avait craint qu'on ne le surprît tel un voyeur aux aguets.

Il s'était écarté de la balustrade, avait fait quelques pas le long de la loggia. Le brouhaha venu des salons résonnait sous la verrière, dominé parfois par le rire d'une femme, et c'était comme si brusquement des oiseaux s'envolaient d'une cage tout à coup ouverte. Le rire s'était prolongé, toujours le même, aigu d'abord puis plus ample, et il avait imaginé la poitrine de cette femme, aussi généreuse que celle de la Vénus de marbre.

Il avait eu la tentation de quitter la réception, de fuir. Déjà, depuis qu'il était monté place du Châtelet dans le fiacre où Lentin l'attendait pour le conduire ici, chez le baron, il avait dû se raisonner pour ne pas bondir hors de la voiture et renoncer à cette visite, parce qu'il avait eu le pressentiment qu'elle était pleine de dangers.

L'attitude même de Lentin lui avait paru étrange.

Lentin, toujours si maître de lui, affectant même l'indifférence, une sorte de flegme ironique, avait semblé nerveux, inquiet, ne lui jetant que de brefs coups d'œil, comme s'il avait voulu éviter son regard et ses questions.

Il avait, dans le fiacre, tapoté le genou d'Antoine d'un geste qu'il voulait rassurant et s'était engagé dans une réflexion hésitante et confuse sur le passé, répétant ce qu'il lui avait déjà dit plusieurs fois. Il fallait tenir les souvenirs loin de soi, n'est-ce pas, mais en même temps, avait-il ajouté, on ne pouvait effacer de la mémoire ce qui avait eu lieu.

— Vous saisissez, Antoine ? Il faut sans complaisance vous confronter à ce passé. J'espère que je ne me trompe pas. Revest et Raynal…

Il avait haussé les épaules.

— Mais ils ont tant de préjugés ! Revest est un rigoriste, un ultramontain, un vrai capucin du marxisme, enfermé dans ses livres, croyant que la vie est une suite de méditations métaphysiques, et Raynal est devenu antisémite, persuadé qu'on doit combattre le capital en chassant les juifs. Comment voulez-vous que je parle à l'un et à l'autre de Salomon de Wiener ?

Lentin avait à nouveau posé sa main sur le genou d'Antoine.

— Le passé nous engloutit parce que nous refusons de le voir pour ce qu'il était. Nous le reconstruisons, il devient imaginaire. Moi, je veux que le passé serve à l'avenir, et pour cela, il faut le regarder en face, n'est-ce pas ? Vous verrez, vous verrez…

Antoine avait dû par une mimique exprimer son incompréhension devant ces propos obscurs, d'autant plus étonnants que Lentin s'efforçait toujours de parler avec la précision d'un mathématicien, concluant souvent son raisonnement par une formule un peu ridicule, « Voilà ce qu'il fallait démontrer ».

Mais tout au long du parcours, qui avait emprunté la nouvelle rue de Rivoli, puis les Champs-Élysées et la place de l'Étoile avant de descendre l'avenue de la Reine-Hortense, Lentin avait semblé incapable d'ordonner ses pensées, comme s'il avait été à la fois impatient et gêné.

— Vous verrez sûrement Clemenceau, avait-il continué, c'est un habitué des lieux. Le baron a financé le lancement de *La Justice* et il en paie régulièrement les dettes. Mais Wiener fait de même avec *La République française*, là c'est plus simple, c'est son frère Joseph qui est à la tête du journal, et Gambetta s'en accommode fort bien. Wiener joue de toutes les notes républicaines, Clemenceau, Gambetta, et même Ferry !

Lentin avait secoué la tête.

— Gambetta va mal. Il s'est blessé avec un pistolet. On dit même qu'il agonise. Et vous savez ce qu'écrit cette canaille de Machecoul dans *L'Intransigeant* ?

Lentin avait déplié le journal, lu : « Dans tout ce qui concerne Gambetta le Génois, néfaste comme le pire ennemi de la République, il y a quelque chose de louche. On dit encore que le dictateur en retrait d'emploi aurait été la victime d'une vengeance intime du caractère le plus délicat. »

— Machecoul suggère que sa maîtresse, Léonie Léon, lui a tiré dessus, avait repris Lentin. Parfois je me demande si la calomnie et la haine ne sont pas, bien plus que la vertu, les vrais ressorts de la République.

Il avait soupiré.

— Elles emportent tout, la raison, le sens de l'intérêt national. Nous connaissions les vices de l'Empire, nous découvrons ceux de la République ! Elle était belle, pure, parce que nous la rêvions. Mais – il avait pris Antoine par l'épaule – les hommes sont ce qu'ils sont. C'est ce qui me sépare de nos bons socialistes comme Revest. Ils imaginent que la nature humaine est perfectible ou que l'homme est naturellement bon, moi, je crois au progrès des sciences et des machines, mais pas à celui de l'homme, ni à sa bonté.

Lentin s'était appuyé à la portière.

— La politique juste est une alchimie entre le pessimisme et l'optimisme, le cynisme et le réalisme. Il va neiger…, avait-il ajouté après un silence. Si Gambetta meurt, Clemenceau va se déchaîner pour que Jules Ferry ne puisse occuper le fauteuil de président de la Chambre. Il déteste Ferry, l'accuse d'oublier de préparer la revanche contre l'Allemagne et de préférer envoyer nos troupes se perdre au Tonkin ou au Congo, de gaspiller notre or dans ces conquêtes coloniales qui, pense-t-il, sont une sorte d'alibi commode à notre lâcheté qui se transformera un jour en cauchemar.

Lentin avait étendu les jambes.

— On ne sait plus, on ne sait plus, avait-il répété.

Antoine avait été surpris par ce désarroi si inhabituel, cette sollicitude aussi que Lentin lui avait manifestée durant le trajet, l'interrogeant.

— Vous allez bien, Antoine ? Si j'ai pris la décision de vous entraîner chez Wiener, c'est naturellement dans votre intérêt. N'oubliez jamais cela, quoi qu'il arrive, n'est-ce pas, quoi que vous pensiez. Ne me jugez qu'après, quand vous serez en mesure d'évaluer les bénéfices de cette soirée, qui seront fertiles, j'en suis sûr.

Lorsque le fiacre avait traversé la place de l'Étoile, Lentin s'était redressé, tirant sur sa redingote, le visage préoccupé.

— On veut changer le nom de l'avenue de la Reine-Hortense en avenue Hoche, pourquoi pas ? Mais ça n'est pas en effaçant un patronyme qu'on bâtira la République ! Elle vient à peine de naître, mais si vous saviez, Antoine…

Il s'était penché vers lui.

— Notre baron Salomon de Wiener, ce grand amateur d'art, ce républicain généreux, tout le monde connaît à Paris l'origine de sa fortune. Wiener était le prêteur sur gages de l'Empire. C'est un corrompu et un corrupteur. Aujourd'hui, il n'est pas de plus grand républicain que lui ! Il donne des leçons et nous allons tous, chaque semaine, à ses réceptions admirer sa collection de tableaux, boire son champagne, côtoyer les plus jolies femmes de Paris et rencontrer les députés, les journalistes qui comptent, c'est admirable, n'est-ce pas ? Wiener n'est français que depuis 1871, avant ce n'était qu'un juif viennois servant d'intermédiaire entre les membres de la famille impériale et tel ou tel financier. Il s'est acoquiné avec la banque Dussert-Speicher et Fils, et pour lui Sedan a été Austerlitz ! Il avait acheté à Londres des fonds prussiens dont notre défaite a décuplé la valeur… À ce prix-là, on peut se permettre de devenir républicain, de soutenir Gambetta, Clemenceau, et de financer leurs journaux !

Lentin avait allumé un cigare et fermé à demi les yeux, se laissant maintenant bercer par le balancement du fiacre.

— S'il ne s'agissait que de morale ! Après tout,

la putréfaction fait partie de la vie. Mais Wiener est une bombe qui explosera un jour.

Lentin s'était tourné vers Antoine, les yeux entrouverts.

— Évidemment, vous ne savez rien. Si je vous dis ces noms, Cornelius Herz, Arton, Joseph de Wiener, vous faites la grimace. Ces braves gens-là tiennent entre leurs mains la réputation de centaines de personnes. Herz et Arton les ont achetées. Joseph de Wiener, le frère de notre Salomon, je vous l'ai dit, possède *La République française*, le journal de Gambetta. Et tous ces Messieurs sont des rapaces qui dépensent les économies de leurs épargnants sous prétexte de permettre à ce fou de Lesseps de creuser l'isthme de Panamá. Ils ont moissonné des milliers de francs ! Et c'est Salomon qui tient la faux. Il a suffisamment engrangé pour acheter un Rembrandt et un Claude Monet chaque jour !

Lentin avait fermé à nouveau les yeux.

— Tous ces Messieurs sont juifs. Vous imaginez ce que vont écrire et dire les antisémites, les Drumont, Machecoul, Barrès ou Déroulède ! Ceux-là, c'est la banque Dussert-Speicher et Fils qui les finance, parce que les Wiener sont les concurrents de nos banquiers catholiques et protestants, qu'ils sont malins et avides. Et qu'Olivier Dussert n'aime pas partager la récolte.

Lentin avait soupiré.

— Creuser l'isthme de Panamá, pourquoi pas ? Mais l'entreprise est mal engagée. Lesseps s'est entouré d'aigrefins. J'ai dit à tous les ministres de ne pas lui verser un sou ! Je n'imaginais pas que Wiener allait se tourner vers les fonds privés.

Il s'était étiré.

— Quand vous lisez un article sur le futur canal de Panamá, sachez qu'il a été payé par les frères Wiener, et très cher. Clemenceau ou Gambetta font ainsi vivre leurs journaux. Mais ce n'est pas le plus grave. Arton, Cornelius Herz, les Wiener peuvent faire chanceler la République ! Les sommes en jeu sont énormes, les personnalités impliquées de premier plan. Une bombe ! Le baron de Wiener peut bien se déclarer républicain le soir, le matin il creuse la tombe du régime !

Lentin avait pris Antoine par le bras.

— Je ne suis pas amer, avait-il poursuivi. Je souhaite que des jeunes gens comme vous, talentueux, choisissent autre chose que de s'enfermer dans l'érudition ou bien de rêver à une nouvelle révolution. Entrez dans la danse, Antoine, il faut une nouvelle génération de républicains, c'est la vôtre ! Gambetta, peut-être Clemenceau, vont être emportés. On ne peut pas laisser mourir la République parce que M. Léon Gambetta agonise et que M. Georges Clemenceau a des amitiés douteuses ! Pensez à l'engagement des Forestier dans la chose publique, Antoine.

Le fiacre s'était arrêté devant le numéro 12 de l'avenue, mais avant de descendre, Lentin s'était retourné. Antoine ne l'avait jamais vu aussi grave, presque tourmenté.

— Faites face, n'est-ce pas, Antoine. Je ne veux que vous prévenir, c'est à vous de découvrir, mais restez maître de vous.

Lentin avait sauté du fiacre et Antoine l'avait suivi dans ce vestibule pompéien surmonté de cette verrière qui laissait filtrer une lumière un peu pâle éclairant le hall, la loggia et la statue d'une Vénus équivoque.

— Wiener est amoureux de l'Antiquité, avait murmuré Lentin. C'est pour lui la seule époque de liberté. Jugement curieux, n'est-ce pas, pour un républicain qui prétend se réclamer de l'égalité, et exalte les temps de l'esclavage ! Mais ce juif est hostile aux religions du livre, et d'abord au christianisme qui aurait transformé l'homme en une créature soumise, lâche, médiocre, pleurnicharde, sensible à la charité, à la compassion plutôt qu'aux vertus guerrières. *Ainsi parlait Zarathoustra !* Vous devez avoir lu Nietzsche à votre École normale ? Monsieur le baron a le culte de la réussite et de l'énergie. Il a séduit Clemenceau. Et puis, il y a tout cela.

Lentin avait montré, en levant à peine la main, les colonnes, le grand escalier de marbre blanc, les salons qui se succédaient, le rouge du velours adouci par la lumière dorée des lampes à gaz qui, au fur et à mesure que la nuit tombait, transformait le vestibule en une grande nef dont la statue aurait été la figure de proue.

— Ainsi, vous êtes le fils de Jules Forestier, avait dit Clemenceau en tendant la main à Antoine, cependant que Lentin, ayant enfin réussi les présentations, souriait et s'éloignait.

La main de Clemenceau était sèche et ferme, son visage exprimait une résolution soupçonneuse, presque de l'aigreur. La moustache semblait dessiner deux longues rides noires d'amertume à chaque coin de la bouche.

— Lentin m'assure que vous n'êtes pas seulement un normalien brillant, ils le sont tous, n'est-ce pas ?

mais que vous avez du caractère et donc un style. Je veux des jeunes gens comme vous à *La Justice* pour me seconder, pour écrire. La République a besoin d'hommes courageux, capables de s'opposer à tous les présidents, qu'ils soient de la République ou de la Chambre des députés. Dans la République, la vérité doit l'emporter toujours sur le respect qu'on doit aux institutions. Voulez-vous essayer, Antoine Forestier ?

Clemenceau s'était écarté pour dévisager Antoine.

— Vous ressemblez à votre père, avait-il repris. Je l'ai rencontré pour la première fois au moment de l'assassinat de Victor Noir, mais surtout après le 18 mars 1871. J'étais maire de Montmartre, il y a eu ce drame, cet enchaînement tragique, la décision provocatrice de Thiers de reprendre les canons aux Parisiens, puis d'évacuer Paris. Votre père a été lucide et courageux. Il n'est pire situation morale quand on sait, qu'on comprend et qu'on se sent contraint de suivre ceux qui agissent en aveugles mais dont on veut rester solidaire. C'est durant ces jours-là que j'ai pensé qu'à chaque instant de la vie il fallait décider seul, pour soi, sans accepter aucune compromission, et ne jamais céder aux choix d'un groupe, sous aucun prétexte. Si vous venez avec moi, Forestier, vous serez libre, parce que pour moi, la liberté de l'individu est ce qu'il y a de plus grand, et c'est ce qui m'oppose aux esprits religieux, qu'ils soient adeptes du catholicisme ou du socialisme ! Je suis un anticlérical et je découvre partout des cléricatures, dans l'Église naturellement, mais aussi dans ces petites sectes qu'on appelle les partis. Lentin me dit que vous n'êtes pas socialiste, et tel que je vous sens, vous n'avez guère de sympathie pour l'anarchisme. Donc vous êtes un républicain. Mais il faut l'être de manière radicale, et accepter tout l'héritage de 1789. La Révolution est un bloc, Forestier !

Clemenceau avait entraîné Antoine dans l'un des salons, le tenant par le bras, saluant les uns et les autres, s'attardant quelques minutes avec un général à moustache blonde, aux yeux bleus, un visage énergique corrigé par une expression goguenarde et quelque chose d'indécis, de presque tendre dans les traits.

— Boulanger est l'un des rares officiers vraiment républicains, avait affirmé Clemenceau en s'éloignant. Depuis qu'il est directeur de l'Infanterie, il s'occupe réellement du sort du soldat, il n'oublie pas que le troupier est un citoyen. Il a été plusieurs fois blessé, c'est un homme courageux, croyez-vous qu'on puisse en dire autant de tous nos généraux ?

Il s'était arrêté, s'était tourné vers Antoine.

— Votre arrière-grand-père était bien maréchal d'Empire, n'est-ce pas, soldat de la Révolution ? Vous êtes donc patriote républicain, voilà ce qu'il faut à notre pays en ce moment s'il veut échapper à cette langueur née de Sedan, de la défaite. Il faudra écrire dans *La Justice*. Je vous attends, Forestier !

Mais il avait depuis peu cessé de le regarder, parlant d'une voix plus basse comme si son attention, son intérêt s'amenuisaient, et à la fin il avait murmuré :

— Voici la baronne de Wiener…

Au même moment, Antoine avait entendu ce rire, tout proche. Il s'était retourné et il avait presque aussitôt reconnu la jeune femme qui avait signé « Mathilde », Mathilde Clamecy.

C'est à cet instant-là qu'il avait commencé à se

sentir vraiment mal, entraîné dans un tourbillon, tombant comme si une fosse s'était ouverte.

Il avait voulu s'éloigner, mais Mathilde, tout en continuant à rire, à frapper à petits coups d'éventail les deux hommes qui l'accompagnaient, s'était arrêtée devant Clemenceau tout en l'observant attentivement.

Elle avait brusquement cessé de rire, dit d'une voix grave :

— Cher monsieur Clemenceau, vous n'aimez pas Gambetta, mais vous n'allez pas reprendre dans *La Justice* – elle avait hésité, puis changé de ton – cette saleté que ce porc de Machecoul répand ! Il ose dire que Léonie aurait tiré sur Gambetta… Je les ai reçus ici cent fois, demandez à Salomon, elle l'aimait, ça se voyait comme les yeux au milieu de la figure.

Antoine l'avait écoutée tout en la regardant fixement. Le ton qu'elle employait, les mots qu'elle choisissait, son accent tranchaient avec son élégance, la finesse de ses traits. Elle portait une robe qui laissait les bras et les épaules nus. Elle avait des attaches fines, des gestes légers de la main. Il avait eu l'impression que chaque fois qu'elle bougeait, qu'elle se déplaçait, elle était pareille à une ballerine avançant sur ses pointes. Et puis il y avait ce rire, cette voix un peu rocailleuse, gouailleuse, comme l'aveu provocant de ses origines.

— Qui est-ce ? avait-elle demandé en le désignant de son éventail tout en s'adressant à Clemenceau.

— Un jeune homme qui n'a pas vingt-cinq ans, avait répondu en souriant son interlocuteur, une tête bien pleine et un corps bien fait, n'est-ce pas, chère Mathilde ?

Elle avait encore ri, la tête un peu rejetée en arrière, ne cessant de fixer Antoine, le prenant par le bras d'un geste décidé.

— Laissez-le-moi quelques minutes, Georges, que je le confesse.

— Voulez-vous que je me convertisse ? J'y suis prêt ! avait répondu Clemenceau en s'inclinant. Si vous me recevez en confession, je m'agenouille aussitôt devant vous.

Elle avait eu un mouvement de la main pour le faire taire, entraînant Antoine sur la loggia, loin de la foule des invités.

— C'est la première fois que je vous vois, il faudra revenir. Vous êtes qui ? Vous faites quoi ?

Elle s'était appuyée sur son bras et il avait senti la chaleur de cette femme contre sa hanche. Il avait respiré son parfum.

Il avait frissonné avec la sensation étrange qu'il vivait ce que son père avait vécu. Il l'imaginait au café Tortoni, sur le boulevard des Italiens, au bras de cette même femme. Antoine avait eu l'impression qu'il quittait son propre corps pour regarder ce couple, lui qui n'était plus lui mais Jules Forestier, et elle, toujours la même… Comme si son père lui demandait de revenir, de rentrer en lui, lui murmurant « Tu es moi et tu es toi, tu as pris ma place, je suis en toi comme tu es en moi ».

— Vous êtes muet ? avait-elle lancé.

Elle avait ri mais pour lui seulement, d'un rire étouffé restant dans sa gorge, s'échappant à peine des lèvres, comme un oiseau qui hésite à quitter la cage, battant faiblement des ailes avant de prendre son envol.

— Je vous intimide ?

Elle avait serré son bras, et il avait eu le sentiment qu'elle le retenait sur le bord de ce gouffre où sans elle il serait tombé.

Elle avait recommencé à rire un peu plus fort.

— Vous êtes un ami de Clemenceau, vous écrivez dans *La Justice* ? avait-elle interrogé.

Il avait secoué la tête, incapable de parler.

— Vous savez que c'est mon mari qui paie pour le journal, celui-là et quelques autres. Vous connaissez le baron de Wiener ? Tenez…

Elle avait pressé le bras d'Antoine contre elle, et il avait frôlé son sein. Elle avait du bout de l'éventail montré le baron qui, les mains derrière le dos, entouré de plusieurs jeunes femmes, pérorait devant l'un des tableaux.

— À son âge, avait-elle chuchoté, on aime avec les yeux, c'est commode pour tout le monde, vous me comprenez…

Elle avait ri plus fort encore.

Ils étaient arrivés au bout de la loggia, devant l'escalier qui conduisait au vestibule.

— Je ne sais toujours rien de vous, je n'ai même pas entendu votre voix, avait-elle ajouté.

Il l'avait longuement regardée.

Elle était plus belle que sur la photo, le visage affiné. Il avait eu les larmes aux yeux, envahi par le désespoir à l'idée que son père avait tant aimé cette femme et ne la voyait plus, qu'il l'avait perdue. Il avait ressenti cela comme une injustice et, comme s'il avait été le voleur, privant son père de Mathilde, il avait retiré son bras. Il avait dit :

— Je suis le fils de Jules Forestier, que vous avez connu, je le sais.

Et il s'était enfui, descendant l'escalier en courant, bousculant les domestiques, leur arrachant son paletot, se précipitant sur l'avenue.

Il avait commencé à marcher difficilement, comme un homme ivre sous la neige qui tombait dru, enveloppant d'un voile blanc l'Arc de Triomphe.

24.

> « Quand on a été pauvre, on sait ce qu'il y a dans la tête d'un homme en livrée ou d'une femme en tablier... »

Mathilde de Wiener avait fait arrêter la calèche à l'extrémité du quai d'Orléans, à la pointe de l'île Saint-Louis.

Elle avait entrouvert la porte de la voiture et le vent froid lui avait serré la gorge et frappé la poitrine si fort qu'elle en avait perdu le souffle, ayant du mal à répondre au cocher qui l'interrogeait, le chapeau à la main, les pans de sa houppelande verte battant ses flancs. Le vent que l'île déchirait en deux avait couvert la fin de sa phrase.

— Madame la baronne veut…

Mathilde lui avait donné une pièce. Qu'il aille boire un verre de vin chaud dans l'un des cafés de l'île, avait-elle dit, et qu'il revienne après dix heures voir si elle avait besoin de lui.

Il avait balbutié, hochant la tête, hésitant, partagé

entre l'indifférence, l'obéissance, le sens du devoir et l'étonnement puis, haussant imperceptiblement les épaules, il en avait pris son parti.

Mathilde l'avait vu s'éloigner, courbé, tenant à deux mains le rebord de son chapeau, remontant le long du quai d'Orléans.

Elle l'avait suivi des yeux. Elle les connaissait bien, les domestiques. Quand on a été pauvre, on sait ce qu'il y a dans la tête d'un homme en livrée ou d'une femme en tablier.

Mathilde avait été persuadée que le cocher marmonnait, en pestant contre le vent, les maîtres et leurs lubies :

« Qu'elle crève, cette garce, c'est pas mon affaire ! »

Elle l'avait vu se retourner, regarder autour de lui. C'était la première fois qu'il la conduisait quai d'Orléans, et il devait chercher qui elle attendait, dans ce matin à peine levé, avec ce vent glacial chargé de neige et de pluie.

Elle l'avait vu disparaître et elle avait fermé la porte de la voiture.

Elle avait éprouvé aussitôt un sentiment de paix, comme si elle était arrivée au bout d'un voyage commencé il y avait si longtemps.

Elle avait cru entendre un cri aigu, qui s'était répété. Et elle s'était souvenu, recroquevillée sur le siège, du cri qu'autrefois lançait son père dans les ruelles, une sorte de hurlement qu'il poussait, avançant sa mâchoire, les veines de son cou gonflées pour faire vibrer ce *Hi Hi Hi* que les façades renvoyaient. Alors il s'arrêtait pour en saisir l'écho, gonflant sa poitrine, baissant un peu la tête, les lèvres formant comme une protubérance sur le visage, et Mathilde guettait le moment où le son grave « *Trier*, *Trie*, *Trier* » allait s'accrocher au *Hi* : *Hitrier, Hitrier, Vitrier* !

Mais c'était seulement le vent balayant la pointe de l'île Saint-Louis qui semblait répéter le son lointain de l'enfance.

Elle avait enveloppé ses jambes dans la couverture que le cocher disposait sur l'un des sièges. Elle s'était calée entre les coussins, avait ouvert son sac et vu la crosse en nacre qui dépassait du mouchoir. Sortant le pistolet, elle l'avait placé près d'elle sur la banquette. Puis elle avait regardé cette porte cochère noire vers laquelle il lui faudrait marcher vite quand elle s'ouvrirait. On lui avait dit que Pierre Machecoul quittait son hôtel particulier du 55 quai d'Orléans chaque matin, à neuf heures et demie, pour se rendre à la rédaction de l'un des journaux auxquels il collaborait, *Le Figaro, L'Intransigeant, Le Gaulois*. Il allait à pied jusqu'au parvis de Notre-Dame, et là, il prenait un fiacre.

Elle avait regardé sa montre, il n'était pas neuf heures.

Mathilde avait fermé les yeux, étonnée de ne ressentir aucune inquiétude, aucune impatience. Elle avait à trois ou quatre reprises, peut-être était-ce déjà beaucoup pour une vie, connu une telle sérénité.

La dernière fois, c'était en décembre. Il avait neigé toute la nuit, et elle avait attendu dans cette même calèche devant l'hôtel Forestier, rue de l'Estrapade. Elle n'était pas revenue depuis des années, avant cette nuit-là, dans le quartier de la place du Panthéon, et même sur la rive gauche. Depuis qu'elle avait rompu avec Jules Forestier et qu'il l'avait – avec dédain et mépris, avait-elle cru – renvoyée au café Tortoni et à Pierre Machecoul, elle n'avait plus franchi la Seine.

Mais peut-être s'était-elle trompée, peut-être Jules l'avait-il quittée alors qu'il l'aimait encore. C'est ce qu'avait prétendu Georges Mercœur, durant tout ce mois de juin 1871 où elle l'avait caché chez elle, rue des Martyrs, pendant que les patrouilles de l'armée versaillaise perquisitionnaient chaque appartement et fracassaient les portes des caves à coups de crosse.

Les soldats étaient venus à plusieurs reprises, demandant à visiter l'appartement, soupçonneux, mais ils n'avaient jamais découvert Mercœur et l'un des officiers, un jeune homme qui rougissait chaque fois qu'elle le regardait, lui avait dit qu'il devait y avoir des gens qui la haïssaient, parce que chaque jour des lettres de dénonciation arrivaient, assurant qu'elle cachait des communards chez elle, ou bien qu'elle avait pris part à l'insurrection.

Elle avait ri, aussi fort qu'elle avait pu, le corps ployé, cambré, si bien que sa robe de chambre s'était entrouverte, laissant voir ses bas, ses jarretières, son corset, et l'officier avait reculé, murmurant qu'elle n'aurait plus rien à craindre, qu'il prenait sur lui de ne plus donner suite aux dénonciations. Même si, avait-il ajouté en baissant la tête, il avait reçu des ordres de l'état-major la concernant, parce que des personnalités influentes avaient assuré qu'elle ne pouvait être que la complice des criminels de la Commune.

Elle avait ri plus fort.

— Revenez quand vous voulez, lieutenant, vous êtes le bienvenu, revenez…

Puis, la porte fermée, elle avait tremblé durant plusieurs minutes, claquant des dents, et lorsqu'elle avait fait sortir Georges Mercœur de sa cachette – un vide dans une cloison contre laquelle était poussé le lit – elle lui avait dit :

— C'est Machecoul qui veut ma peau, ce porc. Mais il ne l'aura pas, je vous le jure !

Il n'avait pas suffi à Machecoul de savoir qu'on avait fusillé Jules Forestier, il avait voulu aussi en finir avec elle, et cela – dont Mathilde n'avait d'abord eu que l'intuition – était devenu certitude quand, au mois de janvier 1872, elle l'avait, pour la première fois depuis un an, croisé au foyer de l'Opéra-Comique.

Il avait tenté de l'éviter, n'osant même pas la regarder, mais elle s'était avancée vers lui, fendant la foule.

Le temps n'était plus aux exécutions sommaires. Machecoul n'avait plus à son service une armée de soixante mille hommes pour assouvir sa petite vengeance personnelle, effacer l'humiliation subie, et faire déporter en Nouvelle-Calédonie, ou pourquoi pas condamner à mort, Mathilde. Il n'était plus qu'un journaliste que l'on craignait parce qu'il plongeait sa plume dans la jalousie et la rancœur, la peur et la haine.

Mais Mathilde s'était sentie assez forte pour l'affronter.

Elle s'était approchée. Elle avait mis les poings sur ses hanches, comme une harengère, et se renversant un peu en arrière puis balançant son buste, elle lui avait craché en plein visage, bruyamment.

Autour d'eux, le silence s'était établi, gagnant de groupe en groupe, jusqu'à figer tous les invités.

Alors elle avait ri, et elle lui avait tourné le dos, sachant qu'il n'oserait pas, comme il l'aurait dû s'il avait eu un peu de courage, s'il n'avait pas été ce dénonciateur, la saisir par les épaules, la souffleter.

Ensuite elle avait traversé le foyer, ne regardant même pas devant elle, la tête haute, et elle s'était tout à coup heurtée à un homme, si petit qu'elle n'avait d'abord vu que sa calvitie. Il avait des favoris blancs, de grosses chaînes d'or sur son gilet noir et une épingle à tête de diamant fichée dans le revers de la veste de son habit de soirée. Mathilde était restée quelques secondes contre lui, et elle avait eu l'impression qu'il était parfumé. Son visage était large, creusé de rides profondes, le nez épaté, les paupières lourdes, les oreilles décollées dont s'échappaient des touffes de poil gris. Mais la peau était rose, couverte d'une couche de poudre.

— Vous êtes une panthère, avait-il murmuré.

Sa voix était rauque, son accent étranger fracassait brutalement les mots.

Sans qu'elle ait pu faire un geste, il lui avait posé les mains sur la taille.

— J'aime, je prends, avait-il chuchoté.

Il était si petit qu'elle avait senti le souffle de l'homme à la hauteur de ses seins.

— J'aime, avait-il répété.

Elle l'avait repoussé, et regardé avec assurance. Il avait éveillé en elle de la curiosité, de la gaieté et aussi de la compassion.

— On n'a rien pour rien, avait-elle dit doucement.

Il lui avait serré la taille :

— J'adore les enchères !

Il l'avait entraînée.

Quelques semaines plus tard, Mathilde Clamecy avait épousé civilement, Clemenceau et Joseph de Wiener étant les témoins, le baron Salomon de Wiener. Après un voyage de noces à Londres, où le baron avait des intérêts, Mathilde s'était installée dans l'hôtel particulier que venait d'acheter son mari, au numéro 12 de l'avenue de la Reine-Hortense.

Des années plus tard, un dimanche de la fin décembre, Mathilde avait cherché Antoine sur cette même avenue, demandant au cocher d'aller au pas. La neige tombait si épaisse que Mathilde, tout en restant penchée hors de la voiture, avait eu du mal à distinguer le visage des quelques passants qui remontaient l'avenue vers l'Arc de Triomphe. Alors elle avait dit au cocher de rejoindre la rue de l'Estrapade, le plus vite qu'il pouvait, afin d'arriver avant le fils de Jules.

Quand il avait dit qui il était, Mathilde avait eu une bouffée de chaleur, les joues tout à coup brûlantes, la respiration coupée. Le fils de Jules Forestier était donc cet homme, jeune sans doute, de haute taille, au visage mince, rasé, barré seulement par une courte moustache. Elle l'avait remarqué alors qu'il parlait avec Clemenceau et elle s'était dirigée vers lui, parce qu'il était le seul homme attirant de la soirée, avec quelque chose de fragile qui émanait de lui, peut-être parce qu'il se tenait un peu voûté. Elle avait aimé sa timidité, dont elle avait enfin compris la raison.

Au moment où il s'était précipité dans l'escalier, elle avait su qu'elle allait le suivre, qu'il fallait qu'elle le revoie, cette nuit même. Mais elle avait perdu plusieurs minutes, à cause de Lentin qui était accouru, qui l'avait interrogée.

— Comment a-t-il réagi ?

Lentin avait expliqué qu'il avait prévu et souhaité ce choc, qu'il n'avait pas voulu avertir Antoine parce que celui-ci se serait sûrement dérobé, n'aurait pas accepté l'invitation. Or, il fallait qu'un homme comme lui participe à la vie publique et ne soit pas seulement l'homme des livres !

— Et c'est chez vous, Mathilde, qu'il pouvait rencontrer ceux qui lui seront utiles. Il a vu Clemenceau. J'espère que vous ne lui condamnerez pas votre porte, il ne le mérite pas.

Elle avait tourné le dos à Lentin. Elle n'avait jamais aimé cet homme trop froid qui n'avait qu'une tête et une voix, pas de corps. Est-ce qu'il transpirait seulement ?

Elle avait traversé les salons, écartant avec vivacité les invités qui s'approchaient d'elle.

Elle avait lancé à Clemenceau :

— Georges, vous allez donner sa chance à ce garçon, n'est-ce pas ?

Il avait souri en s'inclinant :

— Vous êtes toujours la belle, la redoutable plante carnivore !

Elle avait haussé les épaules, repoussé de la pointe de son éventail le général Boulanger qui tentait de lui barrer le passage.

— Ma chère baronne, très chère Mathilde, je ne peux jamais vous parler…

— Mais si… Mais si…

Elle s'était arrêtée à quelques pas de Wiener qui

ressemblait à un gros chat ronronnant, se frottant aux jambes de trois jeunes femmes qui l'entouraient.

Mathilde lui avait fait un signe.

— Ne vous inquiétez pas, Salomon, avait-elle lancé, je rentrerai tard.

Il lui avait souri, avec une bienveillance attendrie et indulgente.

— Allez, allez, Mathilde…

Il l'avait menacée du doigt.

— Mais revenez !

— Je reviens toujours, avait-elle chuchoté en se penchant vers lui.

— Je tiens à mes tableaux, avait-il repris en se haussant sur la pointe des pieds, mais vous êtes la plus précieuse de toutes mes œuvres d'art.

Et tout à coup, il avait froncé ses sourcils gris.

— Malheur à ceux qui essaient de me voler !

Il avait fermé les poings, les avait frappés l'un contre l'autre.

— Je les écrase !

Elle avait haussé les épaules, et murmuré :

— Un jeune homme, le fils de mon ancien amant, mort. Que pouvez-vous craindre ?

— Les choses les plus terribles, avait-il répondu en lui prenant le bras. L'émotion, le souvenir, peut-être le remords ou les regrets. Méfiez-vous, Mathilde, je ne vous revendrai jamais ! Dites à ce jeune homme de ne pas rêver.

Mathilde, dans sa calèche arrêtée rue de l'Estrapade, devant les grilles, avait attendu Antoine Forestier. Elle avait, le front appuyé contre la vitre de la portière, regardé la cour, la façade de l'hôtel.

Elle s'était souvenue de quelques-unes des soirées passées là, dans le petit salon.

Parfois elle arrivait alors que Lentin, Auguste Mercœur, Raynal, Revest se trouvaient encore avec Jules. Elle sentait qu'elle les dérangeait, et elle était humiliée par la manière dont ces hommes, qui se proclamaient républicains, partisans de la justice et de l'égalité, la regardaient, la jaugeaient, la jugeait. Et une fois, elle leur avait montré son cul.

Sans doute était-ce ce soir-là que Jules Forestier avait décidé de cesser de la voir, comme s'il n'avait plus osé affronter le regard de ses proches, ou bien avait-il cessé d'avoir confiance en elle, découvrant qui elle était. Comme s'il ne l'avait pas su !

Mais Mercœur, lorsqu'il était resté caché chez elle, après la Semaine sanglante, avait expliqué que Jules avait cherché toute sa vie à se punir d'avoir abandonné sa femme et son enfant, poussant la folie jusqu'à ne jamais vouloir rencontrer ce fils dont pourtant le destin le préoccupait. Mercœur avait tenté de la persuader que Jules ne s'était séparé d'elle que parce qu'il était heureux à ses côtés. Et qu'il ne pouvait l'accepter.

Mathilde n'avait pas su si Mercœur l'avait convaincue. Longtemps elle en avait voulu à Jules, puis elle avait appris les circonstances de sa mort et elle lui avait pardonné. Enfin, elle l'avait oublié.

Et cette nuit de décembre, elle avait attendu son fils sans inquiétude et sans impatience. Le cocher ayant été s'abriter sous l'auvent de la maison car la neige continuait de tomber, elle avait vu s'avancer un homme qui marchait lentement, un peu voûté, perdant souvent l'équilibre. Il s'était arrêté à quelques pas de la voiture.

Elle avait ouvert la porte. Elle s'était penchée. Elle lui avait tendu la main. Il avait vacillé.

Elle avait dit sans réfléchir :

— Venez, fils de Jules Forestier.

Il s'était approché. Son paletot et son chapeau étaient entièrement blancs. L'air était doux et soyeux.

25.

“Ce matin
flottait dans
la Seine, entraîné
par un vif
courant,
un cheval noir
décapité. J’y ai vu
un signe…”

Pierre Machecoul s’était approché de la fenêtre de son bureau qui, au troisième étage de l’hôtel particulier qu’il possédait quai d’Orléans, au numéro 55, ouvrait sur la Seine.

Les eaux du fleuve étaient terreuses, le courant rapide.

Machecoul avait aperçu une sorte de gros sac noir, que les remous et les tourbillons entraînaient vers les hautes herbes qui poussaient le long de la berge de l’île Saint-Louis.

Il avait ouvert la fenêtre. La forme noire flottait à quelques mètres. C’était le cadavre d’un animal mutilé. On n’avait laissé que le tronc. Peut-être s’agissait-il d’un cheval ou d’un bœuf ? Le ventre gonflé, parsemé de taches blanches, était démesuré.

Machecoul s’était penché, fasciné.

Après quelques minutes, le corps s'était éloigné, emporté par le courant. Machecoul l'avait suivi des yeux jusqu'à ce qu'il disparaisse derrière la pointe de l'île.

C'est alors que Machecoul avait remarqué cette calèche arrêtée à l'extrémité du quai, sous les arbres que le vent ployait. La voiture paraissait abandonnée, masse sombre enveloppée par la lumière grise de ce début de matinée.

Il n'était pas neuf heures.

Machecoul avait fermé la fenêtre.

Il avait pensé à ces corps que tout au long du mois de mai 1871, il y avait vingt ans déjà, la Seine avait charriés. La dernière semaine, elle avait coulé rouge de sang.

Il avait vu des soldats tirer sur la berge ces cadavres avec leurs baïonnettes, les visages étaient le plus souvent méconnaissables, les uns fracassés par une décharge, les autres rendus difformes par le séjour dans l'eau.

Les soldats les avaient couchés les uns près des autres sur le quai d'Orléans, et avaient forcé les habitants de l'île à défiler devant cette rangée de corps.

L'eau et le sang avaient suinté, formant des traînées brunâtres sur les pavés de granit.

La plupart des gens étaient passés vite, détournant la tête. Mais Machecoul avait voulu dévisager chacun de ces morts.

Il avait espéré reconnaître l'un de ceux qui depuis le début de l'insurrection, le 18 mars, l'avaient persécuté, terrorisé.

Les communards s'étaient présentés à plusieurs

reprises pour perquisitionner chez lui, renversant les livres, forçant les portes des armoires, menaçant de revenir pour l'arrêter, parce que la Commune avait besoin d'otages qu'elle voulait échanger contre les Fédérés, prisonniers des Versaillais.

— Machecoul, vous, avait dit l'un des Fédérés, vous êtes une pièce de choix ! Voilà des années que vous salissez les républicains. La roue tourne… Vos insultes, on va vous les faire payer, vous les ruminerez une à une !

Machecoul s'était tu, accablé, prenant le visage du coupable repenti, puis il avait prétendu que la défaite de Sedan l'avait éclairé. Il était pour la poursuite des combats aux côtés de Gambetta. Il était prêt à le déclarer publiquement à tous les journaux de Paris, et à demander à Thiers et au gouvernement de Versailles de renoncer à prendre la capitale d'assaut. Il était partisan de la négociation, comme le maire de Montmartre, ce médecin, Georges Clemenceau. Il pouvait servir d'intermédiaire, quitter Paris malgré l'encerclement des Prussiens, en ballon s'il le fallait. Il avait juré de revenir dans la capitale, sa mission accomplie.

Les Fédérés avaient ricané.

— On vous connaît bien, citoyen Machecoul ! avaient-ils répété.

Lorsqu'ils avaient indiqué que Jules Forestier siégeait au Comité central de la Commune, Machecoul avait compris qu'il n'avait aucune chance de les convaincre.

On allait le tuer, comme les généraux Clément et Thomas, comme Mgr Darboy ! Jules Forestier, sans doute aussi Mathilde Clamecy et tous ceux, écrivains, auteurs dramatiques, qui cachaient leur médiocrité en prétendant que l'Empire les persécutait, allaient se venger de leurs échecs, de leurs humiliations – et des articles qu'il avait écrits –, en le faisant exécuter.

Une nuit, le 20 mai, quand le canon avait commencé à retentir, annonçant l'assaut des troupes versaillaises, Machecoul s'était réfugié dans les combles, laissant les portes des appartements ouvertes pour faire croire qu'il avait quitté l'île.

Il avait peu après entendu les Fédérés hurler que ce porc de Machecoul s'était enfui.

Porc, c'est ainsi que Mathilde Clamecy l'avait traité ! Elle était sûrement avec ces assassins, qui ne rêvaient que d'incendier, piller, égorger, fusiller.

Machecoul s'était recroquevillé dans le coin le plus sombre des combles, cependant que les Fédérés brisaient ses meubles.

Puis la fusillade s'était rapprochée et ils avaient quitté en courant l'hôtel particulier.

Peu après, Machecoul avait vu par l'œil-de-bœuf les troupes versaillaises, venant de la rive gauche, franchir le pont, et il était descendu à leur rencontre, se présentant au lieutenant qui, revolver au poing à la tête de sa patrouille, avançait le long du quai.

Il avait voulu voir le général, ou bien le colonel commandant le bataillon de ligne. Il pouvait donner des informations sur les communards, avait-il expliqué, sur ces criminels qui avaient voulu le tuer, qui avaient saccagé sa demeure.

On l'avait conduit auprès du commandant Joseph Chrétien de Taurignan, mais l'officier l'avait à peine écouté. Il avait ses troupes à faire passer sur la rive droite. La résistance était encore forte autour du Père-

Lachaise, et dans les petites rues de Belleville les barricades résistaient encore.

— Écrivez, monsieur, écrivez vos dénonciations, avait répliqué le commandant. C'est votre métier d'écrire, n'est-ce pas ?

Machecoul n'avait pas aimé le ton dédaigneux, presque méprisant, de Taurignan. Et peut-être était-ce une conséquence de toute l'angoisse accumulée durant des semaines, mais il s'était écrié qu'en effet il allait écrire, dénoncer, parce que c'était le devoir d'un honnête Français ! Il fallait nettoyer la France de cette moisissure qui l'avait recouverte…

Il avait montré les fumées qui s'élevaient au-dessus de la Seine. Les communards avaient mis le feu à l'Hôtel de Ville, aux Tuileries, à des dizaines d'immeubles. Les explosions continuaient de se produire.

— Il faut en finir, commandant, c'est votre devoir.

Le commandant Chrétien de Taurignan lui avait tourné le dos. Machecoul s'était alors souvenu qu'à Sceaux, pendant son duel avec Jules Forestier, Taurignan avait eu à son égard la même attitude, prétentieuse, hautaine. C'était à cause d'aristocrates bornés comme lui que les malheurs s'abattaient sur la France !

Machecoul s'était assis à sa table.

Il avait songé à toutes les années qui s'étaient écoulées depuis ce mois de mai 1871. Qui se souvenait encore de ce qu'avait été vraiment la Commune ? Une bande de pillards, de criminels, d'incendiaires, de ratés ! Les survivants, les Lentin, les Mercœur, étaient revenus, amnistiés par la République. Et c'est lui qu'on avait accusé d'être un dénonciateur ! Mathilde Clamecy, cette garce, cette putain qu'il avait payée, lui avait craché au visage, et personne n'avait pris parti pour lui ! On allait toujours du côté du pouvoir. Lentin était désormais conseiller du président du Conseil, et le fils de Jules Forestier, Antoine, écrivait les éditoriaux du journal de Clemenceau ! Ce quotidien qui osait s'appeler *La Justice* !

Justice pour qui ? Pour Mathilde, la garce qui était devenue baronne Salomon de Wiener ? Elle recevait chez elle, en son hôtel particulier de l'avenue de la Reine-Hortense, rebaptisée Hoche puisque la mode était à la République, et les journalistes, les députés, les ministres, les écrivains et les peintres en vogue. Et naturellement Clemenceau et ses affidés se retrouvaient dans ses salons. Tous ceux que les juifs payaient, et dont Machecoul avait lu les noms sur les talons des chèques que l'un ou l'autre des Wiener, Salomon ou Joseph, et l'un ou l'autre des escrocs qui avaient pris la fuite en Angleterre, Cornelius Herz ou Arton, leur avaient distribués, se rendaient aux invitations de madame la baronne ! La moisissure était plus épaisse que jamais sur le corps de la patrie. Elle avait pénétré partout, comme une gale.

Wilson, le gendre du président de la République, vendait les croix d'honneur dans une arrière-boutique, en se servant d'un général et d'une pute pour intermédiaires ! Et quand Jules Grévy avait été contraint de quitter l'Élysée, on avait élu un Sadi Carnot pour la seule raison qu'il portait le nom d'un républicain, membre du Comité de salut public !

Voilà ce qu'était l'esprit du temps. De plus en plus rouge, de plus en plus juif !

Le symbole, c'était cette putain devenue baronne et qui s'affichait avec Antoine Forestier, le fils de ce médiocre, de cet envieux, ce prétentieux dont souvent on faisait l'éloge. Il avait été l'un des martyrs de la Commune de Paris, et l'on allait en cortège célébrer sa mémoire au mur des Fédérés !

Machecoul avait eu un geste de colère, attirant à lui le dossier qui se trouvait au milieu de la table, le frappant de son poing. Il avait marmonné qu'il aurait fallu laisser les survivants de la Commune au bagne, à Cayenne ou à Nouméa. Mais tout ce beau monde prospérait, se congratulait, se gavait d'or juif !

Et comment soigner cette maladie qui contaminait tout ? Rien ne semblait pouvoir arrêter la contagion. C'était la gale et la gangrène. Tous ceux qui s'opposaient semblaient voués à l'impuissance ou au ridicule. Les monarchistes s'étaient divisés. Cette République, pourquoi gagnait-elle chaque fois ? D'où tirait-elle sa force ? Pourquoi attirait-elle les nouvelles générations, ces « nouvelles couches » dont avait parlé Gambetta ? Gambetta était mort, mais cent l'avaient remplacé, pires que lui, ce Clemenceau et les jeunes gens qui l'entouraient, cet Antoine Forestier à la plume acérée. On disait qu'il avait épouse et fils en province, mais il plastronnait dans les soirées de Mathilde de Wiener. C'était ça, les nouvelles mœurs, loi sur le divorce et laïcité ! Et pourtant.

Machecoul avait ouvert le dossier. Il y avait là de quoi faire sombrer la République, cette gueuse encanaillée qui se donnait à ceux qui la payaient, les Wiener, Arton, Herz, tous juifs, venant souvent d'Allemagne, comme si les Prussiens s'en débarrassaient pour que ces fils de Sion inoculent à la France les maladies qui la rendraient impuissante, incapable de prendre sa revanche, de retrouver les provinces perdues, l'Alsace et la Lorraine, auxquelles on pensait de moins en moins.

On préférait s'en aller conquérir le Tonkin ou le Congo ! Ou bien se donner l'illusion de la force en dressant une tour métallique au-dessus de Paris au lieu de construire des canons. On célébrait le génie de monsieur Eiffel, et on laissait les Prussiens nous humilier, les juifs nous corrompre !

Machecoul avait repris les pièces du dossier. Toutes les preuves étaient là de la conspiration. Il disposait de la liste des cent quatre « chéquards », députés, ministres, qui avaient touché des centaines de milliers de francs pour permettre à messieurs Wiener, Herz, et compagnie de s'enrichir, prenant dans le gousset des Français leurs économies sous prétexte de financer le percement de l'isthme de Panamá et d'assurer ainsi la gloire de la France, et la fortune des épargnants naïfs !

Il avait tourné les pages. Les noms, les dates des versements, les talons des chèques ne permettaient aucun doute. Mais serait-ce suffisant pour détruire ce régime ?

Machecoul fut une fois de plus saisi par un mélange de colère et d'amertume, presque de rage, en se souvenant de la manière dont Joseph de Taurignan l'avait reçu lorsqu'il lui avait présenté ce dossier.

Il lui avait pourtant rappelé toutes leurs précédentes rencontres, dans les années 1860, puis lors de cette journée de mai 1871, aux dernières heures de la Commune, et plusieurs fois ensuite, dans l'entourage du comte de Chambord quand on avait cru, en 1876, que l'héritier des Bourbons pourrait devenir roi de France. Mais le comte avait refusé de faire les concessions nécessaires, d'accepter le drapeau tricolore. Et Machecoul s'était demandé à ce moment-là si Taurignan n'avait pas été l'un de ceux qui lui avaient conseillé l'intransigeance, et donc l'avaient voué à l'impuissance.

Joseph de Taurignan avait reçu Machecoul chez lui, rue de Varennes, une dizaine de jours auparavant, à la fin de la journée. Les fenêtres du salon donnaient sur un vaste parc, et Taurignan s'était levé, lui avait montré les bâtiments situés derrière un bouquet d'arbres, l'hôtel de Matignon où siégeait le gouvernement.

— Précisément, avait dit Machecoul, j'ai les moyens de renverser ce gouvernement, et même la République !

Taurignan l'avait regardé avec scepticisme, puis s'était assis.

La pièce avait été peu à peu envahie par la pénombre, mais Taurignan avait semblé souhaiter rester ainsi, à demi dissimulé, pendant que Machecoul s'indignait, expliquait comment les juifs avaient acheté cent quatre députés, comment Cornelius Herz, par défi, par mépris pour ces hommes qu'il avait payés, avait livré les talons de ces cent quatre chèques, et comment le baron de Wiener, et donc Clemenceau, se trouvaient l'un et l'autre au centre de cette toile d'araignée qui couvrait le pays.

— Accepterez-vous cela, mon général ? avait demandé Machecoul. N'est-ce pas le moment pour l'armée d'agir ? Vous êtes gouverneur militaire de Paris, vous pouvez avec l'autorité qui est la vôtre, en vous adressant aux unités que vous commandez…

D'un geste, Taurignan l'avait interrompu.

— Mon cher Machecoul, cela fait plusieurs fois que vous et vos amis, Rochefort, Déroulède, rêvez de vous servir de l'armée comme d'un bélier, pour enfoncer les portes de l'Élysée ! Ce pauvre général Boulanger s'y est fracassé la tête, mais…

Taurignan avait eu une moue de dédain.

— … mais Boulanger était en réalité devenu un homme politique, le jouet de ses protecteurs. On l'avait nommé directeur de l'Infanterie, ministre de la Guerre, alors qu'il n'avait jamais commandé un corps d'armée ! Il en a eu la tête tournée. Il s'est imaginé qu'il pouvait remplacer ces Messieurs. Il s'est présenté aux élections… J'ai suivi son aventure avec beaucoup de commisération, presque de la compassion. Boulanger s'est pris à la fois pour le premier Buonaparte et pour le second. Il a voulu faire Brumaire et le 2-Décembre, et en même temps être élu au suffrage universel ! Bref, un pauvre homme !

Taurignan s'était levé, avait été jusqu'à la fenêtre. Maintenant, la nuit était presque tombée.

— Vous savez, Machecoul, les Français ont, en 1793, tranché le lien qui unissait le royaume de France à la Providence. C'était notre amarre et depuis nous dérivons. Et personne n'a pu rétablir ce lien, ni nos deux Buonaparte, ni nos Bourbons, ni nos Orléans. Sacre à Notre-Dame ou couronnement à Reims n'ont servi à rien ! Ni à Napoléon Ier, ni à Charles X… Peut-être la République est-elle ce qui convient le mieux à un pays qui a contesté l'ordre divin. Il en paie le prix, désordre, et même anarchie, décadence, mais il a l'ivresse et l'illusion de la liberté. Il défie Dieu chaque jour. La France en somme, Machecoul, répète la faute. Elle a été la fille aînée de l'Église, elle est maintenant le pays de l'État sans Dieu, de l'homme qui refuse Dieu.

— Mon général, mon général, avait répété Machecoul. Vous vous situez à une telle hauteur que l'on ne voit plus la réalité du moment. Moi, je possède les cent quatre coupons de chèques nominatifs qui attestent que nos députés et nos ministres se sont vendus, comme des putains, pardonnez-moi, à des banquiers, à des escrocs juifs. L'armée, mon général, est le dernier corps sain de ce pays. Elle doit agir !

Taurignan était retourné s'asseoir. Machecoul ne le distinguait plus, la pénombre était devenue obscurité.

— L'armée, bien sûr, Machecoul. Mais je suis moins sévère que vous ! Les Français, même les pires, ont en eux un rêve, comme le souvenir du paradis qui hante Adam et Ève. C'est une sorte de remords. Ils ont péché, mais ils le savent et il y a en eux, même dans la faute, le regret de leur foi, de leur obéissance à Dieu.

Il s'était interrompu, puis d'une voix plus grave il avait ajouté :

— J'ai pris d'assaut avec mes hommes les dernières barricades de la Commune. J'ai fusillé les insurgés au coin des rues, au Père-Lachaise. Ces gens-là, je les ai vus mourir, Machecoul. Ils étaient courageux, dignes, aveuglés par une passion maléfique, mais la passion était là ! L'idéal, perverti j'en conviens, brûlait en eux. Un grand roi, Machecoul, les aurait compris et pardonnés. Mais monsieur Thiers était un nain, un homme pour qui la France n'était qu'une boutique. Il a eu peur pour sa caisse, alors il a clamé « Fusillez-moi tout ça ! ». J'ai exécuté les ordres, mais je n'en suis pas fier. J'ai eu beaucoup de compassion pour nombre de communards, pour Rossel, un officier admirable qui a rejoint les Fédérés par patriotisme et que nous avons condamné à mort, exécuté. Un homme brave, généreux.

Machecoul avait secoué la tête, murmuré qu'on n'y voyait plus rien. Le général avait paru ne pas l'avoir entendu. Il n'avait pas répondu lorsque Machecoul avait répété que l'armée était le recours dont disposait le pays… Que si elle n'intervenait pas dans les semaines qui allaient suivre, en profitant du scandale qui allait secouer le régime, cette affaire de Panamá qui dévoilait la puissance des juifs, leur rôle néfaste, alors une occasion, peut-être la dernière, serait perdue.

— Si vous n'agissez pas, général, avait-il martelé, si l'armée reste dans ses casernes, les juifs vont dépecer le pays comme s'il s'agissait d'une pièce de viande. Après cela, comment voudriez-vous que les Français songent à la revanche et soient prêts à se battre pour Strasbourg et Metz ?

Machecoul s'était levé, s'était approché de Taurignan.

— Les Prussiens nous inoculent la gangrène juive. Elle nous paralyse. Elle nous détruit. Je vous en conjure, mon général, pensez à cela.

Taurignan avait, toujours dans l'obscurité, raccompagné Machecoul.

— L'époque des coups d'État militaires est révolue, Machecoul. Voyez le général Boulanger. Son aventure s'est terminée comme une farce. Les républicains ont retenu la leçon des deux Buonaparte. On ne leur refera plus le coup du 18-Brumaire ou du 2-Décembre. Ils dressent les généraux. Ils les paient, ils en font des domestiques. La seule manière de préserver le glaive dont toute nation a besoin, c'est de ne pas mêler l'armée à la politique.

— Mais les politiciens s'occupent de vous, général. Ils veulent briser le glaive.

— Peut-être, peut-être, avait murmuré Taurignan.

Ils étaient passés dans le vestibule, brillamment éclairé par quatre lampes à gaz.

— Il faut être patient, Machecoul, avait repris le général. Savez-vous que le premier de notre lignée, Geoffroy Chrétien de Taurignan, a participé à la première croisade et est entré dans Jérusalem, en 1099 ? Cela fait huit siècles ! Et nous sommes toujours là ! Mais je vous l'accorde, Machecoul…

Taurignan s'était interrompu. Un domestique avait ouvert la porte, puis s'était effacé.

— … le XXe siècle sera peut-être le dernier siècle des Taurignan. Tout change, j'en conviens. Mon fils Maurice, un brillant saint-cyrien, n'a pas voulu servir l'État républicain, laïc, il a voulu être avocat. Nous voici gens de robe ! Mais j'apprends à mon petit-fils, Robert, le maniement d'armes.

Taurignan avait souri.

— Car les choses vont et viennent, mon cher Machecoul. Même si vos ancêtres n'ont pas participé à la prise de Jérusalem, vous devez comprendre cela. Les paysans connaissent la succession des saisons. Le printemps suit l'hiver. Mes petits-fils seront peut-être à nouveau des chevaliers, qui sait ? Et les vôtres – il avait ri – des paysans !

Machecoul avait regardé le dossier. Le souvenir de son entrevue avec le général de Taurignan l'avait irrité. Quelle suffisance, quel mépris ! Et quelle indifférence ! Comme si cette vieille noblesse avait renoncé à peser sur le destin de la patrie, se contentant d'observer de loin ce qu'il advenait, et en fait acceptant le régime. Un Maurice de Taurignan était donc avocat à la cour, demain, il serait peut-être député ! Les parlementaires étaient tous avocat ou professeur !

Il avait pensé à son propre fils qui, au lieu de préparer l'École normale supérieure, avait choisi de devenir médecin. Mais un père pouvait-il jamais influencer son fils ? Peut-être, comme l'avait dit Taurignan, les petits-fils seraient-ils plus fidèles à la tradition familiale. Mais quelle France leur laisserait-on ? Humiliée par les Prussiens, vendue morceau par morceau aux juifs ? Gouvernée par des Clemenceau et des Wiener. Peut-être d'ailleurs le plus dangereux n'était-il pas le baron Salomon de Wiener, mais son frère Joseph qui possédait son journal, *La République française,* et dont on murmurait qu'il avait l'intention d'être candidat aux prochaines élections législatives. Peut-être un jour, qui sait, ce juif serait-il ministre ? À moins que ce ne soit un Antoine Forestier ! Voilà ce qu'était la République !

Mais pour parvenir à leurs fins, il faudrait d'abord qu'ils réussissent à échapper au scandale, à la tempête que depuis plusieurs semaines déjà Machecoul faisait souffler sur eux, article après article. Drumont s'y était mis aussi dans *La Libre Parole*, frappant à coups redoublés, dénonçant « la France juive ».

Machecoul avait feuilleté rapidement les journaux de la semaine écoulée, reprenant les chroniques qu'il avait publiées, sous le titre général de « Le scandale de Panamá : la vie et les comptes extraordinaires de Salomon de Wiener, baron et escroc juif ».

Il devait aller plus loin, maintenant qu'il possédait

les preuves accablantes de la corruption. Il ne pouvait pas se contenter, comme il l'avait fait, d'allusions au rôle d'« entremetteuse » que tenait Mathilde de Wiener, servant d'intermédiaire entre son époux et Georges Clemenceau.

« Sa rémunération, avait écrit Machecoul, s'appelle Antoine Forestier, un jeune homme qui a de nombreux talents. »

Mathilde avait dû se sentir souffletée, la garce ! Elle allait avoir mieux.

Machecoul avait commencé à écrire. « On imagine que le baron Salomon de Wiener et son épouse sont encore vivants. Ils offrent des réceptions. Ils couchent avec celui-ci ou celle-là. Ils achètent des tableaux. Ils donnent des ordres à leurs domestiques et aux cent quatre députés dont ils ont loué les services. Mais en fait, ils sont déjà semblables à ces cadavres d'animaux morts que les fleuves charrient. Ce matin flottait dans la Seine, entraîné par un vif courant, un cheval noir décapité. J'y ai vu un signe. Son gros ventre gonflé m'a fait aussitôt songer à celui du baron de Wiener. Et, pensant à la France, j'ai devant ce corps sans tête tressailli de plaisir. »

Machecoul avait relu, puis corrigé son texte. Cet article était l'estocade. Salomon de Wiener et sa garce, mais aussi Antoine Forestier et Clemenceau en crèveraient, les tripes à l'air ! Il allait porter immédiatement son article au *Gaulois*.

Il avait regardé sa montre. Il allait être neuf heures et demie.

26.

“Un bon avocat
peut plaider l’acte
d’une femme qui
va, comme
une héroïne
de tragédie
ou d’opéra,
venger son mari
que l’on persécute…”

— Maintenant, il faut sortir notre Mathilde de là, avait dit Georges Clemenceau en prenant le bras d’Antoine Forestier.

Ils avaient fait quelques pas dans le couloir du quatrième étage de l’Hôtel-Dieu, dont les murs, peut-être à l’origine, il y avait des siècles, avaient dû être blancs, mais n’étaient plus que des surfaces écaillées, grises et noirâtres, avec parfois des traces rougeâtres, comme des traînées de sang.

On s’était battu là aussi, pendant la Commune. On avait embroché les blessés, on les avait poussés contre ces murs et on les avait abattus.

Antoine s’était arc-bouté, refusant d’avancer.

C’était comme s’il avait entendu les détonations, celles des fusils des soldats, fédérés ou versaillais, celles du revolver de Mathilde, deux claquements que le vent, qui ce matin-là balayait le quai d'Orléans et enveloppait de tourbillons l'île Saint-Louis, avait portés loin, jusqu'à la rive gauche. Une balle dans la tête de Pierre Machecoul. Son corps s'était affaissé, les jambes sur la chaussée, le buste et la tête sous le porche de son hôtel particulier. Et la deuxième balle, Mathilde l'avait tirée contre elle, appuyant l'orifice du canon entre ses seins. On l'avait retrouvée renversée, les jambes repliées, son chapeau ayant roulé, et une grande fleur rouge décorant son corsage blanc.

Elle aurait dû mourir, avaient répété les médecins à Clemenceau, mais la balle avait heurté un médaillon en or, lourd, large, épais. Elle avait glissé sur le métal, déchirant les chairs, traversant le sein droit mais ne s'enfonçant pas. La blessure était profonde, la balle avait creusé un sillon, cependant aucun organe vital n'avait été atteint. Elle avait transpercé le bras et s'en était allée se perdre loin dans la Seine, au-delà de l'île.

— Mathilde de Wiener a eu de la chance !

C'étaient les premiers mots que Clemenceau avait dits à Antoine quand il était entré dans la salle de rédaction de *La Justice*.

Il l'avait invité à le suivre dans le bureau. Il s'était laissé tomber dans son fauteuil, si vaste qu'il avait semblé devoir y disparaître. Il avait retiré lentement ses gants de cuir gris, sans quitter Antoine des yeux.

— Elle a voulu se tuer, avait-il murmuré. Elle s'est manquée. Elle a eu de la chance, Forestier. On meurt toujours trop tôt, avait-il ajouté d'un air furibond.

Puis il avait jeté ses gants sur la table, loin, d'un geste rageur.

— Qu'avait-elle besoin de faire ça ? Il y a la justice, il y a les duels. Je m'apprêtais à tuer ce Machecoul dans les règles, et…

Clemenceau s'était levé, avait posé ses deux mains sur les épaules d'Antoine, l'avait contraint à s'asseoir.

— Nous allons vivre quelques semaines, peut-être quelques mois, ou des années difficiles. Et votre Mathilde vient de frapper les deux coups. Le rideau se lève ! Vous et moi sommes sur la scène, tragédie ou opéra, la vie toute bête… Mathilde a tué Machecoul. Tir parfaitement ajusté, en pleine tête. On ne peut même pas le montrer à la famille. La balle tirée à bout portant a fait éclater le visage. Mathilde n'est que blessée. Elle y perdra sans doute la perfection de sa poitrine. Belle, n'est-ce pas, Antoine ?

Antoine avait voulu parler, s'indigner. Le ton acerbe de Clemenceau l'avait choqué. Chaque mot était comme un de ces soufflets qu'on donne pour réveiller quelqu'un qui a perdu conscience.

— Je viens d'apprendre, avait ajouté Clemenceau en retournant s'asseoir, que l'on a retrouvé le corps de Salomon de Wiener, chez lui.

Il avait secoué la tête.

— Mathilde n'a pas pu le tuer. La police pense qu'il s'est donné la mort en apprenant – comment ? c'est la question – qu'elle avait assassiné Machecoul. Peut-être a-t-il cru qu'elle s'était suicidée, qu'elle était morte ? À moins que…

Clemenceau avait tambouriné nerveusement sur son bureau.

— … à moins que Wiener n'ait pensé, en se tuant,

faciliter la défense de Mathilde. Un bon avocat – et nous le trouverons, Antoine – peut plaider l'acte d'une femme, d'une épouse qui va, comme une héroïne de tragédie ou d'opéra, c'est bien cela, venger son mari que l'on persécute, qui pense à se tuer. Et il le fait. Qu'elle ait tenté de se suicider convaincra les jurés de sa bonne foi.

Il s'était levé brutalement, il avait repris ses gants, dit qu'elle était à l'Hôtel-Dieu et qu'il avait obtenu du préfet de police une autorisation exceptionnelle de visite.

— Il faut la sortir de là…

Antoine l'avait suivi, avec la sensation de devoir à chaque pas soulever une masse qui l'écrasait, pesant sur son cou, l'obligeant à avancer tête baissée comme un coupable qui marche vers l'échafaud.

Il avait pensé, alors qu'il se rencognait dans le fiacre qui les conduisait de la place des Victoires, où se trouvaient les bureaux de *La Justice*, à l'Hôtel-Dieu, qu'il avait toujours su, pressenti, qu'un jour on les châtierait, elle et lui, pour le sacrilège qu'ils avaient perpétré en s'aimant, elle en trahissant ainsi son amant mort, lui en volant celle qui avait été la maîtresse de son père. Chaque fois qu'il s'était retrouvé seul avec elle, il avait eu peur, mais peut-être avait-il trouvé dans cette sensation de violer un interdit un plaisir double, plus aigu, à la lisière de la douleur.

Il en avait eu l'intuition dès le premier moment, dans cette nuit de décembre, quand Mathilde lui avait tendu la main et qu'il l'avait prise, montant dans la calèche arrêtée rue de l'Estrapade.

Il avait murmuré aussitôt « je ne veux pas, il ne faut pas », alors qu'il ne s'était encore rien produit entre eux. C'était comme l'aveu de ce qu'il désirait. Il la voulait. Il le fallait.

Elle lui avait d'abord caressé les lèvres du bout de ses doigts gantés. Puis elle avait enlevé ses gants et placé sa main sur la bouche d'Antoine. C'était si tiède, si velouté qu'il l'avait aussitôt embrassée, léchée, comme un chien.

Et il avait été cela, un animal, qu'elle avait su dresser, qu'elle avait conduit dès cette première nuit là où elle voulait, au fond de cet abîme qui était aussi une cime où il n'avait plus ni mémoire, ni pensée. Où il n'avait plus été qu'un corps, où il lui avait suffi de la toucher, de la voir se rhabiller en chantonnant, entourer sa taille, son buste, ses cuisses de ce qu'elle avait appelé « mes fanfreluches » pour qu'il se sente joyeux, avec l'envie lui aussi de fredonner et de rire. Et elle lui avait dit, chaque fois, au moment où elle le quittait :

— Ne pense pas à moi. Laisse-moi faire. Ne t'occupe pas de moi, continue ta vie, écris tes articles ou file dans ton château. Oublie-moi… Et puis quand je serai là, parce que je reviendrai, efface tout le reste. C'est comme ça qu'on va vivre, toi et moi.

Il avait essayé. Il était retourné à Mazenc, avait épousé Marguerite Novera, la cadette de petits viticulteurs qui n'auraient jamais osé rêver qu'une de leurs filles pût un jour s'appeler Marguerite Forestier, comtesse de Bellagio, et qu'elle fût la propriétaire du château de Mazenc et des vingt-sept hectares de vignes qui allaient avec !

Alors, quand elle avait paru malheureuse parce que Antoine était retenu par ses obligations à Paris, ils l'avaient sermonnée. Est-ce qu'elle se rendait compte de la chance qu'elle avait ? Elle était la patronne. Le vieux Romain, c'était un brave homme, et depuis qu'elle lui avait donné un petit-fils, Henri, il la traitait comme une sainte. Quand elle avait accouché du second, Charles, il n'était déjà plus qu'une forme noire et silencieuse qu'on apercevait dans un grand fauteuil placé devant la cheminée.

Marguerite s'était donc contentée de voir Antoine cinq ou six jours par mois. Mais à chacun de ses séjours, Antoine l'avait irritée par les questions qu'il ne cessait de lui poser.

— Êtes-vous heureuse, Marguerite, dites-moi la vérité ? Voulez-vous que je m'installe au château ? J'écrirais des livres, le journalisme n'est qu'une agitation vaine. Cela ne me manquerait pas. Je pourrais me faire élire maire de Mazenc, qu'en pensez-vous ? Nous pourrions vivre tous ensemble, Henri et Charles ont besoin de ma présence, non ? Répondez-moi franchement.

Il l'avait humiliée en lui parlant ainsi, en la harcelant pour qu'elle décide à sa place. Elle lui avait chaque fois tourné le dos, lui lançant :

— Faites ce que vous voulez, Antoine, c'est vous que cela regarde !

Alors, selon un rituel immuable, il s'emportait, s'indignait. Tout cela la concernait, elle et les enfants, disait-il. Il ne posait ces questions que parce qu'il était un homme de devoir, qu'il ne voulait pas se comporter comme son père qui l'avait abandonné ici, qu'il n'avait jamais vu. Non, il ne serait jamais comme Jules Forestier, cet inconnu, cet égoïste.

— Vous venez souvent, avait murmuré Marguerite, alors qu'il continuait de gesticuler. Je vous vois, les enfants vous voient. Il n'y a rien de comparable avec l'attitude de votre père. Vous ne nous avez pas abandonnés, Antoine. Nous sommes heureux ici. Nous savons que vous devez être à Paris. Monsieur Clemenceau, tous ceux qui dirigent le pays sont à Paris, que feriez-vous ici ?

Elle avait ri.

— Vous deviendriez de la piquette, Antoine. Moi, j'ai épousé un château-mazenc, d'une bonne cuvée. Je veux que vous restiez ce que vous êtes.

Il l'avait serrée contre lui, il avait répété :

— Vous êtes une femme admirable, Marguerite, ma vraie compagne.

Lorsqu'il avait dit cela la première fois, elle avait eu l'impression qu'il lui arrachait le cœur. Connaissait-il des femmes qui n'étaient pas admirables, qui n'étaient pas de vraies compagnes, pour parler ainsi ? Mais il avait répété la même phrase à chaque départ, et elle s'était habituée, ne l'avait même plus écouté.

Antoine Forestier avait eu ainsi plusieurs vies en des lieux différents.

Mathilde avait loué, non loin de la rue de l'Estrapade, dans la rue de Médicis qui longe le jardin du Luxembourg, un petit appartement au dernier étage. Avant de s'y rendre, elle passait par l'hôtel Forestier, laissant un mot, et parfois l'hiver, quand il avait neigé, il suffisait à Antoine de voir ses traces de pas dans le tapis blanc pour savoir qu'elle l'attendait.

Il se dirigeait aussitôt vers la rue de Médicis, marchant vite, mais au bas de la rue Soufflot, ou même plus loin encore, devant le porche de l'immeuble de Mathilde, il lui arrivait d'être paralysé par l'angoisse, le remords et le scrupule, et d'hésiter à aller plus loin.

Alors il hélait un fiacre, se faisait conduire place des Victoires.

Dès qu'il entrait dans la salle de rédaction de *La Justice*, qu'il respirait cette odeur d'encre, de tabac, de sueur et de café, il oubliait Mathilde. Il y avait toujours un article à relire, un bon à tirer à signer, une nouvelle qui venait de tomber, qu'il fallait commenter alors que Clemenceau était introuvable, passant sans doute la nuit avec une chanteuse ou une ballerine.

L'aube se levait en même temps que le premier exemplaire du journal. On le respirait en le feuilletant.

Et les titres, les éditoriaux s'étaient succédé.

Au fil des années, il avait condamné Jules Ferry « le Tonkinois », Boulanger « le général de coup d'État » ou bien « la République de la bassesse et de la médiocrité » lorsque, après Panamá, les plus corrompus s'étaient ligués pour écarter Clemenceau, le gêneur au verbe haut, aux phrases acides, le tombeur de ministères. Puis il s'était indigné contre les attentats anarchistes, Auguste Vaillant qui jetait une bombe dans l'hémicycle du Palais-Bourbon, Caserio qui assassinait à Lyon le président de la République Sadi Carnot, Ravachol qui tuait pour voler, prétendant agir au nom de la justice, ou Henry, l'imprimeur, qui plaçait des bombes dans les cafés à l'heure de l'affluence. Et la guillotine avait dressé ses bois devant la porte des prisons pour trancher la tête des anarchistes.

Une nuit, Antoine avait appris qu'on avait arrêté un vieil imprimeur, Raynal, et son ouvrier, Vincent Mercœur. Lors d'une perquisition, on avait découvert dans leur atelier, rue de la Croix-Nivert, des opuscules anarchistes, et notamment *La Voie libertaire* qui appelait à la destruction de la société injuste.

« Les pauvres crèveront de misère dans les bagnes industriels aussi bien sous la République radicale que sous la République modérée », avait écrit Vincent Mercœur dans l'un des numéros, où l'on invitait les lecteurs à pratiquer « la propagande par le fait » – l'attentat à la bombe – et la « reprise individuelle », c'est-à-dire le vol.

Raynal, Mercœur, des noms qui dataient de l'époque de son père. Vincent Mercœur, le petit-fils de Georges, le communard qui avait choisi le suicide plutôt que la déchéance.

Et il suffisait de ce nom, de ces souvenirs surgis parfois par hasard, pour qu'Antoine soit envahi par le désir de revoir Mathilde. Il enfilait son paletot, se heurtait à Clemenceau qui arrivait au journal, sentant le parfum, les traits tirés, la peau pâle. Clemenceau qui s'étonnait :

— Vous avez passé la nuit là, Antoine ! Vous êtes donc revenu, vous avez eu peur de Mathilde, une fois de plus ! Vous êtes un imbécile. J'espère pour vous qu'elle s'est endormie en vous attendant, et que vous allez la réveiller. Je ne veux pas vous voir avant quatre heures cet après-midi.

Le plus souvent, Mathilde l'avait attendu, couchée

nue, ses cheveux défaits. En la voyant si juvénile, si abandonnée, Antoine ne pensait plus qu'à s'allonger près d'elle, à enfouir son visage entre ses seins.

Alors elle le pressait contre sa poitrine, et ordonnait :

— Ne pense plus à rien, laisse-toi faire.

Parfois, quand il la quittait, au lieu de rentrer chez lui ou de retourner au journal, Antoine remontait la rue d'Ulm jusqu'à l'École normale supérieure.

Il savait trouver Jean Revest dans son petit bureau qui donnait sur la cour principale. Et Revest disait en montrant les colonnades, le bassin :

— L'École normale, c'est un cloître laïc. Nous sommes les prophètes, les célébrants et les prêtres de la République.

Lorsque le temps était clément, il entraînait Antoine dans une promenade autour du bassin. Et c'était en effet un prêche ou bien des excommunications et des anathèmes qu'entendait ce dernier.

Revest se passait d'un geste nerveux la main dans les cheveux, dénonçait Clemenceau, ce républicain conservateur et cynique qui ne prononçait jamais les mots *égalité* ni *fraternité*, et dont la référence à la *liberté* servait à masquer l'égoïsme.

Il s'emportait vite, accusait Clemenceau d'être lui aussi, malgré sa raideur apparente, corrompu, payé par Salomon de Wiener ou Cornelius Herz. À l'entendre, il en était de même pour la plupart des « politicards », des cent quatre « chéquards » ! Et peu importe que ce soit l'escroc qui livre le nom de ses complices ! ajoutait Revest. Il y en a cent quatre ! Le vol et la prostitution, les concussionnaires, les pots-de-viniers, les trafiquants de mandats sont au pouvoir ! Le gendre de Grévy vend les croix d'honneur, Salomon de Wiener et son frère achètent les hommes politiques et les journaux. Vous appelez ça la République, Antoine ! Il faut une révolution sociale, d'autres élites, issues du prolétariat. Ce régime ne connaît plus que la politique rabaissée, la littérature rapetissée, l'art galvaudé.

Revest avait présenté Antoine à Lucien Herr, le bibliothécaire de l'École normale, à Jaurès, un ancien élève, député depuis 1885, à quelques autres jeunes gens, poètes, écrivains ou étudiants, Charles Péguy, Léon Blum…

Antoine accompagnait quelquefois Herr et Revest dans leur longue promenade à bicyclette au bois de Boulogne. Antoine avait appris à pédaler dans la cour de l'hôtel Forestier. Les passants s'étaient arrêtés devant les grilles, étonnés par cette étrange machine.

Les jours de promenade, on se laissait glisser le long de la rue Saint-Jacques jusqu'à la Seine, qu'on longeait, puis on passait sur la rive droite, remontant les Champs-Élysées ou l'avenue Marceau, et souvent Antoine, essoufflé, mettait pied à terre alors que Herr et Revest avaient déjà atteint l'Arc de Triomphe, descendant l'avenue de la Grande-Armée vers le bois de Boulogne.

On s'arrêtait au bord du lac, on s'asseyait sur l'herbe. On évoquait Vincent Mercœur et Raynal, qui venaient d'être condamnés à sept ans de bagne pour activités anarchistes, recel d'explosifs, menaces contre l'ordre public, tentative de chantage.

Les juges avaient été sévères, mais la société doit

se défendre, disait Antoine. Mercœur avait bénéficié de toutes les garanties de la loi.

Revest estimait que la justice ne pouvait pas se cantonner dans l'enceinte des tribunaux, elle devait se répandre dans la société. Où était la justice quand la troupe, comme à Fourmies, tirait sur les grévistes un 1er mai, le jour choisi pour réclamer la limitation à huit heures de la durée quotidienne du travail ?

— Le gouvernement, avait ajouté Revest, a voulu essayer le nouveau fusil, le Lebel. C'est horrible ! Des adolescents abattus, troués de part en part. Vous acceptez cela, Antoine ? On ne peut pas être que républicain, comme Clemenceau. Le socialisme, Antoine, est la condition nécessaire de l'existence d'une vraie République, sinon nous n'avons que des simulacres, la liberté certes, mais celle du renard libre, dans le poulailler libre. Rejoignez-nous, Antoine ! Vous ne pouvez pas rester à l'écart de ce grand soulèvement qui commence, qui est l'aboutissement d'une démarche séculaire millénaire, de Spartacus à Saint-Just, des esclaves en révolte aux prolétaires d'aujourd'hui. La lutte des classes, c'est le ressort de l'Histoire.

La conversation s'était poursuivie durant le trajet de retour et Antoine, aux nouvelles sollicitations de Revest, avait répondu qu'il croyait à la liberté de l'individu, et non à « votre grand soulèvement collectif. Le socialisme n'est qu'une nouvelle façon de dire le christianisme, mais sans Dieu. Si vous l'emportez, vous ne ferez pas mieux que Jésus, c'est-à-dire pas grand-chose sur cette terre ! Et comme vous renoncez à l'au-delà, qu'est-ce qui vous restera ? Souhaitons que le socialisme ne soit pas une faillite morale plus grande que celle du christianisme ».

En descendant de bicyclette, devant la porte de l'École normale, Revest s'était exclamé d'une voix un peu méprisante :

— Vous êtes devenu le perroquet de Clemenceau, mon cher Antoine. Que l'homme, par son cynisme et son énergie, sa pugnacité, soit fascinant, j'en conviens. Mais où est le souffle sans lequel on ne peut soulever les peuples ? Pensez à 1792, Antoine, à votre arrière-grand-père, à l'enthousiasme des patriotes, des républicains. Pensez à votre père. Nous avons besoin de cela aujourd'hui, et c'est le socialisme, c'est-à-dire l'égalité et la justice, qui peut donner cet élan. Notre société est désemparée. Elle est la proie des passions les plus obscures. Voyez l'antisémitisme d'un Drumont et de sa *Libre Parole*, d'un Pierre Machecoul. Bientôt, ils dresseront des bûchers, ils lapideront les juifs ! Et pour finir, nous nous égorgerons entre peuples. Le socialisme peut seul éviter ça.

Revest avait pris Antoine par l'épaule.

— Ne vous laissez pas pervertir par la lucidité myope de Clemenceau. Convertissez-le, c'est un homme de talent. S'il rejoint le socialisme, il peut en devenir le chef, pourquoi pas ? D'ailleurs il a compris l'intérêt de cette évolution, il commence à se dire radical-socialiste ! Mais expliquez-lui qu'il doit se hâter d'être pour la justice, et ça n'est pas qu'un titre de journal. Autrement, la terre s'ouvrira, et les nations s'engloutiront dans un des plus effroyables bouleversements de l'Histoire.

Antoine avait eu plusieurs fois le sentiment que Revest ne se trompait pas quand il annonçait, comme il disait, une « nuée rouge », la guerre, la « grande saignée » ou bien quand, avec une sorte de lassitude, il ajoutait :

— Notre siècle vieillit tristement ! Avant quelle tragédie sociale ? Qui le dira ?

Mais il n'avait pu croire aux solutions que Revest avançait, l'Internationale ouvrière, le socialisme, l'entente entre les prolétaires. Revest souvent, et Herr et Jaurès aussi, lui étaient apparu comme des êtres généreux mais enfermés dans leur cloître de la rue d'Ulm, dans leurs croyances.

Pouvaient-ils imaginer ce qu'étaient les passions humaines, la haine et la jalousie d'un Pierre Machecoul, dont Mathilde souffrait, non pour elle-même, disait-elle, « Machecoul, c'est un porc, je le sais depuis longtemps », mais parce qu'elle devinait qu'il voulait détruire le baron de Wiener.

— Salomon est un homme bon, ajoutait-elle. C'est peut-être un escroc, mais une femme qui a couché avec un homme sait ce qu'il vaut, ce qu'il est. Un homme quand il est nu – elle riait – ne peut plus rien cacher ! Machecoul est un porc, Salomon est doux comme un oiseau.

Que pouvait le socialisme contre les passions ? Contre le fait que Machecoul avait été humilié d'avoir perdu Mathilde et qu'il la poursuivait de sa vindicte ? Elle avait dit une fois, après que Machecoul eut écrit toute une semaine des articles quotidiens pour dénoncer « le baron escroc, Salomon le corrupteur juif », qu'elle le tuerait.

Puis elle avait éclaté de rire, dit qu'elle se tuerait après, qu'elle débarrasserait la terre d'un porc et d'une fille qui n'avait pas été capable de rencontrer un homme qui ait désiré lui faire un enfant.

Antoine avait voulu s'approcher d'elle, tout à coup ému, mais elle l'avait repoussé, riant encore plus fort, puis s'arrêtant brusquement comme un cristal qui se brise, disant :

— Je m'en vais.

Il ne l'avait pas revue.

Et il avait craint, quand Clemenceau avait poussé la porte de la chambre, au fond de ce couloir de l'Hôtel-Dieu, l'instant où il la retrouverait blessée, prisonnière, coupable.

Mathilde avait essayé de se redresser, mais elle avait grimacé, montrant de sa main gauche le pansement qui serrait sa poitrine et le haut du bras. Puis elle avait sorti de sous les draps son poing droit, et elle l'avait ouvert lentement. Elle tenait, serrée au creux de sa paume, la médaille d'or, tordue, qui avait dévié la balle.

— Salomon, avait-elle murmuré.

Elle avait fermé les yeux.

Antoine avait détourné la tête, aperçu les barreaux derrière les vitres poussiéreuses de la fenêtre.

Il s'était penché vers Mathilde. Voulait-elle quelque chose ? Elle avait à peine remué la tête, gardant les yeux clos.

— Ce porc, avait-elle chuchoté, j'aurais dû le tuer avant.

— On va vous tirer de là, ma chère Mathilde, avait dit Clemenceau. J'en fais le serment, et je suis têtu comme un Vendéen !

Elle avait souri, ouvert les yeux.

— Vous ne croyez pas en Dieu, Georges, mais vous êtes bon. Salomon disait qu'il y avait deux sortes d'hommes, ceux qui savaient aimer et les autres. Moi je dis, les hommes et les porcs.

Son visage s'était crispé, comme si tout à coup elle avait eu très mal.

— Longtemps, avait-elle ajouté, je n'ai connu que des porcs.

Un infirmier leur avait demandé de sortir.

Clemenceau l'avait embrassée.

— À la fin, ce sont les hommes qui gagnent, avait-il dit en se redressant.

Elle avait tendu à Antoine le médaillon :

— Garde-le.

Antoine était resté un long moment, le visage dans les cheveux de Mathilde, respirant cette odeur un peu douceâtre et écœurante d'iode et de camphre, puis il était sorti à reculons, restant immobile devant la porte que l'infirmier avait refermée.

Clemenceau lui avait pris le bras et l'avait entraîné dans le couloir aux murs écaillés.

Après quelques pas, Antoine s'était retourné, résistant à Clemenceau qui répétait encore qu'il fallait organiser la défense de Mathilde afin de la sortir de là au plus vite.

Il avait regardé la porte de cette chambre, devant laquelle allait et venait, les mains derrière le dos, un gardien de la paix au visage couperosé, enflé, aux traits grossiers qui exprimaient la vulgarité, la bêtise et l'ennui. Son uniforme était froissé et son ceinturon n'était pas serré.

Antoine avait eu l'impression d'abandonner Mathilde pendant qu'elle se noyait dans l'eau sale de la douleur et de la laideur, de la misère et de la crasse.

Il s'était arc-bouté. Mais la main de Clemenceau était un étau, il l'avait tiré, l'obligeant à marcher plus vite, à s'éloigner de ce fond de couloir, de cette porte, de Mathilde.

— Pas d'enfantillages, Forestier ! Qu'est-ce que vous voulez ? Qu'est-ce que vous imaginez ? Vous croyez qu'on va vous laisser coucher dans sa chambre ? Ou bien qu'on va la libérer et que vous la reconduirez chez elle ou chez vous, ou rue de Médicis ?

Il avait haussé les épaules devant le visage étonné d'Antoine.

— Bien sûr, je sais que vous la rencontriez là. La police le sait. C'est comme cela que je l'ai appris. Nous sommes surveillés, vous, moi, elle, Salomon de Wiener… Machecoul devait l'être. Pourquoi la Sûreté générale l'a-t-elle laissé tuer ? C'est une question qu'il faut se poser. Sa mort, celle de Wiener n'ont pas dû mécontenter, ni surprendre tout le monde. Après tout, le baron de Wiener dérangeait. Machecoul aussi, avec ses articles hystériques. Les modérés qui nous gouvernent aiment le secret, les atmosphères feutrées, les accords discrets. Et puis les concurrents de Wiener doivent être satisfaits de sa disparition. Je suis sûr que les actions de la banque Dussert-Speicher et Fils ont fait un bond à la cote ! Olivier Dussert va pouvoir regagner le terrain perdu, et peut-être va-t-il racheter du Panamá maintenant que ses rivaux sont liquidés. Quant à ces Messieurs qui me haïssent, qui m'accusent d'être un trouble-fête, ils estiment sans doute que je suis foutu, mort politiquement.

Clemenceau avait cessé de tenir le bras d'Antoine alors qu'ils descendaient l'escalier de l'hôpital.

— Nous ferons du journalisme, nous écrirons des romans, avait-il repris, des pièces de théâtre. Nous allons fonder un nouveau journal, Antoine, *L'Aurore*. Ça claque, ça annonce l'avenir !

Il s'était arrêté dans le hall.

— Les hôpitaux sont toujours des prisons. C'est le médecin qui vous le dit. Mais l'aile du bâtiment où ils ont placé Mathilde est d'abord une prison. Et puis, mettez-vous cela dans la tête, Forestier, on ne libère pas une femme qui a tué de sang-froid, avec préméditation. Même si elle a tenté de se suicider, même si son mari est mort. On ne peut accepter que chaque citoyen prononce lui-même un verdict et l'exécute. Allons, venez, Forestier.

Il avait poussé Antoine dehors.

Le temps était gris, mais doux. Sur le parvis de Notre-Dame, des badauds entouraient une de ces voitures automobiles que l'on commençait à apercevoir dans les rues, bruyantes, avec leur conducteur et leurs passagers enveloppés de houppelandes, les yeux dissimulés par de grosses lunettes et la casquette ou le bonnet enfoncé jusqu'aux sourcils.

Clemenceau avait haussé les épaules.

— On renoncera peut-être aux chevaux, mais je le regretterai. Monter est une école de volonté et de sang-froid. Vous n'êtes pas cavalier, Antoine ? Dommage. La manière dont un homme monte et se bat en duel révèle ce qu'il est. Quand j'ai affronté ce paltoquet de Deschanel, qui a de grandes ambitions politiques, et que je l'ai vu reculer, pâle comme un linge, j'ai su qu'il n'était rien qu'un pantin, une figure de mode.

Ils avaient commencé à marcher le long du quai de l'Horloge, vers le Pont-Neuf.

— L'hôtel de Mirmande, avait murmuré Clemenceau en montrant l'un des hôtels particuliers qui surplombaient la Seine. C'est là que les Dussert ont fait leur nid, dans une famille de bonne noblesse, les Boissier. Voilà comment la France s'est transformée, par les contrats de mariage ! C'est peut-être la conséquence majeure de la Révolution.

Il avait soupiré.

— Nous allons trouver un avocat à Mathilde.

Il parlait maintenant comme s'il dictait, avec précision et sécheresse :

— Il faut un avocat qui ne soit pas un ténor du barreau, qu'on ne puisse soupçonner d'avoir un engagement politique proche du nôtre, du vôtre. Donc pas un républicain affirmé. Un honnête homme qui plaidera l'affaire privée, le drame intime d'une femme qui veut défendre l'honneur de son époux. Pas de politique, Forestier ! Les jurés n'auraient de cesse de condamner Mathilde pour, à travers elle, flétrir les députés, les « chéquards » et les juifs. Ils se vengeraient sur elle de ne pouvoir nous trancher la tête. Ils la lui couperaient volontiers !

Ils s'étaient arrêtés à l'entrée du Pont-Neuf.

— Vous, vous serez le fils de l'amant de cœur, ce sera votre rôle. Vous expliquerez que vous n'avez pas connu votre père. Vous serez Œdipe – il avait souri – et Mathilde, une héroïne de Hugo, Fantine, Cosette, ou bien l'une de ces braves filles de Flaubert ou de Maupassant, « un cœur simple », Boule-de-Suif, mais une femme n'ayant pas accepté de n'être que cela, une figure tragique, issue du peuple, victime des puissants et du destin.

Il s'était remis à marcher, s'engageant sur le Pont-Neuf vers la rive droite.

— Nous la ferons acquitter, Antoine, avait-il dit. Et ce sera justice !

27.

“Le peuple
criait ‘à mort !’,
on lui aurait
laissé Dreyfus
qu’il l’aurait
lapidé,
écharpé… ”

Maître, puis-je vous avouer ma surprise ? avait commencé Charlotte de Boissier.

Elle s’était interrompue, avait regardé tour à tour son fils Léon qui se tenait debout, adossé à l’une des fenêtres du grand salon, puis Olivier Dussert, mais l’un comme l’autre avaient détourné la tête, évitant de regarder Maurice Chrétien de Taurignan vers qui, après quelques secondes d’hésitation, Charlotte de Boissier s’était penchée, toussotant, disant enfin :

— Vous, un Taurignan, le fils du général de Taurignan qui était proche de Pierre Machecoul, défendre Mathilde de Wiener !

Sa voix avait tremblé d’émotion et d’indignation, et son visage ridé, un peu blafard, s’était légèrement affaissé.

— Je revois votre père, ici, dans ce salon, à votre

place, maître. Ma mère Élisabeth de Viéville recevait chaque semaine Pierre Machecoul, Joseph de Taurignan, en compagnie de vos parents, cher Dussert… C'était il y a des années. Je venais – elle avait hoché la tête – de rencontrer Victor Hugo. Il était en exil à Guernesey. J'étais si jeune, mais je n'aurais jamais imaginé qu'un Taurignan pût un jour défendre une Mathilde de Wiener, une catin, maître, et vous le savez…

Elle avait à nouveau cherché l'approbation de son fils et d'Olivier Dussert, mais ils avaient semblé gênés et étaient restés silencieux.

— … et obtenir son acquittement !

Charlotte de Boissier s'était appuyée au dossier du fauteuil, comme pour maîtriser le tremblement qui l'avait saisie.

— Bravo, maître ! Quel talent ! avait-elle dit, mais tout cela est incroyable, il me semble.

— Chacun a le droit d'être défendu, madame la comtesse, avait répondu Maurice de Taurignan.

C'était un homme d'une quarantaine d'années, qui se tenait assis droit sur le bord de son siège comme s'il avait été sur le point de se lever.

— Racontez-nous, comment est-elle ? avait demandé Charlotte de Boissier. Pour moi, c'est une catin mais surtout une anarchiste, un Ravachol ou un Vaillant en jupons. On leur a tranché la tête à l'un et à l'autre, mais une femme comme elle est d'une espèce encore plus dangereuse !

— Une femme, Mère, une femme, cela suscite toujours l'indulgence, avait dit Léon de Boissier à voix basse.

Il devait avoir le même âge que Maurice de Taurignan, mais tout les opposait. Léon de Boissier avait le visage fin, presque féminin, les cheveux plaqués soigneusement sur le crâne et les tempes, partagés par une large raie. Il portait une veste gris clair à quatre boutons, qui serrait son torse étroit. Les pantalons taillés dans le même tissu gris moulaient la jambe et couvraient le haut des bottines. Les pointes du col blanc cassé encadraient un menton fuyant.

Maurice de Taurignan avait au contraire un visage énergique, des cheveux taillés court, une petite moustache en brosse qui soulignait les lèvres charnues, la grande bouche. Son costume noir ressemblait à un uniforme auquel il aurait manqué les galons. Tout en lui révélait l'ancien officier, qui avait gardé de son passage à Saint-Cyr la raideur de l'allure et l'austérité un peu hautaine des manières.

— Mon cher député, que dit-on à la Chambre de toutes ces affaires judiciaires ? avait interrogé Dussert en se tournant vers Léon de Boissier. Vous arrive-t-il d'échanger quelques mots avec votre collègue Joseph de Wiener ? Je sais bien qu'il siège à l'autre bout de l'hémicycle, mais on dit qu'à la buvette les députés bavardent en bons camarades.

Léon de Boissier avait pris une expression ennuyée et avait haussé les épaules.

— Ces temps-ci, Joseph de Wiener ne vient guère à la Chambre, avait-il dit en souriant.

— On peut le comprendre ! Être à la fois le beau-frère de Mathilde de Wiener et donc juif, comme ce capitaine Dreyfus, cela fait peut-être beaucoup !

Il avait ri.

— Les Français ont un comportement de plus en plus étrange. Ce peuple n'en finit pas de m'étonner.

Il fait la Révolution, et accepte l'Empire. La Commune embrase Paris, et il y aurait eu un peu plus de trois cent mille lettres de dénonciation contre les communards.

Il s'était tourné vers Maurice de Taurignan.

— Vous avez lu vous-même au procès la lettre qu'avait écrite Machecoul, en juin 1871, dénonçant cette Mathilde de Wiener.

— Comment vous êtes-vous procuré ce document, maître ? avait demandé Léon de Boissier.

Taurignan s'était contenté de pencher la tête.

— Bref, les Français sont incompréhensibles, avait enchaîné Dussert. Ils condamnent les « chéquards » et les juifs, mais ils élisent le frère du baron de Wiener, ce Joseph, un juif. Comment voulez-vous gouverner ce pays ? Heureusement, je ne suis que banquier, et les Français ne sont constants que sur un point, ils épargnent.

— Et les juifs les grugent et les dépouillent, avait lancé Léon de Boissier, ou bien les trahissent, comme ce capitaine Dreyfus auquel, avec une naïveté bien française, nos bons généraux avaient ouvert le saint des saints, les secrets de l'état-major, en toute confiance. Et notre Dreyfus recopiait, apportait ses petits papiers rue de Lille, à l'ambassade d'Allemagne !

— L'auriez-vous défendu, maître ? avait demandé d'une voix tendue Charlotte de Boissier. Un espion mérite-t-il un avocat ?

— On ne plaide pas devant le conseil de guerre, avait murmuré Taurignan.

— Mais vous, fils de général, vous étiez officier, vous avez une opinion ?

— Je n'ai pas vu le dossier…

— Accablant, accablant ! s'était exclamé Léon de Boissier. Le ministre de la Guerre, le général Mercier, a essayé d'étouffer l'affaire, mais ce que nous avons appris, parce qu'un certain nombre d'officiers ont voulu courageusement crever l'abcès, c'est que Dreyfus a agi par vengeance et naturellement par esprit de lucre. L'entreprise familiale que les Dreyfus possédaient a fait faillite il y a quelques années, lui-même, bien que polytechnicien et breveté d'état-major, a jugé qu'on ne l'appréciait pas à sa juste valeur parce qu'il était juif. Mélangez ces deux mobiles, l'argent et l'envie, et vous avez les causes de sa trahison.

— Le général Mercier prétend, avait commencé Olivier Dussert, que les renseignements transmis par Dreyfus aux Allemand sont anodins.

— Mercier, avait répliqué Charlotte de Boissier, mais c'est une « moule » ! Vous savez que j'ai soutenu, et je n'en ai pas honte, le général Boulanger, j'étais proche de lui. C'était un homme de courage. Ce qu'il m'a dit de Mercier et des autres généraux, valets des juifs et des politicards, m'avait effrayée. Que peut-on attendre de Mercier ? Le mensonge, la faiblesse, la lâcheté.

— Chère comtesse, avait dit Taurignan, Dreyfus a été démasqué, jugé.

— Grâce à la presse, maître ! avait lancé Léon de Boissier en s'avançant. Sans *La Libre Parole* et notre ami Drumont, Mercier étouffait l'affaire, et cédait aux pressions de Joseph de Wiener et du clan juif. Leur intention était de garder la condamnation de Dreyfus secrète, mais heureusement il y a des Français qui ont le sens des intérêts de la patrie et qui ne sont pas vendus aux juifs !

— Que pense de tout cela le général de Taurignan ? avait demandé Olivier Dussert.

Maurice de Taurignan avait fait la moue, fermé à demi les yeux.

— Ne me dites pas que votre père doute de la culpabilité de Dreyfus ! s'était écriée Charlotte de Boissier.

Elle avait répété :

— Mon Dieu, mon Dieu…

— J'ai observé Dreyfus, le jour de la dégradation, place de Fontenoy, avait repris Léon de Boissier. Avez-vous lu cet article admirable de Léon Daudet dans *Le Figaro* ? Sa description de Dreyfus est impitoyable. J'étais au premier rang. J'ai vu Dreyfus, pendant que le cuirassier, l'exécuteur, arrachait ses galons, brisait son sabre d'un seul coup. Ce cuirassier était une sorte de géant, l'incarnation même de la justice. J'avais des jumelles, Dreyfus avait une mine chafouine et blafarde, un corps, un visage de menteur, celui de sa race, quelque chose de sordide et de répugnant. Quand il s'est mis à marcher, parce qu'il a été contraint de passer devant le front des troupes, on aurait dit un automate, une bête hideuse de trahison, comme écrit Daudet. C'était horrible, mais cela ne suscitait en rien la pitié. Au contraire. Le peuple criait « à mort ! », on lui aurait laissé Dreyfus qu'il l'aurait lapidé, écharpé. À aucun moment, il n'a trébuché, donné le moindre signe de remords ! Une machine à corrompre, à se parjurer. Le symbole de sa race, qui ne peut être sensible au malheur de la patrie. Il y a quelque chose qui relève de la Providence dans le fait qu'il a été déporté à l'île du Diable. Les juifs ont toujours pactisé, depuis la crucifixion, avec les puissances maléfiques.

Maurice de Taurignan n'avait pas bougé, mais son visage s'était, pendant que Léon de Boissier parlait, contracté plusieurs fois.

— Je sais, avait-il dit d'une voix dure, que pendant toute cette cérémonie sinistre, Dreyfus n'a cessé de crier : « Je suis innocent, je jure que je suis innocent ! On dégrade un innocent. »

— Quelle impudence ! avait murmuré Charlotte de Boissier.

— Mon père, avait repris Taurignan sans prêter attention à la comtesse, était à quelques mètres de lui, au côté du général commandant les troupes. Il a entendu Dreyfus répéter sans fin « Vive la France ! » et ajouter : « Sur la tête de ma femme et de mes enfants, je jure que je suis innocent. »

— Qu'en déduisez-vous ? avait demandé Dussert.

— Qu'un juif peut mentir, quels que soient les faits ! avait lancé Charlotte de Boissier.

Taurignan s'était levé, avait été jusqu'à l'une des fenêtres. Il avait regardé le parc qui s'étendait de la rue du Bac au boulevard Saint-Germain. La nuit tombait. Derrière les arbres, on apercevait la façade de l'hôtel de Taurignan.

Il eut un sentiment de nostalgie en pensant à ses arrière-grands-parents qui, avant le cataclysme de 1789, avaient vécu là, dans cette demeure dont les Dussert étaient devenus les propriétaires et qu'ils avaient transformée en siège de la banque Dussert-Speicher et Fils ! Maurice de Taurignan eut une bouffée d'amertume en songeant à ces traditions détruites. Ceux qui étaient morts, ces années-là, décapités comme son ancêtre Philippe Chrétien de Taurignan, avaient peut-être connu le destin le plus doux. Ils n'avaient pas eu à subir la bassesse des âmes et la vulgarité des mœurs qui étaient les ressorts de ce nouveau monde où tout s'achetait et se vendait.

— Comment vont vos affaires, monsieur ? avait dit Maurice de Taurignan en se tournant vers Dussert. Vous ne songez pas à déménager le siège de votre banque ?

Dussert avait hoché la tête, les yeux étonnés.

— Mes ancêtres ne vous hantent-ils pas ? avait repris Taurignan. Je suis prêt à racheter notre hôtel, si vous le quittez.

— Je n'en ai pas l'intention, avait murmuré Olivier Dussert. Et les banquiers ne craignent pas les fantômes.

Taurignan était revenu vers le centre du salon :

— Voyez-vous, on injurie Dreyfus parce qu'il a marché d'un pas ferme tout au long de cette abominable promenade devant les troupes, place de Fontenoy, mais on l'aurait injurié de même si son pas avait été hésitant.

Il s'était retourné vers Charlotte de Boissier.

— Il faudrait empêcher les sauvages de se mêler de l'appareil de justice, avait-il ajouté d'une voix douce, avant de se rasseoir.

— Maître, maître, avait répété Charlotte de Boissier, seriez-vous pour Dreyfus ? Sans doute avez-vous été séduit par cette criminelle. Ces femmes… Que fait-elle maintenant ?

— Mathilde de Wiener écrit ses Mémoires. Elle a acheté un château, du côté de Barbizon. Elle raconte, ce sera passionnant, qu'elle a eu beaucoup d'amants. Je crois que vous avez connu certains d'entre eux. Vous étiez proche de Jules Forestier ?

Il avait souri.

— Vous, comtesse, et Mathilde, baronne de Wiener, avez de nombreux points communs…

Charlotte de Boissier s'était redressée, les lèvres tremblantes.

— C'est une fille du peuple et vous avez écrit autrefois *Histoire d'une fille du peuple*, n'est-ce pas ? Ce serait amusant de comparer l'original – il avait fait mine d'hésiter – et la copie.

Il s'était levé, s'était incliné, les talons joints.

— Mes respects, madame la comtesse, avait-il dit cérémonieusement.

Sur le seuil, il s'était retourné.

— Vous savez que je défends n'importe qui. Je suis donc à votre disposition, madame.

Léon de Boissier avait fait un pas, comme s'il avait voulu répondre à Taurignan, peut-être même le défier, mais celui-ci l'avait toisé, et Boissier avait baissé la tête.

28.

“ N’oubliez jamais, mon fils, les Taurignan ont toujours agi avec droiture. Ils ont pu se tromper, mais ils n’ont jamais été lâches… ”

Mathilde de Wiener avait pris le bras de Maurice Chrétien de Taurignan et ils avaient marché à pas lents vers la lisière du parc. L’air, en ce début d’après-midi de janvier 1899, était si sec et si froid, si immobile aussi, comme figé par un soleil blanc, qu’il semblait se casser comme une branche morte quand les talons frappaient la terre gelée de l’allée.

— Vous êtes courageux, Maurice, avait dit Mathilde de Wiener.

Taurignan avait un peu haussé l’épaule gauche, pour marquer que cela était sans importance.

— Tant de lâches, Maurice…

Mathilde s’était arrêtée, se tournant vers lui.

— J’ai connu si peu d’hommes qui vous ressemblent.

Elle avait souri.

— Quelques-uns quand même, mais j'en ai rencontrés beaucoup, vous le savez, je ne vous ai rien caché.

Elle s'était remise à marcher vers la petite colline couverte d'arbres qui occupait le bout du parc. De là, on apercevait les terres à blé, qui semblaient rouges sous ce soleil d'hiver, et au bout, la houle sombre de la forêt de Fontainebleau dont ces quelques arbres rappelaient qu'elle s'était étendue jusqu'ici autrefois, avant les grands défrichements.

— Cette terre de France, avait dit Maurice de Taurignan, c'est comme un ossuaire, au-dessous de chaque motte il y a un corps d'homme, une trace humaine. Nous devrions être unis par cette communauté des morts, et nous nous déchirons.

Il avait retiré son bras, et gravi seul le chemin qui conduisait au sommet de la colline. Le clocher de l'église de Barbizon s'élevait au-dessus de la cime des arbres nus.

Taurignan avait regardé Mathilde de Wiener qui s'était arrêtée à mi-pente. La buée de son haleine enveloppait son visage d'une brume blanche. Avec son foulard noué sous le menton, serré autour des joues, elle ressemblait à une jeune paysanne, simple et belle. C'était déjà une femme d'une cinquantaine d'années mais, il l'avait senti dès qu'il l'avait rencontrée pour la première fois dans le parloir de la prison de la Petite Roquette, la vie semblait avoir glissé sur elle sans réussir à la griffer, à la salir.

Mathilde avait le visage lisse. Et pourtant, comme elle l'avait dit dès cette première rencontre :

— Maître, ma vie n'est pas propre, je le sais, j'ai

été une vraie truie. J'ai vécu avec les porcs. J'ai couché dans la souillure pendant la plus grande partie de ma vie. Et c'est pour ça que j'ai tué Machecoul, parce que j'avais réussi, grâce à quelques hommes, à ne plus me vautrer dans la merde. Grâce à Jules Forestier, à Salomon de Wiener, à Antoine. Oui, je sais que ça vous choque, c'est le fils de Jules. Mais ces hommes-là, ils m'ont montré qu'il y avait autre chose que les pourceaux sur la terre. Alors, quand Machecoul a commencé à tout déchirer, à salir de boue Salomon, chaque jour, je me suis dit que ce n'était pas juste. Salomon avait peut-être payé des députés, pris l'argent des épargnants – mais ils étaient d'accord, il ne leur a pas volé dans la poche ! Ils voulaient gagner beaucoup, mais ces lâches, ils voulaient avoir des bénéfices sans risque. Avec moi, Salomon a été propre. Il m'a nettoyée, et Jules avant lui. Antoine aussi. Ils se sont conduits comme des hommes. Alors, j'ai décidé de tuer Machecoul et de me tuer après, parce que je sais que je ne vaux pas grand-chose. Mais je suis là… Georges Clemenceau et Antoine m'ont dit que vous étiez l'avocat qu'il me fallait, que vous étiez capable de comprendre pourquoi j'avais tiré. Et même, m'a dit Georges, que vous pouviez écouter tout, tout de ma vie, et pourtant vous n'êtes pas de mon monde, ni de celui de Salomon. Antoine m'a expliqué. Votre père est général, il a fusillé des gens au Père-Lachaise pendant la Commune, peut-être Jules lui-même. Moi, j'ai caché un communard, voilà. Faites ce que vous voulez.

Elle avait grimacé parce que son bras gauche et sa poitrine, à ce moment-là, la faisaient encore souffrir.

Maurice de Taurignan avait peu parlé ce jour-là, se

contentant de prendre des notes, mais en regagnant son cabinet, place Dauphine, il n'avait pu penser à autre chose qu'à cette femme, devinant déjà comment il allait bâtir sa plaidoirie, pris par une sorte d'exaltation et d'enthousiasme. Et quand il avait rencontré Antoine Forestier et Georges Clemenceau, venus s'enquérir de sa décision, il avait simplement dit :

— Je ferai tout ce qui est en mon pouvoir pour la défendre.

— Alors vous la sauverez, avait affirmé Clemenceau en lui serrant longuement la main.

Et Antoine avait murmuré :

— Merci de votre réponse, maître. Elle vous honore. Elle honore votre nom !

Il s'était ainsi noué entre Mathilde de Wiener, Clemenceau, Antoine Forestier et lui, sans qu'il le veuille, ce qui n'avait d'abord été qu'une alliance puis, très vite, une amitié et une confiance partagée.

Il n'y avait jamais rien eu d'équivoque entre lui et Mathilde. D'ailleurs, à entendre Clemenceau et Antoine Forestier, son crime et sa tentative de suicide, le long séjour à l'Hôtel-Dieu puis en prison, l'avaient transformée.

Lorsque Antoine l'avait revue, au lendemain du procès, dans cette maison qu'elle avait achetée à Barbizon, qu'on appelait le château parce qu'elle était flanquée de deux tours hexagonales, il avait été si surpris qu'il en avait balbutié :

— Vous êtes une petite fille…

Elle avait souri, et Maurice de Taurignan avait été très ému quand, tournée vers lui, elle avait murmuré :

— Je suis lavée, je me sens propre. Maître Taurignan m'a faite, avec tout ce qu'il a dit de moi, une femme propre. Petite fille ? – elle avait souri à nouveau – peut-être que je n'ai jamais été une petite fille et que maintenant je peux l'être, mais c'est tard. Je suis une vieille petite fille.

C'est dès son installation à Barbizon qu'elle avait commencé à écrire.

— J'en ai besoin, avait-elle dit, je veux m'entendre, me voir, savoir qui j'étais. Ce que j'ai vécu, je n'y ai jamais pensé. Je n'avais pas le temps. Je fourrais tout ce que je pouvais dans ma bouche, j'avalais vite. C'était comme ça quand, enfant, on trouvait un morceau de pain. On se jetait dessus, et il vous restait dans la gorge. On étouffait mais on avait l'impression de ne plus avoir faim. Je veux recommencer ma vie.

Maurice de Taurignan s'était demandé si elle avait à nouveau des relations amoureuses avec Antoine. Il les avait observés avec inquiétude, peut-être même avec une pointe de jalousie. Et il avait été heureux, bêtement, il en convenait, quand elle lui avait confié :

— Je ne veux plus d'homme dans ma vie, seulement des amis. Vous êtes mes amis.

Et elle avait pris leurs bras, les entraînant dans le parc.

Taurignan s'était plusieurs fois rendu à Barbizon avec celle qui n'était d'abord que sa fiancée, Natacha Wassilief, la fille d'un diplomate russe. Puis il était revenu après son mariage et la naissance de Robert. Souvent, le dimanche, il partait avec son automobile, tôt le matin, et après trois heures de route, parfois dans le brouillard, ils arrivaient à Barbizon, transis mais joyeux. Robert courait dans le parc, clamant qu'il montait à l'assaut, qu'il serait général comme son grand-père, comme devait l'être un Taurignan ! Et souvent, à voix basse, Mathilde avouait que son seul regret était de ne pas avoir eu d'enfant, mais que c'était peut-être là le châtiment que Dieu lui avait infligé pour la manière dont elle avait vécu.

Après cette confidence, elle s'en allait seule vers les arbres, s'asseyait sur le banc qu'elle avait installé au milieu de la futaie, et regardait droit devant elle.

Mais il faisait trop froid, en ce début d'après-midi de janvier ensoleillé, et la lumière semblait ajouter au froid une rigidité de métal, pour que Maurice et Mathilde s'asseyent entre les troncs noirs, sur le banc, face aux terres rouges.

— Je vous disais, Maurice, avait-elle commencé, en arrivant essoufflée au sommet de la colline, que vous étiez un homme courageux.

Elle lui avait à nouveau pris le bras et ils avaient marché sur le bord de la futaie afin de rester au soleil.

— Je l'ai su quand vous avez accepté de me défendre.

— Mon devoir d'avocat, avait-il murmuré.

Elle avait secoué la tête.

— Et défendre Émile Zola, se faire cracher dessus, appeler traître, complice du pornographe vénitien ? J'ai lu tous les journaux, Maurice. Je sais ce que vous avez subi.

Il avait répété :

— Mais non, mais non.

Mais son arrivée au Palais de Justice, il y avait près d'un an maintenant, en février, au côté de Zola le jour de l'ouverture de son procès, était l'un des souvenirs les plus pénibles de sa vie.

Les cris « Taurignan, vendu ! », « Zola, à mort ! », « À bas le syndicat juif ! », « À bas Zola ! », « Mort aux crapules ! », « Dehors le syndicat juif ! », « Taurignan, Clemenceau, vendus, chéquards ! »... il les entendait encore.

Les insultes avaient fusé, cependant que les gardiens de la paix avaient tenté de repousser les manifestants hostiles. « Zola, gorgonzola », « Zola, l'immonde », « Taurignan, tu pues le gorgonzola », « Taurignan, le Prussien », et cette chanson de Bruant, reprise à pleine voix, s'adressant autant à Zola qu'à lui :

Cher maître, vous vous surmenez
Depuis quelque temps vous prenez
Le torche-cul pour la serviette
Et votre pot pour une assiette

Tant de haine, tant de vulgarité !

Taurignan n'avait pas regretté le choix qu'il avait fait d'être présent au côté de Clemenceau pour assurer la défense de l'écrivain.

Et cependant il avait hésité, quand Antoine Forestier lui avait apporté le texte que Zola allait faire paraître dans *L'Aurore*. Il avait lu, marchant dans son cabinet, cette lettre au président de la République Félix Faure, et il avait reçu chacune des phrases de Zola comme une gifle.

« J'accuse le lieutenant colonel du Paty de Clam d'avoir été l'ouvrier diabolique de l'erreur judiciaire... J'accuse le général Mercier... J'accuse le

général Billot... J'accuse le général de Boisdeffre... J'accuse le général de Pellieux et le commandant Ravary... J'accuse le premier conseil de guerre... Je n'ai qu'une passion, celle de la lumière au nom de l'humanité qui a tant souffert et qui a droit au bonheur. Ma protestation enflammée n'est que le cri de mon âme. Qu'on ose donc me traduire en cour d'assises, et que l'enquête ait lieu au grand jour. J'attends... »

— Que voulez-vous ? avait demandé Taurignan d'un ton rogue à Antoine.

— Que vous soyez aux côtés de Georges Clemenceau, de son frère Albert, qui est avocat, pour assurer avec eux la défense de Zola. Car nous en sommes sûrs, il y aura procès.

Taurignan s'était appuyé à la bibliothèque, il avait croisé les bras et avait regardé par la fenêtre ces arbres plantés en quinconce qui donnaient à la place Dauphine l'aspect d'un grand jeu de quilles triangulaire, avec à son extrémité cet étranglement par où les jours de vent roulaient les bourrasques.

Il avait repris la lettre de Zola.

Il avait connu chacun de ces officiers, qui dînaient souvent rue de Varennes chez leur camarade le général Joseph Chrétien de Taurignan, commandant militaire de la place de Paris. Tous l'avaient félicité lorsqu'il avait été reçu à Saint-Cyr, et ils avaient tenté, les uns après les autres, de le dissuader de quitter l'armée. Du Paty de Clam, Boisdeffre, Pellieux avaient répété que la République n'était qu'une « gueuse » en effet, que le principe de laïcité rompait avec la tradition française, mais l'armée était la France, elle avait en charge toute l'histoire de la patrie, depuis les origines. Et un Chrétien de Taurignan qui avait pour ancêtre un chevalier de la première croisade se devait d'oublier la « gueuse », et de suivre l'exemple de son père.

Curieusement, c'était ce père qui avait accepté le plus facilement sa démission. Il y avait eu des moines, des prêtres chez les Taurignan, avait-il dit. Ils avaient été aussi héroïques que les chevaliers. Pendant la Révolution, un arrière-grand-oncle, Pierre-Marie Chrétien de Taurignan, n'avait jamais voulu prêter serment à la Constitution civile du clergé. Il avait été tout aussi valeureux que son frère Philippe, l'arrière-grand-père, guillotiné sur cette place qui aujourd'hui s'appelle place de la Concorde mais où tant de sang, et d'abord celui du roi Louis XVI, avait coulé.

Donc, si Maurice de Taurignan voulait être avocat, pourquoi pas ! Un homme de robe, un robin, pouvait aussi se montrer courageux.

Le général avait même semblé fier lorsque son fils avait accepté de défendre Mathilde de Wiener, et peu avant le procès il était venu, une fin d'après-midi, dans le cabinet de la place Dauphine, arpentant les quatre petites pièces sombres situées au rez-de-chaussée, les murs tapissés de bibliothèques.

Il avait interrogé Maurice sur les chances qu'avait Mathilde de Wiener d'être acquittée et, au moment de partir, il avait posé sur le bureau une feuille, disant :

— C'est la copie d'une lettre de délateur, mais exacte à la virgule près. Monsieur Machecoul appartenait à une famille où l'on a l'habitude de dénoncer.

L'un de ses ancêtres a été Conventionnel et régicide puis, les temps ayant changé, il s'est rallié à Buonaparte. Ses descendants n'ont pas fait mieux. Je ne reproche rien à ces gens-là. Mais qu'ils ne s'étonnent pas s'ils suscitent la haine, et en ce qui me concerne le mépris. Vous pourrez peut-être faire quelque chose de cette lettre-là. Mais c'est à vous de juger si cette femme doit être sauvée, si elle mérite votre compassion et votre aide.

Il s'était retourné avant de franchir le seuil du bureau.

— N'oubliez jamais, mon fils, les Taurignan ont toujours agi avec droiture. Ils ont pu se tromper, mais ils n'ont jamais été lâches. Ils ont regardé loin et haut. Que vous ayez abandonné le métier des armes ne change rien à cette exigence.

Il avait souri.

— D'ailleurs, la justice tient le glaive et porte le casque du chevalier.

Maurice de Taurignan avait regardé son père s'éloigner entre les arbres de la place Dauphine. Il avait attendu que sa silhouette disparaisse pour lire ce feuillet, la copie de la lettre qu'avait adressée Pierre Machecoul à l'autorité militaire de Paris pour dénoncer « Clamecy Mathilde, demeurant 75 rue des Martyrs, prostituée. Je la connais. Elle a participé à l'insurrection. Elle cache sûrement des Fédérés. Elle a été la maîtresse de Jules Forestier, journaliste, membre du comité central de la Commune. Cet homme a, dit-on, péri pendant les combats du Père-Lachaise. Sa maîtresse mérite un châtiment exemplaire. Elle est de ces femmes qui infectent toute une société ».

La lettre n'était pas signée Pierre Machecoul, mais « un bon Français qui a eu à souffrir des exactions de la Commune ». En haut et à droite, quelqu'un avait écrit « Pierre Machecoul, journaliste connu, a été l'amant de Clamecy Mathilde ».

Peut-être cette lettre écrite pour obtenir la condamnation de Mathilde avait-elle, des années plus tard, lorsque Maurice de Taurignan l'avait lue au cours de sa plaidoirie malgré les protestations du président des assises contre l'utilisation de cette pièce nouvelle qui n'avait pas été placée dans le dossier, favorisé l'acquittement de Mathilde de Wiener…

Taurignan avait senti pendant sa lecture comme un frisson de dégoût parcourir les jurés. Et l'affaire avait définitivement perdu tout aspect politique pour ne plus être que l'épilogue tragique des tentatives sordides d'un homme jaloux qui voulait nuire de toutes les façons possibles à la femme qui l'avait humilié et abandonné, et à Salomon de Wiener qui l'avait épousée.

Cet acquittement, le général Joseph Chrétien de Taurignan ne l'avait jamais évoqué. Il avait simplement envoyé un pneumatique que Maurice avait ouvert avec inquiétude, le lendemain du verdict. Le message comportait une simple phrase : « Tu as toute mon estime. Ton père. »

Et ce tutoiement inhabituel l'avait ému aux larmes. Il avait glissé dans son portefeuille le pneumatique et parfois, au cours d'une audience, quand les débats s'enlisaient ou que le greffier lisait d'une voix monocorde les pièces du dossier, il sortait le message, le relisait et le lissait de la paume, comme s'il le caressait.

Maurice avait eu la tentation, en écoutant Antoine lui indiquer combien il était important, peut-être capital, qu'il acceptât de plaider pour Zola, de relire ce message froissé. Il avait touché son portefeuille comme on le fait d'un talisman.

Antoine avait parlé avec fougue. Les preuves de l'innocence de Dreyfus étaient désormais évidentes, avait-il dit, la machination avérée. On avait, lors du procès en conseil de guerre, condamné Dreyfus sur des pièces secrètes, un bordereau dont on avait toute raison de penser qu'il était un faux grossier. En revanche, le lieutenant-colonel Picquart, chef du service de renseignement, avait découvert une correspondance édifiante entre un officier d'origine hongroise, le commandant Esterhazy, et l'attaché militaire allemand Schwartzkoppen. La culpabilité d'Esterhazy était flagrante mais un conseil de guerre venait de prononcer son acquittement, ce qui avait suscité la lettre ouverte de Zola, que Clemenceau était décidé à publier. Le procès qui allait suivre serait un événement historique.

— Je connais tous ces officiers, avait dit Maurice de Taurignan. Ce sont des camarades de mon père.

Antoine s'était approché.

— Voyez votre père. Le général de Taurignan a suivi l'affaire. Un homme comme lui ne peut être indifférent à ce qui se passe, au dévoiement du patriotisme et des valeurs militaires, par antisémitisme, esprit de clan, parce qu'on s'enferre dans le mensonge, qu'on imagine que reconnaître l'innocence de Dreyfus, c'est affaiblir le prestige de l'Armée. Mais – il avait élevé la voix – il ne peut y avoir de force sans justice, de France sans respect du droit. L'honneur de l'armée, c'est Picquart qui l'incarne, et on le menace d'arrestation !

Antoine avait respiré après cette longue tirade.

— Je m'en remets à la décision de votre père, avait-il conclu. Il nous faut une réponse rapide. Nous allons publier le texte demain. Zola sera inculpé, et nous voulons annoncer la liste de ses défenseurs.

Taurignan était resté seul, mais il avait eu l'impression d'étouffer dans les petites pièces sombres de son cabinet.

Il était sorti sur la place Dauphine et avait commencé à marcher, allant d'une extrémité à l'autre, du Pont-Neuf au Palais de Justice, luttant contre le vent, puis poussé par lui. La nuit commençait à tomber, humide et bruyante. Le vent en s'engouffrant hurlait comme s'il avait souffert d'être contraint à se faufiler entre les vieilles façades.

Maurice avait cru, tout le temps de ces allers et retours, ne penser à rien, être incapable donc de prendre une décision. Mais lorsqu'il avait poussé la porte de son cabinet, il avait demandé à sa secrétaire de se rendre au siège de *L'Aurore* et de dire à Antoine Forestier ou à Georges Clemenceau qu'il serait au banc de la défense, si le procès Zola avait lieu.

Puis il avait attendu le retour de la jeune femme, se demandant si son père allait, cette fois-ci, comprendre le choix qu'il avait fait.

La secrétaire était revenue deux heures plus tard, lui tendant une lettre d'Antoine Forestier.

« Cher Maître,

« L'armée, grâce à des hommes comme le lieutenant-colonel Picquart, comme le général Joseph de Taurignan et vous-même, sauve son honneur. Elle sera donc, si un jour elle doit défendre la nation, victorieuse. Car la bassesse et le mensonge engendrent la lâcheté. Et la vertu, le courage. Nous avons à nos côtés tout ce qui fait la France que vous et moi aimons. Jean Revest, un professeur de mes amis qui s'est beaucoup dépensé aux côtés de quelques autres jeunes "intellectuels" – c'est le mot qu'ils utilisent pour se désigner –, me citait il y a peu ces vers de Joachim du Bellay :

France, mère des arts, des armes et des lois...

« C'est pour elle, cette France-là, que nous défendons Dreyfus. Georges Clemenceau a choisi pour titre de la lettre de Zola *"J'accuse...!"*. *L'Aurore* la publiera en première page. Je ne doute pas de l'effet révolutionnaire de ce texte.

« Clemenceau a rencontré votre père, il y a moins d'une heure. Il lui a fait part de votre décision. Le général de Taurignan lui a indiqué qu'à votre place, il aurait agi de même et qu'il allait pour sa part faire savoir qu'il apportait tout son soutien au lieutenant-colonel Picquart, un officier qu'il avait eu sous ses ordres et dont il avait apprécié le courage, le patriotisme et la probité.

« La vérité est en marche, plus rien ne l'arrêtera. "Votre dévoué Antoine Forestier." »

Maurice de Taurignan s'était assis. Il avait donc agi comme il le devait, et il s'était rendu compte que, à aucun moment, il n'avait vraiment pensé que son père pouvait lui donner tort.

Mais quel déchaînement de haine depuis ces jours-là ! Une année de violence, l'opinion partagée, les cris au moment où Taurignan était descendu de voiture en compagnie de Clemenceau et de Zola devant le Palais de Justice, puis les chants orduriers contre le romancier de *Nana*.

Ah ! Mince alors ce sale mec-là
S'y entend à ramasser la thune
Qu'son amie la môme Nana
Gagne au raccroc sur le bitume.

Les insultes, les lettres anonymes à son cabinet : « Taurignan qui baise la putain des juifs », « Taurignan qui a fait acquitter une criminelle », « Taurignan, vendu à Wiener et à Rothschild »… Et ce trouble, ces déchirements qui n'en finissaient pas, ce suicide aussi du commandant Henry, dont on avait découvert qu'il avait écrit le bordereau, pièce maîtresse de l'accusation contre Dreyfus. Et la condamnation de Zola, contraint de s'exiler en Angleterre.

Il s'est carapaté
Avec sa société
Avec ses bons copains
Les écraseurs et les youpins.

Maurice avait vécu cette année avec un sentiment de dégoût et de tristesse. On avait plusieurs fois jeté des pierres contre les fenêtres de son cabinet. Des avocats se détournaient de lui pour ne pas le saluer quand il parcourait les couloirs du Palais de Justice.

Il n'avait retrouvé la paix que chez lui, ou bien rue de Varennes chez son père, qui enseignait à Robert, l'aîné de ses petits-fils, le maniement d'armes. Et l'enfant, fier, martelait le parquet de son talon.

Mais c'est à Barbizon, chez Mathilde de Wiener, que Taurignan avait eu la sensation qu'enfin tous ses muscles tendus à faire mal se relâchaient, qu'il pouvait se laisser aller à la mélancolie, à la méditation, et sur la colline, dans ce pan de forêt, un vestige des temps de l'ancienne France, celle qu'avaient connue ses aïeux au XIe siècle, il lui arrivait de réciter les vers d'un jeune poète, Charles Péguy, un ami de Forestier dont il aimait le style ample et l'inspiration. Péguy parlait de la France, de son peuple si divers.

Singulier peuple toute eau leur est une source vive.
[…] *Les eaux mauvaises les rendent souvent malades.*
Les eaux mauvaises ne les empoisonnent jamais.
Ils boivent impunément de tout.
Par cette accointance qu'ils ont avec cette petite Espérance.

CINQUIÈME PARTIE

29.

« Les jeunes
iront au front,
les plus vieux
crèveront de faim
et de malheur.
C'est comme ça,
la guerre… »

— Je les ai vus, avait murmuré Antoine Forestier quand Mathilde de Wiener s'était approchée de lui, dans le vestibule de l'hôtel de Wiener, au 12 de l'avenue Hoche, ce 3 août 1914.

— Mes deux fils…, avait-il ajouté.

Mathilde lui avait pris le bras et il s'était appuyé sur elle, qui l'avait guidé vers l'escalier de marbre conduisant à la loggia et aux salons.

La lumière qui tombait de la verrière donnait à la statue de Vénus et au porphyre des colonnes des couleurs fauves.

Antoine avait baissé la tête, fermé à demi les yeux. Il avait aussi serré les épaules, comme pour réunir les deux lèvres de cette plaie qui s'était ouverte au milieu de sa poitrine quand il avait vu ses fils, Henri et Charles, s'éloigner sur le quai de la gare de Meaux, s'enfoncer et se perdre dans la foule des réservistes.

Ils avaient disparu au milieu de ces grappes de jeunes gens qui portaient des musettes, de ces hommes déjà mûrs entourés de femmes en jupes noires qui leur tendaient des paniers d'osier d'où dépassaient des goulots de bouteilles, de gros pains enveloppés dans des serviettes à carreaux. Un peu à l'écart se tenaient des hommes voûtés par le travail de la terre, qui s'essuyaient les yeux et le nez du revers de la main, qui parfois cachaient leur visage sous leur coude replié et l'on ne voyait plus que leur menton mal rasé, gris, et le velours noir de la manche de leur veste.

Antoine avait eu si mal, avec la sensation qu'on lui déchirait la poitrine, qu'il était resté immobile quelques minutes, terrassé par cette douleur inattendue qui lui avait coupé le souffle. Puis il s'était jeté en avant, il avait couru.

La gare de Meaux était pleine de voix brisées qui s'interpellaient, de sanglots retenus, de sifflements de vapeur, du choc des wagons, du claquement des portières et du halètement des locomotives qui couvrait, par à-coups, tous les autres bruits.

Antoine avait continué d'avancer, s'ouvrant un chemin des mains et des épaules dans cette foule qui n'était qu'une masse grumeleuse d'émotions repliées sur elles-mêmes.

Au bout du quai, il avait enfin vu ses fils, marchant côte à côte dans cet air que la chaleur des premiers jours d'août 1914 faisait déjà trembler.

Henri et Charles avançaient sur le ballast vers les trains chargés de troupes qui stationnaient sur les voies de garage, loin de la gare, attendant de repartir vers l'est, sans doute vers Châlons-sur-Marne selon ce qu'Antoine avait appris au cabinet du ministre de la Guerre.

Il avait fait intervenir Clemenceau, Maurice de Taurignan, dont le fils, le capitaine Robert de Taurignan, était attaché à l'état-major général des armées.

Enfin, il avait appris que le 52e régiment d'infanterie de Valence, auquel Henri était affecté, passerait par Meaux en début d'après-midi, le 3 août. Et que le 22e régiment de chasseurs alpins, en provenance de Grenoble et de Digne, se trouverait dans la même gare, qui servait donc de centre de regroupement des troupes venues du sud-est de la France.

Et Clemenceau avait lancé d'un ton froid :

— On va les jeter sur l'Alsace et la Lorraine. Les généraux veulent un coup de clairon pour commencer la guerre. Soit.

Puis, avec une grimace, le menton en avant, comme pour exprimer sa colère et son mépris, il avait ajouté :

— Nous ne sommes pas gouvernés. Poincaré et Viviani naviguent du côté de Saint-Pétersbourg. Avait-on besoin d'envoyer chez les Russes, même s'ils sont nos précieux alliés, le président de la République et le président du Conseil ? Les Allemands ont le temps de pousser des patrouilles de uhlans jusque du côté de Reims, s'ils le veulent !

Antoine l'avait regardé avec une sorte d'effroi.

Il avait découvert ce jour-là – on était le 30 juillet – que Clemenceau était un vieillard, un homme de soixante-treize ans rabougri, la moustache blanche, le visage creusé, et ç'avait été tout à coup la mesure du temps qui avait passé ! Henri avait vingt-quatre ans, Charles, vingt, et lui, Antoine, plus de cinquante, comme Marguerite qui avait télégraphié de Mazenc. Elle n'avait plus de nouvelles des enfants. Elle était folle d'inquiétude parce que tout le monde parlait de guerre. Autour d'elle, les vignerons du Cercle républicain avaient commenté l'article de Georges Clemenceau dans *L'Homme libre*. Il avait écrit, n'est-ce pas, que la France n'était ni défendue, ni gouvernée, qu'on était au bord du gouffre, qu'une seule idée devait habiter les hommes politiques, « l'idée de la patrie ». « Nous avons été vaincus en 1870 mais, cramponnés à ce qui nous reste de France, nous ne voulons pas, nous ne pouvons pas subir la même épreuve une seconde fois. Nous ferons tout pour l'apaisement dans l'intérêt de la paix de l'Europe mais, si on ne nous laisse d'autre ressource que le recours à la force, nous serons au rendez-vous. Mais il ne suffit pas d'être des héros. Nous voulons être des vainqueurs. »

Marguerite avait ajouté :

— Que vont devenir nos fils ?

— On va les jeter sur l'Alsace et la Lorraine, avait répété Clemenceau.

Ce mot « jeter » avait étouffé Antoine. Il voulait revoir Henri et Charles. Il avait eu l'impression que s'il réussissait à leur parler, il les protégerait, que ce serait un signe de la clémence et de la bienveillance du destin.

Il avait écouté plusieurs minutes encore Clemenceau qui allait et venait dans le bureau, les mains enfoncées dans les poches de sa veste noire, froissée, maculée ici et là de taches de poudre, ou de poussière. Mais la chemise blanche était lisse, éclatante, et faisait ressortir le teint un peu cireux du visage.

— Vous voyez, disait-il, le préfet de police nous annonçait une révolution dans les trois heures. Je n'y ai jamais cru ! L'assassinat de Jaurès a bouleversé, révolté, mais tout compte fait, il a rassemblé. L'assassin est à l'évidence l'un de ces fous qui croient ce qu'on écrit dans les journaux. Il a lu Maurras ou Daudet. Il a vraiment pensé que Jaurès était Herr Jaurès, un espion du Kaiser. Mais ce criminel – a-t-on idée de s'appeler Raoul Villain ! avait-il ricané – est un isolé. Il n'exprime pas plus l'état d'esprit des monarchistes ou des ligueurs extrémistes que les anarchistes ne représentaient le socialisme. Le sang de Jaurès va réunir, Forestier. Barrès s'est incliné devant sa dépouille. On va faire des funérailles émouvantes, et même les antimilitaristes les plus enragés s'engageront. L'amour de la France va tout emporter ! L'assassinat de Jaurès, croyez-moi, Forestier, c'est la preuve que la paix est morte, mais c'est aussi l'annonce de l'unité de la nation.

Clemenceau s'était assis.

— Je vais écrire cela, avait-il repris, sous le titre « La patrie en danger ». Ça sentira 1793. Et nous publierons, en première page, ce poème que vient de m'envoyer Anna de Noailles.

Il avait commencé à lire, d'une voix un peu trop forte :

J'ai vu ce mort puissant le soir d'un jour d'été
Un gisant solennel. Une table à côté :
La gloire qui dormait près de la pauvreté
J'ai vu ce mort auguste et sa chambre économe
La chambre s'emplissait du silence de l'homme
L'atmosphère songeuse entourait de respect
Ce dormeur grave en qui s'engloutissait la paix.

Antoine avait serré les poings pour s'empêcher de trembler. Il avait dit à mi-voix :

— Je vais à Meaux essayer de voir mes fils, avant qu'on les jette…

Clemenceau avait levé la tête et l'avait fixé, les yeux mi-clos, les sourcils broussailleux semblant vouloir les recouvrir.

Il s'était contenté de hocher la tête, de le saluer de la main, puis quand Antoine était sorti du bureau, il avait lancé de sa voix étonnamment juvénile :

— Embrassez-les, Forestier, serrez-les contre vous pour moi !

Antoine s'était précipité, traversant la salle de rédaction de *L'Homme libre*, disant qu'il ne serait sans doute pas là pour le « bouclage ». Il avait couru tout au long de la rue Taitbout jusqu'au boulevard des Italiens. Il avait arrêté un taxi qui, après quelques instants d'hésitation, avait accepté de le conduire jusqu'à Meaux et d'attendre là-bas le temps qu'il faudrait.

— Je vais rencontrer mes fils. Ils sont à l'armée.

L'homme s'était contenté de hocher la tête, de répéter à mi-voix le prix qu'il avait fixé pour cette course. Et Antoine lui avait donné deux billets qui représentaient le double de ce que l'homme demandait.

Mais le chauffeur avait fait non, rendu l'un des billets.

— Le juste prix, avait-il dit.

Puis d'une voix basse, il avait ajouté :

— Ça va être la saignée, et c'est le meilleur sang qui coulera.

Antoine s'était tassé, peu à peu étourdi par le bruit du moteur et par celui du vent qui, s'engouffrant sous la capote de la voiture, tourbillonnait, lui souffletait le visage.

Il faisait beau et chaud. Au-dessus des blés roux flottait une brume bleutée. Les champs étaient vides jusqu'à l'horizon, mais lorsqu'on traversait les bourgs et les villages, les rues étaient encombrées par des charrettes, des calèches, et même quelques automobiles. Il avait fallu donner des coups de klaxon pour que la foule, qui avait envahi la chaussée devant les mairies pavoisées, s'entrouvre et laisse ainsi voir les affiches blanches, barrées de tricolore, annonçant la mobilisation générale.

— On va tous en être, avait dit le chauffeur de taxi. Les jeunes iront au front, les plus vieux crèveront de faim et de malheur. C'est comme ça, la guerre, ma grand-mère m'a raconté 70.

Antoine n'avait pas répondu. Dans l'un des salons de l'hôtel de Wiener où Mathilde, quand elle était lasse de résider dans son château de Barbizon, recevait les gens avertis, officiers chamarrés, députés et même ministres, il avait entendu assurer que si la guerre éclatait, elle serait courte, quelques semaines. Elle commencerait avec l'été et finirait pour les vendanges.

Il s'en voulait de s'être tu, de n'avoir pas essayé là où il était d'empêcher l'engrenage de tourner, broyant les hommes qui voulaient la paix, Caillaux, le radical, Jaurès dont il n'avait pas aimé l'éloquence prophétique, trop grasse. Mais c'est Jaurès qui avait dit, avec ses grands mots de visionnaire, ses bras qu'il levait comme un prêcheur, un Christ énorme et tonitruant : « Il faut refuser le jeu de hasard de la guerre, ce coup de dé sanglant. Si la guerre européenne éclate, il peut en sortir pour une longue période des crises de contre-révolution, de réaction furieuse, de nationalisme exaspéré, de dictature étouffante, de militarisme monstrueux, de violences rétrogrades et de haines basses, de représailles et de servitudes ! »

Lorsque Antoine avait rapporté ces propos à Clemenceau, celui-ci avait haussé les épaules, ne contestant pas les prédictions de Jaurès mais disant seulement, la bouche cernée par des rides d'ironie amère :

— Quand l'avalanche a commencé de rouler, elle emporte tout. Il faut sauver les siens des blocs qui tombent. Je ne veux pas que la France soit écrasée une seconde fois.

Il avait secoué la tête, serrant les dents, menton prognathe, ajoutant :

— Malheur à ceux qui continueront à bêler qu'ils veulent la paix quand les premières pierres se détacheront, quelque part en Europe, peut-être en Russie, et qu'elles dégringoleront sur nous !

Antoine s'était souvenu des sarcasmes mêlés de colère avec lesquels Clemenceau avait accueilli l'opposition des socialistes à la loi, votée en 1913, portant la durée du service militaire à trois ans. Dans *L'Homme libre*, Antoine avait lui-même condamné la réunion qui s'était tenue à Berne entre parlementaires français et allemands, puis le congrès de l'Internationale, à Bâle. Clemenceau l'avait incité à écrire un article impitoyable, lisant à voix haute le discours de Jaurès qui avait cité Schiller : « J'appelle les vivants, je pleure les morts, je brise la foudre… Je pleure sur les morts innombrables, avait repris Jaurès, couchés là-bas vers l'Orient, et dont la puanteur arrive jusqu'à nous comme un remords. Je briserai les foudres de la guerre qui menace les nuées. »

— Écoutez-le, Forestier, s'était écrié Clemenceau, écoutez notre prédicateur ! Je l'ai su dès que je l'ai entendu la première fois, c'est un esprit religieux et il ne voit pas qu'aucune religion n'a pu arrêter les massacres, les guerres. D'ailleurs quel symbole ! Leur congrès de l'Internationale se tient dans la cathédrale de Bâle ! Qu'ils célèbrent leur messe, mais qu'ils n'empêchent pas les Français de se défendre. Soyez sévère, Forestier, Il y va du salut de la France !

Puis, jour après jour, la paix s'était fissurée, ébréchée, et les blocs avaient commencé d'osciller.

Le 28 juin 1914 à Sarajevo, l'archiduc François-Ferdinand avait été assassiné par des Serbes. Et quelques jours plus tard, Clemenceau avait tendu à Antoine l'article qu'il venait d'écrire pour commenter l'événement, et qu'il avait intitulé « Vers l'inconnu ».

Antoine s'était souvenu de ces jours de la fin juin 1914, alors que le taxi venait de traverser Corbeil, longeait la Seine, puis la voie ferrée. Des trains passaient avec, aux fenêtres des wagons, des jeunes hommes qui faisaient de grands signes, riaient aux éclats, chantaient, agitant leurs calots, et sur certains wagons, des mains maladroites avaient tracé en grosses lettres blanches « À Berlin ! ».

Il avait imaginé Henri et Charles dont les trains, si les informations données par le cabinet du ministère de la Guerre étaient exactes, devaient être déjà arrivés en gare de Meaux, et il avait été saisi d'angoisse à la pensée qu'il pouvait ne pas revoir ses deux fils.

Il avait demandé au chauffeur de tenter d'aller plus vite, mais l'homme, après avoir bougonné, lui avait lancé un coup d'œil et avait dit :

— On va essayer, puisque c'est pour vos enfants. Moi, c'est la première fois que je suis content de n'avoir eu que des filles, trois, parce que je serais fou à l'idée qu'ils aillent risquer leur peau, pour quoi, monsieur ? Et pire, qu'ils aillent en tuer d'autres pareils à eux, qui ne sont ni pires ni meilleurs que nous.

Le vent était vif, l'horizon s'était élargi et sur le plateau, peu avant Meaux, sur la route bordée d'arbres, on avait croisé des colonnes d'artilleurs se dirigeant vers Paris. Le chauffeur avait été contraint de ralentir, disant que ces canons-là, c'étaient les « 75 », ceux que le juif Dreyfus avait vendus aux Allemands.

Antoine avait été accablé. Dreyfus, gracié, acquitté, son innocence démontrée, proclamée, les coupables de la trahison et du faux, cet Esterhazy et ce commandant Henry, démasqués, et ce brave chauffeur, qui peut-être lisait *L'Humanité* et vénérait Jaurès, continuait de croire ce que les antidreyfusards, les Drumont, les Barrès, avaient répandu durant des années !

Confusion, ignorance, aveuglement. Qui voulait savoir vraiment ? Chacun s'enfermait dans ses illusions.

C'est pour la lucidité de Clemenceau qu'Antoine lui était resté fidèle durant toutes ces années de disgrâce, quand Clemenceau n'était plus qu'un journaliste, un homme politique que l'on disait « brisé », enterré, parce qu'on avait prétendu qu'il avait touché – et qu'importe que ce ne fût là que calomnie – de l'argent de Salomon de Wiener. Et ses ennemis avaient ajouté que sa défense de Dreyfus n'était que la dette qu'il payait à ses amis juifs !

Ce n'est qu'après des années, en 1906, que Clemenceau était enfin devenu ministre de l'Intérieur, puis président du Conseil, avant d'être renversé.

Mais jamais, même au sommet du pouvoir, il n'avait perdu son indépendance d'esprit, son regard impitoyable, capable de percer tous les mensonges et de dire, alors que chacun vantait en ce mois de juillet 1914 la force de l'armée française : « Nous ne sommes ni défendus, ni gouvernés. »

Antoine, dans ce premier étage de l'immeuble modeste de la rue Taitbout où se trouvaient les bureaux de la rédaction de *L'Homme libre*, ce journal créé précisément pour pouvoir clamer ce qu'était la vérité, avait eu presque chaque jour de ce mois de juillet-là une sensation d'angoisse.

Chaque mot, la guerre, l'incurie, l'incompétence, l'irresponsabilité des généraux et des hommes politiques, tout ce que dénonçait Clemenceau lui avait semblé autant de menaces sur la vie de Henri et de Charles.

L'aîné avait choisi la carrière des armes, par fidélité, disait-il, au souvenir de Maximilien Forestier, soldat de l'an II et maréchal d'Empire. Il avait réussi le concours de Saint-Cyr, fait l'année de service militaire qu'il devait accomplir avant Saint-Cyr, au 52e régiment d'infanterie de Valence, et à la sortie de l'école, septième de toute sa promotion, il était retourné dans cette même unité au lieu d'entrer dans une arme noble, la cavalerie ou les chasseurs.

Quant à Charles, il avait interrompu ses études de droit pour accomplir son service militaire – trois ans maintenant ! – au 22e régiment de chasseurs alpins, à Barcelonnette. Mais il rêvait de vie civile, de marcher dans les vignes, de goûter son vin. Il avait adoré son arrière-grand-père Romain, il était proche de ses grands-parents maternels et, il le disait en riant : « Henri est d'abord un Forestier, moi, je suis un Novera, l'un le sabre, l'autre la vigne ! »

Il prenait sa mère par la taille, il la faisait valser. Il était joyeux. Il chantait en provençal. Il disait que, son service terminé, il ne quitterait plus jamais le château de Mazenc. Il trouverait une femme du pays, comme l'était sa mère.

Mais on l'avait lui aussi poussé dans la guerre. Et c'est pour lui qu'Antoine avait peur, lui qu'il avait cherché d'abord en entrant sur ce quai de la gare de Meaux, noir d'une foule où ne s'élevait aucun chant, aucune protestation, aucune plainte, mais un murmure qui lui avait serré le cœur, comme une lamentation sourde, l'expression d'un effroi et d'une impuissance.

Ses deux fils étaient là, de chaque côté de l'entrée du quai. Henri plus grand, plus maigre que son frère Charles. Ils avaient ri en le voyant, ils avaient étendu leurs bras, l'arrachant au flot des gens qui allaient et venaient, passant du hall au quai.

Ils s'étaient étonnés qu'il ait pu connaître le jour et l'heure de leur arrivée à Meaux, qu'il ait réussi à les faire prévenir qu'ils étaient dans des trains qui se suivaient. Antoine avait été tout à coup si heureux, si apaisé, si fier d'avoir obtenu ce qu'il avait souhaité si ardemment, les voir, leur parler, les toucher, sentir leurs regards admiratifs et tendres, qu'il avait ri comme jamais depuis des mois.

Puis ils s'étaient mis à parler et l'inquiétude était revenue.

Charles avait raconté l'entrevue qu'il avait eue avec le commandant du bataillon de chasseurs. L'officier avait paru hésiter à lui accorder la permission de s'éloigner du train. Il avait agité le télégramme du ministère de la Guerre concernant le sergent Charles Forestier.

— Votre père, avait-il dit, c'est le collaborateur de Clemenceau, n'est-ce pas ? L'ami de Zola. Dites-lui, puisqu'il est introduit au ministère de la Guerre, qu'il connaît mieux que moi la feuille de route du bataillon, qu'il ne la confie pas à un Italien ou à un juif ! Qu'il se souvienne qu'il est l'arrière-petit-fils du maréchal Forestier. Rompez, sergent, et sachez que si vous avez une minute de retard, le train ne vous attendra pas. Je vous porterai déserteur.

Charles avait haussé les épaules avec indifférence, mais Antoine s'était inquiété. L'hostilité d'un officier pouvait être pour son fils une condamnation à mort. On désigne des hommes pour des missions de sacrifice, on ne les choisit jamais au hasard.

Il s'était souvenu de la haine qui avait déferlé, durant des années, après le procès de Zola et jusqu'à ce que la Cour de cassation innocente Dreyfus, en 1906. Il avait dû affronter les quolibets, les accusations, les injures, entendre chaque jour chanter devant les bureaux de *L'Aurore*, puis plus tard de *L'Homme libre* :

À mort les juifs, à mort les juifs !
Il faut les pendre
Sans plus attendre

Il faut les pendre
par le pif !

Et peut-être avait-on assassiné Zola en bouchant les cheminées de son immeuble, Zola haï, qu'on poursuivait de refrains homicides.

Zola, c'est un gros cochon
Quand on l'attrapera, nous le flamberons...

Dures années qui avaient laissé des cicatrices. Les républicains avaient été haïs, méprisés, ne défendaient-ils pas un régime dont le président, Félix Faure, était mort dans les bras d'une courtisane à l'Élysée ? Et l'on avait découvert la femme, une Mme Steinheil, s'enfuyant à demi vêtue par les jardins du palais présidentiel ! La haine était si grande que, quelques années plus tard, Antoine avait été assailli à coups de canne par des membres de la Ligue des patriotes, des Camelots du roi de l'Action française.

Et maintenant, sur ce quai de la gare de Meaux, il s'était demandé si ses fils n'allaient pas subir la vengeance d'un officier ligueur et antidreyfusard. Mais ni Charles ni Henri n'avaient paru s'en soucier.

Ils parlaient de leur mère. Ils demandaient à Antoine de veiller sur elle, de ne pas la laisser seule au château de Mazenc. Certes, la famille Novera se serrerait autour d'elle, l'aiderait au moment des vendanges, mais avait dit Henri – et Charles l'avait approuvé en hochant la tête :

— C'est de vous qu'elle a besoin, père.

Ils l'avaient embrassé, ils avaient ri encore. Ils devaient se dépêcher de rejoindre leurs bataillons. Il ne fallait pas qu'ils soient portés déserteurs, eux les fils d'un dreyfusard ! Et ils avaient été ensevelis par la foule qui, chaque fois qu'un train partait, semblait drossée par un brusque coup de vent vers les wagons dont les portières battaient.

Antoine avait couru jusqu'au bout du quai, commencé à descendre la pente de ciment qui conduisait aux hangars et aux entrepôts. Au-delà s'étendait la trame, brillante sous le soleil, des aiguillages et des voies de triage.

Il avait vu Henri et Charles se diriger vers les trains de troupe aux portières ouvertes, les hommes assis sur les marchepieds, la plupart dépoitraillés tant la chaleur était déjà forte. Des chevaux hennissaient. Des relents de sueur, de paille, de crottin et d'urine étaient portés jusqu'à Antoine par une brise légère. Il avait entendu des éclats de voix, les notes d'un harmonica.

Il s'était avancé jusqu'au moment où il avait vu Henri et Charles s'arrêter. Ils s'étaient regardés quelques secondes et ils s'étaient étreints, restant longtemps l'un contre l'autre. Puis ils s'étaient séparés lentement, comme s'ils avaient été matériellement attachés l'un à l'autre, et au fur et à mesure qu'ils s'écartaient, Antoine avait eu la sensation que sa poitrine se fendait, que les bords de cette blessure s'écartaient.

Il n'avait pas pu, il n'avait pas osé crier « Henri, Charles, attendez-moi ! », il les avait suivis des yeux, l'un, Charles, qui partait vers le train arrêté sur la voie la plus éloignée, l'autre, Henri, qui remontait le convoi le plus proche à grands pas.

Et tout à coup deux brefs coups de sifflet, si aigus,

avaient déchiré la rumeur confuse qui enveloppait la gare de Meaux. Les soldats avaient commencé à courir vers les wagons cependant que déjà les trains s'ébranlaient.

Antoine avait pensé à ces quelques mots du chauffeur de taxi. L'homme avait parlé de saignée, de meilleur sang… Peut-être avait-il dit « dans la saignée, c'est le meilleur sang qu'on prend ».

Antoine avait décidé qu'en rentrant à Paris, il demanderait à servir. Il exigerait qu'on l'incorpore dans un régiment de première ligne, parce qu'un père doit subir ce qu'il impose à ses fils. Car cette guerre, cette guerre attendue, qu'on sentait venir depuis cinq ou six ans, eux tous, les pères, et donc lui en premier, ils n'avaient pas pu l'empêcher. Certains d'entre eux l'avaient même désirée. Il avait entendu ces cris de « Vive l'armée ! À Berlin ! » qu'avaient poussés ces derniers jours, sur les grands boulevards, des hommes en chapeau et gantés, brandissant leur canne à pommeau d'argent. Il avait lu, dans *L'Action française* et dans *L'Écho de Paris*, ces appels au meurtre de Jaurès : « Dites-moi, à la veille de la guerre, le général qui commanderait à quatre hommes et à un caporal de coller au mur le citoyen Jaurès et de lui mettre à bout portant le plomb qui lui manque dans la cervelle, pensez-vous que ce général n'aurait pas fait son plus élémentaire devoir ? Si, et je l'y aiderais », avait conclu Maurice de Waleffe.

Antoine avait rencontré ce chroniqueur plusieurs fois. Il lui avait serré la main. Mais l'approche et l'attente de la guerre avaient transformé les hommes. Ils avaient troqué leurs bonnes manières et leurs sourires pour des rictus de haine. Bientôt, ils seraient des tueurs.

Et Henri et Charles allaient vivre cela. Et peut-être mourir.

Antoine avait quitté la gare de Meaux comme on s'enfuit, et il s'était précipité dans le taxi.

— Vous les avez vus ? avait demandé le chauffeur en démarrant.

Antoine s'était contenté de baisser la tête.

— On sait jamais ce qu'il faut faire, avait repris le chauffeur. Qu'est-ce qui vaut mieux, voir une dernière fois ceux qui s'en vont, ou…

Il avait haussé les épaules.

— Mais ils vont revenir, avait-il ajouté. Cette guerre, on dit qu'elle va durer trois mois. Il y en a qui disent qu'elle finira le 15 septembre, que c'est prévu entre les gouvernements.

Antoine avait fait semblant de somnoler. Il s'était recroquevillé autour de sa douleur

Il avait eu honte des sanglots qui emplissaient sa gorge, et il avait désiré s'appuyer contre une épaule pour y cacher son visage et pleurer sans qu'on le juge.

Alors il avait donné l'adresse de Mathilde de Wiener, 12 avenue Hoche.

30.

> “ Fraternité soit,
> mais malheur aux
> vaincus ! La vie
> ne se maintient
> que par la mort.
> Pour vivre, il faut
> manger, tuer
> pour manger ! ”

Mathilde de Wiener était restée assise dans la pénombre de ce petit salon qu'éclairait à peine une frange de lumière tombant de la verrière. Il faisait chaud, ce 3 août 1914.

Elle avait écouté les plaintes et les regrets d'Antoine. Il s'était accusé de n'avoir pas su, à sa place, aux côtés de Clemenceau quand celui-ci – et cela avait duré trois ans – avait été président du Conseil, empêcher la France et l'Europe de marcher au suicide, de pousser des générations entières vers l'abattoir, et parmi ces hommes jeunes qui commençaient à s'égorger se trouvaient Henri et Charles, ses fils qu'il avait vus s'éloigner côte à côte sur le ballast de la gare de Meaux et rejoindre ces trains où s'entassaient, comme du bétail, les soldats, cette chair à canon.

Mathilde l'avait laissé parler.

Quand il s'était interrompu, qu'il avait quêté une approbation, elle s'était contentée de murmurer, comme autrefois, il y avait plus de dix ans, lorsqu'ils étaient amants :

— Je suis là, je vais m'occuper de vous, parlez-moi, parlez, Antoine, je vous comprends.

Mais elle avait eu, en prononçant ces mots, la nausée. Elle avait eu honte.

Elle avait eu envie de se lever, de saisir Antoine par les revers de sa veste, de le secouer, de lui crier :

« Comment peux-tu t'étonner de cette guerre qui commence ? Moi, une femme venue de rien, qui le tiers de sa vie n'a été qu'une putain, j'ai su que viendrait le temps des massacres, parce que je vous ai écoutés, parce que je vous ai vus tous, si fiers de vous, persuadés que vous aviez raison.

« Je vous ai reçus ici, dans mes salons ou à Barbizon. J'ai marché près de vous dans les allées du parc, jusqu'à la colline, cette île de forêt au milieu de la plaine. Et tous, même ceux pour qui j'ai de l'estime, de la tendresse, toi Antoine, et Georges Clemenceau, vous étiez si vaniteux que j'en ai été humiliée pour vous, qui prétendiez tous être lucides. C'était votre grand mot. Quant aux autres, les bons, les purs, les belles et larges âmes, Jaurès, Revest, ils transpiraient d'optimisme, de générosité.

« Te souviens-tu de Jaurès, ici, nous disant "Je ne crois pas à la guerre. Je ne crois pas Guillaume au fond si belliqueux" ?

« Et moi, la femme qu'on regardait avec commisération, avec ce mélange de mépris et de considération, et même d'effroi parce que j'avais été une femme entretenue, une meurtrière, mais que j'étais aussi la baronne de Wiener et que je possédais un petit château à Barbizon et un hôtel particulier avenue Hoche, j'avais dit : "Mais vous vous faites presque la guerre déjà, à propos du Maroc, à propos de l'Afrique, et j'entends presque chaque jour crier sous mes fenêtres des jeunes gens qui veulent la revanche, qui rêvent de se battre. Vous ne le savez pas ?"

« Tous, vous aviez haussé les épaules. Et quand j'avais rapporté les propos de Natacha Wassilief, l'épouse de Maurice de Taurignan qui m'avait dit, en 1905, "La révolution qui vient d'éclater en Russie, mon père en est persuadé, c'est l'annonce de la guerre ; le tsar va choisir la guerre pour noyer dans le sang patriote le sang révolutionnaire", vous m'avez regardée avec étonnement. De quoi je me mêlais ? J'étais le trouble-fête !

« Jaurès arrivait de la Chambre des députés en fiacre et en frac. Qu'il était reluisant, son plastron blanc de vice-président de la Chambre ! Et, en écoutant Jaurès pérorer, la poitrine comme une chambre d'écho, répétant qu'il avait dit à Clemenceau "Votre doctrine de l'individualisme absolu, c'est la négation de tous les vastes mouvements de progrès qui ont déterminé l'histoire", j'avais envie de lui chanter ce couplet dont je me régalais, seule, couchée dans ma chambre, feuilletant ce journal sacrilège, *L'Assiette au beurre*, me repaissant de ces caricatures qui vous démasquaient :

Qu'importe une abjuration
Mon trône vaut bien un sermon

Qu'importe ce que dit la presse
J'ai mon fauteuil de souverain
Je suis un roi républicain.

« L'un, Jaurès, était vice-président de la Chambre, et l'autre, mon cher Clemenceau, ton maître, Antoine, était devenu ministre de l'Intérieur, "premier flic de France" comme écrivait *L'Assiette au beurre*, puis président du Conseil. Et je l'ai entendu dire, ici, que "le pays saurait qu'il est commandé".

« Ce que j'ai vu, ce sont les viticulteurs qui occupaient Narbonne, et des régiments qu'on envoyait pour rétablir l'ordre, et les soldats du 17e à Béziers mettaient la crosse en l'air.

Soldats, notre conscience est nette
On ne se tue pas entre Français
Refusons de rougir nos baïonnettes
Petits soldats, oui, vous avez bien fait
Salut, salut à vous
Braves soldats du 17e
Salut, braves pioupiou
Chacun vous admire et vous aime
Salut, salut à vous
À votre geste magnifique.
Vous auriez en tirant sur nous
Assassiné la République.

« Et je t'ai entendu, ici, Antoine, féliciter Clemenceau qui se frottait les mains, disant qu'il avait berné ce Marcellin Albert qui se prenait pour le chef et la voix des viticulteurs. Il lui avait donné cent francs pour lui permettre de rentrer chez lui se constituer prisonnier, et c'en était fini de cette rébellion des pauvres ! Clemenceau l'avait pourrie, comme quelques années auparavant il avait brisé les grèves de fonctionnaires, de cheminots.

« Tous, vous m'avez donné envie de vomir…

« Je n'avais rien à vous opposer, que mon sentiment de révolte, le plaisir que j'éprouvais à entendre les voix les plus féroces vous condamner, à regarder ce dessin qui représentait mon ami Georges en médecin à tête de mort en train d'avorter Marianne, et lui chuchotant, ce faiseur d'anges : "Bien sûr que tu es enceinte d'une nouvelle société ! Mais tu avorteras, ça me connaît !"

« Comment aurais-je pu croire à ce rêve ? Une nouvelle société ?

« Je vous ai écoutés l'imaginer. Jean Revest était le plus éloquent ! Il s'approchait d'une fenêtre. Il montrait les voitures automobiles qui circulaient sur l'avenue. Il disait que la course Paris-Madrid s'était déroulée à plus de cent kilomètres de moyenne, qu'un jour chacun posséderait sa voiture, que le métro qu'on venait d'inaugurer allait étendre son réseau à toutes les villes !

« J'ai la nausée. Toi, Antoine, comme les autres, tu t'es cru un roi républicain, tu as imaginé que tu pouvais ordonner la vie des hommes et des choses.

« Je n'ai jamais été dupe. Heureuse d'avoir découvert seulement, et cela peut-être est une grâce de Dieu, que tous les hommes n'étaient pas des porcs ! Et que quelques-uns savaient aimer ! Mais si peu nombreux. Et les meilleurs, vous, Antoine, Clemenceau, Jaurès, Revest, je vous ai vus, prétentieux comme des enfants égoïstes !

« Un jour, c'était il y a deux ans, quand la guerre a commencé au flanc de l'Europe, si loin, seul Jaurès s'était inquiété de cette puanteur qui montait de l'abattoir oriental. Mais aussitôt après, il avait élevé la voix, prenant toute l'assistance à témoin : “Les hommes sont frères, et ils comprendront que la justice est au bout de la route, même si celle-ci est bordée de tombeaux.”

« Alors, souvenez-vous, Antoine, je me suis levée, je me suis placée au centre du salon et j'ai dit : “Oui, tous les hommes sont frères, tous les animaux sont frères, mais être frère n'est pas de nature à empêcher qu'on se mange ! Fraternité soit, mais malheur aux vaincus ! La vie ne se maintient que par la mort. Pour vivre, il faut manger, tuer pour manger !”

« Vous vous êtes tous récriés. Seul Clemenceau m'a souri, en complice. Mais Revest, de sa voix indignée de professeur, m'a dit que je répétais sans le savoir les propos tenus à la faculté de médecine par Jacques Machecoul, oui, le fils de Pierre Machecoul, celui que… Revest n'a pas osé poursuivre, il a simplement dit que Jacques Machecoul, dans son cours, prétendait en effet que l'homme n'était qu'un mammifère, que l'idée même de droit n'était qu'une fiction, qu'il n'existait que des rapports de force, comme dans la nature entre les animaux.

« “Voici la philosophie la plus pernicieuse, avait dit Jaurès, la cruauté et la guerre justifiées.”

« Jaurès s'était borné à ces quelques mots, s'excusant. Il avait promis de répondre à l'invitation de la marquise Arconati-Visconti, républicaine bien sûr, qui tenait salon, non loin d'ici, avenue Marceau.

« Il m'avait baisé cérémonieusement la main.

« Puis Clemenceau s'était approché de moi, me

confiant qu'il avait retrouvé dans mes propos l'esprit de mon livre qu'il avait beaucoup aimé, que son titre *Une femme libre* était un programme magnifique mais ambitieux et surtout redoutable, pas seulement pour les femmes, mais pour les hommes aussi. Chacun de nous, avait-il dit, veut enfoncer sa tête dans les illusions, qu'elles se nomment christianisme, socialisme ou collectivisme. Notre bon taureau Jaurès est de cette espèce-là. Vous, non, chère Mathilde, et moi non plus ! Je ne crois ni à l'État-pape, ni à l'État-roi, ni à l'État-Dieu, je ne crois qu'au libre développement de l'individu. Votre livre m'a donné une idée, je vais appeler mon journal *L'Homme libre* ! Nous serons frère et sœur vous et moi, mais nous ne nous dévorerons pas. »

Mathilde n'avait rien rappelé de cela à Antoine. Elle l'avait observé cependant qu'il parlait à voix basse, se reprochant son aveuglement ou bien sa lâcheté, parce que dans *L'Homme libre* il n'avait pas dénoncé les pressions, le chantage exercé par l'ambassadeur de Russie à Paris, Isvolsky, qui payait bon nombre de journalistes et avait acheté des journaux pour qu'ils répandent l'idée d'une guerre nécessaire aux côtés de la Russie.

Il avait eu des preuves de la corruption entre les mains, mais il ne les avait pas publiées par crainte de servir la cause de l'Allemagne…

Car si la guerre était horrible, la défaite et la capitulation de la France ne le seraient pas moins.

Il fallait donc se battre ! Il avait décidé de s'engager, pour que les fils ne soient pas seuls à payer le tribut du sang.

Mathilde de Wiener s'était levée.

— Allons, allons, Antoine, avait-elle commencé en l'invitant à quitter le salon, à rentrer chez lui.

Chacun devait tenir son rôle à sa place, avait-elle ajouté. Lui aux côtés de Clemenceau. C'était une manière de combattre, de protéger ses fils, en surveillant la politique du gouvernement, et peut-être un jour en le dirigeant.

Mais elle n'était qu'une femme, qui n'avait que de pauvres intuitions.

Mathilde avait raccompagné Antoine jusqu'au seuil.

Il s'était serré contre elle.

Elle l'avait vu s'éloigner le long de l'avenue Hoche. Elle n'avait pas refermé immédiatement la porte.

La nuit était si claire, en ces premiers jours d'août 1914.

31.

“ Si je tente de filer, j’aurai le choix entre recevoir une balle par-devant, des Allemands, ou une par-derrière, des gendarmes… ”

Plus tard, au milieu de cette même nuit du 3 août 1914, alors qu’autour de l’Arc de Triomphe des bandes de jeunes gens scandaient « À Berlin ! À Berlin ! » avant de descendre en cortège les Champs-Élysées, Mathilde de Wiener avait arrêté son automobile au coin de la rue du faubourg Saint-Honoré, inquiète à l’idée que le moteur pouvait s’arrêter alors qu’elle avait eu tant de mal à le mettre en route, peinant à tourner la manivelle mais décidée à ne pas faire appel à Marcel Notain, le chauffeur, qui se serait étonné de la voir, à cette heure, sortir de chez elle, se rendre au garage voisin et décider de prendre la route pour Barbizon.

Elle s’était félicitée d’avoir, au moment des premiers salons de l’automobile, une dizaine d’années plus tôt, décidé d’acheter l’une de ces voitures et d’apprendre à conduire. Que pouvait-elle faire de la fortune que lui avait léguée Salomon, sinon acheter des émotions et de la liberté !

Elle avait pris l'habitude de se rendre en automobile à Barbizon, mais Marcel, en blouse grise, était assis à l'arrière cependant qu'elle conduisait, un foulard noué sous le menton retenant son chapeau, une grande écharpe enroulée autour de son cou.

Mais cette nuit, il fallait qu'elle soit seule.

Elle s'était penchée pour guetter les passants qui remontaient l'avenue Hoche ou s'engageaient dans la rue du faubourg Saint-Honoré.

Elle avait craint d'avoir donné une mauvaise indication. Peut-être cet homme ne la trouverait-il pas.

Elle s'était retournée et l'avait vu, marchant le long des façades, veillant à se tenir dans la partie sombre du trottoir, celle qu'effleuraient seulement les lumières des becs de gaz.

Elle lui avait fait un signe de la main, et il s'était aussitôt arrêté, regardant autour de lui comme s'il avait eu peur d'être suivi, surpris. Puis il s'était élancé. Elle avait ouvert la portière et il s'était assis à côté d'elle.

— Partez vite, avait-il chuchoté.

Dès que la voiture avait commencé à rouler, il avait relevé le col de sa veste et elle avait été émue par ce geste. En quelques coups d'œil, tout en conduisant, elle l'avait observé. Elle avait été si surprise la première fois qu'elle l'avait vu qu'elle n'avait pas su le regarder.

C'était il y avait quelques heures à peine. Antoine Forestier s'éloignait. Elle lui avait proposé de le faire raccompagner en voiture par Marcel, mais il avait dit qu'il allait rentrer en métro. Depuis l'inauguration de la première station, il ne l'avait emprunté que rarement, et – il avait souri pour la première fois de toute la soirée – c'était l'occasion !

Elle avait tardé à fermer la porte, regardant ce ciel brillant d'un été généreux, et au moment où elle allait repousser le battant, un homme s'était précipité, glissant son pied dans l'entrebâillement, murmurant :

— Ne criez pas, je vous guettais. Je suis le petit-fils de Georges Mercœur, que vous avez caché après la Commune. Je m'appelle Vincent. Mon grand-père m'a toujours dit que vous lui aviez sauvé la vie et que, si un jour j'avais besoin d'aide, je devais m'adresser à vous, qu'on pouvait en toute occasion vous faire confiance.

Il avait ainsi, en quelques phrases, déterré le passé, ce souvenir de Georges Mercœur, des soldats qui venaient perquisitionner l'appartement de la rue des Martyrs, et de la dénonciation de Pierre Machecoul.

— Qu'est-ce que vous voulez ? avait-elle répondu tout en se retournant.

Mais le vestibule était vide, les domestiques couchés.

— Il faut que vous me cachiez, je ne veux pas partir à l'armée. Ils m'enverront tuer, tout de suite. On me versera dans un bataillon disciplinaire. J'ai fait sept ans de bagne. Vous avez connu Raynal, l'imprimeur. Il est mort là-bas, à Cayenne. On l'a libéré, mais il est resté à Saint-Laurent-du-Maroni, il n'a pas eu la force de rentrer.

Elle avait ouvert le battant, mais Vincent Mercœur n'était pas entré.

— Les gendarmes, avait-il repris, sont passés

aujourd'hui chez moi, rue de la Pierre-Levée. C'est là qu'habitait mon grand-père. Ils ont laissé l'ordre de mobilisation. Je n'irai pas. Je les connais ! Pour eux, les gens comme moi, c'est moins que des animaux, tout juste bon à crever ! Ils nous mettront debout comme des cibles, pour repérer les tireurs ennemis. Je le sais, on me l'a dit. Ils ont fait comme ça avec les régiments disciplinaires en Algérie et en Tunisie. Et moi, comme anarchiste, comme bagnard, j'aurai le choix entre recevoir une balle par-devant, des Allemands, ou une par-derrière, des gendarmes, si je tente de filer. Où je peux aller ? J'ai pensé à vous.

Elle n'avait pas eu le temps de s'interroger, de mesurer les risques. Elle avait dit :

— Attendez-moi au coin de l'avenue Hoche et de la rue du faubourg Saint-Honoré.

Ici, dans l'hôtel particulier, elle ne pouvait dissimuler sa présence aux domestiques, mais à Barbizon, Vincent Mercœur pourrait passer pour le gardien du château, ou bien se cacher dans l'une des ailes qui restaient fermées.

Mathilde avait roulé lentement vers l'Étoile. En approchant de la place, elle avait entendu les cris et les chants patriotiques, et Vincent Mercœur avait dit d'une voix morne :

— Nous étions plus de cent mille, peut-être deux cents, à crier le 27 juillet, pendant plus de trois heures, sur les boulevards : « À bas la guerre ! Vive la paix ! » Mais personne pour nous soutenir. *L'Humanité* de monsieur Jaurès a consacré une demi-colonne en troisième page à la manifestation ! Et dans les autres journaux, on nous a couverts de boue, on a appelé au meurtre, contre les « manifestants impies ». Et finalement, ça n'a servi à rien à Jaurès d'être prudent, ils l'ont tué quand même. Alors quelqu'un comme moi, vous pensez !

Il avait le visage imberbe et émacié, les tempes rasées, les cheveux courts, et deux rides profondes d'amertume au coin de la bouche.

Il s'était retourné, regardant la place de l'Étoile sur laquelle des jeunes gens continuaient de brandir le drapeau tricolore.

— C'est ça qu'on retiendra, avait-il dit. Nous, on nous oubliera. Ou bien on nous accusera d'avoir trahi la patrie, de mériter le conseil de guerre et douze balles dans la peau.

Il s'était penché vers Mathilde.

— Je dois vous dire, ils pourront vous arrêter pour complicité, s'ils me trouvent chez vous.

Mathilde avait souri. En mai 1871, on ne jugeait même pas, on fusillait ceux qui avaient, selon tel ou tel officier, l'apparence d'un insurgé. Quarante-trois ans plus tard, alors qu'elle était devenue une vieille peau, qu'est-ce qu'elle risquait ?

— Je suis une femme libre ! avait-elle dit.

Et elle avait respiré à pleins poumons cette brise de nuit qui sentait les blés.

SIXIÈME PARTIE

32.

“ Elle avait marché à côté d’une charrette sur laquelle des soldats, les pieds nus et en sang, étaient allongés... ”

Mathilde de Wiener avait vu la voiture longer le mur du parc. C’était le début de l’après-midi, et le temps de ce dernier jour du mois d’août 1914 était orageux. Parfois, à l’horizon, un trait blanc partageait le ciel gris, et les blés se courbaient sous un souffle chaud qui poussait devant lui une rumeur sourde.

— Peut-être le canon ? avait dit Vincent Mercœur.

Ils étaient assis côte à côte sur le banc, au sommet de la colline plantée d’arbres.

Mathilde avait posé la main sur le genou de Vincent et avait murmuré :

— Mais non...

Puis elle avait haussé les épaules et avait ajouté :

— On s’en fout !

Mais elle avait chuchoté :

— Cache-toi derrière les arbres.

Vincent avait replié son journal et d’un bond avait

sauté par-dessus le dossier du banc. Ce mouvement si leste, puis la démarche souple avec laquelle il s'était enfoncé dans la futaie, écartant les branches les plus basses, avaient fasciné Mathilde.

Elle avait éprouvé en suivant des yeux sa silhouette mince un sentiment de bonheur, de plénitude, et elle n'avait plus pensé à la voiture.

Rien ne pouvait détruire, ni même menacer ce qu'elle avait en elle depuis cette nuit où elle était arrivée au château de Barbizon avec lui. Presque un mois s'était écoulé depuis.

Elle l'avait installé dans une petite chambre, au dernier étage. Elle l'avait observé pendant qu'il enlevait sa veste. Il avait les épaules osseuses, des bras courts.

Il avait retroussé les manches de sa chemise et elle avait aperçu un tatouage sur son avant-bras droit.

Il avait devancé sa question. Il s'était approché, lui avait montré cette femme, bras dressés au-dessus de la tête, brisant les chaînes qui lui nouaient les poignets, et cette phrase bleue qui la couronnait, « Ni Dieu ni Maître ».

— À Cayenne, les nuits étaient longues. On ne dormait pas, trop chaud, les moustiques carnassiers, les bagnards qui hurlaient, les gardiens qui frappaient.

Mathilde avaient eu envie de toucher ce bras, de caresser cette peau, mais c'était seulement quelques heures après leur rencontre, et elle avait dit, la gorge un peu serrée :

— Vous ne sortirez pas pendant le jour. Seulement quand il fera nuit.

Elle avait attendu l'aube, sommeillant sur ce banc qui dominait le paysage. Cela faisait des années qu'elle ne s'était sentie aussi calme, aussi joyeuse, aussi résolue.

Au début de la matinée, elle était allée au village. Elle avait pour s'y rendre pris la route qui, venant de Paris, contourne Barbizon et se dirige vers Fontainebleau.

Elle avait croisé des régiments qui marchaient vers l'est. Les hommes étaient, sous le soleil encore voilé mais déjà brûlant, couverts de sueur. Leurs visages étaient aussi empourprés que leurs pantalons rouges. Ils respiraient bruyamment, le corps serré dans leur vareuse de laine bleue. La poussière blanche collait à leur front, à leurs lèvres, à leur uniforme. Ils avançaient, le dos et les épaules courbés, cisaillés par les bretelles du sac et du fusil. Et pourtant, ils l'avaient sifflée, ils s'étaient redressés. Et la joie qui couvait en elle avait tout à coup débordé.

Elle portait ce matin-là une robe à volants de couleur claire et un chapeau de paille.

Elle avait acheté le journal et du pain, du lait, du vin, des cigarettes, et elle avait été surprise par le silence dans les boutiques. Les femmes chuchotaient, comme quand on visite un mort. Et Mathilde avait envie de chantonner. La buraliste pleurait silencieusement et répétait sans que personne ne lui réponde :

— Je ne sais pas où il est, on se bat partout.

Elle avait saisi les poignets de Mathilde.

— Madame la baronne, combien ça va durer ? avait-elle demandé.

Mathilde n'avait pas osé répondre « Je n'en sais rien, je m'en fous ». Et elle avait même pensé : « Cet homme, je vais le garder pour moi, aussi longtemps qu'il y aura la guerre. »

En revenant, elle avait marché à côté d'une charrette sur laquelle des soldats, les pieds nus et en sang, étaient allongés. Ils ressemblaient déjà à des morts.

Au château, elle avait déplié le journal sur la table de la cuisine.

Un grand titre barrait toute la largeur de la première page : « Les cosaques à cinq étapes de Berlin ! »

Mathilde s'était assise. Elle avait pensé : c'est fini. Et cette gaieté, cette sensation de jeunesse qu'elle avait ressenties, s'étaient dissipées. Elle avait voulu se convaincre que si la guerre se terminait, c'était pour des millions de gens, cette buraliste, Antoine Forestier, la fin de la peur, et qu'on ne pouvait pas, sans être une criminelle, se réjouir de ce qui provoquait le malheur des autres.

La guerre, c'était des centaines de milliers de jeunes hommes éventrés, crevant dans des charrettes comme celle qu'elle avait vue ce matin, ou bien les blessés pourrissant dans les blés sous ce soleil de feu.

Elle s'était répété tout cela et cependant elle était abattue, comme si l'accablement, la vieillesse, un instant oubliés, étaient revenus.

Mais tout à coup, elle l'avait senti près d'elle.

Vincent s'était appuyé des deux mains à la table, les bras tendus. Le col de sa chemise était largement ouvert, laissant voir sa poitrine brune.

Il avait dit :

— Bobards, mensonges ! Les Russes n'ont même pas été capables de vaincre les Japonais, en 1905, leur régime va tomber en poussière.

Il avait repoussé le journal.

— Cette guerre, elle va durer des années. C'est Jaurès qui avait raison ! Elle va tout saccager. C'est pour cela qu'ils l'ont tué ! Les autres socialistes, Guesde, Sembat, ils ont eu si peur qu'ils sont tous entrés au gouvernement. Union sacrée ? Tu parles ! Sacrée union ! Celle des lâches et des sanguinaires. Ah, elle est belle leur Internationale des prolétaires, crosse en l'air ! Tous en grève contre la saignée ! Tu parles, à la soupe !

Mathilde avait pris une cigarette.

— S'ils me trouvent, ils me fusilleront. Déserteur, anarchiste, bagnard. Je suis bon pour le peloton ! avait-il lancé.

Il avait commencé à marcher dans la cuisine plongée dans la pénombre, car Mathilde en l'écoutant avait fermé les volets.

Il s'en moquait de mourir, avait-il dit. Mais il avait un fils, qu'il n'avait jamais vu, qu'il avait reconnu, Roland, auquel il aurait aimé apprendre ce qu'il avait compris pour lui éviter de tomber dans les mêmes trappes et de se retrouver avec un boulet au pied, à couper des arbres en Guyane ou à creuser des trous dans les bataillons disciplinaires, à Gabès ou à Oujda !

Il s'était assis, et elle avait commencé à l'interroger.

Ce gosse devait avoir une dizaine d'années. Il était né à la veille de son arrestation. Sa mère, une pauvre femme, un peu putain, l'avait placé chez des paysans.

Mathilde avait murmuré :

— Je l'ai été aussi, putain. Parfois, on ne peut pas l'éviter.

Il l'avait regardée longuement et elle avait aimé ses lèvres épaisses, son front large et ses yeux d'un bleu tirant sur le vert, d'autant plus clairs que la peau du visage était mate.

Elle avait dit :

— Je n'ai jamais eu d'enfant.

Elle avait éprouvé une sensation inattendue, comme si elle avait retrouvé la légèreté de sa jeunesse, ou bien comme si une couche épaisse, durcie et qui l'emprisonnait, s'était peu à peu craquelée.

Elle n'avait plus été la parvenue, la femme entretenue maquillée en baronne de Wiener mais, elle l'avait dit dans la voiture hier soir, « une femme libre ». Et c'est la présence de Vincent Mercœur qui l'avait libérée.

Elle était riche à ne savoir que faire de cet argent, de ces biens, l'hôtel Wiener avenue Hoche, ce château de Barbizon, la collection de tableaux, les titres déposés dans une banque anglaise.

C'était Joseph de Wiener, le frère de Salomon, qui gérait sa fortune. Il lui avait fait vendre, en 1910, tous les emprunts russes que Salomon avait souscrits.

« Il faut s'en débarrasser, avait-il expliqué. L'accalmie en Russie ne va pas durer. La révolution de 1905, c'est le début de la fin. Nos braves rentiers ne peuvent même pas imaginer que l'Empire russe va s'effondrer. Ils le croient éternel, et eux s'imaginent immortels. Il faut être juif pour savoir que seules la pensée et la foi résistent au temps. Il est vrai qu'ils font confiance aux journaux qu'ils lisent. Ils ignorent que l'ambassade russe fait écrire ce qu'elle veut. Il faut que les Français souscrivent ! Alors, on paie les journalistes. Londres, chère Mathilde, sera la dernière place à résister. Les Anglais ont fait la révolution avant tout le monde. Ils ont coupé la tête de leur roi cent cinquante ans avant les Français, et ils ont réinstallé la monarchie, mais domestiquée. C'est une solution de sagesse ! Sur le continent, de Saint-Pétersbourg à Paris, nous sommes restés des barbares. Vous avez vécu la Commune, Mathilde, vous savez de quoi je parle. »

Elle était donc riche, et pourquoi ne léguerait-elle pas sa fortune à un enfant qui ne possédait rien ? Pourquoi ne serait-elle pas la bonne fée pour ce Roland Mercœur qui, en sabots, devait comme Cosette nettoyer la porcherie et l'étable des paysans qui l'avaient accueilli ?

La nuit tombée, ils s'étaient installés dans le parc. Il faisait chaud. L'air était si moite qu'il collait.

Mathilde avait apporté une bouteille de marc et deux verres, qu'elle avait posés entre les deux fauteuils d'osier.

Lorsque Vincent allumait une cigarette, la flamme éclairait quelques secondes le bas de son visage et cette femme tatouée sur son avant-bras.

Mathilde avait dû résister à la tentation de toucher cette femme. Elle avait pensé qu'elle aurait aimé être ainsi, en lui, sur lui, pour toujours. Et elle avait voulu que la guerre dure longtemps pour qu'il reste là, à Barbizon, dépendant d'elle.

À plusieurs reprises, Vincent s'était frappé le visage et les avant-bras pour tenter de chasser ces moustiques dont le bruissement les entourait. Il s'était étonné de l'immobilité de Mathilde, les insectes ne la piquaient donc pas ?

Elle avait ri.

— Je suis une vieille peau, avait-elle dit.

Ils étaient restés silencieux. Elle avait écouté le coassement des grenouilles, une voix au loin, des aboiements, puis le froissement des feuilles parce qu'une brise tiède avait commencé à souffler. Mais tous ces bruits avaient été recouverts par les battements de tambour de son cœur, si forts qu'elle avait eu l'impression que tout son corps allait se déchirer. Elle avait pensé que c'était la dernière fois que son sang frappait si violemment dans son ventre, dans ses tempes, qu'après ce serait le silence, et son corps deviendrait un cercueil où elle serait enfermée.

Elle avait tendu la main, et elle avait d'abord touché l'osier du fauteuil. Elle avait tendu ses doigts, rencontré enfin le bras de Vincent qu'elle avait commencé à caresser.

— Une vieille peau, avait-elle murmuré.

Mais peut-être avait-elle parlé si bas qu'il n'avait pas entendu. Alors elle s'était levée, puis agenouillée devant lui qui écartait ses cuisses. Elle s'était serrée contre lui, touchant sa poitrine, ses doigts glissant le long des côtes saillantes.

Vincent l'avait enlacée brutalement. Elle s'était sentie si jeune… Ils avaient roulé sur l'herbe.

Après, au milieu de la nuit, quand elle avait encore dit, mais joyeusement « ma vieille peau… », il lui avait mis la main sur la bouche, et il avait murmuré :

— Une femme, un être humain, ce n'est pas seulement la peau – il avait ri – c'est aussi ça. La peau, ça compte, mais la tienne n'est pas si vieille que ça ! Des femmes comme toi, on se serait battu pour pouvoir les toucher.

Il lui avait caressé les cheveux.

— Un être humain, avait-il repris, une femme ou un homme, c'est ce qu'il a dans la tête, dans le cœur qui compte. Je suis venu vers toi parce que mon grand-père, Georges, m'a dit comment tu l'avais accueilli… Il m'a dit aussi que ta peau…

C'est Mathilde qui avait ri.

— Il ne l'a pas touchée.

Le mois d'août 14 avait passé. Chaque matin, Mathilde avait croisé, en se rendant à Barbizon, des troupes qui marchaient d'un pas de plus en plus lourd. Et aucun soldat n'avait paru la voir. Les hommes lui avaient semblé épuisés.

Le journal qu'elle rapportait à Vincent ne parlait plus des cosaques mais de Mulhouse, qui retrouvait enfin la mère patrie après quarante années. Puis on avait cessé d'évoquer la libération de l'Alsace et de la Lorraine. Et Vincent s'était emporté, jetant le journal à terre quand il avait lu les noms d'Arras, d'Amiens, de Compiègne, au détour d'un communiqué de l'état-major.

Il avait injurié ces généraux, aussi incapables que ceux de 70, et ce gouvernement plus mensonger que celui de Napoléon III. Les boches allaient à nouveau venir jusqu'à Paris, et ce serait comme pendant la Commune… Les traîneurs de sabre de la République passeraient un accord avec les généraux du Kaiser pour noyer toute révolution dans le sang.

Et il aurait fallu se faire tuer pour ça ! Pour de vieilles badernes ou des politiciens corrompus qui n'avaient que le patriotisme à la bouche mais qui étaient prêts à trahir, à capituler, ou à s'enfuir !

Une nuit, de grandes secousses blanches avaient éclairé l'horizon, et le lendemain, des convois d'artillerie avaient traversé Barbizon. Mathilde avait entendu des femmes chuchoter que des aéroplanes allemands avaient bombardé Paris, que les boches étaient déjà en Champagne, qu'ils allaient peut-être d'un jour à l'autre arriver jusqu'ici.

Quelques familles, celles du notaire et du médecin, avaient quitté Barbizon en voiture pour se réfugier dans le Sud, du côté d'Angoulême et de La Rochelle.

Mathilde était rentrée lentement. Des groupes de soldats se traînaient sur la route, houspillés par quelques sous-officiers qui hurlaient qu'il fallait rejoindre et vite.

Elle s'était arrêtée, les regardant disparaître, taches rouges au milieu des blés.

Elle avait dit à Vincent qu'ils pouvaient s'installer sur le banc, à l'abri des arbres. Cette guerre que l'on perdait, cette guerre qui ne la concernait pas parce qu'elle lui avait donné cet homme jeune qui chaque soir l'aimait, lui faisant croire ainsi que la vie était encore devant elle, la rassurait.

Qui viendrait, en ces jours de défaite, chercher ici Vincent ?

Puis elle avait vu la voiture s'approcher, s'arrêter devant l'entrée du parc.

Alors elle lui avait dit de se cacher derrière les arbres.

33.

« Je n'en ai rien
à foutre de votre
guerre !
Les soldats ne
me font pas peur,
français ou allemands.
Ce ne sont que
des hommes... »

Antoine Forestier n'avait pu oublier la façon dont, le 31 août 1914, Mathilde l'avait accueilli au moment où il sortait de la voiture devant l'entrée du parc de son château de Barbizon.

Il s'était élancé vers elle qui descendait de la colline. Il lui avait crié qu'il fallait rentrer à Paris. Les Allemands avançaient rapidement. Les premières batailles avaient été perdues, la Belgique forcée, occupée. Mulhouse, un instant libéré, avait été abandonné. Joffre était décidé à ne s'opposer à l'avance allemande que dans le Morvan, et Paris serait laissé sans défense. Le gouvernement s'apprêtait à quitter la capitale pour se réfugier à Bordeaux avec les députés et les sénateurs. Clemenceau lui-même allait être contraint, alors qu'il s'y refusait jusqu'à ce matin, de suivre les autorités politiques. Mais il comptait partir en voiture, et Antoine avait pensé que Mathilde ne pouvait rester seule à Paris.

Il s'était donc précipité avenue Hoche, mais Marcel Notain, le chauffeur, qui venait de recevoir sa feuille de route, avait indiqué que madame la baronne résidait dans son château de Barbizon depuis le début du mois d'août. Elle était partie sans domestique, le lendemain de la déclaration de guerre.

Voilà pourquoi Antoine était venu, pour la reconduire à Paris, pour organiser ensuite son départ pour Bordeaux, avec eux.

Tout en parlant, il l'avait regardée. Jamais il ne l'avait vue ainsi. Elle lui avait paru plus jeune qu'au temps où ils s'aimaient, rue de l'Estrapade. Elle avait une insouciance, une gaieté, et en même temps un air de défi qu'il ne lui avait jamais connus.

Il avait continué à lui expliquer quelle était la situation militaire.

Il avait vu Maurice de Taurignan, qui avait été affecté à l'état-major du général Gallieni, gouverneur militaire de Paris. Taurignan lui avait révélé que Joffre refusait d'envoyer des troupes pour défendre la capitale, et que Gallieni ne disposait que d'une petite armée. Les forts ne possédaient même pas d'artillerie. Et chaque jour, des aéroplanes allemands, les *Taube*, les bombardaient ou lâchaient leurs bombes sur des quartiers de la ville pour affoler la population.

— Vous ne pouvez rester à Paris, Mathilde, avait conclu Antoine.

Il s'était étonné. Elle avait semblé ne pas l'écouter, ne l'invitant même pas à entrer dans le château, restant là, devant lui, comme pour lui interdire d'avancer, lui signifier qu'elle ne voulait pas l'accueillir.

Il avait ajouté.

— Ce serait pire, ici.

Le château pouvait être pillé par des soldats français isolés, débandés. Une femme seule était à la merci de n'importe quel soudard. La guerre transformait les hommes, elle le savait. Elle l'avait vu pendant la Commune ! Ou bien, elle serait victime des uhlans. Ils occuperaient le château, le brûleraient.

Antoine avait fait quelques pas vers la demeure, sans que Mathilde ne bouge.

Elle avait seulement haussé les épaules, secoué la tête. Elle avait les cheveux dénoués, les bras nus, une robe si légère et si courte que l'on voyait ses mollets, nus aussi. Elle avait le corps et le visage rajeunis.

— Vous ne vous rendez pas compte, avait-il dit en s'approchant d'elle, en tendant les bras comme pour lui saisir les épaules.

Le visage de Mathilde s'était fermé.

— Ne me touche pas.

Le tutoiement n'était pas l'expression de leur ancienne intimité, mais une manifestation de mépris.

— Je n'en ai rien à foutre de votre guerre ! Les soldats ne me font pas peur, français ou allemands. Ce ne sont que des hommes, et je n'ai jamais craint les hommes. J'en ai vu de toutes sortes, vous le savez ! Je reste.

Elle avait esquissé un pas de danse.

— Je suis heureuse, ici, avait-elle conclu tout à coup détendue. Ça ne se voit pas ?

Elle avait pris le bras d'Antoine.

— Nous sommes amis, Antoine, j'ai confiance en vous. On est liés, tous les deux, par bien autre chose que des histoires de lit. On rencontre n'importe qui dans un lit…

Elle avait ri, puis l'avait entraîné vers le château. En entrant dans le vestibule, Antoine avait vu une veste d'homme accrochée à la rampe de l'escalier.

Mathilde avait fait oui de la tête, et Antoine s'était senti désemparé et ridicule.

— C'est quelqu'un qui nous est proche, de vous, de moi, avait-elle murmuré. Il doit se cacher. Je reste avec lui.

Antoine s'était souvenu de ces articles qui incitaient les citoyens à dénoncer tout ce qui paraissait suspect. On devait à Barbizon haïr Mathilde, cette baronne de Wiener au nom allemand, cette putain des juifs qui avait autrefois assassiné un bon Français. Si le front s'approchait et si l'on découvrait qu'elle hébergeait un homme recherché, un insoumis ou un déserteur, on l'écharperait avant même que les gendarmes ne l'arrêtent.

Antoine avait murmuré :

— Mathilde, c'est la guerre. Vous n'imaginez pas ce que vous risquez.

Plus bas encore, il avait demandé :

— Qui est-ce ?

Mathilde s'était assise et avait commencé à écrire, lentement, formant avec soin chaque lettre. Elle lui avait remis le feuillet, mais l'avait repris à l'instant où Antoine allait commencer à le lire. Elle avait cherché une enveloppe et, après y avoir glissé le texte, elle avait regardé Antoine, lui tendant l'enveloppe ouverte :

— Tu peux lire, mais après, quand tu seras parti.

Le tutoiement, cette fois-ci, était un signe d'affection.

Elle l'avait raccompagné en lui tenant le bras jusqu'à la voiture, elle s'était un instant suspendue à son cou.

Il avait senti son corps léger et souple contre lui, et il en avait été ému, stupéfait de tant de jeunesse et de grâce alors que toutes ces années étaient passées. Il avait eu l'impression, alors qu'il était plus jeune qu'elle, d'être vieux, engoncé dans une vie lourde d'inquiétude.

Et il l'avait envié quand il l'avait vue remonter en courant le chemin qui, entre des haies, conduisait à ce lambeau de forêt dominant la plaine.

Après avoir traversé Barbizon, Antoine avait arrêté la voiture sur le bord de la route de Paris.

Le ciel était comme un toit effondré, couleur d'ardoise. Il écrasait les blés et, de temps à autre, un pan entier se brisait dans un claquement sec prolongé par un grondement sourd. L'horizon s'illuminait, puis la grisaille bleutée l'envahissait à nouveau. Était-ce l'orage ou le canon ? Des troupes passaient en marchant vers ces lointains sombres.

Il avait commencé à lire ces lignes, à l'écriture régulière, posée, réfléchie.

« Moi, Mathilde de Wiener, née Clamecy, ce 31 août 1914, déclare que je charge Antoine Forestier de transmettre mes dernières volontés à maître Maurice Chrétien de Taurignan, qui fut mon défenseur, afin qu'il prenne toutes les dispositions nécessaires à leur exécution.

« Je veux que tous mes biens, en actions et immeubles, soient donnés à Roland Mercœur, fils de Vincent Mercœur.

« Maurice Chrétien de Taurignan devra rechercher cet enfant, qui doit être aujourd'hui âgé d'une dizaine d'années.

« Si on ne pouvait, pour une raison ou une autre, exécuter cette volonté, je veux qu'à ma disparition, mes biens soient légués à un orphelinat, que je charge maître Maurice Chrétien de Taurignan de choisir.

« Dans tous les cas, ma collection de tableaux sera partagée entre Antoine Forestier et maître Maurice Chrétien de Taurignan. Ils trouveront, je l'espère, un accord entre eux pour que ce partage soit juste.

« Mathilde de Wiener. »

Antoine avait relu deux fois cette page et il avait été bouleversé, comme si déjà Mathilde était morte alors qu'il venait de la voir, gaie, insouciante.

Mais il avait eu la conviction qu'elle courait vers la colline, sachant que l'ombre de la mort avançait vite, couvrant déjà tout le paysage, cette plaine que le ciel d'orage endeuillait, et ces soldats à l'uniforme poussiéreux qui portaient leurs fusils le canon vers le sol, parce que tombaient les premières gouttes de pluie.

Elles avaient frappé la capote de la voiture avec un bruit de mitraille.

34.

“ S’ils nous censurent,
nous changerons
de titre. Fini
L’Homme libre,
nous nous appellerons
L’Homme enchaîné... ”

Lorsque, moins d’un mois plus tard, dans la nuit du 27 septembre 1914, Antoine Forestier s’était avancé sur le quai de la gare de Bordeaux, qu’il avait vu les soldats blessés, il avait pensé que l’ombre de la mort qui le suivait depuis sa rencontre avec Mathilde l’avait rejoint.

Il l’avait côtoyée rue Taitbout, à la mi-août, quand une bombe lâchée par un *Taube* avait éventré l’immeuble voisin de celui où se trouvait, au numéro 13, la rédaction de *L’Homme libre*. Il avait su que des corps étaient ensevelis sous les gravats. Puis, gare de l’Est, il avait rendu visite en compagnie de Clemenceau aux premiers blessés de la guerre. Mais c’étaient des hommes légèrement atteints et qu’on avait sans doute choisis à dessein pour ne pas impressionner les journalistes et les milieux politiques.

Mais ce 27 septembre, l’ombre de la mort l’avait submergé.

Antoine s'était immobilisé au milieu du quai, et il avait regardé ces hommes qu'on commençait à déposer dans des brancards.

Quand le halètement de la locomotive avait cessé, leurs plaintes avaient aussitôt envahi la gare. C'était comme un murmure. Et brusquement il avait eu la certitude que l'un de ses fils, Henri ou Charles, se trouvait parmi ces blessés.

Il s'était approché, ne répondant même pas à Clemenceau qui l'avait interpellé.

— Mais où allez-vous, Forestier ?

Il avait écarté les infirmières, bousculé le médecin-major et les brancardiers. Il avait commencé à marcher entre les corps qu'on avait maintenant placés sur les quais, à même le ciment, et il avait entendu le major crier :

— Sortez-les vite, vous ne voyez pas qu'ils pourrissent là-dedans !

Il avait alors senti cette odeur de chair purulente, de paille putréfiée, d'excréments. C'était l'odeur de la mort.

Il s'était appuyé à un wagon des deux mains, la tête penchée, commençant à vomir sur le ballast.

Et pour la première fois depuis un mois, il avait pensé avec une sorte de rage et de mépris à Mathilde et à ce déserteur de Vincent Mercœur qu'elle cachait. Finis l'étonnement et la compassion ! Il les avait imaginés, enfermés dans leur chambre, vautrés sur le lit, elle, la vieille qui s'accrochait une dernière fois à un corps d'homme jeune, lui, le gigolo qui se donnait de belles et bonnes raisons, révolutionnaires, anarchistes, généreuses, pour refuser de participer à la défense de la patrie !

Qu'ils viennent ici, sur ce quai, qu'ils osent regarder, entendre, sentir ces hommes dont les pansements étaient maculés de taches noires, rouge sombre et bistre de sang et de pus séchés.

Ceux-là s'étaient fait embrocher, mutiler, labourer par l'acier à l'horizon de cette plaine à blé que l'on voyait depuis les fenêtres du château de Barbizon.

Est-ce qu'ils avaient perçu leurs cris, deviné leurs souffrances, imaginé leur courage et leur abnégation, ceux qui se claquemuraient dans leur égoïsme et leur plaisir !

Et il n'y avait pas que Mathilde et Vincent Mercœur ! Au moins, ces deux-là ne proclamaient pas leur patriotisme !

Mais tous les autres, ces députés, ces sénateurs qu'Antoine avait vus, le 2 septembre, se bousculer dans l'hôtel des Invalides où siégeait l'état-major de Gallieni pour obtenir des autorités militaires le sauf-conduit qui leur permettrait de quitter Paris pour Bordeaux dans un train ou une voiture officiels !

Il avait croisé là Léon de Boissier qui, hautain, répétait en exhibant son coupe-file de député :

— Je dois passer, je suis attaché au cabinet du ministre de la Guerre. Monsieur Millerand m'attend à Bordeaux.

Antoine avait quitté l'hôtel des Invalides et retrouvé Clemenceau dans le bureau de *L'Homme libre*.

— Alors ? avait-il demandé.

Il avait les traits creusés par l'amertume. Il n'avait pas attendu la réponse, dit qu'il avait vu Maurice de Taurignan chez le général Gallieni. Taurignan avait raconté comment Millerand, Joffre, Viviani, le président du Conseil, avaient voulu livrer Paris sans combat. « C'est Jules Guesde, a assuré Taurignan, qui s'est indigné ! »

Clemenceau avait hoché la tête.

— Ces gens-là sont tous des Versaillais ! Il n'y a même plus un Gambetta. Et il faut que ce soit Jules Guesde, le socialiste antimilitariste, qui leur enseigne le patriotisme !

Il avait haussé les épaules.

— D'ailleurs, vous savez ce qu'il leur a dit ? Vous allez abandonner Paris parce que vous croyez que vous éviterez le pillage. Vous voulez protéger les maisons des riches. Vous vous en remettez à l'armée ennemie. Mais le jour où les troupes allemandes défileront dans les faubourgs, de toutes les fenêtres d'ouvriers partiront des coups de fusil. Je vais vous dire ce qui arrivera : votre Paris sera brûlé ! En somme, avait continué Clemenceau, Guesde leur a parlé argent plutôt que patrie ! Et ces Messieurs ont vite compris. Gallieni a la mission de défendre la capitale à outrance. Taurignan m'assure qu'il est prêt à faire sauter tous les ponts sur la Seine et même les monuments !

Clemenceau avait commencé à écrire, puis demandé à Antoine ce qui se passait à l'hôtel des Invalides pour le départ des députés et des sénateurs.

— La panique, la veulerie, la lâcheté, avait-il répondu.

Ils avaient donc décidé de partir en voiture, pour ne pas se mêler à cette cohue de la médiocrité, comme disait Clemenceau.

Mais il avait fallu trouver de l'essence, la payer

quatre fois son prix. Puis, arrivés à Bordeaux, découvrir que les hôtels étaient combles, qu'on banquetait dans tous les restaurants, qu'on se pavanait au café de la Comédie, sous le péristyle du Grand Théâtre, au café Cardinal.

Olivier Dussert tenait table ouverte dans la salle à manger de l'hôtel des Ambassadeurs, cours de l'Intendance. Boissier s'était installé à l'hôtel des Princes et de la Paix, cours du Chapeau-Rouge. Jamais les boutiques de la place Richelieu, des allées de Tourny, de la rue Sainte-Catherine ou de la place des Quinconces n'avaient été aussi fréquentées !

On se pressait sur les trottoirs. Les chaussées étaient encombrées par les automobiles venues de Paris, les fiacres et les calèches. On ne pouvait approcher, tant la foule était dense, de l'hôtel de ville où s'était installé le président du Conseil Viviani. Le président de la République Poincaré résidait à la préfecture.

Antoine avait, après plusieurs heures de recherches, trouvé deux chambres à l'hôtel Richelieu, rue des Fossés-de-l'Intendance. Il avait réussi à joindre par téléphone Maurice de Taurignan. La communication avait été plusieurs fois interrompue, mais à l'état-major de Gallieni, on estimait que la bataille sur la Marne était gagnée. Gallieni avait requis les taxis de Paris, qui avaient transporté jusqu'au front les renforts qu'on avait pu rassembler.

Les Allemands attaqués par surprise sur leur flanc, alors qu'ils faisaient mouvement vers le sud à la poursuite des troupes de Joffre, avaient dû reculer de quelques kilomètres. Paris était sans doute sauvé !

Clemenceau avait bougonné :

— Cela va durer des mois, maintenant. Peut-être

des années. Il va falloir les surveiller, les empêcher de céder parce que, alors, à quoi auraient servi ces morts ? Il faut aller jusqu'au bout, Forestier. Mais on ne pourra l'emporter qu'après avoir remis de l'ordre, châtié les lâches, les avoir contraints au courage en leur piquant le bas du dos avec la pointe d'une baïonnette.

Mais jour après jour, dans ce mois de septembre moite de 1914, avec des brouillards blancs couvrant le fleuve, débordant sur les quais, étouffant les rumeurs, déposant sur la peau une humidité poisseuse, Antoine avait eu l'impression de s'enliser.

Il avait harcelé Marguerite, expédiant à Mazenc plusieurs télégrammes afin qu'elle lui dise si elle avait reçu des nouvelles de Charles et de Henri. Mais sa femme avait répondu par un simple mot, écrit au milieu d'une page blanche : « Rien. »

Il avait interrogé Maurice de Taurignan, puis le fils de celui-ci, le capitaine Robert de Taurignan qui servait à l'état-major de Joffre. Mais ni l'un ni l'autre n'avaient pu retrouver Henri et Charles, perdus parmi les centaines de milliers d'hommes sous les armes.

Il avait donc fallu vivre avec cette angoisse, au milieu de ces députés et de leurs femmes, leurs maîtresses le plus souvent, de ces personnalités parisiennes, d'Olivier Dussert au professeur Machecoul, qui sablaient le champagne pour célébrer la victoire de la Marne, les contre-offensives ou la stabilisation du front.

Tout devenait prétexte à fête. On félicitait Joffre et on oubliait Gallieni, auquel on devait la victoire de la Marne, parce qu'il avait été témoin de la panique du début septembre et de la décision prise d'abandonner Paris.

On se congratulait. Léon de Boissier félicitait Olivier Dussert pour la contribution de la banque Dussert-Speicher et Fils à l'effort de guerre. Dussert louait Jacques Machecoul qui, aux côtés du président du Conseil, organisait le service de santé de la nation en guerre.

Antoine éprouvait un permanent malaise en entendant ces propos satisfaits alors que, dans les demi-silences des communiqués de guerre, résonnaient l'horreur des combats, l'échec des offensives, l'ensevelissement des soldats dans les tranchées de la mer du Nord à l'Argonne, et l'immense part du territoire national tombée entre les mains de l'ennemi.

Ces mensonges lui étaient chaque jour plus insupportables.

Clemenceau heureusement se tenait à l'écart, hargneux, décidé à écrire quotidiennement un éditorial pour secouer ce gouvernement d'incapables !

L'Homme libre était désormais imprimé sur les presses de *La Dépêche de Toulouse,* et à plusieurs reprises déjà Antoine avait été convoqué au siège du gouvernement.

— Dites à votre Clemenceau qu'il réfléchisse avant d'écrire, lui avaient répété les conseillers du ministre de l'Intérieur. La censure existe et nous la lui appliquerons, comme à n'importe qui ! Qu'il se taise, à son âge ! Et cesse de donner des leçons ! Il a fait assez de mal.

Clemenceau avait sabré l'air de sa canne.

— S'ils nous censurent, nous changerons de titre.

Fini *L'Homme libre*, nous nous appellerons *L'Homme enchaîné* !

Il avait tout à coup fixé Antoine.

— Et notre baronne de Wiener ? C'est elle qui avec son livre m'avait donné l'idée du titre du journal. Elle n'a pas quitté Paris ? Essayez donc de savoir ce qu'elle devient, Forestier.

Antoine le savait, et l'avait tu.

Il avait rencontré, au café de la Comédie, Joseph de Wiener qui l'avait pris à part, lui demandant s'il avait des renseignements sur ce gosse, Roland Mercœur, auquel Mathilde voulait laisser tout son patrimoine.

— Sauf la collection de tableaux qu'elle vous lègue, mon cher, vous le savez, ainsi qu'à maître Maurice de Taurignan.

Joseph de Wiener avait paru préoccupé.

— Je crains que Mathilde ne soit tombée entre les mains d'un aigrefin, d'un gigolo qui la dépouille au profit d'un proche, avait-il repris. Et quand on la trouvera morte, personne ne s'en étonnera. Dans une guerre, un cadavre de plus ou de moins, c'est peu de chose !

Joseph de Wiener avait l'intention de demander une enquête de police sur sa belle-sœur afin de la protéger. Elle n'habitait plus l'hôtel de l'avenue Hoche, mais le château de Barbizon. Il allait en parler à Malvy, le ministre de l'Intérieur.

Antoine avait été tenté de confier à Wiener ce qu'il savait, mais il avait seulement murmuré que la baronne était une personnalité singulière et forte, capable de se défendre.

Il n'avait pas été au-delà, avec le sentiment qu'il

laissait le destin et les circonstances décider du sort de Mathilde et de Vincent Mercœur. C'était ainsi qu'étaient choisis parmi les combattants ceux qui devaient mourir !

Dans cette même nuit du 27 septembre, alors qu'il se trouvait encore en compagnie de Clemenceau dans le salon de l'hôtel Richelieu, une femme d'une cinquantaine d'années, grande, ses cheveux blonds noués en chignon, s'était approchée d'eux. Elle avait aperçu plusieurs fois, avait-elle dit, en compagnie de son mari, au château de Barbizon, Antoine Forestier. Ne se souvenait-il pas d'elle ? Elle était la femme de Maurice Chrétien de Taurignan.

Était-il possible que la jeune Russe aux longs cheveux, la silencieuse et timide Natacha Wassilief, soit devenue cette femme décidée qui portait une cape bleue, qui disait qu'elle voulait que monsieur Clemenceau l'accompagne jusqu'à la gare parce qu'un train de blessés venait d'arriver, et qu'elle était bouleversée, révoltée, par la manière dont on traitait ces hommes, couchés sur de la paille pourrie, voyageant depuis plusieurs jours dans cette chaleur humide de fin d'été, ne recevant que des soins rudimentaires lors des haltes, manquant d'eau, de moyens de satisfaire leurs besoins, placés dans des wagons qui avaient servi aux transports des chevaux et qu'on n'avait même pas dû désinfecter, la paille n'ayant même pas été changée.

— J'ai un fils au front. Il était à l'état-major de Joffre, mais il a demandé à servir en première ligne. S'il est blessé, je ne veux pas qu'il soit traité ainsi, je ne veux pas !

Antoine avait alors répondu à voix basse qu'il avait,

lui, deux fils, l'un officier dans l'infanterie de ligne, l'autre dans les chasseurs, et qu'il n'avait aucune nouvelle d'eux depuis le début de la guerre. Ils s'étaient rendus à la gare en voiture, une pluie d'averse martelant la capote.

Antoine s'était souvenu de cet orage qui l'avait accompagné de son bruit de canon et de mitraille, sur la route entre Barbizon et Paris, après qu'il avait quitté Mathilde. Et il avait en roulant croisé des soldats qui avançaient sur le bord de la route, la pluie dégringolant de la visière de leur képi.

Combien de ceux-là, n'ayant même plus la force de lever la tête pour regarder cette voiture qui passait et qui, tant le ciel était sombre, les avait éclairés de ses lanternes, combien parmi eux avaient survécu ? Sans doute certains se trouvaient-ils maintenant parmi ces corps, allongés sur la paille à même le ciment du quai, ou bien qu'on emportait dans des brancards. Il avait entendu ces plaintes, respiré cette odeur de mort.

Et il avait été étreint par le désespoir à l'idée que Henri ou Charles était peut-être là, ou bien traité comme ces blessés dans une autre gare, à Angoulême ou à Clermont-Ferrand. Il avait ressenti de la haine pour tous ces patriotes de terrasses, de cafés, d'antichambres ministérielles, ces journalistes qui envoyaient les autres à l'assaut, ces écrivains qui chantaient le courage sans quitter leur robe de chambre.

Pour un Charles Péguy, tué à la tête de sa section d'une balle en plein front le 5 septembre, combien de héros en pantoufles ?

Et ce mépris, qu'il avait éprouvé pour la première fois, en pensant à Mathilde et à Vincent Mercœur !

Il avait vomi. Il s'était redressé. Il avait regardé ces corps blessés. Il avait murmuré ce vers du poète :

Mère, voici tes fils qui se sont tant battus...

Antoine avait rejoint Clemenceau, dont tout le bas du visage tremblait et qui mordillait sa moustache blanche.

— On les a laissés mourir, avait-il marmonné. On a laissé la gangrène les dévorer. On les a jetés sur de la paille sale, putréfiée. Ils vont mourir non pas de leurs blessures, mais du tétanos. Je vais dénoncer ce crime, cette incompétence !

Clemenceau s'était éloigné, brandissant sa canne comme une épée, interpellant le médecin-major, répétant « scandale, incurie, crime contre la patrie ».

Antoine s'était approché de chaque blessé, cherchant à voir son visage, croyant chaque fois qu'il allait reconnaître Henri ou Charles, heureux et désespéré de ne rencontrer que des regards inconnus, de voir des traits anonymes, d'entendre des murmures et des plaintes, des voix qu'il ne connaissait pas.

Il avait pris des mains qui se tendaient. Il avait accompagné des brancards jusqu'à ces voitures où on les enfournait. Et avant de les mettre ainsi à l'abri, ces blessés, malgré les parapluies avec lesquels on essayait de les protéger, avaient été martelés par ces grosses gouttes qui s'écrasaient sur leur visage, sur leur poitrine, avec un bruit mat.

Il avait hurlé :

— Dépêchez-vous !

Son corps s'était couvert de sueur, et il avait levé

la tête pour que la pluie le lave. Mais c'étaient des gouttes visqueuses, tièdes, qui semblaient s'accrocher à la peau comme des sangsues.

À la fin, après que tous les blessés avaient été déchargés, transportés, embarqués, Antoine était resté seul devant la gare, sous l'averse.

Il avait regardé ses mains souillées, avait eu l'impression que l'odeur de mort collait à ses doigts, à ses cheveux.

Il avait alors senti une présence.

Il s'était retourné. Il avait vu à nouveau cette grande femme blonde, Natacha de Taurignan. Son chignon s'était défait, ses cheveux blonds couvraient ses épaules.

Ils s'étaient rapprochés. Ils étaient seuls devant cette gare silencieuse.

Et soudain, sans réfléchir, ils s'étaient enlacés, se serrant à s'étouffer, comme pour se persuader l'un l'autre par l'étreinte qu'ils échangeaient que la mort n'était pas la seule souveraine du monde.

35.

“Ceux qui
se débandent,
même s’ils ont
des excuses,
ne sont pas
excusables, c’est
ainsi ! J’ai dit :
Je fais la guerre !”

Antoine Forestier s’était avancé dans l’église Saint-Étienne-du-Mont, et il avait aperçu, agenouillés au pied du cercueil de Natacha, Maurice et Robert de Taurignan.

Le père et le fils étaient en uniforme, tête baissée, le front reposant sur les mains nouées, appuyées au prie-Dieu.

Ils avaient la même taille, mais Maurice était plus massif alors que Robert donnait une impression de faiblesse.

Et cependant, depuis plus d’un an que Robert Chrétien de Taurignan occupait les fonctions de chargé des affaires militaires au cabinet de Georges Clemenceau, il s’était montré d’une résistance morale et physique exceptionnelle, analysant pour le président du Conseil la situation militaire, ne cédant pas à la panique qui, en ce début d'année 1918, avait saisi bien des généraux surpris par les attaques allemandes, désorientés de voir, après presque quatre années de guerre, les « boches » réussir à rompre le front, avancer encore vers Paris. Certains députés, tel Léon de Boissier, des personnalités parisiennes influentes, comme Olivier Dussert ou le professeur Machecoul, avaient suggéré à Clemenceau et au président de la République de transférer le gouvernement à Bordeaux, comme en septembre 1914.

Mais Clemenceau et Poincaré s'y étaient refusés.

— On ne cède pas, on fait la guerre, on serre les dents, on tient ! avait martelé Clemenceau. Je continue de faire la guerre et je continuerai jusqu'au dernier quart d'heure. Bordeaux ! Le gouvernement que je préside ne quittera jamais Paris pour Bordeaux. Nous crèverons sur place, s'il le faut !

Cette semaine-là, comme chaque jeudi, Antoine avait retrouvé Natacha de Taurignan rue de l'Estrapade.

Elle arrivait de l'hôpital du Val-de-Grâce. Elle s'asseyait sur le canapé et regardait longuement cette grande toile représentant le désert des temps bibliques. Elle murmurait comme chaque fois :

— Trop de souffrances, trop de malheurs, pourquoi, s'il y a un Dieu ?

Antoine s'asseyait près d'elle, et ils s'étreignaient, chacun tenant l'autre par les épaules comme la première nuit devant la gare de Bordeaux, quand il pleuvait si fort.

Ils ne s'étaient quittés qu'au matin, dans le brouillard qui recouvrait la Gironde et cachait la façade de l'hôtel des Quais où ils avaient passé la nuit. Les sirènes des bateaux à vapeur qui traversaient le fleuve les avaient fait frissonner. Ils s'étaient collés l'un contre l'autre, sans parler, puis ils avaient pris des rues opposées, disparaissant après quelques pas dans le brouillard qui, montant des berges, inondait toute la ville.

Ils n'avaient échangé que quelques mots, à propos de la mort qui guettait leurs fils, se caressant lentement comme pour s'assurer qu'il existait encore des corps sans blessure, que la jeunesse avait certes quittés mais que le désir d'aimer habitait encore.

Ce n'était qu'au début de 1918 qu'ils s'étaient retrouvés.

Les premiers jours, à chaque fois qu'il croisait Robert de Taurignan, Antoine était troublé. La ressemblance entre le fils et la mère était criante. Robert était blond, le bas de son visage avait la même rondeur un peu lourde. Mais c'étaient surtout les yeux, bleus, le regard doux et résolu qui l'impressionnaient.

Il avait renoncé à demander à Robert si sa mère était restée à Bordeaux ou bien si elle avait regagné Paris, dès le mois de décembre 1914, avec le gouvernement et les personnalités. C'était il y a quatre ans. Et quel prétexte donner pour l'interroger ?

Antoine avait osé pourtant demander où se trouvait Maurice de Taurignan, apprenant ainsi qu'il avait été affecté, après le décès du général Gallieni, à l'état-major du général Pétain avec le grade de colonel. Il fallait un juriste pour surveiller le fonctionnement des conseils de guerre qui siégeaient en permanence, parce que depuis six mois les mutineries s'étaient multipliées. Des centaines de soldats avaient crié : « Vive la paix ! Assez de tués ! » Dans de nombreuses unités, on avait insulté les officiers, brandi ici et là des chiffons rouges pour saluer la révolution russe.

On traquait les déserteurs. Antoine avait pensé à Mathilde et à Vincent Mercœur, avec des sentiments mêlés.

Il avait téléphoné à Barbizon, et lorsqu'il avait entendu la voix joyeuse de Mathilde, il avait raccroché, envahi quelques instants par la colère, saisi en fait par une sorte d'indifférence accablée.

Ni Mathilde ni Vincent Mercœur ne pesaient sur le sort de la guerre. Ils sauvaient leur peau et Antoine ne s'était pas senti le courage de les juger, de les dénoncer.

Mais quand il avait appris, en consultant les listes de condamnés pour rébellion que l'état-major envoyait chaque jour à la présidence du Conseil, qu'on avait fusillé le caporal Marcel Notain, du 128e régiment d'infanterie, chauffeur de maître dans le civil, il avait eu le cœur broyé devant tant d'injustice.

Marcel, le chauffeur de Mathilde de Wiener, châtié, et Mathilde qui se gavait d'amour, d'un surplus de jeunesse, alors que tant de jeunes hommes étaient mutilés, tués ! Il avait été sur le point de demander à Robert de Taurignan d'alerter la gendarmerie de Fontainebleau de la présence d'un déserteur au château de Barbizon.

Et il avait été convoqué dans le bureau de Clemenceau.

Le président du Conseil donnait des coups de poing sur la table. Il serrait les dents tout en s'exclamant :

— Il y a un général qui est fou ! Ce qui s'appelle fou, Forestier. Il jette les gens sur l'ennemi sans préparation d'artillerie ! On lui a demandé : Pourquoi faites-vous ça ? Réponse : « Ça entretient le moral de la troupe... » C'est lui qu'il faudrait fusiller ! Il veut quoi ? Recommencer une offensive à la Nivelle, avec des dizaines de milliers de morts inutiles, et les mutineries, et les désertions ?

Clemenceau avait saisi un feuillet.

— Voilà ce qu'on chante dans les tranchées, quand on est mené à l'abattoir de cette manière.

Antoine avait lu :

Adieu la vie, adieu l'amour
Adieu toutes les femmes
C'est pas fini, c'est pour toujours
De cette guerre infâme
C'est à Craonne, sur le plateau,
Que nous devons laisser notre peau !

Il avait appelé Robert de Taurignan.

— Faites-moi sauter ce criminel, avait-il lancé en écrivant le nom du général sur un bout de papier. Faites-en ce que vous voulez. Mais pour autant, dites à Pétain que je ne veux pas de pitié pour les déserteurs, les mutins. La justice doit passer. On ne peut pas gagner une guerre avec des troupes qui flanchent ! Et ceux qui se débandent, même s'ils ont des excuses, ne sont pas excusables, c'est ainsi ! J'ai dit : Je fais la guerre !

Clemenceau avait voulu se rendre sur le front, « flairer le boche », comme il disait.

Antoine l'avait suivi dans ces galeries boisées qui s'enfonçaient dans la terre de Verdun. Là était le Mort-Homme, le tunnel du Kronprinz. Le sol autour des forts n'était plus qu'un désert noir, creusé de cratères où l'on apercevait des fusils brisés, des casques bosselés et percés, et parfois dépassant de la terre des lambeaux d'uniformes.

Puis il y avait eu les tranchées, ces couloirs de boue, les hommes qui se déplaçaient courbés parce que dans les lignes allemandes, situées à moins de cent mètres, les tireurs étaient à l'affût.

Clemenceau s'était emporté, voulant monter sur un tertre. Il avait fallu le retenir, alors qu'il lançait en direction des lignes allemandes :

— Ah, mes gaillards, attendez un peu ! On va vous avoir ! Oui, on vous aura !

Antoine avait été fasciné par ce vieillard énergique qui s'exaltait et voulait s'exposer au feu ennemi. Il aurait pu tomber là, en première ligne, comme ces centaines de milliers d'hommes jeunes sacrifiés de part et d'autre.

Les poilus l'avaient entouré, assurant qu'ils avaient besoin de lui, qu'il ne fallait pas que le Tigre se laisse tuer comme ça, pour rien.

Antoine avait dévisagé ces têtes hirsutes, qui surgissaient des trous de mitrailleuses creusés dans la craie champenoise ou dans la boue de l'Argonne. Et il avait été brusquement ému aux larmes en pensant à ses fils.

Henri et Charles ne s'étaient jamais plaints de leurs conditions de vie, veillant donc à ne pas l'inquiéter, à cacher leurs souffrances, leur fatigue, la mort qui les guettait et abattait sa faux à chaque seconde, cisaillant celui qui avait oublié de baisser la tête, ou bien cet autre qui s'était cru à l'abri au fond de sa cagna et qu'un obus ensevelissait sous la terre éboulée.

Après ce serait sur son corps le grouillement des rats.

Car il les avait vus par le créneau d'un guetteur, ces gros rongeurs noirâtres qui trottinaient entre les barbelés et disparaissaient dans les pantalons d'un mort qui, bras en croix, était resté accroché dans les épines d'acier.

Il avait observé Clemenceau, dans la voiture qui les ramenait vers Paris. Le président du Conseil paraissait somnoler. Puis tout à coup, il s'était redressé, il avait dit, les poings crispés :

— Confiance, confiance, vous avez vu, Forestier, cette race, nos soldats, dans leur case de boue au milieu des morts ? Ils montrent une volonté, une unanimité qui nous obligent à nous dépasser, nous qui sommes en charge du destin du pays dans cette guerre. Quelle tâche terrible ! Mais ils nous imposent d'être grands et de ne pas fléchir. Alors…

Il avait ricané.

— … les injures, les menaces, qu'est-ce que ça pèse ? Vous avez vu ces lettres où l'on me traite de vieillard sanguinaire ? Mais rien ne me fera céder, ni les boches, ni les défaitistes, ni les habiles, tous ceux qui parlent de paix négociée. L'Allemagne nous a déclaré la guerre… La décision militaire, l'Allemagne l'a donc voulue !

Antoine avait approuvé, mais il n'avait plus eu le cœur de jeter Mathilde et son amant dans cette fournaise.

Ces deux-là avaient choisi de ne pas partager le sort du peuple auquel ils appartenaient, qu'ils s'arrangent avec leur conscience ! Et que Dieu, ou le destin, ou le hasard décide de leur sort !

Puis, à la fin du mois de novembre 1917, Antoine avait appris que Henri avait été blessé et évacué sur Lyon. Quelques jours plus tard, Henri lui écrivait, lui annonçant qu'il se rétablissait vite et qu'il avait hâte de rejoindre ses camarades.

Que dire ? Antoine avait eu le désir de prier, de supplier même qu'on lui laisse ses fils. Mais il avait pensé en même temps qu'il n'avait aucun droit, aucun pouvoir pour espérer obtenir ce privilège de Dieu, du destin ou du hasard…

Il avait commencé à ne plus pouvoir maîtriser son angoisse. Et il avait craint qu'elle ne soit un pressentiment.

Ainsi il n'avait même pas été surpris quand, le 17 décembre, le colonel Robert de Taurignan lui avait donné ce télégramme qui annonçait la disparition du lieutenant Charles Forestier.

Et c'est à ce moment que Clemenceau, d'une voix qui tremblait un peu, avait dit :

— Votre fils restera vivant si vous le laissez vous habiter. Il faut garder les morts à l'intérieur de soi. Ne jamais les chasser, vivre avec eux. C'est notre chair, Forestier. Combien de temps, de secondes, de minutes plus que d'heures, peut-on consacrer à un fils mort quand des centaines d'autres jeunes gens sont tués, disparaissent d'un bout à l'autre du front à chaque battement de la pendule ?

Clemenceau s'était déjà penché vers la carte déployée sur son bureau. Il avait une dernière fois levé la tête pour inviter Antoine à demander au colonel de Taurignan d'envoyer le capitaine Henri Forestier, le fils aîné blessé, en convalescence à Mazenc afin qu'il soit auprès de sa mère dans ces moments difficiles, quand la vie tout à coup s'effondre et qu'on tombe dans la fosse ouverte par la mort d'un enfant.

Mais que pouvait-on faire de plus quand on était

le président du Conseil d'une France saignée depuis près de quatre années, et comment Antoine Forestier, le collaborateur le plus proche de cet homme au teint cireux, aurait-il cessé de rester à ses côtés parce que le jeune Charles, du 22e régiment de chasseurs, avait disparu quelque part en Argonne ?

Ce mois de décembre 1917, Clemenceau n'avait cessé de le répéter, avait été le début de la période la plus difficile de la guerre, comme un retour aux premiers jours du conflit, à ce mois d'août 14 quand il avait fallu un miracle, celui de la Marne, pour sauver Paris de l'invasion.

Les Allemands concentraient leurs soldats pour une nouvelle offensive. Ils ne craignaient plus ni la Russie, en proie à la révolution, ni l'Italie, battue en octobre, son armée en déroute, à Caporetto, dans les terres du Nord noyées par le froid et la pluie, ni les États-Unis, entrés en guerre en avril 1917 mais dont les troupes n'avaient pu encore rejoindre l'Europe.

Il fallait donc tenir, et se servir du corps des jeunes hommes comme d'un parapet.

Alors, adieu Charles Forestier.

Le 17 décembre 1917 n'avait été, à ces quelques minutes près, qu'une journée ordinaire.

Les messages de l'état-major répétaient que le général Pétain voulait attendre, avant de prendre une initiative, « les Américains et les tanks ».

— Celui-là va faiblir, avait murmuré Clemenceau. Il a tenu à Verdun, mais il est vidé. Il nous faut Foch.

Puis le colonel Robert de Taurignan avait transmis des rapports de gendarmerie sur l'arrestation de suspects ici et là, des comptes rendus de l'exécution dans les fossés de Vincennes de deux déserteurs qui avaient tiré sur les hommes venus les arrêter.

C'était Antoine qui avait parcouru ces feuillets. Et il avait vu, au milieu d'une page, ce nom dont chaque lettre lui avait paru se détacher, s'enfoncer en lui : « La baronne Mathilde de Wiener… »

Les gendarmes de Fontainebleau annonçaient qu'ils avaient reçu plusieurs lettres dénonçant la baronne de Wiener comme une espionne qui aurait abrité chez elle des soldats déserteurs, peut-être même des Allemands. Le capitaine de gendarmerie, compte tenu de la notoriété de la suspecte, demandait l'autorisation à sa hiérarchie avant de mener une opération de perquisition au château de Mme de Wiener, à Barbizon.

On avait transmis à monsieur le président du Conseil, pour « décision ».

Antoine avait retiré la feuille du dossier.

Pas aujourd'hui, pas le jour de la disparition de Charles !

Il avait regagné le petit bureau qu'il occupait à droite de celui de Clemenceau. Il s'était étonné de connaître encore le numéro de téléphone du château. Les chiffres surgissaient de sa mémoire, comme ces objets qu'on aperçoit parmi les ruines, préservés de l'explosion de l'obus qui a détruit toute la maison.

Il avait reconnu aussitôt la voix de Mathilde, un peu voilée, inquiète. Sans doute devait-on la harceler, la menacer.

Il avait simplement dit, sans se nommer :

— Mon fils Charles est mort.

Antoine avait, dans le long silence qui avait suivi, entendu la respiration saccadée, le sanglot étouffé de Mathilde.

Il avait ajouté :

— Partez aujourd'hui, dans la nuit. Allez à Mazenc, chez moi, et de là en Italie, à Bellagio.

Il avait donné en quelques phrases toutes les indications pour que Mathilde puisse se faire ouvrir la villa Clarvalle.

Peut-être serait-elle là-bas, pour quelques mois, à l'abri.

— Je ne suis pas seule, avait-elle dit.

Il s'était contenté de répondre :

— Dépêchez-vous, dans quelques heures vous serez arrêtée.

Puis il avait raccroché et placé le rapport du capitaine de gendarmerie de Fontainebleau dans le tiroir de son bureau.

Demain, il glisserait ce feuillet dans le dossier que chaque jour lui remettait pour le président du Conseil le colonel de Taurignan.

Car Clemenceau voulait être tenu personnellement au courant des affaires d'espionnage, de désertion, de propagande révolutionnaire, de défaitisme. Il voulait savoir qui étaient ces hommes et ces femmes qui, disait-il, trahissaient les intérêts de la France, tiraient dans le dos des poilus, les incitaient à la désobéissance, à la révolte, pour désarmer la nation au moment où elle devait au contraire accomplir l'effort le plus difficile, parce que cela faisait près de quatre ans qu'elle envoyait les meilleurs de ses fils à l'abattoir.

Clemenceau, Antoine le savait, arrêterait un instant la pointe de son crayon sur le nom de la baronne de Wiener, puis il écrirait en marge « poursuivre ».

Et peut-être même, parce qu'il la connaissait, qu'elle avait été son amie, celle qu'il appelait « la petite baronne », pour laquelle il avait déployé tant d'énergie afin de l'arracher à la prison, convainquant Maurice de Taurignan d'assurer sa défense, peut-être pour toutes ces raisons brandirait-il le feuillet devant Antoine.

« Vous avez vu, dirait-il, même Mathilde de Wiener ! Il faut être impitoyable avec elle, elle nous trahit, nous, vous, moi…! Qu'on ne lui passe rien. Je veux être tenu jour après jour informé de ce que l'on a trouvé chez elle, et des suites qui seront données. Il n'y a pas de fumée sans feu, Forestier ! Les gens comme elle, ils font plus de mal que les aéroplanes ou la grosse Bertha. »

Chaque jour, des avions allemands lâchaient quelques bombes sur Paris. Des maisons s'étaient effondrées, en flammes, rue de la Michodière, boulevard Voltaire, au cours de Vincennes, à Belleville. C'étaient de gros aéroplanes à croix noire, qui passaient au ras des toits et qu'on appelait des *Gothas*. Les chansonniers s'en amusaient :

Encore un'maison d'brûlée
V'là l'Gotha qui passe
Encore un'maison d'brûlée,
V'là l'Gotha passé !

Antoine s'était rendu plusieurs fois sur les lieux bombardés. Il représentait le président du Conseil.

On lui avait montré ces morts couchés, ensevelis dans les gravats, leur visage et leur corps gonflés par les effets du souffle de l'explosion.

Puis les bombardements s'étaient faits plus nombreux et l'on avait découvert que les Allemands avaient installé, dans les collines de Montjoie près de Crépy-en-Valois, à plus de cent kilomètres de Paris, un énorme canon dont les obus pouvaient atteindre Paris dans un sifflement déchirant, comme celui d'un papier ou d'un tissu qu'on lacère. Cette pièce d'artillerie avait été fabriquée par les usines Krupp, propriété de Bertha Krupp.

C'est au retour de l'une de ces visites aux victimes des bombardements qu'Antoine avait reçu un appel de l'hôpital du Val-de-Grâce. La téléphoniste avait seulement dit « Madame l'infirmière-chef ». Il avait d'abord pensé à Henri, mais celui-ci était à Mazenc. Qui donc avait été tué, blessé ? Puis cette voix, qu'il n'avait pas reconnue.

— J'ai appris, pour votre fils Charles. C'est Robert qui me l'a dit. Je devais vous appeler. Voilà…

Il avait donc retrouvé, au milieu de la nuit, Natacha de Taurignan chez lui, rue de l'Estrapade.

Le petit salon, à droite du vestibule, était plongé dans la pénombre. Il avait à peine distingué le visage de Natacha. Il ne savait pas si, en quelques années de guerre, elle avait vieilli, marquée par toutes les blessures qu'elle avait vues, les morts dont elle avait fermé les yeux. Mais le corps de Natacha de Taurignan était plein de compassion, comme lors de leur première nuit à Bordeaux, le 27 septembre 1914.

Et il avait compris, à l'occasion de leurs retrouvailles, qu'au sein du malheur collectif il faut pour survivre et rester humain que quelqu'un vous embrasse, vous caresse, ouvre ces poings fermés que sont la haine et la cruauté.

À cet instant, il avait eu de la pitié pour Mathilde

et Vincent Mercœur, et il avait été heureux d'avoir tenté de les protéger. Il avait souhaité qu'ils puissent gagner Bellagio et y attendre la fin de la tuerie. Leur amour était comme un surgeon poussant sur la souche d'un arbre abattu.

Antoine et Natacha avaient passé la nuit côte à côte, sur le canapé du salon, face à ce grand tableau où passaient les Rois mages.

Au matin, ils avaient décidé de se revoir chaque jeudi. Et il avait donné à Natacha une clé de l'hôtel Forestier.

Antoine avait eu plusieurs fois le sentiment que s'il avait pu survivre à la mort de Charles, puis de Marguerite, son épouse, s'il avait pu supporter le retour au front de Henri, c'est à elle qu'il le devait.

Après une semaine passée à patauger dans le sang, qu'il voyait se répandre sur les cartes déployées à même le sol du bureau de Clemenceau, chaque flèche noire d'une poussée allemande, puis chaque réponse rouge de la contre-offensive française représentant des dizaines de milliers de morts, il la retrouvait, le jeudi rue de l'Estrapade, et c'était comme s'il redécouvrait la bonté.

Natacha pressait le visage d'Antoine contre sa poitrine, et parfois il se mettait à pleurer. Alors elle lui caressait les cheveux. Et lui, qui transmettait au général Pétain l'ordre de colmater la brèche ouverte par les Allemands au sud d'Amiens et qui criait « Le président du Conseil exige qu'on y jette toutes les troupes disponibles ! », lui qui était un rouage de la machine à broyer les hommes, il s'abandonnait comme un enfant.

Elle lui avait murmuré :

— Ici, j'oublie ce que je vois, ce que j'entends, ce que je sens.

Lorsqu'elle parlait ainsi, il imaginait les mutilés, les plaies ouvertes, les gueules cassées, les poumons et les yeux rongés par les gaz toxiques. Pour survivre, il fallait s'enfermer quelques heures dans les bras de l'autre.

Ils partaient ensemble, se séparant devant les grilles. Souvent, elle lui confiait dans un sourire :

— Vous allez voir mon fils toute la journée, cela me rassure, me rend heureuse.

Quand Antoine observait le visage du colonel de Taurignan, il retrouvait les traits de Natacha, et, le temps de ce regard, la mort s'éloignait.

Ce vendredi, Robert de Taurignan s'était avancé vers lui, le visage blafard. Il avait porté ses doigts à son col comme pour le desserrer, ses mains tremblaient. Il avait murmuré :

— Dites à monsieur le président du Conseil que je suis contraint de m'absenter pour une heure. Je dois reconnaître le corps de ma mère.

Il avait claqué les talons. Il était parti.

Antoine avait commencé à balbutier en tentant de ne pas montrer son trouble. Puis il s'était levé d'un bond pour se rendre dans le bureau de Robert, interrogeant son adjoint.

On était le 29 mars 1918, au milieu de l'après-midi. Un obus tiré par la grosse Bertha avait frappé de plein fouet l'église Saint-Gervais-Saint-Protais, à quelques rues de l'Hôtel de Ville. Il avait percuté, brisé l'un des piliers qui soutenaient les arcs-boutants, et les demi-voûtes s'étaient effritées sur les fidèles rassemblés pour écouter le chœur des chanteurs de Saint-Gervais.

Madame l'infirmière-chef du Val-de-Grâce s'était rendue sur les lieux avec les premiers secours.

Elle avait marché dans les décombres, vu les cadavres défigurés. Elle s'était penchée sur un enfant blessé, et un bloc s'était détaché de la voûte et l'avait écrasée. Son corps avait protégé l'enfant qui avait survécu.

Antoine avait averti Clemenceau, qui était déjà debout après avoir lu la dépêche faisant état d'une centaine de morts et d'autant de blessés. Il voulait se rendre sur place, où le président de la République se trouvait.

Ils avaient marché dans les décombres, au milieu des blocs dont certains avaient leurs arêtes rougies par le sang.

Mais on avait retiré les corps.

L'archevêque de Paris s'était précipité au-devant de Clemenceau et de Poincaré, lançant :

— Les misérables, ils ont choisi la journée anniversaire de la mort du Christ pour commettre ce crime !

Clemenceau lui avait tourné le dos. Son visage, encore plus cireux que de coutume, s'était contracté en une grimace de mépris, et penché vers Antoine il avait maugréé :

— *Gott mit uns*...

Puis, plus haut :

— Dieu n'est avec personne. Les hommes sont seuls.

SEPTIÈME PARTIE

36.

« “Clemenceau à l’Élysée, ce serait un péril national !” On prêtait cette déclaration à Foch. Il avait démenti. Quelle importance ? Le mal était fait !... »

Antoine Forestier s’était arrêté au bord de la pièce d’eau qui, au centre du jardin du Luxembourg, faisait face à l’entrée du Sénat. Il s’était retourné, et il avait su, à cet instant, qu’il regardait une partie accomplie de sa vie. Elle se terminait là, aujourd’hui, ce vendredi 16 janvier 1920, un jour froid et limpide.

Il avait vu cette foule de députés et de sénateurs qui pénétraient dans le bâtiment.

Il y a quelques minutes encore, Antoine était parmi eux, arpentant la grande galerie illuminée qui conduisait à la salle de Brosse où allait se dérouler un vote préparatoire, « indicatif » comme on disait dans le jargon parlementaire, pour départager les candidatures à la présidence de la République dont l’élection se tiendrait le lendemain, le 17 janvier à Versailles où se réunirait le Congrès.

Il avait presque aussitôt senti, dès les premiers mots échangés avec les parlementaires, que Clemenceau serait battu.

Les députés élus le 16 novembre lui préféraient Paul Deschanel, cette gravure de mode faite pour les singeries de salon, comme avait dit Paul Morand. Mais Deschanel était un homme inoffensif, qui se contenterait de s'asseoir bien droit dans les calèches, de sourire lors des inaugurations, et de laisser les Briand ou les Millerand gouverner à leur guise.

Antoine avait entendu Jacques Machecoul, le nouveau député de Neuilly, répéter avec son autorité de professeur à la faculté de médecine qu'on ne pouvait élire un vieux Tigre de soixante-dix-neuf ans, perclus de rhumatismes, qui ne sentait plus ni ses pieds ni ses mains, et qui portait des gants parce que ses doigts étaient rongés par l'eczéma. Clemenceau, avait-il martelé au petit groupe de députés qui l'entouraient, était guetté par la paralysie, la sénilité, le gâtisme pour tout dire. Ou bien, mais était-ce contradictoire, il serait le jouet de son entourage. Il obéissait au petit juif Mandel, et – on avait rapporté le propos à Antoine – à cet anarchiste de Forestier qui avait, durant toute la guerre, protégé une putain qui, avait ajouté Machecoul en baissant la tête, avait assassiné son père – que Clemenceau et Forestier avaient fait acquitter parce qu'elle en savait trop sur les versements de fonds que les juifs leur avaient accordés au temps où l'un et l'autre animaient ces petits journaux troués de dettes, *La Justice, L'Aurore* ou *L'Homme libre*.

Antoine avait pressenti que ces calomnies, ces accusations portaient, parce que cette masse de nouveaux députés voulaient les entendre.

Il avait lu le matin même, dans *La Voix nationale*, le quotidien créé par Olivier Dussert pour son fils Michel, le député de la Drôme, qu'on suspectait Clemenceau de vouloir, s'il était élu, établir une sorte de dictature.

« Clemenceau à l'Élysée, ce serait un péril national ! » On prêtait cette déclaration à Foch. Il avait démenti. Quelle importance ? Le mal était fait !

La Voix nationale, qui se donnait comme l'organe du Bloc national, la majorité élue en novembre, avait recueilli des déclarations allant toutes dans le même sens : « Il faut voter Deschanel… » « Nous n'avons pas le droit de tuer le pays sous une légende… » « Clemenceau n'a pas adouci son orgueil et éclairci son entourage inquiétant : son chef de cabinet militaire, le colonel Robert de Taurignan, est un officier de valeur, blessé trois fois, mais il est le fils de maître Maurice Chrétien de Taurignan qui autrefois a défendu et sauvé la meurtrière du critique Pierre Machecoul, Mathilde de Wiener, épouse du corrupteur baron de Wiener. Qu'est-elle devenue depuis 1914 ? Pourquoi, alors qu'elle était suspectée d'abriter des espions allemands dans son château de Barbizon, a-t-elle pu, au moment où les gendarmes s'apprêtaient à l'arrêter, s'enfuir ? Qui l'a avertie ? Pourquoi Clemenceau protège-t-il Antoine Forestier qui a été autrefois l'amant de cette personne de petite vertu ? »

Et l'article concluait qu'on ne pouvait « choisir Clemenceau. L'élire, c'était entrer dans l'inconnu, risquer une politique d'à-coups, une politique de cour et d'intrigues ».

À lire ces articles de *La Voix nationale*, puis à écouter et à deviner les propos de Jacques Machecoul et ceux, encore plus pervers, de Léon de Boissier qui avait, en se tenant à l'entrée de la salle de Brosse, dit comme s'il plaisantait : « Votons Deschanel aux cris de vive Clemenceau ! », Antoine avait éprouvé un sentiment de désespoir, mêlé de colère et de dégoût.

Il s'était souvenu, en voyant les sourires complices des députés et des sénateurs lorsqu'ils serraient la main de Machecoul ou de Boissier, du 11 novembre 1918. Il y avait à peine plus de deux ans. La Chambre, alors unanime, avait acclamé Clemenceau au moment où, après avoir annoncé l'armistice, il s'était écrié : « Et puis, honneur à nos grands morts qui nous ont fait cette victoire ! Quant aux vivants, que nous accueillerons quand ils passeront sur nos boulevards vers l'Arc de Triomphe, qu'ils soient salués d'avance ! Nous les attendons pour la grande œuvre de reconstruction sociale. Grâce à eux, la France, hier soldat de Dieu, aujourd'hui soldat de l'humanité, sera toujours le soldat de l'Idéal… »

Ç'avait été la liesse devant la Chambre. La foule s'était précipitée, avait rompu tous les barrages de police, entourant l'automobile où Antoine se trouvait au côté de Clemenceau.

Celui-ci avait posé sa main gantée de gris sur le genou d'Antoine. Il avait hoché la tête, et il avait murmuré : « Je pense à Charles, à tous les fils. »

Antoine avait eu les larmes aux yeux.

Mais, si vite après, qui se souciait encore de l'unanimité ?

La négociation du traité de paix, à Versailles,

déchaînait les oppositions. Les rumeurs, les accusations contre Clemenceau que l'on soupçonnait de trop céder, ou au contraire de vouloir, au risque de la tuer, imposer un diktat insupportable à l'Allemagne.

Souvent, au cours de cette année 1919, Antoine avait été saisi par le doute, le sentiment qu'il approchait de la fin de cette partie active de la vie. Il aurait soixante ans le 6 janvier 1920. Et lorsqu'il entendait Clemenceau lui dire « mais vous êtes si jeune, Forestier, soixante ans, vous n'êtes pas entré dans l'âge des vraies passions », il éprouvait une sorte d'accablement.

Charles était mort, Marguerite était morte, et Henri avait demandé à servir dans la mission militaire française qui aidait à la constitution de la nouvelle armée polonaise.

Ç'avait été une souffrance presque insupportable pour lui lorsque Henri, au soir de ce défilé enthousiaste du 14 juillet 1919, quelques jours après la signature du traité de paix, était venu rue de l'Estrapade lui annoncer qu'il avait obtenu son affectation à Rembertow en Pologne.

Pourquoi fallait-il que Henri prenne encore des risques, alors qu'il avait échappé à la tuerie ?

Mais Antoine n'avait pu lui dire ce qu'il aurait souhaité, qu'il quitte l'armée, qu'il s'installe à Mazenc, qu'il s'occupe des vignes, qu'il fonde une famille. Il s'était contenté de le serrer contre lui, de murmurer : « Reste vivant. »

Après, il y avait eu l'attente des lettres, et l'angoisse, qui ne naissait pas seulement de cette inquiétude à propos de Henri, puisque la guerre avait commencé là-bas, contre les bolcheviks, mais de la sensation qu'on entrait dans une autre époque. Les hommes comme Clemenceau – et donc comme Antoine qui était resté trente ans à ses côtés – seraient poussés hors de la scène. Et les nouveaux députés, Michel Dussert, Jacques Machecoul, n'accepteraient pas de se soumettre à un homme dont la gloire était telle qu'il saurait gouverner.

Ils choisiraient une marionnette poudrée. Deschanel ? Pourquoi pas ? Un jeune homme de soixante-cinq ans !

Antoine avait pourtant tout tenté pour rassembler des voix en faveur de Clemenceau.

Il avait rendu visite à Jean Revest dans son appartement de la rue Maître-Albert, à quelques pas de la Seine. Son vieux précepteur venait d'être élu député socialiste. Revest était alerte, presque juvénile, présentant à Antoine une jeune camarade, Louise Véran, étudiante, qui lui servait de secrétaire parlementaire. Antoine avait observé ce couple étrange, elle qui devait avoir vingt-cinq ans à peine, lui qui approchait des quatre-vingts et qui la prenait par l'épaule, l'attirait vers lui sous prétexte de lui faire lire le discours qu'il venait d'achever.

— Je sais que votre fils est parti en Pologne jouer les gendarmes contre-révolutionnaires, avait dit Revest. Comment pouvez-vous accepter cette politique ? On veut nouer autour de la Russie soviétique un cordon sanitaire, on veut l'étrangler, empêcher la révolution de s'étendre !

Revest s'était levé, entraînant Louise Véran dont les longs cheveux, un peu roux, tombaient sur les épaules.

— Mais la jeunesse, avait continué Revest en plaçant sa main sur les reins de Louise, est toujours du côté du mouvement, de la révolution. On ne peut pas tuer l'espérance dans plus de justice, d'égalité. Le communisme est l'avenir du XXe siècle. Et votre Clemenceau…

À la manière dont Revest avait prononcé ce nom, Antoine avait deviné que les socialistes voteraient en bloc contre. Ils préféraient élire n'importe qui d'autre à la présidence de la République.

— Clemenceau, c'est la guerre, avait repris Revest, une politique aveugle, la réaction. Vous avez vu comment il a fait disperser les manifestations du 1er mai ? Ses agents ont chargé les mutilés qui étaient en tête du cortège. C'est honteux ! Vous ne pouvez plus rester avec lui. Vous n'auriez jamais dû d'ailleurs passer toute votre vie avec ce politicien, ce faux homme d'État.

Antoine avait ressenti un certain malaise en quittant Revest, non à cause des positions politiques du professeur, de cette volonté qu'il avait manifestée de voir naître en France un parti communiste puisque le parti socialiste était sorti tout sanglant de l'union sacrée. Cela, il s'y attendait. Mais il avait découvert tant d'hypocrisie dans les relations entre Revest et cette jeune Louise qu'il en avait été révolté. Un vieil homme se servait de ses convictions comme d'un moyen de séduction pour enjôler celle qu'il appelait, avec une emphase sucrée, « ma jeune camarade ».

Ce jour-là, il avait marché le long de la Seine, puis jusqu'à la rue Saint-Dominique vers le ministère de la Guerre où Clemenceau continuait, en attendant l'élection du 17 janvier, de diriger le gouvernement.

Mais à chaque pas, il s'était persuadé un peu plus que Clemenceau n'avait aucune chance. L'hostilité et même la haine des uns se mêlaient à ce désir de revanche des médiocres, à cette peur qui les habitait d'élire un homme plus grand qu'eux.

Il y avait ceux qui, comme Revest, lui reprochaient d'être un « réactionnaire » et le rendaient responsable de la guerre, de la répression, des inégalités et même des décisions de justice. À leur grand scandale, une cour d'assises venait d'acquitter Robert Villain, l'assassin de Jaurès, et de condamner la famille à payer les frais du procès. Cent mille personnes avaient manifesté aux cris de « À bas Clemenceau ! Vive Jaurès ! Justice ! ».

Et puis il y avait les Boissier, Machecoul, Dussert qui craignaient son intransigeance républicaine. Le bruit courait que le vieil Olivier Dussert avait ouvert dans sa banque un crédit sans limite pour financer *La Voix nationale* afin que ceux qu'il appelait les hommes raisonnables, les modérés, les nationaux, puissent gouverner le pays, et qu'on en finisse avec les excès de ce Clemenceau, de ce républicain jacobin qui n'était plus de son temps.

Léon de Boissier avait rameuté contre le Tigre tous les députés catholiques. Pouvait-on accepter un athée, un anticlérical, un Antéchrist même, à la présidence de la République ? Ce Clemenceau n'avait-il pas refusé d'assister au *Te Deum* célébré à Notre-Dame, pour remercier le Ciel de la victoire des armées françaises ? Intolérable, scandaleux, presque révolutionnaire ! Et l'on rappelait qu'il avait eu de l'indulgence pour les communards… Antoine Forestier n'était-il pas le fils de ce Jules Forestier fusillé au Père-Lachaise ?

Lorsque Antoine était entré dans son bureau, celui-ci l'avait observé, une moue d'amertume creusant ses joues.

— Revest vous a dit que les socialistes voteraient contre moi, n'est-ce pas ? Tant mieux ! Je ne veux pas de ces voix molles ! Ces gens se disent antimilitaristes et puis deviennent ministre de l'Armement et se prétendent pacifistes quand le vent tourne. Maintenant, ils rêvent d'être communistes comme les Russes ! Mais, dites-moi, Forestier, qu'est-ce que ces gens-là ? Méprisables, médiocres, veules !

Puis il s'était levé.

— D'ailleurs, je ne suis candidat à rien, sauf à la retraite, avait-il ajouté.

Il s'était esclaffé.

— Ce serait le plus beau couronnement de ma vie que d'être battu par un Deschanel !

Antoine s'était assis sur l'une des terrasses du jardin du Luxembourg, qui dominait la pièce d'eau. La lumière était si vive en ce début d'après-midi du 16 janvier qu'elle l'avait ébloui.

Clemenceau serait battu, il en était sûr. Il avait jeté un coup d'œil vers le Sénat, l'entrée du bâtiment était vide. Les députés et les sénateurs devaient participer, salle de Brosse, au vote préparatoire à l'élection à la présidence. Deschanel allait l'emporter. Et demain, à Versailles, Clemenceau interdirait à ses amis de voter pour lui.

Les jeux étaient faits.

Il avait longuement observé les enfants qui, penchés sur le bord du bassin, poussaient avec de longues cannes des voiliers vers le centre de la pièce d'eau, là où la brise était la plus forte. Les jets de la fontaine qui scintillaient dans le soleil venaient parfois coucher un bateau sur le flanc.

Antoine s'était levé et s'était rapproché du bassin. Il avait besoin de voir ces enfants, d'écouter leurs voix aiguës et joyeuses. Il avait suivi des yeux les voiliers qui sillonnaient la surface noire dans des parcours incertains que parfois le vent, la poussée de la canne d'un enfant ou la fontaine venaient changer ou interrompre.

Il avait soixante ans.

Il avait pensé à ce long sillage qu'avait été sa vie. À cet aveuglement, à ce désir d'agir qui l'avaient conduit à s'éloigner des siens, de Henri et de Charles, de Marguerite. Il avait préféré les rumeurs et les chaos de l'action à la douceur de l'affection.

Folie !

Il avait rêvé que peut-être, bientôt, Henri lui donnerait des petits-fils, qu'il pourrait avec eux tenir le rôle qu'avait joué pour lui Romain Forestier.

Puis il avait vu, bondissant au bord du bassin, se disputant quelques miettes, d'énormes carpes à la bouche avide, aux écailles noires et luisantes. Et il avait fermé les yeux, pour entendre seulement les cris insouciants des enfants.

HUITIÈME PARTIE

37.

“ Et la grimace
qui tordait le coin
droit de sa
bouche était
ce que la guerre
avait laissé
de ce sourire qui
autrefois éclairait
un visage
de jeune homme… ”

Antoine Forestier avait regardé derrière lui.

Il avait vu, en cette fin de matinée du 2 février 1920, ces femmes en noir qui, un jour, lorsque leurs maris, leurs fils ou leurs fiancés étaient encore vivants, avaient dû elles aussi porter les vêtements clairs de la fête, les couleurs de la confiance et de la gaieté, ce bleu qui n'était plus que dans le ciel, ce rouge des terres du vignoble, ce jaune et ce vert qui mariaient le soleil et la forêt sur les pentes des massifs fermant l'horizon.

Les hommes, nu-tête, se tenaient derrière elles. Et parmi eux, Antoine avait reconnu Gustave Novera, son beau-frère.

Lorsqu'il était arrivé à Mazenc, douze jours auparavant, c'était la première personne qu'il avait rencontrée.

Gustave avait le visage bandé, et les pansements ne laissaient voir que l'œil droit.

— J'ai eu de la chance, avait-il dit. La dernière année de la guerre, je l'ai passée à l'hôpital. Pas un de ceux qui étaient avec moi, dans ma compagnie, n'a survécu. Et moi, je suis là ! Ils m'ont opéré cinq fois, et je dois aller à Lyon la semaine prochaine. Ils m'enlèveront tout. Et il faudra que je m'habitue à ma gueule.

Il parlait du fond de la gorge et la voix passait sourde, râpeuse, entre les plis et les couches de gaze et de bandage.

Ce 2 février, en cette matinée ensoleillée, chaude déjà, dans le cimetière de Mazenc, alors qu'un seul nuage blanc, comme un accent, surmontait le Ventoux, Gustave Novera avait le visage nu.

Tout le côté gauche de la face, la tempe, le front, l'œil, la joue, le menton avaient été enfoncés par le poing de fer de l'éclat d'obus. Et la grimace qui tordait le coin droit de sa bouche était ce que la guerre avait laissé de ce sourire qui autrefois éclairait un visage de jeune homme.

Antoine avait regardé au loin, au-delà des grilles, au-delà des charrettes arrêtées sur le bord du chemin. Mais les rangées de ceps de vigne étaient comme les alignements de croix dans l'un de ces cimetières qu'on avait ouverts en plein champ, de l'Yser au Chemin des Dames, de Verdun aux Vosges, tout au long de cette plaie qu'on avait appelée le front. Il restait une cicatrice purulente, à vif, arbres fauchés, sol retourné, villages détruits, sillons des tranchées, et ces ossuaires dont on n'osait même pas s'approcher. Les os étaient à peine blancs. Les casques troués s'entassaient, leurs jugulaires fermées sur le vide, les tombes étaient encore ouvertes et les noms manquaient. Tout au long de l'année 1919, en compagnie de Clemenceau, Antoine était allé de l'un de ces cimetières à l'autre, au milieu de ces personnalités dont le contact souvent lui avait donné la nausée. Il les avait dévisagés, ces officiers bedonnants, au teint rose, la poitrine barrée par les décorations. Il les avait écoutés, ces députés, ces ministres, ces embusqués qui venaient lancer quelques tirades patriotiques sur l'héroïsme des jeunes morts, eux qui avaient banqueté durant ces quatre années, qui parfois s'étaient enrichis, et qui maintenant ne songeaient plus qu'aux élections prochaines, à ce scrutin du 16 novembre 1919, au renouvellement de la Chambre. Tous souhaitaient retrouver leur siège, ou conquérir leur premier mandat de député.

Las de ces visites, Antoine se tenait à l'écart, ne se montrant que lorsqu'il devinait que Clemenceau le cherchait.

Il s'approchait alors du président du Conseil, qui le prenait par le bras et lui confiait :

— Je sais, Forestier, je sais, c'est une souffrance pour vous et pour moi. Plus pour vous que pour moi. Mais ces sacrifices, celui de votre Charles, il faut bien que nous les honorions, même s'il y a tous ceux-là.

D'un mouvement de tête, avec une expression de mépris, Clemenceau montrait le groupe des personnalités.

— Bientôt nous ne les verrons plus, car dans peu de temps, mon cher Forestier, ils vont se débarrasser de moi. Nous avons gagné la guerre. Ils vont vouloir se retrouver entre eux, entre médiocres. Ils vont nous foutre dehors, puis ils pataugeront dans leur marécage. Et la France aura de la chance s'ils ne dispersent pas ce que ceux-là – il montrait les tombes – ont permis d'amasser. Mais il restera le souvenir, la gloire, le devoir accompli.

Le Tigre, le Vieux, ne s'était pas trompé.

Ils l'avaient contraint à démissionner en élisant à la présidence son vieil ennemi, Deschanel.

Antoine, dans le bureau que Clemenceau occupait au ministère de la Guerre, s'était indigné.

— Ces rats, avait-il lancé, sont sortis de leurs trous ! Aujourd'hui, parce qu'ils n'ont plus peur, que vous avez fait le travail, la guerre, la paix, alors ils vous dépouillent. Je ne peux plus…

Il avait été étonné par le calme et la sérénité de Clemenceau, qui avait fait craquer méthodiquement ses phalanges, frottant l'une contre l'autre ses mains toujours cachées par des gants gris.

— Peut-être que maintenant mon eczéma va disparaître, avait plaisanté Clemenceau en montrant ses mains. Je vais ôter ces gants, et dormir enfin. Il est temps pour moi de me retirer. J'avais soixante ans en 1901, vous rendez-vous compte ! Dix-neuf ans de plus ! Et toujours les mêmes ennemis !

Il s'était levé, avait été jusqu'à la fenêtre qui donnait sur la cour et la rue Saint-Dominique.

— Poincaré, Briand, Deschanel, cette petite bande qui ne me supporte pas ! Vous vous souvenez, Forestier, c'était en 1894, Deschanel avait accusé à la Chambre notre journal *La Justice* – vous en étiez déjà – des plus horribles trahisons. Je l'ai traité de jeune drôle, de lâche, de menteur, de polisson, de dernier des misérables, et nous nous sommes battus, au parc de Cornudet, à Boulogne. J'ai compris ce jour-là que Deschanel était dérangé, médicalement parlant. Il s'est mis à déclamer comme un acteur. Mais vous étiez mon témoin, Forestier ?

Antoine avait fait oui de la tête. Ils avaient ri ensemble, se souvenant du teint terreux de Deschanel, de ses reculades précipitées au-delà du pré carré prévu pour le duel. Cela avait recommencé jusqu'à ce qu'il soit blessé à la paupière.

— Et c'est cet homme-là, ce joli petit Deschanel, ce jésuite, que nos députés et nos sénateurs ont choisi, contre moi !

Clemenceau s'était rassis.

— Pourquoi voulez-vous, Forestier, que je me laisse aller à l'amertume ? Ils ont un président de la République à leur image.

Il avait rangé quelques papiers.

— C'est fini, avait-il dit. Je pars pour ma maison de Bernouville. Et vous, j'imagine, pour votre château de Mazenc ?

Il s'était levé, approché d'Antoine, lui avait saisi les bras, les avait serrés.

— Soyez actif, Forestier. Vous êtes encore jeune. Je ne vous envie pas pour ces presque vingt ans que j'ai déjà vécus, mais ne vous laissez pas moisir. Que fait votre fils Henri ? Capitaine, je crois ?

Antoine avait répondu que Henri avait décidé de rejoindre la mission militaire française à Varsovie.

— Bien, bien, avait murmuré Clemenceau.

Il avait alors appelé le lieutenant-colonel Robert

de Taurignan. Cet homme, qui n'avait pas quarante ans, avait été blessé trois fois avant que Clemenceau le retire du front pour lui confier toutes les affaires militaires de son cabinet. Le Tigre lui avait dit : « Je connais votre père, nous avons pu mesurer le courage, l'intégrité, la vertu de maître Taurignan. Je crois, à la lecture de votre dossier militaire, que vous êtes digne de lui. Donc, je vous veux près de moi. Il me faut un officier en qui je puisse avoir toute confiance, et qui ait fait ses preuves au front, pour mériter l'estime de ses pairs, et être respecté par les poilus. » Robert, durant ces années de gouvernement, avait été fidèle et efficace.

Ce 17 janvier 1920, il était si ému que sa lèvre inférieure tremblait.

— Peut-être, mon cher Taurignan, allez-vous toute votre vie porter la croix d'avoir servi sous mon autorité et près de moi, avait dit Clemenceau. Je ne sais pas si les maréchaux, les généraux, les ministres vous le pardonneront. Mais enfin, c'était le service de la patrie !

Il avait montré Antoine à Taurignan.

— Veillez de loin sur le capitaine Henri Forestier, le fils de notre ami. Il est en Pologne. Lui aussi peut avoir à souffrir de s'appeler Forestier, l'homme de Clemenceau. Je ne veux pas qu'on le persécute, ou qu'on le retienne par les pans de sa vareuse. Son frère Charles est mort pour la patrie, qu'on laisse le capitaine Forestier la servir. Voilà.

Il avait d'un signe indiqué qu'il voulait demeurer seul.

Antoine et Taurignan avaient quitté le bureau et s'étaient donné l'accolade.

Le 20 janvier 1920, Antoine Forestier était à Mazenc.

Et depuis, dans le village, on disait de lui qu'il aimait ses morts.

Il était encore là, dans le cimetière de Mazenc, en cette fin de matinée du 2 février 1920, au premier rang de la petite foule en deuil rassemblée face à ce monument qu'un grand drapeau tricolore, auquel on avait attaché un long crêpe noir, cachait aux regards.

Le sous-préfet venait de prononcer quelques mots, puis le député Michel Dussert, qui avait été élu en novembre 1919.

Antoine avait dévisagé cet homme jeune, amputé du bras droit, qui bombait le torse comme pour faire voir ses décorations, la croix de guerre avec palmes, la Légion d'honneur. On avait voté pour lui dans les campagnes parce qu'il s'était présenté comme le fils du banquier Olivier Dussert, qui avait participé aux négociations du traité de Versailles et avait voulu comme Clemenceau, oui comme le Tigre, faire payer l'Allemagne. Elle devait réparer les ruines et les malheurs qu'elle avait provoqués. Et cet argent permettrait d'ouvrir des routes, d'électrifier les hameaux les plus isolés et d'assurer toutes les adductions d'eau. On pourrait aussi baisser les impôts.

À la fin des réunions, Michel Dussert tendait sa main gauche aux paysans. Il racontait qu'il s'était engagé à dix-sept ans, qu'il n'avait pas voulu être un embusqué et qu'il avait donné son bras. Il secouait la manche vide. Puis il ajoutait d'une voix un peu distraite, comme une précision inutile, qu'il était du pays parce que son arrière-grand-père, Guillaume Dussert, au temps de la Révolution, avait épousé une

Julie de Boissier, l'héritière de l'une des deux grandes familles nobles de la région. Il y avait les Boissier et les Chrétien de Taurignan. Le républicain Dussert avait conquis l'aristocrate, avait-il conclu. Et lui, le jeune ancien combattant, voulait rassembler tous les Français.

Michel Dussert, en ce 2 février, était au garde-à-vous, son écharpe tricolore en sautoir, à droite du monument que le maire de Mazenc s'apprêtait à dévoiler.

Un clairon dans l'air immobile avait commencé à jouer la sonnerie aux morts, et les fausses notes, trop aiguës, résonnaient comme des cris étouffés.

Antoine revoyait ces quais de la gare de Meaux, dans les premiers jours d'août 1914, et ses deux fils s'éloignant entre les rails, vers les trains chargés de jeunes vies.

Combien de survivants, combien d'amputés, combien de gueules cassées, comme celle de Gustave Novera ? Combien de femmes en deuil, de mères mortes, comme Marguerite ne pouvant survivre au décès de Charles, à ce corps disparu, réduit à quelques morceaux de chair, peut-être accrochés aux branches d'un arbre, comme Antoine en avait vu quand avec Clemenceau il s'était rendu jusqu'aux premières lignes, avec parfois le désir qu'une balle perdue mette fin à son désespoir, à cette douleur qu'il portait en lui depuis ce jour de décembre 1917, quand Robert de Taurignan lui avait tendu le télégramme annonçant que son fils Charles avait été porté disparu.

Car Charles n'était même pas enseveli dans la terre rouge d'ici, auprès des siens.

Antoine n'avait pas pu suivre le discours du maire, le souvenir lui avait empli la tête d'un battement assourdissant. Mais tout à coup cette voix s'était élevée, plus forte, pour rappeler les noms des fils de Mazenc morts pour la France. Et Antoine avait entendu :

Sergent Marcel Berthommieu.
Caporal Lucien Chabert.
Soldat René Davert.
Lieutenant Charles Forestier.
Soldat Pierre Fougeyrol.
Caporal-chef Paul Rigout
Aspirant Henri Gallet.
Soldat Claude Pallanchard.

Pour qui ces sanglots qui avaient ponctué le dernier nom ? Quelle mère, quelle épouse, quelle sœur n'avait pu les étouffer ?

Et le clairon à nouveau, puis les chuchotements, les mains qu'il avait fallu serrer, et Michel Dussert qui allait des uns aux autres.

Il s'était approché d'Antoine, lui avait dit qu'il était si heureux de pouvoir enfin rencontrer le collaborateur de Clemenceau, l'arrière-petit-fils de ce héros, le maréchal Maximilien Forestier.

Antoine avait écouté cette voix juvénile. Michel Dussert devait avoir l'âge de Charles l'année de sa mort, à peine vingt-cinq ans, et tant d'années à vivre encore.

Antoine avait ressenti cette présence, l'énergie de

cet homme comme une injustice, presque une provocation.

Il avait eu envie de mourir, ou de tuer, et la honte l'avait submergé. Il avait détourné les yeux pour ne pas voir ce visage avenant, les yeux vifs, la courte moustache, qui exprimaient une vitalité insatiable, la preuve que tous ces morts dont on venait de célébrer la mémoire, dont les noms étaient gravés sur cette plaque de marbre, et parmi eux celui de Charles, n'étaient plus déjà que des prétextes à vivre, qu'ils étaient déjà trahis, abandonnés, même si on les pleurait, même si on les honorait.

Chacun allait se servir d'eux, pour soi.

Antoine avait une nouvelle fois regardé le jeune député.

— Votre fils…, avait cru bon d'ajouter ce dernier, j'ai lu sa citation à l'ordre de l'armée. Une conduite héroïque !

Il avait hoché la tête, puis continué :

— Je comprends votre douleur.

Antoine n'avait pas répondu.

Il s'en était allé, et les gens s'étaient écartés pour le laisser passer, le suivant du regard alors qu'il s'éloignait entre les ceps de vigne, noirs, dénudés par l'hiver.

38.

> “ Après ce que nous avons vécu durant quatre années, nous nous sentons tous invulnérables ! ”

Capitaine Henri Forestier.
École militaire de Rembertow.
Rembertow, le 22 février 1920.

« Cher Père,

« J’ai reçu ce matin votre lettre et j’ai regretté de ne pas être près de vous lors de l’inauguration du monument aux morts de Mazenc.

« Je comprends votre souhait de me voir rentrer en France au plus tôt, mais nous sommes engagés ici dans une tâche difficile, et le colonel Robert de Taurignan, qui vient de prendre le commandement de l’école militaire de Rembertow à laquelle je suis affecté, m’a indiqué qu’il ne pouvait dans les circonstances présentes envisager de se séparer d’un seul de ses officiers.

« L’offensive des bolcheviks est en effet imminente, et les Polonais comptent sur nous pour les aider à résister. Leurs jeunes officiers sont pleins d'enthousiasme mais n'ont pas l'expérience de la guerre.

« Elle ne nous fait pas défaut !

« Je suis souvent invité à la table du colonel de Taurignan, et il me parle chaque fois de vous, du rôle que vous avez joué auprès du président du Conseil. Le prestige de Clemenceau est d'ailleurs ici, parmi nos camarades, immense. Et chacun reconnaît que sans l'énergie et la volonté du Tigre, le sort de la guerre eût été différent. On s'inquiète beaucoup de la politique de ses successeurs et du rôle des agitateurs bolcheviks.

« Le colonel de Taurignan est persuadé que les Russes veulent déclencher la révolution dans toute l'Europe, et que leurs agents sont déjà à l'œuvre en Allemagne, en Italie et en France. L'attaque de la Pologne n'est ainsi qu'un élément d'un plan d'ensemble. Il est donc décisif que nous la brisions.

« Mais, cher Père, ne vous inquiétez pas. La guerre ici ne ressemble en rien à celle que nous avons connue. Ni pilonnage d'artillerie, ni tranchées, mais plutôt de grands mouvements dans ces vastes plaines enneigées et ventées. Nous ne jouons d'ailleurs qu'un rôle d'instructeur, ne participant aux opérations que si les Polonais nous sollicitent.

« Et vous connaissez assez la fierté et le courage de ce peuple pour imaginer qu'ils ne font que rarement appel à nous, ne nous demandant que de leur enseigner comment combattre.

« Soyez donc assuré, Père, que les risques courus ici par les Français sont quasi inexistants. Après ce que nous avons vécu durant quatre années, nous nous sentons tous invulnérables !

« Je pense souvent à Charles, à notre mère, à vous.

« Vous nous avez transmis un nom que nous avons été fiers de porter.

« Il faut qu'il continue de vivre. C'est aussi une manière d'être fidèle au souvenir de Charles.

« Vous avez sans doute déjà compris, cher Père, que mon désir le plus vif est de fonder une famille.

« Je dois donc vous parler de Maria Kovalewska, que j'ai connue à Varsovie.

« Si vous le jugez bon, le colonel de Taurignan pourra vous parler de sa famille. Elle est l'une des plus estimées de Pologne. Bien que rien n'ait été officiellement conclu entre Maria et moi, je me considère comme engagé envers elle, et elle envers moi.

« Mais, mon cher Père, j'attendrai votre accord pour aller plus avant.

« Je vous embrasse avec toute mon affection,

« Votre fils, Henri.

« P.-S. Le colonel de Taurignan vient de m'appeler pour m'annoncer que j'étais décoré de la Légion d'honneur et nommé chef de bataillon à titre temporaire. J'en éprouve de la joie et de la fierté. »

39.

“ Peut-être même verrons-nous les Soviets à Paris ? Lénine dit bien qu’il est l’héritier de Robespierre ! ”

— Cette offensive des bolcheviks en Pologne, qu’en pense le gouvernement ? avait demandé Olivier Dussert en tentant de saisir le regard de Léon de Boissier.

Mais celui-ci, depuis qu’il était ministre de l’Intérieur, semblait avoir collé sur son visage un masque de cire, et affectait de ne pas entendre les questions qu’on lui posait.

Olivier Dussert s’était levé, avait été jusqu’à la fenêtre du salon d’où l’on apercevait la cour de l’hôtel de Beauvau et, au-delà des grilles dorées, l’avenue de Marigny. Il était resté silencieux quelques minutes, avec l’envie de partir sans même saluer Boissier. Il n’avait plus aucune estime pour ces députés, ces ministres et ce Paul Deschanel, une vraie gravure de mode avec ses cheveux bien peignés, sa moustache poudrée et son regard un peu fixe, comme si son élection l’avait placé au-dessus des hommes alors qu'il n'avait que servi d'instrument à plus rusés que lui, les Briand, Millerand, Poincaré qui avaient voulu se débarrasser de Clemenceau.

Le Tigre était le seul à avoir eu une vraie force intérieure, mais ç'avait été un adversaire, anticlérical, jacobin, pour qui l'État et la nation devaient toujours avoir le dernier mot ! Et quand on est banquier, ce sont des principes que l'on ne peut que contester.

La dernière fois qu'ils s'étaient rencontrés, Clemenceau avait d'ailleurs lancé :

— Alors, monsieur Dussert, on est satisfait de me voir partir, n'est-ce pas ? Les banquiers vont reprendre la barre, vous allez vous jouer de ces imbéciles, vos amis Deschanel, Boissier !

Puis il avait haussé les épaules :

— Quant à moi, avait-il repris, je vais voyager, l'Égypte, le Soudan, peut-être l'Asie, les États-Unis. J'ai quatre-vingts ans. Il faut que je me dépêche, et depuis qu'on m'a remercié – il avait souri, murmuré –, non, on ne m'a pas remercié, j'ai rajeuni de dix ans ! Je dors comme je n'avais plus dormi depuis 1914. Savez-vous quelles sont mes intentions ? Je vais – il avait levé sa main gantée de gris – voir si Cléopâtre est toujours jolie, et si elle l'est toujours, je l'épouse !

Voilà un homme d'État, un homme digne d'être banquier.

Olivier Dussert était retourné s'asseoir en face de Léon de Boissier.

— Est-ce que cela vous stimule, avait-il dit, de penser que Clemenceau a été autrefois ministre de l'Intérieur ? Vous proclamez-vous, comme lui, premier flic de France ?

— Les temps ont changé, avait répondu Boissier. Quatorze ans ont passé, la guerre…

— Les bolcheviks, avait coupé Dussert.

Il s'était penché, avait pris l'un des cigares posés au centre de la table basse placée entre les fauteuils.

— La banque Dussert-Speicher et Fils est sollicitée pour investir en Pologne, dans les anciennes provinces de l'Empire austro-hongrois, avait-il continué tout en coupant le bout de son cigare. On me téléphone, on me télégraphie chaque jour, de Prague, de Budapest, de Varsovie, de Sofia. Le besoin de capitaux est immense là-bas. Et cela concerne aussi le gouvernement. C'est de l'influence de la France qu'il s'agit.

Il avait allumé le cigare et longuement aspiré pour que l'extrémité de la feuille de tabac rougeoie.

— Mais si la Révolution gagne, si les Soviets s'installent à Varsovie, pourquoi voulez-vous que j'investisse ? Peut-être même verrons-nous les Soviets à Paris ? Lénine dit bien qu'il est l'héritier de Robespierre ! Dans ce cas, je me replierai sur mes succursales de Londres et de New York. On est toujours à l'abri quand la mer ou l'océan vous protège…

— Comment va votre fils ? avait demandé Léon de Boissier. Il a fait une intervention remarquable à la Chambre. Il a eu une fort belle élection, la Drôme était pourtant un département difficile.

— Michel est tenace, avait assuré Dussert. Et puis – il avait rejeté la tête en arrière – il s'est présenté comme un descendant des Boissier, et votre famille, bien qu'aristocratique, n'a pas laissé que de mauvais souvenirs dans les campagnes.

— Les républicains d'aujourd'hui, avait murmuré Boissier en souriant, adorent la noblesse.

— Alors ces rouges, vont-ils prendre Varsovie, Berlin, Paris ? Dites-moi, avait repris Dussert, Révolution ou pas ? J'ai mon diagnostic, mais c'est celui du ministre de l'Intérieur que je sollicite.

— Nous avons une excellente mission militaire à Varsovie, avait dit Boissier après un silence. Vous connaissez le colonel Robert de Taurignan, le fils de maître Maurice de Taurignan. Il a pour adjoint Henri Forestier. Ce sont des officiers remarquables.

— Des fidèles de Clemenceau !

Léon de Boissier avait haussé les épaules.

— Clemenceau n'est plus rien, avait-il répliqué avec une petite crispation du visage, comme si la haine et la vindicte avaient été trop fortes pour qu'il puisse les dissimuler.

Le ministre s'était levé :

— On dit que ce sont les Polonais qui vont conquérir l'Ukraine. Voilà qui changerait tout, n'est-ce pas ? Votre banque pourrait ouvrir des bureaux à Odessa.

Il avait pris le bras d'Olivier Dussert.

— Croyez-moi, Dussert, notre majorité nationale, dont votre fils Michel est l'un des éléments les plus brillants, va gouverner ce pays longtemps. Michel est jeune. Il a du talent, un passé glorieux. Il est promis, j'en suis sûr, à un brillant avenir. Qu'il veille sur sa circonscription, qu'il s'y enracine, et tout est possible pour lui.

Boissier s'était arrêté sur le large palier qui dominait l'escalier de marbre rosé conduisant au hall d'entrée.

— Je vais vous faire une confidence…

Il s'était incliné vers Dussert.

— Je ne vous demande même pas le secret. Il y a des confidences qu'il est parfois bon de colporter. Vous en jugerez.

Il avait regardé Olivier Dussert en hochant la tête, les lèvres serrées, la bouche esquissant un sourire.

— Il ne faut pas que Clemenceau ou son clan, Forestier, Mandel, quelques autres, ou les radicaux avec leurs nouvelles têtes, Herriot, Daladier, ou Blum et les socialistes tentent de nous créer des difficultés. J'ai trouvé ici quelques dossiers fort intéressants.

Il avait baissé la voix.

— Savez-vous que la baronne de Wiener, vous vous souvenez, a été protégée pendant toute la guerre par Antoine Forestier, le collaborateur direct de Clemenceau ? Or, elle a en toute impunité abrité chez elle un déserteur, un anarchiste, un certain Vincent Mercœur. Quand la police a voulu intervenir, Mathilde de Wiener a été avertie, et avec son protégé elle est passée en Italie. Et aujourd'hui, nous retrouvons ce Vincent Mercœur, vous devinez où ? Avec les bolcheviks ! Il a fait le voyage de Petrograd, et peut-être est-il en Pologne, avec les troupes qui attaquent Varsovie, peut-être cherche-t-il à susciter des mouvements parmi les soldats français qui sont là-bas. Après tout, nous avons connu l'année dernière des mutineries dans la flotte de la mer Noire, devant Odessa.

Il avait serré la main de Dussert.

— Mais ne vous inquiétez pas, votre banque peut investir en Pologne et ailleurs. Le gouvernement est décidé à empêcher la gangrène révolutionnaire de se propager. Nous sommes là, et nous débusquerons les Vincent Mercœur là où ils se cachent !

Il avait retenu Dussert, qui commençait à descendre l'escalier.

— Mais Mathilde de Wiener, c'est une curieuse, une étrange histoire, n'est-ce pas ?

40.

“C’était jour de silence, jour des morts de l’an 1920…”

De loin, au milieu des vignes, Antoine Forestier avait vu cette femme immobile devant l’entrée du cimetière de Mazenc.

Elle portait un chapeau de feutre gris, à large bord, et une cape bleue tombant jusqu’aux chevilles.

Antoine s’était arrêté, comme si devant lui avait surgi le souvenir de la silhouette de Natacha de Taurignan telle qu’il l’avait aperçue pour la première fois, le 27 septembre 1914 à Bordeaux, alors qu’elle s’avançait en tenant les deux pans de sa cape bleue.

En un regard, il avait revécu la douceur, la paix, la bonté, la force qu’elle lui avait données, et le désespoir qu’il avait ressenti lorsqu’elle était morte, le vendredi 29 mars 1918.

L’émotion avait été si intense qu’il avait fermé les yeux un instant, pour tenter d’effacer cette vision douloureuse. Mais quand il les avait rouverts, la femme était toujours là, semblant attendre.

Les villageois qui passaient près d’elle les bras chargés de fleurs s’écartaient, la dévisageaient, se retournaient pour la voir avant d’entrer dans le cimetière, et lorsqu'ils ressortaient, les femmes serrées dans leurs jupes grises et noires, les hommes engoncés dans leurs vêtements de fête détournaient la tête, comme s'ils avaient craint qu'elle ne leur parle.

C'était jour de silence, jour des morts de l'an 1920.

Depuis le matin, Antoine avait eu le sentiment qu'une grande fosse s'était ouverte, non seulement en lui mais dans l'espace. Elle avait englouti tous les bruits pour mieux faire entendre ces battements de cloches qui se répondaient d'une église à l'autre, paraissant heurter les parois de cet abîme et mêler ainsi leurs échos. Mais pas une voix, pas l'un de ces cris d'enfants qui de la place du village dévalaient jusqu'au vignoble, pas un grincement de roues, ni le hoquètement d'un moteur. Vide était le paysage sous ce ciel outrageusement beau. Et les dernières feuilles de ce début novembre s'accrochaient aux branches sans qu'un souffle ne les agite, comme si un sursis leur avait été accordé, une illusion perverse offerte sous ce soleil et ce bleu qui semblaient printaniers.

Antoine était sorti tôt, croyant être l'un des premiers au cimetière. Mais les paysans se lèvent à l'aube et les tombes étaient déjà recouvertes de brassées colorées, si bien que ce rectangle entouré de grilles ressemblait à une sorte de radeau fleurie glissant sur les terres rouges, accompagné par cette armée en deuil que sont les vignes quand la vendange est faite et les feuilles tombées.

Il avait croisé Gustave Novera qui portait maintenant la barbe pour tenter de dissimuler la dysharmonie de sa face. Mais la peau avait dû être brûlée et labourée si profond par le métal que, par plaques, précisément là où la gueule était cassée, sur le côté gauche du visage, la barbe ne poussait pas, si bien que le contraste avec le côté droit était encore plus grand.

Il avait fallu écouter Gustave, qui passait ses journées à lire les journaux parce qu'il ne pouvait plus rester debout longtemps dans les vignes, saisi très vite par des vertiges, et s'abattant sur le sol comme si le souffle de l'explosion qui l'avait défiguré le poussait à nouveau à terre.

Il avait voulu parler, marchant près d'Antoine. Il s'en était pris au monde tel qu'il était, à ce putain de président Wilson, à ces putains d'Américains qui avaient rejeté le traité de Versailles, qui refusaient d'adhérer à la Société des Nations. Il s'était moqué de ce putain de Deschanel, qui avait heureusement démissionné après qu'on l'avait retrouvé, en pyjama, marchant sur la voie ferrée parce qu'il était tombé du wagon présidentiel et qu'il frappait aux portes, bégayant « Je suis le président de la République ». « Et moi, je suis le pape ! », avait répondu un garde-barrière.

Novera avait poussé de petits cris, sa façon de faire savoir qu'il riait puisque sa bouche déformée n'exprimait plus rien que la laideur et la douleur.

Il l'avait interrogé :

— Et le Tigre, il ne rugit plus ?

Antoine s'était contenté de hausser les épaules, et d'une mimique il avait fait comprendre à Novera qu'il n'en savait pas plus que lui.

Qu'aurait-il pu dire ? Que Clemenceau, après son voyage en Égypte et au Soudan, était reparti, à quatre-vingts ans, pour les Indes, qu'il avait ricané quand il avait appris la mésaventure de Deschanel. « Ils craignaient un gâteux, avait-il bougonné, ils l'ont eu tout de même. »

Quand Antoine lui avait demandé s'il ne fallait pas à nouveau intervenir dans la vie politique puisque la paix, à peine signée, paraissait déjà menacée, des corps francs de la Reichswehr essayant de s'emparer de Berlin, les États-Unis retirant leur garantie, la France secouée par des grèves, Clemenceau avait répondu :

« Je n'ai plus aucune influence, or quand on ne peut plus agir, on s'abstient, et en pareil cas, le meilleur moyen est encore de s'éloigner. Mais vous, Forestier, vous avez vingt ans devant vous, pourquoi ne pas tenter, aux prochaines élections législatives, de prendre le siège de ce Michel Dussert ? Pensez-y, voyez les gens, parlez-leur. Dans la Drôme, le nom de Forestier, c'est quelque chose, j'en suis sûr. »

— Alors, Clemenceau, et vous, vous avez tous mis la clé sous la porte ? avait dit Novera.

D'un mouvement de tête, il avait montré le cimetière, puis avait tapé sur ce qui avait été sa joue gauche.

— À quoi ça a servi qu'on donne tout ça ? Vous, un fils, moi…

Il s'était penché vers Antoine.

— Même les putains, à Valence, elles ont peur quand elles me voient ! Elles veulent pas, ou alors c'est par pitié. Je préfère celles qui me demandent de payer le double, au moins elles ne mentent pas, et des gens qui me plaignent, j'en ai rien à foutre.

Il avait serré le poing, l'avait brandi.

— Vous savez ce qu'il faut, c'est tout changer.

« Du passé, faisons table rase… » À Mazenc – il avait commencé à compter sur ses doigts – Rigout, Giaume, Verdet, Macari, moi, tous les socialistes d'ici, de la section, on veut devenir communistes. On a voté, et au congrès du parti, en décembre, croyez-moi, on les balayera, les Blum, les Sembat, tous ceux de l'union sacrée ! C'est pas la guerre qu'il fallait faire, mais la révolution, comme les Russes. Pourquoi vous n'adhérez pas au parti, Antoine, qu'est-ce que vous faites tout seul ? Un vrai républicain, aujourd'hui, il doit être communiste, c'est tout.

Antoine avait souri. Il avait regardé Gustave Novera s'éloigner en claudiquant.

Puis il avait parcouru les allées du cimetière. La lumière vive, d'un blanc étincelant, jouait avec l'or des plaques mortuaires. Elle bondissait sur le marbre et le granit noir, glissait le long des vases, donnait à la pierre l'apparence d'un miroir.

Il avait ressenti la luminosité et la douceur de cette journée comme un défi, une provocation narquoise.

Quelle douleur ? Quels souvenirs ? Quels morts ? ricanait le ciel. Même les chrysanthèmes, dans leur profusion mordorée, ressemblaient à des bouquets de fête !

Il était sorti du cimetière et s'en était allé marcher dans la vignoble. Là, au milieu des terres rouges, il avait eu le sentiment de se trouver au centre du silence, au plus profond de la fosse.

Cette journée des morts, c'était cela, le vide. Il s'était souvenu de ces vers de Verhaeren qu'autrefois Jean Revest lui avait fait apprendre, par un mois de novembre.

Voici novembre assis auprès de l'âtre
Avec ses maigres doigts chauffés au feu
Oh, tous ces morts là-bas sans feu ni lieu
Oh, tous ces morts cognant les murs opiniâtres
Et repoussés et rejetés
Vers l'inconnu de tous côtés.

Pas besoin d'âtre ni de feu, la lumière solaire et le bleu insolent étaient aussi des parois contre lesquelles on se heurtait.

Il avait marché longtemps pour ne pas penser, pour que la tête soit pleine seulement du martèlement des talons sur le sol, pour ne plus entendre cette phrase qui le hantait depuis qu'il l'avait lue : *« Rien ne vaut rien. Il ne se passe rien. Et cependant tout arrive. Mais cela est indifférent. »* Il avait voulu mettre un bâillon sur Nietzsche. Mais sa voix ne s'était pas laissé étouffer. *« Rien ne vaut rien »*, avait-elle répété. Antoine avait encore une fois songé à ces millions de jeunes hommes tombés, parmi eux Charles, à tous les autres que la guerre avait tués, de désespoir comme Marguerite, ou par ricochet comme Natacha.

Il avait levé les yeux, avait vu cette femme en cape bleue, immobile devant l'entrée du cimetière de Mazenc.

Il n'avait reconnu Mathilde que lorsqu'il s'était trouvé devant elle.

C'était une vieille femme, sèche comme un arbre qui vieillit bien et qu'aucune maladie ne ronge sinon le temps qui passe. Un jour, Antoine l'avait su dès qu'il avait deviné sous la cape son corps presque efflanqué,

Mathilde se briserait d'un seul coup. Et ce serait une mort propre, nette, une entaille franche. Cette grâce-là, que Dieu, ou le destin, ou le hasard, allait lui accorder, un jour peut-être encore lointain, serait la preuve que sa vie, tous comptes faits, avait été droite.

Elle s'était assise dans la grande salle du rez-de-chaussée de la tour, où Antoine l'avait emmenée. Il lui avait servi un grand verre de vin nouveau, un peu pétillant, de couleur claire, léger comme une eau fraîche.

Elle avait bu, goulûment. Elle s'était essuyé les lèvres du revers de la main. Il avait reconnu ses doigts effilés, mais la peau du poignet, de la paume, était si ridée qu'elle faisait penser à un tissu froissé.

Elle avait gardé son chapeau dont le large bord cachait le haut du visage, puis brusquement, dans un geste un peu théâtral, elle l'avait enlevé, jeté loin d'elle sur la longue table. Elle avait dévoilé ainsi la peau de son front plissée et la masse de ses cheveux blancs.

Elle l'avait regardé d'un air de défi. La vieillesse qui la serrait dans sa poigne ne l'avait pas enlaidie, au contraire, elle s'était comme dépouillée, la peau de son visage, tel un fin drapé, ne masquant pas la vigueur des traits.

Mathilde avait dû sentir ce qu'il pensait, et elle avait souri, attendant sans doute qu'il l'interroge.

Mais il n'était même pas surpris de la voir.

Il savait qu'elle avait vécu jusqu'à ces derniers mois à Bellagio, d'abord en compagnie de Vincent Mercœur, puis seule quand, au printemps de 1918, les carabiniers s'étaient présentés à la villa Clarvalle pour arrêter Mercœur.

Mais il avait réussi à fuir, gagnant la Suisse par la montagne, puis les lacs. Il avait, assurait-on, rejoint Lénine à Petrograd et représentait la France dans l'Internationale communiste qui était en train de se constituer.

On l'avait vu à Odessa, en 1919, prendre contact avec les mutinés de la flotte française de la mer Noire.

On le disait maintenant sur le front de Pologne aux côtés des bolcheviks, donc contre les Français qui les combattaient.

Chaque décision que l'on prenait dans la vie était comme un boomerang, avait pensé Antoine. Elle revenait vers vous, sans qu'on sache ni comment ni quand.

Il avait sauvé Mercœur de l'arrestation, et sans doute du peloton d'exécution, et maintenant Mercœur était l'allié, le complice de ceux qui menaçaient la vie de Henri et du colonel Robert de Taurignan. Mathilde avait passé la main dans ses cheveux.

— J'ai blanchi en quelques heures, avait-elle dit. Quand les carabiniers sont venus à Bellagio, ils se sont installés dans la villa, persuadés que Vincent ne pourrait pas se réfugier ailleurs. Ils m'ont enfermée dans une chambre. Je n'avais aucun moyen de le prévenir… J'ai cru qu'il se ferait prendre, qu'il tomberait dans la souricière. Puis les carabiniers m'ont ouvert la porte. J'ai compris que Vincent était à l'abri en Suisse, mais entre-temps j'étais devenue une petite vieille !

Elle avait poussé son verre vers Antoine, et il le lui avait rempli. Elle avait bu cette fois-ci à petites gorgées.

— J'ai retrouvé le fils de Vincent, avait-elle murmuré.

Elle avait parlé, la tête baissée.

— Il est seul, avait-elle continué. Son père – elle avait eu un mouvement de l'épaule – ne l'a jamais vu, sa mère est morte. Et moi…

Elle avait regardé Antoine.

— … je n'ai à lui donner que de l'argent. Ce n'est pas comme ça qu'on fait un homme.

Elle s'était levée, était allée jusqu'à la fenêtre.

Antoine savait ce que l'on voyait depuis cette croisée. Le regard coulait sous le porche du château jusqu'au vignoble. On apercevait au-delà un tertre planté de quelques oliviers entourant une petite chapelle, et plus loin à l'horizon, enfonçant dans le ciel un triangle bleu sombre, le massif du Ventoux.

— Je ne peux rien lui dire de ce que j'ai vécu, avait continué Mathilde. Le monde est si différent, maintenant. Qu'est-ce qu'il comprendrait à une femme comme moi, qui a tué un homme, qui en a tant connu, et qui termine sa vie en baronne, dans de la soie ?

Elle s'était retournée vers lui.

— J'ai commencé dans la merde, je ne peux pas lui raconter ça !

Elle s'était assise. Elle avait vidé son verre.

— Il a quatorze ans. Il s'appelle Roland. Il n'a rien reçu de bon jusqu'à présent. Rien. Même avec tout ce que je vais lui donner, ou peut-être parce qu'il possédera tout ça, il poussera tordu.

Antoine, au fur et à mesure que Mathilde parlait, avait senti que l'émotion le gagnait, que son cœur lui envahissait la gorge. Il s'était servi un verre de vin. Sa main tremblait.

— Prenez-le, ici, avait-elle ajouté. Prends-le avec toi.

Il n'avait pu répondre.

— Il est ici, au village.

Ils avaient marché en silence jusqu'à la place de Mazenc. La voiture de Mathilde était arrêtée devant le Cercle républicain.

Mathilde s'était accrochée au bras d'Antoine.

— Je voudrais simplement qu'il soit comme toi…, avait-elle chuchoté.

Il l'avait sentie s'appuyer contre lui.

— … ou comme ton père.

Ils s'étaient arrêtés à quelques pas de la voiture.

Antoine avait aperçu sur la banquette arrière un garçon aux cheveux noirs, assez longs. Le chauffeur de Mathilde était sorti du Cercle républicain. Il avait montré Roland :

— Il dort. Il n'a pas bougé.

Il avait souri :

— À cet âge-là, ça dort n'importe où.

Antoine s'était approché. Le corps de Roland était replié, tassé. Le garçon avait les deux poings fermés posés sur sa bouche.

Il avait pensé à tous ces blessés et ces morts qu'il avait vus, sur le quai de la gare de Bordeaux ou ensevelis sous les décombres des maisons détruites.

Il s'était souvenu de ce soldat, tombé les bras en croix dans les barbelés, et des rats qui se faufilaient en lui.

Il avait fermé les yeux, comme si cela avait pu faire disparaître le visage de Charles.

Roland avait bougé, s'était réveillé.

Antoine avait ouvert la portière, tendu la main pour l'aider à se redresser, et Roland l'avait saisie.

C'était le jour des morts de l'an 1920.

Un jour de vie.

SARAH

À ceux qui refusent d'oublier « Marianne »,
une et indivisible

Je songe à cette armée de fuyards
aux appétits de dictature
que reverront peut-être au pouvoir,
dans cet oublieux pays, ceux qui survivront
à ce temps d'algèbre damnée.

René Char,
Feuillets d'Hypnos

Prologue

« L'aube, il faut aller
la chercher. Elle ne se donne
pas. Il y a des gens
qui n'ont jamais vu l'aube
de toute leur vie… »

En 1944, on le connaissait sous le nom de Forest.

On avait lu ses articles dans le journal clandestin qu'avaient diffusé, à partir du mois d'avril, les Francs-tireurs et Partisans français de la Savoie, du Dauphiné et de la Drôme. Forest, dans le premier numéro, avait expliqué qu'il en avait choisi le titre, *Les Allobroges*, pour rappeler un peuple gaulois de la région qui avait résisté aux légions de Jules César.

Et on avait vu Forest, le 25 août 1944, descendre d'une voiture qui arborait deux grands drapeaux tricolores.

Elle s'était arrêtée sur la place du village de Mazenc, devant le Cercle républicain situé en face de la mairie.

C'était le début de l'après-midi et le mistral avait cessé de souffler. L'air était si sec et si chaud qu'on avait l'impression, au moindre geste, de s'y accrocher la peau. Les Allemands venaient de traverser le village et on avait entendu des cris, puis des rafales d'armes automatiques vers le cimetière situé en contrebas, à la lisière du vignoble.

Après, le silence s'était étendu comme une ombre immense.

On avait guetté, sans oser sortir des maisons.

Alors il y avait eu ce bruit de moteur, ces claquements de portières, ces voix qui hurlaient : « Forest ! Forest ! »

On avait entrouvert les volets.

On avait aperçu la voiture basse et noire, les drapeaux, les croix de Lorraine blanches peintes sur la carrosserie. Et ce jeune homme efflanqué qui avait bondi sur la place, c'était Joseph Forestier, le dernier des Forestier, cette famille qui possédait le château de Mazenc et ses vingt hectares de vignoble.

Il avait lancé des ordres. Les hommes en armes qui l'entouraient, portant un brassard bleu blanc rouge sur les manches retroussées de leur chemise, avaient quitté la place en courant. Quelques minutes après, on les avait entendus crier : « Forest ! Forest ! »

Joseph s'était élancé.

Les habitants s'étaient répandus sur la place et l'avaient suivi jusqu'au cimetière.

Ils avaient vu, devant le portail, trois corps couchés côte à côte. Deux étaient tombés face contre terre. Le troisième, celui du milieu, avait dû se retourner, devinant qu'on allait les abattre. Ses bras reposaient sur les corps des deux autres, comme s'il avait voulu protéger ses compagnons, arrêter avec ses pauvres mains les balles des soldats.

Les dos des deux premiers cadavres étaient déchirés comme la poitrine de celui qui avait regardé ses assassins.

Forest s'était agenouillé. Il avait fermé les yeux de l'homme aux bras en croix, il l'avait étreint, et les villageois, quand il s'était redressé, l'avaient entouré, le serrant contre eux, répétant « Mon pauvre Joseph ».

Pour eux, ce n'était pas Forest mais Joseph, le gamin qu'ils avaient vu courir dans les vignes ou bien marcher aux côtés d'Antoine Forestier, son grand-père, celui que l'on portait maintenant avec les deux autres fusillés jusqu'à la mairie.

On les avait déposés sur la table autour de laquelle se réunissait le conseil municipal. D'abord Antoine Forestier, puis Joseph Rigout, l'ancien maire de Mazenc, le père d'un soldat qui était mort en 1917, en décembre, le mois où était tombé aussi Charles, le fils cadet d'Antoine.

Le fils aîné, Henri, avait survécu, lui, à la Grande Guerre et avait fait carrière dans l'armée. Il était sorti de Saint-Cyr en 1912. Il avait combattu les bolcheviks en Pologne dans les années 20, et avait épousé une Polonaise, Maria Kovalewska, une grande blonde, un peu folle, disait-on à Mazenc. Ils avaient eu un fils, c'était Joseph, celui qu'on appelait Forest.

Le troisième mort, Gustave Novera, était aussi de leur famille. C'était la gueule cassée du village, le frère de Marguerite Novera qui avait épousé Antoine Forestier, un beau mariage pour une fille de petit vigneron. Elle était morte la même année que son fils Charles. Elle n'avait pas pu lui survivre. Un fils qui disparaît, dont on ne retrouve même pas le corps qui est resté enfoui dans la boue en Argonne, est-ce que cela peut se supporter ?

Gustave Novera disait que sa sœur était trop sensible, et Antoine l'approuvait.

Il avait, en 1930, invité Novera à Paris. Il avait assuré à son beau-frère que des chirurgiens de la face pouvaient avec un bout de cuisse ou de mollet, un os du pied, refaire un visage, une joue, un nez, et même un menton.

Gustave Novera s'était laissé convaincre.

Il avait habité un mois rue de l'Estrapade, dans l'hôtel Forestier, cette maison achetée au temps de la Révolution par l'ancêtre Maximilien, que Napoléon avait fait maréchal d'Empire et comte de Bellagio.

Mais les chirurgiens, après une dizaine d'examens, avaient renoncé à lui remodeler la face.

« Restez donc comme ça, avaient-ils dit à Novera. Si on vous touche, vous aurez une autre tête, c'est sûr. Mais franchement, est-ce que ce sera mieux ? Cet éclat d'obus qui vous a touché, c'est comme si on avait tapé sur votre visage à coups de marteau. On ne peut plus faire grand-chose. Votre œil gauche, personne ne peut vous le rendre. Et le reste… Vous allez souffrir pour quel résultat ? Ça fait plus de dix ans que vous vivez comme ça. On vous connaît avec cette tête-là, à votre place… »

Gustave Novera ne leur avait même pas répondu.

De retour à Mazenc, il avait d'abord décrit à ses amis l'hôtel Forestier, l'immense tableau qui occupait tout un mur dans un salon et représentait les Rois mages en marche dans le désert. Antoine lui avait raconté que l'ancêtre Maximilien avait dû le voler dans un palais italien, au temps de la guerre d'Italie.

— Ah, ces guerres-là, avait dit Gustave, elles étaient pas comme la nôtre… Quand on en revenait vivant, ce n'était pas avec la gueule cassée mais avec les poches bourrées d'or ! Et l'or, il vieillit bien, comme le bon vin. La fortune des Forestier, c'est la guerre avec Napoléon qui l'a faite.

Il avait bu, plusieurs jours durant, et pas du vin nouveau mais le vin le plus dur. Puis un soir, il s'était dressé dans la salle du Cercle républicain, et il avait crié :

— Ils m'ont dit, les chirurgiens : « À votre place… » Mais qui est-ce qui s'y met, à ma place ?

Les Allemands cettc fois-ci avaient épargné le visage de Gustave Novera. À quoi bon lacérer ce qui l'était déjà ?

Ils avaient visé le dos de si près, avec des balles de si gros calibre – un fusil-mitrailleur, avait dit Joseph –, que le corps de Novera, comme ceux de Rigout et d'Antoine Forestier, paraissait tranché à la hauteur des hanches.

On s'était demandé pourquoi, dans leur retraite vers le nord, les Allemands, fuyant la vallée du Rhône que remontaient les troupes françaises débarquées en Provence, le 15 août, avaient tué ces trois vieux-là. Antoine Forestier avait presque quatre-vingt-cinq ans, Joseph Rigout, quatre-vingts, et le plus jeune, Gustave Novera, portait sur sa gueule la preuve qu'il avait combattu pendant la Grande Guerre et qu'il avait payé pour ça. Il allait avoir soixante ans.

Puis on avait trouvé dans le cimetière deux drapeaux, que les trois hommes avaient sans doute voulu accrocher au monument aux morts.

Ils avaient manqué de chance, ces trois vieux…

Du chemin qui passe à travers les vignes et monte vers le village de Mazenc pour rejoindre la route de Grenoble, les Allemands avaient dû les apercevoir. Et ils avaient imaginé qu'ils brandissaient leurs drapeaux, qu'ils les provoquaient.

Les soldats en déroute ont peur.

Ces Allemands-là voulaient sauver leur peau. Ils craignaient les partisans, les terroristes qui peuplaient les montagnes du Diois et des Baronnies, de la Provence et du Vercors. Ils avaient torturé, fusillé, brûlé des villages. Alors ils tiraient sans hésitation.

Ainsi était mort, on pourrait dire bêtement, mais n'est-il pas toujours bête de mourir, Antoine Forestier, le grand-père de Joseph qui avait signé ses premiers articles « Forest », un nom qu'il n'avait plus abandonné.

Quand, à quelques mois de la fin du deuxième millénaire, un jour de septembre 1999, le 27 à l'aube, les gendarmes s'étaient présentés au château de Mazenc munis d'une commission rogatoire, ils avaient demandé au vieil homme qui se tenait debout sur le chemin, face au vignoble :

— Vous êtes bien monsieur Joseph Forestier, dit Forest ?

Joseph avait répondu :

— Je suis.

Il avait souri en constatant l'étonnement des gendarmes. Il avait répété qu'il était bien Joseph Forestier, né à Trèves, où son père, le capitaine Henri Forestier, était en garnison.

— Dans le même régiment de chasseurs qu'un certain de Gaulle, avait-il repris sur un ton narquois.

Il avait ajouté, en faisant quelques pas sur le chemin qui du château descend dans le vignoble, que son père, en 1940, avait été condamné à mort par contumace par un conseil de guerre aux ordres de Vichy…

— … Mais de Gaulle l'a fait Compagnon de la Libération.

Il avait écarté les bras.

— À titre posthume, il est vrai !

Puis, plus bas :

— Tout arrive, même le plus improbable. On m'accuse de meurtre, je crois ?

Il avait rejeté les épaules en arrière, relevé la tête d'un air de défi. Il paraissait ainsi encore plus grand et plus maigre. Ses cheveux blancs coupés ras soulignaient l'architecture du crâne et du visage. Les tempes étaient creusées, les pommettes saillantes, la nuque droite. La peau seule semblait marquée par l'âge. Elle était sèche, très brune mais parcourue de ridules comme celles qui fendillent un vieux papier près de se déchirer.

Il s'était retourné, avait fixé les gendarmes en lançant d'une voix joyeuse :

— J'ai soixante-quatorze ans et quelques mois…

Et d'un bon pas, juvénile, il s'était engagé dans le chemin.

Les gendarmes s'étaient interrogés du regard. Pouvaient-ils interpeller par la force un vieil homme si sûr de lui, propriétaire du château de Mazenc, fils d'un général, arrière-petit-fils d'un maréchal d'Empire et petit-fils d'un patriote fusillé par les Allemands ?

En 1945, la place de la mairie de Mazenc avait été appelée place Forestier.

Aller passer des menottes à un homme de soixante-quatorze ans qui porte un tel nom, même s'il est soupçonné de meurtre ! Et c'était miracle que les journalistes n'aient pas encore débarqué au château pour interviewer, filmer, photographier Forest, l'écrivain, le chroniqueur, l'une des gloires du grand reportage, l'ami de Kessel et de Malraux !

Ils avaient donc suivi Joseph au milieu des vignes.

— Je n'ai jamais aimé que les nuits et les aubes, avait dit Joseph en s'arrêtant au croisement de deux chemins.

L'un montait vers le cimetière, l'autre se perdait parmi les ceps de vigne.

Joseph avait montré les pentes du Ventoux que la lumière d'un soleil encore caché par les massifs commençait à éclairer.

— Quand mon père était en permission, ici, au château, nous partions au milieu de la nuit. Nous roulions jusqu'à Malaucène, puis nous commencions l'ascension.

Tout en parlant, il avait gardé le bras tendu. Il avait, les yeux mi-clos, décrit la marche au milieu des arbres dans le froid souvent vif de la nuit, jusqu'à ce désert de pierres et de graviers, sans une touffe d'herbe. C'est à cet instant-là que l'aube se levait, éclairant le sommet du Ventoux puis tout l'horizon, de la Méditerranée aux Pyrénées, du mont Blanc au Massif central.

L'adjudant de gendarmerie avait rappelé qu'il fallait retourner au château, car ils devaient se présenter au palais de justice de Valence avant neuf heures trente.

— L'aube, avait murmuré Joseph, il faut aller la chercher. Elle ne se donne pas. Il y a des gens qui n'ont jamais vu l'aube de toute leur vie.

Il avait remué la tête.

— Pauvres gens ! avait-il ajouté.

Puis il s'était tourné vers les gendarmes.

— On va y aller… Mais laissez-moi voir le soleil arriver jusqu'ici.

Il avait frappé la terre du talon.

— C'est mon premier souvenir, à ce croisement. C'était dans les années 30, j'avais cinq ou six ans. Avec mon grand-père, nous nous levions à l'aube. Il chassait. J'allais devant, je lui échappais. Tout à coup, ici, je me suis heurté à quelqu'un quc jc n'avais pas vu. Je me souviens encore aujourd'hui de son odeur de tabac, d'alcool et de sueur. Il m'a touché la joue, sa main était rêche. J'ai levé la tête. La sienne était cabossée et difforme, la bouche tordue, le front, le menton brisés, et à la place de l'œil gauche un trou. Il a voulu me parler : « Tu es le petit-fils d'Antoine, je suis le frère de ta pauvre grand-mère Marguerite, je suis Gustave Novera. » J'ai poussé un cri d'effroi, j'ai détalé. Il n'est plus jamais venu au château quand j'étais là. Si injuste, si cruel tout ça ! Mais plus tard, beaucoup plus tard, trente ans après, dans les années 50-60, quand on a su ce que c'était que ce siècle, les camps, le goulag, les guerres pourries, j'ai compris que j'avais vu ici, à l'aube, tout enfant, le visage du siècle, un visage de douleur et d'horreur… Une gueule cassée, comme on disait.

Il avait commencé à marcher vers le château.

— Je n'ai revu le visage de Gustave Novera qu'à la fin du mois d'août 1944, quand je suis arrivé à Mazenc avec mon groupe de maquisards. Il était là-bas – Joseph avait montré les grilles du cimetière – avec Rigout, l'ancien maire, avec mon grand-père Antoine. Et lui, Novera, la tête contre la terre. C'est en retournant le corps que je me suis rappelé notre rencontre, ici. Mon premier souvenir.

Devant le porche du château, Joseph s'était retourné.

— Voilà, avait-il dit en montrant le vignoble noyé dans la lumière douce et un peu rousse de ce début de matinée de septembre. Ce n'est plus l'aube. J'aime moins, Messieurs. J'aime la nuit où tout se concentre et aussi l'aube, ce moment où quelque chose naît.

Il avait haussé les épaules.

— Mais on ne naît que de la mort. L'aube tue la nuit.

Il avait franchi le porche, traversé la cour jusqu'à la tour, puis s'était effacé pour laisser les gendarmes entrer dans la salle du rez-de-chaussée. Il avait montré la grande table placée devant la cheminée, s'en était approché, l'avait caressée du plat de la main.

— Maximilien Forestier, le maréchal, on l'a couché mort, là, sur cette table, le 24 décembre 1848. C'est ce que prétend la tradition familiale. Et mon grand-père Antoine, celui que les Allemands ont fusillé, est né sur cette même table, le 6 janvier 1860. C'est si bref un siècle, deux siècles, un ou deux millénaires… Est-ce que le troisième sera une aube ? Et pour qui ?

Il s'était dirigé vers la porte, s'était arrêté sur le

seuil, avait dit qu'il allait s'absenter quelques minutes. Il avait ajouté :

— Pour moi, le troisième millénaire ne sera pas une aube, c'est sûr.

Il avait souri, parcouru la pièce des yeux.

— Ici, c'est le cœur de la maison. On y naît. On y meurt.

Et baissant la tête, il avait conclu :

— Ce que j'ai fait, il fallait bien qu'un jour un Forestier le fasse.

On l'avait entendu monter l'escalier et lancer :

— Je reviens.

Puis il y avait eu le claquement sec d'une détonation dont l'écho avait rempli la tour, comme un bref cri rauque.

PREMIÈRE PARTIE

1.

“ C’était
une Polonaise,
disait-on
à l’heure du thé
dans ces villas
qu’occupaient
les officiers
de la garnison… ”

La fête qu’avaient donnée Henri et Maria Forestier pour la naissance de leur fils Joseph, aucun de ceux qui y participèrent ne l’oublia.

C’était une soirée de la fin du mois de juin, au bord de la Moselle. Maria portait une longue robe blanche, très ample, ne laissant pas deviner sa taille qu’elle devait avoir encore forte, à quelques semaines de l’accouchement.

Elle allait à pas lents d’un bout du parc à l’autre, s’arrêtant auprès de chaque invité, riant parfois bruyamment.

Henri se retournait, délaissant un instant son interlocuteur, comme si tout à coup l’inquiétude l’avait saisi.

Quand il regardait à nouveau le général Robert de Taurignan, qui commandait la place de Trèves et le corps d’armée qui y avait pris ses quartiers, occupant ainsi l'une des villes fortes de la Rhénanie, on le sentait distrait. Il suivait Maria des yeux.

Elle passait au milieu des uniformes bleu foncé des chasseurs à pied, à peine relevés par le liseré jonquille des coutures, silhouette blanche aux cheveux blonds dénoués tombant jusqu'au milieu du dos. Et, dans cette assemblée où les femmes des officiers étaient vêtues de robes sombres, de tailleurs strictement ajustés, et portaient presque toutes de petits chapeaux de paille, souvent noirs, qui cachaient leurs cheveux rassemblés en chignon, l'audace, la singularité de Maria avaient des allures de provocation.

Cela n'en était qu'une de plus.

Elle s'était présentée une fois, à cheval, à l'entrée de la caserne Sidi-Brahim affectée au 19e bataillon de chasseurs. Elle avait demandé à voir son mari, le capitaine Forestier, puis, sans attendre qu'on soulevât la barrière, elle avait éperonné son cheval et franchi l'obstacle. Ensuite, les rênes tendues, très droite sur sa selle, elle avait ri lorsque des sous-officiers s'étaient précipités comme si elle avait donné l'assaut à la caserne.

C'était une Polonaise, disait-on à l'heure du thé dans ces villas qu'occupaient les officiers de la garnison, tout au long de la Nordallee et de la Martinstrasse.

On assurait qu'elle était issue de l'une des familles les plus illustres de Pologne, les Kovalewski, médecins, professeurs, écrivains de génération en génération.

— Catholique ? interrogeait quelqu'un à voix basse.

— Voyons, voyons, ma chère, elle s'appelle Maria, leur fils Joseph vient d'être baptisé !

Mais on ne la voyait jamais à la messe, et son mari non plus.

Ce capitaine Forestier, brillant officier, d'une famille glorieuse, un arrière-grand-père maréchal d'Empire, un père proche collaborateur de Clemenceau, avait eu cependant un grand-père, Jules, fusillé comme communard en mai 1871 au Père-Lachaise.

On murmurait.

— Elle n'est peut-être que convertie. Ils sont nombreux en Pologne.

Et l'on ajoutait un peu plus haut qu'Antoine Forestier avait été, avec son patron Clemenceau et toute la clique, Zola, Péguy, et même l'avocat Maurice Chrétien de Taurignan – le père du général –, mais oui, dreyfusard !

On se taisait. On disait en soupirant :

— C'est de l'histoire ancienne, la guerre a effacé tout cela, heureusement.

Mais Maria Forestier, cette apparition blanche aux longs cheveux blonds, si délurée alors qu'elle relevait à peine de couches, avait choqué le soir de cette fête.

Elle s'était arrêtée auprès d'un homme jeune d'à peine trente ans, qui se tenait un peu à l'écart, regardant s'assombrir le crépuscule dont les teintes de plus en plus rouges ensevelissaient les quartiers de Trèves situés sur la rive droite de la Moselle, alors que les vignobles, sur les pentes de l'autre berge, restaient encore éclairés, et que la grande statue de la Vierge dressée au sommet de la colline de la Mariensaule flamboyait dans la lumière dorée.

On avait entendu à nouveau le rire de Maria.

On l'avait vue secouer la tête, ses cheveux volant d'une épaule à l'autre, et elle avait pris la main de ce jeune homme, l'entraînant vers le fond du parc où, sur une estrade, se trouvaient une dizaine de musiciens, des chasseurs de la musique du bataillon qui, tête nue, jouaient en sourdine.

Maria s'était approchée, leur disant quelques mots, et l'un d'eux, un violon, s'était levé, jouant les premières mesures d'une valse, accompagné bientôt par tous ses camarades.

Maria avait commencé à danser avec le jeune homme qui, d'abord raide, s'était mis à tourner de plus en plus vite, léger, souple, joyeux. Des couples les avaient rejoints sur la piste de danse.

On avait reconnu le cavalier de Maria. C'était un médecin de Trèves, le meilleur, assurait-on. Peut-être était-ce lui qui avait accouché Maria ? En tout cas, il s'appelait Elie Meyerhold et on le disait d'origine polonaise.

Mais ces gens-là n'ont pas vraiment de nationalité définitive, ajoutait-on. Ils sont d'abord ce qu'ils sont, n'est-ce pas ?

Quand la nuit était tombée, les serveurs, dont la veste blanche tranchait sur le pantalon d'uniforme, avaient allumé les lanternes et servi du champagne et du vin de Moselle.

Les invités s'étaient pressés devant les tables dressées de chaque côté du parc, non loin de la berge. Dans la pénombre, elles dessinaient deux bandes blanches sur lesquelles brillaient le cristal, l'argent et la porcelaine.

De rares couples avaient continué à danser, car c'était le moment des conversations sérieuses autour de quelques invités auxquels le ton, l'allure, la fonction donnaient de l'autorité.

Henri Forestier était resté un moment aux côtés du général Robert de Taurignan.

— Le capitaine Forestier et moi, avait dit le général – tout en se tournant vers un autre groupe aggloméré autour d'une haute silhouette qu'il avait désignée d'un mouvement de tête –, et de Gaulle, nous avons combattu les bolcheviks en Pologne. Mais étaient-ce réellement des bolcheviks ou simplement des Russes, ultime visage de l'impérialisme slave qui veut depuis Pierre le Grand s'étendre vers l'ouest, et naturellement avaler la Pologne ? Et, s'il s'agit d'abord de Russes plus que de bolcheviks, la France ne peut pas les ignorer ou les exclure de son système d'alliance. Si nous voulons contrôler l'Allemagne, il nous faut l'autre mâchoire de la pince, et ce sera toujours la Russie. Quel que soit son régime !

Henri s'était écarté, avait fait quelques pas vers la piste de danse où Maria continuait de danser sous les regards de plusieurs jeunes lieutenants qui paraissaient attendre leur tour. Il avait détourné la tête, aperçu Elie Meyerhold au milieu d'un groupe de civils, ces députés français qui séjournaient depuis plusieurs jours à Trèves, se rendant dans les casernes, interrogeant les soldats. Ils avaient été mandatés par la Chambre des députés pour s'assurer que l'armée française d'occupation en Rhénanie n'était pas commandée par des soudards et des « brutes galonnées » qui martyrisaient les pauvres conscrits.

On avait déploré quelques morts dans les régiments à la suite d'une épidémie de grippe, et l'opinion s'était émue, la commission de la Défense de la Chambre avait été saisie. On avait entendu dans l'hémicycle les réquisitoires des députés communistes et socialistes, de Marty, ce mutin de la flotte de la mer Noire, de Cachin, de Doriot, avec sa voix grasse de tribun de banlieue. Marcel Déat, un socialiste plus mesuré, qui lui aussi devait compter avec les sentiments des électeurs, était intervenu.

Henri Forestier avait déjà reçu à dîner, au mess, en compagnie de De Gaulle qui était chef de bataillon, ces députés.

L'un d'eux, Michel Dussert, était élu de la Drôme. Il avait parlé avec l'autorité déplaisante que lui donnaient à la fois son passé d'ancien combattant qui avait laissé son bras droit dans les tranchées et sa fortune, puisque chacun savait qu'il était l'héritier de la banque Dussert-Speicher et Fils, et que son père, Olivier Dussert, peut-être l'un des hommes les plus riches de France, finançait son journal, *La Voix nationale*.

Dussert avait été ironique, sarcastique même, critiquant le gouvernement des radicaux, ce pauvre Édouard Herriot, cette politique étrangère qui, même sous Poincaré, conduisait à occuper puis à évacuer la Ruhr, pour faire payer l'Allemagne, pendant qu'Aristide Briand lançait, d'une voix caverneuse qui se voulait émouvante : « Arrière, les canons ! » et invitait l'Allemagne à entrer dans la Société des Nations.

— Notre pays n'est plus gouverné, avait dit Dussert. Il nous faudrait un autre Clemenceau quand nous n'avons que des Tardieu, des Doumergue, des Herriot, et même ce Léon Blum dont on ne sait pas s'il est vraiment français !

Marcel Déat avait protesté. Lui aussi avait été un

combattant des premières lignes. Et il n'admettait pas que l'on critiquât les socialistes qui avaient montré leur patriotisme.

— C'est une question de caractère, cher collègue, avait répondu Dussert. Vos intentions ne sont pas mauvaises, mais la politique, la guerre, c'est d'abord l'ordre et l'autorité, et votre philosophie est celle de la compassion. Ce n'est pas ainsi qu'on conduit une nation.

Maintenant, sous les saules du parc non loin de la berge de la Moselle, Dussert, en compagnie de Jacques Machecoul qui était député de Neuilly et professeur à la faculté de médecine, interpellait Meyerhold, s'étonnant qu'il parlât parfaitement le français.

— Mais, avait expliqué Meyerhold, j'ai fait mes études à Paris, j'ai même suivi vos cours de pathologie générale, avait-il ajouté, tourné vers Machecoul.

— Que faites-vous ici, à Trèves ? Je vous croyais allemand, avait interrogé Dussert.

Meyerhold avait haussé les épaules.

— Je suis européen. Regardez.

Il avait montré du doigt le monument qui se dressait au bout de la Nordallee et que l'on distinguait comme un bloc noir dans la nuit transparente de juin.

— C'est la Porta nigra, construite au IVe siècle, à la fin de l'Empire romain. Mais Jules César, dès 56 avant Jésus-Christ, a construit un pont sur la Moselle, après avoir battu les Trévires – il avait écarté les mains – une tribu gauloise ! Et le pont d'aujourd'hui, que l'on emprunte chaque jour, a pour fondation la construction de Jules César. Je suis ici chez moi autant qu'à Lutèce ou à Rome, et vous aussi. Les frontières en Europe sont absurdes…

— Allez dire cela aux familles des poilus, ou même

des soldats allemands, qui se sont battus pour cent mètres carrés de terrain, avait bougonné Dussert. Je ne peux entendre proférer de tels propos !

Il s'était éloigné.

— Si j'osais, sans agressivité, comme un constat, avait murmuré Machecoul, vous refusez les frontières et vous êtes ici chez vous parce que vous n'êtes de nulle part.

Elie Meyerhold avait souri, en penchant un peu la tête.

— Vous me rappelez ce qu'on disait à propos de Dreyfus. Que nous étions un peuple nomade, le peuple du Livre mais sans racine, donc un peuple voué à la trahison.

Il avait haussé les épaules.

— Peut-être en effet notre patrie est-elle autre chose, et s'appelle-t-elle les principes moraux, l'humanité, les droits.

Un homme plus âgé, la tête ronde, corpulent, s'était avancé.

— Je suis Léon de Boissier, avait-il dit, député de Paris. Je fais partie de la mission parlementaire d'enquête avec ces messieurs – il avait montré Machecoul, Michel Dussert et Marcel Déat, qui était resté silencieux. J'ai été vigoureusement, et je le suis encore, antidreyfusard. Mais soyons généreux, quelle est actuellement votre nationalité, cher monsieur, allemande ou française, polonaise ? La nationalité européenne n'existe que dans la tête d'Aristide Briand. Mais – il avait ricané – peut-être êtes-vous russe, ou communiste ? C'est un peu la même chose, même si ces derniers se prétendent, comme ils disent, internationalistes !

— Je suis allemand, avait répété Meyerhold d'une voix lasse, et médecin. Je mets au monde des enfants, et pour moi la médecine est aussi ma nationalité…

Il avait salué.

— Je vais faire deux ou trois valses, si vous le permettez.

Il s'était dirigé vers l'estrade et la piste de danse. Henri l'avait vu peu après s'incliner devant Maria et lui offrir son bras avant de l'entraîner dans une nouvelle valse.

— Ils sont terribles, avait poursuivi Léon de Boissier, ils vous filent entre les doigts. Vous ne tirez jamais d'eux rien de net, de précis. Meyerhold est allemand aujourd'hui, il était polonais hier, il sera français demain et fauteur de désordre partout ! Il faut le dire et d'ailleurs il l'a, à sa manière, reconnu, c'est un peuple nomade. Et naturellement, le communisme ne peut que séduire ce peuple. Sans juifs, pas de bolchevisme, Marx, Trotski, prenez-les les uns après les autres, ils le sont tous.

— Et Staline…, avait dit Henri.

— Un métèque qui s'associe à d'autres métèques pour mener les moujiks avec le knout, c'est banal, avait répondu Boissier. Mais ce qu'ils veulent, c'est conquérir l'Allemagne, puis nous. Et si nous n'y prenons garde, c'en sera fait de l'Europe.

Il s'était tourné vers Henri.

— Vous ne sentez pas leur influence sur la troupe ? Pendant l'occupation de la Ruhr, nous sommes sûrs que des agitateurs communistes se sont infiltrés dans certains régiments. J'ai mes entrées au 2e Bureau… Nos services de renseignements ont repéré dix, vingt envoyés communistes, sous la direction d'un déserteur, Vincent Mercœur, un cheval de retour, anarchiste, etc. Et comme par hasard, pendant la guerre, savez-vous qui l'a caché ? Mme la baronne Mathilde Salomon de Wiener ! Vous voyez, tout est lié.

— Je sais, je sais, avait soupiré Machecoul. Elle a autrefois assassiné mon père, mais qui s'en souvient ? Le temps efface. C'est la grande amnistie. Et l'amnistie générale est notre maladie nationale.

— Mais non, mais non, avait répété Dussert, nous sommes simplement un vieux peuple, où tout se mélange. L'affaire Mercœur n'est pas si simple, nous le savons bien, n'est-ce pas capitaine ?

Il avait pris Henri par le bras et avait fait quelques pas avec lui.

— Je suis député de la Drôme. Je sais que votre père a hérité, avec maître Maurice de Taurignan, de la collection de tableaux de Salomon de Wiener, de grande valeur, n'est-ce pas ? Et qu'en échange, si j'ose dire, il a recueilli au château de Mazenc le fils de ce Mercœur, Roland Mercœur. Il doit avoir une vingtaine d'années. Il est, dit-on, à la tête de toute la fortune des Wiener que lui a léguée notre baronne Mathilde.

Dussert s'était arrêté et, dans une demi-obscurité – les lanternes commençaient à être secouées par une brise fraîche qui glissait le long de la Moselle –, avait fixé Henri.

— Cela m'inquiète, avait-il repris. Imaginez que ce Roland Mercœur partage les idées de son père… Après tout, ce serait naturel, et digne en un sens. S'il met toute sa fortune dans les caisses du désordre, que ce soit celles du parti communiste ou de l'Internationale, ou même du journal *L'Humanité*, vous imaginez quel apport ! Et je ne parle pas au hasard. Votre père a, paraît-il, fait de ce jeune homme un esprit brillant, tenté, dit-on, par les lettres. Vous le voyez journaliste à *L'Humanité*, dandy rouge, pourquoi pas ? Comment pouvez-vous accepter ça, mon capitaine ? Vous devez avertir votre père des responsabilités qui sont les siennes, s'il est encore temps.

Henri avait incliné la tête.

— Je suis un officier républicain, monsieur le député, je fais confiance aux institutions de mon pays, au patriotisme des citoyens, et en particulier à celui de mon père.

Puis il avait claqué les talons, et s'était tourné vers la piste de danse.

Maria dansait encore avec Elie Meyerhold, et parfois elle appuyait la tête sur son épaule.

Henri avait préféré s'éloigner, avec ce sentiment de malaise et de gêne qu'il avait déjà éprouvé dès leurs premières semaines de vie commune. Après leur mariage à Varsovie, en présence de Robert de Taurignan qui lui avait servi de témoin et qui n'était alors que colonel, et de Charles de Gaulle qui enseignait avec le grade de chef de bataillon à l'école militaire de Rembertow, ils avaient passé près d'un mois au château de Mazenc.

Il avait été surpris par l'exubérance de Maria, son insouciance aussi, sa vitalité. Elle avait voulu goûter tous les crus, n'écoutant pas les conseils de modération de son beau-père, puis elle s'était mise à chanter d'une voix aiguë, à danser dans la grande salle du rez-de-chaussée de la tour, à sortir du château, à marcher dans le vignoble. Et tout en riant aux éclats, elle avait commencé à se dévêtir, criant qu'elle voulait le soleil, que la chaleur devait embrasser tout le corps, que c'était un miracle que ce pays, avec ce ciel, ce vin !

Il avait fallu que Henri se précipite, l'étreigne, la couvre, la reconduise au château.

Devant le porche, il avait croisé Gustave Novera qui avait secoué la tête, regardant Maria qui maintenant se laissait porter, ses cheveux blonds dénoués glissant sur la terre.

Novera avait murmuré, avec cette voix sifflante, cette torsion affreuse de la bouche qu'il lui fallait faire pour prononcer quelques mots :

— Henri, tu sais, les étrangères…

Henri n'avait pas répondu, mais il avait deviné dans les yeux de son père la même pensée. Et quand il était redescendu, après avoir couché Maria, Antoine Forestier avait murmuré :

— Elle est différente. Il faut qu'elle s'habitue. Le soleil, le vin, ceux qui ne savent pas n'imaginent pas.

Il avait soupiré, ajouté :

— Et puis, quand elle aura un enfant…

Maria avait depuis accouché de Joseph, mais elle riait encore si fort que l'on avait entendu son rire dans tous les coins du parc, même les plus éloignés de la piste de danse.

Henri avait voulu l'oublier. Il avait écouté de Gaulle qui, sans regarder les jeunes officiers qui l'entouraient, prononçait à sa manière habituelle, détachée, un peu méprisante, des phrases ciselées qu'il paraissait avoir longuement méditées.

De Gaulle avait hoché la tête en apercevant Henri. Il s'était interrompu, avait dit d'une voix traînante :

— Très belle soirée, mon cher, madame Forestier est de fort joyeuse humeur.

Puis il avait repris son propos :

— Messieurs, malgré la victoire et les apparences, nous n'avons plus d'armée. Nous faisons des efforts, ici, mais la vie de l'intelligence est en veilleuse à l'armée du Rhin. Il faudrait un Louvois à la République.

Il avait commencé à marcher, entraînant à sa suite les officiers, expliquant que, à l'évidence, le gouvernement allait décider d'abandonner l'occupation de la Rhénanie.

— L'armée du Rhin n'en a plus pour longtemps !

Il s'était arrêté, s'était tourné vers Henri.

— Le traité de Versailles est déjà miné. L'Allemagne veut Vienne, l'Anschluss est pour bientôt. Et puis elle reprendra de gré ou de force ce qui lui a été arraché au profit de la Pologne. Mais oui, Forestier, vous qui avez des attaches intimes avec ce pays, il faut vous persuader de cela.

Il avait repris sa marche.

— Après quoi, on nous réclamera l'Alsace, cela me paraît écrit dans le ciel, mais – il avait levé les bras – qui lit ce qui est écrit ? On préfère écouter les bêlements pacifistes de Briand ! Voyez-vous, messieurs, pas un siècle ne s'est écoulé sans que le monde ait reçu plusieurs fois la détestable visite de la guerre.

Il avait brandi son index.

— Pas une nation n'a pu naître, grandir, vieillir, mourir en paix. L'histoire des hommes, hélas, est celle de leurs armes.

De Gaulle et ceux qui le suivaient avaient rejoint le groupe qui s'était constitué autour du général de

Taurignan. Les députés Boissier, Dussert, Machecoul, Déat étaient là, interrogeant le général.

Boissier affirmait que le péril n'était plus allemand mais bolchevik, parce que le communisme menaçait les fondements mêmes de la civilisation chrétienne qui était le socle des nations européennes.

— Vous n'avez jamais entendu parler d'Adolf Hitler ? avait questionné Taurignan. En 1923, il a déjà essayé de s'emparer du pouvoir, à Munich. Il est habile, il a du magnétisme.

Boissier avait haussé les épaules.

— Un agitateur.

— Avez-vous lu son livre, *Mein Kampf* ? avait demandé à son tour de Gaulle.

Il avait toisé Boissier.

— Vous devriez, monsieur le député. Et connaissez-vous l'ouvrage de Moeller Van Den Brück, *Le III*[e] *Reich* ? L'expansion allemande y est déjà dessinée. Et les groupes nationalistes sont à l'œuvre partout en Allemagne. On reconstitue la Reichswehr autour des Corps francs qui ont combattu contre les Russes en Poméranie. Nous sentons même ici, à Trèves, ce réveil germanique. On souhaite, on prépare, on attend notre départ.

Il avait désigné du doigt les députés, l'un après l'autre.

— Car, messieurs, vous avez décidé l'évacuation de la Rhénanie, j'en suis persuadé.

Michel Dussert s'était récrié, Déat, Machecoul et Boissier étaient restés silencieux.

— Voyez-vous, avait ajouté de Gaulle, tourné vers les officiers, nous dirions volontiers, comme Œdipe à Colone : *« Accepte le destin mais sache le maudire. »*

Puis il avait invité Henri à le suivre, et ils avaient marché côte à côte le long de la berge de la Moselle, dans la partie mal éclairée du parc.

Sur l'autre rive, les lumières de Trèves formaient un pointillé qui se reflétait en longues traînées jaunes sur l'eau du fleuve.

De Gaulle avait soupiré.

— Nos politiciens sont incapables, avait-il dit, si médiocres, si myopes. Ils ne lisent rien. Ils parlent, ils flattent, ils se lamentent. Ils ne pensent qu'à leur réélection. Et puis il y a les communistes, au service de la Russie. Pour eux, la France est une puissance ennemie ! Et pendant ce temps-là, ici – il avait montré l'autre côté du fleuve – on se prépare déjà, et cela ne fait même pas dix ans que la paix a été signée.

De Gaulle s'était arrêté.

— Ah, Forestier, toute l'amertume qu'il y a de nos jours à porter le harnais ! Mais il le faut pourtant. Dans quelques années, on s'accrochera à nos basques pour sauver la patrie… et la canaille par-dessus le marché !

Tout à coup, on avait entendu le son d'une voix rauque et un peu hésitante.

De Gaulle avait observé Henri, qui s'était excusé avant de s'éloigner à grands pas.

Il avait vu sur l'estrade Maria qui, au milieu des musiciens, chantait.

Debout, seul au milieu de la piste, Elie Meyerhold la regardait.

2.

> “On l’avait attendu, un soir devant chez lui, pour le frapper à coups de barre de fer...”

Elie Meyerhold avait vu l’enfant sortir de l’hôtel Forestier.

Quand le garçon s’était retourné, levant la main vers quelqu’un qui devait se trouver au fond de la cour de l’hôtel particulier, loin des grilles qui longeaient la rue de l’Estrapade, Meyerhold avait cru entendre une voix de femme, et il avait été ému, imaginant qu’il s’agissait de celle de Maria qui saluait son fils.

Car, il n’en avait pas douté, cet enfant qui s’éloignait, c’était celui qu’il avait mis au monde dans cette grande villa de la Nordallee, celui dont il avait fêté la naissance, en dansant avec Maria, dans le parc des bords de la Moselle, celui dont le pas rapide scandait toutes ces années qui avaient passé, près de dix ans.

L’émotion et le désespoir avaient saisi Meyerhold.

Il s’était avancé. Il avait regardé la façade ocre de

l'hôtel Forestier, la cour pavée au centre de laquelle se trouvait une fontaine.

Il s'était immobilisé quelques secondes, puis il avait commencé à descendre la rue de l'Estrapade qui se rétrécissait jusqu'à devenir la rue des Fossés-Saint-Jacques, une sorte de venelle, un goulot étroit et sombre en ce début d'après-midi de février 1933.

Il avait marché de plus en plus lentement, se souvenant de cette soirée de fête, de la voix de Maria, grave et frêle, audacieuse, libre. Il avait eu le sentiment, ce soir-là, alors qu'il était seul sur la piste de danse et qu'elle était devant lui, blanche silhouette aux cheveux blonds, debout sur l'estrade, entourée de ces hommes bleus, qu'elle chantait pour lui.

Il avait eu peur pour elle, pour lui qui n'était qu'un jeune médecin juif, allemand mais aussi polonais, mais aussi français, parce que sa famille avait erré d'un bout à l'autre de l'Europe avant de se fixer à Trèves.

Il avait quitté la villa sans la saluer et, alors qu'il habitait non loin de la Nordallee, sur la Martinstrasse, il avait durant des mois fait un détour afin de ne pas rencontrer la jeune femme, d'oublier qu'il l'avait vue d'abord nue, haletante de douleur, les jambes repliées, donnant naissance à cet enfant sanguinolent. Il avait poussé un cri en même temps que le nouveau-né, parce que chaque naissance était pour lui un miracle, une joie sacrée.

Il ne l'avait retrouvée que des semaines plus tard, lorsqu'elle l'avait reçu à l'entrée du parc et qu'elle l'avait fixé en souriant, disant en polonais, comme si elle voulait qu'il soit seul à comprendre :

— Vous voilà, docteur Meyerhold ! Vous êtes l'homme qui me connaît le mieux.

Et elle avait ri, s'était retournée vers son mari qui se tenait près d'elle pour accueillir les invités.

— C'est le docteur Meyerhold, dont les mains ont touché Joseph avant tout le monde, avant les miennes, avant les tiennes, Henri.

Le capitaine Forestier s'était incliné et avait murmuré :

— Merci, docteur.

Meyerhold l'avait donc évitée des mois, des années.

Il avait cru que son souvenir, même son nom, s'étaient estompés.

Il avait tant changé durant cette période. Il avait eu conscience de n'être qu'un grain dans la grande meule de l'histoire qui s'était mise à tourner si vite, emportée par les événements qui bouleversaient des millions de vies.

On l'avait attendu, un soir devant chez lui, pour le frapper à coups de barre de fer. Pendant qu'on lui martelait le visage, qu'il avait essayé de protéger de ses mains – on lui avait ainsi brisé les phalanges –, il entendait ces enragés crier qu'il devait quitter Trèves, lui le juif, le traître, l'ami des Français, ces occupants, ces nègres. Qu'il était pire que ces tirailleurs sénégalais qui venaient souiller la noble, la grande, l'immortelle patrie allemande.

Il n'avait pas cédé.

On avait arrêté ces jeunes gens, trois ouvriers et un étudiant, qui avaient clamé à l'audience du tribunal qu'ils étaient des patriotes, qu'ils refusaient le diktat de Versailles, qu'ils luttaient contre l'occupation française et qu'ils combattaient les traîtres qui aidaient l'ennemi et qui étaient favorables au morcellement de l'Allemagne.

Le juge les avait accusés d'être membres de ce nouveau parti, le parti nazi, dont le chef, Adolf Hitler, avait été emprisonné.

On avait trouvé chez eux des brassards, des livres, des poignards, des revolvers, des baudriers, des uniformes. Ils étaient étalés là, sur une table devant le juge, comme autant de pièces à conviction.

Meyerhold avait découvert ces chemises brunes, ces svastikas et ce livre, *Mein Kampf*.

Il avait eu l'intuition qu'il lui faudrait un jour, s'il voulait survivre, quitter Trèves.

Mais il s'était avancé à la barre, avait prêté serment et avait dit qu'il reconnaissait ses agresseurs. Le public dans la salle d'audience avait murmuré des menaces.

À la sortie du tribunal, il avait eu l'impression d'être suivi, et il avait imaginé que, bien qu'on fût au milieu de la journée, on allait l'abattre, comme d'autres déjà, bien plus importants que lui, ministres, députés, chefs de partis, avaient été assassinés dans la rue.

Il s'était tout à coup senti apaisé, comme si l'inquiétude et la peur venaient, à cette pensée qu'il allait mourir, de l'abandonner. Il n'aurait plus à se soucier de la vie, à craindre un guet-apens, la vengeance des nazis. Il s'était cru au bout de son chemin.

Il s'était retourné, avait attendu l'homme qui marchait derrière lui et qui hésitait.

Ce dernier avait une cinquantaine d'années, le visage énergique, les cheveux grisonnants tirés en arrière, il portait un costume sombre.

— Vous êtes courageux, docteur Meyerhold, avait-il dit en français. Vous étiez déjà sur leur liste noire, maintenant votre nom va être souligné de deux traits rouges.

Il avait souri.

— Ça ne semble pas vous inquiéter.

— Si, avait répondu Meyerhold en faisant une moue.

Puis il avait haussé les épaules.

— Que voulez-vous que j'y fasse ? La police est avertie. Elle a promis de me protéger.

— Vous le croyez ?

Meyerhold avait secoué la tête, murmuré plusieurs fois :

— Non, non.

— La police est nazie, avait repris l'homme. La prochaine fois, ce sont peut-être des schupos qui vous frapperont. Et pour vous empêcher de témoigner contre eux, ils vous tueront.

Meyerhold avait regardé sa montre.

— Excusez-moi, j'ai une consultation.

Mais l'homme était entré avec lui dans l'hôpital, expliquant qu'il voulait un rendez-vous, qu'il était français, représentant en produits de papeterie pour toute l'Europe.

Et Meyerhold avait cédé, lui donnant son adresse, son téléphone.

Dans les minutes qui avaient suivi, il se l'était reproché, mais l'homme, sans qu'il sût pourquoi, lui avait inspiré confiance. Il émanait de lui une énergie, une conviction à laquelle il avait été incapable de résister.

Ils s'étaient donc revus, dans des petites tavernes de

la vieille ville de Trèves, ou bien dans des auberges des bords de la Moselle. Mais de plus en plus souvent dans la villa de la Martinstrasse, chez Meyerhold.

L'homme avait dit s'appeler Vincent. Il ne fixait jamais de rendez-vous. Il surgissait au côté de Meyerhold, il disait :

— Vous êtes libre, n'est-ce pas ? On va déjeuner, j'ai trouvé sur la berge de la Moselle un petit hôtel dont le restaurant est tenu par une Française. Mais ne craignez rien, il n'y a pas un client français.

— Je ne crains pas les Français, s'était étonné Meyerhold.

— Moi si, avait murmuré Vincent.

Ils s'étaient installés sous une tonnelle, à quelques mètres du fleuve. Le temps était beau, c'était l'été. Vincent à voix basse avait annoncé que les troupes françaises allaient continuer d'évacuer la Rhénanie, mais que, loin de favoriser la paix, ce retrait, au moment où la crise économique commençait à jeter sur le pavé des millions de chômeurs, ne pourrait que favoriser la montée du parti nazi, et que la guerre ainsi menacerait à nouveau l'Europe.

— Vous savez, avait-il ajouté en allumant une cigarette, regardant les grappes qui pendaient aux vignes de la tonnelle, je suis un déserteur. Je ne crois pas aux patries, aux frontières… Vous non plus, à ce que l'on m'a dit.

Il avait souri devant l'air étonné de Meyerhold.

— Vous le proclamez devant vos confrères, vos infirmiers. Dès que vous ouvrez la bouche, vous dites ce que vous pensez. C'est sympathique, Meyerhold, et imprudent !

— Et vous, vous venez de me faire une confidence dangereuse, non ?

Vincent avait vidé son verre de vin, parlé plusieurs minutes des crus de la vallée rhénane, de ceux de la Moselle.

— Je cherche des hommes comme vous, avait-il lâché enfin, des pacifistes, des antifascistes qui ne veulent pas d'une nouvelle boucherie et qui sont prêts à prendre quelques risques pour ça.

Meyerhold avait ri.

— Vous êtes représentant en quoi ? En produits de papeterie ou en idées politiques ?

Il n'avait pas obtenu de réponse.

Et pourtant il avait fait confiance à Vincent, acceptant de remettre à des soldats français soignés à l'hôpital de Trèves des paquets qui devaient contenir des journaux et des tracts, accueillant dans sa villa de la Martinstrasse des inconnus dont il reconnaissait l'accent russe, hongrois ou polonais, avec lesquels parfois il jouait aux échecs. Il ne leur posait aucune question. Vincent venait les chercher en voiture au milieu de la nuit, et se contentait de dire :

— Merci, Meyerhold, l'histoire vous est reconnaissante.

Un soir, il y avait eu des cris étouffés, des bruits de lutte dans le jardin, puis le silence.

Vincent était arrivé, essoufflé, le prévenant qu'il était en danger, qu'il faudrait bientôt qu'il pense à quitter Trèves, l'Allemagne sans doute. Vincent avait une filière pour rejoindre la France. Il pourrait être accueilli à Paris. Il avait répété : « Roland Mercœur, hôtel de Wiener, 12 avenue Hoche », exigeant que Meyerhold ne note ni cette adresse ni ce nom.

Il suffisait de se présenter là-bas de la part de Vincent.

Quelques mois encore, Meyerhold avait vécu à Trèves. Les rues étaient souvent parcourues par des manifestants qui déferlaient, levant le poing ou le bras.

Il avait essayé de se convaincre qu'il était un trop petit personnage pour que, dans cette tempête qui se levait, on se souvînt ou on se souciât de lui, alors qu'il tentait d'empêcher les gens de mourir, quelles que fussent leurs idées, ou bien aidait les femmes à mettre leur enfant au monde, sans s'inquiéter de savoir ce qu'ils allaient devenir.

C'est ainsi que l'image de Maria Forestier lui était revenue, violente, inattendue.

Une fin d'après-midi, rentrant de l'hôpital, il avait pris la Nordallee et avait aperçu devant la villa des Forestier deux camions de l'armée française.

Des soldats y chargeaient des meubles.

Meyerhold était resté là, immobile, à quelques dizaines de mètres sous les arbres de l'avenue, puis il s'était éloigné. Soudain, il avait vu venir vers lui cette cavalière menant son cheval au trot, se dressant sur les étriers, les cheveux blonds au vent.

Elle chevauchait sur le côté de la chaussée, et les sabots s'enfonçaient avec un bruit sourd, comme un battement de tambour, dans la terre herbeuse.

Il avait, sans même réfléchir, levé la main, et il avait cru d'abord que Maria ne l'avait pas vu ou bien qu'elle l'avait oublié. Mais elle avait mis son cheval au pas, s'était penchée, souriante, presque allongée sur le col de l'animal.

— Docteur Meyerhold, avait-elle murmuré.

Elle avait paru ravie.

— Cette promenade, c'était mon adieu à Trèves, avait-elle dit.

De sa badine, elle avait montré les camions.

— Nous sommes les derniers à partir. Vous le savez, il n'y a plus de troupe depuis longtemps. Le 19e bataillon de chasseurs a été dissous. Mais il restait un petit état-major, que mon mari dirigeait. Nous rentrons aussi.

Elle s'était redressée.

— J'ai souvent pensé à vous, cette soirée un peu folle, et puis mon fils est là pour que je me souvienne de vous.

Elle avait ri, aussi fort, aussi joyeusement que lors de cette fête.

— Une femme ne devrait pas dire ça, n'est-ce pas ? avait-elle repris. Un médecin, on doit oublier qu'il est un homme.

Elle avait sauté à terre, et elle avait commencé à marcher, non pas dans la direction de la villa, mais vers la Martinstrasse.

— Je sais que vous habitez tout près d'ici. Je me suis renseignée. J'ai été tentée à deux ou trois reprises de vous appeler à l'hôpital, ou même chez vous, mais vous n'avez guère semblé désireux de nous revoir, moi et votre nouveau-né. Alors nous avons eu recours à un médecin français, le docteur Machecoul, le fils d'un personnage important, Jacques Machecoul, député et professeur à la faculté de médecine.

— Je connais, avait répondu Meyerhold, j'ai été l'un de ses étudiants. Il était invité à votre soirée. J'ignorais qu'il avait un fils…

— Et vous, pas de fils ?

Il avait secoué la tête.

La liberté de cette femme, le mouvement de son corps, cette manière qu'elle avait de secouer ses cheveux, de les soulever d'un geste rapide de la main, l'avaient enchanté. Pourquoi avait-il eu si peur durant toutes ces années de la revoir ?

Elle s'était arrêtée, s'appuyant au flanc du cheval, cette masse noire et vivante.

— J'ai appris que l'on vous a agressé, avait-elle ajouté. J'ai suivi le procès. Vous croyez pouvoir rester en Allemagne, avec…

Elle était restée silencieuse plusieurs secondes avant de reprendre :

— … ces gens, les nazis, qui deviennent de plus en plus puissants ? Ils ne vous aiment pas.

Elle s'était mise tout à coup à parler en polonais, et il avait aimé cette voix devenue grave, qui lui avait semblé pleine de roucoulements.

Elle avait insisté, il devrait s'installer à Paris. La France était un pays où…

Elle s'était de nouveau interrompue, recommençant à s'exprimer en français.

— On ne se sent pas exilé à Paris.

Elle avait donné son adresse, rue de l'Estrapade, hôtel Forestier. Elle avait toujours été sûre qu'ils se reverraient, avait-elle poursuivi. Cela venait de se produire, par hasard, comme elle l'avait imaginé. Mais il ne fallait pas qu'il attende encore des années.

Avait-il compris ? S'il venait à Paris, ils devraient se voir. Il pourrait ainsi découvrir Joseph, qu'il avait mis au monde.

Elle se souvenait. Elle avait entendu à la fois le cri de Joseph, le premier cri, et celui de Meyerhold.

— Vous avez crié, Elie !

Elle s'était penchée vers lui, elle lui avait effleuré la joue avec sa bouche entrouverte. Il avait senti son haleine, là, au coin des lèvres, puis elle était remontée à cheval. En la regardant s'éloigner rapidement, le cheval ayant repris le trot, il s'était lentement caressé la joue, comme si elle avait laissé une trace, une perle de rosée qu'il eût pu recueillir au bout de ses doigts.

Quelques mois plus tard, Trèves, comme toutes les autres villes d'Allemagne, avait ouvert ses rues, les portes de ses bâtiments officiels, aux hommes en chemise brune et bottes noires. La vieille cité romaine s'était couchée, offerte. Et les Sections d'assaut s'étaient vautrées sur elle.

Adolf Hitler, à Berlin, était devenu chancelier. Et l'on avait célébré la nuit des épousailles, le 30 janvier 1933, par un grand cortège d'hommes brandissant des torches et hurlant, le bras tendu vers le Führer.

D'autres avaient parcouru les couloirs de l'hôpital de Trèves, en criant : « Montre-toi, Meyerhold, qu'on te le coupe jusqu'au bout ! »

D'autres encore avaient encerclé la villa de Meyerhold, ils avaient lancé des chiffons enflammés, et les pompiers n'avaient pu intervenir que pour éteindre les décombres de la maison, qui continuaient de brûler et qui risquaient de mettre le feu aux arbres parce que le vent s'était levé, à l'aube, courant sur la Moselle.

Elie Meyerhold avait vu l'incendie depuis la berge du fleuve.

Il n'avait quitté les buissons derrière lesquels il

s'était réfugié que lorsque le jour s'était levé. Il avait marché jusqu'à la Porta nigra, avait passé le pont construit sur les fondations de celui jeté par les légions de César.

Qu'est-ce qui avait changé dans le comportement des hommes depuis les temps antiques ?

On détruisait encore le Temple.

Meyerhold avait donc gagné Paris.

Mais avant de se rendre avenue Hoche, chez Roland Mercœur dont Vincent lui avait donné l'adresse, il s'était installé place du Panthéon, hôtel des Grands Hommes, à quelques pas de la rue de l'Estrapade.

L'après-midi, en ce mois de février 1933, était gris et humide.

Il était passé une première fois devant les grilles de l'hôtel Forestier. Il avait vu la maison de trois étages aux murs ocre, la cour pavée, la fontaine en forme de tour.

Il s'était adossé à la façade de l'immeuble qui fermait ce petit espace, presque une place, constitué par le croisement de trois rues.

Il avait relevé le col de son manteau, car une pluie fine avait commencé à tomber. Une plaque rappelait sur la façade de la maison qui lui faisait face que Diderot avait rédigé là une bonne part de l'*Encyclopédie*.

Meyerhold s'était senti tout à coup désespéré.

À quoi avait servi ce temps des Lumières, l'*Aufklärung*, si un siècle et demi plus tard la barbarie, la nuit resurgissaient ?

Ernst Röhm, le plus proche des compagnons de Hitler, disait que le nazisme incarnait les forces de l'instinct, du sang et de la virilité, face aux impuissances de la pensée.

Meyerhold avait eu envie de mourir.

Puis il avait vu cet enfant sortir de l'hôtel.

C'était Joseph, le fils de Maria, l'enfant qu'il avait mis au monde.

3.

« Maria avait haussé les épaules. Qu'y pouvait-elle ? Était-elle responsable de la folie des hommes, de la guerre ? »

Antoine Forestier, de la fenêtre du salon, avait vu s'éloigner son petit-fils dans la rue de l'Estrapade.

Il avait observé Maria. Elle s'était penchée, avait plusieurs fois crié « Joseph ! Joseph ! », puis elle avait agité la main.

Elle était restée un moment immobile, attendant que l'enfant disparaisse au-delà des grilles, et d'un geste nerveux, presque brutal, elle avait fermé la fenêtre et s'était tournée vers lui.

— Votre fils…, avait-elle commencé.

Et comme chaque fois qu'ils se retrouvaient seuls, soit ici, dans ce petit salon de l'hôtel Forestier, soit au château de Mazenc, elle avait accumulé les accusations contre Henri.

À Trèves, avait-elle dit, il passait la plupart de ses

nuits à faire manœuvrer ses compagnies de chasseurs à pied. Il avait été fasciné par de Gaulle qui commandait le bataillon. Les hommes rentraient au quartier à l'aube, musique en tête, réveillant toute la ville. Et le maire de Trèves avait souvent protesté, si bien qu'à la fin on avait dissous le bataillon.

Et maintenant que Henri avait été affecté à Paris, au secrétariat général de la Défense nationale, il était encore plus souvent absent ! Il y avait retrouvé de Gaulle, ils multipliaient ensemble les inspections sur la frontière de l'Est. Ils demeuraient des soirées entières à rédiger des rapports pour des ministres de la Guerre indifférents, soucieux seulement de leur avenir politique, et qu'une crise ministérielle renversait après trois mois de fonction !

— Je n'aime pas cette vie, avait répété Maria. Joseph ne voit jamais son père et, quand Henri est avec nous, il lit ou il nous donne une leçon d'Histoire de France. Pourquoi s'est-il marié ? C'est un moine soldat, votre fils !

Antoine avait une nouvelle fois essayé de lui faire comprendre que certains hommes avaient le sens du devoir, que Henri était de ceux-là, que comme de Gaulle et des milliers d'autres officiers il avait souffert pendant quatre ans dans les tranchées, qu'ils avaient perdu des proches.

— Son frère Charles a été tué, vous le savez…

Maria avait haussé les épaules. Qu'y pouvait-elle ? Était-elle responsable de la folie des hommes, de la guerre ?

Elle n'avait qu'une vie, elle avait déjà trente-cinq ans, elle n'avait qu'un fils, et elle et lui étaient malheureux. Elle n'avait pas épousé l'armée ou la

France, mais un homme qui, à Varsovie, était gai, presque insouciant. Fallait-il vivre à l'étranger pour qu'il redevienne tel qu'elle l'avait connu dans les années 20 ?

Antoine n'avait pas été d'humeur à défendre son fils.

Assis sur le canapé, il avait laissé son regard errer sur ce grand tableau qu'il avait toujours vu, depuis son enfance, à cette place, occupant toute une cloison. Il en avait toujours aimé les teintes ocrées, et ces silhouettes à l'horizon, sans doute les Rois mages en route dans le désert.

On lui avait raconté que Maximilien Forestier, l'ancêtre, avait rapporté ce tableau d'Italie, qu'il l'avait vendu à Talleyrand, et que celui-ci l'avait offert à Mariella di Clarvalle, l'épouse de Maximilien.

Peut-être avait-elle été infidèle ?

Antoine s'était demandé si Maria l'était.

Elle avait plusieurs fois évoqué ce médecin de Trèves, un homme si sensible, avait-elle dit, dont le sort l'inquiétait. C'était un juif, un antinazi. Comment pouvait-il survivre en Allemagne, maintenant que ceux qui l'avaient persécuté étaient au pouvoir ?

Antoine aurait pu expliquer que Henri, précisément, tentait de donner à la France l'armée capable de résister à Hitler. Mais peut-on raisonner avec une femme mécontente ?

Il s'était senti blessé. Il avait regretté ce voyage à Paris.

Rien ne s'était déroulé comme il l'avait espéré. Il avait à peine vu Joseph ; son petit-fils avait joué dans la cour de l'hôtel Forestier avec des camarades et s'était montré indifférent. Quant à Henri, il se trouvait avec de Gaulle à Metz !

Pourquoi donc avait-il quitté le château de Mazenc ?

Il avait voulu revoir les lieux de sa vie passée, faire, comme il l'avait confié à son beau-frère Gustave Novera qui l'avait accompagné en voiture jusqu'à la gare de Montélimar, l'un de ses derniers voyages. Il allait avoir soixante-quatorze ans. Il était temps qu'il accepte de n'être qu'un vieux qui s'assied, le dos contre la façade de sa maison chauffée par le soleil d'hiver.

Novera avait eu un mouvement d'impatience, secouant ses épaules, tordant sa bouche comme chaque fois qu'il parlait, laissant glisser un filet de salive. Il aurait eu honte, avait-il répondu, de penser ainsi, ou alors ce n'était que de la comédie, des phrases de Parisien pour donner de l'air aux dents.

Vieux, Antoine Forestier ? Il possédait vingt hectares de vignoble, un château, un hôtel rue de l'Estrapade, et les propriétés, ça vous aide à vieillir ! Il y a toujours des gens qui viennent pour picorer dans votre main et vous laver les pieds.

Vieux, on l'était quand, comme lui, on ne possédait qu'une masure, et surtout quand on ne pouvait pas gonfler sa bouche avec les mots de fils, de petit-fils, de belle-fille, qu'on était une vieille souche sans surgeon. Lui, Antoine, avait Henri, commandant maintenant. Et Joseph, son petit-fils, et Maria. Ce n'était certes pas une belle-fille facile ! Les étrangères, elles sont toujours un peu particulières, mais enfin, une jeune femme dans une maison, ça la chauffe ! Et Roland Mercœur, ce garçon qu'Antoine avait couvé comme si c'était son propre fils, il le comptait pour rien ?

Lycée du Parc, à Lyon, École normale supérieure, et maintenant que Mathilde de Wiener était morte, un jeune homme de vingt-cinq ans à la tête d'une fortune, qui habitait l'hôtel de Wiener, avenue Hoche. Et qui sûrement serait reconnaissant à Antoine, qui serait heureux de l'accueillir comme son père, l'autre, Vincent Mercœur, le père de sang, ne devant guère compter… Alors Antoine n'avait qu'à choisir entre la rue de l'Estrapade et l'avenue Hoche, entre fils, petit-fils, belle-fille, et Roland, presque un autre fils !

Vieux comme ça, lui, Gustave Novera, il aurait voulu l'être.

En longeant lentement les quais pour se rendre place Dauphine, chez Maurice de Taurignan, Antoine avait repensé aux propos de Novera et avait décidé qu'à sa mort il léguerait une part de ses biens à son beau-frère, pour qu'en effet la vieillesse de Gustave ne soit pas accablée par la plus dure des maladies, la misère. Qu'est-ce que c'était maintenant qu'une pension d'ancien combattant, même pour une gueule cassée ? Juste de quoi acheter du pain chaque jour !

Il avait expliqué ses projets à maître de Taurignan qui, tout en préparant les actes à soumettre au notaire, avait évoqué ce temps d'avant 1914 quand, à la demande d'Antoine et de Clemenceau, il avait défendu la baronne Mathilde de Wiener.

Taurignan avait fermé à demi les yeux. Il avait obtenu l'acquittement de Mathilde, mais cela remontait si loin… Même la Grande Guerre – la « der des der », n'est-ce pas ! – paraissait repoussée dans le temps alors que l'on croisait tant de mutilés partout, dans les prétoires, juges, avocats, et qu'il y avait ce parti des Croix-de-Feu du colonel de La Rocque qui rassemblait des centaines de milliers d'anciens combattants de première ligne !

Maurice de Taurignan s'était levé.

On parlait de la prochaine guerre, avait-il dit, le visage creusé par l'inquiétude. Mais ce ne serait plus l'Union sacrée, il n'y aurait pas de Clemenceau ! Qu'était la République aujourd'hui ? Les gouvernements ne duraient pas plus de quatre ou cinq semaines ! Les grands hommes s'appelaient Daladier, ce taureau à cornes d'escargot, ou Herriot, ou Doumergue, ce radical-socialiste tendance cassoulet, tous des politiciens sans caractère. Ou bien alors il y avait les maquignons, tel Laval, chemise et cravate blanches et âme noire. Et dans l'armée, selon ce qu'en rapportait son fils, le général Robert de Taurignan qui avait été affecté à l'état-major du maréchal Pétain, beaucoup d'officiers suivaient avec sympathie ce qui se passait à Rome et à Berlin ! Là-bas, estimaient-ils, l'ordre régnait, l'armée était honorée, considérée comme la clé de voûte de la nation. Ici, les banques faisaient faillite, les députés, les ministres étaient contraints à démissionner parce que compromis dans les « affaires ».

— Nous avons connu cela au temps du scandale de Panamá, avait murmuré Antoine.

— C'était notre jeunesse, avait répondu Taurignan en fermant son dossier. Et c'étaient les crises d'adolescence de la République. Aujourd'hui, nous sommes vieux, et le régime est aussi impuissant que nous ! Ce ne sont plus des maladies de croissance qui frappent, mais les stigmates de la sénilité.

Il s'était penché vers Antoine.

— Savez-vous quel sera notre sauveur, selon certains ? Pétain ! Mon fils le côtoie chaque jour à son état-major. C'est un vieillard avide, qui rêve de tous les pouvoirs, qui veut tout contrôler alors qu'il n'a que quelques heures de lucidité par jour ! Et tout le monde le sait. Mais c'est notre gloire nationale. Maréchal, membre de l'Académie française, ministre de la Guerre, vainqueur de Verdun, etc. Il espère être notre maréchal Hindenburg. Et je ne sais pas qui sera notre Hitler…

L'avocat avait raccompagné Antoine Forestier jusqu'au Pont-Neuf.

— Quelque chose de déplaisant se prépare, avait-il repris. Je ne sais pas comment nous terminerons nos vies, mon cher Forestier.

— Les fins ne sont jamais gaies, avait conclu Antoine.

— Mais elles doivent être dignes, avait ajouté doucement Maurice Chrétien de Taurignan en s'éloignant.

Qu'est-ce que c'était qu'une fin de vie digne ? Aller jusqu'au bout de son énergie sans renoncer à rien ?

Antoine, dans le taxi qui se dirigeait vers l'avenue Hoche, s'était interrogé.

Fallait-il pour finir dignement sa vie rester à n'importe quel prix dans le jeu des hommes, souffler sur les dernières braises de son énergie, et ressembler à Pétain ? Le général Robert de Taurignan n'était pas le seul à s'indigner des ambitions du Maréchal. Son fils Henri avait plusieurs fois évoqué ces réseaux qui se constituaient dans l'armée. Leurs membres, proches de Pétain, prétendaient s'organiser pour lutter contre un complot communiste, alors qu'ils ne pensaient qu'à étrangler « la gueuse », cette République qu'ils méprisaient pour son impuissance et sa corruption.

Il manquait un Clemenceau…

Antoine s'était souvenu des dernières années du Tigre, de sa volonté de ne plus se mêler des affaires publiques, mais aussi de la passion qu'il avait éprouvée pour une femme de près de trente ans plus jeune que lui. Puis sa mort, un jour de pluie et de boue, à quatre-vingt-huit ans.

Il avait accompagné le cercueil jusqu'à ce cimetière du Colombier où on l'avait enfoui, il y avait près de cinq ans déjà, le 25 novembre 1929, dans cette fosse ouverte près de la tombe du père. Il avait fallu jeter une poignée de terre humide de Vendée sur la caisse. Antoine entendait encore le bruit de grêle résonnant sur le bois.

Il avait fermé les yeux.

Combien de temps avant qu'on ne dépose son corps près de ceux des siens au cimetière de Mazenc, au côté de Marguerite, sa femme ? Et manquerait toujours le corps du fils Charles, disparu en Argonne. Antoine avait hâtivement calculé que s'il atteignait l'âge de Clemenceau, il mourrait en 1946 ! Il ne pouvait l'imaginer.

Une jeune femme lui avait ouvert la porte de l'hôtel de Wiener.

Elle était petite et brune, les cheveux coupés court.

Elle l'avait regardé d'un œil soupçonneux. Il avait dit qu'il était Antoine Forestier, qu'il séjournait à Paris quelques jours, qu'il voulait voir Roland Mercœur, qu'il aurait dû prévenir, mais que…

Il s'était excusé en levant la main d'un air humble, comme pour se faire pardonner.

Elle avait souri, murmuré :

— Je vous connais. Je suis Louise Véran. Je vous ai rencontré chez Jean Revest, qui a été votre professeur. Il m'a parlé de vous à la fin de sa vie, de vos fils, Henri, Charles, du château de Mazenc. J'ai été sa secrétaire.

Elle l'avait prié d'attendre, et elle s'était éloignée dans le vestibule.

Antoine avait fait quelques pas, la regardant monter si vite le grand escalier de marbre. Et il avait eu l'impression, en s'avançant vers la statue de Vénus qui se trouvait comme autrefois, bien avant 1914 quand il venait ici avec Clemenceau, au centre du vestibule, qu'il s'enfonçait dans sa mémoire.

Il avait été si ému tout à coup qu'il s'était arrêté.

C'était bien le décor de sa vie passée, mais c'était comme l'intérieur d'une noix sèche.

Pas une lumière, alors qu'au temps de Mathilde et de Salomon de Wiener des dizaines de lampes éclairaient le vestibule et la loggia du premier étage.

Pas un bruit, pas une voix, alors que, jadis, lors de ces réceptions du dimanche soir, ce n'était que brouhaha que dominait parfois la voix de Mathilde priant ses invités à se rendre aux buffets dressés tout le long de la loggia.

Combien de survivants parmi ceux qui avaient fait l'éclat et la réputation de ces réceptions du baron et de la baronne ?

Mort Clemenceau. Morte Mathilde. Mort Salomon. Mort Aristide Briand. Mort le général Boulanger. Épuisée cette IIIe République, et si loin ses combats pour Dreyfus, pour la laïcité, pour le pouvoir !

Plus rien.

D'autres luttes aujourd'hui, communisme, nazisme, aussi fugaces que celles qu'il avait connues, que ceux qui les menaient imaginaient creusées dans le marbre alors qu'elles n'étaient que sillons dans le sable, bientôt recouverts, effacés par le flot – ces années et ces générations qui se succédaient.

Antoine Forestier avait levé les yeux vers cette lumière poussiéreuse qui tombait de la verrière.

Il avait pensé qu'il ne devait plus quitter Mazenc, se contenter de recevoir au château ceux qui voudraient bien lui rendre visite, son fils Henri, accompagné, si elle continuait de vivre avec lui, de Maria, du petit Joseph. Et qui sait, peut-être même viendrait Roland Mercœur s'il se souvenait des années passées à Mazenc ?

Si personne ne faisait le voyage, eh bien il se limiterait à marcher dans le vignoble, à tâter les grains de raisin pour décider de la date des vendanges et, levant la tête, à admirer les Dentelles de Montmirail et le Ventoux qui, par mistral, semblent si proches qu'on a l'impression, en étendant le bras, de pouvoir les toucher. Le passé, les souvenirs, ce serait pour les nuits blanches, le lot des vieillards qui ont trop vécu et ont les yeux pleins de souvenirs.

On avait pris Antoine aux épaules. Il avait sursauté, tenté de se dégager, puis il s'était laissé aller contre Roland Mercœur, cet adolescent sur lequel il avait veillé à Mazenc et qui était maintenant un homme jeune aux cheveux flous, au visage maigre, qui souriait, s'écartait, le regardait, s'écriait qu'il était si heureux, qu'il avait voulu plusieurs fois se rendre là-bas mais que le journal qu'il avait lancé, *Le Citoyen*, l'avait entièrement absorbé, tous les jours, toutes les nuits.

Il avait entraîné Antoine vers l'escalier.

— Vous avez vu Louise Véran ? Elle travaille à mes côtés au journal. Mais je ne sais pas si vous connaissez…

Ils étaient entrés dans l'un des salons, et Antoine avait vu, assis dans la pénombre, un homme d'une cinquantaine d'années, aux cheveux noirs tirés en arrière.

L'homme s'était levé, avait tendu la main tout en ne quittant pas Antoine du regard.

— Je crois que nous ne nous sommes jamais rencontrés, avait-il dit.

Et Antoine, au même moment, avait eu la certitude qu'il avait vu cet homme. Autrefois. Il ne lui avait pas répondu, lui serrant la main, écoutant Roland présenter Vincent Gallois, qui avait de nombreux contacts en Europe parce qu'il avait représenté pendant plusieurs années une société qui fabriquait des produits de papeterie, et qui se passionnait aujourd'hui pour la presse, le lancement du *Citoyen*, et mettait ses relations internationales au service du journal.

Roland avait tendu à Antoine un exemplaire du *Citoyen*. Tout en le feuilletant, en découvrant les titres : « Le nazisme annonce la guerre », page suivante un reportage sur « L'URSS, bastion du socialisme et de la paix », Antoine avait observé Vincent Gallois qui avait repris sa place dans le coin le moins éclairé du salon, comme s'il avait voulu cacher son visage.

Et il s'était souvenu de cette silhouette, aperçue en 1914 aux côtés de Mathilde de Wiener, celle de ce déserteur, de ce gigolo qu'elle cachait, dont on avait dit plus tard qu'il avait réussi à fuir, à passer à l'étranger pour rejoindre les bolcheviks. On avait repéré sa trace à Petrograd, à Odessa, en Pologne.

Il était devenu, avait-on assuré, membre de la direction de l'Internationale communiste, l'un de ces clandestins aux identités multiples qui s'étaient mis au service de la révolution, c'est-à-dire de l'URSS.

Cet homme-là était Vincent Mercœur, le jeune amant de Mathilde et le père de Roland !

— Vincent Gallois…, avait-il murmuré.

Roland s'était interrompu, l'interrogeant du regard. Louise Véran avait lancé un coup d'œil à Vincent. Et Antoine avait cru comprendre qu'il était seul à connaître la véritable identité de ce Vincent Gallois.

— On ne peut rien sans un faisceau de relations, avait-il affirmé en posant l'exemplaire du *Citoyen* sur la table basse placée au centre du salon. J'ai appris ça durant toutes ces années où j'ai vécu auprès de Clemenceau, dirigé avec lui ses journaux, *La Justice*, *L'Aurore*, *L'Homme libre* et même, quand la censure nous a bâillonnés, *L'Homme enchaîné*. Plus tard, en 1917, j'ai découvert que le pouvoir, ce n'était que ça, et d'abord ça, une toile d'araignée.

Il était resté silencieux quelques secondes, puis il avait demandé d'un ton brusque :

— Vous étiez sur quel front, monsieur Gallois ?

Vincent avait souri.

— Un peu partout. Je n'y pense plus. Ce qui me plaît dans l'entreprise de Roland, c'est qu'il est tourné vers l'avenir. Vous, monsieur Forestier, et moi, nous sommes déjà des vieux, des anciens combattants, mais il faut éviter à la jeunesse une nouvelle guerre, n'est-ce pas ?

D'un geste de la tête, Antoine avait approuvé.

— Ainsi, vous êtes passé de la papeterie à la presse ?

— C'est un interrogatoire ! s'était exclamé Roland Mercœur en riant.

— Simple curiosité, je cherche toujours à comprendre, à connaître. J'ai été avec Clemenceau au ministère de l'Intérieur, c'était il y a plus d'un quart de siècle… On l'avait appelé le « premier flic de France » ! J'étais dans son ombre. Clemenceau avait pour règle de ne jamais rien négliger, de lire avec attention les fiches que lui fournissaient chaque matin les Renseignements généraux. Nous en avons tous une, pour peu que nous soyons sortis, ne fût-ce qu'un jour, de l'anonymat. Moi, toi Roland, vous mademoiselle, et vous aussi monsieur Gallois. Elles sont toujours intéressantes à lire.

— Pourtant, en fin de compte, avait dit Roland, ce ne sont pas les policiers qui décident, mais les peuples, les citoyens ! C'est pour eux que nous faisons ce journal.

Antoine avait salué, puis s'était dirigé vers l'escalier, lançant depuis la loggia :

— Vous devez être bien intéressant à connaître, monsieur Gallois !

— Nous sommes tous des fétus de paille, avait répliqué ce dernier en se levant, c'est le courant qui nous porte, qui nous donne de l'importance.

Dans le vestibule, Antoine avait hésité. Peut-être aurait-il dû dire à Roland que ce Vincent Gallois n'était autre que son père ? Mais peut-être Roland ne l'ignorait-il pas… Il avait de la tendresse pour ce garçon devenu un homme. Mais à quoi bon arracher les masques, à quoi bon rendre la vue à ceux qui ne veulent pas voir ?

Antoine s'était contenté de dire :

— Je rentre à Mazenc, et je n'en bouge plus.

4.

“C’est cela
la politique,
tu l’apprendras,
faire se battre
l’un contre l’autre
tes ennemis.
Et quand
ils se sont tués,
tu restes le maître...”

Louise Véran savait bien qu’il ne s’appelait pas Vincent Gallois.

Elle le regardait dormir. Il était couché en chien de fusil, drapé dans la lumière rouge de la petite lampe de chevet qui laissait toute la chambre dans la pénombre.

Même endormi, il l’impressionnait. C’était une masse de chair dont les replis enveloppaient la taille et le ventre. Sa peau était claire, mais celle du sexe était plus foncée.

Louise s’était levée et s’était adossée au mur, contemplant cet homme qui la dominait.

Elle n’avait plus osé bouger, comme si elle avait craint qu’il ne la punisse d’avoir ainsi quitté le lit pour l’observer. Elle était restée là, émue de découvrir son bras gauche qui pendait, abandonné, la main touchant le parquet. Elle avait frissonné quand il avait étendu ses jambes et soupiré.

— Tu m'obéis, avait-il déclaré dès la première nuit. C'était dans une chambre de l'hôtel Bristol.

Il l'avait convoquée parce qu'il avait besoin, avait-il prétendu, d'une interprète, et qu'il savait qu'elle était une « camarade » en qui l'on pouvait avoir confiance. Elle avait été la collaboratrice de Jean Revest, elle avait traduit des textes pour *L'Humanité* et pour le Bureau politique du parti communiste.

Il avait dit qu'il se nommait Vincent Miller, qu'il était banquier à Liège. Durant quelques minutes, elle l'avait cru. Puis il lui avait pris le bras, lui expliquant qu'il l'invitait à dîner au *Poisson d'Or*, une boîte tzigane où il devait rencontrer quelques amis.

Déjà elle s'était soumise. Il lui avait serré le bras.

— Tu te tais, avait-il dit. Mais tu souris. Pour ces gens-là, tu es ma compagne, ma femme si tu veux. Un homme accompagné d'une femme, ça rassure. Tu es jeune, belle, on n'imagine pas que tu aies une cervelle, des idées. Comporte-toi comme une femme qui aime séduire.

Dans le taxi qui les conduisait à Montparnasse, Vincent avait posé sa main sur le genou de Louise. Il avait déjà perdu l'accent belge, dont durant les premiers instants de leur rencontre il avait coloré ses propos.

Elle avait osé demander en repoussant sa main :

— Vous êtes français, n'est-ce pas ?

Il avait enfoncé son pouce et son index dans sa cuisse, si violemment qu'elle avait étouffé un cri.

— Ne pose pas de question !

Puis il avait retiré sa main, expliqué qu'ils allaient rencontrer deux anthropophages, mais de races différentes. L'un, Olivier Dussert, était un roi, l'un des banquiers les plus importants de Paris, et qui aimait s'encanailler, jouer, c'est pourquoi il avait accepté de dîner avec l'autre, Alexandre Stavisky.

— Lui, avait continué Vincent en baissant la voix, c'est un hors-la-loi qui rêve de devenir roi, comme l'autre, mais qui n'y réussira pas. Tu imagines ce que je veux faire ?

Elle avait secoué la tête. Cet homme l'effrayait. Il était si différent de ceux qu'elle avait connus, de Jean Revest auprès duquel, bien qu'il fût âgé de quatre-vingts ans, elle avait appris qu'elle était une femme, qu'elle avait le pouvoir de rendre un homme gai, et qu'il suffisait pour cela qu'elle se laisse regarder nue, caresser. Et elle l'avait fait, autant par compassion que par curiosité.

Revest, en échange, lui avait enseigné tout ce qu'il savait, tout ce en quoi il croyait, l'histoire, la révolution, le socialisme. Et elle avait rencontré grâce à lui des hommes qui donnaient l'impression de vouloir changer le cours des choses, le destin de l'humanité, afin d'instaurer le règne de la justice et de l'égalité.

Elle avait été convaincue par leurs idées.

Elle ne les avait jamais craints. Ils étaient enthousiastes et confus, généreux et courageux. C'étaient les autres, leurs adversaires, qui lui semblaient des tueurs, des cyniques, des rapaces.

Mais il avait suffi de quelques minutes passées aux côtés de Vincent, qui l'appelait pourtant « ma chère camarade », pour qu'elle se sente dominée, et qu'elle ait peur de lui.

— Ce que je veux faire, avait-il repris, c'est que Dussert et Stavisky se dévorent. C'est ça, la politique, tu l'apprendras, faire se battre l'un contre l'autre tes ennemis. Et quand ils se sont tués, tu restes le maître. On ne peut prendre le pouvoir que quand ceux qui le détiennent sont divisés. Ce soir, Louise, nous allons faire se rencontrer deux bêtes féroces. Nous les pousserons l'une contre l'autre. Nous applaudirons. Toi, tu les exciteras, et tu les distrairas pour qu'ils ne se méfient pas de moi. Il faut que le sang coule, et comme l'empereur romain nous abaisserons le pouce pour qu'ils soient sans pitié.

Il avait accompagné ces derniers mots d'un mouvement vif de la main droite, de haut en bas, pouce tendu. Puis il s'était passé les doigts dans les cheveux pour dégager son front.

Louise avait pensé en le regardant qu'il ressemblait à Roland Mercœur.

Au moment où ils pénétraient au *Poisson d'Or*, se frayant un passage dans l'escalier étroit qui conduisait à des caves voûtées, frôlant le corps de femmes aux épaules nues sous des châles rouges, alors que déjà les voix stridentes d'un chœur tzigane les enveloppaient, Louise avait chuchoté, plus pour elle-même que pour Vincent :

— Qui êtes-vous ?

Il avait ri, la tête en arrière, montrant ses dents, blanches.

— La révolution en marche, petite camarade !

Ils s'étaient assis à une table ronde située loin de la scène sur laquelle virevoltaient des danseurs exaltés.

Vincent avait commandé de la vodka.

— Il faut aimer ce qui est russe ! avait-il dit, vidant d'un seul coup son verre, invitant Louise à l'imiter.

Comme elle hésitait, les lèvres et la langue en feu au seul contact de l'alcool, il l'avait forcée à renverser la tête, appuyant d'une main sur son front cependant que, de l'autre, il pressait le verre sur sa bouche. Et la flamme avait explosé dans la gorge et la poitrine de Louise.

Elle avait fermé les yeux, et, quand elle les avait rouverts, un homme grand, un ample costume gris flottant autour de sa silhouette, une chemise aussi blanche que la peau de son visage rond, lisse, où brillaient deux yeux noirs comme lustrés, la regardait en souriant.

Il avait le front légèrement fuyant, des lèvres minces, ce qui donnait à sa physionomie qui pouvait sembler avenante un air de fausseté et de dureté.

— Monsieur Alexandre Stavisky, le plus grand financier de Paris, avait dit Vincent.

L'homme s'était incliné, continuant de fixer Louise.

— Louise, avait murmuré Vincent, ma chère Louise, qui découvre la brûlure de la vodka.

— La vodka, c'est comme l'amour, avait répliqué Stavisky en s'asseyant en face d'elle, comme le jeu, comme la révolution, c'est une petite mort !

Il avait refusé d'un geste qu'on lui remplisse un verre, demandé du champagne. Il avait levé sa coupe dans la lumière.

— De l'or léger, des paillettes ! Ici, dans ce pays, on n'aime plus, on ne joue plus, on ne fait plus la révolution, on ne meurt plus.

Il s'était tourné vers la scène, où les danseurs

continuaient de bondir, certains traversant des cerceaux enflammés.

— On ne danse plus non plus, avait-il repris, c'est seulement la valse, ou bien le tango.

— Méfiez-vous de la France, avait murmuré Vincent. Vous connaissez la carmagnole ?

— Je sais, je sais, avait fait une voix derrière eux. Mes ancêtres l'ont dansée…

Ils s'étaient retournés. Vincent s'était levé, accueillant Olivier Dussert.

C'était un vieil homme, au corps lourd mais aux cheveux étonnamment noirs, sans doute teints, sur un visage empâté et rose. Il portait un costume sombre dont la veste ouverte laissait voir un gilet boutonné très haut.

Il était suivi par un chauffeur en gants blancs, qui tenait sa casquette à la main. Dussert respirait bruyamment, le souffle court.

— Vous m'avez tenté avec ce spectacle, avait-il ajouté. De toute ma vie, je n'ai vu des danseurs tziganes.

Il s'était tourné vers l'escalier où les femmes aux grosses boucles d'oreilles, aux châles rouges, semblaient attendre que d'un geste on les convie à venir s'asseoir à une table.

— Les femmes sont belles, avait poursuivi Dussert.

Il avait refusé la vodka et le champagne, dit qu'à son âge – bientôt quatre-vingts ans, avait-il confié en regardant Louise – il ne buvait plus et mangeait à peine.

— Je n'ai plus de besoin. Je me nourris avec les

yeux, et avec les narines. Ce sont les derniers sens qui me restent.

— Desquels vous servez-vous pour diriger votre banque ? avait demandé Vincent.

Dussert avait ri.

— Vous lancez la balle, avait-il répondu en regardant Stavisky. Vincent Gallois me dit que vous avez des idées extraordinaires, qui pourraient intéresser ma banque. Pourtant – il avait écarté les mains – je ne suis plus le maître, j'ai un fils, Michel, il est député mais il garde un œil sur ce que je fais. Et puis je dois penser à mon petit-fils. Xavier a quinze ans, je l'initie déjà. Je suis condamné à la prudence.

— Dans ce que je vous propose, je suis le seul à prendre des risques, avait affirmé Stavisky. Donnez-moi votre garantie bancaire, et je vous verse dix pour cent de tous mes bénéfices. En prime, je vous cède quelques milliers d'actions et de bons gagés sur des banques locales, Bayonne, etc. Elles sont discrètes, et sûres.

Dussert, tout en chipotant, en posant de brèves questions, avait paru de plus en plus distrait.

Sans attendre la fin du dîner, il s'était tourné vers son chauffeur, qui s'était incliné vers lui, puis s'était éloigné, se dirigeant vers l'escalier, parlant à une femme, la plus grande, aux cheveux noués par un ruban doré. Ils avaient ensemble gagné la sortie.

— Pourquoi ne m'accompagnez-vous pas, avait lancé Dussert à Stavisky, nous discuterons de tout cela chez moi…

Il avait souri, montré les femmes.

— Je vous attends dans ma voiture.

Il s'était levé avec peine, en appuyant ses deux paumes à la table.

— Charmante, avait-il dit, penché vers Louise. Mais à mon âge, il me faut des alcools un peu frelatés, sinon je ne sens plus rien. Vous m'excusez, Gallois.

Il avait remonté lentement l'escalier, grosse masse grise qui semblait se laisser entourer, presser avec complaisance, par ces corps de jeunes femmes aux épaules nues, aux corps enveloppés de couleurs ardentes.

Stavisky s'était levé à son tour, s'était incliné devant Louise.

— Mourez, mourez souvent, avait-il chuchoté. Vous avez l'âge.

Il avait remercié Vincent Gallois, puis il avait d'un pas rapide rejoint Dussert, et il l'avait suivi, entraînant l'une des femmes.

— Ces deux caïmans vont s'entendre au lieu de se dévorer, avait maugréé Vincent. La pire des situations politiques.

Il avait bu silencieusement, puis ajouté :

— Mais cela ne peut pas durer. Il n'y a pas assez d'eau dans le marigot et les proies sont rares. Crois-moi, petite camarade.

Elle avait été surprise de l'entendre dire au chauffeur de taxi qu'il voulait être conduit à l'hôtel Bristol, rue du Faubourg-Saint-Honoré.

— Stavisky y habite. Et je ne veux pas le lâcher. Je veux le piquer jusqu'à ce qu'il morde Dussert. Je veux un duel à mort.

Puis il avait enlacé Louise.

— Tu n'as jamais dormi au Bristol, n'est-ce pas ? Tu ne peux pas imaginer le plaisir qu'il y a à se glisser entre des draps en satin, c'est une caresse légère sur tout le corps. C'est comme l'ouverture dans un opéra, cela annonce les plaisirs de la nuit.

Elle avait tenté de se dégager.

Il l'avait serrée plus fort.

— Tu obéis, avait-il dit.

Elle avait compris qu'elle ne saurait jamais lui résister.

5.

“ Nous disposons
avec Stavisky
d’un levier
important,
je dirais
d’une bombe
à retardement… ”

Rapport de Vincent Gallois au KRO
Centre de renseignement et de contre-espionnage
Direction de la Tcheka, Moscou
– chiffré –

« En application des directives du Centre, j’ai quitté Trèves et me suis replié sur Paris.

« Je suis resté en contact avec le docteur Elie Meyerhold.

« C’est un homme précieux.

« Il entretient les meilleures et les plus intimes relations avec Maria Kovalewska, épouse du commandant Henri Forestier, affecté à Paris, au secrétariat général de la Défense nationale. Ce commandant Forestier est l’un des plus proches collaborateurs du lieutenant-colonel de Gaulle, dont les réflexions stratégiques autour de l’idée d’armée de métier

– c'est le titre de l'un de ses livres – ont suscité un vif débat.

« Meyerhold agit par conviction et par antifascisme. Sa famille a été arrêtée à Trèves, et sans doute envoyée dans un camp de concentration (Dachau ?).

« Sa liaison avec Maria Kovalewska-Forestier est récente. Elle devrait nous permettre d'obtenir des renseignements sur l'activité du secrétariat général de la Défense nationale.

« Maria Kovalewska peut en effet se procurer certains des rapports rédigés par son mari. Et peut-être la menace de dévoiler ses liens avec Elie Meyerhold la poussera-t-elle à agir dans ce sens.

« Mais elle peut aussi refuser. Maria Kovalewska est une personne fantasque d'origine polonaise.

« Par Meyerhold et le commandant Forestier, il doit être possible d'approcher certains collaborateurs des ministres liés à la Défense nationale : ministre de la Guerre, ministre de l'Air. Ce dernier, Pierre Cot, et son entourage, notamment son chef de cabinet, Jean Moulin, sont violemment antinazis et partisans d'une alliance franco-soviétique.

« Il faut exercer une pression sur l'opinion publique, afin de les aider à faire triompher leur ligne politique.

« Le journal *Le Citoyen*, que j'anime aux côtés de Roland Mercœur et de Louise Véran – deux intellectuels antifascistes –, doit être utilisé à cette fin.

« Son propriétaire, Roland Mercœur, dispose d'une fortune personnelle qui lui a été léguée par Mathilde de Wiener, veuve de Salomon de Wiener, l'une des personnalités en vue au début du siècle.

« Louise Véran a été l'assistante et la collaboratrice

du professeur Jean Revest, lié à Jaurès. Revest, à sa mort, a légué à Louise Véran toutes ses archives et différents biens immobiliers.

« La pénétration des milieux financiers est plus difficile.

« Ils nous sont hostiles. Mais ils sont intéressés par les profits faciles.

« J'ai rencontré Olivier Dussert.

« Cet homme de quatre-vingts ans a conservé toute son énergie. Je l'ai mis en relation avec Alexandre Stavisky, un spéculateur habile qui a des amitiés dans le monde politique.

« Bien qu'Olivier Dussert m'ait répété que la banque Dussert-Speicher et Fils ne pourrait jamais participer à un montage réalisé par Stavisky – Dussert a qualifié Stavisky d'escroc –, je sais qu'il a donné l'ordre de racheter certaines des actions – plus ou moins douteuses – possédées par Stavisky, et lui a consenti un prêt.

« Nous disposons avec Stavisky d'un levier important, je dirais d'une bombe à retardement.

« Car l'homme est un aventurier, un "pirate", qui ne peut que sombrer.

« Il entraînera avec lui ceux qui l'auront aidé ou côtoyé.

« Il y a là, à moyen terme, un scandale qui peut ébranler le régime en touchant les milieux politiques.

« Des députés de gauche et de droite, Michel Dussert, Léon de Boissier, Jacques Machecoul, se sont compromis avec Stavisky, et s'il tombe, il parlera.

« Ce peut être l'occasion pour les forces révolutionnaires d'intervenir et de prendre le pouvoir.

« J'attire votre attention sur la crise prérévolutionnaire que connaît la France.

« Dans l'armée, selon des sources convergentes, des officiers s'organisent en vue d'une action violente pour résister à ce qu'ils nomment "le complot communiste".

« Les milieux économiques et bancaires – notamment Olivier Dussert et sa banque, l'une des plus importantes de Paris – financent de nombreuses "ligues" qui plus ou moins ouvertement visent à renverser la République.

« Le parti communiste hésite.

« L'un de ses leaders les plus populaires, Jacques Doriot, vient de le quitter pour constituer son propre parti, le Parti Populaire Français, qui a reçu immédiatement des fonds considérables de la part d'Olivier Dussert.

« Le fils de ce dernier, Michel Dussert, député de la Drôme, avec quelques autres députés, a adhéré à ce parti.

« Il faudrait que le Centre donne rapidement des directives claires.

« Je les attends.

« Vincent Gallois. »

6.

“Nous
constituons
des stocks
d’armes, monsieur
le maréchal,
nous serons
bientôt prêts
à prendre d’assaut
les bâtiments
officiels…”

Michel Dussert avait regardé fixement le fauteuil vide placé en face de lui, à l’autre bout de la longue table rectangulaire autour de laquelle venaient de s’asseoir les membres du directoire de la banque Dussert-Speicher et Fils.

Il avait dit, sans baisser les yeux, sans paraître même s’adresser à quelqu’un, comme s’il se parlait à lui-même :

— Notre président, mon père, est mort.

Il s’était levé, et tous l’avaient imité.

Il avait eu l’impression, comme chaque fois qu’il éprouvait de l’émotion, de la colère ou du plaisir, que ce moignon de bras droit, ce bout de chair que l’éclat d’obus allemand n’avait pas arraché, se mettait à brûler, à frémir.

Il n'avait pas pu s'empêcher de se saisir l'épaule droite avec sa main gauche, de la serrer, comme s'il devait retenir, contenir, cette extrémité rouge.

Souvent, quand il était couché, nu, à côté d'une femme, il lui demandait de le gratter là, longtemps, de le griffer, de le mordre. Et il le savait, elles préféraient encore lui sucer le sexe plutôt que de toucher ce bras mutilé, cette peau flasque.

Mais il les payait pour ça aussi, elles devaient bien s'exécuter.

Il avait tout à coup pensé à Gustave Novera, cette gueule cassée qui se plaçait au premier rang à chacune de ces réunions publiques qu'un député devait tenir dans sa circonscription. Il était naturellement là, au Cercle républicain, à Mazenc, avec toutes ses décorations et sa gueule déformée, trouée, martelée, qui en disait plus que n'importe quel discours.

Il venait aussi à Grignan et à Saint-Paul-Trois-Châteaux. Il levait la main pour demander la parole, et parfois il montait sur une chaise.

— Regardez-moi, citoyens ! lançait-il. Regardez ce que m'a fait le capitalisme. Je suis vivant, mais ils ont tué mon visage et mutilé ma vie. Ce député-là, Michel Dussert, oh ! il a perdu son bras droit et je le plains, mais il a gardé sa banque. Son journal, *La Voix nationale*, défend les gros, les faiseurs de guerre. Sa politique, elle est contre les gens comme moi, comme vous. Il faut s'unir, citoyens, si on veut arrêter le fascisme dont Dussert est l'allié ! Si nous sommes unis, le fascisme ne passera pas, et monsieur Dussert s'occupera de sa banque, si le peuple la lui laisse.

Communiste, ce Novera !

Est-ce qu'il payait plus cher, à cause de sa gueule, les putains qui voulaient bien monter avec lui ?

Tout le monde paie, chaque chose a son prix.

Michel Dussert s'était assis.

Il avait jeté un coup d'œil à son fils Xavier, placé à sa droite.

Qu'avait-il dû penser, ce garçon de quinze ans, des circonstances de ce décès ?

C'est lui qui avait découvert le corps de son grand-père, écrit ensuite le message qu'il lui avait fait porter alors qu'il était en séance à la Chambre.

Michel Dussert s'apprêtait à intervenir, pour dénoncer une fois de plus la politique de ce Pierre Cot, ministre de l'Air, qui révélait à l'URSS nos derniers modèles d'appareils militaires, ainsi l'avion Block 260 ! Et pourquoi ? Pour favoriser cette alliance, ce rêve d'entente entre l'URSS et la France, qui ne pouvait que conduire à la guerre en Europe ! Mais Cot voulait cette guerre, par idéologie, pour satisfaire ses amis juifs et tenter de renverser le nouveau chancelier allemand, Adolf Hitler, qui déplaisait à ces messieurs de la finance juive. Que la France succombe, que les banques françaises soient dévorées par les banques anglo-américaines, importait peu à ce va-t-en-guerre, à cet agent des judéo-bolcheviks !

Mais Dussert n'avait pu prononcer ce discours, qu'il était en train de relire au moment où un huissier lui avait remis le message de Xavier : « Viens d'urgence quai de l'Horloge. Xavier. »

Michel Dussert avait aussitôt pensé à son père qui, à plus de quatre-vingts ans, n'avait renoncé ni à la présidence du directoire, ni à ces dîners dont les affaires bancaires n'étaient que le prétexte, et dont il revenait souvent avec une femme.

Parfois, il l'hébergeait quelques jours chez lui et des odeurs de parfum bon marché, entêtant, flottaient dans tout l'hôtel particulier du quai de l'Horloge.

Il s'était demandé à plusieurs reprises s'il ne devait pas éloigner Xavier de son grand-père.

Il avait essayé d'expliquer à celui-ci que Xavier devait faire de nouveaux stages à Londres ou à New York, et Olivier avait répondu d'un ton violent :

— Attends que je sois mort !

Michel Dussert n'avait pas osé exiger de son fils qu'il quitte l'hôtel de Mirmande du quai de l'Horloge. Mais cette complicité entre Xavier et son propre père, qui s'était toujours montré distant et presque méprisant avec lui, l'avait irrité.

Il avait eu l'impression que son fils lui échappait et qu'Olivier favorisait à dessein cette évolution. Lorsque, en rentrant de la Chambre, il évoquait devant eux les débats politiques, ou bien Jacques Doriot et ce Parti Populaire Français que cet ancien communiste venait de créer, Xavier se rangeait de plus en plus du côté de son grand-père, qui proférait avec dédain :

— On utilise les hommes politiques, on ne devient pas l'un d'eux quand on est banquier. C'est comme avec certaines femmes. On couche avec elles, mais on ne les épouse pas. Souviens-toi de ces préceptes, Xavier.

Lorsque Michel Dussert était arrivé à l'hôtel de Mirmande, le majordome lui avait annoncé que Monsieur avait succombé à un arrêt cardiaque.

— Monsieur le président repose dans sa chambre, avait-il ajouté.

Il avait paru hésiter, puis s'était éloigné rapidement, hochant la tête.

Dans l'antichambre, Michel avait découvert Xavier, debout, les bras croisés, le visage fermé. Puis, tournant la tête, il avait vu, assise à califourchon, les bras appuyés au dossier de la chaise, une grande femme au corsage rouge, les cheveux noués par un ruban doré. Elle fumait.

Elle avait levé la tête en le voyant.

— Vous, vous êtes le fils !

Elle portait des boucles d'or.

— Il n'a pas souffert, avait-elle repris, je peux vous le dire. Il s'est couché. Il m'a demandé de m'approcher. Il a posé sa main là – elle avait glissé sa main sur son sein par le décolleté de son corsage – et puis il a ouvert la bouche, et il s'est cambré.

Elle avait allumé une autre cigarette.

— J'ai cru qu'il… À son âge… Mais non, il était mort, comme ça. J'ai dû retirer sa main.

Elle s'était approchée de Michel Dussert.

— Des choses comme ça, on ne les oublie pas. Ça vous marque à vie. Vous comprenez ?

Il avait eu de la peine à sortir son portefeuille avec sa main gauche, cependant que le moignon de son bras droit le faisait souffrir.

Il avait donné trois billets puis, parce que la femme restait là, près de lui, immobile, il en avait tendu deux autres.

Elle était aussitôt partie, sans même le remercier, et il avait dû se frotter l'épaule au cadre de la porte tant la brûlure, les démangeaisons étaient vives.

Puis il était entré dans la chambre, et il l'avait vu.

On achevait de le rhabiller, et il avait donc su que son père s'était couché nu devant cette femme.

Et il en avait éprouvé un sentiment de colère, de dégoût même, comme si l'âge devait naturellement interdire certains comportements, certains désirs, qu'il y allait de la dignité de l'homme.

Le médecin avait chuchoté que c'était la mort qu'il souhaitait à tous ses patients, et à lui-même.

— Une grâce, avait-il dit.

Puis, une fois sorti de la chambre, il avait ajouté :

— À croire que Dieu a une attention particulière pour ceux qui aiment la chair. Une mort de roi, ou de président de la République !

De son bras gauche, Michel Dussert avait serré son fils contre lui, mais Xavier s'était dégagé, disant d'un air buté qu'il voulait continuer d'habiter ici, quai de l'Horloge, et qu'il voulait au plus tôt, dès maintenant, assumer des fonctions réelles dans la banque.

— Grand-père l'avait décidé ainsi.

Xavier, alors que tous les autres membres du directoire de la banque paraissaient émus, semblait indifférent, affichant une moue dédaigneuse et soutenant le regard de son père, lorsque celui-ci s'était de nouveau levé, pour annoncer les modifications qu'entraînait la mort du président.

Michel Dussert avait eu, dans les heures qui avaient suivi, la tentation d'abandonner la vie politique pour se consacrer à la direction de la banque.

Il avait parcouru les salles de réunion, les bureaux du siège, boulevard Saint-Germain, dans ce qui avait été autrefois, avant que l'arrière-grand-père Guillaume

Dussert ne se l'approprie pendant la Révolution, l'hôtel de Taurignan. Mais il avait été saisi par l'ennui qui se dégageait de ces pièces ordonnées, silencieuses, de cette atmosphère feutrée, de la politesse obséquieuse des chefs de service, des employés.

Était-ce le souvenir des tranchées, cette promiscuité avec les hommes de troupe, la brutalité, la violence même des rapports humains qui l'avaient changé à ce point ? Il s'était rendu compte qu'il ne pourrait plus vivre dans cette atmosphère de serre.

Il avait dit à Martin de Boissier, fondé de pouvoir de la banque, le fils de son collègue de la Chambre, l'ancien ministre de l'Intérieur Léon de Boissier, qu'il n'était pas fait pour être un officier d'état-major, mais un officier de troupe.

— Peut-être à cause de cela, avait-il ajouté, remuant l'épaule droite et faisant ainsi se balancer la manche vide de sa veste.

Il avait besoin de l'atmosphère des meetings, et même des injures que plus d'une fois lui avait lancées Gustave Novera.

— Il faut des couilles pour faire de la politique, avait-il dit une fois à son père, comme au front.

Olivier Dussert s'était contenté de répondre que tous les animaux en avaient, et que bien peu savaient réfléchir pour autant.

Et puis Michel Dussert avait le sentiment qu'on s'approchait du moment décisif, quand il faudrait, peut-être les armes à la main, faire sauter ce régime d'impuissance et de corruption.

Il avait été reçu par le maréchal Pétain, étonné de trouver à son état-major ce général Robert de Taurignan qui, malgré sa superbe d'aristocrate, n'en était pas moins l'un de ces officiers respectueux des lois de la République.

Ceux-là n'avaient pas encore compris que, depuis 1917, on était entré dans une autre époque. Mussolini, dès 1922, Hitler, en 1923 – mais cette année-là, son putsch à Munich n'avait pas réussi et il avait fallu qu'il attende dix ans –, en avaient au contraire tiré toutes les leçons. La politique désormais était affaire de coup d'État.

Pourtant, en France, la lâcheté l'emportait ! On discourait, mais qui s'engageait vraiment ? Pour un Laval, un général Duseigneur, un Deloncle et, à sa manière pusillanime, un colonel de La Rocque avec ses Croix-de-Feu, que de pleutres !

Dussert avait voulu faire comprendre à Pétain qu'avec son autorité morale de vainqueur de Verdun, de maréchal de France, il pouvait devenir l'étendard de tout ce que l'armée d'abord, les partis politiques, puis le pays, comptaient de patriotes désireux de réaliser une vraie révolution nationale.

Pétain l'avait reçu dans le grand bureau qu'il occupait à l'hôtel des Invalides, et Michel Dussert s'était tu, jusqu'à ce que le Maréchal comprenne qu'il lui fallait ordonner au général de Taurignan de quitter la pièce.

— Vous avez fait une belle guerre, courageuse, je le sais, Dussert, avait dit Pétain.

Dussert avait bousculé les convenances, pris la parole sans attendre que Pétain la lui donne.

Le Maréchal savait-il que se mettait en place un Comité social d'action révolutionnaire ? Que ce

Comité dressait la liste de tous les patriotes décidés à nettoyer ce régime, à se dresser contre le communisme ?

— Nous constituons des stocks d'armes, monsieur le maréchal, nous serons bientôt prêts à prendre d'assaut les bâtiments officiels, les centres névralgiques.

— C'est ce Comité, dont on me dit qu'il s'appelle la Cagoule ? avait chuchoté Pétain comme s'il avait craint d'être entendu.

— Oui, on nous appelle des cagoulards, avait-il répondu d'un ton provocateur. Mais ce sont les gens de l'Action française ou les Croix-de-Feu, les fidèles de Maurras et du colonel de La Rocque, qui nous ont affublés de cette appellation qu'ils estiment infamante ou ridicule… Nous l'acceptons ! Croyez-moi, monsieur le maréchal, il n'y a aujourd'hui en France que cinq forces réelles : l'armée, le Parti Populaire Français de Doriot, la Cagoule, et puis le parti communiste et enfin les agents du Komintern, qui sont discrètement en relation avec Moscou et qui mènent leur propre jeu. Le reste ne représente plus rien. Il s'agit de politiciens qui se disputent un maroquin ministériel, et le régime n'est plus qu'un décor où des ombres jouent la comédie du gouvernement. Les communistes et les agents du Komintern veulent évidemment détruire d'abord l'armée… Et c'est pour cela que les officiers, plus lucides, s'organisent ! Monsieur le maréchal, ils attendent de vous un geste.

Pétain n'avait même pas répondu, se contentant de hocher la tête, le regard vide, mimant l'absence, à moins que réellement il n'ait été saisi par l'aboulie des vieillards.

— C'est un fourbe, avait dit Dussert à Léon de Boissier qu'il savait dévoué au Maréchal.

— Ne confondez pas la prudence d'un grand stratège avec la fourberie. Le Maréchal est un homme de guerre, réfléchi. Il passe à l'offensive après une longue préparation. Vous et vos cagoulards n'êtes que des impatients, vous serez décimés si vous attaquez trop tôt ! Le régime a du ressort. Et vous oubliez le peuple… Il lui faut une figure pour se rassembler autour d'elle. Vous ne lui offrez que des conspirateurs, en cagoule ! Pourquoi voulez-vous qu'il suive ?

— On prend le pouvoir d'abord, mon cher Boissier, on se fait approuver après. La foule applaudit ceux qui lui parlent du balcon des palais officiels. Entrons dans le palais, passons sur le balcon, on nous acclamera.

— Peut-être, avait ricané Léon de Boissier. Ou bien on vous défenestrera.

C'était cette incertitude, ce risque qui plaisaient à Michel Dussert. Et il avait donc décidé de confier la présidence du directoire de la banque au fils de Boissier.

Il avait fait asseoir à sa gauche cet homme maigre, au long visage osseux, à l'allure ascétique. Il avait regardé les membres du directoire, puis il s'était retourné vers Martin de Boissier.

Il avait hésité comme si, au dernier moment, il avait eu au fond de lui-même un regret à l'idée de ne pas succéder à son père, puis il s'était serré l'épaule mutilée avec sa main gauche, dans un geste instinctif, et d'une voix rageuse, qui peu à peu pourtant s'était adoucie, il avait dit qu'il souhaitait que la banque

Dussert-Speicher et Fils restât une banque de tradition. En cela, il était fidèle aux dernières volontés de son père. Il soumettait donc au directoire l'élection à la présidence de Martin de Boissier, déjà fondé de pouvoir, et dont la famille était depuis les origines associée à la banque, puisqu'en 1796…

Il s'était interrompu.

— … c'était la Révolution, avait-il repris, et peut-être sommes-nous à la veille d'événements aussi graves, aussi terribles. Donc, en 1796, notre ancêtre, le fondateur de cette banque, Guillaume Dussert, avait épousé Julie de Boissier, réalisant ainsi une union non seulement fructueuse pour la banque, comme l'avenir allait le montrer, mais aussi symbolique de sa volonté de rassembler les familles françaises. Qui peut penser qu'aujourd'hui l'enjeu n'est pas le même, alors que notre société est menacée ? À la Chambre des députés, je siège au côté de Léon de Boissier, le père de Martin, et ici, mon père a voulu que son petit-fils Xavier…

D'instinct, il avait voulu poser sa main sur l'épaule de son fils, puis la douleur lui avait rappelé qu'il était amputé du bras droit, et il avait ajouté d'une voix étranglée :

— Mon fils sera donc aux côtés de Martin. Il terminera sa formation ici, dans cette banque qui est encore celle de nos familles.

Il avait longuement fixé le fauteuil vide en face de lui, qu'avait si longtemps, des décennies, occupé son père.

Et la douleur dans ce bras qui n'existait plus avait été encore plus vive.

7.

“ Ce brasier
lui avait rappelé
l’incendie
qui avait détruit
sa maison
et ceux que
les nazis avaient
allumés
dans toutes
les villes
d’Allemagne… ”

Meyerhold, le coude enfoncé dans l’oreiller, sa joue reposant sur sa paume droite, avait murmuré :

— L’épidémie se répand, personne ne sera épargné.

Il avait essayé de se retourner, mais Maria se tenait collée à lui.

Elle avait soupiré, et il avait renoncé à bouger.

Il ne souhaitait pas mettre fin à ce moment de grâce, à cette comédie aussi, qui suivaient l’amour.

Maria était la femme comblée qui s’assoupit, qui ne veut pas se séparer du corps de son amant. Ou bien elle jouait ce rôle… Mais peut-être était-elle à la fois sincère et rouée ? Et Elie Meyerhold aimait tant ce corps chaud, alors que lui-même avait toujours froid, qu'il se laissait aller contre elle qui appuyait ses seins à son dos, lui embrassait la nuque, tenait serrées ses jambes entre ses cuisses.

Et souvent, après quelques instants, le désir revenait.

Meyerhold se redressait, se retournait, commençait à lécher ces seins, si doux, dont il ne se lassait pas. Il avait l'impression, en plaçant son visage entre eux, de s'enfoncer tout entier dans une épaisseur crémeuse, blanche, satinée, et il n'était plus rien qu'une langue, une bouche, oubliant les limites de ce corps qu'il enlaçait et qui était aussi ample que le monde, et que cependant il pouvait contenir entre ses bras, pénétrer.

C'était quelques minutes, ou quelques secondes, d'oubli – le temps ne se mesurait pas selon le rythme d'une horloge –, jusqu'à ce qu'ensemble ils se cambrent, ils crient.

Souvent aussi Meyerhold sentait monter en lui, après qu'il avait joui, un rire irrépressible, un rire qui semblait jaillir d'un autre que lui.

Il fallait longtemps pour qu'il se retrouve en lui-même, dans la grise réalité.

Il étendait le bras, tirait sur le lit les journaux posés sur le fauteuil.

Maria était à nouveau appuyée à son dos, et sa respiration lui caressait la nuque.

Il dépliait les journaux, cette *Voix nationale* dont la première page comportait chaque jour un éditorial du député Michel Dussert. Au centre de l'article, encadré d'un large trait noir, comme un faire-part de deuil, il y avait le visage de cet homme que, sans l'avoir jamais rencontré, Meyerhold considérait comme son ennemi personnel.

Au lendemain des émeutes du 6 février 1934, quand la foule avait déferlé place de la Concorde, qu'elle avait essayé de traverser le pont afin d'envahir la Chambre des députés, et de jeter ces derniers à la Seine, quand les gendarmes, affolés, débordés, agressés, avaient ouvert le feu, tuant plus d'une vingtaine de personnes, en blessant des centaines, c'était Michel Dussert qui avait écrit :

« Je demande que tous ces ministres à la solde des juifs, que tout ce fumier rouge et semé de débris humains, Daladier, Cot, Blum, et tous les autres qui obéissent aux ordres de Moscou et réclament le "Front popu", que tous ces responsables de la tuerie de mardi dernier soient passés au plus tôt par les armes ! »

L'émeute avait échoué. Mais le régime était ébranlé.

On avait retrouvé le corps de cet escroc, de ce chevalier d'industrie, Alexandre Stavisky, mort, suicidé ou assassiné, dans un chalet de Chamonix. On avait ainsi fermé la bouche de ce hors-la-loi qui aurait pu donner les noms de ceux qui l'avaient aidé, peut-être des personnages aussi notables que les dirigeants de la banque Dussert – on avait vu le vieil Olivier Dussert peu avant qu'il meure en compagnie de Stavisky dans une boîte tzigane de Montparnasse – et des députés dont certains, aujourd'hui, tel Michel Dussert, dénonçaient les « voleurs ». Mais ils faisaient partie de la même espèce, simplement il y avait des bandes rivales qui se disputaient le pouvoir.

Meyerhold avait ouvert le second quotidien,

Le Citoyen, son journal, Vincent Gallois lui ayant offert de tenir chaque jour la chronique de politique étrangère puisqu'il pouvait lire dans leur langue la plupart des journaux européens, et une rubrique médicale hebdomadaire puisqu'il était médecin.

Elles étaient payées plusieurs centaines de francs chacune, à croire qu'au-delà de la fortune personnelle de Roland Mercœur, que Vincent Gallois mettait toujours en avant, *Le Citoyen* avait d'autres sources de financement.

Meyerhold avait acquis la certitude que ce Gallois – ou l'homme qui se cachait derrière cette identité et qui n'avait rien d'un représentant, même international, en papeterie – devait être l'un de ces envoyés du Komintern, propagandistes habiles qui disposaient pour leur action des fonds de l'État soviétique.

Mais il avait décidé de ne pas s'interroger sur les raisons de l'amitié et de l'attention que lui portait Gallois, des confidences qu'il sollicitait :

— Avez-vous revu les Forestier ? C'est vous, n'est-ce pas, qui avez mis leur fils au monde… Vous sembliez très attaché à Maria Forestier. Mais peut-être le commandant est-il jaloux ?

Il lui paraissait même évident que si Vincent Gallois lui avait prêté cet appartement rue de Bourgogne, au quatrième étage sur une cour ombragée par un immense chêne, c'était pour lui permettre de rencontrer Maria.

Là encore, il avait voulu écarter cette idée de son esprit, sans même essayer de l'analyser. Pourtant, malgré lui, chaque fois qu'il ouvrait la porte de cet appartement à Maria et juste avant que l'un et l'autre, enlacés, ne basculent sur le lit, il ne pouvait s'empêcher de démonter le jeu de cet homme qui se servait de lui pour approcher sa maîtresse, et au-delà d'elle le commandant Forestier… Puis ils s'aimaient.

Elle était généreuse, spontanée, audacieuse, libre. Ce mot qu'il avait employé dès qu'il l'avait entendue chanter à Trèves, seule sur l'estrade au milieu des soldats, s'imposait à lui à chacune de leurs rencontres.

Elle semblait n'avoir aucun préjugé, aucune pudeur ni aucune prudence.

— Je ne dirai rien à Henri, avait-elle murmuré, assise nue au bord du lit, les jambes croisées, fumant une cigarette de tabac blond qui parfumait la pièce d'une senteur de pain d'épice. Mais s'il m'interroge, je ne lui mentirai pas. Je hais la fausseté. Je veux bien me taire, même si le silence est une forme de mensonge. Je le sais, et je ne peux pas aller au-delà. D'ailleurs, je crois que Henri n'a pas le temps de se soucier de ce qui m'arrive, ou de ce que devient son fils ! Lui, c'est le sort de la France qu'il a en tête. L'armée, l'armée, il ne pense qu'à elle ! Quand il dîne avec nous, il nous parle de chars d'assaut, de divisions blindées. Il explique tout ça à Joseph, comme si ce gamin de dix ans pouvait comprendre.

Elle gardait la cigarette entre ses lèvres, s'appuyait des deux mains au matelas, et se penchant en arrière faisait jaillir ses seins.

Elle était belle et puissante comme une statue de marbre blanc.

— Le plus étonnant, avait-elle poursuivi, c'est que Joseph est passionné et qu'il pose des questions qui enchantent son père ! Naturellement, je suis entre ces deux hommes la femme futile et muette, la Polonaise ! À peine si Henri me voit.

Elie Meyerhold n'en croyait rien.

Il songeait parfois à toutes ces nuits que Forestier partageait avec son épouse. Il ne pouvait concevoir que cet homme se contente d'un baisemain ou d'une furtive caresse, comme le laissait entendre Maria.

Sachant qu'elle n'aurait pas menti s'il l'avait questionnée, il avait fait mine de croire que Henri était le plus souvent en inspection, dans les forts et les casemates des Alpes ou de la ligne Maginot, le long du Rhin.

Et puis Meyerhold avait à ce point le sentiment de la précarité de ce qu'il vivait, de la brièveté de ce moment de paix, comme un court sursis avant le déferlement de la barbarie, qu'il avait accepté de ne pas voir, de ne pas savoir, pour ne pas déranger ce qui de toute manière, il en était sûr, allait être balayé.

Il avait entendu, le 6 février 1934, les cris de « À bas les voleurs ! » hurlés par ces groupes d'hommes qui brandissaient sur les Champs-Élysées et la place de la Concorde des drapeaux et des barres de fer.

Il avait vu la grande avenue abandonnée aux manifestants sans qu'un seul agent, un seul gendarme, soit présent, comme si on avait voulu laisser à la foule la liberté de tout saccager.

Sans doute Chiappe, le préfet de police que le gouvernement venait de destituer, bénéficiait-il de complicités, de sympathies parmi les forces de l'ordre. Et puisque la manifestation avait pour prétexte de protester contre sa nomination au Maroc, manière de masquer qu'on le chassait de Paris, ses subordonnés avaient peut-être pris la décision de laisser faire.

Mais la foule, à laquelle Meyerhold s'était mêlé, s'était contentée de crier « Vive Chiappe ! » ou de répéter sans fin « À bas les voleurs, les députés à la Seine ! », ignorant les devantures closes des boutiques, ne commettant aucune déprédation.

Ce n'est que le soir, place de la Concorde, après que les gendarmes avaient tiré, que les manifestants avaient incendié des autobus dans l'obscurité, les ampoules des lampadaires ayant été brisées.

Ce brasier lui avait rappelé l'incendie qui avait détruit sa maison et ceux que les nazis avaient allumés dans toutes les villes d'Allemagne, sur lesquels ils avaient jeté, à grandes brassées, les « mauvais livres ». Livres des philosophes des Lumières, œuvres du temps de l'*Aufklärung*, romans d'écrivains juifs, socialistes ou communistes. Il fallait que brûlent ces créations de la raison, *autodafé*, acte de foi dans la nouvelle religion brune.

En observant plus longuement les flammes qui s'élevaient à la Concorde, en découvrant le sang qui maculait le sol au bas de l'obélisque puis tout autour de la place, et ces lampadaires arrachés, ces ébauches de barricades, ces kiosques renversés, ces pavés, ces grilles, ces boulons, ces bancs tordus, il avait compris que l'incendie se propageait depuis l'Allemagne, et que rien ne pourrait l'arrêter. Tout au plus pourrait-on le retarder.

C'était bien comme une maladie qui devait aller jusqu'au bout, épuiser sa force maléfique puisqu'elle n'avait pas été combattue à temps.

Couché sur le lit, la respiration régulière de Maria lui effleurant le dos, Meyerhold avait lu dans *Le*

Citoyen l'article de Roland Mercœur intitulé « Soyons prêts à résister au fascisme par tous les moyens ».

Que signifiait cette phrase, sans doute dictée ou en tout cas approuvée par Gallois, c'est-à-dire par Moscou, sinon que chacun se préparait à la guerre ? Et que la violence était acceptée comme l'inéluctable recours !

Il avait voulu se lever, Maria l'avait retenu.

Elle avait longuement soupiré.

Pouvait-elle imaginer ce qui allait survenir ? Entendait-elle cette vague qui grondait déjà ? Avait-elle choisi de ne pas savoir, de ne pas dire ?

Peut-être était-ce parce qu'elle avait conscience de cet avenir sombre qui approchait qu'elle était là, étendue près de lui, et qu'elle semblait avoir de plus en plus de mal à le quitter pour rejoindre l'hôtel Forestier, son fils et son mari.

Peut-être fallait-il profiter de ces derniers moments ?

Mais Elie Meyerhold, refermant les journaux, se laissant aller, la tête enfoncée dans l'oreiller, n'avait pu s'empêcher de répéter, la voix étouffée :

— Personne ne sera épargné, ce sera la plus grande épidémie de tous les temps. On ouvrira partout des fosses, et on y enfouira les corps des innocents.

8.

> “ Ces hommes
> n’ont plus
> en commun
> que la volonté
> de tuer l’autre.
> Français ?
> Allons donc,
> ils se disent
> communistes
> ou fascistes
> d’abord… ”

Henri Forestier avait essayé de ne plus penser à Maria, et pendant une partie de la soirée il avait cru y parvenir.

Il était debout dans le grand fumoir de cet appartement de la place du Palais-Bourbon où, après le dîner, les invités de Paul Reynaud s’étaient retrouvés.

L’ancien ministre, vif, sautillant, paraissait incapable de rester immobile, allant de l’un à l’autre, disant de sa voix criarde que lorsque, la veille, il avait lancé à la tribune de la Chambre des députés : « Nous sommes le seul grand peuple du monde qui soit menacé dans sa vie ! » il avait eu le sentiment de ne pas être compris.

Pierre Laval avait levé les bras, comme s'il s'agissait là d'une exagération ridicule.

— Parce que nous avons signé un pacte d'assistance avec Moscou, Laval et la majorité des députés s'imaginent que nous sommes à l'abri de toute agression allemande, que la guerre est impossible, avait continué Paul Reynaud.

Il s'était dirigé vers le colonel de Gaulle qui, adossé à la cheminée, fumait, les yeux plissés.

— Ils sont inconscients ! avait ajouté Paul Reynaud.

De Gaulle avait fait un pas, se plaçant ainsi au centre du salon, puis il avait regardé Forestier, Martin de Boissier, le président du directoire de la banque Dussert-Speicher et Fils, le général Robert de Taurignan qui était à l'état-major du maréchal Pétain, et le père du général, Maurice Chrétien de Taurignan, dont les dernières plaidoiries en faveur des accusés du procès qui avait suivi la mort d'Alexandre Stavisky avaient fait sensation.

L'avocat n'avait cependant pas pu éviter la prison à quelques comparses, bien qu'il ait montré que les vrais complices de Stavisky, dans le monde des affaires et dans les milieux politiques, restaient à démasquer. Mais les journalistes, les députés, les ministres, et donc les juges, avaient souhaité enterrer l'affaire.

Ne cherchons pas à savoir qui avait intérêt à la disparition de Stavisky ! Suicide ? C'était une thèse commode. Et personne n'avait vraiment enquêté sur la mort du conseiller Prince, magistrat du parquet de la Seine, dont le corps avait été déchiqueté par la locomotive du train 4805, au kilomètre 311, au lieu-dit La Combe-aux-Fées.

Prince avait été drogué, attaché à la voie ferrée. Sa serviette avait disparu alors que le lendemain il devait témoigner sur l'affaire Stavisky devant le premier président de la Cour de cassation.

Ne cherchons pas à savoir !

La commission d'enquête avait conclu qu'elle n'était en mesure « ni d'infirmer ni de confirmer la thèse de l'assassinat, ni celle du suicide ».

C'est le temps de la mauvaise foi, avait dit Maurice de Taurignan. Mais il fallait à tout prix oublier l'affaire Stavisky.

N'avait-elle pas fait suffisamment de mal ?

Les morts du 6 février 1934, puis ceux de la contre-manifestation communiste du 12, les cris de « Le fascisme ne passera pas ! » répondant à ceux de « À bas les voleurs ! » et pour finir cette constitution d'un Front populaire autour du radical Daladier, du socialiste Léon Blum et du communiste Thorez, qui allaient se présenter unis aux élections de mai 1936, dans quelques semaines, tout cela, c'était la mort de Stavisky qui l'avait déclenché.

Le scandale provoqué par l'escroc n'était pas la seule cause, avait répété Maurice de Taurignan au début du dîner, mais il avait été le détonateur.

Martin de Boissier était alors intervenu, parlant lentement, d'une voix presque fluette, pour suggérer que peut-être certains avaient volontairement déposé cette bombe au milieu du jeu politique français pour qu'il soit détruit par l'explosion, et qu'on puisse après le reconstruire sur d'autres bases.

— Que voulez-vous dire ? avait demandé Paul Reynaud.

— Peut-être avait-on intérêt, avait continué Boissier, à faire naître le désordre en France de manière à nous pousser à l'alliance franco-soviétique parce que nous nous sentirions affaiblis, et à voir surgir ici le complément intérieur de cette politique étrangère, je veux parler du Front populaire.

— Quel est ce « on », ce démiurge ? avait interrogé de Gaulle sur un ton ironique.

Martin de Boissier avait répondu, sans lever la tête :

— Lisez *Le Citoyen*... C'est un journal intéressant puisque c'est Moscou qui le finance et qu'on trouve à sa tête un Vincent Gallois que nos services de renseignements tiennent pour un agent du Komintern. Il n'y a pas plus ardent partisan du pacte franco-russe et du Front populaire.

— Nous verrons les résultats des élections législatives dans quelques jours, avait conclu Reynaud en entraînant ses invités au fumoir.

Face à de Gaulle, Paul Reynaud paraissait encore plus petit. Comme pour compenser sa taille minuscule, il virevoltait autour du colonel, se tenant sur la pointe des pieds, le menton levé, les épaules rejetées en arrière, le torse bombé.

— La plupart de nos députés ne se soucient que de ces élections, avait-il commencé. Ils ne mesurent même pas l'importance de ce qui vient de se produire. En réoccupant la zone démilitarisée de la Rhénanie, Hitler a montré qu'il est déterminé à ne respecter aucun accord, et donc qu'il choisit le risque de guerre. Cette date du 7 mars 1936 est selon moi le jour le plus important depuis le 11 novembre 1918.

Il s'était immobilisé devant de Gaulle :

— Qu'en pensez-vous, colonel ?

De Gaulle s'était mis à marcher au milieu du salon, agitant ses longs bras, fumant une cigarette après l'autre, disant combien il avait été impressionné par les unités motorisées allemandes qui avaient envahi la Rhénanie. Il avait pu même constater avec amertume que Hitler avait créé des Panzerdivisionen, inspirées directement de son livre *Vers l'armée de métier*.

Il s'était tourné vers le général de Taurignan.

Il avait envoyé son livre à tous les chefs de l'armée, et donc au maréchal Pétain, et il n'avait eu en réponse que des sarcasmes, des condamnations. On avait suscité des articles hostiles. Robert de Taurignan se souvenait sûrement de celui qui accusait *Vers l'armée de métier* d'exposer des idées qui « avoisinent l'état de délire »…

De Gaulle avait récité lentement : « Disons simplement que monsieur de Gaulle a été devancé, il y a nombre d'années, par le père Ubu, grand technicien lui aussi, avec des idées modernes ! »

Le général de Taurignan avait eu un geste de la main, comme pour marquer qu'il n'attachait aucune importance à cette polémique.

— Le maréchal Pétain croit à la défensive, il est vrai, avait-il dit. Mais c'est le cas de tous les hommes politiques de ce pays, mon cher de Gaulle. Vous ne trouverez personne pour soutenir votre idée d'armée de métier, de divisions blindées. Nous avons investi des centaines de millions dans la construction des forteresses de la ligne Maginot. Parce que la guerre nous a saignés, de Gaulle, et vous le savez, vous étiez en première ligne, comme le commandant Forestier – il s'était tourné vers Henri – ce peuple est épuisé, exsangue, et vous lui proposez une stratégie offensive ! Il n'en veut pas.

Paul Reynaud s'était précipité vers le général de Taurignan, rappelant que lui, Reynaud, avait défendu, et soutenait, les idées de « notre cher de Gaulle ». Et même s'il était le seul à le faire, il ne changerait pas d'avis !

— Tout notre système d'alliance avec les pays de l'Europe de l'Est, la Tchécoslovaquie, la Pologne, et maintenant l'URSS, s'effondre si nous ne pouvons donner un coup d'épée à l'ouest, et pour cela, c'est ce que propose de Gaulle, il nous faut des divisions blindées, une armée de cent mille professionnels.

Il était allé se placer en face de Martin de Boissier, qui allumait une cigarette, les yeux mi-clos, son long visage maigre impassible, affichant un ennui poli.

— Il faut avoir l'armée de sa politique, avait répété Reynaud. Nous devons être capables d'intervenir en Europe. Dites cela à votre père.

Reynaud s'était tourné vers les autres invités.

— Léon de Boissier a fait à la Chambre une intervention remarquable, mais tout entière dominée par l'idée que Hitler ne représentait pas une vraie menace. Et comme il est proche du maréchal Pétain, j'imagine qu'il exprime aussi sa pensée.

Reynaud avait poursuivi, de nouveau face à Martin de Boissier.

— Quant à Michel Dussert, lui, il n'a qu'une obsession, le complot communiste, le Front populaire. Je vous en prie, cher ami – il s'était penché vers son interlocuteur – rassurez-le, dites-lui que nous sommes là, que nous ne sommes pas communistes, mais que nous ne voulons pas d'une France soumise à l'Allemagne et à cet illuminé d'Adolf Hitler !

De Gaulle était revenu s'appuyer à la cheminée.

— Il est bien tard, avait-il soupiré. Je ne dis pas trop tard… Un homme d'action et de foi doit toujours penser qu'il peut encore agir, mais le 16 mars 1935, nous avons laissé sans réagir Hitler rétablir le service militaire obligatoire. Nous savons bien, je lis les revues militaires allemandes, j'ai lu *Mein Kampf*, ce qu'est le plan du Reich : une offensive foudroyante, avec une aviation ultramoderne et une armée rapide à grand rendement. Et la réoccupation de la Rhénanie confirme mon analyse. La méthode allemande : surprise, brutalité, vitesse. Face à cela, avait-il poursuivi, fixant le général de Taurignan, nos plus hautes autorités militaires nous assurent que nous sommes à l'abri derrière la ligne Maginot, et nos ministres nous parlent de pacte d'assistance avec Moscou.

De Gaulle avait eu une expression de mépris.

— Un peuple qui veut vivre, avait-il repris, doit organiser sa propre force, de manière à pouvoir réagir dans les mêmes conditions que l'agresseur agira.

Il s'était interrompu.

— Or, nous n'en avons pas les moyens !

Maurice de Taurignan avait appuyé ses mains sur les accoudoirs de son fauteuil, et lentement s'était hissé, le visage exprimant la fatigue.

— Tout cela est sinistre, avait-il murmuré.

Il était enfin debout.

— Et non seulement le pays n'est pas uni, mais il est déchiré en factions qui préfèrent un étranger de leur couleur à un compatriote dont ils ne partagent pas les idées. Je suis désespéré, avait-il confié à voix basse. Les divisions, les haines sont aussi profondes qu'aux pires époques de notre histoire, guerre de Cent Ans, guerres de religion ou, je pense souvent à cela, affaire Dreyfus, mais avec en plus le péril extérieur, bien réel. Et puis il y a ces réseaux que nous connaissons tous, cette Cagoule, ces Croix-de-Feu, on parle maintenant de Volontaires nationaux. En face se dressent les rouges, les cellules communistes, sans compter les agents du Komintern, qui s'opposent à ceux de Berlin et de Rome. Tout cela prolifère sur le corps de la patrie. Ces hommes n'ont plus en commun que la volonté de tuer l'autre. Français ? Allons donc, ils se disent communistes ou fascistes d'abord. Ce que je crains, c'est une Saint-Barthélemy, une Commune de Paris, quelque chose d'aussi tragique, d'aussi cruel. Vous lisez *La Voix nationale*…

Il s'était approché de Martin de Boissier, qui lui aussi s'était levé.

— C'est, dit-on, la banque Dussert qui finance ce journal. Vous savez ce que chaque jour y écrit Michel Dussert ? J'imagine que vous lisez ses éditoriaux ? Il ne rêve que de voir Blum, Thorez, Daladier, Cot fusillés !

Boissier s'était incliné, pour indiquer qu'il s'apprêtait à partir.

— C'est la même musique avec *Le Citoyen*, avait-il répondu. On veut guillotiner Dussert, mon père, quelques autres…

— Et pendant ce temps, Hitler équipe des Panzerdivisionen, avait maugréé de Gaulle. Notre peuple est étrange, mobile, incertain, contradictoire. Il est jacobin, et il crie « Vive l'empereur ! ». Il est fervent du jardin royal, mais il se débraille et il salit les pelouses.

Il est pacifiste, mais il sait se battre héroïquement. Il lui faut à sa tête un homme qui sera le serviteur du seul État, un homme dépouillé de préjugés, dédaigneux des clientèles, assez fort pour s'imposer, assez habile pour séduire, assez grand pour une grande œuvre…

— Je ne le vois pas, avait marmonné Maurice Chrétien de Taurignan.

Henri Forestier avait eu un instant la certitude que de Gaulle pouvait être cet homme-là, mais sa pensée s'était brouillée, les épouses des invités s'étaient avancées et il s'était senti honteux, humilié, blessé, d'être le seul à ne pas être accompagné de sa femme.

Et Henri n'avait plus pensé qu'à cela, revivant ces moments de violence dans le petit salon de l'hôtel Forestier, quand Maria lui avait dit qu'elle avait décidé de ne pas sortir avec lui.

Elle en avait assez de ces soirées ennuyeuses, à parler de la décoration des appartements ou bien de l'éducation des enfants, ou pire encore, à ne rien dire, attendant que ces Messieurs, au fumoir, en aient terminé avec leurs palabres. Toujours les mêmes depuis des années.

Bien sûr, Mme de Gaulle, Mme de Taurignan, Mme de Boissier acceptaient ce rôle, toutes dévouées et soumises à leur mari ! Mais elle, elle était différente, et ce que lui apportait Henri n'était pas suffisant pour qu'elle se plie à ces règles !

— Donc, mon cher Henri, je ne viendrai pas ce soir chez votre Paul Reynaud, ce petit coq ! Téléphonez-lui. Dites-lui que j'ai la migraine, c'est ce qu'on donne comme excuse en général. Ou bien…

Elle s'était placée entre le grand tableau et le canapé sur lequel Henri était assis.

Il l'avait vue ainsi comme une silhouette s'avançant dans les dunes. Et il avait éprouvé un profond désespoir, parce qu'elle lui était apparue aussi inaccessible que ces Rois mages qu'on devinait au fond de la toile.

— … ou bien, avait-elle repris, dites à Paul Reynaud que j'ai décidé de passer la soirée avec un amant.

Elle l'avait fixé.

— Vous annoncez tous que la guerre est à nos portes, qu'Adolf Hitler après avoir réoccupé la Rhénanie va s'en prendre à la Tchécoslovaquie, à la Pologne, et pour finir à la France ! Nous allons donc connaître des années terribles ! Et vous voudriez que je renonce à vivre, que je brode en sirotant une infusion avec ces dames. Vous vous êtes peut-être mépris sur moi, Henri, ou moi sur vous ! Et peut-être avons-nous changé !

Maria avait quitté le salon.

Henri n'avait pas eu le courage de la suivre, de l'interroger.

Il était entré dans la chambre de son fils, et l'avait embrassé.

Puis il s'était rendu chez Paul Reynaud, avec le sentiment de n'être pas plus courageux que ces personnalités politiques ou militaires qui refusaient, alors que grondaient les moteurs des Panzerdivisionen de Hitler, d'ouvrir les yeux, de voir l'avenir.

9.

“ C’était bien
cela, Deloncle,
une masse
de muscles,
une tête énorme,
des yeux noirs,
fixes,
un nettoyeur
de tranchées,
au couteau… ”

— Savez-vous avec qui elle couche ? avait demandé Michel Dussert.

Il s’était penché, avait saisi de sa main gauche un exemplaire du *Citoyen* qui était posé devant lui sur la table. Maladroitement, une douleur traversant, comme chaque fois qu’il écrivait, le moignon de son bras droit, il avait entouré au crayon rouge la chronique de politique étrangère qui se trouvait en première page du quotidien. Puis, le crayon entre le pouce et l’index gauches, il avait souligné le nom d’Elie Meyerhold.

— Ce monsieur a été naturalisé français dès le lendemain de la victoire du Front populaire. C’est – il avait eu un ricanement – l’un des premiers actes de Blum. Naturellement il est juif, de nationalité allemande, mais ses origines sont polonaises. Comme celles de Maria Forestier.

Sa manche droite, vide, avait balayé la table. Il avait fait glisser le journal vers Léon de Boissier, assis en face de lui.

— Je vous rappelle que le commandant Forestier est affecté au secrétariat de la Défense nationale, qu'il a ainsi accès à tous les documents essentiels. Il prépare le travail des ministres de la Guerre, de l'Air et de la Marine. C'est lui aussi qui, avec de Gaulle, inspecte nos unités, nos forteresses.

Il avait de sa main gauche serré son épaule droite tout en respirant bruyamment, comme on le fait après un effort, pour retrouver un souffle régulier. Il avait fixé tour à tour les quatre hommes assis autour de la table. Son fils Xavier, assis près de lui, avait posé les deux mains à plat, doigts écartés, sur le bois noir. Il se tenait raide, regardant droit devant lui. De l'autre côté, Léon de Boissier, corpulent, chauve, le visage rasé, ne cessait au contraire de se dandiner, s'éloignant puis se rapprochant du bord de la table. Les deux autres étaient assis dans la pénombre. L'un, maigre, se tenait les jambes croisées. C'était Filliol, le chef du service action de la Cagoule. L'autre, Eugène Deloncle, le corps massif, dirigeait cette organisation secrète.

Michel Dussert avait toussoté, puis repris :

— De Gaulle va commander le 507ᵉ régiment de chars, à Metz. Et Forestier est inscrit sur le tableau d'avancement. Peut-être suivra-t-il de Gaulle ? Nous aurons ainsi à la tête de l'une de nos unités les plus modernes un officier dont la femme couche avec un métèque, sans doute un agent de Moscou !

Il s'était redressé et s'était mis à marcher dans la cave voûtée dont la table occupait le centre.

— Lisez l'article, Elie Meyerhold est devenu la voix officieuse du gouvernement du Front populaire. La voix de la France, en somme…

Boissier avait commencé à parcourir la chronique, mais il s'était vite interrompu.

Ce Meyerhold reprenait les thèmes habituels des judéo-communistes. Depuis que le général Franco s'était dressé contre le gouvernement de Front populaire espagnol, toute la propagande des agents de Moscou martelait qu'il fallait aider l'Espagne républicaine, abandonner la politique de non-intervention dans la guerre civile espagnole, acceptée par Blum et les grandes puissances sous la pression de Londres.

— Meyerhold n'est pas qu'un chroniqueur, avait repris Michel Dussert.

Il s'était assis, avait tiré de sa poche une fiche, dit que cet homme faisait partie d'un petit groupe qui n'avait qu'un seul but : favoriser Moscou. Leur premier objectif était de briser le soulèvement nationaliste de Franco.

Pendant que Dussert parlait, Boissier avait poussé le journal vers Eugène Deloncle. L'homme, au visage rond, à la peau très brune, avait posé près de lui, sur la table, un chapeau melon dont, de temps à autre, il caressait le bord. Il avait les mains épaisses, les doigts larges, et toute sa personne donnait une impression de brutalité. Il était mal rasé.

Il avait pris le journal, l'avait replié.

— Nous savons tout cela.

Sa voix était grave, son ton méprisant.

Léon de Boissier avait ressenti pour Deloncle une antipathie instinctive. Il s'était un peu penché sur le côté, de manière à s'éloigner de lui.

Cet homme était un reître, et Boissier s'était félicité de n'avoir jamais voulu adhérer à la Cagoule, et d'avoir conseillé au maréchal Pétain la même attitude.

Quand le Maréchal avait paru convaincu par Michel Dussert qu'il fallait aider l'organisation secrète, que c'était la seule manière de lutter contre les communistes qui, sous couvert de Front populaire, pénétraient les rouages de l'État, Boissier lui avait transmis toutes les informations rassemblées par le 2e Bureau de l'armée. La Cagoule était bien dirigée par cet homme-là, Eugène Deloncle, un ingénieur général de génie, un organisateur hors pair, mais un fanatique qui avait noué des liens avec l'OVRA et le SIM, la police politique de Mussolini et le service secret de l'armée italienne. Deloncle avait rencontré à plusieurs reprises, à Menton, à Grenoble, un agent italien, Amedeo Roatta. Il avait passé un marché avec lui : en échange d'armes et de fonds, les hommes du service action de la Cagoule, Filliol donc, avaient poignardé deux réfugiés italiens antifascistes, les frères Rosselli.

Par ailleurs, Deloncle était entré en relation avec Klaus Gensher, un officier de l'Abwehr, le service secret allemand.

La Cagoule renseignait ainsi les Italiens et les Allemands sur l'aide qu'apportait le gouvernement Blum au Front populaire espagnol.

— C'est de bonne guerre, avait murmuré Pétain.

Léon de Boissier avait dû insister sur les ambitions personnelles de Deloncle. Cet homme voulait être le Duce ou le Führer français. Et pour lui – il l'avait confié à des proches – le maréchal Pétain n'était qu'une potiche, une sorte de maréchal Hindenburg ou de roi d'Italie, qu'il prétendait servir et qu'en fait il voulait utiliser pour ses fins personnelles.

Pétain était resté longtemps silencieux, puis avait conclu qu'en effet il fallait rester en dehors de l'organisation, mais sans rompre le contact.

— Je vous charge d'une mission de patrouille, Boissier, avait conclu le Maréchal. Je veux savoir ce que prépare Deloncle. Nous ne devons pas être surpris par ses initiatives, afin de pouvoir les exploiter si l'occasion s'en présente.

Pétain avait levé la main, comme pour bénir Boissier.

— Après tout, nous avons les mêmes adversaires.

Il s'était repris.

— Ennemis, ennemis, avait-il répété. Voyez ce Michel Dussert, votre collègue à la Chambre. Votre fils est président de la banque Dussert, n'est-ce pas ? Vous êtes en situation de tout connaître. Approchez ce Deloncle. Un personnage intéressant, il me semble. Il me fait penser, d'après tout ce que l'on me dit, à un officier de corps franc.

C'était bien cela, Deloncle, une masse de muscles, une tête énorme, des yeux noirs, fixes, un nettoyeur de tranchées, au couteau.

— Vous avez raison, Dussert, d'attirer notre attention sur Meyerhold, avait dit Deloncle. C'est une vieille relation de Vincent Gallois, que le 2e Bureau surveille depuis longtemps. Ils se sont connus en Allemagne, à Trèves, où Meyerhold a été médecin jusqu'en 1933.

Deloncle avait souri, dévoilant des dents petites et serrées.

— Après, Meyerhold a préféré, question de climat peut-être, s'installer à Paris. Mais c'est à Trèves qu'il a connu Maria Forestier, née Kovalewska, polonaise, peut-être russe.

Deloncle avait allumé une cigarette.

— Vincent Gallois est un agent du Komintern, un déserteur, un révolutionnaire efficace. Il a opéré à Odessa, en Pologne, contre les troupes françaises. Son vrai nom est Vincent Mercœur, mais il s'est successivement appelé Miller, Vallès, sans doute en souvenir de Jules Vallès et de son père, Auguste Mercœur, qui a été communard. Les temps changent, cependant c'est toujours le combat des mêmes contre les mêmes. Son fils, Roland, a hérité de la fortune de Salomon de Wiener, un escroc, une sorte de Stavisky des années 1900. Et qui a connu le même sort que le bel Alexandre !

Il avait ouvert le journal, ajouté :

— Roland Mercœur finance ce torchon, mais l'argent vient surtout de Moscou. Et tout ce petit monde gravite autour de Pierre Cot et de son directeur de cabinet, Jean Moulin. Vincent Gallois peut, quand il veut, voir le ministre de l'Air, et même Blum. Ce sont nos camarades du 2e Bureau de l'armée de l'Air qui nous ont fourni ces renseignements. Et nous avons pu ainsi démonter toute l'organisation qu'ils ont mise sur pied pour faire passer des avions et des armes en Espagne. Je tiens à votre disposition toutes ces données. Le groupe a envoyé là-bas une jeune femme, Louise Véran – Deloncle avait agité le journal – qui signe des reportages. Elle est, m'a-t-on assuré, la maîtresse de Gallois. Et Meyerhold, comme vous l'avez dit, Dussert, est l'amant de Maria Forestier. Tout ce monde couchaille entre soi. Quant à Meyerhold, est-il directement en liaison avec Moscou ? Nous ne pouvons le dire. Il n'est peut-être qu'un agent recruté par Gallois, qui, lui, est la pièce la plus importante. Que faire contre cela ?…

Deloncle s'était levé, avait commencé à marcher dans la cave, baissant la tête car il était grand et le plafond bas. Et tout à coup, il avait haussé le ton.

— Un Cot, un Blum, un Moulin, un Gallois, un Meyerhold, tous se rendent coupables d'actes de trahison qui relèvent de la Haute Cour ! Ils préfèrent Moscou à la France. Mais peut-on compter sur un gouvernement judéo-communiste pour les traduire en justice et les faire condamner ?

Il s'était immobilisé, avait secoué la tête.

— Allons donc ! Ils sont tous complices. C'est une chaîne qui va de cette Louise Véran à Blum, et de Madrid à Moscou. Ils nous ont déclaré la guerre, et si nous n'employons pas toutes les armes dont nous disposons, la France disparaîtra, mais aussi la civilisation européenne.

— Vous me proposez quoi ? avait demandé Léon de Boissier.

— Aider nos camarades espagnols par tous les moyens, en empêchant que ces salopards livrent des armes aux républicains, et le meilleur moyen c'est évidemment d'en finir avec ce gouvernement judéo-communiste !

— Les élections sont encore loin…

Deloncle avait secoué la tête d'un air plein de commisération.

— Les élections, mon cher, ne sont pas le seul moyen d'arriver au pouvoir. Lisez *Technique du coup d'État*, de Curzio Malaparte, un livre admirable ! C'est toujours la vieille méthode du cheval de Troie. Hitler, quoi que vous en pensiez, n'a pas agi différemment. Les élections viennent après, pour consacrer la victoire ! C'est cela que nous devons mettre en œuvre à Paris. Le peuple suit ceux qui gagnent. Toujours. Soyons donc aux aguets pour nous introduire dans la forteresse.

Il s'était tourné vers Xavier Dussert.

— Notre jeune ami est à la tête de la banque Dussert, avec votre fils, Boissier, nous ne manquons donc pas de moyens. Vous êtes vous-mêmes députés. Et si ce qui nous manquait, c'était d'abord un peu de détermination ?

— Même Hitler…, avait murmuré Boissier.

— Mussolini a marché sur Rome, il y a quinze ans déjà, avait répliqué Deloncle.

Dussert s'était levé, serrant son épaule droite avec sa main gauche.

— Ce sont là des bavardages de café du commerce, avait-il dit sur un ton irrité.

— Vous voulez que je sois plus clair ? avait lancé Deloncle.

Dussert avait fait un signe approbateur.

— Il faut tuer, Messieurs, il faut tuer !

Et Deloncle avait posé sa main sur l'épaule de Filliol.

10.

“ Quoi qu’elle
ait pensé,
quoi qu’elle
ait fait, elle était
une cible.
En la tuant,
on vous
frappe… ”

Elie Meyerhold avait levé la tête. Était-ce d’avoir si longtemps appuyé ses poings sur ses yeux, comme pour écraser les larmes qui les emplissaient, pour les empêcher de jaillir, mais il avait vu, dans une sorte de brouillard qui en rendait les traits indécis, le visage du commissaire Delsol.

Et la brûlure sous ses paupières s’était faite plus vive.

Meyerhold avait détourné son regard. La fenêtre qui donnait sur le quai des Orfèvres était entrouverte. Il avait aperçu la bande noire du fleuve puis, après le blanc de la rive gauche, les façades de guingois, et au sommet de l’un des immeubles une vaste verrière que le soleil par instants transformait en brasier flamboyant.

— Racontez-moi, avait dit Delsol.

Dès que cet homme était entré dans la chambre de l'appartement de la rue de Bourgogne, Meyerhold avait eu confiance en lui. Delsol s'était approché, lui avait posé la main sur l'épaule, et l'avait laissée longtemps, ne disant rien.

Meyerhold avait pu fermer les yeux, écraser ses doigts sur ses paupières au risque d'enfoncer ses pupilles, de les faire éclater et d'effacer ainsi ce qu'il avait vu quand il avait ouvert la porte.

Quelques secondes avant, il avait entendu un bruit sourd, comme si on avait heurté le battant de la porte avec une lourde masse, puis il y avait eu ce cri aigu, long, qui s'était planté en lui. Il avait reconnu la voix de Maria. Elle l'avait appelé « Elie ! Elie ! », puis plus fort encore « N'ouvre pas ! ». Et brusquement ce choc, et le martèlement des pas dans l'escalier qu'une ou deux personnes devaient dévaler.

C'était le début de l'après-midi.

Meyerhold était resté un instant, peut-être une ou deux secondes, figé, paralysé en entendant ces cris, puis il s'était précipité vers la porte, jetant en passant un regard dans la cour. Il avait aperçu deux silhouettes d'hommes qui la traversaient en courant, passant sous les frondaisons du chêne, s'engouffrant dans le porche qui débouchait dans la rue.

Enfin il avait ouvert avec difficulté la porte, en partie coincée par le corps recroquevillé de Maria. Il s'était agenouillé, il l'avait reçue dans ses bras. Il n'avait pas pu croire qu'elle était morte. Il l'avait traînée dans l'appartement, la trouvant si lourde, inerte, la tête ballant d'une épaule à l'autre. Et il avait vu ses yeux révulsés, petites billes blanches dans le visage blafard.

Il avait voulu la retourner, et à ce moment seulement il avait découvert les trois déchirures rouges qui formaient comme les sommets d'un grand triangle, deux trous au-dessus des reins, et le sang avait déjà coulé, imprégnant le tissu de cette veste cintrée, bleue, la dernière blessure entre les omoplates. Celle-là était longue, comme si les tueurs avaient voulu d'un coup de poignard, de haut en bas, ouvrir le dos, ainsi que les bouchers le font, plantant profond leur lame et entaillant afin de séparer les chairs qu'ensuite ils écartent, les deux mains plongées dans la plaie.

Elie Meyerhold avait soulevé Maria et l'avait posée sur le lit, la laissant ainsi, à plat ventre. Il était demeuré debout près d'elle.

Puis il y avait eu ces voix, les voisins qui entraient dans l'appartement, qui disaient qu'ils avaient entendu des cris.

Meyerhold était allé vers eux. Il avait hurlé qu'il fallait appeler un médecin et la police.

Il s'était entendu ajouter :

— On a tué mon amie.

Et il avait ainsi pris conscience qu'elle était morte.

Alors, il avait écrasé ses poings contre ses yeux.

On avait retrouvé dans l'escalier le poignard des tueurs, il ressemblait à celui avec lequel on avait achevé, sur une route de Normandie, les frères Nello et Carlo Rosselli. Ces antifascistes avaient fondé le mouvement *Giustizia e Libertà* et avaient réussi à s'échapper des prisons de Mussolini. Ils avaient combattu en Espagne contre les troupes de Franco.

On avait également poignardé une femme, Laetitia Tureau, avec la même arme dans le métro.

— Ce dernier crime est peut-être une méprise, avait dit le commissaire Delsol en lui montrant une photo de la victime.

Meyerhold avait eu envie de crier : cette femme semblait la sœur jumelle de Maria ! Elle avait le même grand front, les cheveux longs rassemblés en chignon, les yeux très écartés, le nez droit, une bouche aux lèvres ourlées.

— Étonnant, n'est-ce pas ? avait murmuré Delsol en reprenant la photo.

— Nous avons fouillé tous les coins de sa vie, avait-il continué. L'existence de Laetitia Tureau est exemplaire. Pas une ombre, pas une ambiguïté. J'ai tout retourné dans ce destin, je n'avais rien trouvé jusqu'à hier, jusqu'au meurtre de…

Il n'avait pas prononcé le nom de Maria Forestier, et Meyerhold l'avait regardé pour la première fois depuis qu'il avait pris place en face de lui, dans ce bureau du premier étage du quai des Orfèvres.

Delsol avait été depuis le meurtre plein d'une vraie compassion, évitant à Meyerhold une confrontation avec Henri Forestier, tenant les journalistes à l'écart, ne leur communiquant aucun détail sur les circonstances du meurtre, si bien que les journaux n'avaient consacré à la disparition de Maria que de courts articles.

— … jusqu'à hier, avait repris Delsol. La ressemblance m'a aussitôt frappé, non seulement le visage, mais la taille, au millimètre près. Laetitia Tureau portait elle aussi une veste de couleur bleue. Mais il y a surtout cela.

Delsol s'était levé.

Il était grand, maigre, avec des épaules étroites, un visage long, ses cheveux rasés haut sur les tempes lui conférant un aspect sévère. Il donnait l'impression de quelqu'un de méticuleux et de réfléchi.

Meyerhold avait même eu le sentiment que Delsol souffrait, qu'il était capable de partager la douleur, de comprendre ce qu'il pouvait ressentir.

Il avait donc répondu à ses questions, ignorant celles qu'avait posées le commissaire Morini, l'adjoint de Delsol. Cet homme petit était plein de morgue et presque de mépris. Il avait dévisagé Meyerhold d'un air soupçonneux, s'adressant à son chef assez fort pour que Meyerhold l'entende, disant avec une assurance dédaigneuse :

— Il ne faut pas écarter l'hypothèse d'un crime passionnel, perpétré par l'amant qui craint peut-être d'être lâché, ou qui exige le divorce que la femme refuse. Ou bien c'est le mari trompé qui suit sa femme et la tue devant la porte de son amant… Et les deux peuvent avoir engagé des tueurs pour cela. Il y a tant de métèques à Paris qui crèvent la faim, qu'on trouve un tueur, et tu le sais, Delsol, pour cinq mille francs !

Delsol avait retenu Meyerhold qui avait voulu se lever, répondre à Morini, puis il avait invité ce dernier à quitter le bureau :

— Je mène l'enquête, Morini.

— On verra, on verra, avait répondu l'adjoint. Tu as peut-être des préjugés, Delsol, et tu vas privilégier la piste qui convient à tes convictions, non ?

Delsol s'était approché de Morini et, dents serrées, lui avait dit :

— Dehors, Morini ! Dehors !

Morini avait quitté le bureau.

Delsol avait déplié devant Meyerhold un plan de Paris sur lequel était tracé en rouge un itinéraire. Il l'avait suivi du doigt, épelant les noms des rues.

— Laetitia Tureau, avait-il dit, habitait rue Lacépède. Elle remontait jusqu'à la place de la Contrescarpe, puis s'engageait rue Blainville et descendait la rue de l'Estrapade, elle passait ainsi devant l'hôtel Forestier.

Il s'était redressé.

— Vous comprenez ?

Il était allé s'adosser à la fenêtre.

— Les tueurs devaient attendre Maria Forestier devant chez elle, afin de la suivre jusqu'au moment propice, avait-il expliqué. Mais Maria, sans le vouloir, a sans doute déjoué leur surveillance. Peut-être est-elle tout simplement entrée dans une boutique de la rue des Fossés-Saint-Jacques, et les assassins ont continué à suivre une silhouette identique, celle de Laetitia Tureau. Ils l'ont poignardée dans le métro puis, les jours suivants, ils se sont rendu compte de leur bévue et ils ont recommencé leur traque.

Delsol s'était appuyé sur le rebord du bureau, face à Elie Meyerhold.

— Ils étaient déterminés. Ils ont pris le risque d'entrer dans l'immeuble à sa suite, puis ils ont agi. D'une certaine manière, ils l'ont tuée deux fois.

Le commissaire avait sorti lentement une cigarette, en avait frappé le bout contre sa main pour tasser le tabac.

— Ils espéraient peut-être rentrer chez vous et vous poignarder aussi. Y avez-vous pensé ?

Il avait présenté son paquet de cigarettes à Meyerhold, qui en avait pris une sans quitter Delsol des yeux.

— Vous savez qui l'a tuée, j'imagine, et qui va essayer de vous abattre ? avait-il demandé en offrant son briquet à Meyerhold.

Se redressant, il avait commencé à marcher dans le petit bureau, observant le sol comme s'il ne s'était pas soucié de savoir si Meyerhold l'écoutait.

Il y avait eu l'assassinat des frères Rosselli, avait-il poursuivi, celui de Laetitia Tureau, dont maintenant il connaissait la raison, puis les attentats rue de Presbourg et rue Boissière contre les sièges du Patronat, pour faire croire à une action communiste ou anarchiste. Cela, c'était ce que la presse avait rapporté. Mais il y avait eu bien d'autres actions. On avait détruit des avions sur l'aérodrome de Toussus-le-Noble...

— Meyerhold, ne me dites pas que vous ignorez que c'est de là que partent les avions à destination de l'Espagne, ceux qu'on expédie à Malraux et aux républicains espagnols. Et vous faites partie de ce petit groupe, monsieur Meyerhold ! Vous agissez avec Vincent Gallois, Roland Mercœur, et vous bénéficiez de l'appui de Pierre Cot et Jean Moulin. Je le sais. Mon collègue Morini, dont vous avez pu apprécier l'état d'esprit, n'ignore rien de votre entreprise, de votre rôle. Et naturellement la Cagoule est avertie. Donc l'OVRA italienne, l'Abwehr et les services de renseignements de Franco sont alertés. Ils fournissent les fonds, les armes, les explosifs à la Cagoule. Plusieurs trains ont déraillé, ils étaient chargés d'armes pour l'Espagne également. Et je n'énumère pas tous les autres sabotages, ou les disparitions suspectes de personnalités espagnoles venues en France pour acheter du matériel de guerre destiné aux républicains.

Delsol était retourné s'asseoir derrière son bureau.

— Pour les cagoulards et leurs complices, et ces derniers sont nombreux, dans l'armée, dans le milieu politique, dans les services de renseignements, et – il avait hoché la tête – au sein de la police, vous et vos amis êtes – il avait pris un dossier, l'avait feuilleté – des névropathes, des individus répugnants, je cite, qui trahissent la France et veulent la soviétiser ! Vous êtes des ennemis qu'ils ont condamnés à mort.

Elie Meyerhold avait fermé les yeux. Il s'était souvenu des rires de Maria, quand il avait essayé d'évoquer la menace qui pesait sur la France et sur la Pologne. Il lui avait dit qu'elle devrait peut-être quitter ce pays, se mettre à l'abri en Angleterre ou aux États-Unis, parce que la barbarie exterminerait d'abord les plus faibles.

Elle avait murmuré :

— Tu parles comme Henri.

Puis, tout à coup, elle avait ajouté :

— Je serai morte avant. Je ne veux pas voir la guerre.

Il l'avait serrée contre lui. Il lui avait interdit de dire, de penser des choses pareilles. Mais elle avait répété :

— Je le sais, je le sens. Mon fils aura bientôt vingt

ans, je ne pourrai pas le savoir en danger. Je veux mourir avant que Joseph porte un uniforme.

Meyerhold avait répondu qu'elle était folle, et en même temps il avait compris ce qu'elle ressentait, et son désir de mourir.

Il avait allumé une deuxième cigarette.

— Maria ne s'intéressait pas à la vie politique…

Delsol avait haussé les épaules.

— Elle était l'épouse du commandant Forestier et votre maîtresse. Quoi qu'elle ait pensé, quoi qu'elle ait fait, elle était une cible. En la tuant, on vous frappe, et on atteint aussi Henri Forestier. On veut le discréditer.

Il avait paru hésiter, puis il avait ouvert un tiroir et sorti un journal.

— C'est *La Voix nationale* parue ce matin. Le directeur-propriétaire en est Michel Dussert, héritier avec son fils Xavier de la banque Dussert-Speicher et Fils dont le président du directoire est Martin de Boissier, fils du député et ancien ministre de l'Intérieur Léon de Boissier. Et ce dernier est l'un des conseillers du maréchal Pétain. La boucle est fermée ! Nous soupçonnons Michel Dussert d'être l'un des chefs de la Cagoule, avec Eugène Deloncle. Et nous savons que la banque Dussert finance cette organisation.

Delsol s'était approché de Meyerhold.

— Nous n'avons jamais dévoilé à la presse les circonstances de l'assassinat de Maria Forestier. Mais voilà ce qu'écrit *La Voix nationale*.

Il avait montré le journal. Un titre barrait la première page : « Le scandale que le gouvernement de Front populaire veut étouffer : l'épouse d'un officier français assassinée à coups de poignard devant la porte de son amant, juif et communiste, l'apatride Elie Meyerhold. »

Le commissaire avait replié le journal.

— Eux, ils savent puisqu'ils l'ont tuée, avait-il dit.

Elie Meyerhold avait pressé ses poings sur ses yeux.

Et il avait imaginé que la douleur qu'il ressentait, il l'infligerait un jour aux assassins de Maria.

11.

“Il avait eu
le sentiment
d’accomplir
un rite sacré,
comme s’il avait
plongé ses doigts
dans un bénitier
et humecté
les yeux et les lèvres
des mourants…”

Henri Forestier était resté seul dans le cimetière de Mazenc.

Il s'était approché de l’obélisque dressé au bout de la pierre tombale de la famille. Malgré l’averse qui, toute la nuit, avait noyé les vignes et laissé, sur les chemins, dans la terre rouge du vignoble et même dans les allées du cimetière, des flaques d’eau noire, l’obélisque semblait recouvert d’une épaisse couche de poussière. Les noms inscrits sur l’une de ses faces en lettres dorées étaient masqués.

Henri avait attendu que les voix des habitants de Mazenc qui venaient d’assister à la cérémonie du 11 novembre s’effacent, comme étouffées par le ciel d’un gris bleuté, si bas qu’il semblait accrocher ses lambeaux aux ceps luisants d'humidité. Puis il avait regardé vers le château, pour s'assurer que son père et son fils ne l'attendaient pas, ou simplement ne revenaient pas vers le cimetière.

Il les avait vus, marchant l'un près de l'autre, Antoine s'appuyant au bras de Joseph, l'un tassé et l'autre dressé, vif. L'un, vieux corps noueux, et l'autre, jeune et déjà haute pousse. Durant quelques minutes, il les avait suivis du regard, et il lui avait semblé que c'était la première fois depuis des mois, depuis la mort de Maria, qu'il éprouvait un sentiment qui n'était plus ni du désespoir ni de la colère.

Il avait fait un pas, pour mieux voir ces deux silhouettes.

Elles s'étaient arrêtées devant le porche du château. Antoine devait parler, le bras tendu, montrant à son petit-fils le vignoble, lui racontant cette histoire des terres acquises génération après génération par les Forestier, rappelant sans doute – et peut-être Joseph s'impatientait-il parce que son grand-père cent fois déjà avait entrepris ce récit – le destin des uns et des autres, qui avaient fait souche ici, qui étaient nés et morts sur cette terre, dans le château de Mazenc.

Henri était retourné vers l'obélisque et la pierre tombale.

Maintenant le silence l'enveloppait, à peine troublé parfois par le bruit des gouttes tombant d'une branche. Il avait plongé sa main dans l'une de ces flaques, l'eau était glacée. Il avait posé sa paume sur ces noms et il avait commencé à repousser la terre, la boue collée, à faire ainsi surgir cette succession de vies, jusqu'à la dernière, celle de Maria Forestier, née Kovalewska.

Il avait caressé le granit d'un mouvement lent. Il avait trempé plusieurs fois sa main dans l'eau.

Il avait eu le sentiment d'accomplir un rite sacré, comme s'il avait plongé ses doigts dans un bénitier et humecté les yeux et les lèvres des mourants.

Et venant recouvrir le visage de Maria, pour ne plus former avec lui qu'une face inconnue, Henri s'était souvenu de tous ces agonisants dans les tranchées de Champagne, dans les trous d'obus de l'Argonne, puis encore en Pologne, dont il avait fermé les yeux.

Il avait pensé à son frère Charles, l'un de ces disparus que le destin avait même privé de ce dernier geste humain, et que l'acier avait dépecé comme chair sans âme. Il avait pensé à sa mère Marguerite, née Novera, dont il avait fait apparaître le nom, laissant ses doigts suivre chacune des lettres pour tenter de reconstituer le visage de cette femme morte de chagrin.

Il avait eu envie de serrer contre lui, pour partager son émotion, un corps, afin de s'abandonner, de confier qu'à cet instant il avait le sentiment que la vie n'était qu'une sorte de masque mortuaire, et qu'on la passait à essayer de l'oublier, gesticulant, se détournant vite de chaque défunt pour tenter de poursuivre la route.

Il avait ainsi fermé les yeux un moment, sa main allant et venant dans un mouvement instinctif sur le granit noir à nouveau strié par les lettres dorées. Et il s'était répété que la vie n'était qu'une fable racontée par un idiot, pleine de bruit et de fureur, et ne signifiant rien. *« A tale told by an idiot, full of sound and fury, signifying nothing. »*

Il avait rouvert les yeux, fixé droit devant lui cette bande claire d'un bleu étrangement léger, comme une mince lanière de vie entre la masse presque noire des nuages et l'enclume de la terre rouge.

Il avait eu honte tout à coup de sa complaisance et, comme s'il avait eu besoin de ce mouvement du corps pour se dégager du désespoir, s'arracher à la tentation du vide, à ces souvenirs scolaires, Shakespeare ou Nietzsche – *« Rien ne vaut rien. Il ne se passe jamais rien et cependant tout arrive, mais cela est indifférent »*, comme aimait à répéter parfois d'une voix narquoise, la cigarette pendant au coin des lèvres, Charles de Gaulle –, Henri avait secoué les épaules et s'était éloigné à reculons, ne quittant pas des yeux l'obélisque de granit noir qui semblait s'enfoncer comme une flèche dans la lointaine clarté du ciel et soutenir les nuages, les empêchant d'écraser la terre.

Il n'avait pas voulu rentrer aussitôt au château, il était remonté vers le village.

Il avait marché lentement. Avait-il jamais pris le temps de flâner ?

Il s'était préparé à la guerre, il l'avait faite, il avait survécu pour s'y préparer à nouveau et elle était là, martelant de ses bottes noires le sol de l'Europe.

Et il avait été encore saisi par le désespoir, puis la colère et l'amertume avaient été les plus fortes.

Voilà des années qu'à quelques-uns ils avaient tenté d'avertir les responsables politiques et militaires de ce qui allait survenir. Mais par inconscience, lâcheté, naïveté, on avait accepté que Hitler viole les traités, remilitarise la Rhénanie, réalise l'Anschluss et rentre à Vienne.

On avait entendu les rodomontades des présidents du Conseil : « Nous ne laisserons pas Strasbourg sous le feu des canons allemands ! », et on s'était couché. Et on avait décidé, quand le général Franco s'était soulevé contre le gouvernement légal, de ne pas intervenir.

« Un roi de France l'aurait fait », avait dit de Gaulle, reprenant la phrase de l'attaché militaire français à Madrid, un monarchiste. Mais non, ces socialistes, ces antifascistes, ces couards du Front populaire qui gouvernaient à Paris avaient préféré – oh, avec de bonnes raisons – pleurnicher devant les foules en expliquant qu'il fallait appliquer la politique de non-intervention, alors que l'Allemagne nazie et l'Italie fasciste déversaient leurs hommes, leurs armes, leurs bombes sur l'Espagne.

Un jour, le chef de cabinet du ministre de l'Air Pierre Cot, le préfet Jean Moulin, l'avait convoqué. L'homme avait paru énergique et lucide.

— Je connais vos sentiments, avait-il dit. Voulez-vous nous aider à faire passer du matériel militaire en Espagne pour les républicains. Nous avons besoin d'un officier sûr, républicain, patriote.

Henri s'était arrêté sur la place de Mazenc, face au Cercle républicain.

Souvenirs amers de ces nuits blanches, passées dans des gares frontières des Pyrénées ou sur les quais du port de Bordeaux, à surveiller et à contrôler le déchargement ou le chargement de caisses d'armes. Et il fallait éviter que les espions de Franco et leurs complices au sein même de l'armée, dans l'entourage de Pétain, au 2e Bureau, ne découvrent le trafic.

Souvenirs amers.

Henri avait rencontré là Elie Meyerhold, Louise Véran, Roland Mercœur, Vincent Gallois, qui constituaient autour de Jean Moulin et de Pierre Cot ce petit groupe qui essayait de compenser une politique aveugle et lâche.

Il s'était confié à de Gaulle.

— C'est l'alibi que se donne Blum, avait-il dit. Il protège sa bonne conscience. Les socialistes pourront dire aux pacifistes et aux Anglais : « Nous avons pratiqué la non-intervention », et ils chuchoteront aux antifascistes : « Nous avons organisé de la contrebande d'armes au service des républicains. »

De Gaulle s'était contenté de plisser les yeux mais souvent, dans les semaines qui avaient suivi, il avait énoncé d'une voix posée, comme s'il ne s'était agi que d'un constat irrécusable :

— Veulerie de politiciens, aveuglement du haut commandement, refus de réformer la politique militaire.

Et à Metz, où Henri avait été affecté auprès de De Gaulle, au 507e régiment de chars, ils avaient au fil des jours poursuivi ce réquisitoire, tant la situation se dégradait vite, Hitler parlant de plus en plus fort, et le commandement et les gouvernements français enfonçant leur tête dans le sable pour ne pas voir.

Souvenirs amers.

Cet Elie Meyerhold, le médecin qui avait accouché Maria, était aussi son amant. Et c'était lui qui écrivait les chroniques de politique extérieure les plus justes et les plus lucides ! C'était cet homme-là, qu'il estimait, qui l'avait trahi et que Maria avait choisi pour amant.

Peut-être était-elle morte pour protéger Elie Meyerhold…

Lorsqu'il avait été interrogé par le commissaire Delsol, il avait eu la certitude que le policier avait écarté l'hypothèse du crime passionnel, ne cherchant même pas s'il avait un alibi.

— Votre femme, mon commandant, a été assassinée pour des raisons exclusivement politiques, avait-il expliqué. Des gens organisés pour agir savent avec toutes les précisions nécessaires, parce qu'on les informe, ce que vous avez fait pour l'Espagne. Ils connaissent parfaitement vos positions. Ils savent qu'avec le colonel de Gaulle vous êtes un partisan de l'alliance avec l'URSS. Ils n'osent pas, commandant Forestier, vous accuser de trahison, ce serait ridicule avec votre passé, alors ils espèrent vous déshonorer, vous neutraliser avec ce meurtre. Les liens de votre femme avec Elie Meyerhold qui, lui, peut être traité de métèque ou d'apatride, et qu'il ait été naturalisé ne change rien à l'affaire, permettent de vous suspecter au moins de naïveté.

Souvenirs amers.

Il avait dû supporter les articles dans *La Voix nationale*, les regards ironiques ou méprisants lorsqu'il croisait certains officiers. Il avait dû écouter le général Robert de Taurignan qui, gêné, lui avait expliqué qu'il ne pouvait l'inscrire au tableau d'avancement.

— Vous imaginez pourquoi, Forestier ? J'ai essayé, mais personne ne vous a défendu. Je dois même vous dire que certains – Pétain puisqu'il faut le nommer – ont exigé votre radiation des cadres de l'armée. J'ai naturellement refusé, et Paul Reynaud m'a soutenu, heureusement ! Mais le ministre de la Guerre, notre courageux Daladier, vous a abandonné.

Daladier !

Henri prononçait le nom du politicien radical sur un ton acide.

Daladier qui venait, à Munich, de trahir ses alliés tchèques, de conclure avec Hitler un accord qui n'était qu'une capitulation !

Daladier qui avait osé dire, de retour à Paris : « Je crois que ce que nous avons fait est raisonnable. Fallait-il faire tuer quinze millions d'Européens pour obliger trois millions de Sudètes qui voulaient être allemands à rester en Tchécoslovaquie ? La guerre a été évitée et une paix raisonnable assurée à tous les peuples. »

Et l'Anglais Chamberlain, autre signataire de l'accord de Munich, avec Hitler et Mussolini, avait ajouté : « C'est la paix pour notre temps. »

Honte, colère.

Henri avait marché avec de Gaulle dans les rues de Metz.

De Gaulle n'avait cessé de s'indigner :

— Nous capitulons sans combat ! L'argent allemand et la monnaie italienne ont coulé à flots, ces jours-ci, dans toute la presse française, surtout celle qui se dit nationale, pour persuader notre pauvre peuple qu'il fallait lâcher et le terroriser par l'image de la guerre.

De Gaulle s'était arrêté au milieu de la rue déserte.

— En ma qualité de Français et de soldat, je suis écrasé de honte par la capitulation sans combat que notre pays vient de commettre, c'est un effroyable effondrement de la France grande puissance !

Henri avait dû affronter, les semaines suivantes au mess du régiment, les ricanements, les injures prononcées à mi-voix par tous ceux qui accusaient les adversaires des accords de Munich d'être « des escrocs et des fous », des membres du « parti de la guerre ».

Et lorsqu'il était arrivé à Mazenc, ce 9 novembre 1938, il avait même dû convaincre son père.

Antoine Forestier avait répété les phrases de Léon Blum : « La guerre nous est épargnée », « La catastrophe recule », « La vie peut redevenir normale. »

Antoine avait lui aussi reproché à son fils d'avoir oublié ce qu'était la guerre. Voulait-il que Joseph, qui allait être bientôt appelé sous les drapeaux, s'enfouisse dans la boue et le sang des tranchées, et connaisse un jour le sort de Charles ou de Gustave Novera ?

— Mais nous aurons la guerre ! avait crié Henri. Dans les pires conditions ! Ils sont prêts à tout. Ce sont eux qui ont tué Maria.

Antoine avait secoué la tête, comme pour excuser son fils auquel le malheur personnel avait fait perdre la raison.

— Les réservistes qu'on avait appelés, avait-il murmuré, ont été renvoyés chez eux. Ils ont banqueté au Cercle républicain, tout le village a passé une nuit blanche.

Nuits blanches.

Depuis la mort de Maria, elles l'étaient presque toutes pour Henri Forestier.

Il restait étendu, raide, les bras collés le long du corps, les yeux fermés comme un gisant.

Il n'était pas un moment de sa vie avec elle qu'il ait oublié, ni leur rencontre dans le salon d'un grand hôtel de Varsovie, où la bonne société polonaise recevait les officiers français venus l'aider à se défendre contre les bolcheviks, ni cette fête donnée dans le parc de leur villa de Trèves pour célébrer la naissance de Joseph. C'est ce soir-là sans doute que Maria avait découvert qu'elle était attirée par ce docteur.

Il n'avait jamais éprouvé au souvenir de ces instants autre chose que de la douleur, du désespoir et le sentiment de n'avoir pas su retenir Maria, elle qui par la joie qu'elle mettait dans chacun de ses gestes lui avait tant donné, et d'abord Joseph, cet enfant qui, avec son visage aux traits réguliers, ses cheveux noirs bouclés, lui ressemblait tant qu'il avait peur souvent de le regarder, la souffrance étant trop grande alors.

Il n'oublierait jamais ce moment où il avait pris son fils par les épaules pour lui annoncer que sa mère était morte. Il avait hésité, fermé les yeux, et Joseph avait murmuré qu'il savait, qu'il ne fallait rien dire. Et c'est Henri qui s'était abattu contre son fils, qui était déjà plus grand que lui, et c'est Joseph qui l'avait soutenu pour parcourir la nef de l'église Saint-Étienne-du-Mont.

Ce jour-là, le jour de la messe, Louise Véran, journaliste au *Citoyen*, s'était approchée de lui timidement. Elle avait gardé sa main dans les siennes, elle avait murmuré :

— Vous ne pouviez rien faire pour empêcher la rencontre d'Elie et de Maria. Je les ai vus ensemble quelquefois. Ils n'étaient plus avec nous, ils vivaient dans une autre dimension. C'était comme si on n'existait plus. J'ai lu ce qu'écrivent les journaux. C'est abject, c'est pour vous détruire. Maria ne vous a pas trompé.

Elle avait secoué la tête.

— C'est un mot horrible, il ne lui convient pas. Vous le savez, n'est-ce pas ? Maria, c'était une femme immaculée.

Henri avait été surpris par ces propos, par cette femme qui s'introduisait ainsi dans sa vie. Mais il ne lui en avait pas voulu. Son visage exprimait de la noblesse, et ce mot qui lui était venu l'avait étonné. Il avait été troublé de l'avoir pensé.

Louise avait ajouté qu'il fallait écraser ceux qui avaient tué Maria. Elle revenait d'Espagne, avait-elle expliqué. Elle avait vu les morts allongés côte à côte à Madrid, à Barcelone, à Guernica.

— Ce sont ceux qui l'ont assassinée qui massacrent là-bas, ce sont les mêmes. Il faut les haïr, les écraser. Il faut la venger !

Elle l'avait regardé longuement.

Elle avait dû comprendre qu'il continuait d'aimer Maria, qu'il ne lui reprochait rien. Mais elle n'avait sûrement pas pu imaginer qu'il voyait Maria s'avancer chaque nuit vers lui, vêtue de blanc, comme elle l'avait été à cette fête dans le parc de la villa de Trèves où elle lui était apparue si présente, et pourtant insaisissable.

Gustave Novera et Joseph Rigout, le maire de Mazenc, étaient sortis du Cercle républicain et s'étaient approchés de lui.

— L'accord de Munich, alors, commandant, qu'est-ce que tu en penses ? avait demandé Novera.

Avec les années, son visage s'était creusé de rides qui accusaient encore la laideur et le chaos des traits.

Il n'avait pas attendu que Henri réponde. Il s'était indigné, crachant les mots, la salive glissant au coin gauche de sa bouche, disant que c'était un crime, qu'on abandonnait les Tchèques, que Daladier et Chamberlain espéraient que Hitler, après avoir bouffé l'Autriche en mars 1938, les Sudètes en septembre, et dans quelques mois ce qui restait de la Tchécoslovaquie, et puis après ce serait la Pologne, serait prêt pour attaquer l'URSS !

Novera avait gesticulé, criant presque, brandissant le poing.

— Parce que c'est ça qu'on veut, avait-il poursuivi, pousser Hitler contre les Soviets, et c'est pour ça qu'on les a laissés à l'écart de l'accord de Munich. Et pourtant Laval a signé un traité avec Staline !

Novera s'était éloigné de quelques pas.

— Mais si on croit que Staline va se laisser prendre au piège, avait-il lancé, on se trompe. Il en a plus d'une dans son sac, Joseph Staline !

Novera avait lentement descendu la rue qui conduisait vers les vignes.

Henri l'avait suivi des yeux. Il n'avait jamais remarqué qu'il se dandinait en marchant, comme si l'éclat d'obus n'avait pas seulement cassé sa gueule, mais avait déséquilibré tout le corps.

— Cet accord de Munich, avait repris Joseph Rigout, c'est quand même la paix, non ? Mon fils est mort en 17 comme votre frère Charles, et ici, il y a en plus de nous les Pallanchard, les Berthommieu, les Gallet, les Fougeyrol, les Chabert qui continuent de pleurer. C'est rien vingt ans pour un fils mort, et ça fait seulement vingt ans !

Rigout avait secoué la tête.

— Il a peut-être raison, Gustave, avait-il continué, mais est-ce qu'il faut recommencer à se tuer tous les vingt ans ? Moi, je dis que pour les parents, pour les soldats, même un jour de paix de plus, ça vaut le coup. Alors Munich… Je préfère voir les jeunes d'ici, et il n'y en a plus beaucoup, passer des nuits blanches à boire plutôt que les imaginer dans une tranchée, attendant le moment où il leur faudra sortir. La gueule de Novera, croyez-moi, elle leur donne à tous des nuits blanches…

Il avait enfoncé la tête dans les épaules.

— Alors, Munich ! Une vie épargnée, mon commandant, une seule vie, vous savez bien ce que ça représente.

Henri s'était contenté de murmurer qu'il le savait.

12.

“ Elle n’avait
pas écrit
que les envoyés
de Moscou,
dans les caves
de Barcelone,
torturaient
et exécutaient… ”

Louise Véran n’avait pas vu son visage. Il était resté caché dans la pénombre du couloir. Et elle s’était sentie écrasée par cette silhouette sans regard qui se découpait dans l’encadrement de la porte.

Tout à coup, elle avait été persuadée de l’incongruité de sa démarche et elle avait eu envie de s’enfuir.

Elle s’était retournée comme pour évaluer les chances qu’elle avait de pouvoir s’échapper. Il lui fallait traverser la cour pavée, où le soleil de cette fin d’après-midi d’août 1939 avait creusé un fossé large et blanc qui semblait rendre inaccessible le portail et au-delà la rue de l’Estrapade.

Elle avait fait un pas en arrière, et Henri s’était avancé, le visage enfin dans la lumière.

Il l’avait fixée, les sourcils froncés, une interrogation dans les yeux, mais elle n’avait perçu aucune hostilité dans ces traits que le temps, plus d'une année, avait alourdis.

— Vous vous souvenez..., avait-elle commencé.

Elle aurait voulu évoquer la messe à l'église Saint-Étienne-du-Mont, les quelques phrases qu'elle lui avait dites, et la façon dont il l'avait regardée, ému, ne la quittant pas des yeux. Elle n'avait jamais oublié ce moment-là, grave et bref, qui lui avait semblé comme entouré de silence, et qu'elle avait gardé en elle au milieu de la guerre, dans Barcelone en feu, puis sur ces routes encombrées de réfugiés qui tentaient de passer en France, enfants mutilés, vieilles femmes en noir, hommes hirsutes, troupeau de vaincus, hagards, que les gendarmes français triaient à la frontière.

Henri n'avait pas attendu qu'elle rappelle ce jour de deuil, leur rencontre. Il avait baissé la tête et s'était effacé pour lui faire signe d'entrer.

Mais il avait dit :

— Je partais.

Elle avait observé, au fur et à mesure que ses yeux s'étaient habitués à l'obscurité, les deux cantines de métal peintes en vert, déposées dans le couloir. La maison sentait déjà l'abandon, avec ses volets clos qui ne laissaient filtrer que des hachures blanches, dessinant sur le sol une géométrie oblique annonçant le départ.

Henri avait ouvert une porte dans le vestibule. Il avait éclairé un petit salon, et Louise Véran avait aussitôt été attirée par l'immense tableau aux teintes ocre qui occupait toute une cloison, face à un canapé.

Elle avait deviné plus qu'elle n'avait aperçu le geste par lequel il lui avait demandé d'entrer dans le salon, de s'asseoir. Mais elle s'était approchée du tableau. Et elle avait éprouvé le regret de ne pouvoir ainsi marcher, s'enfoncer dans le désert, dans un paysage des origines, quand les hommes n'étaient qu'une poignée, loin à l'horizon, parmi les dunes. Elle avait murmuré quelques mots, étendant le bras vers la toile comme si elle avait voulu qu'une main l'entraîne au-delà du monde où elle vivait.

— J'ai peu de temps, avait prévenu Henri. Une voiture doit venir me chercher. Je rejoins mon régiment.

Il s'était placé entre le canapé et le tableau. Il était en uniforme, mais encore tête nue.

Elle avait dit qu'elle voulait lui parler.

Il avait croisé les bras, la tête un peu penchée, continuant de la fixer.

Louise avait répété :

— Je ne sais pas, je ne sais plus par où commencer.

Elle avait pourtant traversé Paris d'un pas décidé, sûre qu'elle devait parler au commandant Henri Forestier. Il lui avait paru être le seul homme auquel elle pouvait raconter ce qu'elle savait, ce qu'elle avait vu en Espagne, ce qu'elle avait décidé de taire, écrivant pour *Le Citoyen* seulement ce qui était conforme à ce que Vincent Gallois appelait « la vérité utile », parce que tout ce qui n'était pas utile à la lutte et entrait ainsi en contradiction avec la « ligne générale » – c'était aussi son expression – devenait mensonge.

Elle n'avait donc pas écrit que les envoyés de Moscou, dans les caves de Barcelone, torturaient et exécutaient ceux qu'ils appelaient les « anarcho-trotskistes » et bientôt les « hitléro-trotskistes ». Que leur police politique n'était qu'une Gestapo tout aussi cruelle, et que seul l'emblème, là un svastika, ici une étoile ou une faucille et un marteau, les distinguait.

Elle n'avait décrit que les bombardements de l'aviation allemande, de la division Condor.

Elle avait publié une interview de Malraux, qui racontait l'héroïsme des pilotes américains de son escadrille de volontaires. Elle avait chanté les sacrifices des Brigades internationales, et terminé chacun de ses reportages par le *« No pasarán »* qu'avait lancé à Madrid la communiste Dolorès Ibarruri, la femme en noir qui parlait avec tout son corps et exaltait les combattants

Et après l'avoir baisée, Vincent Gallois l'avait félicitée.

Elle avait l'esprit de parti, avait-il dit. Elle savait d'instinct quelle était la ligne générale. Et elle avait accepté la violence et la morgue de Vincent parce qu'elle était épuisée, malheureuse, indignée par tous ces crimes, accablée par le spectacle de ces morts mêlés, de ces fillettes enfouies sous les décombres, de cette guerre civile où, comme le lui avait confié Saint-Exupéry rencontré dans un hôtel de Madrid, « on fusillait comme on déboise ».

Mais elle n'avait voulu voir que les bûcherons franquistes, ces tueurs qui abattaient les vies au nom de l'Ordre et de Dieu. Et elle avait détourné la tête pour ne pas apercevoir les assassins de la Guépéou, qui émondaient au nom de la Révolution et de Staline.

Et puis Madrid était tombé, quelques jours plus tard… Et puis, le 13 mars 1939, Prague avait été occupé par les Panzerdivisionen de Hitler.

Et puis Elie Meyerhold, avec qui elle avait dîné une

dizaine de jours auparavant, lui avait dit qu'il voulait s'engager dans la Légion étrangère parce que la guerre allait éclater bientôt et qu'il fallait se préparer au pire, à l'alliance entre Staline et Hitler.

Elle avait hurlé que c'était folie d'imaginer ça ! Et elle avait crié d'autant plus fort qu'elle avait eu l'intuition, se souvenant des caves de Barcelone et de la police rouge, que cet accord entre les nazis et les Soviétiques allait être signé.

Meyerhold lui avait pris le poignet, l'avait serré, avait répété :

— C'est logique, inéluctable, Louise ! Ils vont, comme autrefois le roi de Prusse et le tsar, se partager la Pologne puis, plus tard, quand Hitler aura digéré ses conquêtes, écrasé la France, alors ils s'affronteront. Mais les années qui viennent seront terribles. Les gens comme toi et moi vont être broyés par les rouleaux de cette meule. C'est pour cela que je veux m'engager. Et ils vont me rejeter, trop vieux… peut-être même vont-ils m'interner comme suspect. On enferme déjà les républicains espagnols, on prépare des baraquements pour accueillir les apatrides, les exilés.

Mais il était français, avait murmuré Louise. Vincent Gallois n'avait-il pas obtenu sa naturalisation, l'un des premiers actes du gouvernement Blum ?

Elie Meyerhold avait souri. Bien sûr, il était français, mais un Français de Blum, pour ceux qui avaient assassiné Maria Forestier, ce n'était pas un Français, c'était pire qu'un métèque.

Louise avait alors dit qu'elle allait essayer d'obtenir l'appui du commandant Forestier, et Meyerhold avait répondu qu'elle était folle.

Durant plusieurs jours, elle avait hésité, puis le 23 août, à la fin de l'après-midi, Gallois l'avait appelée au téléphone.

Il fallait qu'elle se rende aussitôt à l'hôtel de Wiener, avenue Hoche.

Elle avait obéi, pris un taxi. Le chauffeur n'avait pas cessé de marmonner, et à la fin il l'avait interrogée :

— Qu'est-ce que vous en pensez ?

Des clients, avait-il expliqué, lui avaient affirmé que la guerre maintenant ce n'était plus qu'une question d'heures, au mieux de quelques jours.

Il lui avait lancé un coup d'œil, puis avait haussé les épaules.

— Vous, vous ne savez rien. Vous vous en fichez, vous n'avez pas de fils ! Vous êtes trop jeune. Et la politique, c'est pas votre parfum. C'est bien, vivez donc comme ça tant que vous le pouvez…

Il lui avait enfin appris que l'on avait annoncé la signature d'un pacte de non-agression entre Hitler et Staline.

Elle s'était tassée. Elle avait fermé les yeux, baissé la tête. C'était comme si on lui avait serré le cou.

Elle avait fait arrêter le taxi au coin de l'avenue Hoche. Elle avait besoin de marcher dans ce soleil indifférent, au milieu de cette foule tranquille que rien ne distinguait de celle des jours précédents. Peut-être les attroupements autour des kiosques à journaux, ces passants qui lisaient les dernières éditions des quotidiens barrés de grands titres noirs, signalaient-ils qu'un événement extraordinaire s'était produit ? Mais ça ne paraissait pas plus important que, dans une longue traînée de fourmis, les quelques-unes qui s'agglomèrent et qui paraissent affolées.

Il allait falloir du temps pour que les gens qui vivaient enfoncés dans leur vie découvrent que ce qui s'était passé aujourd'hui à Moscou allait changer leur destin. Et qu'ils auraient dû placer cette photo qui s'étalait à la une de la presse et où l'on voyait, lors de la signature du pacte, Staline joyeux féliciter Ribbentrop, le ministre des Affaires étrangères du Reich, comme un repère dans un album de famille.

Elle était entrée dans l'hôtel de Wiener. Tout était silencieux et sombre. La statue de Vénus au centre du vestibule lui était apparue comme un corps blessé, enveloppé des teintes noires de l'ombre.

Dans l'un des salons du premier étage, Roland Mercœur était assis auprès de Meyerhold. Vincent Gallois, souriant ironiquement, allait et venait.

— Te voilà ! s'était-il écrié.

Elle l'avait ignoré, s'asseyant près de Meyerhold, et elle savait que Vincent comprendrait aussitôt le sens de ces actes.

— Monsieur Meyerhold, avait-il repris d'une voix dure et sarcastique, a des pudeurs, des émotions…

Meyerhold s'était levé.

— Je n'écrirai plus. Il n'y a plus rien à dire. La mâchoire s'est refermée sur les peuples. Il n'existe qu'une seule solution pour les Français, mais vous êtes des fanatiques, des serviles, vous ne serez pas capables de la mettre en œuvre.

Il avait parlé lentement, sur un ton méprisant.

Louise lui avait saisi le bras. Elle l'avait supplié du regard d'expliquer ce qu'il fallait faire.

— Il suffirait de déclarer que l'URSS agit selon ses intérêts, mais que tout Français, communiste ou pas, n'a qu'un seul devoir, se battre contre le nazisme, et que cette guerre, que le pacte germano-soviétique rend inéluctable, il faut la gagner. Dire que l'URSS n'est qu'un État, cynique comme tous les États, pire sans doute que bien des États, parce que c'est une dictature.

— On ne vous retient pas, monsieur Meyerhold, avait répliqué Gallois. Je n'ai jamais eu vraiment confiance en vous. Vous êtes de ces esprits que le moindre coup de vent bouleverse, une girouette, un opportuniste. Vous n'êtes plus rien !

Et subitement, alors que Meyerhold avait atteint l'escalier, Gallois avait crié :

— Un débris de l'histoire, rien !

En se levant, Louise avait repoussé son fauteuil d'un mouvement brusque, et elle l'avait menacé de la main alors qu'il avait fait un geste pour la retenir.

— L'hypocrisie, le mensonge, le silence, c'est fini ! avait-elle lancé.

De l'escalier, elle avait ajouté :

— Ils ont enlevé leur masque.

Elle avait rejoint Meyerhold, qui remontait lentement l'avenue Hoche.

La lumière était si vive qu'elle incendiait toutes les façades.

Louise avait eu l'impression en avançant vers l'Arc de Triomphe de l'Étoile qu'elle marchait dans une ville en feu. Elle s'était souvenue de Guernica et de Barcelone. Et elle avait imaginé Paris brûlé, détruit.

— Nous sommes seuls, avait dit Meyerhold d'une

voix calme. Nous n'avons plus que des ennemis. Nous sommes dans le *no man's land*, toi et moi.

Sans réfléchir, elle avait dit qu'elle devait voir Henri Forestier.

Elle avait embrassé Elie Meyerhold et elle s'était élancée dans la poussière dorée du crépuscule.

13.

“Nous nous
battrons
sur les mers, nous
nous battrons
dans les champs,
et dans les rues,
nous nous
battrons
sur nos plages
et nos collines.”

Henri Forestier avait ouvert la porte du salon et éclairé la pièce.

Il était resté sur le seuil, incapable d’avancer, tout à coup accablé, avec un sentiment de malaise. Il avait frissonné, saisi de vertiges, de nausées. Il s’était appuyé de l’épaule gauche au cadre de la porte. Le tableau qui occupait toute la cloison avait paru osciller, et il avait eu la sensation que le sable des dunes se déversait hors du cadre et s’apprêtait à l’étouffer.

Il avait fermé les yeux.

Il avait pensé que la fatigue et l’épuisement contre lesquels il luttait depuis près d’un mois l’avaient emporté. Et cette idée l’avait rassuré. Ce désarroi, cette panique même qu’il avait sentis monter en lui lorsque, pour la première fois depuis dix mois, il s'était engagé dans la rue de l'Estrapade, puis avait traversé la cour pavée, n'avaient rien de surprenant. Ce n'était pas l'émotion qui l'avait étreint, ni en voyant ce salon, ce canapé, ce tableau, le souvenir de Louise Véran. Leur conversation de l'été dernier avait été vite interrompue, quelques mots à peine échangés et déjà le chauffeur de la 5e armée se présentait, demandait s'il devait charger les cantines qui étaient dans le vestibule. La route jusqu'à Wangenbourg, avait-il dit, était encombrée de convois militaires. Il fallait ne pas tarder à partir si l'on voulait passer le col de Saverne dans la nuit, quand la circulation était moins dense.

Henri se souvenait d'avoir écarté les bras en signe d'impuissance. Louise était déjà sur le pas de la porte du salon.

Il s'était approché d'elle. Il s'était excusé, mais elle avait souri, dit qu'ils se reverraient, elle en était sûre. Il avait été frappé par la sérénité de son visage, le calme de sa voix, la certitude que toute son attitude exprimait.

— Il y a des choses qui doivent se produire, contre lesquelles on ne peut rien, avait-elle ajouté. Elles sont dans la logique du destin. On ne sait pas pourquoi. Pour nous, je le sens ainsi.

Il avait été troublé, ému, par ces propos et ce « nous » qu'elle avait prononcé avec naturel.

Il s'était contenté de répéter :

— Vous croyez ? Vous croyez ?

Il l'avait raccompagnée jusqu'au portail et là, Louise s'était dressée sur la pointe des pieds, avait passé le bras gauche autour de sa nuque, l'attirant à elle, se haussant vers lui. Elle l'avait embrassé sur les deux joues, en chuchotant :

— Bonne chance.

Puis, se séparant de lui, elle avait ajouté qu'elle n'était plus inquiète depuis qu'elle l'avait vu.

Il l'avait regardée s'éloigner. Elle portait un chemisier blanc, une jupe bleue large, et des chaussures à talons plats. Elle avait la silhouette d'une jeune fille aux cheveux flous.

— J'ai chargé les cantines, avait dit le chauffeur.

Henri, avec des gestes lents, avait fermé la maison.

C'était le 23 août 1939. Dix mois avaient passé, on était le dimanche 9 juin 1940.

Il était entré dans le salon, mais après quelques pas il avait dû s'arrêter à nouveau.

C'était comme s'il lui avait été impossible de supporter l'immobilité et l'indifférence des choses figées dans une odeur de cire et de poussière.

Qu'avait-il donc vécu depuis ces dix mois ? Un mirage ?

Cet hiver pluvieux et morne à Wangenbourg, au sud de Saverne, cette amertume qu'il avait partagée avec de Gaulle qui commandait les chars de la 5ᵉ armée et à l'état-major duquel il avait été affecté.

Même le général Robert de Taurignan, placé à la tête de cette 5ᵉ armée et qui n'avait jamais été hostile, les avait mis en garde contre leurs obsessions.

Les Panzerdivisionen n'étaient pas aussi efficaces que de Gaulle et lui l'avaient imaginé, avait-il dit. Bien sûr la Pologne avait été conquise en quelques jours, mais quels blindés pourraient franchir la ligne Maginot ou bien les forêts des Ardennes ?

Lorsqu'on avait découvert, dans la sacoche d'un officier allemand dont l'avion s'était écrasé, des plans d'invasion de la Hollande, de la Belgique, et des flèches montrant les axes d'attaque des blindés par le massif ardennais, personne n'en avait tenu compte.

— De Gaulle et vous, Forestier, vous êtes fous ! s'était même exclamé un jour Taurignan. Des hommes comme vous nous conduiraient tout droit au désastre.

L'attitude de Taurignan, un homme droit et courageux, avait ébranlé Henri. Il avait conseillé à de Gaulle de ne plus exprimer des opinions hostiles au quartier général, cela ne servait à rien. Mais il avait admiré la détermination de De Gaulle, sa force morale, les risques qu'il prenait pour sa carrière en envoyant en janvier 1940 un *Mémorandum* à quatre-vingts personnalités. De Gaulle avait exposé en quelques pages ses vues stratégiques, la nécessité de constituer des divisions blindées.

Et quand un groupe de députés était venu leur rendre visite à Wangenbourg, Henri avait entendu de Gaulle assener d'une voix forte :

— Messieurs, nous avons perdu la guerre !

Il avait vu les visages effarés de Michel Dussert, de Léon de Boissier et des parlementaires anglais qui les accompagnaient. Ces derniers s'étaient penchés vers leurs collègues français pour leur demander s'ils avaient bien compris le sens des propos de ce colonel étrange, avec son casque de tankiste enfoncé jusqu'aux sourcils et sa veste de cuir serrée par le sac du masque à gaz.

— Il s'agit maintenant d'en gagner une seconde, avait repris de Gaulle. Les chars allemands ne passeront pas la Manche, les Américains et les Russes entreront dans le conflit.

Henri avait lu l'étonnement et la désapprobation sur les visages des députés.

Michel Dussert, d'une voix rageuse, avait lâché qu'il était scandalisé par de tels propos tenus par un officier.

— Vous démoralisez le pays. Vous déraisonnez, colonel, je dois vous le dire !

De Gaulle, méprisant, avait haussé les épaules, et sans prendre la peine de répondre il avait poursuivi :

— Lisez *Mein Kampf*. Le pacte germano-soviétique n'aura qu'une durée provisoire.

Le soir, le général de Taurignan les avait morigénés.

Pourquoi de Gaulle s'était-il montré si provocateur ? Ignorait-il que Dussert et Boissier étaient proches de Pétain ? Que l'on disait de Dussert qu'il était l'un des chefs de la Cagoule, et que si on ne l'avait pas poursuivi après les attentats de la rue de Presbourg et de la rue Boissière, après divers assassinats, c'était non seulement parce qu'il avait été protégé par son immunité parlementaire, parce qu'il possédait la banque Dussert et *La Voix nationale*, mais aussi parce qu'il était l'un des hommes de Pétain ? Et personne n'oserait jamais toucher au maréchal de France !

— Vous ne mesurez pas, avait continué Taurignan à voix basse, l'influence du Maréchal. J'ai été membre de son cabinet. Il est le point de jonction de tous les réseaux, de toutes les conspirations. C'est, à quatre-vingt-quatre ans, un homme d'avenir. Surtout si la situation militaire se détériorait.

Pourtant qui l'imaginait ?

Quelques hommes. Paul Reynaud qui, le 23 mars 1940, était devenu président du Conseil, et Daladier restait ministre de la Guerre, entre les mains des généraux Gamelin et Weygand, hostiles à tout renouvellement de la stratégie, comme Pétain.

Alors il avait bien fallu continuer de piétiner dans la boue de cette drôle de guerre et réussir cependant à constituer une division blindée, mais trop tard.

C'était le 10 mai 1940. Le hurlement des sirènes des stukas avait déchiré le ciel d'un bleu lumineux, sans un souffle de vent, sans la trace d'un nuage. Les avions au svastika tombaient en piqué, comme des flèches brillantes, paraissant rebondir à la verticale, laissant derrière eux des gerbes rousses et noires, des cris, des corps, des chars et des voitures éventrés.

Ce printemps était comme un abîme.

Les Panzerdivisionen avaient franchi la Meuse, s'étaient enfoncées en Belgique, dans les forêts des Ardennes, et leurs avant-gardes avaient été repérées aux portes de Sedan.

Henri Forestier avait suivi de Gaulle qui avait pris la tête de la 4e division cuirassée.

La guerre. Les attaques à Montcornet, puis dans la région d'Abbeville, ces premiers prisonniers allemands, cette sensation exaltante et désespérante que la victoire était possible, mais qu'elle était impensable parce que la partie était mal engagée, que les panzers de Rommel avaient traversé la Somme, qu'ils se dirigeaient vers Rouen et Le Havre, qu'il était trop tard pour monter une contre-offensive générale, ou pour réaliser un miracle comme celui de la Marne en septembre 1914.

Les Allemands avaient retenu la leçon. Ils roulaient vers Paris.

C'était il y a quatre jours, le 5 juin.

Ce 5 juin, de Gaulle s'était approché de lui. Il venait d'apprendre que Paul Reynaud l'avait nommé sous-secrétaire d'État à la Guerre. Mais en même temps, Reynaud avait gardé autour de lui, au gouvernement, dans les cabinets ministériels, à l'état-major, Pétain, Weygand, Dussert, Boissier, et même le vieux Machecoul. Et dans leur ombre, Eugène Deloncle, Laval, Déat, tous ceux qui avaient condamné l'entrée en guerre parce qu'il ne fallait pas « mourir pour Dantzig », tous ceux qui avaient rêvé d'une alliance avec Hitler, Mussolini, Franco, contre l'URSS et les rouges.

Tous ceux qui avaient ordonné, perpétré ou couvert l'assassinat de Maria Forestier.

Henri les avait croisés dans les couloirs de l'hôtel de Brienne, rue Saint-Dominique, au ministère de la Guerre où Paul Reynaud s'était installé pour montrer sa détermination à continuer la lutte.

De Gaulle se trouvait au rez-de-chaussée du bâtiment, et pour y accéder il fallait enjamber les caisses et les cantines que l'on commençait à remplir en vue d'une évacuation prochaine.

Henri avait tenté d'organiser le cabinet de De Gaulle qui depuis quelques jours, au lendemain des succès de Montcornet, avait été élevé au grade de général de brigade à titre temporaire.

Après les heures passées sur les routes envahies par tout un peuple qui s'enfuyait, poussant ses biens dans des brouettes ou bien bringuebalant au sommet d'échafaudages de meubles et de valises entassés dans des charrettes, après ces explosions creusant des fossés sanglants dans les longues colonnes de l'exode, après le spectacle de ces soldats débandés, avançant dépoitraillés, sans armes, abandonnés par leurs officiers, c'était le temps des conciliabules et des complots d'antichambres.

Henri avait entendu Michel Dussert et Léon de Boissier dire qu'il fallait déclarer Paris ville ouverte, partir pour Bordeaux, fuir cette capitale où, le général Weygand l'assurait, Thorez, le chef communiste, s'apprêtait à prendre le pouvoir, peut-être avec la complicité des Allemands. Soviets et nazis ne s'étaient-ils pas associés pour dépecer la Pologne ? Les communistes français n'étaient que les exécutants de la politique de Staline.

Ce serait pire que la Commune, s'était lamenté Boissier. Et Michel Dussert avait répété qu'il fallait au plus vite engager des pourparlers pour conclure un armistice, parce que l'armée était défaite, que les chars de Rommel étaient à Fécamp, qu'ils remontaient la Seine, et que rien, rien ne pouvait les arrêter. Les Anglais, ne pensant qu'à leurs intérêts, rembarquaient déjà leurs troupes à Dunkerque et laissaient les Français crever sur la plage.

On commençait à murmurer que le maréchal Pétain était le seul homme capable d'obtenir des Allemands un armistice honorable. Entre soldats.

L'abîme, sous ce ciel bleu dans un Paris vide, à l'exception de quelques avenues qu'empruntaient les naufragés de la débâcle.

Henri était resté debout devant le bureau de De Gaulle qui, tout en parcourant des dépêches, commentait la situation militaire et politique.

— Les événements vont aller maintenant très vite. Le défaitisme risque de tout submerger… À moins d'un miracle, nous n'avons plus aucune chance de vaincre dans la métropole, ni même de nous y rétablir.

Les mots étaient tombés comme des couperets. De Gaulle s'était tourné vers une grande carte du nord et de l'ouest de Paris.

Il était calme, regardant les flèches signalant l'avancée allemande.

— D'ailleurs, avait-il poursuivi, le commandement foudroyé par la surprise ne se ressaisira plus.

Il s'était avancé vers Henri.

— Le gouvernement est enveloppé par une atmosphère d'abandon, avait-il ajouté. Vous connaissez ces gens, Forestier. Le Maréchal et ceux qui le poussent vont avoir désormais beau jeu.

Henri, dans la cour du ministère, avait croisé le général Robert de Taurignan, les traits affaissés, le teint terreux. Il venait de rendre visite à son père, Maurice Chrétien de Taurignan, qui avait refusé de quitter Paris et s'était étonné qu'un officier ait pu survivre à une telle défaite.

— Je n'ai pas pu supporter le mépris de mon père. Pour la première fois de ma vie, je l'ai quitté sans le saluer, avait-il murmuré.

Il l'avait entraîné à l'écart de ces camions garés

dans la cour, dans lesquels des soldats chargeaient des cantines, des caisses remplies de dossiers.

— Dans la cour du Quai d'Orsay, ils brûlent les archives diplomatiques…

Taurignan avait levé la tête, montré ces fumées noires qui montaient, droites, et formaient au-dessus de Paris une mince couche de brume sans réussir cependant à voiler le ciel bleu.

— Je ne sais pas où est mon fils Cédric, avait repris Taurignan. Peut-être prisonnier ? Au quartier général – il avait fait une grimace, ricané – puisqu'il y a encore un quartier général, ils ignorent où sont passés des corps d'armée entiers, c'est comme s'ils avaient été aspirés dans le vide.

Il avait hoché la tête.

— On doit compter des centaines de milliers de prisonniers et de soldats errants. Comment voulez-vous, Forestier, continuer le combat ?

— Il y a l'Empire, l'Afrique du Nord, l'Afrique noire, avait martelé Henri. Nous avons la deuxième flotte de guerre du monde. Et l'Angleterre ne se rendra pas, jamais !

Taurignan avait répondu que seuls quelques hommes voulaient continuer le combat. Et ceux-là, le peuple les rejetait.

Il avait approché son visage de celui d'Henri. Il avait chuchoté comme s'il avait eu honte de faire cette confidence.

Il avait voulu, avait-il raconté, faire sauter un pont à l'entrée d'un village pour empêcher les Allemands de franchir facilement le fleuve. Et toute la population, le maire à sa tête, s'y était opposée, l'insultant, prête à les lapider, lui et la poignée de soldats décidés à résister.

— Survivre, voilà le seul but de ce peuple… Un peuple éperdu, qui fuit sur les routes, qui préfère le déshonneur à la mort. Il est encore exsangue, Forestier. Chaque famille se souvient du parent tombé ou mutilé pendant la Grande Guerre. Il ne veut plus donner un seul de ses hommes. On a trop demandé à ce peuple. Et on a gaspillé, dilapidé son sang, vous le savez. Il n'a plus confiance en nous qui prétendons exiger de lui de nouveaux sacrifices.

Il l'avait longuement regardé.

— Est-ce que vous avez oublié votre frère, Forestier ? Moi, je n'ai pas oublié ma mère. Et j'ai un fils sous les armes.

Henri avait pensé à Joseph, qui avait souhaité s'engager mais qu'on avait refusé d'enrôler parce qu'il n'avait pas encore dix-huit ans. Grâce en soit rendue à Dieu, s'il existait.

Il avait essayé de téléphoner au château de Mazenc, pour dire à Joseph que la guerre serait longue, qu'il ne fallait pas que tous succombent dans cette phase de la bataille, ou bien qu'ils se laissent prendre par l'ennemi et ne puissent pas continuer le combat. Car il en était persuadé, l'Allemagne ne pourrait pas vaincre. Elle aurait l'Angleterre comme un os dans la gorge. Le 4 juin, Churchill venait de déclarer :

« Nous nous battrons sur les mers, nous nous battrons dans les champs, et dans les rues, nous nous battrons sur nos plages et nos collines. »

Les Anglais ne céderaient jamais, avait surenchéri de Gaulle. Ils n'avaient pas baissé les armes devant Napoléon, ils ne capituleraient pas face à Hitler !

— Donc nous devons rester à leurs côtés, avait conclu de Gaulle.

Et il avait décidé de se rendre à Londres pour prendre un premier contact avec Churchill.

Ce dimanche 9 juin, Henri Forestier avait accompagné de Gaulle à l'aéroport du Bourget.

Les rues de Paris étaient silencieuses et désertes, comme autant de vallées asséchées sous un soleil brillant. Parfois une silhouette, ou bien une voiture qui paraissait s'enfuir, et qui allait rejoindre le flot des véhicules se dirigeant vers le sud.

— Les panzers ne seront pas là avant trois ou quatre jours, avait murmuré de Gaulle en saluant Henri. Si j'obtiens de Churchill que la Royal Air Force intervienne, nous pouvons encore les arrêter.

Il avait eu une moue désabusée.

— Mais ce serait un miracle ! Churchill voudra garder ses avions pour défendre l'Angleterre en cas d'invasion. Qui pourrait le condamner de penser d'abord à défendre sa patrie ?

Puis, après un instant de silence, il avait ajouté :

— Si je vis, je me battrai, où il faudra, tant qu'il faudra, jusqu'à ce que l'ennemi soit défait et lavée la honte nationale.

Henri avait attendu pour quitter Le Bourget que l'avion de De Gaulle ne soit plus qu'un point brillant dans le ciel d'un bleu pâle.

Il s'était attardé encore quelques instants, avec un sentiment de solitude presque insupportable, comme si le départ de De Gaulle avait tout à coup rendu plus sensible encore cette défaite provoquée par la coalition des incapables, des lâches, des veules, des conformistes et des traîtres. Seule une poignée de responsables avait voulu donner au pays les moyens de résister à Hitler.

Les autres s'étaient, comme Blum, bercés d'illusions, ou bien avaient été si blessés par la Grande Guerre qu'ils avaient été prêts à tout accepter plutôt que de courir le risque de devoir en affronter une nouvelle.

Et ils avaient à subir maintenant, en même temps que la guerre, la honte et la servitude.

Henri avait demandé au chauffeur de le déposer place du Panthéon, et de revenir le chercher en fin de journée à l'hôtel Forestier.

Il avait traversé la place. Elle était vide, les immeubles qui la bordaient paraissaient abandonnés.

La mairie du cinquième arrondissement était fermée. Mais le soleil faisait briller les lettres d'or sur le Panthéon : *« Aux grands hommes la Patrie reconnaissante »*.

Il avait ressenti cette phrase comme une provocation.

La patrie était brisée, parce que les hommes qui en avaient la charge l'avaient laissée tomber à terre.

Il fallait que quelques-uns s'agenouillent, rassemblent les morceaux épars et la reconstituent.

Il avait marché sans réfléchir, et s'était tout à coup retrouvé rue de l'Estrapade.

Il avait vu la grille et la façade ocre de l'hôtel Forestier. Et il avait eu l'impression qu'il perdait l'équilibre. Il avait craint de s'évanouir là, à quelques mètres de chez lui.

Alors il avait fait un effort de volonté pour continuer de marcher droit dans cette rue déserte. Il avait traversé la cour, ouvert la porte, et il avait eu la gorge serrée par le désespoir.

14.

“ Voilà près
de neuf siècles
que les Chrétiens
de Taurignan
ont accroché
leur blason
à l’histoire
de la France.
Je suis fier
de notre lignée… ”

Maître Maurice Chrétien de Taurignan,
avocat à la Cour

À mon fils,
le général Robert Chrétien de Taurignan
À mon petit-fils,
l’aspirant Cédric Chrétien de Taurignan
Paris, le 16 juin 1940

« Mes enfants,

« J’ai décidé de mourir.

« Ne prenez pas mon geste pour un acte de courage. J’ai quatre-vingts ans. Et je fuis dans la mort la lassitude et le désespoir de vivre en ces temps de honte et de malheur de la patrie.

« Je ne voudrais pas, mon fils, après ce que je t'ai dit il y a quelques jours, que tu imagines un seul instant que je te donne ainsi une leçon et t'invite d'une manière ou d'une autre à suivre mon exemple.

« Cette pensée m'a si fort inquiété qu'elle m'a fait hésiter durant deux jours. Car j'ai pris la décision de me tuer le vendredi 14 juin, quand j'ai vu passer sur le Pont-Neuf les premiers détachements de l'armée allemande.

« La morgue de ces soldats, le bruit de leurs bottes, leur sourire même, ces svastikas, m'ont été insupportables.

« Il m'est apparu évident que je n'avais pas, à quatre-vingts ans, à m'imposer de survivre à ce que j'ai ressenti comme le plus grand des malheurs.

« Je me suis rendu au Palais de Justice, à la fois déterminé à accomplir cet acte et, peut-être au fond de moi, encore incertain.

« Je craignais, Robert, que tu ne ressentes ma mort comme un camouflet.

« J'espérais sans doute aussi, en arpentant les couloirs du Palais, que l'indignation et la colère de mes confrères, leur volonté de combattre, leur souffrance devant l'humiliation de la patrie, m'inciteraient à revenir sur ma décision afin de pouvoir avec eux arrêter face à l'occupant une attitude fière.

« Mais ce que j'ai vu au Palais m'a donné la nausée.

« Alors que les voitures allemandes étaient arrêtées place Dauphine, certains confrères dressaient déjà des listes d'avocats juifs ou anti-allemands. On m'a regardé avec mépris.

« J'ai compris qu'on allait, profitant de la défaite et de la présence allemande, régler de vieux comptes.

Non pas seulement ceux de ces dernières années, mais bien ceux qui n'étaient pas fermés depuis la Révolution et l'installation de la République. On allait faire payer aux républicains, aux juifs, aux survivants, la mort de Louis XVI, l'affaire Dreyfus, et même le scandale de Panamá.

« J'ai su que les confrères qui se détournaient pour ne pas avoir à me saluer ou à me serrer la main se souvenaient que j'avais été dreyfusard, et que j'avais défendu et fait acquitter Mathilde de Wiener. On ne souhaitait pas se compromettre avec moi, alors que se pavanaient les amis de Dussert, de Boissier et de Machecoul, les lecteurs de *La Voix nationale*, les défenseurs de la Cagoule, les admirateurs du maréchal Pétain, ceux qui n'avaient pas voulu mourir pour Dantzig et avaient proclamé leur haine des métèques.

« Ceux-là, je les ai vus, dès ce premier jour d'occupation, oublier leur serment d'avocat pour se muer en accusateurs.

« J'ai quitté le Palais et j'ai commencé à marcher.

« Paris ne m'a semblé peuplé que d'Allemands et de policiers.

« Je suis passé au milieu d'eux comme un vieil homme, et j'ai pensé un instant que je pouvais retourner à mon cabinet, charger mon pistolet et abattre l'un de ces officiers qui se faisaient photographier sur le Pont-Neuf, avec notre Louvre en arrière-plan.

« Mais j'ai imaginé que l'on fusillerait pour venger l'Allemand plusieurs otages, et j'ai renoncé à ce projet.

« J'ai longé les quais jusqu'au pont de la Concorde.

« Et j'ai vu flotter sur la Chambre des députés, notre Palais-Bourbon, le drapeau nazi.

« Je suis rentré chez moi et, n'eût été la crainte que tu ne reçoives, mon fils, ma mort comme un reproche, je me serais tué ce soir-là.

« Je n'ai plus dormi depuis ce vendredi 14 juin.

« J'ai écouté la radio, seul dans le salon, toutes lumières éteintes. Des voix se sont succédé dont je ne savais plus lesquelles parlaient au nom de la France ou de l'Allemagne. Elles répétaient les mêmes mots, agencés dans un ordre différent. La France est vaincue. Il faut arrêter les combats. Il faut conclure un armistice. Et souvent des musiques militaires allemandes ponctuaient ces appels à la soumission.

« Quand j'ai éteint la radio, j'ai entendu les mêmes musiques qui montaient du boulevard Saint-Germain et, quand elles ont cessé, sont venus jusqu'à moi le martèlement des bottes et des sabots, et le grondement des véhicules.

« J'ai imaginé que ces troupes, comme l'avait annoncé un communiqué, allaient défiler sur les Champs-Élysées. Et je n'ai plus supporté le son des fifres et des tambours.

« J'ai su à ce moment-là que, quelle que soit la peine que je vous inflige, je me tuerais.

« Voilà près de neuf siècles que les Chrétien de Taurignan ont accroché leur blason à l'histoire de la France.

« Je suis fier de notre lignée.

« Je ne crois pas que l'un d'entre nous, depuis que Geoffroy Chrétien de Taurignan a illustré notre nom à la prise de Jérusalem, se soit conduit avec bassesse.

« Peut-être mon suicide est-il l'acte le plus lâche accompli par un Chrétien de Taurignan. Et j'en demande pardon à tous les miens, et je demande grâce à Dieu pour ma décision sacrilège.

« Mais je veux qu'on comprenne qu'elle est méditée. Et je te remercie, mon fils, de m'avoir contraint à m'interroger durant deux jours, et à ne pas commettre cet acte dans un mouvement trop rapide d'indignation, de dégoût, et de fatigue.

« J'ai longuement pensé depuis vendredi à notre ancêtre Philippe Chrétien de Taurignan, qui fut décapité à quelques pas d'ici.

« Cette condamnation, cette exécution, comme celles, quelques mois plus tard, de notre roi Louis XVI, furent injustes.

« Il suffit de lire les écrits de Philippe Chrétien de Taurignan pour savoir qu'il fut un homme droit et généreux, soucieux du bien des autres et du royaume.

« Mais il était un Chrétien de Taurignan et, à ce titre, comptable comme tous ceux qui avaient en charge le pays, du fait de leur fonction ou de leur lignée, des bonheurs et des malheurs du peuple.

« Et le peuple a écouté ceux qui ont accusé Philippe Chrétien de Taurignan et tant d'autres avec lui, et le roi d'abord, d'avoir été indignes de leur mission.

« Je conteste cette condamnation, mais je l'accepte. Ce fut l'attitude de notre aïeul Philippe Chrétien de Taurignan.

« Je me condamne à mort, parce que je m'appelle Chrétien de Taurignan et que j'étais, plus qu'aucun autre, tenu de protéger la France et son peuple de la honte.

« Peu importe que j'aie tenté de le faire, et que je

ne me sois en rien compromis avec ceux qui, délibérément, ont choisi de trahir la France au nom de leur intérêt de caste, de leurs ressentiments – ils se vengent de 1789 ! Oui, peu importe. Il me semble que je dois mourir parce que je fais partie de ceux qui dirigent – et depuis neuf siècles ! – ce pays.

« Il est dans les fers. Je mérite la mort.

« Je me la donne.

« Elle me soulage.

« Voilà quatre-vingts ans que je porte ma vie. Le fardeau depuis quelques années m'accable. Le désastre national, l'occupation de Paris m'écrasent. La lâcheté que je devine déjà à l'œuvre partout me désespère.

« Je vais fermer les yeux.

« Mes enfants, soyez dignes du nom que vous portez.

« Et ramassez le tronçon du glaive.

« Je vous embrasse.

« Maurice Chrétien de Taurignan. »

15.

> « Je fais
> à la France
> le don
> de ma personne
> pour atténuer
> ses malheurs…
> C'est le cœur
> serré que je vous
> dis aujourd'hui
> qu'il faut cesser
> le combat. »

Michel Dussert avait longuement observé cet homme qui s'avançait d'un pas lent et prudent dans le hall de l'hôtel du Parc.

Il avait eu l'impression de le voir pour la première fois, alors que depuis des années il ne s'était pas passé de mois et parfois de semaine sans qu'il entrât dans le bureau qu'occupait, au premier étage de l'hôtel des Invalides, le maréchal Pétain. Et chaque fois, Dussert avait été ému, saisi par la prestance, la dignité ou plutôt la majesté de l'homme.

Pétain l'avait toujours écouté avec attention, puis avait prononcé quelques phrases sibyllines, paraissant sucer les mots, les retourner longuement dans sa bouche avant de les exprimer. Tel un oracle.

Dans l'antichambre, Léon de Boissier avait attendu, avec fébrilité, que Dussert lui rapportât les jugements du Maréchal. Et souvent Dussert s'était contenté d'exprimer par une mimique sa perplexité. Pétain l'avait félicité pour son dernier article dans *La Voix nationale*. Il lui avait conseillé de suivre de près les préparatifs de la Cagoule, mais il ne s'était pas engagé au-delà.

— Il attend, il attend, il guette le moment, avait répété Léon de Boissier.

Dussert avait dû rassurer Eugène Deloncle, Filliol, et même Jacques Machecoul, tous impatients, irrités par cette prudence, ces habiletés de matou retors, qui acceptait de la République le poste d'ambassadeur de France auprès du général Franco, puis, la débâcle venue, entrait dans le gouvernement de Paul Reynaud.

Dussert, à Bordeaux, avait vu le Maréchal chaque jour, s'asseyant près de lui dans la salle à manger de l'hôtel Splendid, lui préparant ses interventions au Conseil des ministres, que Léon de Boissier avait relues, insistant lui aussi, disant que l'heure avait sonné, qu'il allait disposer de l'appui de plusieurs ministres s'il succédait à Paul Reynaud, et même Blum, oui Blum, allait autoriser deux socialistes à faire partie du gouvernement Pétain.

Le Maréchal avait écouté.

Un soir, le 15 juin, Dussert avait vu s'approcher de la table le général que Paul Reynaud avait nommé sous-secrétaire d'État à la Guerre et qui avait, disait-on, remporté quelques succès avec ses blindés dans la région d'Abbeville, mais qui était surtout depuis des années un partisan de la guerre, l'homme de Reynaud dans l'armée, et dont Pétain avait dit avec mépris :

« De Gaulle, je le connais, il a écrit un livre ou du moins je lui ai dit de le faire. Je lui ai donné les grandes lignes et je l'ai corrigé. Il est non seulement vaniteux, mais ingrat. Il n'a guère d'amis dans l'armée… »

Dussert avait observé les deux hommes. De Gaulle saluant avec raideur, Pétain regardant sans voir celui qui avait été sous ses ordres. Léon de Boissier, après que le général se fut éloigné, avait murmuré que Reynaud avait chargé de Gaulle d'une mission à Londres, afin de tenter avec l'aide des Anglais d'empêcher l'armistice.

Et tout à coup, Pétain avait tapé du plat de la main sur la table, un afflux de sang avait coloré son visage parcheminé.

Il avait dit qu'on ne pouvait plus attendre, qu'il fallait imposer l'armistice et donc contraindre Reynaud à démissionner. Il allait prendre la tête du nouveau gouvernement et nommerait le général Weygand ministre de la Défense nationale. Il s'était tourné vers Boissier et Michel Dussert.

— Vous serez près de moi…

Puis, regardant vers la porte à tourniquet de l'hôtel Splendid, là où de Gaulle venait de sortir, il avait ajouté :

— Ceux qui refuseront ce que tout le pays attend, nous les condamnerons !

Reynaud avait démissionné le 16 juin, Pétain était devenu président du Conseil, Dussert directeur de son cabinet, Léon de Boissier chargé de mission. Et le 17 juin, enfin, Pétain avait prononcé ces mots qui allaient terminer une guerre que seuls quelques politiciens au service des juifs ou des Anglais, tels Reynaud et ses valets, tel de Gaulle, avaient souhaitée mais que le pays et l'armée avaient refusé de faire :

« Je fais à la France le don de ma personne pour atténuer ses malheurs… C'est le cœur serré que je vous dis aujourd'hui qu'il faut cesser le combat. »

Michel Dussert avait suivi des yeux le maréchal Pétain qui s'était arrêté au milieu du hall de l'hôtel du Parc.

Était-ce le décor de cet hôtel pour curistes, ces affiches qui vantaient les vertus thermales de Vichy, ces cris d'enfants dans les allées proches de l'hôtel, la douceur de l'air en cette fin de journée du 10 juillet 1940, brusquement il n'avait plus vu le maréchal Pétain mais un vieillard un peu bedonnant, le torse serré dans un costume noir croisé, la peau flasque du cou prise dans le col empesé de la chemise, les joues creusées de deux profondes rides que la moustache blanche paraissait prolonger, accusant les plis de la bouche.

Dussert avait été fasciné par ce visage qui semblait ne rien exprimer d'autre que le contentement de soi, une sorte de sérénité un peu ennuyée et distante.

Cependant il restait les yeux bleus et fixes, où se lisaient l'attente et même l'avidité.

Il avait eu l'impression de le découvrir depuis deux heures seulement, lorsqu'il était entré dans la chambre du Maréchal avec Léon de Boissier. Le regard de

Pétain s'était agrippé à lui sans qu'un seul trait du visage bouge, sans qu'il pose aucune question.

Dussert avait commencé à décrire cette assemblée de six cent quarante-neuf parlementaires, réunis dans la salle du casino de Vichy.

On avait reconstitué sur la scène un simulacre d'hémicycle du Palais-Bourbon, comprenant une tribune surélevée pour le président, le radical Édouard Herriot, des bureaux pour les secrétaires et les vice-présidents, un pupitre plus bas pour l'orateur. Le rideau de scène levé, la salle avec ses ornements, ses loges, ses fauteuils d'orchestre, accusaient le caractère théâtral et dérisoire de cette réunion en ce lieu.

— J'ai vu aujourd'hui ces pantins se suicider, avait poursuivi le député. J'ai assisté à leur agonie.

Il avait revu les visages de ces députés, terrorisés, soumis.

Les hommes de Filliol et de Deloncle se tenaient dans les couloirs, sur les marches et dans le hall du casino. Les opposants les plus déterminés avaient répété eux aussi qu'ils étaient prêts à accorder au maréchal Pétain tous les pouvoirs mais, avaient-ils ajouté, ils voteraient contre par souci de légalité constitutionnelle, précisant bien qu'ils n'exprimaient ainsi aucune défiance à l'égard du héros de Verdun, sauveur de la patrie.

— Tous faisaient dans leur culotte, avait ajouté Léon de Boissier en riant.

Et sur les six cent quarante-neuf votants, députés et sénateurs, on avait dénombré cinq cent soixante-neuf suffrages en faveur du projet qui accordait les pleins pouvoirs législatifs et exécutifs à Pétain, et seulement quatre-vingts votes négatifs.

— Vous avez désormais plus de pouvoirs que Louis XIV, avait lâché Dussert, baissant les yeux tant le regard de Pétain était dur.

Il avait lancé un coup d'œil à Boissier qui, respectueusement courbé comme déjà le courtisan du roi, avait demandé au Maréchal quelles étaient ses instructions.

— Je prends le titre de chef de l'État, avait dit Pétain en détachant chaque mot, ce qui avait donné à son propos quelque chose d'hésitant, de chevrotant.

Puis il s'était levé, avait montré son chapeau et sa canne, que Boissier lui avait tendus, et il avait annoncé qu'il allait faire quelques pas dans les allées, parce que le docteur André Machecoul, le fils du député, lui avait conseillé de prendre quotidiennement en fin dc journée, au moment où la chaleur se dissipe, un peu d'exercice.

Sur le seuil, Pétain s'était retourné, affirmant qu'il désirait confier au général Robert de Taurignan, qui avait servi à son cabinet il y avait quelques années, une mission en vue de former les cadres du nouvel État français.

Il avait regardé Dussert :

— Vous écriviez chaque jour dans votre journal qu'il fallait à la France une révolution nationale. Nous allons la faire ! Et le nom de Chrétien de Taurignan est un symbole des nouvelles valeurs qu'il faut mettre en place : honneur, fidélité, tradition, travail, famille, patrie. Voyez tout cela avec lui, je veux qu'il m'accompagne dans ma promenade.

La voix s'était peu à peu raffermie mais le pas était resté lent, les gestes compassés, le visage insensible.

Étranges destins des vieillards, avait pensé Dussert

en le regardant depuis la fenêtre s'éloigner dans les allées, le docteur André Machecoul marchant près de lui, les curistes s'écartant, pleins de prévenance et de respect.

La vie, jusqu'au bout, réservait des surprises.

Qui eût dit, en 1930, ou même encore le 14 juillet 1939, cent cinquantième anniversaire de la prise de la Bastille et jour d'un immense défilé des troupes sur les Champs-Élysées, que Pétain, vainqueur de Verdun, abolirait un an plus tard la République, serait le chef d'un État né d'une défaite militaire ? Dussert s'était aussi souvenu de son père, vieillard nu, mort dans les bras d'une femme.

Et, songeant à ces détours inattendus de la vie, il avait ressenti à la fois de l'enthousiasme et de l'effroi.

Tout était possible, toujours.

Dussert avait agrippé d'un mouvement brusque de sa main gauche son épaule droite, ce moignon de chair qui tout à coup avait semblé percé par mille aiguilles brûlantes.

Il était descendu d'un pas vif dans le hall de l'hôtel pour y attendre le retour de promenade du nouveau chef de l'État.

Il avait retrouvé, assis autour d'une petite table ronde, Eugène Deloncle, Filliol, Jacques Machecoul, et peu après les avait rejoints Léon de Boissier en compagnie d'un homme petit, brun, au teint bistre, une fine moustache noire soulignant sa lèvre. Il avait le fond des yeux jaune, un visage exprimant, malgré son air souffreteux et ses traits quelconques, de la force et même de la violence.

— Je vous ai parlé du commissaire Morini, avait

dit Boissier. Il est depuis des années au service de la cause nationale.

Deloncle s'était tourné vers Filliol, puis s'était penché vers Morini.

— Comment vont nos bons amis de Paris ? avait-il demandé.

Il avait ricané, repris aussitôt :

— Depuis que j'ai vu cet après-midi, dans ce casino transformé en Palais-Bourbon de comédie, les faces grimaçantes de peur et suant l'infamie de tous ces pleutres qui, il y a quatre ans, levaient le poing en chantant *L'Internationale*, promettaient de nous pendre et lâchaient la police à nos trousses, j'ai hâte de savoir ce que font leurs camarades parisiens. Elie Meyerhold et la petite bande de l'hôtel de Wiener, les avez-vous enfin coffrés ?

Il avait tapoté de la main sur le genou de Morini.

— Il faut les livrer aux Allemands, avait-il ajouté. D'ailleurs Meyerhold est à eux. Transmettez au moins à la Gestapo les dossiers qui le concernent.

— Meyerhold a disparu, avait commencé Morini.

Il avait une voix grave et sourde, étonnante parce que la poitrine de l'homme était étriquée.

— Comme la plupart de ceux qui gravitaient autour du journal *Le Citoyen*, que nous avons fait interdire, avait-il continué. Et…

Morini avait regardé Dussert, puis Deloncle, attendant sans doute que l'un ou l'autre manifeste son intérêt.

C'est Léon de Boissier qui l'avait questionné.

— … et, avait alors repris Morini, Vincent Gallois, dont nous sommes sûrs qu'il est un agent important du Komintern, sans doute le « résident » de Moscou en France, que nous avons failli arrêter plusieurs fois, nous a filé entre les doigts…

— Il doit disposer d'informateurs chez vous, au sein même de la préfecture de police ! avait dit Deloncle.

Morini avait approuvé.

— Ce commissaire Delsol, avait demandé Filliol, c'est lui qui nous a pistés après l'affaire Maria Forestier ?

Morini n'avait fait aucun commentaire, se contentant d'expliquer que Vincent Gallois avait pris contact avec les autorités allemandes pour obtenir de faire reparaître *Le Citoyen*, arguant du fait que, comme le journal communiste *L'Humanité*, cette publication avait été favorable au pacte germano-soviétique et avait fait campagne contre la guerre menée par les impérialistes franco-anglais à l'Allemagne.

— Les Allemands ne semblent pas vouloir donner une suite favorable à cette requête, avait conclu Morini. Ils ont même réquisitionné l'hôtel de Wiener et y ont installé des bureaux dépendant du service de renseignements de l'Abwehr, dirigés par Klaus Gensher. Vincent Gallois, Roland Mercœur, Louise Véran, Meyerhold ont donc disparu.

— Et quel est l'écho rencontré par les appels de De Gaulle ? avait demandé Michel Dussert.

Morini avait fait une moue, dit que l'on savait de Gaulle entouré de juifs et de francs-maçons, qu'on le considérait comme un agent anglais et que, depuis le bombardement par la flotte britannique des navires français en rade de Mers el-Kébir, personne n'osait se déclarer favorable à l'Angleterre.

— Il faut condamner de Gaulle, et tous ceux qui

l'ont rejoint, cet Henri Forestier par exemple, avait décrété Dussert. Ils sont coupables de désertion et de trahison. Il faut inviter les conseils de guerre à sévir.

Deloncle avait haussé les épaules.

— Pour l'instant, le tribunal militaire de la 17e région a condamné de Gaulle à quatre ans de prison et cent francs d'amende pour refus d'obéissance ! Et Forestier n'a eu que trois ans ! Si vous voulez que l'on prenne au sérieux l'État français, il faut des condamnations à mort, et la déchéance de la nationalité française.

Il s'était levé, suivi de Filliol.

— Il faut viser les juifs, les francs-maçons, les communistes, tous ceux qui nous ont pourchassés depuis dix ans. Il faut juger Blum, Reynaud, Daladier, Mandel, et ne pas se contenter de les maintenir en résidence surveillée dans un château confortable ! Moi, ils m'ont incarcéré dans un cachot à la Santé !

Deloncle avait serré le poing, l'avait brandi.

— Infligeons le même traitement à ces Messieurs. Dites au Maréchal qu'il faut être impitoyable avec ces traîtres.

— Le Maréchal n'est pas un fanatique, avait murmuré Léon de Boissier. C'est un homme d'autorité et d'ordre, décidé à prendre les mesures nécessaires contre les juifs, les antinationaux, les gaullistes, les communistes, les francs-maçons, mais sans esprit de vengeance. Avec mesure.

Boissier avait sollicité du regard l'approbation de Michel Dussert.

— Pour établir la fondation du nouvel État, définir les valeurs de la révolution nationale, il faut rassembler les Français autour du patrimoine national. Le

Maréchal doit apparaître comme un homme paternel, n'oubliez pas ses paroles : « Je fais don de ma personne à la France pour atténuer ses malheurs. » Tout est là, en quelques mots qui doivent nous inspirer.

Dussert avait hésité, puis il avait lancé d'une voix détachée :

— Le Maréchal souhaite avoir près de lui, nous a-t-il confié il y a quelques instants, le général Robert de Taurignan, qui à ses yeux incarne les traditions françaises et qui a été durant quelques années membre de son cabinet.

Deloncle avait écarquillé les yeux, l'air incrédule.

— Le général de Taurignan ! Il a toujours refusé de rejoindre ou même d'aider l'un des réseaux constitués dans l'armée par les nationaux, et bien entendu il a porté sur la Cagoule les jugements les plus durs. Son père a été dreyfusard, défenseur d'une baronne de Wiener. Les Taurignan sont de ces aristocrates ralliés à la République, peut-être pires que de Gaulle, car celui-ci au moins ne cache pas son jeu, c'est autant un politicien qu'un militaire.

— De Gaulle aussi a été au cabinet du Maréchal, avait dit Boissier.

— Ils ont rompu. J'ai vu quels pouvaient être leurs rapports, il y a un mois, à Bordeaux, avait répondu Dussert.

— Des ennemis, avait approuvé Deloncle. Mais Taurignan mise sur les deux tableaux, un pied chez de Gaulle, un pied chez Pétain.

— Mais non, mais non, avait protesté Léon de Boissier. C'est un officier de tradition. Nous avons les mêmes origines.

Deloncle avait eu un mouvement d'impatience.

— Le pays n'a pas besoin d'aristocrates en gants blancs, plutôt de chefs issus du peuple, et sachant lui parler, comme Mussolini, Hitler ou Doriot. La révolution nationale doit s'adresser au peuple et rejeter ces élites corrompues.

— Maître Maurice de Taurignan, le père du général, avait murmuré le commissaire Morini, s'est suicidé au lendemain de l'entrée des Allemands dans Paris.

— Voilà une bonne décision ! s'était exclamé Deloncle en s'éloignant.

DEUXIÈME PARTIE

16.

“ Quoi qu'il
arrive, la flamme
de la résistance
française
ne doit pas
s'éteindre
et ne s'éteindra pas. ”

Henri Forestier, les coudes posés sur la table, ses poings écrasant ses joues, regardait droit devant lui.

Le ciel était bas, ce 18 janvier 1941.

Les fumées des incendies, au-delà des docks que les avions allemands semblaient ne pas avoir visés aujourd'hui, se mêlaient, au-dessus des quartiers est de Londres, aux nuages qui défilaient vite.

Parfois, dans une échancrure de cette étoupe noirâtre, une bande de ciel bleu apparaissait. Cela avait suffi pour que Henri se souvienne de Mazenc, des ascensions du mont Ventoux, à l'aube, avec Joseph, de cette immensité bleue qu'on découvrait du sommet et dont il ne restait ici qu'un haillon mité. Il avait pensé à ces retours au château par les routes qui tranchaient le vignoble, c'était alors la chaleur déjà accablante des fins de matinée.

Puis il avait vu le ciel londonien se refermer, et c'était comme si on lui avait caché le visage de son fils.

Il avait eu peur pour Joseph.

Quelques semaines plus tôt, il avait reçu dans ce bureau du troisième étage de l'immeuble du numéro 4 de Carlton Gardens que les Anglais avaient attribué à la France libre, Elie Meyerhold.

Il avait eu un moment d'hésitation quand Passy, le chef du BCRA, le Bureau central de renseignement et d'action, lui avait apporté son dossier. Il avait eu l'impression que quelqu'un le poursuivait de sa vindicte en le forçant à rencontrer Meyerhold. Comme si les malheurs du temps, la France vaincue, les départements arrachés, les deux tiers du territoire occupés, l'exil à Londres alors que régnaient à Vichy la lâcheté et à Paris les collaborateurs et les délateurs, n'avaient pas suffi, et qu'il avait fallu que la tragédie privée, le souvenir de Maria, de sa mort, de sa liaison, vinssent s'y ajouter.

Henri avait attendu plusieurs minutes avant de lire les pièces transmises par Passy.

Meyerhold avait réussi à gagner l'Angleterre, au terme d'un périple de plusieurs semaines. Il avait franchi la ligne de démarcation mais, parvenu en zone libre, il avait été arrêté par les Brigades spéciales du commissaire Morini, qui traquaient les juifs et les gaullistes.

On l'avait interné dans un camp, proche de Marseille, afin d'être renvoyé en zone occupée et livré à Klaus Gensher, car les services de renseignements de l'Abwehr et de la Gestapo le réclamaient.

Le transfert avait eu lieu, et Meyerhold avait réussi, grâce à sa connaissance des lieux, à s'évader de l'hôtel de Wiener où se trouvaient les bureaux de Gensher et les salles de torture.

Il avait passé une nouvelle fois la ligne de démarcation, avait pu s'embarquer à Marseille pour l'Algérie, et de là il avait atteint le Portugal.

Les services de l'ambassade britannique de Lisbonne l'avaient longuement interrogé, pour conclure que l'homme était digne de confiance. Dès son arrivée en Angleterre, on l'avait durant deux semaines questionné à nouveau avant de l'autoriser à séjourner au Royaume-Uni. On lui avait même proposé de le recruter dans les services de renseignements et de le parachuter en France, mais Meyerhold ne voulait servir que dans les Forces françaises libres.

Il était là, dans l'antichambre.

Henri lui avait finalement ouvert la porte, devinant au mouvement de recul de Meyerhold que celui-ci n'avait pas imaginé être confronté au mari de Maria.

Il avait regardé autour de lui, semblant chercher une issue, puis, la tête rentrée dans les épaules, il s'était laissé tomber dans le seul fauteuil du bureau sans même que Henri l'y invite. Il avait sorti un paquet de cigarettes et, les avant-bras appuyés sur ses cuisses, le buste penché en avant, il s'était mis à fumer.

— Je suis Elie Meyerhold, avait-il dit à voix basse, après plusieurs minutes de silence.

Depuis cette soirée de fête dans le parc de la villa de Trèves, près de quinze années s'étaient écoulées. Meyerhold avait maigri, il était maintenant presque entièrement chauve, pourtant son visage était resté juvénile.

Il avait paru étonné du mutisme d'Henri.

— Vous…

— Nous sommes ici dans un autre temps, avait murmuré Henri. Ce qui a eu lieu avant concernait des gens que nous ne sommes plus, une époque qui n'existe plus.

Il s'était rendu compte qu'il avait fini sa phrase d'une voix forte, comme pour ne pas entendre cette plainte qui montait en lui, cette souffrance qu'il éprouvait encore.

Meyerhold avait secoué la tête.

— Vous savez bien que c'est faux…

Il avait continué de parler longtemps, disant qu'ils avaient aimé la même femme, une femme qui possédait en elle la flamme de la vie. Ils en gardaient l'un et l'autre le souvenir, et après tout ce n'était pas indigne. Au contraire, de cette manière elle survivait.

Il s'était tout à coup interrompu. Il avait souri.

— J'ai vu votre fils Joseph.

Il avait raconté comment, après avoir franchi une deuxième fois la ligne de démarcation, il avait erré en zone libre, fuyant les grandes villes, cherchant à gagner Marseille en évitant la vallée du Rhône.

C'est ainsi qu'il était passé à Mazenc, pas tout à fait par hasard, parce que Maria lui avait parlé du château, de son beau-père Antoine qu'elle estimait, avait-elle dit, qui avait toujours eu à son égard non pas des prévenances, mais de l'affection. « Je suis une personne pour lui, avait-elle confié à Elie, pas seulement l'épouse de son fils ou la mère de Joseph. »

Meyerhold s'était donc présenté un soir au château de Mazenc. Antoine Forestier l'avait hébergé trois jours, et la dernière nuit ils avaient parlé ensemble de Maria…

— Et mon fils ? avait brutalement demandé Henri.

Meyerhold avait souri de nouveau.

Il n'avait vu Joseph, avait-il repris, qu'au moment des repas. Antoine Forestier lui avait raconté qu'il écrivait, installé au sommet de la tour, qu'il rêvait de devenir l'égal de Malraux ou Kessel, et qu'il devait bientôt regagner Paris pour essayer de s'inscrire en Sorbonne.

Meyerhold avait essayé de l'en dissuader, lui expliquant qu'il pouvait, qu'il devait rester en zone libre, suivre les cours à Lyon, que l'atmosphère de Paris était empoisonnée par la présence des Allemands, l'arrogance des collaborateurs, de véritables nazis français.

Meyerhold s'était tu.

Il avait longuement regardé Henri, puis il avait ajouté que tous les assassins de Maria, ceux qui avaient décidé de sa mort et l'avaient perpétrée, étaient à Paris. Ils y régnaient. Michel Dussert s'était séparé de Doriot, avait fondé son propre parti. Eugène Deloncle et Filliol avaient, avec l'accord des Allemands, constitué à partir de leurs équipes des groupes armés de protection, qui pillaient, arrêtaient, assassinaient en toute impunité tous ceux qui jadis s'étaient opposés à leurs agissements, ceux que Filliol et Deloncle soupçonnaient d'avoir appartenu à la franc-maçonnerie, aux mouvements de gauche, ou qui simplement avaient le malheur d'être juifs.

— Toutes les haines, les jalousies, tous les fanatismes, avait poursuivi Meyerhold d'un ton las, tout ce qu'une société saine refoule, contient, cache, peut désormais s'exprimer. La France est malade, l'Occupation la pourrit, les lois antisémites autorisent toutes les délations.

Meyerhold avait soupiré.

— Et je peux vous parler des Brigades de Morini…

— Mon fils, avait répété Henri.

— Je crois que je ne l'ai pas convaincu et qu'il

était décidé, malgré mes propos et l'opposition de son grand-père, à se rendre à Paris. Je lui ai dit que porter le nom de Forestier ne serait pas facile dans la capitale. Mais – Meyerhold avait ouvert les mains – c'est votre fils et celui de Maria, vous ne pouvez pas lui reprocher d'être exigeant, peut-être téméraire. Cette époque fait un tri impitoyable entre les gens. La plupart se terrent, deviennent encore plus gris qu'ils ne le sont dans les périodes calmes. Ils font la queue des heures durant devant les boutiques pour obtenir trois cents grammes de pain ou un seau de charbon. Je les ai observés, ils ne se regardent même pas ! Ils ont la tête baissée. Si quelqu'un essaie de prendre leur place, ils deviennent enragés. Mais ils sont lâches, ils préfèrent écrire des lettres anonymes. Et puis il y a la lie, le commissaire Morini et ses sbires. Ceux-là paradent, jouissent, détroussent et torturent. Ce sont les chiens des Allemands. Et une poignée d'hommes et de femmes résiste.

Meyerhold s'était levé, était allé jusqu'à la baie vitrée. Il avait regardé la Tamise.

— Où vouliez-vous que se trouve votre fils ?

Ils étaient restés l'un et l'autre silencieux durant plusieurs minutes, puis Meyerhold était revenu s'asseoir en face d'Henri.

— Je souhaite retourner en France, avait-il dit. Je veux renouer des fils utiles. Depuis mon arrivée en Angleterre, j'ai lu les discours de De Gaulle. Jusque-là cet homme n'était pour moi qu'un nom.

Il avait hésité.

— Maria m'avait appris à quel point vous l'estimiez. Elle m'avait même semblé agacée par la sorte de dévotion que vous lui portiez.

Il s'était arrêté, prenant brusquement conscience de l'inélégance de son propos. Il s'était tassé, avait expliqué d'une voix plus sourde qu'à son arrivée en Angleterre, et comme tout homme qui avait réussi à fuir les Allemands, les services anglais de renseignements l'avaient tenu isolé durant près de quinze jours, multipliant les interrogatoires. Il avait simplement pu obtenir d'eux les textes publiés par la France libre. Et il avait ainsi découvert l'appel du général le 18 juin, avec cette phrase lapidaire qui le concluait et était le programme politique que tous les patriotes français devaient adopter : « Quoi qu'il arrive, la flamme de la résistance française ne doit pas s'éteindre et ne s'éteindra pas. »

Meyerhold avait appuyé ses mains au rebord du bureau.

— Je veux servir, avait-il dit, n'importe où, n'importe comment.

Sa voix était à la fois résolue et suppliante.

— J'étais allemand, avait-il continué, vous le savez. Ils m'ont contraint à quitter le pays où ma famille avait choisi de vivre, dont elle avait adopté la langue, auquel elle avait donné toute son énergie. Et même son sang. Mon oncle a été tué en 1916, à Verdun. Je suis juif. Ils ont enfermé les miens dans leurs camps. Ils les ont torturés et tués. C'est une évidence. Je suis médecin, j'ai fait serment de mettre mes forces au service de la vie, de repousser la mort autant que je le peux. Ils sont la mort. J'ai croisé tant de fois, à Paris, ces soldats en uniforme noir, portant à leur revers, sur leur casquette, une tête de mort ! Ils sont la mort ! Ce n'est pas qu'une lutte entre ennemis. J'ai tenté d'expliquer cela à votre fils… Ce n'est pas une guerre qui sépare des combattants, comme à Verdun. Ils veulent détruire chaque homme à l'intérieur de lui. C'est l'affrontement de la vie et de la mort. Si nous ne l'emportons pas, c'est en chaque homme la mort qui aura gagné…

— Vous disiez que vous pouviez renouer des fils, avait dit Henri en coupant Meyerhold.

Ce dernier avait hoché la tête, s'excusant de s'être laissé emporter. Il savait tout cela, bien sûr, puisqu'il était ici, aux côtés du général de Gaulle.

— J'étais lié au groupe qui publiait *Le Citoyen*.

— Je sais. Vincent Gallois a tenté d'obtenir des Allemands le droit de faire reparaître le journal. On ne peut pas compter sur les communistes ! Si demain, comme c'est probable, l'URSS bascule dans la guerre, ils seront à nos côtés. Pour l'instant, ils observent, quelques-uns résistent déjà, d'autres ont été tentés de collaborer.

Meyerhold avait secoué la tête.

— Les Brigades spéciales du commissaire Morini, les groupes de protection de Deloncle et les mesures prises par Vichy ne leur laissent pas le choix. Ils sont contraints à la clandestinité, donc poussés à la résistance. Je les ai côtoyés. Certains ont rompu avec leur parti et cherchent à agir. Les autres se préparent. Le jour où ils entreront dans la lutte, il faut qu'ils se rangent derrière de Gaulle. Je peux aider à cela.

Henri s'était levé à son tour, avait allumé une cigarette tout en marchant dans le bureau, suivant des yeux le mouvement des nuages, les reflets fugitifs d'un rayon de soleil sur la Tamise.

Il s'était rappelé Louise Véran, des quelques mots échangés, du geste qu'elle avait eu, rue de l'Estrapade, le prenant par la nuque, l'embrassant, et il avait gardé le souvenir de ses mèches floues frôlant ses joues.

Que de temps passé depuis, comme si une faille s'était ouverte en ce printemps 40. Et ç'avait bien été une secousse tellurique que cette défaite, qui avait englouti la République, ses principes, ses lois, et fait surgir du fond obscur de l'histoire nationale ces cendres qui avaient recouvert le pays et qui prétendaient le représenter.

Il avait repensé à ce jour d'août 1940, quand de Gaulle l'avait convoqué dans son bureau, lui tendant une dépêche de l'agence Reuter. Henri y avait lu les deux sentences identiques, prononcées le même jour par le tribunal militaire siégeant à Clermont-Ferrand :

« Le colonel d'infanterie breveté d'état-major en retraite de Gaulle… le commandant Forestier… L'un et l'autre, pour trahison, atteinte à la sûreté extérieure de l'État, désertion à l'étranger en temps de guerre, sur un territoire en état de guerre et de siège, condamnés à mort, à la dégradation militaire et à la confiscation des biens meubles et immeubles. »

— J'espère que ça ne vous touche pas, Forestier, avait dit de Gaulle avec une moue de mépris, la cigarette pendant au coin de sa bouche, les yeux plissés. Ces vieillards qui se soignent à Vichy emploient leur temps et leur passion à faire condamner ceux qui sont coupables de continuer à combattre pour la France.

Il s'était approché de lui.

— C'est un honneur qu'ils nous font, Forestier ! Maintenant la France est à reconquérir.

Henri n'avait pas oublié le regard que lui avait lancé de Gaulle, et il avait tenté, sans doute en vain, de dissimuler son inquiétude, d'oublier toutes ces dépêches qui faisaient état de l'approbation générale que rencontrait en France le maréchal Pétain. À Vichy, chaque jour, la foule l'entourait d'attentions. À chaque voyage officiel, on l'acclamait. Les prélats le bénissaient, les femmes lui embrassaient la main, les anciens combattants pleuraient.

— Foules moutonnières, avait lâché de Gaulle avec mépris.

Mais qu'étaient-ils, eux, autour de lui ? Des exilés, des condamnés à mort par contumace. Et quand ils avaient essayé, au lendemain de l'armistice du 22 juin, de convier les troupes françaises stationnées en Angleterre à poursuivre le combat, seuls quelques centaines d'hommes les avaient rejoints ! Les autres avaient choisi de rentrer en France, fût-elle occupée. Quant aux colonies, aux centaines de milliers d'hommes qui se trouvaient en Afrique du Nord ou en Afrique noire, ils étaient restés aux ordres du gouvernement de Vichy, ouvrant même le feu contre de Gaulle quand il avait essayé, à Dakar, de les faire basculer du côté des Anglais.

L'URSS, le Canada, les États-Unis, la Suisse, toutes ces puissances avaient leur ambassadeur auprès du maréchal Pétain, à Vichy, et l'on faisait antichambre dans le hall de l'hôtel du Parc, attendant d'être reçu par ce chef de l'État sur lequel veillait le docteur André Machecoul, Léon de Boissier jouant le rôle de conseiller politique.

— Ces Français ne sont plus des Français, ces hommes ne sont plus des hommes, avait dit de Gaulle, les mâchoires serrées, en fixant Henri.

Puis, tout son visage exprimant la volonté, le menton en avant, il avait ajouté :

— Il faut toujours porter sur son dos la montagne.

Il avait paru se détendre, avait allumé une nouvelle cigarette, s'était approché de la baie vitrée.

— L'essentiel, avait-il repris, c'est que Hitler ne soit pas venu à Londres. Désormais, il n'y viendra pas. S'il avait dû y venir, il y serait déjà. Il sera donc amené, vous avez lu *Mein Kampf*, Forestier, à attaquer l'Union soviétique, il se perdra dans une nouvelle campagne de Russie, et la guerre germano-soviétique donnera à ce conflit sa dimension planétaire, comme ce fut le cas pour la précédente. Je veux dire que l'Amérique entrera dans la guerre, la seule différence fondamentale étant que cette fois le Japon ne sera pas dans notre camp.

Il s'était assis.

— Voilà, Forestier, notre condamnation à mort, ce n'est pas un événement. Quant à la guerre, c'est un problème terrible, mais résolu. L'Allemagne la perdra. Il ne reste plus qu'à ramener du bon côté, celui de la liberté et de la victoire, non pas les Français, mais la France.

Henri, un temps perdu dans ses pensées, avait redécouvert la présence de Meyerhold, toujours penché en avant, les mains sur le rebord du bureau.

— Louise Véran ? avait-il demandé.

Meyerhold avait souri, s'était reculé.

Il l'avait vue à Paris, peu après l'armistice. Elle avait coupé ses cheveux, abandonné son appartement, et vivait chez une amie rue du Four, non loin de l'Odéon, dans le sixième arrondissement. Elle enseignait dans un cours privé, et elle avait changé d'identité.

Henri avait levé la main, il ne voulait pas la connaître. Il lui avait suffi de savoir que Louise était vivante.

— Elle est recherchée, mais elle vivra, avait murmuré Meyerhold. Elle prendra des risques mais elle vivra parce qu'elle le veut, et que cette volonté peut même décourager les tueurs.

Il avait une nouvelle fois baissé la tête, comme s'il venait d'avouer que Maria n'avait pas eu envie de vivre, et que c'était aussi pour cela que les tueurs avaient pu la frapper.

— Cependant – Meyerhold avait haussé les épaules – il arrive également que les bourreaux, les lâches, les sadiques, les assassins s'acharnent sur ceux dont ils sentent qu'ils expriment le désir de vivre. La mort n'aime pas la vie. Ils sont la mort, je vous l'ai dit.

Il avait redressé la tête, regardé Henri.

— C'est donc également affaire de circonstances, de chance, donc de hasard.

— Et vous ? avait demandé Henri en fermant le dossier. Vous voulez rentrer en France, vous connaissez les risques ! La Gestapo vous recherche. Les Brigades spéciales vous connaissent. Vous êtes d'origine allemande et vous êtes juif. Vous avez collaboré au journal *Le Citoyen*. Vous vous êtes évadé. Que dois-je ajouter ? Que les agents de Moscou, comme Vincent Gallois, ne doivent guère vous apprécier. Ils vous accusent peut-être de les avoir trahis. Et s'ils pouvaient vous livrer aux nazis, ils le feraient. Je vous pose donc la question : Et vous, avez-vous envie de vivre ?

Meyerhold avait soupiré.

— Ce n'est pas une question pour moi. On m'a tué plusieurs fois. Avec les miens.

Il avait hésité, baissé la voix jusqu'à la rendre inaudible, mais Henri avait deviné au mouvement de ses lèvres qu'il ajoutait :

— Ils m'ont aussi tué quand ils ont tué Maria.

Il paraissait las, mais serein.

— Ils ne peuvent plus rien. Je suis déjà mort.

Il avait souri.

Henri avait écrit rapidement sur une fiche qu'il donnait son accord pour que Elie Meyerhold soit entraîné en vue d'un parachutage prochain en France. Puis il lui avait longuement serré la main.

Quelques semaines avaient passé. C'était l'hiver. Le ciel était bas, avec de temps à autre, dans la grisaille, les reflets rouges des brasiers. Les quartiers est de Londres brûlaient.

Meyerhold avait été parachuté hier, 17 janvier 1941, dans la région du Ventoux.

Le rapport du pilote indiquait que la nuit était claire et qu'il avait pu suivre dans la lumière blanche l'ouverture et la descente du parachute.

Henri avait imaginé l'air sec et glacé, le paysage si dépouillé qu'il en devenait abstrait.

Il avait eu envie de marcher à nouveau sur ces terres rouges, au moment où le bleu de l'aube s'empare du ciel.

17.

“Notre
honneur,
ce n’est pas
de se résigner
à leurs coups,
mais de les vaincre,
vous comprenez ?”

Joseph Forestier avait longuement contemplé Sarah pendant qu’elle dormait.

Elle était couchée sur le ventre, la chemise de nuit retroussée jusqu’au milieu des cuisses, le bras gauche collé le long du corps, soulignant le bord du lit, le droit replié sous le visage.

Elle avait les cheveux coupés si court que toute la nuque était dégagée.

Joseph avait tourné la tête, comme si la vision de cette nuque lui avait été insupportable.

La fenêtre, à quelques pas du lit, était ouverte. Il s’était levé et s’était appuyé au rebord de la croisée.

Il avait regardé et écouté la nuit de juin.

Une lumière laiteuse couvrait le vignoble jusqu’au triangle noir du mont Ventoux. Elle enveloppait le village de Mazenc comme ces voiles de tulle qui tombent au-dessus des berceaux et tamisent les bruits. Ainsi le silence n'était troublé de temps à autre que par le battement d'ailes des oiseaux qui nichaient au sommet de la tour du château, qui rappelait le froissement que produit un dormeur quand il bouge tout à coup pour échapper à un cauchemar.

Ç'avait été un cauchemar de tailler les longues mèches rousses de Sarah, cependant qu'elle sanglotait, qu'elle disait « Je ne veux pas, je ne veux pas » en secouant la tête.

Joseph avait dû lui saisir le menton, le serrer jusqu'à ce qu'elle s'immobilise, la tête baissée.

Et il avait pensé qu'il était pareil à un bourreau qui dégage la nuque pour le couperet.

Il avait vu apparaître le cou frêle, ce sillon médian, cette peau blanche, il avait murmuré « voilà, voilà… » sans oser poser ses lèvres sur la nuque.

À la fin, quand Sarah avait vu les boucles accumulées sur le parquet, elle avait recommencé à sangloter, murmurant de nouveau « je ne veux pas ». Puis elle avait ajouté : « Je ne veux plus me voir. »

Mais Joseph l'avait contrainte à se lever, à se mettre devant le miroir pour découvrir ses cheveux qu'il avait, comme il avait pu, coupés à la garçonne.

Elle avait placé ses mains sur ses yeux. C'est alors que Joseph l'avait prise contre lui, qu'il l'avait couchée sur le canapé et qu'ils s'étaient aimés pour la première fois.

C'était au mois de novembre. Et cela ne faisait que quelques jours qu'ils se connaissaient.

Ils s'étaient rencontrés dans la petite salle au troisième étage de l'escalier C de la Sorbonne. Joseph y était entré à l'instant où Mme Murry commençait son cours sur François Villon en récitant :

Prince Jhesus, qui sur tous a maistrie,
Garde qu'Enfer n'ait de nous seigneurie :
A luy n'ayons que faire ne que souldre.
Hommes, icy n'a point de mocquerie ;
Mais priez Dieu que tous nous vueille absouldre !

Il avait vu cette masse de cheveux roux frisés, couvrant les épaules comme une étole somptueuse et flamboyante. L'étudiante était assise au premier rang, seule, ce qui était étonnant parce que toutes les autres places étaient occupées, les étudiants serrés les uns contre les autres.

Joseph s'était assis près d'elle, et il avait eu l'impression que Mme Murry s'interrompait, que tous les regards convergeaient vers lui, qu'il accomplissait un acte inattendu, téméraire ou sacrilège.

Il n'avait pas encore vu le visage penché de sa voisine, mais les doigts longs et blancs, le poignet fin.

Il avait guetté le moment où elle lèverait enfin les yeux, où il découvrirait ses traits alors qu'il ne voyait même pas son profil caché par les longues mèches torsadées.

À la fin du cours, elle n'avait pas bougé, et ce n'est qu'après le départ du dernier des étudiants qu'elle avait fermé son cahier et s'était redressée.

Alors il avait vu ce visage qui ressemblait à celui des femmes de Botticelli. Puis il avait baissé les yeux, et sous l'écharpe bleue, entre les seins dont il avait imaginé la lourdeur, il avait aperçu cette étoile jaune, fleur aux lisières noires et portant en son centre ce mot, comme un coup de griffe, ce mot qu'il avait déjà lu, en lettres d'affiches, accroché à certaines façades, annonçant là une exposition sur *Le juif et la France*, et ici que cet immeuble avait appartenu à un juif.

Elle avait soutenu son regard et ils étaient sortis ensemble, sans avoir échangé un mot.

Elle portait un manteau bleu foncé, dont elle avait rabattu les revers si bien que l'étoile était cachée, mais Joseph avait pensé que cette chevelure était une sorte de provocation. Et il avait voulu, dès les premiers pas sur le boulevard Saint-Michel, puis tout au long du boulevard Saint-Germain, lui dire qu'elle devait découdre l'étoile. Mais ils avaient continué en silence, et elle avait feint de ne pas se rendre compte qu'il marchait près d'elle, jusqu'à la rue de Bellechasse.

Et là, brusquement, elle s'était arrêtée, et elle lui avait pris la main, la serrant fort, enfonçant même ses ongles dans sa peau.

Il avait aperçu, à quelques dizaines de mètres, une voiture et un camion arrêtés, des hommes qui sortaient des meubles et des tableaux d'une maison basse entourée d'un petit jardin fermé par des grilles. Un attroupement, sans doute les voisins, les concierges de la rue, s'était formé, et parfois s'élevaient des éclats de voix, joyeux, étonnés plutôt qu'hostiles.

Elle avait desserré sa main, mais Joseph la lui avait reprise, et il l'avait entraînée. Elle n'avait toujours pas dit un mot, alors il avait commencé à parler, à raconter. Il avait dit en riant qu'il était le fils d'un condamné à mort par contumace. N'avait-elle pas lu les titres des journaux, de *Paris Soir* ? Il avait fait mine de cracher. Un tribunal militaire avait prononcé cette sentence contre deux officiers, le général de Gaulle et le commandant Henri Forestier, qui avaient appelé à continuer la guerre. Forestier, c'était son père.

Tout en parlant, il lui avait pris le bras.

— Quoi qu'il arrive, avait-il martelé, la flamme de la résistance française ne doit pas s'éteindre et elle ne s'éteindra pas…

Un peu plus loin, il l'avait forcée à s'immobiliser. Il l'avait prise aux épaules, avait écarté les revers du manteau, soulevé l'écharpe bleue. Et il avait fait un geste pour arracher l'étoile. Mais elle l'avait repoussé. Elle avait crié :

— Je n'ai pas honte, je suis fière, d'autres la portent déjà !

Il l'avait secouée. Elle ne se rendait pas compte… Est-ce qu'elle savait que, lorsqu'on fusillait un condamné, on plaçait à hauteur de son cœur une marque blanche pour que les soldats la visent ? Pourquoi agissait-elle de même ? Pourquoi se désigner aux coups des bourreaux, des barbares, des assassins ? Il devait lui dire aussi qu'on avait assassiné sa mère, quelques mois avant le début de la guerre. Et ceux qui l'avaient tuée étaient les mêmes que ceux qui avaient condamné de Gaulle et son père à mort.

— Vous savez ce que de Gaulle a dit d'eux ? Qu'ils sont une clique de politiciens tarés, d'affairistes sans honneur, de fonctionnaires arrivistes et de mauvais généraux, avec à leur tête un vieillard de quatre-vingt-quatre ans, triste enveloppe d'une gloire passée, hissé sur le pavois de la défaite pour endosser la capitulation et tromper le peuple stupéfait.

Elle l'avait écouté, le visage tendu, les yeux un peu exorbités.

— Vous êtes seule ? avait-il demandé.

Elle avait seulement murmuré :

— Je m'appelle Sarah Liebman.

Il lui avait repris la main.

— Notre honneur, avait-il dit, ce n'est pas de se résigner à leurs coups, mais de les vaincre, vous comprenez ?

Il avait hésité, puis il avait répété :

— Vous comprenez, Sarah ?

Il lui avait raconté comment, il y avait trois jours, le 11 novembre, il s'était rendu à l'Arc de Triomphe parce qu'on lui avait chuchoté à la Sorbonne qu'il y aurait une manifestation pour célébrer la victoire de 1918.

Il avait réussi à franchir les barrages de la police française et à se glisser derrière ceux des Allemands.

Mais ils avaient tiré à la mitrailleuse. Il avait vu leurs side-cars rouler à toute vitesse sur les trottoirs, cherchant à renverser les quelques manifestants qui s'y trouvaient.

Il avait crié « Vive de Gaulle ! Vive la France ! », puis il avait filé. Il avait pu s'échapper. Quand les policiers français l'avaient arrêté, rue du Faubourg-Saint-Honoré, il avait menti. On ne l'avait pas cru, mais il n'avait jamais avoué sa participation à la manifestation. Jamais. L'héroïsme, ce n'était pas de se livrer, de s'exposer, mais de leur glisser entre les pattes. Au bout de quelques heures, un commissaire nommé Delsol l'avait fait libérer avec une dizaine d'autres étudiants.

Elle avait encore murmuré :

— Mon père s'est suicidé, au moment où on venait l'arrêter.

Il lui avait repris le bras. Il avait commencé à chuchoter qu'il pouvait l'héberger, mais que c'était inconfortable et imprudent.

La police avait placé les scellés sur l'hôtel Forestier, la condamnation à mort du père de Joseph impliquant la confiscation de ses biens, meubles et immeubles.

En arrivant de Mazenc, le château familial – « Vous viendrez, j'en suis sûr, là-bas, on est à l'abri », avait-il dit, interrompant son récit, lui serrant le bras – il s'était glissé dans la maison par une fenêtre donnant sur la rue des Irlandais. Et il vivait dans l'hôtel volets fermés, s'éclairant avec des bougies. Elle pouvait, si elle n'avait pas mieux, y cohabiter avec lui.

Elle n'avait pas répondu mais il avait eu l'impression qu'elle se laissait conduire, s'appuyant sur lui.

Ils avaient enfin atteint la rue de l'Estrapade.

Il avait montré la façade aux volets fermés de l'hôtel Forestier. Le portail qui donnait sur la rue était clos par des scellés.

Joseph l'avait entraînée rue des Irlandais. Dans le mur de l'hôtel, à hauteur d'homme, se trouvait une étroite fenêtre qui éclairait un petit réduit donnant sur le vestibule.

La rue était obscure et déserte. Joseph s'était hissé en s'accrochant aux rebords, avait poussé la fenêtre du front et plongé à l'intérieur. Puis il avait soulevé Sarah et, la recevant dans le réduit, il l'avait gardée contre lui. Elle haletait, il avait senti le mouvement de ses seins.

Dans le vestibule, il avait allumé une bougie.

La maison était une boîte noire et humide. Il avait ouvert la porte du salon qui donnait sur le vestibule et il s'était arrêté, comme chaque fois qu'il entrait dans cette pièce, pour fixer le mur blanchâtre, vide.

Lorsqu'il avait découvert pour la première fois, à son arrivée de Mazenc, qu'on ne s'était pas contenté d'apposer les scellés sur la porte de l'hôtel mais qu'on avait saccagé la maison, et surtout volé ce tableau, l'un des paysages de son enfance, un souvenir cent fois ressassé par son grand-père, il avait éprouvé du désespoir et de la haine.

C'était comme si on avait voulu lui rappeler qu'on avait tué son enfance en assassinant sa mère, en contraignant son père à l'exil, en le condamnant à mort.

Puis le désespoir avait disparu, et n'étaient restées que la haine et la détermination à se battre.

Il avait posé la bougie sur la cheminée.

Il avait cherché dans le tiroir de la petite table des ciseaux. Puis il avait placé une chaise devant la cloison. Et il avait invité Sarah à s'asseoir.

Elle lui avait paru abattue, presque trop docile.

Elle lui avait laissé ouvrir le manteau, écarter l'écharpe. D'un coup, il avait arraché l'étoile jaune.

Elle avait murmuré qu'elle voulait la porter, qu'elle avait été déclarée comme juive sur ses papiers, que son père s'était rendu au commissariat.

Joseph s'était assis en face d'elle.

— On refuse leurs lois. On s'échappe. On reste en vie pour tuer.

Il lui avait expliqué qu'il venait de prendre la décision de rentrer chez lui, à Mazenc, dès demain, avec elle. C'était son grand-père qui, en lui déconseillant de se rendre à Paris, avait eu raison. Un homme, que peut-être un jour elle connaîtrait, avait été du même avis. Il était juif aussi, mais il ne se laisserait pas prendre. Il voulait tenter de quitter la France, et il avait dû y parvenir, parce que quand on voulait vraiment on réussissait.

Est-ce qu'elle voulait vraiment survivre ? Est-ce qu'elle voulait vraiment venger son père ?

Elle n'avait pas répondu.

Il fallait passer la ligne de démarcation, avait-il affirmé. Les trains et les gares étaient surveillés. Elle ne devait pas se faire remarquer.

Il avait brandi les ciseaux, pour lui couper les cheveux.

Elle l'avait regardé avec des yeux affolés. Elle avait tendu les bras, comme pour l'éloigner, se défendre.

Avec cette coiffure, on ne remarquait qu'elle, avait-il affirmé. Il n'avait vu qu'elle ce matin en entrant dans la salle de cours. Elle attirait les regards. Et il fallait, en ces temps sombres, passer inaperçu. C'est aussi pour cela que les autres étudiants se tenaient à distance.

— Ils ont peur, comme si être juif c'était contagieux.

Il s'était placé derrière elle, et elle s'était mise à sangloter, sa tête allant d'une épaule à l'autre, et les mèches, comme les plis serrés d'un rideau, avaient balayé son dos.

Il avait hésité, se demandant s'il n'était pas mieux d'attendre, afin de l'habituer à cette idée. Il suffirait de trancher ces mèches demain matin, ou demain soir.

Il l'avait écoutée répéter « Je ne veux pas, je ne veux pas ».

Et puis il avait vu cette cloison vide, et il avait saisi le menton de Sarah de la main gauche, commençant à tailler les mèches rousses.

Après, il avait découvert cette nuque si frêle et ce corps si doux.

Joseph s'était assis sur le rebord de la fenêtre, pour regarder le ciel bleuir au-dessus du mont Ventoux et des créneaux irréguliers des Dentelles de Montmirail.

L'air avait déjà la tiédeur un peu sucrée d'un lait à peine trait.

La journée serait chaude.

Tout à coup, une voix éraillée qui venait de Mazenc avait peu à peu rempli tout le paysage, trouant le silence, semblant d'autant plus forte qu'elle était le seul bruit roulant sur les vignes. Mais après quelques minutes, les cris des oiseaux qu'elle avait réveillés l'accompagnaient.

Joseph, en se penchant, avait vu les hirondelles, les étourneaux former des tourbillons noirs au-dessus de la tour. Puis il avait aperçu la silhouette oscillante qui avançait sur le chemin qui va du cimetière au château.

Il avait reconnu à ce balancement de droite à gauche la démarche de Gustave Novera.

Celui-ci avait brandi le poing, hurlé :

— Ils ont attaqué l'URSS !

Puis il s'était remis à chanter, encore plus fort.

C'est la lutte finale
Groupons-nous, et demain
L'Internationale
Sera le genre humain.

18.

“ Michel Dussert
voulait
la collaboration
totale et active
avec l’Allemagne
pour permettre
la création
d’une Europe
nouvelle,
rempart contre
le bolchevisme… ”

Rapport du Major Klaus Gensher,
responsable des Services de renseignements à Paris,
à Obergruppenführer Kaltenbrunner, Gestapo, Berlin

« Paris, le 15 octobre 1942

« Les services de la Gestapo en France, avec l’appui des Services de renseignements de l’Abwehr, ont obtenu ces derniers jours de nombreux succès dans leur lutte contre le terrorisme et les menées gaullistes et communistes.

« Un groupe de terroristes, dirigé par le dénommé Vincent Gallois ou Mercœur, a été démantelé.

« Vincent Gallois a été arrêté avec l'aide des Brigades spéciales du commissaire français Morini.

« La police française a en effet transmis à la Gestapo et à l'Abwehr les dossiers qu'elle avait constitués sur Vincent Gallois dans les années d'avant-guerre.

« Interrogé à l'hôtel de Wiener, le chef terroriste a refusé de parler. Mais il a été reconnu comme l'auteur de plusieurs attentats contre des officiers et soldats allemands dans le métro – trois morts – et comme le responsable de l'attentat commis dans une salle de spectacle réservée aux troupes allemandes – cinq morts, trente blessés.

« Vincent Gallois est décédé durant son interrogatoire.

« Selon le commissaire Morini, l'entrée en guerre de l'URSS a permis aux communistes de se rapprocher des réseaux gaullistes.

« L'homme qui sert de lien entre Londres et les communistes français est un certain Elie Meyerhold, médecin juif allemand, naturalisé français.

« Le commissaire Morini nous a communiqué le dossier de Meyerhold. L'homme aurait été parachuté en France, après avoir séjourné à Londres.

« Selon certaines sources, le commandant Forestier (voir dossier joint) aurait lui aussi regagné la France ces dernières semaines, pour prendre le commandement de l'Armée secrète qui regroupe les militaires favorables à la reprise des hostilités contre l'Allemagne. Mais il séjournerait en zone Sud, ce qui rend son interpellation plus délicate.

« Nous avons pris contact avec des personnalités françaises, engagées dans la voie de la collaboration, afin qu'elles facilitent nos actions de renseignements et de répression.

« Mais l'évolution de la situation de la guerre a provoqué un changement d'attitude parmi ces personnalités.

« Certaines – Michel Dussert, Eugène Deloncle, Filliol, Jacques Machecoul – se sont engagées plus avant dans la coopération franco-allemande depuis l'entrée en guerre de l'URSS.

« J'ai vu à plusieurs reprises Michel Dussert. Il voulait la collaboration totale et active avec l'Allemagne pour permettre la création d'une Europe nouvelle, rempart contre le bolchevisme.

« Le journal de Michel Dussert, *La Voix nationale*, est le porte-parole de cette politique de collaboration. Il a soutenu l'action de la police parisienne qui, sous la direction du commissaire Morini, a organisé, le 16 juillet 1942, une rafle de grande envergure afin de nettoyer Paris des familles juives qui s'y trouvaient encore en grand nombre.

« La direction actuelle de la banque Dussert-Speicher et Fils, pourtant assurée par Xavier Dussert, le propre fils de Michel Dussert, a souhaité ne plus financer *La Voix nationale*. Michel Dussert est entré en conflit ouvert avec le président du directoire de la banque, Martin de Boissier, fils de Léon de Boissier (voir ci-après).

« Nous avons décidé de verser régulièrement des fonds à *La Voix nationale*.

« Par ailleurs, Michel Dussert nous a fourni des informations précieuses sur l'attitude de personnes qui exercent une influence sur le maréchal Pétain. Le docteur André Machecoul – fils de l'ancien député Jacques Machecoul – qui veille en permanence sur le Maréchal n'a pas de véritable rôle politique, mais il pense – comme Léon de Boissier ou le général Robert de Taurignan, autres personnalités de l'entourage de Pétain – que, l'URSS et surtout les États-Unis étant maintenant en guerre contre l'Allemagne, l'intérêt de la France est de pratiquer une politique beaucoup plus réservée à l'égard du Reich en se rapprochant de Washington.

« Le général Robert de Taurignan, auquel le maréchal Pétain avait confié la direction de l'École de formation des cadres du nouvel État français, a renoncé à cette fonction. On dit qu'il a pris contact avec les membres de l'Armée secrète.

« Son fils, le lieutenant Cédric de Taurignan, a gagné Londres et sert dans les Forces françaises libres.

« L'entourage de Pétain est donc favorable à un changement graduel de camp.

« Le "retournement" pourrait avoir lieu à l'occasion d'une initiative américaine en Afrique du Nord, dont on évoque de plus en plus la possibilité.

« La flotte française de Toulon pourrait alors gagner Alger et Oran, et les troupes françaises rentrer dans la guerre, le maréchal Pétain quittant Vichy pour l'Algérie.

« Il est donc de la plus haute importance que le quartier général du Führer soit en mesure de procéder rapidement à l'occupation de la zone Sud.

« Major Klaus Gensher. »

19.

“ La politique
et la guerre,
c’est la roulette
russe. On gagne
ou on perd.
Mais quand
on a fait tourner
le barillet,
il est impossible
de l’arrêter… ”

Michel Dussert avait regardé sa main.

Il l’avait fermée et ouverte devant ses yeux et, comme souvent, il avait pensé, avec un sentiment d’amertume : « Ma seule main. »

Il avait donné l’autre en 1917. Le bras droit était parti avec. Et depuis vingt-cinq ans, il ne se passait pas d’heure sans qu’il imagine qu’il allait pouvoir saisir un journal, un verre, ou le sein d’une femme avec cette main absente, à laquelle il continuait d’avoir mal.

Il avait posé sa main, sa seule main, sur son genou gauche, et il avait regardé la fille qui s’était appuyée à la porte de la chambre.

Elle avait, sous les voiles et les fanfreluches, le corps nu. Elle attendait, comme toutes les autres avaient attendu dans cette chambre que Mme Victor lui avait réservée depuis qu'il avait pris l'habitude de passer rue de Provence deux ou trois fois par semaine, pour imaginer qu'il avait un corps entier, capable d'attirer, d'émouvoir une fille jeune.

Mais il n'avait jamais réussi plus de quelques minutes à oublier qui il était.

Au bar, au moment où il allait choisir cette fille qu'il n'avait encore jamais vue – « Toute nouvelle, sans expérience, avait murmuré Mme Victor, vous la ferez à votre main », et elle avait pouffé, qu'aurait-il pu faire lui sinon rire aux éclats ? –, il avait aperçu le major Klaus Gensher, le visage aussi impassible que dans son bureau de l'hôtel de Wiener.

L'officier se tenait assis, très droit, ne semblant même pas voir les deux filles installées, jambes croisées haut, en face de lui. Dès qu'il avait terminé de boire sa coupe, elles la remplissaient de champagne.

Gensher avait incliné la tête pour le saluer, et Dussert avait eu hâte de s'isoler dans la chambre.

Il avait fait signe à la fille et elle était montée devant lui, en se dandinant. Mais dans le corridor tapissé de velours rouge, il s'était heurté au vieux Machecoul, bedonnant, essoufflé, les joues empourprées.

Machecoul lui avait pris le bras, l'avait attiré dans la chambre qu'il venait de quitter, et où déjà des soubrettes étaient en train de refaire le lit.

Machecoul les avait chassées. Il s'était laissé tomber dans un fauteuil.

— On ne se voit jamais, mon cher, avait-il dit à Dussert. Il faut que ce soit au bordel que nous nous rencontrions ! Enfin, mieux vaut ici que nulle part.

Dussert avait voulu s'éloigner, mais Machecoul s'était levé difficilement, lui saisissant à nouveau le bras.

— Ah non, ne vous défilez pas. Je veux votre avis. Qu'est-ce que vous pensez de la situation ? Vous voyez les boches, vous ! Moi, ils m'ignorent, avec ce que je fais pour eux ! Je risque ma peau. J'ai voulu interroger ce major, Gensher, qu'on dit l'officier le plus important de Paris après von Stülpnagel. Il n'a pas desserré les dents !

Machecoul avait baissé la voix.

— Ils se sont fait rosser à Stalingrad, ils le reconnaissent. Ils ont décrété un deuil de huit jours. Huit jours, c'est dire ! Ils auraient perdu plusieurs centaines de milliers d'hommes. Verdun, à côté…

— Vous n'étiez pas à Verdun, avait dit Dussert avec mépris. Excusez-moi, Machecoul, je n'aime pas faire attendre une femme.

— Une putain, Dussert, ne me racontez pas d'histoires !

Dussert avait voulu se dégager, mais Machecoul lui avait serré le bras. Et comment repousser quelqu'un quand on n'a qu'une seule main ?

— Les Américains sont en Afrique du Nord, les Allemands reculent en Russie, quant aux Italiens, ils vont retourner leur veste à la première occasion. Vous connaissez le mot de Louis XV : « Monsieur de Savoie ne termine jamais une guerre dans le camp où il l'a commencée ! » Et nous, Dussert, nous qui nous sommes mouillés jusque-là – il avait de sa main gauche, car le salaud avait deux mains, touché son front – nous allons être les dindons de la farce. Les communistes sortiront la guillotine.

— Une balle dans la nuque plutôt, comme avec les officiers polonais ! avait répliqué Dussert.

— Vous avez le cœur à plaisanter ? s'était indigné Machecoul.

— Voyez-vous, avait repris Dussert, la politique et la guerre, c'est la roulette russe. On gagne ou on perd. Mais quand on a fait tourner le barillet, il est impossible de l'arrêter.

— Allons donc, Dussert, tout le monde triche !

Machecoul lui avait soufflé au visage son haleine qui sentait l'alcool. Ce type puait et suait.

— Voulez-vous que je vous énumère ceux qui ont pris des garanties avec l'autre camp ? avait-il continué. Mon fils, André, a tout fait pour qu'au moment où les Américains débarquaient en Afrique du Nord Pétain fiche le camp à Alger. Je n'arrive même plus à obtenir un rendez-vous avec lui ! Et Léon de Boissier, c'est la même chose. Ne parlons pas du général Robert de Taurignan…

Dussert avait enfin réussi à se dégager. Il avait d'un coup d'épaule écarté Machecoul puis, du seuil de la chambre, avait lancé :

— Votre général de Taurignan, le major Gensher s'est chargé de lui. Il a été arrêté la semaine dernière à Paris.

— C'est effrayant, avait balbutié Machecoul. Taurignan était un esprit raisonnable, qui aurait pu plaider en notre faveur. Je connaissais fort bien son père, maître Maurice de Taurignan.

Machecoul paraissait effondré, le menton sur la poitrine.

— Ce ne sont pas les Allemands mais nous qui allons payer, Dussert…

— Le barillet n'a pas fini de tourner, avait répondu Dussert en quittant la pièce.

La fille était appuyée au cadre de la porte de la chambre voisine, et elle n'avait pas bougé quand Dussert était entré dans la chambre, si bien qu'il l'avait frôlée avec son moignon, et il avait deviné qu'elle frissonnait, sans doute d'effroi ou de dégoût.

Il s'était assis dans le fauteuil recouvert de cretonne rouge, comme le tissu des murs du couloir.

Rouge, couleur du sang, couleur des drapeaux de guerre, couleur des lèvres de cette fille qui maintenant était adossée à la porte refermée, les jambes écartées, cambrée, ses deux mains nouées sur sa nuque, soulevant ses cheveux dans lesquels était piquée une fleur rouge.

Mais Dussert avait fermé les yeux. L'épaule le faisait souffrir, et il avait maudit ce pleutre de Machecoul qui l'avait retenu et avait versé en lui le poison de la peur.

Toutefois, il ne ressentait pas la peur, seulement de l'amertume et de la rage.

Si Machecoul avait su ce qui s'était passé cet après-midi, dans la salle de réunion au siège de la banque Dussert-Speicher et Fils, boulevard Saint-Germain, il aurait sué encore plus, de trouille, de lâcheté !

Il avait entendu Xavier, son propre fils, lui annoncer que le conseil de surveillance avait décidé de l'écarter de toute responsabilité, de le dépouiller de tout pouvoir au sein de la banque.

— Vous comprenez, père, avait dit Xavier, l'évolution de la situation exige qu'il y ait une séparation nette entre vous qui avez, et cela vous honore, tout le monde l'a souligné, choisi de participer à la vie publique, avec sa gloire et ses risques, et la banque.

Michel Dussert avait posé sa seule main, doigts écartés, bien à plat sur la table, comme pour essayer d'affirmer que tout cela était à lui, encore.

Mais Xavier avait poursuivi.

— J'ai été désigné, élu, pour assumer la présidence du directoire en lieu et place de Martin de Boissier, qui devient vice-président, chargé des relations internationales de la banque.

— Relations internationales, avait ricané Michel Dussert. Qu'est-ce que vous entendez par là ?

— Martin de Boissier a ouvert en Suisse, à Zurich, une succursale de notre banque, qui désormais nous représente pour toutes les activités mondiales. Vous en voyez l'avantage…

Michel Dussert avait fermé la main, sa seule main. Ils étaient malins, ils allaient s'associer à des banques de Londres et de New York, se dégager de l'emprise et de la surveillance allemandes. Ils préparaient l'après-guerre.

Il avait éprouvé un sentiment de dégoût.

Sans doute le bureau de Zurich finançait-il certains réseaux de résistance, qui sauraient, si besoin était, s'opposer aux communistes.

Dussert s'était senti las.

Ils avaient joué juste. Les Américains et les Anglais, s'ils gagnaient la guerre, auraient besoin d'hommes comme ceux-là. Habiles et prudents.

Après tout.

Il aurait dû être fier de son fils… Pourtant, au contraire, il s'était senti trahi, comme si Xavier lui avait échappé, avait été le stratagème posthume imaginé par le vieil Olivier Dussert, son père, pour le faire souffrir et l'humilier.

Michel Dussert s'était levé.

— Martin de Boissier est à Zurich ou à Alger, chez de Gaulle ?

Il avait lancé cela comme une boutade et la réponse de Xavier l'avait atteint tel un tranchant de la main, quand il frappe le cou.

— Naturellement, nous avons noué avec le gouvernement provisoire du général de Gaulle les contacts nécessaires. Et Martin a déjà fait plusieurs séjours à Alger. Mais – il avait incliné la tête et soupiré – le voyage entre la Suisse et Alger reste incertain et dangereux.

Michel Dussert n'avait pas répondu. Peut-être, s'il avait eu une grenade, l'aurait-il lancée. Mais aurait-il pu la dégoupiller avec sa seule main ?

Michel Dussert était resté longtemps immobile sur le perron du siège de la banque, ne répondant pas aux saluts des visiteurs qui se succédaient, reconnaissant pourtant des membres de la commission bancaire franco-allemande, un ambassadeur suédois dont chacun savait qu'il était le représentant à Paris des intérêts anglo-américains.

Il avait eu le sentiment, comme après son amputation en 1917, d'avoir été floué.

On lui avait alors arraché son bras, sa main, et il avait retrouvé, à l'arrière, dans les bordels, dans les bars, au directoire de la banque, les embusqués. Son père, Olivier, ne l'avait pas traité en héros, mais – il avait employé le mot – en crétin qui n'était pas digne d'être un grand banquier parce qu'il avait été dupe, qu'il avait cru aux discours et aux fanfares ! Et quand il lui avait annoncé qu'il allait être candidat aux élections législatives dans la Drôme, Olivier l'avait regardé avec commisération.

— C'est tout à fait pour toi, avait-il commenté.

Et c'était maintenant son fils qui lui faisait la leçon !

Une fois encore, Michel Dussert avait pensé qu'il avait choisi la mauvaise route. Mais il était trop tard. On allait lui arracher son second bras, sa seule main, et la tête avec.

Il avait aperçu son chauffeur, qui attendait près de la portière ouverte.

Il était monté dans la voiture, et avait encore laissé passer quelques minutes avant de dire qu'il voulait se rendre rue de Provence.

Le chauffeur savait.

Depuis des années, peut-être depuis 1925, près de vingt ans donc, Michel Dussert fréquentait cette maison, la plus « close » de Paris.

Il avait même baisé avec celle qui n'était alors qu'une pensionnaire de dix-sept ans, qu'on appelait Madeleine, d'origine corse, disait-on, et qui avait des cheveux noirs si longs qu'ils cachaient ses petits seins.

Elle n'était pas restée longtemps pensionnaire, putain de bar que se disputaient les députés et les diplomates ou les officiers généraux, ces clients distingués qui seuls avaient accès aux salons de la maison.

Madeleine était devenue, dans les années 30, Mme Victor, et on ne lui embrassait plus que la main.

Elle avait encore accentué ce qu'un client avait appelé la « clôture », ne recevant comme nouveaux clients que des hommes qui lui avaient été présentés par un habitué dont elle connaissait la situation de fortune et les vices.

On avait vu chez elle Stavisky et Eugène Deloncle, l'escroc et ses dénonciateurs, les cagoulards et des députés du Front populaire. Et l'on disait que le lieu était d'autant plus sûr, une sorte de terrain neutre comme autrefois les églises et les couvents, que le commissaire Morini en assurait la protection.

En même temps, il exigeait des filles de lui faire chaque jour un rapport détaillé sur ces Messieurs qui leur rendaient visite. Elles devaient noter sur des fiches cartonnées qu'il leur fournissait les propos, les apartés et les perversités de leurs clients.

Lui-même avait, dit-on, son rond de serviette dans la salle à manger de Mme Victor, et sa brosse à dents dans la salle de bains.

On prétendait, mais cela faisait partie du mystère du lieu, que Morini était originaire du même village que la jeune Madeleine, et qu'il avait assuré sa promotion avec l'aide du milieu corse, si puissant à Paris.

La guerre n'avait rien changé aux habitudes de la maison.

Mme Victor avait accueilli les officiers allemands que lui avaient présentés ses « amis » français. Elle avait coutume de dire que, pour elle, les hommes n'avaient que leur portefeuille et leurs vices pour nationalité.

Dussert, d'un mouvement de la tête, avait ordonné à la fille d'avancer.

Elle s'était approchée, écartant ses voiles, les deux mains sur ses fesses, montrant son sexe et ses seins. Elle s'était déhanchée, avec dans le regard de l'inquiétude. Peut-être s'était-elle demandé ce qu'allait bien vouloir exiger ce mutilé ?

Elle s'était penchée vers lui, la bouche entrouverte. Elle s'était agenouillée et elle avait posé ses lèvres sur sa main.

Il l'avait retirée. Il avait giflé la fille de toute la force de son seul bras.

Elle avait basculé, se recroquevillant comme un animal craintif.

Il avait fouillé dans sa poche, avec cette unique main qu'on lui avait laissée, et il lui avait lancé une liasse de billets.

Puis il avait quitté la chambre.

20.

“ Vous
tomberez
dans une
souricière,
ou bien elle
vous livrera.
Et vous n’aurez
peut-être pas
le temps de vous
suicider… ”

Henri Forestier avait regardé son visage dans le miroir terni.

Il s’était appuyé des deux mains au lavabo, puis il s’était penché en avant jusqu’à ce que sa vue se trouble et qu’il ait la sensation qu’il allait vomir, perdre l’équilibre, comme si tout son corps protestait à l’idée d’être ce nouveau visage.

Il avait reculé, s’accrochant au lavabo, et les traits s’étaient précisés, nets, mais le malaise, comme chaque fois que Henri s’examinait, cherchait à entrer dans ce personnage, ce visage qu’on avait modelé pour lui, était demeuré.

Il l’avait ressenti pour la première fois quatre mois auparavant, en décembre 1943, lorsque les spécialistes du BCRA et de l'Intelligence Service lui avaient présenté sa nouvelle identité, l'homme qu'il allait être désormais, dès qu'il aurait embarqué dans l'avion qui devait le parachuter en France.

Il serait Paul-Henri Fournier, professeur retraité. Il aurait ce visage-là, qu'on allait coller sur le sien, moustache grise, cheveux blancs soigneusement tirés en arrière et lunettes à grosse monture d'écaille noire.

Il avait dit :

— Je ne pourrai pas.

Et il avait tenté une fois encore d'obtenir qu'on le parachutât tel qu'il était, avec de faux papiers certes, mais avec son vrai visage, les cheveux coiffés différemment soit, mais de leur couleur naturelle, noirs, à peine grisonnants. Et il ne voulait pas laisser pousser sa moustache.

— Dans ces conditions, avait répété le colonel Passy qui dirigeait le BCRA, vous ne partirez pas, Forestier. Nous avons assez de morts comme ça !

Henri savait Passy hostile à son parachutage en France.

Le colonel ne l'avait jamais caché à de Gaulle. Le commandant Henri Forestier, avait-il dit, était dépositaire de trop de secrets pour qu'on prenne le risque de le voir tomber entre les mains d'hommes qui étaient capables de faire avouer à un morceau de planche de quel arbre, de quelle forêt, de quelles mains de menuisier il était issu !

De Gaulle s'était tourné vers Henri, l'avait fixé, avait murmuré que l'on avait perdu beaucoup d'hommes et les meilleurs, Brossolette, le général Delestraint, Jean Moulin… Il avait ajouté à mi-voix qu'il ne parlait que des plus notables mais qu'il y en avait des dizaines d'autres, à croire que la Gestapo possédait la liste complète des agents de la France combattante, le nom de tous les chefs de réseau et des membres de l'état-major de la Résistance.

— Le général Delestraint, Jean Moulin, avait-il répété.

Puis il s'était levé, avait marché jusqu'à la fenêtre de cette villa des hauteurs d'Alger d'où l'on dominait toute la ville et la rade.

C'était le soir, le crépuscule mêlait au bleu sombre de la mer des reflets rouges.

— Certains, avait repris de Gaulle, sont allés au bout de l'infamie. Ils se servent de l'ennemi pour se débarrasser de leurs rivaux. Ils pensent tous aux lendemains de la Libération. Ils veulent rester seuls dans l'arène, afin d'imposer leur loi au pays. Moulin a été dénoncé parce qu'il s'opposait à cette politique-là. Delestraint a été arrêté pour les mêmes raisons. Les Allemands se prêtent à ce jeu, dont ils ont compris les règles. Ils en sont les bénéficiaires. Quant à nos alliés américains – de Gaulle avait avancé la lèvre inférieure, marquant son dégoût –, ils financent tous ceux qui me sont hostiles. Ils versent en Suisse, ou des banques le font à leur place, les deniers de la trahison, et Moulin et ceux qui me sont fidèles sont livrés à la Gestapo !

De Gaulle était retourné s'asseoir après avoir d'un geste brusque écarté les volets.

— Voilà ce qui se passe, Forestier, avait-il repris. Voilà dans quelle fosse aux serpents vous désirez vous précipiter. Et vous voudriez y aller en plus avec votre tête ? Ou vous en changez, ou vous restez auprès de moi.

Henri avait donc accepté de devenir ce sexagénaire au regard voilé qui poliment saluait la concierge du 9 rue Lafayette d'un grand coup de chapeau, laissant voir ses cheveux blancs.

Il avait pris l'habitude, comme on le lui avait conseillé, de traîner un peu les pieds, de marcher lentement, comme un homme fatigué.

On lui avait dit de ne jamais dévoiler à qui que ce fût sa véritable identité. L'un des responsables des mouvements de résistance qu'il allait rencontrer était peut-être – sûrement, avait indiqué Passy – un traître. Et s'il découvrait que Paul-Henri Fournier était le commandant Henri Forestier, l'un des collaborateurs les plus proches du général de Gaulle depuis les années 30, il le livrerait aussitôt. S'il l'ignorait, une partie complexe s'engagerait, et Henri avait des chances de démasquer le traître avant que celui-ci ne le dénonce.

— Voilà, avait dit Passy.

Il avait posé devant Henri deux petites pastilles de cyanure qu'on allait introduire à l'intérieur de ses dents. Et qu'il pourrait croquer en cas de besoin.

— Si on vous en laisse le temps, avait-il ajouté.

Devant le miroir, Henri avait ouvert la bouche, passant sa langue sur ses molaires creuses qu'il pouvait faire pivoter en appuyant fortement sur leurs flancs.

Après, il lui resterait à écraser les pastilles d'un coup sec.

Il avait commencé à se raser, pensant à ces hommes qu'il avait connus, Brossolette, Moulin, Delestraint,

Meyerhold, qui tous avaient été pris, étaient morts sous la torture, ou bien avaient été fusillés ou déportés.

Il n'avait appris l'exécution de Meyerhold qu'après son arrivée en France, quand il avait vu dans les rues de Paris ces affiches rouges qui comprenaient quelques portraits de résistants arrêtés. « L'armée du crime », indiquait en lettres noires le texte de l'affiche.

Henri avait marché plus lentement encore pour pouvoir lire ces noms, observer ces visages, et parmi eux ceux d'Elie Meyerhold.

Et ç'avait été la plus vive douleur qu'il avait éprouvée, peut-être depuis l'assassinat de Maria.

Il s'était rendu compte à cet instant-là qu'il avait uni Maria et Elie dans sa mémoire, comme s'ils avaient été le vrai couple, et lui seulement le parent le plus proche.

Il était rentré rue Lafayette, avait salué de son coup de chapeau la concierge, qui l'avait interrogé, bienveillante :

— Ça ne va pas, aujourd'hui, monsieur Fournier ? Vous semblez fatigué.

Il s'était voûté un peu plus. Il avait parlé de l'âge qui pesait, et elle avait chuchoté qu'il n'y avait plus longtemps à attendre, que le débarquement des Américains était pour bientôt et que les « fridolins » allaient déguerpir, ils avaient fait assez de mal comme ça, n'est-ce pas ?

Il s'était contenté de hocher la tête.

Il avait souffert de ne pouvoir écrire, téléphoner, voir son père et son fils, dont il ne savait plus rien. C'était Meyerhold qui le ramenait ainsi à Joseph, au plus intime de sa vie, au souvenir de Maria, à cette chambre de la villa de Trèves où elle avait accouché.

Cette nuit-là, il avait eu froid dans ce petit appartement humide et obscur de la rue Lafayette. Il était resté éveillé, cherchant à rassembler tous les fils qu'il avait un à un isolés depuis qu'il enquêtait, afin de comprendre pourquoi la Gestapo, l'Abwehr et aussi la Milice, les groupes de protection de Deloncle, les Brigades spéciales de Morini remportaient tant de succès dans leur lutte contre la Résistance.

Étaient-ils servis par la chance, les imprudences ou la témérité des résistants ? Ou bien, comme l'avait pensé de Gaulle, quelqu'un dans l'ombre leur avait-il livré Brossolette, Delestraint, Moulin, Meyerhold et leurs camarades ? Il avait décidé de rencontrer ce responsable communiste qui se faisait appeler Raymond Huart. Passy lui avait indiqué que cet homme, qui n'avait pas quarante ans, jouait un rôle essentiel dans l'appareil clandestin du parti. Il avait des contacts avec les espions du groupe de l'Orchestre rouge, qui renseignait directement Moscou. Meyerhold avait approché et transmis des informations sur leur chef, Léopold Trepper.

Huart dirigeait aussi les groupes de la Main-d'Œuvre immigrée, qui avait organisé plusieurs attentats, notamment celui qui avait provoqué la mort de Jacques Machecoul, l'une des personnalités d'avant-guerre les plus engagées dans la collaboration.

Raymond Huart, avait précisé Passy, de son vrai nom Roland Mercœur, avait connu peu avant la guerre Elie Meyerhold, et avait possédé une importante fortune qu'il avait mise à la disposition du parti communiste. C'est dans l'hôtel de Wiener qui lui appartenait, avenue Hoche, que l'Abwehr et la Gestapo s'étaient installées.

De boîte aux lettres en boîte aux lettres, de contact en contact, Henri s'était enfin trouvé face à Roland Mercœur, dit Huart, dans un vaste appartement de l'avenue Hoche, à quelques centaines de mètres à peine de l'hôtel de Wiener.

— Le major Gensher ne nous cherchera pas ici, avait dit Mercœur.

Il était habillé avec une élégance discrète qui pouvait le faire passer pour un médecin mondain.

Ils s'étaient observés, n'échangeant que quelques mots, puis Henri avait poussé la première pièce :

— Ces attentats sont coûteux… Après la mort de Jacques Machecoul, la Milice a exécuté vingt résistants.

— C'est le prix qu'il faut payer, avait répondu Mercœur d'une voix sèche. Les collabos tremblent et commencent à se terrer. C'est nous qui apparaissons comme le pouvoir de demain.

— Nous ? avait murmuré Henri.

— La Résistance, avait corrigé Mercœur en souriant. Le rapport de forces change. Des gens inattendus nous renseignent, nous aident.

— Ils se dédouanent, ils prennent une assurance pour l'après-Libération. Ils souhaitent ainsi qu'on passe l'éponge.

— Ça vous étonne ? Comme toujours, les gens vont vers le vainqueur.

Il avait haussé les épaules, allumé une cigarette, la tête un peu levée, aspirant lentement la fumée puis la rejetant en la suivant des yeux.

— Les girouettes s'orientent selon le vent majeur,

avait-il ajouté. Une patronne de bordel – le bordel le plus huppé et le plus fermé de Paris, rue de Provence, là où se retrouvent à la fois les officiers de l'état-major allemand et les collaborateurs les plus notoires, et que fréquentait un homme comme Jacques Machecoul – a pris contact avec un réseau de résistance. Pas l'un des nôtres bien sûr, les communistes effraient – il avait regardé Henri. Et nous savons qu'elle a commencé à fournir des renseignements utiles. Ces Messieurs parlent en baisant, ou avant, ou après.

Henri, tout à coup, avait eu la sensation que Roland Mercœur se jouait de lui, évitant d'aborder les questions importantes.

On avait appris à Londres et à Alger que les communistes se préparaient à déclencher, après le débarquement, une insurrection à Paris, et qu'ils pensaient peut-être ainsi s'emparer du pouvoir dans la capitale. Sur l'autre bord de la Résistance, on voulait s'opposer à cette tentative. Et la France risquait d'être le théâtre d'une guerre civile, avec des armées étrangères sur son sol, les Allemands en retraite et les Américains imposant leur loi.

« Il faut rassembler, Forestier, rassembler », avait dit de Gaulle.

Et pour cela, il fallait isoler ceux qui faisaient passer leur esprit de clan, leur intérêt de parti avant celui de la patrie. Il fallait démasquer ceux qui trahissaient, livrant aux Allemands des patriotes pour éliminer des rivaux.

— Qui nous trahit ? avait dit Henri, interrompant Mercœur.

Il avait énuméré les noms de ceux qui étaient tombés.

— Nous avons perdu des centaines de camarades, avait répondu Mercœur, la bouche serrée. Vincent Gallois a été torturé jusqu'à ce que mort s'ensuive, là, dans l'hôtel de Wiener, à deux pas.

— Elie Meyerhold ? avait interrogé Henri.

— La guerre implique la mort de bien des combattants.

— Qui nous trahit ? avait répété Henri.

Mercœur avait d'abord paru ne pas vouloir répondre à la question.

Mais sans doute était-ce une feinte, puisqu'il s'était mis à parler, marchant dans ce grand salon, passant devant la porte vitrée qui donnait sur le vestibule et derrière laquelle se tenaient ses deux gardes du corps.

On savait, avait-il dit, qui avait donné Gallois, qui avait livré à la Gestapo et aux Brigades spéciales de la police française du commissaire Morini les chefs de la Main-d'Œuvre immigrée. On avait même tenté de pénétrer les organisations clandestines du parti.

À la fin, après un silence, Mercœur avait donné le nom de Louise Véran, qui avait pris depuis la guerre une nouvelle identité, et dont ils avaient localisé le domicile, rue du Four.

Il avait semblé à Henri que Mercœur ne le quittait pas des yeux en prononçant le nom de Louise.

— Nous allons l'abattre. Nous la surveillons, nous la laissons s'enferrer. Peut-être nous dévoilera-t-elle quelque chose ? Mais dans quelques jours, nous l'exécutons.

— Je veux un sursis, je veux la voir, avait coupé Henri en se levant.

Mercœur n'avait pas semblé surpris, et Henri s'était demandé s'il ne connaissait pas sa véritable identité, n'ignorant rien du fait qu'autrefois il avait connu Meyerhold et Louise.

Qui sait si Mercœur ne cherchait pas seulement à compromettre un proche du général de Gaulle, à l'éliminer, comme avaient été jetés hors du jeu Brossolette, Delestraint, Moulin, Meyerhold ?

— À vos risques et périls, avait-il dit. Mais je désapprouve. Vous tomberez dans une souricière, ou bien elle vous livrera. Et vous n'aurez peut-être pas le temps de vous suicider. Nous allons prendre nos précautions, si vous maintenez votre intention, et couper tout lien avec vous.

— Je veux un sursis, je veux la voir, avait répété Henri.

Mercœur s'était levé à son tour.

— Elle a basculé dès le début, sans doute dès l'été 40. Ils ont dû l'effrayer. Mais peut-être étaitelle déjà au service de l'Abwehr avant-guerre. Pour nous, elle est responsable de la mort de Gallois et de celle de Meyerhold. Nous l'avons condamnée.

Elle portait le nom de Louise Gouraud. Elle habitait 24 rue du Four, au premier étage.

Henri s'était installé à la terrasse du café qui se trouvait en face de l'immeuble.

Il l'avait vue sortir, rentrer, toujours seule.

Elle avait les cheveux flous, comme lors de leur

première rencontre, et la même silhouette. Mais elle portait des vêtements plus élégants, un tailleur gris à la veste un peu évasée, à la jupe serrée, et des chaussures à la mode, avec des semelles épaisses.

Il était monté derrière elle, s'arrêtant à chaque marche, le temps pour lui de se souvenir des quelques mots échangés rue de l'Estrapade, du mouvement de ses cheveux sur ses joues lorsqu'elle l'avait embrassé, de sa robe ample sur ses jambes nues et de ses souliers plats. Il avait encore hésité au moment de sonner, touchant avec la pointe de sa langue les molaires, envisageant qu'il aurait peut-être dans les minutes qui allaient suivre à presser sur ses dents, à mourir.

Elle avait ouvert. Elle l'avait regardé fixement puis elle s'était effacée, afin de le laisser entrer. Elle lui avait paru amaigrie, les yeux enfoncés plus profondément qu'autrefois dans les orbites.

Elle s'était assise dans une pièce nue, lui montrant un fauteuil en face d'elle. Et elle avait croisé les jambes, les mains nouées autour de l'un de ses genoux, ne disant rien.

Henri s'était demandé si elle l'avait reconnu, ou bien si elle l'avait fait entrer parce qu'il pouvait être soit un agent de l'Abwehr, soit un de ces résistants dont Mercœur avait affirmé qu'elle les trahissait. Et si c'était le cas, les policiers allemands ou français allaient surgir, ou le suivre quand il quitterait l'appartement.

Allait-il lui parler du passé ?

— Il faudrait que vous quittiez cet appartement, avait-il murmuré, vous êtes en danger ici.

Elle n'avait pas bougé.

— Certains vous soupçonnent, avait-il repris, plus bas encore. Et par les temps qui courent, on n'a pas le temps de vérifier si les accusations sont fondées. On tue d'abord, vous le savez.

Elle s'était levée, avait pris une cigarette dans un paquet posé sur la cheminée, puis s'était à nouveau assise en face de lui.

Il n'avait pas réfléchi. Il avait écrit rapidement son adresse et son numéro de téléphone. Et il avait senti, lorsqu'il lui avait donné ce petit carré de papier, qu'il commettait une imprudence.

— Voilà, avait-il dit, si vous avez besoin de moi.

Elle l'avait raccompagné jusqu'à la porte. Elle n'avait pas prononcé un mot. Il avait un moment espéré qu'elle se dresse sur la pointe des pieds, qu'elle l'attire vers lui, mais elle était restée figée.

Quand il s'était retourné après avoir descendu quelques marches, il l'avait vue qui le suivait des yeux.

Il avait eu la tentation de remonter, de l'entraîner, de l'arracher à cet appartement, à ce piège dans lequel elle était tombée.

Mais qui l'avait préparé ? Qui allait en refermer la trappe ?

Henri n'était plus sorti de chez lui, restant assis dans la petite pièce de l'appartement de la rue Lafayette, un revolver posé près de lui. Il était résolu, si la police allemande forçait la porte, à tirer pour se donner le temps d'avaler le cyanure. Il ne voulait pas être pris vivant.

Il avait attendu avec l'angoisse exaltée d'un joueur. Il avait fait un pari. Si Louise était telle que Roland

Mercœur l'avait décrite, elle le livrerait à la Gestapo. Il était une proie recherchée. Après Jean Moulin et Brossolette, il était le plus important des envoyés de De Gaulle en France. On pouvait espérer le faire parler.

Et si Louise était innocente, il pouvait continuer d'habiter sans danger cet appartement.

Mais il avait prévu aussi que Roland Mercœur pouvait le livrer aux nazis en faisant croire que c'était Louise Véran qui l'avait dénoncé.

Peut-être, s'il mourait entre les mains des Allemands, ne saurait-il jamais qui avait provoqué son arrestation…

Il avait attendu un jour entier, puis une nuit. Une nuit blanche, avec ces vers du poète Jean Amy qui revenaient sans cesse et que de Gaulle un jour avait récités devant lui, évoquant la mémoire des patriotes martyrisés.

Ce sang ne séchera jamais sur cette terre
Et ces morts battus resteront exposés,
Nous grincerons des dents à force de nous taire
Nous ne pleurerons pas sur ces croix renversées
Mais nous nous souviendrons de ces morts sans [mémoire
Nous compterons nos morts comme on les a [comptés.

Au matin, il s'était retrouvé devant le miroir terni, avec ce visage qu'il ne reconnaissait toujours pas.

Il avait à nouveau attendu. Et ç'avait été un second

jour, une autre nuit blanche. Et le lendemain, ce visage étranger auquel il était encore confronté.

Louise ne l'avait pas dénoncé.

Peut-être les accusations portées contre elle n'étaient-elles que le moyen pour Mercœur de se débarrasser d'une femme qui, en 1939, avait été le témoin des hésitations communistes ? Peut-être voulait-on lui faire payer sa rupture avec le parti ? Seulement cela. Mais il était commode, si l'on voulait la tuer, de la présenter comme un agent de l'Abwehr.

C'était le matin du 1er mars 1944.

Henri avait refermé la porte et commencé à descendre l'escalier en regardant, à travers les fenêtres qui éclairaient chaque palier, le ciel qui semblait bleu.

Il s'était engagé sous le porche, et il s'était étonné que la porte de la loge de la concierge ne soit pas ouverte, comme chaque matin.

Il n'avait pas eu le temps de s'interroger longtemps. Les hommes avaient bondi sur lui, le couchant au sol, lui fourrant leurs doigts dans la bouche, l'empêchant d'écraser ces pastilles de cyanure qu'ils avaient retirées.

Puis on l'avait poussé dans une voiture noire, dont les jantes étaient jaunes.

Et il avait pensé que, s'il en avait la force, il devrait tenter de se tuer en se jetant la tête contre les murs, en la frappant jusqu'à la briser.

21.

“J’ai confectionné
avec des déchets
de montagnes
des hommes
qui embaumeront
quelque temps
les glaciers.”

Le 25 août 1944, Joseph Forestier s’était assis à l’extrémité de la pierre tombale. Ainsi il tournait le dos aux allées du cimetière, à l’alignement des dalles et des croix, à ce monument aux morts au pied duquel gisaient encore ces drapeaux tricolores pour lesquels Gustave Novera, Joseph Rigout et son grand-père avaient été abattus.

Ils étaient maintenant allongés côte à côte, sur la table du conseil municipal, dans la grande salle de la mairie.

Les habitants de Mazenc s’étaient serrés contre les cloisons, les yeux fixés sur ces trois corps de vieux, n’osant pas s’approcher, laissant ce grand fossé entre la table et eux, et lorsque Joseph l’avait franchi pour embrasser une nouvelle fois son grand-père, il avait entendu des sanglots et le murmure des prières.

Puis l'un des villageois s'était avancé à son tour, et tous, ils avaient pris la file pour venir poser leurs lèvres, toucher la main ou le front des trois morts.

Joseph avait profité de ce moment pour s'éloigner, pour traverser la place de Mazenc sans répondre aux jeunes maquisards qui l'avaient interpellé, lançant « Il faut les venger, Forest ! ».

Il avait levé la main, pour demander qu'on lui accorde un répit.

Les voix en effet s'étaient tues.

Il avait descendu seul la rue qui conduisait au cimetière.

Il avait franchi le portail devant lequel les Allemands avaient fusillé les trois hommes. Si Antoine Forestier avait été le seul à regarder ces bourreaux, le seul à ne pas avoir été abattu dans le dos, c'était sans doute, Joseph s'en était persuadé, marchant à pas lents dans les allées du cimetière, se dirigeant vers la tombe des siens, que son grand-père avait dû crier qu'il était seul coupable, que Rigout et Novera étaient innocents, que c'était lui, lui seul, qui les avait décidés à venir accrocher ces drapeaux au monument aux morts, et qu'on devait le fusiller lui seul.

Mais Antoine Forestier n'avait pas dû réussir à finir sa phrase, d'ailleurs comment les soldats en auraient-ils compris le sens ? Combien parlaient français parmi eux ?

Ils étaient allemands, croates, russes, estoniens, jeunes recrues ou prisonniers enrôlés de force, commandés par des officiers balafrés, survivants de cinq ans de batailles et qui ne voulaient pas mourir dans les derniers spasmes de la guerre.

Joseph les imaginait, ces hommes que la défaite peu à peu transformait en furies.

Il en avait vu de semblables à quelques mètres de lui quand, couché dans le fossé au bord des routes, vers Malaucène ou L'Isle-sur-la-Sorgue, ou plus haut dans les Baronnies, ou vers Saumane, il leur avait tendu des embuscades tout au long de cet été 44. Ces mois brûlants n'en finissaient pas de s'étirer, de laisser des morts entassés contre les façades des maisons d'un village, otages fusillés parce que l'embuscade s'était produite à quelques mètres des habitations, ou bien soldats agonisant au milieu des chemins et qui avaient prononcé leurs derniers mots dans une langue inconnue, qu'on laissait mourir, ou que quelqu'un parfois achevait en criant que ces salauds avaient brûlé le hameau des Jonquières.

Après chaque combat, quand il avait fallu fuir dans la montagne, se cacher sous les arbres, se terrer, Joseph avait revu les visages de ces morts, et sous la hutte de branchages il avait commencé à les décrire, posant les mots sur son carnet comme un peintre place une touche de couleur.

Mais il ne pouvait rédiger que lorsque le jour s'était éteint et qu'enfin l'obscurité s'était répandue, avec le silence.

Il avait ainsi découvert qu'il était l'homme de la nuit et de l'aube, non celui du jour.

Il y avait alors trop de lumière bruyante, une sorte de chaos empêchant la pensée de naître, écartelant chaque idée et chaque vision, émiettant, dispersant en une suite de gestes ce que la nuit et l'aube rassemblaient.

Les autres, ceux du maquis, avaient peur de la nuit. Ils craignaient une attaque surprise de la Milice ou des SS. Mais en même temps, ils aimaient sombrer dans le sommeil. Alors Joseph prenait la garde.

Les nuits sur les pentes du Ventoux, au pied des Dentelles de Montmirail ou dans les collines du Diois et des Baronnies, ou bien, plus au nord, dans les falaises du Vercors, sont lumineuses, des nuits blanches.

Joseph avait pu ainsi écrire, à la seule clarté lunaire, qui semblait noyer chaque forme, chaque bruit, dans les grands fonds blanchâtres de la nuit.

Il avait tenu le journal de ces mois d'attente et de courses dans la caillasse calcaire du Vercors, dans les forêts des pentes du Ventoux.

Souvent, la nuit, Sarah Liebman venait s'accroupir près de lui à l'entrée de la grotte, derrière ces blocs où il montait la garde.

Elle lui entourait le cou de son bras. Elle s'assoupissait, tout en grelottant car les nuits étaient aussi glacées que les eaux immobiles des profondeurs.

Parfois, fuyant les assauts des SS et des miliciens, ils avaient dû s'enfoncer dans les grottes, franchir les siphons, se tenir sur les corniches au-dessus des lacs souterrains, écouter avec anxiété pour savoir si les SS et leurs valets de mort allaient faire exploser des charges dans la grotte afin de la fermer, et de les enterrer là, dans ces grandes salles silencieuses où sur la surface verte des lacs se reflétait la lumière hésitante et précaire des lampes.

Ils avaient toujours pu remonter à la surface.

Mais les rochers étaient tachés de sang, les villages dévastés, les morts étaient des corps cisaillés d'hommes et de femmes suppliciés.

Et il avait fallu chaque fois qu'il serre contre lui Sarah qui sanglotait.

Elle avait laissé repousser ses cheveux et les longues mèches torsadées couvraient de clarté le blouson de laine bleue.

Était-ce l'effet du soleil, de cette lumière toujours vive et que le vent semblait rendre encore plus éclatante, les boucles de Sarah étaient passées du roux au presque blond.

Dans les rassemblements des maquisards, avant le départ, ou bien quand ils étaient assis en rond dans la grande salle sombre d'une grotte, Sarah était la tache de couleur, comme la touche lumineuse qui rappelait que la vie n'était pas seulement la guerre, mais aussi la beauté des femmes.

C'est elle qui tapait sur la machine à écrire les articles que Joseph signait du nom de Forest en première page des *Allobroges*, le journal clandestin des Francs-Tireurs et Partisans français de la région qui va du Luberon au Vercors, du vignoble de Mazenc et des oliveraies de Nyons aux futaies du Ventoux.

Ainsi Joseph Forestier était devenu Forest.

Et quand, ce 25 août 1944, il avait bondi hors de la voiture sur la place de Mazenc, parce qu'il avait découvert le corps de son grand-père et ceux de Rigout et Novera, et que les vignerons l'avaient serré contre eux, l'appelant Joseph, le pauvre Joseph, il avait eu un moment de révolte.

Il ne voulait plus être ni Joseph ni Forestier, mais

seulement Forest, né de cette guerre. Il avait appris d'elle qu'il préférait les nuits blanches où l'on est seul avec les mots à la traînée bruyante des jours.

Il avait été mutilé par elle.

Lorsque, dans la salle du conseil municipal de la mairie, il avait revu la gueule cassée de Gustave Novera, il avait pensé que la guerre n'avait pas touché son propre corps, que son visage n'avait pas été troué, martelé par l'acier, mais que sous la peau intacte se cachait une plaie purulente avec laquelle il lui faudrait vivre, se demandant toujours si la gangrène n'allait pas l'envahir, s'il n'aurait pas envie de saisir une arme pour trouer sa peau, sa tête qui n'étaient plus que masques cachant la douleur.

Combien de temps allait-il pouvoir vivre encore, alors qu'il n'était qu'à l'orée d'un destin dont il connaissait déjà la saveur de mort ?

Pourtant, il sentait en lui une énergie si forte qu'il lui faudrait composer toute sa vie avec ces deux chevaux tirant à hue et à dia, le désir de mort et la puissance de vie.

Peut-être était-ce là le sort de tous ceux qui avaient participé à cette guerre, et en avaient souffert.

Il avait un jour, à Sablet, l'un des villages qui dominent le vignoble, écouté René Char, qui commandait un groupe de maquisards de L'Isle-sur-la-Sorgue, lui réciter de sa voix rocailleuse :

J'ai confectionné avec des déchets de montagnes des hommes qui embaumeront quelque temps les glaciers.

Joseph avait peu après quitté René Char, en répétant

sans fin ces mots simples, concrets, qui composaient une phrase mystérieuse et dont cependant le sens était clair.

Il avait rejoint au milieu de la nuit, sur les pentes du Ventoux, son unité, et il avait été surpris de trouver tous les hommes debout, comme si on l'attendait pour livrer bataille alors que l'ennemi, depuis le débarquement allié en Provence, avait abandonné la région, se concentrant au Sud. Il ne faudrait le craindre à nouveau qu'au moment où il commencerait sa retraite.

Les hommes l'avaient entouré. Lui avaient fait cortège.

Et brusquement Joseph s'était arrêté. Il avait regardé ses camarades et, chaque fois qu'il avait croisé un regard, l'homme avait baissé les yeux.

Il s'était alors précipité vers la bergerie où il dormait avec Sarah.

Elle était allongée là, ses longs cheveux formant autour de son visage comme une tapisserie aux fils d'or entremêlés, tels les rayons torsadés d'une étoile lumineuse.

Quelqu'un lui avait déjà fermé les yeux.

En la voyant, Joseph avait murmuré comme une étrange oraison funèbre :

J'ai confectionné avec des déchets de montagnes des hommes qui embaumeront quelque temps les glaciers.

On l'avait entraîné hors de cette pièce au plafond bas, aux murs de pierre, loin du lit de feuilles séchées sur lequel on avait couché Sarah.

Il avait eu l'impression de tomber sans fin, le souffle coupé, de s'enfoncer dans l'un de ces siphons obscurs dont on ne sait jamais s'il débouche sur une salle où l'on va reprendre sa respiration, ou sur la mort.

Mais le vide qui l'avait englouti était entré en lui, emportant tout, les larmes et même le désespoir, ne laissant qu'une couleur noire dont il avait su à cet instant qu'elle allait pour toujours imprégner son destin.

On lui avait expliqué que Sarah avait voulu descendre au village. Tout était calme. Elle était partie avec son arme.

Il aurait pu s'indigner, dire qu'on n'aurait jamais dû l'autoriser à s'éloigner seule. Mais elle était couchée sur les feuilles sèches, mortes comme elle, alors à quoi bon rêver que le vert et la sève eussent pu continuer d'être ?

À l'entrée du village, elle s'était trouvée face à une voiture allemande, sans doute égarée.

On ne savait pas qui avait ouvert le feu le premier.

Les soldats avaient-ils vu l'arme que Sarah portait à la bretelle, ou bien s'était-elle affolée, et au lieu de tenter de fuir avait-elle tiré ?

Les soldats l'avaient laissée sur le chemin, en plein milieu, et ils s'étaient enfuis, en mitraillant les façades des maisons.

C'étaient les paysans qui l'avaient remontée jusqu'ici.

J'ai confectionné avec des déchets de montagnes des hommes qui embaumeront quelque temps les glaciers.

On ne l'avait pas laissé seul.

Il avait senti qu'on surveillait chacun de ses gestes. On avait craint qu'il ne se saisisse de son arme. Et on avait eu raison.

Il s'était interrogé. Comment, pourquoi continuer de vivre ?

Combien de temps Sarah Liebman embaumerait-elle les glaciers ? Quelques heures, quelques jours, quelques années ?

Qui se souviendrait de cette *France-des-Cavernes*, cette France résistante comme l'avait appelée René Char, France des combattants contre France des traîtres et des lâches ?

Hommes faits avec des *déchets de montagnes* contre hommes sculptés dans la boue putride des marécages.

Joseph était resté ainsi plusieurs jours prostré, avec en permanence à côté de lui deux hommes qui le guettaient.

Puis la guerre, l'Histoire avaient repris leurs droits.

Les colonnes allemandes avaient quitté la vallée du Rhône pour s'enfuir par les routes secondaires, afin d'échapper aux bombardements de l'aviation alliée.

Elles tentaient de gagner le nord-est de la France. Il fallait les localiser, les immobiliser et les détruire.

Des avions avaient largué des armes, des courriers avaient apporté des messages. Forest avait donné l'ordre du départ.

Il n'avait pas voulu assister à la mise en terre de Sarah. Il avait eu l'impression pendant cette cérémonie que tout le paysage était enseveli dans le silence. Et il avait eu comme jamais l'envie de le briser par le cri d'un coup de feu.

Mais les camarades étaient là, à moins d'un pas.

On lui avait donné l'accolade. On avait murmuré :

— Tu nous as fait peur !

Ils voulaient être rassurés. Ils voulaient croire qu'il

avait oublié la mort de Sarah ou, comme l'un d'entre eux le lui avait dit, qu'il avait « surmonté héroïquement l'épreuve ».

Pouvaient-ils comprendre qu'il n'était plus, qu'il ne serait plus jamais qu'une enveloppe de peau cachant l'abîme ?

Mais il avait fait ce qu'il devait, et il avait compris qu'il accumulerait des actes et des mots. Que ce serait sa vie.

Il ne serait plus que Forest.

Puis il s'était agenouillé devant ces trois corps couchés à l'entrée du cimetière de Mazenc. Et l'un d'eux était celui de son grand-père.

Que cette journée du 25 août 1944 finisse, avait-il pensé en regardant le vignoble qui s'étendait au pied du cimetière de Mazenc et qu'embrasait le crépuscule.

Que vienne la nuit.

Il s'était levé. Il avait fait le tour de la pierre tombale. Il avait, malgré le soleil qui l'éblouissait, lu cette liste de noms gravés dans le granit de l'obélisque dressé au bout de la dalle.

Il avait serré la bretelle de sa mitraillette pendue à l'épaule, et il avait marché vers le château de Mazenc.

Tant de fois, avec son grand-père, il avait fait ce trajet, tant de fois le vieil homme lui avait raconté l'histoire des Forestier.

Joseph s'était arrêté au croisement de deux chemins, l'un montait vers le château, l'autre s'enfonçait dans les vignes.

Il avait regardé autour de lui, et tout à coup ce souvenir avait jailli. C'était ici qu'il s'était heurté, enfant, à Gustave Novera, qu'il avait vu ce visage déformé, défoncé. En revivant cet instant, il avait découvert que rien n'existait avant ce souvenir, le premier de sa vie.

On l'avait appelé du village :

— Forest ! Forest !

Et le nom, son nouveau nom, un nom qui n'avait comme passé que la guerre, avait longuement retenti, puis un accordéon avait commencé de jouer *La Marseillaise*. Joseph avait imaginé devant le Cercle républicain, sur la place, les villageois au garde-à-vous, les hommes béret ou casquette à la main, les femmes pleurant, regardant vers cette mairie où trois corps de vieux, dans la chaleur, commençaient à sentir la mort.

Il avait continué sur le chemin qui conduisait au château.

Il avait levé les yeux vers ces murs, cette tour, ce porche.

Il ne restait que cela du passé des Forestier.

Sa mère était morte.

Son père, arrêté, disparu, lui avait-on dit dans un message arrivé d'Alger, mort sans doute sous la torture.

Et mort aussi Antoine Forestier.

Et morte Sarah Liebman, avant qu'elle ait pu donner la vie.

Et mort, lui aussi, Joseph Forestier.

Il allait quitter Mazenc.

Il n'était plus que Forest.

22.

« C'est la règle,
en politique,
vous me l'avez
assez dit :
les vaincus
ont tort,
les vainqueurs
raison... »

Michel Dussert, les yeux ouverts dans la pénombre, avait longuement écouté le silence.

Il s'était redressé en appuyant son coude sur l'oreiller, puis il avait calé son épaule mutilée contre le mur le long duquel se trouvait le lit. Il avait alors tendu la main vers le poste de radio placé sur la table de nuit.

Il avait effleuré les boutons, hésitant à tourner l'un d'eux, fermant le poing, enfonçant ses ongles dans sa paume.

Il s'était répété qu'il n'y avait rien à entendre, que ce 26 août 1944 tout était joué, et la partie perdue.

Lorsque son fils Xavier était venu lui annoncer que les premiers éléments des troupes gaullistes, la 2e Division blindée, étaient arrivés porte d'Orléans, que la libération de la capitale n'était plus qu'une question d'heures, et qu'il ne devait quitter sous aucun prétexte cette cave dont les employés de la banque ignoraient l'existence, il avait brandi le poing.

Hitler, s'était-il écrié, préférerait détruire Paris plutôt que de l'abandonner ! L'insurrection qui avait commencé serait écrasée comme à Varsovie. Et les Américains allaient attendre, l'arme au pied, laissant les Allemands en finir avec les communistes, comme les Russes avaient laissé massacrer les nationalistes polonais…

La politique, avait-il dit à son fils, la grande politique, avait repris ses droits, et on approchait, ce n'était qu'une question de jours, peut-être d'heures, d'un renversement des alliances.

Des hommes comme Churchill et peut-être même de Gaulle ne pouvaient accepter la victoire communiste, la mainmise des Soviets sur l'Europe, sur Paris.

Hitler l'avait compris. Il suffisait donc d'attendre, ceux qui avaient quitté Paris, les Déat, les Laval, avaient eu tort. Il fallait demeurer sur place pour saisir le moment, servir de trait d'union entre les Allemands et les Américains.

Il avait parlé longtemps, d'une voix exaltée, s'étonnant de l'indifférence de son fils, puis de son ironie.

— Rêvez autant que vous voudrez, père, avait répondu Xavier. Pensez même que Hitler dispose d'armes secrètes, on raconte cela aussi. Mais permettez-moi de vous demander de ne pas sortir d'ici. Personne ne viendra perquisitionner le siège de la banque, j'ai obtenu des assurances. Nous sommes officiellement protégés pour éviter tout pillage. Vous êtes donc en sécurité. Mais j'exige, père, que vous restiez enfermé, car si on savait que vous êtes caché ici, alors ce n'est pas seulement moi qui serais en danger, mais la banque…

Michel Dussert avait haussé les épaules. Et il n'avait plus essayé de convaincre son fils quand celui-ci, au milieu de la nuit, lui apportait des sandwichs et des boissons.

Il n'avait même plus interrogé Xavier.

Il avait écouté la radio, appris que Léon de Boissier, le vieux Boissier, avait été abattu dans une rue de Vichy où il se promenait sans aucune protection, comme un homme qui avait cru faire son devoir.

C'était bien le temps des assassins qui commençait et il fallait, avait-il pensé, que l'entente entre les gens d'ordre, les esprits lucides, se réalise au plus vite, sinon les communistes l'emporteraient. Et ce serait l'anarchie, le crime comme méthode politique.

Mais cette hypothèse lui avait paru si déraisonnable que, lorsqu'il avait entendu les premiers grincements des chenilles des chars sur le boulevard Saint-Germain, puis les détonations sèches de leurs canons, il avait imaginé que les chars allemands et ceux de la division blindée gaulliste s'employaient ensemble à réduire l'insurrection parisienne. Et quel signe du destin ce serait que la nouvelle alliance soit conclue ici, à Paris, que les Germains et les Gaulois s'entendent pour repousser les barbares, les Slaves !

Il avait rêvé à cela.

Et tout à coup, ces voix inconnues qui remplaçaient celles des présentateurs de Radio-Paris, ces mots nouveaux, « patriotes », « libération », « alliés »,

« citoyen », ces chants dont il n'avait plus su si c'était la radio qui les transmettait, ou bien s'ils venaient du boulevard, franchissant l'épaisseur des murs pour envahir jusqu'à cette cave du deuxième sous-sol placée sous la salle des coffres de la banque Dussert-Speicher et Fils.

Puis il avait entendu cette volée de cloches qui n'en finissait plus, ces « Vive de Gaulle ! », et ce discours indéfiniment répété sur toutes les longueurs d'onde :

« Paris ! Paris outragé ! Paris brisé ! Paris martyrisé ! mais Paris libéré ! libéré par lui-même, libéré par son peuple avec le concours des armées de la France… »

Cette voix rauque, ce ton incantatoire l'avaient terrassé. Il avait eu l'impression que tout l'immeuble écrasait cette petite pièce, s'abattait sur ce lit étroit, et il avait éprouvé, pour la première fois depuis vingt-huit ans, le même sentiment de panique que dans les casemates de Verdun, quand les obus avaient martelé le béton et que la terre et les gravats avaient obturé toutes les issues.

Ces mots, ces chants, ces battements de cloches, ces « Vive de Gaulle ! » l'avaient enseveli.

Était-il possible qu'un Churchill, dont on transmettait le message de félicitations à de Gaulle pour la libération de Paris, qu'un de Gaulle, et même qu'un Roosevelt ne comprennent pas qu'ils trahissaient la civilisation européenne en restant les alliés de Staline, des Mongols, de cette alliance monstrueuse entre le bolchevisme et le judaïsme ?

Qu'un temps ils aient voulu se servir de Staline pour contenir les ambitions de Hitler, on pouvait le comprendre, on pouvait l'excuser, même si c'était déjà criminel, mais qu'aujourd'hui, quand les troupes russes envahissaient l'Europe centrale, on maintienne cette entente était incompréhensible et diabolique !

Il avait serré le moignon de son bras droit aussi fort qu'il l'avait pu.

Il avait éteint la radio.

Il y avait une explication, celle qu'avaient donnée depuis longtemps les plus déterminés des partisans de la collaboration avec Hitler, c'est que de Gaulle, Churchill, Roosevelt étaient en fait des complices des juifs, décidés à tout sacrifier à leur ambition.

Et le peuple, une fois de plus aveugle comme un troupeau de rats, allait se laisser conduire jusqu'au fleuve où on le noierait !

Il avait à nouveau écouté la radio, ces reportages enthousiastes sur la descente, ce 26 août 1944, des Champs-Élysées par de Gaulle, au milieu de millions de Parisiens.

Il avait ricané. Des centaines de milliers d'entre eux, il y a quelques semaines encore, avaient acclamé Pétain ! Il avait tressailli, espéré, quand, rue de Rivoli puis à Notre-Dame, on avait, semblait-il, tiré depuis les toits sur le cortège… Mais, après une brève panique, tout était rentré dans l'ordre. Ç'avait été à nouveau le déferlement de mensonges, les phrases éternellement rabâchées, « Paris libéré par lui-même » ! On pouvait tout faire gober au peuple ! On pouvait lui faire oublier que les armées américaine et anglaise avaient bousculé les Allemands, que ceux-ci n'avaient pas défendu Paris ! Il s'était indigné, essayant de faire partager sa colère à Xavier, dénonçant les absurdités que l'on répandait, cette chasse à l'homme que les milices patriotiques avaient déclenchée, ces exécutions sommaires, ces lynchages, sous prétexte qu'il fallait venger les résistants torturés, exécutés.

Mais Xavier avait paru indifférent, haussant les épaules.

— Mensonge, vérité ? Père, tout cela relève d'une appréciation personnelle. Il reste que le général de Gaulle est le chef du gouvernement, que les Allemands sont battus et vos amis recherchés, et qu'ils seront, si on les arrête, jugés durement et sans doute condamnés à mort. C'est la règle, en politique, vous me l'avez assez dit : les vaincus ont tort, les vainqueurs raison.

— Je vais me livrer, avait dit Michel Dussert.

Xavier s'était assis en face de lui, et son père l'avait regardé comme s'il n'avait jamais encore vu cet homme jeune, au visage large, aux traits quelconques, dont il émanait cependant une impression de puissance.

Il s'était tu.

— C'est une affaire de quelques mois, avait repris Xavier. Le temps que les choses s'apaisent, qu'on vous oublie.

Michel Dussert avait protesté. Il ne pouvait rester des mois enfermé dans cette cave, comme un rat !

— Qui parle de cela ? Dans quelques jours, dès que le calme sera revenu, je vous ferai passer en Suisse. Nos amis de l'ambassade d'Espagne ont été parfaits. Vous serez un diplomate espagnol, vous aurez perdu votre bras durant la guerre civile. Vous resterez en Suisse autant qu'il le faudra. Notre succursale de Zurich est naturellement à votre disposition… Et personne ne viendra demander votre extradition.

Xavier s'était levé.

— Il faudrait d'abord qu'on vous identifie, et qu'on veuille vous faire un procès. J'imagine que vous savez bien des choses, père, sur les uns et les autres. Pourquoi vous inviterait-on à parler ?

Il avait ouvert la porte, parlé plus bas.

Il s'était rendu, avait-il expliqué, rue Saint-Dominique, à l'hôtel de Brienne où de Gaulle s'était réinstallé, retrouvant le bureau qu'il occupait comme sous-secrétaire d'État à la Guerre en juin 1940.

— Les choses et les hommes reprennent leur place, avait continué Xavier. D'ailleurs de Gaulle parle à tout instant de discipline nationale, d'unité des Français. Il épurera, mais dans le cadre de la loi. Ses proches sont tout à fait respectables. Le fils de François Mauriac est devenu son secrétaire particulier. Et son premier aide de camp est le capitaine Cédric Chrétien de Taurignan, un homme de mon âge, assez extraordinaire, il a combattu au Tchad, puis à Bir Hakeim. C'est l'un des premiers à s'être enrôlé dans les Forces françaises libres. Alors que son père, le général, était aux côtés de Pétain jusqu'en 1942.

Xavier était resté un long moment silencieux puis, rentrant à nouveau dans la pièce, s'approchant de son père, il avait ajouté qu'il avait offert à Cédric de Taurignan de demander à Martin de Boissier qui, en Suisse, voyait tout le monde, y compris bien sûr les banquiers et les envoyés du gouvernement allemand, manifester leur intérêt pour le général Robert Chrétien de Taurignan qui serait, selon son fils, toujours en vie, détenu probablement au camp de Buchenwald.

— Cédric a été très sensible à cette proposition.

J'ai déjà donné mes instructions en ce sens à Boissier. J'espère qu'il aboutira. Comme par ailleurs j'ai assuré le gouvernement de l'appui inconditionnel, dans la mesure de nos moyens, de la banque Dussert, je ne crois pas que nous devions voir l'avenir en noir. Bien sûr, il y a les communistes, mais croyez-vous, père, que de Gaulle et les Américains accepteraient une mainmise communiste sur la France ?

Il avait fait quelques pas.

— Le monde est déjà partagé, père, l'Est à Staline, le reste aux Américains. La frontière est encore incertaine. Mais nous sommes du bon côté ! Vous voyez que tout ne va pas si mal.

Michel Dussert avait serré le poing mais n'avait pas osé le brandir.

TROISIÈME PARTIE

23.

“ Je te donne
neuf mois
de ma vie,
un fils,
et après
je m’en vais... ”

La pluie, ce 27 février 1954, avait commencé à tomber en même temps que la nuit.

Mais Forest était resté assis sur ce banc de la place Dauphine qui faisait face au Palais de Justice.

Quelle justice !

Ils venaient d’acquitter Michel Dussert. Ils avaient fait expulser de la salle d’audience la poignée d’anciens résistants et de déportés, certains revêtus de leur tenue rayée de bagnards, qui avaient protesté, criant « Honte ! Scandale ! » puis entonnant *La Marseillaise* et *Le Chant des partisans*.

Michel Dussert les avait défiés, sa main gauche accrochée au rebord du box, se tenant comme un capitaine qui sur la passerelle fait face à la tempête, et un instant Forest avait eu de l’admiration pour cet homme qui tout au long des débats n’avait rien renié de ce qu’il avait fait, admettant seulement s’être parfois laissé emporter par les passions du temps, mais justifiant point par point son engagement.

— J'ai été fidèle, avait-il déclaré, à l'élan patriotique qui m'a fait, en 1916, devancer l'appel sous les drapeaux, demander à servir en première ligne alors que j'aurais pu, parce que j'étais le fils d'Olivier Dussert, propriétaire de la banque Dussert, devenir l'un de ces dizaines de milliers d'embusqués qui avaient mis leur corps à l'abri de l'acier.

Lui, et il avait saisi son moignon de bras, son épaule droite, il avait donné ça pour la France !

Et après, qu'avait-il fait ? Simplement agi et parlé, et écrit, à visage découvert, pour empêcher que la guerre revînt. Il était prêt à lire au tribunal les articles qu'il avait publiés dans *La Voix nationale*, son journal, car il avait compris, avant la plupart, que le triomphe de Moscou, des communistes, allait provoquer en retour le réveil du nationalisme allemand. Et si, en France, avait-il martelé de son poing gauche, on l'avait suivi, si on avait, quand il en était temps, aidé les Russes à se débarrasser de leurs bourreaux, alors il n'y aurait eu ni nazisme, ni guerre d'Espagne, ni guerre mondiale ! Et l'Europe, le monde n'auraient pas été aujourd'hui menacés par le communisme, contraints de se battre contre lui, en Corée, en Indochine, et peut-être demain, ici, en Europe… Et on voulait qu'il avoue s'être trompé ! Mais les faits lui avaient donné raison.

Il avait écrit, en 1934 : « Le communisme menace la civilisation, c'est le danger suprême, c'est contre lui qu'il faut se dresser ! »

— Vingt ans après, vingt presque jour pour jour, nos soldats, nos officiers sont prisonniers dans les camps communistes de l'Indochine, et nous avons été battus à Diên Biên Phu par des armées communistes, aux mains d'hommes fanatisés par le communisme ! avait-il repris. Et ici, au Palais de Justice de Paris, on fait le procès des années 30 et de l'Occupation ! Mais nous sommes en 1954 ! Hitler s'est suicidé ! Le nazisme et le fascisme ont succombé, alors que le communisme couvre une grande partie du monde ! C'est lui qui nous fait la guerre aujourd'hui en Indochine, et déjà en Afrique du Nord !

Il y avait eu des murmures.

Mais le président avait menacé de faire évacuer la salle, et Michel Dussert, debout, avait poursuivi sa déclaration, le menton levé, la main gauche à nouveau agrippée au rebord du box, ses décorations barrant sa poitrine. Et de temps à autre, il s'était serré l'épaule droite, pour rappeler le prix qu'il avait dû payer.

Forest, tout en prenant des notes pour cet article que lui avait demandé Roland Mercœur, rédacteur en chef du *Patriote*, ne l'avait pas quitté des yeux tout au long de l'audience. Il n'avait pas besoin de regarder ce qu'il écrivait, persuadé qu'il n'oublierait rien des arguments de Dussert.

Quand on l'avait accusé de s'être réfugié en Suisse durant près de dix ans, il s'était levé, avait regardé le fond de la salle où s'entassaient les résistants et les déportés surveillés par les gendarmes du palais.

— Croyez-vous, monsieur le président, avait-il lancé, que j'aurais eu droit à une justice impartiale ? Mes avocats peuvent déposer sur le bureau du tribunal la liste des exécutions sans jugement qui ont été effectuées en 1944 en France. Ils ont dénombré plusieurs milliers de noms. Monsieur le président, avant de me mettre entre vos mains, j'attendais que la justice de mon pays soit redevenue sereine, capable de résister à la pression de groupes organisés et payés par l'étranger.

Le président lui avait ordonné de se taire, mais Dussert avait ajouté :

— Les gouvernements français successifs n'ont jamais demandé mon extradition. Je ne me suis pas caché. J'ai déclaré ma présence au consulat de France à Zurich. Et je suis venu devant vous, monsieur le président, de mon plein gré, parce que les faits sont suffisamment éclatants aujourd'hui pour qu'on comprenne le sens de mon action jadis.

Pauvres voix hésitantes que celles des témoins à charge !

Aucun d'eux n'avait été capable d'établir un lien direct entre ce qu'ils avaient subi, tortures, déportation, les traces étant encore visibles dans leur chair, sur leur visage, et la responsabilité personnelle de Michel Dussert.

Puis les témoins de la défense s'étaient succédé.

Martin de Boissier, le directeur de la succursale zurichoise de la banque Dussert, avait fourni le relevé exact, au franc près, des sommes versées mois après mois par la banque à certains réseaux de résistance.

Et, tourné vers Michel Dussert, il avait précisé :

— J'agissais à la demande de Xavier Dussert, le fils de Michel Dussert. J'ai toujours pensé que monsieur Xavier Dussert avait obtenu l'accord de son père, qui restait formellement l'un des actionnaires de la banque même s'il ne participait plus à son activité.

Le chroniqueur judiciaire du *Monde* avait murmuré en se penchant vers Forest :

— Qu'est-ce que tu vas pouvoir écrire, dans ton canard ?

Forest s'était écarté, pour bien marquer qu'il ne voulait pas perdre un seul mot de ce qui se disait ici. D'ailleurs la question du confrère était stupide puisqu'on pouvait toujours modeler à sa guise un compte rendu, oublier les déclarations de l'accusé ou celles des témoins de la défense, et donner la parole aux anciens résistants.

Forest avait imaginé Roland Mercœur relisant debout les épreuves de l'article, rayant d'un trait des paragraphes entiers, se tournant, disant :

« Forest, vous ne mettez pas assez l'accent sur l'indignation, le scandale que représente ce procès, la solidarité de classe qui unit les magistrats, les banquiers et l'ancien collaborateur des nazis. »

Puis il l'aurait pris par l'épaule, il aurait ajouté :

« Vous écrivez pour *Le Patriote*, non pour *Le Figaro* ou *Le Monde*. On est en première ligne dans le combat. On ne cède rien, pas un pouce de terrain. On se bat ! »

C'était le même discours que Roland Mercœur avait tenu, quelques années auparavant, quand avait eu lieu le procès qu'avait intenté au *Patriote* et aux *Lettres françaises* un Russe, Kravchenko, qui dénonçait dans un livre la dictature soviétique, preuves à l'appui.

Mercœur, après les premiers articles de Forest, l'avait appelé dans son bureau au premier étage de l'hôtel de Wiener, avenue Hoche. Cet immeuble qui avait été occupé par la Gestapo et l'Abwehr, il l'avait récupéré à la Libération et en avait fait le siège de son journal. Finalement, il avait dû vendre l'hôtel de Wiener au parti communiste

Il avait jeté ses articles sur le bureau.

— Impubliable ! avait-il lancé.

Des articles qui ne condamnaient pas ce Kravchenko, qui ne dénonçaient pas la manœuvre des services secrets américains. Ce livre, *J'ai choisi la liberté*, n'était qu'une fabrication, un faux, une arme de guerre froide. Et l'auteur osait faire un procès à la presse progressiste qui l'avait démasqué ! Et Forest ne disait rien de tout ça, se complaisant à peser le pour et le contre !

Quel était le sens de ces interrogations sur la vérité qui avait deux faces, sur la nécessité de tenir compte de cette contradiction pour comprendre la réalité ?

— La vérité, Forest, c'est ce qui est utile pour notre lutte.

Mercœur s'était calmé en se servant à boire puis, tout en marchant de long en large dans le bureau, il avait expliqué à Forest qu'il le retirait du procès.

— Ce n'est pas pour vous, une atmosphère trop confinée. Vous êtes un regard, comme Kessel. C'est vrai, Forest, vous n'êtes pas un dialecticien, vous n'avez pas compris que la notion de mensonge est un concept bourgeois ! Mais celui qui connaît le sens ne se pose qu'une question : qu'est-ce qui concourt à accélérer le mouvement, qu'est-ce qui le freine ? La vérité du sens s'impose à toutes les parties, qui deviennent à leur tour vérité ou mensonge, selon qu'elles vont ou non dans la bonne direction.

Il avait ri, s'était appuyé des deux mains aux épaules de Forest.

— Tu n'as jamais fait de philosophie marxiste. Tu es un œil et une plume. C'est déjà beaucoup ! Et puis, tu n'es pas un membre du parti, donc on te pardonne.

C'est ce jour-là qu'il avait ajouté, après un instant d'hésitation :

— Et tu es le fils d'Henri Forestier. Je l'ai rencontré peu après son parachutage. Je me demande même si je ne suis pas l'un des derniers à l'avoir vu libre. Je lui ai conseillé la prudence. Mais – il avait longuement regardé Forest – vous vous ressemblez… Il faisait confiance, un idéaliste ! Il croyait que la morale peut se séparer de la politique. Il imaginait qu'il y avait de la vérité et du mensonge en soi, alors que, Forest, tout est lesté, par la politique, la place qu'on occupe dans le mouvement. Quand tu auras compris ça, tu seras mûr pour devenir communiste. Je te parrainerai, et tu recevras un jour le prix Staline de littérature !

Souvent, Forest s'était demandé si Roland Mercœur n'était pas en fait un acteur, qui avait endossé le costume du stalinien – un qualificatif qu'il revendiquait : « Je suis le plus stalinien des directeurs de journaux », répétait-il –, qui en avait appris le rôle mais qui, en réalité, aurait pu en tenir un autre, parce qu'il ne croyait à rien.

Cynique, ayant choisi d'être du côté du pouvoir communiste, peut-être parce que son père Vincent Gallois-Mercœur l'avait été, l'avait payé de sa vie, et qu'il lui restait ainsi fidèle, comme on garde un patrimoine familial.

La première fois que Forest l'avait rencontré, c'était à la fin du mois de janvier 1946.

Il avait reçu une lettre de lui, rue de l'Estrapade.

Il se souvenait de ses doigts gourds, du froid humide qui imprégnait l'hôtel Forestier. Pas de charbon, pas de bois, pas de mazout, des coupures d'électricité plusieurs heures par jour.

Forest s'était installé dans le salon du rez-de-chaussée. Il brûlait dans la cheminée tout ce qui était combustible, de vieilles chaises qu'on avait brisées lors des perquisitions, des livres que les policiers et les miliciens avaient déchirés et qu'ils avaient jetés sur le sol, dans le vestibule et le salon, comme on abat d'une rafale les habitants d'une maison.

Il avait travaillé sur la petite table, essayant de ne pas lever la tête afin de ne pas voir ce gouffre blanc, cette cloison vide où, durant toute son enfance, il avait vu l'immense tableau. Il avait si souvent rêvé en le regardant… Il s'était tant de fois perdu dans les dunes, ou bien avait marché entre les colonnes brisées du temple et attendu les Rois mages dont les silhouettes se détachaient sur l'horizon, au fond de la toile, qu'il avait eu le sentiment d'avoir vécu ses premières années dans ce paysage-là.

Mais l'enfance avait disparu, avec la mère, le père, le grand-père.

Et il y avait cette étendue blanche, craquelée, comme un sol stérile et désespérant.

Il écrivait pourtant là, dans ce salon, à chaque retour de l'un de ses reportages pour *Les Allobroges*, qui était devenu le quotidien de la région grenobloise.

Il avait raconté son arrivée à Buchenwald avec les premières jeeps de l'armée américaine, il avait décrit ces cadavres entassés et ces hommes décharnés.

Il avait rapporté les propos de l'un de ces déportés, le général Robert Chrétien de Taurignan, qui avait cru, et il ne l'avait pas caché, que le maréchal Pétain pouvait être le bouclier de la France contre les Allemands. C'était pour ça qu'il s'était mis à son service, avant de comprendre que son choix était erroné. Taurignan avait essayé, avec certains membres de l'entourage de Pétain, Léon de Boissier, le docteur André Machecoul, d'obtenir du Maréchal qu'il quittât Vichy pour Alger en novembre 1942, après le débarquement des troupes américaines en Afrique du Nord. Mais le vieil homme avait subi d'autres pressions, celles de Laval, de Michel Dussert, et il avait finalement choisi de rester en France.

Robert de Taurignan s'était alors engagé dans la résistance active, devenant l'un des chefs de l'Armée secrète, entrant en relation avec le commandant Henri Forestier, un officier qu'il avait bien connu avant la guerre. Il avait été arrêté avant de pouvoir le rencontrer.

– Je suis le fils d'Henri Forestier, avait dit Forest.

Il se souvenait de la manière dont le général l'avait regardé, avec une sorte de respect et d'humilité, disant que Henri Forestier était de la trempe des vrais, des grands héros de notre histoire, comme de Gaulle. Et lui, Robert de Taurignan, n'avait pas eu ce courage de rompre, cette force que donne la conviction absolue d'avoir raison. Il avait rejoint tard le camp des justes. Et même ici, à Buchenwald, il avait bénéficié d'un traitement particulier, sans doute à la suite – les SS ne le lui avaient pas caché – de l'intervention des autorités suisses et de certains milieux qu'il avait côtoyés lorsqu'il était aux côtés de Pétain. Le fils de

Léon de Boissier dirigeait à Zurich la succursale de la banque Dussert, peut-être avait-il aussi fait pression sur les Allemands ?

— N'écrivez pas tout cela, avait-il conclu.

Forest s'en était tenu à la description de cet homme grand et raide, maigre mais moins affaibli que la plupart des déportés, qui lui avait annoncé qu'il ne quitterait Buchenwald que lorsque le dernier de ses camarades aurait été évacué. S'il devait mourir du typhus, qui avait commencé à frapper les survivants, ce serait le choix de Dieu. Et Dieu est juste.

Puis Forest avait publié plusieurs autres reportages. Il avait, au début du mois de janvier 1945, parcouru les allées du camp d'Auschwitz, celles de Birkenau battues par le vent glacial.

Il avait vu l'alignement des cheminées de pierre, tout ce qui restait des baraques en bois. Il avait suivi les rails, ces traces noires sous la neige qui conduisaient à l'emplacement des chambres à gaz, qu'on avait détruites.

Il avait pensé si fortement à Sarah Liebman en écoutant le kaddish, la prière des morts, alors que le soleil disparaissait, poudrant d'or la neige, qu'il n'avait pu s'empêcher de pleurer, et qu'il avait eu la tentation, si étrange, si inquiétante, de se coucher là, dans cette plaine, le plus grand cimetière du monde, et d'y attendre la mort, comme s'il avait pu ainsi rejoindre Sarah, tombée dans un village de Provence, assassinée elle aussi, comme les millions des siens dont il ne restait ici aucune trace.

Il l'avait écrit tel qu'il l'avait ressenti, et peu après il avait reçu la lettre de Mercœur. Et il avait si froid dans ce salon qu'il avait eu du mal à l'ouvrir, les ongles douloureux, et qu'il l'avait lue en tapant du talon pour se réchauffer.

« Cher Forest,

« Je lis depuis un an vos reportages dans *Les Allobroges*. Ils sont parmi les meilleurs de la presse française. Venez me voir.

« Roland Mercœur. »

La secrétaire avait ajouté le numéro de téléphone et l'adresse du *Patriote*, hôtel de Wiener, avenue Hoche.

Quelques jours plus tard, il était entré dans le salon du premier étage de l'hôtel de Wiener, que Mercœur avait transformé en bureau.

La pièce était vaste. Mercœur était venu à sa rencontre, souriant, la main tendue. C'était un homme aux cheveux coupés court, presque ras, à la silhouette athlétique et dont la démarche, chaque geste, la poignée de main révélaient l'énergie.

Il n'avait échangé que quelques mots avec lui, le questionnant mais sans paraître y prêter attention :

— Forest, c'est un pseudonyme, n'est-ce pas ? Mes camarades des *Allobroges* me disent que vous êtes de la famille Forestier…

Puis la secrétaire l'avait appelé, et il avait laissé Forest seul dans le bureau.

Une reproduction du tableau de Picasso, *Guernica*, occupait toute une cloison. Forest l'avait longuement examiné et, peu à peu, ç'avait été comme si, à ces animaux blessés, ces couleurs sombres, cette violence heurtée des volumes s'encastrant l'un dans l'autre, à ces lignes brisées s'étaient superposés les couleurs fauves, le modelé des dunes, l'espace apaisé et exaltant, ouvert sur l'imaginaire, du désert du tableau disparu de l'hôtel Forestier.

Forest était resté ainsi, avec cette vision de son enfance engloutie, jusqu'au moment où Mercœur était revenu et où il avait retrouvé les formes de *Guernica*. Il avait eu alors l'impression que ces dernières représentaient sa vie d'adulte.

— Picasso est le plus grand créateur du XXe siècle, avait dit Roland Mercœur, et membre du Parti communiste français. Quelle symbolique, n'est-ce pas ?

Et il avait d'un geste et en quelques mots balayé la question de la non-appartenance de Forest au parti.

— Vous êtes un résistant, un progressiste, et vous avez une plume au service de votre vision. Mes camarades des *Allobroges*, la mort dans l'âme, sont prêts à vous lâcher pour que vous entriez à la rédaction du *Patriote*, comme grand reporter. D'accord ?

Forest avait commencé d'arpenter le monde et parfois, entre deux voyages aux antipodes, il avait accepté de couvrir un événement français.

Et chaque fois, comme à l'occasion du procès Kravchenko, il était entré en conflit avec Mercœur.

La description de la misère et de la corruption à Cuba, des brutalités de la police du dictateur de l'île, Batista, celle des crimes commis par les tontons macoutes à Haïti, ou du racisme dans les États du sud des États-Unis, le satisfaisaient :

— Tu es bon, très bon, disait-il en parcourant les feuillets, encadrant les phrases du reportage qui seraient utilisées comme titres de paragraphes.

Puis il revenait au vouvoiement.

— J'aimerais que vous alliez vous rendre compte de ce qui se passe en Algérie. C'est la prochaine guerre coloniale… Le mouvement d'émancipation est prévisible.

Mais quand Forest avait posé sur son bureau le portrait de deux instituteurs, Guy et Jeanne Monnerot, qui n'avaient que quarante ans à eux deux, qui s'en allaient dans le massif des Aurès vers leur école de village, et que des rebelles avaient fait descendre du car dans les gorges encaissées de Tighanimine pour les abattre à la mitraillette, Mercœur avait hoché la tête.

— Bien sûr, deux victimes, deux innocents, mais l'histoire est un engrenage, Forest ! Ils y ont mis le doigt sans le savoir, ils sont devenus les auxiliaires du pouvoir colonial. Ils croyaient apporter le progrès par l'instruction, alors qu'ils étaient au service de l'oppression.

Puis il avait posé sur les feuillets un presse-papiers en forme de faucille et de marteau, et il avait dit :

— Forest, on va laisser mûrir ça… On va voir comment encadrer votre article par une vue d'ensemble. Le détail est parfois trompeur. Avec votre portrait de ces deux saints laïcs, vous transformez les rebelles, les patriotes algériens en barbares. Vous voyez comment on peut fausser la perspective, dans la plus complète bonne foi ?

Forest avait eu plusieurs fois le désir de rompre, de quitter ce journal où il avait découvert progressivement que Roland Mercœur exerçait une censure de fait, et que la plupart des journalistes pratiquaient, parfois inconsciemment, l'autocensure.

Pourquoi avait-il laissé passer des années sans prendre cette décision ?

Parce que le temps s'écoule si vite qu'il vous entraîne et qu'on oublie de voir que les rives défilent, que le paysage change, et aussi parce que le grand reporter qu'il était avait l'illusion de la liberté quand il se promenait seul dans les rues de Dallas ou celles de La Havane, ou qu'il entrait en 1949 avec l'armée de Mao Tsé-toung dans Pékin. Et c'était bien un déferlement populaire qui balayait la corruption de l'autre Chine. Il avait été exalté par ce commencement, en amoureux de l'aube qu'il était.

Et il ne s'était pas indigné du titre que Mercœur avait donné à son reportage : « La nouvelle Chine est à nous », alors que ce qu'il avait vu reflétait d'abord une révolution chinoise si singulière, avait-il noté, qu'elle ne confirmerait pas facilement les schémas traditionnels de la pensée communiste.

Mercœur n'avait pas gommé un seul mot, mais il avait coiffé l'ensemble de son bonnet rouge.

Rompre alors ?

Forest avait eu finalement si peu de temps pour décider.

Lorsqu'il rentrait à Paris, il lui fallait plusieurs jours pour retrouver ses habitudes. Il était comme un marin qui a du mal à marcher sur la terre ferme. Et puis il y avait Isabelle, qui racontait sa vie et qu'il écoutait avec émotion, allongé sur le canapé du salon pendant qu'elle allait, passant et repassant devant la cloison vide au milieu de laquelle il avait placé un portrait d'elle, qui la représentait debout, en robe blanche, longue, plissée, avec un petit gilet serrant sa poitrine, au sommet du Ventoux.

Derrière elle, qui semblait par un effet d'optique au bord d'un précipice, les chaînes parallèles, comme autant de nervures, conduisaient à ces sommets de l'horizon couverts de neige. Ciel bleu profond au-dessus d'Isabelle, ciel bleu pâle au loin et un seul nuage, comme un trait fin.

C'était lors de leur premier séjour à Mazenc, dans les semaines qui avaient suivi leur rencontre.

Il l'avait remarquée, seule à une table, dans l'une de ces caves de Saint-Germain où l'on jouait du jazz et où l'on dansait en se heurtant les uns aux autres. Il s'était installé en face d'elle, parce qu'elle ressemblait, avec son visage posé sur ses paumes, les coudes appuyés sur la table, les cheveux noirs longs et raides couvrant ses avant-bras, à une image surgie de sa mémoire. Était-ce Sarah, ou bien un portrait de Modigliani ?

Il l'avait regardée d'abord en silence. Elle avait dit : « Je ne suis pas seule », en montrant le second verre posé près du sien.

Il avait répondu :

— Il suffit de sortir d'ici, et vous serez seule avec moi.

Elle avait un peu penché la tête, scruté attentivement la piste de danse, puis elle s'était levée.

Ils avaient marché une partie de la nuit, et il avait parlé sans fin, comme pour l'engluer dans ses confidences.

C'était au début du mois de janvier 1946.

Il ne se passait pas de jour qu'on n'annonçât la démission du général de Gaulle. Il avait raconté à Isabelle comment, à l'hôtel de Brienne, le capitaine Cédric de Taurignan lui avait accordé quelques minutes d'entretien parce qu'il était le fils d'Henri Forestier. De Gaulle était entré, son regard, avait confié Forest, saisissait. Il n'était ni froid, ni hostile, ni sévère, ni indifférent, il enveloppait. On était captivé.

— Vous êtes le fils du commandant Forestier ? avait-il dit après que Taurignan l'avait présenté.

— Un patriote, un officier lucide et valeureux, désintéressé, avait-il poursuivi. Vous portez un grand nom, monsieur, ne le rabaissez pas !

Au moment où de Gaulle s'apprêtait à refermer la porte, il avait eu l'audace de lui poser une question à propos des rumeurs concernant sa démission de chef du gouvernement.

Le général l'avait toisé, puis, tirant de la poche de son costume croisé un paquet de cigarettes, il en avait allumé une et, les yeux plissés, avait répondu, détachant chaque mot :

— On ne peut être à la fois l'homme des grandes tempêtes et des sordides combinaisons.

Cédric de Taurignan avait paru surpris, et même un peu scandalisé de cette confidence faite entre deux portes. Il avait insisté pour que Forest ne la répète pas. Le général prononçait souvent des aphorismes qui dépassaient sa pensée, avait-il murmuré, et si celui-ci était connu, on en tirerait la conclusion qu'il s'apprêtait à démissionner dans les jours suivants. Or, il n'en était pas question ! Il s'en était porté garant.

Forest avait gardé pour lui la phrase du général,

qui avait démissionné le 20 janvier 1946, moins de dix jours après sa confidence.

— Je peux parler ? avait demandé Isabelle.

Ils étaient déjà parvenus à l'aube.

Leurs corps ne s'étaient pas encore rapprochés, malgré le froid. Il avait jeté dans la cheminée ses deux dernières bûches et les couvertures lacérées de quelques livres.

— Je viens de loin, avait-elle commencé.

Isabelle avait conduit, guidé Forest dans sa mémoire.

Il avait vu les rues de Kiev, parcourues par les Allemands et par leurs auxiliaires ukrainiens qu'ils lâchaient à l'entrée du ghetto comme on envoie ses chiens.

Il avait entendu les cris d'effroi, dans la fumée noire des maisons qui flambaient. Il s'était mêlé aux foules parquées, et qu'on poussait dans la campagne, jusqu'au bord d'un long fossé. Il avait vu basculer ces milliers de corps abattus par les rafales des mitrailleuses, et ils étaient tombés sur lui, puis la terre l'avait recouvert, et il avait été parmi ceux, une poignée, qui la nuit venue avaient réussi à sortir des fosses, à ramper jusqu'à la forêt, et à survivre là.

Il avait voulu saisir Isabelle, mais elle s'était dégagée avec violence, s'arrachant à son étreinte.

Et d'une voix aiguë, dure, elle lui avait dit avec presque du mépris qu'ici ils ne connaissaient rien de ce qui était survenu, qu'ils n'avaient pas vécu avec de la terre plein la bouche et les yeux, qu'ils n'avaient pas senti sur eux le poids des corps morts, qu'ils n'avaient pas été pourchassés, repris, poussés dans des wagons, qu'ils n'avaient jamais connu la place d'appel à Auschwitz, et le désert glacé et venté de Birkenau.

Elle avait crié :

— Vous ne savez rien !

Il avait réussi, doucement, à la prendre contre lui, à la bercer, mais elle avait refusé de donner sa véritable identité, comme pour affirmer qu'elle en avait fini avec cette partie-là de sa vie, qu'elle racontait le destin d'une morte dont elle avait écarté le corps.

Celle-là, elle l'avait laissée dans les fossés de Babi Yar, dans les baraquements de Birkenau.

Elle, elle avait erré en Europe, avec ces bandes de survivants en haillons que la mort poursuivait, hargneuse à l'idée de les voir échapper à sa faux. Et ils mouraient d'épuisement, du typhus, de la dysenterie, crevant aussi pour avoir voulu trop vite étancher leur soif, satisfaire leur faim et remplir leurs corps faméliques.

Elle n'avait pas désiré rentrer en URSS, réussissant enfin à gagner Paris, à devenir cette Isabelle dont le caractère fantasque, l'énergie étonnaient, et dont on savait seulement qu'elle venait de loin.

Forest avait voulu qu'elle connaisse le château de Mazenc, et qu'elle voie depuis le haut du Ventoux l'ocre et le rouge des villages, le blanc des sommets lointains et le vert et le noir des vignobles surgissant de l'aube.

Il l'avait enfin vue rire, assise dans la salle enfumée du Cercle républicain. Il avait pu l'aimer dans la grande salle du rez-de-chaussée de la tour, devant la cheminée d'où jaillissaient des tourbillons d'étincelles. Et ils avaient marché d'un pas lent entre les vignes.

Elle avait raconté le Kiev d'avant, celui des chants, des pionnières en robe blanche et foulard rouge, des grandes noces, puis elle avait baissé la voix pour dire, calmement, la terreur nocturne, quand les policiers de Staline venaient fracasser les portes à coups de bottes, que des voisins disparaissaient comme emportés par la nuit. Et jamais personne ne s'interrogeait à leur sujet. Quand elle avait voulu dire le nom de sa camarade de jeux, engloutie elle aussi, sa mère l'avait étouffée, en appuyant son visage contre ses cuisses, en pesant de toute la force de ses mains sur sa nuque.

— C'était ça avant les fosses, avait-elle ajouté.

Elle s'était assise au sommet de la colline, parmi les oliviers, alors que s'étendait devant eux le paysage bâti à main d'homme, ces alignements de ceps qui peu à peu gagnaient les pentes, armée en marche lente assiégeant les villages perchés.

Elle avait soulevé ses cheveux, elle avait souri.

— Tu écris dans un journal communiste, n'est-ce pas ?

Il s'était souvenu des audiences du procès Kravchenko, de ces quelques témoins que Roland Mercœur avait dénoncés comme étant des traîtres, des espions, des agents américains, etc. Il aurait accusé Isabelle, s'il l'avait entendue.

Forest avait expliqué que *Le Patriote* n'était pas un journal communiste, mais…

Il s'était interrompu parce qu'elle avait éclaté de rire.

— Tu crois ce que tu dis ?

Il avait ri à son tour.

Puis elle l'avait attiré vers elle, enveloppant son cou, sa nuque dans son bras, et elle avait reconnu qu'ici ça n'avait pas beaucoup d'importance, que tout était plus humain.

Elle avait tendu son bras gauche pour montrer la campagne, l'horizon, les clochers aux tuiles vernissées.

Elle avait murmuré encore qu'ici elle pourrait avoir un enfant. Et elle avait serré le visage de Forest entre ses seins.

Ils s'étaient vus durant quelques années, ne vivant jamais ensemble, partageant seulement des morceaux de nuit, sauf quand ils séjournaient au château.

Là, Forest avait vu Isabelle se transformer. C'était comme si son corps, toujours un peu recroquevillé, tendu, les épaules cherchant à protéger la poitrine, le dos voûté, s'ouvrait.

Il l'avait aperçue, alors qu'il travaillait au dernier étage de la tour, traverser d'un pas vif le vignoble, se baisser pour cueillir une grappe qu'elle portait à sa bouche d'un geste vif, insouciant. Et de la voir ainsi lui avait fait croire qu'elle pourrait accepter de vivre avec lui, à Mazenc.

Ils exploiteraient le vignoble… Ils auraient des enfants… Ils n'écouteraient que la seule rumeur de leurs vies.

Il lui avait raconté cette fable, un jour, alors qu'ils étaient assis l'un près de l'autre devant la cheminée.

Elle avait penché la tête à toucher son épaule, ses cheveux glissant le long de sa poitrine. Elle avait dit, d'une voix calme, comme si elle prononçait là la phrase la plus banale :

— Si tu veux, Joseph, je te fais un enfant.

Il lui avait pris les poignets, il avait commencé à l'embrasser, mais il avait vite cessé, surpris par la raideur de son corps, cette froideur qu'il avait ressentie, comme si elle avait décidé de le repousser.

Elle avait ajouté, en se levant, en allant jusqu'à la fenêtre d'où l'on apercevait le portail du cimetière :

— Tu as besoin d'un fils, avait-elle chuchoté, pour continuer ici.

Puis, en se tournant d'un mouvement brutal, elle avait ajouté :

— Moi pas.

Elle était revenue vers lui.

— Mais je te donne neuf mois de ma vie, un fils, et après je m'en vais.

Il lui avait tendu la main, paume ouverte, et il ne l'avait pas refermée quand elle avait répété d'une voix résolue :

— Après, je m'en vais, Joseph.

Il avait laissé sa main posée sur son genou. Elle avait tardé à y placer la sienne.

— Tu sais ce à quoi tu t'engages, avait-elle dit. Un fils…

— J'accepte. Je veux.

Elle avait placé sa main sur la sienne. Il l'avait serrée.

Régis était né au château de Mazenc.

Forest avait fait mettre des tonneaux en perce, et presque toute la population du village était venue trinquer dans les caves.

On n'avait pas chanté pour ne pas réveiller la mère et l'enfant.

Isabelle ne l'allaiterait pas. Dès le lendemain, elle

avait voulu se lever, et elle était sortie faire quelques pas dans la cour, puis elle avait gagné le vignoble, et elle avait pris le chemin qui conduit au cimetière.

Elle était revenue peu après, demandant à Forest de lui raconter l'histoire des femmes de sa famille, dont il lui avait si peu parlé, comme si elles avaient été dévorées par leurs maris ou leurs fils.

Qui étaient cette Mariella di Clarvalle, cette Aurélie Méran, cette Marguerite Novera, cette Maria Kovalewska ?

Il avait commencé à lui raconter l'histoire de sa mère, Maria, une Polonaise, poignardée un peu avant la guerre.

Il s'était interrompu, découvrant qu'il savait si peu de chose sur ce meurtre que les morts innombrables de la guerre avaient recouvert.

Il avait rentré la tête dans les épaules, pour marquer qu'il était honteux de son ignorance.

— Vos femmes sont oubliées, avait dit Isabelle.

Elle lui avait caressé la joue du bout des doigts, d'un geste tendre, où il lui avait même semblé trouver de la compassion.

— Tant mieux, avait-elle continué tout bas.

Il avait dû s'absenter, à la demande de Roland Mercœur, pour suivre le déroulement de la conférence de Genève pendant laquelle Mendès France tentait de mettre fin à la guerre d'Indochine.

Isabelle l'avait regardé partir, debout sous le porche, silhouette dans le soleil couchant.

Il avait fait marche arrière. Il s'était penché hors de la voiture. Il avait dit qu'il n'était qu'à trois ou quatre heures de route de Genève et qu'il rentrerait autant de fois qu'il pourrait.

Elle lui avait souri.

C'était la dernière image qu'il avait gardée d'elle.

Elle avait laissé sur la grande table une lettre qui ne comportait qu'une seule phrase entre guillemets :

« Je te donne neuf mois de ma vie, un fils, et après je m'en vais. »

Il l'avait maudite, avait hurlé en marchant à grands pas dans le vignoble que même les chiennes et les truies ne se comportaient pas ainsi !

Il avait appelé Cédric de Taurignan, qui était membre du cabinet du ministre de la Guerre, afin d'obtenir un appui pour que la police, les services de renseignements mettent tout en œuvre pour retrouver Isabelle.

Quelques jours plus tard, il avait été convoqué par le directeur des Renseignements généraux, le commissaire principal Delsol.

Delsol l'avait reçu, place Beauvau, dans un bureau si sombre que Forest avait à peine deviné le visage du commissaire.

— Laissez-la, avait-il conseillé, après avoir écouté Forest. On survit à ce qu'elle a vécu comme on peut.

Il avait enfin allumé la petite lampe à abat-jour d'opaline verte, qui avait éclairé le bas de son visage.

— Vous imaginez ce qu'elle a dû oublier, avait-il repris, afin de retrouver suffisamment d'élan vital pour vous faire confiance – il s'était interrompu – puisqu'elle vous a confié ce fils.

Il avait secoué la tête.

— Mais ne lui en demandez pas trop. Elle vous

a fait ce don, et elle n'a pas eu assez de force pour aller au-delà. Ou bien elle n'a pas eu assez confiance en elle.

Delsol était venu s'asseoir sur le rebord du bureau, en face de Forest.

— J'ai côtoyé quelques survivants des camps. Beaucoup d'entre eux se sentent habités par la mort. Et cette femme a peut-être craint de contaminer son fils, par l'angoisse et les souvenirs qui sont en elle. Elle n'a pas voulu lui faire courir ce risque-là.

Il avait marché de long en large dans la petite pièce.

— Laissez-la, Forest. Occupez-vous du don qu'elle vous a fait.

Forest était resté prostré jusqu'à ce que le commissaire Delsol vienne lui toucher l'épaule. Il avait changé de ton pour marquer que, pour lui, la question d'Isabelle était close.

— Je voulais vous parler depuis longtemps, avait-il dit. J'ai enquêté autrefois, juste avant la guerre, sur la mort de votre mère. À cette occasion, j'ai rencontré votre père, le commandant Forestier.

Il était retourné s'asseoir derrière son bureau.

— Ce n'est peut-être pas le moment…, avait-il ajouté.

Forest n'avait pas bougé. Il pensait à Isabelle qui, après la naissance de Régis, lui avait parlé d'elle.

Il avait demandé à Delsol de poursuivre.

— C'est une histoire compliquée, jamais vraiment dénouée, avait repris Delsol comme s'il cédait à ce regard tendu vers lui, à ce besoin de savoir.

Il avait ainsi parlé de cet appartement de la rue de Bourgogne devant la porte duquel Maria Kovalewska avait été poignardée, de cet homme qui était sans doute visé et qui avait ouvert la porte, recueillant contre lui le corps de Maria, cet Elie Meyerhold, son amant, chroniqueur au *Citoyen*, le journal de Roland Mercœur.

Il avait tendu la main vers Forest.

— Oui, le rédacteur en chef de votre journal !

Il avait posé les deux mains à plat sur son bureau, comme pour s'interdire d'ouvrir les dossiers.

— Il est le dernier témoin de cette affaire, avec… – il avait hoché la tête – Michel Dussert, mais lui n'était pas directement mêlé au meurtre, trop malin pour être un exécutant. Et puis, les chefs sont-ils jamais responsables ? Ceux qui incitent à tuer sont-ils coupables de meurtre ? On a fusillé Robert Brasillach pour ses écrits antisémites, ses articles de délation appelant au meurtre, mais c'était en 1945, et seul de Gaulle pouvait avoir le courage ou le droit de ne pas gracier un intellectuel, un écrivain. Michel Dussert a eu l'intelligence de se réfugier en Suisse, d'y vivre près de dix ans des bénéfices de la banque Dussert. Qui va oser lui demander si oui ou non il savait que ses amis, les Deloncle, les Filliol, s'apprêtaient à assassiner Maria Kovalewska et Elie Meyerhold, comme ils avaient tué les frères Rosselli ou Laetitia Tureau ? Si vous suivez le procès, Forest, vous allez voir Dussert se présenter en précurseur, en défenseur de l'Occident.

Delsol s'était levé, l'avait raccompagné jusqu'à la porte.

— Et qui peut lui donner tout à fait tort ?

Il avait retenu Forest par l'épaule.

— Laissez-la, n'est-ce pas ? Attendez sans impatience, la vie se déploie souvent comme une spirale, on se retrouve, on se perd… Si vous n'étiez pas venu pour votre affaire, je ne vous aurais jamais parlé de Maria Forestier, d'Elie Meyerhold, de Roland Mercœur et de Michel Dussert. Voyez ça d'un peu près, ça concerne votre mère, votre père. Lisez les vieux numéros de *La Voix nationale* et du *Citoyen*. Et croyez-moi, changez de journal ! Roland Mercœur…

Delsol avait secoué la tête et fait une moue de dégoût.

Jours sombres, éclairés seulement par les sourires de Régis.

Isabelle, avant de disparaître, avait installé au château une paysanne de Mazenc, Nora Montanari, veuve, cousine des Novera, donc presque une parente éloignée des Forestier.

Nora s'était emparée de Régis, et Forest, chaque fois qu'il avait séjourné à Mazenc, avait eu l'impression qu'elle craignait de le voir lui arracher l'enfant.

Alors elle répétait qu'elle n'avait rien su des intentions de madame Isabelle, mais que monsieur Joseph ne devait rien reprocher à cette femme parce qu'elle avait fait un bel enfant, et qu'elle avait dû avoir des raisons terribles pour le laisser. Parce qu'il y avait une chose qu'il fallait dire, et qu'une femme seule sentait : Madame Isabelle, son fils, elle l'aimait ! Et si elle était partie, ça ne pouvait être que pour protéger le petit de quelque chose d'effrayant, qu'elle seule connaissait. Et puis, elle savait que le petit, il ne serait pas abandonné, et qu'ici, à Mazenc, il trouverait tout l'amour du monde.

Forest avait observé Nora. Lorsqu'elle regardait l'enfant, son visage exprimait l'extase. Elle le berçait en se dandinant d'un pied sur l'autre, en chantonnant d'une voix aiguë une complainte frêle et têtue comme un cri d'oiseau, et quand elle le nourrissait, à chaque cuillère qu'elle lui présentait elle ouvrait la bouche, comme si elle était lui.

Jours sombres pourtant. Il s'était senti rassuré, mais exclu.

Il avait donc écourté et espacé les séjours à Mazenc, troublé chaque fois par un sentiment d'impuissance, écrasé par les souvenirs, le poids de toute l'histoire des Forestier, de ces femmes qu'Isabelle en quelques phrases avait fait revivre.

Ces femmes dont il parcourait maintenant les destins, en retrouvant les lettres de Mariella di Clarvalle, d'Aurélie Méran, les photos cornées de Marguerite Novera, en lisant les articles que son grand-père Antoine avait rassemblés concernant l'assassinat de Maria Kovalewska.

Il s'était senti coupable de ne pas avoir compris ce qu'avait vécu sa mère, et il avait aimé le portrait qu'avait tracé d'elle, dans *Le Citoyen*, une journaliste, Louise Véran, la présentant comme une femme de liberté, assassinée à ce titre.

Il avait eu l'impression de s'enfoncer dans la fange en lisant les articles que, dans *La Voix nationale*, Michel Dussert avait consacrés à l'affaire, accusant l'apatride, le juif Elie Meyerhold, d'être un espion soviétique dont la complice, Maria Kovalewska, avait cherché à compromettre son mari, le commandant Henri Forestier, et à obtenir de lui des renseignements, à moins que l'officier n'ait été, pour des raisons obscures, peut-être sordides, consentant ? C'était donc cet homme-là, Michel Dussert, qu'on venait d'acquitter !

Forest, assis sous l'averse, avec ce vent qui tordait la pluie, la projetait sur le sol avec violence puis paraissait la soulever, l'envoyer contre les façades de la place Dauphine, s'était recroquevillé.

Il s'était senti humilié, comme si l'acquittement de Michel Dussert était la défaite de sa propre mère et de son père, insultés dans *La Voix nationale*, celle de Meyerhold, l'un des héros de la Résistance, celle d'Isabelle, elle aussi victime de ceux avec lesquels Dussert avait collaboré.

Il avait regretté d'être resté silencieux, assis sur son banc de presse, alors qu'il aurait dû se lever en même temps que ceux qui avaient protesté, hurlé « Honte ! Scandale ! ».

Il avait eu besoin de sentir la pluie s'enfoncer en lui, ses vêtements collant à ses épaules et à ses cuisses, l'averse lui frappant le visage.

Il avait voulu avoir froid jusqu'à grelotter pour partager la souffrance de ceux qui avaient dû rester debout dans la cour d'une prison, sur la place d'appel d'un camp.

Il avait voulu subir cette pluie, ce vent, cette immobilité, pour que se nouent en lui le mépris, la colère et le désir de justice.

Quand il s'était décidé à partir, qu'il avait traversé la place Dauphine, puis marché le long du quai vers la rue Saint-Jacques et la rue de l'Estrapade, il avait pensé qu'il n'oublierait jamais le procès de Michel Dussert.

24.

“C’était cela
la France,
cette rencontre
sans fin
des destins,
comme on greffe
les vignes
pour obtenir
le meilleur
cépage…”

Forest s’était assis en face de la cloison vide au centre de laquelle, comme une tache bleue séparée en deux par un trait blanc, se trouvait la photo d’Isabelle au sommet du mont Ventoux.

Il avait plissé les yeux pour tenter, sans avoir à se lever – car ce mouvement si simple jadis lui était devenu souvent douloureux –, de distinguer sa silhouette entourée de ciel bleu.

Il avait imaginé, plus qu’il n’avait réussi à voir, sa robe et son gilet blancs, et son visage si petit sous la masse de cheveux noirs, qu’elle devait avoir gris si elle était encore vivante.

Et il avait eu à cette mesure du temps, à cette incertitude, envie de crier.

Il avait rejeté la tête en arrière, et il s'était souvenu de ces femmes qu'il avait vues et dont il avait entendu les plaintes, en près de cinquante ans de reportage. Les bras dressés vers le ciel, agenouillées, elles tenaient, souvent comme une offrande tragique, une protestation humble, leur enfant mort dans les bras.

Forest avait, comme en une seule phrase, un seul souvenir, une seule image, retrouvé les femmes de Budapest en flammes, en 1956, alors qu'avançaient les chars soviétiques, et leurs sœurs de la route de Huê, en 1972, alors que s'éloignaient les bombardiers B-52, et celles de toutes les forêts africaines, et celles des mechtas d'Algérie, et les pauvres ensanglantées de la rue de Rennes ou de la station de métro Saint-Michel à quelques minutes à peine de la rue de l'Estrapade, en 1989.

Forest était resté ainsi, sentant que sa nuque se raidissait, et peu à peu, alors qu'il lui avait semblé à nouveau, comme si souvent depuis quelques années, depuis qu'il était vieux, qu'il avait la tête traversée par un sifflement, s'atténuant parfois mais sans jamais cesser, il avait reconnu, sous l'aigu monocorde, le souvenir d'une voix.

C'était celle de Nora Montanari quand elle berçait Régis, une sorte de cri modulé, aigu aussi, une complainte venue sans doute de ce que Nora appelait *la pianura*, cette plaine lombarde griffée par les rizières, avec ces villages de Vignola ou de Carpi d'où les Montanari comme les Novera étaient originaires, et qu'ils avaient quittés parce qu'ils avaient faim.

Et Forest s'était demandé, le froid et l'effroi l'ayant

saisi parce que cette incertitude à nouveau donnait la mesure du temps écoulé, de sa vie consumée, s'il ne se souvenait pas d'abord de la voix de Nora berçant Marianne, la fille de Régis.

Mais alors, c'était vingt-cinq ans après la disparition d'Isabelle...

Quand Fabienne, l'épouse de Régis elle aussi disparue, lui avait présenté cette petite fille, il avait refusé de la prendre dans ses bras, il avait même reculé d'un pas, et Fabienne et Régis avaient ri, l'accusant d'avoir peur d'être grand-père, de refuser le mouvement du temps !

Aujourd'hui tous les hebdomadaires, les annonceurs publicitaires, vendaient les seins, les jambes, les épaules, les yeux, les dents, la bouche, le sourire et le nom de Marianne, devenue un mannequin à la mode.

Forest avait baissé la tête, et la voix de Nora Montanari était redevenue cet aigu continu qui lui perçait le crâne de part en part.

Il s'était levé. Il s'était approché de cette grande table qu'il avait fait installer dans le salon du rez-de-chaussée de l'hôtel Forestier, sur laquelle il avait rédigé des centaines, peut-être des milliers de feuillets.

Un demi-siècle, cela fait plus de dix-huit mille jours. Il avait été comme ces vignerons de Mazenc qui, même dans les saisons mortes, ne peuvent s'empêcher de parcourir leurs vignes un sécateur à la main, taillant ici, dégageant un cep là, ramassant les feuilles mortes et se redressant, les mains sur les reins, pour embrasser d'un seul coup d'œil tout leur vignoble.

Il avait donc écrit chaque jour, ici ou en reportage.

Au retour, c'était sur cette table qu'il avait posé ses

carnets de notes, ses fiches, ses photos, et qu'il avait émondé avant de vendanger, de presser. Et chaque fois, des milliers de fois, il avait trébuché sur un mot, avait été arrêté par le vide qui tout à coup s'ouvrait, blanc au centre de la phrase, de la page. Alors il levait la tête et voyait cette tache bleue séparée par un trait blanc, Isabelle au sommet du mont Ventoux, au centre de cette cloison vide.

Forest s'était installé, les coudes sur la table, le menton posé sur ses mains croisées. Il avait parcouru lentement des yeux, d'un bord à l'autre, cette surface noire qui, comme une étendue de temps, allait des lettres de Mariella, l'épouse du maréchal Maximilien Forestier, à ces magazines sur les couvertures desquels Marianne avait posé, poitrine nue, bras levés, brandissant le drapeau tricolore comme la République de Delacroix guidant le peuple. Mais ce n'était ici que la reproduction de l'affiche annonçant « le grand feuilleton télévisé » de *Média 1*, en trois épisodes, qui racontait la France de la Révolution à l'an 2000, la présentation à la presse ayant lieu à la Comédie-Française.

Pas un seul journal qui n'évoquât cette soirée. Elle serait le prologue aux festivités de la fin du millénaire. On interviewait Xavier Dussert, le banquier propriétaire de *Média 1*, et François Mercœur, le directeur des programmes de la chaîne.

Jean de Taurignan, le fils du général Cédric Chrétien de Taurignan, ancien aide de camp du général de Gaulle, qui était le responsable de la communication de la chaîne, expliquait combien il était fier de cet ambitieux programme de « prime time ». *Média 1* renouvelait la création télévisée française !

Il était ému que l'actrice, la révélation, la jeune femme qui portait toute la série sur ses magnifiques épaules, soit Marianne Forestier. Marianne était issue, expliquait-il, d'une famille dont le destin avait croisé celui des Taurignan.

Marianne avait pour ancêtre un maréchal d'Empire, pour arrière-grand-père le général Henri Forestier, Compagnon de la Libération. C'était cela la France, cette rencontre sans fin des destins, comme on greffe les vignes pour obtenir le meilleur cépage.

Et ce n'était pas un hasard si, avait ajouté Jean de Taurignan, Marianne avait grandi au château de Mazenc, situé au centre d'un des grands vignobles français, dont son père Régis Forestier avait fait depuis quelques années un cru de réputation internationale !

D'un bout de la table noire à l'autre, il y avait la succession de tant de vies, de tant de sentiments, et pourtant, de Mariella di Clarvalle à Marianne Forestier, il lui fallait seulement un petit mouvement de tête.

Il avait laissé tomber son menton sur sa poitrine.

Aucun de ces articles consacrés à Marianne, à son ascendance, ne parlait de lui, comme si rien de ce qu'il avait écrit n'avait jamais compté, reportages, livres, et le fait qu'il fût encore vivant, les pieds déjà pris dans l'histoire en train de durcir, ciment qui allait l'entraîner, mais la tête et les yeux dans le monde d'aujourd'hui.

Il était en trop, entre l'ancêtre, le maréchal d'Empire, et la jeune artiste, entre l'arrière-grand-père, compagnon de la Libération, et le père propriétaire d'un domaine viticole. Lui, Forest, petit acteur de l'époque mais grand voyeur de ce temps, il n'avait pas sa place dans la généalogie romanesque de Marianne Forestier.

Jean Chrétien de Taurignan n'avait pas su où le placer : vie trop chaotique pour une campagne publicitaire…

Il avait été un compagnon de route des communistes, avait-on dit, dans les années 50. Mais il avait rompu avec Roland Mercœur, violemment, en 1956, au temps de la révolution hongroise. Il avait dénoncé le stalinien Mercœur, puis soutenu de Gaulle. Et cependant il avait publié un livre sur le printemps rouge et noir de mai 68.

Il s'était contenté de décrire ce qu'il avait vu et entendu, interviewant longuement François, le fils de Roland, le leader étudiant, le « gauchiste » le plus déterminé à s'opposer au parti communiste au nom de la liberté. Et Forest avait reçu au lendemain de la publication du livre un coup de téléphone de Roland Mercœur, l'injuriant, l'accusant d'avoir poussé son fils contre lui, comme une basse vengeance, et pour finir, lançant cette flèche :

— Tu es comme ton général de père, un con, un irresponsable, un cocu !

Il n'avait pas pu répondre, Roland Mercœur ayant raccroché.

Toutes les blessures s'étaient rouvertes une nouvelle fois. Il avait eu l'impression qu'à chaque moment de sa vie il s'était heurté, ou bien on l'avait frappé, comme l'avait fait Roland Mercœur, là où il avait mal.

On avait retrouvé Michel Dussert parmi ceux qui avaient financé l'Organisation Armée Secrète, responsable des attentats contre le général de Gaulle, en 1961 et 1962. Et Dussert s'était à nouveau réfugié en Suisse, où il avait vécu paisiblement dans sa villa de Coppet, au bord du lac.

Forest était allé rôder autour du parc de cette villa, poursuivi par les aboiements des chiens qui bondissaient, faisant trembler les haies.

Il avait pensé qu'il aurait pu, peut-être qu'il aurait dû, attendre Dussert pour lui demander raison, l'agresser, le tuer s'il le fallait.

Mais une mort paisible avait pris Michel Dussert, l'enveloppant avec égards dans les voiles noirs d'une courte agonie, entouré par les siens, son fils Xavier, son petit-fils Rémi dont la presse disait qu'il avait décidé de renoncer à la direction de la banque pour se consacrer à la peinture.

Et Forest avait pensé à toutes ces fins brutales, quand la mort entrait dans le corps à coups de cravache, à coups de poing, qu'elle était l'eau sale d'une baignoire de l'hôtel de Wiener, avenue Hoche, quand y régnait Klaus Gensher et que Henri Forestier et des centaines d'autres étaient suspendus par les pieds, battus, noyés.

Alors il s'était reproché d'avoir laissé la mort organiser à sa guise la disparition de Michel Dussert, comme si elle était la complice de tous ceux qui étaient ses pourvoyeurs.

Car ç'avait été cela aussi, Michel Dussert.

Il ne l'avait su qu'après, quand le commissaire principal Delsol, au lendemain de son départ à la retraite, lui avait remis une série de dossiers.

— Des enquêtes personnelles, avait-il dit. J'en suis propriétaire. Il n'aurait servi à rien que je les laisse à mon successeur. Elles n'aboutiront jamais, tabou, secret, réputations intouchables, amis d'un président de la République qui ne veut pas que l'on soulève cette boîte à serpents de l'Occupation. Vous, Forest, vous pouvez peut-être en faire quelque chose, un grand livre… Vous renverserez la boîte ! J'aimerais voir les serpents se tortiller, tenter de se cacher.

Il avait poussé les dossiers sur la table.

— Ce n'est pas sans risque pour vous ! Seulement, c'est de votre père qu'il est question, et du sort de dizaines d'autres résistants, dénoncés, livrés, tombés dans un piège. Est-ce qu'il faut dire tout ça ? Je vous laisse juge.

Forest avait passé cinq jours sans quitter l'hôtel Forestier, ne sortant du salon du rez-de-chaussée que pour la cuisine, à l'autre bout du vestibule.

La femme de ménage lui avait préparé quelques oignons crus, des tomates. Elle avait sorti la bouteille d'huile d'olive, les fromages de chèvre et la boule de pain de campagne.

Il avait déjeuné et dîné ainsi, comme autrefois dans les maquis, sur les pentes du Ventoux ou dans les grottes du Vercors, et courbé, les coudes sur la table, mâchant le pain rassis, la bouche emportée par l'oignon, il avait revécu ces journées et ces nuits avec Sarah avant que la mort ne la déchire, rageusement, parce que, il en avait été plus que jamais persuadé, le sort se vengeait sur les innocents qui tentaient de repousser le règne de la faucheuse.

Puis Forest retournait, un cigare au coin de sa

bouche, dans le salon, à sa table de travail, s'enfouissant dans ces interrogatoires, ces interviews plutôt, que Delsol avait menés, en solitaire.

Forest avait, suivant Delsol, vu Louise Véran, vieille femme alitée dans un pavillon situé près de la gare de Chelles.

Il avait dîné avec Mme Victor, qui habitait avenue Raymond Poincaré, vivait de ses rentes – « Je n'ai pas à me plaindre, j'ai bien vendu la maison de la rue de Provence ! » – et peut-être de ses talents d'entremetteuse, puisqu'elle était à la tête d'une société de relations publiques dont le but avoué était de procurer des secrétaires « internationales » aux personnalités qui séjournaient à Paris.

Mme Victor avait été prolixe, évoquant le temps glorieux de sa « maison » où se retrouvaient les gens du meilleur monde, qui laissaient à la porte leurs opinions et n'étaient plus que des hommes aimant les jolies femmes. Cela avait créé entre eux une complicité bien agréable, bien reposante, n'est-ce pas ? Dehors régnaient les barbares, qui violaient les femmes au lieu de leur faire la cour. Mais rue de Provence, dans la pénombre du bar, on buvait le champagne comme avant-guerre.

Mme Victor lui avait parlé de son ami, le commissaire Morini, dont elle disait avoir tout ignoré des activités politiques. Il était corse, comme elle, généreux et fidèle. Il avait disparu en juillet 1944, assez malin pour avoir compris que les temps changeaient, qu'il lui fallait quitter la France. Il avait suffisamment de relations et d'intelligence pour avoir, elle en était sûre, préparé ses arrières à l'étranger, peut-être en

Suisse, ou plus loin, au Venezuela ou en Uruguay où vivaient, disait-on, beaucoup de Corses.

Elle n'avait rien à se reprocher, avait-elle répété.

Elle avait accueilli Klaus Gensher et Michel Dussert, Jacques Machecoul et bien d'autres, mais dès le 27 août 1944, elle avait reçu les officiers de la 2e DB, puis les généraux américains.

— Et croyez-moi, Delsol, si mes filles ont eu tout de suite le béguin pour les Français, elles ont trouvé que les Américains étaient plus grossiers, plus vicieux, plus tordus que les Allemands. On a beau dire, les Allemands ce sont des Européens, comme nous, mais les Américains, c'est autre chose !

Bavardages.

En parcourant ces feuillets, le premier jour, Forest avait cru qu'il ne s'agissait que de cela, des ragots, des souvenirs complaisants, et il s'était étonné que le commissaire Delsol ait semblé attacher tant d'importance à ces confidences.

Et puis, à la fin de la deuxième journée, il avait lu le compte rendu de la conversation de Delsol avec Klaus Gensher, un paisible retraité qui vivait au bord du lac de Constance, sans doute à la manière discrète et cossue de Michel Dussert qui avait terminé ses jours sur les rives du lac de Genève.

Et tout à coup Forest avait eu la sensation, en découvrant les réponses de Klaus Gensher, que, dans une sorte de rumeur sourde, tout ce qu'il avait lu précédemment se transformait. La glace lisse se brisait et l'eau noire, tumultueuse et glacée, apparaissait.

Il avait imaginé la jubilation de l'ancien major qui,

dans l'hôtel de Wiener, servait d'intermédiaire entre l'Abwehr et la Gestapo. Gensher n'avait exprimé aucun regret, comme si lui aussi avait deviné que la mort était sa complice, qu'elle le protégeait déjà, empêchant qu'à cause de son grand âge il ne soit emprisonné ou extradé. La France d'ailleurs s'était bien gardée d'en faire la demande.

Il avouait même qu'il avait assisté à certains interrogatoires. Ils étaient sans concession, c'était son mot, mais les agents arrêtés n'avaient pas ignoré, avant de s'engager, les risques qu'ils couraient. Il avait assuré à Delsol que personne n'était mort, à l'hôtel de Wiener, des mains de l'un quelconque de ses subordonnés allemands.

« Mais, avait-il ajouté, sans doute en souriant, les auxiliaires français de la Gestapo étaient plus hargneux que nous. Il en va toujours ainsi dans une guerre civile, n'est-ce pas ? Et naturellement, ces Français voulaient conserver leur liberté d'action. Ils refusaient de me laisser contrôler leurs interrogatoires, et je respectais ce droit national. Vous comprenez ? Bon nombre d'entre eux avaient été recrutés par le commissaire Morini, un homme de conviction, mais brutal. Ce sont ces Français-là qui ont interrogé le général Henri Forestier. »

Mais Forestier s'était suicidé avant d'avoir parlé.

« Un homme digne de respect », avait conclu Gensher.

Brusquement, Gensher avait changé de ton.

Forest l'avait imaginé, se renversant dans son fauteuil, disant combien la tâche lui avait été facilitée par les Français, ceux qui avaient choisi la collaboration au nom de l'Europe nouvelle.

Il avait entretenu les meilleures relations avec Michel Dussert, qui s'était plusieurs fois rendu à l'hôtel de Wiener. Gensher avait aussi dîné une fois par mois, au Ritz, avec les dirigeants d'entreprise et les banquiers, comme Xavier Dussert.

« Nous savions que ce dernier était aussi en relation, par la succursale de la banque à Zurich, avec Londres et avec la Résistance. Mais il y avait résistance et résistance. Nous faisions la différence entre les fanatiques au service du communisme, les gaullistes qui étaient devenus leurs alliés et les autres, parmi lesquels des gens honorables, des patriotes. Je pense à Léon de Boissier, et même au général Robert Chrétien de Taurignan. Nous l'avons arrêté, déporté. Que pouvions-nous faire ? Il aidait l'Armée secrète. Mais nous lui avons accordé un traitement particulier. Il l'a d'ailleurs reconnu publiquement, avec beaucoup de fair-play.

« D'ailleurs, même avec les autres – Gensher avait dû se pencher, fixer Delsol, savourer à l'avance ce qu'il allait dire – avec les communistes, nous avons eu, en 1940, des conversations fort courtoises. Je me souviens de la visite de Vincent Gallois à l'hôtel de Wiener. Gallois, de son vrai nom Mercœur, venait nous demander l'autorisation de faire reparaître son journal, *Le Citoyen*. Et si plus tard Gallois a été arrêté, c'est que quelqu'un l'a dénoncé. On a beaucoup dit qu'il s'agissait de son ancienne maîtresse Louise Véran, mais non ! Les choses sont toujours plus tortueuses dans ces périodes-là. On se servait de nous pour écarter des rivaux politiques et des témoins encombrants. Michel Dussert a ainsi reçu des informations sur Vincent Gallois, puis sur le général Forestier. Il ne m'a pas prévenu directement. Il s'est peut-être confié à l'une de ces femmes que nous côtoyions tous, rue de Provence. Mais oui, moi aussi ! Cela paraît étrange aujourd'hui, mais il y avait ainsi dans Paris des lieux de paix et de plaisir. Qui, parmi les écrivains français, ne connaissait pas Ernst Jünger ? Qui aurait refusé de dîner avec lui, même à l'hôtel de Wiener ? Ou de prendre un verre avec moi, au bar de la "maison" de la rue de Provence, en compagnie de Mme Victor ?

« Nous avons pu arrêter Gallois. C'était un témoin de l'année 40. Il avait négocié avec nous, il avait donc intérêt à disparaître, et mieux valait pour ses camarades que nous le transformions en héros. Meyerhold, un autre témoin des mêmes années, est tombé pour les mêmes raisons. Et enfin nos auxiliaires français ont arrêté Henri Forestier, trop gaulliste et successeur possible de Jean Moulin. Les mêmes qui avaient dénoncé Moulin se sont débarrassés de Forestier. Louise Véran n'avait été dans cette affaire qu'un appât, un leurre. Je m'étonne encore qu'elle ait pu survivre. Elle s'est, je crois, cachée durant des années. Les grands survivants de cette période ont été Roland Mercœur et Michel Dussert. Ils sont morts tous les deux. Votre président de la République, le plus habile de tous, est mort aussi. Et même Jünger, l'immortel Jünger, s'en est allé. Alors bientôt, ce sera moi ! »

Gensher avait dû rire avant d'ajouter :

« C'est bien pour cela que je vous ai parlé, monsieur Delsol. L'approche de la mort, quand on a vraiment pressé la vie comme un fruit, n'effraie pas. Elle libère, c'est une amie qui vient vous tendre la main. »

Forest avait relu, ligne après ligne, plume en main, l'ensemble des pièces que contenaient les dossiers.

Il avait dessiné cette toile d'araignée qui, de Michel Dussert à Klaus Gensher, de Mme Victor au commissaire Morini, mais aussi de Vincent Gallois à Roland Mercœur, le père et le fils, d'Eugène Deloncle à Léon de Boissier, de Filliol à Jacques Machecoul, s'était étendue peu à peu sur toute la France, couvrant des années.

Et Elie Meyerhold, et Henri Forestier, et Maria Kovalewska, et Sarah Liebman, et Gustave Novera, et Jacques Rigout, et Antoine Forestier, et des centaines d'autres s'y étaient englués. Et ceux qui avaient tissé ces fils avaient pour la plupart échappé à la justice.

Forest avait commencé à écrire le récit de ces années, qu'il avait intitulé *Comment meurent les héros*. Mais au fur et à mesure qu'il avait campé ses personnages, il s'était demandé si quelqu'un voudrait éditer ce texte.

Comment l'éditeur Yves Machecoul, le petit-fils de Jacques, aurait-il pu publier un tel livre ? Comment Xavier Dussert, qui possédait *Média 1* et une constellation de maisons d'édition et de journaux, aurait-il accepté de voir mis en cause son propre père Michel, que la justice avait acquitté ?

Certes, il existait en France des maisons d'édition indépendantes, et Forest au fond de lui avait eu la conviction que, s'il s'obstinait, son livre serait un jour publié.

Il était, avait-on écrit, l'héritier de Malraux et de Kessel, et le récit ferait scandale.

Des éditeurs devaient donc, un jour ou l'autre, s'intéresser à ce morceau d'histoire, encore saignant, que les lecteurs pourraient acheter.

Mais Forest avait découvert avec une sorte de terreur, comme on regarde une plaie profonde et purulente, qu'il ressentait de moins en moins le désir d'écrire, comme si l'énergie qui avait été en lui, chaque jour, depuis plus d'un demi-siècle, s'était tarie au moment même où il voulait composer ce grand œuvre, ce retour sur toutes ces années, pour éclairer la mort de son père et de sa mère.

Forest avait passé des heures, immobile face à ces dossiers, les feuilletant lentement, griffonnant quelques phrases, les rayant, retournant s'asseoir sur le canapé, en face de la cloison vide, cherchant à retrouver la silhouette blanche d'Isabelle qui se découpait sur le ciel bleu, au sommet du mont Ventoux.

Dans cet état un peu nauséeux, où la lassitude semblait venir de l'inaction autant qu'elle la provoquait, il avait repris les magazines, feuilletant jusqu'au dégoût ces pages où Marianne, cette petite fille qui s'endormait hier au son de la complainte aiguë de Nora Montanari, se pavanait aujourd'hui à moitié dénudée.

Longtemps il n'avait pas eu le courage de lire les textes qui accompagnaient les photos.

Mais au lendemain de la soirée de présentation du feuilleton télévisé de *Média 1*, fin septembre 1999 à la Comédie-Française, il avait aperçu à la télévision quelques images de cette réception, « grandiose » avait dit le commentateur.

Il avait vu Marianne s'approcher, souriante, de Xavier Dussert, ce nabot aux cheveux étonnamment noirs, puis s'éloigner avec lui.

La caméra s'était complaisamment attardée sur ce couple que Forest avait jugé monstrueux. C'était comme si Xavier Dussert avait profané sa mémoire, répandant sur chaque souvenir de la fange.

Forest s'était redressé, un flot de colère l'avait envahi.

Il avait lu les articles, les échos, appris que Marianne Forestier constituait avec Xavier Dussert, selon les journalistes, un couple paradoxal mais fascinant. Lui, né en 1920, témoin de tout le siècle, d'une vitalité étonnante à près de quatre-vingts ans. Elle, née en 1980, symbolisant le millénaire à venir avec sa jeunesse, sa beauté, et cette contradiction en elle, car Marianne avait le visage innocent d'une adolescente et le corps épanoui d'une femme qui n'ignore rien du plaisir.

On précisait que, avant de passer ses week-ends dans la résidence de Xavier Dussert, Marianne Forestier avait été vue souvent en compagnie de Julien de Boissier. Le fils de l'ancien directeur de la succursale de la banque Dussert à Zurich avait été un temps secrétaire d'État, puis ministre de l'Économie et des Finances.

Forest avait été étouffé par l'humiliation et le désespoir.

Il avait lu et relu ces articles, comme les fous qui

se barbouillent le visage avec leurs excréments jusqu'à vomir.

Il avait découvert dans un reportage consacré à cette « grande et bonne vieille dame », la banque Dussert-Speicher et Fils, que toute une cloison de la salle du directoire de la banque était occupée par un tableau dont il avait refusé de croire, comme le journaliste le précisait pourtant, qu'il représentait ces dunes, ces colonnes brisées, ce paysage des temps bibliques, cependant qu'à l'horizon s'avançaient les Rois mages.

Était-il possible que ce tableau fût le sien, emporté lors d'une perquisition par les miliciens ou les policiers, dans les années 40, et sans doute revendu à Michel Dussert ?

Forest s'était rendu au siège du magazine.

Il avait demandé à voir les photos prises dans cet ancien hôtel de Taurignan, devenu depuis deux siècles le siège de la banque. On avait hésité à les lui montrer, mais il était Joseph Forest, le vieux Forest, une figure un peu mythique de la presse. L'homme qui avait traîné dans les rues de Budapest et de Huê, dans les Aurès et dans le Hoggar, l'homme qui avait créé *Les Allobroges*, un journal clandestin de la Résistance, celui qui descendu du maquis avait publié les premiers reportages sur Buchenwald et Auschwitz, l'homme qui avait su rompre avec Roland Mercœur et la presse communiste pour devenir un des premiers free-lances, un journaliste libre, c'est-à-dire menacé de ne pouvoir faire paraître ce qu'il avait écrit ! Bref, un homme courageux.

La rédactrice en chef avait donc posé devant lui la série de clichés. Et Forest avait vu le tableau tel qu'il apparaissait sur l'une des photos, au premier plan, immense et fauve, avec ces vagues de dunes, ces fûts de colonnes, et ces Rois mages qui se profilaient à l'horizon.

Et il était resté fasciné, comme s'il avait découvert enfin ceux qui lui avaient volé son enfance, sa mémoire.

Il avait montré un cliché.

— Je veux celui-là, avait-il dit.

Le responsable du service photo avait tenté d'expliquer qu'il fallait l'accord du photographe, de la direction…

Forest avait pris l'épreuve et il était parti à grandes enjambées. Il lui avait semblé qu'il avait enfin réussi à se dégager du marécage où, depuis des semaines, il s'enfonçait.

Il avait un acte à accomplir, son enfance et sa mémoire à reconquérir. Il avait eu l'impression, perdue depuis des décennies, qu'il était aussi jeune que lorsque, dans l'hiver 1942, il avait commencé à marcher avec Sarah Liebman dans les forêts du mont Ventoux.

Et il avait murmuré, comme un viatique, les mots de ce temps, si lointain, si proche :

J'ai confectionné avec des déchets de montagnes des hommes qui embaumeront quelque temps les glaciers.

25.

“ Il s’était infligé
à lui-même
le châtiment
suprême,
fidèle en cela
à sa famille qui
n’avait jamais,
comme tant
d’autres, choisi
les voies faciles
de l’habileté
et de la prudence... ”

Les gendarmes avaient retrouvé Joseph Forestier le visage déchiré par l’explosion de la balle de fort calibre qu’il s’était tirée dans la bouche.

Il était allongé dans la pièce du dernier étage de la tour du château de Mazenc, devant la fenêtre d’où l’on voit le mont Ventoux et les Dentelles de Montmirail. Il avait les bras en croix, le droit un peu replié, la main serrant la crosse du pistolet, une arme des temps de la Résistance.

Le sang était d’une couleur à peine plus sombre que le rouge des briques du sol. Était-ce le bruit de la détonation dans cette aube du lundi 27 septembre 1999, ou bien les allées et venues des voitures de la gendarmerie et l'arrivée d'une ambulance, mais la nouvelle du suicide de Forest s'était répandue jusqu'à la parcelle la plus éloignée du vignoble, celle qui couvre les pentes d'une colline coiffée d'oliviers.

C'était la fin des vendanges. Il avait plu les jours précédents et la terre rouge était gorgée d'eau.

Mais le ciel, ce matin-là, était clair.

Les vignerons, les femmes de Mazenc s'étaient rassemblés, d'abord devant le porche du château, puis sur la place Forestier.

On s'était souvenu du jour de mai 1945 où Joseph avait tiré sur le cordon du drapeau qui masquait la plaque bleue, fixée à l'extrémité de la façade de la mairie.

On avait levé les yeux. Le bleu du métal était terni, le blanc des lettres écaillé, mais on pouvait encore lire distinctement :

Antoine, Charles et Henri Forestier
Morts pour la France, 1944, 1917, 1944
Héros de la République

On avait parlé bas, on s'était passé *La Provence* et *Le Progrès*, les journaux qui arrivaient le matin à Mazenc.

Ils relataient la découverte du corps du banquier Xavier Dussert, mort dans des circonstances suspectes au siège de la banque Dussert, boulevard Saint-Germain.

On avait retrouvé le vieil homme dans la salle du directoire de la banque.

Il semblait avoir reçu, après la fermeture de la banque, l'écrivain et journaliste Joseph Forest. Son corps avait été découvert lors de la réouverture du siège, deux jours plus tard.

Le visage de Xavier Dussert portait des traces de coups, mais il n'avait pas été possible encore de déterminer s'ils étaient la cause du décès, ou bien si la mort avait été provoquée par un arrêt cardiaque, ou le choc résultant de la chute.

Les journaux publiaient une photo de cette salle, avec une flèche montrant l'emplacement où l'on avait retrouvé Xavier Dussert, au pied d'un immense tableau représentant un paysage désertique, avec les ruines d'un temple.

Le juge d'instruction avait souhaité entendre Joseph Forest, d'abord à titre de témoin, mais les soupçons qui pesaient sur lui étaient lourds.

Sur la place de Mazenc, les voix s'étaient élevées plus fortes.

Les Dussert, on les connaissait. On avait eu Michel Dussert comme député de la Drôme. On savait comment il avait fini, acquitté, tranquille en Suisse. Et on avait envoyé les gendarmes pour Joseph Forestier, comme si on avait craint qu'il prenne la fuite !

On avait parlé longtemps, de plus en plus haut, en gesticulant, puis brusquement le ciel s'était assombri, comme cela arrivait souvent à la fin septembre, et un coup de vent froid avait précédé l'averse.

Les gens avaient fui en courant.

Mais le ciel était clair, d'un bleu vif, le vendredi 1er octobre 1999 quand on avait porté Joseph Forestier en terre, au cimetière de Mazenc.

La foule avait envahi les allées et le terre-plein devant le portail, là où Joseph s'était agenouillé, un jour d'août 1944, devant les corps de Gustave Novera, d'Antoine Forestier et de Joseph Rigout.

Il y avait deux équipes de télévision, mais les gens, et d'abord les femmes, avaient exigé qu'elles restent hors du cimetière. Pourtant les cameramen s'étaient installés à califourchon sur les murs.

On avait détourné la tête pour écouter le maire qui, debout près de Régis Forestier, revenu du Japon où il négociait la vente de sa récolte, évoquait la mémoire de Forest, écrivain courageux et libre.

Il avait dit qu'à Mazenc on était fier de lui, comme de ses ancêtres. Leur gloire avait rejailli sur le village.

Certes, on ne pouvait pas accepter qu'un homme, même un homme comme Joseph Forestier, s'arroge le droit de juger un autre homme.

Et s'il était prouvé que Joseph s'était fourvoyé, il fallait condamner son acte. Les lois de la République devaient être respectées par tous. Mais quoi qu'il ait fait, Joseph resterait dans le cœur des habitants de Mazenc.

Et quoi qu'il ait fait, il méritait les circonstances atténuantes.

Or il s'était infligé à lui-même le châtiment suprême, fidèle en cela à sa famille qui n'avait jamais, comme tant d'autres, choisi les voies faciles de l'habileté et de la prudence.

Le maire de Mazenc avait fait un pas en avant. Il avait un peu redressé la tête, gardé le silence quelques instants, puis, d'une voix tremblante, il avait demandé aux croyants de prier pour Joseph Forestier afin que Dieu lui accorde son pardon, et aux autres de le garder vivant dans leur mémoire.

Peu après, le mistral s'était levé.

TABLE DES MATIÈRES

MARIELLA

Deuxième partie

Sixième partie

Septième partie

Troisième partie

Quatrième partie

Cinquième partie

CHRONOLOGIE HISTORIQUE

MARIELLA

5 mai 1789 • Ouverture des États Généraux à Versailles.

20 juin 1789 • Serment du Jeu de Paume.

14 juillet 1789 • Prise de la Bastille.

26 août 1789 • Déclaration des droits de l'homme et du citoyen.

14 juillet 1790 • Fête de la Fédération au Champ-de-Mars.

21 juin 1791 • Arrestation de Louis XVI à Varennes.

3 septembre 1791 • Proclamation de la Constitution.

20 avril 1792 • La France déclare la guerre à l'Autriche.

mai 1792 • Première coalition européenne contre la France.

10 août 1792 • Prise des Tuileries.

2 septembre 1792 • Verdun se rend aux Prussiens.

2-7 septembre 1792 • Massacres de Septembre.

20 septembre 1792 • Victoire de Dumouriez à Valmy.

21 septembre 1792 • Abolition de la royauté.

22 septembre 1792 • Première séance de la Convention, naissance de la République.

21 janvier 1793 • Exécution de Louis XVI.

11 mars 1793 • Soulèvement de la Vendée.

5 avril 1793 • Trahison de Dumouriez.

13 juillet 1793 • Assassinat de Marat par Charlotte Corday.

17 septembre 1793 • Début de la Terreur.

19 décembre 1793 • Prise de Toulon par l'armée de la Convention.

5 avril 1794 • Exécution de Danton.

8 juin 1794 • Fête de l'Être suprême, présidée par Robespierre.

26 juin 1794 • Victoire du général Jourdan à Fleurus.

28 juillet 1794 • Exécutions de Robespierre et Saint-Just. Fin de la Terreur.

18 septembre 1794 • Séparation de l'Église et de l'État.

20-22 mai 1795 • Journées de Prairial : les sans-culottes envahissent la Convention.

22 juillet 1795 • Traité de Bâle, fin de la première coalition.

5 octobre 1795 • Bonaparte, sur les ordres de Barras, écrase un coup de force royaliste.

26 octobre 1795 • Instauration du Directoire.

2 mars 1796 • Bonaparte est nommé général en chef de l'armée d'Italie.

9 mars 1796 • Bonaparte épouse Joséphine de Beauharnais.

15 mai 1796 • Entrée de Bonaparte à Milan.

17 novembre 1796 • Victoire de Bonaparte et Augereau à Arcole.

4 septembre 1797 • Coup d'État du 18 fructidor.

17 octobre 1797 • Traité de paix de Campoformio avec l'Autriche.

19 mai 1798 • Bonaparte embarque à Toulon pour l'Égypte.

2 juillet 1798 • Prise d'Alexandrie.

21 juillet 1798 • Victoire de Bonaparte aux Pyramides.

1er août 1798 • Destruction de la flotte française par Nelson.

septembre-octobre 1798 • Deuxième coalition contre la France.

7 mars 1799 • Bonaparte conquiert Jaffa (épidémie de peste).

17 mai 1799 • Bonaparte lève le siège de Saint-Jean-d'Acre.

23 août 1799 • Bonaparte quitte l'Égypte.

9-10 novembre 1799 • Coup d'État du 18 brumaire, fin du Directoire.

15 décembre 1799 • Régime du Consulat, Bonaparte Premier consul.

26 avril 1802 • Amnistie pour les émigrés.

18 mai 1804 • Napoléon proclamé empereur des Français.

2 décembre 1804 • Sacre de Napoléon Ier à Notre-Dame.

juillet-août 1805 • Troisième coalition.

21 octobre 1805 • Nelson bat la flotte franco-espagnole à Trafalgar.

2 décembre 1805 • Victoire de Napoléon à Austerlitz.

26 décembre 1805 • Traité de Presbourg, fin de la troisième coalition.

septembre-octobre 1806 • Quatrième coalition contre la France.

14 octobre 1806 • Victoire française à Iéna.

27 octobre 1806 • L'armée française entre à Berlin.

21 novembre 1806 • Signature à Berlin d'un blocus continental qui ferme les ports européens à l'Angleterre.

19 décembre 1806 • Napoléon entre dans Varsovie.

1er janvier 1807 • Napoléon rencontre Marie Walewska.

8 février 1807 • Victoire à Eylau.

14 juin 1807 • Victoire de Friedland.

7-9 juillet 1807 • Traité de Tilsit, fin de la quatrième coalition.

9 juillet 1807 • Paix avec la Prusse.

23 avril 1808 • Murat entre dans Madrid.

avril 1809 • Cinquième coalition, anglo-autrichienne.

13 mai 1809 • Napoléon occupe Vienne.

22 mai 1809 • Défaite française à Essling.

5-6 juillet 1809 • Victoire à Wagram.

14 octobre 1809 • Traité de Vienne avec l'Autriche, fin de la cinquième coalition.

15 décembre 1809 • Divorce de Napoléon et de Joséphine.

2 avril 1810 • Napoléon épouse Marie-Louise d'Autriche.

20 mars 1811 • Naissance du fils de Napoléon et Marie-Louise.

24 juin 1812 • La Grande Armée franchit le Niémen.

7 septembre 1812 • Victoire de la Grande Armée à Borodino (la Moskova).

14 septembre 1812 • Napoléon entre dans Moscou en feu.

19 octobre 1812 • Retraite de Russie.

27-29 novembre 1812 • Passage de la Berezina.

février-mars 1813 • Sixième coalition.

12 août 1813 • L'Autriche déclare la guerre à la France.

16-18 octobre 1813 • Défaite française à Leipzig.

janvier 1814 • Napoléon entreprend la Campagne de France.

13 mars 1814 • Victoire de Napoléon à Reims sur l'Autriche.

30 mars 1814 • Capitulation de Paris devant l'armée des coalisés.

6 avril 1814 • Abdication de l'Empereur. Première Restauration. Louis XVIII au pouvoir.

11 avril 1814 • Napoléon souverain de l'île d'Elbe.

30 mai 1814 • Traité de Paris signé entre les Alliés et la France.

4 juin 1814 • Louis XVIII signe la Charte constitutionnelle.

1er mars 1815 • Napoléon débarque à Golfe-Juan, Louis XVIII fuit à Gand.

20 mars 1815 • Début des Cent-Jours.

18 juin 1815 • Défaite à Waterloo.

22 juin 1815 • Napoléon abdique.

28 juin 1815 • Seconde Restauration.

9 octobre 1818 • Congrès d'Aix-la-Chapelle, la France obtient le départ des troupes étrangères.

5 mai 1821 • Mort de Napoléon à Sainte-Hélène.

16 septembre 1824 • Mort de Louis XVIII, Charles X lui succède.

27-29 juillet 1830 • Les Trois Glorieuses : Paris se soulève.

10 août 1830 • Charles X ayant abdiqué, Louis-Philippe devient roi des Français.

mars 1832 • L'épidémie de choléra atteint Paris.

24 février 1834 • Projet de loi interdisant les associations, qui débouche sur une insurrection à Lyon (9-12 avril).

12-14 avril 1834 • Émeutes à Paris, violemment réprimées par Bugeaud.

12 mai 1839 • Tentative d'insurrection d'Auguste Blanqui et Barbès, qui sont arrêtés, condamnés puis graciés.

6 août 1840 • Complot avorté de Louis Napoléon Bonaparte. Il est enfermé au fort de Ham.

15 décembre 1840 • Retour des cendres de Napoléon aux Invalides.

22 mai 1846 • Louis Napoléon Bonaparte s'évade.

22 février 1848 • Émeutes à Paris.

24 février 1848 • Louis-Philippe abdique et prend la fuite. Gouvernement provisoire, avec Lamartine aux Affaires étrangères.

25 février 1848 • Proclamation de la IIe République.

23-25 juin 1848 • Nouvelles barricades dans Paris. Le général Cavaignac écrase l'insurrection.

4 novembre 1848 • Vote d'une nouvelle Constitution.

10 décembre 1848 • Louis Napoléon Bonaparte président de la République.

MATHILDE

25 février 1848 • Proclamation de la IIe République.

23 au 23 juin 1848 • Insurrection dans Paris, écrasée par le général Cavaignac.

10 décembre 1848 • Louis Napoléon Bonaparte élu président de la République.

2 décembre 1851 • Coup d'État de Louis-Napoléon Bonaparte.

11 décembre 1851 • Victor Hugo s'exile à Bruxelles.

21 janvier 1852 • Louis Napoléon élu par plébiscite « prince président ».

22 janvier 1852 • Le duc de Persigny est nommé ministre de l'Intérieur.

2 décembre 1852 • Second Empire. Louis Napoléon devient empereur sous le nom de Napoléon III.

5 août 1852 • Victor Hugo publie *Napoléon-le-Petit* à Londres.

30 janvier 1853 • Napoléon III épouse Eugénie de Montijo.

23 juin 1853 • Le baron Haussmann est nommé préfet de la Seine.

27 mars 1854 • Début de la guerre de Crimée.

2 mai 1855 • Loi sur les grands travaux de Paris, sous l'impulsion de Haussmann.

30 mars 1856 • Traité de Paris qui met fin à la guerre de Crimée.

24 janvier 1857 • *Madame Bovary* de Flaubert poursuivie pour outrages aux bonnes mœurs.

20 août 1857 • *Les Fleurs du mal* de Baudelaire sont censurées.

14 janvier 1858 • Attentat d'Orsini contre Napoléon III.

26 janvier 1859 • Signature du traité d'alliance franco-sarde de Turin, précédant la campagne d'Italie.

4 juin 1859 • Victoire de Napoléon III à Magenta contre les troupes autrichiennes.

16 juin 1859 • Loi définissant les 20 arrondissements d'un Paris élargi par l'annexion de plusieurs communes proches.

24 juin 1859 • Victoire de Napoléon III à Solférino contre l'empereur François Joseph.

15 août 1859. Amnistie pour les prisonniers politiques, dont Auguste Blanqui.

10 novembre 1859 • Traité de Zurich qui met fin à la guerre austro-franco-sarde.

23 janvier 1860 • Traité de libre-échange entre la France et l'Angleterre.

31 octobre 1861 • Début de l'expédition franco-anglo-espagnole pour le Mexique.

7 juin 1866 • Début de la guerre austro-prussienne. L'Autriche est battue à Sadowa le 7 juillet.

5 février 1867 • Bazaine et son armée évacuent le Mexique sous la pression des États-Unis.

19 juillet 1870 • La France déclare la guerre à la Prusse.

25 juillet 1870 • Napoléon III prend le commandement de l'armée.

6 août 1870 • Défaites de Forbach et de Frœschwiller.

2 septembre 1870 • Capitulation française à Sedan. Napoléon III est prisonnier.

4 septembre 1870 • Manifestations dans Paris, chute du second Empire, la République est proclamée.

5 septembre 1870 • Hugo rentre à Paris.

19 septembre 1870 • Paris est encerclé par l'armée allemande.

5 janvier 1871 • Paris est bombardé.

28 janvier 1871 • Capitulation de Paris, l'armistice est signé à Versailles.

17 février 1871 • Adolphe Thiers prend la tête du pouvoir exécutif.

18 mars 1871 • Insurrection parisienne, le gouvernement se replie à Versailles.

27 mars 1871 • Proclamation de la Commune de Paris.

10 mai 1871 • La France, par le traité de Francfort, perd l'Alsace et la Lorraine.

21 au 21 mai 1871 • « Semaine sanglante » à Paris, fin de la Commune.

31 août 1871 • Adolphe Thiers président de la République.

27 juillet 1872 • Le service militaire devient obligatoire.

24 mai 1873 • Adolphe Thiers démissionne, le maréchal de Mac-Mahon élu président de la IIIe république.

19 mai 1874 • Loi réglementant le travail des femmes et des enfants.

5 janvier 1875 • Inauguration de l'Opéra Garnier.

16 mai 1877 • Coup d'État de Mac-Mahon qui dissout la Chambre.

mai 1878 • Inauguration de l'Exposition universelle au palais du Trocadéro.

30 janvier 1879 • Démission de Mac-Mahon, Jules Grévy nommé président de la République.

31 janvier 1879 • Léon Gambetta devient président de la Chambre.

11 juillet 1880 • Amnistie pour les communards.

25 septembre 1880 • Ministère Jules Ferry.

16 juin 1881 • Lois Jules Ferry sur l'enseignement primaire gratuit, puis laïc et obligatoire le 29 mars 1882.

29 juillet 1881 • Loi sur la liberté de la presse.

14 novembre 1881 • Ministère Gambetta.

21 février 1883 • Nouveau ministère Jules Ferry.

30 mars 1885 • Démission de Jules Ferry.

22 mai 1885 • Mort de Victor Hugo. Obsèques nationales le 1er juin.

28 décembre 1885 • Jules Grévy réélu à la présidence de la République.

7 janvier 1886 • Le général Boulanger est nommé ministre de la Guerre.

janvier 1887 • Début de la construction de la tour Eiffel.

18 mai 1887 • Boulanger est écarté du gouvernement.

2 décembre 1887 • Démission de Jules Grévy, Sadi Carnot président de la République

27 janvier 1889 • Boulanger, qui est élu député de la Seine, envisage un coup d'État.

6 mai 1889 • Exposition universelle, avec l'inauguration des ascenseurs de la tour Eiffel le 19 mai.

14 août 1889, Boulanger, réfugié à Bruxelles, est condamné par contumace à la détention perpétuelle.

6 septembre 1892 • Le scandale des pots-de-vin concernant le canal de Panamá est dénoncé dans *La Libre Parole* de Drumont.

24 juin 1894 • Assassinat de Sadi Carnot, Casimir Perier président de la République.

19 décembre 1894 • Début du procès Dreyfus, condamné à la déportation à vie le 22 décembre.

17 janvier 1895 • Félix Faure élu président de la République, Casimir Perier ayant démissionné.

13 janvier 1898 • Le « J'accuse » de Zola dans *L'Aurore* de Clemenceau.

23 février 1898 • Premier procès de Zola, condamné à un an de prison.

18 juillet 1898 • Second procès de Zola, exilé en Angleterre.

16 février 1899 • Mort de Félix Faure. Loubet élu président de la République le 18.

3 juin 1899 • Révision du procès Dreyfus ; gracié le 19 septembre.

7 juin 1902 • Ministère d'Émile Combes.

18 janvier 1906 • Armand Fallières élu président de la République contre Paul Doumer.

13 juillet 1906 • Réhabilitation de Dreyfus.

25 octobre 1906 • Ministère Clemenceau.

20 juillet 1909 • Clemenceau renversé, remplacé par Aristide Briand.

29 janvier 1910 • La crue de la Seine à son maximum (8,50 m au pont de la Tournelle).

27 juin 1911 • Ministère Joseph Caillaux.

11 janvier 1912 • Joseph Caillaux démissionne, ministère Raymond Poincaré.

17 janvier 1913 • Raymond Poincaré élu président de la République.

mai 1913 • Clemenceau crée le quotidien *L'Homme libre*.

13 juin 1914 • Ministère Viviani.

28 juin 1914 • Assassinat de l'archiduc François-Ferdinand à Sarajevo.

31 juillet 1914 • Assassinat de Jean Jaurès.

1er août 1914 • L'Allemagne déclare la guerre à la Russie. Mobilisation générale en France.

3 août 1914 • L'Allemagne déclare la guerre

à la France. L'Italie reste neutre.

5 août 1914 • L'Angleterre entre en guerre.

30 août 1914 • Retraite française.

3 septembre 1914 • Le gouvernement se replie à Bordeaux.

11 septembre 1914 • Victoire de la Marne.

21 fév.-15 déc. 1916 • Bataille de Verdun

2 avril 1917 • Entrée en guerre des É.-U.

16 novembre 1917 • Clemenceau nommé président du Conseil et ministre de la Guerre.

23 mars 1918 • Premier bombardement de la « Grosse Bertha » sur Paris

11 novembre 1918 • Signature de l'Armistice à Rethondes.

28 juin 1919 • Traité de Versailles.

16 janvier 1920 • Clemenceau, battu aux voix par Deschanel, démissionne.

SARAH

13 septembre 1920 • Deschanel, malade, est remplacé par Alexandre Millerand à la présidence de la République.

29 décembre 1920 • Fondation du parti communiste français au congrès de Tours.

16 janvier 1921 • Aristide Briand, président du Conseil.

15 janvier 1922 • Poincaré, président du Conseil.

10 janvier 1923 • Poincaré annonce l'occupation de la Ruhr.

15 juin 1924 • Édouard Herriot, président du Conseil.

Janvier 1925 • Début de l'évacuation de la Ruhr.

10 avril 1925 • Chute du ministère Herriot, remplacé par Poincaré le 17.

28 novembre 1925 • Briand, président du Conseil.

21 mai 1927 • Lindbergh réussit la 1re traversée de l'Atlantique d'est en ouest.

29 juillet 1929 • Briand remplace Poincaré, démissionnaire.

5100 ARRIVAL

24 novembre 1929 • Mort de Clemenceau.

13 mai 1930 • Mermoz réussit la première liaison aéropostale de l'Atlantique Sud.

27 janvier 1931 • Ministère Pierre Laval.

6 mai 1932 • Assassinat de Paul Doumer, remplacé par Albert Lebrun le 10.

29 novembre 1932 • Pacte de non-agression avec l'URSS.

30 janvier 1933 • Hitler chancelier.

31 janvier 1933 • Premier ministère Daladier.

7 juin 1933 • Pacte à Quatre (France, Angleterre, Italie, Allemagne).

8 janvier 1934 • « Suicide » de Stavisky.

6-7 février 1934 • Journées d'émeutes contre le gouvernement, le renvoi du préfet de police Jean Chiappe et la corruption.

9 février 1934 • Gaston Doumergue forme un cabinet d'union nationale.

7 juin 1935 • Ministère Pierre Laval.

3 mai 1936 • Victoire électorale du Front populaire français. Ministère Léon Blum.

Mai-juin 1936 • Nombreuses grèves et occupations d'usines.

17 juillet 1936 • Insurrection franquiste en Espagne.

8 août 1936 • André Malraux à Madrid crée l'escadrille España pour aider le gouvernement républicain espagnol.

26 avril 1937 • Guernica bombardée par l'aviation allemande.

22 juin 1937 • Chute de Blum, ministère Chautemps.

29 décembre 1937 • Grève générale de 24 heures dans les services publics.

13 mars 1938 • Ministère Blum accueilli par de nouvelles grèves.

10 avril 1938 • Ministère Daladier gouverne par décrets-lois.

29-30 septembre 1938 • Signature des accords de Munich (Daladier, Chamberlain, Hitler, Mussolini).

30 octobre 1938 • Daladier rompt avec les communistes : fin du Front populaire.

13 novembre 1938 • Série de décrets destinés à augmenter les ressources de l'État. Durée hebdomadaire du travail portée à 48 heures.

27 février 1939 • La France reconnaît officiellement le gouvernement de Franco.

2 mars 1939 • Le maréchal Pétain ambassadeur à Madrid.

5 mai 1939 • Albert Lebrun réélu président de la République.

23 août 1939 • Signature du pacte d'amitié germano-soviétique.

13 septembre 1939 • Mobilisation générale et état de siège.

3 septembre 1939 • La France et l'Angleterre déclarent la guerre à l'Allemagne.

19 mars 1940 • Chute de Daladier, cabinet Paul Reynaud.

10 mai 1940 • La Wehrmacht attaque la Belgique et la Hollande.

14-15 mai 1940 • La Wehrmacht franchit les frontières françaises.

18 mai 1940 • Pétain entre au gouvernement.

5-7 juin 1940 • Remaniement du cabinet, de Gaulle sous-secrétaire d'État à la Défense nationale.

14 juin 1940 • L'armée allemande entre à Paris.

16 juin 1940 • Pétain, président du Conseil, va demander l'armistice.

18 juin 1940 • Appel du général de Gaulle à la BBC.

27 juin 1940 • Le gouvernement se transporte à Vichy.

10 juillet 1940 • L'Assemblée nationale donne tous les pouvoirs à Pétain.

26 juillet 1940 • René Char, démobilisé, entre bientôt dans la Résistance sous le nom de capitaine Alexandre.

9 août 1940 • Accords Churchill-De Gaulle : Comité national de la France libre.

3 octobre 1940 • Premier statut des Juifs.

24 octobre 1940 • Entrevue Hitler-Pétain à Montoire.

29 novembre-2 décembre 1940 • L'Alsace et la Lorraine sont rattachées au Grand Reich.

13 décembre 1940 • Arrestation de Pierre Laval, libéré sur ordre allemand.

20 février 1941 • L'amiral Darlan, chef du gouvernement.

22 juin 1941 • Les troupes allemandes envahissent l'URSS.

12 novembre 1941 • Darlan, ministre de la Guerre.

18 avril 1942 • Laval reprend la tête du gouvernement.

16-17 juin 1942 • Rafle du Vel' d'Hiv'.

8-11 novembre 1942 • Débarquement américain en Afrique du Nord.

11 novembre 1942 • Les Allemands occupent la zone libre.

24 décembre 1942 • Assassinat de Darlan à Alger.

14-25 janvier 1943 • Giraud et de Gaulle à la conférence de Casablanca.

30 janvier 1943 • Laval crée la Milice dirigée par Darnand.

Printemps 1943 • À Londres, Kessel, Druon et Anna Marly composent *Le Chant des Partisans*.

27 mai 1943 • Première réunion à Paris du Conseil national de la Résistance, avec Jean Moulin.

3 juin 1943 • À Alger, Giraud et de Gaulle dirigent le Comité français de Libération nationale.

21 juin 1943 • Arrestation de Jean Moulin à Caluire.

7 janvier 1944 • La Gestapo exécute Eugène Deloncle à son domicile.

10 janvier 1944 • Darnand et la Milice reçoivent des pouvoirs accrus.

1er février 1944 • Création et organisation du FFI dirigé par le général Koenig.

6 juin 1944 • Débarquement allié en Normandie.

15 août 1944 • Débarquement franco-américain en Provence.

25 août 1944 • Libération de Paris.

9 septembre 1944 • À Paris, de Gaulle forme un gouvernement d'union nationale.

16 décembre 1944 • Offensive allemande dans les Ardennes.

27 janvier 1945 • Libération du camp d'Auschwitz.

25 août 1945 • Fin du procès de Pétain.

9 octobre 1945 • Exécution de Laval.

13 novembre 1945 • De Gaulle élu chef du gouvernement provisoire par l'Assemblée nationale constituante.

20 novembre 1945-1er octobre 1946 • Procès de Nuremberg.

20 janvier 1946 • Démission de De Gaulle, remplacé par Félix Gouin.

19 juin 1946 • Georges Bidault remplace Félix Gouin.

16 janvier 1947 • Vincent Auriol élu président de la République.

Mars 1947 • De Gaulle crée le RPF. **27 juin-2 juillet 1947** • La France et l'Angleterre adoptent le plan Marshall.

17 mars 1948 • À Bruxelles, traité d'alliance militaire (France, Belgique, Luxembourg, Pays-Bas, Grande Bretagne).

28 avril 1949 • Signature du pacte Atlantique.

11 août 1949 • À Strasbourg, première cession du Conseil de l'Europe.

1er octobre 1949 • Mao Tsé-toung proclame à Pékin la République populaire chinoise, dont il est le premier président.

9 mai 1950 • Robert Schuman présente son plan de la CECA.

6 mars 1952 • Antoine Pinay, président du Conseil.

27 mai 1952 • Naissance de la Communauté européenne de défense (CED).

23 décembre 1953 • René Coty, président de la République.

Février 1954 • Hiver très rigoureux, campagne de solidarité lancée par l'abbé Pierre.

7 mai 1954 • Chute de Diên Biên Phu.

29 juin 1954 • Cabinet Mendès France, avec des gaullistes et des radicaux.

21-22 juillet 1954 • Les accords de Genève mettent fin à la guerre d'Indochine.

1er novembre 1954 • Début de la guerre d'Algérie.

26 janvier 1955 • Jacques Soustelle, gouverneur général d'Algérie.

5 février 1955 • Mendès France est renversé. Edgar Faure lui succède.

23 janvier 1956 • Guy Mollet forme un ministère de gauche.

5 novembre 1956 • Débarquement franco-anglais de Suez.

25 mars 1957 • Signature du traité de Rome.

13 mai 1958 • Insurrection d'Alger.

29 mai 1958 • René Coty fait officiellement appel à de Gaulle.

1er juin 1958 • De Gaulle, président du Conseil, reçoit les pleins pouvoirs le 2.

21 décembre 1958 • Charles de Gaulle élu président de la République.

8 janvier 1959 • Michel Debré, Premier ministre. André Malraux, ministre des Affaires culturelles.

16 septembre 1959 • De Gaulle propose l'autodétermination à l'Algérie française.

1er janvier 1960 • Entrée en vigueur du nouveau franc.

13 février 1960 • À Reggane, explosion de la première bombe atomique française.

8 janvier 1961 • Victoire du « oui » au référendum de l'autodétermination de l'Algérie.

21-26 avril 1961 • Putsch des généraux à Alger.

20 mai 1961 • Ouverture de la conférence d'Évian, interrompue le 13 juin.

12-13 juin 1961 • Début de la construction du mur de Berlin.

18 mars 1962 • Conclusion des accords d'Évian.

26 avril 1962 • Démission de Michel Debré, remplacé par Georges Pompidou.

1er juillet 1962 • Indépendance de l'Algérie.

28 octobre 1962 • Un référendum approuve l'élection du président de la République au suffrage universel.

27 janvier 1964 • La France reconnaît la Chine communiste.

19 décembre 1965 • De Gaulle réélu président de la République.

2 juillet 1966 • Première explosion atomique à Mururoa.

2 mai 1968 • Début de la révolte étudiante, suivie d'une grève générale : Mai 68.

27 mai 1968 • Accords de Grenelle.

28 avril 1969 • Après l'échec du référendum sur la régionalisation, de Gaulle quitte le pouvoir.

15 juin 1969 • Georges Pompidou, président de la République.

9 novembre 1970 • Mort du général de Gaulle à Colombey-les-Deux-Églises.

2 avril 1974 • Mort de Georges Pompidou.

19 mai 1974 • Valéry Giscard d'Estaing, président de la République.

25 mars 1977 • Jacques Chirac élu maire de Paris.

10 mai 1981 • François Mitterrand, président de la République.

10 septembre 1981 • *Guernica*, le tableau de Picasso, jusque-là exposé à New York, rejoint Madrid.

20 mars 1986 • Jacques Chirac, Premier ministre de la cohabitation.

8 mai 1988 • François Mitterrand réélu président de la République.

9 novembre 1989 • Destruction du mur de Berlin.

2 août 1990 • Début de la guerre du Golfe.

7 mai 1995 • Jacques Chirac, président de la République.

Composé par Nord Compo
à Villeneuve-d'Ascq (Nord)

Imprimé en Espagne par
Liberduplex
à Barcelone
en septembre 2013

POCKET – 12, avenue d'Italie – 75627 Paris cedex 13

Dépôt légal : juillet 2013
S23493/02